オプチナ修道院とロシア文学

ロシア作家の創作の源泉としてのオプチナ文献をめぐって

清水俊行

成文社

オプチナ修道院とロシア文学——ロシア作家の創作の源泉としてのオプチナ文献をめぐって——目次

はじめに …… 6
序章　概括的展望　オプチナ修道院とロシア知識人 …… 11
第一部
第一章　ロシア正教と禁欲主義の伝統
——ロシアにおけるフィロカリアの受容について—— …… 72
第二章　イイススの祈りと「知恵のいとなみ」
——ビザンツとロシアの祈りのコスモロジー—— …… 107
第三章　近代ロシアの修道制と長老制の発展について
——オプチナ修道院前史より—— …… 160
第二部
第四章　キレエフスキーの正教思想とオプチナ修道院
——妻ナターリアやマカーリイ長老との霊の交流の記録から—— …… 226
第五章　ゴーゴリの宗教的世界観
——聖地巡礼からオプチナ修道院へ—— …… 318

第六章　レオンチェフの思想遍歴とオプチナ修道院……395
第七章　レフ・トルストイとロシア正教会……491
第八章　ドストエフスキーとオプチナ修道院……584

第三部
第九章　オプチナ修道院における聖師父文献の出版事業（一）
——パイーシイ・ヴェリチコフスキーからキレエフスキーにいたる聖師父文献の翻訳史をめぐって——……700
第十章　オプチナ修道院における聖師父文献の出版事業（二）
——ロシア修道制の発展における祈りの定義とキレエフスキーの思想形成への影響をめぐって——……839
おわりに……948
参考文献一覧……983 (8)
ロシア語レジュメ……990 (1)

凡例

聖書の引用は、原則として亜使徒聖ニコライの翻訳による正教会の訳語を使用した（ギリシャ語と教会スラヴ語の音声に依拠した表記）。したがって、イエス・キリストはイイスス・ハリストス、使徒パウロは聖使徒パウェル、ペテロはペトルなどとロシア風に表記してある。ただし、キリスト教に関しては、慣例にしたがって、敢えてハリストス教とはしなかった。また、旧約聖書に関しては、正教会の訳語のあるものはそれを、ないものは、新共同訳聖書の普及版の訳を使わせていただいた。

また、正教会用語に関しても、原則として正教会で使われている用語を用いた。例えば、「懺悔」は「痛悔」、「聖遺骸」は「聖不朽体」、「秘蹟」は「機密」等々である。

また душа については、以下のように訳した。これが被造物の感覚や感性を司る肉体的器官を念頭に置き、「心」とほとんど同義である場合は「魂」となるが、真理を求める理性（разум）の働きに刺激され、神《しん》（Св. Дух）との協働によって上昇、神化する可能性を有するものについては、魂とは明らかに異次元のものとなることを意識させるため、亜使徒聖ニコライの翻訳方法にしたがって、「霊《たましひ》」と訳した。便宜上、同一段落の中に同じ「霊《たましひ》」が頻出する場合は、最初のいくつかだけルビを打ち、その後は省略したものもあることを断っておく。

暦は原則として、十九世紀（革命前）に関しては旧暦（ユリウス暦）を優先したが、書簡の日付などに関しては、新暦（グレゴリウス暦）を併記したものもある。

数字は本文の縦書きを考慮して、西暦や慣用句などは原則として漢数字を用いたが、欧文タイトルが表記されることの多い訳註においてはアラビア数字を用いた。

オプチナ修道院とロシア文学——ロシア作家の創作の源泉としてのオプチナ文献をめぐって——

はじめに

本書はロシア正教会の修道制の中でも特異な位置を占めている長老制の歴史的・宗教的意義を、その最大の中心地であったオプチナ修道院との関係において考察しつつ、それがロシア文学・思想にもたらした影響について考察したものである。

長老制が十九世紀初頭にロシアで復興して以来、それは修道院の中の閉ざされた制度にとどまることなく、常に庶民を始め、一般の正教徒に開かれた霊的な制度となり、多くのロシア作家や思想家たちもその恩恵を被ってきた。その霊的なレベルや目指すものは個人によって異なっていたが、彼らが一致して求めていたのは、聖神（聖霊）の獲得であり、自らの作品を通して発揮された救済の可能性であった。しかも、ここで着目すべきは、その救いが個人的なものにとどまらず、ロシアの民衆に遍く適用されるものでなければならないと考えていた点であったと言えよう。これこそロシアにおいて正教が民衆にとっての共通の支えとなったばかりか、神から離れてしまったインテリゲンツィアを再び神のもとに引き戻す原動力となったと考える所以である。

著者がそもそもこの問題に関心を抱いてオプチナ修道院を最初に訪れるようになるのは、一九九九年のことであるが、爾来コロナ感染が始まる直前の二〇一九年に至るまで、九度に亘って当地を訪れ、そこで知り得た情報を修道院（正教）側と作家（文学）側の文献から相互に確認していくという作業を行なった。ここで特筆すべきは、こうした問題に関心を持つ修道士たちはオプチナ修道院にも確実に存在しており、彼らと対話を重ねるなかで知見を深めることができたという点である。それをより確実なものにするために、東京ポドヴォリエ駐日ロシア正教会の主管長司祭ニコライ・カツバン神父を介して総主教キリル聖下の祝福を得て、まずはハバロフスクの、その後モスクワのニコラ・ウグレシャ神学校に移して通信講座で正教神学の基礎を学ぶ機会にも恵まれた。

さらにこの繋がりから、二〇〇〇年代の初頭に修道院を訪れた際、近くのスキトに長老たちや作家たちの書簡や、回想、随筆などの写しを保管するオプチナ記念文学館の存在を知ることになった。この文学館は二〇一〇年以降、近隣のコゼーリスクの町中に移転されたが、その館長の助言を受けて、本来ならロシア国立（旧レーニン）図書館の手稿部に通いつめて書き写すべき貴重な資料の数々のコピー版を閲覧させていただいたのみならず、再版された書物（回想や書簡）だけからは窺い知ることのできない多くの事実を知ることができた。この文学館は規模こそ小さいものながら、私が留学していたソヴィエト時代末期にはモスクワのレーニン図書館（現ロシア国立図書館）に所蔵されていたオプチナ・フォンドが全て封印されていたことを思えば、巡礼先の修道院でこうした事実を知り得たことは筆者にとって望外の出来事であった。本文中における判断や見解の中には、そこで知り得た数々の情報が反映されていることは言うまでもない。

これらはロシア文学史や作家の個別研究の中でこれまでほとんど触れられることのなかった事実であり、それゆえ、この問題を作品レベルで捉え直すことは、これを執筆した作家の「内面的な真実」に迫る試みでもあった。そうした事実を記述する可能性が開けた背景には、ソ連崩壊後のロシア文学研究の実態的変化が大きく関わっていたことは疑いの余地がない。つまり、昨今の研究成果の中には、作家と正教会との関係を明らかにしようとする試みが数多く世に問われていることは周知の事実であるからである。その成果をどの程度利用できたかについては甚だ自信がないが、これら先行研究が存在しなければ、この試み自体も徒労に終わっていたはずである。ここで幾らかでもそれが果たせたとすれば、折しも時は、ソ連崩壊に伴う価値観の変化や古き伝統の見直しを目的として、秀作や歴史的記録とも言い得るものが数多く再版され、それらの研究に刺激を受けて、オプチナに関わる当時はまだそれほど多くはなかった研究者や修道士たちと交流し、祈りを共にし、長老の言葉を身をもって体験することができたおかげではないかと感じられるのである。これらは図らずも、創作者である作家たちが当時真摯に向かい合っていたロシアの外面的現実の裏側に隠されていた霊的な残像であったのかもしれない。これは私感にすぎないかもしれないが、こうしたアプローチこそが作品のさらなる解釈や理解に欠かすことのできない鍵を与えてくれるものとなったはずである。

本書は三部から成り立っており、第一部では、霊的修練書に関心を持つ修道士たちが、唯一アトスに残されていた霊的書物の写本を教会スラヴ語に翻訳し、それを十八世紀という文明化と世俗化の時代に、復興された長老制とともにオプチナ修道院に持ち込んで、定着させるまでの歴史を、一つの書物の翻訳史を手掛かりに辿ろうとするものである。この書物とは修道士にとって第二の聖書ともいわれる「フィロカリア（φιλοκαλία = Добротолюбие）」というビザンツ時代に由来する聖師父文献集成であった。これを主導したのが、ロシア修道制と霊的生活の父といわれるモルダヴィアの師父パイーシイ・ヴェリチコフスキーであった。この書物がなければ、オプチナ修道院に長老制が復活することも、これがロシアを照らす霊的な灯火として、正教の民を教化することもなかったであろうとさえ思われる。ここで注目すべきことは、オプチナ修道院では歴代の長老たちがこぞってこの営み（祈り）を実践していたという事実である。これを一括りにするならば、イイスス〔イエス〕の祈りと沈黙の行を通じて、人間は謙遜を獲得し、神の意を汲み取ることで、他の人々をもそこへ教え導くことになるということである。換言するならば、オプチナは長老制によって、「知恵のいとなみ＝祈り」を修道士に限らず、すべての信仰ある人々の財産と成し得たことで、俗世と修道院とを繋ぐ架け橋のような役割を担うようになったことである。これは長いロシア正教の歴史を見ても、他に類例を見ない特殊な現象である。

第二部において主に語られることは、我々にも馴染みの深い、ロシアを代表する作家たちがこの長老たちと交流することによって、その後の作家・思想家として霊的な変容を体験し、それまでとは異なる運命によって導かれることになるという物語である。ここで取り上げられる作家や思想家たちは、皆独自のスタイルを有するものの、ひとえにオプチナを霊の源と感じていた、言わば、オプチナの霊の子たちと呼ばれる人々であった。つまり、ゴーゴリ、キレエフスキー、レオンチェフ、トルストイ、ドストエフスキーといった十九世紀を代表する作家や思想家たちがそれにあたるが、彼らはいずれも長老の指南によって自身の創作上の理念を獲得し（もしくはしようとし）、「信仰する理性」という、言わば「神化」を獲得するに至るのである。

第三部において扱われているのは、オプチナ修道院が十九世紀ロシアで果たした修道制に不可欠な長老制とそれを文献的に補う目的で開始された霊的書物（修行書）の出版活動とそのプロセスについてである。これらを明らかにする上で役立ったのは、オプチナに古文書として残され、後に出版されることとなった、長老との往復書簡、さらに長老の霊の子としてこの活動を翻訳面と校正面で助け、万事につけ長老の祝福を得るために修道院を頻繁に訪れていた作家たち、とりわけマカーリイ（イワノフ）長老と文通を行なったイワン・キレエフスキーと妻ナターリア・ペトローヴナ・キレエフスカヤ（旧姓アルベーネワ）の書簡や日記であり、それを公的な記録として裏付ける役割を果たしたスキトの来客日誌、長老の書き残した手記などである。

また最終章ではキレエフスキーという人物が生涯を通じて在俗の思想家でありながら、ビザンツからロシアに受け継がれた禁欲主義的思想を学び、ロシアの精神的土壌において救いを求めるようになったことは、ロシア・インテリゲンツィアの辿った運命としてきわめて宿命的なものであることを示そうとした。このようにキレエフスキーが正教会で謳われている全一的知性を生活の中で体現できたのは、正教会がロシアの知的舞台の一翼を担っていることを確信したからであり、その後のロシア知識人の生き方をある意味で規定していたからでもあった。以上に述べた三つの観点から知的発展の隠された舞台としてのオプチナ修道院の正教教育システムとその社会的役割に光を当てようと試みた。

序章　概括的展望　オプチナ修道院とロシア知識人

一、オプチナ修道院の聖性について

本書では、オプチナ修道院における精神文化の諸相に光をあてることになるが、ここではその前提的事実として、多くのロシアの知識人を惹きつけることになる修道院の復興の歴史、とりわけ十八〜十九世紀の長老制の実態と修道士をめぐる霊的営みの諸原則について、簡潔に叙述し、併せて、十九世紀ロシアの思想文学の形成に一定の寄与を果たした人物の往来歴と長老との交流によって得られた事実を叙述することを課題としている。

筆者は一九九〇年代末より、断続的にではあれ、このテーマに取り組んできたが、その傍ら、折に触れては一信徒として同修道院を訪れ、スキト内のかつて長老マカーリイ（イワーノフ、†一八六〇年九月七日[1]）が住んでいた庵室の隣に位置する食庵（トラペズナヤ）続きの庵室に一週間、ときには二週間、祈りと観照の中で過ごす機会を得てきた。そのおかげで、これから叙述することがらの情報源となる、オプチナ修道院を始め、様々な出版局から復刻された帝政時代の文献やパンフレット等の資料の他、修道院およびスキト内に敷設された図書室に保管された古い手稿やタイプ原稿を自由に閲覧することができた。それらのなかには、モスクワのロシア国立図書館の手稿部に所蔵されているアルヒーフの写しもあったが、現地の教会史家が発掘した未発表の資料も含まれていた。[2] また日々の祈りの中でも、伝統的な長老制を復興させようと働いている修道士や見習い修道士等と交した談話の中で耳にした奇跡や伝承についての証言も、筆者のこのテーマに関するモティベーションを高めてくれた。尚、その間、復興後の修道院やそこを去来した人物に関する事実についても、すでに発表済みの拙稿で触れたものもあるが、改めて整理するという意味で、ここでは敢えて重複を恐れなかった。その意味で、本序論はオプチナの長老制とそれに関わった人物に関する理念的かつ実践的総括といった性格を取るに至った。

オプチナ修道院は、現在ロシアの天国の生ける原風景として、神によって守られた地上最後の霊の楽園と呼ばれる。事実、それは十九世紀初頭から長老制が発展したことによって、真理を求める者たちにとって病み疲れた霊の癒しの場としての役割を担うようになり、ロシア中から巡礼（その中には農奴や平民を始め、貴族や有名な文化人、作家、思想家から為政者や外国の牧師に至るまで、身分を超えた全ての階層の人々が含まれていた）がひきも切らずに押し寄せてくる、正教会の楽園への入口にも譬えられる聖地となったのである。何とも名状し難い霊的な深みと聖性をもつこの地には、如何なる運命によってか、神の慈愛が遍く浸透していると言うしかない。ソヴィエト政権によって一九一八年に破壊されるまで、この修道院は絶え間ない祈りの尽きることなき灯明として、真のキリスト教的愛と修道生活の受け皿として、皓々と燃えさかり、それが七十年の空白を経て甦ったのである。

ああ、我が美しきオプチナよ！　ああ何という平安、何という静けさ、何という安息、それに爾の偉大なる開基者たちの祈りの嘆息によって確立され、固められた爾の修道精神の宝蔵に宿る聖神の不滅の光栄よ！……ああ福を受けしオプチナよ！[3]

ロシアの優れた宗教作家セルゲイ・ニルス（†一九二九年一月一日）はこのように感嘆を漏らしたと言われるが、彼は一九〇七年から一二年までの五年間をオプチナに隣接する邸に住み、外面的生活のみならず、この栄えある修道院の内面的生活についても数々の貴重な証言を書き残したのだった。ニルスにとってオプチナ修道院は、ロシアの民が神に灯した最も熱き燈明、十九～二十世紀の正教ロシアを照らした最も明るい燭台に他ならなかった。

改めて強調するまでもなく、この修道院の聖性をなす主要な要素はと言えば、神を愛する名高き長老たちである。彼らの潔浄なる生活は今も多くの人々の人生のいとなみを照らし続ける。そして義人たちは過去と未来、生者と死者、地上と天上を結びつけ、すべてを唯一神の意図のもとに見ようとする。一八二九年に長老レフによりオプチナに長老制が導入されて以来、聖神の恩寵と同時に、聖なるロシアの清らかな「いと穏やかなる光」がこの人里離れた僧院の上に流れ出したのだった。

どんな人でも心のぬくもり、恩恵、慰め、無罪なるものを探し求めている。ロシア人の霊には、義《ただ》しさ、清らかさに対する限りなき渇望、一生に一度でも無罪なるものに触れたいという希望が息づいている。ロシア性というものの最たる本質の中には、完全性についての夢想、そこへ近づきたいという渇望、「霊の救済」についての思い、神を思う悲痛な溜息、天の国の要求、せめて死の直前には義人に敬服する準備といったものが含まれている。[4]

これはイワン・イリインの言葉であるが、事実、そのような巡礼たちは国内外を問わず、津々浦々からオプチナを訪れていた。ここではあらゆるものが、恩寵に満ちた癒しの光に貫かれているかのようで、しかも神を愛する巡礼たちの霊は、必ずや会いたいと願う人に会うことができるのであった。まさにこれこそ神によって集められた霊の兄弟たちであり、ひとつの霊を共有する家族のようなものだった。

聖使徒パウェルがコリンフ人に宛てた手紙の一節に、「日には其の栄あり、月には其の栄あり、星には其の栄あり、又星と星と其の栄を異にす」（コリンフ前書第十五章四一）という言葉がある。これと同様に、天の燭台が各々異なった明るさを持つように、聖人の偉大さにも様々なレベルが存在する。

聖なる神の人々は、自らの内的ないとなみによって、霊《たましひ》の訪問者にして、行為者でもある神の言葉に耳を傾け、神を畏れ敬い、霊の喜びと逸楽に微笑み、この世のものならぬ安らぎを吹き込む人々である……概してこれら聖人というものは、恵み深き水を次々に信仰者に伝えてゆく浄められた貯水池のようなものだ……すべてが太陽の光のような神聖な光、すべてがこのうえなき清澄な空気のようなひとつの芳香なのである。[5]

オプチナの長老についてこう語るクロンシュタットの義なる神父イオアン（†一九〇八年十二月二十日。彼自身も生前オプチナやシャモルジノ修道院と密接な関係を持っていた）を始め、オプチナと縁のある人々にとって、これら長老の存在はオプチナに燦然と輝く太陽であった。

オプチナ修道院のこうした雰囲気に関する聖職者、修道士、巡礼等の言葉は文字通り枚挙に暇がないが、興味深いものをいくつか紹介しておこう。例えば、オリョールの大主教スマラグド（クリジジャノフスキー、†一八六三年十一月十一日）は当時の掌院に宛ててこう書いている。

これだけの誠実な修行者たちの群れを管轄することのできるあなたは幸せ者です。あなたが彼らを愛するだけでなく、彼らの愛によってお互いに触発しあうことができるのですから。[6]

また自身も偉大な禁欲主義者で、神学者としても名高いカザンとスヴィヤガの大主教アントーニイ(アムフィチアートロフ、†一八七九年十一月八日)も自らの書簡の中で、オプチナに居住する修道士たちによる内なる、秘められた偉功によって繁栄を築いた、「神のご加護を受けたオプチナ修道院」[7]について霊的な喜びを表現している。

また万人から敬愛された長老で、隠修者フェオファンの霊の父でもあったペテルブルグとノヴゴロドの府主教イシードル(ニコリスキー、†一八九二年九月七日)は、オプチナの修道士たちを「敬虔さに満ちた真の修行者たち」と呼んでいるが、それればかりか、「彼らが自分の心に耳を傾け、自分の救いについて思いをめぐらせつつ、主のもとへ向かう途上で足が石に躓くことのないように、隣人たちにまで灯りを与えようとするその兄弟愛に大いに胸を打たれた」[8]と告白していることは注目に値する。

またセルビアの首座主教(後に成聖者として列聖された)、府主教ミハイル(イワノーヴィチ、†一八九七年二月五日)も生前オプチナを訪れたことがあった。彼はロシア正教の伝統を基盤とするセルビア民族の再生という教会文化政策を自ら主導した人物である。彼はオプチナの修道院長であった克肖者モイセイに宛ててこう書いている。

わたしが猊下のもとに滞在した時のみならず、その後の旅路においても、わたしが与ることになった歓迎、もてなし、愛に対して、猊下に衷心からの感謝を申し上げます。今後もキリスト教的愛に溢れるこの霊的な信頼関係は、心暖まる思い出として末永く記憶にとどまることでしょう。[9]

こうした感覚をもたらしているオプチナの修道士たちに共通する聖性とは、言うまでもなく、「内なる営み」「知恵(心)の営み」と呼ばれるタイプの祈りと、それに基づく兄弟愛に発している。それはあたかも教会の世俗化や弾圧とは無縁に、アトスから受け継がれた聖師父の伝統の直接的な遺産であるかのようである。

偉大なオプチナの長老、神使の如き克肖者ネクターリイ（†一九二八年四月二十九日）は、かつてセルゲイ・ニルスと以下のような言葉を交わしたことがあった。ネクターリイ長老は言った。「天地開闢以来今日に至るまで、真の共住地（общежитие）といえるものがいくつあったか知っているか？　あまり深く考えなくてもよい。今すぐ答えを教えてやろう。三つだ！」「それは何ですか」とニルス。すると長老はこう言ったのだった、「第一のものは天国にある。第二は使徒時代のキリスト教共同体だ。第三は……」彼は少し言い淀んだ後、こう付け加えた。「第三は、我々の偉大な長老たちのいるオプチナだ」。するとニルスは反駁する、「では、ノアの箱船は？」「それが共住地と言えようか。ノアは何年も人々に呼びかけたが、集まったのは家畜ばかりではなかったか。それが果たして共住地と言えようか」と長老は笑いながら言った。まさしくオプチナは多くの人間にとって、天国への入り口なのだった。

二十世紀には科学者、宗教思想家として有名になったパーヴェル・フロレンスキー神父（†一九三七年十一月二十五日）もオプチナをこよなく愛し、偉大な長老たちの言動に通じていたことが明らかになった。彼はオプチナ修道院のことを、多くの傷ついた霊にとっての「霊的療養所」と呼んでいる。彼はオプチナについて以下のように書いている。

オプチナは……新しい文化を胚胎しています。それは単に計画されたものではなく、すでに何百年も生き続けている中継地なのですが、そこで涵養されているのは、道徳的な規律でも、外的な意味の禁欲主義的規律でもなく、まさに霊的な規律なのです。……完全な意味における精神文化が、オプチナを素通りするのではなく、そこを通過して、そこから滋養を受け取り、自らの伝説にこの糸をも織り込みつつ進むべきものであることは全く争う余地がありません。他ならぬこの糸が必要な理由は、これは実際、歴史的に途切れることなく、不断に、我々を受け継がれるべき精神の深奥へと案内することのできる唯一の糸だからです。……精神の領域におけるロシア生活の多種多様な流れを頭で追っていくならば、直接間接を問わず、我々は必ずや霊的中心地であるオプチナに逢着してしまうのです。その後は、オプチナの本来の姿とは異なる方向性を取るようになるとはいえ、精神はそれに触れることで燃え上がるのですから。個々の並はずれた人々によってというよりは、むしろ霊的な力の有機的結合と相互の影響関係によって際だっていたオプチナは、今も昔も変わらないのです。……敢えて言うならば、統一体としても、霊的経験の強力な覚醒者としても、これだけの力を持つこの種のものとしては、少なくとも、ロシアで唯一無二ということになるでしょう。[10]

フロレンスキーによれば、オプチナとはロシア文化を内面的に涵養してきた、現実と意識の周辺に潜む「もう一つの生活（иная жизнь）」との接点にも喩えられる「渦巻（вихрь）」のようなものであり、いとなみの方法や方向性は多様であっても、ロシア民族が心を一つにして獲得すべき、「現代の最も価値ある財産」であると見なしていた。ロシアの歴史全体を通じて、人間の社会がキリスト教的な意味における理想郷、天上の生活、天の国へかかる水準で近づいた場所が他にあったかどうか、確信を以て肯うことはできない。しかし、この「天の国」が復興後だけでも、カルーガの地に一世紀に亘って存在したことは事実である。聖なる修道士の集団が、一国の民族に対するかくも広汎な浄化力を持ち続けたことはかつてなかったであろう。オプチナは偉大な聖人を多数輩出したが[11]、重要なのは、フロレンスキーが指摘したように、「霊的な力の有機的結合と相互の影響関係」の特異性、独自性、絶対性である。まさに聖神の恩寵の力によって、新たな人々の新たな共同体が現出し、一世紀の間、ハリストスの福音がこれら修道士の霊に共通する一つの人格をとって君臨したのである。この霊的な共同体は最盛期〔十九世紀末からロシア革命前まで〕で三百人もの修道士から成っていたが、それはまるで一個の有機的統一体であった。「言葉と生活が交われば、それらは哲学全体の記念碑となる」[12]とはペルシウムの克肖者イシードロス〔五世紀エジプトの砂漠の禁欲的修道士〕の言葉であるが、これこそフロレンスキーの考える「新たな哲学」の可能性を示唆するものであった。それを解き明かす鍵は、他ならぬ「楽園」の一隅たる誉れ高き修道院の霊性の歴史に、そして今も新たな生の萌芽を与え続けるその独特な霊的体験の中にある。

二、正教会における長老制とは何か

「わたしには、多種多様な生き物である人間を指導すること、これこそ芸術の中の芸術、学問の中の学問であると思われる」[13]とは神学者グレゴリウスの言葉であるが、同時にこれは長老制の名のもとで明らかになる人間の霊的教育の現象を端的に表わすものでもある。そもそも長老制とは、若い修道士に対する禁欲主義的教育と行動によるキリスト教教育の実践の中で発生し、発展してきた。長老とは、この仕事のために神自身によって招かれ、聖師父の歩みに倣って重い十字架を背負わされ、最終的に無欲と心の潔浄の状態に到達し、神の恩寵の光と愛に包まれて、神の意志を知ることができるようになった人なのである。つまり彼は人々の霊を救いへと向かわしめ、あらゆる慾から洗い浄める特別の能力を神によって賜るのである。牧群を救いへと誘う聖神の誘導に基礎をおくこの特殊な能力は長老制の賜とも見なされており、その担い手には、指導を委ねられた霊に関する賢明かつ愛にあふれた庇護が求められている。長老制は聖神の特別な賜であり、聖使徒パウェルが「諸神の弁別 (рассуждение духов)」(コリンフ前書第十二章一〇)と呼ぶところの能力であるが、これこそ、聖師父によって他の如何なる能力よりも上位に置かれていた。ダマスコのペトルスも言っている、「指導能力を持つのは年を取った者とは限らず、むしろ、無慾になり、弁別の能力を獲得した者なのである」[14]。

オプチナのアムヴローシイ長老の定義にしたがえば、特別な霊的結束を促す長老制は、痛悔神父または長老と霊の子との間の全幅の信頼に基づく霊的な関係、前者に対する後者の服従 (послушание) を本質としている。この霊的な関係とは、領聖に先立って行われる痛悔のみならず、頻繁に、ほぼ毎日修道士が長老に行う内心の告白であり、しかも具体的な行動や思考、心の中に発意として生ずる些細な慾の動きばかりではなく、長老が予め指示したことがらをすべてやり遂げようという衷心からの決意に基づく、あらゆる行いに助言と祝福を冀うことでもあるのだ。長老への服従は自由を圧迫しているのではなく、むしろ真の神の子の自由を守るために、神の全き善なる、完全無謬の意志を理解できない墜ちた人間〔これが我々俗人の霊的状態〕の分別の専横を圧迫している。他ならぬ長老だけが、服従する者に神の意志を明かすことのできるのは、道徳的、キリスト教的自由というものが、我意にではなく、自己抑制による神化（обожение）に基づくものであるからである。だが、言うまでもなく、人々の自由を掌握しているのは、彼らの良心を安らかにする能力を有する者、つまり神のみである。その意味で、長老は影響力の次元において通常の聖職者とは全く異なる、その霊の子の良心の統治者、つまり地上における唯一絶対的な霊的指導者と言うことができるのである。

長老制の本質は、僧院で修行する人々の間から、霊的な営みについての経験があり、弁別の才（дар рассуждения）〔善と悪を区別する能力〕を獲得した修道士が選出され、それがこの霊的な共同体全体の指導者、霊の父、そして長老になっていくという過程の中にある。霊の子たちは絶えず自らの意志でその人を訪ねては、自らの胸の内、発意、希望、振る舞いなどを残らず打ち明け、長老の助言と祝福をいただく。彼らは全き善なる神の意志に満たされるために、我意を完全に遮断し、不平や文句を言わず、思い悩むこともなく、長老の言葉に全幅の信頼を寄せて、その指示を神の啓示の如く実行するのである。こうした長老による霊的涵養は、慾との闘いを助け、倦怠や信仰に減退や疑念が生じた際の支えとなり、その強力な援助を求めるすべての人々を敵の攻撃から守る忠実な覆いとなってくれるのである。

いずれにせよ、永遠の生命へ向かって歩んでいるすべてのハリスティアニンに必要なのは、地上の生活の困難な領域にありながら、救いを求めて歩む自分を助けてくれる相談相手である。修道士の偉大なる教師にして克肖者〔修道士の聖性を表す範疇〕でもあった階梯者イオアンネスはこの点について以下のように言う。

よくできた舵をそなえた船は、神の手助けを受けて無事港にたどり着くように、霊《たましひ》もよい指導者を持つならば、たとえ以前は多くの罪悪に陥ったとしても、首尾よく天に昇ることができる。だが、道案内も立てずに知らない道を行く者は、きわめて有能な者であっても、たちまち道に迷ってしまうだろう。それと同様に、我意と己の判断で修道の道を通過しようとする者は、それが全世界の知恵に長けた者であっても、容易に破滅してしまうのである。[15]

隠修者フェオファンはこれに以下のように付け加えている。

新生児は、自分を世話し、慈しみ、付き添ってくれる母親なしで生きられないように、霊の新生児や、救いに目覚めた者にも、初めのうちは養育者とその養育、指導者とその指導が本質的に必要である。……救いを追求しようとする者は、決してこの仕事を自己流で始めたり、自らの救済を自分の思いこみや希望にまかせてやってはならない。それどころか、初めの一歩から誰かの指導に我が身を委ねるべきである。[16]

時代は遡るが、成聖者大ワシレオス、シナイの克肖者グレゴリウスは長老制の聖なる原型を至聖三位一体の中に見ていた。

「子は若し父の行う所を見ずば、己に由りて何事をも行う能はず」（イオアン福音五章一九）、また「彼、即真実の神《しん》、来らん時、爾等を凡の真実に導かん、蓋彼は己に由りて言はんとするに非ず、乃聞かんとする事を言はん」

（イオアン福音十六章一三）。ならば、徳の高みに達した者のうち、（自分以外の）第三者が考える手段によって自らの秘密を解き明かす必要はないと考える者があろうか。[18]

長老にとっては如何なる称号や地位も、何ら意味を持たなかった。彼には人間の霊《たましひ》があればそれでよかった。彼はいつも自分の霊を、支えや助けを求めて来る人の霊に埋没させる準備をしていた。彼は喜ぶ者とともに喜び、泣く者とともに泣く能力を持っていた。合点がいかないものはどんなものでもすぐに解決しようとし、様々な心の疾患を治療しようとした。自らも長老としての誉の高かった成聖者イグナーチイ（ブリャンチャニノーフ、†一八六七年四月三十日）は、「わたしは人間の霊のことを知り尽くすために生まれてきた」と親しい人に語っていたという。彼にはこうして人間の知恵の本性を知恵を以て観照することがどうしても必要なのであった。彼が我を忘れて、全力で霊を救い、甦らせようと努めるのを見れば、人間の霊が彼にとって如何に尊いものであるかを窺い知ることができる。それは「麦の粒若し地に遺《お》ちて死なずば、独《ひと》り存す、若し死なば、多くの実を結ぶ」（イオアン福音十二章二四）という教訓を身を以て教えることでもあった。実際、長老たちは自分のもとを訪れるすべての人々に全身全霊を以て相対することに日々忙殺されていた。彼らは同情と犠牲の愛という特殊な才を賦与されており、他人の辛苦や堕落をまるで自分自身のものとしていた。言うなれば、彼らはキリスト教的予言者であるとともに、慰安者でもあったのである。

倦み疲れた者の霊は乾いた大地の如く、長老の限りない愛を、その柔和な真心、穏やかな優しさ、同情、恭順さといった恵みの水分を貪るように吸収していった。苦しむ霊は、あたかも慰みを与えてくれる慈雨に遭ったかのようだった。オプチナ修道院を訪れた無数の人々の中には、庶民から皇室の一員に至るまで、あらゆる階層と称号を持つ人々に及んでいた。長老のもとを訪れる人々の群れは引きも切らずに列をなし、まるで旅人が寒い夜に暖を求めて集まって来るような有様であった。

長老は神の燭台、それも平穏で、柔和で、賢く、しかも謙遜な燭台であった。その静謐な優しい光と、その尋常ならざる暖かさと、鋭い注意力を以て、訪ねてくるすべての人々を暖めるのだった。その聖なる霊の暖気に触れると、心の氷は解けてしまうのである。精神的援助を求めてやって来たすべての人々に関する長老の配慮は、限りがないように感じられるが、それはもはやこの世のものならぬ、超人間的な力、霊的な眼、つまり炯眼さと結びついていたからである。長老の発する言葉はいずれも、権能に満ち、心の琴線に触れ、それを地上のものならぬ力で濡らし、天上を志向し、神と結びつこうとしていた。長老の優しい眼からは、あたかも光が流れ出し、恒久的な内部の輝きを映し出していた。長老のところから出て来た巡礼は、羽が生えたように気持ちが軽くなり、世界そのものも同時に変容して、明るく澄みきったように感じられたのである。人々はあたかも長老の小さな庵室で霊を暖め、明るく輝く光の反照を各々が身に帯びたかのようだった。生活の悲哀に疲れ、打ちひしがれ、自分の傷口に不用意に触れることを恐れている人々に必要であったのは、まさしくこうした義人たちによる癒しであった。長老たちは自らが完全に消耗しても、これら苦悩する人々を慈愛を持って受け入れていた。体は衰弱していても、発出する愛と希望のエネルギーの高さは常に強靱であり続けたのである。

三―一、長老制の起源

府主教トリフォン（トゥルケスターノフ、†一九三四年六月一日）は神学修士の学位論文において、「長老制の理念は創世記の第一章に始まり、旧約聖書全体を通過して、救世主の登場に至るすべての時代に貫かれている」[19]と主張しているが、これは旧約の預言者たち、イリヤ、エリセイ、イリイ、サムイル、ナタン、ダヴィデ等のことである。それに加えて、前駆授洗イオアン（ヨハネ）も長老であった。民衆は大挙して彼のもとに助言を求めて押し寄せていたし、悔い改めの教えを受け入れ、救いを得るための正しい道を学ぶことが多かったからである。

主イイスス・ハリストス自身も初めは十二人、それから七十人の弟子を選んだ。これら使徒たちとハリストスの弟子たちは、自分の霊の子に関する父親、そして長老としての庇護の雛形を示すことで、しばしば自分のことを長老と称していたのである（ペトル前公書第五章一、イオアン第二公書第一章一、フィリモン書第一章九等を参照）。主イイスス・ハリストス自身も、自分とその十二人の弟子の間に霊的な関係の範を示した。この関係性についてオプチナの長老制についての先駆的研究を残した長司祭セルギイ・チェトヴェリコフはこう表現している。

ハリストスの名のもとでの共住生活は、彼ら全員がハリストスを頭とした一つの体と言えるほど、大いなる愛によって固く結びつけられていた……この愛の名のもとで彼らは万事自分の霊の父に遵い、自分の心の全ての秘密を告白し、彼の言葉と戒めを神自身の言葉のように受け入れ、あらゆる我意を切断するのである。[20]

霊の子の長老（霊父）に対する正しい関係は、息子の父親に対する完全な服従のごときものと規定されている。ビザンツの克肖者カリストゥスとイグナティオスは、真の修練士が遵守すべき徳行として以下の五点を挙げている。一、自分の長老に対する純粋で、倦むことのない信頼。それは、長老をハリストス本人と同等と見なし、ハリストス同様に彼に従属することを意味する。二、行いと言葉、発意の偽りなき告白においても、真実のものであること。三、我意を表明せず、むしろそれをつねに切断すること、しかも、それを自ら率先して行うこと。四、文句を言ったり、言い争ったりしないこと。五、長老に対しては、すべてを正確に、衷心から告白すること。[21]

「キリスト教がルーシに受容されたことにともない、その霊的な営みの中に、長老制と、キエフ洞窟修道院に始まり……オプチナ修道院に終わる聖師父の伝統に則ったそれに関する深遠な理解が流れ込んできた[22]」とは大主教エヴローギイ（スミルノフ）の歴史観であるが、ルーシにおける最初の長老の一人が、キエフ洞窟修道院の克肖者アントーニイとフェオドーシイであったことは疑いない。ラドネシの克肖者セルギイとその非常に数多くの弟子たちも、北方のベロゼルスクやヴォログダの森のロシアの隠修者たちも、それに続くロシアの偉大な長老たちであった。

三―二、克肖者パイーシイ・ヴェリチコフスキーとロシアにおける長老制の始まり

十八世紀初頭からロシアの修道生活にとって、一世紀以上に亘る迫害の時期が到来する。教会と国家の調和と協調の旗印のもとに続いてきたモスクワ・ルーシの時代は終わりを告げ、今やヒューマニズムの影響のもとに、「自然法」の新しい理念が登場してくる。それにともない、国家の目的はこの地上における「全体的幸福」の獲得ということになるが、これこそ本質的には反キリストの王国の実現であった。国家全体と並んで、教会もこの幸福の実現に一役買うことになる。世俗権力も自己充足的で、排他的になっていった。こうして教会に対する絶対的な国家指導権の体系が確立されたため、教会統治は教会的なものから国家的なものへと変貌していくこととなった。とりわけ、修道院に対する措置は厳しかった。ピョートル一世は、修道院のことを「国家の壊疽」と名指したが、修道士に至っては寄食者、いかさま師呼ばわりしている。国家の宗教生活はますます衰退の一途を辿っていった。国家権力は目に見えて、急速に世俗的、非教会的な性格を帯びるようになった。一見して、修道生活は愈々死に瀕しているかに見えた。至る所で、宗教的原理は迫害された。霊的な素質に恵まれた人材は、自己の内部に閉じこもり、世間からは隠れた内面生活か、近隣の正教諸国に逃避するよりほかになかった。実際、何よりもまず修道生活に向けられた国家的改革の矛先は、最も悲惨な結果を招くことになる。つまり、当時の修道院の外的、内的生活のすべては、陰惨この上ない光景を曝け出すことになるのである。

しかし十八世紀後半から、ロシアの修道生活の中に厳格な禁欲生活を復活させようとする気運が高まってくる。こ

の動きは、十八世紀の有名な苦行者である克肖者パイーシイ（ヴェリチコフスキー、†一七九四年十一月十五日）の影響、またロシアの高位聖職者、なかんずくモスクワの府主教プラトン（レフシン、†一八一二年十一月十一日）、サンクト・ペテルブルグとノヴゴロドの府主教ガヴリイル（ペトロフ‐シャポシニコフ、†一八〇一年一月二十六日）の尽力により、そして部分的には、十九世紀初頭のロシア社会に充満していた神秘的、宗教的気分のおかげで、強化、促進された。オプチナ修道院は、克肖者パイーシイが自分の霊的活動の旨としていた諸原理に完全に則って営まれていた。パイーシイにおいては、あらゆるものが修道生活の内面的方向へ、精神の自己完成へと向けられていた。彼は修道士の修養に欠くべからざるものとして、聖師父文献の読みを挙げていた。パイーシイの生涯と功績、聖師父著作に関する豊富な知識といった評判は徐々に高まり、彼のもとに多くの修道を志す者たちが集まるようになった。長老制と聖師父の著作の読みは、如何なる修道士でもその営みの根底に据えるべき礎として、パイーシイによって導入されたのである。

パイーシイは十八世紀モルダヴィアの修道院としては、ロシアにも、聖山アトスにも類を見ないほどの大規模な長老制を敷いた。十八世紀前半までのロシアの修道院では、長老制そのものが忘れられていた。それどころか、この時代には、アトスにおいても厳格な意味における長老制は存在していなかった。聖書や聖師父の文献に通じた指導者をアトスにおいて見いだすことのできなかったパイーシイの苦悩については、彼自身の聖伝が雄弁に物語っている。[23] しかしモルダヴィアにおいては、修道士に対する霊的指導というものが忘れられたことはなかった。当地のスキトには長老制が存在していたし、そこでパイーシイは当初より内的な霊的修行が不可欠であることを断言していた。だが、当時の長老制は小規模のスキト内に限られていたため、自分の言葉と活力と影響力によって、修道生活の枢要たる長老制を共住生活の中に導入し、共住型修道生活の中で確固たるものとなしうる人物の登場が待望されていた。克肖者パイーシイ・ヴェリチコフスキーはそのような役柄に相応しい人物だった。彼はまず長老制を自分が管轄する修道院すべてに定着させるよう努めた。自身が長老でもあったパイーシイは、「発意の告白（откровение помыслов）」を自らの任務として受け入れ、その講話や説教によって弟子たちに強烈な印象を与えるようになっていった。伝記作家は書いている。

彼の雄弁ぶりについて、何と言うべきであろうか。我々は皆いつも不退転の決意で彼と相見える準備をしていた。そうすれば、彼の輝かしい顔と流暢な言葉とを直に拝むことができるのだから。[24]

克肖者パイーシイは、長老制の他に、その基礎を固める聖師父の禁欲主義文献の読みと解釈に多大の注意を払った。彼の膨大な翻訳はその実り豊かな成果である。パイーシイ自身が言っている。

人間生活を営むためには呼吸が必要であるように、修道士たるものには、霊《たましひ》の滋養と成長に資する、そして優美さにも惑わされない、健全で謙遜な、真の知恵を得る手段としての聖師父の書物が必要である。[25]

パイーシイは自らの活動によって、正教の修道制に多大な影響をもたらした。彼は理論面に秀でていたわけではないが、実践面においては際だっていた。彼は並はずれた活力と意志の力を持つ仕事人であった。大主教レオニード（カヴェーリン、†一八九一年十月二十二日）に拠れば、克肖者パイーシイはロシアの修道生活を甦らせ、そこに眠る古代の禁欲主義の精神を呼び覚ましたとされるが、これは妥当な評価である。[26] 言うまでもなく、それは彼の畢生の仕事となった聖師父文献の翻訳と、数多くの弟子を育成したことによる。彼が修道士たちの偉大な霊的教師であったことは、彼の長老としての活動と翻訳に関する評判がロシア中に遍く広まったことによっても確かめられよう。その活動自体が、ロシア修道制の信奉者たちの間に深い共感を呼び起こしたのである。

府主教ガヴリイル（ペトロフ - シャポシニコフ）は、パイーシイの仕事をできるだけ世に知らしめようと考え、当時の正教会の閉鎖的な出版状況を打開する意味で、彼の『フィロカリア（ドブロトリュービエ）』の出版に踏み切ったのだった。東方教会の禁欲主義文献の白眉と見なされているこの書物のスラヴ語訳がロシア（モルダヴィア）で出版された背景には、克肖者パイーシイの弟子たちが帰国するにあたって、膨大な量の写本を手分けして持ち帰った事実を忘れるわけにはいかない。パイーシイによって翻訳改訂された写本は徐々にではあるが、ロシアの数多くの修道院に広められることになった。パイーシイの翻訳原稿の大部分は、十九世紀中葉にオプチナ修道院で出版活動が始まるまで、ほとんどが写本のまま保存されていたのである。聖師父文献を翻訳改訂するという仕事は、修道生活の正しい指導に関する、この世界の最良の代表者たちの要望に応えるという意味で、ロシア修道制にとってきわめて重要な意味を持っていた。

克肖者パイーシイがロシアに帰国すると、修道生活の重点を外面的な功（斎、徹夜禱、度重なる跪拝、長時間の礼拝に立ち尽くすこと、鉄鎖等）ばかりではなく、むしろ霊の完成に置く、古代の修道原理を実践する大勢の弟子たちを育成した。パイーシイの弟子たちは、修道生活における完全さを獲得するためには、外面的な功、勤労、不平を言わない奉仕、厳格かつ正確に修道院規則を遵守するだけでは不十分であり、発意そのものを浄め、外的な功に対して真の意味と力を伝える唯一の手段でもあった愛と謙遜の精神を涵養することが不可欠であることを示すために不断の努力を重ねていたのである。

将来のオプチナの長老たちに深甚かつ好ましい影響を及ぼしたパイーシイの弟子たちのうち、筆頭に挙げるべき人物は、オプチナの初代長老レフを育てたスヴィルのスヒマ僧フェオードル（ペレフヴァートフ、†一八二二年四月七日）、それに一時期オプチナのマカーリイの霊的指導者でもあったスヒマ僧アファナーシイ（ザハーロフ、†一八二五年十月十一日）であろう。

さらには、自身も偉大な禁欲主義者、苦行者であった府主教ガヴリイルについても付言しておく必要がある。彼は『フィロカリア』の出版に功績があったのみならず、修道院長（主管）には学僧ではなく、霊的な営み（祈りの功）に豊かな経験を持つ一般の修道士を擁立するなど、概してロシアの修道院文化の発展のために尽力した。この府主教ガヴリイルは府主教プラトン（レフシン）と並んで、修道士の手本となる聖なる暮らしを営んだ主教であるが、そうした意味でも、近代ロシアの教会史にとって重要な意味を持つこの時期に指導的役割を果たした重要人物である。

同時にモスクワとカルーガの府主教であったプラトンも、管轄主教区の修道院のために多大の貢献を果たした。彼はすでにオプチナ修道院を訪問していたが、一七九六年二月一日には、モスクワ主教区のニコラ・ペシノシュスキー修道院の建設に携わっていたスヒマ掌院マカーリイ（ブリュシコフ、†一八一一年五月三十一日）に対して、オプチナの建設者を交代させ、必要ならば、その地位に第三者を任命するように命じたのである。これは換言すれば、掌院自身が折に触れてオプチナを訪問しつつ、この事業を一層推進するよう命じられたことを意味していた。スヒマ掌院マカーリイ神父はロシア修道制のパイーシイ派に属しており、修道院長でありながら、偉大な修行者たちの手本となっていたばかりか、至る所に修道の営みに関するパイーシイ的視点を次々に植え付けていった。当時、他の修道院の優れた院長や偉大な修行者の多くが彼の弟子たちの中から輩出していることは注目すべきことである。

そのマカーリイ神父はオプチナに、後に典院となるアヴラアミイ神父（†一八一七年一月十四日）を中心とする十二人から成る一行を送り込んできた。掌院レオニード・カヴェーリンは典院アヴラアミイについてこう書いている。

霊的な叡知と結びついた彼の心暖まる素朴さは、彼に対する尊敬を無意識のうちに抱かせてくれた。彼は対人関係においても、親切で愛想がよく、完全な非所有を身につけており、貧者に対しては慈悲深く、同情心に溢れていた。[27]

典院アヴラアミイが在籍した時代に、彼の育成した修道士の中からは、例えば、モスクワ郊外のマラヤロスラーヴェツ修道院の建設者となる修道司祭メフォーヂイ、その後継者となったパルフェーニイ、アルハンゲリスク県のペトロミンスク修道院の院長となったフェオドーシイ、マラヤロスラーヴェツ修道院その他の建設者マカーリイ等、将来様々な修道院を管轄するようになる多くの人材が輩出している。言わば、これは各地の修道院の建設が精力的に行われた時代でもあったのである。

また典院ダニイルが在籍した時代には、修道院で二つの事件が起こった。一つは、スキトの創設にともない、そこにロスラーヴリの森の隠遁者たちが招かれたこと、もう一つは、修道規則がペシノシュスキー修道院の規則から北方のコーネヴェツ修道院の規則に代えられたことである。

この時、オプチナ修道院に付属する前駆者聖イオアンのスキト建設の責任を負うことになったのが、一八一九～一八二五年の間カルーガの主教を務めたフィラレート（アムフィチアートロフ、†一八五七年十二月二十一日）である。ユーモアを込めて「修道生活の愛好者」とも称されるこの人物は、あらゆる点においてきわめて特異な存在であった。彼の祭服の繻子、絹、ビロードの下には、偉大な禁欲主義者にして偉大な祈禱者、清貧を愛し、粗食を好み、神を敬うハリスティアニンとしての徳の数々を修得した神学者の心が息づいていた、と伝記においても称えられている。[28]事実、彼の教会への奉仕ぶりは並はずれたものであり、礼拝は荘厳で、暮らしぶりも非の打ち所がなかった。ロストフの成聖者ドミートリイが人間の聖性の証として言い残しているように、「その倦むことなき生命力は、まさしく使徒と呼びうる人物であり、祈りにおいては六翼のセラフィム、行いにおいてはヘルヴィム、応対の物腰も天使そのものだった」[29]。これに付け加えるならば、フィラレートは偉大なる節制者にして斎戒者、偉大なる奇蹟成就者であった。ロシア正教史を通じても、最も偉大な苦行者の一人に数えられる人物である。[30]彼が福たる最期を迎えたのは、キエフの府主教の位にあった一八五七年のことであったが、何とそれに先立つ十七年前、彼はキエフ洞窟修道院の克肖者の名に因んで、フェオドーシイとして密かにスヒマの位を受けていたのである。

主教フィラレートは、オプチナ修道院の霊的な成長を保証する目的で、それに付属するスキトの創設を決定していた。スキトとは小規模な共住施設であるが、その規則は厳格である反面、修道士の営みに関する規制は緩やかで[31]、それ故、それは修道士の自己鍛錬に大いに資することは勿論、長老の側から見ても、彼らを指導するための便宜が整っている点に最大の特徴があった。その結果、スキトは修道生活の厳格な諸原理に依拠した修道士育成にとって格好の手段として認知されるようになったのである。

そのためにフィラレート主教はブリャンスク県のロスラーヴリの森に居住していた名高い隠遁者たちをスキトに呼び寄せるようになる。これら隠遁者の殆ど全てが克肖者パイーシイの弟子であるか、その弟子のまた弟子であった。初代のスキトの長となったのが、ロスラーヴリの隠遁者で、後にオプチナ修道院の有名な院長となる克肖者モイセイ(プチーロフ、†一八六二年六月十六日)である。勿論、モイセイのみならず、十九世紀中葉にオプチナに居住した他の長老もその全てがパイーシイ・ヴェリチコフスキーの弟子の教え子であったし、この偉大な長老パイーシイが始めた事業の正統な継承者でもあった。これこそ、ロシア修道制の土壌に実を結んだパイーシイ流の修行の成果である。オプチナ修道院の内なる営みの基礎をなしているのは、修道院規則が要求するところを厳格に守り、修道生活の内面、キリスト教の偉大な禁欲主義者たちによって指示された霊的修行の諸原理、そして修道士の霊の完成に注意を払うことであった。隣人に奉仕するための祝福を受けるのは、それらを修得した後のことである。

かくして長老制はオプチナ修道院の再建当初から、言わば、修道生活の前提条件となっていた。[32] オプチナ修道院で長老制が開始されたのは、克肖者レフ(ナゴルキン、†一八四一年十月十一日)が移り住んできた一八二九年のことである。それまで殆どすべてのオプチナの修道士たちが重視していたのは、聖詠(詩編)の読み、斎、徹夜禱、叩拝付きの祈禱といった修道生活の外的な側面ばかりであり、これこそが修道制の本質であると見なしていた。他方、精神の鍛錬といった内面的側面は等閑に付されていたのである。各々が自己流の理解にしたがって生き、能力に合わせて修行を行っていた。禁欲主義的な師父の著作に通暁し、修道生活の根幹をなす霊的な涵養の不可欠性を理解し、それをオプチナ修道院に導入したいと願っていた克肖者モイセイとアントーニイ（プチーロフ、†一八六五年八月七日）兄弟以外は、オプチナにおいて長老制について知る者は一人もいなかった。しかし当時オプチナにいた修道士の力量では、長老制を開始させることのできる者はいなかった。モイセイ自身は主管として避けては通れない、物資の確保を始めとする煩わしい任務に忙殺されていたし、スキトの代表であったアントーニイ（プチーロフ）も、長老制の指導を引き受けるだけの十分な体力を持たず、健康上の不安を抱えていた。そのために、多くの修道士にとって全く馴染みがなかったうえ、各人の些細な思考や心の動きにまで絶えず目を光らせていなければならないとなれば、彼らにとっても荷が重く、不愉快な習慣に感じられたとしても無理はなかった。こうした事業には、それを定着させる過程に生ずるあらゆる障碍を乗り越えることのできる、生命力に溢れ、信に堅く、悪に対しても勇敢に立ち向かうことのできる人間が必要であった。因みに、克肖者レフはこれらの条件をすべて充たす強靭な人間だったのである。

こうして主管モイセイはレフに長老制の施行を委託し、この路線を進むことを願う者、それに新たにこの営みを始めようとする者を残らず彼に託したのである。長年に亘って修道生活の外面的な営みばかりに慣れ親しんできた多くの者は、長老の指導のもとで行われる精神の完成、発意の告白による悪癖からの心の浄化、勤労奉仕、内なる営み（知恵の祈り）の意味することを理解できなかった。このような状況下で長老制を導入することは空虚な戯言であり、殆ど異端的な行為と考える者すらあったと言われる。

オプチナ修道院に長老制が実施された当初、大きな抵抗が起こったことはあまり知られていないが、それに続いて、カルーガの教会首脳部に対する陳情まで行われるに至り、これは教会組織を揺るがす問題となった。しかしながら、それを扇動したのは少数派であり、長老の助言による指導を受けたいと願う人々の数は益々増加していった。当初カルーガの教会首脳部はそうした陳情を鵜呑みにしなかったが、新たに着任したカルーガの大主教ニコライ（ソコロフ、†一八五一年九月十七日）は、事の真相を究明することなく、レフに俗人を庵室に受け入れることを禁じ、彼をスキトから修道院に移管する命令を下したのだった。だが克肖者レフは、こうした圧迫に耐えるだけの十分な精神力と、自らが行なう事業の高邁さと正当性に関する十分な自覚を有していた。このような切迫した事態に際して、長老制に対する迫害をやめさせるために、当時はまだサンクト・ペテルブルグ郊外のトロイツァ・セルギイ・プスティニの掌院であり、主管をも兼務していた成聖者イグナーチイ（ブリャンチャニノーフ）、モスクワの府主教フィラレート（ドロズドーフ、†一八六七年十一月十九日）、キエフの府主教フィラレート（アムフィチアートロフ）といった面々が介入してきたのも当然の成り行きであった。まもなく、カルーガの大主教ニコライは根拠のない噂を信じたことに遺憾の念を表明し、自らの過ちを認める発言を行ったばかりか、その時すでに故人となっていた長老レフの伝記を編纂すべきとの提案を行ったのである。

この一件が起こった一八四二年以降、オプチナの事業はもはや誰をも惑わすことがなくなり、主教区当局が口を挟むこともなくなった。その意味では、長老制がオプチナに完全に定着した時期を、概ね一八四〇年代の初頭と見なすことができる。何ものをも恐れず、自らの事業の正当性を些かも疑うことなく、揺るがぬ決意を秘めていた長老レフの尽力によって始められたこの長老制は、柔和で、心優しく、物静かな、謙遜の権化たる克肖者、長老マカーリイに受け継がれることで、益々発展し、強固なものとなっていった。その後も、歴代の偉大な長老制の擁護者の尽力を得て、一九一七年のロシア革命直後に修道院が閉鎖されるまでの間、その伝統はオプチナを舞台に綿々と受け継がれていくことになった。

三―三、オプチナ修道院の長老制の特徴

オプチナの長老制の最も際だった特徴は、その基礎が聖師父の禁欲主義的著作の土壌に置かれていること、禁欲主義を唱える師父の著作の中において指摘されている霊的な諸原理を修道の営みの中で実践しようという志向にあると言える。歴代の長老自身はこれら禁欲主義者の著作を、理論面のみならず、実践面においても深く理解していた。成聖者イグナーチイ（ブリャンチャニノーフ）は、自身が霊的な繋がりを持っていたオプチナの長老について以下のように書いている。

彼らは修道生活に関する師父の著作を読み漁ることで霊的に充たされていた。彼ら自身がこれらの著作によって教えを受けるだけでなく、そうすることで、彼らのもとに教訓的な助言を求めてやって来る人々を教え諭すこともできるのである。[33]

既に見たように、成聖者イグナーチイはオプチナの長老の知識の源泉を聖師父文献に認めていたが、彼自身も長老に倣って聖師父文献を学んだのは、それが福音の言葉をこの世で実現させる唯一の道であることを認識していたからに他ならない。彼はマカーリイ長老とイワン・キレエフスキー、府主教フィラレート（ドロズドフ）といった精鋭たちが叡智を結集して生み出した奇跡的な翻訳の成果を目の当たりにして、これこそが長老制の最大の神秘であることを確信したのである。彼はこうも書いている。

彼ら〔歴代の長老たち〕の記憶は諸聖人の思想によって豊かに飾り立てられた。彼らが自分の考えで助言を与えることは一度もなく、いつも聖書か聖師父の言葉に沿ってなされた。長老たちの書簡を見ると、聖師父の著作に

関する深甚な知識と、そこから逸脱することのないようにとの確固たる意図が随所に見て取れる。シリアの克肖者イサアクの言葉にも見られるように、聖師父の言葉は「希望の宝庫」でもあったからである。[34]

長老は聖師父著作の読みを、修道士が礼拝のない時間に、まず何をおいても行うべき課業として挙げている。長老が霊的な問題を相談する修道士に宛てた書簡は、聖師父の書物からの引用と、霊的な営みの完成にとって必要なことがらが凝縮されているこれら書物を読むように勧める言葉で満たされていた。こうして聖師父文献の読みは、今や全ての修道士に不可欠な心の営みとなったのである。

長老は聖師父文献の読みによってもたらされる利益を高めることを配慮して、オプチナ修道院に「発意の告白」を導入した。これはつまり、修道士が自分の思いや感覚を毎日長老に痛悔（懺悔）することであり、修道士が霊的完成を達成するために、聖師父著作の読みに次ぐ、第二の必要条件とされた。キリスト教の偉大な苦行者の助言に遵って、各々の修道士は長老に対して完全に服従しなければならず、長老の助言と祝福なくしては何事もしてはならなかった。そして長老には自分の内的世界を残らず打ち明け、自分の霊の欠陥を治療するために助言を求めることが義務づけられた。こうした条件のもとでのみ、修道士は霊的に成長することができるからである。以上の理由から、発意の洞察〔自らの心の状態のチェック〕は修道士としての完成を促すうえで、日常的かつ本質的な霊的管理の手段として理解されていたのである。

オプチナの長老たちはあらゆる助言や説教の核をなすものとして「謙遜（смирение）」を挙げている。つまり、彼らはその点にキリスト教的生活の基盤を見ていたのである。このことは常に想起させられ、そこから各々の修道士や信者のその他の徳が生まれてくると考えられている。「謙遜があるところにはすべてがあるが、謙遜のないところには何もない」とは、克肖者マカーリイ長老が常日頃から繰り返し口にしていた言葉である。それは修道生活の本質が外面的な規則の遵守にではなく、慾との闘い、心の浄化、聖神の獲得にあることを理解していたことの何よりの証である。こうして修道の営みの重心を外面的な側面から内面的な側面へと転化させたことに、オプチナの長老が一致して推進した独自の方向性があると言える。

オプチナの長老制に関する第二の条件が実行された背景には、長老の存在がこの修道院組織の中枢を占めるという事情も働いていた。長老は礼拝を直接司禱することはないとは言え、孤立した存在でも、修道院の管轄体制から外れた存在でもなく、むしろその精神的支柱として象徴的な存在であった。ここでは長老の助言なくして、重要なことがらに着手されたことはなかった。修道士の全幅の信頼のもとに、長老は最良の目的に捧げられるすべての力を霊的に結集させようとした。本来、修道院規則に遵えば、修道士の心を一つにまとめ上げ、管轄するのは修道院長（主管）が果たすべき仕事である。例えば、モルダヴィアのニャメツ修道院の掌院、パイーシイ・ヴェリチコフスキーのように、主管が長老でもある場合、実際に修道士全員を束ねていた。だが、オプチナ修道院では事情が異なっていた。こちらも克肖者モイセイやイサアキイ（†一八九四年八月二十二日）の例に見られるように、主管はしばしば長老でもあったが、彼らはこの種の霊的活動から身を引いていた。つまり彼らは修道院の営みの中から、修道生活の資金調達や財産管理、外交的作法といった、専ら外面的な仕事のみを引き受け、修道士の霊的な指導は真に有能な長老たちの手に委ねていたのである。これも彼らなりの謙遜の表れであった。

オプチナの長老制に関する第三の特徴は、民衆に対する霊的な要求にも応えることで、彼らの救いに貢献してきたことである。長老レオニード（スヒマ掌院レフ）の伝記には以下のような記述が見いだされる。

主管や修道士から受けていた愛と尊敬によって裏打ちされる長老レオニードの知恵の高さは、たちまち彼を修道院以外でも有名にした。多くの町や村から、老若男女を問わず、商人、貴族、町人、庶民といった様々な階級の人々が、霊的な助言を求めて、長老の庵室の扉を目指して訪れるようになった。すべての人々が長老に、その父親のような好意と愛を以て受け入れられ、誰一人として慰められることなく彼の庵室を出て行った者はなかった。長老レオニードは民衆への奉仕を最も聖なる、気高い事業と見なしていたし、そのためには受難をも甘んじて受ける覚悟を決めていた。[35]

ここで克肖者レオニード（レフ）について言われていることは、克肖者マカーリイ、アナトーリイ兄（†一八九四年一月二十五日）、アナトーリイ弟（†一九二二年七月三十日）、イラリオン（†一八七三年九月十八日）、イオシフ（†一九一一年五月九日）、ワルソノーフィイ（†一九一三年四月一日）、ネクターリイ（†一九二八年四月二十九日）、ニーコン（†一九三一年六月二十五日）についても言うことができる。

これら長老たちは民衆に、福音の教えを如何に理解すべきか、自分の心の病を如何に治療すべきか、といったことを説教を通じて教えていた。彼らの説教は単純明快で、真実味に溢れ、如何なる技巧とも無縁で、心のこもったものであり、彼らの回答は愛と安らぎに満ちていた。あたかも長老たちは、訪れる者の霊を見透かしているかのようで、霊のすべての病を見抜いており、如何に助ければよいか知っており、実際に助け、慰めているのである。長老は各々の来訪者に、その霊の欠陥や発達の程度に見合う教訓を与えていた。彼は自分のもとを訪ねて来る各人の置かれた状況を精査し、その個人的な性格、その性向を推し量るよう努め、親身になって最良の解決方法を示唆するので、非常に多くの人々が慰められ、心も軽やかに長老のところから出て来るのだった。オプチナ修道院とその長老たちに関する評判は全ロシア、および外国にまで広まる勢いを見せていた。

隆盛期のオプチナ修道院の内的な営みの今一つの特徴をなしているのは、修道士たちによる文献出版活動である。その活動の開始に好ましい条件を与えたのが、克肖者パイーシイ・ヴェリチコフスキーの手書きの翻訳や、ギリシャ語（ビザンツ時代）の聖師父文献を含む膨大な蔵書の存在であった。オプチナの修道士たちによる出版活動の対象となったのは、主として以下のような文献であった。一、克肖者パイーシイと同時に、オプチナの修道士たちによって翻訳、改訂された禁欲主義的傾向を持つ聖師父の著作、二、主に十八世紀から十九世紀初頭にかけての苦行者の作品、および彼らの聖伝、そして教訓的内容を持つ書物であった。

聖師父文献の出版は、一八四七年に『モルダヴィアの長老パイーシイ・ヴェリチコフスキーの伝記と著作』が出版されたのを皮切りに精力的に開始された。それに続いて、テオトキスの修道司祭ニケフォロス（後のアストラハンの大主教）著の『修道女のための四つの啓蒙教理書』（一八四八年）、さらに『霊の糧として摘み取られた穂』（一八四九年）がともに克肖者パイーシイの翻訳で出版された。後者には、成聖者イオアンネス・クリュソストモス、パラマスの成聖者グレゴリウス、証聖者マクシモス、苦行者マルコス、師父アムモーノスの著作の断片、克肖者ゾシマ等の著作が収められている。スラヴ語でも、『克肖神父大バルサヌフィオスとイオアンネスの霊的生活への指南書』（一八五二年）、『我らが克肖神父新神学者シュメオーンのきわめて益ある言葉』（一八五二年）といった書物が出版された。これ以外にも、克肖者証聖者マクシモス、シリアの聖イサアク、アヴァ・タラシオス、ガザのドーロテーオス（アッヴァ・ドロフェイ）、苦行者マルコス、（エジプトの）オルシシオス、エジプトの隠遁者イサイヤ、階梯者イオアンネス、ストゥディオスのテオードロス、ダマスコのペトルス、シナイ人アタナシオス等の著作の翻訳が世に出た。克肖者パイーシイによるスラヴ語訳の幾つかは、その後、オプチナの修道士たちによってロシア語に翻訳され、出版された。より後期の苦行者たちの作品も出版された。ソラの克肖者ニール、ピョートル・ミチューリンとシナクサリのフョードルの人生と功績に関する覚え書き、それに『主の十字架の王道』（イオアン・マクシーモヴィチによる翻訳）等がそれに属する。それに教会や斎といったことがらに関する一般的な教訓書も幾つか出版された。[36]

それに加えて、オプチナの修道士たちによる独自の著作も数多く出版している。その中には、修道スヒマ司祭イオアン（マリノフスキー）の教会分裂についての研究、修道士ポルフィーリイ（グリゴーロフ）のザドンスクの隠遁者ゲオルギイの伝記、修道司祭クリメント（ゼーデルゴリム）によるオプチナの克肖者レフとアントーニイの伝記、掌院ユヴェナーリイ（ポロフツェフ）によるオプチナの克肖者モイセイの伝記などがそこに含まれる。そうした中でひときわ異彩を放っているのが、全ロシアでその名を知られる偉大な古文献学者にして考古学者、中世文化の復元者、歴史家、そして数多くの学会員としても、ロシアと世界の学問に多大な功績をなした永遠に記憶さるべき修道司祭レオニード・カヴェーリンの膨大な研究業績である。彼はオプチナ修道院を始め、カルーガ主教区の他の修道院の歴史の編纂についても多くの仕事を残した。オプチナの克肖者マカーリイの聖伝、それにコゼーリスクのオプチナ修道院、クールスクのコレンナヤ生神女誕生修道院、ベリョーフの十字架挙栄修道院、カルーガ主教区の数々の荒廃した修道院、チーホン修道院、マロヤロスラーヴェツ修道院等々に関する歴史的記述は彼自身の編纂になるものである。そして何と言っても、オプチナの出版物として黙過することのできないのが、克肖者アムヴローシイとマカーリイについて浩瀚な聖伝をものしたスヒマ掌院アガピート（ベロヴィードフ）の労作であろう。同じスヒマ修道士の立場から執筆された本書は、数多い類書の中でも、卓越した洞察力と、修道制に関する理解の深さという点で出色である。

オプチナの克肖者マカーリイの死後、当地の文学活動は徐々にその性格を変え始めた。マカーリイ長老の存命中には、主として修道士を読者に想定した禁欲主義的内容の書物が出版の大勢を占めていたが、その後は例えば、『地獄と地獄の苦しみについて』、『世の終わりに起こる最後の出来事について』、『悔い改めに関する教理』といった一般読者のための教訓的読み物の方に主流が移行していった。

この二世紀ほどについて言うならば、ロシアにおいて、禁欲主義文学を主流とする文学活動がこれほど大々的に展開された修道院は、オプチナをおいて他になかった。それだけオプチナはロシアの霊的な啓蒙のみならず、ロシアの修道生活そのものに対して未曾有の貢献をなし得たと言いうる。成聖者イグナーチイ・ブリャンチャニノーフも証言しているように、「道徳的にも、霊的にも発達するのは、聖なる書物〔禁欲主義文献〕の読みが徹底して行われている修道院だけである[37]」となればなおさらである。

オプチナ修道院は長老制のおかげで、ロシアの数ある修道院の中でも、その霊的水準の高さにおいて際だった存在となり、ロシアの修道生活の卓越した現象として世界中に認知されるに至った。このことについては、多くの同時代人の証言からも窺い知ることができる。オプチナ修道院は偉大なる長老にして修道士の偉大なる霊的指導者であった克肖者パイーシイ・ヴェリチコフスキーの活動の産物であり、同時に十八世紀末から十九世紀に特徴的なロシア修道制の内的営みの高揚を示す、最も広汎で、最も完全な現れとなった。オプチナ修道院には、この高揚を表すあらゆる最良の側面が見事に映し出されている。それがさらには俗人の霊的教化の端緒となり、右に述べてきたロシアの文化人や作家、思想家、芸術家にまで普及したことで、ロシア文化史の特異な側面が形成されたことを裏付ける重要な資料を今日まで提供し続けている。

ところが残念なことに、二十世紀に入ると、オプチナ修道院はその看板たる長老制ともども完全に零落してしまった。言うまでもなく、ボリシェヴィキ政権の反宗教政策によって修道院が閉鎖され、長老制はおろか、通常の教会生活を営むことも不可能な所謂「現代のキリスト教迫害」時代が始まったからである。とはいえ、書物や長老たちの書簡といった霊的遺産は、地下に潜って生き延びた強靭なハリスティアニンたちの手によって、今日まで一つ残らず守られたため、長老の言葉は今もって生き続け、真理を求める信仰者たちに生きるための指針を与え続けた。その結果、世界各地に居住する何百万人もの正教徒が連帯することで、彼らにとっての共通の糧となり続け、それこそが現代においても信仰を持って生きることを可能ならしめているのである。

以下の各論で詳述することは、オプチナの修道士はもちろん、ロシアの俗世にありながら長老の言葉を信じて実践することで東方教会の伝統を受け継いだ知識人たちの人生と創作の霊的生活についてのドラマである。

四、ロシアの文化人と長老との霊的交流をめぐって

十九世紀ロシア文化において、オプチナ修道院の長老たちが同時代の世俗作家や思想家に与えた精神的影響については これまで少なからぬ言葉が費やされてきた。近代ロシアのメシア思想を正教の伝統に照らし、なかんずく長老制の果たす役割という観点から、個人のみならず国家や民族の救済を模索する一連の思索を解明していく上で、今やロシア文学や思想史にかかる一潮流を形成してきたこれら作家の思考形態や価値観を無視することはもはや不可能であろう。そこで小論においては、まずオプチナ修道院とロシア世俗社会との人的交流と思想的系譜を幾つかの論点から概観しておきたいと思う。それが今後、各々の思想家の著作に基づくより詳細な分析を行う上で、必要な里程標となることは疑いないと思われるからである。

譬えて言うなれば、復興後のオプチナ修道院は神を探求するロシア人によって、言わば、神に献げられた熱き蝋燭、十九～二十世紀の正教ロシアの燃えさかる燭台であった。その聖性の核をなしていたのが、ロシアで一世紀に亘り繁栄の極みに達することになる有名な長老制（一八二九年～）である。これら長老の霊的輝きによって人生の道を決定づけられた人々の数は計り知れぬほどであるが、実際に長老たちは過去と未来、生ける者と死せし者、地上のものと天上のものを繋ぐ役割を果たしていた。「サロフとオプチナはともに、全ロシアが暖を取る最大級の焚火であった」という思想家ゲオルギイ・フェドートフの評価を俟つまでもなく、オプチナは他ならぬこの長老制の働きによって、聖神の恩寵と聖なるルーシの浄化の炎に護られた霊的な中心地としての発展を遂げることになる。爾来、この地を多くの信者たちが巡礼に訪れるようになるが、そこではすべてが慈愛と癒しの光に満たされて、神を求める人々の魂は決して裏切られることなく、彼らが面会を渇望する人々に見えることができたと言われる。作家ゴーゴリ（†一八五二年二月二十一日旧暦）がアレクセイ・ペトローヴィチ・トルストイ伯（†一八七三年七月二十一日旧暦）に宛

てた書簡も、オプチナについてのこうした印象をよく反映している。

わたしはどこでもこのような修道士たちに会ったことがありません。彼ら一人一人はまるで天の住人と話をしているように思われました。わたしは彼らのうちの誰がどのような暮らしをしているのかといったことは尋ねませんでした。彼らの顔そのものがすべてを物語っているからです。堂役たちですら、その天使のような愛想のよさ、応対の輝くばかりの素朴さでわたしを驚かせてくれました。修道院で働く人々や、近隣の農民や住民たちも同様でした。修道院に到着する数キロほど前から、もうそうした芳香が漂ってくるかのようです。何もかもが徐々に愛想よくなり、お辞儀も深くなり、人間への同情もいや増しに増していくのです。（旧暦一八五〇年七月十日付）[38]

またオプチナで自らの修道士としての修行を開始した（十年間そこで生活した）長老スヒマ掌院ガヴリイル（ズイリャーノフ、†一九一五年九月二十四日）は後年以下のような回想を残している。

そう、我々はあたかも聖人たちに囲まれているように感じられました。畏怖の念とともにまるで聖地を巡礼しているような感覚なのです。わたしは全員の顔を覗き込むように眺めました。レベルこそ人それぞれですが、彼ら全員が霊《たましひ》という意味では、同じものでした。それ以上でも、それ以下でもない、すべてが一つだったのです。霊《たましひ》も一つ、意志も一つ、それはいずれも神の中にあるのです。[39]

また有名な教会師父で、修道生活の父にして禁欲主義の指導者でもあるイグナーチイ・ブリャンチャニノーフ主教

（†一八六七年四月三十日）も、オプチナ修道院のことをロシアで最もよく整備された修道院の一つと名指している。彼はオプチナの初代長老レフの霊の子でもあったため、オプチナに一年ほど住んでいたのである。彼は長老に宛てた書簡の中で、以下のように書き記している。

俗世に出れば病気に罹るのですが、あなたの修道院では癒されます……神の祝福を得たオプチナ修道院がわたしの記憶から消えることはありません。わたしはそれを一目見て心奪われてしまいました。霊気に満ちたあのスキトもです。[40]

また別の書簡の中でも、彼はオプチナの修道士たちのことを「聖務に熱心な修道士たち」「この上なく尊き修道士たち」「真の苦行者」「神に選ばれし修道士たち」などと尊敬の念をもって呼んでいる。[41]

さらには、オプチナの掌院モイセイの弟アントーニイ・プチーロフ（†一八六五年八月七日）についても以下のようなエピソードが残されている。彼はそれまでオプチナのスキトの長でありながら、長老制の意義を過小評価していた当地の主教から、突然モスクワの郊外にあるニコライ・チェルノオストロフスキー修道院の主管への異動命令を受けたのである。彼は自ら尽力して建設した修道院との別れを惜しみ、悲嘆に暮れていたところ、ある日、彼の夢の中にこの世のものとは思えない眩い光に包まれた聖人の一群をしたがえたヴォロネジの主教ミトロファンが現れてこう言った。

おまえは天の楽園(paй)にいたのだから、それをもう知っている。さあ、これからは働くのだ。そして怠りなく、祈るがよい。[42]

この偉大なる主教、天国の使いたるミトロファンによって、オプチナ修道院のスキトは「天の楽園」との評価を下されたのである。この言葉からもわかるように、神の家たる教会が、「天の楽園」になるための秘密がこの修道院に隠されていることになる。

オプチナと関わりを持ち、そこに魅せられた人々にとって、そこに至る道は一様ではなかった。全ロシア的規模をもつオプチナへの道を開拓した初期のロシア文化の代表者の一人として黙過できないのは、ホミャコフとともにスラヴ主義の理論的創始者とも呼ばれるイワン・キレエフスキー（†一八五六年六月十二日）である。オプチナのマカーリイ長老（†一八六〇年九月七日）と知り合った後のキレエフスキーの哲学的著作はそのすべてが、「自己と個人的経験以外には何も認めない理性の自動刃」、「人間のそれ以外のすべての認識能力から」切り離され、生活から「固有の本質的意味を奪い去った」「独断的にふるまう悟性」がヨーロッパ文明にもたらした精神的危機からの出口を模索するものであった。キレエフスキーに拠れば（論文『断章』）、信仰に到達できるのは「信仰をもつ理性〔思考〕」だけであり、それは「霊のあらゆる力を一つの力に集約しようとする志向性」に他ならなかった。キレエフスキーは言っている。

理性も、意志も、感覚も、良心も、美しいものや真なるもの、驚くべきものや望まれているもの、公正なものや慈悲深いものが集まっている、存在の内的な中心を探さなければならない。知恵の全容量は唯一つの生きた統一へと流れ込んでおり、このようにして、人間の本質的人格は原生的な全一性の中で再生されるのである。（傍点は筆者）43

キレエフスキー（およびスラヴ派全体）にとって、この全一的思考の模範となったのは東方の聖師父学であったが、彼は「生活の霊的な全一性」の生きた体現をオプチナ修道院とその長老たちの中に見いだしていた。つまり、彼らは「真理を……内面的な直接的経験によって……獲得しており、あたかもその真理を自分の国について証言者が語るニュースのように我々に伝える」のである。イワン・キレエフスキーがアレクサンドル・コーシェレフ（†一八八三年）に宛てた書簡はさらに興味深い。

あらゆる書物に増して重要なのは、聖なる正教の長老を見つけることです。長老には自分の諸々の考えを告白したり、それに関する多少なりとも賢明な彼の意見を聞くだけではなく、聖師父の判断をも伺い知ることができるのです。神のおかげで、ロシアにはまだそのような長老がいるのですから、真摯に探せば、きっと見つかることでしょう。[44]

キレエフスキー自身にとって、このような長老にあたるのがマカーリイ（イワノフ）長老であった。オプチナの精神に触れたキレエフスキーにとって、キリスト教伝承とは古代テクストの集積ではなく、使徒の時代に淵源をもつ現代の精神伝承の生きた現象として実感されたのである。

ロシアの教養階級の関心を惹きつけることになるオプチナ出版所の開設計画を最初に抱いたのは、他ならぬこのマカーリイ長老とイワン・キレエフスキーであった。マカーリイ長老や他のオプチナの修道士等の庵室、それにオプチナ修道院の図書室には、パイーシイ・ヴェリチコフスキー（†一七九四年十一月十五日）が自ら翻訳した聖師父文献の写本が多数集められていた。それに加えて、ノヴォスパスク修道院の長老であった修道司祭フィラレート・プリャーシキン（†一八四二年八月二十八日）から委譲されたモルダヴィアの長老の写本数点がナターリア・ペトローヴナ（イワン・キレエフスキーの妻、†一九〇〇年三月十四日）の手元に残されていた。当時のロシアの出版状況から見ても、これらの写本を出版するという考えが無謀に近いことは明らかであった。検閲を考慮したマカーリイ長老も、その計画の実現を危ぶんでいた。実際、一七九三年にペテルブルグとノヴゴロドの府主教ガヴリイル・ペトロフ‐シャポーシニコフ（†一八〇一年一月二十六日）の尽力により、ペテルブルグで『フィロカリア（ドブロトリュービエ）』が出版されたが、その後は、半世紀に亘って、教会の典礼書を例外として、正教に関する書物は一冊たりとて出版されていなかったからである。

キレエフスキー夫妻が旧知のモスクワ府主教フィラレート・ドロズドーフ（†一八六七年十一月十一日）にこうした窮状を訴えたおかげで、正教会の出版を覆うこうした障害は遂に克服され、一八四七年にオプチナ出版所から最初の書物『モルダヴィアの長老パイーシイ・ヴェリチコフスキーの生涯と著作』が出版された。爾来二十世紀初頭にすでに二百冊にもなりなんとするオプチナ出版になる宗教文献は、いずれもマカーリイ長老とイワン・キレエフスキーの至愛の子であったと言っても過言ではない。当初はパイーシイの翻訳を校閲、印刷するだけであったが、徐々にギリシャ語の原文から新たに翻訳し直すようになった。その意味で、オプチナ出版所の活動は、パイーシイ長老による作業形態を模範として、スラヴ語、ロシア語への翻訳を進めることにより、東方正教会の霊的修業に不可欠な諸条件を整えていった。こうしてロシアの読書界には、ごく短期間のうちに、宗教書を読み、思索するために必要な基本文献がほとんど漏れなく導入されるようになった。マカーリイ長老のこうした活動に賛同し、実際に助手として参加した人々の中には、将来ロシア長老制の最大の継承者となる長老アムヴローシイ・グレンコフ（†一八九一年十月十日）、将来トロイツァ・セルギイ大修道院院長となる修道司祭レオニード・カヴェーリン（†一八九一年十月二十二日）、将来ヴィルノとリトワの大主教となる修道司祭ユヴェナリイ・ポロフツェフ（†一九〇四年四月十二日）、モスクワ大学古典文献学の博士であった修道司祭クリメント・ゼーデルゴリム（†一八七三年四月三十日）、またキレエフスキーの影響を受けてオプチナの出版活動に参加した世俗の学者としては、モスクワ大学のステファン・シェヴィリョーフ教授（†一八六四年五月八日）、ミハイル・ポゴージン同教授（†一八七五年十二月八日）等が名を連ねていた。その他にも、かつてモスクワの神学校校長で後にヤロスラーヴリの主教となる修道司祭レオニード・クラスノペーフコフ（†一八七六年十二月十五日）、かつてモスクワ神学大学の学監を務め、将来モスクワの府主教となる大主教セルギイ・リャピデフスキー（†一八九八年二月十一日）、モスクワ神学大学教授で後に司祭となるフョードル・ゴルビンスキー（†一八五四年八月二十二日）等が協力者として参画していた。彼はそれらの印刷業務を監修したのみならず、校正を行ったり、新しいテクストを翻訳したり、聖師父学の難解な用語についてマカーリイ長老と検討したりもした。この二人の共同作業で出版されたものだけでも、シリアの聖イサアク、階梯者イオアンネス、表信者マクシモス、タラシオス、ガザのドーロテオス（アッヴァ・ドロフェイ）等錚々たる教会師父の代表的著作が挙げられる。

イワン・キレエフスキーがマカーリイ長老に宛てた書簡からは、長老を敬愛しながらも、全くと言ってよいほどの精神的自由をもって自分の霊父に相対していたことが窺われる。彼は自分の著作は勿論、盟友ホミャコーフ（†一八六〇年九月二十三日）の論文まで長老に通読してもらい、数々の助言や指示を仰いでいた。マカーリイ長老のおかげで、初期スラヴ派に属していた理論家たちの主要な教理には所謂「オプチナ的キリスト教信仰」の反照が認められる。それだけにキレエフスキーの突然の死がもたらした周囲への衝撃も大きかった。彼の死の直後（一八五六年）、ホミャコーフはシェヴィリョーフに宛てて書いている。

我々一同には、何か特別に柔らかい響きを残して、キレエフスキーとの間に張りつめていた弦が切れたかのような気がしました。だがこの弦こそが同時に思想でもあったのです。[45]

キレエフスキーは言うに及ばず、ホミャコーフの側も両者の見解の相違を意識していたことは明らかである。その要因の一つは「長老制」への理解の有無とする仮説も成り立つのではなかろうか。初期スラヴ派の果たした功績の一つは、ロシアの最も重要な国家的理念の発生を促す土壌を作ったことであるが、スラヴ主義の誕生そのものもオプチナ修道院に多くを負っていた。イワン・キレエフスキーは疑いなく、スラヴ派の創始者、その理論的権威の一人であったが、哲学者としての彼の国家理念が必ずしも正しく理解されたとは言い難い。それでも、彼がロシア帝国の国家政策全般に対する新たな改革を提唱し、それによる帝国主義理念の形成、強大な中央集権的国家理念の基礎づけに寄与したことは事実である。だがキレエフスキーは、ロシア人たることは、全ロシア皇帝の臣民、すなわち帝国の市民であるとする信念に、西欧のヒューマニズムを拠り所として到達したわけではなかった。彼の考える教会の教えは、強力な国家機構に、敬虔と潔浄を旨とする「安和な暮らし」への仲介役を割り与えたにすぎなかった。こうして時の国民教育相ウヴァーロフ伯爵の掲げた三位一体のスローガン（正教、専制、国民性）のうち、専制（ロシアの国家的帝国理念）もしくは国民性を優先させれば、国家は自壊すると悟ったキレエフスキーが、正教を最優先すべく主張したことは当然の成りゆきであったと言える。

キレエフスキーが初めてオプチナに辿り着いた時、彼は強硬な西欧主義哲学者であったが、長老たちの庇護を受けることで、西欧哲学や西欧的合理主義の欠陥を自覚し、霊的に生まれ変わったのだった。ここでキレエフスキーは教会が教える人間観、認識の条件、全一的知識といった概念に出会い、ロシアの圧倒的大部分の教養階級にとって未知の領域であった教会の教理を現代の哲学用語に移し換え、それによって哲学の新たな基礎を築き上げたのである。オプチナ修道院における基本的宗教文献の出版活動が、キレエフスキーのこうした新たな哲学の可能性の展開に完全に呼応していたことは驚くべきことである。ロシアの多くの教養人にとって、これは一種の発見であり、新たな文化的、宗教的革命でもあった。こうした動きが「ロシアの放蕩息子」たちを父の家たる教会に復帰させる原動力になったとさえ言うことができるのである。この点におけるオプチナ修道院とその愛すべき息子イワン・キレエフスキーの意義はいくら評価してもしすぎることはないだろう。教会とロシアの知識人がついに出会ったのであるが、その出会いの果実は、膨大なロシアの霊の救済の価値とロシア文化の驚くべき繁栄に匹敵するものである。

同じオプチナの住人となった者同士でも、キレエフスキーが謙遜と内的な調和を体現する人物であったのに対し、もう一人のコンスタンチン・レオンチェフ（†一八九一年十一月十二日）はその人格の善良さにも拘わらず、青春期より様々な慾に囚われ、その慾との闘いに成熟した人生の晩年のすべてをオプチナの中で費やすような生き方をした人物であった。だがその闘いの発端は、コレラの治癒という、ギリシャのサロニカにおいて彼自身の身に起こった奇跡であった。彼が修道生活に入るのは、この時からである。だがアトス山の長老イエロニムとマカーリイ両師は時期尚早として、レオンチェフをすぐ修道士に剪髪することには同意しなかった。医師、外交官、哲学者、文学者、そして修道士といった経歴からも明らかなように、多彩な才能に恵まれたレオンチェフが、常人の想像を超えた深い精神性と独創性を持っていたことは疑いの余地がない。ベルジャーエフは書いている。

レオンチェフは類い希な自由な知性の持ち主で、何ものにも囚われず、しかも完全に独立した最もロシア的な知性の一人である。[46]

ベルジャーエフのこうした評価は決して誇張ではなかった。彼の世界観に普遍的に透かし見える極端なビザンツ的伝統への回帰に賛否はあったものの、概してその思想的独自性はロシアの読書界で理解されず、彼は生きながらにしてその存在自体が忘れ去られたと言っても過言ではなかった。彼の道徳的潔癖さはロシア文学にも前例がないほどであるが、その「万民のための」言葉はことごとく曲解されてきた。オプチナ修道院の文化的意義について優れた研究を残したイワン・コンツェヴィチ（†一九六五年七月六日）はレオンチェフの教養の特異性について以下のように表現している。

　その教養から言っても、彼は医師であり、世界のいとなみの現れの中に、わけても病理学的な観察を行い、炯眼さを示した。だが何と言っても、美学者でもある彼は、俗物と矮小化のあらゆる兆候を、文化の終焉、凋落として理解していた。[47]

ともあれ、レオンチェフの国家論において何よりも特徴的なのは、彼がすでに一八七〇年代から（例えば、論文『ビザンツ主義とスラヴ主義』（一八七五年）、すべてを呑み尽くす平等への熱望をともなった革命的ヒューマニズムの反キリスト的本質を誰よりも鋭く予感したことであろう。そればかりか、人類が「社会主義体制の悲劇」を通過した暁には、内面に深い精神的、宗教的反動が起こり、学問そのものにも「自らが実践的に無力（бессилие）であるとの感覚、勇敢な改悛（покаяние）、心の神秘と信仰の正しさに対する謙遜（смирение）」が現れてくることを彼は衷心から期待していた。彼の国家史観の根底にこのようなビザンツの禁欲主義に発する概念が横たわっていたことは疑いのない事実である。しかも、ロシアが西欧の革命運動の流れに組み込まれて非階級化、非教会化することで、ロシアが早晩生み落とすことになる反キリストによる悲劇を予見するなど、炯眼さにおいても際だっていた。「ビザンツ的、フィラレート的〔ロシアにおけるビザンツ的伝統を肯定的に評価したモスクワ府主教フィラレートに因んだ呼称〕、オプチナ的」という正教概念は、彼が後に用いることになる用語であるが、これなどは彼が厳密な範疇の中で正教というものを認識しており、それ以外の正教はあり得ないと確信していたことを示している。だがこうした正教理解ももとをただせば、彼がアトス滞在中（一八七一〜七二年）に知り合った二人の長老イエロニムとマカーリイから受け継いだものだった。彼らはレオンチェフが立てた修道の誓いに対して、即座に修道士になることには同意しなかったものの、これから修道の道を歩み始めることには祝福を与えた。レオンチェフが初めてオプチナ修道院について知り、長老アムヴローシイに宛てた紹介状を受け取ったのもこの時のことである。一八七三年七月上旬にレオンチェフは、当時新エルサレムの主の復活修道院の院長を務めていた掌院レオニード・カヴェーリンに宛てて、修道院で暮らしたいとの希望をしためた書簡を書き送った。ところが、掌院もレオンチェフを受け入れることに同意しなかった。とは言え、レオニード自身もオプチナ修道院で霊的に涵養された者として、彼のような修道者が滞在するのに最も適した場所としてオプチナ修道院を選ぶように助言したのだった。こうしてレオンチェフがオプチナの住人になるための条件は期せずして整うこととなる。

彼が姪のマリヤ・ウラジーミロヴナ（†一九二七）をともなって初めてオプチナを訪問したのは、一八七四年八月のことであった。マリヤの手記によると、一週間ほどの滞在期間中に、レオンチェフのそれからの人生に決定的な影響を与えることになるクリメント・ゼーデルゴリム神父と出会っている。尤も、この時は十分に時間を割いた会談はできなかった。後にレオンチェフはクリメントについて論文を書き（雑誌『ロシア通報』に掲載）、クリメント神父の突然の死後、それは小冊子としても出版された（『クリメント・ゼーデルゴリム神父』、一八八二年、モスクワ）。この訪問に際して、レオンチェフはアムヴローシイ長老に痛悔をしたようだが、この長老とゆっくり話し合う機会を持つことは（長老が多忙であるがゆえに）困難であること、それでもこの長老から数々の助言を受けて霊的に甦ったことなど、多くを物語っている。[48] ところが不可解なことに、レオンチェフが修道生活に入ったのは、自らの修道の誓いを祝福されたオプチナではなく、掌院ピーメン（ミャスニコーフ、†一八八〇年八月十七日）から直接の招待を受け取ったモスクワ郊外のニコラ・ウグレシャ修道院においてであった。レオンチェフがこの修道院に見習い修道士として住み込んだのは、一八七四年の十一月のことであったが、翌年の春には掌院との間に何らかの諍いが起ったのか、突然修道院を去ってしまう。長老制の原理に即して言えば、アトスの長老二人のアムヴローシイ長老に向かうべしとの忠告に遵わなかったばかりか、レオニード・カヴェーリンによるこの長老への推薦を無視することになったレオンチェフの罪は大きかったと言わざるを得ない。神の意志を予見する能力を持つ長老の炯眼さが見習い修道士レオンチェフの将来の運命を決定し得るということを、当時のレオンチェフは知る由もなかったのである。彼の友人の伝えるところに拠ると、食庵（トラペズナヤ）の食事に我慢できなかったことに加え、掌院がレオンチェフを「馬鹿呼ばわり」した挙句、ある酷寒の一日、建設用の木片を集めるためにわざわざ森に使いに行かされたことに腹を立てたのが離脱の直接の原因であったという。また修道士たちの態度も粗暴だったようで、彼らが口を揃えて院長の悪口を言うのを見て、レオンチェフが院長擁護にまわったことが周囲との軋轢を増幅する原因になったとも伝えられる。[49]

このように地上の様々な誘惑によってやむなくウグレシャを去ったレオンチェフは、長老の言葉通り、ようやく自分が運命によってオプチナと分かちがたく結びつけられていることを悟ったのである。彼は一八七五年八月に一年ぶりにオプチナを訪れた後、一八七七年には二月三日から約三か月間滞在している。同じ年のある書簡の中で、かつてウグレシャで修道士の格好をしていた頃以上に、今自分の心が修道士のそれに近づいていることを実感したと洩らしているが、それはこの時の体験に基づいている。[50] この訪問を機に一八七九年の初頭から五月頃まで、それに一八八〇年の秋と毎年のように訪問を重ねるが、その後、モスクワの検閲委員会への勤務のため暫く修道院から遠ざかった後、病を得て、彼は闘病生活の中で心身ともに大きな試練を体験する。一八八六年春にようやくチェルチイ・フィリッポフ（†一八九九年十二月十二日）が彼をオプチナへ運び込んだ時、彼は殆ど立ち上がることもできないほどであった。病から快方の兆しが見え始めると、レオンチェフはアムヴローシイ長老からもはや離れることのないように、人生の最後の時間を修道院で送ろうと決心したのだった。この当時、彼はいよいよ長老の指導を必要不可欠と感じるようになっていた。一八八七年の秋、彼は遂に修道院の敷地に隣接する二階建ての家を借り（かつての職業からこれは「領事館」と呼ばれていた）、自分の領地のクジノヴォから家具や書物を運び込むと、知的・文学的創作という意味では、最後の実り豊かな時期をすごすことになる。長老アムヴローシイの計らいによって、レオンチェフが前駆受洗イオアンのスキトで秘密裡に修道士への剪髪式を受けたのは、死の三か月前にあたる一八九一年八月二十三日のことであった。それによって彼は生前敬愛していた修道司祭ゼーデルゴリムに因んで修道名クリメントを名乗るようになった。それから彼はアムヴローシイ長老の奨めに遵い、オプチナを離れて、トロイツァ・セルギイ大修道院に移り住むことになった。「我々は間もなく会えるでしょうから」と言って彼を送り出した長老は、二人の死期が迫っていることを悟ったのか、もしくはレオンチェフには修道士としてなすべき多くの祈りの規則や重労働をこなす能力が欠如していることを察してか、彼を単独で修行できる自由修道士にするつもりだったのかもしれない。その予言通り、長老は二か月後の十月十日にシャモルジノで、修道士クリメント・レオンチェフはその最後の住処となったセルギイ大修道院のチェルニゴフ‐ゲフセマネのスキトで一月遅れの十一月十二日に肺炎のため永眠した。

レオンチェフとオプチナの霊性との関係を窺う意味で貴重な、彼の晩年の精神的特性を反映した書簡を一通以下に紹介しておきたい。それは一八八七年にレオンチェフがオプチナからアナトーリイ・アレクサンドロヴィチ・アレクサンドロフ（一八六一～一九三〇）なる人物に宛てた書簡である。この人物は当時詩人として創作活動に専念するか、大学教授への道を目指すかという人生の選択を迫られていた。レオンチェフは道徳と詩の相互関係を彼特有のスタイルで対比させながらこう語っている。

わたしがアトス山の修道士たちと一年半交流し、禁欲主義者の著述を読み、自分自身との熾烈な霊肉の闘いを繰り広げた後に、二つの最良の作品、つまり長編小説と非小説（『オデッセイ』と『ビザンツ主義とスラヴ主義』）を書いたことをご存じでしょうか（今これらの残酷で、心を高揚させてくれる日々を思い出すにつけ、恐怖と感謝の念を覚えずにはいられません）。生きた印象の数々、生活上の贅沢といったことに関する山のような夢想を、俗人たる若者の祈りや厳格な世界観が台無しにしてしまうことはありません。それらはそうしたものを整理してくれるのです。むしろ、ドストエフスキー以上に階梯者イオアンネスを好きになる必要はないのです……神へのほんとうの恐れ、教会の教えに対する殆ど動物的とも言いうる、最も素朴な恐れ、罪を犯すことへの単純な恐れに至るまで生き、成長することが必要なのです……わたしは教養人たちがこうした感情を嘲笑ったり（賢明な古の時代には偉大な英雄や豪傑もそれを恥だとは思わなかったのです）、笑いながら「こんな子どものようになれと言うのか、ああ、神に憑かれた人を、これがために石で殴り殺すこともできよう」と言うのを耳にしてきました。そう、殴り殺すこともできたでしょう。こうして殺される者は幸いなりですから。わたしは幸せですが、フェートはその無神論的盲目ゆえに不幸な人でした。もしくは、生ける神たる個人の神があるか、もしくはそれがないかの違いにすぎないのかもしれません。ですがもしそれがあるとすれば、ビスマルクやピョートル一世、もしくは誰であれ、神と力比べをしたり、神の面前で何らかの人間の長所について想起したところで何になったでしょう。いやもうたくさんです。あなたもおわかりでしょう。

ここに書くことがあなたに宛てたわたしの結論です。「哀れな親族の方々のことを忘れないでください。教授職に備えなさい。この職は保証された、安定した、快適な、（そしてうまくいけば）かなり他人に益することもできるものです。もしこの冬わたしがペテルブルグに行くことになれば、あなたにとってより生きた、そして詩にとってもより有益な他の道の可能性をも手に入れることができるかもしれませんから。（傍点は筆者）[51]

レオンチェフの同書簡については、クリメント・ゼーデルゴリム神父に関する彼自身の著書が格好の注釈となっている。[52] レオンチェフはオプチナ修道院の或る修道士についての著作の中で、我々がしばしば忘れがちなことがらを痛感させてくれている。彼は長老と作家とを比較し、時には過度に両者を接近させながら、長老の聖性を読者に感得させることを意図しているのである。他の文学者たちのようにしばしば訪問する必要もなく、彼はオプチナに住みついて、長老アムヴローシイと交流しつつ、長老という人格が自己における「古き人間」に勝利した真に「新しい人間」であり、修道生活をいとなむすべての者が志向する「無慾」に到達した証として、言葉や振る舞いは如何なる現世的イデオロギーや個人的見解とも無関係な、この世を超越したものであり、そこで支配しているのは神の意志のみであることを看破していたのである。レオンチェフは恐らく、オプチナと関係を持った文学者の中で、知識人が修道僧の内面を垣間見ることができると言うのは理屈の上の話にすぎず、間断なき発意の発見、斎、心の営み、日々の礼拝への参加、神に仕える生活の本質的意味が開示されるのは、長年に亘って自らの意志でその道を歩んでいる者だけであることを理解した唯一の俗人だったのである。経験を積んだ禁欲生活の道は「修道的世界観」を生み出すが、作家としての世界観は多くの点でそれに対立するものである。こうした対立について、レオンチェフは個人的経験を語るように書いている。

わたしが相変わらず自分を単純化することができないのは、彼〔クリメント神父〕が自らを知的に単純化したからなのです。恐らく、我々はいずれも正しいのでしょう……彼は修道士で、わたしは俗人なのですから。彼は神父、つまり司祭だったが、わたしは聖職者ではありません。彼はマント付き修道僧への剪髪式を受けるにあたり、慾を断つという恐ろしい誓いを立て、それによって自らを縛ったのですが、わたしは世俗と繋がり、物を書くという悪習を保ったことによってロシアの文学者たるべく大いなる不幸を背負っているのです。言うまでもなく、これは大きな違いです……義務や責任も違えば、印象や闘いも異なるのです……[53]

レオンチェフは、異なる意味における責任が顕現した例として、クリメント神父が示した自分〔レオンチェフ〕のカトリックへの同情や異端への関心といった発言に対する烈しい反応ぶりを取り上げている。レオンチェフに拠れば、クリメント神父は「この現代の漸次的崩壊のカオスに曝された」自分の霊のみならず、「隣人の霊やわたしの霊に関する」配慮をも持ち合わせていたという。[54] 他方レオンチェフ自身は物事を歴史的、政治的、美学的観点から見る習性を持っていたため、自分の知性を単純化することはできないと一度ならず洩らしているのである。修道士と作家の世界観の分岐点をなす最大の要因は、単純さと複雑さ、精神世界と精神、社会、政治といった諸分野の問題解明を模索するうえでの絶え間なき不安なのである。「義務や責任も違えば、印象や闘いも異なるのです……」という修道士に関するレオンチェフの実感にさらに一言付け加えるならば、人間に関する神の計画も両者に対して大きく異なっているということである。

しかし十九世紀ロシアの作家は読者によって評価の対象とされ、作家自らもしばしば霊的な指導者、教師、時には預言者をも自認するようになったことは、ある意味で不幸なことであったかもしれない。作家は知識人の間で、所謂長老、修道者の地位を占めるようになったのである。長老としての役割を担った作家の妥協なき判断の一例を示しておこう。

ニコライ・ゴーゴリはオプチナ修道院でもつねに歓迎された訪問者の一人であった。彼がオプチナについて語った印象の数々は今では広く知れ渡っている。マカーリイ・イワノフ長老との出会いは作家にとって霊的な到達点ともなった。しかしゴーゴリの生活上の信条が表明された著書『友人との往復書簡抜粋』への評価において、マカーリイ長老はイグナーチイ（ブリャンチャニノーフ）主教の忌憚なき意見に完全に同意している。この主教による書評はマカーリイ長老の死後、その古文書の中から発見され、しかも長老自身の手で書き写されたものであったため、当初長老マカーリイの名で日の目を見たのだった。[55] この書評がイグナーチイ主教の手になるものであることが判明したのは、後年のことである。[56]『友人との往復書簡抜粋』への書評においては、人間の霊感と「神の声」との間に境界線が引かれている。イグナーチイ主教はこう言っている。

人間には心の感情の動きによって生ずる、多少なりとも発達した生来の霊感がある。神は交雑しているとの理由で、この霊感を否定し、聖神の訪れとともにそれらを更新された状態に甦らせるために、これを抹殺する。仮に人間が神によって浄められるより早く、自分の霊感に遵うようなことになれば、自分や他人のために純粋な光ならぬ、交雑した欺瞞的な光を発することになろう。その理由は、その人間の心には素朴な善ならず、多少なりとも悪と混ざり合った善が住んでいるからである。諸君等も自らを覗き込み、心の経験によってわたしの言葉を確かめるがよい。それらは正しく、公平で、人間の本質そのものから写し取られたものなのである。[57]

イグナーチイ主教、それにマカーリイ長老も同様であるが、ゴーゴリの著書に闇と光の混淆を見ていた。ゴーゴリの本質について主教は書いている。

彼〔ゴーゴリ〕の宗教的概念は不確定なもので、心の霊感に遵って動いている。それは不明瞭で、わかりにくい、霊の働きによる霊感なのだ。彼は作家だが、作家とは絶えず〝心が過剰になるので、口がものを言う〟人々である。

その著作は作者による絶え間なき告白であるが、大部分は自身にも理解できないものであり、それが理解できるのは、発意や感覚の抽象的な側面へと福音によって高められ、そこで光と闇を区別することのできるハリスティアニンだけなのであった。ところがゴーゴリの書物を純粋な神の言葉として受け取ることはできない。そこには混淆がある。つまり多くの正しい思想に混ざって、多くの誤謬が見受けられるのである。際だった自己犠牲を擁していたこの人物は、あらゆる霊的な善の原点とも言える神の避難所に移り住むことを望まれていたのだ。こうした理由から、わたしのすべての友人たちに宗教に関しては、使徒に倣って潔浄と光照を獲得した後に自らの書物を書いていた聖師父の著作をひたすら読むことをお薦めしたい。これらの書物は清らかな真理に輝き、同時に読者に対して聖神の霊感を伝えてくれるのである。[58]

そうだとすれば、宗教的体験に関して、教師として語ることのできるのは禁欲主義者だけということになる。現存する資料からは、ゴーゴリがマカーリイ長老と自らの書『友人との往復書簡抜粋』について話し合う機会を持ったのか否か、また仮にそれについての対話が成立したとしても、ゴーゴリが長老に如何なる対応を示したかは定かではない。しかし、彼がイグナーチイ主教の教訓に如何なる反応を示したかは知られている。ゴーゴリはピョートル・プレトニョーフに宛てて次のように書いている。

わたしに関しては、ご心配ありませんように。わたしは批評家たちに惑わされることも、決して動揺させられることもありませんから。つまり、わたしの中では健全なものとなり、もう固まってしまっていることなのです。わたしがその伝記を読むことのできなかったすべての作家の中で、ひとたび選んだ対象をこれほどまで執拗に追求し続けた人間を他に知りません。わたしはこうした堅さを神から賜った恩寵の徴と見なしています……それにわたしは、全員の意見を聞いてから、後は自分流にやればいいという信念を持っています。ですが、わたしが全員の意見を聞いたうえで、自分流に作りあげたものは、たとえ一時的であっても、もはや大衆の笑いの種にされることは我慢できないのです。[59]

作家がその才能の本質から言って、自我を捨てることはできないのは、その創作のパトスが自分の霊感、自分の正当性を擁護しようとするからである。この一般法則はトルストイの人生や創作において一種の「神格化」のレベルに達している。

レフ・ニコラエヴィチ・トルストイ（†一九一〇年十一月七日）の研究者たちは、作家の五、ないしは六度に及ぶオプチナ修道院巡礼を、その思想的発展との関係において概ね肯定的に解釈してきたと言える。しかし他方、一九一七年の革命前夜には教会と知識人との関係が空疎な象徴的関係へと転化していくことをも銘記しておく必要があろう。革命プロレタリアートの指導者でもあったレーニンはトルストイのことを「ロシア革命の鏡」と称している。だがそれ以前にクロンシュタットの聖イオアン(†一九〇八年十二月二十日)はトルストイ主義の本質について多く語ったり、書いたりしていた。

正教徒たちよ、レフ・トルストイについて……わたしが考えていることはこんなことです。彼は正教の教会とすべてのキリスト教徒に対して宣戦布告したのです。しかも悪魔が天の星の三分の一、つまり天使等を力ずくに切り離した、つまり自分の味方につけたように、我らが抵抗の子、悪魔の精神を担っているレフも、自ら先頭を切って、その神なき教え、その不信によってロシア知識人、とりわけ若者を中心に三分の一もの人々を神から切り離したのです。彼の印刷された無神論的な作品がそれを雄弁に物語っています。[60]

すでに自覚的な年齢に達していたトルストイが一八七七年および一八八一年に修道院を訪れた後（これはオプチナ訪問の最初の二回にあたる）、アムヴローシイ長老の聖性を認めたものの、後世自分の「純粋な福音書」を擁護する目論見を抱いて修道院を訪れたのを機に、聖書を十分に知悉していないとの理由から長老を攻撃するようになった。以下に掲げるのはトルストイが一八九〇年二月二十七日に書き残したメモの一節である。

昨日アムヴローシイ長老のもとに行き、様々な信仰について話した。わたしは「我々が神、つまり真理の中にいる時は何もかも揃っているが、悪魔、つまり嘘の中にいる時はすべてがばらばらである……」と言った。……アムヴローシイは自らの誘惑に陥っている。彼からは修道院での懶惰な生活ぶりが見て取れる……[61]

長老の「誘惑」の本質は、彼がトルストイを教唆しようなどとは考えもしなかったことにあり、「懶惰な生活」の本質は、長老が教会伝統、聖書的伝統に忠実であった点であることは明らかである。「彼は傲慢な男だ」という長老のトルストイに関する言葉は、大作家の霊の疾患、つまり病を的確に言い当てている。だがこの天才も人生の終わりに至って、この病と全力で闘おうとしたのは事実なのである。つまりヤースナヤ・ポリャーナを抜け出してオプチナへ、それからシャモルジノまで行き、死の病と闘いながら、死を前にした最後の痛悔を願い出るのである。だがそれを受けて、ヴァルソノーフィイ長老がオプチナからアスタポヴォ駅に駆けつけたものの、トルストイの親族や弟子たち（その中にはチェルトコーフもいた）の抵抗にあってそれを果たすことができなかった。ヴァルソノーフィイ長老は後に「談話」の中で、トルストイの悲劇についてしばしば思案を巡らせ、自分の霊の子たちに対しても、「全世界を手に入れながら、自らの霊を滅ぼす」ことが如何に恐ろしいことであるか、折に触れて想起させることになった。[62]長老はイグナーチイ主教（その後はマカーリイ長老）に倣って、人間の創作活動を芸術家の霊の告白と見なしていた。それは決して教師の言葉となることを求めてはならない。このように、長老は「罪を憎んで人を憎まず」という司牧者の態度で作家の告白に相対する。しかし、霊にとって最も恐ろしくかつ危険な罪は、真理を歪曲した考えである。霊父たる長老は、信徒本人が自らの才能と真理への熱望を自認することで慢心に陥ることなきよう戒め、真の自己深化、つまり自らの考え、言葉、行為を福音書の遺訓や聖師父の著作に合致させるべく導こうとする。したがって、それとは正反対の方向、すなわち霊に益をなす伝統的な方策を棄てるよう呼びかけていたレフ・トルストイはこの歪曲ゆえに非難されて当然であった。なぜなら、彼に追随した人々は何百万人にも上り、そこには知識人ばかりか、一般庶民も多数含まれていたからである。

これに対して、フョードル・ミハイロヴィチ・ドストエフスキー（†一八八一年一月二十八日）に対してアムヴローシイ長老は、レフ・トルストイとは正反対の評価を与えたことはよく知られている。長老の庵室での対話の後、ドストエフスキーのことを「こちらは悔い改めた人間の一人だ」と評したのである。実際、ドストエフスキーが修道院を訪れたのは、思想上の問題を解決するためでも、芸術的な素材を模索するためでもなく、愛息アリョーシャの死後、自らの悲しみを癒さんと願ってのことであった。恐らくは、こうした遜りの気持ちを抱いて「長老の足下にひれ伏した」ことこそが、作家に長編小説『カラマーゾフの兄弟』において「真に美しい人間」――聖なる長老の形象を創造することを可能ならしめたのであろう。その意味でも、『カラマーゾフの兄弟』やその他アムヴローシイ長老の祝福を得て書かれた作品はロシアの読書界に好ましい作用をもたらしたと言える。ドストエフスキーこそ、死後一世紀以上にも亘って、神を模索する「ロシアの小僧っ子たち」にとっては、正教への案内人であり続けたのである。彼はあたかも聖師父の伝統に生き続ける長老たちと、絶えず新たに発見を続け、新時代の息吹によって養われているロシア知識人との間を仲介する役割を演じたのである。だがドストエフスキーは聖人に対する深い洞察力を持ちながらも、同時に『カラマーゾフの兄弟』において、聖性に対する表面的な見解をも対置する芸術的才能を発揮した。例えば、ゾシマ長老の活動や言葉に対するミウーソフやラキーチン、それに部分的にはイワン・カラマーゾフの反応を想起すれば理解されよう。それのみならず、語り手自身もわめき女に関する章で、語られる数々の奇蹟を完全に認めることができず、「悪魔に取り憑かれた（бесноватый）」という言葉を括弧付きにし、この現象に医学的、社会的、心理学的な説明を見いだそうとするのである。ここで我々が銘記すべきは、ドストエフスキーもその諸作品において、つねに「無慾」ではなかったということである。彼自身も聖人を完全に理解することのできるのは、やはり聖人でなければならず（聖者伝が書かれた中世の伝統において、このことはとりわけ重視されていた）、自分が描く長老の生活はあくまで自分の感覚を通して得られた（自分の人生の尺度に応じた）芸術作品であり、内面から掘り起こした真正のものでないことは自覚していた。言わば、自分のイデオロギー、思想や心的体験といったものをゾシマ長老に担わせようとしたにすぎないのである。したがって、しばしば論争されてきたように、ゾシマ長老の教えが資料的に裏付けられたオプチナや他の長老たちの教えと完全に合致すると断言することはできないばかりか、両者を比較するまでもなく、それらが大きく食い違っていることは明らかなのである。

オプチナと関係のあるすべての文学者の中で、こうした思想形成の限界を完全に克服できたのはセルゲイ・アレクサンドロヴィチ・ニルス（† 一九二九年一月一日）ただひとりであった。ニルスは作家の仕事を労働奉仕（послушание）として理解することをロシア文学において復権させた。つまり、あらゆる奉仕と同じく、それは長老の祝福を得て初めて行われるべきものであり、実際そのようになされた。それでいて、ニルスは自著の中で完全な謙遜を保つことができた。彼の日記などを見ても（ジャンルそのものの制約がこうした態度を強いたこともあろうが）、我々は彼の個人的意見らしきものが開陳されているのを見いだすことができない。まず何より強調すべきことは、彼は作り物でも、概括化されたものでもなく、芸術的に変容させられたものでもない、それどころか生きている本物の長老たちの生きた言葉を伝えようと試みたことである。ニルス以前には、ロシア文学が長老の言葉をこれほどまで純粋さを保ったまま扱ったことはなかったと言っても過言ではない。パーヴェル・フロレンスキー神父が彼のことを「俗世の長老」と命名したのも偶然ではないが、生前ニルスがロシアの知識人に評価されず、迫害を受け、その後、忘れられ、禁止される運命を辿るのも、やはり偶然ではなかったのである。

知的労働や創作活動における「労働奉仕」という道は、多くの知識人にとってあまりにも単純であると同時に、不自由なものにも思われたのである。因みに、パーヴェル・フロレンスキー神父（†一九三七年十一月二十五日）は一九一九年にオプチナ修道院の保存の意味を以下のように同胞に呼びかけている。

世界に対する外面的な関係の他に、内面的な、しかも前者よりも遙かに重要で、存在の深みと異なる世界を感覚させてくれる関係があるという明確な意識を、そこ〔オプチナ修道院〕に集まってきた人々すべてに呼び起こす……見ることができず、物理的にも触知できないものの坩堝としてのオプチナをその完全な姿で保存するために、可能な努力を怠るならば、それは修道士たちに対してではなく、来るべき時代の文化に対して我々は大きな罪を犯すことになるだろう。オプチナはそこに身を寄せる人々に、この新しい世界観が偶然生じた気分のようなものではなく、発展にも、深化にも、豊穣化にも適用されるものであること、さらにそれは別の現実とその営みの間断なき経験へと移行し、我々の意識の周辺に滲み込むことによって、そこから新たな文化的創造、新たな学問、新たな哲学、新たな芸術、新たな社会生活、新たな国家活動となって溢れ出てくる可能性があるという信念を植えつけてくれるのである。[63]

このアピールは言うまでもなく、ボリシェヴィキ政権の文化政策の核をなす新たな価値観の創造のテーマに直接答えるものであったにも拘わらず、殆ど無視された。ロシアの知識人はこうした価値観が自らの存在を滅亡へと導くうえ、人道主義とキリスト教は同一ではないことを口実に、徹頭徹尾人道主義的な路線を進むべきと考えた。しかし「革命的建設」の時代においても、オプチナ修道院が探求する霊に関心を払わなくなることはなかった。それどころか、修道生活における真理探究の道を文学によって助長しようとした長老もあった。例えば、オプチナでは事実上最後の長老となったネクターリイ・チーホノフ（† 一九二八年四月二十九日）はスキトを訪れる来客にしばしば本を読ませることがあったが、中でも詩をこよなく愛したと言われる。将来長司祭となるセルゲイ・シードロフ（† 一九三七年九月十四日）は、若い頃、ネクターリイ長老から祝福を受けてその場を去ろうとすると、呼び止められて、プーシキンの詩集を読むように頼まれたことを回想している。ネクターリイは書いている。

多くの人が詩など読む必要はないと言いますが、あのアムヴローシイ長老も詩を、それもとりわけクルィロフの詩を愛読していました。詩は読んでもよいばかりか、読むべきだと思うのです。[64]

実際、彼が同時代の詩の中にもそこに隠された宗教的意味を洞察する才に長けていたことは、彼を慕っていた人々の数々の証言からも明らかである。のみならず、言葉の芸術に専心することが、神、ひいては人間へ奉仕することに繋がるとする思想を長老が懐いていたことは驚きに値する。ネクターリイ長老の霊の子と思しき人が残した回想が、長老の言葉を再現してこう語っている。

人生は限度、時間、重さという三つの意味において決定されます。それが如何に立派な行いであっても、限度を越えれば、無意味なのです……しかし言葉という大芸術（Большое Искусство）も存在します。そこで言う言葉とは、殺しもすれば、甦らせもするのです（ダヴィドの聖詠のように）。しかしこの芸術へ到る道は、芸術家個人の勲を通過しています。これは犠牲の道です。そのため、そこに到達できるのは、何万分の一の人々なのです。[65]

だとすれば、レオンチェフが問いかけた詩と道徳の問題に対する長老の側からの回答は、人生への所謂並立的な観点ではなく、地上的な学問から天上の意思を推し量ろうとする垂直的観点にあるということであろう。この場合、浮上してくるのは、世界という建造物の道徳的光景ならぬ、位階的光景である。したがって、長老と作家との対立は、悪との闘いにおける両陣営の分極化ではなく、「霊的な達成」には異なるレベルが存在し、神の裁きは人間の裁きではないということの理解に帰することになる。このことを如実に示してくれるのが、自らの運命にロシアすべての悲劇を体現した詩人アレクサンドル・ブロークの死後に発せられたネクターリイ長老自身の言葉である。ブロークの弟子でもあった女流詩人ナジェージダ・パヴローヴィチ（†一九八〇年二月十八日）は、神の僕アレクサンドルの霊の安息のために祈って欲しいと長老に依頼すると（それがブロークのことであることは敢えて言わなかった）、長老は思いがけず彼女にこう応えたのだった。

彼の母君にはどうかご心配なさらぬようお伝えください。神の僕アレクサンドルは天国におられるのだから。[66]

この言葉が相手にいかばかりの驚きを与えたかは、冒瀆や悪魔主義の苦悩を知る者には予想外の言葉であったばかりでなく、その言葉によってむしろネクターリイ長老の聖性が立証されたからでもあった。真の苦行者、聖神を保つ長老たちには、神の秘められた考えもすべて開かれているのである。

以上に概観してきた作家たちは、いずれもよく知られているが、オプチナとは深い繫がりがあった人たちであることは、ほとんど注目されてこなかった。しかしながら、彼らはいずれもこの長老制を有する修道院に魅せられ、何らかの長老と接した後、大いなる霊感を得て創作に向かっていたことは疑いがないと考えている。本書では、長老制の源流がオプチナに流れ着いてから、それが修道士ばかりではなく、俗人、とりわけ作家や思想家を霊的に養い、彼らに創作的霊感を与えるようになるプロセスを、作家や長老の書簡や作品そのものからも辿っていきたいと思う。以下は作家ごとに、より詳しく論じてみたいと思う。

注

1　†で没年を表すが、原則としてロシア革命の暦法改正以前は旧暦（ユリウス暦）を採用する。

2　注の6で取り上げる修道司祭フィラレート・デグチャーレフの論文によれば、オプチナの起源については諸説あることを認めたうえで、十六世紀に悔い改めた盗賊たち（оптта）が集められて、修道士による更生のための教育がなされたことに由来するという説を採用している。ロシア革命の直後に閉鎖され、建物は完全なる廃墟と化したものの、一九八八年に修道院領がロシア正教会に返還され、復興のプロセスが始まった。修道形態としては、大人数での共住生活を行う大修道院と、そこから数百メートル離れた森の中にあり、数人ずつのグループに分けて小さな庵室で独立した修行を行うスキトに分けられていた。ここで触れたスキトの図書室には、大修道院のそれとは異なり、規模は小さいものの、修道生活の範について書かれた古書や、長老制に関する証言を集めた文献、それに長老アムヴローシイが使用した祈禱書などが置かれている。

3　Нилус С.А. На Берегу Божьей Реки. М.- СПб., 1999. Т. 3. С. 384.

4　Ильин И.А. О русской культуре. В кн.: Собрание сочинений в десяти томах. М., 1996, Т. 6. С. 434.

5　Св. Прав. Иоанн Кронштадтский. Моя жизнь во Христе или минуты духовного отрезвления и созерцания, благоговейного чувства, душевного исправления и покоя в Боге. СПб., 1893. [Репринт]. Т. 1. С. 210.

6　Иеромонах Филарет (Дегтярев). Оптина Пустынь. Машинопись. С. 57-58. 二〇一〇年現在、同著者はオプチナ修道院でスヒマ修道司祭セラフィイル（Иеросхимонах Селафиил）として大天使の姿を纏って隠遁生活を送っている。歴史家でもあった彼が、かつて修道院に残され、ソヴィエト時代に国立レーニン図書館に移管された資料を整理して書き残した修道院史の草稿。筆者がオプチナでコピーを閲覧したこの草稿には、オプチナについて発言した聖職者や俗人の生きた証言が多数集められている。

7　Там же. С. 58.

8　Там же.

9　Там же.

10　Павел Флоренский. Письмо к Н.П. Киселеву. В кн.: Сочинения в 4-х томах. М., 1996. Т. 2. С. 411-412.

11　オプチナ修道院だけで、西暦二〇〇〇年現在十四名の聖人が列聖されている。すなわち、レオニード、モイセイ、マカーリイ、アントーニイ、アムヴローシイ、イオシフ、イサーキイ、アナトーリイ、イラリオン、イサーキイ、ワルソノーフィイ、ネクターリイ、アナトーリイ、ニコンである。このうち、アルハンゲリスク県の地中深くに隠匿されたニコン以外の長老や掌院の聖不朽体はすべて修道院内（生神女進堂教会、カザンの生神女教会、ウラジーミルの生神女教会）に安置されている。

12　Иеромонах Филарет (Дегтярев). Указ. соч. С. 60.

13　Святитель Григорий Богослов. Творения. Т. 2. М., 2000. С. 178.

14　Преподобный Петр Дамаскин. Творения. М., 2001. С. 128.　尚、長老制に関する記述を含む聖師父の著作の代表的なものは以下の通り。Свят. Василий Великий. Слова о подвижничестве, и Правила пространно и кратко изложенныя. Часть 5 и 6.; Свят. Иоанн Лествичник. Лествица. Слово 4, и Слово особенное к пастырю.; Преп. Авва Дорофей. Душеполезные поучения. Слово 5.; Преп. Феодор Студит. Огласительные слова. Слова 2, 4, 8, 9, 10, 12, 17, 26, 29, 46, 47 и 95.; Симеон Новый Богослов. Главы 15-19, 38-44. (в 1-й части «Добротолюбия»); Преп. Кассиан Римлянин. Слово о рассуждении.; Преп. Феодор Едесский. Главы 40-46 (в 4-й части

«Добротолюбия»); またオプチナの長老マカーリイの書簡もこれらの伝統を直に受け継いだものである。См.: Сборник писем Иеромонаха Макария Оптинского. 4-я часть к монашествующим.

15 Лествица, возводящая на небо преподобного отца нашего Иоанна игумена синайской горы. М., 1999. С. 63.

16 Святитель Феофан Затворник. Душеполезные поучения. Изд. Введенской Оптиной Пустыни. 1998. С. 78.

17 日本正教会には三位の一、二格たる神を「かみ」、三格たる神（聖神、聖霊）を「しん」と読む訳読上の約束がある。

18 Преподобный Григорий Синаит. Творения. М., 1999. С. 111.

19 Митр. Трифон (Трукестанов). Древнехристианские и оптинские старцы. М., 1997, С. 40.

20 Прот. Сергий (Четвериков). Бог в русской душе. М., 1998. С. 115.

21 Архиепископ Леонид (Кавелин). Историческое описание Козельской Введенской Оптиной Пустыни. Издание Свято- Введенской Оптиной Пустыни. 1995. С.112. 尚、この二人の聖人の著作は『フィロカリア』の第二部、十五章からの引用である。

22 Архиепископ Евлогий (Смирнов). Старчество в России. В кн.: Троицкий Листок. Свято-Троицкая Сергиева Лавра. 1896. No. 3. С. 28.

23 Житие и писания Молдавского старца Паисия Величковского. Свято-Введенская Оптина Пустынь. 2001. С. 23-24. 同書は一八四七年の初版に基づく、モスクワ大学印刷所版のリプリントであるが、克肖者パイーシイ・ヴェリチコフスキーの伝記的事実に関しては、最も信頼のおけるものであり、オプチナ復興の機運を象徴するかのように、九〇年代に同修道院で最初に再版された文献である。本書においてもパイーシイの伝記的事実は概ね同書に依拠している。

24 Там же. С. 46.

25 Там же. С. 180.

26 Архиепископ Леонид (Кавелин). Историческое описание Козельской Свято-Введенской Оптиной Пустыни. Свято-Введенская Оптина Пустынь. 1995. С. 104. [Репринт].

27 Там же. С. 85.

28 Архимандрит Сергий (Василевский). Святитель Филарет (Амфитеатров) и его время. Изд. Сретенского монастыря. 2000. Т. 1-2. С. 318.

29 Иеромонах Филарет (Дегтярев). Указ. соч. С. 82.

30 スキトの長典院チホンの談によれば、オプチナ修道院には、この府主教フィラレート・アムフィチアートロフを、ロシアにおけるスキト制度の創始者として再評価しようとする動きがあるという。

31 オプチナについて言えば、毎日の礼拝に関する修道規則（特に少人数で真夜中に行われる礼拝など）は修道院以上に厳格であるが、それ以外の時間に行われる内的な「営み」や外的な「勤労奉仕」に関しては、比較的自由である。例えば、長老マカーリイやその周辺の修道士たちが日々の祈りの義務の他に、信徒たちの要望に応えて膨大な書簡を書き残したり、キレエフスキー等の俗人を交えて、霊的な出版物の編纂に多大な労力と時間を費やしたことを想起すれば理解されよう。

32 オプチナ修道院における長老制の導入および成立に関する歴史的事実に関しては、概ね以下の文献に負うところが大きい。Смолич И.К. Русское монашество. М., 1999. С. 322-368.; Концевич И.М. Оптина Пустынь и ее время. Свято-Троицкая Сергиева Лавра. 1995. С. 82-125.; Историческое описание Козельской Введенской Оптиной Пустыни. Сост. Иеромонах Леонид Кавелин. [Репринт]. Свято-Введенская Оптина Пустынь. 1995. С. 51-84.; Иеромонах Ераст (Вытропский). Историческое описание Козельской Оптиной Пустыни и Предтечева скита. Изд. Свято-Введенской Оптиной Пустыни. 2000. С. 73-129.

33 Свят. Игнатий Брянчанинов, епископ Кавказский и Черноморский. Аскетические опыты. В кн.: Собрание сочинений. М., 2001. Т. 1. С. 550.

34 Там же. С. 557.

35 Жизнеописание оптинского старца Иеромонаха Леонида (в схиме Льва). Изд. Оптиной Пустыни. 1992. С. 39.

36 См. Историческое описание Козельской Введенской Оптиной Пустыни. Сост. Леонид Кавелин. [Репринт]. Свято-Введенская Оптина Пустынь. 1995. С. 102-106.

37 Свят. Игнатий Брянчанинов, епископ Кавказский и Черноморский. Аскетические опыты. В кн.: Собрание сочинений. М., 2001. Т. 1. С. 557.

38 Гоголь Н.В. Письмо к А.П. Толстому от 10 июля 1850 г. В кн.: Собрание сочинений в 9 томах. М., 1994. Т. 9. С. 482.

39 Архимандрит Симеон (Холмогоров). Схиархимандрит о. Гавриил. Старец Спасо- Елизаровской пустыни. СПб., 1996. С. 25.

40 Святитель Игнатий Брянчанинов, епископ Кавказский и Черноморский. В кн.: Собрание сочинений. М., 2001. Т. 7. С. 37-40.

41 Там же.

42 Житие схиигумена Антония оптинского. М.: Изд. Введенской Оптиной Пустыни. 1992. [Репринт]. С. 48.

43 Киреевский И.В. Отрывки. В кн.: Полное Собрание сочинений И.В. Киреевского в двух томах. М., 1911. Т. 1. С. 275.

44 Киреевский И.В. Письмо к А.И. Кошелеву. В кн.: Разум на пути к истине. М., С. 93-94.

45 Цитата по кн.: Вячеслав Кошелев. Алексей Степанович Хомяков. Жизнеописание по документах, в рассуждениях и разысканиях. М., 2000. С. 421.

46 Николай Бердяев. Константин Леонтьев. В кн.: Собрание сочинений. Т. 5. YMCA. Paris. 1997. С. 438.

47 Концевич И.М. Оптина пустынь и ее время. Свято-Троицкая Сергиева Лавра. 1995. С. 292-293.

48 Цитата по кн.: Котельников В.А. Православные подвижники. М., 2002. С. 295. この手記は現在まで出版されていないようである。См.: РГАЛИ. Ф. 2980. Оп. 1. Ед. хр. 1048. Л. 5-6.

49 Губастов К.А. Из личных воспоминаний о К.Н. Леонтьеве. В кн.: Памяти Константина Николаевича Леонтьева. СПб., 1911. С. 217.

50 Коноплянцев А.М. Жизнь К.Н. Леонтьева в связи с развитием его миросозерцания. В кн.: Памяти Константина Николаевича Леонтьева. С. 108.

51 Константин Леонтьев. Избранные письма. 1854-1891. СПб., 1993. С. 316-320.

52 Леонтьев К.Н. Отец Климент Зедергольм, иеромонах Оптиной пустыни. М., 1997. С. 1-95.

53 Там же. С. 81.

54 Там же.

55 О. Иосиф (старец оптинский). Н.В. Гоголь, И.В. Киреевский, Ф.М. Достоевский и К.Н. Леонтьев перед старцами Оптиной пустыни. М., 1897. С. 3.

56 Соколов Л. Епископ Игнатий Брянчанинов. Его жизнь, личность и морально- аскетические воззрения. Т. 2. Киев. 1915. С. 120-122.

57 Там же. С. 121.

58 Там же. С. 122.

59 Гоголь Н.В. Письмо к П.А. Плетневу от 9 мая 1847 г. В кн.: Полное собрание сочинений в 9 томах. М., 2002. Т. 9. С. 382-383.; Переписка с друзьями. Т.2, М., 1984, С.8.

60 Сергеев С. (Святой Иоанн Кронштадтский). Собрание сочинений 7 томах. СПб., 1994. Т. 5. С. 265-266.

61 Толстой Л.Н. Дневники от 27 февраля 1890 г. В кн.: Полное собрание сочинений. М., 1952. Т. 51. С. 23.

62 Преподобный Варсонофий Оптинский. Духовное наследие. Свято-Троицкая Сергиева Лавра. 1999. С. 278.

63 Священник Павел Флоренский. Письмо к Н.П. Киселеву от 26 апреля – 9 мая 1919 г. В кн. Сочинения в четырех томах. Т. 2. М., 1996. С. 412-413.

64 Житие оптинского старца Нектария. Изд. Введенской Оптиной пустыни. 1996. С. 191.

65 Т. Галицкая. Воспоминания о батюшке о. Нектарии. Из архива Оптиной пустыни. (Машинопись). С. 17.

66 Н.А. Павлович. Оптинский старец Нектарий. В журн.: Журнал Московской Патриархии. 1994. No.6. С. 46.

第一部

第一章　ロシア正教と禁欲主義の伝統
――ロシアにおけるフィロカリアの受容について――

はじめに

ロシア正教における禁欲主義は第三のローマという東方教会の中心的理念とともに、ビザンツからロシアにもたらされた正教の信仰形態を表すひとつの概念である。ここで敢えて信仰「形態」というのは、それがルーシ（ロシアの古名）にキリスト教が導入されたキエフ公国以来、ロシアの信仰生活において伝統的に命脈を保ってきたのがキリスト教の原理や教義というよりは、儀式や習慣に現れた外面的、形式的な要因であったからである。とはいえ、ロシア正教がみずから教義を拒み、異端的方向へ向かったわけではない。ロシアが正教を受容して以来、歴史的に通過してきた神化（обожение = θέωσις）のプロセスが、聖書解釈とそこから導き出される教義〔ドグマ〕によって信仰の意識を高めるといった方向性ではなく、古来の異教的世界観との融合という宿命を抱えつつも、ひたすら内面的に神を志向し、霊的な観照、禁欲的修道生活を通して神を知覚しようとする、霊的な鍛錬の道を進んだということである。実はこうした独特の信仰形態に拠り所を与えたのはギリシャからアトスを経由して持ち込まれた『フィロカリア

（φιλοκαλία = Добротолюбие）』という文献（霊的著作集）であった。その後、正教における修道制の発展が、静寂主義（ἡσυχασμός = исихазм）の流れとともに「知恵のいとなみ（умное делание）」「知恵の祈り（умная молитва）」「イイススの祈り（Иисусова молитва）」[1]といった特殊な祈りの技術の修得に向けられることになるのは、この書物の伝播と実践によるものであった。こうした点にこそロシアがビザンツから受け継いだ精神的遺産の一面を認め得るとともに、その後の独自の発展経緯を跡づける鍵もあると考える。小論においては長老制という修道生活の媒体を以てロシアに導入され、十九世紀にはオプチナ修道院において開花することになる精神文化の特質を、まずはロシアにおける「フィロカリア」の翻訳と伝播を手がかりとして、その歴史的経緯をたどることを目的とする。

一、ロシアにおける長老制の伝統

長老制（старчество）の起源は古代エジプトやパレスチナでの共住生活にさかのぼる。その後アトス山で修道規則として発展し、中近東を経てロシアにもたらされたというのが定説となっている。[2]伝統的に長老制とは一般の聖職者階級とは異なる位階秩序に基づいており、修道士に慕われた師父（長老 = старец）による霊的な教育と修行を行なうために確立された制度を総称したものであった。それは教会の礼拝体系とは直接的な関係を持たないゆえ、そこでの指導形態はかなり自由で、主管（настоятель）もしくは掌院（архимандрит）、典院（игумен）が長老を兼務する一般的な様式の他に、自らは専ら修道院の運営にあたるのみで、修道士の霊的な教育は別の経験ある修道士に委ねるといった場合もしばしば見受けられた。とはいえ、共通する最大の目的は修道士の禁欲的修行による霊的変容と罪や誘惑の克服に置かれていたため、多くの場合は年齢にかかわらず、苦行の実践と霊的能力に優れた者が修道士自身たちによって選出されていた。実際にこれが東方教会に特有の修道形態として認知されるにいたったのも、長老の偉功とその影響力に帰するところが大きいといえる。

ロシア正教史における長老の最初の現れは、十一世紀キエフの洞窟修道院のフェオドーシイに見ることができる。彼はキエフの洞窟にビザンツの聖人テオードロス・ストゥディオスの修道院規則を取り入れた共住型修道院を実現させたことで知られている。[3] そこでの修道規則は厳格である反面、敬虔かつ慈悲深く、絶えず修道士の精神状態に配慮し、絶えざる祈りと涙をもって修道士が誘惑に陥ることのないように配慮されていた。彼のこうした厳格さと道徳性の人格に於ける調和こそが長老として慕われる所以であったと言われる。[4] 実際フェオドーシイは修道士を我が子のように慮り、その魂の救いのために神に弁明することも厭わなかった。彼らを霊的に養育し、心に巣くう様々な悪を根絶するために闘うとともに、浄められた霊に「善の種子」を植えつけるために、聖書や聖師父の著作を読むことを励行した。すなわち古の苦行者たちの中に倣ぶべき範を見い出そうとしたのである。こうした行いには、師の明らかに長老たる資質を認めることができよう。[5] 例えば、トゥーロフのキリール（十二世紀）が洞窟修道院の典院ワシリイに宛てて説いたこの霊的共同体の意義は大きい。

主は自らのうちにすべての使徒を交わらしめました。だから師も彼ら〔修道士たち〕とすべてを共有すべきです。彼らと共有するのは神だけではありません。愛も報いも栄冠も同じです。それは多くの肉体にただひとつの霊が宿るためなのです。そうすれば師はこれらすべてに対して神の報いを受けることになるのです。[6]

フェオドーシイ後のキエフ公国からタタール支配の時代にかけて、ロシアでも数多くの大修道院が建立され、共住型修道生活の模範が各地に流布していくことになるが、その規範の大部分がバシレオス（大ワシリイ）、シリアのエフライム、階梯者ヨアーンネス、ストゥディオスのテオードロスといった聖師父の著作から借用されていたことが、スーズダリの大主教ディオニーシイ、府主教フォティウス（ともに十四世紀）によるプスコフのスネトゴール修道院宛ての親書の中からも窺える。つまり聖師父の修道規則の中できわめて特徴的な「長老への絶対服従」の原則も例外ではなかった。これらは新参の修道士に対する誡めとして、他の多くの規律とともにすでにロシアの修道院にもたらされていた。[7] また十四世紀ロシアの修道制の発展に寄与した人物として、ラドネシのセルギイの功績を見過ごすわけにはいかない。彼の共住型の大修道院もフェオドーシイの場合同様、厳格な規律に基礎を置くものだが、もうひとつその聖性の大きさを示す特徴をそなえていた。それは言葉や規則による教えだけでなく、自らが恩寵に満ちた修道生活の範を示すことでそれを修道士たちの間に定着させた点であった。彼と修道士との関係を示す特徴的なエピソードをひとつ聖者伝から紹介しておこう。

彼は晩課が終わった後、修道士の僧房を巡回し、一人庵室で祈ったり、書物を読んだり、手仕事に専念するのを見ると喜んで神に感謝するが、数人が集まって談笑するのを耳にすると、扉を叩いて注意し、翌朝には呼びつけて本人に罪を自覚させるような、控えめながら戒めのこもった説教をするのであった。それでも悔い改めようとしない者には、罪を暴き出し、懲罰を与えるのであった。[8]

これなどはまさしく伝統的な司牧者に相応しい指導法であった。その後、セルギイの弟子の多くがロシア全土に同様の修道院を建ててその精神を伝播したことで、正教の布教活動にとって測りがたい大きな意味をもつようになる。十五世紀にはもはや修道士のみならず、俗人をも啓蒙するようになったヴォロコラムスクの典院イオシフの活動に受け継がれていく。彼は修道士の活動と社会とを不可分のものと見なし、彼らの精神的状態をかんがみ、内面的な禁欲を重視しつつも、同時に何らかのかたちで社会との関わりを保ったまま精神の問題を解決する方法を模索した。彼は人並みはずれた敬虔さと理性、学識を備えていたが、とりわけ彼の巧みな説教術は一般民衆の心を惹きつけたと言われる。そのためか、彼の偉業のひとつに修道院の外部で多くの人々を教化したことが挙げられている。イオシフがロシアにおける長老制の一方の端緒となる人物として、後にオプチナの長老たちによる尊敬をかちうることになったのも故なきことではない。[9] オプチナの長老たちもそうであるように、ロシアの信仰篤き民衆の霊的な父として、民衆の霊的な渇望を充たし、心の病を癒すことこそが、ロシアにおける真の長老と見なされる条件であったからである。

このイオシフと時を同じくして、共住型と孤立型との中間的な庵をソル川流域に建てて、東方の修道制を実践したニールの活動はロシアにおいて長らくその詳細を知られずにいた。だが彼が実践した規則の集大成とも言える『弟子たちに送るスキト生活についての伝承（Предание ученикам своим о жительстве скитском）』と題された書が出版されたのを機に、彼が東方教会の禁欲主義の本質を継承していることが認められるようになった。同書では将来オプチナで実践されることになる「知恵のいとなみ」としての祈りを先取りする、様々なレベルの霊的生活における内面生活の告白の重要性がすでに説かれている。この告白、すなわち内なる神化の修練は、この時代に大きな発展を遂げた長老制のなかで初めてロシアに定着する道がひらかれるが、その最大の功労者がイオシフとニールだったのである。

モンゴル・タタールの軛に始まり動乱時代に至る十七世紀初頭には、ロシア全土にわたって修道院の数は増え続け、最盛期にはその数四百を越えるにいたる。だが同時に、その修道形態の主流はかつての長老を中心とする共住型修道院ではなく、徐々に独居型の小修道院となっていった。それにともない、修道生活には怠惰がはびこり、そこに入る動機も寄食生活の気楽さと安逸といった利己的かつ世俗的欲求が優勢になっていった。この時代には修道院の社会的基盤が確立された当然の結果として、修道院自体が物質的安寧と権力との繋がりを求めて経済活動に従事するようになる。こうした環境のもとでは、長らく長老制の存続に不可欠であった霊の救済のための苦行が疎んじられ、制度そのものが衰退の一途を辿ったとしても何ら不思議はない。つまり修道院の数の増加に比例して長老制の衰退も進行するという皮肉な結果を招いていった。オプチナ修道院の歴史的概観を行なったレオニード神父は、「ソラの克肖者ニールの生前から既に長老制の道は多くの者によって厭われ、前世紀〔十八世紀〕の末には殆ど忘れ去られてしまった」と述べている。[10]

こうした傾向は十八世紀に入って一層加速され、修道院の閉鎖や弾圧が行なわれるようになるピョートル大帝の治世期に入ると、長老制に関しては完全に忘れられ、修道士は所属する修道院で職人としての才能を認められるか、さもなければ浮浪者や寄食者といった社会の不要物と見なされるようになっていった。この時代に世間の修道士を見る目はかくて一段と厳しさを増し、正教会は倫理的堕落や頽廃といった社会的批判の矢面に立たされることになる。だがそれにもかかわらず、一七〇〇年にはサロフに新たに僧院が建てられ、かつての修道制を形式的ではあれ復興させたことは同時に象徴的意味をもった。二十世紀初頭に活躍した司祭兼教会史家のマンスーロフは以下のように語っている。

国、町、民族、地域、修道院が変わっても、唯一恩寵に充ちた生活だけは永劫に流れ続ける。ある場所では消滅しても、別の場所で勃興する。広く散在することもあれば、ある小さな集団の中に集中することもある。いずれにせよ、完全に途絶えてしまうことはないのだ。[11]

ロシアにおける禁欲主義の伝統とは、まさしくこのように歴史を超越し、水面下で生き続ける生命力によって培われてきたといっても過言ではない。だが実際には、より厳格な修道生活を求める修道士はそうした形骸化した禁欲主義に飽きたらず、その多くは霊的な師を求めて外国やより辺鄙な所へと立ち去って行った。こうした流出の動きはこの時代の特徴でもあった。仲間の修道士と古びたシナクサリの僧院に潜んで厳格な修道生活を営んだことで知られるフョードル・ウシャコーフらはそうした人々の先駆け的存在であった。[12]

これらの仲間のうちで、アトスやモルダヴィアで修行を積み、その弟子を通じてロシアに真の長老制を復活させ、オプチナ修道院とも浅からぬ因縁を持っていたパイーシイ・ヴェリチコフスキーについては特筆すべきであろう。一九八八年のロシア正教受洗千年祭に先だって開かれた地方公会において、彼は「知恵を神の域にまで高め、心を以て主の祈りを行うべきことを信仰深き人々に教えた」という、所謂「フィロカリアの苦行者」[13]として聖人の列に加えられた。ただしロシアで出版されたモスクワ版『フィロカリア』[14]に彼の名は記載されていない。しかし彼がアトスでの修行中にギリシャ語を学び、聖師父の著作に関する数多い写本を集め、相互に比較検討し、逐一原典と照合して翻訳を完成させることがなかったなら、スラヴ語（ロシア語）への翻訳はおろか、ロシアの修道院に禁欲主義の伝統がもたらされることもなかったであろうと思われる。

幼くして世を捨てる決心をしたピョートル少年〔パイーシイの俗名〕は、霊的な師を求めて故郷のウクライナからモルダヴィアの修道院を転々とするが、そこに燃える心が欲するものを見いだすことはできなかった。ただ、モルダヴィアのトレイステンのスキトで出会った長老ミハイルとスヒマ僧オヌーフリイの二人から、真の禁欲主義とは修道生活の内面的探求にこそあり、そのためには聖師父の著作を繙き、それに倣って霊的な自己完成を志向する必要があることを教えられたことは、この若き求道者のその後の運命にとって決定的な意味を持っていた。[15]この二人の長老の指導のもとで三年余りの時を過ごすが、ピョートルはそこで司祭職を奨められることを畏れてアトスへ移り住み、そこで霊的な効能を得るための修行を決意する。ところがアトスにおいても、彼の望むような師は見いだせなかった。すなわち修道生活に身を捧げ、聖書や聖師父の書物を学び、独り静寂と質素のうちに坐して沈黙し、自己を完全な謙遜に委ねるといった彼が理想とする師は当時のアトスにも存在しなかった。[16]そこで彼は自ら求めてきたことを他人のために行なうようになる。すなわち、人気のない庵に住み、パイーシイの僧名を以て修道士に剪髪し、肉欲を鎮め、それを霊の力に変えるべく、大いなる戒律を自らに課したのである。まもなく彼の偉功に関する評判は、自らの意に反して多くの追従者を集めるようになる。そこで彼は手狭になったアトスの庵を離れ、弟子たちを伴って再びワラキア地方に戻る決心を固めたのだった。ヤシィに到着し、当地の府主教ガヴリイルを訪れたパイーシイは、府主教の信任を得て、ドラゴミルナの修道院とその領地の管理を一任されることになる。これをもって彼の念願でもある真の修道生活の組織者としての活動が本格的に開始されることになった。その内容は「修道士の霊的指導を取り入れ、広く徹底させるために不可欠な長老制、及びその理論的根拠となるべき聖師父の著作を研究することであった」。[17]

彼はかつての長老たちと同様、弟子たちと共同生活を営み、彼らの心の中に分け入り、「悲しむ者とともに泣き、彼らを慰め、喜ぶ者とはその喜びを分かち合った」[18]といわれる。伝記作者も語っているように、彼の言葉はつねに聖師父の言葉に基礎を置いていた。実際彼はこの頃から、聖師父の禁欲主義の著作に一層大きな関心を払うようになり、毎晩修道士たちに聖大バシレオスや階梯者イオアンネス、ガザのドーロテオス（アッヴァ・ドロフェイ）等の著作の断片を語り聞かせるようになっていた。[19]だがこれらの著作を修道士に読ませるためには、まずそれらをスラブ語に翻訳し、さらに訳された著作をギリシャ語の原典と照合して訂正する必要を痛感するようになる。これこそ彼にとって最大の困難をともなうものとなった。彼の後半生は専らこの大事業に捧げられたといっても過言ではない。しかも、ここで翻訳された聖師父の著作の多くは弟子たちによってロシア全土の修道院やスキトにもたらされ、後にオプチナ修道院においてロシア語版フィロカリア諸書として出版されることになるのである。このおかげで、弟子たちが様々な地方の修道院にもたらした長老制は、いずれもパイーシイ存命中にドラゴミルナやニャメツで実践されていたものと全く同じ精神と習慣に貫かれていたと言われる。とりわけ、彼の愛弟子の一人、スヒマ僧フョードルが後にオプチナ修道院最初の長老となる修道士レオニードの霊的指導にあたったことは、修道院にこの事業を結びつける最良の契機となった。オプチナ修道院に長老制を復活させたのが他ならぬこのレオニードであることを思えば、パイーシイのもう一つの悲願であった聖師父文献の出版事業がオプチナ修道院で実現し、そのオプチナが長老制によって十九世紀ロシアの精神文化の一大拠点となったことの間に何らかの運命的な繋がりを感じざるを得ない。禁欲主義の外的実践のみならず、それを理論的に裏づける文献の出版活動を同時に確立することによって、長老制を確固たる伝統として根づかせることに成功した修道院は、ロシア中を探しても他に類例がないのである。

二、フィロカリアのジャンル的特性

ここで正教の禁欲主義が有する様々な特性の検討に入る前に、その代表的文献である『フィロカリア』の文献学的特質を概観しておきたい。同書はロシア語でドブロトリュービエ（Добротолюбие）と題されているが、フィロカリアの原義は「美、崇高なものへの愛」である。スラブ語の Доброта はこの場合、現代語の善を連想させる道徳的ニュアンスは持たず、むしろ美や勇敢さを意味するという。[20] それゆえ言葉とジャンルを考慮するならば、「フィロカリア」とは神と霊的世界に関する「名文集」「金言集」、そこから「アンソロジー」といった意味になる。

ここには神学史上、同一系譜に属する四世紀から十四世紀に至る様々な神秘思想家の大小の著作が集められており、父祖の範と信仰に基づく生活と思想の体系化という、正教の伝統にとって基盤とも言いうる「父なるもの」の概念がこの「フィロカリア」のなかで十全に展開されている。活躍した時代順に一瞥しただけでも、そこには例えば、エジプトの隠修士大アントニオス（二五一〜三五六）、東方の神秘神学者エウアグリオス（三四六〜三九九）、マルコス・エレミーテース（四〜五世紀）、西欧における修道生活の開始者ヨハン・カシアーン（ローマ人）（三六〇〜四三五）、シナイのニルス、フォティケの主教ディアドコス、イエルサリムのイシキオス、カルパトのヨアーンネス、隠修士イサイヤ（これら四人はいずれも五世紀）、エデッサの主教テオードロス（†八四八）、新神学者シュメオーン（九四九〜一〇二二）、その弟子ニケータス・ステタトス（十一世紀）、聖歌作者として知られるエリアス・エクディコス、ダマスコのペトルス（ともに十二世紀）、十三〜十四世紀アトスにおけるヘシュカズム復興期のイデオローグ、隠遁者ニケフォロス、フィラデルフィアのテオリープトゥス、シナイのグレゴリウス（†一三四六）、クサントプロスのカリストス及びイグナティオス（ともに十四世紀）等々、さながら東方教会が十四世紀までにたどった禁欲主義の古典的理念を余すところなく概観することを可能にする、文字通りの集大成なのである。

モスクワ版『フィロカリア』にはアトスの修道士、聖山〔アトス〕のニコデモスによる序文が簡略化された形で残されているが、彼はこの世界を「信仰をもつ人が霊的な生活の諸現象に関する教えを読みつつ、意識と心によって入る霊の温床であり……この瞬間には光と生命に満たされたある特異な雰囲気のなかを漂っているように感じるもの」と形容している。すなわち、認識のレベルには個人差があるものの、信仰をもつ者は誰でもこの歓喜を追求し、「生命力の漲る、意気を高めてくれる空気を吸い込む」欲求をもつはずだと言ってこの書物を出版する意義を強調している。[21]つまりこれこそ聖書とは異なる意味で、信仰の道を追求し、実践しようとする欲求を満たしてくれる待望の書というわけである。キリスト教徒の人生の目的が聖神の獲得（Стяжание Духа Святого）、すなわち人間による神化の獲得である以上、「知恵の祈り」及び現実における神化の道を説く『フィロカリア』の神秘家たちの著作が、少なくとも広範な正教の修道者にとって、何よりもアクチュアルなものであった」とする研究者の見解も肯けよう。[22]つまり聖書にもとづく神学が神の世界を明らかにするのに対して、禁欲主義とは神に向かう人間の実践的偉功、つまり神に向かう生き方を問う技術だからである。こうした見解の実効性は翻訳者パイーシイを始め、その後彼の意思を受け継いだ弟子（『フィロカリア』の編者や翻訳者たち）の心を支えていた。つまり彼らを支配していた概念とは、真理を認識する能力は理論的な神学研究とは異なる、多分に実践的かつ恣意的なものであるという確信であった。例えば、透徹した霊性によって人々に慕われたサロフのセラフィムやアトスのシルワン等が、神学や哲学の世界とは無縁の存在であったことを想起するだけで十分であろう。この世界が強調することは、認識のレベルは真理を悟る意志の強さのレベルであり、その頂点に立つのは学者や哲学者ではなく、聖人であるとする認識である。そこに立つには、唯一キリスト教的偉功の階梯を昇るしかないのである。[23]

もうひとつの重要な特徴は、フィロカリアと正教の歴史を一貫して流れる静寂主義（ヘシュカズム）の伝統との密接な関係である。『フィロカリア』の著者として名を連ねている多くの聖師父や神学者がいずれもヘシュカズムの理論的発展に寄与したこと自体注目すべき事実であるが、それに劣らず興味深いのは、彼らが所属する宗派や学派にしても、必ずしも正教の正統的解釈の枠にとどまるものではなかったという点である。例えば、『フィロカリア』の中心的著者の一人であるエウアグリオスが第五回全地公会議でその異端的見解を糾弾されたことはつとに有名であるし、[24]さらに後年、正教の聖人に列せられるシリアのイサアクもそもそもはネストリウス派の主教であった。このことは『フィロカリア』の編集理念が、彼らをも教会のなかに取り込むことを辞さないほどの広い見識を代表していたことを意味している。『フィロカリア』が容認する基準とは、数あるキリスト教禁欲主義的著述家の中でも、その理念的「無謬性」ならぬ「聖性」に適った者、正統的思想家ならぬ「正しく神を讃える者」（正教を意味する православие の語源は他ならぬこの点に存する）、すなわち祈りによって神と交わる能力をそなえた者でありさえすればよかったのである。その実践としての「知恵の祈り」もしくは「沈黙」こそ、静寂主義の中心的課題であったことは偶然ではない。実際、この『フィロカリア』の翻訳編集の過程において、著作の内容や著名度といったものが十分考慮されていたにもかかわらず、その出版の目的が学術研究や神学理論の追求に置かれていなかったことはきわめて特徴的である。これは厳格な修道士から敬虔な信徒にいたる多様なレベルの求道者の霊的需要に応えるべく編まれた、いわゆる禁欲主義の指南書もしくは手引書であり、百科全書でもあった。しかも、それはある種の労働や斎、不眠の業、肉体の麻痺といった外面的な禁欲主義ではなく、内面的奥義としての禁欲主義、つまり「祈りと沈黙」こそがその中心的理念であった。その精髄は、言うまでもなく、十三〜十四世紀アトスで大きな発展を遂げた静寂主義を核とする後期ビザンツ帝国の宗教運動の渦中で形成されたものである。すなわち、シナイのグレゴリウスとグレゴリウス・パラマスの賛同者や後継者たちは師によって唱道された「知恵のいとなみ」やタボル山（キリスト変容の山）の光で照らされ、神と合一するための手段としての「知恵と心の祈り（умно-сердечная молитва）」といった教理が、弟子である自分たちの思いつきでも、異端的「祈禱師」たちの陶酔の産物でもない東方教会に古より保たれてきた生きた伝統であることを対立する宗派に示す必要に絶えず迫られていたということでもあった。[25]

これらの論考を『フィロカリア』にまとめることが明確に意図されたのが十八世紀後半であったことは多くの研究者の一致するところであるが、十三〜十五世紀のアトスにも、これに類する文集編纂の動きが起こっていたことが写本の存在によって立証されており、このような文学的ジャンルの原型をここに求めようとする動きがあったことは事実であった。[26]それに加えて、ジャンルとその名称の一致という点から、いわゆる聖大バシレオスと神学者グレゴリウスによって四世紀に編纂された『オリゲネスのフィロカリア』に原型を求めようとする見方もある。その神学の特性（プラトン主義やグノーシス的傾向）から判断して、オリゲネスをにわかに正教思想家と同一視することはできないが、少なくとも正教におけるオリゲネス派の一人と目されるエウアグリオスや、また彼の影響下にあったといわれる聖ディアドコスやアヴァ・イサイヤといった人々の著作が『フィロカリア』に加えられた事実は、神学的枠組みを超えた影響力といった意味からも注目すべきことである。[27]

そうしたジャンル的源泉の如何にかかわらず、フィロカリアの霊性を今世紀にかけて最もよく伝えたと言われるロシア人修道士でアトスの静寂主義者、シルアンの証言はこの文集の特徴をよくとらえていて興味深い。彼はこう書いている。

我が国の修道士はこれらの書物〔フィロカリアの師父たちの著作〕を読むだけでなく、自分でもそれに類するものをものすることができるだろう……彼らが書かないのは今や素晴らしい書物が数多くあるからで、彼らが満ちたりているからだ。だがもしこれらの書物が何かの理由で失われてしまったとすれば、彼らはそれに類するものを書き上げていたことだろう。[28]

これはつまり、表現形態は異なれども、思想の核となる真理が同一ゆえに起こりうる、再生可能性こそがフィロカリアの普遍的特性であることを示している。すなわち四世紀のカッパドキア派の神学者から、十四世紀のアトスの静寂主義者、十八〜十九世紀のロシアおよびギリシャのフィロカリアの信奉者たちへと綿々と受け継がれてきた禁欲主義の霊性を伝える言葉が、時代や教義の差異を越えてここにひとつの核となる真理を奏でているというわけである。同書が神学上の論争とは一線を画した、いわばハリストスの真理へ向かう道、救いの道を示した手引き書、もしくは修道生活の規範として受け入れられた所以もこの点にあるのだろう。

三、パイーシイ・ヴェリチコフスキーによるフィロカリア翻訳活動

以上『フィロカリア』の文献的、ジャンル的特性について見てきたが、本章ではパイーシイを中心とする禁欲主義文献の翻訳のプロセスを概観しておく。パイーシイは愛弟子である修道士フェオドーシイに宛てて、聖師父の著作との出会いと読書体験といった自伝的内容から、手がけた翻訳に対する自己評価、そこで扱う写本の性質や問題にいたるまで詳細に報告した書簡を何通か残しているが、それらは編纂者の生の声であるばかりか、ビザンツの精神的遺産をロシアが受容する過程を文献学的に解明するためのきわめて貴重な情報源となっている。将来モスクワ版『フィロカリア』として結実することになるこれら文献の翻訳・編纂事業に関わる様々な事情を我々はこれによって窺い知ることができるのである。

一においてもパイーシイの伝記的事実に簡単に触れたが、彼は幼少期より聖師父の著作に並々ならぬ関心をいだき、

修道院をわたり歩いては徐々に写本に親しむようになっていった。彼の少年時代の愛読書には聖書の他にシリアのエフライム〔エフレム〕、ガザのドーロテオス（アッヴァ・ドロフェイ）、イオアンネス・クリュソストモス〔金口イオアン〕の『マルガリータ』等が含まれていたという。それに続くキエフ時代には、「聖師父の古書を所有していた」修道スヒマ僧パホーミイとの出会いや、キターエフのスキトの食庵（трапеза）で読まれていたシリアのエフライムやその他の聖師父の著作の印象などが語られている。こうした経験が若き見習い修道士の心にこれら未知の書物への憧憬とともに、それらを翻訳で読むことを可能にするモルダヴィア語とその民族文化に対する愛着を植えつけたのだった。その後、リュベチの修道院でシナイの階梯者イオアンネスを筆写した経験が、彼にとっては聖師父の著作の筆写とその研究に取り組む直接の契機となったようである。パイーシイ長老の言葉によれば、この時期に聖師父の著作の筆写に専念していたイシキイ長老と出会い、また聖師父の著作を研究するために書物を貸し与えてくれた修道スヒマ僧パーヴェルとキエフ洞窟修道院での共同作業（筆写）を通じて研鑽を積んだことが、彼の霊的成長に大きく寄与したと告白している。[29]

聖山アトスに移った後、聖イリヤのスキト（Св. Ильинский скит）にある霊的共同体の指導者となったパイーシイは修道士の内面生活や長老指導体制に関する聖師父の書物を、きわめて実践的かつ司牧的判断に基づいて蒐集しはじめた。こうして入手した著作をパイーシイは自らの長老としての手引きとして生かそうと考えたのである。ところが、それらの文献に目を通した彼はスラヴ語の写本には文法的な整合性を無視した「説明のつかない誤謬」が数多くあることに気づいた。そこで彼はそれを別のスラヴ語の写本を用いて訂正しようと考え、イシキウスやフィロテオス、エデッサのテオードロス等の著作の入った写本を別の四種の写本と照合することで訂正を試みたのである。だが、結果的には「誤りを倍加させた」だけだった。パイーシイはそのときの悪戦苦闘ぶりを以下のように回想している。キエフから持ち込まれたシリアのイサアクの写本を「六週間というもの昼夜を分かたず、ギリシャ語の原文に近い別の写本に基づいて訂正しようとしたのですが、時とともに、悪い写本の影響でわたしが用いたよい方までが完全に損なわれたことを悟りました」。この苦い経験から、パイーシイは「スラヴ語訳の聖師父の著作は、その原典にあたることなく改訳することはできない」という結論に達したのである。[30] しかしながら、アトスにありながらそれらのギリシャ語原典を蒐集することはもちろん、筆写することすら容易なことではなかった。十八世紀はロシアのみならず、アトスにおいても文献学的研究と修道生活に占める静寂主義の伝統そのものの衰退をもたらした不毛の時代であり、これはパイーシイの啓蒙活動にとって決定的な停滞を意味していた。ところがアトスを去る二年半前の一七六一年、彼は思わぬ幸運に恵まれる。カッパドキアのカイサリア出の修道士らによって建てられた大ワシレオスのスキトで、偶然にも十一人の禁欲主義者の著作から成る書物にめぐり遭い、しかもそれを筆写するための写字生を雇うことができたのである。この十一人とは後にそっくりスラヴ語のフィロカリアに収められることになる大アントニウス、シナイのグレゴリウス、フィロテオス、イシキウス、ディアドコス、タラシオス、新神学者シュメオーン、隠修者ニキーフォロス、アッヴァ・イサイヤ、ニケータス・ステタトス、ダマスコのペトルスであった。[31]

パイーシイはモルダヴィアのドラゴミルナの聖神修道院に居を定めると（一七六三年）、多くの弟子たちの協力を得て、いよいよスラヴ語訳のテクストをギリシャ語の原典に照合しつつ校訂、改訳する作業に取りかかった。ところが作業を進めるにつれて、彼はギリシャ語の原典と照合するだけではなく、そこから新たに翻訳しなおす必要性を痛感するようになる。だがそれがこれまで以上の困難を伴うことは彼自身十分承知していた。そのためには、ギリシャ語とスラヴ語に関する豊富な知識については言うに及ばず、それらの言葉を背景とする文化についての教養も必要としたからである。さらに信頼にたる辞典が存在しないという現実は、数多くの難解な語句や未知の概念に対する解決を永久に閉ざしているかに思われた。こうして絶望に陥りそうになったパイーシイを窮地から救い出したのが、彼が比較的若い頃から親しんできたモルダヴィア語とモルダヴィア人の仲間たちであった。パイーシイ自身の書簡に拠ると、翻訳しようとする原典に忠実なテクストとして、この頃までにアトスやモルダヴィアですでに完成されていたモルダヴィア語訳を用いていたことが証言されている。この翻訳に携わったのは主として彼の弟子でモルダヴィア人修道司祭マカーリイとイラリオン・ダスカルであった。パイーシイもギリシャ語に比べてかなり自信を持っていたモルダヴィア語による翻訳を参照して、「疑いなくあらゆる点で真実に近い」と感じたのである。こうして彼はギリシャ語の原典に随いながらも、モルダヴィア語訳をたよりにスラヴ語の写本の誤りを訂正していった。ここにはイシキウス、ディアドコス、大マカリオス、フィロテオス、シナイのニルス、タラシオス、シナイのグレゴリウス、新神学者シュメオーン、カシアーン等の著作が含まれていた。彼は経験を積むにつれて、ギリシャ語力のみならず翻訳の技術も完成の域に高め、同じテクストを二度三度と納得のゆくまで手を加えるようになっていく。すると今度は、アトスから持ち込んだギリシャ語の原典の中にもスラヴ語の写本に劣らず、表記や正字法の誤りを数多く発見するようになった。かくして彼の作業は新旧ギリシャ語テクストの照合にまで発展してしまうのである。しかしここでもまた、当然予想さるべき困難に直面する。文献学的な精度を求めるにつれて翻訳の成果にも厳格な判断を下さざるを得なくなったパイーシイは、かつて辞書を用いずに自ら翻訳した文献（アントニウス、イサイヤ、ペトルス等）に関しても、誤謬や歪曲が多いという理由から反古にするとの結論に達したのである。そればかりか、この時期に必要

克肖者パイーシイ・ヴェリチコフスキー　肖像画　18世紀末（モスクワ正教神学大学、教会考古学資料室所蔵）

に迫られて現代ギリシャ語から翻訳したストゥディオスのテオードロスについては、照合すべき古代ギリシャ語の原文を見いだすことができなかった。さらに彼が若い頃から愛読していたシリアのイサアクに関しても、一部は古代ギリシャ語によって訂正できたものの、残りの部分はモルダヴィア・ワラキア語の翻訳にたよるしかなく、印刷された原典にしたがって訂正できるようになるまでには、さらに多くの年月を過ごさねばならなかった。[32]

こうした状況の中で、アトスで修行を積んだギリシャ人コンスタンティオスという人物がビザンツ時代の羊皮紙本から写されたギリシャ語の写本をドラゴミルナに大量に持ち込んだことから事態は一転する（一七七四年）。その中にはパイーシイがスラヴ語では見たこともない聖師父の著作すら数多く含まれていた。このギリシャ人はパイーシイのためにこの本から筆写するが、誤りがあまりにも多かったため、パイーシイにとってそれらは「泥土に埋もれた黄金の文学」との印象を免れなかった。それにもかかわらず、これらの文献の重要性を理解していた彼はこの粗悪なテクストを土台に新たな翻訳に取りかかる。ここには苦行者マルコス、ニケータス・ステタトス、エデッサのテオードロスの著作が含まれていた。翻訳者パイーシイは自らの翻訳に対する不満をもっぱら自らの技量不足に帰していたが、[33]原典の写本そのものの杜撰さにも主たる原因があった。それによって翻訳そのものの価値が減ぜられるとなればなおさらである。パイーシイは自らの翻訳をモスクワで印刷するために弟子のフェオドーシイに手渡すことを拒むようになったばかりか、それを別の修道院で筆写しなおすために提供することさえ不適当と考えるようになってしまう。[34]

むしろ彼の目は一七八二年にコリントスの主教マカリオス・ノターラとニコデモスによってベネチアで出版されたギリシャ語の『フィロカリア』[35]に向けられていた。これはいくぶん「外面的に教義論を衒った」感があるものの、「アトスの数ある修道院の」図書室から蒐集された夥しい数の写本に基づく書物だったからである。パイーシイはロシア教会の当局にこの「待望の書」を早速入手し、神学的素養のある者に翻訳させるよう書面で進言したほどであった。[36]

だがギリシャ語の『フィロカリア』をロシア語に翻訳してモスクワ版『ドブロトリュービエ』を出版するというパイーシイの希望は叶えられなかった。皮肉にも長老の助言に反して、当時正教会の権威的存在であったサンクト・ペテルブルグの府主教ガヴリイル・ペトロフは、モルダヴィアから持ち込まれたパイーシイ自身の翻訳に基づいて出版の準備を行なうようにとの祝福を降したのである（一七九一年）。

それから二年後、モスクワ版『ドブロトリュービエ』は出版されたが、その最終稿はパイーシイ本人による監修と校閲を経たものではなかった。例えば、第一巻（一七九三年初版）に収められた十五人中、現在ルーマニアの複数の図書館（古文書館）に保管されている長老パイーシイの蔵書目録[37]に名前がない四人（トルコのフィラデルフィア府主教区のテオリープトゥス主教、、エウアグリオス、（アトスの）マクシモス・カフソカリヴィトゥス、「階梯者」テオファネス）については、長老が愛弟子のフェオドーシイに宛てた書簡（一七八二年頃）にも言及されていなかった。残りの十一人に関しては、パイーシイ自身の翻訳テクストが実在することから、この四人については編集過程でパイーシイの視野に入っておらず、ギリシャ語の『フィロカリア』から採られた可能性がある。いずれにせよ、各々の作品につき写本の照合と翻訳の訂正を繰り返し行なうパイーシイの徹底したやり方からすれば、ベネチア版フィロカリアの影響をモスクワ版のテクストに見きわめることはきわめて困難であると言わざるをえない。つまり、モスクワ版に含まれるどの作品がベネチア版出版以前の彼自身の翻訳から採用されたのか、そもそもパイーシイによる改訳がギリシャ語版をもとにフェオドーシイ宛の書簡（これも一七八二年だがベネチア版『フィロカリア』の出版に先だってい る）以後にも行なわれたのかといった問題は文献学的にさらなる検討を必要とする問題である。[38]

モスクワ版の編集方法についても確たる記録は存在せず、その真実は闇に葬られていると言ってよい。ただパイーシイの弟子の長老アファナーシイの回想によれば、彼はノヴゴロドの府主教ガヴリイルの主教座（ポドヴォリエ）で行なわれたモスクワ版『ドブロトリュービエ』の編集に加わっており、印刷に回されたテクストの多くは彼がパイーシイから直接譲り受けた翻訳であったと証言している。[39] ところが実際に世に出たモスクワ版『ドブロトリュービエ』は、アファナーシイがモルダヴィアからもたらしたパイーシイの翻訳原稿とも、ギリシャ語の『フィロカリア』とも、採用された著者の数やテクストの詳細、しかも配列まで大きく異なっていた。この間の事情は、多分に「伝説的」との誇りを受けながらも、やはりパイーシイの弟子の一人修道スヒマ僧ミトロファンの伝記によるしかない。それによると、アファナーシイが持参したギリシャ語の『フィロカリア』とパイーシイの翻訳は相互に照合され、不明個所に訂正を加える目的で、ペテルブルグとモスクワの神学校（セミナリア）のギリシャ語に通じた修道僧たちに委ねられたことになっているのである。[40] ところが、両首都の神学校とその校訂者が果たした役割とその具体的な訂正内容に関する事実は残念ながら明らかになっていない。しかしながら最終的には（ベネチア版フィロカリアの編者である）ニコデモスによる「序文」及び彼による個々の著者の簡潔なプロフィールが採用されていることから、大幅に改訂を施されたパイーシイの翻訳（あるいは一部アファナーシイの訳）がそこに順不同に押し込まれた可能性が強いと推測されるのである。

四、ロシアにおけるフィロカリア——その後の運命

以上のような複雑な事情により、モスクワ版『ドブロトリュービエ』は実質的にパイーシイによる翻訳を土台としながら、ベネチア版フィロカリアの編集方針を採用し、翻訳者の名前を削除することで出版された。ということは、多少なりとも公平な判断に基づくならば、パイーシイ長老（とその弟子たち）による長年に亘る翻訳事業は名実ともに矮小化されたと言わざるをえない。もっとも、十七世紀のロシアには一般的であったとはいえ、教会スラヴ的要素の強い、いわゆるロシア・スラヴ語で書かれた神学的にも難解なこの書物が、出版後の六十年間に六版を重ねたということは、読者が修道士か俗人であるかを問わず、ロシアの読書界全体に大きな影響を及ぼしたことの表れと言える

だろう。そればかりか、この伝説の書を読んで霊《たましひ》の救済を得たいという知識人や民衆の思いは、「フィロカリアを携えて旅する巡礼」という文学的形象を生み出すにいたった。作者不詳ではあるが、とりわけ民衆の間で異常なまでの人気を集めた『巡礼の告白物語（Откровенные рассказы странника）』にはフィロカリアに霊《たましひ》の救いの道を求めようとする巡礼の静謐な祈りの感情が充溢しており、フィロカリアの真理に心惹かれた人々の気持ちを代弁した書物といえる。この「巡礼」こそ、神を探求する人々にとって理想的な生活習慣であると見なす民衆の意識もフィロカリアの精神に合致したものであるが、この物語の中でひときわ興味を惹くのは、長老が巡礼に語るフィロカリアの本質についての次のような喩えである。

いかに祈るべきか、――と長老は言う、――この本にはその問いに対する答えがある。この本は『ドブロトリュービエ』と題されている。ここには二十五人の聖師父によって書かれた、弛まぬ心の祈りについての完全にして詳細な学問が収められている。その内容はあまりに高邁で有益であることから、霊的な観照生活に関する主要にして第一の指南書と見なされている。しかも克肖者ニケフォロスも言うように、「苦労も汗もなく救いの道に導いてくれる」というものなのだ。

「果たしてそれは聖書以上に高邁で神聖なのですか」とわたし〔巡礼〕は訊ねた。

「いや、それは聖書以上に高邁で神聖というわけではない。だがそこには聖書のなかに神秘的に含まれていること、高邁さゆえに我々の近視眼的な知恵にとって理解がゆかないことをわかりやすく解説したものなのだ。こんな例を示そう。太陽は何よりも偉大で、輝かしく、優れた発光体だが、おまえの何もつけない裸眼でそれを観察したり、洞察したりすることはできまい。例え百万倍も小さく、どんより濁っていたとしても、特別の人工的なレンズが必要なのだ。それによって初めておまえは光の眩いばかりの玉を見ることができるし、感動することも、その炎のような光を受け入れることもできるのだ。これと同じことで、聖書が輝かしい太陽ならば、『ドブロトリュービエ』はそれを見るのに必要なレンズなのだ」。[41]

こうした霊的な書物の出版は、当然のことながら、修道士や概して敬虔な人々のパイーシイ長老とその弟子たちの活動に対する同情と関心を刺激した。事実、モスクワ版『ドブロトリュービエ』に入らなかった著作のパイーシイによる翻訳写本の存在は多くの人々の関心を呼び起こし、長老が生前活動したニャメッツの修道院で筆写された写本の多くが急速にロシア全土の修道院に広まったと伝えられる。[42]そもそもパイーシイ文献のロシアへの流出が始まったのは、上述のペテルブルグ府主教ガヴリイルによる『ドブロトリュービエ』出版への祝福にともない、翻訳原稿が弟子の手を介して教会当局へ届けられたことに端を発していた。それに加えて、パイーシイが特別に関心を抱いていたシリアのイサアクの翻訳に関しては、フィロカリアとは別に丹念に浄書したうえで、出版後はこれをロシア中の主要な修道院に送っていただきたいという府主教宛の書簡を付したほどだった。だがそれは結局、印刷されなかった。如何なる経路かは不明ながら、パイーシイ長老の原稿をペテルブルグに送り届けた弟子のフョードルはある偶然からそれを再度入手し、オプチナ修道院の長老レオニードとマカーリイに手渡したのだった。これらは修道院の図書館で保管され、有名な文献学者で、後に『コーゼリスクのオプチナ修道院の歴史的記述』という概説書を書くことになるレオニード・カヴェーリンの目に留まったのである。[43]

その後十九世紀に入ると、ロシア内外の修道院を中心に出版活動が自発的に行なわれるようになり、同時にそうした場所が首都とは異なる独特の精神文化の中心として栄えるようになる。その先駆けとなったのが、一八〇〇年に印刷所が設立されたニャメッツ修道院〔モルダヴィア〕であった。さっそくパイーシイの弟子で翻訳協力者、長老の伝記をものしたスヒマ僧ミトロファンによってパイーシイ版シリアのイサアクの出版が着手された。ところが、刷り上がった本を手にした宗務院は、故府主教ガヴリイルがこの本の出版に否定的であったうえ、原稿を出さずに、自分で保管していた事実を受けて、検閲を通じてこの書に対して「非道徳的」とのレッテルを貼ったばかりか、発禁処分にする決定をくだしたのである（一八一一年）[44]。

しかしながらこうした悲劇や挫折の数々は、オプチナ修道院における長老制の復活とともに、癒され、慰められ、新たな生命の息吹を取り戻していく。このことを何よりも強く感じさせるのが、オプチナ修道院の長老たちとパイーシイ・ヴェリチコフスキー及びその弟子たちとの運命的な繋がりである。オプチナに長老制の基礎を敷いたスヒマ僧レオニード・ナゴールキンがパイーシイの弟子である長老フョードルから霊的な指導を受けたことは先に触れたが、そもそも荒廃したオプチナの僧院を再建する目的でモスクワのペシノシュスキイ修道院から菜園丁のアヴラーミイを送り込んだのは、パイーシイと霊的な交流のあった掌院マカーリイであった。このマカーリイはパイーシイから掌院の杖を贈られるほどの評価と信頼を得た人物であり、アヴラーミイはこのマカーリイを通じてパイーシイの遺訓を体得し、その初期の霊的指導者としてオプチナ修道院を名実ともに復興させたのであった[45]。

さらに一八一九年にオプチナのあるカルーガ県に主教区が設置されると、その初代の大主教に任命されたのが、後にキエフ府主教となるフィラレート（アンフィチアートロフ）であったことも正教会にとって大きな意味をもっていた。彼はフィロカリアの伝統にしたがった厳格な修道生活を実践する目的で、オプチナ修道院に付属する先駆者イオアンのスキトを創設する計画をもっていた。その指導者として彼が目をつけたのが、後にオプチナのスキトにおいて実践的な修道生活を指導する事になる、掌院モイセイとその弟アントーニイ（プチーロフ）兄弟であった[46]。彼らは若い頃からパイーシイと霊的交わりを持っていたモスクワのノヴォスパスク修道院の長老フィラレートとアレクサンドルの感化を受けていたが、以来オプチナに来るまでに、スヴェンスク修道院、さらにはブリャンスクやロースラヴリの森にあるスキトで、やはりパイーシイの弟子にあたるスヒマ僧アファナーシイ、ドシフェイ、アナスターシイらの指導のもとに苦行の生活を行なっていた。[47] オプチナにおけるモイセイの偉功はまことに輝かしいものであった。「霊的な知性と厳格な禁欲主義が偉大な組織者としての才能と見事に調和した」と称されるその性格は、自己への絶え間ない内面的教育と聖師父の著作の研究、そして最も重要なことは、長老に対する絶対的服従と日々の痛悔という長老制の教えの実践を通して形成されたものであったことである。[48]

このモイセイが修道院の主管（事実上の院長）に推され、レオニードがオプチナに移った一八二九年頃から、修道院は保守派の抵抗に遭いながらも、長老制の基盤を固め、ロシア全土から優れた修道士を集める、いわゆる修道生活の拠点としての活動の最盛期を迎えることとなる。レオニード〔スヒマ僧名レフ〕の人生は移動と波乱に富んだものだった。彼は若い頃オプチナで過ごしたことがあったが、まもなく故郷に近いオリョール県のベーリエ・ベレガーに移り、そこでパイーシイの弟子のフョードルとクレオパに出会う。彼らと隠遁生活を共にするなかで、様々な霊的な教訓を得たのだった。彼は二人の師にしたがって近隣の森から果てはワラーム修道院、アレクサンドル・スヴィルスキー修道院〔オロネツ湖とスヴィリ川の畔に位置する〕等を渡り歩き、オプチナに戻った後は、掌院モイセイの右腕として長老制の確立に尽力し、自らは長老として祝福と祈りを求める民衆に霊的な癒しを発揮することで、一八四一年にその生涯を閉じるまでその名声をほしいままにしたのである。[49] こうしてオプチナ修道院復興の最初期に到来した人の流れを追っていくと、パイーシイ長老の長老制の伝統がモルダヴィアのニャメツ修道院に発し、弟子から弟子へと流れゆく奔流となって、オプチナ修道院に流れ込んでいることを確認することができるのである。

こうして掌院モイセイによって確立され、長老レオニードによって広く知られるところとなったオプチナの長老制が、ロシアにおける修道制の発展に寄与したのみならず、出版活動を通して多くの文人や学者たちを惹きつけることで、文化・学術的水準を引き上げることに寄与したことは周知の通りである。これに関して最も功績のあったのは、オプチナ修道院の二代目の長老マカーリイであった。すでに見たように、掌院モイセイ自身も長老として修道士や俗人を指導する素質を十分そなえていたにも拘らず、再建直後の修道院の困難な経営状態を軌道に乗せることなく、外向的、経営的な手腕の問われる掌院としての任務と、修道士の霊的な養育をその課題とする長老としての任務を兼務することは好ましくないと判断したのだった。[50] 後者の目的で呼ばれたのが長老レオニードであり、その後継者として選ばれたのがマカーリイであった。マカーリイは当初オリョール県のプロシャンスキー修道院で長老パイーシイの弟子のアファナーシイ（ザハーロフ）の指導のもとにあったが、一八二三年に霊の父を失うと、オプチナ修道院の長老レオニードと文通を始め、結果的にその招きでオプチナに移り住むことになったのである（一八三四年）。この二人の長老の性格は、例えばレオニードは実務や礼拝の能力に優れ、マカーリイは聖師父の教えに通暁した物静かな学究肌といったように、いわゆる正反対であったものの、霊的な友情に堅く結ばれ、何事も協力して仕事をこなしていった。一人の信徒に宛てて二人が連名で書いた書簡がしばしば見られるのもそうした信頼関係の表れである。だが一八四一年のレオニードの死にともない、マカーリイは長老としての重荷を一八六〇年の死にいたるまで一人で背負うことを余儀なくされたのだった。[51]

その間、マカーリイとロシアの代表的な学者や文人との交流が始まり、彼らの要望に応えるかたちで、長老はパイーシイの手稿を始めとする霊的な著作を出版する事業に着手するようになる。すでに述べたように、パイーシイの伝統は弟子たちを通じてオプチナに流れ込んでいたが、それは人脈のみならず、彼の翻訳を弟子たちが書き写すという写本の流れをも意味していた。当時文献学的調査のために修道院に逗留していたレオニード・カヴェーリン（後聖セルギイ大修道院の副院長）の証言によると、本として出版されたのはモスクワ版『ドブロトリュービエ』（一七九四年）とシリアのイサアクの『講話』（モルダヴィア、一八一二年）のみで、それ以外のパイーシイ自身の翻訳や彼がギリシャ語原典と照合して加筆した写本は、半世紀以上にわたってオプチナを始めとする多くの修道院の書庫に埋もれていたという。[52] モスクワ版『ドブロトリュービエ』が出版局から修道院に届けられたのは、一八五四年の復活祭の日（四月十三日）であったが[53]、実際には、四〇年代には写本のかたちで修道士や信仰篤き人々の間に広まっており、修道院の書庫や修道士の僧庵に保管されていた。やはりレオニード・カヴェーリンの証言によれば、長老マカーリイの指導者であった長老アファナーシイ・ザハーロフは、すでに「パイーシイ長老の全ての手稿から取られた正確な写本を所有していた[54]」という。このアファナーシイの影響で長老マカーリイも若い頃から、聖師父の文献を読みかつその内容に精通していた。これらの写本の校閲と出版が本格的に始まった時（一八四六年）、長老マカーリイの僧庵にはパイーシイ長老によって改訳された大マカリオス、階梯者イオアンネス、聖バルサヌフィオス、聖イオアンネスなどの著作、パイーシイ自身の翻訳（現代ギリシャ語からスラヴ語訳）による証聖者マクシモス、ストゥディオスのテオードロス、シナイのグレゴリウスの聖者伝、グレゴリウス・パラマスの説話、そして苦行者などによるその他の著作が集められていたという[55]。

オプチナ修道院と首都の検閲や出版局との橋渡しとして、この活動を精力的に支援したのが、当時マカーリイと親しく文通し、その霊の子でもあったスラヴ派の思想家イワン・キレエフスキーとその妻のナターリア・ペトローヴナであった。彼らもロシアの修道院に伝播していたこれらテクストの多くが修道士や霊的な生活に心惹かれる人々に知られずにいることを遺憾とし、それらを出版すべく力を尽くしていたのである。これに関しては、キレエフスキーと長老マカーリイとの間に交わされた往復書簡の数々が雄弁に物語っている。例えば、一八四七年にキレエフスキーがマカーリイに宛てた第四書簡では、彼らの出版活動の最初の実り『モルダヴィアの長老パイーシイ・ヴェリチコフスキーの伝記と著作』の第二版にパイーシイ自身の訳書を追加して掲載する提案がなされていた。それによると、新しい版に新神学者シュメオーン、証聖者マクシモス、ストゥディオスのテオードロス、『シナイのグレゴリウス伝』、苦行者マルコスの『説話』を掲載するならば、前回の版より大部なものになるが、それでも証聖者マクシモスの『主の祈り注解』、ユスティーノスの『至聖三者について』、修道院長タラシオスの『四百の金言』、ストゥディオスのシュメオーンの『沈黙についての説教』などが未発表のまま残ることになるため、いっそそれらを独立させて三部構成で出版してはどうかという内容であった。それればかりか同書簡に拠れば、キレエフスキーはそれら出版予定の原稿がパイーシイ自身のものであることを確認するために、その書き込みや文体的特徴まで緻密に分析したことが強調されているのである。

その証拠として、わたくしどもの手元にあります故フィラレート神父が私どもに下さったこれらの書の贈呈本が有効で、そこにはあちこちにギリシャ語版の『フィロカリア』のページが引用されており、パイーシイ長老に相違ない言葉遣いが見られ、シリアのイサアクの著作に見られるように単語に記号がつけられています。[56]

さらにキレエフスキーを悩ませたのは、写本の中に不明瞭な箇所が少なからず存在したことである。その場合、彼が考えた方法は、パイーシイのテクストそのものは「聖なる」ものとして手を加えず、それに平行する他の翻訳の写本を参照し、不明個所に新たなロシア語訳を付け加えるというものであった。その際、もちろん一語一句に目を通し、その訳語の妥当性についての最終的な決断をくだすのは長老マカーリイ、及び一八三九年以来長老レオニードの若き見習い修道士としてオプチナで修行中であったアレクサンドル・グレンコフ（後の長老アンヴローシイ）の役割であった。[57]つまりこれら写本の出版に際して、キレエフスキーやオプチナの長老たちが体験した苦労は、奇しくも一世紀近く前にパイーシイが嘗めたそれと本質的に同様のものだったのである。すなわち、オプチナの長老たちのパイーシイのテクストに対する敬意は、パイーシイ自身がいだいていた中世の聖師父のオリジナルに対するそれとまったく同様で、いかなる新解釈をも加えてはならない至高のものだったのである。

こうした校閲の過程のなかで、それらを現代ロシア語に翻訳しようという欲求が生まれたのもむしろ自然の成りゆきだった。これを支持し、基本的な編集方針を統括したのはマカーリイ長老であったが[58]、同時に彼の相談役として親しく交わり、その出版活動を支援したのがモスクワの府主教フィラレート・ドロズドフであった[59]。それに加えて、出版の段階ではモスクワ大学教授のシェヴィリョーフや宗教書に関する検閲官であった同神学大学の哲学教授で長司祭でもあったフョードル・ゴルビンスキーも好意的に事業に関わりを持つようになった。活動そのものはキレエフスキーの死（一八五七年）によって一時中断の憂き目を見たものの、他の協力者たちを得て二十世紀初頭まで続けられることになるのである。

オプチナの長老たちによるいわゆる「フィロカリア」の出版活動とは、かくして一八四七年以降精力的に行なわれた一連の聖師父の禁欲主義的著作の出版活動を総称したものとして理解することができる。一般にオプチナ版「フィロカリア」はロシア語訳であると考えられているが、すでに述べたように、それはモスクワ版『ドブロトリュービエ』の現代ロシア語版と同義ではなく、あくまで写本の形で保存されていたパイーシイの原稿を文集や単行本として出版したものであり、一部の作品に関しては、幅広い読者層に受け入れられるべく、表記と言い回しをスラヴ語からロシア語に改めた点に最大の特徴があったのである[60]。

因みに一八四九年以降にオプチナ修道院で出版された図書の目録を繙くと、パイーシイ長老の翻訳（スラヴ語）による聖師父の著作集『霊の糧として刈られし穂（Восторгнутые класы в пищу души）』（モスクワ版『ドブロトリュービエ』には入らなかったものを含む）を始め、一八五二〜五五年には同じくパイーシイの翻訳で、克肖者バルサヌフィオスとイオアンネスの著作、新神学者シュメオーンの『十二の説話』、及び彼の『聖者伝』、ストゥディオスのテオードロスの『啓蒙書』、証聖者マクシモスの『主の祈り注解』、及び『斎《ものいみ》の話』、シリアのイサアクの『講話』、タラシオスの『愛、斎《ものいみ》、霊的生活についての数章』等が含まれている。一方、ロシア語訳された著作の出版目録にも、やはり克肖者バルサヌフィオスとイオアンネスの著作や新神学者シメオンの『十二の説話』の他、ガザのドーロテオスの『教え』（四版を重ねた）、苦行者マルコスの『説話』、克肖者オルシシオス、アッヴァ・イサイヤ、階梯者イオアンネス、ストゥディオスのテオードロス、シナイの聖アタナシウスの『第六詩編についての講話』、ダマスコのイオアンネスの『諸慾と善行についての説話』などが含まれている。これ以外に、例えばソラの克肖者ニールの『弟子たちに送るスキト生活についての伝承』、後のアストラハンの大主教修道司祭ニキーフォルの『修道女になる人のための啓蒙書』、レオニード・カヴェーリンの『オプチナの長老・修道スヒマ僧マカーリイの人生と偉功に関する物語』、及びマカーリイ自身の書簡集（全六巻）、掌院アントーニイ（オプチナ修道院の先駆者イオアンのスキト長）の伝記と書簡集、（府主教ステファン・ヤヴォルスキーの『信仰の巌』からの抜粋による）『聖なる斎《ものいみ》と善行に関する聖なる教会の教理』等、ロシア人の著作も多数出版された。[61]

以上概観したように、オプチナ修道院ではロシア語への翻訳事業が開始された後にも、原典と綿密に照合された結果、作成された同一作品のパイーシイ版（教会スラヴ語訳）が出版されていた。このことから、後者の価値の高さとともに、修道生活の指南書としての伝統を固守する長老たちの揺るぎなき方針をうかがい知ることができる。ところが実際にはロシア語による作品の出版は、オプチナの出版事業の内容のみならず、一般読者のこれらの出版物への受容傾向をも大きく変化させていた。これは外面的に神学の教義をより広い領域へと解放する役割を果たし、それにともない内面的にも教父（聖師父）学を生きた神学へと甦らせるための原動力となっていたのである。オプチナ修道院をめぐる十九世紀ロシア神学思想の展開は、概して聖師父の教えを自由思想の流れから擁護するための闘いの場であったと見なすことができよう。西欧のキリスト教やスコラ主義からの解放はまさに聖師父の実践的な教えを修得する試みとなり、それがビザンツから神学をロシア正教の父なる伝統として解放するパトスへと繋がっていく。オプチナ修道院の修道制は長老制を得たことで、聖師父の霊性を維持することができたのである。第二の聖書とも言われるフィロカリアを翻訳出版しようとする試みは、パイーシイ・ヴェリチコフスキーとその弟子たちによって完成され、それがロシアに持ち込まれた後は、オプチナ修道院の出版活動によって、一般大衆にも手の届くものとなった。さらに七〇年代に入ると、こうした伝統は隠修者フェオファン（Феофан Затворник）による現代語訳となって結実することになる。こうしてビザンツの文献をロシアの聖性の礎とした禁欲主義の伝統は、世俗の文化や思想と交わることにより、ロシア各地の教会人は言うまでもなく、首都の文化人にも影響を与えた。ロシアに伝えられ、受容されたフィロカリアの思想とは如何なるものだったのか、それがロシアの長老制と如何に融合し、さらにはそれが十九世紀のロシアの文学や思想に如何なる影響を与えたのかといった考察は後の各章において検討されることとなる。

注

1　これらは東方教会の静寂主義（ヘシュカズム）の運動とともに広まった「心」を存在の中心とする人間学的概念で、西洋哲学の精神（知）と魂（心）を対立させる二元論とは異なり、「心」を知性と意思の活動の根幹、霊的な生命の源泉と見なす考えに基礎を置いている。正教ではそれを実践する試みを「知恵のいとなみ」と称しており、実際には「イイスス（知恵）の祈り」の実践を通して実現される。これはその霊的な技量や呼吸のリズムとともに、知性（知恵）が心の中に下降することにおいて成立する「祈り」の方法である。堕罪の結果、人間の人格はその中心を奪われ、その叡知は外の世界に拡散してしまう。この分散が起こる場所は頭、つまり脳である。脳は外的世界を認識するが、同時に霊的な世界との接触を失う。したがって神の恩寵を受けて人たることを再建するためには、叡知と心との調和のとれた関係を再生しなければならないとする。そのためには頭を心の方に傾けて、諸々の邪念から離れ、イイススに祈りつつ、静かに、ゆっくりと、深く呼吸する。そして視線を内面の「心」のある場所に固定する。すると祈りは呼吸のリズムとともにイイススという神の名前を導き入れるようになり、イイススの名が最終的には心臓の鼓動とひとつに解け合うに至る。こうすることで、「心」は自ら「イイススの祈り」の中で絶えず祈り、呼吸するようになる。ここでは詳述しないが、これに関する代表的な文献は、Об умной или внутренней молитве. Сочинение Блаженного старца схимонаха и архимандрита Паисия

Величковскаго. М., 1902. 邦語文献としては、オリヴィエ・クレマン、ジャック・セール著、宮本久雄、大森正樹訳、『イエスの祈り』、東方キリスト教叢書、新世社がある。

2 Леонид (Кавелин). Историческое описание Козельской Введенской Оптиной Пустыни. 1875. [Репринт]. Изд. Свято-Введенской Оптиной Пустыни. 1992. С. 116.

3 この規則はカッパドキアのバシレオス（大ワシリイ）の会則から採られたもので、厳格な規律や清貧といった内容を含み、パコミオスやアトスの規則と並んで後の東方教会の修道院の規範となったことはよく知られている。ところがバシレオスもニュッサのグレゴリウスと共同で『オリゲネスのフィロカリア』を編纂し、その思想的影響下にあったことから、ビザンツ修道制の系譜がロシアにおいてはフェオドーシイに、もしくはその時代のキエフ洞窟修道院の修道生活に受け継がれたことを暗示するひとつの根拠となっている。フェオドーシイ及びラドネシのセルギイ時代の修道院規則の由来に関しては各々以下の文献を参照せよ。Макарий, митрополит Московский и Коломенский. История Русской Церкви. М., 1995. Кн. 2. Т. 2. С. 186.; Диакон Матфей Кудрявцев. История православного монашества в северо-восточной России со времен преп. Сергия Радонежского. М., 1999. С. 67-70.

4 Макарий, митрополит Московский и Коломенский. История Русской Церкви. М., 1995. Кн. 2. Т. 2. С. 158.

5 Митрополит Трифон (Трукестанов). Древнехристианские и оптинские старцы. М., 1997. С. 136.

6 Макарий, митрополит Московский и Коломенский. Указ. соч., Кн. 2. Т. 3. С. 357.

7 Там же. Кн. 3. Т. 4. С. 136.

8 Жития святых, на русском языке, изложенном по руководству Четьих-Миней св. Дмитрия Ростовского. М., 1903. [Репринт]. Сентябрь. М., 1991. С. 524.

9 Митромолит Трифон (Трукестанов). Древнехристианские и оптинские старцы. М., 1997. С. 141.

10 Леонид (Кавелин). Историческое описание Козельской Введенской Оптиной Пустыни. 1875. [Репринт]. Изд. Свято-Введенской Оптиной Пустыни. 1992. С. 116.

11 Мансуров С.П. Очерки из истории Церкви. М., 1993. С. 35.

12 Козельская Оптина пустынь и ее значение в истории русского монашества. Чтение в Обществе любителей духовного просвещения.

1893. Кн. 9. С. 171.

13 Тысячелетие Крещения Руси. Поместный собор Русской Православной Церкви. Троице- Сергиева Лавра. 6-9 июня 1988 г. М., 1990. С. 191.

14 モスクワ版『フィロカリア（Добротолюбие）』はオリジナルが原典のギリシャ語から教会スラヴ語への翻訳で、初版一七九三年、第二版一八二二年、第三版一八三二年、第四版一八四〇年、第五版一八五一年、第六版一八五七年と版を重ねた。ロシアでは十九世紀の後半（七〇年代）に隠修士フェオファンによって現代ロシア語に訳されたロシア語版が広く知られている。Добротолюбие в русском переводе. Изд. 3-е. М., 1895; [Репринт] Изд. Свято-Троицкой Сергиевой Лавры. 1992. 因みに、モスクワ版『フィロカリア』（教会スラヴ語版）は一九九〇年ブカレストで再版された（ファクシミリ版）。

15 彼に関する最初の浩瀚な伝記は次のものである。Житие и писания молдавского старца Паисия Величковского. М.,1847. Изд. 1-е и 2-е; М., 1892. Изд. 3-е. С. 32.（引用は第三版から行なう）これはパイーシイの弟子の最長老格のミトロファンによって書かれ、一八三六年にスヒマ僧のプラトンによって加筆修正されたものである。更に一八四五年にはオプチナの長老マカーリイが編集し、イワン・キレエフスキーが雑誌「モスクワ人」に掲載したことで有名になった。その後モスクワで単行本となり、一八四七年には忽ち二版を重ね、一八九二年に第三版を数えた。

16 Там же. С. 35.

17 Козельская Оптина пустынь и ее значение в истории русского монашества. Чтения в Обществе любителей духовного просвещения. 1893. Кн. 9. С. 191.

18 Житие и писания молдавского старца Паисия Величковского. М., 1847. [Репринт]. С. 45–46.

19 Протоиерей Сергей Четвериков. Молдавский старец Паисий Величковский. Его жизнь, учение и влияние на православное монашество. В кн.: Правда христианства. М., 1998. С. 124.

20 Старославянский словарь (по рукописям X-XI веков), под ред. Р.М. Цейтлин и др. М., 1994. С. 191-192.; Полный церковно-славянский словарь. Составил Григорий Дьяченко. [Репринт]. М., 1993. С. 147-148.

21 Добротолюбие в русском переводе. Свято-Троицкая Лавра. С. IV-V. ニコデモスの序文は、ロシア語版（一八九五年）に著者のプ

ロフィールとともにそのまま掲載されている。

22 例えば、Лисовой Н.Н. Две эпохи – Два Добротолюбия. (Преподобный Паисий Величковский и святитель Феофан Затворник). В кн.: Церковь в истории России. Сборник 2. М., 1998. С. 111-112.

23 Там же. С. 112. ここでリソヴォイは真理の認識に関する哲学者ローセフの見解を援用している。曰く、「正教における真理（神）の認識は、自己の存在を真理（神）のなかで認識することによってのみ可能となる。真理を如何にして獲得するにせよ、それは理論的ではなく実践的で、知力によるものではなく自由意志によるものである」。См.: Лосев А.Ф. Страсть к диалектике. В кн.: Русская философия. М., 1990. С. 76-77.

24 Деяния вселенских соборов. Том III. СПб., 1996. С. 482-483.

25 Там же. С. 113.

26 Tachiaos A.-A.N. De la Philokalia au Dobrotoljubie. La creation d'un 'sbornik'// Cyrillomethodianum 5. (1981) pp. 208-213.

27 Сидров А.И. Евагрий Понтийский. Жизнь, литературная деятельность и место в истории христианского богословия. В кн.: Творения Аввы Евагрия. М., 1994. С. 56-57.

28 Иеромонах Софроний (Сахаров). Старец Силуан. Жизнь и поучения. М., 1991. С. 67.

29 Письмо старца Паисия, еже писа к старцу Феодосию. В кн.: Житие и писания молдавского старца Паисия Величковского. М., 1892. 3-е изд. С. 194-196.

30 Преподобный Паисий Величковский. О переводе книги Исаака Сирина. В кн.: Исаак Сирин. Слова духовно-подвижнические, переведенные с греческого старцем Паисием Величковким. М., 1854. С. VI-XVI.

31 Письмо старца Паисия, еже писа к старцу Феодосию. В кн.: Житие и писания молдавского старца Паисия Величковского. М., 1892. 3-е изд. С. 200.

32 Там же. С. 203-205.

33 彼は修道士としての謙遜から、「この事業は自分の力を越えており、あらゆる脆さによって完成させられてはいない」と記している。Там же. С. 207.

34　Там же. С. 208.

35　Φιλοκαλία τῶν ιερῶν νηπτικῶν (Филокалия священных трезвенников). Венеция. 1782.　本文はギリシャ語で、出版者のコリントスの府主教マカリオス・ノターラはギリシャにおける正教文化復興の活動家であり、克肖者ニコデモス〔ニコジム〕・スヴャトゴーレツはその弟子であった。

36　Письмо старца Паисия, еже писа к старцу Феодосию. В кн.: Житие и писания молдавского старца Паисия Величковского. М., 1892. 3-е изд. С. 211.

37　長老パイーシイの自伝の発見者として知られるヤツィミールスキイによって書かれた『長老パイーシイ・ヴェリチコフスキー蔵書』のこと。См.: Яцимирский А.И. Славянские и русские рукописи румынских библиотек. В кн.: Сборник ОРЯС. Т. 79. СПб., 1905.

38　その意味でも、リソヴォイの当該研究は、パイーシイの文体や使用した写本の語彙的な特徴を考慮しつつ、パイーシイの校訂プロセスを総合的に割り出そうとする野心的試みである。Лисовой Н.Н. Две эпохи – Два Добротолюбия. (Преподобный Паисий Величковский и святитель Феофан Затворник). В кн.: Церковь в истории России. Сборник 2. М., 1998. С. 122-130.

39　Письмо отца Афанасия Арзамасского девичьего общежительного монастыря начальнице матери Марии. В кн.: Житие и писания молдавского старца Паисия Величковского. 3-е.Изд. М.,1892. С.253-254.

40　Житие молдавского старца Паисия Величковского, составленное схимонахом Митрофаном. М., 1995. С. 93-94. [Репринт]

41　Откровенные рассказы странника духовному своему отцу. Изд. Свято-Троицкой Сергиевой Лавры. 1991. С. 18.

42　前掲のヤツィミールスキイの目録によれば、パイーシイ自身の翻訳で未発表のものの中には、聖大バシレオスの『修道士大規定』、エジプトのマカリオスの『講話』、シナイのイオアンネスの『階梯』、ガザのドーロテオス（アッヴァ・ドロフェイ）の『説教』、ストゥディオスのテオードロスの『（受洗前の）啓蒙書』、チェルノゴーレツ（黒山）のニコノスの『タクティコン』等があり、パイーシイによって訳された後、弟子たちによって写されたものにはディオニシオス・アレオパギテス、ダマスコのイオアンネスの『神学』、シリアのエフライム〔エフレム〕、シリアのイサアク、アリストンの注釈付き教会法典集（コルムチャヤ）等が含まれていたという。Яцимирский А.И. Славянские и русские рукописи в румынских библиотеках. В кн.: Сборник ОРЯС. Т. 79. СПб., 1905. С. 555-566.

43　Леонид (Кавелин), архимандрит. Сказание о жизни и подвигах старца Оптиной пустыни иеромонаха Макария. М., 1861. В кн.: Житие иеромонаха Макария. Оптина пустынь. 1995. [Репринт]. С. 156-157.

44 Лисовой Н.Н. Две эпохи – Два Добротолюбия. (Преподобный Паисий Величковский и святитель Феофан Затворник). В кн.: Церковь в истории России. Сборник 2. М., 1998. С. 132.

45 Протоиерей Сергий (Четвериков). Оптина пустынь. 2-е изд. доп. [Репринт]. В кн.: Правда христианства. М., 1998. С. 353-354. 尚、同書には以下の邦訳もある。『オープチナ修道院』安村仁志訳、一九九六年、新世社。

46 長老フィラレート（プリャーシキン）は後年、キレエフスキーの妻ナターリアの霊の父となる人で、死の直前にパイーシイと弟子たちの翻訳した聖師父文献のいくつかの写本を彼女に手渡していた。結果的にこれらは、彼女と夫キレエフスキーを介してオプチナの長老マカーリイに渡されることになった。キレエフスキーの章を参照せよ。

47 Там же. С. 354-355.; 邦訳、三一〜三二頁。

48 Митрополит Трифон (Туркестанов). Древнехристианские и оптинские старцы. М., 1997. С. 158-161.

49 Протоиерей Сергий (Четвериков). Оптина пустынь. 2-е изд. доп. В кн.: Правда христианства. М., 1998. С. 356-357.

50 Митрополит Трифон (Туркестанов). Древнехристианские и оптинские старцы. М., 1997. С. 183.

51 Протоиерей Сергий (Четвериков). Оптина пустынь. С.362-263.

52 Архимандрит Леонид (Кавелин). Историческое описание Козельской введенской оптиной пустыни. Изд. Свято-Введенской Оптиной пустыни. 1875. 3-е изд. [Репринт]. 1992. С. 104.

53 Архимандрит Леонид (Кавелин). Сказание о жизни и подвигах старца Оптиной пустыни иеромонаха Макария. М., 1861. В кн.: Житие иеромонаха Макария. Оптина пустынь. 1995. [Репринт]. С. 168-169.

54 Там же. С. 40.

55 Там же. С. 157-158.

56 Киреевский И.В. Письмо к иеромонаху Макарию от 11-17 марта 1847 г. В кн.: Разум на пути к истине. М., 2002. С. 299.

57 Митрополит Трифон (Туркестанов). Указ. кн. С. 206.

58 「パイーシイ長老のスラヴ語訳の出版同様、その一部をロシア語に翻訳するにあたっては、全行程にわたって、検閲にまわされた草稿に長老自身の許可なく、いかなる表現も変更されず、一語たりとも加筆されることはなかったと断言することができる」。См.: Архимандрит Леонид (Кавелин). Сказание о жизни и подвигах старца Оптиной пустыни иеромонаха Макария. М., 1861. В кн.: Житие иеромонаха Макария. Оптина пустынь.1995. [Репринт]. С. 163-164.

59　府主教フィラレートもこの点についてこう語った、「聖師父の考え以外の考えを読者に与えるくらいなら、不明個所は不明のままに残すべきだ」。Там же. С. 175.

60　パイーシイのスラヴ語訳を出版する事業とほぼ平行して、五〇年代以降現代ロシア語への翻訳も手がけられるようになった。その翻訳の方法は長老や修道士たちがギリシャ語の原典に直接あたることもあれば、パイーシイの翻訳の難解な箇所に限り原典を参照することもあったことが確認されている。См.: Лисовой Н.Н. Указ.кн. С. 144.

61　Архимандрит Леонид (Кавелин). Историческое описание Козельской введенской Оптиной пустыни. 1875. Изд. Свято-Введенской Оптиной Пустыни. 1992. [Репринт]. С. 104-105.

第二章　イイススの祈りと「知恵のいとなみ」
——ビザンツとロシアの祈りのコスモロジー——

一、「内なるいとなみ」とは何か。

ビザンツの聖師父の神学は、聖書のみならず、教会師父の著作と教会の典礼諸書に基礎をおいている。前章で概観したように、『フィロカリア』はそうした諸書の伝統から生まれた最大の成果であり、禁欲主義を旨とする神学的理念を実践するための手引き書としてまとめられた修徳的、神秘的著作であった。そこに共通して見られる特徴は、祈りを個人的な、閉ざされた勤行としてのみ限定的にとらえるのみならず、教会共同体における私と神の関係を確立するための方法を示していることであった。ロシアにおける霊性の発展をうながした最大の要因のひとつが長老制であることは事実であるが、それと平行して、ビザンツより受け継がれた「静寂主義（ヘシュカズム）」の理念も決定的な影響力を保っていたことは特筆すべきことである。この点に関して、聖使徒パウェルの言葉「凡《およそ》の事に感謝せよ、蓋是れ爾等の為にハリストス・イイススに頼る神の旨なり」（フェサロニカ前書、五章一八）は問題の所在を暗示している。つまり、これは聖体礼儀の本質でもある奉献（献祭・感謝＝ευχαριστία）を通じて神秘的に人格神（ペルソナ＝persona）としてのハリストスに出会い、それを受け入れること、すなわち自らがハリストスの身体、聖神の殿としての教会となることを自覚的に実践する修徳的行為でもあるからである。

こうした行為が可能となる背景には、人間が神の似姿として創造され、恩寵（聖神の恵み）の中で神化変容する、「三位一体的なエネルゲイアの透明さによって、交流に生きるペルソナ的存在へ招かれている者としての人間」であることが前提となっていることがわかる。これは宇宙の生成をも推進する力となっている自然の本性とも考えられ、「無限への渇望、神化の希望・広大な典礼的祝祭」をその特性とし、つまるところ、「人間の全問題は、無限へのこの運動をまさに表現し、息吹（聖霊）の内的ダイナミズムをロゴスの啓示へ一致させることにある」からである。[1]

こうして見ると、静寂主義の人間学はきわめて聖書的であると同時に、ロゴスが受肉したものとしての教会性をも兼ねそなえていたことがうかがえる。そもそも東方教会はプラトン主義の影響のもとに、救いを肉体から切り離された魂の問題に限定することを厭い、ハリストスの復活に象徴されるペルソナ化への志向を肉体をともなったものと見なし、人間存在そのものがその構造と身体的リズムにいたるまで、やはり聖使徒パウェルの言う「聖神の殿」[2]にならなければならないと考えていた。これこそ人間本性に刻み込まれた肉体と聖神の統一体としての籍身の神秘であることは疑いを要しない。実はこの点に呼吸と心臓のリズムとがイイススの名と一体化する契機がある。すなわちこの宇宙観は、教会の中心たるハリストスのロゴスと人間の身体の中心である心（心臓）との類似関係に基づいており、洗礼後に得られたハリストスの聖体血によって心臓は新たな鼓動を与えられるように、聖神〔それは息吹という形で吹き込まれることもある〕によって唱えられたイイススの名によって、新たな生命を得ることになるというものである。[3]

ではこの人間とハリストスとの一体化によって起こる神化および変容が人間の内部にいかに実現されるのかという点についても一瞥しておこう。そのためには、原罪によって朽つべきものとなったアダムと、不朽のハリストスの出現の神秘を想起する必要があろう。奉神礼（典礼）学的には大斎前の乾酪の週の早課で詠われる、楽園を追われ、堕落し、自らの恥辱を悼むアダムの嘆きに関する生きた、類なき祈りのモデルである。我々はいわばこの「死すべき者として忍び難き死の衣（умерщвления кожа）を担ふ」ことになったアダムの子孫、すなわち罪の虜である。したがって、功をなす苦行者として生きる道は、この「死の衣」を脱ぎ捨て、聖神の恩寵、すなわち新たなアダム〔ハリストス〕の衣を身にまとうことにある。堕落する前のアダムは神の恩寵によって秀でた存在であり、神への完全な愛とその意志を忠実に実行することによって創造的に神を志向していた。彼を構成する三つの要素たる霊《たましひ》（дух）、魂（душа）、体（тело）の顕現は緊密に結びつき、しかもそれらは人間における最高の原理たる霊に位階的に従属していた。すなわち、霊はすべてを唯一絶対の目的に向かわせることで、すべてを支配していたのである。原初の人は全身が聖神の恩寵に充たされて、ちょうどサロフの聖セラフィムがモトヴィーロフと対話した時に起こったように、眩いばかりの光に充たされていたのである。[4] だが死の発端となった罪が人間の本性に堕落と瓦解の毒を盛り込んだ。それまで人間本性を慈しみ、統一してきた神の恩寵がそれを離れたのである。それによって魂のすべての力は破綻をきたし、矛盾に陥った。霊と肉は反発し合うようになり、魂の体系は歪められ、変調をきたした人間、すなわち罪なる人間が生まれてくる。もっとも、人間がとらわれた欲求とは、外部から持ち込まれた新しいものではなく、かつて人間がそなえていた諸特性や能力を然るべき方向とは正反対の方向へと転換させる力となった。このように霊の最高度の潜在能力、すなわち崇高なものである神を志向する能力は神との交流を失い、堕落し、おのれ自身や低きもの、朽つべきものへの愛にすり代わってしまうのである。

こうしてついには、神中心主義（теоцентризм）が我中心主義（эгоцентризм）に屈し、神への愛に代わって、自尊心、エゴイズム、その他様々な欲が中心を占めるようになる。その結果、おのれにすべてを委ねて堕落した人間は、もはや自らの生まれもった力だけでは立ち上がることも、矛盾、欲、罪、苦しみから免れることも、神から離れた状態から脱することもできなくなってしまう。こうなると超自然的な力による援けが必要になる。だが救済者が現れるまで、さらに千年を過ごさなければならない。人間が味わうことになったこの苦悩についてクロンシュタットの聖イオアン・セルゲーエフは以下のように表現している。

主は自らの籍身に先立って、人類に罪のあらゆる辛酸を嘗めさせ、それを根絶することができないことを悟らせた。そして万人が救済者の登場を望んだとき、彼は叡知をそなえた万能の医師、つまり助人として現れたのである。義の乏しさゆえ、人々がそれに飢え渇くようになったとき、永遠の義が訪れたのである。[5]

このようにハリストスは人間本性を父祖の罪から解放するとともに、人間も神に倣ぶことで、神の子、世継ぎになることができることを範を以て示したのであった。それによって、ハリストスは人間を救いに導く唯一の力（「聖徳の神《しん》に依りては、大能に於て、死より復活するを以て、神の子と顕れし者の福音」ロマ書一章四）、世界の礎をなした者（「蓋彼は基ある城《まち》、神の営み造る者を俟てり」エウレイ書十一章一〇）、そして神へ向かう唯一の道を示す者（「我は道なり、真実なり、生命なり、人若し我に由らずば、父に来るなし」イオアン福音十四章六）となったのである。

ハリストスの中の生活は諸機密（таинства）を通じて営まれる。「義の太陽はあたかも明かり窓のような聖なる諸機密（Таинство）を通して、陰鬱なこの世にさし込み、この憂き世に合わせた生活を無力にし、このうえなく平和な生活を甦らせる。かくして平和の光はこの世に打ち勝つのである」とはテサロニケの大主教ニコラオス・カバシラス（†一三七一）の言葉である。[6] これに関しては、ハリストス自身の言葉「我この世に勝てり」（イオアン福音十六章三三）の意味を想起すれば足りよう。カバシラスは以下のように、人間の生活を大地に蒔かれた植物の種に喩える。

真に、神に似せて創られた、内なる新しい人間をこの世は孕んでいる。そしてここで懐胎し、すでに完全に形を成した者はこの不朽の世界に生を享ける……ハリストスの中の生活はこの世の生活に萌芽をもっている。その始まりはこの世で着手され、我々がいつか到達する彼岸の生活において完成する……しかし死後といえども、この地上の生活で然るべき力と感覚を身につけておかなければ、人は天の国の幸福を享受することはできず、至福の不死の世界にありながら死人のように不幸になるであろう。その理由は、光は溢れんばかりに輝いても、それを感知するためには目が必要である。同様に、その芳香を嗅ぐために嗅覚を持ち合わせねばならない。機密の働きによって初めて霊的な生活を感知する器官が生じ、それが実際、「その日」にハリストスとその仲間たちとの交流に入り、ハリストスが父から聞いていることをうかがい知る可能性を与えているのである。なんとしても、神の仲間となり、聞く耳をもって神のもとへ行かなければならない。なぜならば、あの世では友情を取り結ぶことも、耳を開くことも、結婚式の衣装を準備することもできないからである。それを準備するためにこの世の生活があてられている。この世の生活を離れる前に、これらすべてを揃えていない者には、未来の生活に共通するものは何もないことになる。[7]

つまり、主の聖なる機密の最大の神秘は、主は養い手であると同時に食べ物でもあることである。換言すれば、自ら生命のパンを手に入れる者でありながら、自らが手に入れるパンでもあるということである。そればかりか、神は生ける者にとっての生命であり、嗅ぐ者にとっての芳香であり、着たいと願う者にとっての衣装である。我々は神によって初めて歩むことができるのである。いわば、神はその道であり、しかも道における安息であり、境界線でもある。だが人間はその機密をただ機械的に習得するにとどまるものではない。人間には神が「天国は力を以て得らる、而して力を用ゐる者は之を奪ふ」（マトフェイ福音十一章一二）と言うように、希求することと、それに見合うだけの努力が要求されている。救いのためには、禁欲主義的な功の道を進む人間の自由意思と神の恩寵との共働作業が不可欠なのである。

ここで禁欲主義（Аскетизм = ἄσκησις）という概念を古典時代の概念に遡って確認しておこう。ロシアで禁欲主義に関する先駆的研究を残したザーリン教授によれば、古代ギリシャ語の ασχός は、例えば、ホメロスにおいて皮革、皮衣などを意味していたと言う。それゆえ、ασχέω は文献学者らによって皮革を製造すること、皮をなめすことから発して、努力して作り上げる、作業すると解釈されてきた。その後、この語彙は体操の練習を意味するようになり、さらに後世になると哲学の分野において、修練による徳の獲得を意味するようになったという。因みに、聖使徒パウェルはこの概念を、彼と同時代に特有の二つの意味で用いている。すなわち、体操の競技における功と霊的ないとなみにおける功である（コリンフ前書九章二四〜二七）。聖師父の著作において、この аскезис（ἄσχησις）は一般的に用いられるようになり、斎、祈り、隠遁、徹夜禱といった功や困窮状態を指すようになる。[8] キリスト教のなかでも、こうした禁欲主義的苦行に対する態度は一様ではないが、[9] 正教会ではその追随者から相応の努力を求めるハリストスの言葉そのままに、それをすべての信仰者に例外なく不可欠なものとして位置づけているのである。

かくして信仰者は禁欲主義の階梯を通じて神へ至る道を一歩ずつ登っていかねばならないことになる。ここに禁欲主義的修行においても、地上から天上へ続く階梯すなわち空間的段階が想定される所以があるが、すでに旧約聖書にはそうした天国の空間的認識が明確に表現された箇所があることは周知の事実である。例えば、神に創られたヤコフが大地に横たわって見た、地上から天にいたる階梯の夢である。

神の使者《つかい》のそれに昇り降りするを見たり。主其の上に立ちて言ひ給ふは我は爾の祖父《ちち》アブラハムの神イサクの神なり」（創世記二十八章一三）。

ここで人と神とを繋ぐ階梯は、明らかに垂直的運動をともなう空間として表現されている。つまり道徳的、知的、社会的な人間の営みを領有するこれらの空間の連続性は、すなわちそれが垂直の、神秘的方向性を持つことを暗示しているとも言えよう。垂直とは、自然から超自然的なものへ、地上から天上へ、すなわち人間から神への運動と同義的意味をもつ。ヤコフはこの夢とともに神秘的な空間に、神との交流の垂直なパースペクティヴに招き入れられる。

乃ち惶懼《おそれ》て謂ひけるは、畏るべき哉、此処《このところ》是即ち神の殿の外ならず、是天の門なり」（創世記二十八章一七）。

二十年後、この夢の神秘的な意味は感覚を通じてヤコフの前に明かされる。すなわち、何者かが（神の独生子と解釈することもできる）ヤコフのもとに降臨し、彼と夜が明けるまで闘い、彼の腿を傷つけ、彼を祝福し、イズライリ（神と闘う者の意）という新たな名を与えたのである。これが禁欲主義の原型であり、以下のように解釈することができる。

神へ上昇する可能性としてのヤコフの階梯、神の呼びかけに応ずるための人間のすべての力の結集、人間の本性を浄める肉体的苦痛、神に賦与された名への改名（修道士への剃髪に際して改名することに現れている）、新たな生への祝福といったものがそれにあたる。[10]

東方教会において禁欲主義は、聖師父によって霊の階梯という形象と概念を通して、その第一歩から意義づけられ、体系化されてきた。階梯とは言うまでもなく、信仰者の霊的な状態を段階的に表す概念である。神は万物の創造者であり、その意味で万物に存するが、万物に平等に存するのではない。そこには内的な従属度や位階が問題となるのである。こうして万物の霊的位階性を天上の世界同様に、地に堕ちた世界秩序にも適用させることが中世の学者の関心を惹きつけることとなった。中世の初期時代にアテネの最高法院（areios pagos）において、地上の罪悪を裁くための至上の法、つまり神の法（倫理規定）として認識されたことによって、この原理がより普遍的、学術的な性格をもつにいたったのはこうした理由による。さらには最高法院議員の名（アレオパギテース＝areopagithes）を冠するディオニシウスがその代表的な著作において、この概念をいわゆる宇宙論的に展開したことも大きな意味を持っていた。その位階論には以下のように書かれている。

われわれは、父の光であり、実在する光であり、世に来るすべての人々を照らすまことの光であるイエスの加護を祈って、この方によって光の源である父に近づいたのである。われわれはいと聖なる聖書の父から与えられた照明に可能な限り目を向け、その照明のもとで象徴的かつ神秘的にわれわれに開示される天上の知性の位階を、できるだけ観想しよう。形象で表された象徴によって天使の至福なる位階をわれわれに開示する神性の根源たる父からの根源的な、しかもあらゆる根源を越えた光の贈り物を、知性の非物質的な揺るぎないまなざしをもってわれわれは受け入れ、それによって逆にその光の贈り物からその純一なる輝きへ向かって上昇することになる。[11]

他方古来のキリスト教伝承は、この霊の階梯を修行の達成度を示す具体的段階として認識論的に説明しようとしてきた。例えば、正教の禁欲主義者のなかで最大の権威のひとりであるシリアの聖イサアクが『苦行についての言葉（Слова подвижнические）』（パイーシイ・ヴェリチコフスキーによって翻訳され、オプチナでも出版された）の中で人智・認識（ведение）に関する三つの段階を示したことは、こうした伝承を受け継いだものであるといえよう。人智・認識とは換言すれば、人が神の世界を知るために通過しなければならない知識の段階であり、最終的には神と一体化し、すべてを超越した霊的な知となるとされる。

聖イサアクによれば、第一の段階は「肉欲にしたがう人智」と名づけられ、それは「見える世界の中で、肉体が恩恵を蒙っている発明、科学、芸術などの革新を生み出す言葉の知」をすべて総括して表現したものである。だがこの知においては、肉体が優勢で、自己中心的であるため、神の加護を排除するのみならず、知恵に分別のない無力をもち込もうとする。このような人智は未だ愛を知らない。そこには「愛を根絶やしにしてしまう善悪の認識の木が植えられている……それはおのれを過信し、闇の中をさまよったあげく、おのれの財産を地上のものと比較して高く評価するものの、それに勝る何物かがあることをまだ知らない」。

この肉体的な知識を克服しようとする者は第二の段階へと昇る。そのとき、人間は魂の本質から流出する力によって、「斎、祈り、施し、聖書の読み、高潔な生活、情欲との闘いといった卓越した功」を実践しようと試みる。シリアの聖イサアク曰く、これは「行為の人智」であり、「これこそがわれわれを信仰に導く道を心に示し、そこに真理の時代への餞の言葉を集めてくれる」ものとなる。しかしこれとて未だ完成された知の形式ではなく、これらは「肉体的で錯綜している」という。

人智の第三の段階は完成の域に入る。「人智は地上的なものや、そのいとなみについての配慮を凌駕し、目の内側からは隠されたところで自己の考えを体験するようになる。悲しみが広く覆い、われわれに約束されたものを熱望するにも、隠された秘密を探し出すにも、来るべき世紀についての神慮を信ずるしかない。そのとき、信仰そのものがこの人智を呑み込んでしまい、向きを変え、再びそれを生み落とすのである。こうしてこの人智は完全に霊と化す」。そのとき、「霊的な営みにとっての内的な感覚が、ちょうど不死や不朽といった働きに際して起こる手順で覚醒させられる。というのも、この世においては、全世界の復活に関して想像される復活（мысленное воскресенье）の真の証言が密かに借用されているからである」。[12]

スラヴ語への翻訳を通してロシアでも広く知られるようになった禁欲主義的著作集『フィロカリア』にも含まれる

この聖イサアクの著作がここで念頭に置いているのは、復活に関する知的表象〔イメージ〕ではなく、人間が現実の世界において獲得しうる超自然的状態にほかならない。すなわち、禁欲主義の原則にしたがえば、生きながらにして体験できる聖神の変容と復活である。もっとも、これは最終目的でも、すべてを包括する概念でもないが、人間が神の恩寵を受けることにより到達可能であるとする点ではきわめて現実的である。いわば正教会の長老たちは神認識の最高点に到達することで、聖神の復活を体験する恩恵にあずかることのできた人々である。これこそ、禁欲主義的、神秘主義的な正教が修行を通じて獲得する霊《たましひ》の宝蔵であった。すなわち、天と地を繋ぐ階梯によって表象される人智の三つの空間の意味こそが信仰生活の基本的な発展経路を規定していると考えられるからである。

神へ向かう道が自己認識を通過していることは論を俟たない。ならば自己を認識できぬ者は神をも認識できないことは、聖師父の言葉に拠るまでもあるまい。自己認識のなかには、いわば学問のなかの学問を解く鍵が隠されており、それを解き明かすことなく神を知ることはできない。かくして、苦行の道を歩む者には、霊《たましひ》と心理の諸法則についての知識とおのれ自身の霊《たましひ》に深く透徹することが要求される。自らの堕罪に盲目的で、自己充足している多くの人々にとっては、まず自身のおかれた真の状態を直視し、そこに巣食う悪を認識することが自己認識への第一歩となる。しかし無慾（безстрастие）を志向する過程において苦行者が直面するのは、慾との苦難に充ちた、飽くなき闘いと徳の修得である。これに際しては、一貫性と漸次性が要求される。これに関しても、シリアの聖イサアクの言葉を引用しておこう。

各々の徳はそれに続く徳の母を志向している。したがって徳を生む母を置き去りにして、母よりもまず娘を捜しに出かけるならば、その娘の徳は霊にとってエキドナ〔上半身女体、下半身蛇体の怪物〕となるであろう。それを棄てずに身に帯びるならば、爾自身もまもなく死んでしまうことになる。[13]

すなわち、人間における霊《たましひ》の完成は、建物同様に、漸次的かつ一貫した修徳的苦行によってのみ達成されうるということである。

建物の基礎となるべきものは信仰の巌、すなわち従順、忍耐、抑制であり、その上にさらに別の巌、つまり同情、および我意の切断といったものが積み上げられている。だがやはり隅の親石となるものは忍耐と勇気であり、建物の耐震性の優劣もそれにかかっている。すべてを繋ぎ合わせるセメントの役割を果たしているのが、謙遜（смирение）であり、それなくしてはいかなる善き行ないも徳とはいえず、それゆえ救いもない。[14]

では謙遜とは何なのか。それはハリストスの霊性の根幹をなしており、したがって神の似姿として創造された人間も等しく獲得すべき修徳的功である。それは確かに有徳の弟子たちによって、その霊《たましひ》の蔵に思念的に受け入れられたハリストスの重要な教えのひとつであった。ハリストスは自らについて「我は心温柔にして謙遜なればなり」（マトフェイ福音十一章二九）と語っていることを想起すれば足りよう。それゆえ階梯者イオアンは「天使からでも、人間からでも、書物からでもなく、あなたたちに住みつき、あなたたちを照らし、あなたたちに働きかけるわたしから学ぶがよい」[15]と福音における主の言葉の意味を解釈している。

階梯者イオアンによれば、謙遜には三つの段階がある。「第一の段階は、無慾に到達した者に、第二の段階は果敢に挑戦する者に属し、第三の段階は最も低次のもので、すべてのハリスティアニンになくてはならないものである」[16]という。「謙遜がなければ、何人も天の殿には入れず」[17]、「謙遜の知（смиренномудрие）は霊《たましひ》を罪の淵から天まで挙げることができるテュフォン（百の頭を持ち火を吐く怪物）である」[18]ともいう。シリアの聖イサアクも謙遜について以下のように書いている。

謙遜とはただそれがあるだけで、多くの罪が赦されるものなのだ。なぜなら、謙遜がなければ、われわれのすべての事業、徳、いとなみは無駄になってしまうからである。[19]

では謙遜はどのように獲得すればよいのか。それには経験を積むしかない。すなわち、人間は内なる営み、もしくは功を実践するプロセスのなかで、努力したにもかかわらず、自分が無力であることを経験的に把握するのである。そのとき、人間は神の援けを実感し、それを自尊心によって失うことを恐れる。それゆえ、万事につけ己をあてにせず、もっぱらすべてを神に委ねることを覚えるのである。自身が獲得した功についても、「自分は神の命ずることを行なっただけで、そもそも取るに足らぬ僕にすぎない」と考えるべきである。エジプトのマカリオスは真の謙遜について以下のように言っている。

もし誰か自分は豊かだから自分に相応の、つまり自分が手に入れたもので十分だと言う者があれば、それはハリスティアニンにあらず、魅惑と悪魔の器である。なぜなら、神の堪能には終わりがないからである。人は神を食し、多く領聖すればするほど、一層飢えるようになる。そのような人々は燃える心と、神への抑えがたき愛をもっている。彼らは繁栄し、多く得ようと努力すればするほど、自らを貧しき者と見なし、しかも万事において乏しく、何物をも得ていないことを痛感する。彼らは自分がこの陽の光を浴びるに値しない者であると考えるのである。これがキリスト教の特徴であり、これが謙遜というものである。[20]

正教会においてこれらの謙遜を柱とする功への志向性は苦行者に概ね共通した認識であると同時に、苦行への報いとして決して天国を求めない伝統があった。そうした要求は分を越えたものと考えていたのである。

それらは忠実な僕のために準備された、父神の恩寵に充ちた賜と見なしていた。僕は報いとしての自由を求めず、得られれば恩義を受けた者として感謝し、得られなければ恩賜のくだるのをひたすら待ちのぞむのである。[21]

しかし人間である以上、如何なる有徳の士とはいえ、慾を完全に克服することは容易なことではない。したがって真の謙遜が様々な心の病を癒し、神の恩寵を得るための霊《たましひ》の階梯を昇っていくためには、様々な慾との闘いが不可欠となる。[22]聖師父の著作に見られる様々な罪の洞察は、いわゆる科学時代に先立つ精神医学の試みとして、人間の心の多くの問題を解決し、罪の根源たる悪を構造的に究明しようとしてきた。罪の原因となる諸慾の諸要因は鎖のように相互に深く繋がっており、次の八つの要素からなるとされてきた。それはすなわち、食欲（чревоугодие）、淫蕩（блуд）、金銭欲（сребролюбие）、憤怒（гнев）、憂愁（печаль）、倦怠（уныние）、虚栄（тщеславие）、傲慢（гордость）である。

ここで、教父（聖師父）学（патристика）が禁欲主義というものをいかに捉えていたのかを示す例として、罪の外面的な現れや個々の実例のみではなく、罪の内的な原因、魂に深く根を張った悪徳や慾にこそ罪の本質を認めていたザーリン教授の研究の一部を紹介しておきたい。

心に芽生える様々な意想（помысел）が慾の起源であり、こうした心理状態の中枢要因となるものである。したがって、修行者の闘いの本質は他ならぬこの「意想」との闘いにあると言える。慾の発展にはいくつかの段階があるが、こうした心理的状態が生まれる最初の契機はいわゆる「出来心（приражение）」「発意（прилог）」といったものである。

これは人間の意想と悪癖に関連した何らかの事がら、もしくは行為の概念でもある。この発意が外的印象もしくは記憶の心理的働きとの関係、あるいは想像の作用を受けることによって人間の意識の領域に入ってくることになれば、最初の契機は人間の意志とは無関係に、本人の希望に反してさえ、自然発生的に起こるものである。それゆえ、それは無慾の産物と見なされ、思考の迷妄によって喚起されたものでも、また自覚的、自発的に許容されたものでも、人間が不用意にそれに関与したものでもないため、それだけで罪に数え入れられることはない。これはわれわれの意志がどちらに傾いているか、徳の方か、悪の方かを試すための試金石となる。それは、この選択のなかに人間の意志の自由が最終的に発揮されることになるからである。

だがこの「意想」や「発意」には、意識のなかに闖入してくる印象もしくは概念に反応する感覚が反響している。それは愛か、それとは正反対の憎悪かである。ここには発意の運命を左右する最も重要な契機がある。つまりそれがとどまるか、去っていくかである。もしこの発意が取り払われることなく、意識のなかに長くとどまるならば、それはその人の性質に固有の土壌を見出す兆候となり、発意に対する共感の現れとなる。共感は注意を惹きつけ、その結果、発意は成長し、一幅の夢想的な絵画にまで膨れ上がる。こうして共感はそれ以外のすべての印象や思想を圧迫して、意識の全領域を埋め尽くすにいたるのである。注意が発意のなかに滞るのは、人間が充足感に浸っているからである。この第二段階の状態は、和合（содружение）もしくは結合（сочетание）と呼ばれる。こうした発意と満足とを結びつける連想の糸を断ち切り、それから意識を解放し、意志の緊張によって注意をそらすしかない。つまり罪の情景から完全に足を洗い、もはやそこには戻らないという前向きで強固な決意が不可欠なのである。

さもなければ、つまりそれから逃れるための決然たる態度がなければ、第三の段階が始まる。そこでは意志そのものが「意想」にますます深く溺れていき、それに傾倒し、その結果、「意想」が語ることを実現させようとする決意が形成される。そしてそれによって得られる満足をひたすら待ち焦がれるようになる。そうなると、精神生活の均衡は完全に壊れ、霊のすべてが「意想」に屈し、さらに興味深い快楽を体験しようという目的のもとで、その「意想」をひたすら実行することを志向するのである。この第三段階は「意想」の対象への意志の傾斜、快適な夢想からそれを実現する意図をもった活動へ移行することへの同意であり、決意でもあると性格づけることができる。したがって、第三の契機において意志はそのすべてが「意想」に降伏し、その夢想から膨らんだ計画を実現させるために「意想」の命ずるままに行動するようになるのである。こうした契機は、「意想」に吹き込まれた慾の認知（сосложение）、それへの同意（соизволение）、賛同表明（изъявление согласия）（シリアのエフレム）、もしくは降って湧いた「意想」と霊との合致（階梯者イオアンネス）などと呼ばれる。人が管理するあらゆる手段によって慾の対象を獲得しようとする意志決定がいよいよ成熟の度合いを深めていく。ここではすでに慾による満足は決定的となり、目論み（намерение）という罪は成就する。残るは成熟した慾による罪を願うことによる事実上の満足のみである。

しかし通常、人はこのような契機に移行することを決意するにあたり、またときには、そうした決定を下した後であっても、慾への強い愛着とそれに相反する自らの性向との間の葛藤を体験する。もっとも、これら相反する愛着の間の意志の不安定な揺れによるこうした心理的契機が生ずるのは、霊のなかに未だ「発意」に対する惰性（навык）や悪い習性（дурной навык）が完全に出来上がっていないときである。罪への傾斜が未だ人間の本質に深く浸透していない間は、その人の性格の恒常的な特性にも、その気分の習慣的な不可抗力にもなっていない。人間が頭でその慾の逆りを感じている間は、慾はまだ完全に形成されてはいないからである。

ところが慾に溺れ、それと激しく闘うことがない、あるいは葛藤のほとんどない人間は、慾がもたらしてくれる充足の領域に喜んで身を献げることになる。そうなると、もはや意志が本質的にいだいてしまう個々の愛着や需要に対して、意志の能力が果たすべき支配的、指導的、統制的能力は失われる。これは意志が慾の愛着を支配しているのではなく、逆に慾が霊を力ずくでしたがわせ、その思考と行動のエネルギーを慾の対象に集中させることによって、意志を支配している状態である。この状態は囚われ（пленение）と呼ばれる。これは慾が完全に発達した契機であり、霊がすべてのエネルギーを極限にまで発揮し、強化した状態である。[23]

もちろん、人間と慾との闘いにとって最も望ましい形態は、「発意／意想」が芽生えた初期の段階でそれを断ち切り、最終的には絶え間ない祈りで終わることである。聖師父らが一度ならず強調しているように、思いの前兆（первомыслие）において「意想」を斥ける者は、それに続く一連のそうした現れを一撃のもとで打ち砕いてしまうことができるからである。敬虔な苦行者は様々な悪の所産の源、すなわち邪悪な発意（原初的「意想」）を根絶することができる人である。祈りに際して、己の知恵をそのような状態に置くべきことは言うまでもない。それは知恵を盲聾にするためであり（シナイのニルス）、たとえそれがよい「意想」と感じられたとしても、心をそうしたものから完全に無の状態にするためである（エルサレムのイシキウス）。なぜならば、無慾の思いを手放すことで、思考を散漫にしてしまうならば、慾に関する悪しき思い（悪念）が続き、最初に芽生えた「意想」の入り口は、それに続く第二の「意想」への扉を開くことにもなりかねないからである。[24]

最後に、こうした慾と心の闘いについてきわめて比喩的に描写した五世紀の禁欲主義者エルサレムのイシキウス（神学者グレゴリウスの弟子）の著作の一部を紹介しておきたい。彼は以下のように書いている。

われわれの知恵というものは、もし慾に対する支配者のごとく、それを絶えず抑え、鎮めようとする意図を持たなければ、軽薄な姿をした、従順で、容易に夢想に耽り、罪の思いに敢えなく堕ちてしまう或るものにすぎない……水なくして船は前に進まないように、心の分別を欠いては、謙遜とイイススの祈りによっても知恵を保つことはできない……家の土台は石であるが、こちら〔知恵〕の土台は徳である。土台も屋根も我らの主イイスス・ハリストスの聖なる讃美すべき名である。船主を追い出し、櫂や帆を海に投げ込み、自ら眠り込んでしまうような無分別な舵取りは、嵐に遭遇すると間もなく遭難してしまうであろう。しかし、発意が生じ始めたとき、分別を保ったままイイスス・ハリストスの名を呼ぶことを厭う霊は、それよりも早く悪魔の力によって沈められるであろう……分別とイイススの祈りは互いに両者を補いあう構成要素なのだ。すなわち、極度の注意力は絶えざる祈りに不可欠の要素であり、祈りは知恵における極度の分別と注意力に不可欠な要素なのである……発意（прилог）からは多くの意想（помыслы）が生じ、これらから感覚の悪事が始まる。ここでまずイイススとともにありたいと願う者は、それに続く禍から逃れることができる。こうしてその人は妙なる神の智によって豊かになる。神を見ることはこの点において、普遍的な特性を持っており、ちょうど目に見える太陽に澄んだ鏡を置くように、神に知恵の鏡を対置させることであり、それによって輝くのである。そして最終的に知恵が自ら望む限界に到達し、自らの内なる他のいかなる観照からも離れて憩うことになる。[25]

二、パイーシイ・ヴェリチコフスキーと「知恵のいとなみ」

ロシアに聖師父の禁欲主義的著作をもたらしたのみならず、翻訳と出版活動を通じて、それらを名実ともにロシア全土の修道院に広める契機をなしたのが、パイーシイ・ヴェリチコフスキーであったことはすでに述べたが、それはすなわち「知恵のいとなみ（умное делание）」という概念に集約される「イイススの祈り（Иисусова молитва）」がモルダヴィアを経由してロシアに導入されたことを意味していた。パイーシイの功績と言えば、専らモスクワ版『フィロカリア』のスラヴ語への翻訳にのみ限局されるきらいがあるが、その真の成果とは、聖師父著作の翻訳と平行して、彼自身が修道士の霊的指導者として、修道生活の規範を整え、自らの救いのみならず、後発の修道士たちが人間の慾と罪とを断ち、聖神の獲得という究極的な修徳的課題をこの祈りの実践によって達成したことにあった。それを実現するためには、アトスで収穫し、モルダヴィアに持ち込んだ自らの経験の宝を禁欲主義的修行として理論化し、実践的方法として定着させる必要があった。本章ではこの点に着目し、パイーシイ自身の伝記と著作に光を当てつつ、彼のなかに形成されつつあった修道理念をまとめてみたい。

まず初めに、パイーシイの著作に見られる修道の教えは、彼自身の体験にもとづいて編まれたものであることを指摘しておく必要がある。彼が初めて聖山アトスに到着したのは、一七四六年のことであり、彼はまだ二十四歳であった。まずは聖アタナシウス大修道院を訪れ、そこからさらに北のパントクラトル修道院に赴き、その近くにある孤立した庵室に居を構えた。近くにスラヴ出身の修道士が数人住んでいることを聞きつけたからである。パイーシイ（俗名はプラトンといった）は霊の師たる長老を探して修道士らに面会するも、自らが理想とするような師を見出すことはできなかった。そこでプラトンは独り僧庵にこもり、厳しい戒律を自らに課しつつ、近隣のブルガリアやセルビアの修道院から借り受けた聖師父の著作を読み耽る日々を過ごすほかなかった。ここで彼が体験した様々な思念や慾との内なる闘いは、この若い見習い修道士にとって「信仰の危機」に曝された時期にあたっていたと言われる。

かくして涙と祈りの生活も四年目を迎えたある日のこと、彼の前に現れたのが、モルダヴィアの長老でスヒマ僧でもあるワシーリイであった。彼こそがプラトンをマント付の修道士として剪髪させ、パイーシイの名を与えたその人であった。パイーシイに初心者がいきなり独庵での修行に入ることの危険性を告知し、二、三人の意向を同じくする修道士とともに共同生活をすることを勧めたのはこのワシーリイであった。奇しくもその三か月後、パイーシイは自分と同じ境遇に身をおくモルダヴィア出の若き修道士ヴィッサリオンの訪問を受け、あげくの果てにその霊の指導者になって欲しいと言われたのだった。パイーシイはその申し出を断固として拒否するものの、三日間におよぶ涙ながらの懇願に心打たれ、やむなく引き受けることになったのだった。ただし弟子としてではなく、ともに聖師父の著作を読み合い、様々な意想を打ち明け合い、救いに対して相互扶助的な関係にある友人、もしくは兄弟としてという条件であった。こうしてパイーシイにとっては、目的を等しくする修道士とともに、庵で沈黙の業をなすという積年の念願がここに適うことになったのである。この二人は破られぬ共通の思いと、相互の恭順さの中で四年を過ごすことになる。

だがそこに噂を聞きつけて訪れた修道士が新たに加わるようになると事態は一変する。彼らは手狭になった僧庵を離れて、聖コンスタンティヌス帝を記念した教会付属の僧庵を購入することにしたのである。そのとき、すでにパイーシイの僧庵には総勢十二名（ワラキア人七名、スラヴ人五名）の修道士が共住生活を営んでいた。教会の規則はモルダヴィア語とスラヴ語で書かれ、礼拝での誦経や聖歌も二か国語で行われていた。当然のことながら、教会での勤行には司祭が必要となるため、修道士たちは合議によりパイーシイを司祭に推挙することになった。パイーシイ自身はそれを避ける目的でモルダヴィアからアトスにわたって来たことを理由に当初は耳を貸そうともしなかったが、他の聖職者に痛悔することにより、当時事実上の長老と見なされていたパイーシイとは異なる観点からの助言を受けることを不都合と見なした修道士たちは、新たに加わったアトスの長老たちの説得も得て、ついにパイーシイを司祭職に叙聖することに成功したのである。パイーシイはすでに齢三十六、アトスでの滞在年数十二年を経た一七五八年のことであった。

こうして修道士たちの聴罪司祭となったパイーシイはその指導力を十全に発揮して、ますます独自の信仰共同体を整備させていくことになる。しかし彼はその霊的指導を受けようと集まってくる修道士たちの波に抗しきれず、ついにはパントクラトル修道院の一隅に老朽化してはいたが、空き家になっていたイリヤのスキト〔共住僧庵群〕を借り受けなければならないほどになった。そこを訪れた者が見たものは、万事における驚くほど整然とした修道生活の秩序、壮麗な礼拝と慌てることのない誦経および聖歌、生活の慎ましさ、敬虔で寡黙な生活態度、修道士たちの勤勉さ、僧院全体を支配している相互の平安、長老への愛に満ちた服従、長老の側からは全修道士に対する父親としての庇護、隅々まで目の行き届いた仕事の分配、修道士の心身にわたる要求を満たそうとする共感的配慮といったいわゆる修道院としてそなえるべき理想的な光景であった。ついには共同体の外からも彼の指導を受けようと修道士が訪ねてくるようになり、パイーシイの共同体組織者としての名声、指導者（長老）としての手腕はアトス山全体に遍く知れ渡るようになった。[26]

パイーシイの目指した共同体精神とその内的な秩序をより深く理解するためには、彼の修道生活に対する見解を知ることが有益である。それが彼自身の経験とアトスで出逢った長老ワシーリイの教えに根本的に依拠していたことはすでに述べたとおりである。その最も特徴的な修道観は、パイーシイがアトスからモルダヴィアへ移住してきた頃、友人でもある司祭のドミートリイ神父に宛てた以下の書簡の中に表現されている。

愛する友よ、聖神は修道生活の形態を次の三つに分類なさったことを知っておくがよい。孤独な隠遁生活、一人か二人の意を同じくする修道士とともに行う共同生活、そして修道院での共住生活である。孤独な隠遁生活を行うには、おのれの霊《たましひ》についてはもちろん、食事や衣装、それ以外の物質的必要に関するあらゆる気遣いを神のみに委ねることによって、人々から離れて荒野にひとり身をおくことが求められる。隠遁者は神への愛のために、俗世のあらゆる慰みと絶縁し、ひとり神のみを我が身の助けとなし、おのれの闘いと、無力の心と体における唯一の慰みとしなければならない。次に、一人か二人の修道士による共同生活は長老の指導のもとでなされねばならず、弟子は長老に対する絶対的な服従を強いられることになる。修道院での生活は、大ワシレオスの言葉に拠れば、ハリストスと十二人の使徒の共同生活をその範としている。共住生活の本質は、ハリストスの名のもとに集まった修道士全員がひとつの霊《たましひ》、ひとつの心、ひとつの考え、ひとつの希望を持つことにある。つまり、各々が自分の指導者である霊父と修道院長に遵いつつ、ハリストスの遺訓を実行することを通して、共同でハリストスのために働き、お互いが義務を負うことである。これら修道生活の三つの形態を通して、多くの聖師父たちはその完徳に達することで神の意に適い、我々に倣ぶべき範を示されたのだ。[27]

ではパイーシイ自身は、どの形を最も理想的と見なしていたのか。修道生活の初心者には、二、三人ほどの修道士の共住型が最適であると彼は言っている。なぜなら、経験ある長老に心服し、心の隅々に生じたあらゆる思いを痛悔することによって、それがもとで罪に陥ることがないように監督してもらえるからである。それ以外の道から入るには大きな誘惑があるという。生活の便宜がない隠遁生活を営むには、目に見えぬ敵と闘う天使の庇護が不可欠であるため、多くの慾をかかえた者がそこへ時期尚早に入っていくのは危険であると戒める。また他方で、修道院の生活は長老への服従のみならず、すべての修道士に対する相互服従をも強いられるため、多大の忍耐を必要とする。そこには懲罰や悔恨、あらゆる罪への誘惑がある。奴隷のように扱われ、自分を無にして、すべての兄弟のために奉仕しなければならない。こうした試練に耐え抜くことができるならば、無慾と完全な忍従を獲得することができると見なし、パイーシイはその効能を認めている。したがって、パイーシイの考えに拠れば、まず少人数の共住生活か、修道院での共住生活によって修道生活の根本である聖なる服従と忍従を獲得した後に、隠遁生活へと向かうべきであると結論する。修道士としての功績に迅るあまり、長老の指導を受けることなく、十字架への道を駆け登ろうとするならば、結局は神に与えられた修道の秩序を破ることになり、独善へと陥り、破滅へと向かうことになることは、歴史の数々の教訓が示すところである。

長司祭セルゲイ・チェトヴェリコフは、パイーシイが共住（общежитие）と忍従（послушание）とはそもそも神自身によって祝福されたものと語ったことに着目している。チェトヴェリコフはパイーシイの修道理論を神に祝福されたものとして纏めているので、その一部を以下に引用しておく。

自分と十二使徒を代表してイイスス・ハリストスは共住型修道生活の生きた範を示した。忍従は天使の主たる徳である。と同時に、それは楽園に最初に入った人々の神聖な暮らしの根幹でもあった。だが、彼らが楽園から追われると、神の子自らがその人間愛によって、この徳を再生し、甦らせた。しかも神の子は終生、十字架による死に至るまで、おのが天の父に忍従を貫き通した（フィリッピ書、二章八）。神の子はその忍従によって我々の不服従を癒したのである。初期の教会では八千人もの修道士が、主の範を倣び、全てを自己の所有物ならぬ共有の財産と見なし、共住生活を営んでいた。古の克肖なる聖師父たちも同様に共住型の大小の修道院に暮らしていた。いかなる生活様式も人間にこれほどの繁栄をもたらすものはなく、これほど迅速に慾の虜から救い出すものもない。これはひとえに忍従から生ずる謙遜のおかげである。そしてさらには、それは人間に原初的で、清純で、健全な状態をもたらし、それによって人間に神の似姿を甦らせるのである。共住型修道院はハリストスの名のもとにかかる大いなる愛で人々を結びつけるため、彼らはハリストスという共通の頭のもとに、ひとつの体、お互いの四肢となるのだ。この愛のために、彼らは万事につけ自らの霊父に遵い、彼に自分の心のあらゆる秘密を披瀝し、霊父の言葉と戒めを、あたかも神自身の戒めであるかのように受け入れ、よろずにおける自らの意志を、あたかも汚れた衣服のように切り棄てるのである。忍従とは天に続く最短の階梯であるため、そこまでは自らの意志の切断というひとつの階段しか残されていない。この階梯に足を踏み入れた修道士はたちまちにして天の国への階梯を駆け上がってしまうが、忍従から脱落した者は、神と天の国から脱落してしまうのである。（傍点は筆者）[28]

パイーシイの修道生活に対する基本的見解はこの一文に集約されていると言っても過言ではないが、彼のこうした見解を評価するうえで重要なのは、これが単なる思想の表明に終わらずに、彼自身による生きた営みとして実を結んだ点であろう。修道生活とは共同作業であり、このハリストスへの愛を実践するためには、いかなる私意にもとづく目論みもあってはならず、共同生活において相互に軛を背負い、善行へと駆り立て、長老への愛と信仰によって鎬をけずらねばならないというパイーシイの規則は、修道生活に入る者ならだれもが踏襲しなければならない条件であった。彼がモルダヴィアに戻った後に草案した共同体規則の第一条にまず、「いかなる私物を持つこともできない」という項目が掲げられていることがそれを如実に物語っている。霊も体もすべて神への聖なる忍従に献げることとはそうしたことなのである。パイーシイは各々の修道士に自分に対する忍従を強いたのみならず、そもそも自らがその資質に足る者なのかという疑念に常にさいなまれていた。彼のこの驚くべき告白は、その答えを模索する霊的指導者の真の祈りにも似た肉声とも言えるものである。

> わたしは絶え間なき悲哀と霊の痛みをかかえている。どんな顔をして最後の審判にのぞみ、恐ろしき裁き手の前に立ち、わたしのためにおのれのすべてを献げてくれた兄弟たちのかかる多くの霊について申し開きをすればよいのか。ところがこのわたしは、自分の悔い改めた霊ひとつについても答えを出すことができないばかりか、いかなる善行によっても、わたしの役が要求するような然るべき範を兄弟たちに示すことができないでいるのだ。神と生神女以外には、ただわたしとともに住んでいる兄弟たちの祈りに疑いなき唯一の希望をいだくのみである。信仰を持つことで、神の恩寵がわたしの霊にも流れ込むことに希望を失わないでいる。もしそうならなかったら、その責任の重さゆえに、義しき神の裁きによって、わたしは永遠の苦しみを得ることになろう。神は崇め讃《ほ》めらる。わたしはただひとつ、いつも神の御慈悲を祈らなければならない事柄がある。アブラハムの懐に抱かれたラザロを見た金持ちのように、せめて自分の霊の子らが天の神の国にいることを見届けることのできる御慈悲をわたしから取りあげることがありませんように。わたしにはどんな報いよりも、これだけが必要なのですから。[29]

霊的共同体による修道士たちの救いに関するパイーシイのこうした感慨はいずれも、アトス滞在中に涵養された彼の修道観の基盤をなすものである。しかしながら、その後も修行者が増え続けてイリヤのスキトも手狭になったこと、政治的にはトルコからの圧迫を受け、近年不穏な空気が高まっていることを考慮して、パイーシイは修道士全員を連れてモルダヴィアに帰還する決心を固めたのだった。これはパイーシイの十七年に及ぶアトス滞在を経た、一七六三年のことであった。総勢六十四名を数える修道士らは、パイーシイを筆頭とするスラヴ人の船と、ヴィッサリオンを筆頭とするモルダヴィア人の船に分乗してアトスを出発した。モルダヴィアの港では、ブコヴィナにあるドラゴミルナ聖神修道院を彼らの居住地として提供する決定を下したガヴリイル府主教とグリゴーリイ・カリマーハ総督が挙って彼らを出迎えていた。当時のドラゴミルナ修道院は荒廃をきわめていたが、パイーシイはアトスで培った精神と秩序をそのまま維持することで、修道士たちと力を合わせ、短期間のうちに修道生活に不可欠な環境を整備することに成功した。パイーシイはモルダヴィア到着後すぐ、当地でもアトスで築き上げた独自の共同体組織を継続するために、府主教に十七箇条から成る「儀式と規則に関する覚書（Изъявление о чине и уставах）[30]」を提出し、教会指導部からの祝福を得ていた。そこには、今日ロシアの修道院で踏襲されている奉神礼の儀式上の約束事や、修道士が遵守すべき日常的な規則の原型が認められる。

将来、弟子らを通じてオプチナやワルラーム、サロフを始め、ロシア各地の修道院にその規則の精神がもたらされたことを考慮すれば、ロシアの「知恵のいとなみ」の伝統のひとつがパイーシイの修道院規則の伝播とともにアトスに起源をもつと推測することも可能であろう。だがここで注目すべきは、パイーシイの考える修道制の本質が修道士をアトス流の厳格な規則で縛りつけることにあったのではなく、各々の修道士との相互理解によって神に対する意識を高めることに置かれていた点である。彼は修道士に毎日心に生じたあらゆる意想や発意について痛悔することを義務づけたのみならず、食庵（トラペーザ）に兄弟を集めると蝋燭に火を灯し、自らの主導のもとで聖師父著作の読書会さえ行なっていた。これはドラゴミルナに移った年の冬、すなわち降誕祭の斎《ものいみ》の一週目に始まり、受難週間前のラザロの土曜日まで（四か月に及ぶ）日祭日を除く毎夜行なわれた。読書会は長老自身による談話と説教へと発展し、それは修道士の心に計り知れぬ影響を与えたといわれる。後に活動の拠点をニャメツに移した後、修道士の霊的生活は、一時的に様々な原因から崩壊の危機に直面したが、多くの修道士はこの読書会の中断が頽廃の主たる原因と見なしたほどであった。事実、パイーシイは説教に関しては非凡な才を持っており、最も怠惰な修道士でさえパイーシイの言葉に霊感を受け、罪から立ち直ることができたと伝記作家は伝えている[31]。

　パイーシイはアトス滞在中より聖師父の著作の研究を始め、当地に古くから存在していたスラヴ語訳を利用していたが、そこには多くの不明個所があることに気づいていた。それ故、パイーシイは数多く存在するスラヴ語訳のテクストを蒐集し、それらを照合して不明個所を改善しようと試みた。しかしスラヴ語の翻訳だけを比較検討しても成果の上がらぬことに気づいたパイーシイは、アトスを離れる直前に入手したギリシャ語の原典を用いてスラヴ語訳を再検討し、それでも不明瞭な場合は、原典から新たに翻訳しなおさねばならないと考えていた。これが将来『フィロカリア』の原型となることは前章で詳しく述べた通りである。

　パイーシイにとって、これが文字通り生涯を賭した大事業となることは疑いない事実であるが、とりわけ聖師父の禁欲主義的内容の著作に親しみ、同時に修道院ではそれを修道士たちの完徳のために実践していたパイーシイがこれらの著作から汲み取った思想は具体的に何だったのかという問題は、彼の長老（修道士）としての、さらには霊的思想家としての本質を窺い知るうえで看過できぬ問題である。ドラゴミルナに修道院を移した後、彼は自由時間のすべてを翻訳活動にあてるとともに、従来通り自分や仲間の修道士の霊的指導に十分な労力と時間を割いていたが、こうした時期に、将来彼が考えていた修徳の方法に決定的な意味をもつ祈りの実践とその神秘的問題に直面していたのである。

それはパイーシイがドラゴミルナ滞在中に執筆したと見られる論文『知恵の祈りについて（Об умной молитве）』においてうかがい知ることができる。この「知恵の祈り」とは「イイスス・ハリストスについての継続した記憶を心に定着させ、この記憶により苦行者のあらゆる思いや感情を聖なるものにし、その行動のすべてをハリストスの遺訓の実践に向かわしめるために、知恵によって実行される心の中の祈り[32]」と定義されている。すなわち、「主イイスス・ハリストス神の子よ、我罪人を憐れめよ（Господи, Иисусе Христе, Сыне Божий, помилуй мя грешного）」という短い祈りの文句に、パイーシイ長老は重大な、救いをもたらす意味を認めていた。パイーシイは事実、アトスで修行していた頃から、修道士らにつねに心の中でこの祈りを唱え、心の内側ではイイスス・ハリストスとともにあるようにと教えてきたのである。パイーシイがこの論文をしたためることになる直接の契機は、ある修道院に祈りの質ならぬ量を重視し、もっぱら外面的な敬虔さを追求する無知蒙昧な求道者が、知恵の内なる祈りを批判しているとの噂を耳にしたことに発していた。この主の祈りを罵ることで公会議により三度までも破門を宣告された（つまり罪を悔い改めても教会に復帰できない）者とは、正教に対する異端的かつ瀆神的宣伝活動を行なったイタリアのカラブリア生まれのギリシャ人ヴァルラームとその一派のことであった。聖師父の時代から正教の祈りの神秘的伝統を担ってきたいわゆる「イイススの祈り」の聖書的根拠を無視し、ハリストスの祈りの本質を批判することで理性において未成熟な若者を誘惑しようとする行為は、パイーシイの長老としての立場からは許容し難いものと思われた。こうした正義感こそが、彼をしてこの論争に介入せしめたのである。パイーシイは知恵の祈りを以下のように擁護している。

イイススの名を呼ぶことが、爾には無益なことと思われるのか。否、我等が主イイスス・ハリストス以外の名に救いの可能性はない。祈りを実行する人間の知恵が悪であるというのか。これはあり得ないことだ。なぜなら、神は人間を自分の像にもとづいて、似姿として創られたからだ。神の像と似姿、これは人間の霊であり、神の創造になるものであり、浄く、無垢なものである。すなわち、霊の最も原初の感覚である知恵も、肉体における視覚同様、また無垢である。ということは、知恵が神に対して祈りによる密かな献げものを行なう場所である奉献台である心が神に対する不虔の原因なのか。決してそうではない。人間の肉体全部と等しく、それが神の創造物である以上、それはすばらしきものである。イイススを呼ばわることが救いをもたらすものであり、人間の知恵と心が神の手になるものである以上、心の底からこのうえなく麗しきイイススに知恵による祈りを献じ、その慈悲を恃むことが人間にとって悪であるはずがないではないか。[33]

またパイーシイはこのハリストスを悪罵する人々が、外面的な祈り（口頭で唱えられる）のみを信奉することをとらえてこう反論する。

爾が知恵の祈りを罵り、それを排斥しようとするのは、秘められた、心の中で唱えられる祈りは神に聞こえず、神に聞こえるのはあたかも、口頭で唱えられる祈りだけと思っているからではないか。こうした考えは、神を罵っているようなものだ。なぜなら、神は人の心を知り尽くしており、どんな微妙な心の中の考えをも、未来のそれをも正確に知ることができるからである。つまり神は万能なのであり、すべてを知っているのである。その神が自ら穢れのない無垢の献げものとして、まさに心の底から唱えられるそうした秘められた祈りを求めてこう言っている、「爾祈る時、爾の室に入り、戸を閉ぢて、隠《ひそか》なる処に在す爾の父に祈れ、然らば隠なるを鑑みる父は顕《あらは》に爾に報いん》（マトフェイ福音六章六）。……聖イオアンネス・クリュソストモスはマトフェイ福音に関する第十九講話で、神に賦与された聖神の叡知によって、口と舌によって発せられる祈りのみならず、最も秘められた、無言の、心の奥底から献げられる祈りについても語っており、彼はそれを体の動きや声の叫びで実行するのではなく、心を尽くした意志の力で、あらゆる静けさと悲哀と心の内からの涙と霊の痛みをもって、意思の扉を閉ざしたまま実行するように教えているのである。[34]

実際、イオアン・クリュソストモスはこうした祈りの実例として、声なき祈りでありながら、神に聞き入れられたモイセイ、預言者サムイルの母聖アンナ、それにアベルの祈りを挙げている。

さらにパイーシイはこの知恵の祈りが知恵そのものを鈍化してしまう、もしくは祈りの真実ならぬ祈りの美的誘惑の虜になってしまうゆえに、知恵の祈りが精神に何らかの害悪をもたらす原因となっているのではないかとの見解に対しても以下のように反論している。

神を担う聖師父の著作によれば、神の恩寵によって働く聖なる知恵の祈りは、人間をあらゆる慾から浄化し、神の遺訓をなんとかして護りぬこうと発奮させ、あらゆる敵の攻撃や誘惑から傷つくことなく保護してくれる。だがもし聖師父の教えによらず、経験ある者の助言に遵うことも、その教えを乞うこともなく、我がもの顔で、慾に溺れ、力のないまま、敢えて自分流にこの祈りを実践し、忍従と従属を体験することなく生き、さらには、自己流であるがゆえに微塵の可能性すらないにもかかわらず、ただひたすら荒野での隠遁生活を追い求めようとするならば、実際請け合ってもよいが、そのような輩は悪魔の罠と誘惑にいとも容易く陥ってしまうことになろう。それはどういうことか。このような誘惑に屈する原因は祈りにあるのか。否、断じてそうではない。それを理由に心の祈りを非難するのなら、小さな子どもには分別がなくて、戯れに自分を斬りつけたからといって、あなたに言わせれば、小刀が悪いということになる。同様に、あなたの言い分にしたがえば、どこかの分別にもとる兵士が自分の刀で己を斬りつけたからといって、敵と戦うために手に取るべき戦闘用の刀を使用することを兵士に禁止しなければならないことになる。否、小刀や刀はそれ自体に悪の原因があるのではなく、それによって自分を傷つけた者の無分別を暴き出すにすぎない。そのように、霊的な刀も、つまり聖なる知恵の祈りも、悪に対して全く罪はないのである。そうではなく、自己勝手に事をなす者の我流と傲慢さが、悪魔の誘惑やあらゆる魂の害悪の原因となっているのである。[35]

つまり、パイーシイも繰り返し強調しているように、兵士にとっての武器にも等しい知恵の祈りを、その用途を誤ることなく完全に習得するためには、経験ある長老の指導が不可欠ということ、また初心者に必要な共住型生活から完成者に必要な隠遁生活への飛躍を性急に求めてはならないとの言葉からも窺われるように、あくまで段階的、漸次的に階梯を昇って行かねばならないということになる。この点についても、パイーシイはシナイ人のグレゴリウス（Григорий Синаит）の言葉を借用しつつ、[36] 周到な説明を試みている。すなわち、知恵の祈りには二つの段階、行い（деяние）による初心者の段階と、見神（видение）[37] による完成者の段階とが存在し、前者を後者への入り口と定義している。

原理的には八つの見神が存在する。第一は、形のない、永遠の、創られざる神、すべての原因であり、一体なる聖三位および真の本源たる神性について。第二は、知恵の力の役割と構造について。第三は、肉体を持つ被造物の構造について。第四は、言葉（ロゴス）の庇護者としての寛大さについて。第五は、全体的な復活について。第六は、ハリストスの再臨と最後の審判について。第七は、永遠の苦しみについて。第八は、終わりなき天の王国についてである。[38]

それではこの二つの知恵の祈りの段階（行為と見神）の相違点は何なのか。

誰でも神の援けによって修道生活の功を得ようとする者は、隣人と神への愛、恭順さ、謙遜、忍耐、それ以外のすべての神と聖師父の遺訓、霊と肉体によって遂行される神への従属、斎、不眠、涙、跪拝といった肉体の疲労、教会や僧庵の規則をできる限り実行し、知恵による秘められた祈りを訓練し、死についての哀泣と熟考へと駆り立てられる。人間の独裁と専横をいまだ知恵が支配しているかぎり、こうした功はいずれも確信をもって行為（деяние）と名づけることができるが、それは見神（видение）ではない。仮に知恵による祈りの功が、聖師父の著作のある箇所で「視ること（зрение）」と呼ばれているとしても、知恵も心の眼に喩えられることがあるように、それは一般的な表現としてである。ところが他方、神の援けと上に述べた功によって、それにこのうえなく深い謙遜によって自分の霊と心とを心と体の慾の穢れから浄めことができるならば、そのとき、万人にとっての共通の母たる神の恩寵が、それによって浄められた知恵をあたかも幼子のように手に取り、階段をつたうように、知恵にとっては捉え難く、形容できない神の神秘による彼の浄化の度合いに応じて、彼に開かれた霊の透視（духовныя видения）へと誘うのである。[39]

パイーシイはここで「知恵の祈り」の福音書的起源のみならず、祈りの実践的起源をも聖師父による証言や解釈にさかのぼって再構成し、聖書的空白を埋めようと試みている。まず彼が依拠する証言は、シナイの隠修者ニルス（Нил, постник Синайский）のものである。それによると、原初の人間が楽園にいた頃、完成された人々のために、すでに神から知恵の祈りが与えられていたと言う。ニルス自身も熱心に祈る人々に、苦労が無駄にならないように祈りの実りを勇敢に保持するように指導していた。彼はこう言っている。

然るべく祈った後、ありそうもないことを期待しなさい。そして自らの実りを携え、勇敢に構えなさい。なぜなら、爾は初めから然るべく、つまり行ないをなし、それを守るべく定められていたからである。それゆえ、やり始めた以上、その仕事を中途半端に放置してはならない。さもなければ、祈りからは何の効果も得られないであろう」（四十九章）[40]。

この故事に着目したロシアのソラの克肖者ニールも自著の中で注目すべき見解を書き記している。

この聖人〔シナイのニルス〕は古き風習からこれ、すなわち行を守ることを今日にもたらしたのだ。なぜなら聖書には、神はアダムを創り、行をなし、楽園を守るためにそこに住まわせたと書いてあるからである。ところがここでシナイのニルスは祈りを楽園での行（райское дело）と呼び、祈りによって悪しき思いから身を護ることを守り（хранение）と呼んでいるのである[41]。

また聖ドーロテオス（Авва Дорофей）は、神によって楽園に入れられた最初の人間が祈りを行なっていたとその『第一の教訓（Поучение первое）』（「世俗を離れることについて」）の中で語っているが[42]、パイーシイはこの証言をもとに以下のような結論を導きだしている。

神は人間を自分の像に似せて創り、不死の園を造る。すなわち神の、このうえなく浄く、高貴で、完結した摂理を実行させるために彼を楽園に誘った（神学者グレゴリウスの言葉）ということである。これはすなわち、霊と心の浄き者たる人間が、知恵のみによって執り行なわれる、視覚的で（зрительный）、恩寵に満ちた祈り、つまり至福のうちに神を認識し（сладчайшее видение Бога）、またこの楽園での行である祈りが、霊や心のなかで萎んでしまうことのないように、掌中の珠として勇敢に保持することにほかならない。それゆえにこそ、聖なる神の知恵の祈りは誉れ高きものとなり、その端と極致（すなわち初めと完成）は楽園に在りし人間に神により賦与されるものとなるのである。[43]

しかしながら、これとて至聖なる我らが女宰、生神童貞女マリアが獲得した祈りによる恩寵のレベルとは較べようがないほどなのである。

ヘルヴィムより尊くセラフィムに並びなく栄え、至聖なる位階にのぼせられし生神女は知恵の祈りによって神に逢い……人々の救いのためにこの世に生を享けし神のロゴスを種なくして身ごもる光栄に浴したのである……これを正教の破られぬ真理の柱として証言しているのが、至聖なる女宰、我等が生神女、永貞童女マリアの進堂に関する言葉を残した聖師父、フェサロニケの大主教グレゴリウス・パラマスである。毎土曜に読まれる聖書から、神への不従順によって人類が破滅したことを悟り、それに対する深い憐れみに満たされた至聖なる生神女は、人類が少しでも早く慈悲を受け、救われるように祈る知恵の祈りを神から授かったのだと彼は書いている。[44]

パイーシイ自身がこうした祈りの原型に言及していることは、「知恵の祈り」を単に聖書起源とするだけにとどまらず、それが実際に東方教会のヘシュカズムの実践的理論として生かされてきた事実を重要視していたことの証でもある。静謐な神への祈りを実践する立場から「知恵の祈り」を考察したグレゴリウス・パラマスが、人類の理想とする「生神女の祈り」をいかに認識し、表現しているのかということはパイーシイにとっても決定的な意味をもっていた。これはグレゴリウスの言葉でありながら、パイーシイの説く「知恵の祈り」の意義を原理的に支える根拠ともなっているからである。多少長くなるが、これに該当する箇所を以下に抜粋して引用することにしよう。

神の愛する子である処女マリアは、この様子を見聞きしながら、一族全体が蒙った禍を不憫に思い、何とかしてこうした苦悩に見合うだけの癒しと治療が見つからないものかと思案した。すると彼女は、知恵のすべてを神に向け、気の進まぬ神を駆り立て、我々に神の関心を惹きつけるために、そしてまた神自らが人々から呪いを追い払い、霊の草原を台無しにしてしまう業火を鎮め、病を癒した後、その被造物を自らの側に縛りつけておくように、我々のためになされる祈りを受け取ったのである……かくして恩寵に満ちた処女はあらゆる性質の中で、最も優れ、おのれに特有のものを看取り、如何なる言葉よりも優れ、誉れ高き妙なる祈りとして、知恵の祈りを叙聖し、より正確には、神に選ばれれし祈りの化身として、神のもとに歩み寄ったのである……現存する人々の中で、彼女に優る行いをなしえた者はいない、つまり彼女は、熱心に力強く祈りに没頭し、新たな行ないをより多く、より完全なかたちでなし、新たに発見し、実行し、それに続く者にはこの行ないについて、すなわち神との邂逅（видение）にいたる最善の方法と、真理が夢想よりも気高きものであるように、この邂逅がこれまで語られた如何なるものよりも大いなるものであることを教えたのである……世を捨てるために、神使らの仲間入りをすることになる来るべき至福からすでに何らかのものを味わった者は、天上の生活を獲得する。つまりこの人は、自らの最初にしてなけなしの力により、平安のために幼き時より世を離れた、とこしえに処女たる花嫁を倣ぶことを願うようになるのだ……祈りを賜るために、神と対話するにはどうすればよいのかを模索していたこの処女は、聖なる沈黙を見出す。つまりそれは、知恵の沈黙、俗世を遠ざけ、地上を忘却し、天上の意思の秘密を知ること、そして最良の行い、すなわち、真に実在する方に邂逅するために、真の道を通って上昇する行ない、より的確でより公平な言い方をすれば、神に出逢うための方法を指南することである。これはあたかも、それ〔行〕をすでに実際に獲得した人の霊のためになされる簡潔な指南のようだ……それ以外の徳はどれも霊の病や倦怠を通じて定着した邪悪な病に対する治療のようなものである。ところが、神との邂逅は健全な霊の成果であると同時に、何らかの最終的な成就および神的な事業の形象である。人間が神の姿をとるのは、見えるもの（すべて地上のもの、低きもの、人間のもの）に関する言葉もしくは思慮の穏和によるのではなく、沈黙に到達できることによる。なぜならば、それによって我々は世と絶縁し、地上的なものから離れ、神のもとへ上昇することができるからである。沈黙の生活の聖なる空間で、昼夜を分かたぬ熱切な祈りに堪えぬくことにより、我々はこの未踏の至聖なる本質へとやっとの思いで接近し、踏み込むことになる。こうして堪えぬく者、聖なる沈黙によって心を浄めた者、感覚や知恵を越えた聖なる者に対して無心に心を開く者は、おのれの内側に、あたかも鏡に映すように神を見ることになる。そういうわけで、沈黙は最も確実に神と結びつくことを教える最短の方法なのである。とりわけ万事につけ完全にそれを遵守している者にとってはそうである。ところで、いわゆる物心ついた頃からそれを実践してきた聖なる処女とは一体何者であろうか。彼女はごく幼き頃より天性を越えて沈黙を守り、それゆえすべての人々の中でただひとり、嫁がずに神の人の言葉〔ロゴス〕を生むことができたのである……それゆえ、至潔なる処女は、いわゆる生活そのものと言葉から身を遠ざけ、人々のもとから移り住み、罪深い生活から離れ、誰の目にも見えず、他人と交際することもない、音信不通の生活を選んだのであった。ここであらゆる物質的な枷を解き放ち、交流と万物に対する愛着をふり切り、肉体に対する自愛そのものを凌駕して、彼女は自分の知恵のすべてを神と交流し、神とともにあり、神に注意を向けるために、そして途絶えることなく神の祈りを続けるために集中させたのである。それでも彼女は自分自身であり続け、様々な叛乱や惑わし、すなわち、あらゆる外形や事物を超えて一人前となり、思考の沈黙（мысленное молчание）とでも表現すべき、天に向かう、新たな、実に絶妙な道を完成させたのである。それに知恵を傾け、身を委ねることで、すべての被造物と生けるものを覆い尽くし、かのモイセイ以上に神の光栄を目のあたりにし、如何なる感覚の力にもたよることのない神の恩寵と、穢れなき霊と知恵とに邂逅するこの高貴で神聖な喜びを享受する。この邂逅に与ることにより、彼女は神の詠い手によって、真に生ける水の輝ける雲、思考の日の曙光、そして言葉〔ロゴス〕を運ぶ火の車などと呼ばれることになったのだ。[45]

こうして見てくると、生神女の地上の生活は、はからずも内面的人間の完成を注意深く追求する修道士にとっての模範となっていることがわかる。つまり彼らが天使の姿をし、世俗を離れて生神女に熱心に祈りを献げ、他ならぬ生神女の祈りによって恩寵に満ちた邂逅に与らんとして彼女を模倣するのもそのためである。生神女が滅びの淵にあった人間への慈悲から神に祈りを献げたように、修道士が神の恩寵を求める方法とは、やはり「知恵の祈り」でしかない。パイーシイにとってこれは自明のことであったが、やはり論敵に対しては、この祈りがひとつの「技術（художество）」として東方教会の霊性の基盤となっている根拠を聖師父の著作に求め、その伝統が禁欲主義そのものの修徳的目的に合致することを、自分の霊の子に教え諭すように明示する必要性を感じていたのである。そうした動機がなければ、喧噪を避けて辺鄙な修道院を転々とわたり歩き、聖師父著作の翻訳家として身を隠すように暮らしていた謙虚な長老が、こうした自明の事実を聖師父の著作をもとにわかりやすく説明し、その正当性をめぐって激しい調子で論争しようなどと思い立つはずがないであろう。

三、祈りにおける「知恵」と「心」

ここでパイーシイが「知恵の祈り」の意義を評価し、それを禁欲主義的立場から擁護するための典拠として用いている、聖師父の著作における聖書引用の箇所を確認しておく必要があろう。これはつまり、「知恵の祈り」の理論的礎とともに、パイーシイが「祈り」の実践的指南書として受容した禁欲主義的文献の具体的な内容を知る契機ともなれば、これを通じて、将来ロシア全土に流布する事になるこの文献的系譜の発端を、モルダヴィアに認めることにもなるからである。[46]

パイーシイは聖師父の言葉から、この「知恵の祈り」の重要性を讃える多くの証言や解釈を引いているが、それらすべての基礎にあるのは、前章でも触れた主自らの言葉「爾祈る時、爾の室に入り、戸を閉ぢて、隠なる処に在す爾の父に祈れ、然らば隠なるを鑑みる父は顕に爾に報いん」（マトフェイ福音六章六）である。これに関して、神の口とも言われるイオアン・クリュソストモスが、これは口と舌によるものではなく、秘められた、無言の、心の奥底から献ぜられる祈りであること、しかも意志の力で発せられる、あらゆる静謐と悲哀と内面から涙と魂の痛みをもってなされるものであると解説したことはすでに述べた通りである。[47] この言葉にすべては言い尽くされているが、上に指摘したように、シナイの隠遁者ニルスはこれを旧約聖書の文脈でとらえなおし、神が原初的人間〔アダム〕に楽園でなすべき召命として与えたものと解釈した。ロシアではソラの克肖者ニールがこれを受け継ぎ、「行ないそして守るもの」が他ならぬ「知恵の祈り」真髄であると指摘している。[48] ところが、概して聖師父文献に見られる「祈り」に関わる指摘はこれにとどまらず、ニール以後のロシアの静寂主義者らによって、「知恵の祈り」の擁護、支持のために絶えず利用されてきたのである。

まずは聖大ワシレオス（Св. Василий Великий）の第三三聖詠「我何《いづれ》の時にも主を讃め揚げん、彼を讃むるは恒に我が口に在り」の解釈である。彼曰く、これは預言者ダヴィドが、日常生活をいとなむ人間にとって実行不可能なことを説明したものである。つまり、通常生活に関わる些事に囚われ、飲み食い、黙し眠る人間に如何にしてこれが可能かという問に対する答がここにある。すなわち、聖大ワシレオスはこれを「内的な人間のもの思ふ口」、そして「かつて生じ、魂の理性の中に刻印された神に関する思ひ」と呼んでいるが、これ自体がすでに霊《たましひ》で常に発せられる神への讃美なのであると解釈する。[49]その証として、彼はソロモンの雅歌の一節、「我眠るとも、我が心は醒め起きたり」を引いているが、イオアンの福音に「神の餅《ぱん》は天より降りて、世に生命を与ふる者なり」（六章三三）と云い、預言者が「我口を啓きて喘ぐ」（第一一八聖詠）と詠うように、「もの思う口」を満たし、生命を与えてくれるものは、神より発する真の餅《ぱん》（すなわち恩寵）に他ならないからである。この「もの思ふ口」の祈りを実行する者にとって、聖使徒パウェルの言う、「爾等或は食ひ、或は飲み、或は何事を行ふに論なく皆神の光栄の為に行へ」（コリンフ前書十章三一）の意味は容易に理解できよう。

　これに関連して、パイーシイは大マカリオスによる知恵の祈りと神の記憶の関係についての見解に着目する。

> ハリスティアニンは常に神の記憶を持たねばならない。なぜなら、《爾心を尽し、魂を尽し、意《おもひ》を尽して、主爾の神を愛せよ》（マトフェイ福音二十二章三七）と言うではないか。ハリスティアニンが神を愛すべき時は、祈りの神殿に入るときのみならず、話し、食い、飲む時も神への記憶と愛、それに希望を持たねばならない。神は《蓋し爾等の財《たから》の在る所には、爾等の心も在らん》（マトフェイ福音六章二一）ともいうからである。[50]

　さらにパイーシイは、テサロニケの大主教シュメオーン（新神学者）の祈りの三つの形態に関する論考から、知恵の祈りについて触れた箇所を引いている。「我等の聖師父らは主がこう語るのを聞いた。《蓋心より出づる者は悪念、凶殺、姦淫、邪淫、盗窃、妄証、褻瀆《せつどく》なり。此等は人を汚す》（マトフェイ福音十五章一九、二〇）と。さらには、主が次のように教えるのを聞いた、《先づ杯と皿との内を潔めよ、其外も潔くならん為なり》（マトフェイ福音二十三章二六）。そこで、他のあらゆる仕事を放置し、心を保つこと（хранение сердца）に力を尽くした。恐らくは、この行いによってその他のあらゆる徳を獲得できることを彼らは知っていたからである。これなくしては、如何なる徳を獲得し、保つことも不可能である」[51]。ここで克肖者シュメオーンが強調したことは、かつて聖師父らがこの主の言葉を、心を保つこと、すなわち心の中でイイススを呼ばわること（мысленное призывание Иисуса）が有効であることの論拠として使用していたという事実である。またシュメオーンはこうも言っている。「これについては伝道者も言っている、《少者《わかきもの》よ、爾の若き時に快楽《たのしみ》をなせ……爾の心の道に歩み、爾の目に見るところを為せよ……然《され》ば爾の心より憂を去り爾の身より悪き者を除け》（伝道の書十一章九～一〇）。さらに《君長《つかさ》たる者爾にむかひて腹立つとも、爾の本處《ところ》を離るゝ勿れ》（同十章四）と。ここで言う本處《ところ》とは心のことである。主は《心より出づる者は悪念……》、そして《思ひ煩ふ勿れ》（ルカ福音十二章二九）とも言っているからである。すなわち、爾の知恵を浪費するなかれということである。またこうも言う。《唯生命に導く門は窄く、其路は細くして之を得る者少し》（マトフェイ福音七章一四）、そして《神《しん》の貧しき者は福《さいはひ》なり》（マトフェイ福音五章三）である。これはすなわち、この世の思想など何一つ持ち合わせない者のことである。聖使徒ペトルはこう言っている。《謹慎警醒せよ、蓋爾等の敵なる悪魔は、吼ゆる獅の如く巡り行きて、呑むべき者を尋ぬ》（ペトル前公書五章八）。また聖使徒パウェルがエフェス人に宛てて書いた心を保つための戦いの宣言も、同じ立場に立脚している。《蓋我等の戦は血肉に於てするに非ず、乃首領に於てし、権柄に於てし、此の世の暗昧《くらやみ》の世君《せくん》に於てし、天空に在る凶悪の諸神に於てするなり》（エフェス書六章一二）」[52]。

またエルサレムの教師、克肖者イシキウスも知恵の祈り、すなわち、心からの神への呼びかけの意義を重視した聖人の一人である。彼は聖書から以下の箇所をその証言として引いている、「心の清き者は福《さいはひ》なり、彼らは神を見んとすればなり」（マトフェイ福音五章八）、「爾慎め、心に悪き念《おもひ》（слово беззакония）の生ずることなきよう……」（申命記、十五章九）、「主よ、晨《あした》に我が声を聴き給へ、我晨に爾の前に立ちて待たん」（第五聖詠四）、「爾の嬰児《みどりご》を執りて石に撃たん者は福なり」（第一三六聖詠九）、「晨に我此の地の悉くの不虔者を滅して、凡そ不法を行ふ者を主の城邑《まち》より絶たれしめん」（第一〇〇聖詠八）、「イスラエルよ、爾の主神の名を呼ぶ準備《そなへ》をせよ（уготовися Израйлю призывати имя Господа Бога твоего）」（アモス書四章一二）、聖使徒パウェルの書簡からは、「輟《や》めずして祈れ」（フェサロニカ前書五章一七）、主自らの言葉としては、「我に居り、我も彼に居る所の者は、斯の者多くの実を結ぶ、蓋爾等我無くしては、何事をも行ふ能はず。人若し我に居らずば、枝の如く外に棄てられて枯る」（イオアン福音十五章五〜六）、および上掲のマトフェイ福音十五章一九、さらには、「神よ、我爾の旨を行はんことを望む、爾の法は我が心に在り」（第三九聖詠九）などである。[53] 概して、イシキウスの用いる譬えは多彩であるとともに、難解なものが多いが、「家の土台が石であるように、知恵を保つ土台は徳であり、イイススの名でもある」[54] という見解は、上に掲げた聖書の解釈にも生かされており、嬰児を撃つ「石」や不法を行う者を根絶させる主の「城邑」も等しく知恵を守る土台と解すべきなのである。言うまでもなく、これらはすべて「知恵の祈り」を擁護する目的で、聖書におけるそうした「知恵」の在処を暗示するものから引かれたものである。

階梯者イオアンネス（Иоанн Лествичник）はこの聖なる祈りを知恵の沈黙と見なす立場から、「完全な大いなる祈りの偉大なる実践者」と称する聖使徒パウェルの書簡にその論拠を求める。「然れども教会の中《うち》に在りては、我方言を以て萬言を言はんより、寧我が智を以て五言を言はん」（コリンフ前書十四章一九）。この五言というのがイイススの名そのもの（スラブ語の頭文字では ГИХСБ と略記されることがあるが、主イイスス・ハリストス神の子 Господи Иисусе Христе Сыне Божий を意味する）であることは言を俟たない。その他旧約からも、「神よ、我が心備《そなは》れり、我歌ひて讃栄せん」（第五六聖詠八）、「我は睡《ねむ》りたれども我が心は醒《さ》めたり」（雅歌五章二）、「我心を盡《つく》して呼ぶ」（第一一八聖詠一四五）等、恒に体と心が一体となって神を呼ぶ、所謂祈りの型を表したものが多く見られる。[55]

だが何と言っても、この分野でグレゴリウス・パラマスと並ぶ最大の霊的功労者は、シナイのグレゴリウスであろう。彼は自らこの祈りの実践によって神との邂逅の頂点に至り、聖神の恩寵の光によってアトスのみならず、東方教会中に燦然と輝く大聖人である。彼はまた全世界の東方教会で聖三者のカノンに続いて読まれる「聖三者讃詞（Троичны）」や全霊父の著作を包含した「生命《いのち》なす十字架のカノン（Канон Животворящему Кресту）」などを編み、魂に益するところの多いその著作においては、他の如何なる師父よりも精緻に知恵によって心で執り行われる神の祈りについて教え、その言葉の裏づけを聖書に求める態度を貫いた。すでに引用したもの以外にも、「爾の神エホバを憶えよ」（申命記八章一八）、「爾朝《あした》に種を播《ま》け、夕《ゆうべ》にも手を歇《やすむ》るなかれ」（伝道の書十一章六）、また聖使徒パウェルの言葉として、「蓋我若し方言を以て祈らば、我が神《しん》は祈れども、我が智は結果なし。然らば如何にせん。我神《しん》を以て祈り、亦《また》智を以て祈らん」（コリンフ前書十四章一四）[56]。ここで言う方言（язык）とは口のことであり、つまり、声を出して祈るならば息は祈るものの、知恵にとって益なしという厳しい判断が窺われる。したがって階梯者イオアンネスも引用している「五言」（コリンフ前書十四章一九）という智の祈りの概念に結びつくのである。

聖使徒の信仰の礎を継承する活動により、正教信仰の揺るぎなき柱と称されたエフェソスの府主教マルコス（クリュソストモスの弟子）も、聖書を証言として用いつつ、心で密かに行われる気高きイイススの祈りについて以下のように書いている。

> 遺訓の命ずるところに拠れば、絶えず祈り、霊と真心を以て神に叩拝を献げなければならない。しかし生活に関わる邪念への性向や肉体に関する庇護の重荷が、主の言葉が語っているように、多くの者を我々の内にある神の王国から遠ざけ、知恵の奉献台にとどまり、神の聖使徒に倣って、自ら神に対して霊と言葉の献げものを行う

ことを妨げているのである。因みに聖使徒は、我々は自らの内に住む神の神殿であり、聖神は我々の内に住んでいると言っているが。もしこれが、肉体に生きる多くの者に起こっているとすれば、それは驚くにはあたらない。ところが、俗世の事物を離れた修道士の中にも、情欲の活動や、それが原因で生じた、魂の言語部分を混乱させている大きな叛乱から逃れるために、心中の葛藤を経験している者がいるということは、本人の意思とは裏腹に、未だ純粋な祈りを獲得できていないということなのだ。心の中に純粋に絶えずイイススを記憶することは心地よいものであるが、それによって光照されることは何とも筆舌に尽くしがたいものである。[57]

以上に概観した聖書的根拠に基づく聖師父の知恵の祈りへの共通観念は、ロシアにおいても主として修道院の規則や秩序とともに導入され、とりわけソラの克肖者ニールの修道生活の規則書によって広く知られるようになっていたことはすでに述べた通りである。[58] そのことは他ならぬパイーシイ・ヴェリチコフスキーによって追認されているのみならず、ニール自身の著作に、上述の聖師父による聖書的根拠がそのまま利用されていることからも確かめられている。「蓋心より出づる者は悪念……」（マトフェイ福音十五章一九）と「先づ杯と皿との内を潔めよ……」（マトフェイ福音二十三章二六）とを関連づけ、内なる祈りがその心のみならず、外的な生活をも浄めることを新神学者シュメオーンに倣って強調したうえで、やはり「神は神《しん》なり、彼を拝する者は神《しん》を以て真《まこと》を以て拝すべし」（イオアン福音四章二四）、「蓋我若し方言を以て祈らば、我が神《しん》は祈れども、我が智は結果なし……我方言を以て萬言を言はんより、寧我が智を以て五言を言はん」（コリンフ前書十四章一四、一九）に言及することで、階梯者イオアンネス、グレゴリウス・パラマスと同様の結論、すなわち、「祈りに不可欠なものは神《しん》であり、また智でもある」に達しているのである。この一例を見ても、ロシアの禁欲主義の理論的発展が聖師父（とりわけアトスを中心とするイイススの祈りの擁護者）の解釈を忠実に再現することに徹していることは明らかであろう。[59]

それから二世紀を経て登場したロストフの府主教ドミートリイ（一六五一〜一七〇九）は、彼独自の言葉の斧で、分離派教徒の蒙昧や、彼らの神を退け、堕ちぶれて、聖書に適わぬものとなった理性を打ち砕き、聖神の叡知に充てられし聖なる教会のために多くの教義を書き上げた人物であるが、彼は自由に聖句を操りつつ、「心の内面の営みである祈り」の重要性を強調する。パイーシイの観察にしたがって、彼の用いた主たる聖句を挙げるならば、「心の祈り」の定義として広く認められているマトフェイ福音六章六の他に、「我が心は爾の言葉を云ふ、爾等我が顔《かんばせ》を尋ねよと、主よ、我爾の顔《かんばせ》を尋ねん」（第二六聖詠八）という人間の心による神の言葉の倣びに始まり、福音の「蓋視よ、神の国は爾等の衷《うち》に在り」（ルカ福音十七章二一）との確信に至るのである。とりわけ祈りの本質に触れた使徒の言葉への注目は、聖師父等の解釈をそのまま踏襲している。例えば、「恒に凡の祈禱と祈願とに於て、神《しん》を以て祈れ」（エフェス書六章一八）であり、さらには方言（язык）による祈りだけでは、神《しん》（дух）は祈るが、智（ум）には益なきものであるため、神《しん》と智（ум）を共に以て祈ることが必要であることを説いたコリンフ前書十四章一四〜一五である。[60] これらは階梯者イオアンネスやシナイのグレゴリウス、ロシアのソラの克肖者ニール等の解釈にそのまま借用されているように、「知恵の祈り」の神秘的本質であると同時に、東方教会における霊性の発展にとって欠かすことのできない概念でもある。

ここで強調しておきたいのは、神《しん》と智による祈りが抽象的で観念的な祈りの解釈に陥ることなく、常に精緻な技術論をともない、実践的に理解されてきたことである。「知恵の祈り」は別名、「イイススの祈り」とも呼ばれるように、祈りの形式はあらゆる言辞を排し、イイススの名を唱えることに集約されている。それは、神の実在を感得する心の祈りの拠り所が、イイススその人の実体ではなく、イイススの名の実在性に他ならないからである。つまりこの名は神によって開示された神聖なもの、我々に神について語るものであり、我々の知恵を神に向かわせるものでもある。イイススの祈りにおいて、我々は神の名と神そのものとを、あたかも分かちがたい一体のものとして意識しており、それらを別個のものと見なすことを拒むのである。しかしこれは祈りの中、つまり我々の心にとってそうであり、神の名はあくまで神の存在を表わす名にすぎず、存在論的にこれを神そのものと同一視することはできない。したがって正教の祈りは、神の名を唱えることが、即神の恩寵に与る、すなわち神のエネルゲイアを得ることに繋がるとは考えない。我々が信仰を以て神の名を唱える時、それが奇蹟を起こしうるのは、その名に普遍的に込められていると思われている神《しん》の力のせいではなく、我々の信仰を見て、主がその偽りなき約束にしたがって自らの恩寵を送り、それによって奇蹟が起こると見なされるのである。[61]

　ではこの祈りにおける恩寵の作用を認識するために、その構造的意味を明らかにしておきたい。まず人間個人の生命の主体は霊《たましひ》（душа）であるが、それが他の生き物と異なるのは、神の似姿をとって創られていることによる（創世記一章二六参照）。神は人間に「生命の息吹（дыхание жизни）」（同、二章七）を、すなわち人間の生来の霊《たましひ》に神の似姿の原理としての霊《たましひ》（дух = πνεῦμα）を吹き込むのである。霊の営み、すなわちその活動や感情のすべては心で行われる。心は生活のすべてを司る第一の器官であり、それゆえ人間個人の生活の本質はそこにあると言える。このように、心と霊は相互関係によって緊密に繋がっている。霊の活動の舞台は心であり、良心はその活動の成果なのである。ところで霊は神における聖神の如く、人間の宗教的、道徳的生活の中枢としての役割を担っており、人間と神の生きた関係は他ならぬこの「我等が神の子たるを証す」（ロマ書八章一六）器官としての霊を通じて取り結ばれる。したがって、聖神は人間の霊を通じて心の中に浸透し、そこで作用する。したがって、心は信仰の器であるとともに、そこで活動する霊がなければ、人間の不信やあらゆる罪の源泉ともなりうる（「蓋心より出づる者は、悪念、凶殺、姦淫、邪淫、盗窃、妄証、褻瀆なり……」（マトフェイ福音十五章一九）。他方、霊の道具はそれと緊密に繋がっている理知(разум)である。その活動は、理論的認識のみならず、道徳的、実践的認識においても発揮される。理知はまた、神《しん》が霊《たましひ》に働きかけることによって、霊に植え込まれた宗教的、道徳的諸原理を自覚する能力をも備えることになる。しかし何と言っても、霊も含むあらゆる活動、人間生活の中心が心であることに変わりはなく、その意味で、心の活動は理知の活動を包含しているのである。

換言すれば、心は肉体と精神の生活を実感する能力であると同時に、知恵や意思といった霊の活動の場として広く横たわり、それらの基礎をなしていると言うことができる。知恵が観照する力となり、心が個人の内奥の体験を包み込むものである以上、知恵と心の間の然るべき関係は、理知が心の恒常的な監督者として機能しなければならない。[62] 理知は心を悪念から守り、善き思念へと向かわせることで、心に然るべき方向性を伝授しているのである。意想（помыслы）というものが心に発している以上、心の多様な側面に、もしくは心の中の動きに注意を払わねばならない。ザーリン教授はこれを「意想に対する知恵の冷静な監視」と定義しており、一般的な禁欲主義の表現に拠れば、「心に知恵を保つ」働きと言うことができる。知恵は心に邪念が入り込むことのないよう監視しつつ、祈りの言葉に注意を向けるのである。外的な祈りは口頭で発せられるにすぎないが、舌の動きに対して知恵は耳を傾けるようになる。それにともない、聖師父の祈りの概念に随えば、「知恵が心に降りてくる」、すなわち、知恵は心に戻った後、それに神の愛の温もりによって身を暖めるよう命ずるのである。そうすると、心そのものが自ずとえも言われぬ歓喜に満たされて、歓喜の中でイイスス・ハリストスの名を称えるようになり、その名は神の前に感涙とともに間断なく流れ出すのである。これこそ、先に引いた雅歌の「我睡《ねむ》りたれども、我が心は醒《さめ》ゐたり」（雅歌五章二）と譬えられる状態である。[63]

こうして知恵が心に降下し、それらが結合することを、聖イグナーチイ・ブリャンチャニノーフ（一八〇七～一八六七）は、以下のような譬えを用いて説明している。

心あるいは心臓の位置……心臓の上部にあたる左の乳房の向かい側に存在する人間の霊《たましひ》は、ちょうど頭の脳にある知恵のようなものである。祈りに際して必要なことは、霊が知恵と結びつき、ともに祈りを唱えることである。その時、知恵は同じ考えによって発せられる言葉によって、もしくは、声の参加をともなって働き、霊は感動、もしくは哀泣の感情によって働く。結合は神の恩寵によって与えられるが、初心者にとっては、霊が知恵に賛同し、協力するようになれば十分である。知恵による注意が保たれるならば、霊は絶えず感動を感知するであろう。[64]

イグナーチイの著作に見られるこうした祈りの解釈は、以下に掲げるパイーシイ・ヴェリチコフスキーの言葉を典拠とすることにより、きわめて理論的にも、実践的にも信頼の置けるものとなった。

祈りに際しては、初めより自分の知恵に対して心臓の上部に立ち、その深淵を覗き込むように教えるべきである。それは横の中間部でも下部であってもならない。なぜそうやるべきかと言えば、知恵が心の上にあり、その中で祈りを行う時は、知恵は王の如く、高みに鎮座し、下方でうごめく悪念を自由に観察し、それらを第二のバベルの叛徒の如く、ハリストスの名の石で粉々に打ち砕いてしまうからである。この際、知恵は臀部から遠く離れることにより、アダムの罪を介して人間の本性に固有のものとなった燃えさかる肉欲からも容易に逃れることができるのである。[65]

つまり、神の名を絶えず心と知恵が呼び続け、それを霊《たましひ》に植え付けていくことで、ハリストスの像は自ずと意識に入り込み、そこで開花するようになる。霊の深淵で初めは隠された形ではあるが、徐々に変容が起こり、使徒の書に「既に我生くるに非ず、即ハリストスは我の中に生くるなり」（ガラティヤ書二章二〇）とあるように、それが最終的に完全な「神化（обожение）」を引き起こすのである。これが禁欲主義の伝統において培われた「知恵の祈り」「イイススの祈り」の目的であり、その意義でもある。

「知恵の祈り」の解釈と実践の歴史がロシアの霊性に与えた影響はきわめて大きい。現象面だけを見ても、祈りと斎による功が、タボル山で変容したハリストスの光（マトフェイ福音十七章二）を獲得することで表された聖人もロシアには多数存在する。この神の光をロシアの民衆は恩寵の光と見なし、これに与ることを求めた。ロシアにも中世以来、修道制の発達とともに霊性の源と見なされてきたこの祈りの意義は伝えられていたが、その聖書的典拠を求めてアトスに遡り、聖師父の著作に認められる禁欲主義の原典を集成したのが他ならぬパイーシイ・ヴェリチコフスキーであった。これがその後のロシアの修道院における祈りの実践と聖神の獲得に貢献したことは事実であるが、ロシアにおいて特徴的なのは、こうした功が修道士の間のみならず、一般信徒にまで流布した点である。これはグレゴリウス・パラマスの言葉「我がハリスティアニンたる兄弟よ、ただひとり聖職者や修道士のみが絶えず間断なく祈る義務を負うと思うなかれ。一般信徒も同様である」[66]の実現である。それとともにロシアの長老制の歴史の中には、民衆を霊的に教化する役割を長老が担う伝統が確立されていたことも大きな要因となっていた。

一例をオプチナ最初の長老レオニードの伝記に見出すことができる。彼はスヒマ僧として剃髪し、大いなる天使の姿を身に負っていたが、かれのスキト（僧庵）には彼の祈りと祝福を得ようと絶えず多くの民衆が集まっていた。やがてこのことはカルーガ主教区の指導部の逆鱗に触れ[67]、遂にはレオニード長老に民衆の訪問を受けることを禁止する命令が下された。彼は命令に遵ったが、民衆は彼のもとを訪れることをやめなかった。長老の庵の扉の前に集まり、人々は何時間でも、何日でも長老が出てくるのを待った。彼を民衆から遠ざけようとする修道院のあらゆる措置も無駄に終わった。ある日、掌院モイセイが長老の庵に様子を見に来ると、そこは人々で溢れ、中には健康な者も病める者もいた。長老は依頼に応じて、病人のために祈りをなし、庵にあるウラジーミルの生神女のイコンの前に懸かる燈明から取った油を塗布しているところだった。掌院は驚いてこう言った、「神父、あなたは何をなさっているのですか。あなたは人々の訪問を受けることを禁じられているのですよ。監視下に置かれるか、ソロフキに送られるかもしれませんぞ」。長老はそれに応えて言った、「あなた自身が望まれることを、私とともにやればよろしい。私はたとえシベリアに送られようと、なおレオニードのままです。これらの病人をご覧ください。彼らが請い求め、待ち望み、生神女への信仰と熱意によって癒しをもたらしてくれる祈りを、どうして拒むことができましょうか」と。[68]

こうした事態は、その後のオプチナの長老に共通して認められる最大の特徴でもあった。これら長老がすべて「知恵の祈り」あるいは「イイススの祈り」を身につけていたことは、改めて強調するまでもあるまい。その修道生活の第一歩から、この祈りは生活の中心をなし、文字通り呼吸する度毎に知恵と心を以てイイススの名を唱え続けた。その結果、啓示の如き天上の意思を無言のうちに察知し、助言を求める人々に生きるべき道を悟らしめることができるのである。レオニード長老亡き後、入門者が誤った祈りに陥ることのないように、フィロカリアの記述に基づいて、祈りの方法を平易に解説したマカーリイ長老の『聖師父の書を読み、知恵のものなるイイススの祈りを習得しようとする者に送る誡めの書』[69]は際立った存在感を持っている。なぜなら、それはロシアの修道院で、修道士とともに、民衆に対してもその効能を説くために書かれた「知恵の祈り」について書かれた最良の入門書のひとつだからである。オプチナの歴史において、長老制が如何にして民衆や知識人の心を引きつけたのか、長老と民衆の祈りによる霊的な交わりとは具体的にどのようなものだったのかといった問題を考えるための手引きとすべき書物なのである。

注

1　オリヴィエ・クレマン著、『イエスの祈り』二〇〇二年、新世社所収、三五頁。

2　コリンフ前書六章一九に曰く、「豈知らずや、爾等の身は爾等の衷に居る聖神、爾等が神より受けし者の殿にして、爾等己に属するに非ざるを」（傍点は原文でイタリック）。

3 オリヴィエ・クレマン、上掲書、三八頁。

4 Архимандрит Киприан (Керн). Антропология св. Григория Паламы. М., 1996. С. 403.

5 Протоиерей Иоанн (Сергиев, Кронштадский). Моя жизнь во Христе. СПб., 1893. Т. 2. С. 158. [Репринт]

6 Николай Кавасила, архиепископ Фессалоникский. Семь слов о жизни во Христе. Перевод с греч. М., 1874. С. 6.

7 Зарин С.М. Аскетизм. СПб., 1907. кн. II. С. 32-33.

8 Там же. Введение. С. I-XV.

9 カトリックにおいては、禁欲主義は修道生活をいとなむ者にとって不可欠な要素と見なしているものの、一般信徒には「必要以上のもの」として扱っている。プロテスタントはキリスト教のあらゆる祈りや儀式上の伝統とともにそれを単に不要なものと否定するのみである。См.: Концевич И.М. Стяжание Духа святого в путях Древней Руси. М., 1993. С. 13.

10 Котельников В.А. Православная аскетика и русская литература (На пути к Оптиной). СПб., 1994. С. 12.

11 Св. Дионисий Ареопагит. О небесной иерархии. М., 1898. С. 15.（邦訳：ディオニシオス・アレオパギテス著「天上位階論」、『中世思想原典集成』三　後期ギリシャ教父・ビザンティン思想　平凡社、一九九四年、三五五頁）

12 Творения иже во святых отца нашего Аввы Исаака Сириянина. Слова подвижнические. 2-е изд. Сергиев Посад. 1893. Слова 25. 84. См. также: Добротолюбие. Т. 2. М., 1895. С. 656-658.

13 Творения иже во святых отца нашего Аввы Исаака Сириянина. Слова подвижническия. Сергиев Посад. 3-е изд. 1911. С. 369. [Репринт]

14 Авва Дорофей. Творения. 引用は以下の書による。См.: Зарин С.М. Аскетизм. Кн. 2. СПб., 1907. С. XII.

15 Преподобнаго отца нашего Иоанна, игумана синайской горы, Лествица, в русском переводе. 7-е изд. Козельской введенской Оптиной пустыни. Сергиев Посад. 1908. Слово 25. §4. С. 314.

16 Там же. Слово 25. §49. С. 329.

17 Там же. §52. С. 330.

18 Там же. §68. С. 335.

19　Творения иже во святых отца нашего Аввы Исаака Сириянина. Слова подвижническия. Сергиев Посад. 1911. Слово 46. С. 198.

20　Преподобный Макарий Египетский. Духовные беседы. Св. Троице-Сергиева Лавра. 2014. С. 129. [Репринт изд. 1904 г.]

21　Архиепископ Киприан (Керн). Антропология св. Григория Паламы. М., 1996. С. 399.

22　ここで言う「欲（страсти）」とは情熱の原義である「感情」「心」に生ずる様々な欲望を指しており、あくまでも罪の根本的原因となる心の病を総称したものである。

23　Зарин С.М. Аскетизм. СПб., 1907. Т. 1. кн. 2. С. 248-258.

24　Преподобный Нил Сорский. Первооснователь скитского жития в России и устав его о жительстве скитском. СПб., 1864. С. 32.

25　Исихий Иерусалимский. Centuria de temperantia et virtute. I. 31. T. XCIII, col 1489D: φθαρτικὸς ὁ θυμὸς εἶναι πέφυκεν. Цит. из кн. Зарина С.М. Указ соч. С. 276.

26　Протоиерей Сергий (Четвериков). Из истории русского старчества. В кн.: Бог в русской душе. М., 1998. С. 109-112.　パイーシイの伝記的事実と著作に関する最も信頼のおける文献は、Житие и писания молдавского старца Паисия Величковского. Изд. 2-е. М., 1847.; Изд. 3-е. Изд. Введенской Оптиной Пустыни. Козельск. 1892. [Репринт]; Преподобный Паисий Величковский. Житие и избранные творения. Серпухов. 2014.（パイーシイの原文教会スラヴ語版と現代ロシア語版の対訳）が付されている。

27　Протоиерей Сергий (Четвериков). Из истории русского старчества. С. 113-114.; См.: Житие и писания молдавского старца Паисия Величковского. М., 1847. С. 239.; Преподобный Паисий Величковский. Житие и избранные творения. Серпухов. 2014. С. 393.

28　Житие и писания молдавского старца Паисия Величковского. М., 1847. С. 245-247.; Преподобный Паисий Величковский. Житие и избранные творения. Серпухов. 2014. С. 400-402. これはパイーシイが若い頃ともにモルダヴィアで修道生活を目指したものの、途中でやめて神父になった朋友ドミートリイに対して、修道生活の基本原理について体系的に物語った書簡（一七六六年五月十六日付）の記述である。

29　Житие и писания... С. 256.; Житие и избранные творения... С. 416.

30　十七条の内容を簡潔に列挙しておく。第一条、私有財産の禁止、修道院の事物の共有制。第二条、修道生活の基本は忍従、我意の放棄であり、すべてにおいて修道院長に完全に服従すること。第三条、修道院長の資質と義務について。第四条、アトスに倣った厳格な礼拝上の秩序と規則。第五条、トラペーザ（食堂）での規則。第六条、庵室（келья）での生活規則。とりわけ聖師父（イオアンネス・クリュソストモス、総主教カリストス、新神学者シュメオーン、フォティケのディアドコス、エルサレムのイシキウス、シナイのニルス、階梯者イオアンネス、証聖者マクシモス、ダマスコのペトルス、シナイ人グレゴリウス等）に倣った知恵の祈りを実践すること等。第七条、指導者は修道士に忍従を課し、修道士は謙遜こそが天の国に入る秘訣であることを知るべし。第八条、修道院長は全修道士に対して等しく愛を持ち、彼らの堕落に対しても忍耐を保つこと、その懲罰に関して。第九条、修道院長は二人の補助者を有すること。各々の役割と、指導者不在時の合議制等。第十条、修道士として剪髪を望む者には、あせらず十分時間をかけて試すこと。第十一条、修道院に参加しようとする者が私有財産を持参した際の処置方法について。第十二条、修道院内に病院と経験ある医師をおくこと。第十三条、修道院内に工房をおくこと。第十四条、修道院を訪れる貧者や病人、巡礼が憩うことのできる宿泊所を設けること。第十五条、戦争や避難といった非常時を除き、修道院領内への女性の立ち入りを禁ずる。第十六条、修道院で働く俗人の居住地への移住やそこで彼らのために教会や在俗司祭を叙任する際の規則。第十七条、修道院長の選任に関する規則。См.: Протоиерей Сергий (Четвериков). Из истории русского старчества. С. 117-119.

31　Житие и писания… С. 43-49.; Житие и избранные творения… С. 270-276.

32　Житие и писания… С. 179.; Житие и избранные творения… С. 500.

33　Житие и писания… С. 176-177.; Житие и избранные творения… С. 496.

34　Житие и писания… С. 177.; Житие и избранные творения… С. 496-499.

35　Житие и писания… С. 179.; Житие и избранные творения… С. 501.

36　Житие и писания… С. 183.; Житие и избранные творения… С. 505-507. その論拠となっているシナイ人グレゴリウスの著作は以下の箇所である。См.: Григорий Синаит. Весьма полезные главы иже во святых отца нашего Григория Синаита, расположенные акростихами. М., 1999. Гл. 130. С. 72-73. [Репринт].

37　ここでいう見神（видение）とは文字通り祈りによって、ひとたび楽園を追われた人間が再び神に見え、神の意志を会得する、人間の理性的判断を超越した叡知のことである。ここでは暫定的に「見神」「邂逅」「透視」などと訳されることがあるが、もちろんその本質を完全に捉えたものではない。以下に挙げられた八つの見神（видение）に見られるように、知恵の祈りによって神と交流する以前に、神そのものとの「出会い」だけでなく、神の世界と秩序、目に見えない神の力について「知ること」こそが「見ること」への前提条件になっているのである。

38 Житие и писания молдавского старца Паисия Величковского. М., 1847. С. 182. [Репринт]; Преподобный Паисий Величковский. Житие и избранные творения. Серпухов. 2014. С. 505.

39 Житие и писания... С. 181-182.; Житие и избранные творения. С. 505.

40 Житие и писания... С. 183.; Житие и избранные творения... С. 506-507. その原典は、シナイのニルスとアッヴァ・エウアグリオスの以下の著作集である。См.: Нил Синайский. Поучения. М., 2000. С. 68.; Авва Евагрий. Слово о молитве. Гл. 49. М., 1994. С. 82.

41 Преподобный Нил Сорский. Первооснователь скитскаго жития в России и устав его о жительстве скитском. СПб., 1864. С. 53. [Репринт].

42 Преподобнаго Аввы Дорофея Душеполезные поучения и послания. М., (Издание Свято- Троицкой Сергиевой Лавры). 1900. С. 19. [Репринт]

43 Житие и писания... С. 183-184.; Житие и избранные творения... С. 506.

44 Житие и писания... С. 184.; Житие и избранные творения... С. 506-508.

45 Житие и писания... С. 185-187.; Житие и избранные творения... С.508-512.

46 ここで断っておかねばならないが、当然のことだが、ロシアに持ち込まれた聖師父文献はこのモルダヴィア経由のものがすべてではない。したがって、ロシアに導入された禁欲主義的文献がすべてパイーシイとその弟子たちによるものと考えることはできない。十九世紀には事実上、数多くのルートを通じて聖師父文献の写本が持ち込まれ、各々の場所で長老制を中心とする独特の修道生活が開花した時代である。代表的なものとしては、アトスとキエフやプスコフの洞窟修道院との関係があげられるが、北方のワラームやソロフキ、ヴォルガ流域、さらにはヂヴェーエヴォ修道院やサロフの僧庵なども主要な窓口となっていた。

47 注の30の引用を参照。

48 Преподобный и богоносный о. наш Нил, подвижник Сорский и устав его о скитской жизни, изложенный Ректором Костромской Духовной Семинарии Архимандритом (ныне Епископом) Иустином. Свято-Троицкая Сергиева Лавра. 1991. С. 63.

49 Протоиерей Сергий (Четвериков). Из истории русского старчества. В кн.: Бог в русской душе. М., 1998. С. 148.; Паисий Величковский, Указ. соч. С.515.

50 Житие и писания… С. 189.; Житие и избранные творения…С. 514.

51 Житие и писания… С. 190.; Житие и избранные творения…С.516.

52 Житие и писания… С. 190-191.; Житие и избранные творения… С. 516.

53 Житие и писания… С. 191-192.; Житие и избранные творения… С. 516-518.

54 Письмо Преподобного Исихия, Иерусалимского к Феодулу. Душеполезное слово о трезвении и молитве. В кн.: Добротолюбие. Т. 2. М., 1895. С. 165. [Репринт].

55 Житие и писания… С. 195. 192.; Житие и избранные творения… С. 522. 518.

56 Житие и писания… С. 194.; Житие и избранные творения… С. 520.

57 Мудрейшего и красноречивейшего Марка Евгеника митрополита Эфесского, толкование церковного последования. Предисловие. Р. 160. Col. 164. В кн.: Житие и писания… С. 195.; Житие и избранные творения… С. 522.

58 注の46を参照。

59 См.: Архимандрит Иустин. Преподобный и богоносный отец наш Нил, подвижник Сорский. Свято- Троицкая Сергиева Лавра. 1991. С. 14-15.

60 Житие и писания… С. 194.; Житие и избранные творения… С. 520.

61 Троицкий С.В. Об именах Божиих и имябожниках. СПб., 1914. С. XVI. 一九一二〜一九一三年に起こった神名派（имябожники）、あるいは讃名派（имяславцы）と呼ばれるアトスのパンテレイモン修道院の修道僧たちの異端的活動に関する論争が下敷きになっている。一九一三年に宗務院は正教の全修道士に対して、神の名を以て神とする異端的見解を改めるよう指導する公開状を送り、イイススの祈りにおける聖神の働きをより一層重視する立場を宣言したのである。しかし、これに対して今日に至るまで、多くの異論が出されたことも事実である。

62 Вышеславцев Б.П. Сердце в христианской и индийской мистике. Париж. 1929. С. 5. 同書に拠れば、心の神秘的内奥においてのみ、

神との出会いは可能であるとし、ハリストスを心によって受け入れざるを得ないと主張している。

63　Зарин С.М. Аскетизм. СПб., 1907. Т. 1. кн. 2. С. 372-380, 392-394, 576-586.

64　Игнатий Брянчанинов, епископ Кавказский. О молитве. В кн.: Сочинения. Ч.1. СПб., 1865. С. 157. [Репринт].

65　Житие молдавского старца Паисия Величковского. М.,1847, С.128; Умное делание о молитве Иисусовой. Сборник поучений Святых Отцов и опытных ея делателей. Изд. Свято-Троицкой Сергиевой Лавры. 1992. С.214-215.

66　Св. Григорий Палама. Умное делание о молитве Иисусовой. В кн.: Добротолюбие. Т. 5. С. 516. Изд. Свято-Троицкой Сергиевой Лавры. 1992. С. 44.

67　当時の教会首脳部は、修道院における長老の存在が、修道士だけでなく、一般の民衆をも涵養する役割を担っていることを理解していなかったばかりか、民衆が修道院に流れ込むことで、修道士の修行の邪魔をすることを過度に危惧する傾向があったことが指摘されている。以下の注の68を参照。

68　Протоиерей Сергий (Четвериков). Оптина пустынь. Париж. 1988. С. 46-47.（邦訳、『オープチナ修道院』安村仁志訳、新世社、四二〜四三頁）。

69　Иеросхимонах Макарий (Иванов). Предостережение читающим духовные отеческие книги и желающим проходить умную Иисусову молитву. Оптина пустынь. 1861.

第三章　近代ロシアの修道制と長老制の発展について

――オプチナ修道院前史より――

はじめに

本章では十九世紀ロシアのオプチナ修道院で開花することになる長老制（старчество）について、その根本的特性とロシアにおける理解の特殊性、オプチナ前史とも言える十八～十九世紀前半のパイーシイ・ヴェリチコフスキーとその弟子たちによるその伝播史、さらにはオプチナに初めて長老制を導入した掌院モイセイとアントーニイ（プチーロフ兄弟）の活動について略述することを目的としている。長老制がロシア正教の霊性の発展に寄与したことはもはや疑いない事実であるが、長老制の歴史的源流、もしくはその存在形態や規則、実践の具体的形式に関してはそれほど画一的でない。パイーシイ時代の長老制は、ギリシャのアトスを雛型とする共住型修道院をその理想形態とするが、中世ロシアに流布していた森の庵における隠遁型修道形態（пустынножительство）はそうした方向性とは一見相容れないものと思われるからである。

しかし十九世紀初頭のロシアにおいてそれらは融合した存在形態を見出す。大修道院とその近隣に散在するスキト

（少人数の隠修所）との交流であり、教会での共同の礼拝と庵での孤独の祈りとの有機的関係である。こうした環境から醸し出されたロシア修道制の独特の型こそがオプチナ修道院の独自性をなしていく。そしてその心臓と呼ばれるのが、中心に前駆者イオアン教会を有するスキトである。一般信徒の参禱を自由に受け入れる修道院における礼拝と、長老の祝福がなければ入ることのできないスキトでの個人的な霊的な対話とは、まさしく人間本性における集団生活と個人生活の繋がり同様、ロシアの霊的生活のレンジの広さと深さを示す象徴的現象なのである。

その中心には聖職者の位階とは関係のない長老という特殊な能力を持つ選ばれた人が存在し、修道士はもちろん、一般の信徒に対しても罪や心の傷からの癒し、救いの方法を示唆する。そうした関係が決して神秘的秘儀（магия）といった性格を帯びることなく、しばしばロシア文学や哲学の題材となってきたロシア人の現実生活そのものと緊密に結びついている点は、その普遍的影響力を物語るものであると言えよう。すなわちそれは民衆の純粋な信仰によって支持され、鼓舞されているということでもある。[1] 長老はその「内なる営み（внутреннее делание）」を通して聖神の在処を見分け、神慮を予見し、救いのための指針を与える。これは聖師父時代のエジプトの大アントニウス、大パコミオス、ペルシウムのイシドロス等の時代に遡る、所謂キリスト教の伝統的な修道生活を現代人に伝えるものであり、その正統性については言うに及ばず、まずは何をおいても、聖神による神の恩寵という教義を修行によって現実のものにするといった原初的信仰形態であった。

本書で扱う十八～十九世紀初頭までのパイーシイの弟子系列の長老からオプチナの修道士等に至る人々の活動は、ロシア全体に亘るそうした一大潮流からすれば、規模としては僅かな一隅を占めるにすぎなかった。それにも拘わらず、輩出した長老と弟子たちの系譜を一瞥すれば、それらは錯綜してはいるものの、結局は「一つの聖なる公なる使徒の教会」を構成する単位であり、しかもその人脈が単線的発展ではなく、何人かの長老を核として同時に増殖する、言わば複合的発展を辿ってきたことは一目瞭然である。広大なロシアの大地に播かれた長老制がもたらした実りの大きさは、それが民衆との関係を保つことにより、民族的イデオロギーとしての霊的共同体の成立と、正教徒にとって何よりも重要な「個人の救済」を同時に可能ならしめる懐の深さにこそ認めうるものなのである。

一、長老制とは何か?

ロシアの聖性の中に宝蔵されてきた使徒以来の伝統のひとつは炯眼さの証としての予言能力である。予言者の言葉を通して、神の意志が開示されるため、その権威は測り知れぬものがある。予言の働きは、神に賦与された特別の賜であり、聖神(Святой Дух)の賜でもある。予言者はきわだった霊的視力を備えており、あたかも空間と時間の境界が開け、自らの霊的視力を以て現に生起しつつある出来事のみならず、これから生起することがらをも予見し、それらの霊的な意味も、人間の心の中も、その過去と未来をも見通すことができるのである。

このような高度な召命がやはり高度な道徳的水準、心の純粋さ、個人的な聖性と無縁ではあり得ない。予言者は初期キリスト教の時代より、何をおいてもまず生活の聖性が要求されていた。これが使徒の教えに遡り、使徒の聖性がこの予言や教育活動と密接な関係にあったことは、例えば『十二使徒の教え』の中に体現されている通りである。また、聖使徒パウェルの書簡においても、我々は所謂「長老たち」が修道士のみならず、俗人をも霊的に指導したことを窺い知ることができる。「預言する者は、人に言ひて其徳を建て、勤勉《つとめ》を為し、安慰《なぐさめ》を与ふ」(コリンフ前書十四章三)。またそればかりか、霊と体とを問わず病を癒したり、予め危険から守り、人生の途、神の意志を知らしめたりするのだった。こうしたことからも、長老制が修道院の壁の外側に及び、主教や長老(пресвитер)といった位階と結びついて一般信徒の生活にまで影響力を持ったことが察せられるのである。東方教会における修道制の発展は四世紀に始まると言われるが、いずれ長老制と名指されるようになるこうした制度は、使徒の予言の働きの伝統を直接的に受け継いだものであった。

しかしロシア正教史に関わる史料に限って言えば、このような問題を扱った文献はさほど多くはない。しかもその大部分は長老制を聖師父の伝統として、聖師父の教理や思想と結びついた現象として、長老による指導の有効性に関するものであると言えよう。[2] また近年では、長老制の中に人間道徳の神秘的基礎づけを認めようとする試みも見受けられ、キリスト教的完全性を実現するためには心の浄化、人間の人格全体の成聖が必要とされ、それを獲得するためには長老の指導のもとで禁欲生活を送らなければならないとされた。[3] だがこれらの論攷においては、聖師父の教えが修道院の壁を越えて万人に関わりを持つ契機は見いだしにくい。しかし実際には教区教会の枠を越えて人々が修道院の長老を訪れる背景には、ちょうど幼子が父親の教えを受けるように、そこには家族を最小単位とする人間関係の基礎があったと見なすべきであろう。つまり長老の教えを受けた所謂霊《たましひ》の家族の生活が確固たるものとなり、十全な価値を持ちうるのは、労役や霊《たましひ》の内的な修練を遵守する、言わば功（подвиг）としての禁欲と並んで、家族関係の生きた温もりが維持される時であり、長老が心の中の秘められた意想の厳格な裁き手としてではなく、愛に充ち溢れた人生の教師として、それはもはや父親らしい態度でさえなく、母親のような慈愛をもって神に選ばれた霊の子の内的および外的生活を見守っている時なのである。

　修道生活の高度な霊の営みとしての長老制の基礎には、如何なる象徴作用も言葉すらも介さないこの上なく純粋な思考の獲得が置かれているが、その場合、人間が唯一にして全包括的な神性（Божество）に内的生活のすべてを集中させなければならないのは当然のことである。この高度な理念に到達するためには、霊《たましひ》のごく些細な、その兆しにすぎないような動きにさえ気を配らなければならない。実はこの霊《たましひ》の動きを観察し、発見することが、修道士の務め（послушание）と並んで、長老制の確固たる建造物であり、真の霊的生活の基盤ともなっている。その観察とは、すなわち「罪と徳の要素を徹底的に分析し尽くすこと」であり、これが発意（помыслы）という概念を定義することを可能ならしめている。他ならぬ長老に開かれているはずの発意は、知恵の領域における罪と徳の動きを現す最も初期段階の微妙な発現形式であり、この「発意を観察したり操作したりすることが最も重要かつ本質的な……しかも目的に適った禁欲的功」と言いうるものなのである。[4]

霊を峻別する才とは、発意を見分ける（良い霊と悪い霊とを峻別する）ことであり、最も困難な功のひとつである。と言うのも、その基礎には分別と判断力が備わっていなければならないからである。それ故、この能力は生活、個々人の経験から得られるものである。だが何よりも重要なのは、これも神の恩寵による援けが得られることが条件となる。神の恩寵は長老と弟子との関係を導くのであるから、弟子はもはや何事をも（如何なる思いも、些細な心の動きをも）長老から隠すことができないような、嘘偽りのない衷心からの内面的関係がその両者の間に築き上げられる。だがこうした方法が精神病患者に対する心理分析の如く、その外面的方法ばかりが取りざたされることはやはり危険なことである。ここで注目されているのは、自己の霊の動きや状態を指導者に明かすことで、実践者は自己観察の習慣を養い、霊の奥底から引き出される微妙な心の変化を客観化して自らの内的な視線に曝すという臨床実験の方法である。こうした研究の成果が心理学者に人間の心の内面的変化をより正しく評価する可能性を与えていることは確かなのである。[5]

だが長老制の歴史における霊的能力の発現の水準は遙かに深く、歴史的にも複雑である。奇しくも聖使徒パウェルの言う、長老なら必ず持っている霊的才能のうち最たるものとは、諸神を辨別する才（различение духов）である（コリンフ前書第十二章一〇～一一）。[6] この才能は総じて修道士に不可欠なものであるが、例えば、砂漠の隠修士大アントニウスが霊を辨別する才能を獲得するために、また霊であってもそれらすべてを信仰しないように祈るための霊感を受けたことを想起すれば（イオアン第一公書第四章一）、[7] その歴史の深さが窺われよう。この辨別〔区別〕する賜は修道的功と長老の祈りによって得られるものなのである。また大バルサヌフィオスが次のように言明していることも注目に値する。

心に病むところがなければ、誰も発意を区別する才能を獲得することはできない。わたしはそれを爾が得られるよう神に祈っている。だが爾の心が少しばかり痛みを感じるならば、神は爾にこの才能を賦与することになろう……神が諸聖人の祈禱によって、そして爾の心の痛みによって爾にこの才能を賦与なさるならば、もはや爾は絶えず神の聖神の働きによって発意を区別することができるようになるだろう。[8]

しかしこの霊の辨別は、歴史的に見ても、直接炯眼さ（прозорливость）に繫がる契機とはならなかった。ロシア中世以来の霊的神父の役割について基礎的な研究を残したセルゲイ・スミルノーフ教授も、「炯眼さとは独立した霊的才能なのか、霊を辨別する、より具体的に言えば、悪の霊と天使の霊とを感覚する予言能力の特殊な形態なのかはわからない」[9]と控えめに述べている。同教授に拠れば、確かにこうした才能の発現は霊を辨別する才能に較べて稀な現象であったが、これも修道制の発生とほぼ時を同じくして始まったと主張するのである。大パコミオスと被聖者テオードロス（Феодор Освященный. 四世紀に活躍した隠修者で、大パコミオスの弟子であった）は炯眼の才を有していたとされるが、そのいずれもが修道士たちの罪を、彼らに宿る神の聖神の働きによって、もしくは天使のお告げによって知り得ていた。苦行者たちは人々を更正させるためにこの才能を利用していたのである。さらには、克肖者イオアンネス（преп. Иоанн. 四世紀にエジプトで活躍した砂漠の隠修士）は近隣の修道院に住む個々の修道士の振舞いまで掌を指すように把握していたと言われる。事実、彼はそこの神父たちに何某と何某は勤めに精励せず、神を畏れる心を以て定められた規則を遵守せず、またある者は信仰と霊的な完徳において成果を挙げているなどと書き送っている。彼はこれらの修道士と同じ修道院に住んでいないにも拘らずである。また修道士たちの様々な行為やそこに至る契機、功績や怠慢などをかくも詳細に描き出したため、彼らも自分たちについて書かれたことがらの真実を悟り、良心の痛みを感ずるようになったという。[10]

長老の炯眼さを示す生きた事例はロシアでも数多く見出される。その最たるものの一つはサロフの克肖者セラフィムの人生の幾つかのエピソードであろう。例えば、長老のケーリヤ（僧房）に奇しくも時期を同じくして訪れたウラジーミル出身の商人と、将来セルギイ大修道院の院長に任じられることになる典院アントーニイ・メドヴェージェフが体験した出来事を想起しておきたい。これはアントーニイが自分の頭から離れようとしない迫り来る死についての思いをセラフィムに打ち明けるためにサロフを訪れた一八三一年の物語で、当時のヂヴェーエヴォ修道院の記録にも残されている。

セラフィム長老は、アントーニイを傍らに座らせ、まずは商人と話し始めた。長老はいきなりこう言った、「おまえの損失と悲しみはすべておまえの欲に充ちた暮らしぶりの帰結なのだ。そんなものは捨てて、前途を改めるがよい」。それから長老は控えめながら愛想よく彼の罪の数々を暴き始めた。と言えども、その語り口があまりにも心のぬくもりを感じさせるものだったので、二人の聞き手は涙を流し始めた。最後に長老は商人に、心から悔い改めれば主はその恩寵と慈愛をおまえから奪い去ることはないと勇気づけながら、サロフで斎《ものいみ》するように命じた。商人はこの助言を実行することを約束しつつ、感動して長老の足下に跪いた。彼は涙にかきくれてはいたが、心軽やかに長老のもとを辞したという。

長老の炯眼さに驚嘆したアントーニイ神父はそれからこう言い放った、「神父様、人の霊《たましひ》はあたかも我が眼中の鏡に映った顔のように、あなたにとっては開かれています。今ここにいた巡礼の霊《たましひ》の欲求や悲哀を聞くことなく、あなたは彼に求めることすべてをおっしゃいました」。これに対してセラフィム神父は一言も応えなかった。建設者（一八二二年に修道司祭に叙聖されたアントーニイ神父は、二六年にヴィソコゴールスク修道院の建設者に任じられていた）はこう続けた、「今やっとわかりました。あなたの知恵はその清らかさゆえ、隣人の心の中のことも何一つとして隠されてはいないのです」。セラフィム神父は対話者の口に右手を置いてこう言った、「おまえの言い方は間違っている、我が喜びよ。人の心は主ひとりに開かれている。心のすべてを知る者は神のみである。だが人は〝不義を尋ね、屡《しばしば》探りて、人の中情と心の深き処とに至る〟」（第六三聖詠七）。それに続いて、彼は犬儒学派のマクシモスを側近に置いた成聖者グレゴリウスが非難されたことを物語った。「だが成聖者は〝人の心の秘密を知る者はただひとり神のみである。わたしは彼の中に異教からキリスト教へと転じた者を見た。それこそわたしにとって偉大なことなのだ〟と言ったのである」。建設者はさらにこう尋ねた、「それでは神父様、あなたは商人から一言も聴くことなく、彼が欲していることをすべて語ったのはどういうわけです」。セラフィム神父は口を開くと、言葉の種を播くように次のように説明した、「彼は誰もがやるように、そしておまえのように、この神の僕のもとへやって来た。わたし罪深いセラフィムはやはり、自分が罪深い神の僕と考えている。つまりわたしは主がわたしに命ずる益あることをそれを求める者に伝えているだけなのだ。わたしの霊《たましひ》に浮かぶ最初の考えを神の指示と見なし、自分の対話者の霊《たましひ》の内容など顧みずに語るのだ。と言っても、わたしはただその人のために神の意志がわたしにそのように命じたものと信じている。しかし何らかの状況がわたしに語りかけ、わたしがそれを神の意志に打ち明けることなく……自分の知恵で判断し、自分の分別に従属させようとすると、そのような場合は、いつも決まって過ちを犯してしまうのだ」[11]。

　こうした会話の背景には、セラフィム長老がアントーニイに自分の役割を継がせようと準備し、彼に霊的な法則を明かすという事実があったことを見逃すことはできない。事実アントーニイが自らの死が近いという思いを確かめるために長老を訪れた時、セラフィムはそれが誤りであることを伝え、死期はおろか、彼には大修道院の掌院という重責が待ち受けていることを予見したのである。これにはもう一人モスクワの府主教フィラレート（ドロズドフ）との関係も与っていた。時を遡ること七年、一八二四年に修道司祭アントーニイは巡礼としてセルギイ大修道院を訪れた時、当時の院長フィラレートと霊的な対話を行ったが、これがフィラレートに強い印象を与え、結局七年後に自分の後継者としてアントーニイを呼び寄せることになるのである。その後は修道士としての霊的活動においても、大修道院の発展の歴史においても、この二人の運命はつねに真の霊的な共通性によって結びつけられることになった。つまり彼らがともに内なる営み（внутренное делание）に関する聖師父の教義の継承者であったことが、二人を同時にサロフの克肖者セラフィムに近づける要因ともなったのである。[12]

アントーニイは当初セラフィム長老の言葉を理解できず、長老は自分に迫った死の悲しみに充ちた心を紛らわしてくれているものと錯覚していた。だがアントーニイがこれほどまで自らの死期について思い悩み、遙々サロフの庵にまで足を運んだのは、彼が死を恐れていたからではなかった。彼は死を目前にした修道士がなすべき周到なる準備、すなわち長老の指導のもとに沈黙と祈りに入ることを願っていたのである。ただ自分の死が近いという確信さえ得られれば、畏敬と感謝の念を抱いて長老のもとを立ち去ることもできたであろう。ところが、長老は神慮によって彼が広大な大修道院に招かれることを繰り返したにすぎなかった。アントーニイは訝しんだ。ヴィソコゴールスクの荒涼たる庵の一体どこに大修道院ができるというのか。ところが長老は些かも自分の考えを変えることなく、サロフから大修道院に行くことを希望する修道士を一緒に連れて行ってはくれまいか、もしくは自分の方から別にそれに相応しい者を遣わすべきなのだろうかといったことまで慈愛に満ちた表情で伺い始める。アントーニイにはこれまでも長老の希望や助言を、その従順さによってすべて受け入れる準備ができていたが、これればかりはどうしても合点がいかなかった。長老が「お前にとって相応しい時が来たならば、わたしの孤児たちを置き去りにしないくれ」と懇願した時も、その言葉の意味を正確に理解できなかったほどである。ただ朧気に長老が自らの死が近いことを仄めかしたような気がしただけだった。彼は長老への限りない愛と尊敬の念から、彼にしがみつき、ただ泣き続けるよりなすすべがなかった。暫く後に、「主の名に依りて行くがよい」と祝福を受けたアントーニイが長老のもとを辞して帰途に就こうとすると、驚いたことに彼に随行していた若い修道士も泣いている。その理由を問うと、こちらも森の庵から僧房に戻って来たセラフィム長老に遭い、近い将来起こることになる建設者アントーニイとの別離を告げられたと言う。それから数か月が過ぎ、三月に入ると大斎が始まった。その第一週の月曜日（三月二日）から修道院の規定によって、各々の修道士が二時間ずつ担当する所謂聖詠の連読が行われることになっている。アントーニイが読経台に立つと、そこで彼は府主教フィラレートの書簡を手渡されたのだった。彼は自分の僧坊に戻って封を切ってみると、アントーニイをセルギイ大修道院の院長として招聘する手紙に、ニジェゴロドの大主教アファナーシイに宛てた、急遽アントーニイに対して、ヴィソコゴールスク修道院の建設者の役を解き、モスクワに出発させることを指示する封書が添えられていた。アントーニイはさっそく出発の準備に取りかかった。一週間後の十日にはすでにモスクワに到着し、十五日には掌院に昇叙せられた。こうして実に十九日の時課から大修道院で奉事するという早業で、一連の手続きを終えたのだった。[13]この事件から二年後の一八三三年、セラフィム長老は自身の予言通り、神のもとへと旅立って行ったのだった。

府主教フィラレートと掌院アントーニイの間の霊的な絆、サロフにありながらこれらすべてを予見し、二人の霊的な交流に祝福を与えたセラフィム長老の炯眼さはえも言われぬ不可思議な縁でありながら、同時に、ロシアの霊性の発展にとって運命的なこの三者の内在的な繋がりの深さを物語っている。これから明白になったのは、ここで「全能者たる主が克肖者セラフィムの口を借りて語った」という事実であり、長老がアントーニイの問いかけに対して何ら思い惑うことなく、確信を以て応えたことは、何よりもそれが聖神の恩寵に基づく行為であることの証しでもあった。セラフィム長老は「対話者の発意に浮かんでもいないにも拘わらず、聖神が明かしてくれたことをすべてを語った」となれば、そこに神の意志が働いていることは疑いない。これは換言すれば、人間の理性に因らず、上よりの啓示、禁欲的偉功において言われるところの「心による通告（сердечное извещение）」を通じて与えられる助言と言われるものである。[14]オプチナ修道院のように民衆や巡礼などを受け入れる長老の外来者に対する態度がかかるものであるならば、長老とその霊の子や見習い修道士等との間のような親密な関係の場合、遥かに多くのことが長老に看取されることになる。やはり炯眼をもって知られるオプチナの長老ワルソノーフィ（プリハンコフ）はこの点について以下のように興味深い解説を施している。

　我々が未来を見ることができることを理由に、人々は我々のことを炯眼と言う。確かに長老制には大いなる恩寵が与えられている。これは物事を辨別する天賦の才である。これは神が人に賜れた最大の賜である。我々は肉体の目の他に、もうひとつ霊の目を持っている。その霊の目の前には人の霊が開かれており、人が考えたり、考えが生じたりする前に、我々はそれを霊の目で見ることができ、さらにはそうした考えが生じた原因をさえ見ることができるのだ。そうなれば、我々に隠されているものは何もない。お前はペテルブルグに住んでいるため、わたしにはおまえが見えないと思うだろう。だがわたしはその気になれば、おまえが行ったこと、考えたことをすべて見ることができるのだ。我々には空間も時間もないのだから……[15]

　時空を越えた長老と修道士等の関係が親密なものとなれば、そこで指導的役割を果たす長老の責任という意味で、彼が背負わなければならない十字架も大きなものとなる。主が人間の犯した罪をすべて贖うように、長老は痛悔をした修道士の罪を自らに負わなければならないからである。この関係が可能になるのも、長老に賦与された恩寵の賜のおかげであると考えられている。修道士の霊的な成長を助けるための、とりわけ新参の修道士が倣うべき模範書とされた階梯者イオアンネスの書物には、長老の頸に手を置いて痛悔した修道士が罪を赦され、その後同じ罪の誘惑を断ち切るように促されて長老の僧庵を出るという逸話が語られている。[16]この儀式によって痛悔者の罪は浄められ、甦った人として通常の修道生活に復帰できるというものである。霊の神父という意味では、一般に聴罪神父が領帯

（епитрахиль）を頸にかける痛悔機密〔告解〕における聖職者のしきたりも、自ら罪人の軛（罪）を荷うという古来の意味が込められている。

さらに赦罪の手段として不可欠なものは、痛悔を執り行った長老が罪人のために神に対して執り成しの祈り（молитвенное предстательство）を献げることである。長老は罪に陥った修道士の霊《たましひ》を自ら引き受ける代わりに、神に対してこの霊《たましひ》の悔い改めを受け入れる（つまり赦す）ことを冀うのである。長老の祈りは罪人に対する神の慈愛を呼び覚ます役割を果たし、本人の痛悔による功以上に、赦罪を引き起こす原動力となると言われる。証聖者マクシモスの見解に拠れば、罪人は「自力で借金を返済するには力不足であるため、僅かな実りをもたらすだけだが、聖人（長老）の祈りは多くの実りをもたらす」。だがこれとて個人的な功の領域を狭めるものではない。曰く、「心の中で破滅的な行為を楽しむ者が、無分別をさらけ出すまいとして、聖人の祈りによる救いを求めるならば、大いなる無知を曝け出すことになる」。[17] 長老と弟子との関係は、あくまで個人の霊的成熟を前提として成り立つものなのである。長老とその祈りによって霊の死を免れた弟子との関係は、それゆえ肉体的な死によっても終わることがなく、しばしば来世の生活においても継続される。そもそも祈りとは聖神の恩寵の力であり、これは地上的なもの、肉体的なものではないからである。正教会の祈りの常套句である「主イイスス・ハリストス神の子よ、我が克肖抱神なる神父と諸聖人との祈禱に依て……」とは、克肖者バルサヌフィオスに拠れば、この世を去りし〔霊の〕神父の祈禱が今なお生き続け、神に聆《き》き入れられることを意味すると言う。例えば、長老は存命中に「我が赦しを得んために、我罪人の為に祈り給へ」と願うが、その死後には「我を赦し給へ」となり、主神に直接祈る時には、「主宰よ、聖なる爾の致命者と聖神父の為に我を憐み、彼等の祈禱に依て我の罪を赦し給へ」となる。[18] こうして見てくると、正教会における信仰と救済の可能性が、長老と弟子との関係を通して具体化され、日々の祈りの体系の中で実現されていることが理解されよう。これが修道院や僧庵の中の狭義の長老制から、民衆との開かれた関係となり、さらには聖人たる長老と一般信徒との関係にまで敷衍されたことは改めて強調するまでもないだろう。

神からの至高の恩寵の賜が謙遜（смирение）と分かちがたく結びついていることは、長老制の歴史の数多くの教訓が教えるところである。長老が自らの霊性の賜を自賛したり、その地位を聖職者の位階よりも高いと見なすことはない。この謙遜と炯眼が修道生活の中で如何に緊密な関係にあるかについて、やはり四世紀の被聖者テオードロスの見解をカザンスキー教授の解釈に沿って紹介しておこう。


炯眼の才は聖神の賜と同じく大きなものであるが、それに加えて慎重さ（осторожность）も疑いなく大きなものである。凡人たる人間が自分のことを考えすぎないように、自分の持つすべての敬虔さが雲散霧消してしまわないようにとの配慮から、より多く炯眼の才を得たいという願望の虜とならないようにしなければならない。ところがこれは実に多くの人々に起こっていることなのだ……このことをわたしは、完成の域に到達できなかった人々のみならず、その極みに立っている人々にも言いたいのだ。と言うのも、我々がみな自分や自分のなすべきことを謙虚に考え、永劫の苦しみから免れるべく祈ることができるようになるためである。他ならぬ聖人たちもこのように祈っていた。ダヴィドは「我が霊《たましひ》を護り、我を救ひ給へ（第二四聖詠二〇）と言い、また聖使徒パウェルも「我獅《しし》の口より脱れたり」（ティモフェイ後書四章一七）と言っているではないか。[19]

確かに我々はしばしば迷妄や虚偽を真理の形式によって覆い隠そうとする繊細で狡猾な敵と関わりを持っている。そのため、善悪を辨別する能力のない我々はつねに欺かれる危険性を帯びている。だがすべてにおいて神とその僕に従属している者は決してそうした罠に陥ることはない。

苦行者たちの生活についての物語には、長老がその弟子たちにどんな些細な、罪とは言えないほどのものであれ、そうした発意との闘いを肝要なこととして教えたかという教訓的事例が数多く見受けられる。聖師父伝の鑑として名高い『古代聖師父伝（Древний Патерик）』のある一節に次のような逸話が紹介されている。

ある時アガフォン師が弟子たちを連れて歩いていた。路傍に小さなレンズ豆の莢を見つけた弟子の一人が長老に向かって、「父よ、取ってもいいですか」と尋ねた。長老は驚いて弟子の方を見てこう言った、「それをここに植えたのはおまえか？」「いいえ」と修道士は応えた。「おまえが植えたのではないのに、どうして取りたいなどと思うのか？」と長老は言った。[20]

またこれに類するものとして、野に住む修道士が小麦の穂を食べたいと思ったが、このことを畑の主人に尋ねることなく、そうすることを自らに許さなかったことに関する小話がある。このような発意との闘いを長老はつねに重視してきた。そうした長老の一人、キール師もこんなことを言っている。

もしおまえに発意というものがなかったら、おまえは希望のない人間だ、なぜなら発意がなければ、もう行動を起こしてしまっているからだ。[21]

これらの発意（помысл）をすべて長老に明かすということによって開始される発意との闘いは、それゆえ修道士として履行すべき奉仕（послушание）と並んで大きな意義を持つ修道生活の主要概念となっている。偉大な長老たちは、この奉仕こそ「大胆にも神へ繋がる」行為として、苦行や純潔さ以上に高いものと見なしていた。例えば、大モイセイ師は、「謙遜（смирение）を生み、忍耐と寛大さ、悲哀も友情も愛も与えてくれる聖なる奉仕を神に求めよう。

なぜならば、それこそ我々の武器なのだから」と語っている。[22] その例としてこんな逸話がある。籠編みを聖なる奉仕としていたある修道士が、自分の分担をなし終え、売りに出すために取っ手を縫いつけていると、隣で同じ仕事に従事していた者にはつけるべき取っ手がないことに気づいた。彼は即座に自分の籠に縫いつけた取っ手をほどいて隣の修道士に与え、自分にはそれは不要なものだからと説得したのだという。こうした些細な兄弟愛の逸話を数多く含む『古代聖師父伝』の師父たちは、「敵（悪魔）は斎も長時間の立禱をも倣ぶことができるが、謙遜と愛だけは倣ぶことができない」と注釈している。[23] さらに修道士が倣ぶべき高度な徳について次のような説明が見られる。

イサイヤ師（авва Исаия）はこう言った。愛とは絶え間なき感謝の念を抱いて神を熟考することであると。神はこの感謝に喜ぶ。それは平安の徴だからである。[24]

これはそもそもハリストスの謙遜、その父の意志への従属を、あらゆる道徳の基盤と見なしているキリスト教が、人と神、あるいは人と人との然るべき関係を表したものである。これは悪霊には到達不能のものであり、神聖にして至潔、しかも謙遜なるキリスト教の愛は、悪魔の如何なる奸計や罠にも勝ることを何よりも雄弁に物語っている。この至潔な愛の高みに到達できるのは、聖務と謙遜によって生きる者、我意を捨て、どんな微妙な敵の発生をも看破し、自己観察し、ありとあらゆる発意を長老に通告する、所謂茨の道を歩む者のみなのである。

東方キリスト教に伝わる古来の伝統に拠れば、信徒全員に霊を辨別する才が備わっていないのは当然のことなので、自身が従属する司牧者の中にそのような者がいれば、せめてその牧群の一員となることが理想とされていた。この司牧者が聖使徒時代の「善き牧夫」の伝統を受け継いでいることは疑いの余地がない。今日では主教（архиерей）が教会組織の指導者として、また対外政策の責任者として、その役割を担っているが、そもそもイイスス・ハリストスの声を、自分に対する声として聞いた者（すべての礼拝における主教の言葉は神の言葉そのものを代弁している）は、たとえ聖職者の位階を持たない者であっても、やはり神に選ばれた子として古来崇められていたのである。聖大アタナシウスは大アントニウスの謙遜を以下のように喩えていたことがわかる。

　アントニウスは如何に誉れ高くとも、名声が彼の謙遜を曇らせることは決してなかった。彼は主教等や教会の長老師父等に対して恭しく頭を垂れるのであった。助言を求めて彼のもとを訪れた輔祭たちには言葉を以て教え諭し、自分のために一緒に神に祈ってくれるように頼むのだった。[25]

　これについては、カザンスキー教授が（そしてこのエピソードに着目したコンツェヴィチも）自著の中で詳しく論じているように、主教アタナシウスと長老テオードロスとは、謙遜による理想の関係を築きあげているのである。長老が主教に対して深く頭を垂れて謙遜の態度を現すのは、イイスス・ハリストス自身の主神に対する態度を模したものであり、他方、主教が長老に対して謙遜を示すのは、長老の炯眼を通して神の意志が開示されることへの畏敬の念の現れであると言う。つまり「主教の神聖な組織者としての勤めと、長老の指導者・預言者としての勤めの相乗作用の中に、そして両者の調和した関係、所謂シンフォニーの中にこそ、教会の霊的営みの発展の可能性が隠されている」と考えるのである。[26]こうした謙遜を旨とする主教と長老の理想的な関係の中に、すでに上述した府主教フィラレートと掌院アントーニイの関係の原型を見ることはさして困難なことではあるまい。

　この両者の密接な関係の中でも、とりわけ不可思議であると同時に神秘的でもある長老の懲罰（епитимия）制度について触れておきたい。それが不可思議である理由は、長老の霊的能力の証としての懲罰が、主が聖使徒に賦与した「結びとほどき（связать и решить）」の権限と見なされるようになった反面、彼らの多くが主教の位階を持たない一介の修道士であったためであり、それが神秘的であるのは、長老による懲罰はそれがひとたび課された以上、当人以外の如何なる教会権力を以てしても、それを解除することができないとされているからである。ここで懲罰の重みについて物語るストゥディオスのテオードロスが用いた一例を挙げておこう。

ある長老はその弟子になすべき仕事を指示するが、弟子の方はいつもそれを先延ばしにしていた。このことが不満で憤慨した長老は弟子に対して、託された仕事を片づけるまでパンを食べることを禁じる。ところがこの弟子がようやくその仕事を実行しようとして出発すると、長老は死んでしまった。長老の死後、弟子は自分に課された懲罰を解除してもらおうとした。ところが、この人里離れた所では、こうした問題を解決できる経験ある司祭を見いだすことはできなかった。ついに弟子はコンスタンチノーポリの総主教ゲルマンに陳情した。総主教はこの問題を検討するために他の主教たちを招集した。しかし総主教も公会も、長老の懲罰を解除することはできないと見なした。この長老が司祭の位を有するか否かも不明だったにもかかわらずである。その結果、弟子は死ぬまで野菜だけで飢えを凌がねばならなかった。[27]

このように長老の懲罰は絶対的なものであり、その権威は教会の位階性とは無縁の効力を保っていたのである。したがって、これは縛られた者の如何なる個人的な功によっても、さらには苦行による死を以てしても、解除されることのない神秘の枷なのである。

最後に、近代ロシアの長老制に関する注目すべき証言を数多く残し、自ら修道生活を実践しつつ、オプチナ修道院の長老との霊的な絆に触発されて、古代教会の聖師父の聖伝と作品に関する膨大な研究を発表したスヒマ掌院イグナーチイ・ブリャンチャニノーフ・（レーベジェフ）の見解にも触れざるを得ないだろう。イグナーチイ主教は、例えば『聖師父釈義集（Отечник）』において古今の長老の聖伝と著作を取り上げながら、彼と同時代の価値観に即応する注釈を施しており興味深い。確かに長老の見解の中には現代的観点からすれば厳格に過ぎるものが多く見られるものの、それらはイグナーチイ主教の愛に満ちた解釈を得ることで、むしろその高潔さが強調されることになったのである。

例えば、修道士ザハリヤの見る霊的幻想に対してその霊の父は厳しい態度であたるが、イグナーチイ主教に拠れば、ザハリヤの霊的営みが正しく行われるためには、その霊父の厳格な指導を維持することがやはり必要であるという結論に達している。イグナーチイは書いている。

真の奉仕（послушание）からは真の謙遜（смирение）が生まれる。真の謙遜は神の慈愛に覆われているのである。[28]

また高度な知恵に傾倒する弟子に対するアンモン師の態度を考察しつつ、イグナーチイ主教はその注釈にこう記している。

克肖者〔アンモン師〕は弟子に、神が唯一喜び、神の慈悲と恩寵を苦行者に惹きつける唯一の能力でもある謙遜の功を教示したのだ。[29]

また別の注釈の中でイグナーチイ主教はこの点についてこうも表現している。

謙遜の深さは……成功の高みである。我々は謙遜の深淵に降りることによって、天に昇るのだ。[30]

イグナーチイ主教はこのように、長老の物語においてしばしば強調されるその高邁な精神状態に関して、かかる状態の生まれる基盤、もしくは原因を追求しながら「謙遜なる叡智（смиренномудрие）」を示し、そうした状態と長老の救済力のある謙遜との関係を強調するのである。上述したアンモン師の伝記においても、アンモン師が自分の言葉で、悪の存在など知らないと言ったことに関連して、イグナーチイ主教は「このような気分が心に生ずるのは、おのれに対する間断なき注視、おのれの罪障性に関する悲嘆、恩寵豊かな知恵の祈りの働きによるものである。この祈りは心を感動で満たしてくれる。その感動とは、おのれと全人類に対する充満した慈愛の感覚である」と注釈している。[31]おそらくこうした感覚は、イグナーチイ自身の修道生活の経験から溢れ出たものであろうし、彼があらゆる外的な現象に対して知恵の祈りの実践を条件に、真の霊的自由をもって相対したことを知ればうなずけるものである。[32]彼はビザンツからロシアへと受け継がれたこの「知恵の祈り」の実践者として、「知恵と霊が心に完全に合一した時、祈りは清純なものとなって神のもとへと流れ出す」という原理の中に、「最も深い心理学的真実」を見ていた。この高邁な精神とその拠り所となる謙遜、悔い改め、悔恨の悲嘆と功との結びつきは、事実、長老制が東方教会で影響力を持続した原動力であるとともに、彼自身の霊的な営みの深さを立証する事実でもあるのである。

二、近代ロシアの長老制 ― パイーシイ・ヴェリチコフスキーの遺産より

十八世紀を通じてロシア正教会が曝されてきた宗務院制度の導入による世俗化の傾向は、長老による指導をその核とするロシアの修道生活の復活への希求を生み出していた。ロシアが中世以来困難な時代を生き抜き、ピョートル時代に始まる不毛な啓蒙時代において、その精神的遺産を維持することができたのは、教会が長老制による高度な救済

的基盤を獲得していたことによると言っても過言ではない。だがこの世俗化の兆候は、すでに教会が国家の政治経済政策に介入するようになった十六世紀頃から認められるものであり、そうした断続的プロセスはすでにロシアの精神生活全般に遍く浸透してきていた。それにも拘わらず、歴史的に見て、ロシアの修道院は民衆との繋がりを保持しながらも、修道院の外側で社会的慈善活動と関わりを持つことは殆どなかったし、禁欲主義の目的と意味に関する正しい理解が永久に失われてしまったわけでもなかった。東方教会の禁欲的、神秘的伝承に基づいて、ロシアの修道制を内側から再生しようという志向が起こったのも、そうした意識の現れであると言える。十八世紀後半に始まるロシア長老制の歴史は、こうした志向性が決して無益ではなかったことを雄弁に物語っている。オプチナ修道院の復興前史という観点から言えば、十八世紀の第四四半世紀におけるロシアの修道生活と長老制の復興は、厳格な苦行者であると同時に東方教会の修道制の禁欲的・神秘的伝承の燃えるような探求者であった一個の人格――パイーシイ・ヴェリチコフスキーとの関係をぬきにしては考えられない。彼の生涯とその業績については、すでに略述してあるので[33]、ここでは彼が実践した長老制の内容とその性格づけを若干補足するにとどめたい。

パイーシイの十七年に及ぶアトス山滞在（一七四七〜一七六三）が、彼の理想とする禁欲的修道生活から懸け離れたものであったことは事実とはいえ、自分の霊的要求を充たしてくれる指導者を見いだせなかったことが、彼を否応なくそうした指導の礎となるべき書物の蒐集とスラヴ語への翻訳へと向かわせる契機となったことは注目すべきである。ところがパイーシイが書物の筆写と翻訳に専念するようになると、彼自身が霊的指導者に飢えていたにも拘わらず、彼の指導を求めて修道士が数多く集まってくるようになった。彼の活動そのものの性格も当初の学究的なものから、実践的なものへと次第に変容していったのは、こうした事情によるのかもしれない。教会史家のスモーリチは書いている。

彼は自己の完成のために霊的な闘いを行ったのみならず、指導者および長老として、他の修道士たちを霊的に指導するようになった。これらの成果が彼をロシアにおける真の修道生活の復興者たらしめているのである。[34]

これは必ずしもパイーシイの願う方向ではなかったとは言え、結果的に共住型修道院の長老として、その後展開するめざましい活躍の出発点ともなったのである。その象徴的事件と言えるものが、アトス滞在も十三年目を迎えた一七五八年のこと（彼自身は三十六歳になっていた）、スラヴ諸国から集まっていた修道士たちに推されて司祭職に叙聖されたことであろう。だが早くも一七六三年には、彼が指導していた修道士や見習い修道士だけで六十人にも膨れあがった共同体を、手狭になったアトスの僧庵からモルダヴィアへと移転させることを余儀なくされたのだった。その後、彼の翻訳活動とパイーシイ型指導が本格化するのは、初めに住み着いたドラゴミルナ修道院、セクール修道院（一七七五年移転）、さらにはニャメツ修道院（一七七九年移転）でのことであった。

まずここで注目しておきたいのは、パイーシイがドラゴミルナに移り住んで間もなく、彼がモルダヴィアの府主教と宗務院に報告した自らの僧団の修道規則の内容である。その一部を紹介しておく。

……二、我々が思うに、修道生活全般が依拠している第二の規則とは、忍従（послушание）を獲得することである。すなわち、あらゆる我意、自己流の判断を軽蔑し、駆逐し、聖書に合致したおのれの霊父の意志、判断、戒めを手段を尽くして実行すること、修道士は人々にではなく、霊父に、主その人に仕えるが如く、神への畏れと謙遜を以て死に至るまで仕えるのである。

三、修道院長（настоятель）とは如何にあるべきか。彼は聖神に満たされた聖書や聖師父の教理を学び、彼ら〔聖師父〕の証言に基づくもの以外は、教義も、戒めも自らの判断で修道士に課してはならず、しばしば神の意志を教導し、開示しなければならない。神の言葉は自分にとっても、修道士にとっても指南書であり、救いへの道案内であることを銘記し、忍従の使命を果たすにあたっては、つねに聖書を指針としなければならない。謙遜なる叡智（смиренномудрие）とあらゆる点において一致し、同一の信念に貫かれた精神的愛の共同体（союз любви духовной）の範とならなければならない。何事も助言を受けずに自力で開始したり、行うことをせずに、霊的な判断において熟達した修道士等を招集し、彼らの助言を受けて、聖書の教えを試すように開始したり、行ったりする。もし全員を集めて宣告しなければならない問題が生じた場合、全体会議を招集し、共通の事務処理や検討から開始し、行動すること。そうすれば、修道士の間には平和と共通の信念が生まれ、不滅の愛の共同体ができあがる。……

七、修道院長は謙遜なる叡智と忍従、すべてにおける判断と意志の切断（これは修道士たちを天国へ導いていく階梯である）を試すために、厨房、パン焼き工房、倉庫、食堂等、修道院内のあらゆる労役に修道士等を遣わすべきである。修道士はそこに忍従と謙遜の功を示した功の成就者ハリストスを看取り、たとえ如何なる些細な労役と思われても、謙遜と神の畏れをもって人ならぬ神に奉仕すれば、それが必ずや天国へ導いてくれると信じて、決してそれを忌避してはならない。[35]

このパイーシイの修道規則書には、彼が実際に経験したアトスや、その他テオードロス・ストゥディオスの修道院規則の影響が見られることは言うまでもないが、それ以上に彼は修道院長と修道士との霊的共同体の基盤となるべき修道規範として、やはり謙遜に基づく忍従の獲得を強調し、その達成こそが天国へ繋がる階梯となるという彼自身の信念を表明している点が興味深い。そのためには、修道院長もしくは長老がすべての責任を負わなければならないとパイーシイは考えていた。実際、彼の共住修道院ではこの原理がどのように実現されていたのであろうか、その点を窺わせる、ポリャルノメルリ修道院（Поляномерульский монастырь）の修道士等に宛てた彼自身の書簡の一部を紹介しておこう。

……何事につけても、こうした秩序は神と聖師父から来ています。仮にある非常に経験豊かな修道士であっても、何はともあれ、まずは修道院長に伺いをたてなければなりません。もちろん彼に自分の意見を押しつけてはなりません。院長自身がどう判断し、決定をくだすか待たなければならないのです。なぜなら、修道士は自分の発意（помыслы）を完全に鎮め、全く何も知らない未熟者のように父のもとに出向き、いずれの行いに彼が許可と祝福をくださるのかを尋ね、彼が言う通りに行動すべきだからです。そうすれば、神はその修道士の謙遜（смирение）と真の忍従（истинное послушание）を見て（なぜならば謙遜がなければ、忍従もないからです）、乞う者に有益な回答を与えるべく自らの聖神によって院長を悟らせ、自らの見えざる恩寵によって見習い修道士が始めた仕事を援けてくれるのです。もし院長が必要に迫られていないのに、自ら「知っている通りにしなさい」と言えば、神への畏れを抱いて、父の祈りを信頼して神が教えるままにするがよい。奉仕（послушание）を成し遂げたり、旅から帰還したら、再び父のもとに行き、自分のなしたことをすべて残らず物語り、もし何か過ちを犯したならば、父親の足下に跪いて赦しを乞うがよい。なぜなら万事において過ちのないのは天使だけだからです。こうしてお互いに謙遜の態度を示し、お互いが敬い合い、お互いが神への愛を抱くならば、ハリストスの恩寵によってあなたがたの霊はひとつになり、心もひとつになるのです。[36]

次に共住型修道院の持つ優れた特性を強調するパイーシイが一七六六年に友人の司祭ドミートリイに書いた手紙の一節を以下に掲げる。

……主の例に倣って、首座教会には八千人もの信徒が共同生活を行っていました。彼らは何物をも私物とは見なさず、すべてを共有物とみなしていました。このような生活のおかげで、彼らは心と唯一の霊《たましひ》を持つ光栄に与ったのです。我が国の古の克肖神父等も、大修道院であれ、小修道院であれ、至る所で、ハリストスの口と呼ばれた聖大バシレオスの創案した規則に遵って同様の共住生活を営み、太陽よりも燦然と輝いておりました。至福の忍従を備えた共住以外の如何なる生活様式も、このような繁栄を人間にもたらすことはありませんし、霊と肉体のあらゆる欲からこれほど早急に人間を救ってくれることはありません。これもひとえに、至福の忍従から生まれ、人間をその原初的な浄き状態に戻してくれる謙遜のおかげなのです。つまり謙遜は人間に神の像と似姿を甦生させ、聖なる洗礼を通して得られた神の賜を再生するのみならず、真の修道士ならば神の恩寵を受けて、その謙遜ゆえに獲得することのできる他の賜をも彼に知らしめてくれるのです。（中略）この聖なる忍従（*божественное послушание*）は修道生活全般の根幹と基礎をなすもので、共住生活と密接に結びついています。それはちょうど霊が体と結びつくこと、つまり一方が存在しなければ他方も存在できない関係にあるのです。（傍点は原文でイタリック）[37]

パイーシイ・ヴェリチコフスキーの指導は、修道生活に不可欠な基礎的な原理に始まり、経験のある修道士に対しては祈りの技術論に至るまで、霊的営みの全般に亘っていたことが、現存している書簡から窺い知ることができる。だが随所に強調されているのは、やはり謙遜と忍従を軸とした長老と弟子との関係であり、それがハリストスと聖使徒との関係に完全に模せられていること、それゆえすべての価値基準が聖書の概念に由来し、それを正しい正教的知性をもって理解することのできる長老の判断にあらゆる問題の解決が委ねられていることである。パイーシイはそれを最も効果的に習得、実践する所謂「学校」として、共住型修道院の特性を利用したのである。ここでは詳しく触れないが、彼の長老としての特質はやはり何と言っても、東方教会における「知恵の祈り」の伝統を現代的に再認識し、ロシアにおいて実践した点にある。例えば、ある修道士に宛てた書簡の中では、その「祈り」の問題に触れ、「抱神なる諸神父がこの祈りに関する教説を語るにあたって、その原理、揺るぎなき基盤となるのは、真の謙遜を生み出してくれる真の忍従であると主張しています。つまり謙遜はこの祈りに打ち込む人を、自己流で行う人が陥る蠱惑（прелесть）から守ってくれるのです[38]」と書いていることを見てもうなずけよう。パイーシイはその意味で、忍従を獲得する「学校」を持たない俗人には、「心の中の知恵（ум в сердце）」の働きによって完成される祈りの技術を習得することはできないと断言する。やはりここには書物の知識だけではない、指導者による生きた模範が不可欠であり、それによってのみ蠱惑の陥穽から免れることができると考えるのである。ならばパイーシイは霊《たましひ》の救いを修道士のみに与えられる特権と考えていたのであろうか。とりわけ晩年に高まった彼の名声は、修道士のみならず、救われるための助言を得んとする一般信徒をも彼のもとに惹きつけていたという事実を見逃すことはできない。実際に長老を訪れる者も数多くいたが、書簡で助言を求めてくる信徒たちもいた。驚くべきことに、彼らの殆ど全員は長老からの返事を受け取っていた。この点にもその後のオプチナの長老たちに繋がる、民衆との関係を認めることができる。これによって俗人が、パイーシイ長老から「霊の救い」に関して、如何なる忠告を得ていたか知りうるところとなったのである。この興味深い書簡はパイーシイが全正教徒に宛てた金言と見なすこともできるため、やや長くなるが、その主要部分を以下に引用しておきたい。

……俗世に生き、女や子供たちと住むあなたが救われるにはどうすればよいかというあなたの最後の問いに対しては、こうお応えしましょう。……それは天の国の秘密、つまり聖書の真の意味を会得する鍵を与えてくれる、聖なる書物と我等が聖師父の教えをあなたが最大限の力を尽くして読まれることです。それら霊《たましひ》を光照する教えの中には、救いを欲するすべての人々を如何なるものであれ善行へと自らを向かわしめ、神に敵対するあらゆることから逃れるよう駆り立てる、霊の救いに不可欠な教訓が漏れなく含まれているからです。熱心に骨身を削って、信と愛をもって、神を畏れる心とこのうえなき思慮深さをもってそれらの教えを読むならば、あなたは救いに不可欠なあらゆる善行を会得する絶えざる能力を身につけることができるでしょう。……このうえなく慈悲深い神は正教徒の霊《たましひ》の救済を正教の信仰と善行と自らの恩寵によって成就なさるのです。正教の信仰とは、一つの聖なる公なる使徒の教会（единая, святая, соборная и апостольская Церковь）が保持する信仰であり、この信仰がなければ、如何なる人であれ救われることはできないのです。善行とは福音書の教えでもあり、それなくしては、正教の信仰がないに等しく、やはり誰も救われません。善行なき正教の信仰は死に等しく、正教の信仰なき善行も死に等しいものです。救いを求める者はそれら両者を結びつけることが必要です。そうすることで、「わたしがいなければ、あなたがたは何もできない」と言われた神ハリストスの恩寵によって、救いが得られるのです。救世主ハリストスは善行が、修道士と同じく俗人にも、俗世に女や子供たちとともに暮らす者にも、すべての正教徒にとって等しく有効であることを認められ、万人に自らの戒めを何よりも熱心に実行することを求め、要求しておられるのです。それゆえ、これらの戒めを破り、そのことを悔い改めない者は赦しを得ることができず、恐ろしい神の再臨に際して、宜しき答えをいただくことはできません。正教徒であれば男女を問わず、年齢や地位の如何も問わず、健康な者も数々の病に罹って床に伏せる者も、弱き者も年老いし者も、誰もが神の恩寵の働きによって、何の苦労もなく善良なおのれの意志と心の謙遜によってハリストスの戒めを実行することができ、それによって救われることができるのです。福音書の教え、少なくとも、そのうち最も主要なもの、最も一般的なものは、救いにとって不可欠であるため、そのうち一つでも遵守されなければ、霊の救いは得られないものです。これはすなわち次のようなものなのです。神や隣人への愛、恭順と謙遜、万人との安和と忍耐、隣人の罪に対する心からの赦し、おのれの敵に対する愛、精神とともに物質による隣人への施し、それに聖福音に記されているハリストスによるその他の戒めです。それらすべてを全力で実行するよう努めるべきです。とりわけ心から、霊《たましひ》の底から神を愛し、おのれの堅固さとすべての思いを以ておのれの隣人を、我が身の如く愛さなければなりません。ハリストスの温柔に倣って、怒りの欲望と徹底的に闘い、万人との平安を保つことが不可欠なのは、ハリストス自身が弟子たちに「爾等に平安」「我平安を爾等に残す」「我が平安を爾等に與《あた》ふ」（イオアン福音十四章二七他）と何度も言っていることからもわかります。ハリストスの平安があるところにハリストスもおられます。ハリストスの平安のない霊《たましひ》にはハリストスも来られません。救いにとって忍耐が不可欠なのは、ハリストスが次のように言われる通りです、「忍耐を以て、爾等の霊《たましひ》を救へ（в терпении вашем стяжите души ваши）」（ルカ福音二十一章一九）。霊《たましひ》の獲得（стяжание душ）は霊《たましひ》の救い（спасение душ）に他なりません。忍耐が必要なのは、ある特定の時間ではなく、死に至るまでです。それは最後まで堪えるものは、救いを得ることができるからです。心の底から隣人の罪を赦し、隣人の罪を裁くことのない者は、彼自身神から裁かれることもないのです。……福音書のすべての戒めの基礎をなす謙遜は、ちょうど人間が生きるために呼吸が必要であるように、救いのためには必要不可欠なものです。すべての聖人たちは様々な方法で救いを得てきたのですが、謙遜なくして救われた者はいませんし、救いを得ることはできないのです。それゆえ、救われたいと願う者は、誰もが神に対して自分がすべての者の中で最も取るに足らぬ者と見なし、自分の罪に関して責任があるのは、他の誰でもない自分だけであると見なすべきです。このように神の援けによって、福音書の戒めをすべて遵守し、神に対して自分を低くするならば、彼は神の慈愛、我が罪の赦し、それに神の恩寵に与ることができるのです。彼が神の慈悲によって手に入れる霊の救いは、もはや揺るぎないものとなるでしょう。それに加えて、正教徒は教会の戒めもすべて厳密に遵守しなければなりません。痛悔機密とは、神の前で真に悔い改め、自分の罪を解いてもらい、神の援けによってそれらの罪に二度と戻らないと固く決心し、それから神に対する如く、聴罪神父に自分の罪をすべて告白し、神父から罪の赦しを得て、教会のしきたりに則って罪に対して課される懲罰をも同神父より受けることである。聖なる機密に与ること、すなわち領聖の準備については以下のことを申し上げておきましょう。ハリストスの聖機密に与るにあたっては、浄き心による痛悔、斎と感動が不可欠です。領聖は罪の赦しと永遠の生命を得るためのものですから、万民と完全に和解し、キリスト教の習慣に則って教会のすべての規則を聞き終えた後、領聖が許されない懲罰を受けていないならば、畏れと戦き、信と愛、それに唯一の神に対して行うべき伏拝を以て行うべきです。自分と妻、子供たちとの家庭生活を如何にして打ち立てるのかということ、キリスト教の信徒が遵守すべきすべての義務に関しては、聖金口イオアンや他の聖師父等の著述の中に最も完全な指南を見出すことができるでしょう……（傍点は筆者）[39]

これに付け加えるべきことは何もない。つまりここでパイーシイによって述べられている救いのためにハリスティアニンがなすべきことというものが、決して修道士にのみ求められる峻厳な高邁さではなく、従順と謙遜、愛と信仰といった、すべての善行の礎となる徳目に置かれていることは明らかであろう。修道士にも、一般信徒にも、各々に相応しい階梯がある。だが異なる水準の功を支える真理はひとつでなければならない。パイーシイ長老が成し遂げた多くの功の核心をなすものは、霊的な生活、内なる営みに関する真の教えを探り当てることであり、実際には聖師父の著作の翻訳活動を通して心《しん》から神に至る霊《たましひ》のすべての段階を踏破し、その本質に到達することであった。だがその拠り所となるフィロカリアに出会ってからは、弟子たちとともにアトスを離れ、彼が修道生活の理想と見なしていた共住型修道院をモルダヴィアで実現し、翻訳活動に専念するかたわら、大勢の修道士のみならず一般信徒との交わりをも重視したことはきわめて特徴的である。「彼の庵室は夕刻まで閉められることはなかった。誰もが自分の悲哀や怒りを打ち明けたり、質問をしたりすることができた。そしていつも長老の言葉は忍耐強く、慈愛に満ち、霊的な深みのあるものだった」とは彼の伝記の中の言葉である。[40] ところが現実には、彼の敷いた長老制そのものが、その独創性ゆえに異端視されることも稀ではなかった。しかし聖師父文献における深遠な解釈の問題から、一信徒の些細な心の変化に至るまで自在に対応できる長老の柔軟な知性は、彼が神の名のもとで体験した忍耐といったものの大きさに比例して広大無辺の広がりを持つものとなり、言わば、通過した悲哀を霊の来るべき至福、歓喜へと変える原動力となっていったのである。

パイーシイの救済思想に影響を与えたものは何かといえば、文献的に立証することが困難なテーマであるが、そのひとつの暗示をフィロカリアやその他の翻訳文献の中から指摘することは不可能ではないだろう。その一例は、疑いなく、心と知恵の哲学をその深淵に遡って展開するシリアの禁欲主義者イサアクの著作に認められる。これは奇しくもスラヴ派の開祖イワン・キレエフスキーがオプチナ修道院のマカーリイ長老と共同でロシア語に翻訳することで、彼らの霊的な交流が深められる契機となったオプチナの出版物の中で最も意義深い文献の一つであるが、パイーシイ長老自身も断っている通り、翻訳そのものには意味不明、あるいは理解困難な箇所が少なからず見出されたのだった。それでも、ギリシャ語の原文の真意を推し量ることに全力を注ぎ、その内的な意味の深奥へ沈潜しようとする翻訳者の姿勢は霊の救いを求める者の心に大きな慰めをもたらしてくれている。その一端を紹介しておこう。

人の中に神の恩寵が増し、義《ただ》しくありたいと願うことで、死の恐怖はその人にとってそれほど重視すべきものではなくなる。つまり彼は神を畏れるが故に悲しみを堪え忍ぶべき理由を自らの霊《たましひ》の中に数多く見出すのである。恐らく、体を害したり、突然自然（природа）に影響を及ぼすがゆえに苦悩をもたらしているものはいずれも、彼が来るべき将来待望しているものに較べれば、まったく取るに足らぬものなのである。誘惑（искушения）という災難を通過することなく我々が真理を掴むことは不可能だからである。これについての確かな証拠を人は以下の考え方の中に見出す。つまり、神は人に関して大いなる神慮（промысл）を有しており、その神慮を受けることのできない者は一人としてない、況や神を恃み、そのために苦悩に耐えている人々に関して、神は掌〔たなごころ〕を指すが如くすべてご存知なのである。ところが、人の中に恩寵の減少が顕著になると、ここで述べたことすべてが殆ど正反対の様相を呈するようになる。人が研究によって手に入れた知識は信仰を上回るようになり、神への恃《たの》みも万事において保たれることはない。人に関する神の神慮も別様に理解されるようになる。このような人は、矢を以て彼を射殺そうと暗闇で待ち受けている刺客の奸計に絶えず曝されることになる(第一講話)。(傍点は原文でイタリック)[41]

長老パイーシイは、自ら全身全霊を注いで成し遂げた翻訳の中で、このような真理を見出した。これらの真理は自らの長老としての霊的な試みの中で、弟子たちに伝えずにはいられない、天上の喜びに満ちた、内なる営みの生きた基盤となるものであった。まさにパイーシイの知的営みは、現実のアトスやモルダヴィアに欠けていた霊的指導者の生きた実例をこれらの書物の翻訳を通して甦らせようとする試みでもあったのである。幾つかの印象的な断片を以下に紹介しておこう。

人生の道の原理は、つねに知恵を以て神の言葉を学び、貧困のうちに人生を送ることである。あることを以て自らを飽かしむるならば、それは他のことにおいて栄えを得ることに繋がる。もし神の言葉の学びを以て自らを飽かしむるならば、それは貧困において栄えを得るための資《たす》けとなる。非所有（нестяжательство）において栄えを得るならば、それは神の言葉の学びにおいて栄えを得る暇《いとま》をもたらしてくれる。これらの手段を取るならば、たちまち徳の建物を築き上げることができるのである。

俗世（мир）を捨てることがなければ、誰も神に近づくことはできない。この俗世を捨てるとわたしが呼ぶのは、体から脱け出すことではなく、俗世の雑事から離れることである。人がおのれの知恵を俗世によって満たすことがなければ、そこにこそ徳がある。人に感覚が作用しているうちは、心が夢想なき静寂に憩うことはできない。肉慾が無為のためにやって来るのではないように、荒野がなければ悪意はなくならない。霊《たましひ》が神への信仰と、それを知覚する力を自らが受け容れることに陶酔するまでは、感覚の衰弱を癒すことも、内的なものへの障碍となっている見える物質を力で踏みにじることもできない（第一講話）。（傍点は筆者）[42]

パイーシイ長老がその深奥に分け入ろうと努めた、克肖者イサアクのアフォリズムに満ちた言葉の海の如き原理的探求は以上のような言葉に始まる。神の言葉の真理を学ぶことは貧困生活を成就させるための鍵となると同時に、反対に貧困の中にあることが、神の言葉の研究を成就へと導くという公式は、俗世の価値観を棄て、霊を信仰とそれを感じる力を養うことに陶酔することであるとする当然の帰結へと導かれるが、この言葉の真理以上に、表現の他に類を見ないほどの力強さに驚かされる。パイーシイのこの翻訳を以てロシアにおけるシリアのイサアク紹介の端緒を開いたのであるが、パイーシイ自身が爾来自らの長老制の中で展開することになる霊的指導の根拠として彼が依拠した聖師父文献の中に、この書物が常に含まれていたことは注目すべき事実である。[43]

次に涙について、さらには祈りについての一節である。

焼き尽くす涙（слезы сожигающие）と肥やす涙（слезы утучняющие）とがある。それゆえ、罪による悲しみのため心の底から流れる涙はすべて体を憔悴させ、焼き尽くす。この涙を流すとき、霊《たましひ》に君臨するものはしばしばその涙に発する毒を感じる。人間はまず、否応なく涙のこの段階に入る。だがそれによって、この段階よりも優れた第二の段階に入るための扉が開かれる。これこそが人間が慈愛を享受する喜びの国である。これはもはや神をめぐる思慮（благоразумие）によって流される涙であり、体を飾ることも、肥やすこともできる。しかもそれは強制を受けることなく自然に流れ出るものである。しかも、それは所謂人間の体を肥やすだけではなく、人間の種類を変えてしまうものでもある。それは、例えば、「心に喜楽《たのしみ》あれば顔色《かほいろ》よろこばし、心に憂苦《うれひ》あれば気はふさぐ（сердцу веселящуся, лице цветет: в печали же сущу, сетует.）」（箴言十五章一三）に言われる通りである（第二十一講話）[44]。

そして霊的な対話や言葉、思考や慮りの頂点に君臨し、それを確固たる基盤の上に据えてくれるものが祈りということになる。克肖者イサアクは以下のように説明している。

我が愛する子らよ、秘かに行われる如何なる対話も、善き知恵による神についての如何なる慮りも、如何なる霊的な思考も、祈りの中で定められ、祈りの名において確固たるものとなり、その名のもとに集約されることを我々は知っておくべきである。様々な書物を読んだり、神を讃える言葉を口に出したり、主について憂いを抱いて慮り、体を曲げて伏拝したり、聖詠を唱える等、浄き祈りの教理とはこうしたものから成り立っており、神への愛もそこから生まれる。と言うのも、愛は祈りに、祈りは隠遁生活に発するものだからである。隠遁生活において我々は神と向かい合い対話することが必要なのである。しかし隠遁生活に先立つものは俗世を棄てることである。何となれば、もし人間がもとより俗世を捨てられず、俗世の諸事から離れる暇がなければ、孤独になることができないからである。同様に、俗世を棄てるに先立つものは忍耐であり、忍耐に先立つものは俗世への憎悪であり、俗世への憎悪に先立つものは畏れと愛だからである。何となれば、もし地獄（геенна）の恐怖が心を脅かすことなく、愛が至福（блаженство）への希望をもたらさないならば、この俗世に対する憎悪を心に呼び覚ますことはないからである。もし俗世を憎悪しなければ、その安寧の外側に身を置くことに耐えられないからである。さらにもし知恵において忍耐がまず最優先されなければ、人間は厳しさに溢れ、人の住まない場所を選ぶことはできないであろう。もし隠遁生活を自ら選ぶことができなければ、祈りの中に身を置くこともできない。もし神と対話することがなく、この祈りと結びついた様々な思考に、そしてすでに我々が述べた祈りのしきたりのすべての形式に身を置くことがないならば、愛を感ずることもないのである（第三十九講話）[45]。

ここで克肖者イサアクによって説かれている涙と祈りの教説に共通して言えることは、これらが総じて段階（階梯）の構造をとって提起されている点である。したがってそこで扱われている肥やす涙（слезы утучняющие）や神の愛、隠遁生活と祈りといった境地は、とりわけ初心者にとって容易に到達できるものではなく、あくまで階梯を昇りつめることによって究極的に到達すべき目標であることが繰り返し強調されるのである。それならば、パイーシイが知恵の祈り（умная молитва）の獲得に関しても、修道士に決して強要しようとはせず、個々人の置かれた能力や霊的な水準に対してきわめて忠実かつ慎重であり続けたこと、そして彼がモルダヴィアの修道院において実践した共住型修道生活の制度も、あくまでそれ自体を目的としていたのではなく、初歩的な一段階に過ぎなかったと見なすことができる。浄き祈りのための条件として孤独と隠遁を挙げるイサアクの教えは確かに自らの経験に基づく理論的完成度において、ロシアの修道制が当時獲得していた水準を遥かに凌駕していた。しかしながら、パイーシイはその高邁な霊性を文字通りスラヴ語の翻訳の中に写し取り、その原初的段階、つまり修道士等とともにその階梯を謙虚に昇り始めたのである。ここに共住型修道院と長老制という、ロシアにおいてはソラの克肖者ニールの体系に僅かな萌芽を認めうるに過ぎない二つの修道形式の融合が三世紀の時を経て再現されることになったのである。

三、パイーシイ長老以後の長老制――オプチナ修道院前史

一七七四年にパイーシイ長老一行がドラゴミルナの修道院を離れることを決意したのは、アゾフ海をめぐるロシアとトルコとの戦争後、ドラゴミルナ修道院を含む地域一帯がオーストリアの領土になったためであった。彼は府主教の許しを得て、当時まだトルコ領にとどまっていたセクーリ修道院、さらにはそこから二時間ほどの距離にある広大な敷地をもつニャメツ修道院に移り住み、修道士を二班に分けて（長老の死の直前には前者に約百人、後者に約四百人が居住していた）[46]、ともに長老自らが指導にあたるという離れ業を演ずることになる。長老は七十二歳で神のもとへ旅立つ一七九四年十一月十五日までの晩年の二十年間に、ギリシャ語に堪能な二人の修道士の協力を得て翻訳事業に専念し、主なものだけでも、シリアの聖イサアクの『教理書（Наставления）』、証聖者マクシモスの『問答書（Вопросы и ответы）』、ストゥディオスの聖テオードロスの『説教集（Поучения）』克肖者バルサヌフィオスの『教理書（Наставления）』等、そして一七八二年にベネツィアでアトスの修道士ニコジムが刊行した聖師父文献をもとに『フィロカリア（Добротолюбие）』の教会スラヴ語訳（手書きの大型二巻本）を死の前年に完成させている。これら聖師父文献の翻訳によって、霊性の涵養に際立った才能を発揮したパイーシイの名は遠く外国にも知られるようになり、その後ロシアにも浸透していく。禁欲主義的な功に魅せられた修道士や俗人が、すでに七〇年代初頭よりパイーシイの噂を聞きつけ、その霊的指導のもとに人生を送ることを夢見つつドラゴミルナやニャメツのパイーシイのもとに集い始めていたという。

ここでパイーシイ長老亡き後、その長老制の伝統が弟子たちによってロシア各地にもたらされ、オプチナを始め幾

つかの修道院に根を降ろすまでの歴史を概観しておく必要があろう。所謂パイーシイ文書（聖師父文献の翻訳）のロシア流入は長老の生前に始まっていた。とりわけ有名なのはパイーシイの初期の弟子の一人で、やはり長老となっていた修道司祭クレオパ一世（†一七七八？）が長老制の基礎を、ウラジーミル主教区のヴャトカ湖の島にあるヴヴェジェンスキー（生神女進堂祭）修道院（Островская Введенская пустынь）にもたらしたことである（一七五八年）。[47] この南ロシア出身のクレオパ一世という長老については、謙遜の権化のような人で、アトスで数年間修行をした際、そこでパイーシイ長老と知り合い、聖予言者イリヤのスキトで長老と修道生活を共にしたという事実以外、知られるところが少なく、後に彼の教え子となったフェオファン・ソコロフ長老でさえ、彼の地上の暮らしについては殆ど何も知り得なかったと言う。[48] しかし一七六〇〜一七七八年の間、事実上の管轄を委託されたクレオパの尽力によってヴヴェジェンスキー修道院の霊的な指導体制が整えられ、その後の繁栄の基礎が築かれたのだった。その意味でも、彼が長老としての活動によって、ロシアにおける真の修道生活と長老制の開始者の一人に数えられるのは当然のことである。[49] 彼によってこの修道院に導入された共住型修道生活の規則は、後に彼の弟子である修道士イグナーチイ（後のチフヴィン修道院の掌院）と修道士マカーリイ（後のオプチナ修道院の長老）によってニコラ・ペスノシスキイ修道院（Никола-Песношский монастырь）に持ち込まれるも、理由は不明ながら、この規則は同修道院に根づかなかったと言われる。[50]

それでもロシア各地に分散したパイーシイ長老の弟子たちは、修道院や僧院を転々としながら、偉大なる長老の教えと聖なる修道規則を徐々に伝え広めていった。その結果、彼らは間もなく自ら彼らの教え子にならんとする長老制の新たな擁護者たちを獲得することになる。真理の種が蒔かれ、それが豊かな実りをもたらす時期がついに到来したのである。尤も、その最初の世代の影響力はそれほど際立ったものではなかった。と言うのも、彼らの多くが例えば、南方のカルーガ、オリョール、クールスク諸県といった首都から離れた地方の小規模で、貧しい僧院に居を定めていたからである。この世代に属する第一人者は長老にして掌院でもあったフェオドーシイ・マースロフ（一七二〇～一八〇二）である。チェルニーゴフ県グルーホフ市の商人の家庭に生まれ、スヴェンスク修道院（Свенский монастырь）で基礎的な修道規律を身につけた彼は、その後モルダヴィアの有名なワシリイ長老（パイーシイ長老も彼の教え子）のもとへ赴き、一七六七～一七七八年の間、彼の導きでチャスミン修道院（Тясминский монастырь）、メルロポリャノ修道院（Мерлополянский монастырь）を管轄することになり、指導者としての実践的経験を積んだのだった。一七七九年には、修道生活再興のためにモルチェのソフローニイ修道院（Молчанская Софрониева пустынь）に招かれたのを機に、同院にアトス山の共住規則を導入し、終生そこで修道士たちの霊的指導にあたったのである。[51]

この世代に続くパイーシイの弟子の中では、次の二人の長老の活動が重要である。それは修道司祭クレオパ二世（†一八一七）とパイーシイ自身によって剪髪されたスヒマ修道司祭フェオードル（†一八二二）である。クレオパ二世は一八〇〇年、長老ワシリイ・キーシキン（†一八三一）が修道院長を務めるブリャンスク近郊のベロベーレジスキイ修道院（Белобережская пустынь）に入ったが、彼はそこで折しも修行中の修道士レオニード・ナゴールキン（後のオプチナ修道院の長老レフ）と知り合い、二人はその後一緒に各地の修道院を渡り歩くことになる。クレオパ長老は一八一七年にワラーム修道院（Валаамский монастырь）で世を去った。

他方フェオードルはオリョール県カラーチェフ市の商家の息子として生まれたが、年若くして両親のもとを出てプロシャンスキー修道院（Площанская пустынь）に飛び込む。母親は息子を一旦連れ戻すが、息子は再び家を出て、今度は生まれ故郷から遠く離れたベロベーレジスキイ修道院に身を隠してしまう。ある時、若き見習い修道士がキエフの洞窟修道院に巡礼に出かけると、途中彼にとって運命的な出来事が起こる。パイーシイという奇跡的な長老に関する噂を偶然耳にしたのである。彼は憑かれたように目的地を変更し、遙々ニャメツ修道院のパイーシイのもとへと赴いたのだった。彼は初め受け入れを拒否されたが、炯眼な長老から直接逗留の許可を取り付けることができたことから、運命は一変する。すなわち修道士の一員として迎えられたのみならず、思いがけず長老自身による剪髪に与ることとなったのである。フェオードルは読み書きに長けていたため、その後も長老の翻訳を浄書することで、その偉大な事業を大いに助けた。一七九四年にパイーシイが天に召されると、後を継いだ修道院長ソフローニイは彼をスヒマ修道司祭に剪髪して、ベロベーレジスキイ修道院に送り返してしまう。現地のオリョールの主教は彼に貧しくしかも弱体化したチョールンの僧院（Чолнская пустынь）を任せ、そこを管轄するよう要請した。だがフェオードルは謙遜からこの申し出を断り、説得されて漸く同院の院長補佐として働くことに同意したのだった。それでも結果的には、彼の尽力のおかげで、そこにパイーシイ長老が実践した共住規則とアトスの礼拝規則が導入されたことは明らかである。ところがその頃から、フェオードルのもとには助言や教訓を仰ごうという人々が参集し始めたため、彼は修道院を離れざるを得なくなった。彼はベロベーレジスキイ修道院に移り、当地に八年間身を置いた。その後彼はそこで出会った長老たちとともに北方の修道院を転々と巡り歩くことになるのだが、彼らが逗留した修道院はいずれもパイーシイ派長老等による改革の波を受けて、修道精神の息吹を吹き返した所謂北方の砂漠の聖地（Фиваида）と呼ばれるものであった。フェオードルが上述の長老クレオパ二世と修道士レオニードを伴ってまず訪れたのは、当時長老フェオファン・ソコロフの管轄になるノヴォエゼルスキー修道院（Новоезерский монастырь）であった。その後、一行はパレオストロフスキー修道院（Палеостровский монастырь）、ワラーム修道院と数年ずつ滞在しながら巡り（ここでクレオパ長老の死に立ち会う）、そして遂にフェオードルが死を迎えた一八二二年四月七日、アレクサンドル・スヴィルスキー修道院（Александро-Свирский монастырь）に辿り着いたのだった。[52]

　このフェオードルの伝記は、精神の堕落と甦りを主題とする何と豊かな運命の転変に充たされていることであろう。言わば、上述のフェオードルの略伝は表向きの遍歴である。彼のとりわけ前半生は、ごく普通の人々に見られるような暗愚な罪や迷妄に充たされていた。彼が母親によって力ずくでプロシャンスキー修道院から連れ戻されたことはすでに述べたが、その後彼はさる裕福な商家に管理人として住み込むことになる。ところが、主人の死後、彼は悪魔の誘惑に囚われてしまう。初めは上の娘と、続いて下の娘と駆け落ちし、後者とはその後結婚までしてしまうのである。彼を捕らえた情欲の嵐は、生まれつき敬虔な感情を持ち合わせた者にしばしば見られる、そこはかとない霊の堕落と、良心の痛みと、救いの探求に取って代わった。彼がキエフの洞窟修道院へ巡礼の旅に出たのは、自らの意志で更生の第一歩を踏み出すためでもあった。つまり過去の罪なる生活と決別し、新たな甦りの衣を着るためであった。しかし彼に課された十字架は決して軽いものではなかった。その重い罪によって、彼は五年間聖体を受けることを懲罰によって禁じられた。彼はその間、最も辛い労役（послушание）を実行することで、佯狂者オヌーフリイの霊の子にさえなったのである。間もなくその効果は顕著に現れてくる。フェオードルは彼を通じて、完全な謙遜を獲得し、如何なる発意をも無条件に告白できるようになっていた。またパイーシイ長老のもとで聖師父文献の筆写に専念しつつ、同時にその指導のもとで「知恵の祈り」も体験した。こうした修行を経て、彼がチョールンの僧院、さらにはベロベーレジスキイ修道院に至る頃には、自分の将来の暮らしに関する幻影（видение）を見るようになっていたと言う。これは言葉で説明できない「心象風景」であったらしい。こうしてフェオードルは徐々に経験を積み、心の学問を習得していった。修道士たちが至る所に彼の助言や解釈を求めて押し寄せてくるようになったのはそのためである。ところがそうした霊的な成長がもとで、修道院の内外に彼を迫害しようとする動きが起こり、それが激しさを増すにつれて、彼はそれに耐えるために必要な謙遜も同時に養っていかなければならなかった。彼が晩年にクレオパとレオニードを連れて修道院を転々とし始めた背景に、そうした迫害から逃れる目的があったことは否定できない。だがこれが契機となって、とりわけ修道士レオニードと多くの時間を過ごし、霊的な交流を行ったことが、数年後にはオプチナ修道院の初代長老となる彼に計り知れぬ影響を与えることになったのである。[53]

修道司祭アファナーシイ・ザハーロフ長老(†一八二三)もパイーシイ長老の禁欲主義派の出身である。貴族出身で、騎兵大尉であったザハーロフは修道僧のリャサを着るために軍服を脱ぎ、ドラゴミルナのパイーシイ長老のもとへ赴いたのであった。彼がモルダヴィアでパイーシイ長老と知り合ったのは、折しもロシアとトルコの戦争の最中であった。その後、彼は一七七七年にウラジーミル主教区のフローリッシュ修道院（Флорищевая пустынь）にいることが確認されている。さらには、オリョールの有名なプロシャンスキー修道院で長老として霊的指導にあたったが、そこで十三年に亘って彼の霊の子であったのが、将来オプチナ修道院の長老となるマカーリイ・イワーノフであったことは特筆に値する。[54]

パイーシイの弟子にはもう一人アファナーシイ（†一八一一）がいた。彼はその昔官吏をしていたが、パイーシイに出会ってから、その薫陶を受けて彼の霊の子となったのである。彼がその名を知られることになったのは、パイーシイによる教会スラヴ語訳『フィロカリア』を府主教ガヴリイルに献上したことによってであった。彼はその後、ロスラーヴリの森で世俗を離れ、孤独の中で修行を行ったほか、さらに数年後にはオリョール県のスヴェンスク修道院で暮らしたと伝えられるが、彼がそこで長老としての役割を果たしたことを示す証拠は残されていない。[55]

この世代の弟子の中で最も若いのがフィラレート長老（†一八四一）である。彼は一八一七年から死に至るまでクールスクにあるグリンスカヤ生神女修道院（Глинская пустынь）の院長を務めつつ、アトスの修道規則に基づいて修道院を改造しようと試みたのである。彼はまた『若き修道士のための大説教書（Пространное поучение к новопостриженному монаху）』（一八二四）を著し、長老制による修道士の養育に人生を献げたことでも知られている。ムラヴィヨフの証言に拠れば、彼にはマカーリイ（将来のオプチナの長老）、フィラレート（将来のノヴォスパスク修道院の長老）、アルセーニイ（将来ハリコフ主教区のスヴャトゴールスク修道院の院長）、イリオドール（†一八七九）の四人の弟子がいたとされている。[56]モスクワのシーモノフ修道院出身の修道士パーヴェル、ソフローニイ修道院出身の修道士ゲラシム、オプチナのスヒマ修道僧フェオファン（†一八一九）はパイーシイの弟子としてはこの世代最後の代表者である。またパイーシイ長老がいたニャメツ修道院には、一時期であるがキエフ洞窟修道院から来た修道士フェオファン（洞窟修道院の長老ドシフェイの教え子で、後に有名なソロフキ島の隠修者となる）も滞在したことが知られている。[57] これらはいずれも、独力もしくはその教え子を通じて、ロシア各地の修道院における禁欲主義的伝統の復興や共住規則の導入に功績のあった人々であるが、それ以外に、パイーシイ長老を厳格な隠遁者と見なす、修道生活のもう一つの側面である隠遁型修道形態の擁護者も存在していた。

これは所謂「ロスラーヴリの森の長老たち」と称する人々である。ロスラーヴリの森はスモーレンスク県の南に位置しており、隣接するブリャンスクの森とともに広大無辺の森林地帯を形成していた。これらの修道士群の出現にまつわる物語は杳として知れぬが、ブリャンスクの森に住んでいた最初の隠遁者の一人が修道士もしくは修道司祭イオアサフ（一六九二〜一七六六）であったと伝えられる。彼の厳格な修行ぶりに関する評判がオリョール県のプロシャンスキー修道院にまで及んだことから、彼は零落の淵にあった同修道院の管轄を依頼され、当地で五年間を過ごしたと言われる。そこで彼が導入した長老制は修道院の領域を越えて一般民衆をも啓蒙し、その霊的要求にも応えるようになったため、長老が民衆と交流することに強い懸念を抱いた主教管区監督局に結果的に睨まれることとなった。彼は逮捕され、長期に亘る尋問を受けることとなったが、同管区の主教の計らいで危うく流刑の難を免れたと伝えられる。[58]

十八世紀後半のロスラーヴリの森は、孤独を好む修道士や俗人が何人か集まり、最も厳格な禁欲主義的生活を送っていることですでにその名を知られるようになっていた。長老ワルナワと二人の教え子イラリオンとイオシフ、ニキータ（†一七九三）、長老ワシリイ・キーシキンの教え子でかつて修道輔祭アファナーシイであったフェオファン、パイーシイの既述の教え子で、『フィロカリア』のスラヴ語訳を府主教ガヴリイルに届けた後、この森に帰ってきた修道司祭でもある長老アファナーシイ等が彼らの中でとりわけ有名である。その他、同地で禁欲的生活に入った長老ゾシマ（†一八三三）[59]、ワシリスク（†一八二四）等と並んで、彼らの長老でもあったアドリアン（†一八一二）もこの森で修道生活を行っていた。彼は一七九〇年に府主教ガヴリイルからペテルブルグ主教区のコーネヴェッツ修道院（Коневецкий монастырь）を共住型規則に基づいて再興すべく委任された人物であった。[60]また時を同じくして森の庵で暮らしていたアルセーニイ（†？）も、かつてパイーシイの教え子であったことがあり、モルダヴィアからここにやって来たのだった。ここに挙げた全ての長老には教え子がおり、彼らはその後修道生活の復興者として各地で君臨することになるのである。例えば、彼らが霊的な影響を与えた修道院長には、マラヤロスラーヴェツ修道院（Малоярославецкий монастырь）の院長アナトーリイ（†一八六五）やオプチナ修道院の院長になるモイセイ（†一八六二）等がいた。

オプチナ修道院の起源について資料的には確たるものがなく、それに比して数多い伝説の類からはかなり錯綜した「事実」しか浮かび上がってこない。しかし少なくともこの修道院（пустынь）という言葉に表れているように、それは大規模な修道院（монастырь）とは趣の異なる、森や荒野の小さな庵を中心に営まれた少人数の修道士からなる修行の場にすぎなかった。しかしロスラーヴリの森に見られたように、これこそロシアに典型的な修道形態であった。伝承によれば、オプチナは十五世紀に孤独を好む隠遁者（オプタ«опта»の原義である盗賊たちの中で悔い改めた者たちの集団と言われる）たちによって、ポーランド国境に近い人里離れた保護林の中に開基されたというが、動乱時代にポーランド部隊によって完全に破壊されてしまう。古い過去帳に拠れば、破壊前は男女共に庵を持っていたというが、動乱時代後に復興されたのは男子修道院だけだったと伝えられる。ピョートル大帝治世期の一七一七年に一旦閉鎖され、一八二七年に再興されるものの、十八世紀の間は小規模な庵にとどまり、修道士の数も十名に満たなかったと言われる。[61]

このような言わば平凡な修道院を大きく変貌させる契機となったのは、一七九五年にモスクワとカルーガの府主教プラトン・レフシン（在職一七七五〜一八一二）がオプチナを訪れ、その立地条件に目をつけたことによる。彼は自らが理想としていたペスノシスキイ修道院を雛型とする共住型修道院をここオプチナに建設することを決心し、同掌院マカーリイ・ブリューシコフ（在職一七八八〜一八一一）にこの目的の実現を委託したのである。マカーリイはかつてパイーシイ・ヴェリチコフスキー長老と文通を行うなど、やはりパイーシイ派と関係を持っていた。その結果、ペスノシスキイから修道司祭アヴラアミイ（†一八一七）が当地に派遣されて来ることになる。物静かな菜園家だったこのアヴラアミイこそ、掌院マカーリイによってオプチナの修道院長に任じられ、その後二十年間に亘ってオプチナを管轄することになる人物である。ところがオプチナに赴任した彼を待ち受けていたものは、極度の困窮と三人の老修道士が住んでいるだけの古びた木造の庵であった。彼は掌院マカーリイに泣きついて、自分には力不相応のこうした任務から外してくれるよう懇願する。だが掌院の寛大な援助と励ましを得て、早速近隣の地主から分与された荷馬車二台分の必需品を運び込むことができたのみならず、掌院自らの呼びかけに応えたペスノシスキイの修道士や労働者十二名が彼を助けるためにオプチナに移り住んで来たのである。これを契機に修道士の数は増え始め、オプチナの惨状は徐々に改善の兆しを見せ始める。だがここで注目すべきことは、万事においてアヴラアミイを支え続けた掌院マカーリイの存在である。彼の父親のような寛大さには、将来この地に根をおろすことになる長老制の一側面をすでに認めることができる。アヴラアミイはオプチナの抱える問題を解決するにあたって、すべて掌院マカーリイの赦しと祝福を求めているが、とりわけ漁労権や森林伐採権、牧草地の確保、それに何よりも頻発する略奪行為をやめさせるために地元の住民と折り合うべき問題に関しては、然るべき措置を講ずるようにコゼーリスクの役所に嘆願するなど、掌院は常にアヴラアミイを支えてきたのだった。こうしてアヴラアミイの建設者としての努力は、僧院の経済的基盤を確立したのみならず、自給自足のための菜園の充実、地元住民との裁判における勝利、さらには鐘楼、カザン生神女の病院付属教会、修道士の僧庵、庭園などの完成によって報われることになったのである。また一八一二年のナポレオン軍の侵入に際しては、教会財産を領地内の地中に隠し、修道士たちを人跡未踏の森の洞窟に避難させて難を逃れたと伝えられる。修道院長アヴラアミイは一八一七年にこの世を去るが、彼の功績はまさしくオプチナ修道院の復興事業の着手とその外面的な環境整備を実現した点にあるとされている。[62]

アヴラアミイ亡き後、彼の後を継いだのはマルケル（在職一八一九～）、そして典院ダニイル（在職一八二五～）であったが、後者がオプチナの修道院長の任にあった当時、カルーガの主教で後にキエフの府主教となるフィラレート（アムフィチアートロフ）は荒野での無言の隠遁生活の実践者としてオプチナ修道院を特別に保護し、斎の時など数週間単位で滞在することもあった。彼は忘れがたいオプチナ訪問の記念にと、やはり最初の隠修者、前駆受洗イオアンの教会を冠するスキト〔少人数で修道生活を行う修練場〕を創設したのであった。さらにこのスキト建設にあたって、ロスラーヴリの森から隠修者を呼び集めた主教フィラレートは典院ダニイルについて、「現在の修道院長、典院ダニイルもあなたがたの来訪を心より歓迎するであろう。彼はきわめて善良な、分別のある、修道士を愛する人物である。あなた方もきっと彼を愛するようになるだろう」と書簡にしたためたことも印象的である。スキトの記録に拠れば、オプチナの修道院長ダニイルの功績として、以下の二点が強調されている。それは一）一八二二年、ボグダーノフ家出身のアンナ・セルゲーエヴナ・ルチーシェヴァの遺産と遺言に随って、彼女の墓の上に煉瓦造りの食堂（братская трапеза）が建設され、その二階部分に奇蹟成者ニコライ教会が成聖された。二）ダニイルと修道士等の請願に基づき、一八二四年オプチナにコーネヴェッツ修道院の規則が導入され、これに対して、フィラレート主教から自筆署名入りの賞状が授与されたことである。[63] こうした過程を経て、オプチナはロシア正教会宗務院の保護のもとに、名実共に安定した発展の道を歩みだしたと言うことができよう。一八二五年初頭、典院ダニイルはリフヴィンのドーブリイ・ポクロフ修道院の掌院に昇叙されたことから、新たに設置されたスキトの長に任じられていた修道司祭モイセイ（†一八六二）がその後を襲うこととなった。

掌院モイセイは、一七八二年一月十五日にヤロスラーヴリ県のボリソグレーブスク市に住む敬虔なプチーロフ家に生まれた。彼と二人の兄弟はそろって修道士となり、各々が修道院の主管を務めるに至ったことは広く知られている。モスクワの商人であった彼らの父親の墓に建てられた記念碑には、以下のようにキリスト教的精神に貫かれた三人の偉大な修行者の名が刻まれている「プチーロフ家の子供たち――モイセイ（オプチナ修道院典院）、イサイヤ（サロフ修道院典院）、アントーニイ（マロヤロスラーヴェッ・ニコライ修道院典院）」。[64] モイセイは若い頃より霊的生活の本質と深さを理解する早熟の青年としてその頭角を現し、モスクワでその霊的才能を看取した老修道女ドシフェーヤは、セラフィム長老の指導を受けるべくサロフの庵へと彼を送り出したと伝えられる。その後彼はロスラーヴリの森に住む隠修者たちの間で、エジプトの隠修士らの暮らしを模した修行の日々を送るようになる。その暮らしは、六日間を孤独の中で、日々の礼拝文の通読や知恵の祈りによって過ごし、日曜日に共同礼拝のために他の長老たちと会うというものであった。パスハや降誕祭、その他の大祭には司祭がやって来て、予備の聖体で彼らを領聖していたと言われる。一八一二年のフランス軍の侵攻によってモイセイの荒野での隠遁生活は一時中断を余儀なくされるが、彼はベロベーレジスキイ修道院に入り、そこで三人の優れた修行者に出会うことになる。その三人とは、上述のフェオードルとクレオパ二世（パイーシイ・ヴェリチコフスキーの教え子たち）、それに二人とともに修行をしていたレオニード（この修道院の建設者）であった。モイセイにとって、ロシアの修道生活の歴史に燦然と輝くこれらパイーシイの教え子との出会いも去ることながら、何よりレオニードとの出会いは運命的であった。それはモイセイがオプチナのスキトを創設し（一八二五年）、フィラレート主教によってオプチナ修道院（僧院とスキトを併せた統括的意味における）の院長に抜擢された（一八二六年）後に、レオニードがオプチナに到来し（一八二九年）、長老制の基礎を固めたといった時間的な連続性にとどまらない。モイセイがレオニードと全く同じ内なる営みによる霊的な歩みを通過したおかげで、この二人の修行者の間には深い相互理解と、完全な霊の合一が達成されたのである。その後、主教管区の首脳部が長老制の本質を理解できず、レオニード長老（彼はスヒマ僧となりレフを名乗っていた）を迫害したことがあったが、レフ長老と同じ霊的水準にあったモイセイ自身は長老制の意義を完全に理解していたため、長老と修道院長の間には如何なる軋轢もなかったという。[65] こうした意味でも、モイセイが修道院長の職にあったこの時期（一八二五～一八六二）が、オプチナ独特の精神とその内的生活の様式の完成期として高い評価を得ているのも故なきことではない。[66]

厳密な意味ではモイセイはオプチナの長老（старец）ではない。しかし彼がレオニードやその教え子マカーリイ等といった歴代の長老と較べて何ら遜色のない高度な霊性を獲得した修行者であることに疑いの余地はない。ここでは彼のロスラーヴリでの修業時代に光をあてることで、将来オプチナ特有の「精神性」として定着することになる霊的特質を探ることにしたい。チモフェイ（モイセイの俗名）青年は当初オリョールのスヴェンスク修道院で見習い修道士（послушник）となるが、当地で修道士になるための剪髪を受ける望みは叶えられず、彼は一八一一年にロスラーヴリの森に庵を構える経験豊かな修道司祭アファナーシイのもとに住み込むことになったのである。このアファナーシイはオプチナで剪髪を受けた修道士で、かつてアヴラアミイとともにペスノシスキイ修道院のマカーリイ典院によってオプチナ再建のために送り込まれた十二人の修道士の一人であった。しかしアトスで修行したいという自らの希望を実現させるよりも早く、ロスラーヴリの森の隠修士の噂を聞きつけ、そちらに移り住んでしまった（一八〇五年頃）。彼は爾来、死に至る二十年間を当地で霊的修行と知恵の祈りの中ですごしたと言われる。このアファナーシイのもとで、チモフェイは十年間をすごし、その後彼によって密かに剪髪を受け、モイセイと名乗る修道士となったのである。その剪髪式で代父となったのは、プロシャンスキー修道院で剪髪を受け、ロスラーヴリに四十年以上も住んでいる長老ドシフェイであった。[67] 我々はモイセイが断続的につけていた覚え書によって、当時の隠修者としての生活を僅かに窺い知ることができるが、それに拠ると、日々教会で行われる礼拝規則を各人のケーリヤ（僧房）ですべて執り行っていたことがわかる。深夜十二時から夜半課（Полунощница）と早課（Утреня）、それから一時間後に生神女マリアのアカフィスト（соборный акафист Божьей Матери）、さらに二時間後には時課と聖体礼儀代式（Часы с изобразительными）、夕刻五時から晩課（Вечерня）という次第であった。日曜日や祭日には、近隣の庵に住む長老ドシフェイや長老ドロフェイ、時にはかなり離れた所に住むロスラーヴリの隠修士等が礼拝のために集まって来るのだった。礼拝後は、神が与えてくれたもので昼食をとり、それから次の祭日まで各々のケーリヤに戻って行くのである。また日々の祈りの規則に縛られない時間は、例えば、聖師父の書物を行書体で筆写したり、野菜作りをしたりと、各人の能力に応じた手仕事に従事していた。夏にはきのこや草木の実を採集し、土地を提供してくれる地主たちのために尽くし、代わりに彼らからパンや挽き割り、時には調味料として植物油の瓶を受け取ったりしていた。冬の間中狼の遠吠えに脅え、熊にも時おり出会ったが、それらが彼らを襲うことはなく、平和に共存していたという。ただ一度だけ、盗賊が真夜中に押し入り、長老を誘拐しようとして脇腹に傷を負わせたことがあった。その時、たまたま村から修行者に食料を持って来て、休息のため眠っていた屈強な百姓が斧をもって立ち向かわなかったならば、長老を始め修行者は全員殺されていただろうと回想している。[68]

ロシアにナポレオン軍が侵攻してきた一八一二年、モイセイがロスラーヴリの森を離れてベロベーレジスキイ修道院に入ったことはすでに述べたが、それに先立って、ミンスクから到着した掌院セラフィム（後のサンクト・ペテルブルグ府主教）とともに二週間ほどスヴェンスクの修道院に立ち寄っていた。ここはモイセイが本格的に修道生活を開始した場所であると同時に、掌院も以前ここで会計係を務めたことがあった。この偶然の出会いがもとで、掌院はモイセイを、自身が管轄しているベロベーレジスキイ修道院へと誘ったのだった。掌院はそこでモイセイに一八〇八年頃までレオニード、スヒマ修道僧で長老でもあるフェオードル、同じくクレオパ等が隠修者として沈黙の誓（обет молчания）を立てて実践していた人里離れた庵を与えたのである。だがモイセイはこの僧庵には長くとどまらず、修道院へ移り住み、そこでパイーシイ・ヴェリチコフスキーの教え子として名高い長老アファナーシイ・ザハーロフのもとに通うようになる。このアファナーシイは一八二三年、プロシャンスキー修道院で修道司祭マカーリイ（後のオプチナ長老）に看取られつつ、神のもとへ旅立った。戦争の脅威が去ると、モイセイは再び住み慣れたロスラーヴリの庵に戻り、同地にさらに八年間とどまることになるのである。[69] 一八一六年はモイセイの弟、アレクサンドルが隠修者の仲間に加わった年であるが、その直後に二人が連れだってキエフ巡礼の旅に出たことは、兄弟にとって記念すべき出来事であった。そのキエフの洞窟修道院で偶然皇帝アレクサンドル一世と巡り会い、一緒に聖体礼儀に参禱したこと、キエフの府主教セラピオンから皇帝献呈用にこしらえた特大の聖餅のひとつを道中の祝福とともに贈られたこと、将来キエフの大修道院の院長になるアントーニイ（当時は修道司祭）から暖かく迎えられたことなどが回想されている。それから、帰途についた二人が道中に立ち寄った旧知の長老や修行者を辿っていけば、当時南ロシアでその名を知られていた隠修士等がほとんど網羅されていることに驚かされる。主なところでは、クールスク県のソフローニイ修道院の院長であった典院ワルラアム、会計係ゲルマン、聴罪神父シメオン（三人とも長老パイーシイ・ヴェリチコフスキーと並んで、ポリャノメルリの長老ワシリイの弟子である掌院フェオドーシイの霊の子であった）、キエフから同行し、二人をチェルニーゴフにある単一信仰派（единоверье）のマクサーコフ修道院に案内した修道司祭イサアキイ（後にアレクサンドル・ネフスキー大修道院からオプチナに移り住み、そこでスヒマ僧イオアンとなった、分離派的な著作で知られる人物）、クールスク県グリンスカヤ修道院のワシリイ・キーシキン（かつてベロベーレジスキイ修道院の建設者）、プロシャンスキー修道院の修道輔祭マカーリイ（後のオプチナ修道院の長老）、オリョール県を通過中に出会ったグリンスカヤ修道院の院長で長老、典院フィラレート等である。さらに注目すべき出来事は、一八一九年に兄弟二人が一頭の馬に交代で乗りながらオプチナ修道院を訪れたことである。そこで二人はスヒマ修道司祭イエレミヤ（修道士等の聴罪神父）、フェオファンとその弟子のワルラアム（スヒマ僧ワシアンとなる）といった長老と知り合っている。[70]

ここで何と言っても、忘れがたい印象を残すことになったフェオファン長老のエピソードに触れることなく、当時のオプチナ修道院の長老たちの霊的な高さと彼らを取り巻く独特の精神や雰囲気を語ることはできない。一八一九年のこと、フェオファンはモイセイに今度の大斎をロスラーヴリの森の庵ですごしたいとの意向を伝えてきたのである。彼はウラジーミル県の出身で、黒海のコサック部隊に勤務したことがあることから、剪髪前にはコサック・フェオードル・タルーニンと称していた。初めソフローニイ修道院に住むが、その後長老パイーシイのいるモルダヴィアに赴き、長老の死後ロシアに戻ると、一八〇〇年からオプチナの修道士たちの仲間入りをしたという。極端な無欲（нестяжание）と精神の柔和（кротость）を身につけ、斎と祈りと叩拝による実行的な徳を燃えるような熱意を以て実践していた。大斎の最初と最後の週には何も食べず、それ以外の斎には三日に一度だけ食事を摂った。このように斎の功への熱意によって、漸次的に自らを高めていき、遂には人間の限界を超えた功に取り組む決意を固めたのだった。大斎を目前に控えたある日のこと、モイセイのもとに現れたフェオファンは、「斎によって死ぬことはないと信じています」と言って、食物を摂らずに聖大四旬節をすごすことを宣言したのである。モイセイはそれに対して、肯定も否定もせず、信仰の度合いに応じてやればよいと応えたという。フェオファンは庵の控えの間に場所を定めると、帯に書かれた主の磔刑像を身に纏い、それに向かって毎日の祈りの規則を実践していった。彼はこの前代未聞の功を開始すると、食事を摂らないことと眠らないことを自らに課した。通常の礼拝規則（служебное правило）の他に、僧坊で一人で行う祈禱規則（келейное правило）を実践したが、彼はそれ以上のもの、つまり叩拝八百回を自らの規則として課したのだった。しかも彼はこれを実行するにあたり、疲労から倒れないように、腕に特別な袖あてを巻き付けて、それを壁にイコンを吊してある鉤にロープで結いつけていた。こうして一晩中立って祈っていたのである。

それどころか、彼は自ら暖炉を焚き付けたり、庵での礼拝で歌ったりと、つねに活気に溢れているように見えた。斎の間中、彼は何も摂らず、ただ週に一度だけ口の渇きを癒す目的で、酢を混ぜた水を口に含むだけだった。ある時、フェオファンが疲労困憊していることに気づいたモイセイは彼に「神父よ、あなたはとても消耗なさっていますね」と声をかけたが、本人は「いいえ、ハリストスは血の最後の一滴まで流しましたが、わたしにはまだたくさん血が残っています」と応えたという。結局、神の援けによって彼は弛まずにこの功を成し遂げ、ハリストスの復活の日に主の聖なる機密に与ることができたのだった。その後彼は再び、同じ功を実行しようと望んだ。ところが今度は風邪を引いて、激しい咳に苦しむようになった。体力が徐々に衰え、遂に一八一九年六月十五日に神のもとへと旅立ったのである。彼が息を引き取る数分前にモイセイは「あなたの霊は安らかですか、死を迎えるにあたって何も恐れるものはありませんか」と問うと、彼は「わたしはこの世の生活から離れることが楽しみでなりません」と応えたという。彼はその直後に両手を十字型に組み合わせ、霊を神の御手に委ねたのである。彼はこの庵の中に葬られた。[71]

モイセイは弟アレクサンドルをロスラーヴリに招き、キエフと南ロシアへの巡礼の旅に出たことはすでに述べたが、この二人はこれ以後、恰も霊の双生児の如く、森の庵で修道生活をともにすることになる。ここでロシアの長老制の一つの特性を知るうえでも興味深いこの二人の関係に着目する必要があろう。一八一六年一月十五日に兄のもとに到着したアレクサンドルは早速見習い修道士（послушник）の服を着せられる。彼が四年間の試練を通過すると、修道司祭アファナーシイは密かに彼をアントーニイの名で修道士に剪髪し（一八二〇年二月二日）、その教育を兄のモイセイに委ねた。アレクサンドルはこれ以前も兄の指導下にあったが、今や福音書によって剪髪者を受け入れた霊父たる兄モイセイの指導下に入り、生涯に亘って彼に対する敬虔な従順を守り通すことになったのである。そもそもモイセイ自身もアファナーシイ神父の計らいで秘密裡に剪髪を受け、彼をマント付き修道士として受け入れた霊父ドシフェイにその霊的指導が託されていた。モイセイといえども、修道生活の発端において問題なしというわけにはいかなかった。商家に生まれたプチーロフ家の息子たるモイセイがオリョール県ブリャンスクにあるスヴェンスク修道院でマント付き修道士への剃髪を受けるためには、かつて所属していたモスクワ商会（купеческое общество）による納税義務の履行を明記した退会証明書が必要とされたのである。その意味でも、兄弟二人の霊性の高さをいち早く看破し、剪髪を秘密裡に行ったアファナーシイ神父と、霊父となることを引き受けてくれたドシフェイ神父に対してモイセイが抱いていた感謝と尊敬には並々ならぬものがあったのである。[72] ところが、このモイセイとアファナーシイ神父の間に築かれた霊的な父子の関係と同じものが、実の兄弟であるモイセイとアントーニイの間に築かれることになる。カルーガの主教フィラレートがロスラーヴリの森の隠修者たちに修道院との関係を保つよう説得したことに対して、モイセイは真っ先にアントーニイを連れて、主教のオプチナ移住要請に応えたのだった。だがこの兄弟を待ち受けていたものは、スキト建設のための気の遠くなるような重労働であった。何世紀にも亘って生い茂る松の原生林を切り株ごと掘り起こし、スキト建設用の広場を開墾しなければならなかったのである。だが二人の兄弟は雇われた労働者たちとともに、こうした試練に喜びをさえ覚えつつ黙々と働き、三か月後には三棟のケーリヤと前駆受洗者聖イオアン教会の成聖という大きな成果を得ることになる。ただ資金不足という潜在的問題を解決するために、モイセイは二度に亘ってモスクワに出向かなければならなかった。折しも彼が借金のために二度目にモスクワを訪れた時、主教フィラレートが突然キエフ主教区へ転出することとなり、慣例による主教の「別れの祝福（прощальное благословение）」を受けるために急遽オプチナに呼び戻された。主教フィラレートは、この機会にモイセイをオプチナ修道院の院長に祝福しようと考えており、すでに彼を司祭に叙聖したうえ、修道士等のための聴罪司祭に任じていたのである。モイセイの後任者としてスキトの長に任じられたのは、弟のアントーニイであった（一八二五年）。[73]

オプチナの修道士の中でも、スキトの長アントーニイほど謙遜な修道士はいなかったと言われる。彼は自分の長老であり、兄でもあるモイセイ神父の祝福なしには、如何なる些細な指示をくだすこともなかった。三十歳にしてスキトの長となったアントーニイにとって、スキトとは習得すべき柔和さと節度をすでに身につけた畏敬すべき長老たちの集まりであった。ところがスキトには見習い修道士の数が不足していたため、アントーニイは煮炊き、庭仕事、パン焼きなどの務めを自らこなさなければならなかった。こうした彼の生き方は、「凡その人の為には凡その者と為れり、凡その法を以て或人人を救はん為なり」（コリンフ前書九章二二）であった。この聖使徒パウェルの言葉は、長老の務めを直に表現したものである。[74] しかしアントーニイも、モイセイも、その謙遜故にオプチナの修道士等の霊的指導の義務を自ら買って出ることはなかった。とは言え、彼ら自身が霊性に長けた長老であったことは、彼らが何者にもまして長老制の重要性を理解し、彼らに倣ってオプチナを訪れた長老たちにその活動領域の無限性を身を以て示したことによっても明らかである。アントーニイの時代のスキトを知る者が、「修道士たちの素朴さと謙遜、至る所に見受けられる厳格な秩序と清潔さ、それに溢れんばかりの花々とそれらの馥郁たる香り、総じてどことなく恩寵の存在を思わせる感覚といったものが、思わず我々に僧院の外の世界のことをすべて忘れさせてくれる」と語ったのも故なきことではない。そこには同時に、謙遜の中にも存在感を漂わせるアントーニイ自身の人間的な魅力も与っていた。アントーニイが自ら司禱する聖体礼儀に参加することは、彼を愛する霊の子たちにとって何ものにも代えがたい贈り物であった。「彼の一挙一動、彼が語る一語一句、彼の高誦の中には、無垢、柔和さ、敬虔さ、偉大なものへの聖なる感覚といったものが看て取れた」と回想者は語っている。[75]

こうしてアントーニイはオプチナのスキト長として十四年をすごすことになるが、教会首脳部の無理解は時として人里離れた修道院の内部にまで深刻な影響を及ぼすことがある。長老制に対して敵意を抱き、モイセイ修道院長の悲しみの原因ともなっていたニコライ主教（フィラレートの後任としてカルーガ主教区を管轄していた）は、無慈悲にもアントーニイをマロヤロスラーヴェツのニコライ修道院（カルーガ県）の院長に任命してしまったのである。モイセイとは実の兄弟である以上に、霊の子でもあるアントーニイにとって、自らの尽力によって建設したスキト、そし

克肖者アントーニイ、モイセイ、マカーリイ長老（左から）　リトグラフ　19 世紀後半

て何といっても全幅の信頼をおいていたモイセイ長老との別離はこたえた。それに足に古傷を抱え、歩行もままならぬアントーニイにとって、全く新しい修道院で果たさねばならない管轄者としての責務は、あまりにも重い十字架となって彼にのしかかった。こうした逼塞した状態を打破する契機となったのが、募金のために自らが訪れたモスクワにおける府主教フィラレート・（ドロズドーフ）との出会いである。この謙遜なる受難者の心境を察し、深い同情を覚えた府主教フィラレートは、折に触れて彼を礼拝に招き、父親のような慈愛と心のこもった対話を以て彼の霊を慰めた。他ならぬこの府主教の尽力によって、頑迷な主教ニコライは遂にアントーニイを引退させることに同意したのだった。こうしてアントーニイが念願のオプチナ帰還を果たしたのは、モイセイ長老との別れから実に十四年を経た一八五三年のことである。[76] オプチナはアントーニイにとって、文字通り「約束の地」であった。彼はそこで修道院の行政事業に殆ど関わることなく、晩年の十二年間をすごすことになる。そこで彼が体験した最大の出来事は兄モイセイの死であった（一八六二年六月十六日）。ア

ントーニイは二か月の間、庵から出ることなく世を去ったモイセイのために祈った。彼は兄のことを涙なくして語ることができず、彼だけが知っている故モイセイの内面生活に関する情報を誰にも明かそうとはしなかった。それは結局、今日まで知られざる事実として残されている。ただ彼が主としてマロヤロスラーヴェッツ修道院時代に霊の子等と交わした書簡の数々は、長老として、そして奇蹟成就者としての彼の才能を遺憾なく発揮したものとして重宝されている。彼はしばしば彼らから書簡を受け取る前に、その境遇を察しては、慰めたり教訓を与えるなど、その炯眼さ（прозорливость）を以て知られていたのである。[77] こうした彼の隠れた側面を知っていた長老マカーリイも、アントーニイのことを「位階にしても、分別にしても、自分より長じ、知恵に満ちたものだった」と証言している。[78] アントーニイ神父は一八六五年八月七日にその七十歳の生涯を閉じた。彼はオプチナ修道院に自らの長老でもある兄モイセイと並んで葬られている。

四、オプチナ修道院長モイセイの手記より

モイセイ神父がその修道生活の発端に味わうことになった誘惑と試練を、ロスラーヴリの森で長老アファナーシイ、長老ドシフェイの庇護と霊的指導のもとで通過し、最終的に長老制の真髄とも言える我意の切断と服従、さらにはそれから霊の安息を獲得したことはすでに述べた。尤も、モイセイの修業時代のこうした経験や彼が将来オプチナ修道院で担うことになる修道院長（настоятель）という役職は、言葉の厳密な意味における長老（старец）ではないし、少なくとも、彼の後を継ぐレフ、マカーリイ、アムブロージイ等らと較べると、長老としての外的条件を十全に充たすものでもない。しかし、すでに見てきたように、パイーシイ・ヴェリチコフスキーの弟子たちによるアトス式の共住型規則と長老制の雛型の伝播は、その後のロシアにおける長老制発展の礎を作る意味で、決定的な意味を持っていた。様々な外的な原因から修道院文化の発展が遅れていたロシアに、早くから流布していた森や荒野での隠遁生活が、

修道院と生きた関係を築き上げることで聖性を獲得するに至ったのも、パイーシイ一派による大きな功というべきものであった。その意味から、内なる営みを中心に据えた修道生活の鑑を長老制の導入によって確立し、オプチナを名実ともに復興させせた功労者は、疑いなくモイセイとアントーニイのプチーロフ兄弟であった。彼ら自身は所謂長老ではなかったものの、レフ、マカーリイ、アムブローシイ等名だたる長老たちと同じ時代を同じ修道院に生き、彼らの最大の理解者であり、協力者でもあったことは、その影響力の大きさを何よりも雄弁に物語っている。ここで本章を締め括るにあたり、モイセイの残した書簡と手記の断片から、彼が長老制の導入者、擁護者として発揮した成熟ぶりを示す幾つかの例を紹介しておきたい。

まずは、書かれた日付も宛名も目的も不明ながら、若きモイセイが陥った「苦境」の内容から彼がロスラーヴリに赴く以前の体験に基づくものと思われる以下の書簡の一節である。

ひょっとすると、サンクト・ペテルブルグの修道院長のところに行く運命があなたに降りかかったのかも知れません。もし穏便にすべてを運びたいと思うなら、どんな些細なことにも反駁してはなりません。その証拠に小生自身の試練を思い起こしてご覧なさい。我意に随ったために、小生がどんな苦境に陥ったかを。それ故、愛すべき友であるあなたに繰り返し念を押しておきます。それは人ならぬ、神の教訓とお考えください。あなたがご自分に命ぜられた任務を回避なさったり、また何かの任務にご自分から名乗りをあげたりは決してなさらないようご忠告申し上げます。これを完全に遵守なさるならば、どんな辛い仕事にあっても平穏無事で、小生の忠告が善きものであったことがおわかりになることでしょう。もしあなたが何かを執拗に求めたり、避けようとしたりなさるならば、一生そのことで悔悟の念に苛まされることになると信じていただきたいのです。小生があなたにこのようなことを書くのは、分別からではなく、経験から、それも愛すべき友への教訓とすべき経験に発するものなのです。あなたはまだ若いのですから、神があなたをサンクト・ペテルブルグにまで行かせようとなさった以上、あなたはすでにご自分が完成の域にあるものと想像されることによって今はまだ理解できない多くの有益なことを手に入れることがおできになるはずです。是非是非お行きなさい。神があなたを呼んでおられるのですから。ただ余計なものはお棄てになり、必要なものだけをお持ちになりますように……」（末尾が欠落している）[79]

これは長老の教えに完全に服従すること、我意の切断と忍従の重要性をすでにこの時代のモイセイが自覚していたことを示している。この書簡の語り口から、若きモイセイが修道生活に憧れを持ちながらも、未だ完全にその意味を理解しておらず、その決定に関して自らの判断に多くを負っていたことが暗示されている。この忠告は、ペテルブルグにいる長老の祝福を求めるべきか否か迷っているある修道士に、祝福もしくは教示が不可欠のものであることを諭す内容であると推察されるが、あくまで自らの体験による強い自戒と内省の念によって重みのあるものとなっている。ところが若い頃のモイセイはかっとなりやすい、怒りに燃える熱血漢であった。そうした彼の性格を、キリスト教的な謙遜と柔和なそれへとすっかり変えてしまうほどの影響を及ぼしたのが、ロスラーヴリの長老アファナーシイであった。モイセイは多少羽目を外した者に対しては、「兄弟よ、まだ修行が足りませんぞ」という彼の決まり文句で戒めていたが、不従順きわまりない者には、「贈り物」という彼一流のやり方で罰を与えたという。[80] 人間の良心に対する彼の信頼には、限りがなかったのである。彼は名説教家イオアンネス・クリュソストモスに倣って一度ならずこう言っている、「改心の可能性を疑わねばならないとすると、それは地獄に墜ちた者だけです」と。こんな逸話が残っている。修道院で働いている暖炉工は、幾度となく修道院長を欺いたが、その度に赦しを乞うていた。管理人は彼を追放しようとしたが、モイセイは暖炉工が改心を誓ったことを理由に、再び情けをかけたのであった。管理人は言った、「神父よ、奴が心を改めるもんですかい。奴は札付きのワルですぞ」。モイセイは応えて言った、「何ですと、人が改心しようとしているのに、お前は彼のことを札付きのワルと言うのか。お前の方がよっぽど札付きだ、出て行け」と。[81]

また更生させるためにオプチナに送られてきたある司祭も、やはりなかなか罪を免れることができなかった。ロシアではあまりにも有名な「不幸な弱さ」によって、至聖所の奉献台から記憶録に添えられた十コペイカ銀貨二枚を（もちろん酒代のために）着服したのである。堪りかねた修道輔祭は言う、「我々はこんな奴に我慢しなければならないのか」。だがモイセイは彼にこう反論する、「修道士たちは安閑と暮らしていますが、主は自分の軛を彼らも負うべきであると遺言しています。それは人間にとってどうしても必要なことで、さもなければ、我々は主の遺訓を継ぐ者とはなり得ないのです。そのため、主は我々にこのような人間をお遣わしになり、我々も仲間の修道士の弱さを、主御自身のために、その慈愛のために堪え忍ばねばならないのです。主がそれを忍んでおられるのに、我々がどうして忍ばずにおれましょうか。彼は我々にとってよそ者ではない、彼は仲間の修道士ではありませんか。このことを忘れないでください。彼の弱さを見咎めてはなりません、何故なら主は強く、明日にも彼を甦らせ、予言者に仕立て上げることだってできるのですから。使徒のことを覚えていますか。主は迫害者の中から、立派な自らの使徒を作り出したではありませんか。あなたも同じで、罪に堕ちた者を軽蔑してはなりません。あなたの目にはこれが墜ちた人間に見えるかも知れませんが、主の選択に拠れば、収穫の中でも第一級の種子となる人間かも知れないのです。それなのに彼の霊を滅ぼすことが果たして我々に許されるでしょうか」と。[82]

これは賢明で教養もありながら、酒の誘惑から逃れられず堕罪し、聴罪司祭に修道院から出ていくよう命じられた罪深い修道司祭に関する話である。だが彼はそれでも一縷の望みを抱いて、モイセイのもとへやって来た。扉を開けて尋ねる、「院長様、あなたのもとへ罪人たちが入って来ることがありますか」。掌院が迎えに出てくると、彼は意気消沈した修道士の姿をみとめるが、それでもこう言った、「罪深くとも信仰を持ち、悔い改めていれば、入って来ることもある。ところで、おまえは信仰を持ち、悔い改めたのかね？」「信仰を持っていますし、悔い改めてもいます」と応える。「もし信じているなら、わたしと立って祈るがよい」。こう言うと、モイセイは目に涙を浮かべてイコンの前に跪き、傍らにこの男を立たせ、心に滲み入る熱切な祈りを捧げたので、罪人は嗚咽をあげて床にひれ伏した。そこでモイセイは言った、「さあ、心を安和にして行くがよい」「一体何を勧めればよいのですか」「心を安和にして行き、今まで通り神に勧めるがよい」「何ですって、それじゃあ、罪はどうなるのです」「おまえの罪はわたしが引き受けた。さあ行って、勤めるのだ」。この修道司祭については、爾来自分の弱さを克服したと伝えられている。オプチナの記録には、このような教育手段が悪徳に染まった霊を矯正し、最善の成果を上げたことが一度ならずあったことが報告されている。[83]

この「他人の罪を自らの罪として引き受ける」祈りは、モイセイの謙遜の顕れとして、彼の手記にその原型を認めることができる。一八一九年十二月十五日の記録には以下の記述が見られる。

食庵にいた時、小生と共住している修道士たちに関するある判断が脳裡にひらめいた。小生の目につき、彼らが痛悔する罪の数々を、厳しく裁いたり、怒ったりすることのないように、すべてを自らに引き受け、自らの罪として悔い改めることはできないのだろうか。そのためには、同様に小生の罪も、神への痛悔によって彼らに引き受けてもらわなくてはならない。神が我等に、重荷をたがいに背負い合い、それによってハリストスの掟、愛、平和を守る知恵と力を与へ賜はんことを。修道士等の誤り、過ち、罪が小生のものとならんことを。[84]

これこそハリストスが使徒等に求めた主の軛を分かち合う関係、つまり愛の社会の実現の理想でもある。モイセイが残したこれらの手記には、その後のオプチナの長老制の性格を決定づける「内なる営み」の秘密が多く隠されているように思われる。しかし彼自身はそれを公表するどころか、祈りそのものを実践していたことさえ、他人はおろか、弟のアントーニイにまで隠そうとしたと伝えられている。何故なら、それは自己の弱さを知ることを前提とする、真の意味における霊体の「変容」に関わる行いでもあったからである。それはつねに祈りに関する救主の言葉「爾祈る時、爾の室に入り、戸を閉ぢて、隠かなる處に在ます爾の父に祈れ、然らば隠かなるを鑒みる父は顕《あらは》に爾に報ひん」（マトフェイ福音六章六）を、知恵と心において保つ行為に他ならないのである。

注

1　Игумен Андроник (Трубачев). Преподобный Амвросий Оптинский. Изд. Спасо- Преображенского Валаамского монастыря. 1993. С. 16. 本書の著者の典院アンドローニクのように、ロシアの長老制の最大の特徴を、その独特の修道規則や高い霊性と並んで、民衆性（народность）、すなわち民衆との接触の相互作用に認める見解はもはや一般的なものとなっている。

2　二十世紀になって再版された主要研究を以下に掲げる。Концевич И.М. Стяжание Духа Святого в путях Древней Руси. М., 1993.; Экземплярский В.И. Старчество. В кн.: Дар ученичества. Сборник. М., 1993. С. 139-227.; Концевич И.М. Оптина пустынь и ее время. Свято-Троицкая Сергиева Лавра. 1995.; Митрополит Трифон (Туркестанов). Древнехристианские и оптинские старцы. М., 1996.

3　См. Пастырство монастырское, или старчество. Журн.: Альфа и Омега. 1999. No. 2(20). С. 133.

4　Там же. С. 134-135.

5　事実、修道女イグナチヤはロシアの長老制に関する著書の中で、長老の烱眼さを精神状態をあらゆる観点から分析する臨床心理学者の実践的訓練に喩える見解を引き合いに出している。だが長老の霊的指導において決定力を持つのはやはり神の恩寵であるとの立場から、これは長老制の理解にとって類似性があまりにも希薄であるとして、所説を退けるのである。См.: Монахиня Игнатия. Старчество на Руси. М., 1999. С. 22.

6　正教会訳では「或《あるひと》には異能、或には預言、或には諸神の弁別、或には方言、或には方言の訳解は與へらる。然れども凡そ此等の事を行ふ者は同じく一の神《しん》なり、彼は己の欲する所に随ひて、各人に頒ち與ふ」とある。

7　正教会訳では「至愛の者よ、概神《しん》を信ずる勿れ、乃其神《しん》の神《かみ》に属すや否やを試みよ、蓋多くの偽預言者は世に出でたり」とある。

8　Преподобный Палладий Еленопольский. Лавсаик, или повествование о жизни святых и блаженных отцов. Русский перевод. 262. В кн.: Богословский Вестник. Февраль, Март и Апрель. Сергиев посад. 1905. Т. 2-4. С. 763.

9　Смирнов С.И. Древнее духовничество и его происхождение. В журн.: Богословский Вестник. Сергиев посад. 1906. Т. 2. С. 378.

10　Преподобный Палладий Еленопольский. Лавсаик, ... Русский перевод. 188. В журн.: Богословский Вестник. Апрель. 1905. С. 766.

11　Казанский П.С. Очерк жизни арх. Антония, наместника Свято-Троицкой Сергиевой Лавры. М., 1878. Цитаты из книги Концевича И.М.: Оптина пустынь и ее время. Печатается с разрешения Свято-Троицкого монастыря в Джорданвилле, США. Введенский ставропигиальный мужской Оптина Пустынь. 2008. С. 30-31.

12　府主教フィラレートとアントーニイの往復書簡は府主教の死に至るまで続けられたが、公私に亘り万事につけ府主教フィラレートが十歳若いアントーニイの助言を仰いでいたことは注目に値する。府主教は彼を友人として、というよりも自分の霊の神父として尊敬していた。フィラレートがアントーニイに一八三四年に書き送った言葉「わたしはパイーシイ長老とセラフィム長老の判断に遵います……罪を責めるのではなく、その恥辱、その帰結を示せばよいとはセラフィム神父の珠玉の助言です。長老の祈りが願わくは我等の祈りの習得を助け給はんことを」（Письма митрополита Московского Филарета к наместнику Свято-Троицкой Сергиевой лавры архимандриту Антонию. М., 1877. Ч. 1. No. 95. С. 126）は二人の関係の霊的水準はもちろん、オプチナに流れ込んだ長老制の源流が、フィラレートとアントーニイ、セラフィムの関係性にあったことを物語っており、大変興味深い。彼らは二人とも真の意味での修道士であり、サロフのセラフィム長老の霊の子でもあったのである。

13　Концевич И.М. Оптина пустынь и ее время. Введенский ставропигиальный мужской монастырь Оптина Пустынь. 2008. С. 155-157.

14　Там же. С. 25.

15　Свящ. Василий (Шустин). Из личного Воспоминания. Белая Церковь. 1929. С. 49.

16　Преп. Иоанн Лествичник. Лествица. Слово 23. гл. 54. Сергиев Посад. 1908. С. 304 [Репринт]

17　Св. Максим Исповедник. Умозрительныя и деятельныя главы, выбранныя из семисот глав Греческого Добротолюбия. В кн.: Добротолюбие. Т. 3. С. 300.

18　Руководство к духовной жизни преподобных Варсануфия Великого и пророка Иоанна. М., 2001. С. 214-215.

19　Казанский П.С. История православного монашества на Востоке. М., 1854. С. 80.

20　Древний Патерик, изложенный по главам. М., 1899. С. 45-46.

21　Там же. С. 69. 言うまでもなく、この場合「行動」とは「考えずに罪を犯してしまっている」という意味である。

22　Там же. С. 256. ここで聖なる奉仕と訳した«послушание»という概念は、見習い修道士が長老や霊の神父の意志に完全に従属し、自分の意志（我意）を棄てることを意味している。したがって、長老の教えに遵う従順、忍従のレベルから、課された任務や労役（手作業や労役であることが多い）の履行に至るものまで、広義に亘る概念である。

23　Там же. С. 323, 327.

24　Там же. С. 319.

25　Казанский П.С. История православного монашества на Востоке. М., 1854. С. 215.

26　Концевич И.М. Оптина пустынь и ее время. Введенский ставропигиальный мужской монастырь Оптина Пустынь. 2008. С. 38.

27　Смирнов С.И. Исповедь и покаяние в древних монастырях Востока. В журн.: Богословский Вестник. 1905. Февраль, март и апрель. С. 743.

28　Отечник. Избранные изречения святых иноков и повести из жизни их, собранные Епископом Игнатием (Брянчаниновым). СПб., 1891. С. 116.

29　Там же.

30　Там же.

31　Там же. С. 49.

32　イグナーチイ主教の霊の子である修道女イグナーチヤ（Игуменья Игнатия）はその著書『ルーシにおける長老制（Старчество на Руси. М., 1999. С. 28）』において、主教自身の霊的営みの真実を語りつつ、その目を通して語られる長老制の特性を分析している。

33　本書の第一部一章「ロシア正教と禁欲主義の伝統——ロシアにおけるフィロカリアの受容について」を参照せよ。

34　Смолич И.К. Русское монашество 988-1917 гг. М., 1999. С. 334. 著者はパイーシイのこの修道司祭への叙聖をもって、長老として最も精力的な活動を見せることになる人生の第二期の始まりと見なしている。

35　Протоиерей Сергий (Четвериков). Молдавский старец Паисий Величковский. В кн.: Правда христианства. М., 1998. С. 108-111. ここで引用されている書簡の断片は、いずれもオプチナの長老たちと深く繋がっていたチェトヴェリコフがパイーシイの弟子たちがオプチナに持ち込んだ文献の中から発見したもので、一八四七年にオプチナ修道院で出版された『モルダヴィアの長老パイーシイ・ヴェリチコフスキーの生涯と著作』には含まれていない。チェトヴェリコフによる初版は、一九四六年にパリで出版された。筆者は一九九八年のリプリント版を参照した。

36　Там же. С. 209-210.

37　Там же. С. 93-94.

38　Житие и писания молдавского старца Паисия Величковского. Изд. Введенской Оптиной пустыни. 1847. С. 232.

39　Протоиерей Сергий (Четвериков). Молдавский старец Паисий Величковский. В кн.: Правда христианства. М., 1998. С. 231-233.

40　Житие и писания молдавского старца Паисия Величковского. Изд. Введенской Оптиной пустыни. 1847. С. 34.

41　Святого отца нашего Исаака Сирина, епископа бывшего Ниневийского, слова духовно-подвижнические, переведенные старцем Паисием Величковским. М., 1851. С. 2-3.

42　Там же. С. 2.

43　例えば、後にオプチナの長老になるレオニードの霊の子となった若きイグナーチイ・ブリャンチャニノーフが代表作『聖師父釈義集（Очетник）』『現代の修道制への献げもの（Приношение современному монашеству）』等を著すにあたって、パイーシイによる聖師父の翻訳文献の習熟に努めたことはよく知られている。とりわけ修道生活の入門者への手引書として有名な後者の「最近の修道士たちの主たる宿命となっている悲哀について」と題された第三十章において、修道制の涵養に不可欠な霊的教訓（духовное назидание）について語られる箇所では、学問を知る学僧よりも、生きた神の言葉を実践する長老の言葉に益あることを説く、シリアのイサアクの影響（第一講話、第七十八講話）が色濃く反映されている。Святитель Игнатий (Брянчанинов), епископ

Черноморский и Кавказский. Приношение современному монашеству. В кн.: Собрание сочинений. Т. 5. М., 2001. С. 134-136.

44 Святого отца нашего Исаака Сирина, епископа бывшего Ниневийского, слова духовно-подвижнические, переведенные старцем Паисием Величковским. М., 1851. С. 105-106.

45 Там же. С. 188-189.

46 Смолич И.К. Русское монашество. 988-1917 гг. М., 1999. С. 335.

47 Монастыри. Энциклопедический справочник. М., 2000. С. 88.

48 Смолич И.К. Русское монашество 988-1917 гг. М., 1999. С. 335.

49 См.: Субботин Н.И.: Архимандрит Феофан, настоятель Кириллова Новоезерского монастыря. СПб., 1862. С. 57-75.

50 См.: Полное собрание исторических сведений о всех бывших в древности и ныне существующих монастырях и примечательных церквах в России. М., 2000. С. 225-226.; Смолич И.К. Указ. соч. С. 335.

51 Муравьев А.Н. Святая гора и Оптинская пустынь. М., 1852. С. 129.; Субботин Н.И. Архимандрит Феофан, настоятель Кириллова Новоезерского монастыря. СПб., 1862. С. 15-18.

52 Смолич И.К. Русское монашество 988-1917 гг. М., 1999. С. 336.

53 Жизнь и подвиги схимонаха Феодора. Изд. Козельской Введенской Оптиной Пустыни. 1910. С. 7-30.; Нилус С.А. На берегу Божией реки. Т. 1. М.- СПб, 1999. С. 278-305. 後者は二十世紀初頭にオプチナ修道院と密接な関係を持っていたセルゲイ・ニルスが、当地に所蔵されていた手書きのフェオードル伝を利用して書いたものである（初版は一九一六年、セルギエフ・ポサド出版）。前者のオプチナ版フェオードル伝もこの手稿に基づいて、別の作者によって編まれたものである。尚、現代の研究者コチェーリニコフの研究も、ニルス版に依拠していることが明らかになっている。См.: Котельников В.А. Православные подвижники. М., 2002. С. 77.

54 Протоиерей Сергий (Четвериков). Оптина пустынь. Париж. 2-е изд. 1988. С. 50-51.

55 Смолич И.К. Русское монашество 988-1917 гг. М., 1999. С. 337.

56 Муравьев А.Н. Святая гора и Оптинская пустынь. М., 1852. С. 136.

57 Архимандрит Никодим (Кононов). Жизнеописание отечественных подвижников благочестия XVIII и XIX вв. М., 1908-1909. С. 454.

58 Смолич И.К. Русское монашество 988-1917 гг. М., 1999. С. 337-338.

59 彼はこの後、ワシリスクとともにシベリアのトゥリンスク近郊で隠遁生活に入るが、そこで彼に霊的指導を求めて集まってきた女性たちを養った後、尼僧共同体（Сестринская община）を組織し、その後彼女等を連れてモスクワ郊外に移ってからは、寡婦バフメーチエワの領地を一部譲り受けて、ゾシマ修道院（Зосимова пустынь）を創設し有名になった。См.: Архимандрит Пимен (Мясников). Воспоминания. М., 1877. С. 295-300, 310.

60 Смолич И.К. Русское монашество 988-1917 гг. М., 1999. С. 299, 338.

61 Там же. С. 346.

62 Леонид Кавелин. Историческое описание Козельской Введенской оптиной пустыни. Изд. Свято- Введенской Оптиной Пустыни. 1875. С. 67-85. [Репринт]

63 Там же. С. 90-91.

64 ヤロスラーヴリ県のモログ市にある全聖人教会の至聖所横にある墓地にそれはある。墓標の片面には「この墓石の下にモスクワの商人イワン・グリゴーリエヴィチ・プチーロフ氏の遺体葬られたり。一八〇九年一月二日死去、享年五十七歳」と記され、その裏側にこの三人の名が刻まれている。См.: Жизнеописание настоятеля Козельской Введенской Оптиной Пустыни Архимандрита Моисея. 1882. Изд. Введенской Оптиной Пустыни.1992. С. 11. [Репринт]

65 Концевич И.М. Оптина пустынь и ее время. Введенский ставропигиальный мужской монастырь Оптина Пустынь. 2008. С. 108-109.

66 Смолич И.К. Русское монашество 988-1917 гг. М., 1999. С. 347.

67 Жизнеописание Настоятеля Козельской Введенской Оптиной Пустыни Архимандрита Моисея. Изд. Введенской Оптиной пустыни. 1992. С. 27. [Репринт изд. 1882 г.]

68 Там же. С. 29-30.

69 Там же. С. 32-33.

70 Там же. С. 33-35.

71 Там же. С. 35-37. ここに引用したモイセイの人生に関する一連の逸話は、彼自身がある修道司祭に書き取らせたもので、一八六二年に雑誌「家庭談話（Домашняя Беседа）」に発表されて初めて日の目を見たものである。筆者の引用は、モイセイの聖伝編纂者がそこから採用したテクストに拠っている。

72 現存するモイセイ直筆の手記の中に、その間の事情を明らかにするものが遺されている。それに拠ると、モイセイがロスラーヴリに出発する前の一八一一年三月十六日にモスクワ商会が再発行した脱会証書が届き、シーモノフ修道院の修道司祭アレクセイの勧めで、荒野の庵での修行を希望するようになり、噂でその存在を知ったアファナーシイ神父をたよってロスラーヴリに赴いたことが記されている。Там же. С. 216.

73 Концевич И.М. Оптина Пустынь и ее время. Введенский ставропигиальный мужской монастырь Оптина Пустынь. 2008. С. 107-108.

74 Там же. С. 108.

75 Жизнеописание настоятеля Малоярославецкаго Николаевскаго монастыря Игумена Антония. М., 1870. С. 27.

76 Там же. С. 76-78.; Концевич И.М. Оптина Пустынь и ее время. Введенский ставропигиальный мужской монастырь Оптина Пустынь. 2008. С.110-111.

77 Жизнеописание настоятеля Малоярославецкаго Николаевскаго монастыря Игумена Антония. М., 1870. С. 156-175.; Концевич И.М. Указ. соч. С. 111.

78 Концевич И.М. Там же.

79 Жизнеописание настоятеля Козельской Введенской Оптиной пустыни Архимандрита Моисея. Изд. Введенской Оптиной Пустыни. 1992. С. 38-39. [Репринт изд. 1882 г.]

80 理由もわからずに褒められたり、褒美を与えられたりすることで、罪人は喜びよりむしろ良心に痛みを覚えるようになり、ついには自分の罪深さを悟ると、痛悔に至るという一種の心理的教育である。

81 Котельников В.А. Православные подвижники и русская литература. М., 2002. С. 82-83.

82 Там же. С. 83.

83 ここでコチェーリニコフが採用したモイセイの手記は、作家セルゲイ・ニルスが修道司祭Fから譲り受けたモイセイ伝に関する手稿に基づいている。См.: Нилус С.А. На берегу Божьей реки. Т. 1. М.- СПб., 1999. С. 141-142.

84　Жизнеописание настоятеля Козельской Введенской Оптиной пустыни Архимандрита Моисея. 1882. [Репринт]. Изд. Введенской Оптиной Пустыни. 1992. С. 44.

第二部

第四章　キレエフスキーの正教思想とオプチナ修道院

――妻ナターリアやマカーリイ長老との霊の交流の記録から――

はじめに

イワン・ワシーリエヴィチ・キレエフスキー（一八〇六～一八五六年）の人生の創作活動は二つの時期に区分することができる。尤も、後半は前半よりも時間的には短いが、遙かに重要である。[1]青年時代のキレエフスキーは完全なヨーロッパ学派の著述家、評論家であった。検閲によって第三号を印刷中に廃刊となった彼の雑誌が「ヨーロッパ人（Европеец）」という名であったこともそのことを如実に表している。しかし彼の教会意識について言えば、かなりの熟年に達するまで、それが過度に目につくことはなかった。とは言え、彼は青年期から神を信じていた。[2]彼がベルリンやミュンヘンで講義を聴講した有名なドイツ人教授等の著作に触れることによって暖められた彼のヨーロッパ観は、時とともに愛国心とスラヴ主義へと変化していくのである。[3]

一八三〇～一八四〇年代は専ら母親アヴドーチヤ・ペトローヴナ・エラーギナの家で大部分の時間を過ごしたが、[4]それ以外にも、パイプと煙草の煙が朦々としていたスヴェルベーエフ兄弟宅や当時すでに病んでいた詩人ヤズィコフ宅などを転々としていたキレエフスキーは、作家や教授たちの集まりは言うに及ばず、単に話し好きの仲間内に持ち上がる議論にも絶えず仲間入りしていた。[5] 彼は間もなくスラヴ派の間でホミャコフと並び称されるようになる。多くの希望が彼にかけられ、彼はスラブ派の人々によって出版事業を管轄することを要請されたのである。いつも煙の立ちのぼるパイプを片手に持ち、深刻で、時には気むずかしい表情すら浮かべた彼は、やはり同じくらいの数の学者騎士連を相手にチェスの通信講座を経営するグランド・マスターの一面をも持ち合わせており、寝るときも寝床の脇にはパイプとともに、多くの肖像の描かれたチェスの小台を抱えているほどだった。彼はカント、シェリング、オーケン、ヘーゲル等に通じており、かつてはモスクワ大学の哲学講座に職を求めたこともあった。ところが半年に一度位、何か原因不明の重い病に見舞われては、その都度生命の危険に曝され、その後も病はなかなか癒えなかった。医者も彼の病名を言い当てることができなかった。友人たちや親戚一同は、何度か彼の死を覚悟させられたという。

ここで彼の配偶者のナターリア・ペトローヴナ（旧姓アルベーネワ、一八〇九～一九〇〇年）に注目しておきたい。彼女についてはこれまで、キレエフスキーに関する論文などに間接的に触れられるにすぎなかったが、文学芸術中央国立古文書館やロシア国立（旧ルミャンツェフ）図書館手稿部は、彼女が夫の日常生活のみならず、精神構造そのものに与えた影響力の大きさを示す資料を数多く保存している。[6]

一、キレエフスキー夫婦の生活と夫の回心

ナターリア・ペトローヴナは年若き頃、克肖なる長老、奇蹟者サロフのセラフィムの霊の娘だったが、長老の死後その後を任されたのは、当時モスクワでその名を知られ、母親エヴドキヤの聴罪司祭でもあったノヴォスパスク修道院の長老フィラレート（プリャーシキン）神父であった。ある回想録に拠れば、エヴドキヤ・ニコラエヴナ・アルベーネワは「長老の導きによって、福音書や聖師父の著作を理解することを覚え、それらを読むことにこの世のものなら

ぬ慰みを見出した」とある。[7] アルベネーフ一家は当時の典型的な貴族の家庭ではなかった。彼らの生活上の原則となっていたのは、毎日の祈りと教会や修道院訪問、それに正教徒の庶民が生活の糧（精神的な意味における）としているすべてのことがらであった。それに引き替え、ナターリア・ペトローヴナの将来の夫の家族の場合、それが正教への明確な意識を抱くには如何に多くの障碍を乗りこえねばならなかったであろうか。こちらは最も教養ある家庭に属していた。キレエフスキー兄弟の母親であるアヴドーチヤ・ペトローヴナ・エラーギナ（この姓は彼女の二人目の夫のものである）は詩人ジュコフスキーの姪にあたっており、[8] ロシア文学史上でも息の長い、モスクワの主だったサロンを主宰したことで知られている。彼女は概して教養が高く、多才で（書いたり翻訳したりした他、絵描きでもあった）、信仰も篤かったが、教会に行くことは稀で斎《ものいみ》も守っていなかった。そのうえ彼女自身もその子どもも含め、誰一人胸に十字架を提げていなかった。老境に至るまで、彼女の好きな読み物と言えば、彼女の少女時代の書物であるマッシリヨンの（カトリック風の）説教とルソーの小説であった。これこそ、当時のロシアのインテリとしては典型的な風景だったのである。

ピョートル大帝時代から実質的に出版活動に従事し、神秘的、理神論的もしくはプロテスタント的な精神をロシア中に氾濫させてきたフリーメイソンは、或る意味で貴族階級の教養人の趣味を形成していたと言える。尤もそれは出版活動のみならず、数多くの雑誌や大学をさえその媒体としていた。とりわけ十八世紀末から十九世紀初頭にかけてほぼ完全にフリーメイソンの掌中にあったと言われるモスクワ大学もそこに含まれる。[9] 十九世紀初頭にはロシアで教職に就くことを認められていたカトリックもそれに劣らず活動的であった。イエズス会の「神父たち」、例えば、ロシア人貴族の間できわめてよく知られ、愛されていた学識豊かなチージ神父とミュラルト神父はペテルベルグに自分の寄宿学校（パンシオン）を創設した。暫く後に彼らは追い出されたものの、彼らは自らの目的を果たしたと言えよう。インテリ層における正教はその大部分が形骸化されていた。ジュコフスキーは青年時代をフリーメイソンの間で送ったことはよく知られている。作家ではカラムジンやドミートリエフがそれにあたり、モスクワ大学の総長イワン・トゥルゲーネフとその息子アンドレイとアレクサンドル（詩人の最も親しい友人たち）もそうであった。ジュコフスキーにとって殆ど「霊の父」であったのは旺盛な著作家であると同時にフリーメイソン会員であり、神秘的著作をものしていたイワン・ロプーヒンであった。ジュコフスキーが作品を朗読する相手もそうした心理的傾向を持つ人々であった。彼が教育した数多い姪の中には、ユシコーフ家の出身であるアヴドーチヤ・ペトローヴナも含まれていた。詩人自らは困難な道のりを経て正教と教会意識に到達したが、彼の教え子たち全員が、彼から学び取った神秘主義的、ロマン主義的な文化の「魅力」を克服することに成功したわけではなかった。[10]

まだ幼い子どもだった（一八一四年）ピョートルとイワンのキレエフスキー兄弟も、当時は自分の母親の領地であったドルビノに住んでいたジュコフスキーの生徒の一員となった。爾来、何事を始めるにあたってもイワン・キレエフスキーはジュコフスキーの助言を得るために足を運んだ。しかし、運命によって彼がハリストスの教会に向かうようになるのはジュコフスキー経由ではなく、一八三四年四月二十九日に彼のもとに嫁いだ若いナターリア・ペトローヴナ・アルベーネワを介してであった。ジュコフスキーはペテルブルグからこの二人に宛ててこんなことを書いている。

愛する友、イワン・ワシーリエヴィチとナターリア・ペトローヴナ！　今四月二十九日の朝です。あなたたちに思いを馳せています。あなたがたを教会に連れてゆき、わたしに相応しい父親の場所に佇み、神にあなたがたに穏やかで、永く続く家庭の幸福をお与えくださいますように心の底からお願いしているのです。譬えそこに否応なく幾ばくかの悲しみが混ざろうとも、感情と思想の一致が相互のものであるならば、それはやはり幸福のままとどまるでしょうから。[11]

一方、ナターリア・ペトローヴナは夫の没後、彼が生前、如何なる経緯でハリスティアニンになったかということを亡夫の友人コーシェレフに物語っていたものと見える。こちらはこれをタイトルもそのままに、「イワン・ワシーリエヴィチの改宗物語」として記録していたため、キレエフスキーの改宗に関する真実を我々は窺い知ることができる。これはきわめて興味深い文書であるので、ここに全文を引用しておきたい。

イワン・キレエフスキーは一八三四年に、厳格なキリスト教信仰の規則に遵って育てられたナターリア・ペトローヴナ・アルベーネワ嬢と結婚した。結婚当初、彼は正教会の儀式や習慣を彼女が遵守する様子をいぶかしげに見ていたが、持ち前の忍耐力と繊細さによって、彼女がそうすることを些かも邪魔することはなかった。彼女の方は、彼における信仰の欠如と正教会の儀式全般に対する全くの無頓着に以前にもまして悲観的な驚きを覚えていた。二人の間に何度か話し合いがもたれたが、それは次のような取り決めで終わるのだった。つまり彼は彼女が自らの義務を遂行することを妨げない代わりに、彼は自分の行動において自由であるべきというものである。彼はこの点で彼女を侮辱しなかったばかりか、彼女にとって不快であった彼の友人たちの嘲笑的会話を極力やめさせることとさえ約束したのだった。結婚二年目のこと、彼は妻にクザーヌス（フランスの哲学者でキレエフスキーの同時代人）を読んでくれるように頼んだことがあった。[12] 彼女は喜んで実行したが、彼がこの本についての彼女の意見を求めると、彼女は聖師父の著作にはこうしたすべてが遙かに深く、説得力をもって叙述されていると応えるのが常であった。彼は薄笑いを浮かべ、口を閉ざした。彼は妻にボルテールを読んでくれるように頼み出した。彼女は彼に、真摯な書物であれば、読んでくれと提案する如何なるものも読むに吝かではないが、嘲笑や侮辱はそれが如何なる意味であれご免だとはっきり宣言したのである。彼女はそうしたものは聞くことも、読むことも耐えられないというのである。それから暫く後に、彼らは一緒にシェリングを読み始めたのだが、その偉大な素晴らしい思想の数々が彼らを立ち止まらせ、キレエフスキーは妻が驚嘆するのを期待していると、彼女はまず彼に、これらの考えは聖師父の著作を通してすでに周知の事実であると答えるのだった。彼女が彼に聖師父の著作の中からその部分を示そうとしたため、イワン・ワシーリエヴィチも何頁にも及ぶその箇所に目を通さねばならないことも一度ならずあった。実際、彼がシェリングから感銘を受けた多くの箇所が聖師父の著作にすでにあることを認めることは快いことではなかった。彼はこのことを認めることを潔しとしなかったが、その後は妻の書物をそっと手にしては、それに読みふけることも珍しくなくなった。ノヴォスパスク修道院の修道僧フィラレートと知り合い、この聖なる長老と話し合い、聖師父の様々な著作を読むことは、彼の心を和ませ、敬虔な思いへと彼を惹きつけていった。彼はフィラレート神父のもとを足繁く訪れたが、いつもきまって何かかこつけているかのようだった。彼は長老を訪問することを望んでいながら、いつも何か口実が必要だった。ついに一八四二年のフィラレート長老の死が彼を決定的に信仰の道に向かわせる契機となった。キレエフスキーはそれ以前、一度も十字架を首に懸けたことはなかった。妻は一度ならずそうするよう彼に求めたのであるが、イワン・ワシーリエヴィチは黙り込んでしまうのだった。ところが遂にある時、彼は自分がすでにその知恵と敬虔さに心からの尊敬を払っていたフィラレート神父から十字架を贈られたならば、それを懸けてもよいと言った。ナターリア・ペトローヴナはさっそくフィラレート神父のもとへ出かけて行き、そのことを長老に告げた。長老は十字を切ると、自らの首から十字架を外してナターリア・ペトローヴナにそれを手渡しながら、「これがイワン・ワシーリエヴィチを救いに招かんことを」と言ったのである。ナターリア・ペトローヴナが帰宅すると、イワン・ワシーリエヴィチは彼女を出迎えてこう尋ねた、「ところで、フィラレート神父は何と言った？」彼女は十字架を取り出してそれをイワン・ワシーリエヴィチに差し出した。イワン・ワシーリエヴィチは尋ねた、「この十字架は？」ナターリア・ペトローヴナは、フィラレート神父が自分の十字架を外して、これが彼の救いになるようにと言った旨を彼に伝えた。イワン・ワシーリエヴィチは跪いて、「これからは我が霊の救いを冀うことにするよ。何故なら、わたしは自分の知恵にこれを置いたからだ。フィラレート神父が自分の十字架を外して私に贈ったということは、神が疑いなく私を救いに呼び招いているということだからね」。この瞬間から、イワン・ワシーリエヴィチの思想や感覚に決定的な転換が見て取れるようになった。フィラレート神父の死後、イワン・ワシーリエヴィチはオプチナ修道院の側に住みつつ、レオニード神父、マカーリイ神父を始め他の長老との個人的な対話を通じて、益々自らの信仰を固めていった。彼は聖師父の著作を数多く読み、しばしば長老たちと話し合い、将来の自らの活動にそなえてますます逞しくなっていったのである。[13]

この手記に書かれていることはすべて真実であろうが、キレエフスキーの改宗の契機を長老による十字架の贈与に集約させた点は、多少の劇的効果を狙った感もなくはない。或いは、ナターリア・ペトローヴナがある程度老齢に達してからこのことを物語ったらしいという事実も、そうした推理を可能ならしめている。だが強調しておくべきことは、その当時でも、イワン・ワシーリエヴィチに信仰が「欠けていた」わけではないということである。聖師父の著作にしても、彼にとって全くの未知の読み物ではなかった。むしろ、彼には聖神（Святой дух）の働きによる啓示的な信仰よりも、むしろ哲学と神学を結びつける理性的概念の展開への志向性が強かったと言うべきなのである。[14] ただこの頃より、キレエフスキーの信仰は深みをますようにはなるものの、やはり信仰について言えば、ナターリア・ペトローヴナのレベルに達することがなかったことは認めざるを得ない。

一八三五年にはキレエフスキー家に長男ワシーリイが生まれ、一八三六年には娘ナターリアが生まれるが、こちらは生後数か月で世を去った。その後二人の間には息子はセルゲイとニコライ、娘はエカテリーナ、アレクサンドラ、マリアといった具合に次々と誕生している（アレクサンドラは修道女になった）。こうして家族が大きくなるにつれて、キレエフスキー夫妻の気苦労も益々大きなものとなっていく。一八三六年、イワン・ワシーリエヴィチは財産分与によって幾つかの小村とともにドルビノ村（カルーガ県リフヴィン郡）を譲り受け、一年の大部分を村で過ごすこととなった。とは言え、彼は田舎暮らしが好きだったからではなく、必要に迫られてのことであった。つまり村の暮らしの方が生活費が安くあがるのである。これはイワン・ワシーリエヴィチが少年時代を過ごした村だった。地主邸は丘の上に位置していたが、それは切り立った両岸を通ってオカ川に流れ込む支流のヴィラ川へ滑るように急降下していた。オカ川に交わるベリョーフへは七キロ程と、目と鼻の先ほどの距離だった。ヴィラ川の対岸には五つの祭壇を持つ古い生神女就寝教会（ここには顕現した奇跡なす生神女就寝イコンが安置されていた）のある村があった。概してここは低地に沼地が点在する丘と森の多い立地で、どの丘からも、数十キロに亘る眺望が得られるのだった。

八月十五日の聖堂（生神女就寝）祭にはドルビノで市が開かれ、リフヴィン、カルーガ、コゼーリスク、メシチョーフスク、ベリョーフ、ボルホフといった近隣の町や村から商人たちが流れ込んで来た。そのうち最も近いベリョーフには主の変容（男子）と十字架挙栄（女子）を祀る二つの修道院があった。この地方に移り住むと、ナターリア・ペトローヴナは修道院に住む女性等と親交を結び、一方彼女らはドルビノまで足を運ぶようになった。キレエフスキー夫妻はこれら住民たちに様々な糧食（とりわけパン）を恵むなどして援けるようになった。ドルビノの邸を訪れるようになった修道士や修道女はここで安らぎを得るのだった。つまり彼らは隠れ家のみならず、ここに孤独と祈りを見出したのである。なかでも記憶しておくべきは、この邸はキレエフスキー家の中で、不思議なそして時には恐ろしい場所としても知られていたことである。家族の一員の回想に拠れば、ここには時代は判然としないが、祖父母たちの幽霊が出没していたと言うのである。邸守たちの語るところに拠れば、オリョールで死んだイワン・ワシーリエヴィチの父親が、当時自分の命日にドルビノの邸に現れて、召使いを呼び寄せ、旅行用の長靴のまま自分の書斎に入っていき、そこで姿を消したのだと言う。この奇妙な邸には数多くの奇人や不遇をかこつ人々、不幸な人々が出入りしていた。そしてこうした奇妙な、怪しげな幻影は、まるで風に吹かれた靄のように、突然さっと消え失せてしまうのだと言う。[15] 邸は改築され、浄められた。そこで祈りが、神の言葉が響き渡ったのは、おそらく初めてのことだったであろう。ナターリア・ペトローヴナは愛をもって自分たちの家庭の巣を築くことに取り組んだのである。

二、キレエフスキー一家とオプチナとの出会いと交流の歴史

一八四五年、イワン・ワシーリエヴィチはミハイル・ペトローヴィチ・ポゴージンとの長い交渉の末、「モスクワ人（Москвитянин）」の編集に携わることになった。[16] 彼はモスクワに住み、多く書き、ゲラを読み、印刷所や編集室をあくせく走り回らねばならなかった。だが仮に書いたり、編集したりすることはできたとしても、雑誌を切り盛りするうえで不可欠な経済的才覚というものが彼には欠けていた。他方、スラヴ派全体の強力な説得を受け入れてキレエフスキーを抜擢したポゴージンは、掌を返したように彼を助けようとはせずに、むしろ彼の依頼を実行しないことで厄介者となっていた。結果的には、三号を出し、四号の編集にかかったところで、キレエフスキーは病を得て、すべてを抛ち、ドルビノへと逃げ帰ることになったのである。

四号（通算十九号）はオプチナ修道院のマカーリイ長老からキレエフスキーに送られてきた手稿によってその号の殆どすべてが占められていた。それは「モルダヴィアの長老パイーシイ・ヴェリチコフスキーの生涯と著作（Житие и писания молдавского старца Паисия Величковского）」と題されており、古き正教の師父たちの著作を教会スラヴ語に翻訳したスヒマ修道僧（иеросхимонах）で修道生活の指導者でもあるこの偉大な聖人の書簡が何通かそこに付されていた。[17] これらの翻訳はパイーシイの弟子たちの手によって、オプチナ修道院にもたらされたのだった。パイーシイ長老の弟子たち、そしてパイーシイ自身による文献の翻訳が、ロシア人の霊性の復活を大いに促すことになったことは改めて強調するまでもないであろう。

キレエフスキーの活動を注意深く見守っていたマカーリイ長老は、彼が「モスクワ人」の編集を中断したことを非常に残念がっていた。長老は書いている。

雑誌『灯台（Маяк）』と『モスクワ人』は宗教的な精神に沿った編集方針を取っておりました。後者の編集者は小生とも知己のイワン・キレエフスキー氏でした。しかし遺憾ながら、彼は病気のためその仕事を第三者の手に委ねてしまったのです。だが彼は宗教的かつ道徳的方向を推進し、然るべき形として、それらを学問と一致させることを希望していました。実際に、学術界では学問と宗教は否応なく離反する傾向にあるからです。このことを彼は経験を積むことで、信念をもって立証しようとしたのです。彼が人類にとってかくも有益な事業において、成功を勝ち得たであろうことは言うまでもありません。ただ肉体の力がそれを許さなかったのです。[18]

典院モイセイとマカーリイ長老は雑誌「モスクワ人」に掲載されたパイーシイ長老の伝記にパイーシイ自身の著作と肖像、それに生原稿の写真などを加えて、単行本として世に出す決定を下した。この事業を彼らはナターリア・ペトローヴナに委託し、印刷代として何某かの金を彼女に送付したのである。一八四五年五月七日に典院モイセイはオプチナからナターリア・ペトローヴナに宛てて次のように書き送っている。

四月二十六日、我々の希望により、雑誌「モスクワ人」からわけても至聖なる長老パイーシイの人生と書簡を出版する資金としてあなたより送られた金額の返送と、あなたから尊きお手紙を落掌いたしましたことをご報告申し上げます。あなたのきわめて尊敬すべきご主人イワン・ワシーリエヴィチ氏が、あなたとともに無償で出版し、そのうえ我々が依頼申し上げております部数を送付されることを自らの慰みとお見なしになられたとのこと、あなたとあなたのご主人が多くの者の霊の教訓のために示されたかかるご好意に対して深甚なる感謝の意を表することを喜ばしい義務と心得ております。尚、あなたのお手紙よりイワン・ワシーリエヴィチ氏のご病気について窺い知るに至り、心よりあなたの心痛をお察しいたしますとともに、キリスト教的愛により、ご主人のご快癒を慈悲深き主に対して、修道士一同お祈り申し上げることを義務と心得ております……このうえなく尊敬申し上げるナターリア・ペトローヴナ、あなたの聖餅記憶[19]に対する小生よりの心からの感謝を何卒お受けください。イワン・ワシーリエヴィチ氏のご病気については残念至極です。神が彼に壮健と力、そして出版の功績に関して彼に知恵をお与えくださいますように。[20]

一八四六年の三月と七月、マカーリイ長老はドルビノのキレエフスキー家を訪ねている。これら訪問のうちのひとつに際して、マカーリイは会話の中で「キリスト教的生活の実践について指導を受けている者にとって、霊的な書物が不足している点に触れた」のであった。[21]さらに明らかになったことは、オプチナの長老たちのもとにも、キレエフスキー夫妻のもとにも、多くの異なる写本が保管されていたことである。そのうち最も価値があるのは、パイーシイ長老によってギリシャ語からスラヴ語に翻訳された聖師父著作集であった。キレエフスキー夫妻はそれらを順次出版するよう提案する。[22]と言うのも、その手順に関しては、すでに『パイーシイ・ヴェリチコフスキー伝』の編集を通じて熟知していたからである。この写本はまもなく印刷所に持ち込まれることになった。

一八四七年一月、オプチナの年代記作者はこう書き留めている。

我等が聖神父の祈りに対する慈悲深き主の御心により、この一月に以下の表題の本が上梓された。『モルダヴィアの長老パイーシイ・ヴェリチコフスキーの生涯と著作――知恵の覚醒と祈りに関するシナイのグレゴリウス、シナイのフィロフェウス、長老イシキウス、ソラの克肖者ニールの書物のために書かれたパイーシイの友人で同僚修道士でもあるポリャノメルリのワシリイの手になる序文を付録とする——コゼーリスクの生神女進堂祭記念オプチナ修道院、モスクワ、大学出版局、一八四七年』。[23] とりわけ修道生活をいとなむ者にとって有益なこれらの手稿が保管されていたのは、オプチナ修道院内の典院モイセイとスキトの長にして修道司祭であるマカーリイのもとであり、そこに、サンクト・ペテルブルグの第一級セルギイ修道院（Санкт-Петербургская Сергиева первоклассная пустынь）院長の掌院イグナーチイ・ブリャンチャニノーフやボルホフ修道院（Болховский монастырь）院長の掌院マカーリイから送られてきたものが若干含まれていた。典院モイセイ神父はスキトの長たる修道司祭マカーリイとともに主に成功を祈願した後、手稿を書き写し、その原稿を昨一八四六年にモスクワ大学教授ステパン・ペトローヴィチ・シェヴィリョーフとベリョーフの地主イワン・ワシーリエヴィチ・キレエフスキーと、やはり幾つかの貴重な手稿を保管していたその妻ナターリア・ペトローヴナを介してモスクワ宗教検閲局に送付した。これら敬虔な人々はモスクワに滞在中、検閲からの受諾と印刷に関する手続きを十全の熱意と配慮を以てこなした。彼らは自ら校正係をも務めた。それにしても本の全紙一枚が印刷されるのが何と早かったことか！　校正された各々の全紙は直ちにスキトの修道司祭マカーリイのもとへ郵送され、長老はそれに目を通し、原本の手稿と照合して、印刷済みの全紙から誤植と認められるものを指摘するという形が取られた。本全体の印刷が終了すると、正誤表が印刷された……同一月三十一日にはオプチナに印刷済みの本何部かが届けられた。この霊に益する教訓的書物は院長である典院モイセイの手紙を付けて、モスクワの府主教フィラレート（ドロズドーフ）、キエフの府主教フィラレート（アンフィチアートロフ）、その他オプチナに好意を寄せている多くの大主教や主教、それに有名人等に献本された……キレエフスキー氏は雑誌「モスクワ人」の編集者であったが、とりわけその夫人ナターリア・ペトローヴナのキリスト教的敬虔さによって、二人は多くの僧院や修道士の階層からの信頼をかちえていた。[24]

一月十一日、マカーリイ長老はキレエフスキー夫妻に宛てて書いている。

この事業に関するあなたがたの活動のすべては、有益なものを隣人に伝えようとするあなたがたの偉大な努力の証しとなっています。小生はあなたがたに感謝の言葉は述べますまい。それにあなたがたも感謝の言葉を求めてはおられないでしょう。それが誰であれ、隣人から利益を得る者があれば、それこそがあなたがたにとっての報いでもあるのですから。主はあなたがたにこのような幸福な思し召しを賜われたのです。このうえ小生がなすべきことがありましょうか。小生では力不足かもしれませんが、あなたがたに安寧と救いが降ることを主に祈るだけです。主の歩まれる道は我々の知り得るものではないのですから。[25]

この本の初版印刷が終わるや否や、第二版の問題が持ち上がった。これを契機にキレエフスキーとマカーリイ長老との文通が本格的に始まったと考えられる。キレエフスキーはここで第二版に新たに加える翻訳文献の写本校正を担当したことから、不明部分の解決について長老の判断を仰ぐなど、否応なくこの問題に中心的に関わるようになっていく。さらに宗教検閲に携わるゴルビンスキーや、学術的な見地からの校正や正誤表作成の労を取ったのみならず、検閲局への申請手続きに必要な出版代表者になってくれたモスクワ大学教授シェヴィリョーフ等の協力を得て、[26]彼がオプチナと首都との調整役として果たした働きは、マカーリイ長老との往復書簡からも窺われるように、刮目すべきものがあった。キレエフスキーは第二版の構想を長老に以下のように提案している。

『パイーシイ長老伝』の第二版には、長老によって修正あるいは新たに翻訳された書を加えて取りかかっていただいて結構です……しかし新神学者シュメオーン、証聖者マクシモス（問答形式のもの）、ストゥディーオスのテオードロス、『シナイのグレゴリウス伝（Житие Григория Синаита）』、苦行者マルコスの八つもしくは五つの「講話（Слово）」を加えますと、この巻は初版のものより大きくなってしまいます。それでもパイーシイ長老の全著作というわけではなく、証聖者マクシモスの『天主経注解（Толкование на Отче наш）』、哲学者ユスティーノスの『至聖三者について（О Святой Троице）』、アッヴァ・タラシオスの『四百の金言（Четыре сотницы）』それにエウカイトのシュメオーンの『沈黙についての説教(Слово о безмолвии)』は残ることになります。ならばいっそのこと、それらを三部構成で印刷した方がよいのではないでしょうか。[27]

また、ここで挙げた著作が本当にパイーシイ長老の翻訳なのかという疑問に対しても、キレエフスキーは以下のように周到に答えている。

その証拠としては、私どもの手もとにあります故フィラレート神父がくださったこれらの書物の献呈本が役に立ちます。その本の余白には対応するギリシャ語版『フィロカリア』の頁数が書き込まれており、パイーシイ長老の綴り方が遵守されており、シリアのイサアクの著作に見られるように、単語の上に付点が打たれています。[28]

ただ最大の問題はパイーシイのスラヴ語訳に見られる意味不明個所についての処理方法であった。これについて彼は次のように提言している。

スラヴ語テクストに対置してロシア語の意訳を印刷するか、それとも神父様が前もって目を通し、修正できるように双方の該当個所をお送りしたうえでのことですが、不明瞭な部分のみをラテン語訳と照合して作成した翻訳を注の形で補足するかです。パイーシイ長老によって書かれたテクストそのものには修正を施さず、聖なるものとして残すには、それは必要なことと思われます。[29]

この頃、イワン・ワシーリエヴィチは事実上、長老の霊の子（духовное чадо）となっていた。長老に宛てた彼の手紙のこのような事務的な部分は、いつも決まって様々な個人的な問題で締めくくられていた。例えば、同書簡の末尾で彼は自らの領聖について次のような助言を求めている。

小生はこの度の斎《ものいみ》を守り、領聖したいと思うのですが、あなたの許可なくしてこれを行う勇気がありません。神父様、長老様は小生に祝福をくださいますか、それとも延期することをご指示なさいますか。従順な気持ちで、あなた様のご返答を一日千秋の思いでお待ちしております。心よりあなたに忠実で、あなたを敬愛する霊の子イワン・キレエフスキー[30]

マカーリイ長老は二月八日付の書簡でイワン・ワシーリエヴィチに以下のように応えている。

パイーシイ長老の伝記と彼の著作の第二版に対するあなたのご誠意とご協力は我々に大きな霊の慰めをもたらしてくれました。実は出版に加えてもらいたいと我々一同が願っている、長老の他の著作と翻訳がまだあるのです……この間の手紙で、ナターリア・ペトローヴナにはどの論文を掲載しようと考えているか書いておきましたので、あなたがたは手持ちの原稿を加え、我々のものに合併していただいて構いません。勿論、すべてを一巻に含めることは無理でしょうが、仮にバルサヌフィオスを掲載するとなると、さらに大きなものになってしまいます……四日にあなたがたに宛てて苦行者マルコスの説教八話の行書体の手稿を送付いたしましたが、果たしてそれを一般の印字で出版してよいものかどうかは判断できません。お知らせをお待ちしております。もしそれでよければ、同様の字体で取られたストゥディオスのテオードロスの写本もお送りします。[31] 新神学者シュメオーンの十二話も写し取りましたが、それらを時間内に読み通すことができれば、同じ便で送ります。また聖人伝を書く必要があります。シナイのグレゴリウス伝は目下書かれています。問答形式でマクシモスの伝記も書かれています。エウカイトのシュメオーン伝も同様です……大バルサヌフィオスに関しては我々のもとに単純で読みやすい字で書かれている本があります。ただこれが略語符だらけなのです。もしこれでも構わなければ、お送りしますので、採否の判断をお聞かせください[32]……あなたがたへ神の祝福が降ることを恃みつつ、我が敬意とともに爾の不当の祈禱者であり続ける罪多き修道司祭マカーリイ。[33]

数週間後、キレエフスキーは発病する。心臓の痛みが呼吸困難をともなっていた。だが彼は横にもならず、仕事に没頭し、それでいて、自分のパイプを手放そうとはしなかった。こうして三月と四月が過ぎた。五月の初旬には、もはや殆ど死の床にあった。五月十日、キレエフスキー家と親しい関係にあったエリザヴェータ・イワーノヴナ・ポポーワは自らの日記にこう記している。

聖神降臨祭の日……イワン・ワシーリエヴィチの病気は何と重く、そして彼の苦しみようはいかばかりであったろうか。オーウェル、リヒテル、プフェーリといった医師が彼の治療にあたった……キレエフスキーを知る者は皆、物憂げで怯えたような表情を浮かべて日に二度も彼の容態を聞き出そうと駆けつけて来るのだった。グラノフスキーは彼の危篤を知って泣いていた。[34]

また五月十六日の記述には、危険は高まったことが、そして五月十七日には、以下のような衝撃的な治療法が告げられている。

何とも恐ろしい一日だった。オーウェルは最後の手段に出るしかないと言ったのだ。つまり冷水療法である。頭に冷水をかける時に発する病人のうめき声は、霊を引き裂くものだった。[35]

この時のキレエフスキーの容態が周囲の人々に死の予兆を想起させたことは間違いない。修道院の記録とキレエフスキー家の人々の証言に基づいて伝記作家は彼の快癒を奇跡のひとつと見なしたとしても不思議はなかったのである。

親族たちが集まってきた。妹のマリア・ワシーリエヴナと弟のピョートル・ワシーリエヴィチもそこにいた。六月二日にキレエフスキーは車椅子でではあったが、初めて屋外に出ることができた……七月にイワン・ワシーリエヴィチは家族と連れだって、トロイツェ・セルギイ大修道院にも出かけている。[36] 一方、妹のマリア・ワシーリエヴナは兄の快気を祈願してキエフまで徒歩で出かけていた。[37]

そのとおり、マリアは三週間後にキエフに到着している。彼女がモスクワに戻った時、病の癒えたイワン・ワシーリエヴィチはオプチナを経由してドルビノに帰還していたのである。この件についても、オプチナの年代記作家は九月九日の欄に以下のように記している。

スキトの長、修道司祭マカーリイは修道司祭アントーニイ・ボチコーフ、修練士ピョートル・グリゴーロフを伴い、地主キレエフスキーのもとへ出かけた。十日の夕刻、無事帰還。[38]

ピョートル・グリゴーロフはかつて砲兵少尉だった。彼は当初、ザドンスクの生神女修道院の有名な隠遁者ゲオルギイ（マシューリン）のもとで修道士になるための修行を積み、一八三四年からオプチナ修道院に住んでいた。一八三六年からリャサフォル修練士（рясофорный＝見習いの最終段階）、一八五〇年からはポルフィーリイの名で剪髪したマント付修道士（мантийный монах＝所謂修道士）となった。彼は師父の著作の出版に関するマカーリイ長老の協力者の一人であり、キレエフスキー夫妻とも文通をしていた。修道司祭アントーニイはかつて世俗の作家で、いくつもの歴史小説をものしていた。一八二七年の妻の死後、修道士になる誓いを立てた。彼は十年間多くの修道院を巡り歩いた末、遂に一八三七年に修練士（послушник）になり、更に六年後に剪髪を受けたのであった。ここに記されている時期は、彼がエルサレムからスキトに戻って間のない頃であった（死後の一八七五年に彼の旅行記『エルサレムにおけるロシア人崇拝者たち（Русские поклонники в Иерусалиме）』と題する本が世に出ている）。アントーニイ神父は一八二〇年代末からキレエフスキー夫妻とは旧知の間柄であり、時折夫妻のもとを訪ねてもいた。

この頃までに、キレエフスキーはモスクワでの文壇生活から完全に離れてしまっていた。友人たちは彼を理解できなくなっていた。「一体これまで何も手に付かないとはどういうことか？」とシェヴィリョーフは一八四七年十月に彼に書き送っている。

君宛にポゴージン氏からの提案がある。来年から『モスクワ人』が月刊雑誌として再刊されるそうだ。私は再び批評欄に参加するつもりだ。本格的な論文を年二本でもいいから『モスクワ人』に送ってやってくれないか。それらは雑誌を飾ることになるし、大いに支えにもなる。それどころか、私は君を『北方時評（Северное обозрение）』の編集者の一人として迎えるよう依頼を受けているのだ……そちらにも一本ぐらい送ってやってくれ。そういうわけで、一年に論文を三本書くのだ。[39]

さらに彼はナターリア・ペトローヴナに対しても「ご主人にタラント（銀貨）の譬えを思い起こさせてください」と書いている。[40] だが、当時のキレエフスキーは神によって与えられたタラント（才能）を増やすことを考えなくなったのではなく、むしろ世俗の文学と距離を置くことによって、それを増やすことに専念していったと見なすべきである。注目すべきは、このことに気づいていたのは、マカーリイ長老と他の幾人かのオプチナの人々だけであった。

イワン・ワシーリエヴィチは聖師父文献を読み始める。それによって今や彼の愛好する西欧哲学者たちの名前はすっかり影をひそめてしまった。尤も、これら西欧哲学者たちと完全に袂を分かつことは、彼らとともに成長したキレエフスキーにとって困難なことであった。当時チャアダーエフは例外としても、キレエフスキーほどこれら聖師父のことを深く知る者はなかった。彼はそこに多くの輝かしい特殊性を見ていたが、同時に、西欧哲学の基盤の疑わしさに関する確信を抱き始めていたということでもあった。彼は日夜ノートにそれらの断片的な覚え書きを作成していた。これら未発表の原稿の中にも当時の彼の思考のあり方を探るヒントが溢れている。断片的ではあるが、彼は自らの思想の要諦を以下のように走り書きしている。

哲学と宗教、理性と信仰の間の矛盾に関するより本質的な誤解は、教養の不足、それに現代哲学の欺瞞的状況に基礎を置いている。……信仰に矛盾する哲学だけが発展し、西欧で多くの知恵を捉えることができたのは、西欧の信仰そのものがそれ以前に、教会についての正しい教義から離反してしまったからである……人間理性は神の啓示と同じ権利を獲得することで、初めは宗教の基盤となっていながら、その後は、自らがそれにとって代わることになる……ローマ教会は諸概念の外面的関係を追求し、そこから本質に関わる自身の結末を導き出そうとした形式的・論理的理性を育成したことにより、全世界教会から離反してしまった。このような外面的にすぎない理性は、自らの模造品をキリスト教全体の生きた意識の上に置くことによって、ローマを教会から切り離すことを可能ならしめたのである……哲学は学問のひとつではなく、信仰でもない。それはすべての学問をひっくるめた総体であり、共通の基盤である。そしてそれら諸学問と信仰の間を繋ぐ思想の導き手なのである……惨めな仕事、それは自らの信仰を頭で作り上げることに他ならない！……知識の最高の原理は正教会の中に保たれている……唯一神を志向するために創造された人間の知恵がひとつであるように、真理はひとつなのだから。[41]

キレエフスキーは哲学史全体を見直そうとする。それが如何なる形で結実するのか、彼はまだ知らない。しかし彼には、プロテスタントやカトリックの知的遊戯を排し、中世から現代に至る教会聖師父の著作に依拠することで、正教哲学にとっての理念的基盤を提示することが可能であると考えていた。彼はその場合、知的労働、熟慮、研究だけでは不十分で、ここでは自分の「内なる人間」に対する修徳的、禁欲的な労力、主や全聖人に対して理解を求める祈りが必要であると感じていた。「なぜならば、正教の信仰を持つ者は、完全な真理を得るために必要なのは理性の全一性（цельность разума）であり、この全一性を模索することが本人の思考の恒常的課題であることを知っているからである」と彼は注釈している。[42]

キレエフスキーはまた正教とその他のキリスト教との「理性の全一性」の概念の相違についても以下のように書き記している。

正教会における理性と信仰の関係はカトリック教会やプロテスタントの諸教義とは全く異なっている。何と言っても、この相違は正教会において神の啓示と人間の思考は交わらないという点にある。神のものと人間のものとの境界線は学問によっても、教会の教えによっても侵犯されることはない。信仰する思惟が理性と信仰を一致させるために如何に努力したところで、それは啓示の教理を理性の単純な帰結と見なすことも、理性の帰結に啓示の教義という権威を授けることもできないであろう。境界線は截然と引かれており、不可侵のものなのだ。如何なる総主教も、如何なる主教会議も、学者が深く考え抜いた考察も、如何なる権力も、何時如何なる時代の所謂世論の昂揚も、新たな教理を付け加えたり、かつての教理を変更したり、神の啓示の力をその解釈に帰し、かくして人間理性の説明を教会の聖なる教義と見せかけたり、もしくは啓示についての永遠の揺るがぬ真理の権威を、発展させたり、比重を変えたり、誤謬や個々人の良心に委ねられるべき諸学問の分野に持ち込むことはできないのである。[43]

一八四八～一八四九年にかけての冬をキレエフスキー夫妻は、オプチナ修道院の翻訳文献出版の雑務をこなすためにモスクワで過ごしている。イワン・ワシーリエヴィチは読んだり、原典と照合したり、翻訳したり、注を作成したり、何らかの思想を最も的確に言い表す表現を探したりという具合に手稿の仕上げにかかりきりだった。[44] ナターリア・ペトローヴナは紙の買い付けに奔走したり、収支決算を管理したり、印刷所（大学出版局かゴーチエの出版所）に出向いてはゲラ刷りを読み、事務的な手紙を書き、一人かもしくは夫とともに、書籍出版の様々な問題を抱えて、オプチナの出版事業を注意深く見守ってくれていたモスクワの府主教フィラレートのもとに相談に訪れるのだった。[45] 府主教は信心深い活動的な生活を送っていたナターリア・ペトローヴナを非常に敬愛していた。府主教の霊の父であるトロイツァ・セルギイ大修道院の掌院アントーニイ（メドヴェージェフ）はナターリア・ペトローヴナの霊の兄妹であった。かつては二人とも、サロフの奇蹟成就者、克肖者セラフィムの霊の子だったのである。府主教はいつも多忙だったが、しばしば彼女を迎え入れ、いつも注意深く接し、そのうえ親切だった。府主教は彼女とオプチナ修道院との繋がりを認め、祝福していた。マカーリイ長老は彼女を介して出版予定の手稿を府主教に送っていたのである。府主教はそれらに目を通しただけでなく、原文に照合しては、翻訳に手を加えることさえあったのである。[46]

一八四九年は夏中モスクワで過ごさねばならなかった。オプチナ関係の仕事がそうさせたのである。ドルビノへ赴いたのはようやく九月になってからのことであった（オプチナ経由で）。十二月は十五～十九日までマカーリイ長老が彼らのもとを訪れている。とは言え、領地の邸にではなく、森の僧庵、つまり修道士等の憩いのためにキレエフスキー夫妻が特別に設えた小さな丸太小屋を訪れたのであった。夫妻はこの小屋に、霊的な談話や出版事業に関する打ち合わせ、そしてもちろんお茶に長老を招く慣しになっていた。この度彼らのもとを訪れたマカーリイ長老は、前回とは異なり、一段とやつれたようにナターリア・ペトローヴナには感じられた。彼女は長老に当地、つまりこの小屋で数日間ではなく、数週間休息するよう提案した。長老は自分でもその必要性を感じていた。だがそこに問題が降って湧いてきた。典院モイセイは当初、数週間の予定で彼を送り出すことに同意したものの、間もなく自らの決定を翻したのである。この決定に対して、ナターリア・ペトローヴナは一八五〇年二月五日付けで典院モイセイに宛てて以下のようにしたためている。

あなたの無慈悲な拒絶によってもたらされた心の哀しみは、わたくしにとりましては寝耳に水のようであり、それだけに残酷なものです。……神父様にわたくしの深い悲しみの心情を吐露することは致しませんが、神父様の父親としての心と分け隔てのない良心に遜りと愛をもって語りかけ、神父様の足下にひれ伏し、涙とともに懇願申し上げます。もし今日がだめならばここ何日かの間にでも、このうえなく敬愛しております長老様にして、我々にとって身内のような方、そして霊の恩人でもあられますマカーリイ長老様を我々の所へ数週間の予定で送り出すという、わたくしがあなた様の聖なる僧院を訪れた折にお与えくださいましたお約束を慈悲深くご遂行なさるよう、心よりお願い申し上げます。[47]

典院モイセイは二月七日付で以下のような返答をしたためている。

爾の霊の訓告に対してお答えさせて戴きます。小生は決して、如何なる手段によっても、小生の愛し尊敬する修道司祭マカーリイ長老を爾から引き離そうとしたことはありません。……霊の徳益をめぐる長老との間断なき交渉は何の障害もなく認められております。しかし爾は誓いという意味で約束と書いておられますが、彼に数週間の暇を約束する権利を小生は持ち合わせておりませんでした。我々は天の王の至聖所の前で、何が起ころうと修道院にとどまる誓いを立てました。それが効力を持つ以上、我々は神の援けによって持ちこたえねばならないのです。長老マカーリイ神父は神の御心によって、主の先駆聖イオアンのスキトの長（скитоначальник）に選ばれております。[48]もし長老がスキトを何週間も留守にすることが彼自身に息抜きと安静をもたらすとお考えならば、それは正反対です。むしろその結果、長老がそれがために不可避的な霊の哀しみを覚えることで、修道士たちの間に混乱を引き起こさないとも限りません。それどころか、それは局外者による長老に対する誹謗にも似た結論や空虚な戯言を生み出すかも知れないのです。[49]

だがそれと同時に、キレエフスキー夫妻の哀しみの程を理解したのであろうか、典院モイセイは二月十三日、マカーリイ長老を短期滞在の目的で彼らのもとに送り出している。この日彼はナターリア・ペトローヴナに宛ててこう書いている。

長老マカーリイ神父は爾等が所望される霊的な談話のために出発しました。爾等が霊の喜びを受ける機会をいと慈悲深き主より賜らんことを！[50]

それでも尚、ナターリア・ペトローヴナは自らの要望に固持し続けた。この騒ぎはモスクワの府主教フィラレートの耳にも及んだ。三月七日付けで、彼はナターリアに宛てて書いている。

寛大なる淑女ナターリア・ペトローヴナ殿！　あなたは勿論、わたしの手紙に驚いておられることでしょう。わたしも、とりわけこの時期に手紙を書こうとは思いもよりませんでした。[51]　しかしあなたの地方から様々な情報と、それについての批判の声がわたしの耳に入ったものですから、それに遵って沈黙の罪を犯さないように懸念した次第です。あなたご自身の口から、修道生活をいとなむ人々の中から巡礼する者を受け入れるために孤立した庵を建てられたことを聞いたように覚えています。ところが今聞こえてくるのは、あなたがそこにマカーリイ神父を招待なさっておられ、しかもあなたがたのもとでの逗留期間がせいぜい数時間か一日の休息のためにではなく、一月かそれ以上に及ぶということなのです。あなたに申し上げたいことは、例えよい目論見であっても、行いとその結末の善良さに対して、必ずしもそれに見合う保証が得られるとは限らないということです。マカーリイ神父は修道院に住む多くの者の霊の父にして指導者であり、僧院を訪れる人々にとってもそうである以上、長期に亘る彼の留守は多くの人々を困難に陥れたり、落胆させる可能性があります。しかもこうした留守が通常の合法的な手続きによってなされたのではないとなれば、それは誘惑にも遠からぬ様々な憶測の余地を与えてしまうことになりかねません……尤も、主は長老たちにも、あなたがたにも、真に好ましい、霊にとって有益なことを吹き込んでくださることでしょうが。[52]

ナターリア・ペトローヴナは府主教にこの事態に関する詳細な弁明を書き送っている。

小屋と言うよりも、十二アルシン[53]ほどの別棟と言った方が的確かも知れません。それは仕切りによって四部屋に仕切られ、我が家を偶然訪れることになるかも知れない、我々が尊敬申し上げる長老様をお迎えし、くつろいでいただくための場所になればとの思いから、我々の母屋から少し離れた所に私どもが建てたものなのです。今年になってから、わたくしと夫は、マカーリイ長老様がご健康を損なわれ、胸と肩にたいそうな痛みを訴えておられ、過労から不眠症に苦しんでおられることを耳にしたものですから、ご本人にそこで暫くの間休息をとられるようご依頼申し上げようと考えておりました。そのために夫はわざわざオプチナに出向き、実際にマカーリイ長老直々に我が家を訪問し、一月ほど休息なさるようご提案、ご依頼申し上げた次第でございます。[54]

つまり問題は単純ではなかったのである。だが他面、こうした手紙のやりとりは、長老と霊の子の関係のあり方を明るみに出すことに一役買った感がある。ところが結局、事態はナターリア・ペトローヴナにも、掌院モイセイにも、マカーリイ長老にも如何なる不満を残すこともなく終息を迎えることとなった。少なくとも両者のわだかまりは、次のような不測の事態を契機に忽ち氷解したのである。それは同年の春、オプチナ修道院で穀物の不足が生じた時、ナターリア・ペトローヴナが邸の貯蔵庫から必要分を供出することを自ら名乗り出たことに端を発していた。三月十二日付けで掌院モイセイはナターリア・ペトローヴナに宛てて書いている。

修道院に必要量の穀物を供給するというあなたの誠意より出たる決定により、ここにあなたよりのご寄付を受領するための荷馬車を我々修道士一同衷心より感謝の念を以て手配させて戴きます。[55]

この春イワン・ワシーリエヴィチはペテルブルグにいた。当地のリツェイで長男のワシーリイが学んでいたのである。そこから毎日のようにドルビノの妻に宛てて手紙を書いている。彼はひとりか、息子をともなってカザン大聖堂を訪れたり、アレクサンドル・ネフスキー大修道院、ペテロ・パヴロフスク要塞の寺院などを散策している。五月十六日にナターリア・ペトローヴナは彼に手紙を送っているが、その一頁目はマカーリイ長老の手によって埋め尽くされていた。

ハリストス復活！……深く尊敬するイワン・ワシーリエヴィチ、森の庵からあなたにお手紙申し上げます。ナターリア・ペトローヴナはお子さまや諸々の人々とともに小生のもとを訪ねてくれました。自らご自身や小生にお茶を振る舞っておられます。主が罪深い小生に対するあなたの愛とお心遣いを記憶されますように。ここにしたためた言葉が健やかにご活躍のあなたとワーシャに出会えますように……神の祝福があなたがたすべての人々に降らんことを祈りつつ……あなたの罪多き祈禱者修道司祭マカーリイ。午後三時。まもなくベリョーフに向けて出発します。[56]

ナターリア・ペトローヴナはここで手紙を引き継いでこう書いている。

我が心の友ワニューシャ！　神に光栄あれ！　ここにあなたへの祝福と挨拶、我らが長老の心のこもった挨拶をお送りします。もちろん、これはあなたの霊の糧となることでしょう……神父様は昨日の正午すぎに我が家においでくださり、うちでお食事をなさり、別棟でコーヒーとお茶を所望なさいました。そこへ我々全員をお呼びになられたのです……神父様は有蓋四輪馬車で小川までお出かけになり、そこから私を迎えるために馬車をお遣わしになられ、御自身は徒歩で出発なさったのです……神父様は私を喜んでお迎えになりました。その時に私の霊が感じた嬉しさと言ったら！　神に光栄がありますように！　ですが、その時私の心がどれほどあなたと一緒にいたいと感じたことでしょう。部屋へ戻るとすぐ、この紙片を机から取り出し、神父様にすぐさまあなた宛に書くようお願い申し上げたほどなのです。それにしても神父様は何という優しさを以てあなたに書き、何と喜んで戴いたことでしょう！　ああ、ワーニャ、このことを目にすることは何と心地よいことだったでしょう……コーヒーやお茶、それにジャムのお皿をお出ししました……その後少しお話しした後、お帰りのお支度を始めました……神父様とお付きの修練士様は「常に福なり」を歌ってくださいました。何と素晴らしかったことでしょう！　我々はお祈りをして、十字架に接吻いたしました。[57]

五月二十二日、ナターリア・ペトローヴナはオプチナで今度は馬鈴薯の貯蔵が底をついたことを知った。彼女は邸の貯蔵庫に向かい、早速菰《こも》の叺《かます》に入った荷馬車四台分の馬鈴薯をドルビノから僧院へ寄進する決定を下したのである。

十月十七日に典院モイセイはナターリア・ペトローヴナに宛てて書いている。

あなたは善良な計らいにより神の賜りたる穀物収穫から一部を当僧院に対して割り当てになられました。今日僧院にては穀物不足のおり、ここにあなたの御寄進を受領すべく荷馬車を手配させていただきました。[58]

また同年十一月七日付の書簡にも、典院はこう謝辞を述べている。

修道輔祭カリストがお邸をお訪ねしました際、あなたは善良な計らいにより、目下少なからざる不足を来しております穀物を我が僧院に対してさらに御寄進なさる決定をされた旨の報告がなされました。あなたの慈愛に満ちたご好意に心よりの感謝を申し上げるとともに、発送の便宜を計るべくここに受領用の荷馬車を手配させていただきます。[59]

一八五〇年六月十九日、ゴーゴリはキエフへの道すがら、オプチナ修道院を訪問した後にドルビノのキレエフスキー宅に立ち寄っている。他ならぬオプチナ精神が充満していたここキレエフスキー宅で、彼は修道司祭フィラレートに宛てた不安に充ちた手紙を書きあげたのだった。その中で、彼はフィラレートを通じて僧院の修道士全員に熱心な祈りを乞うていた。

わたしの道は困難なものです。わたしの仕事は神の明らかな援助が毎時毎秒なくしては筆が進まぬといった類のものなのです。そのうえわたしの力は微々たるもので、天上から啓発されることがなければ存在しないも同然なのです……後生ですからわたしのために祈ってください。[60]

この偉大な二人のロシア人が一緒にすごしたのは僅か一日にすぎなかった。彼らは以前にも会ったことはあるし、ゴーゴリはしばしばキレエフスキーの母親アヴドーチヤ・ペトローヴナ・エラーギナのサロンを訪れ、キレエフスキーともモスクワの様々な会合で会ったり、食事をともにしていた。[61] とは言え、ここオプチナの近くでは事情は全く異なっていた。オプチナは二人を親密にし、同じ精神に結び合わせたのである。

この年の十一月と十二月、キレエフスキーはオプチナに来ていた。十二月、彼は降誕祭のための斎を守っていた。ところが、これに関して若干の混乱が出来したのである。マカーリイ長老はナターリア・ペトローヴナ、他ならぬドルビノの家の女主人にこの点についてこんなことを書き送っている。

あなたは正教会の雰囲気の中で躾られたにも拘わらず、ハリストスの聖体を領するために如何に準備をすればよいのか、その掟をご存じないとは小生には大きな驚きです。心を悲哀と謙遜のうちに維持する他に、霊の住居をも日頃から馴れ親しんでいる食事を節制することによって浄めなければなりません。ところがイワン・ワシーリエヴィチが我々のもとに到着すると、彼がオプチナ到着の前日に魚を食したことを聞かされました。五日とは言わないまでも、せめて三日は節制によって準備をしなければなりません……小生は彼を領聖させましたが、良心に痛みが残りました……小生は昨年もお宅に滞在したおり、斎の最中にあなたがたが魚を自由に摂取されていることに気づいて、そのことで心を痛めました。しかしこの期に及んで、あなたがたにこう言っておく必要があるでしょう。こうしたことは自らの良心に圧迫を感じずに許容することはできないのです。小生自身が罪を犯せば、あなたがたを甘やかし、それが罪に陥れることになるからです！　このようなことが二度と起こりませんように。[62]

これを境に、キレエフスキーは厳格に斎を守るようになった。一八五一年の夏と秋はすべてがドルビノの家の改装にあてられた。壁紙を貼り、装飾がなされ、建物の一部は再建された。八月までに図書室とイワン・ワシーリエヴィチの書斎が完成した。この月末に彼はペテルブルグからモスクワへ戻って来たが、そこでは妻の以下のような手紙が夫の到着を待ち詫びていた。

我が霊よ！　わたくしの愛しいワニューシャ！　心が愛おしく、深く愛する我が夫よ！……——ナターリア・ペトローヴナは書いている——おそらくあなたは、イヴェルスカヤと滅びし者を探し出す生神女のイコンのある小教会で祈っておられることでしょう、それは正直申し上げてわたくしが心から欲していたことなのです……神よ！　ああ、もし神の聖なる慈悲の援助によって、唯一待望久しい幸福を達成する——つまり神の教えを守ることができるなら——それによって我々の愛を主に証明することができたなら！……我が友よ！　我がワニューシャよ！　この人生において我らが主イイスス・ハリストスの聖なる教えを遵守できるようわたくしをお援けください！……わたくしをお援けください、否むしろ我が家の頭たる我が霊よ、わたくしをお導きください……天の王国とその真理を探しましょう。そうすれば、我が子たちとわたしたちの救い（これはわたくしの唯一つの祈りなのです）が我々のもとに近づいて来るかも知れません！　聖なる長老様は我々の支えとなり、彼らの助言と聖なる祈禱は我々の救いの碇となることでしょう！……我が霊よ、わたくしをお赦しください。あなたと同じ思想と願いによって交わりたいという霊の欲求に浸っております。わたくしのことをどうか至聖なる生神女にお祈りください。[63]

三、キレエフスキーの思想的原点としての東方的な全一的知性

一八五一年から翌年の初頭にかけて、キレエフスキーはマカーリイ長老から正教的精神に基づく論文を執筆すべく祝福を受けた後、「ヨーロッパの啓蒙の性格とロシアの啓蒙に対するその関係について」という壮大な論文に取り組んでいた（一八五二年にイワン・アクサーコフの編集による「モスクワ論集（Московский сборник）」の創刊号に掲載された）[64]。これはロシアと全ヨーロッパ（「西欧」）の比較文明論を構想して書かれたのである。キレエフスキーはそれら両文明の精神的・文化的基盤の差異を考察するにあたって、以下のような根本命題から出発していた。「キリスト教は西欧はもちろん、ロシアにおいても、諸民族の知的営みの本質をなしてきた」[65]。にも拘わらず、十九世紀中庸にはすでにヨーロッパにおけるキリスト教文化の危機がかくも声高に叫ばれるようになったのは如何なる理由によるものなのか。西欧文明が「十全な発展」を遂げていながら、「不満や裏切られた希望の感覚が西欧全体に広がった理由は何なのか」[66]と。そこで彼は、西欧文明の精神的・文化的統一は、ヨーロッパの民族文化が形成される基盤となった共通の遺産に淵源を持つものと考えた。それはすなわち、（キリスト教以前の）ローマ的異教の合理的個人主義と、外的な世界統一の盟主たることを自負していた西欧的・ローマ的キリスト教である。キレエフスキーは書いている、「キリスト教は専らローマ教会の教義を介して西欧の民族精神に浸透した」が、普遍教会（Вселенская Церковь）の霊的・認識的経験の多様性を受け入れることはできなかった。そこから「西欧の神学は悟性による抽象的性格を取る」[67]ようになったと考えたのである。すべてをスコラ哲学の所謂外面的統一と規律に帰せようとする「悟性による抽象化」の志向は生活のそれ以外の側面を圧迫し、結果的に外面の内面に対する、形式の内容に対する優位を確立させたのだと。こうした傾向こそが、「内的な本質認識に対して外的な悟性認識が優位を占める」西欧人特有の知的構造の形成に寄与したのだとキレエフスキーは結論づけるのである。「七百年にも及ぶ果てしない、うんざりするような概念の遊戯、この無益な、知的洞察に対する抽象的範疇のめまぐるしい移り変わりは、当然の結果として、悟性や論理より

も高い領域に存する生きた信念に対する完全な盲目状態を招来した」。[68] 西欧人のかかる思惟の形態は、信念（信仰）を三段論法に基づいて論証しようとしながら、実は信念の内容であるはずの真実そのものを歪めてしまっているとキレエフスキーは指摘する。かくして「西欧人は自らの抽象的理性を究極まで発展させることで、その抽象的理性からは出てこないあらゆる信念に対する信仰をなくし、またこの理性を発展させた結果、理性そのものの全能に対する最後の信仰をも失ってしまったのである」。[69]

ところが、このヨーロッパの精神的態度がロシアに与えた影響は、それがヨーロッパ自身に与えたものとは正反対のものになったことをキレエフスキーは強調するのである。ロシアでは「ヨーロッパの蜃気楼」に魅了された人々は少数であったし、「西欧思想の諸現象を追跡した多くの人々も、やがてヨーロッパ的教養の欠陥を確信するに至って、西欧的知性によって評価されなかった文明の特殊原理に関心を向けていった。この原理こそかつてロシアが生きる拠り所としたものであり、今でもヨーロッパの影響を受けずにそこにとどまっているものである」。[70] その意味でも、ロシアがビザンツから継承した東方教会の精神的遺産は大きかった。何といっても、「東方教会の著述家は三段論法の仕組みがもつ偏見に陥ることなく、キリスト教哲学の際立った特性をなしている思弁の充満と全一性とを絶えず固守していた」[71] からである。この「東方教会の著述家」には、キレエフスキーが取り組んでいた聖師父等も含まれるが、西方教会の学者たちが知的活動の霊感を専らラテン語の文献に求めたのに対して、教会分裂以前から存在していた聖師父はその大部分が教養あるギリシャ（ビザンツ）人であったことを忘れてはならない。これら聖師父たちの持つ意義をキレエフスキーは次のように説明している。

言うまでもなく、東方教会の著述家たちにキリスト教教理について何か新しいもの、最初の数世紀の著述家になかったものを求めるべきではない。だが、この点にこそ彼らの長所があり、この点にこそ彼らの特質もあると言える。つまり、彼らはキリスト教教義の核心というべきものを純粋かつ十全な形で保持し支えてきた。所謂真の信念の内奥部につねに踏みとどまることによって、そこから人間知性の諸法則も、それを真の知識へ導く方途も、様々な形をとって顕現してくる知性の逸脱の外的な兆候も、内的な原動力もより鮮やかに看取することができたのである。[72]

このことからも、東西ローマの分裂が教会教義の観念のみならず、哲学的思惟の方法に関する差異をも生ぜしめたことはもはや明らかだろう。こうした問題がキレエフスキーの意識に生じたのは、「東方の思想家が思弁の真理を志向する際、何をおいても、思惟する精神の内面が正しい状態にあることに配慮するが、西方の思想家は諸概念の外的結合により多くの関心を払う」ことを、彼自身の思索の経験から感じていたからでもあった。[73] 彼はこの点に関して、以下のように詳しく説明している。

東方の思想家は真理の充満を獲得するために、理性の内的な全一性、すなわち個々の精神活動のすべてがひとつの生きた至高の統一体に織り合わさった、所謂知力の核心を追求するのに対して、西欧の思想家は、完全な真理の獲得は各々が孤立して自力で活動する区分された知力にとっても可能であると見なしている。彼らにとって、道徳性を理解するための感覚と、美的特性を理解する感覚とは別物なのだ。また益なるものを理解するには特別な意味を、真理を理解するのは抽象的悟性を必要とする。しかもいずれの能力もその働きが完結しないかぎり、お互いがその能力の内容を知ることはない。[74]

ロシアが中世において、東方的思考方法を抵抗なく受け入れた例外的な国であることは自明である。その理由について、キレエフスキーは確信をもってこう書き留めている。

正教会の聖師父の教義はキリスト教の最初の嘉音とともにロシアに伝えられたと言うことができる。これら聖師父の指導のもとで、ロシアの生活習慣の基礎をなす根本的なロシアの知性が形成され、鍛錬されたのである。[75]

キレエフスキーのこの論考は、驚くべき深さと、迷いのない率直さと愛をもって書かれている。ここで語られているロシア民族に関する真実が如何に高邁な精神に貫かれているかは、すべてではないにしろ、多くの記述に関して、それが一連の愛国主義者やスラヴ派の論客にとって論争的なものと映ったことからも窺える。キレエフスキーの論文に認められるのは、自国の民族に対する歓喜と賞賛ならぬ、学術的な（歴史的かつ哲学的という意味で）網羅的考察と事実の集積である。彼のロシア民族に対する基本的な見方は以下の言葉に最もよく表れている。

ロシア人は宮廷官の金襴《きんらん》よりも、瘋癲《ユロージヴィ》行者の襤褸《ぼろ》を敬っていた。贅沢はロシアにも浸透したが、隣国からの疫病のようなものであった。贅沢を詫び、その影響を蒙ることを悪徳と見なすようになるのも、宗教的のみならず、道徳的・社会的にもそれが不法であると感じていたからである。西欧人は外的な手段によって内的な欠陥の重荷を軽減する方法を模索していた。ロシア人は外的な需要に対する内面性を優越させることによって、外的な要求の重荷を回避することを志向していた。[76]

ロシア人のこのような道徳的性格の形成は、キレエフスキーに拠れば、国内における異国の外的文化の普及の仕方に大きく関係していた。だがその勢いが外的誘惑或いは不可抗力によって加速したのは事実としても、「ロシア人は自分たちの父祖の風俗や習慣の中に何か神聖なものを見ていた」ことを重視するのである。彼は手記においてもこの問題をこう推論している。

通常ロシア人は、良心に反する文化（образованность）に屈服するが、それは自己の中に対抗する力を見い出せずに悪に対してそうするのと同じである。異国の風俗や習慣を受け入れるにあたり、ロシア人は自らの思考方法を変えるのではなく、それを裏切るのである。始めのうちは心惹かれ、屈服するが、やがては自分の生活様式に見合った思考形態を作り上げてしまう。それ故、教養人になるためには、人は何よりもまず、多少なりとも自己の内的信念に背く者にならなければならない。[77]

しかしながら、キレエフスキーに拠れば、「ロシア国民が自らの純粋な信仰と、この信仰から生まれる多くの価値ある諸々の性質を未だ失わずに今日に至っている」[78]以上、ロシア文化はその凋落を免れ、かつての自立的文明の中で発達する可能性を残していると断言している。

最後にキレエフスキー自身による本論考における総括を、若干の重複を承知で以下に掲げるが、これを見れば、ロシアが継承した東方的思惟の形態、更には文化の歴史的方向性というものが、悉く西欧のそれとは対極的な世界観をなしていることが会得されるだろう。

キリスト教は専らローマ教会の教義を介して西欧の民族精神に浸透した。ロシアにそれが点灯されたのは、正教の教会全体が有する幾つかの燭台においてであった。西欧の神学は悟性的抽象という性格を取ったが、正教世界においてそれは精神の内的全一性を保っていた。あちらでは理性の力は分裂したが、こちらではその力の生きた統合を志向した。あちらでは知性は諸概念の論理的結合によって真理へと向かうが、こちらでは自意識が心的全一性と理性の集中へと内的に高まることによってそれを志向した。あちらでは外的な死せる統一を模索したが、こちらでは内的な生きた統一を志向した。あちらでは教権と俗権を結びつけ、教会と世俗の意義を、混淆的性格を有する既成の組織へと融合させることによって、教会は国家と混ざり合ったが、ロシアでは教会は世俗の目的や組織とは混淆することなくとどまった。あちらでは教条主義や法制度が幅を利かせたが、古代ロシアでは最高度の知識をおのれに集中させていた敬虔な修道院がその役割を果たした……あちらでは階層の分化は敵対的になされたが、古代ロシアでは自然の多様性を保ったまま、調和した総体が君臨していた……あちらでは形式論理的合法性が支配的であったが、こちらは生活習慣から発するそれが優勢であった……あちらでは党派の精神は動揺を来たすが、こちらでは根本的な信念は不動であった。あちらには流行の移ろいやすさがあり、こちらには生活の確固たる基盤がある……あちらには空想的な脆弱さがあるが、こちらには理性力の健全な全一性が保たれている。あちらには自己の道徳的完成を悟性的に確信することによる精神の内的危うさがあるが、ロシア人には自己に対する絶え間なき猜疑心と道徳的完成への限りなき要求による内的な自意識の深い静謐と安らぎがある。つまりは、あちらにあるのは精神の分裂、思想の分裂、学問の分裂、国家の分裂、階層の分裂、社会の分裂、家族の権利と義務の分裂、道徳的・心的状態の分裂、全総体および人間存在、社会存在、個人存在といったあらゆる個別形態の分裂なのである。それとは反対にロシアでは、外的および内的存在、社会的および個人的存在、思弁的および生活的存在、芸術的および道徳的存在の全一性を優先的に志向する。それ故、もし我々がこれまで言ってきたことが正しいならば、分裂と全一性、悟性の働きと理性の働き、これこそが西欧および古代ロシアの文化を表す究極の表現ということになろう。（傍点は原文）[79]

それればかりか、キレエフスキーはスラヴ派にとって不可避の問題にも言及しないわけにはいかなかった。彼はこう問いを発している。

ロシアは何故にヨーロッパを規定しなかったのか。ロシアは精神の正しく、包括的な発展のかかる礎を蔵していながら、何故に全人類の知的活動の先頭に立つことがなかったのか。[80]

彼はロシア生活の多くの側面に生じた西欧化の事実に関しては率直に受け入れる。加えて、彼は古きロシアを徒に「甦らせ」、現代の生活に導入することを要求しているわけでもなかった。そうすることは病的でもあるし、自然なやり方ではないと考えるのである。彼はヨーロッパの文明が一面的であることを意識するようインテリゲンツィアに呼びかけているのである。彼は如何なるイデオロギー的な処方も与えることなく、以下のような希望を述べているにすぎない。

わたしが望むのは次の一点である。すなわち、聖なる正教会の教義において保持されている生活の諸原理が、我が国のあらゆる段階と階層からなる信念に完全に浸透すること。これら至高の諸原理がヨーロッパ文化に君臨するも、それを圧迫せず、むしろそれを自己の十全性によって包括し、それに最高の意味と最終的な発展を付与すること。我々が古代ロシアの中に認めている存在の全一性が、永久に我ら正教ロシアの現在および未来の運命を決定づけることである。（傍点は原文）[81]

この論文の抜き刷りをキレエフスキーは親しい友人たちに送ったが、彼はそうすることで自主的な「検閲」制度を確立しようとしていたかのような印象すらある。そこでキレエフスキーは自らの論文を加筆した後に再版するために、彼らの忌憚のない意見や助言を求めたのだった。注目すべきは、抜き刷りがオプチナのマカーリイ長老にも宛てて送られたことである。[82] これに対して、修道院を代表してキレエフスキーに返信を寄せたのは、なぜか典院モイセイ神父であった。

貴殿による聖なる修道院と不当の罪僕への御記憶並びにキリスト教的御厚意を賜り、我等修道士一同は貴殿の健康と平穏に関する謙遜なる祈りを、永久に神の宝座に献げることを義務と心得るものであります。（一八五二年五月六日付）[83]

典院モイセイの書簡では、キレエフスキーの論文について一言も触れられていないが、その理由は、同年五月、マカーリイ長老が修道士イオアンをともなってセルギイ大修道院（ラヴラ）を訪れた後、十三日にはモスクワに到着していたからである。長老はモスクワで片付けなければならない多くの雑用を抱えていたのである。彼は後日この時の様子を或る人物（不詳）に宛てて以下のように書いている。

同日、我々は府主教座下[84]を訪ねたのですが、座下は我々一同を慈悲と好意をもって迎えてくださいました。かくしてモスクワ滞在もはや八日目になりますが、相変わらず様々な用事や、知り合いや恩人を訪ねる義務をこなすなど忙しく動き回っています……我々は逗留先の方々にすっかりお世話になっております。完全に独立した部屋の数々や特別な入り口、馬や馬車、賄いに至るまで何も言うことはありません。主よ彼らを救い給へ。[85]

そのマカーリイ長老一行がモスクワの逗留先としたのは、ホロム袋小路の赤の門近くにあるキレエフスキー宅であった。キレエフスキーが論文を送った直後、入れ違いのようにマカーリイ長老の一行が直々にモスクワの彼の自宅を訪ねてきたのである。長老はと言えば、ここを起点として所用をこなす傍ら、イワン・ワシーリエヴィチの新しい論文を改めて通読することができたことは言うまでもない。知人に宛てた同じ手紙の中で、マカーリイ長老はこの論文に関する宛先人の何らかの意見に対して次のように反論を書いていることも興味深い。

キレエフスキー氏の論文に関するあなたの御意見に小生は賛同しかねます。小生の見方に拠れば、彼はヨーロッパの偽りの文明をかなりよく描き出し、我々のルーシを肯定し、文明の根源を何処に求めるべきか、つまり正教会の聖師父の教義においてであり、西欧の哲学者においてではないことも指摘しています。小生にはあなたが、彼は自らの筆をより慎重に運ぶべきだったとおっしゃっておられますが、その真意を測りかねているくらいです。[86]

マカーリイ長老は自分の霊の子であるイワン・ワシーリエヴィチとナターリア・ペトローヴナの住むモスクワの住居で、彼らの細心の配慮に見守られながら丸一月を過ごしたのだった。この頃、イワン・ワシーリエヴィチは長老の助言にしたがって日記をつけ始めた。五月十五日、その最初の頁に長老は手づから祝福の辞を非常に細かい行書体でこう記している。

主よ、福を降せ。主がシオンより爾に福を降せば、爾イエルサリムの栄を見ん。我等は全ての所業と企てに神の援けを求めん、蓋し主謂へり、我無くして何事をも成らざらんと。主は神の誡めに適ふ正しき信仰と善き行ひを我等に求めたればなり。然るに爾等神の命ぜし事を悉く行ひたれば斯くの如く言はん、蓋し我等囚れの僕にあらずと。我等為すべく定められし事を為したりと。此れ主の謂ひし事なり。主亦謂へり、爾等我が恭順にして、心遜れるを倣ぶべし、ならば爾等の霊には平安あらん。痛悔して謙遜なる心を神は蔑んじ給はず。正教の信仰を守り、聖なる教会と牧者と我等の教導師に遵はん。教会は真理の柱と確立なればなり。我等の救いの為に、慈悲深き我等の護り手たる女宰、生神童貞女マリアと我等が聖なる神使にして護り手、及び聖なる神の僕に侍まん。彼等の祈りは我等に多くの執り成しを能く為さん。己の力に応じて、思念《おもひ》、言葉、行ひに於る隣人への愛を保つべく努めよ。蓋し愛は多くの罪を覆ひ隠せばなり。然るに此は自我の切断と謙遜無くして成就すること能はず。亦隣人への愛無くして、第一の遺訓たる神への愛も叶ふ能はず。我等如何なる善を為せりと雖も、上述の如く、其処に我等の救ひを置くこと能はず。我等主イイスス・ハリストスの尊血に因る贖ひの希望を冀ひ、我等皆罪深き故に、主の罪人を救はんが為に来たりし事を記憶すべし。神の仁慈に恃み、常に謙遜にて悔い改め、我等が良心に平安と安寧を享けん。衆人と我罪深き修道司祭マカーリイに我が熱心に求むる処は斯くの如きものなり。[87]

この時期、聖大バルサヌフィオスと預言者イオアンネスの書物の写本に関する仕事が進行していた（すでにこの年の一月に開始されていた）。つまりギリシャ語から教会スラヴ語への翻訳が行われていたのである。イワン・ワシーリエヴィチはオプチナの修道士等によってなされた翻訳の校訂を担当していた。二月のスキトの記録にはこう書かれている。

モスクワで聖大バルサヌフィオスの書物の印刷が、マカーリイ神父の霊の娘、神を愛するナターリア・ペトローヴナ・キレエフスカヤ夫人の特別の監修のもと開始された。[88]

これはきわめて難解な、しかも大部の（七百枚にも及ぶ）写本であった。この写本をオプチナに持ち込んだのは、克肖者パイーシイ・ヴェリチコフスキーの弟子たちであった。[89] パイーシイはさらに以前、それをアトスから持ち出していたのである。マカーリイ長老はこの出版を準備するにあたって、同書の教会スラヴ語からロシア語への翻訳にも取りかかっていた。これは歴史的に貴重な聖師父文献であったばかりでなく、霊的修行を行う修道士に正しい指針を与えてくれるという意味でも、教訓的価値のきわめて高い文献であった。それ以外に、キレエフスキーは霊的修行の最高峰に位置するシリアの聖イサアクの著作集についても、教会スラヴ語からロシア語への翻訳作業に参加していた。[90]

ここに一八五二年の夏に書かれた日記の記述（これまで完全な形で公表されたことはない）の一部を紹介しておこう。

六月五日、聖餐式に臨む。[91] 公証人のもとへ行って来た……お茶の席にマカーリイ長老がいた。内なる言葉（внутренное слово）と謙遜（смирение）について語っていた。曰く、「我々が兄弟の目に物屑《ちり》を見るならば、我々の目には必ずや梁木《うつばり》があるはずである。[92] つまり、我々は他人の悪を目にするまで、内なる謙遜は生まれないということだ。謙遜なる人には誰もが自分より優れているように思われ、誰もが高潔な人々に思われる」。わたしはこれに対して、「もし我々の目に万人が高潔と見えるならば、これがもとで、少なくとも俗世間においては種々の災難や不快事が起こりかねない」と述べた。「主はこうした誤解から生じかねないこれら災難や不快事から、謙遜なる人をお守りくださる」と神父は応えられた。知恵の祈りについて。[93]

（六月）六日、シリアのイサアクの翻訳を照合した。[94] マカーリイ長老のもとで痛悔。——ホミャコーフ。

（六月）七日、妻と三人の子供とともに聖機密に与った。[95]――午前中、シリアのイサアクのスラヴ語からロシア語への翻訳に従事する……徹夜禱に臨む。

（六月）八日、聖餐式に臨む。夜、マカーリイ長老とシリアのイサアク、知恵の祈り、真実性（правдивость）について話し合う……

（六月）十日、バルサヌフィオスの目次作成に従事する。[96] 午後、そして夜もマカーリイ長老とともにすごす。

（六月）十一日、マカーリイ長老を（県境の）関所まで見送る……バルサヌフィオスの目次作成およびその他の校正を行う。

（六月）十二日、バルサヌフィオスの目次作成。校正……

（六月）二十二日、聖餐式に臨む……ソコーリニキで徹夜禱に臨む。庭園を散策する。自分の論文の続編としての正教哲学の計画[97]……

七月二十七日、三つの喜び（Три радости）[98]で聖餐式に臨む。「我等慎んでヘルビムに則り、聖三の歌を生命を施すの聖三者に奉りて……」[99]、第一二聖詠七、「我爾の慈悲に恃まん。爾の救ひを我が心は喜び受けん。我に善を施せし主を讃揚げ、いと高き主の名を歌ひ讃めん」。――主が我が祈りを寛大にして聞き入れしことを告げ知らされしにより、この先人生の全ての瞬間の私利私欲に基づく目的を切断し、万事を主に委ね、思考の働きの全てに於て主の聖なる名の讃栄を求むる力を我に賜はんことを全能の神に求む。――「天の国とその義を求めよ。しからば他のものは全て爾に附かん……」。

（七月）二十八日、グレーベンの生神女教会での聖餐式に臨む――プレチースチェンカ並木道から徒歩で。キュリロスとメフォディオスの聖者伝……聖師父の著作集……

八月二十四日、信仰は知識に対立するものではない。むしろ、信仰は知識より高度なレベルであると言える。知識と信仰が相互に反発し合うことがあり得るとすれば、それは前者が考察（рассуждение）、後者が推測（предположение）である低次元においてのみである。信仰と理性的信念が異なるのは、後者は理性にのみ従属する対象への確信であるのに対して（例えば、数学の問題における）、前者は理性だけでは包括しきれず、自らそれを会得するためにすべての認識能力の総合的、全一的働きを要求する対象への確信である点（例えば神について、そして我々と神との関係の問題）においてである。[100] 人間の知恵が唯一の神、至仁にして全知なる神慮者（Промыслитель）の存在に関する生きた信念に貫かれるためには、論理的意味のみならず、道徳的意味、それに美的意味さえも、人間において強く発展させられるべきである。個々の知的および霊的な力はある総合的な活動のために集められ、ここから原初的全一性へと集約されることによって、知性には特別な意味が点火され、それによって人間は理性だけの視力には到達できない対象を認識することになるのである。それゆえ、理性にとっては多くのものがその法則に甚だ抵触しているように思われたとしても、知恵の最高度の意味からすれば、それは最高度の秩序の表れということになる。[101]

七、八月とそれ以降も、キレエフスキーとマカーリイ長老はシリアのイサアクの四十一の説教をパイーシイ・ヴェリチコフスキー長老のスラヴ語訳からロシア語へ翻訳する仕事に取り組んだ。これは府主教フィラレートの祝福を受けて行われた。七月二十九日、マカーリイ長老はキレエフスキーに宛てて、「神の援けを得て、シリアのイサアクの第一説教をロシア語に移し換えることができました」[102]と報告している。時を同じくして、府主教フィラレートはマカーリイ長老にトロイツェ・セルギイ大修道院の某訳者によってなされた同書の完訳を送り、それに目を通して手を加えるよう依頼してきた。その後、大修道院の翻訳はキレエフスキーのもとへ転送された。彼は第一「講話」の翻訳に関して、マカーリイ長老の解釈が大修道院の翻訳者よりも優れていることに気づいていた。[103] その後、キレエフスキーはこの大修道院版を手に府主教フィラレートを訪れている。[104] その結果、オプチナ版翻訳を印刷することが決定されたのである。

また、イワン・ワシーリエヴィチはマカーリイ長老にロシア語訳は教会スラヴ語訳に較べて失われる部分が多いことを率直に指摘していることも注目すべきである。

スラヴ語訳では表現のみならず、言葉のニュアンスそのものにおいても、意味はより十全になります。例えば、神父様の訳では、「心は神の愉悦を得る代わりに、夢中になって様々な感覚に仕えることになる（Сердце, вместо Божественного услаждения, увлечется в служение чувствам.）」となっていますが、スラヴ語訳では、「心は様々な感覚に奉仕することで、神の愉悦から散漫になってしまう（рассыпается бо сердце от сладости Божия в служении чувств.）」となっています。〈愉悦から散漫になってしまう〉という言葉は、外的な論理性から判断して不正確な言い方かも知れませんが、知恵に真実の概念を吹き込んでおり、そればかりか、神の愉悦に到達可能なのは心の全一性のみであり、この全一性を保持していなければ、心は外部の感覚に奉仕することになることを会得させてくれているのです。（一八五二年八月十二日付）[105]

マカーリイ長老はこれに対して次のように応えている。

パイーシイ長老の翻訳が全ての面においてロシア語訳を凌駕しているというあなたの意見に小生も賛成です。そもそも小生の理解するところでは、それ以外のものは必要ないのです……スラヴ語の言葉は、ロシア語では如何とも表現し難いような、偉大で、高邁で、神秘的な何かをしばしば含んでいます。小生としても、できるだけ多くの場合、高邁な意味を表すスラヴ語の単語をそのまま残すことに両手をあげて賛成したい……しかし本書がロシア語に翻訳されている以上、必要不可欠なことを優先させなければならないこともあるのです。(一八五二年八月十八日付)[106]

キレエフスキーとマカーリイ長老のこうした対話は、表面的には各々の訳語の可否をめぐるものでありながら、聖師父の著作を通じてロシアに伝えられた正教的真理の概念を丹念に追究し、それに忠実たらんとする態度の現れとして、パイーシイ・ヴェリチコフスキイの精神を確実に受け継ぐものであった。若い頃(一八三六年)、妻の影響でシリアのイサアクの著作を読み、その内容に大きな関心を抱いたキレエフスキーにとって、ギリシャ語の原典とパイーシイ長老のスラヴ語訳との比較検討が、マカーリイ長老から直に霊的指導を受ける喜びと、彼自身が意図していた正教哲学の理念的礎の確立という二つの目的を同時に実現させる重要な契機となっていたことは疑いのない事実である。

八月二十六日のキレエフスキーの長老宛の書簡は、専らこの話題で埋め尽くされている。キレエフスキーは以前にも問題になったグノーシスの訳語「理性」や「認識」のみならず、「講話」の翻訳全般に関する見解をフィラレート府主教に伝える機会を窺っていたが、他方、マカーリイ長老が第一「講話」で用いている「観照(созерцание)」や「善(доброе)」については、スラヴ派の思想家としての立場から以下のように異論を唱えることもあった。

なぜ神父様は видение(見解、洞察)や зрение(眺め、展望)といった語より созерцание(観照)の方を好まれるのでしょう。新しい語で、西欧の思想家に好まれているこの語は видение より рассматривание(分析、検討)という意味を多く含んでいます。したがって、例えば、ум от состояния молитвы возвышается к "степени рассматривания”（知恵は祈りの状態から〝分析の段階〟に昇りつめる）とは言えないのと同じ理由で、“степени созерцания”（〝観照の段階〟）とも言えないのです。もしひと度、ギリシャ語の θεωρία を видение と訳すとなると、恒常的にひとつの単語にひとつの意味を持たせるのがよいと思われます。そうすることでスラヴ人とギリシャ人の宗教著述家の霊的な言語に対応する正しい哲学言語が我々によって体系づけられることになるからです。（一八五二年八月二十一日付[107]）

これはギリシャ語やスラヴ語による正教真理を体系化された言語として集積化しようとするキレエフスキーならではの発想である。彼はさらにこう提言する。

また二つ目の単語 доброе（善きもの）はスラヴ語においては、ロシア語の прекрасное（素晴らしきもの）と同義であると思われます。神父様は至る所でロシア語訳でも доброе を充てておられます。このため、明解な意味の違いが表れない箇所が生じているのです。例えば、第二十七講話の末尾の部分で、シリアのイサアクは доброе（良きもの）（本来の意味における）も изящное（優雅なるもの）もその完成を理性の副次的位階（второй чин разума）に従属させているのです。スラヴ語では前者が благое（福《さいはひ》なるもの）、後者が доброе（善きもの）とも呼ばれております。したがって芸術の活動全体がこの段階の理性の領域に属するものと見なすことができるのです。ところが、изящное もしくは прекрасное を доброе で代用するならば、こうした意味はすべて失われてしまうことになります。（同日付[108]）

キレエフスキーのこうした見解は彼の聖師父文献への造詣の深さを示すとともに、ロシア人がギリシャ語（スラヴ語訳）の著作から神の真理を受容し、認識するにあたって直面する様々な概念的問題を彼がよく理解していたことを物語っている。キレエフスキーは一八四〇年に学区視学官のセルゲイ・グリゴーリエヴィチ・ストローガノフ伯爵に宛てて「ロシアにおける初等教育の方向性と方法に関する覚え書き（Записка о направлении и методах первоначального образования в России）」という文章を書いたが、そこで彼は自らの経験に則して、ロシア民衆に信仰と教会の習慣を学ばせる最善の方法である教会スラヴ語の教育を提案しているのである。彼は問題の所在を最近のロシアの信仰のあり方に認めつつ、次のように主張する。

今日まで専ら上層階級にのみ蔓延していた無信仰（неверие）は教義に対する無知から生じたのではない。むしろ教義に対する無知や忘却こそが無信仰から生じているのである。その原因は教義に関する誤った理解にではなく、信仰を取り巻く思想の誤った発展、哲学とりわけその論理的部分に属する諸概念の誤った教育に求めるべきである。[109]

当時キレエフスキーが痛感していたロシア固有の精神的風土への再認識とそれにともなう教育的理念とは、そもそも西欧哲学が認識能力に対する唯物論的見解を捨象する余り、様々な学問における精神的事象に関する唯物論的理解をも同時に無効化してしまうことへの不満に発していた。こうした弁証法が人間を信仰から引き離し、論理的理性のみを有効な手段として認める可能性を彼は看破していたからである。そこでキレエフスキーはロシアの民衆に教会の礼拝を理解させ、その内容を具体的に知悉させることを提唱する。彼は書いている。

我が正教の奉神礼は、学校で教えられている教義だけでなく、教養人の知的探求心を呼び起こす殆どすべての

> 問題についての完全かつ詳細な記述を内に含んでいる。したがって、ロシアの民衆が教会に通うことで、礼拝を理解することができれば、教理問答書（катехизис）を学ぶ必要はなくなるであろう。それどころか、教理問答書から知り得るより遙かに多くのことを学び取り、理性と心を同時に啓蒙することによって、信仰に関わる個々の真理を記憶によらず、祈りによって習得することになるであろう。だがこのためにはロシアの民衆に欠けているものがひとつある。それはスラヴ語の知識である……何と言っても幸運な巡り合わせにより、スラヴ語は信仰を高め、民衆の道徳を浄め、その家族的、社会的、国家的関係を強めることのできない一冊の有害な書物も、一冊の無益な書物も持たないという優越性を、ロシア語、ラテン語、ギリシャ語、それに文字を持つすべての言語に対して持っている。わたしがそう考える理由は……教理問答書の微妙な表現に代わってスラヴ語を学ぶことが、宗教とは別個に扱われる学問の中で、民衆にとって害となる恐れのあるものへの最も強力な抵抗の一手段となり得るからである。[110]

聖バルサヌフィオスと聖イオアンネスの書の出版作業は遅々として捗らなかった。マカーリイ長老は一八五三年五月にモスクワからオプチナに、同書が世に出るまでにさらに二か月ほどかかること、予定通りに事が運んだとしても、「出版の早期実現のために、彼ら〔キレエフスキー夫妻〕の努力と尽力があればのことであるが」と書き送っている。つまりオプチナの出版活動の成否がキレエフスキー夫妻の働きにかかっていたのである。

> 彼らは自ら校正作業にもあたっているが、目下のところ彼らが当地にとどまっているのは、専らこの目的のためである。だが彼らの尽力がなければ、同書の完成は遙か遠い未来のことになってしまうだろう。確かに、これは彼らにとって少なからぬ負担となっている。モスクワの生活費は田舎とは比較にならないほど高いのだ。主が

彼らの情熱と敬虔さに報いんことを。[111]

この夏、ナターリア・ペトローヴナは少なくともオプチナ修道院にとっては重要なもうひとつの案件についても奔走していた。修道院は長らくジズドラ川流域の草地を干草用牧草地として賃借りしていた。これは通称「大空地(Пустошь Прость)」と呼ばれる四十六デシャチーナ〔ヘクタール〕の土地だった。この空間には三つの小さな湖の他、やはり小さな樫の林があった。一八五三年六月の末、スキトの記録者は以下のような喜ばしい出来事をこの帳面に書き込んでいる、「修道院はこの草地を自らの所有地に加えた」。[112] これはこの目的で自分の知り合いの有力者を総動員したナターリア・ペトローヴナただひとりの功績であった。

同じ一八五三年の春、キレエフスキーのもとを知り合いの牧師ゼーデルゴリムが訪ねてきた。この時キレエフスキーは、二年ほど前、彼が最近モスクワ大学を卒業したばかりの自分の息子を連れて来て、自分に紹介したことを思い出したのである。[113] この息子のカールはこの訪問の後、ひとりでキレエフスキーのもとに通い始めた。イワン・ワシーリエヴィチは七月二十八日にマカーリイ長老に宛ててこう書いている。

この若者は小生と知り合って間もなく、我々の信仰がルッター派のそれよりも優れており、我々の信仰を受け入れるためにはそこから手を引くことも辞さないと感じていると打ち明けたのです……小生はこのことを先送りするべきではないと助言しました。[114]

その際、キレエフスキーは彼に教会のことをもっと知り、確信を最終的に固めるために、オプチナの長老たちのもとに行くことを勧めたのであった。キレエフスキーは彼の運命にたいそう関心を抱いたようで、八月十八日には日記にこう記している。

ゼーデルゴリムはオプチナからもはやカールではなく、コンスタンチンとして、それも至福の状態で戻って来た。[115] 彼はスキトが地上の楽園と思われたと言っている。彼は修道生活が平穏なものに見えたと二度も小生に語った。彼はそこで見出した愛に対する感謝の思いに浸っている。彼はそこで初めて、自分には家族があると感じたと言っている。神父〔マカーリイ神父〕は自ら彼の代父になってくれた。これまでの繋がりはすべて断ち切らねばならなくなるだろう。プロテスタント教徒等は忍耐を説いているものの、実際には最も救いのない狂信者だ。なぜならば、彼らの宗教は信仰ではなく、政治結社だからだ。自分の家庭で暮らすことは彼にはもはやできない。どこか遠くに、とりわけ彼はキエフに行きたがっているようだ。父親は彼に祝福を与えなかった。[116]

一八五三年七月二十八日、キレエフスキーは中断していた日記を再開している。

今日、グレーベンの生神女教会の聖餐式に臨んだ。新しいイオアンネスの聖像の前にしばらく佇む。

八月三日、三つの喜びで聖餐式に臨み……痛悔した。明日は主の聖体と、我が諸罪の為に流されし主の聖血に与ることを、主が我が救ひの為に許し給はんことを。主よ、爾が不当の僕に慈憐を垂れ給へ。我が罪と不徳を赦し、爾が恩寵と慈憐にて我を充たし給へ。我と爾に依て、爾の聖名を讃揚せしめんが為に遣はされし我が子等を仁愛に依て容れ給へ。我等爾を求め、爾の言い尽くされぬ福《さいはひ》なる胎《はら》に恃む。我等の心に爾への聖なる愛の消えざる灯《ひ》を点し、如何なる不当の者も穢さるることの無きよう護り給へ。主よ、我等を憐れめよ。生ける全能者よ、万物を愛し、我等に言ひ難く近しき者よ、我等の心の思念《おもひ》に依て爾に触れしめ、我等の生活に於て爾の聖名を讃揚せしめ給へ。……

八月十七日、チャアダーエフを訪ねる。[117]

八月十九日、証聖者マクシモスについて調べる。それからギリシャ語の原本とともに、禁欲者マルコスを数頁読む。[118] 府主教アレクセイの祭日に、以下の福音書のテクストに関する府主教〔フィラレート〕による秀逸かつ驚嘆すべき説教を読み返した「衆民彼に捫《さは》らんと欲せり、蓋能《ちから》彼より出でて衆を癒せり」。（ルカ福音六章一九）。府主教は主イイスス・ハリストスが地上で生活していた頃、彼から発した奇跡なす力が、今でも彼に触れる者に流れ出していることを証明しようとしている。何故ならば、主は今も離れずにおり、世の終わりまで我々を見捨てないことを約束したからである。使徒パウェルは、神の子が「己の能力の言葉を以て萬物を保ち」（エウレイ書一章三）、「我等は彼に頼りて生き、且動き、且存す」ることを、また神は妙なる貌《かたち》を以て我々に近づいており、我等は「彼を揣《さぐ》り、彼を得ん……彼は我等各人に遠からざる」ものであることを理解し、証言してくれている（使徒行実十七章二七、二八）……

八月二十一日、サローフ〔のセラフィム修道院〕の記述を読む。

八月二十三日、コロサイ人に達する書からメモを作成――ゼーデルゴリム――聖三者に関して――チャアダーエフ……

九月十一日、ジュコフスキー家の人々（詩人ワシーリイ・ジュコフスキーの寡婦とその子供たち）とワシーリイ・ブラジェンヌィ教会を見学。シリアのイサアクの校正。

九月十三日、ジュコフスキー夫人。彼女は詩人ジュコフスキーとの馴れ初めについてあらゆるディテールを交え、すべてを我々に物語ってくれた……この話以外にも、彼女はジュコフスキーが死の直前に見た幻影についても我々に話してくれた。これはちょうど、彼らの子供たちが領聖しようとしている時の出来事であり、ジュコフスキー自身は領聖の準備をしている時のことだった。妻に語ったところでは、彼は子供たちの側にイイスス・ハリストス御自身がおられるのを見たのである。爾来、わたしは神の足下にいるのだと彼は付け加えた。この瞬間から、彼の憂鬱と不安は消えた。彼はもはや臨終の瞬間まで心穏やかだった。自分の見た幻影に関して、彼はこうしたことに経験のある人とできれば話し合いたいと願っていた。その後もこれについて彼は自分を領聖した司祭と話し合っている。

十月一日、……フィリッポフ[119]とともに晩を過ごした。話題はマトフェイ神父[120]と彼の稀有の演説の才、彼の農耕生活における卓越した、驚嘆すべきキリスト者としての活動ぶりについてであった。

十月三日、……徹夜禱に臨む。義の道を歩む心を護ってくれる考えや言葉を、我が記憶の中に絶えず維持することができたなら。と言うのも、これに優る表現はないのだから。心は絶え間なく志向し、絶え間なく歩む、その道は無垢で理に適ったものであろうが、ともすれば邪悪で不法なものにもなりかねない。全能の主が自ら、人生におけるあらゆる出来事によってわたしを常に取り巻いていること、自分にとって空虚で、重苦しく、愚かしいことが、自分の霊を委ねた状態にとっては最良のものであること、もしわたしが神の意志に合致しない何らかの方法でこの状態から抜け出したいと願ったところで、一層悪い状態へ行き着くしかないこと、行いのみならず、全く気づかぬほどの欲求や、ごく些細な夢想においても、全く気づかぬほどの悪を火や不虔の如く恐れ、確固として揺るぎのない、難攻不落の、金剛石のように頑丈な防衛線を自らに張らなければならないことを常に銘記することができたならば。主よ、我が知恵と心のあらゆる微妙な変化において、絶えず真理たらんとする力と絶えざる希望を我に賜へ。人は何年生きようと、どれほどの善を成そうと、その人に人生の真実ならぬ、外的に人を裁くことしか頭になかったならば、すべては水泡に帰すことになるのだ。[121]

ここに見られるキレエフスキーの生活は、すでに福音の遺訓に随った純粋にハリスティアニンのものとなっている。自らの知恵と心を神の義に向かわせようとしながら、聖師父の教えと霊父マカーリイ長老の庇護のもとで、霊を俗世の誘惑から守ろうとする意識によって冷静かつ沈着な生を歩もうとしていることが明確に読み取れる。とりわけ妻(旧姓アルベーネワ)を介して親戚関係にあった詩人のジュコフスキーが物語った領聖時の神観体験に接した驚きが、キレエフスキーの信仰をより強固なものとしたことは興味深い事実である。

四、オプチナの長老によるキレエフスキーの神化《テオーシス》と思想的変遷、夫妻の晩年の慈善活動について

一八五三年キレエフスキーはスイスの神学者アレクサンドル・ヴィネの国家における俗権と教権の相互関係についての書物を読んでいる。[122] スラヴ派の論客でキレエフスキーの古くからの友人でもあるアレクサンドル・コーシェレフはこの書物に感激していた。同年十月、イワン・ワシーリエヴィチは、正教の歴史的運命に関する彼独特の思想を盛り込んだ書簡を彼に書き送っている。キレエフスキーはこう断言する。

ビザンツにおける正教会は政府による庇護を殆ど受けていませんでした。その政府は大部分が非正教(或いはアーリア派、或いはカトリック教徒、或いは聖像破壊論者)であったうえ、遂には自らユニエイトへと逃避することでギリシャを破滅させたのですから。それに引きかえ、ロシアの歴代の政府は、公も民族もすべて正教のものでした。それこそウラジーミル帝からイワン雷帝までです……雷帝が迫害を行ったのは、彼自身が異教徒だったからです。このことは、第一に百章会議(Стоглавый собор)によって、[123] 第二には彼がビザンツの文化を正教と同一の高みに置くことを志向したことによって証明されています。ここから国家的異教と教会権力を志向するオプリーチニナ〔親衛軍による恐怖政治〕が生じたのです。彼の権力の境界、より正確には、彼の権力の無限性、

および民衆との分裂に関する彼の理解がキリスト教的ではなく、異教的であること、つまりこのことを今日までロシア民族を代表して証言しているのが府主教フィリップの不朽体なのです。[124]

さらにキレエフスキーは国民の全生活を指導すべきは教会であるという確信を抱くようになる。彼は同じコーシェレフに宛てた同じ書簡の中でこう書いている。

> 信仰する者にとって神、およびその聖なる教会との関係はこの世で最も本質的なものであるため、国家との関係はもはや二義的で、偶然的なものとならざるを得ません。本質的なものが偶然的なものに従属するか、もしくはそれと同等の権利を持つことが認められ、それを支配することがなくなれば、真理の法《おきて》が悉く破壊されてしまうであろうことは明らかです。教会の支配を小生が異端審問、信仰のための迫害として理解していないことを改めて前置きする必要はありますまい。この回教主義、これらの強制的な態度は、欺瞞を介した態度であり、やはり真のキリスト教には反するものです……国家とは地上的、刹那的な営みをその目的とする社会機構であり、教会とは天上的、永遠の営みを目的とするやはり同じ社会機構です。もし社会がおのれの営みを、刹那的なものが永遠のものに奉仕すべきものと解するならば、この社会の国家機構も教会に奉仕すべきものでなければなりません。[125]

このように教会を中心とする正教的国家観は、彼自身の信念の基盤となって、生活の中で起こり得るすべての問題に適用されることになる。真理に関する法を人間生活の生きた関係性の中に保持するためにはこれしかないとキレエフスキーは考えたのである。

同月末にも、キレエフスキーは再びコーシェレフに宛てて書いている。

もしロシアで何時か正教に敵対する何らかの事件が起こるとすれば、神の御加護あれ、その信仰が蒙ったのと同程度の被害をロシアが蒙ることになるでしょう。正教の正しい十全な発展を妨害するものすべてが、ロシア民族の発展と幸福を妨害することになり、国民の精神と教養に偽りの、純粋に正教のものならぬ方向性を与えるものすべてが、ロシアの霊を歪曲し、その道徳的、市民的、政治的健全さを損なわしむることになるのです。それ故、ロシアの国家機構とその政府に正教的精神が深く浸透すればするほど、それだけ国民は健全な発展と、平穏無事な暮らしを保証され、その政府も強固なものとなるのです……何故なら、政府の機能的充実は国民の信念に沿うことで初めて可能となるからです。もしそれが国民の信念に合致しないならば、許容度を口実に、間髪を入れず生活と言論における自由な表現を圧迫するようになり、それを圧迫することで、おのれもそれに圧迫されることになります。その結果、社会の精神の個々の痕跡を亡霊の如く恐れるようになり、それに対抗して政府機構が自己を確立させるには、もはや強制的な方法によるしかないということになるのです。[126]

キレエフスキーは何を書こうとも、それが論文であれ、手紙であれ、日記であれ、どこでも彼は神について思いをめぐらしていた。例えば、一八五四年春(三月二十日)、彼は日記にこう書き記している。

神と隣人への愛――それがその人全体に滲みわたり、虜にしないうちは、まだキリスト教的精神とは言えない。半分だけキリスト教徒になり、残りの半分がエゴイストとなるまで、人間は天の王国を志向する教会の歩みに横たわる醜悪な存在なのである。ハリストスへ向かう心の決然たる全一的呼びかけが、欲得ずくのあらゆる志向性を断ち切り、殉教さえ厭わぬ堅い意志を吹き込むようになるその瞬間から、つまりそうなって初めて、来たるべき一日の曙光が霊に場所を占めるようになる。[127]

キレエフスキーの手元には、将来正教哲学に関する著書をものする目的で折々に書き留めた手記を一箇所に集めた書類箱があった。この正教哲学の構想こそが、彼のこの分野における今後の仕事の基盤となる予定であった。この頃、彼は世俗的な世界に関しては沈黙を守っていたが、[128] その思想は沈黙を知らず、心は語りかけ、霊は浄化され、完成の域に達しようとしていた。言うなれば、彼はロシアに益する何か、国民に益する何かを創り出すためには、この道（神と隣人への愛）に拠って立つしかないという、究極の心境にあったものと思われる。当時、彼のかかる言動に見え隠れしていた狂信的とも言える態度が、シェヴィリョーフやコーシェレフといったかつての仲間達に少なからぬ失望感を与えたことは想像に難くない。この意味でも、彼は『友人との往復書簡抜粋（«Выбранные места из переписки с друзьями»）』（一八四七年）を書いたゴーゴリにも通じるものがある。事実、当時の読書界の中でこの作品を評価する者はいなかったのである（スラヴ主義者も例外ではなかった）。しかしここには作家ゴーゴリの神と教会に関する思いが十全に表現されていた。例えば以下のような一節である。

我々はこのうえなく貴重な遺産を持っていながら、それを感知しようと心を配ることをしないばかりか、それがどこにあるかすら知らないのだ……この教会こそ純潔な処女のように、穢れなき原初の貞潔をひとり使徒の時代より守り、それ自体があたかもロシア人のために、深遠な教義体系とごく僅かな外面的儀式とともに天から直に写し取られたかのようで、あらゆる不審点と我々の問題をすべて解決する能力をひとり蔵し、ヨーロッパ全体を視野に入れた前代未聞の奇蹟を起こすことができ、我が国のあらゆる階層、称号、官職にそれらの合法的限界、領域に踏み込むことを余儀なくさせ、周囲に脅威を与える原因ともなっていた。この組織そのものの調和した均整美こそが全世界を驚愕させる力をロシアに与えることを可能ならしめているのだ。。この教会が我々によって知られていないとは。しかも生命のために創られたこの教会を、我々が未だ生活の中に取り入れていないとは。[129]

ゴーゴリのかかる極端な汎神論的思想の中に、彼の病的とも言える性急さと論理的飛躍を指摘することはさほど困難ではない。しかし彼が霊的な指導者として慕っていたルジェフのマトフェイ神父は、一方で佯狂者《ようきょうしゃ》的な振舞いや独特の神秘主義的説教によって知られていたが、ゴーゴリの『友人との往復書簡抜粋』に対しては否定的な評価を下していたことは指摘しておくべきだろう。[130] 神父自身の手紙は残されていないが、ゴーゴリの返信から、神父が作家の教訓癖と世俗的問題に関わり過ぎるきらいがあることを誡めた様子が窺えるのである。ゴーゴリはこれに対して、「ハリストスの法《おきて》は、どこにでも持ち込むことができるし……それを作家の名において実行することも可能である」と弁明している。しかも彼は自らの霊の救いのために、創作以外の手段に訴えるのがより良いのであれば、それを実行することも辞さない覚悟であると言明している。彼はマトフェイ神父宛の同じ手紙の中でこう書いている。

修道院において世を離れることが可能であると分かっていたなら、迷わず修道院に行ったことでしょう。だが、修道院においても我々を取り巻いているのはここと全く同じ世界なのです。[131]

しかし彼を苦しめていた不安の元凶たる精神の不協和音と、芸術活動においても、『往復書簡抜粋』で展開されている特異な「社会的キリスト教」綱領の実現によっても癒されることのなかった所謂精神的な逼塞状態は、本質的に修道院において解消する類のものではなかった。彼が三度目にオプチナを訪れた時（一八五一年九月）の状態もこのようなものであった。マカーリイ長老と面談直後の九月二十五日に、第三者を介して長老に手渡されたメモの内容を見ても、その不安定な心理状態は容易に察せられる。

霊と心に親しみを覚えるマカーリイ神父様、もう一言。最初の決心の後、修道院を訪れるにあたって心は穏やかで静かでした。二度目の後は、何故かぎこちなく、不安で、霊も穏やかではありませんでした。小生と別れるに際して、長老様が「これが最後になりますね（в последний раз）」とおっしゃったのは何故でしょう。[132]

ところがゴーゴリがオプチナの修道士や彼らとの交流から受けた感慨は、彼の霊の父マトフェイ神父から受けた創作活動に対する批判的教訓とは趣が異なっていた。ゴーゴリは宗務院総裁トルストイ伯に宛てて、オプチナの驚くほど慈愛に満ちた雰囲気について次のように物語った。

何と信じ難いほど、魅惑的な場所でありましょう。何という静けさ、何という素朴さなのでしょう。……彼〔長老〕は誉れ高い人間であり、嘘偽りのないハリスティアニンです。彼の霊たるや、子供のようで、輝かしく、透き通るようではありませんか。彼は談話を嫌って人々を避けるような陰鬱な修道士ではありません。否、それどころか、彼は誰をも兄弟のように愛しているのです。彼はいつも陽気で控えめです。これは真のハリスティアニンのみが到達できる人間完成の最高のレベルなのです。この修道院に住むすべての修道士等がこのようなのです。モイセイ神父然り、アントーニイ神父然り、マカーリイ神父然りです。我が友グリゴーリエフもそんな人です。[133]

ゴーゴリはここで愛着を覚えた或る修道士について書いているが、その人物に明晰で、明るい、穏やかな精神を付与している真にキリスト教的な愛の生きた実例に心惹かれたのであった。この言葉そのままに、ゴーゴリがオプチナで出会ったのは、温厚で、真の兄弟愛と深い霊の謙遜に際立つ、賢明な修道士たちの群であった。彼らはゴーゴリの作家活動に対して、マトフェイ神父のように、永遠の苦しみに充ちた地獄図を描き出すことによって恐怖を抱かせることもなければ、芸術に奉仕することを重い罪と見なすこともなかった。[134] キレエフスキーのみならず、ゴーゴリをもオプチナに惹きつけた最大の魅力はまさしくこの点にある。つまりそれは、修道士のみならず、一般の大衆や知識人に対しても等しく開かれた長老による霊的指導であり、何と言っても人間の弱さを知り尽くした上で、それを赦す慈愛の精神であった。その意味で、マトフェイ神父の立場にもしマカーリイ長老が立っていたならば、ゴーゴリが送り届けた『死せる魂』第二部の原稿にも祝福を与え、世に出ていたかもしれないし、不明瞭箇所を改稿して、人間が救いへの道を修道院に見出すためのヒントを見出していたかもしれないのである。[135]

一八五三年十一月までナターリア・ペトローヴナの監修で、証聖者マクシモスの書『「天主経」注解、および「斎についての説教」』が印刷されていた。典院モイセイは刷り上がった同書を受け取った後、十一月二十八日付でナターリア・ペトローヴナにこう書き送っている。

オプチナ修道院にとって心に益するこれらの書物の出版に関して、あなたがお示しになられた倦むことなき働きぶりとご配慮はまことに有益であり、修道者については言うに及ばず、救いを飢え求める万人の霊の利益のために永遠に不可欠のものです。[136]

当初予定されていた聖師父の文献は順次出版に漕ぎつけていった。シリアのイサアク、階梯者イオアンネス、克肖者バルサヌフィオスと預言者イオアンネス等の書物はすでにロシア語に訳されていた。イワン・ワシーリエヴィチはマカーリイ長老の指導のもと翻訳者の一人として参加した他、校正にあたった書物の巻末索引を作成していった。しかしこの当時キレエフスキーが長老に宛てた書簡から判断するかぎり、こうした作業には常に不測の事態が起こり得るのであり、問題の解決に際しては独断を避け、聖なる文献を尊重する立場からすべての判断を長老に委ねなければならない等、作業は概して一筋縄にはいかなかったようである。

一八五三年秋は証聖者マクシモスの著作の印刷が佳境に入っていた。キレエフスキーは十月八日付けの書簡で、長老にすでに送付済みの全紙三枚分の校正刷り原稿のかなりの部分が新たなものに差し替えられたことに注意を喚起している。つまり通常フィリッポフのロシア語訳にマカーリイ長老、府主教が相次いで修正を施すのであるが、更にそれに続いて検閲官のフョードル・ゴルビンスキーが徒に加筆を行っていることが判明したのである。キレエフスキーに拠れば、例えば十六頁の本文には、原典にはない次の一節「爾の聖神来たりて我等を浄めんがためと謂ひて（глаголя: да приидет Дух Твой Святый и да очистит нас）[137]」が彼によって意図的に加えられているという。「作者が言っていない言葉が挿入され、それが聖なる書物のものとされるならば、注の中で価値ある説明を施したものが、最終的に書物を貶めることになる。この類にはなす術がないのだ」とキレエフスキーは厳しく断じている。だが彼はこうした加筆が誤った理解を引き起こす可能性があると判断した場合は、それを敢えて削除したと告白する。

さらにキレエフスキーが問題視するのは、ゴルビンスキーがパイーシイ・ヴェリチコフスキーのスラヴ語訳を底本として加筆する際、その解釈の根拠をベルナルドゥス派の修道士等（бернардинские монахи）[138]によって出版されたカトリックの写本から引いているという事実であった。キレエフスキーはこれらの一節をもパイーシイのものとする必要があるのかと疑問を呈しているのである。それに拠ると、パイーシイの原文は当初以下のようになっていた。「以下に掲げるは、或るもの他より出づるものとすべきものなり。蓋聖三者は唯一神より造られたる存在にあらず、自ずと顕れ出でたるものなり（ниже яко от иныя ину: не бо по производству от Единицы Троица небытна Суща и самоизъявлена）」[139]。ゴルビンスキーはこれを以下のように加筆していた。「以下に掲げるは、或るもの他を通して見るべきものなり。恰も己の出自についての物語の如く、一にして同無原なる者は、何某かの相互関係に依て媒介さるるにあらず。乃ち以下に掲げるは、或るものの他より出でたるものなり。蓋聖三者は唯一神より造られしにあらず、借りものならぬ存在を保ちつつ、自ずと顕れ出づる存在なり（ниже видети яко ину через ину: не бо посредствуется коим либо соотношением тождественное и безотносительное, аки бы произведение к вине своей относящееся: ниже яко от иныя ину: не бо по производству от Единицы Троица, незаимствовано бытие имущи и самоизъявлена Суща.）」[140]。

ゴルビンスキーによって文言の付加された本文中、下線部で強調されている文言こそ、カトリックの出版物からの引用であるとキレエフスキーは判断している。キレエフスキーはパイーシイが書いていないものに関しては言うに及ばず、書いたかどうかをマクシモスの幾つかの原文と照合したかも疑わしい表現をパイーシイの作とする権利はないと主張する。キレエフスキーはその理由を「カトリックの修道士等はこのような場合、良心など顧みず、聖三者の唯一の出所に関する教義への反証として引用するために、何らかの口上をでっちあげることなどわけないからである」[141]と攻撃的な口調で指摘する。こうした理由から、彼はゴルビンスキーによる加筆を削除したことを長老に報告し、長老の裁定を仰いでいるのである。

また同書に収められたもうひとつの著作「斎時の講話」についても、ゴルビンスキーの訂正が「しばしば功を奏していないばかりか、時には不正確な意味すら付与していると感じられた」[142]と長老に打ち明けている。こちらの場合は、パイーシイの手稿が別人の筆跡で書かれ、しかも文法的誤りを含んでいたため、ゴルビンスキーはこれをパイーシイの翻訳ではなく、ギリシャ語にもロシア語にも不慣れな翻訳者（名前は不詳）によるものと確信したことに端を発していた。ところが、キレエフスキーにはこれも「翻訳は一言半句に至るまでパイーシイの体系に沿ったものであり、ゴルビンスキーの訂正はやはり不首尾に終わっている」[143]として、ゴルビンスキーの弁解を一蹴している。例えば、ゴルビンスキーは「見ること（смотрение）」という単語を、徒に「目的（цель）」「目論見（намерение）」という単語に置き換えていた。それどころか、「主は働きかけた人々への愛ゆえに邪悪な行為を堪え忍んだ（Господь терпел действия лукавого из любви к людям, которыми тот действовал）」という思想を彼は、「主は人々への愛により邪悪の者を懲らしめようとした（Господь наказывал лукавого любовью к людям）」と解釈し、パイーシイ訳の原義を別の意味にすり替えてしまっているのである。キレエフスキーはこの頁には更にギリシャ語の単語の看過できない誤植があるため、敢えて印刷をやり直すことにしたとの報告を行っている。[144]

同時並行で行われていたシリアのイサアクに関しても、[145]「一言半句に至って正確さを破ることなく、自分の翻訳に可能な限りの明瞭さを付け加えることを願い、ギリシャ語の原文では自明であるが、スラヴ語では自ずと失われてしまう語と語の間の様々な関係〔主述の関係や形容のかかり方、挿入句等〕を異なる種類の付点を用いて原稿の中に書き表していた[146]」パイーシイ長老のこのような精緻な考察過程を知るキレエフスキーにとって、ゴルビンスキーの杜撰なやり方を容認するわけには到底いかなかったのである。パイーシイ長老は「序文」の中で自らが採用した方法の意味を明らかにしているものの、後世のロシアの出版者たちは、付点の部分の解釈を脚注で説明する方法に切り替えた結果、「序文」を削除することを余儀なくされていた。キレエフスキーはパイーシイを正当化し、翻訳者の立場からも一貫性のなさ〔序文を掲載しながら、付点は省略する〕を弁明する目的で、このパイーシイ長老の「序文」を復活させることを条件に、出版代表者による新たな「序文」を執筆する必要性をマカーリイ長老に申し出ているのである。マカーリイ長老はこうしたキレエフスキーの熱意に打たれ、彼の提案を受け入れる形で印刷のやり直しに祝福を与えたのだった。

スキトの年代記作家は[147]、一八五四年四月四日にこう記している。

個人的な情報（Н.П.К. の書簡[148]）に拠ると、最近宗務院で我々の僧院の出版活動に関する話し合いがもたれた。様々な意見、それもあまり芳しくない意見が出されたという。しかしサンクト・ペテルブルグの府主教で、かつて我が主教区を管轄されたこともあるニカノール座下はたった一言でこうした見解をうち消したのだった。座下曰く、「我々は彼らのこうした事業を邪魔すべきではありません。と言うのも、彼らが我々にではなく、我々こそ彼らに学ぶべきだからです」[149]。

それからまもなく、四月十三日付けの新たな記載がある。

同日、〔マカーリイ〕神父と我々一同が大いに喜びかつ慰められたことに、ナターリア・ペトローヴナ・キレエフスカヤにより新たに印刷された書物『シリアの聖イサアクの苦行のための言葉[150]』三部が献呈された……出版に関わる労を取られたのは、疲れを知らず、長老にすべてを委ねておられる同キレエフスカヤ夫人である[151]。

さらに五月二十三日の項にも、ナターリア夫人の以下のような献身的働きについての記述が認められる。

本日、キレエフスカヤ夫人は荷馬車にてシリアのイサアクの書物三百十五冊を献本するために来訪した。〔マカーリイ〕神父はそのうち百五十四冊を取り置き、残りを〔モイセイ〕掌院に手渡した。書物はすべて各方面に送られ、無償で配布されることになるであろう。モスクワから戻った修道院の荷馬車にて、さらに百七十冊が送り届けられた[152]。

同年十月にナターリア・ペトローヴナはイワン・ワシーリエヴィチにマカーリイ神父からの祝福をもたらしている。それはスキトの修道士イオアン神父によって書かれた生神女就寝のイコン（キエフのイコンの写し）であった。[153] その後一八五五年の夏、イワン・ワシーリエヴィチは家族全員を連れてトロイツェ・セルギイ大修道院に行き、その後一人でオプチナ修道院を訪れている。彼は朝の五時に到着するとすぐ眠りに就いたが、十時にマカーリイ長老によって起こされ、二人は約三十分間話し合った。それから典院のもとで昼食をともにしている。また八月十七日から二十六日まで、長老マカーリイはドルビノのキレエフスキー家に修道士ユヴェナリイ（ポロフツェフ、後にヴィルノの大主教）および見習い修道士レフ・カヴェーリンを伴って逗留している。スキトの記録者でもあったカヴェーリンが記したところに拠れば、来客は訪問中のすべての時間を「聖アッヴァ・ドロフェイ〔ガザのドーロテオス〕の『説教（Поучения）』の翻訳完成と読み合わせ[154]」に充てたと伝えられる。それに追い打ちをかけるかのように、同年の秋には、モスクワでスラヴ派の雑誌『ロシアの談話（Русская Беседа）』が刊行されることとなり、加えてその編集長には、キレエフスキーの推薦によってコーシェレフが就任することになった。彼は早速、雑誌の編集活動に対する祝福を求めてマカーリイ長老と府主教フィラレートのもとを訪れている。『ロシアの談話』の創刊号は翌年の初頭に発行される予定になっていた。この雑誌のためにキレエフスキーは自らものしていた数多くの草稿をもとに論文「哲学の新しい原理の必然性と可能性について」を書き始めた。一八五六年の二月、彼はそれをモスクワに送った。この論文はマカーリイ長老の祝福を得たうえ、彼の再三の激励を受けて書かれたものであった。[155]

大斎も終わりに近づいた早春、『ロシアの談話』編集部では新雑誌の構成や執筆者に関する交渉が続いていたが、キレエフスキーは個人的な事情からモスクワ経由でペテルブルグへ旅立った。彼の息子ワシーリイはリツェイの全課程を修了するにあたり、卒業試験に受からなければならなかったが、イワン・ワシーリエヴィチはこの間息子に付き添い、試験勉強を手伝ってやろうと思い立ったのだった。[156] 彼がペテルブルグに到着したのは、聖大木曜のことであった。彼はマカーリイ長老に書き送っている。

モスクワからペテルブルグの間は、受難週間の水曜日というのに、駅では魚以外の斎の食事を見つけることができず、お茶とコーヒーだけで凌がねばなりませんでした……（一八五六年四月十五日以降[157]）

ところが皮肉な運命によってか、イワン・ワシーリエヴィチはペテルブルグからもはや生きて戻ることはなかった。六月十二日、彼はコレラに罹って、治療の機会もなく、息子の腕の中で息を引き取ったのである。彼の埋葬式は当地のカザン大聖堂で執り行われた。司禱した長司祭フョードル・シドンスキーは式後、次のような説教をしている。

兄弟諸君、我々はロシアの思想家の柩の前に立っています。先進的で、待望の的であり、宗教的・道徳的信仰の衣を纏ったロシアの偉大さと尊厳は、彼にとって重要な慰めの泉でもありました。この思想家の「世界観の全貌」は、今は亡き彼と同様、正教スラヴの名残りとでも言うべきものであり、全ヨーロッパ文明の革新の保証でもありました……この悲しい儀式の参加者たる我々が、信仰とともに生きたハリスティアニン、信仰について証言することを恥と思わなかった著述家にして今は亡き神の僕イオアンのために永遠の記憶を唱和するのも故なきことではないと思われるのです[158]。

その後、キレエフスキーの遺体が運び込まれたコゼーリスクの生神女就寝大聖堂でも、故人を偲んでパニヒダが執り行われた。その際、式を司禱したアレクサンドル・エレオンスキー司祭は以下のように言っている。

神のもとへ旅立ったこの人物が真の信仰を持つハリスティアニンであったことを知らない者はいないでしょう……宗教的信仰が概して不安定で、学者や教養階級の大部分が合理主義や無関心に傾斜するなかで、彼は神、造物主、救主、全能の主への真の信仰を保っておりました……彼が年に何度か、どれほど感動した心をもって生命を施すハリストスの機密に与ったか、聖体礼儀の執行に際してどれほど敬虔な感情をもって聖堂で参禱し、時には自宅にありながらも様々な教会の礼拝に目を通されたか、思い起こすにつけて心温まる気持ちがします。[159]

夫の死についてナターリア・ペトローヴナはマカーリイ長老から聞かされた。彼こそが霊の娘である寡婦を慰め教導するに相応しい「哀しみの伝達者」としてドルビノへ遣わされたのである。彼女は落胆しなかったし、イワン・ワシーリエヴィチとともに始めた事業をただのひとつも抛棄しなかった。一方、マカーリイ長老も未亡人の依頼に応じて故人の遺稿を整理するために、一八五六年の八月と九月に数度に亘ってドルビノを訪れている。[160]

キレエフスキーはオプチナ修道院の生神女進堂教会の側にあるレフ長老（ナゴールキン）の柩と並んで葬られた。永眠者の石碑には生没年月日の他にこう記されている。

我幼き時より叡知を愛し探求せり。主の賜ひしものの外に会得せしところなきを悟りて、主のもとへ来たりき。

この石碑は一八五七年に、その形態とその銘について検討された後、オプチナ修道院での一周忌の法要（六月十二日）に際して建立されたものである。聖餐式の後、修道院の診療教会で供養膳が設けられ、長老たちや修道士たち以外に、ナターリア・ペトローヴナとその子供たち、イワン・ワシーリエヴィチの妹マリア・ワシーリエヴナ・キレエフスカヤ、異母兄弟のワシーリイ・エラーギン、それに従兄弟のアレクサンドル・ペテルソンが列席した。[161]

幾度となく版を重ねた『コゼーリスクの生神女進堂オプチナ修道院の歴史的概観』の著者であるオプチナの修道司祭レオニード・カヴェーリンは故人に次のような数行を献じている。

イワン・ワシーリエヴィチ・キレエフスキーの記憶が本院にとって貴重なのは、彼が衷心からの愛を以て修道院とその長老たちに好意を寄せていたからである。深き知恵と呼ぶに相応しい卓越した資質と柔和な愛を備えた心との稀なる融合を体現した人として、彼を身近に知るすべての人々にとってそれは貴いものだった。かかる驕りの時代において、学位証書によって学者となったきわめて多くの者たちとは比較できないほどの学術的教養を有するにも拘わらず、イワン・ワシーリエヴィチはこの教養を未完の建物と見なし、それを心の信仰によって完成に導こうと日夜精進したのである。天上の知恵が溶け込んだ師父の言葉、深遠な言葉、同時に素朴で「油つけられ（помазанное）」[162]、真理と真実に飢える霊に平安と安息をもたらしてくれる言葉（Логос）、この言葉が彼の燃えさかる知性を充たした結果、その頃から学者仲間の関心をヘーゲル、シェリング、カントといった哲学者の理論的成果から逸らし、或る者にとっては忘れられ、他の者にとっては知られてもいない所謂「生命の水」の源泉――聖師父の著作に向かはしめんとして己のすべてを献げたのである。[163]

主はナターリア・ペトローヴナに長寿を以て報いた（一八〇九〜一九〇〇年）。彼女は虚弱体質にも拘わらず、世紀の終わりまで生き抜いた。この長い人生の間に彼女がどれほど多くの善をなし得たか、数え上げることは困難である。彼女の行動力は終生衰えることがなかった。書籍の出版、広汎な慈善事業……古文書館には彼女が多くの修道士や修道女等と交わした往復書簡が保存されている。[164] また彼女は多くはなかった所有地を子供たちに分与した。モスクワの赤の門にあった家は売却された。ドルビノの老朽化しつつあった教会を修復する資金も底をついた。彼女は人々に援助を求めることもあれば、新聞に次のようなアピールを載せることもあったという。

慈善家諸氏へ　カルーガ県リフヴィン郡ドルビノ村には聖なる生神女の就寝イコンの出現に因んで建立され、爾来六百年以上経た五つ祭壇を持つ石造教会が現存しております。このイコンの顕現により、驚くべき奇蹟が今日まで引き続き起こっているのです。現在この聖堂は廃墟と化しており、穹窿には大きな裂け目ができ、屋根は葺き替え、母屋組をやり替える必要に迫られています。聖障も全体が老朽化しており、聖堂の改築にはかなりの出費が見込まれるのでありますが、その資金が決定的に不足しているのが現状です。この聖堂に付属する鐘楼は倒壊し、新たに建築を開始しておりますが、教会は鐘楼の建設のために借金したものの、その工事を終える見込みは立っておりません。慈善家の皆様方にこの由緒ある素晴らしい聖堂を維持するために応分の援助を切にお願い申し上げております。のは以上のような理由によります。[165]

実際に何らかの寄付金が得られたかどうかは不明である。だが教会はナターリア・ペトローヴナの死後、何者かによって修復され、壮麗な姿を維持することができたと伝えられている。彼女はその人生の最後の数年間をモスクワのオストージェンカに小さな住居を借りてすごした。彼女は当地で一九〇〇年三月十四日の夜十時三十分に息を引き取った。雑誌『モスクワ通報（Московский Вестник）』には追悼文が掲載されたが、そこにはこう書かれている。

我が国の政治的・社会的営みの民族主義的原理に関するきわめて誉れ高い主唱者のひとりであり、有名なスラヴ派の思想家であるイワン・ワシーリエヴィチ・キレエフスキーの未亡人が永遠の国へと旅立った。[166]

彼女の亡骸を愛を以て迎え入れたのは、すでに半世紀近く彼女の夫イワン・ワシーリエヴィチとその弟で有名なロシア歌謡の蒐集者ピョートル・ワシーリエヴィチ（一八〇八〜一八五六年）の眠るコゼーリスクの生神女進堂祭記念オプチナ修道院の敷地内であった。

注

1　キレエフスキーの人生の時代区分に定説はないが、雑誌「ヨーロッパ人」の廃刊から次の論文「文学の現状概観」（一八四五年）に至るまで十三年間に及ぶ事実上の沈黙を余儀なくされていた。この事実を重視するならば、彼の後半生はこの四五年から五六年の死に至る約十二年間と見なすことができる。だが彼が正教の信仰に向かう決定的な契機となる事件が、一八三四年のナターリア・ペトローヴナとの結婚であり、彼女を通じてなされたノヴォスパスク修道院の修道司祭フィラレートとの交流と彼の死（一八四二年）であったことを考慮するならば、少なくとも数年は遡ることができるのではないかと思われる。

2　ベルリンの大学で聴講生として過ごした時期（二十四歳当時）、キレエフスキーがシュライエルマッハーのハリストスの死に関する講義を聴いて違和感を覚えたことは特筆すべき出来事であろう。「イイススの体に腐敗は始まっていたか否か、そこには僅かな生命の火花が残されていたか、それともすでに完全な死の状態にあったか？」キレエフスキーはこうした問いかけに関して、「真のハリスティアニンがイイススの復活をこのように見るだろうか？　当世の哲学者は人類の贖いの瞬間を、人類の最高度の発展の瞬間を、瞬間的にではあれ、天と地との完全な融合をこのように見るのだろうか？　ここには天にとっての神の黙示の統合が、地にとっての人間存在の集約があるのに……こうした問いをもってこの課題に向かう人とは、思考する人間としてどの程度のものなのか？　敢えて言うならば、彼は真の信仰者の部類には入らない」。См.: Елагин Н.А. Материалы для биографии И.В. Киреевского. В кн.: Полное собрание сочинений И. В. Киреевского в двух томах. (ПСС в двух томах. と略記) Под ред. М. Гершензона. М., 1911. Т. 1. С. 31-32. 以下キレエフスキーの著作からの引用は特に断らない限り同書により行う。

3　このテーマに多少なりとも関わる論文や著作は数多いが、ここでは代表的なもののみ掲げる。Дорн Н.И. Киреевский. Опыт и характеристики учения и личности. Париж. 1938.; Чижевский Д.И. Гегель в России. Париж. 1939.; E.Müller Russishcher Intellekt in europäischer Krise. I.V. Kireevskij (1806-1856). Koln-Graz. 1966.; Манн Ю.В. Иван Киреевский. В журн.: Вопросы литературы. 1965. No. 11.; Цимбаев Н.И. Мюллер Э. Русский интеллект в европейском кризисе. И.В. Киреевский. В журн.: Вопросы истории. 1971. No.4.; Гиллельсон М.И. Проблема "Россия и Запад" в отзывах писателей пушкинского круга. В журн.: Русская литература. 1974. No.2; Кулешов В.И. Славянофилы и русская литература. М., 1976.

また日本でもこれらの研究を踏まえた、主として初期キレエフスキー研究が盛んに行われた。以下に筆者が参照し得たもののみ掲げる。鳥山成人、「スラヴ主義の〈民族的性格〉とイー・ヴェー・キレエフスキーのスラヴ主義」北海道大学、文学部紀要、一九五二、二号、長縄光男、「前期キレーエフスキイの思想――〈改宗〉の内的契機をめぐるひとつの仮説」『ロシアの思想と文学――伝統と変革の道』一九七七、恒文社、長與進、「雑誌『ヨーロッパ人』における歴史思想――イヴァン・キレーエフスキイの「ロシアとヨーロッパ」観（一八三二年）――」、一九七八、早稲田大学大学院文学研究科紀要別冊（第五集）、勝田吉太郎、『近代ロシア政治思想史（下）』、一九九三年、二八～七〇頁、ミネルヴァ書房。

4　キレエフスキー兄弟（イワンとピョートル）はアヴドーチヤ・ペトローヴナ・ユシコーワの最初の夫ワシーリイ・イワーノヴィチとの間に生まれた。父親は軍隊を退役後、独学で医学を修め、オリョールの野戦病院の主任医師となるが、ナポレオン戦争の年に流行したチフスに罹って死亡した（イワン・ワシーリエヴィチ六歳時）。未亡人は一八一七年に退役将校アレクセイ・アンドレーヴィチ・エラーギンと再婚し、一八二一年にモスクワに進出すると、その天性の才覚を生かして文学サロンを主宰し、日曜日毎に作家や大学教授、画家などを招いて、これら文化人と積極的に交流するようになる。ここではしばしばスラヴ派と西欧派の論争が繰り広げられたというが、そこでシェリング主義者として論陣を張った義父の影響もさることながら、キレエフスキー兄弟は未だ十六、七歳の若さでこうした雰囲気に直に触れ、徐々に頭角を現していったと伝えられる。また母親の尽力により、モスクワ大学の教授を家庭教師に招いて実施された英才教育は、断続的にではあれ、実にモスクワを離れる一八三五年まで（ドイツに留学した一八三〇年の約十か月を除く）続けられたと言う（イワン・ワシーリエヴィチ二十九歳）。См.: Елагин Н.А. Указ. соч. В кн.: ПСС в двух томах. Т. 1. С. 5-6.

5　それに先だつ一八二四年（十八歳時）、キレエフスキーは外務参事会付属文書館（Архив Коллегии Иностранных дел.）に就職するが、そこに勤めていた詩人や哲学者たちとの友好的サークルが彼を中心に結成された（「文書課の青年たち（архивние юноши）」と呼ばれた）。そこにはドミートリイ・ヴェネヴィチーノフ、ステファン・シェヴィリョーフ、ソボレフスキー、メリグーノフ、チトーフ等気鋭の「ヨーロッパ人」たちが含まれていた。ここで彼らの出版活動の最初の計画が練られた。尤も、それはポゴージンの出現と彼の勧誘によって雑誌『モスクワ通報』として結実することになる（一八二六年）。しかしキレエフスキーはこの雑誌の無思想性に飽きたらず、より先進的なヨーロッパ文化を志向する彼の滾るような情熱を満足させることはできなかった。「闘士として生きる」決意を表明した彼の文壇での夢が実現するのは、留学から帰国した後の一八三二年のことであった。帰国後無気力状態にあった彼を覚醒させた詩人ヤズィコフの励ましもあり、キレエフスキーはヨーロッパの文学から最良のものを紹介するというかつての夢の実現に着手した。それが僅か三号を印刷中に廃刊となった雑誌『ヨーロッパ人』である（彼はそこで論文「十九世紀」を発表し、雑誌の方向性を決定づけることに貢献した）。この雑誌の廃刊後、キレエフスキーは不遇をかこちつつも、尚雑誌『モスクワの観察者』の事実上の編集者としてかつての仲間たちと果てしない議論を繰り広げていった。集会の頻度だけ見ても、日曜日はエラーギン家、金曜日はスヴェルベーエフ兄弟家、木曜日はコーシェレフ家、不定期にバラティンスキー家といった具合である。当時はスラヴ派と西欧派の明確な区分が未だなかったが、なかで最も愛国主義的で正教的な立場を占める優れた能弁家として際立っていたのがホミャコーフであったと言われる。メリグーノフは一八四三年に自らの手記にこう記している、「ホミャコーフは論争し、キレエフスキーは諭し、コーシェレフは物語り、バラティンスキーは詩を口ずさみ、チャアダーエフは説教するか、空を見上げるかし……残りの我々は聴いていた」。См.: Там же. Т. 1. С. 6-7. 59-60.; Афанасьев В.В. Православный философ (о И. Киреевском). В кн.: Церковь и образование. Пермь. 2000. С. 78-79.

6　ЦГАЛИ（文学芸術中央国立古文書館）とРО РГБ（ロシア国立〈旧レーニン〉図書館手稿部）にはキレエフスキーおよび妻のナターリア・ペトローヴナの書簡や手記を多数所蔵している。例えば、キレエフスキーに関してはРГАЛИ. Ф. 236. Оп. 1. Дело 22.（沈黙期間中の手記）、同 Дело 57.（「ドイツ留学中の手記」など）、同 Единица хранения 19.（晩年の日記）、同 Ед. хр. 28. 90.（未公刊書簡）、РО РГБ. Ф. 99. Оп. 1. Картон 7. Ед. хр. 28. Лист 7. 12-17./Ед. хр. 59. Лл.12./Ед. хр. 49. Лл. 5-6.（留学前後に親族や友人に宛てた書簡）など。筆者もそれらの幾つかを読む機会を得たが、それらを利用したロシア人研究者によるモノグラフも幾つか存在する。なかでも筆者がキレエフスキーの生涯に関して参考にしたのは以下の書である。Афанасьев В.В. Православный философ (о И.В. Киреевском). Из кн.: Церковь и образование. Пермь. 2000. この著者ヴィクトル・アファナーシェフは二〇一五年に永眠した伝記作家、正教文学者である。ソヴィエト時代は作家同盟の会員として主に詩や哲学、児童文学の分野で活躍した。一九九九年にオプチナでラザリの名をとって修道士となった彼の主要テーマは宗教と教育の問題となった。オプチナ修道院のスキトの案内書もそのひとつであり、筆者自身がオプチナ修道院に往来する芸術家の運命に関心を抱いたのも、同書との出会いがきっかけであったことを記しておきたい。

7　Лясковский В.Н. Братья Киреевские. Жизнь и труды их. СПб., 1899. С. 38.

8　彼女はジュコフスキーの腹違いの長姉ワルワーラの娘にあたる。

9　例えば、モスクワ大学の印刷所を借りて行われた一七八〇～九〇年代におけるノヴィコーフの出版活動を想起されたい。

10　彼女は他の姉妹や従兄弟たちとともに少女時代にジュコフスキーに習っていた。流行に敏感な彼女らが夢中になっていた外国作家や哲学者には、マッシリヨン、フェネロン、ブレール、シュレーゲル、バッケンローダー、ティーク、ホフマン、シェリング、ヘーゲル等あらゆる流派や教派が混在していたと言う。当時すでに正教の道を真摯に模索し始めていたジュコフスキーにとって、これらの影響から彼女らを守るのにどれほどの困難を覚えたか想像に難くない。なかでも、アヴドーチヤは終生これら西欧の作家や思想家の影響から脱することができなかったと言われるが、彼女が九十歳を迎える年にレーベリ（ターリンの旧名）の牧師グンの説教を翻訳していたことにもそれは現れている。Лясковский В.Н. Братья Киреевские. Жизнь и труды их. СПб., 1899. С. 28.

11　Письмо В.А. Жуковского к И.В. Киреевскому и Н.П. Киреевской. В кн.: Собрание сочинений В.А. Жуковского в двух томах. М., 1984. Т. 2. С. 149.

12　フランス語がそれほど得意ではなかったキレエフスキーに代わって、ナターリア・ペトローヴナはフランス語の原書をしばしば読み、彼に大意を口述していた。

13　История обращения Ивана Васильевича. В кн.: ПСС Киреевского в двух томах. Т. 1. С. 285-286. ここでは私訳を使ったが、この文献には邦訳も存在する。藤家壮一訳、「イヴァン・キレーエフスキー――小さな資料の紹介――」えうゐ創刊号、七六～七八頁。白馬書房、昭和五十年刊。

14　例えば、ホミャコーフの論文「古きものと新しきもの」に応える形で一八三九年に書かれた「ホミャコーフに応えて」（死後刊行）では、前作「十九世紀」に見られる欧化主義は影をひそめ、そこではスラヴ派も西欧派も批判しつつ、ヘーゲルの弁証法の図式に則った第三の道の可能性を模索しようとする。つまり、前作で彼が評価したヨーロッパ精神史における古代異教世界、つまり古典的世界を「その内部および外部に存在するすべてのものに対する形式的理性の勝利」と規定し、その古典文明の上に発展した「純粋の裸の理性」こそが、カトリシズムの特徴でもある伝統に対する合理主義の勝利、内的な精神的理性に対する外部的な合理性の勝利をもたらしたのだと主張しているのである。キレエフスキーに拠れば、その結果、「精神的意義と伝承とに違反して、三位一体に関するドグマは変容させられた……法王はイイスス・ハリストスの代わりに教会の首長となり、やがては世俗の権力者となり、遂に無謬権を得た……信仰の全体系は三段論法的スコラ主義に依拠した。異端審問、ジェスイットといったカトリシズムの特性はすべて他ならぬこの理性の形式的作用によって発展したのであり、カトリック教徒が合理主義的と言って批判するプロテスタンティズムそのものも、カトリシズムの合理性から直接に由来しているのである」。こうしたキレエフスキーのヨーロッパ批判はホミャコーフに引き継がれ、彼の注目すべき神学・教会論へと結実することになる。См.: Елагин Н.А. Материалы для биографии И.В. Киреевского. В кн.: ПСС в двух томах. Т. 1. СС. 63. 111-115.; 勝田吉太郎著『近代ロシア政治思想史』三九〜四一頁、創文社、一九六一年、尚キレエフスキーの「ホミャコーフに応えて(В ответ А.С. Хомякову.)」には邦訳がある。藤家壮一訳、「イヴァン・キレーエフスキー資料II『ホミャコフに答う』」、えうゐ二、七四〜八一頁。白馬書房、昭和五十年。

15 Лясковский В.Н. Братья Киреевские. Жизнь и труды их. СПб., 1899. С. 69-70.

16 キレエフスキーが雑誌「ヨーロッパ人」の挫折による精神的転機を経験した後、ベリョーフの学校で視学官を勤めるかたわら、自らの正教的世界観の基盤を固めつつあった頃、モスクワではポゴージンとシェヴィリョーフを中心とする真摯な愛国主義的雑誌「モスクワ人」が登場した(一八四二年)。キレエフスキーは相変わらず作品を発表する場所を持たず、専らサロンでの議論を繰り返していたが、遂に一八四四年スラヴ派の仲間たちはポゴージンを訪れて、雑誌「モスクワ人」を数年間借用すべく交渉を始めた。彼が「沈黙せるスラヴ主義者」として再び世に現れた時、すでにホミャコーフと並ぶスラヴ主義のイデオローグと目されていた。ポゴージンはキレエフスキーを編集長に最低四号発行して退くか、一年続けるかという条件付きで雑誌を譲渡することに同意した。セルゲイ・アクサーコフ、スヴェルベーエフ兄弟、ホミャコーフ、それにポゴージン自身の説得を受け入れる形で、「モスクワ人」はキレエフスキーを編集長とするスラヴ派の雑誌に生まれ変わったのである(一八四五年一月)。ホミャコーフは、キレエフスキーが正教の本源へと立ち返ることを決心したその真摯な学術的態度を高く評価してこう書いている、「これは我が国の啓蒙思想が避けては通れない道を図らずも象徴的に表した出来事ではなかろうか」と。Афанасьев В.В. Православный философ (о И.В. Киреевском). В кн.: Церковь и образование. Пермь. 2000. С. 94-95.; Письмо А.С. Хомякова к А.Ф. Гильфердингу. В кн.: Полное собрание сочинений А.С. Хомякова. М., 1900. Т. 8. С. 318.

17　これは後にキレエフスキー夫妻の尽力により、オプチナ修道院で単行本にされるが、これはその後の聖師父文献出版活動の皮切りとなる記念碑的作品となった。

18　Собрание писем блаженной памяти оптинского старца иеросхимонаха Макария. Письма к мирским особам. М., 1862. С. 567. [Репринт]

19　聖体礼儀や感謝祈禱などにおいて、（神に）記憶してもらうために、希望する人の聖名を聖餅（просфора）に添えて提出すると（生者と死者のための二種類の記憶がある）、司祭がその聖名を唱えて聖餅から小片を削り取り、それを神に献げる羔とするのである。神の御加護を始め、あらゆる願いをそこに込めることができる。

20　Жизнеописание Настоятеля Козельской Введенской Оптиной Пустыни Архимандрита Моисея.　М., 1992. С. 99-100. [Репринт изд. 1882 г.]

21　Концевич И.М. Оптина пустынь и ее время. Введенский ставропигиальный мужской монастырь Оптина пустынь. 2008. С. 189. マカーリイ長老のドルビノのキレエフスキー家への旅行に関しては、当時修練士（послушник）であった掌院レオニード・カヴェーリン（後のトロイツァ・セルギイ大修道院管長）に託されていたオプチナ修道院スキトの記録の中にも記されている。См.: Летопись скита во имя Святого Иоанна Предтечи и Крестителя Господня, находящегося при Козельской Введенской Оптиной пустыни. РО РГБ. Ф. 214. Оп. 360. Л. 94.

22　オプチナ修道院にはパイーシイの弟子たちによって持ち込まれた多くの聖師父文献の写本が存在することが知られているが、キレエフスキー家にはナターリア・ペトローヴナがかつての霊の父、モスクワのノヴォスパスク修道院のフィラレート神父から譲り受けた写本や原書、それにパイーシイ長老による翻訳の写本等が存在していたという。См.: Иеромонах Ераст (Вытропский). Неизвестная Оптина. СПб., 1998. С. 126-127.　この事実はイワン・ワシーリエヴィチが後年つけ始める日記においても確認される。ЦГАЛИ. Ф. 236. Оп. 1. Ед. хр. 19. 尚、これらの日記は一部すでに刊行されていた。См.: E. Müller. Jahrbücher für Geschichte Osteuropas. Neue folge. Bd.14, Jahrgang 1966. Heft2 / Juni 1966. S.170-188.

23 Житие и писания молдавского старца Паисия Величковского. С присовокуплением предисловий на книги св. Григория Синаита, Филофея Синайского, Исихия Пресвитера и Нила Сорского, сочиненных другом и сопостником, старцем Василием Поляномерульским, о умном трезвении и молитве. Издание Козельской Введенской Оптиной Пустыни. Москва. В Университетской типографии. 1847.

24 Летопись скита во имя святого Иоанна Предтечи и Крестителя Господня, находящегося при Козельской Введенской Оптиной пустыни. Т. 1. М., 2008. С. 123-127.

25 Собрание писем старца Макария к мирским обовам. М., 1862. С. 298. [Репринт]

26 一八四六年の長老宛の手紙において、キレエフスキーは印刷時における手続きの効率化を図るために、すでに印刷された本から新たに校正表を作成して郵送するというやり方を取らずに、最初に校正したキレエフスキーとシェヴィリョーフが見逃した誤植を長老が印刷全紙に直接訂正し、シェヴィリョーフに送る方が早いのではないかと進言している。つまり長老の負担を少しでも軽減するために、シェヴィリョーフに別途正誤表を作成させることをキレエフスキーは考案したのである。これを見てもシェヴィリョーフの仕事の重要性が察せられる。См.: Переписка И.В. Киреевского и преподобного Макария (Иванова), старца Оптиной пустыни. 1846-1856. В кн.: Разум на пути к истине. М., 2002. С. 293-294. 同書にはこの二人の往復書簡が百通収められている。以後、キレエフスキーの書簡は特に断らないかぎり本書から引用する。

27 Переписка И.В. Киреевского и преподобного Макария (Иванова)…Указ. соч. С. 298-299.

28 Там же. С. 299.

29 Там же.

30 Там же. С. 300.　キレエフスキーは当時、領聖の準備というものを厳密な意味において知らなかったものと思われる。またこの書簡には書かれた日付の記載がないが、周囲の状況から判断して、一八四七年一月の下旬であることは間違いない。

31 Там же. С. 301-302. パイーシイ・ヴェリチコフスキーの翻訳はスラヴ語によるだけではなく、その独特の正書法にも特徴があった。それをキリル文字の行書体で書いた原稿を、現代風の正書法に改めることは、その文体的特徴を無視することになるというマカーリイ長老の配慮をここに読みとることができる。

32 結局、大バルサヌフィオスの著作については、預言者イオアンネスと合本とされ、オプチナから後年出版されることになった

(Преподобных отцов Варсануфия Великаго и Иоанна руководство к духовной жизни, в ответ на вопрошание учеников по славянски. Оптина пустынь. М., 1856.)。またパイーシイ長老によるその他の師父の著作は、扱われたテーマ毎に集約されて単行本として出版された（『霊の糧のために刈り取られし穂』Восторгнутые класы на пищу души. Оптина пустынь. М., 1849.)。大主教ニコジムは後にこの書を評して、「このよく知られた書物はきわめてよく熟考され、編集された名著である」と言っている。Архимандрит Никодим. Старцы отцы Паисий Величковский и отец Макарий Оптинский и их литературно-аскетическая деятельность. М., 1909. С. 49.

33　Переписка И.В. Киреевского и преподобного Макария (Иванова)... Указ. соч. С. 301-302.

34　Афанасьев В.В. Православный философ (о И.В. Киреевском). В кн.: Церковь и образование. Пермь. 2000. С. 103.

35　Там же.

36　恐らくナターリア・ペトローヴナはイワン・ワシーリエヴィチと十一歳になった息子ワーシャを、七月五日のラドネシのセルギイ祭（トロイツァ・セルギイ大修道院の聖堂祭）に合わせて、快癒への感謝のためにこの修道院へ巡礼に連れて行ったものと思われる。

37　信心深いマリア・ワシーリエヴナはキエフの洞窟修道院に兄の快気祈願に出かけたと伝えられる。「徒歩」というのは、重要な願い事を持つ者が、聖地に赴く際に遵守しなければならない巡礼の伝統的スタイルと考えられていた。Лясковский В.Н. Братья Киреевские. Жизнь и труды их. СПб., 1899. С. 147.

38　Летопись скита во имя Иоанна Предтечи Крестителя Господня, находящегося при Козельской Введенской Оптиной пустыни. Т. 1. М., 2008. С. 133.

39　シェヴィリョーフはここでキレエフスキーの怠慢ぶりに不満を表明しているが、こちらはポゴージンより借り受けた「モスクワ人」の一八四五年第一号に「文学の現状の概観」と題する論文を寄せ、「ヨーロッパ人」以来十三年間強いられてきた沈黙を破って、公の形で彼のスラヴ派的見解を十全に展開する機会を得ていた。しかも、一八四六年夏から一年以上もマカーリイ長老の指導のもとで『パイーシイ長老伝』にともに取り組んできた仲間として、シェヴィリョーフがキレエフスキーの仕事ぶりを知らなかったはずはない。むしろシェヴィリョーフの言い分とは、文脈からも明らかなように、復刊することになった「モスクワ人」のための論文（文芸評論）催促だったのである。一八四五年の「概観」にしても、キレエフスキーがこの論文で問題にしている「文学」とは、所謂文芸作品ではなく、哲学や神学、歴史などの分野について書かれた「文献」のことであった。したがって、彼の関心の中心も、「哲学が信仰と思弁的統一に融合する原理」をスラヴ的信仰の（文献的）基盤の中に見出すことであったと言ってよい。ところが、キレエフスキーが残りの人生をかけて探求しようとするこうした思想をシェヴィリョーフが十分に理解していたとは言いがたい。事実、キレエフスキーは「モスクワ人」の編集から撤退して生死を彷徨った挙げ句、四六年三月のマカーリイ長老のドルビノ訪問を機に、聖師父文献に触れたことで精神的に蘇ったのだった。言わば、聖師父文献との出会いは、それまで西欧哲学によって培われてきた精神構造を完全に覆すほどの新たな生命の息吹を彼にもたらしていたのである。РГАЛИ. Ф. 236. Оп. 1. Ед. хр. 47. Л. 3-4.

40　Там же. Л. 8.

41　ЦГАЛИ. Ф. 236. Оп. 1. Ед. хр. 19. これらの手記は、一八四五年の「文学の現状の概観」と一八五二年の浩瀚な比較文明論「ヨーロッパの啓蒙の性格とロシアの啓蒙に対するその関係について」を繋ぐものとして注目される。そこでは専ら真正な信仰から離反した西欧的（ローマ的）合理主義の一面性に関する批判が展開されるが、終局まで発展したヨーロッパ文明を破滅の危機から救う生きた信仰の命脈を保つのは正教的スラヴ世界であるとするスラヴ派の綱領がキレエフスキーにおいて初めて明確に表明されている。キレエフスキーがこれら一連の思索を通して試みているのは、学問の総体としての哲学の役割を認めたうえで、最高度の知恵を体現した正教文化の根源を哲学的に規定することであった。

42　Там же. この「理性の全一性」は、キレエフスキーが正教哲学の理念形態を語る際にしばしば用いる重要な概念である。晩年の手記を纏めた「断章」（死後出版）等においては、しばしば「知的全一性（умственная цельность）」と呼ばれているが同じ概念である。キレエフスキーに拠れば、この「知的全一性」とは、人間の知識を構成する要素ではなく、霊の個々の部分をすべてひとつの力に統一しようと志向すること、人間の本質的個性（существенная личность）がその原初的不可分性を取り戻すような、存在の内的中心点を探求しようと志向することである。つまり理性によらぬ信仰的思惟（верующее мышление）の性格はこの点に存すると考えるのである。См.: И.В. Киреевский. ПСС в двух томах. М., 1911. Т.1. С. 275.

43　Там же. キレエフスキーの信仰哲学は、言うまでもなく、聖師父たちの教えを第一の前提としていた。それは「知性のあらゆる問題に対する出来合の答を聖師父たちの著作にたとえ見出すことができないとしても、彼らによって語られた真理とおのが至高の信念とに基づいて、知識の他の対象の理解に直接続く道をこれら二つの指し示すものの総和の中に探し求めることになるからである」と説明していることによってもそれは明らかである。その結果、「信仰する理性（верующий разум）による思惟の方法は、信念を求める理性、あるいは抽象的信念に依拠する理性からは区別される」。こうした特殊性を成り立たせているものは、彼に拠れば、「高度な知性によって照らされた聖師父たちから理性が受け取ることになる既成概念であり、死せる真理を生ける真理と見間違えることを知性に許さない内的全一性を志向すること」なのだ。それはつまるところ、「衷心からの信仰が永遠の神的真理と、人間、国民もしくは時代の意見によって獲得され得る真理とを区別する手段となる究極的な良心の働き（совестливость）である」。См.: Киреевский И.В. ПСС в двух томах. М., 1911. Т.1. С. 272-273.

44　印刷に付されることが決定したパイーシイ長老の手稿は、まずキレエフスキーを介して府主教フィラレートに送られ、それから検閲官のフョードル・ゴルビンスキーが目を通す手筈になっていた。その後キレエフスキーの手に戻ると、そこから彼の仕事が始まる。すなわち、翻訳を様々な原典と照合しながら読み直し、少しでも問題のある箇所は逐一マカーリイ長老と文通しながら解決を図っていった。必要とあれば、注も作成したという。См.: Афанасьев В.В. Православный философ (о И.В. Киреевском). В кн.: Церковь и образование. Пермь. 2000. С. 102.

45　因みに、彼女はこれらの仕事に入る直前の一八四八年十一月二十九日、三男ニコライ（八日後の奇蹟成者聖ニコライ祭に長老を代父として洗礼式を施した）を出産している。См.: Протоиерей Сергий (Четвериков). Оптина пустынь. Париж. 1988. С. 126.

46　こうしたプロセスを経て、一八四八年には『一七六六年に修道司祭ニケフォロス・フェオトキオスによって創作され、語られた修道女になるための四つの啓蒙的講話』（パイーシイ長老によるギリシャ語からの翻訳）、一八四九年には『克肖なる我等の神父ニール・ソルスキーのスキト生活に関する弟子達への伝承』（逐語的な注釈付きで、後に宗務院は同書の出版権を押さえた）、同じ一八四九年には『霊の糧のために刈り取られた穂』（パイーシイ長老による聖師父の翻訳論集で、翻訳者による注釈付き）も出版されている。См.: Иеромонах Ераст (Вытропский). Неизвестная Оптина. 1998. С. 128.; Лясковский В.Н. Братья Киреевские. Жизнь и труды их. СПб., 1899. С. 145-148.

47　Протоиерей Сергий (Четвериков). Оптина пустынь. Париж. 1988. С. 219.

48　オプチナ修道院の本院から外れた所に、スヒマ修道僧を始め、祝福を受けた者が移り住むスキトと呼ばれる小さな僧庵の集合体があるが、そこには前駆受洗イオアンの斬首祭に因む主教会がある。マカーリイ長老はオプチナの心臓部と呼ばれるこの教会を中心とするスキトに住んでいたが、そこの長に任命されていた。スキトの長は、スキトの教会での聖務の他、毎日長老に面会に訪れる数多くの信者や巡礼を迎えねばならなかった。

49 Жизнеописание Настоятеля Козельской Введенской Оптиной Пустыни Архимандрита Мойсея. М., 1882. С. 226-227.

50 Там же. С. 228.

51 この手紙が書かれたのは、ちょうど大斎の最中であった。

52 Протоиерей Сергий (Четвериков). Оптина пустынь. Париж. 1988. С. 220-222.

53 約八メートル半程。

54 Там же. С. 222-223.

55 Жизнеописание Настоятеля Козельской Введенской Оптиной пустыни Архимандрита Мойсея. М., 1882. С. 238.

56 ЦГАЛИ. Ф. 286. Оп. 2. Дело 28. Л. 153.

57 Там же.

58 Жизнеописание Настоятеля Козельской Введенской Оптиной пустыни Архимандрита Мойсея. М., 1882. С. 247.

59 Там же. С. 248-249.

60 Протоиерей Сергий (Четвериков). Оптина пустынь. Париж. 1988. С. 226. ゴーゴリはオプチナ修道院を二度訪問しているが、この一八五〇年六月十八～十九日が最初の訪問とされてきた。ところが、コチェーリニコフはゴーゴリがオプチナの修道士ポルフィーリイ（グリゴーロフ）と知己を得たのが遥か以前のことであり、掌院モイセイがゴーゴリの六月十八日の訪問に先立って、彼に寄進の礼状を書いていることなどから、この直前に秘密裡にオプチナを訪問していた事実を突きとめている。См.: Котельников В.А. Православная аскетика и русская литература. СПб., 1994. С. 164-165. 信頼できる資料に拠れば、ゴーゴリは十八日にマクシーモヴィチとともにオプチナに到着し、徹夜禱に参禱したという。全集版の同書簡の初版のために前書きを書いたある編者は、「彼はその晩、心からの感動も露わに、ひときわ熱心に祈った。それから数人の長老を訪ねた後、ベリョーフ郡の親友の一人、今は亡きキレエフスキーの領地ドルビノ村へ出かけた」と記している。См.: Домашняя беседа. 1863. Вып. 20. 18 мая. С. 457-458. Цитата по Котельникову В.А. С. 164.

61　キレエフスキーとゴーゴリの交友が始まるのは一八四〇年頃である。彼らの精神遍歴にはかなりの共通点が認められる。当時、ゴーゴリは毎日曜日の夜、モスクワ赤の門のエラーギン家に通い、そこで『死せる魂』の最初の数章を朗読したという。キレエフスキーの観察に拠れば、ゴーゴリは生涯を通じて、彼の霊に宿る「内なるもの」が思うように紙に定着してくれないことで苦悩していた。彼には、思想の「表現」があたかも思想そのものを「冷ましてしまう」かに思われたのである。こうしてゴーゴリは文字通りの沈黙を実践する。彼は自らの霊を浄め、かつ創造しようと闘っていたのである。この点においても、二人は共通していた。こうした行為が「無為」ではなかったことを理解する者は当時まだ少数であった。См.: Афанасьев В.В. Православный философ (о И.В. Киреевском). В кн.: Церковь и образование. Пермь. 2000. С. 89.

62　РО РГБ. Ф. 214. Оп. 218. Дело 27. Л. 47-48.

63　ЦГАЛИ. Ф. 286. Оп. 2. Дело 28. Л. 165 и 165 об.

64　この論文の評価は賛否を二分するものとなった。検閲による修正や削除が多く施されたにも拘わらず、キレエフスキーはまたしても政府の不興を買うことになる。論文中に謀反的見解が含まれる（！）ことがその理由であった。そのため、雑誌「モスクワ論集」は第二号を以て廃刊となる。尚全集版のテクストはヴェネヴィチーノフ（Веневитинов М.А.）の論文「キレエフスキーと検閲」（«Русский архив» 1897 г. кн. 10. С. 287-291.）に基いて復元されたものである。См.: Шарипов А.М. Иван Васильевич Киреевский. М., 1997. С. 22.

65　Киреевский И.В. О характере просвещения Европы и о его отношении к просвещению России. ПСС в двух томах. М., 1911. Т. 1. С. 182.

66　Там же. С. 176.

67　Там же. С. 217.

68　Там же. С. 186. 195.

69　Там же. С. 179.

70　Там же. С. 180.

71　Там же. С. 198.

72　Там же. С. 200.

73　一八五〇年四月のこと、キレエフスキーは書簡でマカーリイ長老に西欧の高度な学問を身につけた友人（名前は伏せてあるが、偉大な数学者で天文学者であるという）の話をしたことがあった。キレエフスキーが彼から受け取った手紙の中には、神の子が籍身したのはある惑星であるという奇妙な仮説が披瀝されていた。その後キレエフスキーは彼に長老とのやり取りや、長老の言葉を可能な限り思い出して手紙で伝えると、彼の期待した以上の反応が得られたと言う。その友人は返信の中で、「〔長老の言葉を〕読んだ時、思わずあらゆる感覚が流れ出し、心の中では長老の足下に跪いていた。これらの言葉から得られた印象は死ぬまで自分の記憶から抜け出すことはないだろう」と語ったと言う。キレエフスキーがここで見たものは、一人のロシア人学者によって体現された、学問的知識の外的な充満と心の働きによる内的な思弁の充満との葛藤であり、後者の勝利であった。См.: Протоиерей Сергий (Четвериков). Оптина пустынь. Париж. 1988. С. 130-131.

74　Киреевский И.В. О характере просвещения Европы и о его отношении к просвещению России. ПСС в двух томах. М., 1911. Т. 1. С. 201.

75　Там же. С. 202.

76　Там же. С. 214.

77　Киреевский И.В. Отрывок. ПСС в двух томах. М., 1911. С. 267.

78　Там же. С. 268.

79　Киреевский И.В. О характере просвещения Европы и о его отношении к просвещению России. В кн.: ПСС в двух томах. М., 1911. Т. 1. С. 217-218.

80　Там же. С. 218.

81　Там же. С. 221-222.

82　彼の伝記では論文の抜き刷り（оттиск）を送ったことになっているが、彼のマカーリイ長老宛の書簡（日付が書かれていない）に拠れば、雑誌が刷り上がる以前の四月には論文の校正刷りを送付したことが報ぜられている。西欧の文化について論じた中間部分の原稿がまだ印刷所にあるにも拘わらず、残りの部分をすでに長老のもとへ送ったため、欠けている部分の内容を説明しているのである（西欧文化の源泉をここでは、上に紹介した二つではなく、異教的ローマ、ローマ教会、侵略的圧政の三つに求めている）。こうした点にも、長老に一刻も早く読ませたいと願うキレエフスキーの心情が現れている。彼は東方教会の聖師父のことを述べた箇所に関する長老の意見を聞きたかったのである。「自分は真実を述べていると思うが、そのことについて結論を出せるのは長老のような方だけだと思われたのです。とりわけ聖師父等の教えについては何一つ真実に反すること、誤ったことを言いたくないのです」と告白している。См.: Переписка И.В. Киреевского и преподобного Макария (Иванова), старца Оптиной пустыни. Письмо Киреевского к иеромонаху Макарию от неизвестного числа Страстной Недели 1852 г. В кн.: Разум на пути к истине. М., 2002. С.317.

83　Жизнеописание Настоятеля Введенской Оптиной пустыни, Архимандрита Моисея. М., 1882. С. 261.

84　モスクワとコロムナの府主教フィラレート・ドロズドフ座下のこと。

85　Собрание писем старца Макария к мирским особам. М., 1862. С. 115-116.

86　Там же. С. 117.

87　Дневник И.В. Киреевского. В кн.: Разум на пути к истине. М., 2002. С. 417-418.; РГАЛИ. Ф. 236. Оп. 1. Дело 22. Ед. хр. 19.

88　Летопись скита во имя святого Иоанна Предтечи и Крестителя Господня, находящегося при Козельской Введенской Оптиной пустыни. Т. 1. М., 2008. С. 211.

89　修道司祭レオニード・カヴェーリンの証言に拠ると、パイーシイ・ヴェリチコフスキーがモルダヴィアに持ち込んだ聖師父文献のうち、オプチナにて長老制が復活する以前に本として出版されたのは『ドブロトリュービエ（フィロカリア）』（一七九四年）と『シリアのイサアクの講話』（スラヴ語訳、モルダヴィア一八一二年）だけで、それ以外のパイーシイの翻訳や写本は半世紀以上もオプチナを始めとする多くの修道院に埋もれていたと言う。若きマカーリイの霊の指導者であったアファナーシイ・（ザハーロフ）はパイーシイ長老の弟子であったことから、マカーリイがオプチナに来た当時、そこにはすでにパイーシイ長老の手稿から取られた正確な写本が数多く揃っていたと言われる。オプチナでこれらの文献の出版活動が始まった時（一八四六年）、マカーリイの僧庵には大マカリオス、階梯者イオアンネス、聖大バルサヌフィオス、聖預言者イオアンネス等の著作（ギリシャ語の写本もしくは原典）、パイーシイ自身の翻訳では証聖者マクシモス、ストゥディオスのテオードロス、シナイのグレゴリウス伝、グレゴリウス・パラマスの講話その他（スラヴ語）が存在していた。См.: Леонид (Кавелнн). Историческое описание Козельской Оптиной пустыни.

Изд. Свято-Введенской Оптиной пустыни. 1875. 3-е изд. [Репринт. изд. 1992.] С. 40. 104. 157-158.

90　Там же. こちらは一八一二年に出版されたスラヴ語訳を底本にしていた。

91　原語は обедня であるが、ここでは聖体礼儀（Божественная Литургия）と同義と理解できる。

92　ルカ福音六章四一「爾何ぞ兄弟の目に物屑《ちり》の在るを視て、己の目に梁木《うつばり》の在るを覚えざる」に基いている。他人の欠点を見出すのは容易いが、自分の欠点には気づかないことをいう譬。

93　キレエフスキーはこの頃からマカーリイ長老とこの問題についてしばしば語り合うようになっていた。См.: ЦГАЛИ. Ф.236. Оп. 1. Дело 19. そもそもキレエフスキーはその創作活動の初期から、孤独な思想家でありながら、内的な全一性を思弁的領域から、彼のみならずロシアにとって重要な意義を持つ文学（文化活動）の領域に持ち込む必要性を痛感していた。コチェーリニコフはキレエフスキーの思想にとって然るべき平行関係を有するこの「知恵のいとなみ」、イイススの祈りの「業」の実践と功徳が人間を内的な統一へと召集し、学問や芸術におけるキリスト教的創造が全き「霊に属する體（тело духовное）」（コリンフ人前書十五章四四）へ国民、人類を召集することを意味していたと主張する。さらに彼はこれをキレエフスキーが個人的に実践していた可能性もあると推論する。См.: Котельников В.А. Православная аскетика и русская литература. СПб., 1994. С. 155.

94　キレエフスキーは当時すでに完成していたトロイツェ・セルギイ大修道院（ラヴラ）版『シリアのイサアク講話』の翻訳原稿を見ることができたのである。この後マカーリイ長老自身が同書第一章を翻訳し、更にラヴラ版翻訳に対する注釈を施すことになる。

95　モスクワでキレエフスキー夫妻が通う教会は三聖人（金口イオアンネス、大ワシリオス、神学者グレゴリウス）教会であったが、長老に痛悔して翌日領聖したということは、マカーリイ長老もモスクワ滞在中、特別に同教会で奉事したものと思われる。

96　これは克肖者大バルサヌフィオスによる長老日記と言うべき書物で、そこで叙述されているのは禁欲主義の体系ではなく（それは階梯者イオアンネス、シリアのイサアク、ストゥディーオスのテオードロス等によってなされていた）、日常生活の様々な問題を扱った、修徳への漸次的上昇の指南書と言うべきものであった。弟子たちの質問に応じて、長老が禁欲的修行の過程で出会う様々な困難や疑問を解明していくといった形式で書かれている。その意味で、本書は禁欲主義の修行に向かう初心者にとっての格好の入門書となっていた。キレエフスキーはこの書を一般信徒が有効に使用できるように、扱われている問題別に索引を作成したのである。См.: Котельников В.А. Указ. соч. С. 75.

97　キレエフスキーに「正教哲学」に関する浩瀚な書物の執筆計画が浮上するのはこの頃である。その一部は彼の絶筆となった論文「哲学にとっての新しい可能性と必然性について」として結実するが、残りは草稿のまま残った（「断章」など）。実際、彼とオプチナの長老との交流の時代は、その思想的成熟度から見ても最も充実した時期であった。彼の書いたものは確かに様々なジャンルに属していたが、ひとつの目的に貫かれており、ひとつの志向に霊感を受けていた。それは哲学を人間的なぬくもりのあるものにし、人間を形而上学的に深みのあるものにすることであった。そうした意味から、「ヨーロッパ文明の性格とロシア文明に対するその関係について」以後、「哲学にとっての新しい可能性……」に始まる一連の論文がそうした内的要求に応えるべく意図されていたのである。短編ながら、「ステフェンスの一生」、「パスカルの著作」「シェリングの言葉」「聖インノケンティの講話への書評」等もそうした系列の中に位置づけることができる。更にこれらの仕事と平行して、彼は階梯者イオアンネスの著作の翻訳に従事した他、ソラの克肖者ニールの「キリスト教的生活の最重要な規則」（РО РГБ. Елагины. Ф. 20. Дело (Ед. хр.) 6- 15）を整理したり、「スヒマ僧フョードル伝」（ЦГАЛИ. Ф. 236. Оп. 1. Дело (Ед. хр.) 14）や論文「所謂天国は内的人間の像であることについて」（Там же. Ед. хр. 17）等を書いている。

98　キレエフスキーは自宅のある赤の門（Красные ворота）近くにある三成聖者教会（Церковь трех святителей: Св. Василия, Св. Григория и Св. Иоанна）のことをそう呼んでいた。

99　聖体礼儀の大聖入（神品等が献げものを携えて至聖所に入る儀式）に際して歌われる「ヘルビムの歌」の一節。

100　キレエフスキーのこの「知的全一性」に関する思想は、四〇年代後半から彼の認識論の中心的概念となり、それは最後の論文「哲学の新しい原理の必然性と可能性」（一八五六年）に至るまで根本的に何ら変更されることはない。五〇年代に書かれた「断想（Отрывки）」においても、彼の知的関心の中心を占めていることがわかる。「抽象的思惟が信仰の対象に触れる場合、表面上は信仰の教義に甚だ似通ったものに見えるかもしれぬが、本質的には全く異なった意義を持っている。と言うのも、全一的個性の意義の内的発展から生ずる本質性の意義がそこには欠けているからである」。さらには、合理主義哲学の体系に基づいて、「神の唯一性、神の全能性、神の精神性と遍在性、聖三位一体」といったキリスト教の普遍の真理に関わる教義が、「無神論的知性によって理解されうる」可能性があるとも指摘する。キレエフスキーに拠れば、「かかる知性は信仰によって受け入れられるあらゆる奇蹟を、何らかの独自の定式の下に置くことによって、これを理解し、説明することができる。何故なら、合理的思惟は神の生き生きした個性についての意識や、それと人間の個性との生きた関係に関する意識と両立しえないからである」と、所謂信仰と知性との根本的矛盾の実態を説明している。См.: И.В. Киреевский. ПСС в двух томах. М., 1911. Т. 1. С. 274.

101 Киреевский И.В. Дневник 1852-1854 годы. В кн.: Разум на пути к истине. М., 2002. С. 419-422.; РГАЛИ. Фонд. 236. Оп. 1. Дело 22. Ед. хр. 19.

102 Собрание писем старца Макария к мирским особам. Т. 1. М., 1862. С. 377. [Репринт]

103 まず事実関係を整理すれば、マカーリイ長老はシリアのイサアクの『講話（Слова）』から第一講話をパイーシイによるスラヴ語訳を底本としてロシア語に翻訳した他、モスクワのフィラレート府主教から送られたトロイツェ・セルギイ大修道院版の全訳に対して、パイーシイ訳と比較検討しつつコメントを施している。他方、キレエフスキーはマカーリイ長老の第一講話の翻訳とコメントを、やはり長老から転送されてきた大修道院版のロシア語訳と照合しつつ、長老に乞われて両者の翻訳の問題点を指摘している。さらに長老が訳した第一講話以外の箇所をキレエフスキーは何人かの修道士とともにロシア語に翻訳しようと試みている。それに先立ち、キレエフスキーは友人が所有していた『ドブロトリュービエ』のロシア語訳（パイーシイからの重訳）を見せられ、翻訳のロシア語は巧みであるものの、道徳的、霊的な意味で重要な表現のニュアンスにさほど注意を向けていないという印象を得たのであった。それゆえ、時として些細な感覚や取るに足らぬほどの付け足しによって力点全体が変化してしまうことに危惧を抱いている。こうした経験からキレエフスキーは、これをよいテクストにするためには、やはりマカーリイ長老の査読と訂正が必要であると痛感させられたのであった。キレエフスキーが長老のコメントを読み、パイーシイ訳と大修道院版とを照合した後は、長老が敢えて大修道院版の翻訳から離れた解釈を見せた全ての箇所について長老の解釈に利があることを認めたうえで、パイーシイの翻訳は一見して意味が明確ではないものの、その不明瞭さが注意深く真意を探求しようと掻き立ててくれること等を告白している。См.: Переписка И.В. Киреевского и преподобного Макария (Иванова), старца Оптиной пустыни. В кн.: Разум на пути к истине. М., 2002. С. 320-321.

104 フィラレート府主教がマカーリイ長老にセルギイ大修道院版の翻訳を送り、それに対するコメントを求めたのは、そこに多くの誤りが認められるとするマカーリイ長老の見解を重視した府主教が、それらの誤りを訂正する必要性を痛感していたためと言われる。キレエフスキーは長老の翻訳とコメントを読んで、長老に自説を述べるように要求されたが、同時に長老の原稿に目を通した後、それをフィラレート府主教に届けるよう依頼されていた。そこには長老から発せられた疑問点が数多く盛り込まれていたのである。例えば、「自問自答（вопрос от того же к тому же）」とロシア語で書くことができるかという長老の問いに対して、キレエフスキーはこの場合、スラヴ語とロシア語による表現の可能性に差はないとして可能と考えていたが、セルギイ大修道院の院長イオアンやレオニード・カヴェーリンは不可能と考えていた。またマカーリイ長老はギリシャ語の γνῶσις のパイーシイ訳「理性（разум）」の解釈を肯定的に捉えていたが、大修道院版では、ロシア語訳の『ドブロトリュービエ』同様、「認識（познание）」という語をあてていたため、この問題も府主教の判断を仰ぐことになったのである。さらにはマカーリイ長老によって「生きとし生けるものの頭にして礎（глава и основание всея твари）」という語の意味に関して自説を述べるようにと言われた時、キレエフスキーはこの神の計らいに運命的な繋がりを感じたのだった。と言うのも、十六年前に彼が初めてシリアのイサアクを読んだ時、他ならぬこの箇所の意味をノヴォスパスク修道院の故フィラレート長老に尋ねたことを覚えていたからである。故フィラレート長老はその時、これが大天使ミハイルのことであることを教えてくれたのだった。このことを府主教に知らせると、彼は宗務院に保存されていた同書の疑問符の打たれた箇所をキレエフスキーに示しながら、「わたし自身も今そう言おうとしたところでした」と言ったと伝えられる。「理性（разум）」という訳語の可否については、府主教座下がギリシャ語の原文と照合しないと何とも言えないと応えたのを受けて、キレエフスキーがそれは γνῶσις [гносис] に違いないと言ったところ、それでは「知識（ведение или знание）」と訳すべきであろうと応えたこともマカーリイ長老に手紙で報告されている。См.: Там же. С. 134-138. 訳語とその決定プロセスの問題に関しては、第三部第十章で再度検討する。

105 Там же. С. 326.

106 Там же. С. 328.

107 Там же. С. 331.

108 Там же.

109 Киреевский И.В. Записки о направлении и методах первоначального образования народа в России. В кн.: Разум на пути к истине. М., 2002. С. 132.

110 Там же. С. 133-134.

111 Собрание писем блаженной памяти оптинского старца Иеросхимонаха Макария. Изд. Козельской Введенской Оптиной Пустыни. Письма к монахам. Отделение первое. М., 1862. [репринт] С. 26.

112 Леонид Кавелин. Историческое описание Козельской Введенской Оптиной Пустыни. М., 1875. С. 176.; Летопись скита во имя святого Иоанна Предтечи и Крестителя Господня, находящегося при Козельской Введенской Оптиной пустыни. Т. 1. М., 2008. С. 276.

113 この息子が後にオプチナで修道司祭となるカール・ゼーデルゴリムであった。彼はルッター派のドイツ人牧師の子としてモスクワに生まれ、モスクワ大学で古典文学修士号を取得した後、当時宗務院総裁であったアレクサンドル・トルストイ伯に直属する宗教関係の省庁にて八等文官として勤務していた。彼はとりわけ語学の才に優れ、ロシア語、ドイツ語、フランス語、英語、ラテン語、ギリシャ語を能くし、なかでもギリシャ語に関しては、本国のギリシャ人が驚くほど堪能であったという。キレエフスキーやマカーリイ長老亡き後は、彼は修道士としてオプチナのスキトに住みつき、聖師父文献の翻訳における中心的存在として活躍した。Иеромонах Ераст (Вытропский). Неизвестная Оптина. СПб., 1998. С. 497.

114 Переписка И.В. Киреевского и преподобного Макария (Иванова), старца Оптиной пустыни. В кн.: Разум на пути к истине. М., 2002. С. 354.

115 カール・ゼーデルゴリムは一八五三年八月にマカーリイ長老を代父として、オプチナのスキトで受洗した。彼の洗礼名はコンスタンチンであった。彼が俗世でコンスタンチン・カルロヴィチと呼ばれるのはこのため（古きカールから新しいコンスタンチンの誕生を意味する）である。彼は宗務院の教会問題を担当する傍ら、アトスやエルサレムへの派遣を経て、一八六二年にオプチナのスキトで修道生活に入る。翌一八六三年の八月三日にアムヴローシイ長老の僧庵でイサアキイ神父による剪髪式を受け、聖服着用の修道士（рясофор）となり、同九月に宗教会議によって正式にスキトの一員として承認される。そして一八六七年の十二月十六日に天使姿の修道士（с мантией）となり、クリメントの修道名を受けたのである。ここにクリメント・ゼーデルゴリム神父が誕生する。См.: Иеромонах Ераст (Вытропский). Неизвестная Оптина. СПб., 1998. С. 497-499.

116 Киреевский И.В. Дневник 1852-1854 годы. В кн.: Разум на пути к истине. М., 2002. С. 428-429.

117 キレエフスキーと親交のあったジュコフスキー（親族）、ヴェネヴィチーノフ、ヤズィコフ、バラティンスキー、オドーエフスキイ、ヴァーゼムスキイ、シェヴィリョーフ、ホミャコーフ等はその大半が時代を代表する文学者・思想家であったが、個人的な交流を通じてチャアダーエフがこのサークルに影響力を持っていたことは意外に知られていない。だが、これらキレエフスキーを取り巻く仲間たちが文学という普遍的媒体によって結びつけられ、愛国心に貫かれた精神的財産を共有していたことは教会的な理念の実現の例と見なしうる。См.: Котельников В.А. Литератор-философ. Из кн. : Киреевский И.В. Избранные статьи. М., 1984. С. 5-18.

118 証聖者マクシモスの書は、『「天主経」注解、および同著者による「斎についての説教（Толкование Максима Исповедника на молитву "Отче наш" и его же "Слово постническое"）』がチェルチイ・フィリッポフのギリシャ語からの翻訳で一八五三年に、苦行者マルコスの書物は『苦行者マルコスの道徳的、修徳的説教（Марка подвижника нравсвенно-подвижнические слова）』が一八五八年に上梓された。キレエフスキーはともに校閲者として参加している。См.: Иеромонах Ераст (Вытропский). Неизвестная Оптина. СПб., 1998. С. 129-130.

119 チェルチイ・イワーノヴィチ・フィリッポフ（Тертий Иванович Филиппов 1825-1899）はモスクワ大学の歴史文献学部を卒業後、宗務院に勤務し、神学校改革の問題に従事していたが、五〇年代にはマカーリイ長老の霊の子となり、キレエフスキー同様、聖師父文献の出版活動に積極的に携わるようになる。長老もこの仕事に関して彼には絶大な信頼を寄せていた。

120 ゴーゴリの痛悔神父として有名なマトフェイ・コンスタンチーノフスキイ（Матфей Константиновский）長司祭のこと。フィリッポフはマトフェイ神父の同郷人（トヴェーリ県、ノヴォトルグ郡）であった。См.: Воропаев В.А. Отец Матфей и Гоголь. Из кн.: Церковь и образование. Пермь. 2000. С. 11.

121 Киреевский И.В. Дневник. 1852-1854 годы. В кн.: Разум на пути к истине. М., 2002. С. 423. 428-431. 435-436. 439-440.

122 Vinet, Alexandre Rudolfe (1797-1847) スイスの改革派の神学者で一八三七年よりローザンヌ大学実践神学の教授を務めた。ここでキレエフスキーがコーシェレフに贈られて読んだのは、彼の主著『宗教的信念の表明および教会と国家の分離に関する試論（Essai sur la manifestation des convictions religieuses et sur la séparation de l'Eglise et de l'Etat）』（Lausanne, 1842）であった。同書の主題は宗教的個人主義と政教分離の不可欠性をめぐる問題であった。

123 一五五一年に府主教マカーリイによって召集され、ツァーリ臨席のもとで開かれた宗教会議。教会行政や国民の宗教生活の細部に亘る整備がなされた他、ツァーリが貴族等と繰り広げた争いや罪過についても、高位聖職者に対して謝罪したことで知られる。

124 Письмо И.В. Киреевского к А.И. Кошелеву от 15 октября 1853 г. В кн: ПСС в двух томах. Т. 2. М., 1911. С. 270-271. ソロヴェツキー

修道院の院長であった掌院フィリップ（一五〇七〜一五六九）は、府主教マカーリイの死後、後任としてモスクワの府主教に昇叙された（一五六六年）。彼は残酷なオプリーチニナ政策を行ったイワン四世に忠告を与えたが、これがツァーリの不興を買い、六八年に教会で逮捕され、翌年絞首刑に処せられた。また不朽体（Св. Мощи）とは、正教会の聖性を表す概念のひとつで、外面的には聖人の朽ちざる体（遺体）と時に芳香を放って流れ出す油を意味するが、霊的には聖神の恩寵による神のエネルギーの流出源を意味する。それ故、イコンなどに埋め込まれた聖人の不朽体は様々な病を癒し、罪を浄める働きを持つとされる。府主教フィリップの不朽体は殉教者としての聖性の証明と見なされている。

125 Там же. С. 271.

126 Письмо И.В. Киреевского к А.И. Кошелеву от октября-ноября 1853 г. ПСС в двух томах. Т. 2. С. 277.

127 И.В. Киреевский. Дневник 1852-1854 годы. В кн.: Разум на пути к истине. М., 2002. С. 444. これはキレエフスキーが聖機密に与った日に書かれた。

128 キレエフスキーは一八五三年十月の日記に、「蝋燭は文机の上で青みがかった黄金色のイコン〝至福の沈黙（Благое Молчание）〟を照らしている」と書いているが、彼が日々の祈りの中でこのイコンに祈っていたことは大いにありうることである。Там же.

129 Полное собрание сочинений Н.В. Гоголя. Л., 1952. Т. 8. С. 245-246.

130 См.: Воропаев В.А. Отец Матфей и Гоголь. Из кн.: Церковь и образование. Пермь. 2000. С. 32-33.

131 Гоголь Н.В. Письмо к о. Матфею от 24 сентября (н. ст.) 1847 г. В кн.: Полное Собрание Сочинений. Т. 13. 1952. С. 390-391. ゴーゴリに修道士になりたいという志向が初めて現れたのは、マトフェイ神父と知り合う以前の一八四五年の夏のことであった。作家自身が後年、マトフェイ神父への書簡の中でこのことを打ち明けている。だが他方では、マトフェイ神父が彼の作家としての活動を否定して、修道士になるよう薦めたことが直接の根拠だったとも考えられる。

132 正確な会談の内容は不明ながら、長老の言葉（予言）通り、長老とゴーゴリの面会はこれが最後になった。См.: Гоголь Н.В. ПСС. Т. 14. С. 251.

133 Арнольди Л.И. Мое знакомство с Гоголем. В журн.: Русский Вестник. 1862. No. 1. С. 88.; グリゴーリエフという姓の記述は誤りで、正しくはピョートル・アレクサンドロヴィチ・グリゴーロフ（П.А. Григоров）である。

134 ゴーゴリに『死せる魂』の第二部を焼却するよう唆した張本人こそマトフェイ神父であったと見なす根拠もこうした点にあるのである。См.: Павел Матвеев. О “Выбранных местах из переписки с друзьями” Н.В. Гоголя. М., 1903.

135 См.: Федоров М. (Антонов М.). Гоголь и Оптина пустынь. Из журн. “Журнал Московской Патриархии”. 1988. No. 11. С. 71.

136 Жизнеописание Настоятеля Козельской Введенской Оптиной Пустыни Архимандрита Мойсея. М., 1882. С. 312.

137 Преподобного отца нашего Максима Исповедника толкование на молитву: “Отче наш” и его же “слово постническое по вопросу и ответу”. Изд. Свято-Введенской Оптиной Пустыни. 1853. С. 16.

138 ベルナルドゥス派の人々と言えば、シトーのベネディクト修道会のクレルボーのベルナルドゥスを開祖としながら、フランスやイタリアでベネディクトゥス派以上に厳格な規則を支持するようになった急進的托鉢僧団である。十五世紀以降は西欧からポーランドやリトアニアに進出、多くの修道院を建てて教育啓蒙活動を展開するようになる。

139 ここで問題になっているのは、聖三者（Св. Троица）の意味である。「父と子と聖神、一体にして分かれざる聖三者（Троица единосущная и нераздельная）」と謳われる神の位階の構成要素は、唯一の神の本質が三つの異なる位階の中に存することを意味するが、これら各々の位階は切り離して理解することも、これらに序列をつけることもできない神そのものの存在形態である。したがって、その本質は神の子同様に「生まれしものにて造られしにあらず（рожденный, несотворенный）」、すなわちひとり父より発する光のような存在なのである。См.: Там же. С. 29.

140 См.: Переписки И.В. Киреевского и преподобного Макария (Иванова), старца Оптиной пустыни. В кн.: Разум на пути к истине. М., 2002. С. 359-360.

141 Там же. С. 361.

142 Там же.

143 Там же.

144 См.: Там же. С. 362.

145 Св. отца нашего Исаака Сирина, епископа Ниневийского, слова духовно-подвижнические, переведенные с греческого старцем Паисием, на славянском языке, с подстрочными примечаниями и алфавитным указателем о. Макария. Издательство Свято-Введенской

Оптиной Пустыни. 1854.

146　Переписки И.В. Киреевского и преподобного Макария (Иванова), старца Оптиной пустыни. В кн.: Разум на пути к истине. М., 2002. С. 362.

147　この時期、スキトの記録者（скитский летописец）をレフ・カヴェーリンが務めていた。彼は当時見習い修道士であったが、後年彼は修道司祭レオニード、同時に有名な教会史家となって、修道関係の著作を数多く著した。

148　Н(аталья) П(етровна) К(иреевская), つまりキレエフスキー夫人からの書簡という意味。

149　Летопись скита во имя святого Иоанна Предтечи и Крестителя Господня, находящегося при Козельской Введенской Оптиной пустыни. Т. 1. М., 2008. С. 318.

150　注の145を参照。

151　Там же. С. 319.

152　Там же.

153　Лясковский В.Н. Братья Киреевские. Жизнь и труды их. СПб., 1899. С. 338.

154　Летопись скита во имя святого Иоанна Предтечи и Крестителя Господня, находящегося при Козельской Оптиной пустыни. Т. 1. М., 2008. С. 365.　同書のギリシャ語からロシア語への翻訳はコンスタンチン・ゼーデルゴリム神父によって行われた。См.: Преподобного отца нашего аввы Дорофея душеполезные поучения и послания. Издательство Свято-Введенской Оптиной Пустыни. 1856.

155　キレエフスキーはマカーリイ長老宛ての書簡（一八五五年二月六日付）の中で、かつて第一論文（ここでは一八五二年の「ヨーロッパの啓蒙の性格とロシアの啓蒙に対する関係について」を指している）の続編を書く意志があることを表明したことに対して、長老が「好意を以て、そのことを想起させてくれた」ことに感謝の念を表している。キレエフスキーにとって、ここ数年間は家庭の問題、とりわけペテルブルグのリツェイで学ぶ長男ワーシャのこと、妻の実姉アレクサンドラの問題、領地管理上のトラブル等に悩まされた時期であった。こうした現世の苦悩の中で、彼は「自分にとって有益であり、慰みにもなること」とは、自分の信念を形に表すこと——正教化したロシア文明の意義を体系化することでしかないことを悟るのである。「長老の聖なる祝福を得た今、数日内にこの仕事に取りかかるつもりである」との決意表明を伝えている。См.: Протоиерей Сергий (Четвериков). Оптина пустынь. Париж. 1988. С. 187.

156 イワン・ワシーリエヴィチは全科目に付き添うつもりだったが、とりわけ彼が得意としていた数学で援助することを意図していたようである。См.: Лясковский В.Н. Братья Киреевские. Жизнь и труды их. СПб., 1899. С. 354.

157 Переписка И.В. Киреевского и преподобного Макария, старца Оптиной пустыни. В кн.: Разум на пути к истине. М., 2002. С. 413.

158 РГАЛИ. Фонд 236. Оп.1. Дело 25. Л. 1-2.

159 Там же. Л. 3-4.

160 См.: Летопись скита во имя святого Иоанна Предтичи и Крестителя Господня, находящегося при Козельской Введенской Оптиной пустыни. Т. 1. М., 2008. С. 385. 387.; РО РГБ. Ф. 214. Оп. 360. Л. 230.

161 Там же. С. 405-406.

162 ハリストス（Χριστός）が Помазанник（油つけられし人）という原義を持つように、ここでは神の祝福を得たという意味で用いられている。

163 Иеромонах Леонид Кавелин. Историческое описание Козельской Введенской Оптиной Пустыни. Изд. Свято Введенской Оптиной пустыни. 1875. С. 189. [Репринт]

164 例えば書簡に関しては、РО РГБ. Ф. 99. Оп. 1. Картон 4. そこにはソロフキ、キエフ洞窟大修道院、スタロ・ラドガ修道院、マロヤロスラーヴェツのニコラエフスク・チェルノオストローフスキイ修道院、ザドンスク修道院、ベリョーフの十字架挙栄祭記念修道院その他の修道士との交流の記録が残されている。また彼女宛の書簡も、主教、掌院、典院、司祭等のものが数多く見出される。それらの多くにはドルビノを訪れた巡礼客を喜んで迎えた女主人についての心温まる回想が盛り込まれている。

165 Афанасьев В.В. Православный философ (о И. Киреевском). В кн.: Церковь и образование. Пермь. 2000. С. 112-113.

166 Извещение о смерти Натальи Петровны Киреевской. Жур.: Московский Вестник. 1900. No. 4. С. 328.

第五章　ゴーゴリの宗教的世界観
――聖地巡礼からオプチナ修道院へ――

はじめに

ゴーゴリは東方キリスト教の聖師父文献に涵養された霊性を持つに至る殆ど唯一のロシア世俗作家であったと言える。もっとも、彼はその作家人生の中で終始一貫してそうした修道者もしくは真理の探究者であったわけではない。彼は文壇に登場するや否や、その「叙情的天才」の名を恣にするが、その後ペテルブルグの闇を抉る作品に独特なリアリズムの手法を用いることによって、「嘲笑的天才」とも呼ばれ、その文名を不動のものとしたことは周知の通りである。ゴーゴリのいずれの天才もその文学的手法に関する影響力は世界文学へと波及したため、この作家についての研究は専らこの点に集約されるようになり、人間としての霊的成長の証としての「修道的」側面は黙殺されるか、「創造的停滞の原因」として否定的に評価されることになったのである。

その点日本におけるゴーゴリ研究は、その発端において幸運であったと言える。日本人によるゴーゴリ論の嚆矢となった昇曙夢の「ゴーゴリ」（明治三十七年）は、帝政時代の研究や伝記に依拠している上、芸術的手法の意味論的応用といった問題意識は未だ希薄であったこともあり、ゴーゴリの創作年代の区分や作家および人間としての発展段階が全体に亘ってバランスよく扱われている。昇曙夢はゴーゴリが「天才の人」でありながら、「苦痛の人」でもあった理由を、作家自らの告白を以て次のように説明している。

我内心に含まるゝ叙情的天才は露西亜人の愛情を燃やすべく其品性を描写し得れども、之と同時に我内心に含まるゝ嘲笑的天才は読者の嫉妬を買ふべく、其欠点を活現し得べし。

つまり自らの人格の中で相反発し合う二つの天才のうち、前者の「叙情的天才」は「至高者」の偉大なる器官たる意識に、後者の「嘲笑的天才」は利己的な人間意識（エゴイズム）に属するものであることを自覚しているのである。昇曙夢は一八四二年に発表された『死霊魂』（死せる魂）第一巻には「叙情的天才」が欠けていたと指摘する。だがその後どうした訳か「叙情的天才」が力を回復し、それまで「嘲笑的天才」の感化の下に書かれた全ての著作の価値を疑い始めるというのである。つまり、作家が他ならぬこの煩悶、苦悩を体験したことが、一八四五年と臨終前にこの『死霊魂』第二部の草稿を灰燼に帰する原因となった、この理想と現実の分裂にこそ苦痛の原因があったと、きわめて妥当に分析している。

本稿では、昇の表現を借りるならば、この四二年以降ゴーゴリが「叙情的天才」を再び逞しくした理由は何なのかという問いに答えることを目的としている。この問いに答えるためには、ゴーゴリ文学を芸術的、技巧的側面から分析するのみならず、作家たる以前にまず「信仰によって生きる」人間になる必要があるという理想を掲げたキリスト教作家としての内面的成長そのものを問題にする必要がある。ゴーゴリは自分の創作理念を、天上の真理を開示することが作家の使命である以上、作家が発する言葉は聖なるもの、その心は穢れのないものでなければならないとの信念の上に築き上げていた。如何なる作家であれ、そのキリスト教世界観の特徴は、神への美学的貢献である創作活動を人生の霊的営みの一環として総体的に捉えるべきものであり、ある時期や作品の手法だけを個別に論ずるべきではないからである。その意味で、ゴーゴリの人生の最後の数年間に顕著なこうした価値観への傾斜を、ヨーロッパのキリスト教倫理観を通過して正教へ回帰した信仰者ゴーゴリの精神遍歴と、創作的使命を実現する権利を神によって賦与された作家の責任そして召命との葛藤を軸として検討していきたいと思っている。そうしたプロセスを通過して初めて、実際の作品における聖師父著作の具体的影響を認めることが可能になると思われるからである。

十九世紀のロシアの作家の中でも、ゴーゴリほどオプチナ修道院と深い関係を持った作家は少なかった。長老制で知られるこの修道院との関係においては、聖師父文献の出版活動に寄与したスラヴ派の論客イワン・キレエフスキーやビザンツの伝統的保守主義の理論家として活躍した後、自ら修道士としてオプチナの住人になる運命を辿ったコンスタンチン・レオンチェフは別格としても、その信念の書『友人との往復書簡抜粋』を携えてオプチナを訪れ、学僧や長老マカーリイと交わり、彼ら修道士たちの精神に大きな共感を呼び起こしたという事実から見ても、彼はやはりオプチナの精神を呼吸し、それを人生の糧とした類希な文人と言い得るのである。幸い、ソヴィエト文芸学の崩壊を契機に、文学研究における宗教的要因を重視する方法が復権し、古文書館に埋もれていた関係資料が再び脚光を浴びるようになった。本稿においても、ヴォロパーエフ、ヴィノグラードフ、ドゥナーエフ、コチェーリニコフ等を始めとするロシア研究者の成果を積極的に活用しつつ、事実関係を再構成しようと試みたことを付言しておく。[2]

一、ハリストスの信仰者となったゴーゴリ――伝記的事実からの概観

禁欲主義的作家としてのゴーゴリの顔は、一八四〇年代初頭に彼が体験した創作活動上の一大転機とほぼ時期を同じくして現れてくる。その発端のひとつは四〇年夏に罹った精神病とそれによる病的な鬱状態に認められる。彼はす

でにこの時『魂の遺書』を書き残しているが、これは彼がもはや自身の快癒に希望を持てず、半ば絶望的な心境にあったことを示している。だがこの病は結局本人の予想に反して、「奇跡的治癒」と「復活」によって終わり、これを契機にゴーゴリは自分の人生が「必要とされており、無益なものではない」という信念を抱くようになる。これは彼にとって新たな人生が開かれたかのような希有な体験であった。ゴーゴリの盟友でもあった評論家のセルゲイ・アクサーコフは、作家の病を看病した友人ニコライ・ボトキン〔旅行作家、一八一三～一八六九〕から彼の精神状態について知り得ていた。アクサーコフはこう回想している。

　ゴーゴリの自己内部で絶えず霊的な人間を完成させようとする志向性と……つまるところ、人間の肉体的外貌とはもはや共存できないほど高度な気分にまで達した彼の宗教的傾向の優越性はこの点に発している。[3]

ゴーゴリの友人でもあったパーヴェル・ワシーリエヴィチ・アンネンコフ〔文芸評論家、一八一三～一八八七〕も作家の世界観の転換について証言している。アンネンコフはゴーゴリの創作的時代区分を想定しつつ、晩年期の始まりを、二人がローマで出会った頃と見なしている。奇しくも、若きアンネンコフはこの時ゴーゴリに『死せる魂』の草稿を浄書するよう依頼されたのだった。

　一八四一年の夏、わたしがゴーゴリに会った時、彼は二つの相異なる世界に身を置いたまま、新たな傾向のとば口に立っていた。[4]

だがゴーゴリの人生の転換点をあるひとつの事件や印象によって裏づけることは危険である。彼は自らの人生の道と内面的世界の一貫性、普遍性を常に強調していたからである。『友人との往復書簡抜粋』が発表された時、それによって彼は自分の使命を裏切り、自分に縁のない領域に足を踏み入れたのだという評論家の酷評に応えて、ゴーゴリはこう書いている。

わたしは自分の道から逸脱したことはない。わたしは同じ道を歩いてきた。わたしの対象としたものはいつも同じ事柄だったのだ。つまり、わたしの対象、それは人生であり、それ以外の何物でもなかった。わたしは夢想の中にではなく、現実的な姿の中に人生を追求し、人生の根源をなす存在に辿り着いたのだ。[5]

しかし、この「人生の根源をなす存在」というのが、ハリストスである以上に、作家にとってこの存在が何を意味するのか、当時の批評家たちが理解できなかったことは想像に難くない。やはり当時ゴーゴリの精神的苦悩に同情的であったアクサーコフはこう注釈している。

ゴーゴリが自分の信念を変更したと考えるべきではない。むしろ彼は青年時代からそれに忠実であり続けた。ただゴーゴリの歩みはつねに先んじていたのだ。彼のキリスト教はますます純粋で厳格になり、作家が目的とする高度な意義はますます明瞭になり、自己に対する裁きはいよいよ厳しさを増していくのだった。[6]

だがこれとて彼の内面的な秘密を十分に明かすものではない。それでも、ゴーゴリのキリスト教的精神性が、その発端において修道生活への志向性をともなっていたことは注目に値しよう。一八四〇年四月、ゴーゴリはニコライ・ダニーロヴィチ・ベロゼルスキー〔ネージンのギムナジウム時代の親友、後にボルズナ郡の判事となる〕に宛てた手紙に「今やわたしは世俗の生活よりも、修道院の生活に向いているのです」[7]と書き、さらに一八四二年二月になると、詩人のニコライ・ヤズィコフに「わたしは翻弄されるために生まれたのではなく、毎日毎時、修道士の称号にまさる天恵はこの世にないと感じているのです」[8]と打ち明けるなど、かなり明白な決意表明ととれる言葉が種々の手紙に散見されるようになる。ところが、実際には、ゴーゴリの抱く修道生活の理想が独特な形態を持つことも同時に明らかになる。彼は霊の浄化のみならず、芸術的才能の浄化をも志向していたのである。一八四二年の初頭、ゴーゴリはエルサレムのハリストス墳墓教会への巡礼を思い立ったが、これを実行するための祝福を当時ハリコフの主教であった有名な正教伝道者インノケンティ（ボリーソフ）から得ることができたのである。主教手ずからの聖像による祝福を受けたゴーゴリの喜びようが如何ばかりであったかは、多くの伝記作家が取り上げている通りである。[9]アクサーコフの妻オリガ・セミョーノヴナが、聖地巡礼に出かけようとするゴーゴリにパレスティナ通信を期待する旨を表明したのに対して、彼は「はい、あなたのために書きましょう。そのためにはわたしが浄められ、立派な人間にならねばなりません」[10]と応えているのも、ゴーゴリならではの心情吐露である。さらにそれを裏づけるかのように、一八四二年六月に詩人のジュコフスキーに宛てた書簡において以下のように書いている。

> 我が霊は山頂の雪よりも清らかに、そして天よりも輝いていなければなりません。そうなって初めて、わたしは偉功や偉大な活動を開始する力を得ることができるのです。そうなって初めて、我が存在の謎が解き明かされることになるのです。[11]

だが実際には、この時から聖地巡礼の夢を絶えず抱いてはいたものの、それが実現するまでにさらに六年の年月をすごさなければならなかった。一八四二年の夏から再びゴーゴリお得意の外国暮らしが始まるのである。ここにはゴーゴリが過去二度にわたる欧州滞在の理由として挙げていた「ロシアのことを書くためにはロシアを離れなければならない」からではなく、明らかに別の意図が隠されていた。それは「霊の浄化」を最終目標とする「心の研究」、「霊の巡礼」なるものであった。これを実行するために彼が取り組むことになるのは、聖師父文献に代表される霊的な書物を渉猟することであった。六年に及ぶ外国生活の間にロシアに送られた彼の手紙には、神学や教会史、中世史などの書物の発送の依頼が数多く含まれている。友人たちや知り合いによって彼に送られたことが確認されているものだけでも、モスクワ神学大学出版の聖師父著作集を始め、ザドンスクのチーホン全集、ロストフのドミートリイ作品集、モスクワの主教インノケンティの著作集、雑誌『キリスト教読本（Христианское Чтение）』の数巻などがある。またヤズィコフによって送られた『フィロカリア（修徳著作集）』も、ゴーゴリにとっては最も差し迫った関心対象となったと思われる。そればかりか、ゴーゴリの読書体験は東方教会の師父の作品にとどまらなかった。とりわけ、彼自身が気に入り、折に触れて他人にも読むように勧めたトマス・ア・ケンピスの『キリストに倣いて』は、正教会の観点からは受け入れ難い世界観でありながら、ゴーゴリの霊を揺さぶった代表的著作であった。総じてこの時代の趣向性についてゴーゴリ自身は『作者の告白（Авторская Исповедь）』の中で以下のように語っている。

それ以来、人間と人間の霊《たましひ》がかつてなかったほど、観察の対象になった。わたしは現代のものをすべて一時的にそのままにして、人間や概して人類一般を突き動かしている永遠の法則を知ることに注意を傾けた。法律家、心霊学者、それに人間本性の観察者の著書がわたしの読書の対象となった。上流階級の人間の告白を始め、世捨人や隠者の告白に至るまで、人々の認識や人間の霊が表現されたものすべてがわたしの心を捉えたのである。そしてこれを通じて、無感覚に、自分でもその方法について殆ど意識することもなく、ハリストスに到達し、……そこに人間精神の謎を解く鍵があることを悟ったのである。[12]

一八四三～四四年にはいよいよこの傾向は顕著になり、聖師父や著述家の著作を独自の観点から編集したノートを作成するようになる。そのノートの下敷きになっていたのは、一八四二年の雑誌『キリスト教読本』の数号であった。[13] 雑誌のこれらの号には、聖師父著作のロシア語訳（初訳のものを多く含む）が掲載されており、ゴーゴリがメモを取った著述家の中には、聖イオアンネス・クリュソストモス、聖大ワシレオス、シリアの聖エフレモス、ニュッサの聖グレゴリウス、ダマスコの聖イオアンネス、ロストフの聖ドミートリイなどの他、モスクワの府主教聖フィラレート（ドロズドーフ）、ザドンスクの隠修士聖ゲオルギイ（マシューリン）などが含まれていた。[14] この時、ゴーゴリはニースのヴィエリゴールスキイ家に逗留していたが、そこでロシアの友人たちのために、日常生活で遵守すべき数多くの教訓や「規則」を書き綴っている。作家にとって、この新たな分野の開拓に等しい壮大な試みは大変な情熱をもって行われ、四四年三月にニースを去った後も、居候として世話になったルイーザ・ヴィエリゴールスカヤ夫人に、苦しい時や困難に見舞われた時には、心の中で祈りつつ、この神の命令たる「規則」を必ず遵守するよう説得したほどだった。こうした説教の試みは後の『友人との往復書簡抜粋』に繋がるものとも考えられる。この未来の書物に収められることになる数多くの思想はすでにこの「規則」の中に育まれていた。ゴーゴリは聖師父文献の書き抜きに没頭しつつ、未知のジャンルがこうして実現することを予感していたのではないだろうか。

一八四一年八月にローマにて脱稿した『死せる魂』の不評に辟易していたゴーゴリが、それら世評の根底に横たわる無理解から逃れるように、自らの魂を浄化し、人類の救済の叙事詩を書くに相応しい人間になろうと決意したことは既に述べたが、ここで彼が多くの労力と時間を聖師父文献の解読に費やしたことが、その後の創作活動、とりわけ『死せる魂』第二部の執筆に際して、微妙な心理的影響を及ぼしたことは否定できない。ゴーゴリはこの長編叙事詩の続編を、自らの内面的成長なくして完成へと導くことはもはや不可能であると感じていた。ゴーゴリがプーシキン亡き後、一八四三年十月に雑誌『同時代人』の編集を引き継いだ文学者ピョートル・アレクサンドロヴィチ・プレトニョーフ〔詩人、編集者、大学教授〕に吐露した以下の心情はこのことを如実に物語っている。

わたしの作品はわたし自身が受けた宗教教育と密接な関係を持っており、強靭な内面を養うための心の鍛錬、この意義深い鍛錬に耐えられるようになるまでは、それこそわたしには必要なものなので、わたしの新作がまもなく発表されるなどということを期待するのは無駄なことですよ。[15]

ゴーゴリにとって人生の最も苦難に満ちた時期の始まりは一八四五年である。それは鬱屈した彼の精神が最悪の状態を呈した時期とほぼ重なっていた。それでも彼は『死せる魂』の執筆を放棄することができなかったばかりか、心の準備ができていないにも拘わらず、自らに書くことを強制しようとした。だがそうした努力も虚しく、このテーマに関する自らの無力から絶望に陥り、結局は自分自身を苦しめる結果になってしまった。ところがこの時期の彼の手紙には新たな兆候が現れ始める。それは教会との関係の始まりであり、奉神礼への参加によって神との生きた交流が実現したことの喜びでもあった。

一八四五年一～二月にゴーゴリはパリのアレクサンドル・ペトローヴィチ・トルストイ伯爵〔一八〇一～一八七三、オデッサで少将として勤務していたが、四〇年に退役した後、パリに住んでいた〕のもとに身を寄せていたが、当時の暮らしぶりについて後にヤズィコフにこう打ち明けている。

内面的にはあたかも修道院にいるような暮らしでした。何と言っても、我々の教会で執り行われる聖餐式に出席しない日は一度もなかったくらいですから。（一八四五年二月十二日付）[16]

実際、彼の生活様式は、彼が専念していた仕事の性格に一致していた。つまり彼はパリのロシア大使館付きの教会で主管を務める長司祭ドミートリイ（ヴェルシンスキー）神父の蔵書を利用して、ギリシャ語による聖金口イオアンと大ワシリイの聖体礼儀の式次第を研究していたのである。このドミートリイ神父自身も聖師父の文献に通じ、自ら翻訳を雑誌『キリスト教読本』に掲載したりしていたが、この人物との出会いが病める作家に束の間の癒しをもたらしたことは疑いない。それにも増して、教会の奉神礼に参加することで、彼の精神が潤いを得て、再び高邁な霊的気分を取り戻すことができたことは大きな収穫だった。この時期のゴーゴリの成果は、作家の死後出版された未完の論攷『聖体礼儀考』に集約されている。[17]

だが一八四五年の春から夏にかけて、ゴーゴリの病状は悪化の一途を辿っていく。当時ウィスバーデンに再建されたロシア帝室領付属教会の主管で、ジュコフスキーの聴罪司祭でもあった長司祭イオアン・バザーロフ神父は、三月にフランクフルトにやって来たゴーゴリの憔悴しきった様子を証言している。さらに四月には、フランクフルトのゴーゴリから「わたしを領聖させに来てください。死にそうなのです[18]」との手紙を受け取ったのだった。バザーロフ神父が駆けつけてみると、何とゴーゴリは両足で立っていた。神父が自分の症状をかくも危険視する理由を尋ねると、ゴーゴリは両手を差し出して、「ご覧ください、冷たいでしょう」と応えたという。[19]それでも神父は彼が自宅で領聖しなければならないほど深刻な状態ではないことを諭し、ヴィスバーデンまで斎に来るよう説得した。ゴーゴリは言われるままにこれを実行した。そこで彼は神父の書斎に自分の本があるのを目にすると、「何ということだ。これらの不幸な書物があなたの書斎にまで紛れ込んでいたとは」という驚きの声を挙げたという。バザーロフ神父はこう証言している。

彼がこれまでに書いたものすべてに後悔の念を抱いたのも、初めて『死せる魂』の第二巻を処分したのもこの頃の出来事である。[20]

六月の末から七月の上旬には彼の病は危機的な状況を呈していた。彼は迫り来る死を予感したのか、後に『友人との往復書簡抜粋』に入れられることになる新たな霊の遺言を書き上げ、『死せる魂』の第二巻を暖炉に焚べてしまう。この原稿焼却については、やはり『往復書簡抜粋』に収められた一章「『死せる魂』についての様々な人物に宛てた四通の手紙」の四の以下の記述からその理由を探ることができる。

「死なずば甦らず」とは使徒の言葉です。復活するためには、一旦死ななければならないのです。かくも病的な緊張とともに産み落とされた五年間の努力の結晶を燃やすのは容易ではありませんでした。一行一行が戦慄とともに掴み取られ、わたしの最良の思考内容をなし、わたしの霊を捉えた多くのものがあったのですから……第二部がそのままの形で出版されていたら、益よりもむしろ害を与えていたでしょう……否、正真正銘の忌まわしさがその奥底まで示されないうちは、社会もしくは世代全体をも美しいものに向かわせることはできないでしょうし、万人のために崇高で美しいものへ到達する様々な道を真昼のように明るく示さないうちは、それらについて決して語ってはならないでしょう。『死せる魂』第二部では、このような状況が少ししか、しかも弱々しい形でしか発展させられていませんでした。[21]

ここでゴーゴリが日々の敬虔な祈りの中で感得するようになっていた死の予感について触れておく必要があろう。ローマ滞在中から、ゴーゴリが教会の奉神礼に通うようになり、祈りの実践を行っていたことはすでに述べたが、彼は礼拝中にハリストス像の前に涙ながらにひれ伏して祈ったり、就寝前の第七の祈り（イオアンネス・クリュソストモス作）の一節「主よ、我に涙と世を去る思いと感動とを与え給へ」を毎日繰り返し唱えていたことが周囲の人々によって証言されている。[22]

感動とは絶えず良心の痛みを覚えることである。だが神に対して思いによる痛悔を行うことで心の〔痛みの原因となる〕火を消すことができるのである……涙の流れを体得したら、全力でそれを守るがよい。それと言うのも、それは自己完成を手に入れるよりも早く、いとも簡単に失われてしまうからである。ちょうどそれは蝋が火の前で融けるように、言葉を発したり、体をいたわったり、安息を取ったり、そしてとりわけ多弁を弄したり、狂笑を発したりすることで簡単に撲滅されてしまうのである。[23]

これは作家が愛読していた克肖者イオアンネス・クリマコス〔階梯者イオアンネス〕の『階梯（Лествица）』の中の言葉である。この書物がゴーゴリの信仰の形成に与えた甚大な影響は無視できないが、そのことを度外視しても、「涙」「世を去る思い」「感動」は彼の霊の営みにとってあまりにも顕著な内容であった。ゴーゴリの伝記を手がけたモチュールスキイは、彼の信仰そのものを「死の恐怖」「因果応報の厳格なイメージ」から導き出しているほどである。そのうえで著者は「このような恐怖体験、しかもゴーゴリの空想によって強められた恐怖体験は、彼の精神状態にかなり強烈に作用したはずである」と推論することで、ゴーゴリに見られるこうした現象を「異教的」と見なしていた。[24]

確かに「世を去る思い」は教会師父たちが教えている最高度の徳の一つであるが、それが信仰生活の中で安定していない精神状態と結びつくことによって、死すべき運命に対する異教的恐怖を生み出し、これが恒常的憂鬱、もしくは手に届く人生の快楽を一刻も早く味わい尽くそうとする異教的、発作的志向へと移りゆく可能性は大いにある。だが、言うまでもなく、ゴーゴリはそうした状態には至っていないし、そもそも創作活動に対する情熱を失ったわけではなかった。彼は迫り来る死を予感して、『死せる魂』第二部の完成を放棄してでも、「すべての読者」に宛てた遺書となるべき『往復書簡抜粋』の実現を優先させたいと願っただけである。四三年にはすでにこの「世を去る思い」を抱くようになっていたが、ゴーゴリが四三年十一月に聖師父の文献を引用しながら、ヤズィコフに送った手紙に拠れば、そのためには「霊《たましひ》に神が訪れることが不可欠」であると主張している。

〔その訪れは〕霊《たましひ》が突然感動や甘い涙、それも原因のない涙を感じることでわかるものです。それは悲しみによるものでも、不安によるものでもない出来事なので、言葉では何とも形容しがたいので……人間はあらゆる欲から完全に解放された時、初めてそうした状態に入ることができるのです。(一八四三年十一月四日付[25])

ゴーゴリのこうした心的傾向に、スラヴ派や心霊派の思想・宗教的概念への接近を認めることもできよう。それは彼が聖師父の文献解読に益々没頭していく過程で、「ロシアの教養階級は形式的には正教徒であれ、真の正教は知らない」という驚くべき結論に達していることからも窺える。例えば、以下に掲げるのは、『友人との往復書簡抜粋』における「我らの教会と聖職階級に関する数言」の一節であるが、そこには作家自身の幻想と奇妙な矜持とが混ざり合った独特の教会観が提起されている。

まるで純潔な乙女のように、使徒の時代から無垢の原初的潔浄を保ってきた唯一のものであるこの教会、そのすべてが深遠な教義と最小限の外面的儀式をともなって、ロシア人のためにあたかも天から直接剥ぎ取られたようなこの教会、それはあらゆる疑惑の枷や我々の諸問題を解決することのできる唯一のものであり、我が国の全ての階級や、称号や、役職にヨーロッパの合法的境界と領土を侵犯せしめ、国家のものは何一つ変更せずに、それまでロシアに対する脅威のもととなっていた組織を見事に調和させ、全世界を驚愕させる力をロシアに賦与することで、欧州全体の面前で前代未聞の奇蹟を起こすこともできるものなのである。この教会が我々に未だ知られていないとは。我々は、生きるために創造されたこの教会を、今日まで我々の生活に持ち込んでいないのである。[26]

「ゴーゴリの笑いはしばしば憂鬱な精神（дух уныния）に発するものであり、ゴーゴリの説教癖は別の欲、つまり妄想（любоначалие）に発するものである」[27]と言ったのは、モスクワ神学大学のドゥナーエフ教授であるが、これは基本的に、作家の精神的成長と説教癖への誘惑との関係を心理学的に指摘した長司祭ワシリイ・ゼンコフスキーの所説を踏まえたものである。ゼンコフスキーはゴーゴリの後期作品の創作に影響を与えていた聖師父文献の研究に発する神認識の変化について以下のように分析している。

強いて言うならば、ゴーゴリは「神の前に立つ」ことがどうしても必要になっていたという意味で、神秘主義者になっていた。ゴーゴリは聖師父の文献に理解を深めていったが、早くも四〇年代には彼は「短い期間に私の中で多くのものが完成したようです」と書いている。さらに時を経て、彼は恍惚状態に近い体験をしていた（四一年）、「わたしはしばしば玄妙なる瞬間を感覚したり、不可思議な生活を体験しているのです」。ゴーゴリの中の生活と人々の感覚が変化し始めた（世界をご覧ください――一八四三年に彼は書いている――それはすべてが神の恩寵で満たされています）。この神の前に立つという感覚は、自分の人生を導いているのは神ご自身であるという考えをますます彼の中に生み出している（一八三六年に彼はこう書いていた、「誰か見えざる者が私の前で強力な鉄を以って書いているのだ」、もしくは一八四〇年に「私の霊の中で玄妙な作品が生まれつつあります、ですが、このような示唆は人間からは起こらないものです」と書いている)。[28]

ゼンコフスキーはゴーゴリの四〇年代の大きな変節の秘密を、「神に選ばれた人間」の意識の肥大化と見ているが、それと並行して現れてきたもうひとつの要素、つまり説教癖にも注目する。

それは、一八三六年以前のゴーゴリの作品においては「教訓的傾向」と呼ばれ、緊張した内的な営みと結びついたものであったが、今ではそれが説教癖という形を取るようになっている。彼は「自分の言葉は今や天上の権力をまとっている」（一八四一年）との確信を抱いているが、その当時、これは友人との往復書簡に触れているにすぎなかった。ところが、ゴーゴリは友人たちへの助言において、まるで彼らの長老か、霊的な指導者でもあるかのように、ほとんど強引とも言える態度を取るようになり、しばしばこれら友人たちに自分の助言を実行することを求めているのである。[29]

これらゼンコフスキーの指摘は、ゴーゴリの内面に生じた真理への憧憬と、自己変容を性急に求める発作的欲求の中に明らかに長老制の枠を超えたエゴイズムの病症を裏づけるための根拠を与えている。ともあれ、ゴーゴリによる『死せる魂』第二部の焼却と、「遺言状」（『友人との往復書簡抜粋』の最初の章の題名）の執筆という二つの事件の意味を解く鍵は、四五年六月末から七月初めにかけて、彼が作家としての使命を擲って、修道院に入るという究極の決心をしたことに尽きるのである。

この間の事情を伝えているのは、ワイマールの正教司祭ステファン・カルポヴィチ・サビーニン司祭の娘マルファ・

ステパーノヴナの残した以下の回想である。

彼〔ゴーゴリ〕は修道院に入りたいという自身の希望について父と話し合うためにワイマールにやって来ました。父は彼が病的な状態にあり、それが原因で精神がヒポコンデリーの症状を呈していることを見て取ると、彼が自分の希望を叶えようとすることを思いとどまらせ、性急に最終結論を下すことのないように説得したそうです。[30]

ワイマールを訪れたゴーゴリはアレクサンドル・ペトローヴィチ・トルストイ伯爵と同居することになったが、トルストイ伯爵の方も修道生活に憧れていたため、二人は意気投合したと言われる。ワイマールの旅に関するゴーゴリ自身の印象は、やはり『友人との往復書簡抜粋』に入れられた書簡体の一章「ロシア中を旅する必要がある」に含まれている（これはトルストイ伯に宛てたものであった）。そこでゴーゴリは再び、修道士こそが自分の目指す生き方であることを力説するのである。

修道士の称号にまさるものはありません。我が心がこれほどまで冀う修道士の素朴な僧服を我々が着用することを神がお認めになる日が来ますように。わたしはこの僧服について思いをめぐらすのがこのうえなく楽しいのです。だが神の召喚なくして行動をおこすべきではありません。世を捨てる権利を得るためには、世俗と別れる能力を持たなければならないのです……いいえ、あなただけでなく、わたしにとっても望まれる僧院の門は固く閉ざされているのです。あなたの修道院、それはロシアなのですから。[31]

一方詩人のジュコフスキーは、ゴーゴリの真の召命は修道士であることを看破していた。ジュコフスキーはゴーゴリ死去の知らせを受けた一八五二年三月、『同時代人』編集長ピョートル・プレトニョーフに宛ててこう書いている。

もし彼が『死せる魂』に着手せず、その結末を良心にとどめ、万事において手を煩わすことがなかったならば、彼はとうの昔に修道士になっていただろうし、彼の霊が自由で気楽に呼吸できる環境に身を置くことで、完全に平穏な暮らしをしていたことだろう。[32]

しかし、ゴーゴリの晩年における修道士への憧れは、そもそも彼の精力的な文筆活動と聖地巡礼の実現への努力を見るにつけて、やはり突発的かつ軽率な行動といった性格を否定できない。彼の人生最後の十年間の活動目標がキリスト教の理想をこの世に実現させることに置かれていたことを思えばなおさらである。ところが、彼はこの課題を、見習い修道士となり、貞潔と従順の誓いを立てることで、つまり実際の修道士になることによって一刀両断に解決しようとしたわけではなかった。むしろ自己流のやり方で、そうした要素を世俗の生活の諸要素と融合させながら、やはり最終的には文筆家として解決する方法を選択したと考えざるを得ないのである。つまりゴーゴリの人生の真の悲劇は、彼の霊が希求していた修道士になれなかったことにあるのではなく、修道生活への憧れと、彼の天賦の才として誰もが認めていた作家としての召命との間に板挟みになったことから自らの精神的安定を損ね、人格的分裂を来したことにあるのである。最終的に、彼は自らの人格の中で、神に賦与された能力に見合う形で、問題解決を図るしかなかった。こうして最終的に彼は聖なる神の真理を俗なる散文の中に書き綴るという自らの宿命を受け入れたのである。つまりゴーゴリの場合、霊的な志向と作家としての才能の衝突、そして両者の妥協と挫折こそが、晩年に体験した精神的危機のすべてであった。そして皮肉なことに、彼が霊的な真理を追求すればするほど、それが創作への霊感を消耗させ、自己矛盾からの出口を見誤らせてしまうことになる。この問題は、後ほどオプチナ修道院で修道士になろうとしたゴーゴリの心理的葛藤を概観した後に、今一度立ち戻って考察することにしたい。

二、ゴーゴリと巡礼——エルサレムからアトスへ

一八四二年に計画されたエルサレムへの聖地巡礼が実現される日が近づいていた。これまでに一八四五年と四七年に二度にわたって出発しようと試みたものの、病気などの諸般の事情からいずれも見送られてきた。世を捨てて修道士になることが叶わぬ夢であることを運命的に悟ったゴーゴリが、自らの霊の飢えを癒す手段は聖地巡礼しかなかったのである。換言すれば、作家としての務めを全うすることを前提条件に、地上における神の理想の実現という文学的課題に、自分のみならず国民全体の霊の救済の課題を融合させる方法を模索していたゴーゴリにとって、巡礼という行為は必要かつ神聖なものと思われた。だがここで付言しておくならば、ゴーゴリが聖地巡礼に興味を抱いたのは、この頃が初めてではなかった。幼年時代に敬虔な母親マリア・イワーノヴナから受けた影響や、修道院をしばしば訪れる習慣のあった家庭環境を無視することはできないし、巡礼のモチーフを反映した初期の作品が存在することは周知の事実である。[33] 加えて、プーシキンが主宰する雑誌『同時代人』に掲載された『十二世紀にトロイツァ大修道院の修道輔祭によって敢行された聖地巡礼の旅』という書に対するゴーゴリの書評も想起する必要があろう。彼はそこにこう書いている。

　エルサレムへの旅は我が国の民衆に不思議な影響をもたらしてくれる。これは人々が何よりも敬虔な気持ちで、しかも競って読む本の一つである。ツァーリグラードへの旅も殆ど同様の印象を与えるが、それはまるでそこからかつて流れていたこの世のものならぬ光を無意識に感謝する特性がロシア民族の中に残されていたかのようだ。多少なりとも学のあるロシアの町民、職人が仕事をそのままにして自らエルサレムやツァーリグラードに

出かけるということはよくあることなのだ……[34]

だが何と言っても、彼の霊的な成長を示す最も重要な契機となったのが、一八四八年に敢行されたエルサレム巡礼の旅であったことは疑いの余地がない。そもそも聖地巡礼の考えがゴーゴリ自身に生じた時期を正確に同定することは困難である。しかし、ネージンの高等中学校で長司祭パーヴェル・ヴォルインスキイの授業を受けていた頃とする可能性も否定できない。というのも、そこにはある運命によってエルサレムと結びつけられた人々が、ゴーゴリ以外にもさらに二人いたからである。ゴーゴリよりも三年後に卒業したヴィクトル・キリーロヴィチ・カミンスキーは聖地巡礼を三度敢行し、そこで亡くなっている。またシリアとパレスチナの総領事であったコンスタンチン・ミハイロヴィチ・バジーリ（一八〇九～一八八四、東方研究者）は一八四八年のゴーゴリの巡礼に同行していた。[35]ところが、ゴーゴリは巡礼の計画については、先述の通り、インノケンティ（ボリーソフ）主教（ハリコフとアフティルカの）の祝福が得られた四二年まで決して他言しなかったと言われる。手書きの主の聖像を持って、晴れやかな顔をしてセルゲイ・チモフェーヴィチ・アクサーコフ宅を訪れ、誇らしげに「やっとわたしがどこへ行こうとしているか公言することができます。主の墳墓ですよ[36]」と語ったことは、アクサーコフ自身がその回想の中で明かしていることである。

しかしゴーゴリは自身の聖地巡礼の企てを『友人との往復書簡抜粋』の序文の中で正式に公表し、そこで祖国の同胞たちに赦しを乞うとともに、「主教に始まり」、「祈りの効用などまったく信じていないような人々」に至るまで、ロシアのすべての人々に自分のために祈って欲しいとお願いしつつ、同時に、自分も主の墓の前で彼らのために祈ることを約束するのである。[37]この序文を発表したゴーゴリの立場は、衒いのない謙虚な祈禱者のものであり、聖師父の言葉を真理として教え広め、神の国の「規則」を押し売りする厚顔な説教者のそれとは似ても似つかないものである。つまり作家は、読者がこの書物の中に容易に見いだすはずの欠点を、作家としてのみならず、人間の欠点としても予め赦してもらいたいと訴えたうえで、それでも神の慈愛は、自分の祈りの弱さをも祈りが本来あるべき姿へと変容させてくれるだろうとの希望を表明するのである。こうしたゴーゴリの敬虔さは、ジュコフスキーの言う通り、修道士の精神に不可欠な謙遜に発するものであることを示していると言えまいか。

　ロシアからの巡礼者が急激に増加したことから、一八四七年エルサレムにはロシア宗教使節団が組織された。その団長に任命されたのは、後にチヒルィン〔ウクライナ〕の主教となる東方キリスト教の文化に通暁した掌院ポルフィーリイ（ウスペンスキー）という人物であった。使節団のメンバーには、この他、主教フェオファン（ゴーヴォロフ）がいた。彼は当時修道司祭であったが、将来タンボフ、ウラジーミル、スーズダリの主教を経て、ヴィシャの隠修者（затворник）及び宗教作家として有名になる人物である。さらに、ペテルブルグの神学校を卒業したばかりの二人の学生がいた。そのうちの一人、司祭に叙聖されたピョートル・ソロヴィヨフ神父は、一八四八年一月にシリアの海岸の町ベイルートへ向かう汽船イスタンブール号の中におけるゴーゴリとの出会いについて回想を残している。掌院ポルフィーリイはゴーゴリにピョートル神父を画家として紹介した。ゴーゴリは早速、奇蹟成就者ニコライの小さな聖像を取り出して見せ、この作品についての意見を求めた。「どうやら彼は自分の聖像を芸術的な意味で高く評価していたようで、神聖なものとしてそれを大切にしていた」[38]とピョートル神父は回想している。この後、使節団はベイルートから独自にエルサレムまでの道のりを進まなければならなかった。ゴーゴリと退役将軍ミハイル・クルートフはネージン時代の学友でもある総領事コンスタンチン・バジーリを伴って出発した。そこから聖地到着までの巡礼の模様を詳しく物語る資料はないが、この旅から二年を経た一八五〇年二月二十八日にゴーゴリがジュコフスキーに宛てた手紙の中で、当時一行がシドンと古都ティル、そしてアルカを通ってエルサレムに入ったことが、詩情あふれる豊かな自然描写とともに確認されている。[39]一八四八年二月中旬のゴーゴリの手帖には、ついに「ニコライ・ゴーゴリ、聖都にて」[40]という記述が現れている。

ところが、不可解なことに、ゴーゴリがあれほど念願していた聖地巡礼に関する記述は、彼の精神的遍歴を物語る数々のエピソードの中でも、最も不明瞭な色彩を帯びているのである。同時代人の回想に拠れば、ゴーゴリ自身はこの旅について語りたがらなかったという。ウクライナ出身の民俗学者ミハイル・マクシーモヴィチがゴーゴリに会った際、パレスチナ巡礼の話をどこかに書くことを勧めると、ゴーゴリは「書こうと思えば、全紙四枚ほどは書けるのですが、わたしは読者が、わたしがパレスチナに行っていたという噂をたまたま耳にするように書きたいのです」[41]と控えめに応えたに過ぎなかった。とはいえ、ゴーゴリの精神状態に何らかの異変があったという噂もなければ、証拠もないのである。ゴーゴリは通常どの巡礼者も訪れるコースを漏れなく訪れている。ハリストスに縁のある聖地をすべて見学した他、『友人との往復書簡抜粋』の序文で読者に約束した通り、十二世紀の初頭に全ルーシの地を代表して燈明〔ランパーダ〕を聖なる墳墓に献じた最初のロシア人巡礼者典院ダニイルの故事に倣って、全ロシアのために跪いて祈り、その教会では聖体に与ることもできていた。ゴーゴリが書き残した、主の墳墓教会での聖体礼儀に参加した体験談は、文字通り、気高い熱気と興奮、それに温かい人間的感覚に満ち溢れている。その雰囲気はゴーゴリがエルサレムからベイルートに戻った時に、ジュコフスキーに宛てて書き送った書簡からも嗅ぎ取ることができる。

わたしはその中〔至聖所〕に一人佇んでいた。わたしの前には、聖体礼儀を執行している司祭が一人いるだけだった。〔主に祈らんと〕会衆に祈禱を呼びかけている輔祭は、もうわたしの背後の墳墓の壁の向こう側にいる。彼の声はわたしにはもはや遙か彼方に聞こえていた。輔祭に応えている会衆や詠隊の声はもっと遠くに聞こえた。「主憐れめよ」やその他の教会讃歌を高らかに歌うロシア人の讃美者たちの一つになった歌声は、耳に届くか届かぬうちに、まるでどこか別の部分から抜け出してしまうかのようだった。これはすべて何と素晴らしかったことだろう。わたしは自分が祈っていたのかすら覚えていない。わたしはただ、祈るにこれほど相応しい、これほど祈りたい気分にさせてくれる場所に自分がいることが嬉しかっただけなのかもしれない。そもそも祈るどころではなかったのだ。そんな気がする。聖体礼儀はあまりにも速くて、どんなに慌ただしい祈りの句ですらそれには追いつけないように思われた。わたしは殆ど我に返ることができないまま、気がつくと、不当のわたしを領聖させるために司祭が洞窟から運び出してきた聖盃の前にいたのだった……（一八四八年四月六日付）[42]

主の墳墓のもとですごした一夜がゴーゴリの記憶に忘れがたい印象を残したことは明らかである。しかし彼がこれに触れた何通かの手紙から判断する限り、この巡礼は彼が当初期待していたような成果はもたらさなかったと言わざるを得ないのである。それは彼が以前からその正体を解明しようと努め、その働きを恐れていた自己に潜む悪魔的存在を確信する契機となったからかもしれない。少なくとも、ゴーゴリが下した旅の評価は、周囲の予想を裏切る厳しいものとなった。ゴーゴリは一八四八年四月二十一日にオデッサから痛悔神父だったマトフェイ・コンスタンチーノフスキイにこう書き送っている。

わたしはエルサレムにいた時とその後ほど自分の心の状態が不満を覚えたことはかつてありません。自分の干からびた心と利己主義が目についただけのような気がします。これこそがすべての結果でした。[43]

だが、これらの言葉の前後にもう少し目配りするならば、これら謙虚に過ぎる言葉自体も幾分異なるニュアンスをもって響いてくる。同じ手紙の冒頭でゴーゴリはこうも言っているからである。

しばしば考えることは、神がわたしをこれほど慈しみ、突然これほど多くのものを与えてくれるのはどうしてなのかということです。これはわたしの置かれた立場が実際に誰よりも危険なものであり、他の誰よりもわたしが救われるのが困難であるからと説明するしかありません……霊の誘惑者はわたしのすぐ近くにおり、わたしはまだそれを目指して進み始めたばかりで、それが頭にあるだけで、心にはないにも拘わらず、すでに手に入れたものと思わせることで、わたしをしばしば欺いているのです。[44]

神の恩寵の大きさを実感しながらも、それを素直に受け入れることのできない自らの「干からびた心」を自覚したゴーゴリに不幸な人格分裂の兆候を認めることはさほど困難ではあるまい。自ら神を讃えていながら、その自分を呪うもう一人の存在から逃れられず、せっかく獲得した恩寵も、誘惑者が仕組んだ錯覚ではないかという疑念によって自ら否定してしまうのである。彼自身このことを自覚しており、同じ手紙の中で神父に以下のように説明している。

こんな瞬間がありました……ですが、それがどんなものであれ、我々のすぐそばに誘惑者がいることを実感した以上、そのような瞬間にすべてを委ねることが果たして可能でしょうか。毎時毎分自分のおぼつかない歩みを見ていると、何もかもが恐ろしくなるのです。遠くで救いの光らしきものが輝いています。それは愛という聖なる言葉です。わたしには今人々の顔つきがかつてなかったほど愛おしくなったように感じられ、まるでこれまで以上にもっと人を愛することができるようになったような気がします。しかし、多分、これはそう感じられるだけであることを神はご存じなのでしょう。ひょっとすると、ここでも誘惑者が一役演じているのかもしれません。(傍点は原文)[45]

「こんな瞬間」とは言うまでもなく、主の墳墓教会で聖機密に与ったあの「瞬間」のことである。彼はこの至福の体験をも、結局のところ悪魔（霊の誘惑者）の計りごとと妄想してしまうことで、それを肯定的に受け入れることができない。こうして巡礼から彼が得た霊の喜びは、彼がすでに自己の中に見いだしていた心の悲しみと結びついてしまう。ゴーゴリはこの秘められた悲しみについて、マトフェイ神父以外に、敬愛するジュコフスキーにも告白しているが、こちらは厳しさという点でこれとはやや趣が異なっていた。

> パレスチナへのわたしの旅が敢行されたのは、わたしの干からびた心がどれほど深刻なものかを個人的に掌握し、我が目で見届けるためだったのです。友よ、この干からびた心というものが何と大きくなってしまったことか。わたしは主の墓のもとで一夜をすごすことができたばかりか、至聖所の代わりに墳墓の真上に置かれていた聖機密から領聖する恩恵を受けることができたのです。ところが、こうしたことすべてがあったにも拘わらず、わたしが改善されることはありませんでした。もっとも、わたしの内部の地上のものはすべて燃え尽き、天上のものだけが残されたには違いないのですが……（傍点は原文）（一八五〇年二月二十八日付）[46]

エルサレム巡礼から二年を経て書かれたこの告白の持つ意味は、ゴーゴリの「干からびた心〔冷淡さ〕」の絶望的なまでの肥大化という事実そのものでもあろうが、むしろそれ以上に、己の鈍感さに対する厳格な裁きの必要性を自覚していたという事実であろう。ここに吐露されている心情は、もはやゴーゴリひとりの病状を超えて、すべてのハリスティアニンが痛感すべき己の弱さとそれを自覚することによる謙遜（смирение）の獲得を説くものであることがわかる。だがゴーゴリになぜそれほど厳格な裁き（自己否定）が必要だったのか、彼の言う「霊の誘惑者」とは誰のことなのか、霊に巣食っている現実の悪魔なのか、それとももう一人の相対的に弱い自分にすぎないのかといった問題は残される。晩年の作家に苦悩をもたらしている原因が、自らを浄めるために俗世を離れたいという希望と、作家としての務めを果たすという義務の感情との闘いであったことは既に指摘したが、これに関連して、「ゴーゴリの心にのしかかっていたのは、疑いなく『死せる魂』の構想を実現させなければならないという義務感であった」[47]とドゥナーエフは指摘している。そもそも自らが理想とする修道生活を実現するために、作家（＝教師）としての義務を放棄することなどゴーゴリにできたであろうか、それとも、すでに自らの創作上の課題を果たし終えることで、自らの才能の枯渇を悟っていたのかと自問した後、彼は「ゴーゴリは己の人生の悲劇的最期から如何なる出口も見いだすこともできなかった」[48]と結論づけるのである。だが、如何なる芸術家でも、自分の芸術的義務に対する重圧を感じない者はいないだろうし、真の芸術家ならば、良心の痛みを覚えることなく、それをあっさり棄てることなどあり得ないという彼の判断は十分理解できる。作家としての務めを果たしつつ、彼は宗教家、説教家としての素質を遺憾なく発揮した作品『聖体礼儀考』を残していることからも、ゴーゴリが自分なりに自立した宗教作家への道を模索していたことは疑いないだろう。しかしこれが彼の『死せる魂』に何らかの出口を与えたのかと言えば、そこには疑問が残る。ロシアの古典文学に他に類例のない独自の境地を開拓したものの、彼はこれを完成に導くことができなかった（死後にそれが出版されることもなかった）。その意味でも、彼が文学者としての自己の方向性に疑念を抱き、その傷ついた才能と作家としての良心に罪深さを感じたとしても不思議はなかった。彼は自らの召命に関しても、ジュコフスキーがゴーゴリの死後に表現したように[49]、彼が芸術家であり続けることと、修道士になることとを、同義的に解釈した結果、生まれてきた感覚だと思われる。「文学という領域もやはり神への奉仕（Словесное поприще есть тоже служба.）なのだ」[50]とはゴーゴリ自身がジュコフスキーに書き送った言葉である。ともあれ、ジュコフスキーが詩文学や芸術活動に従事することを天恵と見なしたのに対して、ゴーゴリは禁欲的な自己完成を前提とする修道制を通過して初めてそうした能力を身につけることができると考えたことは、この二人の世界観の間には大きな差異が横たわっていたことを物語っている。それにも拘らず、ゴーゴリには他ならぬジュコフスキーに痛悔〔罪を告白〕することが必要だったのである。

これから向かうエルサレムへの旅を前に、私はあなたに痛悔したいのです。あなたでなくて他に誰がいるでしょうか。と言うのも、これまでの人生の全てを文学に献げてきましたが、私の主要な罪は他ならぬこの点にあるからなのです。[51]

ゴーゴリの厳格な自己批判とも取れる告白は、神を前にした罪の痛悔のようにも聞こえるが、反面、彼ほど聖師父文献に親しみ、ハリストスへの信仰はおろか、物質的な価値観から霊的な変容の不可欠性を知り尽くしたゴーゴリが、罪からの浄化を一度の巡礼に求めようとする点には彼特有の性急さを感じざるを得ない。文学活動を自らの十字架として受け入れた上で、神と同化することは、人生のすべてを賭けてなされるものだからである。だが、研究者ヴォロパーエフは彼の告白の真摯さに疑念を抱こうとはしない。

主の墳墓を訪れたゴーゴリの旅の真の結果は、本物の精神的謙遜と人類への兄弟愛の獲得である。[52]

一八五〇年二月のジュコフスキーに宛てた手紙もこの文脈で理解する必要があると同氏は主張する。そして、神を感じない「干からびた心」は確かに罪の範疇に含まれるが、人間は概して自分の「改善」もしくは「霊的な変容」を目に見えるかたちで自覚すべきなのかと自問するのである。こうした内的な営みに性急に結果を求めようとしたゴーゴリのキリスト教徒としての認識には未熟さが認められることは確かだが、目に見える結果が得られないからと言って、巡礼の意味を過小評価するのは、あまりにも厳しい裁きだったとヴォロパーエフは同情的に見ていた。だがゴーゴリの友人や親族が時々に残した回想を見る限り、少なくとも聖地巡礼からはゴーゴリが当初期待していたような成果を得られなかったと結論せざるを得ない。例えば、ゴーゴリの妹のオリガ・ワシーリエヴナ・ゴーゴリ（ゴロヴニャ）も、この問題に関して以下のように回想している。

彼はエルサレムの旅に失望していたようだ。と言うのも、彼は私たちにその話をしたがらなかったからだ。彼は話を求められると、『『エルサレム旅行記』でも読めばいいでしょうに』と応えるのだった。[53]

この判断は明らかにゴーゴリの外面的印象に基づいて下されたもののように見えるが、彼女のそれに続く言葉は、それでも何らかの内面的変化があったことを窺わせる内容になっている。

彼の行動を見ていると、彼がこれまで以上に福音書に向かうようになったことに気づいた。そしてわたしにも机の上にはいつも福音書を置いておくように助言した。「もっと頻繁に読みなさい。そうすれば神は長時間祈りに立つことではなく、自分がなすべきすべてのことにおいて常に神の教えを忘れないように求めていることがわかるだろう」。彼はわたしたちのソロチンツィ行きに同行した時も、馬車の中で福音書を読んでいた。彼はすべての人々を愛していることが見て取れた。彼が誰かを中傷するのをわたしは一度も聞いたことがない。彼は自分のお金で多くの人々を助けていたのだ……[54]

ゴーゴリの聖地巡礼の旅は親族や友人の間で様々な受け取られ方をした。その大半は多くを語ろうとしないゴーゴリの意を汲んだかのように否定的見方をする人々であったが、それとは正反対の見方をする者もあった。例えば、主にイタリア時代のゴーゴリと交友関係のあったワルワーラ・ニコラエヴナ・レーピナ（ヴォルコンスカヤ）公爵令嬢は、一八四八年に彼らの村ヤゴチノを訪れたゴーゴリについて次のように回想している。

彼の顔はその後彼の霊に起こる変化の痕跡を帯びていた。かつて人々のことは彼にとってお見通しであったが、反対に、彼らにとってゴーゴリは閉ざされた存在で、アイロニーだけが表に現れていた。それは彼の鋭い鼻で彼らをちくちく突き刺し、彼の生き生きとした目で焼き尽くした。彼は恐れられていた。だが今や彼は他人から見て一目でわかる人間になった。彼は善良で、物腰が柔らかく、兄弟のように他人に同情的だ。それに親しみやすく、寛大で、キリスト教の空気の雰囲気を湛えている。しばらく後にわたしはオデッサでこれらの文章を彼に読ませると、彼はこう言った。「あなたはわたしを理解してくれました。でもご自分の意見のある部分においてはあまりにも買いかぶりすぎていますよ……」[55]

しかしゴーゴリにとって聖地巡礼が失望以外に何ももたらさない無益な旅に終わっていたならば、果たして再び同じ場所へ行こうなどと考えるだろうか。ところがゴーゴリは再びエルサレムへの新たな旅の計画について漏らしたり、書いたりしているのである。皇后マリア・フョードロヴナの女官を務めていたアレクサンドラ・オーシポヴナ・スミルノーワ（一八〇九〜一八八二、旧姓ロセット、宮廷女官）の回想に拠れば、娘のナジェージダ・ニコラエヴナ・ソーレンがまだ幼い少女だった頃、ゴーゴリにこう尋ねたことがあった。「わたしをエルサレムへ連れて行ってくださらない」。ゴーゴリは物思いに耽るような表情で、「まだすぐに出かけるというわけではないんです。その前に仕事を終えなければならないのでね」[56]と応えたという。結局、ゴーゴリが再び主の墳墓を目にすることはなかった。しかしゴーゴリとは個人的な知己を得ていた大衆歴史小説作家のグリゴーリイ・ペトローヴィチ・ダニレフスキー（一八二九〜一八九〇）は、一八五二年五月に亡き作家の故郷に旅したが、土地の人々は誰もゴーゴリが死んだことを信じようとせず、葬られたのは別人で、旦那様はまたエルサレムへ行って、自分たちのために祈っていると言って聞かなかったと回想している。[57] これは大ロシアが正教によって揺るぎなく立ち、真実と愛に溢れた国になるために、ウクライナのこの大作家が天上のエルサレムにほど近い神の宝座に跪き、祖国の民衆のために祈っていると言うだけで、真に偉大な作家に課された最大の使命に対する民衆の信仰が確かなものとなりうることを示す好例である。このことを信ずる人々の思いは、伝説化されたゴーゴリの生涯が志向した真理の光を確実に受け継いでいるからである。

晩年のゴーゴリはエルサレムのみならず、アトスを訪れる計画も抱いていた。この計画がこの作家に生じた最大の契機は、そこで修行をしていたスヒマ修道司祭セルギイ（俗名セミョーン・アヴジエヴィチ・ヴェスニン）との出会いであった。当時ロシアにおいて、彼のことは高徳の修道僧としてよりも、スヴャトゴーレッツ（聖山の人）という匿名で著述活動を展開する宗教作家としてより広く知られていた。幼少時に天涯孤独の身となった彼は、その後一人で聖地を巡礼するようになり、一時期妻帯して白僧となるも、まもなく男やもめとなってしまう。その後、再びソロヴェツキー修道院やモスクワ、キエフの修道院を転々とした後、一八三九年にヴャトカで剪髪してセラフィムという名の修道士となった。その四年後、彼はアトスのパンテレイモン修道院の一員となり、その一年後には、同地で三十歳の若さでセルギイの名をとってスヒマ僧となった。一八四〇年代の中庸に彼は七か月間のエルサレム巡礼を行い、その時の見聞を『パレスチナ巡礼記（Палестинские записки）』にまとめて発表している。アトス滞在中は専ら教会関係の著述に専念していたが、一八四七年に彼は自著『聖山アトスについて友人たちに宛てたスヴャトゴーレッツの書簡集』（一八五〇年に二つの出版社によって出版された）の印刷に立ち合うためにロシアを訪れた。一八五一年にアトスに帰還した後は、彼のために特別に建てられたコスマ・ダミアンの僧庵（ケーリア）に移り住み、そこで一八五三年に三十九歳の若さで世を去っている。[58]

ゴーゴリは一八四九年末から一八五〇年初頭にかけてモスクワでスヴャトゴーレッツと知り合ったようである。スヒマ修道僧セルギイは五〇年の春にある文学の夜会について回想している。

そこには素晴らしい心と感覚を持つ我が友ニコライ・ワシーリエヴィチ・ゴーゴリもいた。彼は最良の文学者の一人である……わたしは当地でトルストイ伯爵〔アレクサンドル・ペトローヴィチ〕と特別懇意な関係になった。彼のもとに家族の一員として迎えられたのだが……トルストイ伯は美しい心の持ち主で、肩の凝らない人だ。彼は知己のあるトヴェーリ県のある町の神父の一人にわたしの『書簡集』の一部を送った。するとその神父は大斎第一週の主日に説教の代わりにわたしの書簡を読み、そのことを伯爵に伝えたという。[59]

このトヴェーリ県のある神父こそ、ルジョフの長司祭で、ゴーゴリとトルストイ伯の霊の神父（聴罪神父）であるマトフェイ・コンスタンチーノフスキイであった。一八五〇年から五一年にかけての冬をゴーゴリはオデッサですごしたが、そこでもアトスへの帰途にあったスヴャトゴーレッツと一度ならず会っていた。しかもこのスヒマ僧は一八五一年三月に立ち寄ったコンスタンチノープルからゴーゴリに宛てて次のような手紙を送っていた。

敬愛するニコライ・ワシーリエヴィチ。あなたに取り急ぎ一筆啓上し、今日コンスタンチノープルからテサロニカへ向けて出航するオーストリアの汽船に間に合うように、大急ぎで郵便局に行ってきます。コンスタンチノープルの正教会の数は四十六です。これをわたしに教えてくれたのは、ソフォーニア神父です。これはあっていると思います。と言うのも、彼は自分でもこの種の情報を収集していましたから。[60]

このソフォーニア神父というのは、コンスタンチノープルのロシア宣教団の団長で、自身は掌院であったという。ゴーゴリにとってこうした細かい情報も、将来のコンスタンチノープルを始め、ギリシャへの巡礼を計画する上で必要であったのだろう。事実、晩年のゴーゴリの知人たちの間では、作家がアトスへ出かけようとしているとの噂が広まっていた。その代表的なものが、イワン・アクサーコフの回想で紹介されている、アレクサンドラ・オーシポヴナ・スミルノーワから受け取った手紙の内容であった。そこには「ゴーゴリはアトス山に移住し、そこで『死せる魂』を完成させることになるでしょう」と書かれていたのだ。[61]

ゴーゴリの死を知ったスヴャトゴーレッツが、一八五二年四月にアトスのコスマ・ダミアン僧庵で書いた次の証言は、その計画が単なる噂ではなかったことを裏づけている。

ゴーゴリの死はわたしの魂の祭典です。故人は多くを凌ぎ、病気もしました。彼はそろそろ天の僧院で憩うべき時だったのです。彼が我々のもとに来ることができなかったことが唯一の心残りです。わたしは彼が大好きでした。オデッサでわたしたちは何度か会いましたが、その時、別れは暫時的なものと思われました。と言うのも、ここで会うことになっていたからです。神が人間に賜れる運命とは何と予測を越えたものなのでしょう。晩年彼は発狂したと見なされていましたが、それは彼に分別がつき、真のキリスト教徒になったからなのです。これぞ世俗的な浅知恵というものですよ……[62]

運命によってゴーゴリはアトスへの旅を実現させることができなかった。だが相前後して、オプチナ修道院の存在が彼にとって重要度を増してくる。アトスのスヴャトゴーレッツが上記の手紙に続いて同年の八月に同じ相手に宛てて書いた手紙から窺えるように、ゴーゴリは一八五一年から向こう三年間、冬は温暖なオデッサで著作に専念し、夏はモスクワで自らの作品の出版を手がけるという意向を貫いた。[63] 元来首都とウクライナを往復する旅の途中に散在する様々な修道院に立ち寄ることを無上の喜びとしていたゴーゴリにとって、その途上のカルーガ県に位置するオプチナ修道院への寄り道が格好の気分転換になったことは想像に難くない。だがゴーゴリが他ならぬこのオプチナ修道院に心惹かれた理由として、やはり聖師父文献に関する彼の関心が高まっていたことを忘れてはならない。一八四〇年代中葉には、ここオプチナで長老マカーリイとその霊の子たるイワン・キレエフスキー、その妻ナターリア・ペトローヴナのイニシアチブのもとでこれらの文献の出版活動が開始されていたのである。[64] その中には、シリアのイサアク、ニール・ソルスキイ〔ソラの克肖者ニール〕、新神学者シュメオーン、証聖者マクシーモフ、アッヴァ・ドロフェイ（ドーロテオス）の著作集などがあり、修道院主管の掌院モイセイと長老マカーリイはこれらの出版物を全ロシアの神学校や神学大学をはじめ、アトスや国内の全ての主教座にも送付していた。こうした尽力は、疑いなく、ロシア民族の精神的復活に寄与するものであった。

三、ゴーゴリの祈りと修道生活への憧れ――オプチナ修道院との関係――

ゴーゴリは晩年の二年弱の間に都合三回（四回という説もある）オプチナ修道院を訪れている。つまり一般的な説に拠れば、一八五〇年六月、一八五一年六月と九月である。ゴーゴリがオプチナ修道院に関心を抱いた契機については、必ずしも明らかではない。ただ文献的には、外国滞在中のゴーゴリに、当時オプチナに見習い修道士として住み着いたピョートル・アレクサンドロヴィチ・ジェルベが自分の父親に宛てた手紙二通を読み聞かせたことを証言する侍従ウラジーミル・ムハーノフの手紙が知られている程度である。[65] ともあれ、ゴーゴリをオプチナ修道院に向かわせたのは、やはり長老マカーリイの霊の子でもあり、当時俗人としては誰よりも長老制について深い理解を示し、自らその恩恵に与っていたイワン・キレエフスキーであったと思われる。[66] 彼がコーシェレフに宛てた手紙の一節にはその本質が端的に表現されている。

あらゆる書物、あらゆる思考にもまして大切なのは、聖なる正教の長老を見いだすことです。その長老はあなたの指導者にもなるでしょうし、あなたが自分の考えをすべて打ち明ければ、それに関する多少なりとも賢明な、彼の意見ならぬ聖師父の判断を聴くことができるのです。神のおかげで、ロシアにはまだこのような長老がおられます。（一八五一年七月十日付[67]）

ゴーゴリが耳にした忠告も概ねこのような内容であったであろう。それに先立つこと一年前の一八五〇年六月十三日、ゴーゴリは旧友のミハイル・マクシーモヴィチとともにモスクワを発って、ウクライナへの長旅に出発している。初日はポドリスクのホミャコーフ夫妻のもとに、二日目はマールィ・ヤロスラーヴェツのニコライ修道院に投宿したが、翌朝にはそこの主管アントーニイ・プチーロフ[68]による感謝祈禱に参禱し、奇蹟成就者ニコライの聖像で旅の祝福を受けた後、一行は十六日にカルーガに到着したのだった。カルーガでは、昼間ゴーゴリにとって旧知の間柄であった県知事夫人アレクサンドラ・オーシポヴナ・スミルノーワ宅を訪れ、すでに先客として滞在していた詩人のアレクセイ・コンスタンチーノヴィチ・トルストイ伯爵とも昼食をともにしている。ゴーゴリが『友人との往復書簡抜粋』の中でも宣言している「ロシアを隈なく見て回る」計画の実行を仄めかしたのはこの時であったようだ。このオプチナ修道院をも含むウクライナへの巡礼の旅は、『死せる魂』に対する厳しい評価、ここには生きた人間がいない、これはロシアの地方生活の現実ではないといった批判を甘んじて受け入れざるを得なかった作家にとって、新たな探索の始まりとして意図されたものであった。[69]

翌十七日、二人はオプチナ修道院を目指してこのスミルノーワ邸を出発した。コゼーリスクの集落から修道院までの最後の二露里は、この地を訪れる巡礼が常に習わしとしている徒歩によるものだった。道端で二人が木の実を皿に入れて売っている少女に出会うと、彼女から買おうとした。だが、彼らが旅の人であると見て取ると、お金を取ることを拒み、ただで与えたのである。この出来事に心を打たれたゴーゴリは、「修道院が民衆の中に敬虔さを伝え広めているのだ。修道院の同様の影響力については一度ならず目にしたことがある」と語ったという。さらに、初めてオプチナへ徒歩で近づいていった時の印象をゴーゴリは、同年の六月十日に友人のアレクサンドル・ペトローヴィチ・トルストイ伯にこう語っている。

何露里か前から修道院に近づくにつれて、はやくもその香気を感じ取ることができます。すべてが心地よくなり、お辞儀はいよいよ低くなり、人間への関わりはいや増しに増すのです。[70]

二人はこのオプチナへの最初の訪問に際して、当地に三日間滞在した。この間、ゴーゴリは典院モイセイ（プチーロフ）、長老マカーリイ（イワーノフ）を始めとする修道院の主だった修道士たちと知り合うことができた。この出会いに際しても、オプチナ修道院ならではの逸話が残されている。炯眼の才を身につけていた長老マカーリイはゴーゴリの到来を予感していたというのである。後に長老ワルソノーフィイはその霊の子たちにこんな話をしている。

彼〔長老マカーリイ〕はその時自分の僧庵にいましたが、早足で行ったり来たりしながら、彼とともにいた修道僧に言いました、「何か胸騒ぎがする。きっと尋常ならざることが起こるに違いない。そうした出来事が誰かを待ち受けているような気がする」。ちょうどその時、ニコライ・ワシーリエヴィチ・ゴーゴリの到来が告げられたのです。[71]

ゴーゴリと長老マカーリイとの会話の中で、『友人との往復書簡抜粋』のことが全く話題に上らなかったとは考えにくい。オプチナ修道院の図書室には、長老マカーリイの手によって筆写された主教イグナーチイ・ブリャンチャニノーフによる同書の寸評の紙が本に挟まれて保管されていたからである。[72] 如何なる経路でこの本がここに漂着したかは不明であるが、一八四七年当時のイグナーチイ主教（当時は掌院）の意見を知ったゴーゴリ自身がオプチナ訪問に際して本書〔と寸評〕を持参し、長老マカーリイがそれを書き写した可能性も否定できないだろう。

それにも増して注目すべきは、ゴーゴリはこのオプチナ訪問時に、その後ポルフィーリイという名でマント付き修道士となるピョートル・アレクサンドロヴィチ・グリゴーロフと知り合いになったことである（当時はまだ修道服〔ポドリャースニク〕の見習い修道士の身分であった）。彼は長老マカーリイの指導のもと、オプチナの図書室に所蔵されていた聖師父文献の手稿の数々、それに『ザドンスクの隠修士ゲオルギイの書簡』の出版に携わった初期の協力者の一人である。元来この修道院に敬意を払うべき来賓が訪れた時には、典院モイセイが主管の庵室〔自身の部屋〕に昼食の準備をするように言いつけ、来訪者と談話を行うために長老マカーリイ、修道司祭アントーニイ等がそこに呼ばれるのが常であったが、訪問者によっては、かつて軍務に就いていた頃から数多くの出来事を見聞してきた、この若き才人ポルフィーリイ神父が呼ばれることもあったという。[73] ゴーゴリは当然、こうした待遇を受けるに値する第一級の来賓の数に入れられていたであろうし、グリゴーロフ（後のポルフィーリイ神父）は事実、ゴーゴリにとって機知に富んだ格好の対話者となっていた。実際、グリゴーロフは修道士や修道生活というものに関するゴーゴリの概念を覆すほどの影響を与えた。ゴーゴリは、この地上の楽しみから離れていながら、文学者としての才能を賦与され、多くの社会問題に対して独自の視点を有する、この偉大にして明晰な知恵者たる修道士を驚きの目をもって眺めたようである。二人は様々な問題をめぐって、短時間ながら熱い議論の花を咲かせたのだった。[74] ゴーゴリがポルフィーリイ自らの口から、自身が砲兵隊に近衛将校として務めていた頃、大隊に突然プーシキンが現れた時の感動を聞かされたのもこの時であったと思われる。[75] 実際、ゴーゴリはこのグリゴーロフが大変気に入ったようで、彼について後にレフ・イワーノヴィチ・アルノルディはこう語っている。

彼は大変立派な人間で、真のキリスト教徒です。彼の心は実に子どものようで、明晰で、その上透き通っています。彼は、談話を好まず人々を避けている陰気な修道士の類では全くありません。それどころか、彼は反対に、どんな人々も兄弟のように愛し、いつも陽気で、いつも寛容な人です。これは真のキリスト教徒だけが到達することのできる人間完成の最高のレベルです。人間がまだ形成されず、自己を十分に育成しないうちは、たとえ完成を志向したところで、その中にはあまりにも多くの厳格さと、あまりにも多くの粗忽さと多くの不快なものが見受けられるものです。ところが、神の助けによって、自分の中のすべての疑念を払拭し、人生と妥協し、本物の愛に到達することができれば、完全な安和、陽気さ、万人に対する善良さや優しさを獲得することができるのです。モイセイ神父、アントーニイ神父、マカーリイ神父など、ここの修道士は誰もがこうした人々で、我が友グリゴーリエフ〔グリゴーロフの間違い〕もそのような人間なのです。[76]

この頃ゴーゴリはまだ一八四八年のエルサレム巡礼の際の強烈な印象下にあった。この旅はゴーゴリの言葉の上での否定的評価とは裏腹に、内面的には多くの有益な影響をもたらしていた。例えば、彼自身が目撃者の一人となったトリミフントの聖スピリドン（Св. Спиридон Тримифунтский）の不朽体がもたらした奇蹟についてグリゴーロフに物語っている。その後、著名作家の伝記を飾るこのエピソードはポルフィーリイ神父の口を経て、オプチナ修道院の修道士全員の知るところとなった。このエピソードは後に長老アムヴローシイが手紙（日付がない）の中で取り上げていて興味深い。

四世紀以来今日まで、ギリシャ教会は神の下僕トリミフントの聖スピリドンの完全無欠の不朽体を誇りにしている。それは十五世紀もの間、朽ちないばかりか、その瑞々しさを保っているのだ。オプチナ修道院を訪れたことのあるニコライ・ワシーリエヴィチ・ゴーゴリはザドンスクの隠修者ゲオルギイの聖伝と書簡の出版者（ポルフィーリイ・グリゴーロフ神父）に、彼自身が聖スピリドンの不朽体を見て、そこから生じた奇蹟の目撃者になったことを物語っている。毎年十二月十二日に盛大に行われることになっている十字行に際して、不朽体は担ぎ出され、町中を練り歩いて戻されたところだった。その場に居合わせた人々は皆不朽体に叩拝したが、一人英国人の旅行者だけが不朽体に対して取るべき敬虔な態度を表そうとしなかった。その理由は、この神の下僕の背中はあたかも切り裂かれたようになっており、そのため体は薬を塗ったような臭いを発しているからというのだ。それでも英国人は意を決して近づこうとした。すると不朽体の方から彼に背を向けたのである。英国人は恐怖のあまり聖物の前の地面に倒れてしまった。この出来事を目撃した人は多かったが、その中にゴーゴリも含まれていた。この出来事は彼に大きな作用をもたらしたようである。[77]

『死せる魂』の第二部の構想に行き詰まったゴーゴリが欧州を転々としながら、聖師父の文献に関心を抱き、将来の創作活動に生かすべく、それらの著作から書き抜きを作っていたことは既に触れたが、オプチナの図書館でも彼の関心を惹きつける文献に出会っていた。グリゴーロフはマカーリイ長老の指示を受けて、ゴーゴリに修道院を案内し、その所々の由来について説明することになったが、作家の関心はやはり修道院の図書室に収められた聖師父文献の写本へと惹きつけられた。それが初回の訪問時かは不明ながら、ゴーゴリはそこで、一三八九年にアトスで筆写された、シリアの聖イサアクの『八十の斎の言葉（Восемьдесят постнических слов）』の教会スラヴ語訳の通読を許されたのである。これは一八五四年に、長老マカーリイによって出版の準備がなされた版である。この書物がゴーゴリにある啓示を与えたのではなかろうかと推論されるのは、以下のような理由による。修道院の図書室には、初めアレクサンドル・ペトローヴィチ・トルストイ伯の私物でありながら、彼の死後クリメント（ゼーデルゴリム）神父の手に渡った『死せる魂』（初版）が一部保管されていたが、そこにはこの写本を読んだ後に書き込まれたゴーゴリによる覚え書きが残されているからである。それは『死せる魂』第一部十一章の「生来の情熱」について書かれた部分の真向かいの空白部分に、鉛筆で書き込んである。両者の関係を比較するために、まずは『死せる魂』の該当箇所から引用しておこう。

しかしまた情熱のなかにはその選択が人間の思うにまかせないものもある。それは人間がすでにこの世に生まれ落ちた瞬間にともに生まれ落ちたもので、それを拒否する力は人間には与えられていない。それは天の采配によって左右されるもので、そこには生涯やむことなく永久に呼びかける何かがあるのだ。そしてこの情熱は地上で偉大な活動をなすべく運命づけられているのであり、たとえ暗い形においてであろうと、あるいは世の中を喜ばす明るい現象となってであろうと、それは同じことで、いずれも人知をもってしては推し量れぬ幸福のために呼び出されるのである。だから、ほかならぬこのチーチコフの中にあって彼をひきつけて離さぬ情熱というのも、彼のような冷ややかな存在の中にも後に天の叡智を前に人間をして平伏跪拝せしめるものが含まれているかもしれないのである。したがって、このような人物が、今まさに世に出ようとするこの叙事詩の中になぜ現れてきたのか、という理由もまた秘密に属することになる。[78]

次にシリアの聖イサアクの著作を読んだことで、「生来の情熱」についてのゴーゴリの見解が変更されたことを表す書き込みの全文を以下に掲げる。

これをわたしは有頂天になって書いたのですが、ばかげたことです。生来の情熱とは悪です。それどころか、人間の分別ある意志の働きはすべて、それを根絶するために向けられるべきです。わたしに生来の情熱の高度な意義についての考えを吹き込むことができたのは、人間のプライドの持つ煙のような愚昧さにすぎません。だが今や、わたしも少しは利口になったので、ここに書いた「腐った言葉」に深い憐れみを覚えるのです。この章を印刷していた時、生来の情熱の問題は非常にしかも長くわたしを捕らえ、『死せる魂』の続編の執筆に支障を来たす原因となっていると勘違いしたのでした。悔やまれるのは、偉大な霊の研究者にして炯眼な修道士、シリアのイサアクの本に出会うのが遅かったことです。健全な精神構造や、霊についての歪みのない真っ直ぐな理解といったものに出会うのは、功徳をなした隠修者においてなのです。ひどく手の込んだドイツ弁証法の中で道に迷ってしまった若者たちが霊について語ることは、幻想的な欺瞞にすぎません。生活の泥沼にどっぷりと浸っている人間に、霊の本質についての理解が与えられるはずはないのです。[79]

簡潔に表現するならば、前者では人間の運命を左右する生来の情熱（慾）の絶対性が、後者ではそれを霊の世界へ徐々に変容させる修道生活の役割が強調されている。生来の情熱が芸術創造活動を阻害する危険性を帯びていることは、もはやシリアの聖イサアクとの出会いを経験したゴーゴリにとって一目瞭然となっていた。こうしてオプチナへの訪問を境に、ゴーゴリは聖師父の著作に隠された叡智への傾倒を再び強めることになる。アレクサンドル・トルストイ伯爵に宛てた書簡においても、この点について告白している。

これらの文献を読めば、福音書に対する見方は益々明確なものとなり、そこに書かれた多くの箇所が手に取るように分かるようになるのです。（一八四七年八月十四日頃付[80]）

こうしたことからも、聖師父文献との出会いが、ゴーゴリの歩みを真理の道へと向かわしむる決定的な転換点となったこと、今オプチナで生きた修道精神の一端を体験したことで、彼が自身の過去の作品における誤謬を内省的に捉えるようになったことが窺われるのである。この謙遜（смирение）に裏づけられた天上の叡智こそ、ゴーゴリが真の霊視者（духовидец）たる長老との生きた交流の中から汲み取ろうとしたものであった。その意味で、晩年彼の心を捉えて離さなかったオプチナ修道院でのシリアの聖イサアクとの出会いの意味は象徴的でさえあったし、それに続く長老マカーリイを始めとする修道士との霊的交流の意義についても改めて強調するまでもないであろう。この初回のオプチナ訪問が作家に深い感銘を与えたことは、三週間後ウクライナの故郷ワシリエフカからアレクサンドル・トルストイ伯爵に宛てた以下の手紙からも十分窺い知ることができる。

わたしは道すがらオプチナ修道院に立ち寄りましたが、それについて忘れがたい印象を得ることができました。アトス山でも、これ以上ではなかったと思っています。そこには神の恩寵が確かにあるのです。それは自分でも説明できないのですが、目に見える礼拝そのものにすでに感じ取ることができます。わたしはこのような修道士たちを見たことがありません。その各々とあらゆる天上のものが語り合っているのです。わたしは彼らの誰がどのように暮らしているのかといったことは尋ねませんでした。彼らの面持ちがすべてを物語っているからです。[81]

六月十九日、ゴーゴリはオプチナ修道院を出発して、リフヴィン郡ドルビノの持村に滞在中のイワン・キレエフスキーのもとを訪れた。ゴーゴリはキレエフスキーと、十五年以上も前にモスクワの文学サロンで知り合っていたが、オプチナ修道院からわずか四十露里ほどの場所にある彼の村を訪れたのは、後にも先にもこの一回だけであった。ゴーゴリは自分の来訪を暖かく迎えてくれたイワン・キレエフスキーと旧交を温め、様々な思い出を語り合いながら一日をすごした。注目すべきは、そうした合間にゴーゴリが昨日まで滞在していたオプチナの修道司祭フィラレートに宛てて、修道士全員に祈りを冀う以下のような手紙を書いていることである。

フィラレート神父、ハリストス御自身に免じて、わたしのことを祈ってください。貴兄たちの高徳の院長座下にも、修道士全員にも、彼らのうちで誰よりも熱心に祈る者、祈禱を愛する者に、わたしのことを祈ってもらうよう頼んでいただきたいのです。わたしの歩む道は困難をきわめています。わたしの仕事は、毎分毎時間、神の顕著な助けなくしては筆も進まぬといった類のものなのです。それにわたしの力は取るに足らぬもので、しかも天上からの浄めがなくてはそれもないに等しいものです。わたしは今嘘偽りのない気持ちでこのことをあなたにお話し申し上げています。この書き付けをどうか典院猊下にもお見せいただき、罪深いわたしのために御自身の祈りを献げていただくようお願いしてくださいますように。それというのも、わたしは誰よりも罪深くしかも不当の者でもあるにも拘わらず、神がこの不当の僕に神の名の光栄を知らしめていただきたいからです。神にはすべてが可能であり、そして炭のように罪に穢れたこのわたしをも洗い浄め、聖なるもの、美しきものについて敢えて語ろうとする作家が到達すべき純粋さにまで高めるだけの強さと慈悲深さをそなえておられます。ハリストス御自身に免じて、わたしのことをお祈りください。神父様には申し上げますが、わたしにはいつ何時も、生活の塵埃を越える思想というものがあり、自らの彷徨う場所がどこであれ、オプチナ修道院にいることが必要なのです。神が皆様の善行に対して、百倍の収穫をもって報いてくださいますように。[82]

ゴーゴリはワシリエフカに到着すると、アレクサンドル・トルストイ伯爵に宛てて上掲の手紙を書いた後、オプチナの見習い修道士ピョートル（グリゴーロフ）に宛てて以下のような手紙を書き送ったのだった。

天国に近い貴兄らの修道院と歓喜に満ちた手厚いもてなしは、我が心に何よりの恩恵にあふれる記憶を残してくれました。最も尊敬し、最も善良なるピョートル師よ、この手紙を託すことになる、幸い最良の性質を保つ青年、つまり東洋語に関する自身の学問の仕上げをするためにカザン大学に向かう我が甥、ニコライ・パーヴロヴィチ・トゥルシコフスキーにも、わたし同様に何らかの好意を示してやっていただきたいのです。どうか彼にも修道院のすべてを案内してやってください。それは彼の中にこの上なき心温まる思い出を残すことになるでしょうし、泳ぎ着くことのできるばかりか、どんな激しい嵐に遭遇しても安全でいられる岸があることを彼に覚えておいてもらいたいのです。わたしから、高徳の典院猊下を始めとする修道士全員に心を込めた挨拶をお送りくださ い。そして彼ら全員にわたしのことをお祈りいただくようお願いしてください。　すべてあなたのN・ゴーゴリ

（五〇年七月十八日付）[83]

ゴーゴリはこの手紙を、自分のエルサレムに始まる一連の巡礼の旅が無事に終了し、自分の著作『死せる魂』第二部が一応の完成を見たこと、そして自分の霊に大いなる益を与えてくれたことへの感謝の気持ちから、感謝祈禱（モレーベン）への寄付金として銀貨十ルーブルを同封して、オプチナ経由でカザン大学へ向かう甥のニコライ・トゥル

シコフスキーに託したのだった。この頃、すでにゴーゴリの手紙の内容は典院もしくは修道士らによる祈禱の依頼が必要不可欠なモチーフとなっていた。これは所謂外交辞令ではなく、彼の霊が本当に絶え間なき神の恩寵に飢えていたことを表している。彼はオプチナの修道士と交わることで、自分のために祈ってくれる人々がいるということで勇気を持って創作活動へと向かい、霊的にも彼らの取りなしの祈りに遵って、新たな段階に入っていくことができたのである。これはキリスト教徒が等しく到達すべき段階であると同時に、オプチナ修道院には奇しくもそうした環境が漏れなく備わっていたということになる。

これに対する七月二十九日付けのポルフィーリイの返信は、彼ならではの熱狂的とも言える愛国的調子に貫かれていた。

貴兄の愛に満ち溢れた手紙、我が祖国が誇りとするその才能ゆえに当然敬意を表すべきお方からの手紙として、満足と感謝の気持ちをもって落掌しました。自然界は貴兄のような人間をめったに生み落とさず、生んでも何世紀に一人といった割合ですが、その代わり、彼らのことは何世紀にも亘って記憶にとどめられることになるでしょう。輝かしい才能の前では、知名度や富、それにつかの間の名誉といったものが何になりましょうか。それはつかの間の光芒で、年月とともに埋もれてしまうのですから……神の計らいによって、貴兄がその才能に溺れることがありませんように。確かに、自己のうちに天才的長所を意識したり、感じたりせずにはおれないでしょうが、それらが遜って、貴兄に叡智、分別、畏れの精神を賦与した神に感謝の気持ちを抱くならば、それらは真の幸福、至福を得ることができるでしょう。この上なく敬愛申し上げるニコライ・ワシーリエヴィチ殿……天における報いこそが、貴兄の永遠の至福となるのです。我々はそのために生きているとも言いうるのです。この天の報いこそが、我々の人生の目的なのです。貴兄自身もこのことはご存じでしょうから、至高なる神の運命に対して遜っておられるのです。お書きなさい。祖国の人々の利益のために、ロシアの名誉のためにどんどんお書きなさい。そして貴兄の才能を隠してしまう怠惰な僕にはならないように気を付けなさい。それらに捕らわれることなく、内なる「怠惰で邪悪な僕……」の声には耳を傾けないようにしなさい。[84]

ここでポルフィーリイはすでに成熟の域に達した修道者として、ゴーゴリに地上の名誉のためではなく、天上の報いのために生きることを勧め、そのためには作家としての任務を全うするよう促すのである。だが、折悪しくゴーゴリの甥のトゥルシコフスキーがオプチナを訪問した時、グリゴーロフにとっては不具合な時期に重なっていた。何故なら、彼は数日前にポルフィーリイの名でマント付きの修道士に剪髪されたばかりで、修道院の規則に則り、斎と連続した祈りのために五日間ほど聖堂（至聖所）に籠もっていなければならなかったからである。しかし修道司祭ポルフィーリイは、自分の代理人に修道院を案内するように委託したばかりか、カザンの有力な人物に宛てた推薦状まで準備して、彼に持たせるなど、最大限の配慮を見せた。[85] その後、ゴーゴリとポルフィーリイ神父との交流は、同年夏から冬にかけて断続的にではあれ継続され、最終的には一八五一年の三月十五日のポルフィーリイ神父の死まで続くことになる。この一八五〇年はポルフィーリイにとって、その畢生の労作とも言える、自らの霊父ザドンスクの隠修士ゲオルギイの書簡集の第三版（初版は一八四四年、第二版は一八四五年）の出版という重要な年にあたっていた。ゴーゴリもこの隠修士の書簡を初版から知っており、それをもとに自ら編纂した「ザドンスクの隠修士ゲオルギイの手紙」を未発表の『聖師父および教会教師の著作抜粋』の終章に加えていた。五〇年夏に交わされた手紙（現存しない）でも、この『書簡集』のことが話題に上ったようだが、翌五一年初頭に世に出た第三版（これには何通かの未発表の書簡と『ザドンスクの生神女修道院隠修士ゲオルギイの略伝』が増補されていた）がポルフィーリイ神父によってゴーゴリに送られている。ゴーゴリがオデッサから一八五〇年十二月にポルフィーリイに送った手紙（これも現存しない）に対して、ポルフィーリイ神父が五一年一月二十六日にオプチナ修道院からゴーゴリに宛てた手紙によってこの事実を確認することができる。

貴兄に約束のザドンスクの隠修士ゲオルギイの本を同封します……彼が詩人であり、その心は天を志向していたことがおわかりになることでしょう。……わたしは彼の伝記もきっと満足していただけると思います。[86]

これに対してゴーゴリは一八五一年三月六日付で返信をしたためている。

お手紙と隠修者の本、心より感謝いたします。それはちょうど大斎初日にわたしのもとに届けられました。わたしは大兄とその修道院に多くの恩恵を受けた今、わたしはどうやって感謝の意を表したものか考えあぐねております。それにわたしのために献げられた修道士たちの祈りをどうして評価せずにいられましょうか。それがなければ、わたしはとうの昔に破滅していたことでしょう。わたしの道は非常に滑りやすいものなので、わたしは周囲の至る所から祈りによって支えられてはじめて、そこを通り抜けることができるのです。[87]

だがゴーゴリはこの手紙に対するポルフィーリイの返信を受け取ることはなかった。ゴーゴリが一八五一年六月、二度目にオプチナ修道院を訪れた時、そこに生きた友人の姿を見ることはなかったのである。[88]修道士たちはゴーゴリにポルフィーリイの最期について物語り、彼をまだ湿った黒土の盛り上がる墓地の一角に案内した。オプチナの友人ポルフィーリイの死がゴーゴリに与えた衝撃がどれほどのものであったか、想像に余りあるものがある。今回の滞在は僅か一日であったが、この思いがけぬ知らせが、作家の出発を早めたとも言われている。[89]ゴーゴリのこの二度目のオプチナ訪問については、スヒマ修道司祭エフフィーミイ（トゥルノフ）の日記（一八五一年六月二日の記述）の記述からその一端を窺い知ることができる。

午後、オデッサからペテルブルグ〔モスクワの誤り〕へ向かう旅の途上にあった有名な作家ニコライ・ワシーリエヴィチ・ゴーゴリが来訪した。特別に敬虔な感情をもって晩課と、霊の友たる修道士ポルフィーリイ・グリゴーロフの墓前でのパニヒダを聞き通し、それから大聖堂で行われた徹夜禱に臨んだのだった。翌三日の日曜日の午前中、スキトでの聖体礼儀に参禱し、遅い聖体礼儀が行われている時に、彼は私用でカルーガにむけて出発した。ゴーゴリは我らが修道院の記憶に自らの敬虔さの模範を残したのだ。[90]

だがこの日記のゴーゴリに関する記述は、彼の訪問の記録にとどまらず、その精神的本質に関する考察が記されている点に注目すべきであろう。

ニコライ・ワシーリエヴィチ・ゴーゴリという人物の力は、それが真の敬虔さへと変わるのがこれほど遅くなかったら、この地上のハリストスの教会にとって、もっと大きなものとなっていたであろう。計り知れぬ知性、才能、生命力が彼によって浪費されたが、それは何のために使われたのであろうか。血縁のあるロシア人の霊を嘲笑するためにである。この作家の才能は神の偉大な賜物であるが、それによって彼が負わされた責任の重さとはどれほどのものであったか。……ゴーゴリは晩年になってからではあったが、キリスト教作家としての使命を正しく、心から理解し、主人〔神〕に出されることになる最後の審判の答えに畏れ戦きつつも、神の被造物である人間の霊を嘲笑するという、自らが犯した重き罪への悔い改めを衷心より表明したことにより、彼の霊肉において、神の慈愛が人間の罪に勝利したのである。[91]

ゴーゴリはこの訪問に際して、もちろん亡き友ポルフィーリイの死に関する状況を詳しく知らされ、長老たちとも語り合うことができた。モスクワ到着後、ゴーゴリは典院モイセイと長老マカーリイに宛てて、修道院でのもてなしに謝意を表し、祈禱を依頼したうえで、修道院の建設献金の名目で銀貨二十五ルーブルを同封した手紙を送っていた〔マカーリイ宛の手紙は現存せず〕。長老たちもこれに対してそろって感謝の手紙を書き、とりわけ長老マカーリイは、それに加えて、ゴーゴリが青少年のために企図していたロシアの地理についての著書の完成に祝福を与えたのである。ゴーゴリ自身かなり以前からこの著作に関する構想を温めていたようで、修道院をめぐる旅を始めたのもそのための取材活動を兼ねていた。一八五〇年七月にはこの件で名門貴族のレフ・アレクセーヴィチ・ペロフスキイ伯爵〔内務大臣〕、プラトン・アレクサンドロヴィチ・シリンスキイ－シフマートフ公爵〔文部大臣付官房長官〕、アレクセイ・フョードロヴィチ・オルロフ伯爵〔皇帝直属第三課の長官〕に対して、向こう三年間に亘る物質的援助を求めて、自らの計画を以下のように説明している。

我々に必要なのはロシアについての死せる描写ならぬ、生きた描写なのです。未だ外国人の家庭教師に全面的に委ねられ、言わば、活動の原初的段階に置かれていたロシア人をロシアに正面から対峙させてくれるような、力強い生きた文体で素描された本質的かつ雄弁な地理学こそ必要なのです。……この本は以前からわたしの考察の対象となっていました。それは今わたしが取り組んでいる仕事と同時に熟してきているので、それと同時に出来上がるかもしれません。その本の成功のために、わたしが期待するのは自分の力というより、ありがたいことに、絶えずわたしの中でいよいよ大きくなっていくロシアへの愛であり、ロシアのことを正しく知っているすべての人々の援助なのです。彼らにとってもロシアの未来の運命と自分自身の子どもたちの教育は貴重なものでしょう。しかし何よりもわたしが期待しているのは神の慈愛と助けなのです。それなくしては、何も成し遂げることはできませんから……[92]

それに対して、長老マカーリイはゴーゴリのこの善良な企図に賛同し、その成就を祈願することは約束したものの、その炯眼さはこの事業がもたらすことになる結果に関する不安を覚えたようだった。彼は著作者ゴーゴリを脅かすことになる困難について以下のように警告せざるを得なかったのである。

……あなたの希望に遵って、わたしがその務めをなすことを辞退することは敢えていたしません。筆を取り、我が罪深い手をこの羊皮紙に伸ばせばすむことですから。あなたの信仰が、あなたの慰めとなる言葉をわたしに吹き込んでくれるよう、主に取りなしていただけますように。……有益な本を出版するというあなたの善なる企てに関して、もしそれが神の意志に適ったものであるならば、神はあなたを助けてくださるだけの力をお持ちです。しかし、聖師父たちも書いているように、あらゆる神聖な事業には、誘惑があるいは先に来るか、あるいは後から続いて起こるものです。だとすれば、この事業に関しては、あなたにも強制的な事態を引き起こす事になる試練が示されることになります。（一八五一年七月二十一日付）[93]

長老のこの不安は見事に的中した。つまりゴーゴリはこの企図を実現させることができなかったのである。ゴーゴリの人生で最後のオプチナ訪問が実現するのは一八五一年の九月二十三〜二十五日のことであった。作家は今回モスクワを出て、妹エリザヴェータ・ワシーリエヴナの結婚式に出席するために故郷のワシリエフカに向かう途中、カルーガを通過したところで、何とも説明しがたい憂鬱の発作に襲われて、突然オプチナに立ち寄ったのである。彼は、謙遜な修道士たちの間で数日間をすごし、衷心から祈り、長老マカーリイと霊的な対話を行うことによって、減退した創作への意欲を回復し、失われた精神の安定を再び得ることができると信じていた。その願いが叶って、ゴーゴリは長老マカーリイと一度ならず話し合う機会を得た。その具体的な内容は記録に残されていないが、この時点で自分の進むべき道について迷いを覚えていた作家が、この長老との対話を自分の運命を決する重大な契機と意識していたことは疑いがない。彼を取り巻くあらゆる問題、とりわけその核心をなす減退した精神の源、彼を捉えていた倦怠と無為といった魂の問題すべてが長老との談話の内容となったものと推察される。

九月二十四日、ゴーゴリは長老マカーリイのスキトを訪れ、翌二十五日の別れ際に長老と小さな手紙を交わしている。ゴーゴリはこのまま故郷への旅を続けるべきか、モスクワに戻るべきか決断しかねていた。彼はこの点に関して、長老の助言を求めたのである。長老は彼の中にモスクワへ帰りたいという無言の願いを読みとって、そうするように勧めた。だがゴーゴリはそれでも迷い続けた。そこで長老は故郷のワシリエフカへ行くように勧めてみた。ところが、故郷への旅を続けるという考えはゴーゴリに何らかの恐怖感を抱かせたようだった。不審に思った長老は、同日祭日にあたっていたラドネシの克肖者セルギイのイコンで彼を祝福し、すべての決定を本人に委ねたのである。しかし、人生のかなりの時間をモスクワとウクライナの往復に費やしてきた、旅好きなゴーゴリがこの程度の長旅を畏れる確たる理由があったとは考えにくい。つまりこの決定には、彼自身の秘められた別の決定が関与していたのではなかろうか。この点について、ドゥナーエフは以下のように推理している。

その時、ゴーゴリにとってある運命が決せられようとしていた。まるで選択を前にして、立ち止まり、運命の賽を投げたかのようであった。つまりモスクワに帰ることは、中断していた叙事詩〔『死せる魂』第二部〕の仕事に戻ることを意味し、先へ進むことは、それとの永遠の訣別を意味していた。[94]

自らの境遇を苦しいほど理解していた作家ゴーゴリは、すべては長老の炯眼さに委ねること、これこそが自分の霊にとって最も理に適った判断と見なした。たとえ、長老が自分の予期しないような指示を出したとしてもである。しかし、長老はこの決断ばかりは彼自身の判断に委ねた。つまり、作家としての身の処し方に対する責任をあくまで作家自身に委ねたのである。ゴーゴリのかつての霊父マトフェイ神父は作家に書くことは有害であるとして禁じたが、マカーリイ長老はむしろ書くことの責任の重さを作家に想起させようとしたのかもしれない。最終的に旅行を中止する決心を固めたゴーゴリが、修道院を去る直前に長老に手渡した別れの手紙とは次のような内容であった。

もう一言言わせてください、霊と心に親しみを覚えるマカーリイ長老様。わたしが修道院に近づくにつれて心に抱いていた最初の決定を下した後、わたしの心は穏やかで、静けさに包まれていました。ところが、二つ目の決定を下した後は、なぜか居心地が悪くなり、胸騒ぎが起こり、心穏やかではありませんでした。あなたが別れ際にわたしに「もうこれが最後ですね」とおっしゃったのはなぜなのです。おそらく、こうしたことが起こるのは、わたしの神経が高ぶっているからでしょう。その場合、わたしは旅がわたしをだめにしてしまわないかと強く畏れます。長旅を続けているうちに気づいたら病んでいることがとてもわたしには恐ろしいのです。とりわけ、ふさぎの虫に襲われても出ることができなかったモスクワを離れたという考えがわたしを蝕み始めるそんな時に。

すべてあなたのもの。

おっしゃってください。私はモスクワを出発しない方がよかったと心はあなたに語りかけていませんか。（一八五一年九月二十五日付[95]）

それに対して、長老マカーリイはすぐさまゴーゴリの手紙の裏側に、あたかも彼を悩ませている問題に気づかなかったかのように、作家に対して朗らかな調子の返事をしたためたのだった。

このような優柔不断と動揺に陥っておられるあなたが、わたしには気の毒でなりません。もちろん、こうなることが分かっていたら、モスクワを出発しないほうがよかったでしょう。あなたが昨日語られたモスクワについての穏かなお言葉がわたしには気に入ったので、わたしも安和な気持ちでそこへ帰られるよう忠言いたしました。しかしあなたが再び不安に陥ったのを見て、わたしもこの決定に不審の念を抱きました。こうなった以上、ご自分の旅行についてはあなたご自身で決定なさるべきです。あなたがモスクワへ戻ろうと考えた時、安堵感を覚えたならば、神の意志もそこにあるという徴です。今日祝われたばかりの神の僕セルギイのイコンをどうかわたしからお受け取りください。彼の祈りによって主はあなたに健康と平穏を賜われることでしょう。　罪深い修道司祭マカーリイ。(一八五一年九月二十五日付)[96]

ゴーゴリがその意味を問いただそうとした長老マカーリイの言葉「もうこれが最後ですね」は如何なる意味に解釈されるのであろうか。マカーリイ自身の手紙に拠れば、文字通りに、「これ（モスクワへの帰還）が最終的な決定ですね」ということになろうが、ゴーゴリは別の意味で理解したのではないかと思われる。つまりこれがモスクワで自らの務めを果たす〔『死せる魂』第二部の執筆に専念する〕という運命の最終決定を下すものの、何か思いがけぬ事件が起こって、地理に関する著書同様に、何らかの不首尾からオプチナ訪問もこれが最後になることを直感したのではなかろうか。実際、ゴーゴリのオプチナ訪問は半年後の自らの死によって、長老の言葉どおり、これが最後の訪問になったのである。だがそれ以上に驚くべきは、彼の運命の賽はさらに別の方向にも投げられていたことである。オプチナの長老ワルソノーフィイは霊の子たちの対話の中で、作家が永久にこの祝福された僧院にとどまる希望を持っていたと証言しているのである。

　こんな言い伝えがあります。彼〔ゴーゴリ〕は死を目前に控えたある日のこと親しい友人にこう語ったのです、「ああ、わたしは何と多くのものを失ったことか、何と恐ろしいほど多くのものを失ったことか……」「何をですって。失ったとはどういうわけです」。「修道士になれなかったからですよ。ああ、どうしてマカーリイ神父はわたしを自分のスキトに受け入れてくれなかったのだろう」。[97]

　修道院に身を置きたいというゴーゴリの希望は、作家の妹アンナ・ワシーリエヴナの一八八八年の証言からも裏づけられている。彼女はこの時期彼が「オプチナ修道院に住むことを夢見ていた」ことを伝記作家のウラジーミル・イワーノヴィチ・シェンロックに書き送っているのである。[98] ゴーゴリが四八年の聖地巡礼に始まり、晩年に精力的にロシアの修道院をめぐり歩いたその目的は、本人曰く、「どんな烈しい嵐に遭遇しても安全に寄港することのできる」場所を探すためであった。一八五〇年以後、ゴーゴリはやはり運命によって安住の地を見出すことになるが、それがオプチナ修道院だったのである。

　晩年の彼の霊は明らかに天上を志向していた。彼は自己の中に成長していった修道士の心性、万人のため、人々の悲しみと罪の赦しのための祈禱者としての召命を実感するようになっていた。しかし彼の作家、風刺家としての才能は、本質的に彼のそうした霊的な志向性に矛盾しており、それがひとり歩きしたり、地上を離れて自由に飛翔することを許そうとはしなかった。ゴーゴリの悲劇の源流はこの点にあった。やはりその意味で、「彼の病的な生活は道徳的な苦悩でもありました。彼のほんとうの召命は修道士だったのです」[99]と看破して、作家の道徳的分裂性に同情を抱いたジュコフスキーの見解は的を射たものであった。ジュコフスキーはゴーゴリの分裂性を、相反する性質の融合によって引き起こされたものと分析している。

彼の天才の特質から判断して、深い憂愁が鋭い諧謔と結びついた彼の創作活動は、彼の修道者としての召命と矛盾を来していましたし、彼は絶えず自分自身と争っていたのです。[100]

作家の死の直前の行状についてピョートル・プレトニョーフがジュコフスキーに知らせた事実も、この証言の真実性を補うものとなった。

ゴーゴリは四日間にわたり一面に懸けられた聖像に囲まれて、一度も立ち上がることなく、跪いて祈っていました。彼のことを心配した人々に対しては、ただ一言「わたしを放っておいてください、わたしにはこれが心地よいのですから」と言うだけでした。何と感動的でしょう。いいえ、わたしは迷信を見ているのではありません。これこそ正教会の法に従順に遵っている人の敬虔な感情なのです。最後の瞬間に、苦悩するこの霊を苦しめていたものが何だったのかは知る由もありません。しかし彼は自分を落ち着かせるために、我らが教会の聖なる師父のように祈ったのです。しかし当然のことながら、この瞬間は、彼自身が言っているように、心地よかったのです。彼がこの世を去ったその道は、彼の霊にとって、この上ない安らぎと、慰めに満ちたものだったのです。[101]

長老マカーリイが自らの進路にも躊躇を示したゴーゴリに、九月二十四日に祭日を迎えたラドネシの克肖者セルギイのイコンで祝福を与えたことを、本人も忘れてはいなかった。モスクワの知人たちは突然舞い戻ったゴーゴリの姿を見て、一様に驚いたことは言うまでもない。だが作家はその真意を誰にも語ろうとしなかった。十月一日の生神女庇護祭（その日は母親マリア・イワーノヴナの誕生日でもあった）にそなえてゴーゴリはトロイツァ・セルギイ大修道院で聖人の不朽体の前で母親のために祈るために前日にモスクワを出発している。その日の夜、ゴーゴリはアブラムツェヴォのセルゲイ・チモフェーヴィチ・アクサーコフ家に人生最後の訪問を果たしたのだった。だが早くも四か月後には作家の死に大きな衝撃を受け、長年の交誼を温めてきたこの作家に関する膨大な回想録を執筆することを自らの義務と心得たアクサーコフでさえ、ゴーゴリのモスクワ帰還の真の理由を突き止めることはできなかった。この点に関して彼はこう書き残している。

如何なる理由でゴーゴリが戻ってきたのか、確たることを言うことはできない。彼はオプチナ修道院で神経の変調を感じたと言ったが、笑いながらこう付け加えたのだ。「それにわたしは変な別れ方をしたものでね」。彼は笑っていたが、彼の目は潤み、その笑いはどことなく特別な響きを帯びていた。[102]

ゴーゴリの精神的変調と修道士になるための剪髪の祝福を長老マカーリイから得られなかった事情について、アクサーコフは当時知る由もなかったのである。

翌日ゴーゴリは予定通りアブラムツェヴォを出発して、そこから十三露里ほど離れたトロイツァ・セルギイ大修道院の礼拝に出かけている。礼拝後には、すでに一八四八年来の知り合いである掌院フェオードル（ブーハレフ）に伴われて、隣接するモスクワ神学大学を訪れていた。神学生たちの熱狂的な歓迎を受けた彼は教壇から「我々は同じ主人に仕えている」ことを訴えて、大いなる賛同を得たのだった。[103]当時の学生の証言に拠れば、『死せる魂』の抜粋や典型的な定型句などを諳んじている学生も少なからずいたという。それどころか、この掌院フェオードル神父は、聖書講読の授業中にゴーゴリに関する講義を延々と繰り広げるなど、この作家を人間の悪徳に涙した旧約のイエレミヤのような預言者兼摘発者と同列に置こうとさえしたという。[104] この掌院フェオードルこそ、ゴーゴリの同時代人の中でも特筆すべきその文学の理解者であった。彼のゴーゴリ論の白眉とも言える「ゴーゴリに宛てた三通の手紙」は、作家自身の精神的遍歴と作品の手法との相関関係を丹念に立証づけた労作であるが、ゴーゴリとフェオードル神父自身の運命は、その類似性によって疑いのない接点を共有していたものの、その後は正反対な方向を辿ることによってすれ違いを来してしまうのである。両者とも、個人生活、家庭生活、社会生活といった人間生活の様々な領域にキリスト教的原理を導入しようとするのであるが、掌院フェオードルが後年聖職を解かれ、修道院を出ることで、文芸評論家、教会著述家として名をなすのに対し、ゴーゴリはこれまでに概観してきた通り、晩年はオプチナ修道院に惹かれ、世俗を捨てて修道士になることを理想と見なすようになる。

ゴーゴリは晩年になっても再び聖地エルサレム巡礼を敢行する計画を胸に抱いていたという。しかしこの夢は実現を見ず、死に至る二年足らずの間に三度オプチナ修道院を訪れるなど、オプチナこそがエルサレムに代わって彼の創作力の枯渇を補う生命の水になっていた。こうして修道士への道を絶たれたゴーゴリが思い描くようになる自らの思想の中心を占める新たな問題は人類救済のイデーであった。作家がオプチナに出入りするようになってからの内外の変貌ぶりについて、アレクサンドル・ペトローヴィチ・トルストイ伯爵は以下のような証言を残している。

……彼は言葉を慎重に選ぶようになった。しかも何を話しても、「言葉を使う時は誠実になれ」という考えが頭を離れない人のように話すのだった。[105]

「言葉を使う時は誠実になれ」[106]という表現はもちろんゴーゴリ自身の教訓から出た信念である。天上のことがら、美しきものについて語る作家の言葉は、無神論者や神を冒瀆する作家の言葉とは異なり、やはり天上のもの、神のものでなければならないと四〇年代のゴーゴリは幾度となく強調していた。このように作家の言葉の役割を高め、その神格化を唱えるゴーゴリの主張はイオアン福音書の冒頭の言葉、「太初《はじめ》に言《ことば》有り、言《ことば》は神と共に在り、言《ことば》は即《すなはち》神なり」（正教会訳）を想起させるが、爾来言葉の神的な本質は「それは神が人間に賜われた最高の贈り物である」[107]という信念に貫かれた作家ゴーゴリにとって中心的な原理となっていた。したがって、この神からの才能を賦与された者には、その神の言葉に畏れと慎重さを以て接する責任があることを痛感するようになるのである。ゴーゴリの霊性が顕著な深まりを見せ始めるのは、他ならぬこうした見地に立った時であり、具体的には、聖師父文献の写本との出会い、さらにはそこから得られる深き知恵を体現したオプチナの長老マカーリイやグリゴーロフを始めとする修道士との霊的な交流が始まった時からであった。晩年の一時期であったとはいえ、ゴーゴリ自身も長老たちに倣い、例えば、シリアのイサアクの写本を読み、多少なりとも真理に対する炯眼さを獲得したことはやはり注目すべきことである。「少し利口になり、腐った言葉に深い憐れみを覚えた」[108]という彼の心境は、同時に「人間のプライドが持つ煙のような愚昧さ」の影響のもとで、口から発せられ、筆から書かれたあらゆる「腐った言葉（穢れた心から発せられる言葉）」に対する悔悟の念を呼び覚ましたのではあるまいか。

ゴーゴリの最後のオプチナ訪問に際して、長老マカーリイと『死せる魂』やそれ以前の創作活動について話し合われた可能性がある。長老がゴーゴリのそれらの創作的方向性に祝福を与えたことを示す直接的な資料はない。おそらく長老はゴーゴリの文学的才能を高く評価したであろうが、キリスト教的観点からすれば、その世俗的傾向性を是認せずに、むしろ『死せる魂』において誇示されている様々な悪徳を礼賛する調子を改めさせようとしたことも十分考えられる。ゴーゴリは『死せる魂』第二部を焼却した後、それに続く自らの霊的な蘇生のための奮闘、しかも社会全体にとって道徳的模範となるような肯定的かつ明確な理念の実現を自らに課そうとした点を考慮するならば、その方向性の変更を促す一つの契機が、オプチナ修道院との接触であったと見なすことも十分可能であろう。例えば、一八五一年に修道院に入り、図書室の司書を務めていた学識あるスヒマ僧ポルフィーリイ神父（俗名はパヴリン・フィリッポヴィチ・ジャトケーヴィチ）は、ゴーゴリをよく知っていたが、『死せる魂』の次作の内容は、第一巻の登場人物の霊的再生の物語となる予定であると証言している。[109] だが周知の如く、ゴーゴリはこの壮大な芸術的目論見である、死せる魂の復活の物語を成就させることができなかった。彼は猛々しく哄笑する自身の凶暴な才能に対する無力ぶりを露呈する。肯定的な目論見は雲散霧消し、それでも吐き出される言葉に対する作家としての責任に押し潰されてしまうのである。

四、ゴーゴリの人生の意味――結びにかえて

一八四五年に欧州を放浪中のゴーゴリが友人のアレクサンドル・トルストイ伯爵に宛てた手紙は、「修道士の称号にまさるものはありません」[110]と修道生活の理想を吐露したものであることはすでに述べた。それを実現させるためには、ロシアの現実を深く知るために「ロシアを旅することが必要」と考えた作者自身によって、この手紙の一部は新作『友人との往復書簡抜粋』の中に収められることになった。ところが、この作品は検閲によって発禁となり、作家の存命中に出版されることはなかった。そのため、一八四五年の六月から七月の上旬にかけて、ゴーゴリが文学の世界を棄てて、修道院に入ろうした事実が公になることはなかった。しかしこれが事実であることは、ゴーゴリがその件で相談に訪れたワイマール在住の正教司祭ステファン・サビーニンの娘、マルファ・サビーニナの手記からも明らかである。[111] それ以外にも、ゴーゴリが修道的な生活様式を志向していたことは、彼の創作ノートに含まれていた自作の祈りの句の中にも表現されている。

主よ、慈愛を給へ。爾は慈み深き者なり。罪深き我の全てを赦し給へ。主よ、我に常に想起せしめよ、爾に於て生くるは我獨り也と。爾の他、誰にも希《のぞみ》を抱かず、俗世より離れ、聖なる孤独の境へ遁《のが》るるを致させ給へ。[112]

ゴーゴリの人生の最後の十年間は、本稿で概観してきた通り、修道生活への断ちがたい思いと作家としての使命の遂行という両立し得ない苦悩の狭間の中を漂っていた。彼は最終的に修道の誓い（貞潔、不所持、従順）こそ立てなかったものの、それらを自らの生活様式の中で可能な限り実践してきた。修道精神が彼の人生観の根幹を成していたことは以下の告白の中からも窺われよう。

貧困とは世の中が未だ知らざるところの福《さいはひ》なり。然るに、神がその甘みを味わせ、すでに自らの貧しい包みを真に愛することのできた者は、それと引き換えに、この世のどんな財宝《たから》を与えられようと、それを売り渡すことはない。[113]

ゴーゴリは自家を所有せず、友人たちの家を転々と渡り歩いていた。自分名義の領地の分与をも母親に譲り、作品を出版することで得た金もその大半は苦学生たちの援助のために費やし、自らは貧困にとどまった。ゴーゴリの死後、彼の遺品の中には銀貨で数十ルーブルの他、書物や使い古した品々が遺されていたに過ぎなかったが、自らが設立した「学問や芸術に携わる貧困青年のための援助」基金には二千五百ルーブル以上の金が残されていたと言う。[114]同時代人の中に、ゴーゴリの女性関係について何らかの証言を残した者はいない。神に献げる労働に対する彼の態度を物語るものとしては、自らの霊父の助言に遵って未完の労作の数章を炉にくべて焼いたり、創作活動を事実上停止したりといった驚くべき事実が挙げられる。こうした歩みが神父による治療の一環だったとはいえ、ゴーゴリにとって精神的苦痛をともなうものであったことは、彼の自伝的作品『作者の告白』によって窺い知ることができる。

> 作家の仕事をやめることは、おそらく他の誰よりも、私にとっては辛いことでした。それこそわたしの思考を全面的に傾ける唯一の対象だったからです。わたしは仕事以外のことは考えずに済むように、余計なものは、最も誘惑的なことがらもすべて捨て、修道僧さながらに、地上の人間にとって快適なもの一切と縁を切ったのですから。[115]

一八四〇年代のゴーゴリの精神生活は、中編小説『肖像画』（一八四二年）の第二版の中に、その反照を見出すことができる。高利貸しの肖像画を制作した画家は、俗世を去り、修道士になる。世捨て人の苦行生活によって自らを鍛えると、彼は創作活動に復帰し、その霊性の光によって観る者を驚愕させる絵画を制作する。小説の末尾で修道士となった画家は息子に以下のような教訓を与える。

> 自分の霊《たましひ》の浄《きよ》らかさを守れ。自らに才能を蔵する者は、霊《たましひ》を誰よりも潔《いさぎよ》く保たねばならない。他人には大目に見てもらえることも、彼のような人にはそれが許されないのだ。[116]

『肖像画』の第二版は、ゴーゴリが芸術の宗教的理解という選ばれた道を意図的に歩んでいたことを証している。ゴーゴリはこの小説の中でこれからの人生の道を予め予見し、実現して見せたかのようである。その意味では、一八四五年夏に世を捨てるという彼の目論見は、創作活動からの完全な撤退を意図したものというより、むしろ新たな人格となって生まれ変わり、再びその世界へ復帰することを意図していたと見るべきではなかろうか。偉大な芸術へと続く道が、画家の個人的な修行を通過して開かれるならば、作家が内面的な再生を遂げた後に創作活動に復帰するためには、一旦俗世における霊の死を体験する必要があると考えていた可能性があるからである。

ワイマールでの挫折後、ゴーゴリは修道士になるための剪髪には至らぬものの、修道院には積極的に接近しようと試みるようになる。彼は人生の総決算としてエルサレムのキリストの墳墓を訪れたばかりでなく、聖山アトスを訪れる夢も終生持ち続けていた。結果的に三度訪問することになったオプチナ修道院には、修道士としてとどまる希望すら抱くようになる。しかし長老マカーリイの目には、妹の結婚式に行くべきかといった問題をも解決できない彼に修道生活を耐えぬく力はないと映ったのであろうか、ゴーゴリを修道士としてスキトに受け入れようとはしなかった。ゴーゴリの死後三年経った一八五五年の八月、宗務院の行政調査士を務めていたチェルチィ・フィリッポフがオプチナの長老マカーリイのもとを訪ねているが、その直後にイワン・キレエフスキーに宛てて、ゴーゴリの苦行と犠牲の本質に関するこんな見解を語っている。つまりゴーゴリの問題解決は「抽象的な方法ではなく、実践的な方法であった……彼は抽象的な思考によって解決できないことがらを解決するために、経験に自らを捧げるのだった」[117]というのである。このフィリッポフも長老マカーリイを自らの霊父としていたが、彼に拠れば、その頃まだオプチナでは時折ゴーゴリの創作活動や世界観について活発に意見が交わされていたという。

しかし詩人のジュコフスキーのように、ゴーゴリの召命が修道生活であることを断言する者もいたことは事実である。ジュコフスキーがゴーゴリの訃報を受けて、一八五二年三月にバーデンからピョートル・プレトニョーフに宛てた手紙がそれである。[118]もっとも、修道生活の現実に通じていなかったジュコフスキーの見解を長老マカーリイの判断と同列に置くわけにはいかない。ゴーゴリが体得したものは同じキリスト教的世界観といえども、それは明らかに幾つかの発展的段階を追って形成されたものだからである。コチェーリニコフに拠れば、三〇年代以降のゴーゴリは、

「詩的異教」に始まり、「信仰体験」「ローマ（カトリック）信教」「プロテスタント的なキリスト教合理主義」を通過して、「アトスの禁欲主義」、そして最終的には「ヘシカスム的自己深化」に至ったと系譜づけられている。コチェーリニコフはゴーゴリが創作者として体験したこれらの段階を以下のように定義づけている。

これはロシア文化においては、ハリストスを通過せずに人間に至る道も、キリスト教を通過せずにヒューマニズムに至る道も存在し得ないことを絶対的に証明するために自らに課した宿命的経験であった。[119]

長老マカーリイの炯眼さを以てすれば、ゴーゴリの全課程は瞬時にして看破されたであろうが、ジュコフスキーはゴーゴリの最終段階を目の当たりにしてこう言ったのである。

ゴーゴリは両手に数珠を巻きつけたまま死んでいった。死の前に彼は二度痛悔を受け、領聖し、それに聖油機密に与った。まだ明晰な意識のもとで、彼が言った最後の言葉は、「死ぬとは何と心地よいことだろう」[120]であった。またその前夜十一時頃彼は「梯子を、早く、梯子を持ってこい……」[121]と大声で呼ばわったという。ザドンスクの主教チーホンも死に先立ち、梯子に関する同様の言葉を口走ったとされるが、これはゴーゴリが敬愛する宗教作家の一人であり、その著作集を一度ならず読み返していたという。

ゴーゴリの死後、彼の原稿の中からは、友人達に宛てたもの、霊的な遺訓の草稿、別々の用紙に書きつけられた数々の祈り、死を目前にした書きつけなどが多数発見された。[122]

我が友等のために祈る。主よ、彼らの希みと祈りに耳傾けよ。神よ、彼等を救い給へ。爾に犯しし全ての罪を、神よ、我罪深き者と伴に、彼等をも赦し給へ。[123]

死せる魂ならぬ、生ける魂になれかし。イイスス・ハリストスによって指示されし者の他、如何なる門も無い。万人は変容すべし、然らずんば追い剥ぎと盗賊とにならん。[124]

我罪なる者を憐れみ、主よ、赦し給へ。人智の及ばぬ十字架の神秘の力に依って再びサタナを縛りつけ給へ。[125]

もし姉妹等が結婚しないならば、中庭に建物を建てて、自家を僧院とし、我が家に寄るべない貧しい少女たちを引き受けるべし。[126]

ゴーゴリの死後四十日目の法要は、光明週間の月曜日（復活祭の翌日）にあたっていた（一八五二年の復活祭は三月三十日に祝われた）。聖ダニーロフ修道院墓地のゴーゴリの墓には彼の友人や崇拝者等が集まった。例えば、セルゲイ・アクサーコフ、ミハイル・ポゴージン、ユーリイ・サマーリン、アレクセイ・ホミャコフ、ピョートル・キレエフスキー、ニコライ・ベルグ、チモフェイ・グラノフスキー、アレクサンドル・オストロフスキー、チモフェイ・フィリッポフ等約四十人である。死者のための聖餐式に続いて、世を去りし神の僕ニコライを偲ぶパニヒダが執り行われた。ゴーゴリの友人で、遺言執行人でもあったステファン・ペトローヴィチ・シェヴィリョフはこう回想している。

弔いの歌とともに復活の鐘の音を聞くことは、我々の悲しみの中の慰めとなった。雪の間に若草と花々で飾りつけられた彼の墓の上で、我々は『ハリストス復活』を耳にした。[127]

パニヒダの後、六十人の貧しい人々と修道士たちに食事が振る舞われた。修道院長である掌院パルメンの居室で行われた追善供養の席で、シェヴィリョフは『友人との往復書簡抜粋』から「光明なる復活（Светлое Воскресенье）」（これはゴーゴリの生前に出版された最後の作品である）[128]を朗読した。

この意義を失った祭りは何のため。ますます鈍くなる声で呼び交わすために、離散してしまった或る家庭にそれが再び巡り来て、悲しげに皆を一瞥すると、誰とも面識のない、よそ者のような顔をして去っていくのは何のため。……大地はもはや不可解な憂愁に焦がれたようになり、生活はますます無情になり、すべては打ち砕かれて、浅薄になる。ただひとつ、日々計り知れぬ成長を遂げつつ、膨張しているものは、誰の目にも明らかな、虚しさという巨大な像のみ。すべては鳴りをひそめ、至る所墓ばかりだ。神よ、爾の世界は何と空虚で、恐ろしきものなのか。

この祭りが然るべき形で祝われ、自分の国でのみこうして祝われていると今以て感じられるのがただロシア人だけであるのは何故か。これは夢なのか。しかしこの夢がロシア人以外の他の如何なる民族にも訪れることがないのはどういう訳なのか。実際、祭り自体は鳴りをひそめても、目に見える様々な兆候が、我々の大地の表面にかくも鮮明に漂っているということは一体どういうことなのか。例えば、「ハリストス復活」という声は響き渡り、接吻は交わされる。実際、何度経験しても、聖なる夜半はやはり厳粛に訪れ、鐘を残らず打ち鳴らす大音響は、まさに我等の眠りを覚まさんとするかのように全地にあまねく響き渡るではないか。かくも鮮明に幻が漂うということは、もはや徒に漂っているのではない。鳴り響いている以上、必ずや呼び覚ますであろう。永遠のものとして定まった習慣は滅びることがない。書かれた文字としては滅びるが、精神の中でそれらは待望されている。一時的に輝きを失い、空虚な風化した大衆の中で滅びるものの、それが選ばれた者の中で新たな力を得て再び甦るのは、その後、眩いばかりの光を浴びて彼らから全世界に流れ出すためである。我々の古の時代から、真にロシア的なものとしてあり、ハリストス自らの手で浄められたものの種子はたとえ一粒たりとも朽ちることはない。それがたとえ輝きを失っても、詩人たちのよく響く弦によって響き渡り、成聖者たちの芳香を発する口によって告げ知らされ、煌めきわたる。輝かしい復活の祭も、我々ロシア民族によって、どの民族よりも早く、然るべき形で祝われることになるからだ……[129]

誰もが涙を流さんばかりに感動していた。歴史家のミハイル・ペトローヴィチ・ポゴージンがこれについて語っている。

それ自体が力強く、たった今柩の中から聞こえてきたかのような言葉、死と不死の大いなる徴しによって刻印され、あの世から響く聖なる声のような彼の個々の言葉が獲得した力が如何なるものであったか、皆さんはおわかりになるでしょう。[130]

詩人で翻訳家でもあったニコライ・ワシーリエヴィチ・ベルグは後年その時の様子をこう回想している。

あそこで我々が体験した瞬間は、この世に生きる人間に屡々《しばしば》与えられる類のものではない。[131]

皮肉なことに、ゴーゴリの霊的な言葉は、葬儀の日に初めて、かくも輝かしい凱歌のように、内面から湧きいずる感動とともに響き渡ることになったのである。それは彼の友人達が初めて一堂に会して、心から彼の言葉を噛みしめた瞬間でもあった。

あたかもこの日、自分が晴れやかになって、自分の幼年時代を祝っているようにも感じられる人々が今でもどこかに生き残っているのは何故だろう。同じ幼年時代にしても、それが故に天の接吻が、あたかも永遠の春の接吻のように霊に迸り出ている人もあれば、現代の傲慢な人間が失ってしまった素晴らしい幼年時代を持つ人もいるだろう。人間がこの幼年時代を永劫に忘れてしまったわけではなく、どこか遙かなる夢の中で目にすることができるもののように、それが今でも我々の霊を揺さぶるのは何故か。何のためにこのようなものがあり、しかも何の役に立つというのか。その意味も分からず、何の役に立つかも窺い知れぬかのようだ。せめてこの祭に未だ春の息吹を感じることのできる僅かばかりの人々が、あたかも天駆ける神使のように、突然えも言えぬ深い悲しみに捕らわれるためか。そして心を引き裂くような嗚咽をあげて、自分の兄弟の足下にひれ伏し、せめてこの一日だけはそれ以外の日から取り分けて欲しい、せめてこの日だけは十九世紀の日常にではなく、永遠の世紀の日常の中に照らし出して欲しい、せめてこの日だけは罪深い友人が寛容で、自分のすべてを赦してくれた友人を抱擁するように、他人を捕まえて抱擁すべき日にして欲しいと懇願するのだ。明日になれば、その人を突き放して、あの人はよそ者だ、知らない人だと言わしめるにしてもである。せめてこうした望みを抱くことができたら、せめて自分にそれを強要できたら、溺れる者が板切れにしがみつくように、この一日にすがりつくことができたら。このたった一つの願いに対して、階梯は天より降り来り、我々がそれを伝って登れるように、手を差し伸べる準備もすでにできていることを、恐らく神はご存じなのであろう。[132]

天と地を繋ぐ階梯のイメージは、ゴーゴリの最も好むものの一つであった。それは彼のごく初期の作品の一つ、中編小説『五月の夜、または溺死した女』（一八二九年）の中にすでに現れてくる。

「この辺には天までとどくような樫の木は一本もないわ。でも人の話じゃ、どこか遠い国には梢が天国でざわざわ音を立てている木があって、復活祭の前の晩にはその木をつたって神さまが地上に下りてこられるんだって」。べっぴんのハンナはこう言って悔しがった。彼女にコサックのレフコが応えた。「ちがうよ、ハーリャ。神さまは天国から地上までとどく長い梯子を持っていなさるのさ。復活祭の前になると、尊い首天使たちがその梯子を立てるんだ。そして神さまが最初に足をかけるが早いか、ありとあらゆる悪魔どもは一目散に逃げ出して、群れをなして地獄へ落ちていくものだから、それで復活祭にはこの世に一匹だって悪魔はいなくなるのさ……」[133]

正教の聖師父文献においては、「梯子」は霊的上昇を表す根本的イメージの一つである。言うまでもなく、これは『創世記』の二十八章一〇～一七節のイアコフの階梯に遡るものであるが、こうした用語例は、ゴーゴリ自身による聖歌や月課経の規程《カノン》の抜き書きの中にも認めることができる。ゴーゴリはこのシナイ山の克肖者イオアンネス・クリマコスの修徳の書『階梯書（Лествица）』を熱心に研究し、そこから詳細なメモを作成していた。このことは、ゴーゴリが厳格な修道規則の制定者であるイオアンネス・クリマコスの書が気に入り、自分の生活に取り込もうとしていたことを意味している。これは一八四二年にジュコフスキーにこの書物への関心を打ち明けていることからも裏付けられている。

……わたしの心には深く打ち克ちがたい信仰が生きており、天上の力はわたしが目の前の梯子に足を踏み入れることを助けてくれるような気がしていることです。もっとも、まだわたしは最も低く、最も初歩的な段階に立っ

ているに過ぎませんが……[134]

また一八四三年にも、ナジェージダ・ニコラエヴナ・シェレメーチェワ〔詩人のフョードル・チュッチェフの叔母、ゴーゴリの友人〕に「長い修練がまだわたしの前に横たわっています。これは大きくて困難な階梯なのです」[135]と表現している。この世において、修道生活の功にも譬えられるゴーゴリの全人生は、間断なく昇り続ける霊の階梯のイメージであり、彼の作品はこの容易ならざる道に架けられた階段のようなものだったのではあるまいか。

ゴーゴリの死は論敵同士であったアクサーコフとシェヴィリョーフのみならず、サマーリンとポゴージンをも和解させた。ポゴージンは一八五二年三月二十九日の日記に、「実際、ゴーゴリの死には何か和解的なもの、愛の感情を誘発するものがある」[136]と書き記している。最後に、ゴーゴリ自身の論文「重要な地位を占める人へ（Занимающим важное место. XXVIII）」（『友人との往復書簡抜粋』に含まれるが、検閲によって発禁となったため、作家の生前には日の目を見ることがなかった）の中でアレクサンドル・ペトローヴィチ・トルストイ伯に向けて発せられた言葉を思い起こしておきたい。

わたしが死ぬ時には、わたしを愛してくれた人々全員がわたしと明るく別れの挨拶をすることになると確信を抱いてさえいる。泣く者はなく、死後は生前よりも遥かに晴れやかな心持ちになるのだ。[137]

人々を和解によって繋ぎ合わせる天と地の階梯となること、これこそがゴーゴリの理想とするキリスト教的な愛の実践であった。追善供養の席では、ゴーゴリの記念碑は如何なるものにすべきかが話し合われたが、シェヴィリョーフの発案による次の二つの碑文が参加者全員の賛同を得たのだった。一つは作家としてのゴーゴリ自身を形容したもので、エレミヤの預言書から取られた「我が苦き言葉を以て笑ふ」（二十章八）であり、もう一つは作家の人生最後の十年間の座右の銘とでも言えるもので、そこには彼の思想のすべてが凝縮された「然り、主イイススよ、来れ（Ей, Гряди, Господи Иисусе）」（黙示録二十二章二〇）というものであった。[138]

注

1　昇曙夢著『ゴーゴリ』、春陽堂、明治三十七年、一九六〜一九七頁。

2　基本的事実に関しては以下の文献に負うところが大きい。Воропаев В.А. Н.В. Гоголь. Жизнь и творчество. М., 1999.; Виноградов И.А. Гоголь. Художник и мыслитель. Христианские основы миросозерцания. М., 2000.; Дунаев Д.Д. Православие и русская литература. Часть II. М., 1996.; Котельников В.А. Православные подвижники. М., 2002.

3　Аксаков С.Т. История моего знакомства с Гоголем. В кн.: Гоголь в воспоминаниях современников. М., 1952. С. 130-131. ここで登場するニコライ・ペトローヴィチ・ボトキンは有名な評論家のワシーリイ・ペトローヴィチ・ボトキンの弟である。

4　Анненков П.В. Н.В. Гоголь в Риме летом 1841 года. В кн.: Литературные воспоминания. М., 1989. С. 96.

5　Гоголь Н.В. Авторская исповедь. В кн.: Духовная проза. М., 1992. С. 296.

6　Аксаков С.Т. Несколько слов о биографии Гоголя. В кн.: Аксаков С.Т. Собрание сочинений в 4 томах. М., 1956. Т. 3. С. 605.

7　Гоголь Н.В. Письмо к Н.Д. Белозерскому от 12 апреля 1840 г. В кн.: Собрание сочинений в 9 томах. М., 1994. Т. 9. С. 135.

8　Там же. Письмо к Н.М. Языкову от 10 февраля 1842 г. С. 158.

9　ゴーゴリが祝福とともに贈られた主イイススの聖像は、作家の死後、妹アンナ・ワシーリエヴナの手によって保管されていたことが、最近明らかにされた。最新のゴーゴリ九巻選集（Гоголь Н.В. Собрание сочинений в 9 томах. Состав и подготовка текстов и комментариев В.А. Воропаева и И.А. Виноградова. М., 1994）の編者はゴーゴリのキリスト教的世界観に関して、古文書を駆使した先駆的研究を展開している。См. Предисловие к кн.: Н.В. Гоголь. Духовная проза М., 1992.

10　Аксаков С.Т. История моего знакомства с Гоголем. В кн.: Собрание сочинений в 4 томах. М., 1956. Т. 3. С. 216.

11　Гоголь Н.В. Письмо к В.А. Жуковскому от 14 июня 1842 г. В кн.: Собрание сочинений в 9 томах. М., 1994. Т. 9. С. 161.

12　Гоголь Н.В. Духовная проза. М., 1992. С. 293.

13　この手書きのノートは二部からなるコピーの形でキエフのウクライナ科学アカデミー学術図書館に現在保管されている。См. Предисловие В.А. Воропаева к кн.: Духовная проза. С. 7. このノートを分析した研究としては、同様に以下を参照した。См.: Петров Н.Н. Новые материалы для изучения религиозно-нравственных воззрений Н.В. Гоголя. В журн.: Труды Киевской Духовной Академии. 1902. Т. 2. Кн. 6. С. 272.

14　ゴーゴリが学んだネージンの高等中学校の教育プログラムには、そこで教鞭を取っていた長司祭パーヴェル・イワーノヴィチ・ヴォルィンスキイの筆になる聖体礼儀についての教科書が用いられていたことから、後に同校で法学を講じた長司祭A・F・ホイナーツキイのように、この書物がゴーゴリの霊的成長に宗教的影響を与えたと見なす教師が現れた。彼はこの高等中学校の最上級生に「道徳哲学」が教えられていたことが、一般の中学との大きな違いであったと主張する。またヴォルィンスキイの授業では、大ワシレオスやイオアン・クリュソストモス、メディオランのアムヴロシウスなどの聖師父や教会学者の注釈付きの新約聖書の読みが定められていた他、また授業では雑誌『キリスト教読本』の記事が講読されていたという。См.: Виноградов И.А. Гоголь. Художник и мыслитель. М., 2000. С. 381-382.

15　Плетнев П.А. Сочинения и переписка. СПб., 1885. Т. 4. С. 376.

16　Гоголь Н.В. Письмо к Н.М. Языкову от 12 февраля 1845 г. В кн.: Собрание сочинений в 9 томах. М., 1994. Т. 9. С. 304.

17　古今の文献を渉猟して編まれたこの書物をゴーゴリは、学術書ならぬ一般書、それも初心者にもわかりやすい啓蒙書にすることを目指していた。そこにはゴーゴリならではの神学的要素と芸術的要素との独特の融合が見られ、その後ロシアで書かれることになる同主題の文献の中でも先駆的な作品と位置づけられている。しかし、これをもってゴーゴリ自身の内面的変容の顕れと見るよりは、以前から親しんできた聖体礼儀の神秘的魅力（四二年の母親宛の手紙参照）を、ヨーロッパ放浪の旅によって育まれた霊的な経験を交えて読者に伝えたいという素直な願望の実現と見なすべきであろう。См.: Воропаев В.А. Н.В. Гоголь. Жизнь и творчество. М., 1999. С. 53.

18　Гоголь Н.В. Письмо к священнику Иоанну Базарову от средины апреля 1845 г. В кн.: Собрание сочинений в 9 томах. М., 1994. Т. 9. С.

315.

19 Воспоминания протоиерея Базарова. В журн.: Русская Старина. 1901 г. No. 2. С. 294. Цитата по Собранию сочинений в 9 томах. Т. 9. Комментарии. С. 574.

20 Воропаев В.А. Н.В. Гоголь. Жизнь и творчество. М., 1999. С. 53-54.

21 Гоголь Н.В. Духовная проза. М., 1992. С. 133.

22 Воропаев В.А. Духом схимник сокрушенных... Жизнь и творчество Н.В. Гоголя в свете Православия. М., 1994. С.17-18.

23 Преподобный Иоанн Лествичник. Лестница. Сергиев Посад. 1908. С. 76.　この箇所はゴーゴリが己の座右の銘として遵守しようと試みたことである。ゴーゴリはこの修徳の書『階梯』を愛読したのみならず、現実の生活の中で実践しようとしたのである。

24 Дунаев М.М. Православие и Русская литература. Часть 2. М., 1996. С. 170.; Константин Мочульский. Гоголь. Соловьев. Достоевский. М., 1995. С. 56. ドゥナーエフは、このモチュールスキイの分析が初期ゴーゴリにはあてはまることを条件付きで認めている。

25 Гоголь Н.В. Письмо к Н.М. Языкову от 4 ноября 1843 г. В кн.: Собрание сочинений в 9 томах. М., 1994. Т. 9. С. 215.

26 Гоголь Н.В. Выбранные места из переписки с друзьями. В кн.: Духовная проза. М., 1992. С. 71.

27 Дунаев М.М. Православие и Русская литература. Часть 2. М., 1996. С. 177.

28 Зеньковский В.В. Н.В. Гоголь. В кн.: В. Гиппиус. Н. Гоголь. СПб., 1994. С. 199.

29 Там же.

30 Марфа Степановна Сабинина. Воспоминание о Н.В. Гоголе. В журн.: Русский Архив. 1900. No. 4. С. 134.

31 Гоголь Н.В. Выбранные места из переписки с друзьями. В кн.: Духовная проза. М., 1992. С. 137.

32 Жуковский В.А. Письмо к П.А. Плетневу. В кн.: Сочинения и переписка П.А. Плетнева. СПб., 1885. Т. 3. С. 732.

33 例えば、一八三一年の『恐ろしい復讐』（草稿）、三二年の『イワン・フョードロヴィチ・シポニカとその叔母』などを挙げることができるが、こうした青年期の作品に巡礼のイメージが反映されているのは、ゴーゴリが幼少期から親しんでいた民衆のための数々の聖地巡礼物語の影響と見ることもできよう。

34 Цитата по кн.: Воропаев В.А. Н.В. Гоголь. Жизнь и творчество. М., 1999. С. 84.

35 Там же.

36 Аксаков С.Т. История моего знакомства с Гоголем. В кн.: Собрание сочинений в 4 томах. М., 1956. Т. 3. С. 215.

37 Гоголь Н.В. Выбранные места из переписки с друзьями. В кн.: Духовная проза. М., 1992. С. 38-39.

38 Священник Петр (Соловьев). Встреча с Гоголем. В журн.: Русская старина. 1883. No. 9. С. 553.

39 См.: Гоголь Н.В. Письмо к В.А. Жуковскому от 28 февраля 1850 г. В кн.: Собрание сочинений в 9 томах. Т. 9. С. 474-475.

40 Гоголь Н.В. Записная книжка 1846-1951 гг. В кн.: Собрание сочинений в 9 томах. Т. 8. С. 451.

41 Максимович М.А. По записи Кулиша. Записки о жизни Гоголя. М., 1883. Т. 2. С. 217.

42 Гоголь Н.В. Письмо к В.А. Жуковскому от 6 апреля 1848 г. В кн.: Собрание сочинений в 9 томах. М., 1994. Т. 9. С. 433.

43 Там же. Письмо к Священнику отцу Матфею Константиновскому от 21 апреля 1848 г. Т. 9. С. 435.

44 Там же. С. 434-435.

45 Там же. С. 435.

46 Там же. Письмо к В.А. Жуковскому от 28 февраля 1850 г. Т. 9. С. 474.

47 Дунаев М.М. Православие и русская литература. Часть 2. М., 1996. С. 206.

48 Там же. С. 207.

49 本稿の注32を参照せよ。

50 Гоголь Н.В. Искусство есть примирение с жизнью (Письмо к В.А. Жуковскому). В кн.: Собрание сочинений в 9 томах. М., 1994. Т. 6. С. 237.

51 Там же.

52 Воропаев В.А. Н.В. Гоголь. Жизнь и творчество. М., 1999. С. 88.

53 Гоголь- Головня О.В. Из семейной хроники Гоголей. Киев. 1909. С. 55.

54 Там же.

55 Репнина В.Н. Княжна. Из воспоминаний о прошлом. В журн.: Русский Архив. 1870. No. 7-9. С. 1747-1748.

56 Смирнова-Россет А.О. Дневник. Воспоминания. М., 1989. С. 154.

57 Данилевский Г.П. Знакомство с Гоголем. (Из литературных воспоминаний). В кн.: Гоголь в воспоминаниях современников. М., 1952. С. 452.

58 Воропаев В.А. Н.В. Гоголь. Жизнь и творчество. М., 1999. С. 90-91. の記述からの要約。

59 Биография Святогорца, письма его к друзьям своим о Святой Горе Афонской, доныне не изданные, и келейные записки. М., 1883. Вып. 3. С. 176-177.

60 Там же. С. 66.

61 См.: Аксаков И.С. Воспоминания. В кн.: И.С. Аксаков. Полное Собрание Сочинений в 7 томах. М., 1886-1887. Т. 6. С. 265.

62 Биография Святогорца, письма его к друзьям своим о Святой Горе Афонской, доныне изданные, и келейные записки. М., 1883. Вып. 3. С. 68-69.

63 Там же. С. 70.

64 キレエフスキー夫妻らが関与することになるオプチナでの出版活動については、第三部で詳述する。

65 Воропаев В.А. «Благодать видимо присутствует»: Оптина пустынь в судьбе Н.В. Гоголя. В журн.: Вестник славянских культур. 2016 г. Т. 41. No. 3. С. 126. この手紙の出典については、以下の書物に記載されている。すなわち、初めてオプチナを訪れた四三年当時、ジェルベはセミョーノフ近衛連隊所属の退役陸軍中尉であったが、その後フランス語の聖書に通じていたことからマカーリイ長老の目にとまり、典院アントーニイに紹介状を書いたことで、世を棄てる決心を固め、スキトの住人となった経緯が伝えられている。См.: Гоголь в воспоминаниях, дневниках, переписке современников. Полный систематический свод документальных свидетельств. Научно-критическое издание в 3 томах. Т. 3. С. 593. Издание подготовил И.А. Виноградов. М., ИМЛИ РАН, 2011-1013.

66 イワン・キレエフスキーとゴーゴリは、一八四〇年前後のモスクワ文学サークル時代からの盟友であるが、ゴーゴリは初めてオプチナを訪問した直後にキレエフスキーの村ドルビノに立ち寄ったことが確かめられている。

67 Киреевский И.В. Письмо к А.И. Кошелеву от 10 июля 1851 г. В кн.: Разум на пути к истине. М., 2002. С. 93-94.

68 このアントーニイ・プチーロフは、オプチナ修道院の離れにある前駆者イオアンのスキトの長を十四年間務めた後、このマールィ・

ヤロスラーヴェツ修道院の主管に任じられていた。オプチナのモイセイ・プチーロフ掌院の弟、サロフの僧院の典院を務めるイサイヤ・プチーロフの兄にあたる。ゴーゴリはこの三人全員と知り合いであった。このプチーロフ三兄弟については、本書の「近代ロシアの修道制……」の章を参照せよ。

69 ゴーゴリの同時代人であるウクライナの歴史家パンテレイモン・アレクサンドロヴィチ・クリーシは、この時の会話を後にマクシーモヴィチから取材して書き残している。それに拠ると、この旅は地主邸を泊まり歩きながら、田舎道を修道院から修道院へと探索するものであり、所謂ロシアを隈なく知るために計画されたものであった。具体的には、修道院の開基場所として好んで選ばれてきた風光明媚な自然をこの目で見て、ロシアの農民や地主の生活に触れ、一般大衆にも理解できる形でロシアに関する地理学的な書物を書くことを目的にしていた。См.: Кулиш П.А. (Николай М.) Записки о жизни Н.В. Гоголя. СПб., 1856. Т. 2. С. 287.

70 Гоголь Н.В. Письмо к графу А.П. Толстому от 10 июля 1850 г. В кн.: Собрание сочинений в 9 томах. М., 1994. Т. 9. С. 482.

71 Преподобный Варсонофий Оптинский. Духовное наследие. Свято-Троицкая Сергиева Лавра. 1999. С. 273.

72 О. Иосиф. Н.В. Гоголь, И.В. Киреевский, Ф.М. Достоевский и К. Леонтьев перед “старцами” Оптиной пустыни. М., 1897. С. 3-6.

73 Александр Евгин. К вечному миру. Калуга. 2001. С. 146.

74 Роянова Г.И. Оптинский пустынник о. Порфирий. В кн.: Монастыри в жизни в России. Калуга – Боровск. 1997. С. 138.

75 当時血気盛んな砲兵であり、プーシキンを溺愛する文学青年でもあったグリゴーロフは、偶然とは言え、プーシキンとの思いがけぬ出会いに感動し、その頼みに応じて、すぐさまプーシキン来訪に敬意を表する祝砲を打ったために、逮捕され、営巣に入れられるという悲劇を味わっていた。これは一八二三年七月の出来事である。グリゴーロフはこの事件を境として自分の運命を悟り、退役後は修道生活を通して神に奉仕する人間に転向することになる。См.: Александр Евгин. К вечному миру. Калуга. 2001. С. 116-117.

76 アレクサンドラ・オーシポヴナ・スミルノーワの異母兄弟で、特命を帯びて当時カルーガに勤務していたレフ・イワーノヴィチ・アルノルディはゴーゴリとの交遊の記録を残している。См.: Арнольди Л.И. Мое знакомство с Гоголем. В кн.: Гоголь в воспоминаниях современников. СПб., 1952. С. 481.

77 Собрание писем Блаженныя памяти оптинского старца иеросхимонаха Амвросия к мирским особам. Сергиев Посад. 1908. Часть 1. С.

81-82.

78 Гоголь Н.В. Мертвые души. В кн.: Собрание сочинений в 9 томах. М., 1994. Т. 5. С. 221.

79 Гоголь Н.В. Комментарий к поэме «Мертвые души». В кн.: Собрание сочинений в 9 томах. М., 1994. Т. 5. С. 554.

80 Там же. Письмо к графу А.П. Толстому от (около) 14 августа 1847 г. Т. 9. С. 409.

81 Там же. Письмо к графу А.П. Толстому от 10 июля 1850 г. Т. 9. С. 482.

82 Там же. Письмо к Иеромонаху Оптиной пустыни отцу Филарету от 20 июня 1850 г. Т. 9. С. 481-482.

83 Там же. Письмо к послушнику Оптиной пустыни отцу Петру Григорову от 18 июля 1850 г. Т. 9. С. 483.　このゴーゴリの甥、ニコライ・パーヴロヴィチ・トゥルシコフスキーは作家の妹マリア・ワシーリエヴナと測量技師のＰ・О・トゥルシコフスキーの息子であり、ゴーゴリの伝記を初めて企てると同時に、その著作集の出版者としても知られている。

84 Шенрок В.И. Материалы для биографии Гоголя. М., 1892-1897. Т. 4. С. 825-826.

85 Кулиш П.А. (Николай М.) Записки о жизни Николая Васильевича Гоголя в двух томах. СПб., 1856. Т. 2. С. 242. Также, Воропаев В.А. Н.В. Гоголь. Жизнь и творчество. М., 1994. С. 98. ゴーゴリの甥トゥルシコフスキーが見知らぬ町で不便を覚えることがないようにと、グリゴーロフはカザンの誰かに紹介状をしたためる必要を感じたのだった。そこで彼はトルストイ伯爵令嬢として生まれたペラゲーヤ・イリイニシナ・ユシコーワ夫人（レフ・ニコラエヴィチの叔母）のもとに、ニコライ・トゥルシコフスキーのために紹介状を書いてもらうべく修道士一人を遣わしたのだった。彼が帰途に持たされた手紙は、保護監督者、教授陣のうち一人、それに彼女の夫にも宛てられていた。それに彼女はカザン中の有力貴族が全員集まってくる女友達にも手紙を書くことを約束してくれたという。こうしてグリゴーロフはゴーゴリの依頼によって、その甥の運命にまで生きた祝福を与えたのである。

86 Шенрок В.И. Материалы для биографии Гоголя. М., 1892-1897. Т. 4. С. 831.

87 Гоголь Н.В. Письмо к монаху Оптиной пустыни отцу Порфирию (Григорову) от 6 марта 1851 г. В кн.: Собрание сочинений в 9 томах. М., 1994. Т. 9. С. 497.

88 スヒマ修道僧エフフィーミイ（トゥルノフ）の日記には、修道士ポルフィーリイは五一年三月十五日の未明に息を引き取ったとある。享年四十七歳であった。恐らく、オデッサを三月六日に発送されたゴーゴリの手紙がオプチナに届けられた時、ポルフィーリイは死の床にあったものと推測される。ゴーゴリは、その手紙の発送から二か月半ほど経った五月二十九日に母と妹のオリガとヴラソーフカ村で別れて、モスクワへ旅立ったが、その途中、六月二日にオプチナ修道院に立ち寄ったのが二度目の訪問となった。
См.: Сергей Нилус. Святыня под спудом. Изд. Свято-Троицкой Сергиевой Лавры. 1991. С. 100-101.

89 Александр Евгин. К вечному миру. Калуга. 2001. С. 153.

90 Сергей Нилус. Святыня под спудом. Изд. Свято-Троицкой Сергиевой Лавры. 1991. С. 112.; Н.В. Гоголь. Комментарии. В кн.: Собрание сочинений в 9 томах. М., 1994. Т. 9. С. 704.

91 Сергей Нилус. Святыня под спудом. С. 112-113.

92 Гоголь Н.В. Письмо к графу Л.А. Перовскому или князю П.А. Ширинскому-Шихматову или графу А.Ф. Орлову от 10-18 июля 1850 г. В кн.: Собрание сочинений в 9 томах. М., 1994. Т. 9. С. 486.

93 Шенрок В.И. Материалы для биографии Гоголя. М., 1892-1897. Т. 4. С. 828.

94 Дунаев М.М. Православие и русская литература. Часть 2. М., 1996. С. 208.

95 Гоголь Н.В. Письмо к Старцу Оптиной пустыни иеромонаху Макарию от 25 сентября 1851 г. В кн.: Собрание сочинений в 9 томах. М., 1994. Т. 9. С. 504-505.

96 Письма старца Макария к Н.В. Гоголю от 25 сентября 1851 г. В журн.: Вестник Европы. 1905. No. 12. С. 710-711.

97 Преподобный Варсонофий Оптинский. Духовное наследие. Изд. Свято-Троицкой Сергиевой Лавры. 1999. С. 274.; Гоголь Н.В. Комментарии. В кн.: Собрание сочинений в 9 томах. М., 1994. Т. 9. С. 706.

98 Шенрок В.И. Материалы для биографии Гоголя. М., 1892-1897. Т. 4. С. 758.

99 Записки А.О. Смирновой, урожденной Россет в 1825 по 1845 гг. М., 1999. С. .327.

100 Там же. С. 327-328.

101 Там же. С. 328.

102 Аксаков С.Т. История моего знакомства с Гоголем. М., 1890. С. 318. 同書は所謂それ以前に雑誌に部分的に掲載された回想の完全版である。それ以後の代表的な出版物である «Гоголь в воспоминаниях современников.» М., 1952. にもこの回想は含まれている（С.

87-208）が、アクサーコフ四巻選集（Собрание сочинений в 4 тт. М., 1956. Т. 3. История моего знакомства... С.149-388. において、この引用箇所は省かれている。

103 Архимандрит Феодор (Бухарев А.М.). Три письма к Н.В. Гоголю, писанные в 1848 году. В кн.: Русские духовные писатели. М., 1991. С. 255.

104 Цитата по Воропаеву В.А.: Н.В. Гоголь. Жизнь и творчество. М., 1999. С. 103. 同書の著者によれば、この証言を残したのは、かつてこの神学校で学んでいたモスクワのコーズィエ・ボロータ（Козье болото）の聖致命者エルモライ教会の長司祭セルギイ・モデストフ神父であるとされている。

105 Воспоминания графа А.П. Толстого, ... записанные П.А. Кулишом. В кн.: Гоголь в воспоминаниях, дневниках, переписке современников. Полный систематический свод документальных свидетельств. Ред. И. Виноградов. М., Т. 2. С. 399.

106 Гоголь Н.В. Выбранные места из переписки с друзьями. В кн.: Духовная проза. М., 1992. С. 54.

107 Там же.

108 注79を参照。

109 См.: Евгин А.: К вечному миру. Козельская старина. Калуга, 2001. С. 157. ; РО РГБ. Ф. 213. К. 50. Л. 20.

110 注31を参照。

111 注30を参照。

112 Гоголь Н.В. Молитвы, Духовные завещание, Предсмертные записки на 1846 год. В кн.: Духовная проза. М., 1992. С. 441.

113 Гоголь Н.В. Авторская исповедь. В кн.: Духовная проза. М., 1992. С. 301.

114 Воропаев В.А. По зову Божьему. В журн.: Православная беседа. No. 5. 2002. С. 52.

115 Гоголь Н.В. Авторская исповедь. В Кн.: Духовная проза. М., 1992. С. 312.

116 Гоголь Н.В. Портрет. В кн.: Собрание сочинений в 9 томах. М., 1994. Т. 3. С. 108.

117 РГАЛИ. Ф. 236. Оп. 1. Ед. хр. 142. Л. 5 об. Цитата из кн.: Котельников В.А. Православная аскетика и русская литература. СПб., 1994. С. 160.

118 注32を参照。

119 Котельников В.А. Православные подвижники и русская литература. На пути к Оптиной. М., 2002. С. 263.

120 Письма С.П. Шевырева к М.Н. Синельниковой. В журн.: Русская старина. 1902. Май. С. 445.

121 Тарасенков А.Т. Последние дни жизни Н.В. Гоголя. В кн.: Гоголь в воспоминаниях современников. М., 1952. С. 524.

122 それらは概ね十九世紀にシェンロックによって公刊されたが（原本はゴーゴリの甥、トゥルシコフスキー版からのコピーである）、近年、ヴォロパーエフによって校訂された後、幾つかの選集に収められている。

123 Гоголь Н.В. Молитвы, Духовные завещание, Предсмертные записки на 1846 год. В кн.: Духовная проза. М., 1992. С. 441.

124 Там же. С. 443.

125 Там же.

126 Там же. С. 442.

127 Цитата по Воропаеву В.А.: По зову Божьему. В журн.: Православная беседа. No.5. 2002. С. 53. См.: РО РГБ. Ф. 214. No. 411.

128 Гоголь Н.В. Выбранные места из переписки с друзьями. XXXII гл.

129 Гоголь Н.В. Выбранные места из переписки с друзьями. В кн.: Духовная проза. М., 1992. С. 275-277.

130 Погодин М.П. Дневник. М., 1984. С. 372.

131 Цитата по Воропаеву В.А.: По зову Божьему. В журн. : Православная беседа. 2002. N0. 5. С. 54.

132 Гоголь Н.В. Выбранные места из переписки с друзьями. В кн.: Духовная проза. М., 1992. С. 275-276.

133 Гоголь Н.В. Майская ночь, или утопленница. В кн.: Собрание сочинений в 9 томах. М., 1992. Т. 1. С. 55.

134 Гоголь Н.В. Письмо к В.А. Жуковскому от 26 июня 1842 г. В кн.: Собрание сочинений в 9 томах. М., 1994. Т. 9. С. 161.

135 Гоголь Н.В. Письмо к Н.Н. Шереметевой от (около) 20 марта 1843 г. Там же. Т. 9. С. 191.

136 Погодин М.П. Историко-политические письма и записки. М., 1874. С. 275.

137 Гоголь Н.В. Выбранные места из переписки с друзьями. В кн.: Духовная проза. М., 1992. С. 215.

138 Воропаев В.А. Николай Гоголь. Опыт духовной биографии. М., 2008. С. 252.

第六章　レオンチェフの思想遍歴とオプチナ修道院

オプチナを訪れた作家や詩人、学者たちの中には、すでに詳しく紹介したキレエフスキー、ゴーゴリの他にも、S・M・ソロヴィヨフ、A・N・ムラヴィヨフ、A・P・バシューツキイ、A・K・トルストイ、S・P・シェヴィリョフ、M・A・マクシーモヴィチ、S・P・ジーハレフ、M・P・ポゴージン、I・M・スネギリョフ、B・N・アルマゾフ、A・N・アプフチン、それにコンスタンチン・コンスタンチーノヴィチ大公など枚挙に暇がない。だがこれらの人々は、言わば、「賓客」であった。これから取り上げるのは、キレエフスキー同様、オプチナを我が家とするに至った偉大な小説家にして思想家でもあるコンスタンチン・ニコラエヴィチ・レオンチェフである（一八三一～一八九一）。

一、レオンチェフとオプチナ修道院——書簡による伝記的事実の概観——

レオンチェフはカルーガのメショーフ市からほど近い代々の領地クジノヴォにて一八三一年に生まれた。幼い頃、親と一緒に訪れたオプチナ詣での後、母親に「もうここには連れてこないで。でないとずっとここに居ついてしまうかもしれないから」と語ったと伝えられている。[1]

レオンチェフの人生は様々な熱中と激しい変化に充ちたものであったが、それに並行して神を志向する傾向も密かに成長していった。彼はしばしばロシア的ではない世俗の生活を描いた文学作品、中編小説や長編小説をものしては、東方世界に特有の鮮やかな色彩や異国情緒を愛でていた。レオンチェフは長年トルコ領に外交官として勤務した経験があるのである。一八七一年に彼は重い病気に罹った。それが原因で周囲の多くの人々が死んだと言われるコレラの症状が彼にも現れたのである。その時、彼は魂の救済について考えることもなく、これまで暢気に暮らしてきたことに思いを致し、初めて死の恐怖にかられたのだった。彼が世を捨てて修道士に剪髪する誓いを立てたのはその時であった。すると不思議なことに、忽ち病から癒されたのである。彼は誓いを実行するために、聖山アトスに赴き、ロシアのパンテレイモン修道院に一年ほど滞在して、修道士たちの生活を目の当たりにする。しかし当地に君臨していた二人の偉大な霊の長老たち、つまり修道院主管のスヒマ修道司祭イエロニムと聴罪神父であったスヒマ掌院マカーリイは、レオンチェフに剪髪を延期するように説得し、紹介状とイコンなどのみやげものを彼に持たせると、オプチナ修道院のアムヴローシイ長老のもとへ送り出したのだった。[2] コンスタンチン・ニコラエヴィチはややあってオプチナ修道院に到着すると、文字通り、心から望んでいた安住の地をそこに見いだした。彼はさっそくアムヴローシイ長老の霊の子となったのである。これを機にレオンチェフは頻繁にスキトを訪れるようになり、祝福を受けた場所に三か月、時には四か月単位で逗留することになった。彼が滞在した年を数えても、一八七四年（八月某日から九月四日）、一八七五年（八月の短期間）、一八七七年（二月三日から四月二十七日）一八七九年（年頭から五月までの約四か月）、一八八〇年（九月初旬から十二月四日）、一八八六年（夏の数か月）、一八八七年（死の年に至る約四年を修道院の近くの家で）[3]といった具合である。スキトで彼は、克肖者レオニードおよびアントーニイといったオプチナの長老たちに関する本の著者でもあるクリメント（ゼーデルゴリム）神父と親しくなった。レオンチェフはクリメント神父亡き後、彼についての本『オプチナ修道院の修道司祭、クリメント・ゼーデルゴリム神父』を書き上げている（初出は

「ロシア通報」一八七九年一一～一二号、単行本となったのは一八八二年のことである）。レオンチェフは多くの蔵書を擁していたクリメント神父の僧庵で彼と長時間話し合ったことを懐かしく思い出している。これらの対話の中できまって話題になるのは、信仰について、修道生活についてといったことがらであった。一八八六年レオンチェフは一夏をスキトの、当時すでに故人となっていたクリメント神父の僧庵ですごしたが、その頃、彼は「自分の最後の棲家をここオプチナに構える時」と考えていた。[4] そして翌八七年の秋には、すでに三年ほど空き家になっていたオプチナの壁沿いにある貴族の邸を借り受け、そこにクジノヴォから自分の家具や書物を運び込み、下僕まで雇い入れた。この移転に祝福を与えたのは、彼の長老アムヴローシイであった。爾来、レオンチェフは恒常的に彼のもとで痛悔するようになり、自らのライフ・ワークでもある著述活動のための祝福を受けることになる。彼はオプチナにおいても、社会評論や哲学的著作を継続してものしていた。長老は自身のスキト内の小屋で行う礼拝に彼を呼ぶようになる。レオンチェフはこうした体験を次のように回想している。

松や樅、様々な鳥たち、地上一面に溢れる豊かな実り、死の記憶、それと同時に、我が穏やかな老いに対する慎ましい感動……時折、外来の修道士や俗人に会うこともあります。アムヴローシイ長老の僧庵では、しばしば少人数の徹夜禱が行われますが、めったに立つことはなく、肘掛け椅子に腰掛けています……アムヴローシイ神父も時折ではありますが、体力の衰えから、礼拝中でも横になっていることがあります。（一八八七年七月二十四～二十七日にアレクサンドロフに宛てた書簡）[5]

レオンチェフも当時、足の痛みが始まっていた。レオンチェフが住んでいた家は、彼がトルコの領事であったことを記念して、「領事館」と呼ばれていた。

わたしはこの家を、修道院から銀貨四百ルーブルで、薪と水、それに畜舎からの牛乳付きで借り受け、それを自分の好みに合わせて新たに作り直しました……母方の邸から持ち込んだ家具……親族一同の肖像画……書斎も特別に（畑が見渡せるように）……階下には大広間、来客用の部屋も幾つかあります。わたしもまた病気こそすっかりぶりかえしていますが、今は以前より幸福で、多くの健康な人たちよりも心穏やかなくらいです。もっとも、わたしの両足は古傷が再び開いてしまったのと、咳のために安眠できないのは事実ですが……故郷（カルーガ県）、夏に美しい自然と森、川、大きな牧草地……（一八八七年十一月七日にガガーリン公爵に宛てた書簡）[6]。

レオンチェフはオプチナの印象についてこう書きとめている。

ここでの夏は、政府高官や廷臣から瘋癲行者や巡礼の類に至る、あらゆる種類の人々と知り合いになることができます。とは言え、やはりまずは暮らしてみるべきで、一週間ほど滞在するだけではわかりません。ここでの五月から十月までの暮らしは、首都の肩肘張った、何の変哲もない、凡庸で面白みのない文学サークルでの暮らしとは比較にならないほど充実し、変化に富んでおり、教訓的でもあります。オプチナの夏は、とりわけコゼーリスクや近隣の村々、地主邸、有名無名を問わぬ巡礼たちとともに総じて見れば、ロシア全体の縮図のようで、その豊かさを思い知らされています……今述べたあらゆる付属物や夏の多彩な訪問者を併せ持つオプチナは、現代における良き生活の雛形となっているのです。（一八八九年三月一日にフーデリに宛てた書簡）[7]

それからおよそ三か月後に彼はまたオプチナについてこうも書いている。

ここにはロシアの精神があります。ここはロシアの臭いがするのです。しかも多くの点で、古めかしくはありますが、今日まで新しい、自由主義的で、世界同胞主義的なロシア、蒸気、電話、電気の光、陪審、背広といったいまわしいロシアから、今もって無事に守られてきたロシアの臭いがするのです。（一八八九年五月三十日にノヴィコーワに宛てた書簡[8]）

このオプチナの脇に立つ家で、レオンチェフはロシアとロシア文化の運命について考察した哲学論文を書き、来るべき社会生活について驚くべき診断を下すことになる。これらの論文は論争を引き起こすにたる鋭い輝きを持つと同時に、神の摂理に対する生きた信仰の光に貫かれていた。例えば、彼は一八九〇年の論文「よき知らせ」において、オプチナの影響力が庶民に対するのみならず、教養階級に対しても増大しつつあることを次のような例を挙げつつ指摘している。レオンチェフは書いている。

最近我らのオプチナのスキトに我が国最高の貴族出身の二人の青年が修練士として入ってきた……彼らは従兄弟同士だった。二人とも妻帯しており、彼らの妻も若くて美しいが、その資産が潤沢であることは、シドロフスカヤ夫人がヴォロネジの領地に自前で女子修道院を開基したことにも現れている。しかも聞くところによれば、彼女自らが主管を務めているというのだ。ここオプチナでは、夫たちも、妻たちも修道服を着ていた。こうして二人の夫人たちはヴォロネジへと旅立ち、夫たちはスキトにとどまることになったのである。いよいよ別れの時が来て、すでにポドリャスニクに身を固めた二人が、夫たちや修道士たちに別れを告げるために宿坊を訪れることが許可された。この別れというのが、人々の語るところでは、あまりにも感動的だったので、商人気質の、普段は感情的になることなど全くない宿守の老修道士が声をあげて泣き、彼らを見やりながらこう叫んだと言う。「神よ、一体どうしてあなた方はこのようなことをなさるのです。どうしてこんな若いお方が今生の別れなどなさるのでしょう。こんなことがあってよいものでしょうか。ああ神よ」。これら若夫婦は互いに完全に理解し合って生きてきた。そこで偶然通りかかったある婦人が、シドロフスカヤ夫人に、何が二人にこのような英雄的な一歩を踏み出す決心をさせたのかと尋ねた。夫人は、「わたしたちは仕合わせすぎたのです。これこそキリスト教徒が抱く懼れというものですわ」と応えたという。[9]

一八九〇年の大斎時のこと、レオンチェフのこの家を、彼が懇意にしていたレフ・トルストイが訪ねてきたことがあった。レオンチェフは彼の諸作品に対する論評をある雑誌のために書いていた。[10] グバストフに宛てた一八九〇年十二月十日付けの書簡の中で彼はこの面会時の経緯について以下のように書いている。

ほんの数日前のこと、ある若い女地主が彼の『福音書』（もちろん手稿ですが）をわたしに届けてくれました。彼女はだいぶ以前にそれを入手していたのですが、わたしの許可なくそれを読むのを恐れているようなのです……わたしは読み始めようとしましたが、最初の数頁から、これが「芸術のための芸術」同様に、神の援けや褒美を仰ぐ希望も全くない「全人類的愛」といったお馴染みの、陳腐な説教であることを見て取ると、忽ち退屈してしまいました。何故なら、（彼の言いぐさによれば）「特別な神などない」からです。それでも、自分の趣向や思想に何らかの聖性があることを信じている、この人を見下した、甘やかされた人間の罪深い、俗悪な戯言を少しずつでも最後まで通読することを自らに課題として課したわけです……彼は警察が自分にそんなことはさせないことを知らなかったならば、百姓たちの信仰を禁じるために、一つ一つの村を巡回することも辞さなかったことでしょう。可能ならば、どんなこともやりかねないほどの人ですから。わたしのもとに来たのも、今年の大斎の頃でした。二時間ほど腰を下ろして、議論していました。とても機嫌がよく、わたしを抱擁、接吻して、「我が愛しのコンスタンチン・ニコラエヴィチ」と呼んでいました……会談と対話を終えるにあたって、わたしは彼にこう言いました。

「レフ・ニコラエヴィチ、わたしはあなたの見張りをもっと強化し、どんな些細な嫌疑であれ、すぐさまトボリスクかもっと遠くに送り、厳重な監視のもとに置くようにと、ペテルブルグに注進申し上げるだけの市民的勇気を持ち合わせていないのが残念です。わたし自身は直接的な影響力を持ちませんが、コネだけはありますから。それにペテルブルグではこの世の有力者たちがわたしを信じてくれているのでね」

すると彼はわたしの方に手を差し出しながら、こう応えてきました。

「我が愛しの君よ、書き給え、ぜひそうし給え……わたしはもうだいぶ以前からそうなるのを望んでいるのだが、どうしても叶えられんのだよ」（一八九〇年十二月十日付、コンスタンチン・グバストフに宛てた書簡[11]）

レオンチェフはやはり昔からの知り合いであるフェートとも特別な関係を持っていた。すでに老境にあった詩人は、一八八〇年代の末に新作を集めたいくつかの詩集を『夕べの灯』という共通の題名のもとに出版したが、そこには愛についての詩も多数収められていた。実はこれこそがレオンチェフの癪にさわったのだった。彼は友人アレクサンドロフに宛ててこう書いている。「他の方々のように、わたしはこの『夕べの灯』に感激することは断じてできません。『あなたを愛する』だなんて（ふっふっ）……」だが、アムヴローシイ長老は、レオンチェフが愛についてのフェートのこの老練な詩をこき下ろそうと目論んでいることを知ると、この問題に対して思いがけぬ態度をとってきた。レオンチェフは書いている。

想像してみてください。アムヴローシイ神父は第三者の誰からかわたしの意図を聞きつけると、スキトから禁止令を出してきたのです。曰く、〈その愛とやらが原因で、老人を痛めつけてはなりません。無用なことです〉。もちろん、わたしは喜んで〈自分の口に蓋をしました〉と答えましたよ」。(一八八九年二月十七日付、アレクサンドロフに宛てた書簡[12])

それにしても、オプチナの長老たちは何と炯眼で、柔軟な感性を持つ人たちであろう。アムヴローシイ神父のフェートへの対応は、レオンチェフのそれよりも「利口ですらある」。確かに、フェートの詩は表面的に見れば、異教的ではあるが、そこに愛に対する異教的態度の最たるものである自堕落な要素はない。フェートに見られるのは、純潔さ、静謐であり、しかもしばしばキリスト教的、それも正教的な反照すら認められるからである。

レオンチェフは長年に亘りアムヴローシイ神父の側にありながら、神から賜った長老の尋常ならざる霊的才能に絶えず驚かされていた。これこそ真に偉大な人間と思われたのである。一八七八年のこと、レオンチェフは(生活の困窮状態と愛するクリメント神父の死による)苦悩を体験し、何から始めてよいか分からずに、このことをアムヴローシイ神父に宛てて手紙に認めたことがあった。長老はただ彼にオプチナに来るよう命じたのだった。レオンチェフはこの時、こう書いている。

この霊的な命令はわたしにとってただただ驚きに等しいものでした。アムヴローシイ神父は概して、非常に物腰が柔らかく、わたしに対しても慎重だったからです。それゆえ、この決然たる彼の言葉はひどくわたしを喜ばせ、長老が以前にも増してわたしの信仰に期待していることを証明するものとなりました。魂から石がとれたよ

うな気持ちです。（一八七八年十月十七日付、ニコライ・ソロヴィヨフに宛てた書簡[13]）

以下にレオンチェフが自らの書簡の中で、アムヴローシイ長老について語った部分をいくつか引用しておきたい。

目下アムヴローシイ長老の見解についてわたしは知りません。わたしは「自分のことも」自分では何一つ決められないのです。（一八八九年三月九日付、イオシフ・フーデリに宛てた書簡[14]）

アムヴローシイ長老の知恵については、我々もよく知るところです。これは驚くほど繊細な知性です。しかも、それはまさしく実践面に長じており、そもそも思考的な知性ではないのです。アムヴローシイ長老の知性、むしろ端的に言うならば、この神父の如才なさは、霊的な指導方法においても、実務的問題（例えば、四年半ほどに亘って行われたシャモルジノ修道院の創設）においても、彼自身が置かれた立場や役職にしたがって、（絶えず入れ替わっている）主教たちや、様々な信徒団の要求、修道士等の請願の間に立たされて、否応なく関与せざるを得ない政治的問題においてさえ、その顕現は驚嘆すべきものでした。その知性たるや、何と素朴だったことでしょう……強靭な性格、公平無私、信仰と善なる目的への率直な対応…」（一八九一年一月二十八日付、イオシフ・フーデリに宛てた書簡[15]）

アムヴローシイ長老はその気質や知性の点で、観照的というよりは、むしろ実践的性格を有しています。「実践的」というのは、もちろん、何か具体的な意味においてではなく、最も高尚かつ広範な意味においてです。例えば、福音書の教えをも最高度に実践的と呼ぶことができるような意味においてなのです。愛も、猛烈な威嚇も、意志の切断という最高の理想も、悔い改めた罪人に対する寛大な態度もあります。更に付け加えるならば、彼は陰気で深刻な人間というよりは、むしろ陽気で、冗談好きな人間でもあります。時として、きわめて頑なで、厳格ではありますが、度はずれに慈愛に充ち、憐れみ深く、善良なのです。あなたがおっしゃるように、わたしの諸理論や、概して「我々が問題にしている理念」について知っているわけではありません。そもそも読書をする時間や力ももうとうに失せているのですから。しかし彼は時代や人間というものをすばらしくよく知っています。それに彼の心理的な経験の深さも驚くべきものなのです。それでも、たまには、一読を奨められた小さな論文などを自分に対して声を出して読むように命ずることもあります」（一八九一年八月十三〜十四日付、ローザノフに宛てた書簡[16]）

一八九一年の初頭、アムヴローシイ長老はレオンチェフをクリメントの名で、秘かに修道士（司祭職を兼任しない修道僧）に剪髪した。レオンチェフはひどく衰弱していた。彼は赤痢菌を保有していた他、敗血症や血栓性静脈炎、更には、心臓も正常に機能せず、進行性の膀胱炎も患っていた。それでも、大学教育を受けた正規の医師である彼は、それを苦にすることもなかったし、オプチナでの暮らしがそれを補って余りあるほどの力を与えていた。アムヴローシイ長老はその炯眼さによって、自分自身にとっても、レオンチェフにとっても、人生の歩みが終わりに近づいていることを悟っていた。長老はレオンチェフには緊急手術を要する可能性があることをも鑑み、モスクワの医師により近い場所に住まわせようと、彼にトロイツァ・セルギイ大修道院に行くように勧めたのだった。

長老はもう春先からわたしに転居する気を起こさせようと躍起になっています……曰く、「キリスト教徒は過度に残酷な死を求めるべきではありません。治療も謙遜なのですから」。そのうえ、まだ寒くならないうちに、出発を急かせるようにさえなりました。もしかすると、長老は黙っていますが、わたしについて何か別の考えがあるのかもしれません……でももし彼が「行きなさるな、ここで死ぬための準備をしなさい」と言ってくれれば（相手によっては、時にこのように言うこともあるのですが）、もちろん、とどまっていたでしょう」（同上の書簡[17]）

さらに彼が長老の言葉にしたがってトロイツァ・セルギイ大修道院に向かった後、投宿先の庵室からもレオンチェフは書いている。

旅立つにあたり、わたしは長老から九月十五日頃にはオプチナに戻るための祝福をいただきました。……とは言え、ついでに付け加えておきますが、長老は何故かとりわけ執拗にわたしをトロイツァ修道院に追い出そうとしているかのようでした。何故かはわかりません。もちろん、表向きの理由は、あまりにも堪えがたい死の原因になる恐れのある、わたしの病気に関する専門家の一団が近々モスクワを訪れるからというものです。しかし、何か秘められた理由があるように思えてなりません。それが何かはわかりませんが。（一八九一年九月五日付、イオシフ・フーデリに宛てた書簡[18]）

この理由を神はまもなく彼に解き明かすことになる。同じ年、アムヴローシイ長老はレオンチェフと別れて（長老は彼に「わたしを赦してくれ、赦してくれ」と呟いたと伝えられる）、自らが開基したシャモルジノの修道院に逗留していた時、発病して、もはやオプチナへ戻ることができなくなった。こうして長老は九月十日に当地で永眠してしまう。一週間後、アムヴローシイ長老の死を知ったレオンチェフは、こう書いている。

我が長老、アムヴローシイ神父の死は、わたしの虚をつくものではありませんでした。彼はひどく病んでいたので、よく七十九歳まで生き延びたものだと驚いているほどです。わたしはもうだいぶ以前から来る日も来る日ももうじき死ぬのではないかと思っていたので、今これが起こったと聞いて全く衝撃を受けなかったほどです。わたしはまだ生きるでしょうから、「アムヴローシイ長老はどこですか」と大声で尋ねることも、当然のことながら一度ならず起こることでしょう。だがもはやどうしようもありません。神の意志ですから。[19]

だがアムヴローシイ長老が七十九歳であったのに対して、レオンチェフ（クリメント神父）はまだ六十歳であった。にも拘わらず、長老の予言通り（「我々はまもなく会えるでしょうから」）、同年一八九一年の十一月十二日にレオンチェフもこの世を去ってしまう。しかも彼が長年患ってきた持病が原因ではなく、突如彼を襲った肺炎による死であった。彼は開け放たれた窓辺に長時間座っていたため、偶々風邪を引いたのが始まりであったと伝えられる……彼はセルギエフ・ポサドにほど近いゲフセマニヤのスキト内にある墓地に埋葬された。[20]

これは疑いもなく第一級の作家であると同時に、創作活動においても、生活においても、独自の生き方をした才人である。多くの文化人たちが、レオンチェフは平準化、単一化、町人階級の俗物根性に対して、なかんずく民衆を力で抑えつけることに対して敢然と闘った人であると証言、指摘している。ベルジャーエフは、「世の終わりの到来と反キリストの登場の予感は、自由主義、平等主義的進歩に対するレオンチェフの態度と関係している。今や世界的な傾向となった単純化による混同、これこそが終末の始まり、世界の死滅である。民主主義、社会主義、無政府主義といった人道主義の最新の果実の中で躍動しているのは、反キリストの精神である。レオンチェフはすべての聖なるもの、崇高な古い世界の価値あるものが滅びゆく世界革命を予感し、この世界革命を反キリストの精神のなせる業と考えていた」と書いている。[21] レオンチェフは、アメリカ、ヨーロッパ、ロシアを席巻する勢いを見せている、諸民族と個々人の、人格も民族性も持たない無味乾燥な大衆への融合という現象の不吉な兆候に気づいていたのである。作家であり、オプチナの長老の教え子でもあった彼は、来るべき未来を赤裸々に容赦なく描き出し、同時に、現代の時代の中にその萌芽を認めようとする。作家が聖師父の霊性に深く通じていたことは、この仕事を行ううえで大きな助けとなっていた。

レオンチェフはアムヴローシイ長老の指導のもと、知恵のいとなみに取り組み、イイススの祈りを唱えていた。長老は彼に知恵に対する悪魔の唆しと闘うことを教えたのである。それとともに、長老は自ら受け取った霊的な助言を求める人々からの手紙に対して、レオンチェフが代わりに返事を書くことにも祝福を与えることがあった。例えば、一八八八年三月に、彼はモスクワ大学の学生から届けられた多くの質問に対して返信を認めている。レオンチェフの手紙は、その思想においても、生きたディテールにおいても、きわめて真摯にして同時に明晰でもある。それというのも、あれこれの問題に関して、自分自身の生活から取られた多くの事例を引いているからである。この手紙には、例えば、以下のような非常に繊細な表現が見られる。

昨今我々は誰しも、即座に強い感情、敏感な感覚、誠実さといったものを求めたがるものですが、これは大きな誤りです。淀みない祈りを獲得することは不可能であるばかりか、淀みない信仰を手に入れることさえ、偉大な修行者ならともかく（彼らの信仰はつねに淀みないものだったからです。尤も、これについての聖師父による証言は記憶しておりませんので、断言はできませんが）、常人にはまず無理なことなのです。福音書に「主よ、信じます、わたしの不信仰をお助けください」という箇所があるのを覚えておいでですか。自分を信仰者と見なすことはできますが、自分を十分な信仰者であると見なすことは断じてできません。[22]

さらにすべての質問に逐一検討を加えた後、レオンチェフはこう書いている。

わたしの説明がよいものかどうか分かりませんが、わたし自身が人生の中で学んだことをあなたにお伝えしているにすぎません。古代の禁欲主義的著述家たちも、現代の霊性豊かな長老たちも、わたしをこのように諭してくれたからです。[23]

この返信の末尾には以下のような但し書きが書かれている。

これはオプチナの長老アムヴローシイ神父の祝福によって書かれた　一八八八年三月、オプチナ修道院（以上はニコライ・ウスマーノフに宛てた書簡[24]）

こうしてレオンチェフの人となりを知るうえで特徴的と思われる幾つかの書簡を概観した今、この稀代の才人について、ここでは一言だけ以下のような指摘をするにとどめよう。ロシアの作家の中でこれら霊的な指南にかくも愛着を抱いた者がいたであろうか。霊《たましひ》の修行者たちの禁欲主義的著作に読み耽った者が多くいたであろうか（ゴーゴリを殆ど唯一の例外として）。とは言うものの、レオンチェフの人生と創作活動における正教会の位置づけについての本格的な研究はようやく緒についたばかりである。

レオンチェフは自著の中でも随所で、知識人階級が自由主義者たちや「自由」の味方たちによる執拗な政治プロパガンダに没頭することで、修道生活を含む教会から乖離したことを非難していることは注目に値しよう。

わたしは自分でこう考えることにしている。つまり現代では、修道の教えを学ぶ労を厭う人々や、真に霊的な人々と交流しようとしない人々に対するキリスト教教育は未だ十分でないと見なすべきである。（論文「よき知らせ」）[25]

西欧諸国における社会の恐ろしい堕落ぶり（これはロシアにおいてもその程度はかなり大きいのだが）や、生きながら死んでいると言ってもよい精神的堕落についても、レオンチェフは常々「宗教が生きている限り、まだすべてを変えることができるし、すべてを救うこともできる」[26]との希望を表明するのである。

二、レオンチェフの人格における転身的要素と自由精神――文学的運命のエピソードを手がかりに――

レオンチェフの修道院入りという事件を正当に評価するためには、壮年期、言わば、人生の活動の頂点にあった時のレオンチェフとは一体何者だったのか、つまり彼が如何なる精神的苦悩を通過し、思想的信念を獲得したのかということが重要になる。それによって、実に驚くべき、人格の「構成要素の雑種性」というものが、修道院に接近した彼の内面を如実に表現していることに確信を抱くことになる。彼は「神的な力」による救済や、その基盤の揺るぎなさを強く信じれば信じるほど、内面に巣くう「悪魔的な力」がしばしば一層猛威をふるうことを自覚していた。ある時は「神的な力」が、またある時は「悪魔的な力」が支配権を握るのだが、両者の対立が弱まることはなかった。レオンチェフは、霊と肉、生の本能と救済への渇望との過酷な闘いでもあった自らの内的修練の顚末について、晩年にかけてしばしば回想している。[27]また人生の終わりにトロイツァ・セルギイ大修道院に移ってからも、彼は死の床で必死にもがきながら、朦朧たる意識と夢うつつの状態で、「まだ闘いましょう」、もしくは、「いや、降伏しなければ」とうわごとのように繰り返していたという。[28]レオンチェフの中で作用する力は、それが如何なるものであれ、相反する力を生みだし、彼の存在自体がそれら二つの力によって沸き立っていた。トルストイが恐らくドストエフスキーについて語る時以上に、説得力をもってその「存在すべてが闘いである」と語るのは、他ならぬレオンチェフのことであった。レオンチェフはつねに生命の両極端に電撃的に触れることを必要としていたかのようである。彼は意図的に生命の深淵から反発し合う根源力を呼び出していたが、それら荒れ狂う生命力は彼の本能を甦らせ、思想を覚醒させ、尖鋭化してきた。如何なるものであれ、「平和な歩み」は彼にとって嫌悪すべきものであった。平凡な、「俗物趣味の」心地よい響きに対して、彼は臆することなく、張りつめた鋭い対位法を提起した。レオンチェフという人格は複雑かつ奇妙な均衡を保ったまま、多大な努力を払って、自らの内部にある二つの熱烈な観念——肉体的・美的自己肯定と宗教的・禁欲的自己犠牲——を保持しようとした。彼はこの二つの観念によって、晩年の二十年間を生きたといっても過言ではない。この二つの要素は彼の生来的資質に根ざすものであり、相互に敵対しつつも解消しがたい結合をなしていた。こうした結合は、恐らく彼やドストエフスキーが創造した数人の登場人物にしか見ることができまい。レオンチェフの世界観の逆説や、運命の悲劇的難題のすべてはこの統一体に由来していた。

イデオロギーにおける情緒的極端と宗教的極端とを併せ持つ、この人格全体を包括する、と同時に、両者の発生起源や生きた変動に関する明確な理解を与えてくれる定義を求めるならば、レオンチェフは、その言葉の十全なる意味における、「反動の人」である。このように表現することによって、我々が暗示することは、彼の感情や思想、それに活動のエネルギーの大部分が反・活動のエネルギーであり、現実の支配的潮流や大衆的傾向、歴史の数的な成長と質的な凋落に常に反対する方向を取っていることである。実際レオンチェフはすべてにおいて、つまり知性の論争的性格や道徳的内省においても、趣向性においても、恒常的な政治的執着においてもそうであった。[29]

こうした特性は、所謂ロシア的意識に関しても無縁ではなかった。と言うのも、スラヴ主義の反動が起こり、文化面に大きな衝撃をもたらすには、それらがロシア人の血の中に大量に流れ込み、それまで国民生活の多くの分野を占有してきた西欧的要素を凌駕する必要があったからである。だが同時に、スラヴ主義が堅固でありながら、柔軟性に富み、豊かな実りをもたらした背景には、西欧的な「教養」の土壌のもとにそれが成長したという事実があったことも忘れてはならない。イワン・キレエフスキーのスラヴ主義はその好例であろう。同様に、彼らの抱く「世界の悲しみ」といった繊細な苦悩や、自由に思考する凶暴な理性といった自由人格に対する熱狂的な同情も、その人格を取り巻く利害に性急な関心を示すことさえなければ、生活の共同体原理や集団的世界観に対してかくも煽動的で、宗教熱に浮かされた、犠牲的な要求を突きつけることはなかったであろう。

レオンチェフの精神構造に占める変身的要素は、活動の初期においてすでに顕著であった。それが生じたのは、彼がまだ二十代の若者であった五〇年代初頭のことであるが、この時代に多く見られた「ロシアの小僧っ子」特有の、悪徳や、調和を欠いた生活に対する病的なまでの過敏状態がその兆しとしてあったことは否めない。レオンチェフは後に回想している。

> 当時のわたしはまるで皮を剥がれた人間だった。だがそれは生きており、すべてのものを以前よりも遥かに強烈に、畏怖の念を抱いて実感するのである。[30]

二十歳のモスクワ大学生だったレオンチェフはこのような状態の中で、何か月にも亘って「朝から晩まで考え、あらゆることで苦しんでいた」。[31] 一面的ではありながら、四〇年代の彼の思想と文学をかくも鮮やかに彩っていた「同情的人道主義」は、単に彼を深く捉えただけでなく、彼の中で抑えがたいほど鋭利なものとなっていった。彼があらゆるものに一度に関心を抱いたもこの頃のことであった。彼は後に「すべての人々やものに憐憫を覚えることは力の及ばぬことだった……」[32]と回想している。ところが、同情も程度を超えると、それまで彼を苦しめていた「弱い心」

は絶望の発作から、今度は正反対の方向へと投げ出されてしまう。[33] こうした意識にとって、これは合法的な一大転機なのである。

十五年後には、この転身がやはり同様のディテールの中で、もう一人の「ロシアの小僧っ子」、ラスコーリニコフの形象を借りて再現されることになる。ラスコーリニコフもまた人類への同情によって「極端」へと走るが、結局は自らの法外な、神なき人道主義に堪えられなかった。と言うのも、彼の同情する感覚と良心は、神によらず生きようとしたからである。その間、彼を苦しめていたのは「神なき良心とは恐しきものであり、それは極悪非道の状態まで道を踏み誤ることにもなりかねない[34]」という不安であった。レオンチェフはある時期を境に、これまで熱心に同情してきた「あらゆる醜いもの、惨めなもの、哀れなもの、見るからに病的なもの」が自分を「ひどく落胆させ」、彼の「内面の毒に更に毒を塗るもの」と感じ始める。[35] そればかりか、彼はこの無数の平凡な被造物、これらすべての「誠実な働き手たち」の無意味な暮らしぶりに嫌悪感すら覚えるようになる。そこで彼はそれらの「働き手」に、「強力で肉体的な理想[36]」を対置するようになる。それは巨大かつ強靭で、自然の豊かさと気前の良さを顕在化させ、生命に美と動きを与えるものでなければならなかった。奇しくも、自らの最初の師たる作家トゥルゲーネフがそうした存在であったことに彼は狂喜したのだった。その時、彼の中に「ロシアのニーチェ」が顔を覗かせたのだった。[37] 若きレオンチェフが抱いていた未熟な「同情的人道主義」に対する内的な反動が、物の見方における価値基準に激しい変化を引き起こした。「道徳」は「美学」にとって代わられた。総じて生活や、限りなく小さく弱い人々からなる人格なき大衆への愛と同情は、世界に目に見える変化をもたらさなかったし、約束さえしていないと感じられたのである。その点でレオンチェフは忍耐強くなかった。彼はあらゆる「ロシアの小僧っ子たち」同様、急速かつ決定的な解決を要求した。彼の貪欲な感覚、それに続く熱狂的な思想は、暮らしを創造する強力、豊穣、華麗な根源力の発揮へと形を変えた。闘争の有機的美しさ、存在を成り立たせている力の美しさ、それが神の意志であれ、時の支配的観念であれ、専制権力であれ、生理的法則であれ、レオンチェフの世界認識の中心は今やそちらへと急激に移りつつあった。彼が文化にも生活にも適用可能な普遍的基準を求めたのは、まさにこうした意味においてであった。ここからレオンチェフの美学的審美眼が育まれていったのである。

彼が文学批評活動に駆り立てられたのは、そもそも反動への衝動によってであり、その後もしばしばそれを原動力とした。五〇年代には、これが「自然派」、「ゴーゴリ的傾向」の思想や文体、そこに現れた社会的新潮流に敵対するものとなった。例えば、六〇年代初頭の論文において、マルコ・ヴォフチョークの短編小説群の「抵抗する否定的内容」に容赦なく批判を浴びせるのであるが、[38] その裏でこれらの形式の非の打ち所のない美的優雅さを絶賛したという事実、それのみならず、彼がこの女流作家のために「高度で優美な古典的味気なさ、彼女の物語の優雅な調和を称える小さな記念碑」を建てる心づもりだったという事実、こうした事実は「生硬で、荒削りで、不細工な派手さの目立つ、目の突き出た『猟人日記』、『死せる魂』の「希望なき散文性」[39]、それに現代文学の劣悪な言葉に対する反動の本能的所産でもあったのである。

こうした反動のエネルギーは八〇年代になっても衰えることはなかった。レオンチェフは相変わらずゴーゴリ派の軛から逃れることを要求したが、それはとりわけレフ・トルストイですらそこから解き放たれることができなかったと見なしていたからである。[40] 彼の批判的思想は、アレクサンドロフによれば、概ね以下のような反動の論理に依拠していた。

かつては我々全員がそのもとで成長してきた〝昨日の遺産〟をおのれ自身から〝放逐する〟ためには、それとは似ても似つかないあらゆるものに沈潜することが必要である。その意味では、ジョルジュ・サンドでも、バイロンでも、聖者伝でも、民謡でも、セルゲイ・アクサーコフでもよい。（一八八七年十一月九日付、アレクサン

ドロフに宛てた書簡)[41]

レオンチェフはこの路線を邁進するが、もはや批判の対象はゴーゴリの伝統にとどまらず、遂には同時代の文学動向そのものに向けられるようになる。彼にはそれすら、ゴーゴリ、トゥルゲーネフ、トルストイ、ドストエフスキーといった権威の「枠」に封じ込まれたものと思われたのである。その結果、彼は一八八八年に「この枠を打ち壊す」ことを宣言する。[42] 彼の精神遍歴の中でも最も注目すべき事件、「個人的正教への熱狂的転換」にも、やはり同じ本質、つまり反動の要素が明瞭にみとめられる。それは同時に、全人類の「幸福主義的進歩」の理論と実践、および(ロシアも含む)ヨーロッパ全体の「平等主義的混合」傾向に対する猛烈な反動でもあった。これについては、レオンチェフ自身が一八九一年に自らの宗教的転向の理由についてローザノフに語っていることからも明白である。すなわち、転向の底には「最新のヨーロッパ生活(ペテルブルグ、文学的俗物、鉄道……)の諸形式と精神に対する昔(一八六一〜一八六二年頃)からの哲学的憎悪」が横たわっていた。[43] レオンチェフは常々「ビザンツ的規範の文化」そのものを、「全人類的なプチ欲求充足理論に対する唯一の抵抗」、つまり、彼がかくも嫌悪していたブルジョア的ヨーロッパ文明の象徴でもあった「蒸気、憲法、平等、シルクハット、背広といった全人類的な忌まわしい生活[44]」に対する抵抗の砦と考えていたのである。

レオンチェフは自らが反動の人でありながら、自己のみならず、他人におけるこの特性をも、特定タイプの意識的特徴として高く評価していたことは興味深い。因みに、彼はレフ・トルストイの中にもそうした一面を見いだしていた。彼は友人のアレクサンドロフに宛ててこう書いている。

あなたもこれにはお気づきでしょうが、彼はいつも先進思想の潮流に抵抗しようとする熱意を持っていました。

自由主義が主流だった時も、彼は多くの点で反動家と言ってもよいくらいでした。殆ど最良の頭脳がすべてナロードの歴史的諸原理に注目している昨今、こうした動きに異議を唱えないことは彼には堪えられないことでした。わたし自身最近このことを、トルストイについて考え始めました。それが聖なるものに触れないかぎり、独特で、有益ですらあるのです。[45]

トルストイ自身もこのような意識のタイプに近いことを認めるにやぶさかでなかった。少なくとも、レオンチェフの諸論文に関する彼の評価はこのような傾向を持っていた。これらの論文における作者〔レオンチェフ〕の「ガラスの破りっぷりは見事なものだが、彼のようなガラス破りの名人は大好きだね[46]」というトルストイの言葉をアレクサンドロフがレオンチェフに伝えると、こちらは大笑いしたという。この両者は互いをよく理解し合い、通常考えられているよりも、互いを認め合っていたことがうかがえる。レオンチェフの現実に対する態度は総じて、極端を志向する、強力な精神的反動の所産なのである。

レオンチェフのこうした反動は、一八七〇～一八八〇年代にかけて、当時のロシアの生活実態を示す指標とも言えるカオスの出現によって呼び醒まされた。このカオスは古い社会制度や、伝統的な文化的有機体が近代文明と衝突することによって生まれ、前者の破壊と無秩序な同化のプロセスを辿ることによって成長していく。レオンチェフの確信によれば、「進歩とは破壊[47]」なのであった。一八六〇年代に始まり、当時も脅威のスケールをともなっていた破壊の動きは、レオンチェフの「三位一体のプロセス」理論によれば、カオスへ、もしくは、後に文化と民族的国家体制の崩壊を必然的に招来することになる「再度の、死の前の混淆[48]」へと続くはずであった。ところが、レオンチェフの体験した悲劇的逆説とは、自らカオスの破滅性を自覚し、社会評論の筆を以て、それに立ち向かおうと努力したものの、同時に修道士の暮らしを理想とし、自己の冷徹な内面分析を行うことによって、その破滅性を他ならぬ自らの内に見出した点にあった。そもそもカオスの萌芽は彼の「カラマーゾフ的な」広汎な本性に宿っていたが、それが次第に自己の存在を主張し始めるようになる。ロシアの西欧化した貴族特有の精神的発達を代表していた三〇～四〇年世代の文化人としてのレオンチェフは、確かに知的で道徳的、しかも広大無辺な「多面性」を有していたが、それがしばしばカオスへと転移し、その勝利に寄与することになるのである。

評論家のボリス・ニコリスキーがレオンチェフの性格を分析するにあたって、ドミートリイ・カラマーゾフの形象を借りて、その逆説的特質を表現したことはつとに知られているが、[49]他ならぬこのカラマーゾフ的性格の深奥さを借りて、レオンチェフの「広さ」という特質を的確に言い当てた者は、このニコリスキーを置いて当時の文壇にはいなかった。レオンチェフも自らの特性として、この「広さ」を自認していたことは確かであるが、この「広さ」が道徳的規範からの逸脱を彼に許容し、それを正当化したために、カオスへの道が開かれたと考えるのは誤りであろう。むしろ、彼の信奉する価値基盤そのものが、ロシア特有の文化人の「広さ」に分裂をもたらしたと考えるべきである。青年期におけるレオンチェフの、様々な美的要素が倫理的制約を受けなかったのは、それらがいずれも宗教に依存せず、あらゆる偏見を抛棄させる分別からも自由であったからである。いずれにせよ、レオンチェフの自由思想がかなり初期の段階に、「無条件に道徳的なものはない。すべては美学的な意味においてのみ、道徳的であったり、非道徳的であったりするのだ」[50]という結論に達していたことは興味深い事実である。

レオンチェフの「美的審美眼」の概念によれば、生けるものを美しく感じるのは、たいして価値のないディテールから観照される世界の情景を浄化することを見る者に強いるからであると説明する。つまりそれは自然や生活そのものよりも、そこから美的に彫琢されたディテール、調和した印象を好むためであるという。因みに、レオンチェフはドストエフスキーが『罪と罰』を発表した年に、初期の代表作とも言える長編小説『我が境涯にて（В своем краю）』（一八六四）を上梓しているが、そこでミルケーエフという人物に以下のような人生観を表明させている。

樹齢百年の木は、一本でも堂々たるものであり、二十人の名もない人々よりも貴重である。だからこんな百姓たちにコレラの薬を買ってやるために、この木を切り倒すべきではない。[51]

作者にとっては、樹齢百年の大木は単なる現実にとどまらず、自然の生命力の結晶として調和した価値をもつ「観照された」世界の情景であり、医師として現実に対峙しなければならないコレラ患者よりも美学的な意味において、高い価値が賦与されているのである。確かに、レオンチェフは肉体美への偏愛という自らの趣向性において、抑えがたいほどの「広さ」を持っていた。それゆえ、例えば、ストラーホフやラチンスキーのような知的、道徳的秩序を擁護する思想家から敵意を抱かれたとしても不思議はなかった。事実、彼らはレオンチェフのような人間にカオスの原理が働いていることを看破していた。ローザノフはこうした現象を客観的に分析してこう語っている。

彼ら〔ストラーホフとラチンスキー〕は二人とも、美的趣味とキリスト教、修道生活と『縮れ毛のアルキビアデス』、そして重要なのは、遂には贅沢な逸楽や色欲への貴族趣味までもが混入された、レオンチェフ思想の硬さと厳しさ、それに不躾さのごった煮に憤慨したのです。[52]

こうしたレオンチェフの独創性について、「世界美や女性原理」に対するレオンチェフの態度には、「何か暴力的なもの、不穏なもの、非婚姻的なものがある」[53]と指摘した思想家セルゲイ・ブルガーコフの見解にも一理あろうし、キリスト教的伝統の中で培われたレオンチェフの感覚が、ある時節度を超えることで、文化人とハーレムの紳士との境を失い、西欧的なファンタジーを嘲笑するマホメット的東方文化の官能的形式を纏うことになったと見なすこともできよう。実際、彼はこうした行為の中に、我意の表出という芸術的、刺激的満足を見いだしていた可能性は否定できない。所謂、「東方もの」のみならず、『ある男の告白（Исповедь мужа）』や、未完に終わった『選ばれた二人の女たち（Две избранницы）』といった小説においても、同様の理念を芸術的に具象化しようと試みている。ブルガーコフはこれらの作品を「盃と毒」に充ちた作品と称したが、他方、レフ・トルストイは「麗しき作品」と絶賛し、「類い稀なる満足を以て読んだ」と告白している。[54] 霊肉ともに東方世界に浸透しようとする官能芸術の実験において、レオンチェフは異文化の交配という繊細な能力を開花させた。恐らく、彼はそうすることに何の抵抗も感じなかったのみならず、その広い世界認識の中に、東方への詩的憧れに続いて、真の「イスラムへの嗜好性」を生ぜしめるに足る土壌を育んでいた。それは「ビザンツ・回教的正教」という呼称を与えられるほど、彼の宗教意識を色濃く反映するものだったのである。

彼は一八七一年のアトス訪問以前も、それ以後も、独特の「美的汎神論」を唱えていたが、後半生においては半ば無意識的に、心の奥底でそれを信奉していたとさえ言える。彼があたかも人生の総決算でもあるかのように「詩よりも道徳を選び」、殆ど全員が「官能の点でも、傲慢さの点でも放蕩者であった」「最良の詩人たち」に対して破門を宣告し、凡そ「優美にして非道徳的な詩」を否定しながら、その「かすかな毒」が、彼の魂に道徳と共に確実に浸透していたことはきわめて特徴的である。[55] 彼は自らの内側に巣くっていた「情欲と悪魔」の原理から完全に逃れることはできなかったし、それを望んでもいなかった。彼はこの原理が「宗教詩」や禁欲主義の美学と混ざり合うこと以上に、おのれの魂の多面性を失うことを、何よりも恐れていたようなのである。晩年に修道院の壁の中で暮らすようになってからも、彼の自由気儘な空想は、「東方の生活から生まれたこのうえなく優雅な主題、ロシア生活の記憶から生まれた数多くのオリジナルな主題を温めていた」。[56] このような彼の「悪魔的な傲慢さ」は「教会生活の謙遜のもとでも」自己主張をやめなかったし、彼自身もこのことを悔やんだことはなかったのである。「然り、これらの手記においても、それは影を潜めていない。この傲慢さのことである。だからわたしを愛する者は、わたしの欠点もろとも愛して欲しいのだ…」とはレオンチェフ自身の言葉である。[57]

三、レオンチェフの宗教観――カオスから反動へ――

レオンチェフにとって純粋な真理は存在せず、それが地上的な道徳という形をとって現れることもなかった。したがって、それが悪徳と結びついて夾雑物を生み出すことを恐れる必要もなかった。彼にとって真理とは、詩や道徳、更にそれらが様々な悪魔的な原理と結びついて渾然一体となった多面的、かつ現世的な美的世界であった。そのため、彼が晩年修道院に入ることで生じた内的変容とは、彼自身がこの道徳と詩の混合物を自ら背負うべき運命として受け入れたことに他ならない。だが、この「死を目前にした混合」[58]という烙印は、レオンチェフの人格的本質を余すことなく開示する特質でもあった。事実、彼は自らの死を悠然と待望する反面、迫り来る死の恐怖に怯える人間でもあった。肉体の崩壊の危機に曝されつつ、同時に、時代のカオスとの関わりを断ち切れない彼の本性は、死にある種の解決を期待する心性に近づいていたと言っても過言ではない。こうした側面は、彼の思想が一面では主観的な状況に彩られていながら、理論的結論を導くとなるとそこからは懸け離れたものとなることと表裏一体をなしていた。後者において、彼は病理学者と言ってもよいほどの分析能力を発揮するのである。[59]

レオンチェフの病理学的分析能力は、様々なことがらに関して書かれた観察や見解、更には辛辣なアフォリズムの中に如実に現れている。例えば、それは進歩に関して、その「物理的・化学的知的放縦」といった観点や、「至る所で無機的な道具を使用することによる有機的いとなみの停止、それに金属、ガス、基礎的な自然力による植物界の多様性、動物界、それに人間社会そのものの破壊」といった観点に顕著であるかと思えば、[60]またある時は、善が強さと確かさを失い、「浪漫主義的・倫理的理想主義」の中で希釈化させられることによって生ずる人間社会の宗教的、道徳的頽廃について描き出す。[61]

また「生活の美学」にとって破滅的な平等主義的民主主義や自由主義的人道主義といった傾向を呪詛したり、当時流行の兆しを見せていた幸福主義（эвдемонизм）への信仰を猛然と攻撃したりするのだった。曰く、この幸福主義の目的は、「普遍的、内面的、主観的満足として理解されている社会の全般的利益であるが、その手段は、無恥な人々が代償として支払う血、炎、剣、つまりは新たな苦悩によって賄われる。用心深い偽善者もしくは臆病者には、単調な現実主義、普遍的かつ限定的な知識を与えるか、全般的な無能と日常性について説教すればよい」。[62] そして最終的には、「ロシアは今、ビザンツ的禁欲主義とネオ・フランス的幸福主義という二つの文化の根深い混淆との縺れ合いの中におかれている」[63]という基本認識が表明される。そもそもレオンチェフは天性の図抜けた分析的頭脳に加えて、鋭い歴史的予知能力をも賦与されており、封建主義が社会主義、共産主義、隷属化と結びつく可能性をも早くから予見していた。だがその思考の類型について言えば、本来的に彼は「非哲学的人間」と言うべきであろう。[64] 形而上学的展望は彼には殆ど無縁であったし、それに対する興味すらなかった。彼の思想は、つねに感覚とともに、つまり、展望できる可視的な現実と、予知できる未来の枠内に存在していた。彼が現実を評価したり、歴史を予見したりするのに、啓示や宗教的・神秘的洞察力、哲学的直観といったものは必要なかった。その意味で、彼は完全な経験主義者であったし、時には彼が若い頃より習得していた自然科学の方法に依拠する功利主義者ですらあったと言えよう。

しかしレオンチェフは観照的悲観論者にとどまることも、啓蒙主義や政治改革によって世界を治癒させることを主張することもなかった。彼は生活の中に君臨し、彼の人格を捕らえたカオスと闘うべく敢然と立ち上がる。彼の精神活動はここにおいて、日常的な「同化的混合（ассимиляционное смешение）」に直面し、有機体の単純化と瓦解の避け難いプロセスに抵抗する反動的性格を取るようになる。[65] そこでレオンチェフの世界観の支柱となる主要な概念とは、「境界」、「形式」、「力」、「規律」、「恐れ」であった。彼はこれらの概念を基盤として、きわめて厳格ではあるが、それゆえにカオス的現実に対抗する力を蓄えた命令的世界秩序を構築しようとする。つまり、それらの諸概念がレオンチェフによって、宗教、道徳、美学、国家、人格といった生活の諸分野に理論的に適用されるのである。[66]

「境界」という最も根本的な概念にあたるのが、レオンチェフの宗教的・美学的意識の中心に位置する、福音書の「刃」という象徴である。彼はこれに関するハリストスの以下の言葉を想起させている、「我和平を地に投ぜん為に来れりと意う勿れ、我が来れるは和平に非ず、乃刃を投ぜん為なり」（マトフェイ福音十章三四）。イイススはそれによって自分の教えを受け入れる覚悟のある人々と、まだその準備のない人々とを区別するのである。ここで言う「刃」とは、階層分化、そして今は混交している相異なる生活要素の境界策定の象徴である。マトフェイによる福音のこの象徴を用いて、レオンチェフは旧約聖書的意味におけるカオスと不法の克服、律法とその違反、すなわち義と罪の境界策定の主題を取り上げる。だが他方、彼自身がとりわけ親近感を抱いていたこの概念の旧約聖書的意味こそが、そこから派生する「形式」の範疇への展開を準備していた。ここで言う「形式」の概念は、現象の侵すべからざる境界の集合体として思考されたもので、ある現象をそれ以外のものと区別し、崩壊や混合から護ってくれるものである。レオンチェフは「形式」をその発生の側面からではなく、（しばしば功利主義的な）使命、そしてその「形式」に込められた内容を崩壊から護る能力の側から見ている。それゆえ、「形式」はレオンチェフにとっては、「力」によって支えられているのである。このことは彼の名高い以下の定義にも明確に表現されている。つまり、「形式とは素材に拡散することを許さない、内なる思想による圧政である」[67]という考えである。レオンチェフにおいて、境界を敷き、形式の従属関係を確定し、厳格な「規律」を課することで、生活を規範化してくれる専制権力を崇拝する態度はきわめて特徴的である。レオンチェフのこうした精神構造の基盤には、こうした「力」「権力」「権威」といったものの根源が「神」に由来するといった認識があるからである。だがレオンチェフはこの主題を展開させていない。彼の神認識は人間に認知可能な領域が終わり、超越的世界が始まるところで終息してしまう。つまり、ここには知恵によっても、神秘的神認識によっても侵入不可能な領域が存在するのである。

レオンチェフは「本物の（教会的な）キリスト教の優れた特徴でもある、不動の建築物のような唯心論」が不可欠であることを主張し、宗教生活のあらゆる側面をこの厳格な形式に封じ込めようとする。これがなければ、如何なる優れた人格であれ、無定型で弛緩した「博愛主義的な汎神論[68]」の夢想に陥ってしまうと言う。それどころか、彼は「きわめて厳格で、非常に明確な唯心論的、儀式的規律」を要求し、「ロシアの道徳内容が……確固たる教義と権力の形式を纏う[69]」ことを冀うようになる。如何なる状況に置かれようとも、レオンチェフは「形式」に固執していた。したがって、如何なる神の本質といえども、権力の基盤に裏づけられた厳格な形式を持たないものは到底容認できなかった。後にドストエフスキーが「夢想的な人道主義」の形象を借りて語る「キリスト教的愛」を批判するようになるのも、こうした立場からであった。同様に、如何なる神秘的神認識も、それが物理的に認識可能な形式をともなわぬ限り、彼にとって本物の感覚とはなり得なかったのである。晩年、彼が友人に宛てた書簡の中で、「わたし個人は、ローマ教皇の無謬性がひどく気に入っています……これこそ『長老の中の長老』ではないでしょうか[70]」（一八九一年一月十九日～二月一日付、イオシフ・フーデリに宛てた書簡）と告白しているのもそうした意識の現れであろう。

それでも経験主義（死への畏れ）と神秘主義（死への期待）という相反する力関係の中で、レオンチェフがキリスト教徒にとっての現世的罪と知的・道徳的混乱からの確固たる避難所を模索していたことは疑いない。ところが、人類の霊《たましひ》の救済となると、彼はそれをやはりその独自の厳格な形式の中に封じ込めようとするのである。この形式を現代の研究者コチェーリニコフはベルジャーエフに倣って「超越的利己主義（трансцендентный эгоизм）」と名づけたが、レオンチェフはこの形式に、真のキリスト教にすり替わる可能性のある「道徳的理想主義」の誘惑からの防御壁を見ていたと指摘する。しかし、正教の集団意識（соборность）にとってきわめて重要な全体的救済の思想がかかる形式の中に収まりきれるものでないこともまた明らかである。コチェーリニコフは俗世においてハリストスに倣ぶ功

（修道生活）の道はこの形式の外にとどまる（しばしばレオンチェフの視野からも外れる）ことになろうと展望している。[71] そもそも「超越的利己主義」という概念は、この形式そのものが恐怖の力（権力）と定義されている通り、「畏れ」に由来するものである。この畏れがあってこそ、人間は道徳的に向上し、罪や不法、幸福主義による社会の崩壊から護られ、地上の兄弟愛や安寧といった酔いから醒めることができるというのである。人間がカオスに打ち克つ「ビザンツ的規律や地上の禁欲主義の文化」を獲得できるのは、他ならぬこの畏れの力によるとレオンチェフは考えていた。

だがこうして見てくると、レオンチェフの宗教観は堕罪への恐怖に支えられた強制収容所の如き律法への関心に尽きるとさえ思われる。そこにはキリスト教に不可欠の神の愛や恩寵、霊《たましひ》の歓喜やその形而上学的な意義すら見あたらない。その意味で、レオンチェフの反動的意識は、やはり旧約聖書的宗教観に近いと言わざるを得ない。キエフの府主教イラリオンがその主著『法と恩寵に関する言葉』の中で提起した問題、この律法に基づく正義と神の恩寵（εὐχάριστια）と霊《たましひ》の救済という新旧約聖書の世界観の衝突は、レオンチェフの思想とは無縁であった。レオンチェフの意識はひたすら、旧約的に人々を峻別し、固める「刃」たる律法へと向けられていた。だがゴルゴダは「刃」を「十字架」へと変容せしめた。ハリストスは、自分を捕らえるために来た祭司長の下僕の耳を切り落としたペトルに対して、刃を莢に収めるよう命じたが、レオンチェフはあたかもこの命令に遵わずに、庭に残って下僕たちと言い争っているかのようである。果たして、レオンチェフの描くハリストス像は明確な輪郭を欠いており、そこには暗黒のイメージが付きまとっている。レオンチェフは「まるで、ギリシャの司祭服を纏って、ハリストスに向かって立ち上がり、『おまえなど必要ない、欲しくもない、敬うこともしない』と言い放ったかのようだ。これは彼の口調の柔和さからしても、カラマーゾフ以上の『反抗』である」[72]と評したのはローザノフであるが、この「反抗」という言葉を「反動」と言い換えても差し支えあるまい。この「反動」の真意は、彼が柔和、赦罪、愛といったキリスト教の説く「バラ色の色彩」、換言すれば、死を前にした文化の弱体化に耐えられなかったということである。だがハリストスは自らの言葉を受け入れることを万人に強要しなかった（イオアン福音十二章四七〜四八）。その意味からは、レオンチェフの反抗も、人間に等しく与えられた自由選択の範囲内の行為と見なすことができよう。しかし、この福音が含み持つ黙示録的意味（「我が語りし言……此れ末の日に於て彼を定罪せん」）をレオンチェフは重く受けとめようとはしなかった。レオンチェフは世の終わりでさえ、「地上の世界の終わり」[73]としてしか受けとめられなかったのである。

四、転向とその後――アトス、コンスタンチノープルで考えたこと――

既に述べたように、レオンチェフがアトスに赴くことになったのは、一八七一年に彼が病床で生神女マリアに向かって立てた、「快癒すれば修道士になる」という誓いに基づいていた。当時、彼はエーゲ海に面した風光明媚な町サロニカに領事として赴任したばかりだったが、その仕事内容とは、専らロシアからアトスへ送られてくる寄付金の処理に明け暮れる空疎なものだった。彼はそうした非生産的な労働に嫌悪感を抱いたのみならず、ギリシャ人やロシア人修道士の度重なる招待にも拘わらず、特別な理由もなくアトス行きを引き延ばしていた。ところが、遂に意を鼓してアトスに出発したところ、道中突然発病してサロニカに急遽帰還したのだった。[74]病が癒えると、レオンチェフは生神女に立てた誓いを実行するために、アトスにあるロシア修道院の一つに赴いたのだった。伝記によれば、三週間ほど当地に滞在し、その後何かの書類（内容不明）を探しにモスクワに出発したとある。その書類を見つけると、公使に自分の病状を知らせて、同年の九月初旬には再びアトスに舞い戻り、一八七二年の八月までの約一年間を当地で過ごすことになったのである。

アトスでの生活が、それまでの習慣と異なる、規則正しい、禁欲的な修道生活であったことは言うまでもないが、レオンチェフに決定的に影響を与えたのは、様々な修道士や隠修士との交流、なかんずく、知的で聡明な修道司祭イエロニムと、掌院マカーリイとの出会いと対話であったと言われる。彼らとの交流のおかげで、レオンチェフは徐々に自分を取り戻し、重い病から心身ともに甦ることができたと、些かの誇張をも交えずに断言することができる。彼はこの間、修道院の様々な建築様式に強い関心を抱くとともに、個々の修道院で遵守されている修道生活の内規、礼拝規則などに習熟していった。するとこれらの見聞によって蓄えられた知識と経験に基づいて、この最初の「転向」がもたらしてくれた精神的喜びと感動、自らの人格において絶えず拮抗していた「現実主義者とキリスト教徒」を和解させるに至った思想を、「ほんの一端でも」[75]心に滲み入る書簡形式によって表現したいと願うようになったのである。

事実、作家としてデビューして以来、不本意な宿命を背負わされたのみならず、その多彩な才能を浪費して、人生の辛酸を嘗め尽くした感のあるレオンチェフにとって、アトスで人間として復帰することは、職務によって中断されていた旺盛な創作欲を充足させることを意味していた。以下の言葉はその当時の彼が偽らざる本心を吐露したものである。

当時のわたしにとって、新しいと思われたものは、禁欲的修行に関するものばかりでなく、端的に言えば、キリスト教的なことがらだったのです。しかし、この新しさは、何か実際の新しいものによってではなく、恥ずべきことに、軽率さから忘れてしまったことによってそう思われたにすぎません……わたしはかつて自分には奇妙に思われたり、関心のなかったことがらを理解しました。よくもそれらと無縁でいられたものだと今更ながら驚いています。わたしは多くのことを見聞しましたし、多くの書物を読みました。わたしの机の上には、プルードンと預言者ダヴィド、バイロンと〔イオアンネス〕クリュソストモス、ダマスコのイオアンネスとゲーテ、ホミャコフとゲルツェンが並んで置いてあります。ここは俗世よりも心穏やかでいられます。つまりここでは、俗世も遥か彼方の罪のない絵画のように愛することができるのです……[76]

総じて、彼がアトスにおいて貴族趣味の延長としての執筆活動を継続しながらであれば、そこに何らかの「転向」があったとしても、それは心底からのものではないと考えるのは早計である。むしろ、「内的な甦り」があったからこそ、作家として、その感動を何とかして他人と分かち合いたいと願ったのではあるまいか。イエロニム神父もそうした彼の意向に賛同の意を表した。が、神父はレオンチェフが存命中にそれを出版することに対しては、危惧の念を表した。「死後それを出版すれば、多くの読者がそこから利益を得るでしょうし、その時は、あなたの霊《たましひ》に危害が加わることもないでしょうから」[77]。これはレオンチェフ自身が執筆を構想していた「自伝的告白」のことである。

それと並行して、彼は正教的精神に溢れた長編小説を書くことをも計画していた。それは一般受けのする主題と、読者の気を惹くような形式、それに一種有益な説教のような霊《たましひ》に資する内容を含むものとなるはずであった。この小説の存命中の発表については、イエロニム神父の全面的な祝福を得ていた。だが、事は順調に運ばなかった。死の前年に書かれた彼の手記「我が転向と聖山アトス山での生活」には、このアトス訪問以来、実に十八年に亘ってこの構想に頭を痛めてきた彼の苦しい胸の内が吐露されている。「悪いのはわたしなのか、状況（神の意志による）が邪魔するのか、わからない。これは《悪魔の誘惑》なのか、それとも《神の監督》なのか、結論を出すことができないのだ」[78]。結局、彼は後者の原因（神の監督によるもの）と仮定して、自らを慰めるしかなかった。というのも、そこには正当な理由があったからである。作家レオンチェフが発表した作品は決して少なかったわけではなかったが、長編小説はおろか、中編小説ですら、賑やかな反応を読書界に呼び起こしたことは一度もなかった。それどころか、有名な文芸雑誌にも彼についての本格的な評論と言えるものは、一本も載ったことがなかったのである。彼はいずれの作品も、トゥルゲーネフにも、トルストイにも、ましてやドストエフスキーにも似ても似つかぬ、完全なオリジナルであることを自負していただけに、この不可解な現実と和解することはどうしてもできなかった。ここに至って、彼は「自分の運命に何か特別のものがあるのだろうか（habent sua fata libelli）」[79]という疑問を抱くようになる。

実際、レオンチェフが自らに問いかけた問題、すなわち、死後に出版することを約束した「自伝的告白」に取り掛かるべきか、神の意志によって完成することができない「長編小説」を書き続けるべきかという問題は、単に文壇に打って出る効果的な手段としてのジャンルの問題にとどまるものではなかった。これは作家としての彼が神から受けた悲劇的運命の宣告のようなものであった。少なくともこの十字架を負う決意を固めた彼に残された最後の使命とは、もはや世俗的成功ではなく、「合理的判断に対する霊的（神秘的）判断と感覚の勝利」[80]を表現することでしかなかったと言えよう。これは彼の科学者としての前半生を否定することに等しい、苦悩をともなう偉功であった。つまり、科学的理性を霊的感覚に従属させること、つまり神の意志を通して現実を見ること、これこそが彼がアトスで体験した「甦り」の真理であった。以下に掲げる彼の意識はそうした心理の反映ではなかろうか。

不安定ではあれ、すでにキリスト教の地盤に立っている半信者にとっては自伝でもよいが、よくできていて魅惑的な小説、しかもその構想と方向性において観念的で高尚で、同時に細部においては現実的に書かれている長編小説であれば、言うまでもなく、それは大きな影響力を持ちうる。[81]

このレオンチェフの言葉からは、なおかつ衰えを知らぬ彼の強靭な作家魂が感じられると同時に、当時のロシア文壇（七〇〜八〇年代）には、真の意味における正教的文学作品と言えるものが皆無であることを充分意識していたことも伺われる。だが、長老制の真の意義をまだ理解していなかったレオンチェフに、ドストエフスキーがそこに感じ取っていた甘味を認めることもできなかったのである。

『カラマーゾフの兄弟』を正教的小説と見なすのは、真の正教も、聖師父やアトス、オプチナの長老たちのキリスト教も殆ど知らない人々ばかりだ。[82]

ところが、レオンチェフは小説家としてはもちろん、人間精神の分析者としても、所謂「転向」を経験し、新たな創作上の信念を獲得していた。彼の手記を注意深く読むと、彼が人間を取り巻く環境や社会的条件の様々な巡り合わせを想定しながら、人間がある才能を発展させたり、台無しにしたりする、所謂「運命論」に異常なまでの執着を抱いていたことがわかる。彼はここでも文学のある現実、すなわち、小説家というものは、自分が信じていなくても、しばしばある登場人物の信念を見事に描き出すことができるという現実を引き合いに出す。トゥルゲーネフのリーザ・カリーチナ（『貴族の巣』）、トルストイの公爵令嬢マリア（『戦争と平和』）については言うに及ばず、エミール・ゾラの『ムール神父の過失』にすら、主人公の若き神父の精神的葛藤に対する深い洞察が示されていることを看破したレオンチェフは、この作品からカトリック特有の精神的陰影を取り除くならば、この葛藤の物語には、正教の修道士でさえ自分が類似した状況に置かれていることに気づくであろうと推論する。この点において、「ゾラの作品は、『カラマーゾフの兄弟』におけるドストエフスキーの皮相的かつ感傷的なでっちあげよりも、遙かに真実の個人的修道生活に近い」とさえ断言するのである。ただし、ここでレオンチェフが言わんとすることは、ドストエフスキーが正教の信仰生活に無知だというのではなく、総じて「芸術的創造は欺瞞的である」[83]ということであった。したがって、そのような創造が「（正教信仰に）固まっていない人々に望まれるような実のある信頼を吹き込むことができるのか」と問われれば、「もちろん、それはできない」[84]と答えざるを得なかったのである。

レオンチェフはその生来の潔癖さから、読者には作家が信じるものを信じて欲しいと願っていた。それは作家自身が、読者と同時代に生きており、教育や印象に関しても、読者と似通った環境で育った生身の人間であるからである。とは言え、彼は教養階級の信仰が本来の理想を見失い、庶民のような純粋な信仰を取り戻すことができないでいるといった、同時代のナロードニキ的な発想で信仰を捉えることはできなかった。その意味で彼は教養階級の信仰の可能性に特別の意味を付与していた。

教養階級の人々に、自分である程度理解はできるが、第三者には到達不能な感情や思想の特徴をひとたび乗り越えることさえできれば、或いは惰性から、或いは、自分の信仰や曖昧な宗教的理念が他の誰にも邪魔されることがないからという理由で信じているにすぎない一般庶民よりも、遙かに深く生きた信仰を獲得することができる。[85]

こうした彼の確信にこそ、彼の「転向」のもうひとつの本質が現れているとは言えまいか。知的優越性についても、高度な思想性についても、神認識の度合いにしても、庶民の水準とは比較にならない教養階級にとって必要なのは、もはやそのような思想的優越性ではなく、それを自らの努力で「乗り越える」こと、つまり、思想を正教本来の「営み」に転換させることであるとレオンチェフは考えたのである。「宗教に関して、彼らが打ち克たねばならないのは……情欲、感情、習慣、憤怒、粗暴さ、悪意、嫉妬、強欲、酩酊、放埒、怠惰等々といった慾である」。[86]だがこれについては、一般庶民も条件は同じであろう。それ以上に、教養階級の闘いが困難であるのは、最大の敵である、「自らの知恵の傲りを砕き、それを教会の教えに意識的に従属させる」ことであるからである。レオンチェフならずとも、当世の信仰者が追求する究極の理想の実現とは、「地方教区の名もない司祭や、教養のない修道士ですら、自らの世界認識によって、ショーペンハウエルやヘーゲル、ジョン・スチュアート・ミル、プルードン以上に真理に近づく」[87]ことに他ならなかったのである。

これが容易ではないことはレオンチェフ自身が誰よりもよく理解していたが、信仰が全幅の力を発揮し、その目的の達成を絶えず神に祈るならば、それは可能であると確信していた。「求めよ、然らば爾等に與へられん」（ルカ福音十一章九）という境地に到達するのは時間の問題なのだと。それからは、「乗り越える」ことで得られる「神秘的特性」こそが、「我々の信仰を固める」ことに繋がる。こうなれば、「無神論者であれ、反理神論者であれ、すべてが我々の信仰に資することになる」というのである。つまり、西欧の思想家たちの考える理性とは異なる力によって、「我々が最大の学問的成果や、総じて人間の知性に対して懐疑的な態度を取るようになればなるほど、我々が謙虚になり、我々が望むものに遵うことに、もはや学問の権威が介入してくることはなくなる」[88]というのである。レオンチェフは、自らの知性の傲慢さが、教会に対する謙遜に到達した経緯を概ね以上のように説明している。

彼のこうした「転向」が奇をてらったものではなく、きわめて真摯な判断に基づいていることは、もはや全く疑いの余地がない。サロニカの領事まで務めた人間が、誓いのためとは言え、アトスでの一年間にその世界観を一八〇度転換したことは確かに刮目すべき事実である。が同時に、そこで修道士にはなれなかったという事実も、やはり神の意志によるものと言わざるを得まい。事実、レオンチェフはアトスを去った後も、多くの地上の誘惑に悩まされ続けた。彼がアトスを去って六年後に書かれた手記『我が告白』（一八七八年十二月、コゼーリスク）には、「様々な困難に打ちひしがれ、何かをしたいという希望すら持てないのです」[89]という絶望的な心境が赤裸々に綴られている。

「剪髪（постриг）」はおろか、たかだか「転向（обращение）」しただけの理由で、彼が世間で蒙った仕打ちは、予想を遙かに超える残酷なものだった。「わたしの世俗的いとなみが瓦解したのは、まさしくわたしが転向した時（一八七一年以来）からでした。すなわち、わたしが正教徒になってからというもの、自分の場所をどこにも見出すことができないのです」[90]。ひとつは、彼が『ロシア通報』に送った宗教的内容の論文すべてが、カトコフとの見解の相違が原因で、掲載を拒否されたことに由来していた。これは言うまでもなく、作家としては死活問題である。もうひとつは、（残された最後の希望であった）剪髪を受けるための準備が、生活や健康上の問題から、首尾よく運ばなかったことに起因していた。彼の説明によれば、そもそも剪髪を断られた理由は、彼が妻帯者であったからという理由ではなく、領事として執務中の身上であったからという(アトスは宗務院と大使館を敵にまわすことを恐れたのである)。剪髪の祝福を得るためには、まずは退職して、自由の身になる必要があった。そこで彼は退職のための祝福を受ける。それによって、彼は自分に約束されている総領事の職や、その報酬（八千ルーブリ）まで、すべて神に献上することになるという考えに、意を強くし、喜びすら感じたのである。だが、いざ退職してみると、アトスの厳しい現実が彼を待ち受けていた。レオンチェフは回想している。

魚だけの精進料理によって、わたしは歩くこともままならぬほど衰弱してしまいました。そのうえ、下痢と熱病はわたしを絶望のどん底に陥れました。わたしはここでは好かれていないので、コンスタンチノープルに行ってプリンス諸島の別荘に入居するがよいと助言してくれる俗人もいたほどです……神父たちは何も助けてはくれませんでした。とは言え、おそらくわたしを愛してはいたのでしょうが……[91]

レオンチェフは結局、この俗人の助言を受け入れて、プリンス諸島の別荘に移り住むことになる。そこで肉食を再開した彼は、二か月後には熱病も癒え、以前の活力を回復することができたのだった。

レオンチェフにとってアトスとは、修道生活に必要な心身の修練(послушание)を体験し、人間の弱さと限界を知り、謙遜と祈りの方法を獲得するために設けられた試練の場であった。

アトスに行く前は、祈りというものを知りませんでした。アトスでは、ぶっ続けに二、三時間くらい熱狂的に祈りました。その熱狂は祈りが終わると戻って来ませんでしたが。それどころか、深い倦怠に襲われて祈りをやめてしまったほどです。また時には神父たちの命令に遵って、しぶしぶ教会に通うこともありました。[92]

実際『我が告白』には、レオンチェフがアトスで体験した試練の数々が克明に記録されている。受難週間の聖大木曜に彼が疲弊して庵室で寝ていると、突然入ってきたイエロニム神父に叩き起こされ、アトスの習慣に倣って、キリストの磔刑像が描かれたイコンに接吻するために教会に追い立てられたこと、パスハの早課（受難週間最後の礼拝）で力尽きて倒れそうになると、至聖所から出てきた掌院マカーリイが、ある修道士に彼を庵室まで連れて行き、そこで領聖規程を読んでやるように命じたことなどである。そこで彼が怠惰な生活に浸ってきた自分のような罪深い人間にとって、（斎や祈りによる）霊的な愛を強制されることは、体力の限界を超えていると感じたことは言うまでもない。当然のことながら、他の修道士や巡礼、俗人等による中傷が始まった。当時アトスを訪れていたある裕福な古儀式派信徒は、彼が庵室で煙草を吸っているのを見て、眉を顰めているといった数々の噂が逐一彼の耳に入ってくるのだった。だが、こうした精神的危機に際して、つねに彼の心の支えとなっていたのは他ならぬ掌院マカーリイであった。彼は自分の庵室に集まった客人に向かってこう語ったと伝えられる。

彼はすばらしいキリスト教徒だ。煙草は吸うが、受難週間には最後まで斎を貫いた。四日間というもの、パンとクワスだけで凌いだのだから。……神父のこのお誉めの言葉がどれほど自分を慰めたことか……聖人に近づくことは必要だが、わたしはまだそこからはほど遠い。だから人間的な支えというものがわたしには必要なのだ。[93]

これなどは当時のレオンチェフの偽らざる気持ちであったろう。他方、コンスタンチノープルは気候も温暖で、教会生活や執筆活動もすべてが自分のペースに合っていると感じられた。大使のイグナーチエフを中心に大使館にはロシア人社会が形成されており、彼はそこでも賓客として迎え入れられた。別荘を借りて住みついたカルキ島では、現地の神学アカデミーの教授陣（ギリシャ人）と懇意になり、晩禱や聖体礼儀に参禱した後、校長や教授たちと様々な神学の問題について、しばしば長時間に亘って話し合う機会を得た。こうした交流を通じて、彼は以前から思い描いていた独自の「教会観」を徐々に理論化することができたのである。貴族的な環境と学者との交流、これこそがレオンチェフの甦りの秘訣であり、また活力の源でもあった。

彼はアトスでの生活を振り返りながら、アトスとコンスタンチノープルで得たものが各々何であったのか、こう整理している。

アトスは高度ですが、時に恐ろしいほどの禁欲主義の雛形をわたしに示してくれました。ルシク〔ロシア人修道士たちが住む村〕の長老たちは、わたしに教会への奉仕、斎、祈りなどを教えてくれました。聖人伝を理解することを強制され、真の教会精神を開示してくれました。カルキの神学者たちは、わたしに教会法や教会行政、それに東方における教会の現状について教えてくれました。わたしはこれによって大いに慰められ、認識の幅が広がりました。[94]

こうした相違が生じた背景には、彼が住んでいたコンスタンチノープルの国際都市としての環境も挙げられよう。そこでは、ブルガリア人やギリシャ人と接する機会が多く、レオンチェフは彼らと正教スラヴ世界を取り巻く様々な政治社会問題についてしばしば論争を繰り広げていた。ブルガリア正教の西欧化政策がスラヴ全体の正教文化を瓦解させ、ひいては聖地を多く抱えるギリシャの政情不安を引き起こす危険性を察知したレオンチェフはこのことで絶えず警告を発していた。この点に関して、レオンチェフは、概してデリケートな宗教問題の本質を理解できず、外面的な成功のみを求める大使イグナーチエフとは折り合わなかった。所謂「転向」したレオンチェフが、この問題を正面から取り上げることを正教徒としての義務と見なしたことは疑いがない。

五、レオンチェフの「修道の書」――『アトスからの四通の手紙』を中心に――

カトコフとの契約を果たすために、レオンチェフは当初、ギリシャ生活の中から採られた幾つかのスケッチや、愛をテーマとした小説を準備していた。しかしこれら緊急の問題を解決するために、彼がアトスで書き上げたものは、正教世界の政治・宗教的問題を中心に扱う『ビザンチズムとスラヴ主義』、それから『ギリシャ・ブルガリア抗争に関してもう一言』、そして最後は『アトスからの四通の手紙』(完成はコンスタンチノープルにて)と題する書簡体によるエッセイであった。

最初の書はレオンチェフの代表作のひとつで、総主教座の擁護、並びに無信仰と西欧趣味をもって名高いブルガリア正教の自由闘士等を非難する目的で書かれている。

本書でわたしは、府主教フィラレートがブルガリア問題に関して支持を表明した教会従属論の厳密な視点とギリシャの伝統を維持しなければ、ロシアにも崩壊の恐れがあることを警告したかったのです。[95]

第二の書も前書の続編とも言える書で、前書にもまして、教会法規の違反をやめないブルガリア正教の主教等への烈しい批判を展開している。その骨子は以下の通りである。

わたしにとって正教は永遠の真理ですが、それでも地上的な意味で、ロシア正教は崩壊の淵に立たされています。人間が三人残るところに真の教会があるのです。[96] 教会は永遠ですが、ロシアは永遠ではないし、正教を奪われれば、ロシアは滅んでしまいます。教会にロシアの力が必要なのではなく、ロシアに教会の力が必要なのです。真の教会は、どこでも霊的なものです。正教は中国にまで浸透していくかも知れません。西欧も九〜十一世紀までは正教でしたが、その後、真の教会を裏切ったのです。（傍点は原文でイタリック）[97]

第三の書については、イエロニム神父も「この書簡はわたしも両手で祝福したいくらいです」と絶賛したもので、レオンチェフの正教観を色濃く反映した内容である。他のアトス来訪者の多くは中世から伝わる古文書に関心を払ったのに対し、彼は骨董や珍品の類には何の関心も示さず、「生きた」聖堂や建築物と交わることを好んだ。彼が建築学に抱いていた特別の関心は、彼の「生きた美学」「生活の美学」への愛着によって説明することができる。建築学はこの場合、そうした美学を体現していたのである。レオンチェフが「わたしの教育は宗教的であったか」との自問に対して、「幼少期の記憶の中に、宗教的なものが優美なるものと結びついていたのがよかった」[98]と答えていることを見てもそのことが窺える。幼少期の感覚に鮮やかに刻み込まれたものは、永久に忘れることがないというのが彼の持論だからである。四つの手紙の内容をかいつまんで紹介しておこう。

彼の第一の書簡は、専らこの建築の美学に捧げられている。レオンチェフは、数々の修道院の建造物の内装を比較検討しているが、彼が高く評価するのは東方の建築であり、東方の様式である。

ロシア人の巡礼用の宿泊所は大変暖かく、多くの点で便利ですが、ロシア人は粗悪な洋風家具や、小さくて不具合なソファ……たくさんの椅子……といったものにいたるまで好みがうるさすぎます。それに壁に掛かっている小さな絵画や多くの細々とした写真まであれこれと選り好みをするのです……とは言え、この場合、優美さと、

偽りのものではない、良好な空間という点で東方の方に一日の長があることは自明でしょう。（傍点は原文でイタリック）[99]

とは言え、レオンチェフはやはりロシアの修道僧を正当化することも忘れていなかった。

修道僧自身の住まいでもある部屋は質素で単純、しかも狭くなければならないのです……しかしここは修道院なので、資金があれば、彼らの聖堂、その建造物自体は美しく、優美で、壮麗であるべきです。ギリシャ人やブルガリア人の修道院は、よい手本に基づいて建てられた古いものか、功利主義に毒された現在の飛翔もしくは自由な観念的思想の飛翔の影響のもとに建てられたものです。しかし我が国の修道僧たちが、昔の記憶をたよりにここに持ち込んだ手本は如何なるものだったでしょうか……ようやく前帝の治世の後半以降、我が国の最高の貴族階級や権力者、それに画家自身がビザンツ様式にこれまで以上の真摯な関心を向けるようになったという時に、趣味が足りないといって彼らを責めることができましょうか……[100]

レオンチェフによれば、確かにロシアの建築様式は等しくヨーロッパの洗礼を受けているものの、その後その影響から脱して、独自の様式を確立しつつある昨今の傾向は高く評価するに足るものなのである。確かに、「今ある結果と美的観点から問題を検討するならば、ロシアの修道院はそれほど優れているとは言えない」ものの、外国で修道生活を営む際に出くわす様々な困難や葛藤、当座の必要性から急遽建設された聖堂などを考慮するならば、「厳しい批判の矛先は和らぎ、ただ彼らの実践的な知性と道徳的な力への敬意の感情だけが残る」[101]と言う。

第二の書簡は、修道生活の様式と道徳観の検討に捧げられている。これらの問題はレオンチェフの人生に直接関与するものであった。と言うのも、この時点で、彼は一生修道院に残り、修道生活をいとなむつもりだったからである。[102] 彼の分析によれば、アトスには次の八種類の生活様式が営まれていた。

一、Киновии ― 共住型修道院。全員が共同かつ平等であり、厳格な規則に縛られている。

二、Идиоритмы ― 厳格な規則のない、独自の形態を持つ修道院。全員が共同生活をいとなむわけではなく、各人が一定の自由を満喫することができる。

三、Отдельные келии ― 修道院の領地の外にある個別の建物。そこには小教会が付属している。決められた規則があるわけではない。

四、Каливы ― 小教会のない荒野のあばら家。

五、Скиты русские ― 共住型修道院に類するもの。

六、Скиты греческие ― 個々の家と僧庵からなる集落のようなもので、厳格な規則を有する。

七、アトスの町中に修道院が独自に保有する離れの家。

八、森の中、海岸、木の生えない絶壁、自然の岩石の下といった屋外にしつらえた洞窟。[103]

これらアトスで行われている修道生活の諸様式の中で、レオンチェフが最も重視していたのは、第一の共住型修道院であった。そこでは全員がほぼ平等な立場で、典院（修道院長）や主だった司祭たちに従属させられており、個人的所有物は一切認められず、きわめて厳格な規律(それは彼にとって恐怖ですらあった)が遵守されていたからである。

　これは信仰と愛と尊敬による分かちがたい理想的な軛なのだ……キリスト教的恐怖の中に仮に利己主義、つまり来世における霊《たましひ》の救済についての配慮があったとしても、すべての地上的なもの、脆弱なものに見切りをつけているにも拘わらず、こうした配慮を利己主義と呼ぶことは……あまりにも恥知らずなこじつけであろう。それどころか、この雲を掴むような、不明瞭な、遙かなる、掴みどころのない利己主義のおかげで、よいキリスト教徒は乱暴で、地上的な、日常的な利己主義の働きから解放されてきたのだ……これこそ思想における従順さの現れではなかろうか。（傍点は原文でイタリック）[104]

この「すべての地上的なもの、脆弱なものに見切りをつける」という思想は、レオンチェフのその後の全生涯を通じて彼の頭を離れることはなかった。彼は他ならぬこの慾に打ち克ち、霊の滅びを免れるために、厳格な修道生活を擁護せざるを得なかったと言っても過言ではなかった。

むしろレオンチェフが共住型様式に見ていた利点とは、他の修道形態以上に、修道士が迅速かつ容易に自らの我意を滅ぼし、自らの傲慢さ（世俗的意味ではなく、修道士が自らの振る舞いに非の打ち所のない、神聖さを感じ始める時に生ずるキリスト教的、修道的意味における傲り）を和らげることができるという点にあった。彼は「真のキリスト教によって筋の通った教育が殆ど施されていない現実」[105]を嘆き、キリスト教の一面だけを汲み取り、もうひとつの面を忘れてしまった人々を鋭く批判する。

善良さ、赦し、慈善……彼らは福音の教えの一面だけを取り上げて、それを本質的な側面と呼んでいるのだ。では禁欲主義、厳格さというものを彼らは忘れたのか。では、怒りに震える、厳しい神々しいばかりの言葉には立ちどまったことはないのか。救世主が洗を施した前駆者イオアンが高尚な意味における修道士であることを彼らは知らないのか。ハリストス自身が荒野で四十日間斎したことに思いを馳せることはないのか。原罪の教理、キリスト教の三位一体の教理について彼らは黙して語らぬが、このことはすべて福音書や使徒の書簡に書かれていることである。（傍点は原文でイタリック）[106]

これによってレオンチェフが言わんとすることは、キリスト教は「赦罪の宗教」であると同時に、「自己呵責と悔い改めの宗教」であるということである。したがって、自己に対する「頑な厳しさ」とともに、他人に対する「思慮分別をわきまえた厳しさ」をも併せ持たねばならない。この意味で、正教会の原型を保っているのは、「ビザンツの高度な文化」であると彼は考える。しかし正教のこれらの特徴は、敵対する教会勢力によってつねに批判に曝され、近世においては、地上の幸福（エデム）の実現を信ずる十八世紀後半の進歩主義者たちによって曲解されてきた。だが一方で、彼が正教に求めていた「規律性」の背後には、「奇蹟者セルギイより、愛嬌のあるロストフのドミートリイの方を好んだ」[107]という養育者たる母親の心理的影響をも認めるべきであろう。レオンチェフ自身の告白によれば、彼自身も「赦罪の宗教」と「自己呵責の宗教」を同列に置くのではなく、むしろ後者を前者の基礎に据えるべきであると主張する。この「痛悔」と「領聖」という聖体礼儀が内包する二重構造によって初めて、キリスト教は自らが曝されている多くの罪や誘惑から免れることができると考えるのである。これに関連して、レオンチェフは理想の修道士像を以下のように描き出す。

衷心からの信仰を持つ誠実な修道士にとっての理想とは、地上において殆ど肉体性を持たないことである。傲り、自尊心、女性や家族への愛、肉体の安息や……魂の陽気な安息への愛すら棄てるべきである。無慾こそが理想なのである。[108]

そもそも彼がアトスの例を挙げながら、ここにキリスト教的禁欲主義の理想を掲げようとするのは、地上的幸福の実現を人類の最終目的として十八世紀に現れてきた新宗教「幸福主義」がキリスト教のアンチテーゼ（反キリスト）

であることを立証するためであった。この「幸福主義」が唱える「全体的な利益」が「全体的犠牲」の上に成り立つ「主観的幸福主義」であることを看破したレオンチェフは、この同じ目的（人類の利益、個人的な救い）を掲げるキリスト教が「禁欲主義」をその基礎に据えていることを立証することによって、その違いを明らかにしようとした。彼らは「すべては地上にあり、すべては地上のためにある」と言うが、キリスト教徒は「地上には何もなく、地上のためのものは何もない（我が王国はこの世から成り立っているものではないのだから）[109]」と反論するのである。

第三の書簡は、禁欲主義が果たす役割の本質を分析することに宛てられている。それは修道院と密接に繋がっており、修道士は自らの生命を賭けてそれを習得し、強固なものにするが、修道院がなければ真の禁欲主義もないという前提から始まる。

修道院は人間の住まいであるが、そこには特別の悲哀と特別の喜悦がある。人間がこれらの喜びを得るためには、それにともなう特別の悲哀、抑圧、堕落、偉功への道に向かう決心をしなければならない[110]。そのため、修道士の仕事は如何なるものであれ、霊的な意味が付加されることによって気高いものとされる。レオンチェフはこう主張する。

修道院は教会伝説と習慣の貯蔵庫であり、最高レベルの禁欲主義者が、通常共住生活を体験した後に、荒野の庵や洞窟へと出ていくための出発点となる中心である。修道院は教会の不動の明星であり、そこに発する光は遙か正教の世界全体を照らし出している……修道生活は時に道徳的に弱体化したり、失墜することもあるし、退化したり、悪徳に染まることもある。しかしこうしたことの責任は、修道院にその最良の代表者を送らない世俗社会の側、禁欲生活の真似事にも耐えられない大衆の側にあるのであり、禁欲主義の理想そのもの、もしくはその忠実な僕であり続けた少数の人々にあるのではない……導きの星たる苦行者は、正教的意味における我意の切断の究極の表現として、我々にも、荒野の住人たる修道士にも、自らの空想に強烈な印象を求める多くの俗人にも必要である。苦行者は俗人や教会にとって必要であり、修道院は苦行者にとって必要なのだ……修道院は俗人にとっても、都会生活の贅沢と荒野の住人の湿った洞窟を繋ぐ鎖として必要なのである。[111]

レオンチェフの修道院に関するこれらの考察は、伝統的な正教会による解釈と完全に一致していると言える。例えば、正教会にとって重要な「修道生活」の理念が、ひとり修道士のみの問題ではなく、俗人をも含む社会との関係の中で理解されていることは、その両者を繋ぐ正教会の役割の真髄に触れるものとして評価できよう。これらはすべて彼自身のアトス体験から導き出された「信仰の書」でもあった。こうした聖俗を分かたぬ教会理解の最たるものは、彼も強い関心を抱いていた「結婚」において教会が果たす役割である。「結婚は一種の苦行であり、我意の切断である。厳格で宗教的、道徳的な結婚は、緩和された修道院である」[112]と彼は言うが、これは「結婚」という制度が、世俗の儀式や価値観、または社会的な道徳的価値に置き換えることのできない、純粋に教会的な理想としての意義を有することを彼が認識していたことの証しである。家庭生活についても、事情は全く同じである。彼はこう主張する。

宗教と教会の理想においてのみ、結婚は揺るぎなく、意義あるものとなる……家庭には教会が必要であり、正教の教会には最高の禁欲主義の模範が不可欠であり、禁欲主義を実践するには修道院が必要である……正教会における修道院経営は大事業なのだ。修道院がなければ、そしてこれら限界まで我意を切断して働く群衆がいなければ、よき家庭にとって必要な中程度の我意の切断を支える最後の基盤は崩壊してしまう。（傍点は原文でイタ

リック)[113]

最後の第四の手紙は、第一から三までの手紙で報じられたことに関する結論的性格を帯びており、真の正教徒となったレオンチェフによる護教論が展開されている。この護教論の発端は、この書簡の作者がアトスに行ったことを非難して、「現代において修道士になるのは無能者か……やりくり上手な詐欺師に決まっている……」と毒づいた匿名「白髪の紳士」の中傷に反撃したことに始まる。これに対して、レオンチェフはこの「紳士」の「時代は我々の時代ではない」として、その古めかしい修道院観を斥ける。ところが、彼はここで修道院の真の役割に関する議論を展開すると思いきや、キリスト教はおろか、またしても様々な異教や世俗思想、更には文明にまで遡り、それらが拠って立つ基盤について、驚くべき比較を試みるのである。

> 生活のための実践的な結論を有するあらゆる哲学、幸福主義的もしくは禁欲主義的なあらゆる文明、適度に全体的で底の浅い快楽主義の宗教、キリスト教的で制約の殆どない宗教、これらはいずれも自分の召使いの中に、賢者も凡人も併せ持っているのです。(傍点は原文でイタリック)[114]

つまりここでレオンチェフが問題にするのは、聖俗の区別のみならず、教養や身分の有無をも越えた宗教理解の必要性についてであった。彼はそれを説明するために有名な禁欲主義者ダマスコのイオアンネスと「まぬけ」と綽名されるパウロス（Павел Препростый これは四世紀のエジプトの禁欲主義者で、二人とも正教会の聖人）の例を取り上げる。イオアンネスは貴族出身の政府高官で、ダマスコの統治者の息子であり、ムスリムの君主に寵愛されるかたわら、キリスト教形而上学を学ぶ哲学者で、イコン崇拝を撲滅しようとしたビザンツ歴代皇帝に書面による闘いを挑んだ人物である。彼はまた詩人でもあり、数多くの祈りの作者としても知られている。他方パウロスは農民であった。彼は若い頃から修道士になる希望を持っていたが、妻帯していた。だが妻が彼を裏切ったため、彼は喜んで、大アントニウスの荒野の庵を訪ねたのだった。当初、アントニウスはパウロスを試そうとして、縄を綯う仕事を命じた。パウロスが一生懸命にそれをやり遂げると、師は綯ったばかりの縄を解くように命じた。パウロスは喜んでそれを実行した。すると師は次に彼に服を縫うように命じた。これも喜んでやり遂げると、またそれを解くように命じた。パウロスは、何のためにこんな無駄なことをするのか尋ねることもなく、黙々と言われた仕事をやり通した。次に師は彼に食事を与えなかった。彼はそれを求めようともしなかった。そこで師は初めて彼を評価し、愛するようになったという。パウロスは農民で、全く無学であった。しかしこの場合、イオアンネスとパウロスは同じ思想、同じ文明を共有していたのではないかとレオンチェフは問いかけるのである。イオアンネスはすべてのことを最大限かつ発展的に理解していたが、パウロスは「キリストは神の子であり、我々のために十字架に架けられたので、神のために自らを十字架に架けることはよいことだ」ということを知っているだけだった。彼は物事の詳細を知ろうとはせず、人間について自分より通じている人々の命ずるままに、一生縄を綯ったり、解いたりし続けたのである。これこそ、レオンチェフの言う「超越」による謙遜の実例である。

レオンチェフは、このパウロスのような人間がロシアにはまだ数多くいることに注目し、それでも「彼らはフランスやイタリアの労働者、反乱者、共産主義者以上に無学ではない」と主張する。

イオアンネス、フィラレート、ホミャコフといった人々は、ビザンツの禁欲主義哲学の意識的かつ哲学的発展の産物であり……パウロスや我が国の農民巡礼も、やはり同じ禁欲主義文明の素朴な作品なのです……フーリエ、プルードン、バザーロフ等は全一的なヨーロッパ文明ならぬ、つい最近の、先日登場したばかりの幸福主義的、功利主義的文化から、多少哲学的に発展させられ、意識的に生み出された産物です……これらの人々はラムネーの名を借りて福音書の教理的意味を恥知らずにも、悪党さながらに歪曲し、贋の聖書の言葉をもって、権力に謀反を起こすべく民衆を説得しているのです……ところが知っていることと言えば、神もいないし、悪魔もいない、ただ人間は平等である……それだけなのです。(傍点は原文でイタリック)[115]

レオンチェフの批判の根底にあるこうした二元論は、他ならぬロシアに二つの文化的淵源が混在するという現実を反映していた。それは既に指摘した、ビザンツの禁欲主義的文化とネオ・フランスの幸福主義的文化である。しかし彼の正教的アイデンティティは、この相反する文化観が同時代を生きている現実を受け入れることはできても、同じ生活内容を生きていることを認めることはできなかった。そこで彼は強靭な想像力と美的感覚を有する人々が語ることに耳を傾ける必要があると説く。それは「強靭な想像力を持つ人々はつねに四半世紀、半世紀、一世紀後に自分ほど想像力に恵まれていない人々が大挙して向かう方向を事前に予感していた[116]」からであると言う。言うまでもなく、この言葉によってレオンチェフは自らの予言能力にある程度の確信を抱いていたことは疑いない。[117]彼はそれに続いてこう言っている。

わたしはロシアで強固で永続的な正教への熱烈な転換が起こると信じています……わたしがこれを信じるのは、ロシア人の魂がうずいているからです……わたしがこれを信じるのは、思想分野におけるニヒリズムはすでに我々が蕩尽してしまったものだからです……(傍点は原文でイタリック)[118]

これが実現するためには、国家の自由主義化、民衆のナロードニキ的教化が終息し、個人的な帰正〔正教への回帰〕

が促進されることが条件であると彼は考えていた。この予言が歴史的にある程度立証されたことは言うまでもない。だがそれ以上に、こうした予言的論理性にこそ、ニーチェにも喩えられるレオンチェフの思想的独自性が明瞭に現れているとは言えまいか。

彼自身の方法は、全人類的救済の計画、つまり全体的利益に関する思想の優越性を棄てて、ビザンツの禁欲主義に裏づけられた個人の「転向」、つまり「規律化されたキリスト教化」を説くものであった。しかし思想を「乗り越える」ことによって、彼が神秘的能力（所謂信仰、謙遜）を獲得したとしても、彼が抱える二元的世界観の相剋は解消されなかった。つまり「禁欲主義」と「幸福主義」の対立は「乗り越え」られるどころか、その多面的な世界観の衝突によって、差異は却って際だたされてしまうのである。こうした欠陥の最大の原因は、彼の視野の中に、そもそも神の恩寵による人間の霊的変容を扱う形而上学的観点というものが存在せず、「転向」した彼が立脚している論点が、相変わらず可視的な現実世界のみを考察対象とする政治力学と社会学的方法だったからである。結論において自らの予言的期待と信念の表明が見られるとは言え、それは取って付けたような印象を与えているにすぎない。ここにおいて、彼の内的「転向」と実生活における「変化」の間に認められるギャップがまたしても問題になる。この「アトスからの手紙」はレオンチェフの偽りなき心の真実を証言するものでありながら、実生活において彼は肉体的弱さから、自らが理想と掲げた厳格な修道規則を遵守することができなかった（つまり修道士にはなれなかった）。こうした内的な自己矛盾がレオンチェフの精神状態に負の影響を与えなかったとは考えられない。ベルジャーエフは言っている。

彼は地上において正義が勝利しないこと、幸福の実現は不可能であるという考えに酔いしれていた。彼は正義の勝利や地上における完全性の実現を志向しなかった。この点において、彼の悲観主義は、極端さと光と陰の対照を必要とする彼の美学と一致するのだ。[119]

地上における神の王国の実現を予言したのは、キリスト教ではなく、人道主義であった。ここからレオンチェフは極端にも、地上におけるすべての肯定的価値を否定し、そこに悪、恥辱、悲しみを求めるようになり、それらこそが人類にとって有益なものと見なすようになる。最終的には、こうした絶望的境地から彼を救い出すことになるのが、レオンチェフの説く「厳格さ」ならぬ、負の遺産たる罪を赦す「寛容さ」を兼ね備えていたオプチナ修道院の長老であった。これからはすべて彼がロシアに帰還した後の物語である。

六、レオンチェフと修道司祭クリメント

オプチナに逢着する以前のレオンチェフが、生活と思想における所謂「正教性」を獲得したのは何時かという問いに答えることはそれほど容易なことではない。そもそも彼が自らの「霊的な本性の成長を促した張本人」と語る母親の影響は、たしかに「宗教的」ではあるものの、彼自身が言うように、その信仰は決して「正教的」ではなかったからである。レオンチェフの回想に拠れば、「彼女の信奉するキリスト教は幾分プロテスタント的な性格を帯びていた。彼女はキリスト教の道徳性が表現された側面のみを好み、敬虔さの中に糧を見出すような側面は好まなかった。彼女は巡礼を行わず、斎《ものいみ》も全くといってよいほど守ってはいなかった。だが我々にそれを押し付けたり、守るよう要求したりすることもなかった……」[120] 実際、彼自身の言葉にもあるように、彼に聖像の前で祈ることを教えたのは、母親フェオドーシヤ・ペトローヴナ・レオンチェワではなく、父方の叔母エカテリーナ・ボリーソヴナであったという。だがそれにも拘わらず、幼少時にしばしば目にした母親と妹の祈りの風景（もしくは声）こそが、彼自身の宗教的体験の原点とも言える強烈な印象を残したのだった。彼はこう回想している。

しばしば冬の朝に目覚めると、そこに横たわったまま、しばらくぐずぐずしていたが、わたしの妹が祈禱書の朝の祈りと聖詠（「神よ爾の大いなる憐れみによりて……」）を音読しているのを注意深く聞いていたものだ……妹が読み、母は祈っていた……毎日朝の祈りが読まれたこの最初のふた冬のことは、わたしの心に痕跡を残さずにはおかなかった……当時（何故かはわたし自身わからないのだが）わたしをとりわけ驚かせ、えも言われぬ感動を与えてくれた聖詠の言葉「神に喜ばるる祭は痛悔の霊《たましひ》なり、痛悔して謙遜なる心は神や爾軽んじ給はず」[121]をわたしはどこにいても決して忘れることはできなかった。爾来、わたしはこれら聖詠の言葉を想起することなく、母と故郷のことを思い出すことはできない……そしてわたしが齢四十を超え、母親がもはやこの世にいなくなり、烈しい心の嵐が一通り過ぎ去った時、わたしは信ずることを一から学びたくなり、アトスのロシア修道院まで出かけて行った。すると小雪の舞う庭が見渡せる母の美しい書斎で聴いたこれら朝の祈り、聖詠のこれらの言葉から、遙かなる大地のどこかにある、どことなく見覚えのある、愛すべき温かい光がわたしに差し込んできたのだった。[122]

このように母親の祈りと聖詠の言葉は、幼いレオンチェフの脳裡に刻み込まれ、成熟した彼の記憶の中で、その後のアトス、オプチナ巡礼へと繋がる架け橋となっていたのではあるまいか。少なくとも、この「正教的」信仰の萌芽が、母親の祈りの記憶とともにレオンチェフに受け継がれ、最終的に何人かの長老等によって彫琢されたということであるならば、幼年期のレオンチェフに果たした母親（彼自身に拠れば、それほど正教的でなかったとしても）の役割を軽んずるわけにはいかない。その意味では、この母親と並んで、「霊的な能力と生来の才能が最も開花した時期におけるアトスのイエロニム長老」、更には、人生最後の数年間に「厳格に定められた形式に注ぎ込むことによって、彼の宗教生活に強大かつ有益な影響をもたらした」オプチナのアムヴローシイ長老を、レオンチェフの「正教性」を形成した三大人物と見なしたドブローフの先駆的見解は、その意義を失っていないということになろう。[123]

レオンチェフは「アトスの空気を充満させて」、トルコの勤務から一八七四年に帰国した時のことを回想している。彼がオプチナを訪れると、アムヴローシイ神父が「とても気に入った」ものの、「やはり五年間にわたり、より厳格なアトスのイエロニム神父から得ていたような慰みを、彼から得ることはできなかった」と胸中を語っている。実際、アトス滞在中、レオンチェフはこのイエロニム長老と様々な問題に関して対話を重ねる日々を送っていた。彼は二〇〜三〇年代の古い教育を受けたインテリであったが、レオンチェフのことを根ほり葉ほり聞きだしては、自分の意見を述べたり、説明したり、時には神学論争も行うなど、概して議論好きの人間であった。その点で、レオンチェフの方も彼のことを霊的に指導する能力のある人物として認めていた。ところが、オプチナで遭ったアムヴローシイ神父は全く雰囲気が異なっていた。彼は炯眼な人間の常として、冗長な議論を好まず、人生で起こった出来事をすべて、その結末だけを手短かに、一切のまわりくどい説明抜きに物語ることを要求したのである。晩年、こうした経験を思い出しては、私信にしたためることも稀ではなかった。「わたしはアトスのやり方にはすぐ順応できたのですが、ロシアに帰国後、アムヴローシイ神父のやり方に慣れることはなかなかできませんでした」(一八八八年十二月十四日付、イオシフ・フーデリ宛て)。[124]

当初、まだ内面的に傲慢であったレオンチェフを自らの謙遜によってオプチナ修道院に結びつけ、アムヴローシイの祝福を受けて、正教的に教え諭したのは、他ならぬ修道司祭クリメント・ゼーデルゴリムであった。彼が当時アムヴローシイ長老に託されていた使命とは、まさしくこのレオンチェフの教育係であり、この賓客を長老のやり方に慣れさせるために尽力することであった。レオンチェフは回想している、「わたしは五年間オプチナに通うよう努めました。そこへ通うのは大好きでしたが、その理由は、アムヴローシイ神父よりも、クリメント神父と交流することが多かったからです」。[125]

クリメント神父は、実際、レオンチェフを霊性の高みへ導くうえで、主だった影響を与えた。だがそれ以上に、この二人の霊的な交流は、神父の突然の急逝によって途切れるまで、「友情」の絆によって結ばれていた。レオンチェフが愛情をもって編纂したこの興味深い人物の伝記は、クリメント神父とレオンチェフの霊的交流と、レオンチェフのクリメント神父に対する感謝と敬意の表れとなっている。レオンチェフはこの手記『クリメント・ゼーデルゴリム神父』の中で、オプチナ修道院の離れにある森の庵でのアムヴローシイ神父との初対面について回想している。彼はアトスを離れるにあたって、そこの神父たちからアムヴローシイ神父宛の手紙を託されていたのである。ここで彼はクリメント神父とも初めて知り合い、忽ち意気投合する。こちらはこの新しい友に、ギリシャやトルコ、聖山アトスのことをあれこれ長時間をかけて訊ね、トルコから帰還したレオンチェフが携えていた「思考する空気」が彼の大のお気に入りとなった。それはクリメントにも関わりのある「聖地の香りを漂わせて」いたからである[126]。レオンチェフはクリメント神父自身の人生や運命に加えて、そこでクリメント神父が自らに分与してくれた愛について、また自らが賓客としてオプチナ修道院に迎えられた後の充実した暮らしぶりについて、そして、神父と論じ合った高尚な神学的諸問題や様々な世俗的・現代的テーマにいたるまで幅広く回想しているのである。

なかでも、レオンチェフが多くの点でこの「教養高い信仰ある友人」から汲み取った有益さについては、黙過すべきではなかろう。彼自身も断っているように、極力自分のことは書かないように努めたとはいえ、クリメント神父の特質は、他ならぬ自分との関係において発揮されていることを彼は誰よりも理解していた。ある時、レオンチェフは純粋に政治的観点から、教皇制のある側面を擁護しつつ、ロシアにかくも深刻な影響を与えているヨーロッパの運命について考察していた。するとクリメント神父は心配そうに、そして頑なな表情で彼に反駁しつつ、彼の霊《たましひ》について慮るようになる。神父は教皇制に対するこのような同情の片鱗すら恐れていた。彼はレオンチェフの意識において個人的な宗教的信仰とは明確に切り離されているはずのこの政治的同情が、いつの間にか何か別のものに変容してしまう危険性を危惧したのである。プロテスタントの牧師であった父親と論争の末、離別し、正教に入門した経験を持つ彼が、レオンチェフのカトリシズムへの熱狂、職業的な穏健さ、ムスリムを称えることさえ恐れず、コーランすら喜んで読もうとする彼の知性の「宗教的無頓着」に危機感を抱いたのは、言わば当然であった。[127] レオンチェフはこのようなクリメント神父の性格を考察し、次のように書いている。

否、彼はわたしが正教を裏切るとは思っていなかった。彼はただ、わたしの知性のある種の無頓着にわたしの注意を払わせようとしたにすぎない……彼はわたしをキリスト教の霊感の階梯にしたがって、更なる高みへと引き上げようとしたのだ。この種の話をすることで、彼はわたしに信仰と生活という項目を新たな側面から検討するよう強制し、わたしの関心を、それがかつて向いたことのない方向へ向かせようとした……そうすることによって、彼はわたしに多くの功徳を施したのだ。[128]

ところが、一八七八年の春、クリメント神父は病魔に襲われ、急逝してしまう。彼の死はレオンチェフにとってあまりに大きな損失であったため、自分の哀れな友の墓を見ながら、「心底からの悲しみに暮れるというよりは、むしろ怒りに近いものがあった」[129] と彼自身告白している。クリメント神父の墓の上に置かれたランパーダの光が放つ「闇に輝く真っ赤な点」がレオンチェフにはいつも強烈な印象を与えていた。「時には、従順なものに思われるのだが、時には、雪に埋もれた闇の中で堪えがたいほど恐ろしいものと感じられた」。[130]

レオンチェフが当時滞在していたペテルブルグ郊外のリュバニから、一八七八年四月二日付でクリメント神父に宛てた未発表かつ唯一保存されていた手紙がある。クリメント神父は自らの死によってそれを読むことができなかった。しかし、そこにはレオンチェフの神父に対するこの上ない敬意と感謝の念があふれており、作者の秘められた思いとオプチナ修道院に対する謙遜な態度が表れているという意味で、きわめて興味深い内容となっている。レオンチェフは、「オプチナのことを忘れて苦しんだことはありません。それどころか、〔自分こそが〕オプチナの人々にとっての茨の冠となったほどです」と書いている。そして、彼はこれが意味するところを、自分についてオプチナの修道士たちが抱いていると想像する意見を列挙することによって説明している。つまり彼は罪から「決して解放されることはない。手紙は冗長で、感覚は朧気で、筆跡はひどい。おまけに要求には際限がなく、奇妙奇天烈な罪が数え切れぬほどあるのだから。徹夜禱には行きたがらず、かと思えば、自分をぶってくれなどと懇願したりする。斎《ものいみ》の食事に腹を立てる。我々の修道院で、千キロもの旅費を請求するなどは無理難題。それも燕尾服とシルクハットのいでたちで、御婦人と歓談しに出かけようというのだから、これはもはや論外だ」。

レオンチェフは、オプチナ修道院、それもクリメント神父にはもう長いこと手紙を書いていないようだと言っているが、それは何よりも彼自身に原因があった。

> 時として、わたしの頭はまったく、様々な形をした印象、抑えがたく果てしない思考の働き、安らぎを与えてくれない金欠病、体の中であちこち絶えず入れかわる、争う余地なき病と痛みから発しているようです。そのため、この五年間というもの、わたしが完全に健康であった日は一日も記憶にありません。そして最終的には、《苛烈な記憶》との闘い、うまくいかない時の倦怠、そして表向きとは言え、仕事が捗っている時の、軽薄で、耐えがたい空想の戯れとの闘いに終始しているのです。[131]

ところが、一方、自分の性格に関して彼は、こう請け合っている。

不躾で恩知らずな人間になることはできません。これはわたしの欠点ではありません。知恵と体の放埒、怠惰、無駄言、食道楽、思想の傲慢等々、これこそがわたしの罪です。ですが、決して恩知らずではありません。……そこにはあなたの秘められた思い（задняя мысль）があるのではないかとおっしゃりたいのでしょう？ もはや教皇制のことではない別のことが？ たとえば、正教以外のものはすべて悪魔に発するものとでも？――ああ、神よ、わたしは全く賛成ですが、わたしが言わんとすることは、全く別のことなのです。それはわたしの論文を読んでもらえればわかることです。――わたしはこれについては書きませんでした。それにはたくさん書く必要があるからです。――悪魔にもいろいろあるのですよ。――それらは互いに排除し合うのです。[132]

それはさておき、レオンチェフはある運命によって、一八八〇年の秋から、一時的とはいえ、オプチナ修道院のスキト、それも亡き友の庵室に住むようになる。このほどカルーガのある銀行の借金を返済し、新たな信用借りを勝ち取った喜びも束の間、相変わらずの物入り続きと、出口のない貧乏暮らしに喘ぐレオンチェフにとって、オプチナで過ごすひと時は、亡き友への熱い思いを甦らせる格好の契機となったのであろう。コンスタンチン・グバストフ宛ての手紙の中で、ようやく獲得した精神的安らぎを満喫するかの如く、こう語っている。

こちらでは、以前の例に倣って、スキトの亡きクリメント神父自身の庵室に住みついたばかりか、彼が書いていた机で今物を書いています。（一八八〇年九月十三日付）[133]

上に引用したレオンチェフのクリメント神父宛ての書簡からは、当時すでに彼がアムヴローシイ長老と文通をしていたことが窺えるが、それ以前も、例えば、グバストフ宛ての私信によっても、レオンチェフがトルコから帰国した頃から、折に触れてこの修道院を訪れていたことが知らされる。

最近、オプチナ修道院で斎《ものいみ》しました（我が家から六十露里の場所です）。そこの長老たちはアトスのそれと並び称されています。彼らはわたしに大変好意を持ってくれ、わたしの性格や、わたしの暮らしぶりを知り尽くすと、わたしにまだ文学を続けるべきだと言ってくれています。（一八七五年八月十二日付[134]）

クリメント神父は、その偽りなき魂の謙遜と信仰への熱意によって、レオンチェフをオプチナ修道院とその長老制に結びつけたのみならず、その人格を自らの師でもあるアムヴローシイ長老にすべてを委ねる霊の子に仕立て上げようとした。尤も、レオンチェフの知的傲慢が忽ち消失したわけではない。彼自身、クリメント神父の死後にも、「彼はわたしを更生させることができなかった」[135]と書いている通りである。しかしアトス的厳格さを長老制の真髄と見なしていたレオンチェフの宗教意識が、オプチナとの出会いによって、謙遜と愛を志向し始める微かなる契機をここに認めることは可能であろう。確かに、彼がアトスの長老たちに教わった規律とは、「新しい本が読みたくても、長老の祝福がなければかなわぬこと」[136]に象徴される厳格さであり、つまり、「おのれの認識、教養、我意、傲慢な苛立ちを、素朴ながら、経験豊かで、誠実な長老の指導に委ねることを喜びと感ずる」[137]ことに他ならなかった。事実、彼はそれをもかなりの程度、克服したという自負を抱いてロシアに帰国している。その彼が、オプチナ修道院では、俗人でありながら、アムヴローシイ長老直々の祝福を得て、修道士のスキトに住み込み、自由に文学活動を行うように奨められたのである。亡き友クリメント神父の庵室ばかりか、神父自身が多くの文章をものした机を、自らが「受け継いだ」喜びを感じたとしても不思議はない。

謙遜と愛、これらの恩寵の賜はレオンチェフの抑えがたい文学的闘争心に微妙な陰影を落とし始める。早くも一八七六年にはグバストフに宛ててこんな感慨を吐露している。

わたしにとって、命あるものはすべてなくなってしまったかのようです……わたしの周囲のものは何もかも融けてしまうのです……とは言え、わたしがふさぎの虫にやられたとか、もがいているという風には考えないでください。わたしは何だか、心静かに、穏やかな気持ちで退屈しているだけで、それ以上何もありません。……もはや何かを待ち望むでもなく、嘆き悲しむものもありませんから。嘆いたのはもう昔のことです。もちろん、感激するものなど何もありませんが。失うものもね？　そうでしょう？」（一八七六年十二月五日付、傍点は原文でイタリック）[138]

このレオンチェフの喪失感とも諦念ともつかない感情は、表面的には妻リーザと姪のマーシャが相次いで出ていったことに起因していた。だが、それにしても、この落ち着きと精神的安寧はこの思想家の人格から見て、何か特別の感がある。そしてその九か月後にグバストフに宛てた手紙である。

我が友よ、物事はますます成長し、あなたも成長しています。ところが、わたしはますます自らを卑下しつつ、謙遜になろうとしています。世界のために消えゆくのみです。（一八七七年八月二日付）[139]

ところが、一月後の九月上旬頃に書かれた書簡からは、あたかもそうした鬱屈した気分から解き放たれたような解放感と高揚感が読み取れるのである。

思うところは、たくさんあるのですが、もう夢想にふけることも、心地よいプランを練ることもありません。毎日を天の鳥のように生きています……そして感謝、すべてを神に感謝しています。……わたしは今、かつてウグレシャで修道衣を着ていた時以上に、心の中は修道士の気分です。（一八七七年八月二十日〜九月七日付）[140]

これらの言葉の端々から滲み出る一種超越した頽廃的気分は、彼が一八七七年という年を、自分にとって運命的な転換、もしくは死の時と予感したことに関連していた。七六年の暮も押し迫った十二月の初旬、やはりグバストフに宛ててこう洩らしている。

七七年は目の前です。そしてわたしは日々死ぬための備えをしています。とは言え、以前のような絶望や恐怖はありません。希望はしませんが、特別の恐怖も感じません。むしろ、神がその計りがたい慈憐によって、わたしを備えのないまま死に渡すことがないように、そして悔い改めることなくハリストスの最後の審判の前に引き渡されることがないように、ただひたすら神の慈愛に願いをかけています。（一八七六年十二月五日付）[141]

結局、レオンチェフ自身によっても、伝記作家によっても、この死の予感の真相が明かされることはなかった。しかしレオンチェフは、運命のこの年、二月初頭から四月の末までの約三か月間、オプチナ修道院に滞在している。尤もこの時点では、レオンチェフに対するオプチナの隠遁者、とりわけアムヴローシイ長老の強い影響は認められない。すでに見た通り、この年はレオンチェフにとって、専らクリメント神父に会うためにオプチナに通っていたと言っても過言ではなかった。だとすれば、彼自身、七八年のクリメント神父についての著書の中で、「正直申し上げて、彼は私を矯正することはできなかった。私は以前のままの私だった[142]」と強調してはいるものの、すでに何らかの内面的変容を来していたことは疑いがない。少なくとも、聖師父著作の翻訳やオプチナ長老の伝記などに発揮される高い教養を身につけていながら、その激しやすい性格ゆえ、修道院の指導的要職に就くことがなかった「熱き信仰者」クリメント神父の「他者の霊《たましひ》の救い」への配慮を、レオンチェフが感じ取っていた可能性は十分にある。

七、レオンチェフとアムヴローシイ長老

作家、思想家としてのレオンチェフの苦悩に満ちた人生の道は、精神の絶え間なき分裂状態の中に最も特徴的に現れていた。一方で、アトスの強烈な印象から脱することのできないレオンチェフが、ニコラ・ウグレシャ修道院での苦い経験の後に、これから自らが進むべき道として考慮した幾つかの選択肢の中には、再び東方の国々で勤務することさえ含まれていたと言われる（一八七五年十月一日付、グバストフ宛ての手紙参照）[143]。ところが、その後、彼が自らの思考に直に向かい合った時、更には、クリメント神父との交流が始まるようになると、彼は東方にではなく、今度はオプチナ行きを志願するようになる。その理由とは以下のようなものであった。

そこでは体にとっても憩いとなるでしょうが、何よりも心の洗濯になるからなのです。その当時は、クジノヴォ〔レオンチェフの領地〕へすら決して行かせてはくれませんでしたから。（一八七八年二月二十八日～三月一日付、姪マリア・ウラジーミロヴナ宛ての書簡[144]）

こうしたオプチナへの愛着と相前後して、レオンチェフは当初それほど執拗に求めてはいなかったアムヴローシイ長老との面会が偶然実現する。クリメント神父の死後、レオンチェフが絶望の淵から這い上がるべく、今後の人生に関する助言を求めたのはその時のことであった。

クリメントが死んだとき、わたしは自分の名が呼ばれるのを待ちわびつつ、アムヴローシイ神父の庵室の待合室に腰掛け、主の聖像に向かい、こう一人ごちていたのです、「主よ、この先、我が生命が長老を支えとし、慰めとすることができますようにお導きください！　爾はわたしの闘いをご存じのはずです！」（それは当時烈しいものだった。なぜなら、当時わたしはまだ恋することすらできたのだから。自尊心については、言うまでもありません！）……今回、わたしを長い間引き留め、落ち着かせ、いろいろと教え諭してくれたのは、あのアムヴローシイ神父でした。爾来、事態は全く違った方向へ向かいました。わたしは喜んで長老の言葉に遵うようになりました。どうやら、長老の方も、わたしをとても大事にしてくれ、あの手この手でわたしを慰めようとしてくれました。（一八九一年十一月、グバストフ宛の書簡の一部、全集版には入らず）[145]

事実、レオンチェフはその直後から文学活動の拠点をモスクワ郊外に置くことになるが、伝記作家に拠れば、彼はあらゆる疑問や問題点について、アムヴローシイ神父に手紙で助言を求めるようになったと報じている。[146]彼が長老の所謂霊の子となったのは、この頃であろうと推定される。レオンチェフのかつての功名心は影を潜め、深く真摯な信仰が勢力を増しつつあることは明らかであった。彼は自分の哲学的、政治的見解が一般的には奇妙に感じられることを自覚したうえで、将来の読者に対しては、それでも私見を教会の教理に持ち込むべきではなく、むしろ聖職者が命ずることは、たとえ如何なることであれ、遵守すべきであることを主張するようになった。[147]文壇における無名と凋落が彼を大いに苦しめていたことは事実であるが、レオンチェフは、「わたしを抹殺することが神の意に適っていたのだ」といった謙遜を旨とするキリスト教的宿命論によって、自らの運命を正当化しようとする。つまり、神が自分に課した試練とはそのようなものだったと理解するのである。レオンチェフは若い頃より旧約聖書の『ヨブ記』に関心を抱いていたが、そこで友人エリフの口を通して発せられる「ヨブは正しい、だがわたしは彼を試したかったのだ」[148]という神の言葉がどれほど彼を勇気づけたかは想像に難くない。

彼の謙遜は、確実に成長していった。レオンチェフは天国に入るには何をなすべきかという福音書の青年の問いに対する回答にも着目する。彼はガザのドーロテオス（Авва Дорофей）の言葉を引きながら、戒律は全キリスト教徒に遵守すべきものとして与えられているが、聖師父等は戒律を遵守したのみならず、神に「貞潔と非所有（целомудрие и нестяжание）」という高価な贈物を献げたのだと考えた。実は、これが戒律ではなく（聖書にも「娶るな、子どもをもうけるな」とは書いていない）、贈物である（「爾の所有を売りて、貧者に施せ」（マトフェイ福音十九章二一）を遵守すべき戒律とはしていない）ことが重要であるとレオンチェフは主張する。[149]これは神の命令ではなく、あくまで信者の自由意志に委ねられた問題だからである。更に、レオンチェフは人間に到達可能なキリスト教の本質をこう分析している。

キリスト教は地上の便宜と地上の安寧を説く昨今の教えからはかけ離れている。その根本において、キリスト教はハリストスのために絶え間なく強制する宗教である。しばしば霊と肉の闘いを軽減させてくれる我々のすべての資質は、神の賜に他ならない。自らを強制させることができなければ、我々が貢献できることは、ただ信仰、悔い改め、謙遜でしかない……我々の側がなし得ることと言えば、ただ自らを軽蔑し、すべてについて神に感謝することである。たとえここでの暮らしが耐え難い苦しみであってもである。[150]

レオンチェフの正教観の根底をなすものは、甘美な救済観によって彩られた楽観主義では決してない。しかし、彼はヨブの如く、過酷な現世の報いをも神の賜、すなわち恩寵と見なすことで、人生の意義を肯定的に理解しようとしたことは明らかである。レオンチェフは、ある意味で、修道士等に見られる、世界の宗教的現象を歴史的に理解しようとしない単純化された偏狭な信仰のあり方に批判的な態度を示していた。クリメント神父とのやり取りにはそうした傾向が顕著に現れている。しかし、レオンチェフ自身、そうした人々による正教擁護の弱点を知識人の立場から厳しく批判しながらも、他方では、自らの文学的運命に対する忍従、更には謙遜を獲得することによって、クリメント神父等が修道士として目指していた禁欲的信仰生活を自ずと体得していくことになった。それに加え、レオンチェフはロシアへ帰国して以来、晩年の一八八七年にオプチナ修道院の傍に居を構えるようになるまで、絶えず修道院に心惹かれていたことは事実である。修道院は彼の霊《たましひ》の調和にとっても、創造的霊感にとっても、明らかに益をもたらしてくれるものであったし、ある意味では、彼自身が進んで霊的な鍛錬を受けるために、修道士たちの判断に自己を委ねていたと言っても過言ではなかった。これに関して、彼は書いている。

修道士とは……その厳格な生活に相応しい特別の条件を課されてはいるものの、修道士ではない人々同様、正教徒であることに変わりはない。信仰を持つ俗人も、自由の度合は大きいものの、やはり禁欲的生活を送ることに変わりはないのだ。[151]

信仰によって課された厳格な霊的規則が重圧となり、それが調和どころか、霊的葛藤や分裂をも引き起こす原因ともなっていると感じていたレオンチェフが、この葛藤を緩和してくれる修道院の環境を必要としたとしても不思議はない。こうした修道院との関わりがレオンチェフの関心を占めていた背景には、信仰は修道士のものだけでも、ただ盲目的に信ずることしかできない無知な大衆のものだけでもなく、一旦不可知への信仰を獲得しさえすれば、誰よりも深く信ずることのできる教養階級の信仰にも通ずる彼独自の信念が透かし見えてくる。「教養階級の人々（博学者については言うに及ばず）の葛藤は遙かに烈しく、困難なものである。彼らは一般大衆と同じく、すでに列挙したこれらの感覚（憤怒、無作法、悪意、羨望、強欲、酩酊、放恣、怠惰等――筆者）、諸慾、習慣と闘わねばならないが、それ以上に、彼らは自身の知恵の傲慢さを砕き、意識的にそれを教会の教えに従属させなければならない」[152]というのがその前提となるのである。

クリメント神父の死後、レオンチェフは一時オプチナ修道院を離れるも、アムヴローシイ長老との文通を通して、徐々にその霊的指導下に入っていったと伝えられるが、残念ながら、その間の二人のやりとりを伝える往復書簡などは残されていない。一八七九年末から翌五月まで、当時ワルシャワにいた朋友グバストフによって紹介された新聞『ワルシャワ日記』のニコライ・ゴリーツィン編集長の補佐として当地に勤務し、それから、暫くクジノヴォで執筆活動を行った後、チェルチイ・イワーノヴィチ・フィリッポフ（一八二六〜一八九九、民俗学者、正教神学者、二等文官）の推薦を得てモスクワ検閲委員会の検閲官に任命されたのが一八八〇年末のことであった。彼は一八八七年二月に退職するまでの六年余りを、主に首都の文壇との密接な関係の中ですごしている。その当時の彼の暮らしぶりについてグバストフはこう証言している。

彼はごく質素な状況の中で暮らしていた。検閲の任務に彼が耐えられたのは、ひとえに糊口を凌ぎ、家族を養うためであった。その頃、彼が何よりも嬉々として思い描いていたのは、退職してオプチナ修道院に移り住むことであった。[153]

当時、レオンチェフがアムヴローシイ神父に従属していたことは、一八八七年に彼がモスクワ検閲委員会の職をかなりの年金（二千五百ルーブル）を取って退職すると、一八七一年に行った誓い（アトスで病から治癒したならば、オプチナに行く）を実行するために、人生の残りの日々を修道院のために献げるべきという長老の助言を受け入れたことを見てもわかる。尤も、こうした決断に至るまでに、些かなりとも逡巡がなかったわけではなかった。八六年一月にはグバストフに宛ててこう書いている（書簡は全集版に入らず）。

オプチナに強く惹かれているとは思わないでください……いいえ、一時的には喜んで住むかもしれませんが、長期間となると、いずれにせよ、あちこちに肉体的苦痛が、そしてあちこちに無頓着が生ずるでしょうから……いやもう手遅れなのです！[154]

ところが、グバストフに宛てた別の書簡では、四月に二か月ほどの予定でオプチナに赴く旨をしたためている。

五月には休暇をとって二か月ほどオプチナへ行きます。そこで何があるかは知る由もありません。すべては神の御手の中にありますから。ウィーンかバーデンに治療に行くのはやめます。アムヴローシイ神父がこれには同意してくれませんでした。[155]

またオプチナのスキトの住人で、見習い修道士であったエラスト（ヴィドロプスキー）に宛てた一八八六年十月二十三日付の書簡においては、自分のペテルブルグへの旅行について、アムヴローシイ神父に伝えるよう依頼している。事後談に拠ると、そこへは神父自らの祝福とチェルチィ・フィリッポフの助言によって赴き、様々な有力者と知り合いになるなど、きわめて精力的な七日間をすごしたことになっている。[156] これなどもレオンチェフが自らの文学的活動を長老の祝福のもとで行っていたことの証である。

一八八七年の秋、レオンチェフは妻と数人の使用人をともなって、オプチナ修道院の壁際に位置するかなり大きな二階建ての邸（例の「領事館」）を借り受けて、移り住んできた。それからというもの、レオンチェフはアムヴローシイ長老の意志に完全に遵うようになった。レオンチェフは自らが何らかの一歩を踏み出すごとに、行動や決心のみならず、心に思い描いたことがらに対しても、彼の祝福を必要と見なすようになった。彼はそうした祝福や従順が「死後の問題」に際しても、「利己主義を超越する」ためにも、重要な要素と考えていたのである。レオンチェフに対するアムヴローシイ長老の影響力は絶大であったが、同時にそれは寛容さによっても際だっていた。運命によって歪められ、恭順に彼の意志に遵った人間に対するオプチナの隠遁者の好意は、時としてレオンチェフの欠点や生活習慣に対する驚くべき甘やかしにまで達していた。

時間は前後するが、レオンチェフが新たな保守系の大新聞のために、一八八七年六月に受けたペテルブルグへの移住の招待に対する長老の反応などは、その最たる例と言えよう。レオンチェフ自身の説明によれば、長老は「招待者が後から追加で要求してくることもあるため、争いが起こらないように、俸給は予め《多めに》要求するようにと勧めてくれ」さえしたという。そればかりか、魂がこれ以上ないほど疲弊し、体力も極限まで衰えた自分にペテルブルグの冬が越せるのか、そこでまともに働くことができるのかといった配慮も含め、何もかもが想像を絶するものであった。

わたしの取った最初の行動は断りを入れることでした。しかしわたしは事の次第をアムヴローシイ神父に話さずに、この決定をくだすことを自分に許しませんでした。神父は断ることに祝福をくださいませんでした。それどころか、それ以上の報酬と便宜を要求するよう命じてきたのです。[157]

レオンチェフは年収六千ルーブリを要求するつもりだったが、アムヴローシイ神父は、年金込みで総額一万五百ルーブリにするために、八千ルーブリは必要と言ったのである。これほどの大胆な要求と、毎年五月から十月まではオプチナ修道院に滞在して仕事をするといった「前代未聞の」条件をつけたレオンチェフの手紙に対して、先方から色よい返事が貰えなかったことは言うまでもない。だがレオンチェフに落胆はなかった。「先方がこれらの条件に承諾すれば、それは神の意に適っているということであり、だめならば、そうではないということ[158]」と割り切っていたからである。

ところが反面、長老が「不誠実な用件」と見なした場合は、レオンチェフの要求といえども、出発に対して祝福を与えないことがあった。ある時、レオンチェフが当時の国民教育大臣デリャーノフに面談するためにカルーガに行く祝福と旅費を求めたことがあった。だがその面会の真意は、文学的目的というよりは、自分に好意を持っている政府要人に対して公私に亘る様々な問題について有利な相談を持ちかける腹づもりでいた。レオンチェフの書簡を読みながら、この霊の子の隠された動機を察知した長老は、カルーガ行きを命じなかった。レオンチェフはこの旅行に大きな関心を抱いてはいたが、長老の判断には喜んで遵ったのだった。「そこへ足を運ぶことも、浪費することも本意ではない」ことにその時初めて思い至ったのである[159]。

レオンチェフが当初の抵抗感から解放され、霊の父たるアムヴローシイ長老に完全に遵うようになったことは外部の訪問者によっても証言されている。有名な宗教研究家で、レオンチェフとも親交のあったエヴゲーニイ・ポセリャーニンは、哲学者アスターフィエフから聞いた話として、レオンチェフのこんな発言を紹介している。

マリア・イワーノヴナ〔アスターフィエフの妻〕、わたしがどれほど長老に私淑しているか、あなたはご存じでしょうか。もし彼があなたを殺すように命じれば、わたしは何ら躊躇することなく、それを実行していたことでしょうよ。[160]

彼のこうしたシニカルで度を超えた大胆さは、相手の女性のみならず、文壇においても、つねに悪評の原因となっていた。だが、これも彼の性格を反映したエピソードではある。

レオンチェフがオプチナで暮らした晩年の四年間は、この作家の文学的遺産という意味でも、多彩かつ豊穣をきわめた時期であったが、そもそも彼がモスクワ検閲委員会での激務から健康を損ない、一八八七年に旧友のチェルチイ・フィリッポフによって瀕死の体で担ぎ込まれたことを想起するならば、その後の快復と旺盛な活動ぶりは、文字通り奇跡と呼びうるものであった。それればかりか、彼自身の内面的な変容を体現するかの如きその創作活動は、それ以前の活動とは全く異なる意味合いを持ち始めていた。まずは、オプチナでのレオンチェフの生活環境は如何なるものだったのか。

何故にわたしが今年になって殆ど何も書いていないのか。書きたいと思わないし、幸い、その必要もないからです。わたしはここで静かに、のびのびと、安価で満ち足りた暮らしをしています。わたしは年額四百銀ルーブルできわめて風変わりな、修道院に隣接する小さな邸を借りています。だいぶ以前に、当地で亡くなった、さる敬虔な地主貴族によって建てられた、広々とした、二階建ての古い建物です。趣向を凝らした小庭が森に面しており、建物と塀によって、人々やあらゆる喧噪から遮断されているため、わたしは時として、何時間もぶっ続けにバルコニーで仏教的瞑想にふけったまま座っていることがあります。緑と森以外は、物も人も見えず、鳥のさえずり以外は何も聞こえてきません。冬、家はとても暖かく、がらんとしているので、わたし一人で（冬でさえ）

窓からすばらしい眺めの得られる二階の四部屋を独占しています。（一八八九年五月三十日付、オリガ・アレクセーエヴナ・ノヴィコーワ（旧姓キレーエワ）宛[161]）

レオンチェフの邸はオプチナ修道院の壁の外側にあったため、近隣の町々や首都から長老に面会に訪れる人々に会うも隠れるも、彼自身の自由な判断に委ねられていた。そのうえ、しばしば修道士たちを邸に招いては、徹夜禱や時課を執り行っていたと回想している。修道院から至近距離にありながら、敷地外という環境を生かしたレオンチェフのこのような生活は、言うまでもなく、彼の執筆活動に全面的な祝福を与えたアムヴローシイ長老の計らいによるものであったとはいえ、客観的には、そこに「審美的で、地主貴族的なキリスト教」の本質を指摘されたとしても致し方あるまい[162]。しかし他方、徹夜禱を立ち尽くすこともできない自らの非力を痛感しつつ、彼がオプチナ修道院の自身への肯定的な影響を享受するために、あらゆる誘惑と闘ったことを忘れてはならない。彼はアレクサンドロフに宛てた書簡の中でこう書いている。

わたしが歳のせいで（四十歳を超えたあたりから）、ついに詩よりも道徳を好むようになったのかと言えば……それは歳のせいでも……老齢と病気のせいでもなく……アトス、それからオプチナのおかげでした。（一八八七年七月二十四日〜二十七日付、アナトーリイ・アレクサンドロフ宛[163]）

これら修道院に彼が恩義を感じているのは、「本場の正教の世界観の厳格さ」、そして「古き正教における不動性」を維持しているためであった。こうした価値観はレオンチェフの中では一貫しており、たとえそれが耐え難いものであったり、時には容認し難いものであっても、それらを克服しようと努めたのは、余生をこれら修道院の揺るぎない正教的伝統の中ですごすためであったと言っても過言ではなかった。彼が突然修道院の規則に遵って、肉なしに生きることを決心し（ホミャコーフの言葉に拠れば、これ自体がすでに「内的な奇跡」であるという）[164]、アムヴローシイ長老から祝福を受けたことはそうした努力の顕著な現れであった。因みに、彼は煙草も断つことも宣言したが、長老はそうした闘いが書くことを邪魔することになりはしないかとの配慮から、それには祝福を与えなかったといわれる。

オプチナ修道院ですごした人生の最後の数年間におけるレオンチェフの内面的心情について言うならば、すべてを赦し、自らの文学的運命とすら和解する気分が彼の魂に生まれていた。彼は早くも一八八六年にグバストフに宛てて、自分の「社会的役割」は終わったと書いているが、これは文学に関する「聖なる火」が消えてしまったことを確認するかのような言葉である。[165] 彼は更にグバストフにこう言っている。

仮に五十五歳でそうなるとは、早いかもしれないが、あなたはご存じですね、かつてわたしが人々に励まされることがどれほどあったかを。文学的忍耐の弦はとうの昔に擦り切れていたのです。今は以前より少しはよくなったかもしれませんが、でももはや手遅れです。この弦はもう切れてしまい、新しい全く別の物とすり替わってしまいました。それはキリスト教的忍耐の理想です。しかし、この理想は最終的には無関心に逢着してしまうようです。わたしは無関心と言いましたが、これは決して倦怠ではありません。倦怠とは実に恐ろしいものなのです。[166]

ところが、レオンチェフは奇しくも人生最後の年になって文通を開始した、若き理解者ローザノフに、再び自らの保守主義的世界観を始め、文学的遍歴と不首尾に終わった人生の秘密を余すことなく開陳することになる。彼は書いている。

わたしの文学的運命は、忍耐を涵養する恐るべき訓練所でしかありませんでした。うらやむべきものもありません。（一八九一年五月二十四日付[167]）

それから一月ほど後にも、今度は自分の本業である「書くこと」について、以下のように告白している。

三十年間続いた闘いの末に、ついにわたしは不公平と裏切り、そしてある者たちの無関心、他の者たちの無力と蛮行、そして更に別の者たちの愚劣さゆえに疲れ果ててしまいました。（一八九一年六月十九日付[168]）

とは言え、レオンチェフがこれによって文学への情熱を完全に失ってしまったわけではなかった。同じ頃、新たに自分の文学への信奉者に出会い、この若者に信頼と感謝の念を抱くようになったことを子供のように喜んでいるからである。

ついに自分の作品を、他ならぬわたしが理解して欲しいと願っていた仕方で理解してくれる、二〇年来待ち望んでいた人物に出会ったのです」（一八九一年六月十三日付[169]）

レオンチェフにしても、「荒野でひとり呼ばわる声となることに、もう飽き飽きしていた」（同日付[170]）ことは確かであるが、古い借金を返済するためには、長年生業としてきた文学的営みから完全に撤退することはできないという、やむにやまれぬ事情があったのである。同じ問題をグバストフにも吐露して、以下のように書いている。

このままわたしは、きっとペンを手にしたまま死ぬことになるでしょう。主の意志のままになりますように。天上の力によってわたしの自尊心の上に立てられた十字架のようなものとしてこれを見るならば、もちろん、これは別の意味合いを持っています。……わたしは今ある作家という職業を、わたし個人の謙遜と浄罪のために課された困難なキリスト教徒としての義務（仕事で稼いだ金による古い借金の返済、貧者への援助、隣人への慰安等）としてだけ見ているのです。（一八九一年三月二十五日付[171]）

レオンチェフは一八九〇～一八九一年にかけて、時には拷問にも感じられた「書くこと」の必要性が目に見えて減少してきたことを喜んでいた。ローザノフにもこう書いている。

昨年まで、わたしは書かない一日を失われたものと考えていました。今ではそのような日はたくさんあります。それに書かなくてもよいことが嬉しくも感じられるのです。（一八九一年六月十九日付[172]）

レオンチェフはこうした悩みを常々アムヴローシイ長老にも打ち明けていた。そもそも、長老の庇護のもとで文筆活動を開始したレオンチェフであるが、その自由な活動と反比例するかのように、「書く」ための気力と能力は減退の一途を辿ったのである。齢六十を迎えたレオンチェフが、体力的な衰えから、仕事に多少退屈を覚えたのかもしれない。

秋までても、冬までても、雑誌に掲載するための新作を書かなくてもよいという祝福をアムヴローシイ神父か

らいただいて大喜びしました。（一八九一年六月十三日付、ローザノフ宛）[173]

これなどは、そうした彼の偽らざる心境であったであろう。しかし、そこにも長老から受けた内的な影響があったことを忘れてはならない。

レオンチェフは、アトスにおいても、ウグレシャの修道院においても、ここオプチナにおいても、長老や霊的な指導者から文学に専念する祝福を受けていたが、彼はそこに多少なりとも罪の意識を感じていた。と言うのも、それこそが、彼が忌避していた功名心、傲慢といった感情の温床となっていると見なしていたからである。彼は一度ならず、書くという「悪習慣」から足を洗いたいと公言しているし、少なくとも、「エロティック」なものは書かないように努めていた。とはいえ、実際には、その頃、自らの意に反して、長編小説『エジプトの鳩』を、東洋風の怠惰でけだるいエロス漂う場面で終えようとしていた。言うなれば、文壇という玄関口で冷たくあしらわれたために、庭から窓を叩くかのような、抑えようのない文学的才能が犯した罪を長老たちが自らの身に引き受ける格好となっていたのである。遂にレオンチェフの偉大な才能は潮が引くように減退し始めたかのようだった。こうした傾向は一八七九年の『クリメント・ゼーデルゴリム神父』の頃から顕著になり、オプチナに移り住んだ一八八七年にはもはや決定的となった。彼の新しい論文は、その圧倒的大部分が諸事件、書物、思想に対する論評であり、彼自身の思想はレフ・トルストイ、ウラジーミル・ソロヴィヨフ、ピョートル・アスターフィエフ等の作品を出発点としていた。その意味で、彼の晩年の議論は時に論争的ではあるものの、それは多分に二番煎じ的なものであり、真の独創性に欠けていたと言わねばならない。その原因は、ひとつに晩年のレオンチェフが思想的に飛翔することは少なく、専ら自らの崇拝者に宛てた書簡による批評に終始していたからである。

一例を挙げておこう。レオンチェフは死の直前、アムヴローシイ神父の勧めに応じて、セルギイ大修道院に移り住むが、そんなある日、旧知の哲学者ウラジーミル・ソロヴィヨフがモスクワ心理学協会で「中世的世界観の衰退について」と題して行った講演の内容を『モスクワ通報』紙で読んで、大いに驚愕したのである。彼はすぐさまアレクサンドロフに「我が目を信じたくない気分だった」（一八九一年十月二十二日付）と書き送っている。[174] レオンチェフはソロヴィヨフの才能に対して、畏敬の念と同時に、心震えるほどの、えも言われぬ不安を抱いていたが、この講演の梗概はレオンチェフの宗教観の根底を揺るがすような大胆かつ直截的見解を含んでいたようである。レオンチェフは怒り心頭に発し、「ソロヴィヨフを帝国の領土から放逐すべきだ」（一八九一年十月二十三日付、アレクサンドロフ宛の書簡[175]）とまで言い放つ。しかしアムヴローシイ長老の言いつけにしたがって、彼は公的な場を通して反駁しようとはしなかった。

数々の重要な理由から、自ら反駁することはできません。わたしの「弦」は長い忍耐のせいか、それに時宜を得た支持を受けなかったためか、擦り切れてしまったようです……翼を広げようにもできないのです。精神が失われてしまったのです。（同上書簡[176]）

この書簡が書かれたのは、敬愛するアムヴローシイ神父がシャモルジノ女子修道院で永眠したという知らせを受け取ってから一週間後のことであった。レオンチェフはアムヴローシイ神父の死にさほど衝撃を受けなかったと語っている（「わたしは長い間来る日も来る日も、彼の死を待ち受けていたので、今やこの知らせに些かも驚きませんでした」）。レオンチェフは、長老の死に対して心の準備ができていなかった人々、「純粋に霊的な感情によらず、心理的な感情によって彼に全幅の信頼を寄せていた人々にとって、この死はさぞかしこたえたでしょう」と推測するが、「わたしの彼に対する感情はより霊的なニュアンスを帯びていました」と断言する。つまり、「長老の言葉に遵い、彼の祝福なしに重要なことを行うことは避けていた」[177]というレオンチェフの態度は、長老制を霊的に理解していた証拠であると考えられる。彼の言葉を敷衍してみれば、彼にとって重要なのは、あくまでハリストスの真理と教会の教えであって、長老制という制度そのものでも、長老の地上的人格でもなかったということである。その意味では、レオンチェフがアムヴローシイ長老に対して抱いていた信頼も（決して信仰ではない）、同様の理解に基づいていたと見なすべきであろう。つまり、その人間性よりは、天上的な知性、炯眼さ、的確さに敬意を払う所以である。[178]

オプチナ修道院から摘み取った大いなる霊的果実を心ゆくまで堪能していたレオンチェフは、旧友や新たな知り合いに対して、たとえ数日間であれ、オプチナ修道院を訪れるよう熱心に呼びかけていた。彼らに、重要なことがらについては、アムヴローシイ長老の「祝福を得る」ように「説得しよう」としたのである。レオンチェフの確信に拠れば、長老は助言を求めてやって来る人々に、彼らを不安にし、当惑させているすべての問題についての霊的な解決の糸口を与えてくれるからであった。例えば、レオンチェフ自身がその才能を認め、熱心に支援していた詩人のアナトーリイ・アレクサンドロフの結婚についてもそうであった。彼はレオンチェフの助言にしたがってオプチナを訪れ、アムヴローシイ長老に相手の女性について詳しく物語った際、結婚の「祝福」を得ていたにも拘わらず、結婚したことをレオンチェフから非難されることを恐れたのか、その後、結婚の報告を怠っていた。それに対して、レオンチェフはアレクサンドロフに対して、「アムヴローシイ神父が祝福したことに、何を付け加えることなどありましょうか」（一八八八年十月七日付）[179]と憤慨して見せたのである。

晩年のレオンチェフは、アムヴローシイ長老の経験ある指導のもとで、益々霊的な強靭さを増していった。当時、オプチナのスキトで記録係を務めていたエラスト（ヴィドロプスキー）神父は以下のように証言している。

アムヴローシイ神父が彼〔レオンチェフ〕に全幅の信頼を寄せていたことは、この世の煩わしさに関する信念と福音を信仰する必要の欠如していた教養ある訪問者たちを、しばしば彼のもとへ送り込んでいたことにも現れている。[180]

レオンチェフはオプチナ修道院のすべてに魅せられていたと言っても過言ではなかった。そこでは外的な自然環境から、スキト内の長老の庵室で執り行われる徹夜禱に至るまで、すべてがお気に入りであった。長老制の高度な意義についての彼の独創的な見方はすでに概観した通りである。エラスト神父の言葉「悪人たちにも、ここは必要なのだ」[181]とは言い得て妙である。事実、レオンチェフは英雄的なまでに、自らを霊的、肉体的に鍛え続けた。彼は長老の祝福を得て、死に至るまでの三年間というもの肉食を断っていた。修道院においては当然と見なされるかかる斎《ものいみ》も、生来の貴族的な生活習慣、先天的な彼の病的な体質を考慮すれば、これは立派な功と見なすべきである。こうしたレオンチェフの努力をアムヴローシイ長老が見逃すはずはなかった。すでに死期迫るある日のこと、レオンチェフが霊の父たるアムヴローシイ神父の庵室を訪ねた際、長老の口から今や庵室ではマントを纏うべき時が来たという言葉を聞かされることになる。これに対して、レオンチェフはただ、いつまでに剪髪の準備をすればよいのかと問い返したにすぎなかった。

レオンチェフの書簡において、彼が受けた修道士への剪髪に直接言及した言葉を見いだすことはできない。それは文字通りアムヴローシイ神父の祝福によって、秘密裡に執り行われたのである。我々が知りうることは、そうした事実があったことと、彼が私信の中で取り上げている私生活に関する幾つかの仄めかしにすぎない。死の前年にアレクサンドロフに宛てた書簡には次のような表現が見られる。

わたしは塀の中へ移り住むこと、つまりスキトもしくは修道院に移り住むことを考えています。その場合、リザヴェータ・パーヴロヴナとワーリャ〔妻と女中〕はコゼーリスクに住まわせることになるでしょう。ですが、今は経済事情が許さず、それも叶いませんが。でも何かがそうさせようとするのです。アムヴローシイ神父はわたしのこの考えを好意的に見てくれています。（一八九〇年五月三日付、傍点は原文でイタリック[182]）

またその十か月後、グバストフに宛てた書簡には、「リザヴェータ・パーヴロヴナを神の助けによって、どこかに片づけてしまわなければなりません」（一八九一年三月二十五日付、傍点は原文でイタリック[183]）とある。これは当時、彼が剪髪後の自分と家族の落ち着き先を苦慮していたことの表れである。それから半年後、セルギエフ・ポサドからローザノフに宛てた書簡にはこう書かれている。

わたしの人生に今急激な転換が、より正確には、相互に依存し合うある種の変化が起こりつつあります。重要なことは、わたしが今、晩年の十一年をかけて固く築き上げてきた我が家の家庭生活を壊そうとしており、どこか塀の向こう側に足を踏み入れる機会を心待ちにしながら、取りあえず単身、ここへ、ある種「沈黙」の世界へ移り住んできたところなのです。（一八九一年十月十八日付[184]）

コノプリャンツェフは八月二十三日に、レオンチェフは「オプチナ修道院の前駆受洗イオアンのスキトにあるヴァルソノーフィイ神父の庵室にて、クリメントの名で密かに剪髪式を受けた[185]」と報じている。この記述からは、レオンチェフの剃髪式にアムヴローシイ神父自身が立ち会ったかどうかには触れられていないが、オプチナの記録に拠れば、同神父がオプチナから彼自身の開基になるシャモルジノの（カザン生神女）女子修道院に移り住んだのが一八九一年七月三日のことであり、終生そこから戻ることがなかったことから、剪髪式を執り行ったのはアムヴローシイ長老ではなかったと推測される。

すでに述べたように、レオンチェフはこの年の春先からアムヴローシイ神父によって、セルギエフ・ポサドへ移住することを強硬に勧められていた。すでに長老の霊の子として謙遜を獲得していたレオンチェフが、神父の助言に遵ったことは言うまでもない。[186]「トロイツァはオプチナを経験した後に、わたしが住むことに反対しないロシアで唯一の場所です[187]」とはグバストフに吐露した彼の偽らざる心情であった。レオンチェフは生神女の就寝祭後にオプチナを発って、一八九一年八月三十日にセルギエフ・ポサドに到着し、大修道院に新設された宿泊所に投宿している。これこそ彼の臨終の場所となった。レオンチェフはアムヴローシイ神父とどのような別れ方をしたのか。当初、長老がレオンチェフの病状を慮って、当地に移住するように説得し始めた頃から、こちらはその真意を測りかねていた。別れに際して、彼はここ二年ほど彼を悩ませていた新たな感覚について長老に打ち明けたのだった。それは、「書くことや他人の文章を読むことに対するというより……そもそも物書きという職業に対する嫌悪感」であった。レオンチェフが長老の言葉としてローザノフに伝えたところでは、「まずは健康を快復することです。古いものを出版しなさい。必要に迫られない限り、新しい作品は書かないことです」（一八九一年十月十八日付、ローザノフ宛の書簡[188]）とのことだった。これに続く、「主よ、この聖なる人間の遺訓が叶えられますように」というレオンチェフの祈りの言葉からも窺えるように、長老のこの愛に満ちた餞の言葉は、彼自身に対する罪の赦しの宣告に等しい、まさしく「天恵」とも言うべき言葉であった。

アレクサンドロフは、レオンチェフから聞いた言葉として、別れ際に長老が言った「もうじき、もうじき会えますから」を取り上げて、長老が自分とレオンチェフの死（アムヴローシイ神父は一八九一年十月十日、レオンチェフは同年十一月十二日）を予言したと結論づけているが、[189]実際、レオンチェフは自分の人生における年代の意味を深く考察していた。一八九一年九月五日にフーデリに宛てた書簡に拠れば、各十年代の最後から次の十年代の初めの年には運命的な事件や変化が必ず起こるのだという。一八三一年に生まれ、四一年に学校に上がり、五〇～五一年には初恋と無神論の洗礼を受け、様々な辛苦と青年時代に特有の幻滅と恥辱、病気、更にはトゥルゲーネフとの出会いと彼による高い評価と続く。六一年には結婚と文学活動における痛恨の失敗、従軍医師の職を棄て、領事としてトルコへ赴く。七一～七二年にはアトスでの修行を敢行し、修道院や長老たちと宿命的に出会っている。その後、領事の職を辞して祖国へ帰還するのもそうした経験による決断であった。この頃から著しく体調を壊す。家庭問題が勃発し、妻との別居。八〇年にはクリミアから妻が半狂乱の体で連れ戻される一方で、本人は生活苦から検閲委員会に勤務するようになる。これを契機に、ようやく文壇におけるささやかな成功が始まる。そこで九一年はどうなるのかと彼は想像するに、死という避けがたい運命に思い至るよりほかなかった。[190] 実際に彼がアムヴローシイ長老の死を知った時、自分の死をも愈々現実のものとして捉えるようになっていた。レオンチェフの予感は裏切らなかった。皮肉なことに、彼は長年の持病ではない肺炎に罹ると、それは急速に悪化し、十一月十二日の午前十時に息を引き取ったのだった。

レオンチェフが危篤に陥ったとの電報を受けて、モスクワからアレクサンドロフ夫妻が駆けつけてきた。彼らはレオンチェフの部屋に到着した時、レオンチェフに最後の痛悔と領聖を行って出てきたゲフセマネのスキトのワルナワ長老に出くわしたと回想している。[191] この高名な長老こそ、レオンチェフの心をセルギエフ・ポサドへ惹きつけていた。十一月十五日に、神学大学学長であった掌院アントーニイ（フラポヴィツキー）を始めとする大学所属の聖職者たちによって、クロトコワ孤児院教会にて埋葬式が執り行われた。レオンチェフは若いとき、モスクワの社交界で出会ったこのクロトコワに一目惚れしていたという。因みに、夫レオンチェフが永眠したとき、妻のエリザヴェータ・パーヴロヴナはオリョール県に住む夫の姪マリア・ウラジーミロヴナのもとに身を寄せていた。この二人はその後、そろって当地の女子修道院に入ったと伝えられる。

注

1　A.M. Коноплянцев. Жизнь К.Н. Леонтьева, в связи с развитием его миросозерцанием. М., 1991. С. 9. [Репринт] В кн.: Памяти Константина Николаевича Леонтьева. Литературный сборник. СПб., 1911.　レオンチェフを最もよく知る親友であり、レオンチェフに関する伝記的事実の大半はこのコノプリャンツェフの伝記からの情報であることを断っておく。

2　Там же. С. 74-75.

3　Летопись скита во имя святого Иоанна Предтечи и Крестителя Господня, находящегося при Козельской Введенской Оптиной пустыни. Т. 2. М., 2008. С. 17, 64, 69, 109 ; РО РГБ. Ф. 214. No. 359-366 (записи от 3 февраля, 1877 г.); No. 366. Л. 41; No. 366, Л. 168.

4　Письма К.Н. Леонтьева к К.А. Губастову от 5 апреля 1886 г. В кн.: К.Н. Леонтьев. Полное собрание сочинений и писем в двенадцати томах (дальше ПСС и П. в 12 тт.). Т. 12 (1). СПб., 2020 г. С. 200.

5　Письма К.Н. Леонтьева к А.А. Александрову от 24-27 июля 1887 г. В кн.: ПСС и П в 12 тт. Т. 12 (1). С. 368.　このアナトーリイ・アレクサンドロヴィチ・アレクサンドロフ（一八六一〜一九三〇）は、一八八四年頃よりモスクワのレオンチェフ邸にしばしば集まって来るようになった若者の一人で、イオシフ・フーデリ等とともに、レオンチェフの数少ない真の理解者であった。彼は後年、雑誌『ロシア展望（Русское обозрение）』や新聞『ロシアの言葉（Русское слово）』の編集に携わることになる。レオンチェフの晩年に関する彼の回想は信憑性が高いと言われる。

6　Письмо К.Н. Леонтьева к князю К.Д. Гагарину от 7 ноября 1887 г. В кн.: ПСС и П в 12 тт. Т. 12 (1). С. 408. コンスタンチン・ドミートリエヴィチ・ガガーリン公爵は当時カルーガ県の副知事を務めていたレオンチェフの友人である。彼は内務大臣ドミートリイ・アンドレーヴィチ・トルストイ伯爵と相通じるなど、この地方の有力者であったが、領地クジノヴォの管理などに関して、レオンチェフの個人的な相談相手でもあった。

7　Письмо К.Н. Леонтьева к И.И. Фуделю от 1 марта 1889 г. В кн.: ПСС и П в 12 тт. СПб., 2021. Т. 12 (2). С. 211-212. イオシフ・イワーノヴィチ・フーデリ（一八六四〜一九一八）は、レオンチェフの晩年において、精神的に最も相通じ合う若者の一人であった。彼はモスクワ大学の法科を卒業した後、一八八八年にレオンチェフと知り合うが、その影響のもとで、正教徒に、さらには司祭となった。レオンチェフの死後は、アレクサンドロフとともに、恩師の遺稿を整理して、一九一二〜一九一三年に著作集（第九巻で中断したが）をペテルブルグで出版した。

8 Письмо К.Н. Леонтьева к О.А. Новиковой от 30 мая 1889 г. В кн: ПСС и П в 12 тт. Т. 12 (2). С. 279-280. オリガ・アレクセーヴナ・ノヴィコーワ（一八四〇〜一九二五）は、スラヴ派の名門キレーエフ家に生まれ、人生の大半をイギリスでの政治社会活動に費やした女性である。彼女は人を惹きつける優れた能力を発揮して、自らが主催する政治サロンでは、グラッドストーン、カーライルといった当時のイギリス名士たちと幅広く交流した。『モスクワ報知』や『ロシア展望』などの編集にも協力している。

9 Леонтьев К.Н. Добрые вести. В кн.: ПСС и П в 12 тт. Т. 8 (1). СПб., 2007. С. 414.

10 Анализ, стиль и веяния — критический этюд о романах гр. Л.Н. Толстого. Журн.: Русский Вестник. 1890. No. 6-8. のことである。

11 Письмо К.Н. Леонтьева к К.А. Губастову от 10 декабря 1990 г. В кн.: ПСС и П в 12 тт. Т. 12 (2). С. 560-561. コンスタンチン・アルカージエヴィチ・グバストフ（一八四五〜一九一三）は、レオンチェフが外務所轄官庁時代からの同僚であり、親しい友人でもあった。彼はレオンチェフが官庁を退職した後も、トルコやコンスタンチノープル、ウィーンなどに勤務し、晩年には外務省役員として活躍した。レオンチェフ自ら語るところによれば、互いの信頼関係とその交流の長さと性質から言っても、生涯に亘る真の理解者であったのは、このグバストフと姪のマリア・ウラジーミロヴナだけだったという。他方、彼の残したレオンチェフについての回想には、その地主貴族然たる専制的性格に関する著者特有の鋭い指摘が見られる。См.: Памяти К.Н. Леонтьева. СПб., 1911.

12 Письмо К.Н. Леонтьева к А.А. Александрову от 26 февраля 1889 г. В кн.: ПСС и П в 12 тт. Т. 12 (2). С. 206-207.

13 Письмо К.Н. Леонтьева к Н.Я. Соловьеву от 17 октября 1878 г. В Кн.: ПСС и П в 12 тт. Т. 11 (2). СПб., 2019. С. 246. ニコライ・ヤーコヴレヴィチ・ソロヴィヨフ（一八四五〜一八九八、劇作家）は、ニコラ・ウグレーシャ修道院でのレオンチェフとの偶然の出会いによって、その才能を発掘され、オストロフスキーに紹介される。その助言を受けて、世に送り出された彼の諸作品は、首都の劇場で上演され、高い評価を受けることとなった。レオンチェフはソロヴィヨフについて「新しい劇作家、ニコライ・ソロヴィヨフ」（『ロシア通報』誌、一八七九年一二号）を書いている。

14 Письмо К.Н. Леонтьева к Иерею И. Фуделю от 9 марта 1889 г. В кн.: ПСС и П в 12 тт. Т. 12 (2). С. 219.

15 Письмо К.Н. Леонтьева к Иерею И. Фуделю от 28 января 1891 г. В. Кн.: ПСС и П в 12 тт. Т. 12 (3). СПб., 2021. С. 45-46.

16 Письмо К.Н. Леонтьева к В.В. Розанову от 13-14 августа 1891 г. В кн.: ПСС и П в 12 тт. Т. 12 (3). С. 179-180.

17 Там же. С. 180.

18 Письмо К.Н. Леонтьева к Иерею Иосифу Фуделю от 5 сентября 1891 г. В кн.: ПСС и П в 12 тт. Т. 12 (3). С. 189.

19 Письмо К.Н. Леонтьева к В.В. Розанову от 18 октября 1891 г. В кн.: ПСС и П в 12 тт. Т. 12 (3). С. 210.

20 レオンチェフ（修道士クリメント）は病状悪化を理由に、アムヴローシイ長老の祝福を得て、セルギイ大修道院を訪問したものの、修道僧として正式に大修道院に迎え入れられることはなかった。当時大修道院の院長であった掌院レオニード（カヴェーリン）は、彼が長老アムヴローシイによって秘かに剪髪された修道僧であることを理由に、彼を修道院に付属する来客用宿坊に留め置くことにしたのである。約三か月後にそこで没するレオンチェフの一足先に掌院レオニードが世を去ったことは、この二人の不思議な因縁を感じさせるが、それ以上に、この二人の関係が一八七三年に始まることを思えば、一層その感を強くせざるを得ない。つまりレオンチェフはサロニカで領事職を辞し、ロシアに帰国するにあたって、当時ノーヴィイ・エルサレム修道院の掌院であったレオニードに、自分を修道院に入れて欲しいと懇願する手紙をしたためているのである。この時も、掌院は修道士として通過すべき様々な試練と文学活動は両立できないことを理由に、レオンチェフに断りの手紙を書いている（現存せず）。それでもレオンチェフは七四年の夏にこの修道院を訪れ、レオニードと語り合い、その後、ニコラ・ウグレシャ修道院、更にはオプチナに自らの棲み家を見いだすことになる。因みに、このレオニードもオプチナのマカーリイ、更にはアムヴローシイの霊の子であった。См.: Письмо К.Н. Леонтьева к архимандриту Леониду (Кавелину) от 8 июля 1873 г. В кн.: ПСС и П в 12 тт. Т. 11 (1). СПб., 2018. С. 363. レオンチェフの死後、彼がセルギエフ・ポサドに近いゲフセマネのスキトに葬られたことは長らく忘れられていたが、一九二七年にミハイル・プリーシヴィン（Пришвин М.М. 1873-1954）が残した記録に基づいて調査が行われた結果、一九九一年に発見された。その後、宗教慈善団体「ラドネジ」によって墓碑が再建され、やはり後年同地で亡くなったローザノフと並んで葬られることになったのである。(См.: Калуга в шести веках. Материалы 1-ой городской краеведческой конференции. Калуга. 1997. С. 146-148)

21 Николай Бердяев. Константин Леонтьев. Собрание сочинений. YMCA-PRESS. Париж. 1997. Т. 5. С. 567.

22 Письмо К.Н. Леонтьева к Н.А. Усманову от марта 1888 г. В кн.: ПСС и П в 12 тт. Т. 12 (2). С. 35.

23 Там же. С. 40.

24 Там же. С. 43.

25　Леонтьев К.Н. Добрые вести. В кн.: ПСС и П в 12 тт. Т. 8 (1). С. 424.

26　Там же.

27　Коноплянцев А.М. Жизнь К.Н. Леонтьева в связи с развитием его миросозерцания. М., 1911. С. 134. [Репринт]; Письмо К.Н. Леонтьева о старчестве. В журн.: Русское обозрение. 1894. кн.10. С. 818.　レオンチェフは晩年長老アムヴローシイを師として生きぬく決意をするが、長老の庵室の前で名を呼ばれるのを待ちながら、救主の聖像に向かってこう祈ったと伝えられる、「主よ、この先、我が生命が長老を支えとし、慰めとすることができますようにお導きください。爾は我が闘いをご存じのはずです（それは当時まだ烈しいものだった。なぜなら、当時わたしはまだ恋することもできたのだから。自尊心については言うまでもありません）。

28　Александров А.А. Памяти К.Н. Леонтьева. В кн.: К.Н. Леонтьев. Pro et contra. Кн. 1. СПб., 1995. С. 374.

29　ただし、レオンチェフの「反動」には時代と逆行する旧習墨守の傾向はない。彼は社会、政治、文化生活の最良の形式と類型を求めるという意味の「反動」である。同様に、彼を保守派と言う時、その保守主義は最良のものを維持し、最も強固なものを発展させる方向性を持つ。つまりそれは社会、国家、個々人、上流階級や支配層から選ばれた人間にとって必要なものと考えるのである。См.: Долгов К.М. Восхождение на Афон. Жизнь и миросозерцание Константина Леонтьева. М., 1997. С. 197.

30　Леонтьев К.Н. Тургенев в Москве. (1851-1861) Кн.: ПСС и П в 12 тт. Т. 6 (1). СПб., 2003. С. 698.

31　Там же. С. 697.

32　Там же. С. 715.

33　ドストエフスキー初期の同名の短編小説を想起されたい。恐怖や絶望を契機として、正反対の価値観に転身する所謂「振り子」の心理的モチーフはドストエフスキーの小説の手法としては典型的である。См.: Котельников В.А. Православные подвижники и русская литература. М., 2002. С. 299.

34　Достоевский Ф.М. Полное собрание сочинений (ПСС.) в 30 тт. Л., 1984. Т. 27. С. 56.

35　Леонтьев К.Н. Тургенев в Москве. (1851-1861). Кн.: ПСС и П в 12 тт. Т. 6 (1). С. 715.

36　Там же. С. 733.

37　レオンチェフの回想を残したアレクサンドロフによれば、この「ロシアのニーチェ」という呼称は、ニーチェとの思想的類似点によるものというよりは、むしろ西欧に対するロシアの思想的隷属状態から判断して、レオンチェフの死後、彼に一流の「反動思想家」のレッテルを貼ることで、追従する傾向があったのだという。他方、ローザノフは、彼の中にキリスト教のパトスを形成している道徳規準の普遍性を否定、あるいは軽蔑する傾向があることに気づいていた。これはニーチェやニーチェ派の人々によって「善悪の彼岸＝道徳」と名づけられたところのものである。彼は「永遠の遺訓」たる旧約の遺訓から離れることができず、結局、自己の反道徳を掲げて、キリストに反旗を翻したのだとローザノフは分析する。См.: Александров А.А. Памяти К.Н. Леонтьева. К.Н. Леонтьев. Pro et contra. Кн. 1. СПб., 1995. С. 363.; Письма К.Н. Леонтьева к В.В. Розанову с комментариями Розанова. В кн.: Литературные изгнанники. Н.Н. Страхров. К.Н. Леонтьев. М., 2001. С. 329.

38 Леонтьев К.Н. По поводу рассказов Марка-Вовчка. В кн.: ПСС и П в 12 тт. Т. 9. СПб., 2014. С. 31-61.

39 Леонтьев К.Н. Тургенев в Москве. (1851-1859). В кн.: ПСС и П в 12 тт. Т. 6 (1). С. 740-743.

40 Там же. С. 747.

41 Письмо К.Н. Леонтьева к А.А. Александрову от 9 ноября 1887 г. В кн.: ПСС и П в 12 тт. Т. 12 (1). С. 413.

42 Письмо К.Н. Леонтьева к А.А. Александрову от 2 марта 1888 г. В кн.: ПСС и П в 12 тт. Т. 12 (2). СПб., 2020. С.30.

43 Письмо К.Н. Леонтьева к В.В. Розанову от 13-14 августа 1891 г. В кн.: ПСС и П в 12 тт. Т. 12 (3). СПб., 2021. С. 177.

44 Леонтьев К.Н. Национальная политика, как орудие всемирной революции (Письмо к о. И. Фуделю). В кн.: ПСС и П в 12 тт. Т. 8 (1). СПб., 2007. С. 508-511.

45 Письмо К.Н. Леонтьева к А.А. Александрову от 5 февраля 1888 г. В кн.: ПСС и П в 12 тт. Т. 12 (2). С. 27.

46 Леонтьев К.Н. О романах гр. Л.Н. Толстого. Анализ, стиль и веяние. В кн.: ПСС. Т. 7. СПб., 1912. С. 8. この表現はトルストイ論に付せられたアレクサンドロフによる序文の末尾に認められるが、最新の全集版（第9巻所収、2014）からは削除されている。

47 Письмо К.Н. Леонтьева к А.А. Александрову от 23 октября 1891 г. В кн.: ПСС и П в 12 тт. Т. 12 (3). С. 228.

48 Леонтьев К.Н. Византизм и славянство. В кн.: ПСС и П в 12 тт. Т. 7 (1). СПб., 2005. С. 389.

49 Никольский Б.В. К характеристике К.Н. Леонтьева. В кн.: Памяти Константина Николаевича Леонтьева. †1891. Литературный сборник. СПб., 1911.С. 369.

50　Леонтьев К.Н. Тургенев в Москве. 1851-1861. В кн.: ПСС и П в 12 тт. Т. 6 (1). С. 746.

51　Леонтьев К.Н. В своем краю. В кн.: ПСС и П в 12 тт. Т. 1. СПб., 2000. С. 46.

52　Письмо К.Н. Леонтьева к В.В. Розанову от 24 мая 1891 г. с комментариями В.В. Розанова. В кн.: Розанов В.В. Литературные изгнанники. М., 2001. С. 344.

53　Булгаков С.Н. Тихие думы. М., 1918. С. 131. [Репринт]

54　Леонтьев К.Н. О романах гр. Л.Н. Толстого. Анализ, стиль и веяние. Предисловие Анатолия Александрова. В кн.: ПСС в 9 тт. Т. 7. М., 1911. С. 8.

55　Письмо К.Н. Леонтьева к А.А. Александрову от 24 июля 1887 г. В кн.: ПСС и П в 12 тт. Т. 12 (1). С. 363-364.

56　Леонтьев К.Н. Моя литературная судьба. Автобиография Константина Леонтьева. 1874-1875 года. В кн.: ПСС и П в 12 тт. Т. 6 (1). СПб., 2003. С. 80.

57　Там же. С. 134-135.

58　「死を前にした混合（смешение перед смертью）」という表現は、レオンチェフの多面性が肉体の死の恐怖に対して、修道士のような自己超越と経験主義的な悟りといったアンビバレントな態度をとったことを揶揄する表現とも受け取られたが（事実、смешение には混乱という意味がある）、これは彼自身が西欧の国家体制や文化の崩壊する過程を、単純化と定義し、古来持ち合わせてきた民族的特質を徐々に摩耗させていく過程を否定的に表現するために用いた概念である。См.: Долгов К.М. Восхождение на Афон. Жизнь и миросозерцание Константина Леонтьева. М., 1997. С.196-197.

59　病理学的観察を世界の様々な現象に適用させることの名手という意味で、レオンチェフを病理学者に喩えたのは、思想家ローザノフであったが、レオンチェフの処女作『恋愛結婚』を評したトゥルゲーネフは、「この特筆すべき小品」の主題が扱う関心は、「心理学的なものというよりもむしろ、病理学的なものである」と書いている。См.: Письмо В.В. Розанова к К.Н. Леонтьеву. В кн.: Литературные изгнанники. М., 2001. С. 410.; Тургенев И.С. Письма. Т. 2. В кн.: Полное собрание сочинений и писем в 30 тт.. М., 1987. С. 103.

60　Леонтьев К.Н. Средний европеец, как идеал и орудие всемирного разрушения. В кн.: ПСС и П в 12 тт. Т. 8 (1). СПб., 2007. С. 174.

61 Леонтьев К.Н. Византизм и Славянство. В кн.: ПСС и П в 12 тт. Т. 7 (1). СПб., 2005. С. 406.

62 Леонтьев К.Н. Четыре письма с Афона. Письмо 2-е. В кн.: ПСС и П в 12 тт. Т. 7 (1). СПб., 2007. С. 153.

63 Там же. Письмо 4-е. С. 172.

64 Никольский Б.В. К характеристике К.Н. Леонтьева. В кн.: Памяти Константина Николаевича Леонтьева. †1891. Литературный сборники. СПб., 1911. С. 378.

65 Леонтьев К.Н. Византизм и славянство. В кн.: ПСС и П в 12 тт. Т. 7 (1). С. 377. 概して、レオンチェフは西欧の平等主義、自由主義の特徴を、個々の民族や文化の相貌を均一化するという意味で、同化的混合と見なして、警戒していた。ビザンツ世界のみがそうした平準化の波を免れたとして、ロシアが帰依すべき原型をそこに見出すのである。

66 Котельников В.А. Православные подвижники и русская литература. М., 2002. С. 310.

67 Леонтьев К.Н. Византизм и славянство. В кн.: ПСС и П в 12 тт. Т. 7 (1). СПб., 2005. С. 383.

68 Леонтьев К.Н. Анализ, стиль и веяние. (О романах гр. Л.Н. Толстого). В кн.: ПСС и П в 12 тт. Т. 9. СПб., 2014. С. 263. ここでレオンチェフが『戦争と平和』の「生命力の権化」たるアンドレイ・ボルコンスキーを念頭に置いていることは疑いない。

69 Леонтьев К.Н. Владимир Соловьев против Данилевского. В кн.: ПСС и П в 12 тт. Т. 8 (1). СПб., 2007. С. 338.

70 Письмо К.Н. Леонтьева к Иерею Иосифу Фуделю от 26 января 1891 г. В кн.: ПСС и П в 12 тт. Т. 12 (3). СПб., 2021. С. 32.

71 Котельников В.А. Православные подвижники и русская литература. М., 2002. С. 312-313.

72 Письмо В.В. Розанова к К.Н. Леонтьеву от 13 августа 1891 г. В кн.: В.В. Розанов. Литературные изгнанники. М., 2001. С. 373.

73 Леонтьев К.Н. Епископ Никанор о вреде железных дорог, пара и вообще об опасностях слишком быстрого движения жизни. В кн.: В ПСС и П в 12 тт. Т. 8 (1). СПб., 2007. С. 157.; В кн.: Византизм, Россия и Славянство. В кн.: Собрание сочинений. Т. 7. С. 483.

74 Коноплянцев А.М. Жизнь К.Н. Леонтьева, в связи с развитием его миросозерцанием. М., 1991. С. 74. [Репринт]

75 Леонтьев К.Н. Четыре письма с Афона. Предисловие автора. В кн.: ПСС и П в 12 тт. Т. 7 (1). СПб., 2005. С. 131.

76 Леонтьев К.Н. Четыре письма с Афона. В кн.: ПСС и П в 12 тт. Т. 7 (1). С. 132-133.

77 Леонтьев К.Н. Мое обращение и жизнь на св. Афонской горе. В кн.: ПСС и П в 12 тт. Т. 6 (1). СПб., 2003. С. 782. 同手記によれば、

アトスの霊父イエロニム神父は、レオンチェフが自伝を出版することで、文壇は医者でもあり文学者でもある彼が正教会に転向したことを槍玉にあげて「イエズス会派」などと中傷することを危惧したと記されている。

78　Там же. С. 783.

79　Там же. С. 785.

80　Там же. С. 783.

81　Там же. С. 784.

82　Там же.

83　Там же. С. 788.

84　Там же.

85　Там же. С. 789.

86　Там же.

87　Там же.

88　Там же. С. 790.

89　Леонтьев К.Н. Моя исповедь. В кн.: ПСС и П в 12 тт. Т. 6 (1). СПб., 2003. С. 228. この手記は本全集で初めて出版されたものである。これもアトスの修道司祭イエロニムによって、作家の死後出版することを勧められた「自伝」のひとつであった。

90　Там же.

91　Там же. С. 229.『我が告白』は一八七八年当時のレオンチェフの鬱屈した精神状態が顕著に表現されているという意味で、きわめて特殊な資料的価値を持つが、アトスの二人の霊父の名誉のために付言するならば、晩年に書かれた『アトス山のロシア聖パンテレイモン修道院の典院にして掌院マカーリイ神父の思い出』（一八九〇年）によれば、彼ら（イエロニムとマカーリイ）がレオンチェフに与えた霊父としての影響には計り知れぬものがあったことが、感謝の気持ちとともに回想されている。

92　Там же.

93　Там же. С. 230.

94 Там же. С. 232.

95 Там же.

96 「人間が三人残るところに真の教会がある」という表現は、主教区を三主教から構成することを謳った教会法の一項目を指しているものと思われる。だが、もとを正せば、ハリストスの言う「蓋二人或は三人の我が名に因りて集まる處には、我もその中に在るなり」（マトフェイ福音十八章二〇）の教会の原義を敷衍して解釈したものである。

97 Там же. С. 233.

98 Леонтьев К.Н. Мое обращение и жизнь на св. Афонской горе. В кн.: ПСС и П в 12 тт. Т. 6 (1). С. 798.

99 Леонтьев К.Н. Четыре письма с Афона. В кн.: ПСС и П в 12 тт. Т. 7 (1). С. 134-135.

100 Там же.

101 Там же. С. 138.

102 それに先立つ一八七〇年のこと、姪のマリア・ウラジーミロヴナがトルコのレオンチェフ邸からクジノヴォのレオンチェフの母親のもとへ帰還した時、母親に、レオンチェフが仕事で数々の成功を収めたにも拘わらず、憂鬱に囚われ、「自分の人生を修道院で終えることを考えている」と伝えたことが自伝には記されている。См.: Леонтьев К.Н. Мое обращение и жизнь в св. Афонской горе. ПСС и П в 12 тт. Т. 6 (1). С. 797.

103 Леонтьев К.Н. Четыре письма с Афона. Письмо 2-е. В кн.: ПСС и П в 12 тт. Т. 7 (1). С. 139.

104 Там же. С. 140.

105 Там же.

106 Там же. С. 144.

107 Там же. С. 146.

108 Там же. С. 148.

109 Там же. С. 153.

110 Там же. С. 154 -155.

111 Там же. С. 156 -157.

112 Там же. С. 163.

113 Там же. С. 166.

114 Там же. С. 170.　こうした問題設定の仕方にレオンチェフ特有の異教的性格が反映していると言うベルジャーエフの見解には正当性を認めないわけにはいかない。「彼は、宗教生活においては彼岸の世界に目を向け、修道生活を志向するキリスト教徒、禁欲主義者であったが、俗世においては、異教徒と美学者という二元的意識の中で死ぬまで二重生活を送ったのである」とは彼のレオンチェフ評価の根底をなしている。その意味で、彼はキリスト教徒でありながら、その美学的興味から「賢者には愚者」を、「アルキビアデスにはゴルゴダ」を、「ルネッサンスには修道院」を対置する。こうした対立の共存こそがレオンチェフの考える「調和」なのであった。См.: Бердяев Н.А. Константин Леонтьев. В кн.: Собрание сочинений. Т. 5. PARIS. YMCA-PRESS. 1997. С. 545.

115 Там же. С. 171-172.

116 Там же. С. 172.

117 レオンチェフは「アトスからの四通の手紙」を出版する意図を持っていたものの、形式的には、当時ロシアに戻っていた姪のマリア・ウラジーミロヴナに宛てる形を取っていた。

118 Там же С. 173.

119 Бердяев Н.А. Константин Леонтьев. В кн.: Собрание сочинений. Т. 5. PARIS. YMCA-PRESS. 1997. С. 547.　レオンチェフがドストエフスキーやトルストイの宗教を「地上における調和の実現」を夢想する「バラ色のキリスト教」と称したことは有名であるが、ベルジャーエフはレオンチェフの悲観的宗教観を「黒色のキリスト教」と呼んだことは特徴的である。Там же. С. 545.

120 Леонтьев К.Н. Мое обращение и жизнь на св. Афонской горе. В кн.: ПСС и П в 12 тт. Т. 6 (1). СПб., 2003. С. 794.

121 聖詠とは正教会の用語で、旧約聖書の「詩編」のこと。これら二箇所の引用はともに、痛悔の必要性を謳った第五〇聖詠から取られたものである。

122 Там же. С. 795.

123 Владимир Добров. Константин Леонтьев в Оптиной Пустыни и у Стен Троице-Сергиевой Лавры. В журн.: Литературная учеба. 1996.

Кн. 3. С. 132. ここで引用した論文は、同著者が帝室モスクワ神学大学の組織哲学および論理学講座の博士候補論文として一九一六年に執筆したものの一部であり、ソヴィエト時代には一度も印刷されなかったものである。

124 Письмо К.Н. Леонтьева к И.И. Фуделю от 14 декабря 1889 г. В кн.: ПСС и П в 12 тт. Т. 12 (2). СПб., 2020. С. 189.

125 Леонтьев К.Н. Отец Климент Зедергольм, иеромонах Оптиной Пустыни. В кн.: ПСС и П в 12 тт. Т. 6 (1). С. 265-266.

126 Там же. С. 265　ここでレオンチェフはゼーデルゴリム自身がアトス滞在中に書き残した日記（未公開だが、オプチナ修道院にコピーが現存している）を読む機会を得たことで、それを紹介しながら、彼の人となりを分析、解明するという方法を取ったと明かしている。

127 Там же. С. 331.

128 Там же. С. 338-339.

129 Там же. С. 350.

130 Там же. С. 351.

131 Письмо К.Н. Леонтьева к Иеромонаху Клименту (Зедергольму) от 2 апреля 1878 г. В кн.: ПСС и П в 12 тт. Т. 11 (2). СПб., 2019. С. 198. 当時、このクリメント神父に宛てた唯一の書簡は既刊の作品集には含まれておらず、新全集版で初めて日の目を見たものである。クリメント神父は自らの死によって、この書簡を読むことはできなかった。

132 Там же. С. 198-199.　レオンチェフのこの議論を、この直後から著書『クリメント・ゼーデルゴリム神父』の中で、詳しく展開することになる。そこでもレオンチェフはヴォルテールの論文とダヴィドの聖詠を両立させることを罪とは思わない自らの知的性向について語りつつ、「やはりわたしにとって、自己理性は他の如何なる理性よりも尊い」と主張する。他方、クリメント神父は、国家事業、学問や文学といった世俗の問題において有効な情熱、エネルギー、知恵の英断といったものは、宗教に関しては、西欧人を破滅させる要因であったと反駁する。レオンチェフは、こうした修道士の如き信仰は「知恵の単純化」と見なしており、それを共有することはできないと断言する。См.: Леонтьев К.Н. Отец Климент Зедергольм, иеромонах Оптиной Пустыни. Т. 6 (1). СПб., 2003. С. 333-339.

133 Леонтьев К.Н. Письмо К.Н. Леонтьева к К.А. Губастову от 13 сентября 1880 г. В кн.: ПСС и П в 12 тт. Т. 11 (2). СПб., 2019. С. 386.

134 Письмо К.Н. Леонтьева к К.А. Губастову от 12 августа 1875 г. В кн.: ПСС и П в 12 тт. Т. 11 (1). СПб., 2018. С. 453.

135 Леонтьев К.Н. Отец Климент Зедергольм, иеромонах Оптиной Пустыни. В кн.: ПСС и П в 12 тт. Т. 6 (1). СПб., 2003. С. 337.

136 Леонтьев К.Н. Четыре письма с Афона. Письмо 2-е. В кн.: ПСС и П в 12 тт. Т.7 (1). СПб., 2005. С. 141.

137 Там же. С. 27.

138 Письмо К.Н. Леонтьева к К.А. Губастову от 5 декабря 1876 г. В кн.: ПСС и П в 12 тт. Т. 11(2). СПб., 2019. С. 54-55.

139 Письмо К.Н. Леонтьева к К.А. Губастову от 2 августа 1877 г. В кн.: ПСС и П в 12 тт. Т. 11 (2). С. 84.

140 Письма К.Н. Леонтьева к К.А. Губастову от 20 августа – 7 сентября 1877 г. В кн.: ПСС и П в 12 тт. Т. 11 (2). С. 95-96.

141 Письмо К.Н. Леонтьева к К.А. Губастову от 5 декабря 1876 г. В кн.: ПСС и П в 12 тт. Т. 11 (2). С. 52.

142 Леонтьев К.Н. Отец Климент Зедергольм, иеромонах Оптиной Пустыни. В кн.: ПСС и П в 12 тт. Т. 6 (1). СПб., 2003. С. 337.

143 Леонтьев К.Н. Письмо К.Н. Леонтьева к К.А. Губастову от 1-4 октября 1875 г. В кн.: ПСС и П в 12 тт. Т. 11 (1). С. 462-463.　彼はこの手紙をモスクワ郊外のニコラ・ウグレシャ修道院を出て数か月後に、カルーガ県メショーフスクにある聖ゲオルギイ修道院から書いていることも興味深い。彼がニコラ・ウグレシャ修道院で院長と交わした会話から伺われるのは、作家としての不遇と、人生の迷いに由来する鬱屈した気分であった。そこで彼は憂さを晴らそうと一週間の予定で聖ゲオルギイ修道院に立ち寄ったのである。

144 Письмо К.Н. Леонтьева к М.В. Леонтьевой от 1 марта 1878 г. В кн.: ПСС и П в 12 тт. Т. 11 (2). СПб., 2019. С. 177.

145 Письмо К.Н. Леонтьева о старчестве. В журн.: Русское Обозрение. 1894. Октябрь. С. 818.

146 Коноплянцев А.М. Жизнь К.Н. Леонтьева, в связи с развитием его миросозерцания. М., 1991. С. 134.

147 例えば、敬愛するクリメント神父が、レオンチェフのイスラム思想をも容認する宗教的寛容さを手厳しく戒めた時、「わたしは正教に……完全に従属しています。わたしは神父に自分の理性にとって説得力を持つものに限らず、わたしに嫌気を起こさせるものをも認めています」と応えていることを想起しておきたい。レオンチェフは自身の正教信仰が揺るぎないものであることを認めたうえで、クリメント神父にはない思想的広さを自らの拠り所としていたことが推察される。См.: Леонтьев К.Н. Отец Климент Зедергольм, иеромонах Оптиной Пустыни. В кн.: ПСС и П в 12 тт. Т. 6 (1). СПб., 2003. С. 331-332.

148 Леонтьев К.Н. Моя литературная судьба. ПСС и П в 12 тт. Т.6 (1). СПб., 2003. С. 124.

149 Леонтьев К.Н. Отец Климент Зедергольм, иеромонах Оптиной Пустыни. Т. 6 (1). С. 277.

150 Там же. С. 277-278.

151 Там же. С. 286.

152 Леонтьев К.Н. Мое обращение и жизнь на св. Афонской горе. В кн.: ПСС и П в 12 тт. Т. 6 (1). С. 789.

153 Губастов К.А. Из личных воспоминаний о К.Н. Леонтьеве. Памяти К.Н. Леонтьева. †1891. СПб., 1911. С. 222.

154 Письма К.Н. Леонтьева. В журн.: Русское обозрение. 1897. Декабрь. С. 421.

155 Письмо К.Н. Леонтьева к К.А. Губастову от 5 апреля 1886. В кн.: ПСС и П в 12 тт. Т.12 (1). С. 200.

156 Письмо К.Н. Леонтьева к Э.К. Вытропскому от 23 октября 1886 г. В кн.: ПСС и П в 12 тт. Т. 12 (1). СПб., 2020. С. 255.

157 Письмо К.Н. Леонтьева к Анатолию Александрову от 24 июля 1887 г. В кн.: ПСС и П в 12 тт. Т. 12 (1). СПб., 2020. С. 366.

158 Там же.

159 Иваск Ю.П. Константин Леонтьев (1831-1891). Жизнь и творчество. Из кн.: К.Н. Леонтьев. Pro et Contra. Кн. 2. СПб., 1995. С. 578.

160 Поселянин Е.Н. Леонтьев. Воспоминания. В кн.: Константин Леонтьев. Pro et contra. Т. 1. СПб., 1995. С. 182.

161 Письмо К.Н. Леонтьева к О.А. Новиковой от 30 мая 1889 г. В кн.: ПСС и П в 12 тт. Т. 12 (2). СПб., 2020. С. 281.

162 Поселянин Е.Н. Леонтьев. Воспоминания. В кн.: К.Н. Леонтьев. Pro et contra.Т. 1. СПб., 1995. С. 187.

163 Письмо К.Н. Леонтьева к А.А. Александрову от 24 июля 1887 г. В кн.: ПСС и П в 12 тт. Т. 12 (1). СПб., 2020. С. 363.

164 Там же.

165 Письмо К.Н. Леонтьева к К.А. Губастову от 30 января 1886 г. В кн.: ПСС и П в 12 тт. Т. 12 (1). С. 193.

166 Там же. С. 193-194..

167 Письмо К.Н. Леонтьева к В.В. Розанову от 24-27 мая 1891 г. В кн.: ПСС и П в 12 тт. Т. 12 (3). СПб., 2021. С. 122.

168 Письмо К.Н. Леонтьева к В.В. Розанову от 19 июня 1891 г. В кн.: ПСС и П в 12 тт. Т. 12 (3). С. 139.

169 Письмо К.Н. Леонтьева к В.В. Розанову от 13 июня 1891 г. В кн.: ПСС и П в 12 тт. Т. 12 (3). С. 132.

170 Там же. С. 136.

171 Письмо К.Н. Леонтьева к К.А. Губастову от 25-26 марта 1891 г. В кн.: ПСС и П в 12 тт. Т. 12 (3). С. 79. レオンチェフは自身の生活が借金まみれだったにも拘らず、身内はもとより、晩年に知り合った数人の若い研究者を物心両面から援助していたという事実は殆ど忘れられている。彼の思想の最大の理解者となった詩人のアレクサンドロフ（後のモスクワ大学講師）や司祭のフーデリ等はその代表例である。

172 Письмо К.Н. Леонтьева к В.В. Розанову от 19 июня 1891 г. В кн.: ПСС и П в 12 тт. Т. 12 (3). С. 139.

173 Письмо К.Н. Леонтьева к В.В. Розанову от 13 июня 1891 г. В кн.: ПСС и П в 12 тт. Т. 12 (3). С. 133.

174 Письмо К.Н. Леонтьева к А.А. Александрову от 22 октября 1891 г. В кн.: ПСС и П в 12 тт. Т. 12 (3). С. 224.

175 Письмо К.Н. Леонтьева к А.А. Александрову от 23 октября 1891 г. В кн.: ПСС и П в 12 тт. Т. 12 (3). С. 229.

176 Там же. С. 226.

177 Письмо К.Н. Леонтьева к В.В. Розанову от 18 октября 1891 г. В кн.: ПСС и П в 12 тт. Т. 12 (3). С. 210.

178 掌院イサアキイが死の床にあった時（一八九〇年九月二十日付）、オプチナは誰を後継者（長老）に選ぶかという問題で揺れていた。この問題に関して、オプチナに候補者は「一人もいない」とレオンチェフは断言している。オプチナが十九世紀ロシアにおいて果たしてきた役割と、俗人にとってオプチナが有している理想的な影響力を考えた時、現代のオプチナに必要なのは教養ある修道院長であると彼は言う。あらゆる意味で、アムヴローシイ長老の炯眼さに匹敵する長老はもはやオプチナにもいないことを彼は痛感していたのである。См.: Письмо К.Н. Леонтьева к А. Александрову от 20 сентября 1890 г. В кн.: ПСС и П в 12 тт. Т. 12 (2). С. 500.

179 Письмо К.Н. Леонтьева к А.А. Александрову от 7 октября 1888 г. В кн.: ПСС и П в 12 тт. Т. 12 (2). С. 151.

180 Иеромонах Ераст (Вытропский). Историческое описание Козельской Оптиной Пустыни и Предтечева скита. Оптина Пустынь. 2000. С. 169.

181 Там же. С. 170.

182 Письмо К.Н. Леонтьева к А.А. Александрову от 3 мая 1890 г. В кн.: ПСС и П в 12 тт. Т. 12 (2). С. 451.

183 Письмо К.Н. Леонтьева к К.А. Губастову от 25 марта 1891 г. В кн.: ПСС и П в 12 тт. Т. 12(3). С. 81. 一見残酷とも思われかねないこの処遇に関して、レオンチェフの名誉のために付言しておけば、実際には、夫婦関係は一八七〇年頃より折り合いがつかず、彼女の望むままに同居と別居を繰り返していた。妻は当時より精神の失調を来たし、半狂人となっていたが、レオンチェフは離婚を自らに許さず、死に至るまで彼女を養い続けたのである。

184 Письмо К.Н. Леонтьева к В.В. Розанову от 18 октября 1891 г. В кн.: ПСС и П в 12 тт. Т. 12 (3). С. 209.

185 Коноплянцев А.М. Жизнь К.Н. Леонтьева, в связи с развитием его миросозерцания. М., 1991. С. 138.

186 アムヴローシイ神父の言葉、「キリスト教徒は徒に残酷な死を求めるべきではありません。治療も謙遜ですから」（一八九一年八月十四日付、ローザノフ宛の書簡）はレオンチェフにとって運命を決する言葉となった。См.: Письмо К.Н. Леонтьева к В.В. Розанову от 14 августа 1891 г. В ПСС и П в 12 тт. Т. 12 (3). С. 180.

187 Письмо К.Н. Леонтьева к К.А. Губастову от 14 мая 1891 г. В кн.: ПСС и П в 12 тт. Т. 12 (3). С. 108.

188 Письмо К.Н. Леонтьева к В.В. Розанову от 18 октября 1891 г. В кн.: ПСС и П в 12 тт. Т. 12 (3). С.211.

189 Анатолий Александров. Памяти К.Н. Леонтьева. В кн.: К.Н. Леонтьев. Pro et Contra. Кн. 1. СПб., 1995. Сергиев Посад. 1915. С. 371.

190 Письмо К.Н. Леонтьева к В.В. Розанову от 5 сентября 1891 г. В кн.: ПСС и П в 12 тт. Т. 12 (3). С.186-188.

191 Александров А.А. Кончина Константина Леонтьева. В кн.: Избранные письма. СПб., 1993. С. 611.

第七章　レフ・トルストイとロシア正教会

一、信仰と無信仰――宗教的探求と精神的離反の危機

トルストイの生い立ちに目を向けると、将来大作家になるこの人物の精神的特徴、もしくは世界観の基層をなす独特のものの見方が、すでに幼少期に形成されていたことが見てとれる。レフ少年は二歳を待たずして母親を失うが、叔母のタチアナ・エルゴーリスカヤをはじめとする後見人たちの尽力によって、物質的には裕福な伯爵家の何一つ不自由のない生活の中で、所謂「甘やかされた放蕩者」に育てあげられることになる。こうした家庭環境が、まずレフ少年に「信仰」から離れていく最初の契機を与えたと見なすことができる。とはいえ、十四世紀中葉に発する名門中の名門貴族であったトルストイ伯爵家が代々正教徒として敬虔な教会生活を送ってきたことは言うまでもない。当時のカザン大学教授ザゴースキン某の回想によれば、レフ少年は生まれた翌日一八二八年八月二十九日には早くも、ヤースナヤ・ポリャーナの司祭ワシーリイ・モジャイスキイ司祭他の手によって洗礼を受けている。[1] もちろん、トルストイの少年時代を通じてこの「洗礼」は何ら特別な意味を持たなかったし、その後、成長していく過程のなかで、父の急死（一八三七年六月）に遭遇して感じた死への恐怖以外は、信仰の重さを実感する契機はなかったと言えよう。

むしろ、洗礼によって否応なく身に負わされることになった伝統的な因習から本能的に解放されたいという願いと、その裏返しに現れてくる自立心に富んだ奔放さばかりが目立つようになる。

事実、レフ少年は本質的に他人から躾けられることがなかった。この独創的で有能な少年が十五歳でカザン大学のアラビア・トルコ文学部に入学後、初年度の試験に落第して留年し、法科へ転科したものの功なく、結局大学を除籍になったことはよく知られた事実である。だがその原因については、伝記的事実として取り沙汰されてきた彼の学習態度や社交界の誘惑といった生活の外的要因ばかりではなかったように思われる。むしろ生来の頑固一徹な性格の中に突如芽を吹いた異常なまでの探求心と大学教育に対する不満、愛と幸福に関する異常なまでの空想癖、そして何よりも、一般的な社会通念や自分自身に対する嫌悪感に発する肥大化した自意識にこそ真の原因を求めるべきであろう。[2]

この頃、つまり青年時代のトルストイからは、激情的、反抗的性格とともに、良心に忠実で、純粋に神を求めようとする真摯な側面が顔をのぞかせるようになる。だが、彼自身が認めているように、彼の求める道徳的な完成はしばしば他人を凌駕したいという思い、ときには他人に対する支配欲、優越感に取って代わるのだった。兄のニコライに追随するかのように、コーカサスの軍籍に入った（一八五一年）後、青年トルストイは神に祈る生活を送りながら、その祈りの声がしばしば悪徳の声へと変じてしまうことを自覚していた。彼は当時日記に以下のように書き留めている。

祈禱の最中にわたしが経験した法悦状態は筆舌に尽くしがたいものだった。わたしは父、生神女〔聖母〕、聖三位一体、恵みの扉、守護天使への呼びかけなど、いつもわたしが唱えている祈りを唱え、その後もまだしばらく祈りを続けていた。もし祈りというものが願いまたは感謝であると定義するならば、わたしは祈っていたのではなかったのだ。わたしは何かしら最高の、善きものを願望していた。しかしそれが何であるのかを伝えることはできない。……わたしは万物を抱擁する存在と合流したかった。わたしは自分が犯した罪を赦してくれるようにその存在に願った。否、わたしは願ったのではなかった。というのも、仮にもその存在がこの至福の瞬間を与えた以上、その存在はわたしをすでに赦してくれていると感じたからである。わたしは願った。しかしそれと同時に、わたしには何も願うことはない、願ってはいけない、それに願う能力もないと感じたのである。……神がその胸にわたしを受け入れてくださるように、どれほど純粋な心をもってわたしは祈ったことだろう。わたしは肉を感じなかった。……だがだめだった。肉的な、些末な側面が再び自己主張しはじめて、一時間もたたないうちに、わたしはほとんど意識的に悪徳の声を、虚栄心の声を、生活の空虚な側面を耳に感じたのだった。この声がどこから来るのかを知っていた。それがわたしの至福を台無しにしたことも知っていた。わたしは闘ったが、結局それに降伏した。[3]

トルストイのこの告白は彼の精神構造の特性を表しており、大変興味深い。彼は祈りというものを、願い（желание）もしくは感謝（благодарность）として理解していた。そのため、自分は祈っていたのではない、願っていただけだという結論に達する。しかも、自分はすでに赦されているという感覚的な法悦の中にすべての価値を見いだし、その感覚の中に祈りも願望も感謝もすべて封じ込めてしまうのである。彼はそうした感覚を神への愛と規定する。そのせいか、本来崇高であるはずの神への願いは、いつの間にか地上的な愛や欲望にすり替わってしまい、ついには、叡知の深淵をうかがう能力は自分にはないと諦念してしまうのである。ともあれ、二十歳を超えたばかりの若きトルストイが、コーカサスにおいて新たな神の探索を開始したことは確認しうる事実である。

だがそれに先だち、トルストイがルソーの思想に感銘し、それに強烈な影響を受けていたことも無視することはできない。一九〇一年にパリ大学のボワイエ教授と行った対談の中で、トルストイは回想している。

わたしはルソーの全著作を通読しました。……わたしは彼にのめり込んだと言うよりは、むしろ彼を神と崇めていました。十五歳の頃、わたしは十字架の代わりに、彼の肖像の刻み込まれたメダルを頸にぶら下げていたほどです。そして彼の著作の様々な頁が、まるで自作のものと思われるほど、わたしには身近なものとなっていました。[4]

ルソーの人間観の根底をなす思想は、人間は生まれつきよくできているが、文化によって台無しにされているというものである。ルソーは人間本性を自力で道徳的完成を達成する能力を持つものと見なし、それ故、人間本性を原罪に基づく不完全なものと見なす神による啓示の宗教を否定する。悪は堕罪によって人間本性に入ったものである。悪は本来、人間の原初的本質とは無縁のものであるが、罪によって汚れた人間は、もはや自分の力だけでは内なる悪にうち克つことはできない。そのため、人間の霊的な再生のプロセスにはどうしても超自然的な恩寵の助けが必要となる。だが、ルソーは神の啓示を重視する教義を受け入れなかった。したがって、トルストイがルソーから受け継いだ宗教観も、伝統的なキリスト教理解という点からは、決定的な誤謬を含んでいたと言わざるをえない。もし人間の生まれ持った本性に欠陥がなければ、救世主も、聖神〔聖霊〕も、慾との闘いを助ける恩寵も不要なものとなってしまうからである。ところが、トルストイ自身はこうして獲得した自立的人間観とは裏腹に、自分自身の本質的な弱点を克服する能力に欠けるところがあった。日常生活の様々な場面で発せられた暴言や暴力、とりわけ、隣人や百姓等にしばしば向けられた悪意に満ちた怒りや残酷な仕打ちに関しては、トルストイ家に出入りしていた多くの人々の証言（トルストイ家住み込みの家庭教師を始め、友人の音楽家ゴルデンヴァイザー、イギリスの研究者エミール・ディロン教授などの回想など）[5]がある。

トルストイの宗教家としての真意を確かめる目的で、ヤースナヤ・ポリャーナを二度訪れたのみならず、作家本人とキリスト教をはじめ様々な問題に関して激しい論争を展開したことでも知られるディロン教授は、この作家の本質を次のように表現している。

彼は今日実在するハリストスの教会とは何の関係も持たないキリスト教徒であった。彼は宗教の擁護者であったが、イイススの神性〔人の性に対置される神の性〕を信じず、魂の不死も神の存在も信じてはいなかった。宗教に関して言うなれば、トルストイは自分自身が神でもあったのだ。[6]

一八五二年三月二十九日付の日記にトルストイはこう書きとめている。

わたしの中には、わたしが人並みの人間になるために生まれてきたのではないと考えさせるような何かがある。どうしてこんな考えが浮かぶのか。強情さゆえか、わたしの能力が欠如しているためか、それとも実際のところ、自分が凡人よりも高いレベルに立っているという事実のせいなのか。わたしはすでに成熟した年齢に達しており、成長はすでにとまってしまったが、こうして飢えに苦しんでいる……わたしが欲しいのは断じて名声ではない。わたしはそれを軽蔑している。だが人類の幸福や利益といった問題に関して、わたしは今以上の影響力を手に入れたいという希望に苦しんでいるのだ。[7]

この時期からトルストイは人類の偉大なる教師、そして庇護者となることを夢見るようになっていく。

それから三年後の一八五五年、トルストイがセヴァストーポリの防衛に従事する頃になると、この夢想は更に膨み、具体性な形をとり始める。すなわち、同年三月四日付の日記に彼はこう書いている。

きのう、神と信仰について話しあっていたら、わたしの脳裏に偉大な、とてつもない考えが浮かんだ。しかもそれを実現させるために人生を捧げる能力が自分にはあるように感じられたのだ。この考えとは、人類の発展とハリストスの宗教に合致するものの、信仰や神秘性といったものとは無縁の新しい宗教、天上の幸福を約束するものではないが、地上の幸福を与えてくれる実践的宗教を確立させることである。[8]

この「ハリストスの宗教」とは、ハリストスの存在自体にひそむ神的な意味を度外視した、あくまでも人間ハリストスの道徳的世界観に基づく自らが理想とする幸福の世界構築を意味していた。こうした傲慢な意図をトルストイは五〇年代から温めていたようだが、その探求は如何なる宗教的体系をも生み出すことができず、結局、信仰そのものを失ってしまうことになる。トルストイは宗教を人間教育に不可欠なものと見なしたが、その実、自分ではハリストスの神性、三位一体における聖神〔聖霊〕の働き、霊《たましひ》の不死、それに人格神の存在といったことはまったく信じていなかった。こうした点にトルストイが提唱する「宗教」の本質が現れている。

ここで神人ハリストスの神性を信じないということは、すなわち、ハリストスの「個人の不死」と「個人の復活」に関する証言をも信じないということになるが、それにもかかわらず、トルストイはハリストスの言葉を用いて自らの生活を確立することを志向する。ロシア思想史家ゼンコフスキーの以下の指摘は、トルストイのこうした行為の矛盾点を鋭くついたものである。

このような神秘的昂揚ときわめて平板で貧弱な合理主義の結びつき、ハリストスに対する熱く情熱的で衷心からの献身とその超越的で神的な原理の否定との結びつきはトルストイにおける内的な不協和音を示している。[9]

クリミア戦争時のトルストイといえば、すでに有名作家の仲間入りをしており、その発言は文壇のみならず、社会全体において影響力を持つようになっていた。これがトルストイの思想的発展にとって有利な条件として働いたことは疑いない。さらに、アレクサンドル二世が帝位につくと、ツァーリ自らトルストイに対する優遇措置をとったことから、トルストイは参謀本部勤務を回避し、ペテルブルグをはじめとする文学サークルに堂々と出入りできるようになった。

当時、トルストイはトゥルゲーネフ宅に逗留したりもするが、この両者が人生観や文学観をめぐってあやうく決闘騒ぎに発展するほどの大論争を展開したことは周知の事実である。[10] トルストイを批判したことから、その後疎遠になった人物の言葉をそのまま鵜呑みにするのは公平でないかもしれないが、トゥルゲーネフが当時『同時代人』の同人として登場したばかりのトルストイについて残した以下の回想は興味深い。

　言葉ひとつ取っても、立ち振る舞いひとつ取っても、あの男には自然さがない。……あの伯爵なぞという位を鼻にかける愚かしさがあの利口な男にあることを何と説明したらよいのか、わたしにはわからない。[11]

トゥルゲーネフはトルストイがロシアのドン・ジュアンたらんとする夢を抱いていることを知るに及んで、こう批判する、「灰汁の中に入れて三日間煮立てたところで、ロシアの士官から騎士の果敢さを煮出すことなどできやしない。またいかなる教育の漆でそうした代物を磨いたところで、やはり野獣の素顔が出てくるだけだ」。[12] トゥルゲーネフがである。

見たトルストイの「野獣性」とは、ひとえに「他人よりもぬきんでたい」という自負と衒いに満ちた願望だったのである。

その後、トルストイは一八五七年に初めて長期にわたる欧州旅行に出かけるが、ジュネーブで叔母にあたる伯爵夫人アレクサンドラ・アンドレーエヴナ・トルスタヤと近づきになり、人生に関する様々な問題について相談するほどの間柄になったことは、彼の思想的発展にとって重要な意味を持つこととなった。この女性は若い頃より、ペテルブルグの皇室付き女官を勤めていたが、皇帝ニコライ一世とアレクサンドル二世の寵愛を一身に受けるほどの、きわめて豊かな才能の持ち主であった。それればかりか、彼女の人間的な魅力も相俟って、彼女の周囲にはいつしか多くの信奉者たちが集まってくるようになる（作家としてはトゥルゲーネフやゴンチャローフもそこに含まれていた）。だが、彼女はこれらの関係によってロマノフ家との間に築かれた信頼関係が損なわれることを恐れたのであろうか、それら取り巻きと親しく交わることは避けていたという。

ところが実際には、彼女のそうした態度にはより深い意味が込められていた。それは彼女の生来の敬虔さに由来するものであり、神秘的なものに憧れる独特の宗教的感性によるものでもあった。彼女の霊的な世界を形成している高邁な感情の中には、修道生活に不可欠な禁欲主義にさえ通ずるものがあったのである。アレクサンドラ・アンドレーエヴナはロシア貴族の伝統的生活習慣の模範的擁護者であったが、それは作家トルストイに劣らぬ該博な西欧的教養とともに正教徒としての敬虔な感情を兼ね備えていたということである。彼女はその気になりさえすれば、首都の名だたる文学サロンの主催者になることも不可能ではなかった。しかし、上に述べた理由から、彼女は名誉欲とはまったく無縁の暮らしを送っていたのである。

アレクサンドラ・アンドレーエヴナ伯爵夫人は若きトルストイに、正しい道によって立つならば、多くの功徳をなしうる輝かしい才能の萌芽を認めていた。そのため、トルストイが陥った迷妄について知るや否や、彼をあるべき道に引き戻すべく、自らの影響力を最大限に発揮しようと決意したのである。伯爵夫人とトルストイとの往復書簡を概観するならば、一九〇四年に彼女の死によって途絶えるまで半世紀にもわたって継続された友好関係の中で、彼女はつねにトルストイを善行へと鼓舞し、信仰への助言を行う善意の庇護者であり続けたことがわかる。ところが、彼女はトルストイの決定的な誤謬を明瞭に指摘しようとするものの、トルストイの自意識はこうした助言を自分に対する優越権の確立と見なし、彼女の論拠を受け入れることも、霊的な経験を自らが実践することも許し難いと感じたのだった[13]。こうした傲慢な自我はトルストイの全生涯を通じて影をひそめることがなかった。

この二人の往復書簡には、トルストイが「父祖の信仰」から逸脱していくプロセスが余すところなく開示されている。一八五九年四月十五日に伯爵夫人に宛てた手紙の中で、トルストイは次のように書いている。

ひとり斎《ものいみ》すること、それもしっかり斎することがわたしにはできないのです。ひとつわたしに教えていただきたいのですが、斎の食事なら死ぬまで摂り続けることができます。自宅でなら一日中祈ることもできますし、福音書を読んで、これがきわめて重要なことだと考えることもできます。しかし教会に通ったり、立って、わけのわからない祈りを聞いたり、坊主や周囲にいる様々なタイプの人々を見る、こればかりはなんとしても我慢できません[14]。

これに対して、アレクサンドラ・アンドレーエヴナは次のように答えている。

もしあなたが聖なる機密の力をほんとうに信じていれば、それが自分に合わないというだけの理由で、いとも簡単にそれを否定したりはなさらないはずです。あなたが考える信心深さとか、尊敬に値するといった感覚の中には、どれほどの傲慢さと無理解と冷淡さがあることでしょう。時おりわたしに感じられるのですが、あなたはお一人で異教徒の偶像崇拝をすべて背負い込んでおられるようですね。あなたは神の偉大さを示す無数の証拠に現れた神を崇めることができながら、自らがその光に照らされて浄められるためには、生命の泉に与る必要があることを理解なさらないのです。……あなたは祈りを理解できないとおっしゃいますが、それはどういう意味です。あなたが教会規則やそうしたすべてのものの理由や意味を十分学ばれることを誰が妨げるでしょうか。これは領地経営の気苦労や文学を犠牲にしてでもやる価値のあるものです。好んで無知であり続けることは言い訳になりません……

これに対して、トルストイはすぐさま感情も露わに反論に転ずる。

人間の信念とはその人が口に出して言ったことではなく、全人生の中でその人が実際に体験したもので、他人には理解しがたいものです。あなたもわたしの信念はご存じありません。もしご存じでしたら、このようにわたしを攻撃なさったりはなさらなかったはずです……わたしはコーカサスに暮らしていた時分、孤独で不幸でした。わたしは、人間は生涯に一度だけは考える力を持つようになると考え始めました。ここに当時書き付けていたメモがあります。今それを読み返してみても、人間がどうやって当時わたしが到達したような知的興奮に達することができるものか理解できないほどです。それは苦しくも、すばらしい時間でした。それ以前も、それ以後も、二年間続いたこの時期ほど、かかる思想の高みに到達したことはありませんし、深遠な洞察を行ったこともありません。わたしが当時見いだしたものは、わたしの信念としてとどまることになるでしょう。わたしはこれ以外に生きるすべがありません。わたしは知的活動を行ったこの二年間から、ごくありきたりの古い遺物を取りだしたのですが、わたしはそれを他人が知りえないところまで知り尽くしています。わたしが知りえたことは、永遠の幸福を得るためには愛が必要であり、他人のために生きる必要があるということです。これらの発見がわたしを驚かせたのは、それがキリスト教宗教と酷似していたからです。わたしは自分でそれを解明する代わりに、福音書の中に求めようとしましたが、見いだしたものはわずかでした。わたしは神も、贖い主も、機密も、何一つ見いだすことができませんでした……[16]

これらの信念こそ、トルストイ自身のまごうことなき「思想の高み」であり、生涯変わることのないトルストイ流の道徳的規範であった。イワン・コンツェヴィチの表現を借りるならば、「万物や万人に対する優越感――これこそが彼の全人生の歩みを規定する内なる秘められた力であった。真理の探求においては、理性すら自由ではない。トルストイはある主要な慾にとらわれたまま、その虜、つまり犠牲者となったのである」[17]。またトルストイは自らの優越感によって、青年時代より人類の教師を志向することを余儀なくされていたとも言えよう。この目的を実現するために、トルストイは人類を幸福にする使命を背負った至高の、すべてに優越する新宗教の創造に着手することになる。彼がこのような暴挙に出た背景には、彼がそもそも神学や哲学といった所謂学問に関する根本的な知識を持っていなかったことが挙げられる。そのことは、自分が到達した「思想の高み」がキリスト教宗教に酷似していたという彼の素朴な驚きにも現れている。つまり、アレクサンドラ・アンドレーエヴナの助言にしたがって、「父祖の信仰」を学ぶことは、その発端において、自己に対する彼らの優越性を認めることになり、それは彼が精神のよりどころとしていた、万物に対する自己の優越性を放棄することにもなりかねないからであった。それはトルストイの存在基盤を揺るがす致命的な問題にほかならなかった。それによって神の福音書さえもが、いともたやすく、彼の野心の犠牲とされてしまうのである。

この頃からトルストイの性格に現れてくる主要な要素は「傲慢さ」である。これこそが彼の神認識を濁らせている最大の障害物であった。次男のイリヤ・リヴォーヴィチは父親に関する興味深い回想の中で、こんなことを書いている。

ただわたしが覚えているのは、セリョージャ叔父〔トルストイの兄〕さんが、リョーヴォチカ〔レフ・トルストイのこと〕は傲慢だったと断言したことだ。曰く、彼は絶えず謙遜と無抵抗を説いていたが、それにもかかわらず、彼自身が傲慢だったと。[18]

これは当時、モスクワ総督のドルゴルーキイが第一書記のイストミンを遣わして、宗教的セクトの一員スターエフの事情聴取の件でトルストイを召還した折、トルストイの方は「必要なら、彼の方が出向いてくればよい[19]」と答えたことに兄のセルゲイが驚いたことに端を発していた。つまり、トルストイの私生活を見るに、彼には「謙遜」について説く資格はないと言いたかったのである。

一八六二年の結婚、そして『戦争と平和』(一八六九)、『アンナ・カレーニナ』(一八七八)といった長編小説の成功による文学的名声の高まりといった私生活の変化にともない、トルストイ自身の思想的、人格的変化はどの程度起こったのかという問いはしばしば発せられてきた。トルストイの神探求の道が父祖の信仰からの逸脱の歴史であったことはすでに指摘したが、神とその真理に関する彼の意識の高まりが、この「逸脱」の度合いをいよいよ深め、それがいつしか正教会に対する公然かつ冒瀆的な抵抗運動となって、ロシア文壇における反教会陣営の急先鋒となってしまったことは、この大作家に賦与されたまことに皮肉な運命であったと言うほかない。それは言うまでもなく、ハリストスの福音の精神を理解できず、そこから遠く離れてしまったことによる悲劇でもあった。

その背景として、当時のトルストイが仏教などの東洋思想やショーペンハウエルに接近していた事実も黙過できない。一八六九年八月三十日にフェートに宛てた手紙からもそのことはうかがい知ることができる。

わたしはショーペンハウエルに対してやむことのない恍惚感を覚えました。そして一度も味わったことのない精神的快楽が続きました。わたしはあらゆる彼の著作を抜粋で読みました。……わたしはいつ自分の意見を変えるかもしれませんが、少なくとも今は、ショーペンハウエルを最大の天才であると確信しています。[20]

実際、トルストイとショーペンハウエルの間には多くの共通点が認められる。このドイツの哲学者もトルストイに劣らず、自身の哲学的思索のもつ意義を過大評価する傾向にあった。天上の真理の上に覆われたベールを、これまでに人類がなしえなかったようなやり方で取り去り、それらを人類の前に赤裸々に示すことを自らの哲学の課題と見なし、それを成し遂げたという自負を抱いていた。ショーペンハウエルは女性を卑小な存在と見なし、結婚を軽蔑し、禁欲主義を説いたが、その実、美食家で、女性遍歴も少なからずあったと伝えられる。

こうした観点から、トルストイの『クロイツェル・ソナタ』（一八八九）はショーペンハウエルの直接的な影響のもとで書かれた作品と言える。この作品に描かれた音楽、女性、結婚などに関する見解は、ヒンズー教の中に理想化された美を求めるショーペンハウエルの教義とかなりの一致を見ている。言うまでもなく、インド哲学に特徴的な肉体、結婚、誕生への憎悪はキリスト教徒にとってはきわめて異端的な内容である。つまり、そこでは低次のもの（肉体、情欲、情熱、潜在意識、自然、宇宙）は浄化されたとしても、救いを得られず、天上から切断され、絶縁されたあげく、ついには消失するとされる。

これより早く書かれた長編小説『戦争と平和』においても、キリスト教的救済観とは相容れぬ、むしろ仏教的影響の痕跡を見いだすことができる。例えば、アンドレイ公爵の死はキリスト教徒に典型的な死ではなかった。死の床にあるアンドレイを妹でもある公爵令嬢マリアが見舞うが、公爵の冷ややかなまなざしも、彼が語った脈絡のない言葉も、兄を思う妹の心を傷つけただけだった。彼女は兄がもはや誰も愛しておらず、憐れんでもいないと感じたのである。それから七歳になったばかりの幼い息子が呼ばれたが、公爵は優しい言葉をかけてやることもなかった。公爵は「それとわからぬほどのかすかな微笑をみせた」ものの、それは「喜びの微笑、息子に対するやさしい微笑ではなく、公爵令嬢が……彼の人間的な感情を取り戻すために最後の手段を用いたことに対する、やさしい静かな冷笑[21]」(第四巻、第一部、一五) にすぎなかった。彼はだれを憐れむでもなかった。彼は「万人を愛し、つねに愛のために自己を犠牲にすることは、結局だれをも愛さぬことであり、この地上の生活を生きぬことである[22]」との結論に達する (同、一六)。こうして彼は、人生に愛など必要ない、地上の愛や地上の憐憫といったものは、賢者にとって無用な下卑た道徳的状態であることを悟るのである。

こうした一種の虚無主義をトルストイは自ら『懺悔』(一八八二) の中で、ショーペンハウエルの言葉を用いて次のように説明している。

世界の内的本質を意志と認識し、不可解なる自然の力の無意識の働きから十全なる意識をともなった我々の活動にいたるあらゆる現象の中に、この意志の客観的発現のみを認識するようになれば、もはや我々は意志の自由が否定され、その自己否定とともに、あらゆる現象も消滅するという理論的結末を避けることができなくなる。……意志がなければ、認識がなければ、この世界はない。この場合、我々の前に残されるのは、言うまでもなく虚無である。[23]

こうした「客観的意志の認識」による自己否定という偏見はショーペンハウエルのみならず、仏教の「無常」の概念に広く通ずるものである。トルストイは同じ『懺悔』の中で、インドの聖賢の言葉と称して、釈迦牟尼が心の安寧を得るために、この世の生を総じて悪と断じ、そこから自らを解脱せしめ、庶民をも解脱せしむるべく全力を尽くしたと物語る。

しかも彼は、死後において生命が絶対に甦ることがないように、つまりこの世の生を根絶してしまうように、徹底的に解脱させることを願ったのである（第六章）[24]。

これを受けるかのように、トルストイは同じ文脈で、「肉体の生は悪であり、虚偽である。したがって、このような肉体の生を絶滅することは善である。それゆえ、我々はこれを希望すべきである」（同）というソクラテスの言葉、「人生とは存在してはならないもののことである。すなわち、それは悪である。それゆえ、生より無への転換が、人生における唯一の善なのである」（同）というショーペンハウエルの言葉、そして「この世のすべて、愚も賢も、富も貧も、喜悦も悲嘆も、すべてこれは空の空にして無価値なり。人は死す、而して何物も後に残るものなし。これまた愚かしきかぎりならずや」（同）[25]というソロモンの言葉を並列させているのは、トルストイ流の実証主義である。古今東西の賢者の言葉を比較検討して得られた最大の真理が、「この世の悪と無価値」そして「死の礼賛」であるならば、アンドレイ公爵の諦念、無関心、虚無主義はかなりの程度トルストイの思想の反照と見なすことができよう。

この穢れた肉欲から解放されることのない「地上の愛」を蔑視する思想は、後年『人生論』（一八八七）の中で更に徹底的に論究されることになるテーマでもあった。そこではもはや父祖の信仰からの完全な離脱が果たされているといっても過言ではない。トルストイは言う、「人生を知らない人々が愛と呼ぶものは、自己の個人的幸福のある条件を、それ以外の条件に優先させることにすぎない」。つまり、トルストイの考えにしたがえば、「自分は妻なり、子どもなり、友なりを愛するというとき、彼はただ自分の暮らしにとって、妻や子ども、友がいることが自分の個人的生活の幸福を増幅させることを言っているにすぎない」ことになる。だがこうした「好みの感情」は、トルストイに言わせれば、「人間の動物的生活のあらゆる複雑さを構成するものであり、愛とは呼べないものである」(二十三章)[26]という。なぜなら、自分が好きなものを愛することが許されているのは理性を持たない動物だけであり、彼らは自分が好きな者への愛が他人に害をもたらし、感情と感情の衝突によって何らかの好ましからざる関係が生まれるといったことは知らなくてもよいからである。選ばれた人や物に対する愛とは、自分自身に対する愛に他ならない。

トルストイがこのような愛を否定する最大の理由は、それをエゴイズムの所産と考えたからである。そのため、自分が愛するもののために、個人の利害を忘れることのできる者だけが、エゴイスティックな幸福の利害の領域を離れて愛することのできる者であるということになる。トルストイはスッタニパータ〔ゴータマ・ブッダに関係あるとされる仏教最古の仏典〕の言葉を借りながら、この概念を以下のように定式化する、「個性のうちに自己の生活を認識することは生活の絶滅であり、個性の幸福の否定こそ生命を得る唯一の道である」(二十一章)[27]。これは「人生とは――幸福なる涅槃に達するための自己否定である」(二章)[28]との仏陀の言葉に裏付けられている。トルストイはあらゆる人間的執着を克服し、同時に、神に対する執着をも克服する者だけが、現象世界のヴェールを剥がし、個人の生活(ましてやその幸福)を特殊化する愚かさを白日の下にさらけ出し、人間に共通する全一的本質の神秘を解明することになると主張するのである。

こうした観点からは、『戦争と平和』のアンドレイ公爵の「穏やかな嘲笑」も、公爵令嬢マリアの「冷めゆく心」も理解されよう。すなわち、トルストイの考えにしたがえば、生きた心の働きを滅する(解脱させる)者が愛する「愛」とは、生きた人間が通常志向する「個人的、動物的意識」ならぬ「合理的意識」に基づく幸福であり、それ自体人類に共通の幸福という空想的統一概念なのである。人間が完成の域に達するために要求される「愛」がこのようなものであるならば、それはまるで死のように冷淡である。

福音書や聖使徒の書簡が教えているのは、そのような愛ではない。キリスト教が説く愛の概念を、多くの異教徒やストア派の人々にしばしば見られるような、全人類に対する慈善活動と混同してはならない。ここで問題となる善とは、自らの理性の命ずるままに行動することであるが、理性の法則は他人に善を施すことが自分にとっての最大の幸福であると教えている。しかしながら、こうした善は人間の理性が道徳律を受け入れることで行われた行為に他ならず、未だキリスト教的な愛とは言えないものである。なぜなら、キリスト教的な意味における愛とは、理性や脳の働きではなく、奥深い感情的営みだからである。サロフの克肖者セラフィムは弟子のセルギイ修道士が書きとめたと言われる霊的講話の中で、「神は心臓と内臓を暖め、燃え立たせてくれる火である。悪魔からくる冷たさを心の中で感じたら、主に呼びかけよう。そうすれば、主は我々の心を、ご自分と隣人に対して完全な愛で燃えたたせてくださる。そうすれば、悪魔の冷たさは主の面前で消え入ることになる」[29]と言っている。我々がその火を得るためには、祈りによって神の助けを求めさえすればよいのである。

トルストイの宗教観には、ヒンズー的な解脱による浄化、理性的な道徳律、福音的な心の愛といった様々な要素が無秩序に混ざり合っている。彼が福音の教える恩寵の意味を汲み取ることができないのは、まさにこうした宗教理解の混淆が原因していた。そのため、トルストイの長年にわたる神探求は、ますます合理主義へと傾斜し、結果的に、人格神たるハリストスへの信仰を完全に失ってしまう。もっとも、他ならぬトルストイ自身が、こうした内面的変化を絶望的に認識していたこともまた事実であった。晩年の彼の日記には、原因不明の恐怖にとらわれることが一度ならずあったことが記されているが、彼が恐れていた「恐ろしきもの」の正体が、自己存在の消滅、すなわち死であったことは明らかである。このえもいわれぬ恐怖は、トルストイが「サマーラ県に六千デシャチーナの領地、三百頭の馬を所有したうえ、……またゴーゴリやプーシキン、シェークスピア、モリエールなど世界中に知られるすべての作家に劣らぬ名声をかち得たにもかかわらず」[30]、一時も脳裏から消えることはなかった。どれほどの幸福を手に入れようと、それらがすべて死によって取り上げられてしまうなら、そこには何の価値もないことになると思われたのである。同様に、人生が無限であるならば、それは無意味なものと感じられた。つまり、生きる価値などない、てっとり早く自ら命を絶ってしまう方がましだとさえ思うようになったのである。

こうした何とも言い難い憂鬱に襲われたトルストイの心境を書き記した手紙が残されている。一八六九年九月四日にサランスクから妻のソフィア・アンドレーエヴナに宛てたこの手紙には、何かの心配事もしくは不安がもとで、「今まで味わったことのないような憂愁、恐怖、おびえに襲われた」[31]と書かれている。その後、こうした不安の発作は一時的になくなるものの、無為の状態に陥れば再発し、その時はもはや、一人でいることができなくなるのだと打ち明けていた。この恐るべき体験はそれから一五年を経た一八八四年になっても忘れることはなかった。それが短編小説『狂人の手記』の主人公「わたし」のペンザ県への領地買いの旅でそっくり再現されていることはよく知られている。

「これはいったいなんとばかげたことなんだ、——とわたしはひとりごちた——いったいおれはなにを憂えているのだ、なにを恐れているのだ」

「おれをさ」死の声が音もなくこう答えたのだ。「おれはここにいるぞ」

ぞっとする寒気で身の毛がよだつのを感じた。そうだ死だ。死がやって来たのだ。死、これがその死なのだ。が、そんなものがあるはずがない。もし死がほんとうにわたしの面前にいるとしたら、わたしが今感じていることを感じることなどできるはずもない……わたしの全存在は生に対する要求と権利を感じるとともに、生じつつある死を感じている。そしてこの内部分裂は恐ろしかった。わたしはこの恐怖をふり落とそうとした。わたしは燃えさしの蝋燭が立っている銅の燭台を見つけて、それに火をつけた。すると、ろうそくの赤い火と、燭台より少し小さいその焔とが、すべて同じことを語るのだった。人生にはなにもない、あるのは死だけ、しかもそれはあってはならないものなのだ。[32]

この得体の知れない死の影におびえる「わたし」は、それでも幼少の頃からの習慣にしたがって、所用で訪れたアルザマスでも、モスクワの宿でも、「知りうるかぎりのすべての祈りを唱え、自分でも文句を創作して、こう付け足すのだった——願わくは我に示したまえ」。だが、神人ハリストスの存在を知覚することのできない「わたし」はこの祈りに対する神の「答え」を即座に受け取ることができないことに狼狽する。その結果、「答えを与えようとしない神に代わって、自分で自分に答えを与えるのだった——未来の生活を生きること——これがわたしが下した答えだった」。[33] こうした死に対する「わたし」、つまりトルストイ自身の態度は、悲観的、そして異教的ですらある。

聖使徒パウェル〔パウロ〕がハリストスと共にいることを赦されたときの喜びは、ドストエフスキーが創作ノートに書いた言葉、「もし真理がハリストスの外にあったとしても、わたしはハリストスとともにとどまるでしょう」に通ずる意味を持っている。聖使徒パウェルは「我等の地上の幕屋〔我々の体〕壊るる時は、我等に神より賜ふ所の居所《すまひ》あり、手にて造られざる屋《いへ》、永遠にして天に在る者なり」（コリンフ後書五章一～二）と言っている。それ故、ハリスティアニン〔キリスト教徒〕は、天の居所を身に纏わんがために嘆息する。こうしてキリスト教は、死が生によって呑み込まれ、生が死に打ち克つための宗教であることが聖使徒の言葉によって認識されるのである。

作家トルストイが当時陥った精神的危機に関しては、トルストイの三男レフ・リヴォーヴィチの回想にも耳を傾ける必要があろう。

父がもっとも気にかけていた分別というものがない生活を目のあたりにして、絶望したり、おびえたりといった危機的な精神状態にあった時、わたしは七、八歳の少年でした。これは一八七六年から一八八〇年の間のことでした。わたしはこの頃のことをはっきりと覚えています。父が首を吊ろうとした、衣装箪笥と寝室の間の梁をおそるおそる眺めたものです。というのも、わたしたちはいつも家庭内で起こることすべてを知り尽くしていたからです。この期間の父は、思いもかけぬことですが、正教信仰にのめり込んでいました。この時期、トルストイは民間宗教の中で、素朴な知恵と心を持った人々を救済しようと模索していました。なぜなら、彼はロシアの民衆が存在するのは、ひとえに宗教のおかげだということを信じて疑わなかったからです。いかなる迷いも危い疑念も抱かずに、彼は周囲の人々が信じているような方法で、自分にも信じさせようとしました。父は信仰というものが悠久の昔、つまり人間が思考を始めた太古の時に発するものであるならば、それこそ真の信仰であると考えることで自らを慰めていたのです。[34]

ここでいう「民間宗教（народная религия）」に呪術的意味はなく、「民衆の宗教」といった程度に解すべきであろうが、実はこうした用語法の中にも、トルストイの考えるロシア「正教」の特徴が表れている。この時期、トルストイはあたかも自らの宗教観の根幹をなす道徳的理性の探求の流れに逆行するかのように、理性も合理的判断すら持たない、素朴な「信仰」の体現者としてのロシア人の宗教生活を観察し、この民族にとっての宗教の意味を考えようとするのである。モスクワの旧友ウラジーミル・イストミン[35]に請われて、その息子ピョートルの代父〔正教会の洗礼式では、洗礼盤から幼子を取り上げる役割を、親とは血の繋がりのない男女が引き受けることになっている〕を引き受けたことにもそれは現れている。

しかしトルストイがこうした実験や探求を行う以前に、聖師父〔教父ともいう〕の教えに向かっていたならば、神の探求にはただ謙遜（смирение）のみが必要であることを容易に悟ったはずである。なぜなら、謙遜こそ、義人たちが自らの霊の宝蔵に受け入れたハリストスの教えそのものだったからである。ハリストスは人々にこう呼びかける、「凡そ労苦する者、及び重きを任《にな》ふ者は我に来れ、我爾等を安んぜしめん、我が軛《くびき》を負ひて我に学べ、我は心温柔にして謙遜なればなり、爾等はその霊《たましひ》に安息を獲ん、蓋我が軛は易く、我が任《に》は軽し」（マトフェイ福音十一章二八～三〇）。階梯者イオアンネス〔イオアンネス・クリマコス〕は、これを受けてこう解釈する。ハリストスがここで言わんとすることは、「神使〔天使〕からでも、人間からでも、書物からでもない、我より学べ。すなわち、爾等の中に我が住みついて、働きかけることから学べ[36]」ということであると。伝記作家等の証言によれば、ヤースナヤ・ポリャーナのトルストイの書斎には『フィロカリア（Добротолюбие）〔中世の修道士らによって書かれた代表的な修徳の書〕』があったという。しかし、トルストイの精神的土壌は、これら聖師父の言葉から何かを汲み取るだけの準備はできていなかったのではなかろうか。

トルストイは一八七六年四月にも叔母のアレクサンドラ・アンドレーエヴナに自らの心情を吐露しているが、これはまさに自身の信仰をめぐる葛藤が最初の頂点を迎えていた頃のことである。

> あなたはわたしが何を信じているのかわからないとおっしゃいます。こんなことを口に出して言うのは奇妙で恐ろしいことですが、わたしは宗教が教えるところのものは何ひとつ信じていません。ところがそうでありながら、わたしは無神論というものを憎みかつ軽蔑しているのみならず、宗教なくして生きること、ましてや死ぬことは不可能であると思っています。そこでわたしは少しずつ自分自身の信仰を作り上げてきました。それらは強靭ではあるのですが、定まった形を持つものではなく、慰めをもたらしてくれるものでもありません。わたしの知恵が問いかけると、それは正確に答えてくれるのですが、心が苦しみ、答えを求めると、そこには助けも慰めもありません。わたしの理性の要求とキリスト教宗教の答えに関して言えば、まるで自分が二本の手の間に置か

れているかのようです。つまり、それらは組み合わせられることを望んでいながら、それぞれの指は結びつくことをいやがっています。わたしが頑張って、闘おうとすればするほど、うまくいきません。これから、わたしが悟ったことは、この両者が相互に依存しあっている以上、これはありうることだということです。[37]

周知のとおり、トルストイは善の道徳的根源を求めて、神に到達した。しかし、古代の賢人たちに叡知の典拠を求めたものの、それらはキリスト教の伝統とも教会とも整合性を持たなかった。当時のトルストイが自分が理想とする真理を追求するも、それが得られないことにいらだち、おのれの無力に大きな精神的打撃を受けていることが、この書簡から読み取れる。彼が「手」の譬えを用いて、自らの人格の分裂、理性と心の不一致を表現しているように、彼自身おのれの置かれた状態が正常ではなく、病んだ状態であること、均衡を失った人格の再生が「真理の解明」にとって不可欠であることを自覚していた。トルストイが自分の書斎にあった『フィロカリア』をはじめ、霊的な救いの道が開示された聖師父の文献の存在を知らなかったはずはない。だがそれでも、正統のキリスト教理解に関心を向けなかったことは、それが生活の外的な条件にのみ起因するものではなかったことを示している。

一八七七年から『懺悔』を書き上げた一八八〇年にかけての時期は、宗教研究に専念し、信仰と非信仰の境を彷徨いつつ、その後の一連の宗教論文の基調となる独特の「人生観」を完成させる時期にあたっていた。それは神の研究というより、神の名を借りた「自己」弁護といった性格を帯びてくる。その結果、彼特有の奢りは、いつしか正教会に対する攻撃へと変化し、ついにはその鋭い牙をむくことになるのである。

二、正教会との闘い――人格の崩壊と「破門」をめぐって

八〇年代のトルストイの活動は、あらゆる既成の価値観の否定を最大の特徴としていた。『要約福音書』(一八八一

に代表される、独自の宗教体系を構築しようとする試みは、当然のことながら伝統的な教会からの非難を受けるが、その結果、トルストイはロシア正教会に批判の矛先を向けるようになり、ついには自己流の「信仰」教理を確立することに全力を傾けるようになる。その結果、トルストイの自己確立への志向は彼自身を完全に呑み込んでしまい、その否定的エネルギーは何世紀にもわたって人類を養ってきた既存の諸宗教や芸術、家族といったすべての領域に浸透し、それらを破壊し尽くしていく。この頃から、彼が家庭内の実務的な仕事をすべて妻に委ねて、「神学体系」の妄想の海に埋没する自らの傾向を内省する機会が増えていることは注目に値しよう。彼は日記にも書いている。

家族、それは肉であるが、家族を棄てること、これは第二の誘惑で、自己を殺すことである。家族はひとつの身体である。それゆえ、家族に仕えることなく神にのみ仕えよという第三の誘惑に負けてはならない。[38]

トルストイのめざした宗教の新潮流は合理主義的な原理と結びついており、福音書を地上的な知性にとって不可解なものやハリストスの一連の奇跡から切り離そうという志向が顕著にみとめられる。トルストイはキリスト教において、福音の曲解に象徴される「信仰の欺瞞」が行われていると主張してはばからない。特に問題がハリストスの奇跡、それも死よりの復活などとなれば、神と人間の間の仲介物〔例えば、教会の諸機密など〕にその責任を転嫁しようとする点にもそれは現れている。トルストイが神と言う時、その「神」はあくまで歴史上の人物にすぎず、教会によって蓄積されてきた様々な伝承とは一切関係のないものであった。このように、彼がハリストスの神性〔神としての性〕を全く信じていなかったことを想起すれば、聖体礼儀〔カトリックではミサに該当〕における神秘的変容〔聖変化〕の意味を度外視し、地上の生活に関する教訓的理性のみを念頭に置くようになることは、当然の成りゆきであったのかもしれない。その結果、トルストイは聖三位一体、ハリストスの神性の優越性、贖罪、教会といったキリスト教におけるいくつかの重要な教義を否認せざるを得なくなる。ロシア思想史家ゼンコフスキーの見解によれば、トルストイはキリスト教の教義を「倫理的分野の圧政」、もしくは「汎モラリズム」へと変えてしまったということである。[39] それゆえ、トルストイは最終的に国家、社会の法制度、そして科学や芸術にいたるあらゆる文化的成果の否認という恐るべき結論に達するのである。

たしかに、トルストイが自らが掲げた問題に対する真摯な探求心を失ったことはなかったであろう。しかし、宗教の問題を内省的、教訓的な理性に帰する、換言すれば、霊《たましひ》の宗教ならぬ三段論法の宗教[40]に従わせようとするこの作家の態度には方法論的な問題があったと言わざるをえない。この論法こそが、トルストイがキリスト教の真理と見なした「道徳的実証主義」の本質でもあるからである。神的交流、神との個人的な交流、神との出会い、「ハリストスの中の生活」といった概念をトルストイは、賢人によって人類に告げ知らされた戒命〔神の掟〕の忠実なる実行の手段と考えていたにすぎなかった。トルストイにとって、真理の基準は福音ではなく、所謂常識であった。したがって、自らの福音書再編に際して、トルストイが敢えて残す必要があると考えたのは、この常識に合致する箇所に限られていた。『要約福音書』において、ハリストスの奇跡がすべて削除されているのを見れば一目瞭然であろう。『懺悔』の続編、もしくは結論とも位置づけられている『我が信仰はいずこにありや』（一八八四）においては、懸案の生と死の問題に一応の決着をつけるかの如き展望が明言されている。

死、死、死、それは一秒ごとに爾等を待ち受けている。爾等の生活は死の面前で営まれている。もし、爾等が未来の自分のために自ら労苦しているとしても、未来において爾等のためにあるものはただひとつ――死であることを自ら知るべきであろう。この死こそが爾等が労苦して手に入れたものをすべて破壊してしまうのである。したがって、自分のための生活は何の意義も持ち得ない。もし合理的な生活があるならば、それは何か他の生活、つまり、未来の自分のための生活にその目的を置かないような生活でなければならない。合理的に生きるためには、死をもってしても生活を破壊することができないように生きなければならないのだ。[41]

そこからトルストイは、合理的かつ理性的な生の道とは、「他人を幸福にする」生き方であるとする独特の哲学を展開する。だがこの点にも、トルストイのキリスト教信仰に関する偏見が露呈されている。彼は人格神としての神も、霊《たましひ》の不死も信じることができない。そればかりか、福音書中で「ハリストスの復活」が預言されている箇所を原語であたった結果、今言われているような「復活（воскресение, ἀνάστασις）」にあたる言葉は使われておらず、ギリシャ語では「回復する（ἀνίστημι）」「醒ます、起こす（ἐγείρω）」という意味の訳語があてられ、それに相応するヘブライ語のクームも「復活する」という意味にはなりえないことを根拠に、人格神（したがって当然人間も）の復活はあり得ないという飛躍した結論を導き出している。[42] これと並んで取り上げられる「ぶどう園の譬え話」（マトフェイ福音二十一章三三～四二）に関しても、ぶどうの果実を独り占めする園丁（雇い人）を主人が放逐したことに触れつつ、そこから「個人の生活〔あるいはそれによる満足〕」を真の生活と見なすことはできないとの教訓を汲み取ろうとする。つまり、「真の生活とはただ、過去の生活を継続せしめ、現代および未来の生活の幸福に寄与する生活のみである。この生活に参加しようとするならば、人は生を人類の子の与えた父の意志を実行するためにおのれの意志を拒絶しなければならない」と結論づけるのである。[43] こうした特異な立場からは、キリスト教徒の信仰にとって最大の拠り所となっている「未来の個人的生活〔救済と永遠の生命〕への信仰も、夢と死の混同にもとづいた、あらゆる未開民族に固有のきわめて低級粗雑な観念である[44]」と断じたとしても不思議はない。

トルストイはこの信仰の要諦に関して考えを改めることは終生なかった。一八九六年に子どものために易しく書き直して発表した『キリスト教の教え』においても、神の存在を「他人の幸福への希求」と定義する。

神は理性的人間においてはすべての存在物に対する幸福を希求する者として現れ、世界中の個別存在においては各自おのれの幸福を希求する者として現れる。……いずれにしても、人間にとって親しみのある、一定の、選び抜かれた喜ばしい目的において一致していることは認めざるをえない。……一預言者が《すべての人々は必ずひとつの神に教えられ、矛と剣とは鎌と犁に鋳なおされるであろう》と言い、ハリストスが《我が父と一なるが如く、すべての者は一にならならねばならない》と言った通りである……すべての人々が希求する人類最大の幸福は、人々が最も一致和合したときにのみ実現するものである。[45]

こうした理論的枠組みから判断すれば、トルストイの「神」とは、自己犠牲と他人の幸福へ奉仕する愛のことであり、それによって、「個人の生活〔と満足〕」を極度に軽視する彼の思想的傾向が再確認されることになる。つまり、隣人愛こそが神そのものによって生きる原理であり、人生の幸福は人類という集団に資する共同事業への参画と定義される。とはいえ、「神を求めて生きよ、そうすれば、神のない生活などなくなるであろう」[46]というのであれば、この探求は人間の「〔生まれもった〕理性」の働きに頼るよりほかない。キリスト教徒も同様に、「神のない生活はない」と言うであろう。しかし、その意味は、愛や奉仕といった他者との道徳的価値に限定された「神」ではなく、神そのものでもあるはずである。ここに「見ゆると見えざる万物を造りし主」を信ずるか否か、そして三位一体の一位格たる「聖神〔聖霊〕」の働きを認めるか否かという大きな相違がある。

死後の生活については言うに及ばず、肉体の死とそれに続く霊《たましひ》の不死、そして永遠の命というものについても、トルストイは人の死後に残されるものは、人類の歴史の連続性の中で「受け継がれた」遺産としての認識を有するにとどまる。そればかりか、そうした精神的、道徳的遺産こそが、彼の言う全人類の「団結」とか「和合」といった抽象的概念を支えているように思われる。

トルストイの信仰をめぐる内面的危機は一八七八年に『懺悔』の執筆を開始した時期に始まったとされるが、一八八一年に書かれた『教義神学論』は文字通り、正教会批判の立場を鮮明に打ち出した最初の作品となった。詳細な聖書分析を経て到達した結論において、彼は次のように書いている。

正教会？——今やわたしがこの言葉と結びつけることのできるものは、主教や大主教と呼ばれている、恐ろしく自信満々な、迷妄に取りつかれた、教養の低い、絹やビロードを纏い、ダイヤモンドの生神女胸像をかけた何人かの髭を剃らない人々と、この連中に何とも粗忽に、奴隷のように服従しつつ、何かの秘儀でも行うふりをして民衆を欺き、強奪を働いている数千名の髭を剃らない人々以外にいかなる概念もない。おのれの霊魂に関する人間の最も深刻な疑問に対して、憐れむべき欺瞞や不条理をもって答え、さらにこの問題に対しては誰もこれ以外の答えを出してはならないとか、自分の生活の中で最も貴重なものをなす一切のことがらについて、教会の指示した者からしか指導を受けることはできないなどと断言している。こんな教会をどうして信じることができようか。[47]

だがトルストイがたんに正教会の伝統やしきたりに不満を抱いていただけではなかったことも明らかである。仮りに人間が個人の理性だけで生きることは不可能であるならば、それは救われることのない世界を創造した神その人に問題があると主張するのである。

神は気まぐれからある奇妙な世界を創造した。野蛮なる神——半人間、半怪物——は世界と人間を好きなように創造した。そしていつも、これでよし、すべてよし、人間もよしと言っていた。だがすべては非常に悪い結果となった。人間は呪いを蒙り、その後裔もすべてそうなった。しかも善なる神は、彼らすべて、もしくはその多くが滅びることを知りながら、母の胎内で倦むことなく人々を創り続けた。彼が人々を救う手段を考案した後もそうだった。否、事態はさらに悪化した。なぜならば、当時、教会の語るところによれば、アブラハムやヤコブのように人々はおのれの善なる生活によって自ら救われることもあったが、現在では、もしわたしがユダヤ教徒か仏教徒として生まれ、たまたま教会の浄化の作用が及ぶところにいなかったとしたら、——わたしはきっと堕落して、永久に悪魔たちとともに苦しむことになるからである。のみならず、もしわたしが幸福者の中に入っているとしても、おのれの理性の要求を合理的と考える不幸を持つわけである。そして教会の教えを信じようとしてその要求を拒絶すれば、わたしはやはり滅んでしまうことになる。[48]

このように、神の意志は個人の幸福と何ら接点を持たないため、たとえ本人がキリスト教徒であったとしても、理性をもって営まれる私生活など所詮無意味なものにすぎない、その人に可能なのはそうした生活を自ら終わらせることでしかないという失望感にとらわれることになる。それならば、敢えてキリスト教徒として伝統を遵守する意味はどこにあるのかと自問する。このようなトルストイが宗教という既成の枠にとらわれない、真理のみに目を向けるようになったとしても不思議はなかった。『我が信仰はいずこにありや』では、こうした問題意識が鮮明に打ち出されている。

キリスト教の教えは、すべての宗教的な教えと同様、二つの面を持っている。（一）人々の生活について……つまりいかに生きなければならないかということについての倫理的な教えと、（二）なぜ人々はこのように生きなければいけないのか、他の生き方ではいけないのかという説明－形而上学的な教えとである。一方は他の結果であると同時に原因でもある。人間がなぜこのように生きなければならないのかというと、これが人間の使命だからである。言い換えれば、人間の使命はこのようなものであるから、このように生きなければならないのである。あらゆる教えのこの二つの面は、世界のどんな宗教のうちにもある。バラモン、孔子、仏陀、モーゼらの宗教もこのようなものであり、キリスト教も同様である。[49]

晩年のトルストイの宗教観からは、各々の宗教の伝統や外面的特性が削り取られ、最後に「いかに生くべきか」という問題だけが宗教的本質として残される傾向があった。そのため、彼はあらゆる宗教における宗教的真理と道徳的真理を同一のものと考えるようになっていた。トルストイはもはや自らの信仰を創造するのみならず、あらゆる宗教の諸特性を折衷させることによって、全人類のための「世界宗教」を体系化しようと試みていた感すらある。そうした態度を世俗的に見るならば、さながら現代の「預言者」もしくは「人生の教師」といった側面が顕著にうかがわれるが、実際には、内面的、精神的に彼が計り知れぬ苦悩を抱えていたことは疑いない。

作家のゴーリキーが一九〇一年前後にかけて書いたトルストイについての印象は、この作家を苦しめていた内面的な危機について、きわめて洞察力に富んだ内容を含んでいる。

レフ・ニコラエヴィチには、ときに嫌悪感に似た感覚をわたしに呼び起こしたり、ずっしりとした重圧感をもって心にのしかかってくるような、得たいの知れぬ要素がある。途方もなく肥大化した彼という人間は、とてつもない、ほとんど異常と言ってもよいくらいで、大地が支えることのできない勇士スヴャトゴールから何かが彼にのり移ったかのようだ。何と巨大な存在であろう！　わたしは、彼が口に出して言ったこと以上に、いつも黙っていること、自分の日記にも書かないことがたくさんあるものと確信している。おそらく、今後誰にもそれを明かすことはないだろう。この「何か」は、ほんの時たま、それも仄めかし程度に彼の談話の中でちらつくことがあったし、仄めかしという形で、彼がわたしに読ませてくれた二冊の日記帳の中にも現れている。わたしには、その「何か」が「あらゆる制度の否定」のようなものに、きわめて根の深い、悪意に満ちたニヒリズムのようなものに思われた。しかもそれは果てしない、決して排除することのできない、この人物以前には誰一人としてこれほどはっきりと経験したことのない絶望と孤独の土壌の上で成長したものなのである。[50]

こうした周囲の人々の反応からも明らかなように、教会のみならず、ハリストス自身とも闘い、教会生活も伝統もすべて否定しなければならなかったトルストイの後半生の運命はまことに悲劇的であったと言うほかない。彼は人生のすべてを「神の国」に関する張りつめた探求に捧げていながら、この「神の国」を歴史的現実の中に生きる教会もろとも拒絶することになった。これにより、トルストイは死に至るまでロシア正教会と闘い続け、結果的に、自らの思想の共鳴者のみならず、そもそも教会教理など知る必要のなかった素朴な信仰に生きる民衆をもそこから引き離してしまうことになるのである。

こうした事態はロシア国内にとどまらなかった。一八七〇年代末までトルストイの名前は西欧でほとんど知られていなかったが、ロンドンやニューヨークで主要作品が翻訳出版されるようになる一八八〇年代の後半には、急激にこの大作家に対する大衆の関心が高まってきた。とは言え、ヨーロッパでトルストイが人気作家となり、彼についての多くの論文や記事が書かれるようになったのが、その作品に対する高い関心の現れというよりは、八〇年代当時のモラリスト、新宗教の教祖として発揮された奇抜な行動や発言に起因していたことは何とも皮肉なことであった。百姓外套を着て長靴を自らの手で編む伯爵という奇妙なイメージが、キリスト教と袂を分かった汎宗教主義者の唯我独尊とも言うべき天才性と結びつき、メディアを中心に様々なスキャンダルを生み出していった。[51]こうした歪んだイメージが「トルストイ主義」という独特の信念にまで膨らみ、フランスなどでは熱狂的追随者を生み出すに至った。世俗的観点に立つならば、トルストイの偉大さはこうした波及力の中にこそあったと言える。八〇年代後半のトルストイの思想的バイアスを推し量るには、彼の「キリスト教」という用語が指し示す領域に着目する必要があるように思われる。これに関連して、思想家のレオンチェフは雑誌『市民』に発表した論文の中で、トルストイに関する穿った発言をしている。

現在、キリスト教という言葉はきわめて曖昧模糊としたものとなっている。感傷的で温厚なニヒリズムにどっぷり浸かり、老齢に達して突然博愛に目覚めた（とはカトコフの誹謗であるが）トルストイですら、自分のことを冒瀆的にもキリスト教徒と呼んでいる。それは無意味なまでの寛容主義、いかなる教理もない世界同胞主義や「神の畏れと信仰」についての教えも、我々に正教教義の本質を鮮やかに示してくれる儀式もない愛の説教といった類の人道主義的似非キリスト教にすぎない……（「我等互いに相愛すべし、同心にして承け認めんがためなり」。[52]それはまず信仰において固く結びつき、それから地上の生活の負担を相互に軽減するために努力すべしとも受け取れる）――このようなキリスト教は、いかなる甘言を弄したところで、革命と全く変わるところがない。このようなキリスト教のもとでは、侵略はおろか、国家を治めることもできないし、神に祈る理由もない……「神はわたしの心、わたしの良心、自分への信仰であり、わたしはこの声だけに耳を傾けるつもりだ！」（ジェリャーボフ〔皇帝アレクサンドル二世の暗殺者〕だって、自分の良心に従おうとしただけではないか！）このようなキリスト教は全体的破壊を加速しかねない。いくら控えめを装ったところで、それ自体が犯罪的なのだから。[53]

ここで重要なのは、確かに、トルストイの思想的欠陥に対して聖俗界からこぞってなされた批判は枚挙に暇がなかったものの、トルストイ自身がそれを自覚していなかったのかと言えば、決してそうではなかったという点である。むしろ逆に、彼は自らの掲げる論拠をひとつとして完成されたもの、非の打ち所のないものとは考えていなかった。それどころか、自らの信仰の脆弱性も欠点も十分意識していた。彼の宗教論文全体を通じて言えることは、神や信仰といった最重要概念に関する定義が一定せず、その語り口には絶えず曖昧さと論理的飛躍がつきまとう点である。彼は思想家として、ある概念をめぐって振り子のように揺れ動く疑念を払拭しようと努めるあまり、時に精神的な均衡を失いそうになり、支離滅裂なことを口走ったりもする。本来ならば、独自の道徳的理論宗教の構築に最大の関心と努力を払うトルストイが、自身の人生と芸術に豊かな土壌を提供してくれた正教会そのものを攻撃する必然性はなかったはずである。その意味でも、彼が自分の未完成に対する不満のはけ口を、強固な伝統的基盤の上に立つ国教としての正教会に向けざるを得なかった点にこそ、彼の自我の持つ悲劇性を感じるのである。

トルストイの気質に顕著な二つの方向性のひとつは、激情的な悪意、憤懣、悪魔的な狡猾さといった形を取り、もうひとつは、長老として自分の支持者たちを教育し、人々の精神を自らの哲学にしたがって涵養する所謂「モラリスト＝教師」としての性格を取っていた。こうした二重人格の徴候は、作家としての成功と宗教家としての不成功という外的な不均衡に発するものとはいえ、それは徐々に家庭内（とりわけ夫婦間）における不和やいさかいの密かな原因ともなっていった。作家の妹のマリア・ニコラエヴナはある日、有名な哲学者レフ・ミハイロヴィチ・ロパーチンの妻にこんなことを言っている。

このリョーヴォチカ〔レフの愛称〕がどんな人間かですって！　今こうして福音書の自己流解釈にかかっていますが、力がまったく失せてしまったようです。きっと、彼の中にはいつも悪魔が住んでいたんですよ！[54]

府主教アントーニイ（フラポヴィツキー）は正教会のイデオローグとして、トルストイについても、その聖神〔聖霊〕論をはじめ（「聖神に関する教理の道徳的内容について」）、福音解釈の誤謬に関する（「トルストイの教理と比較して福音の正教理解が道徳的に優れていることについて」）貴重な証言を行っているが、人間トルストイに関しても並々ならぬ関心を抱いていた。例えば、トルストイ家で一週間を過ごした画家のネステロフの証言を本人から直接聞いた話として、自らの論文で取り上げて分析を試みているが、ネステロフは府主教にこう語ったという。

わたしは大いなる関心をいだいてこの天才を眺め、彼のことを理解しようと努めました。彼は何者なのか。極度に熱中する神秘主義者なのか、札付きの偽善者にして詐欺師なのか、それともただの大ほら吹きかと。長いことわたしはこのことを考えていましたが、ついに彼の言葉と行いからわたし個人の印象を精査して、次のような結論に至りました。つまり、これは誠実さと不誠実さを半分ずつ持ち、相互に和解できない雑多な空想の中に身を投じた、ならず者の旦那であると。だが、自分を信じ切っている人々の間にかちえた権威と、大胆不敵な詭弁を弄する自らの能力を当て込んで、自分の頭に浮かぶことがらすべてを紙に書きつけることに慣れてしまっているため、自分を批評する人々のどんな文学的暴露をもほとんど意に介さず、「わたしの信念はまだ形成段階にあるので、〔彼らがわたしについて〕あれこれ邪推することは賢明なやり方ではない」と一言発するだけでそれらを切り捨ててしまうことができるのです。[55]

こうした他人の証言は作家の客観的な人間像の構築には必ずしも直結するものではないが、それでも「トルストイ主義」という特殊なイデオロギーの代表者としての責任を彼が自覚し、それを完成に導くために、信奉者に対して計算された役割を演ずる必要を痛感していたことは疑いない。「トルストイ主義」の教理に関する冊子や童話が、専らそれを出版する目的のために設立された出版社《仲介者（Посредник）》を介して、一般大衆に広められていったことはそうした意図の現れであろうし、この出版社が行商人を使って何百万部もの本や小冊子を活字に飢えた民衆に流布していたことは様々な証言によって確かめられている。[56] こうした民衆への啓蒙活動の美点とは裏腹に、誤った福音伝播の影響を危惧する人々が少なからずいた。叔母のアレクサンドラ・アンドレーエヴナはその最たるものであった。ここでは一八八七年に彼女がトルストイに宛てた書簡に注目しておきたい。

あなたが自分に背負い込んだ責任の重さを思いつつ、わたしは心の中で泣いてばかりいます。もしわたしが間違っているなら、もしあなたが良心の痛みを感じていないならば、わたしを安心させてください。あなたはご自分の原理を流布しているのではない、ただ総括しているだけとおっしゃいますが、大勢の人々があなたの言葉に耳を傾けているばかりか、専横的な信念に依拠されるあなたの情熱的な魅力のおかげで、危険が増していることはもちろんご存じですね。あなたの生の声が、迷える人々や、よりよい生き方を知らない人々を正道に戻すこともありうるのかもしれませんが、果たしてそれで誰かが慰めを得ることができるのですか。わたしが危惧しているのは、様々な過酷な現実にさらされている人々の苦悩にあなたが的確な評価を与えることができるのかということです。痛みに叫び声を上げ、ハリストスの道徳的な教えばかりでなく、その愛と〔神としての〕権能の現れを求めている人々にあなたが何をもたらすことができるのですか。これこそ言葉で言い表すことのできない本来の豊かさが損なわれ、矮小化された福音書の所産に他なりません。これこそ、自分の知性を悪用することに夢中になり、それによって私腹を肥やし、そもそも自分が奉仕している人類のことを考えなくなってしまった偉大な思想家たちの武装のほころびとでも言うべきものなのです。……もっともわたしはあなたを裁いたり、非難するつ

もりはありませんが……[57]

これに対してトルストイは、その非難はあたっていないと執拗に弁明しつつ、そっけなくこう言っている。

教会の教義は間違っていると考える人々が、誠実で素朴な人々や小さな子どもまで絡め取ろうとする（彼らにとっては堪えがたい）教会宣伝の網を目の当たりにして苦しまなければならないとすれば、それは不公平なことです。[58]

それにしても、トルストイが主張する人道的、道徳的「神」を啓蒙する必要性と「小さな子どもまで絡め取る教会宣伝の網」への敵意とは論理的に飛躍しているとしか思われない。

周知の通り、ロシア正教会は一九〇一年二月二十〜二十二日の宗務院決議によって、トルストイを正教会から正式に「破門」することを決定した。その主旨は概ね以下の通りである。「ロシアにレフ・トルストイという新たな偽教師が出現した。……彼はその傲慢な知性に唆されて、大胆不敵にも主神たるイイスス・ハリストスに敵対し、……彼を養育してきた母なる正教会から離れ、文学活動と神によって賦与された才能〔タラント〕をハリストスと教会に敵対する教理を民間へ流布することで、父祖等が頑なに守ってきた知恵と心からの正教信仰を根絶することに費やした……〔さらにトルストイは〕彼自身とその弟子たちによって全世界、わけてもわれわれの尊き祖国に撒布された大量の著作や書簡の中で、熱狂的な狂信者さながらに、正教会のすべての教理とキリスト教の信仰の本質そのものを転覆させる必要があると説いた……そして正教民族の信仰の最も聖なる対象に悪罵を浴びせ、些かの躊躇もなく、聖機密の中で最も大いなる聖体機密を愚弄したのである」[59]と断言している。

トルストイはこれに対して、宗務院に宛てたその反駁の中で次のように書いている。

そうした言い方は公平性を欠いています。わたしは自分の説を流布させようと骨折ったことは一度もありません。確かに、わたし自身、自分のために著作の中でハリストスの教えに関する自説を書き表し、これらの著作を読みたいと願う人々から隠したことはありませんが、自分でそれらを印刷したことはありません。わたしは問われたときに限って、ハリストスの教えについてわたしがどのように理解しているか、人々に語っただけなのです。このような人々にわたしは考えるところを話したり、彼らがうちに来れば、わたしの著書をあげたりすることはありましたが。[60]

トルストイは公開書簡という形式で自説を表現し、自らが主筆となった《仲介者》(一八八四年に高弟チェルトコーフによって創設された)を介して自覚的に出版宣伝を行ったにも拘わらず、その社会的影響力を過小評価しており、総じて責任を他者に転嫁しようとする点についても、釈明に説得力がないことは明らかである。

ロシア正教会はトルストイが『懺悔』を発表して以来、二十年に及ぶ執筆活動を観察し、「破門」という最終決断を下したのであるが、その理由は彼がキリスト教に関する歪曲された自説を「流布」したことにとどまらなかった。同じ弁明の直後にトルストイはこう言っている。

それから、わたしは「聖三位一体において讃えられる全世界の創造者にして先見者たる神を否認し、我等人類のために苦しみを受け、我等の救いのために死より復活した神の人、贖罪主、世界の救主たる主イイスス・ハリストスを否定し、主ハリストスが人として種なくして身を取り、至聖なる生神女〔聖母〕が生む前も生んだ後も貞節を守ったことを否定した」と言われている。わたしがわけのわからぬ三位一体というもの、現代においては何の意味も持たない原罪についての作り話、処女より生まれ、人類の罪を贖う神についての冒瀆的な物語を否認しているというのは、まったくその通りである。[61]

この点にこそ、教会側がトルストイを批判する最も深刻な理由があると見てよいだろう。つまり、彼がキリスト教の信仰について問題にしながら、実在する神の三つの位格も、籍身〔神が人として身をとったこと〕の神秘も、贖罪の意味も認めていなかった、要するに、彼はキリスト教徒たるに必要な信仰の条件を何一つ満たしていなかったことになる。こうした欺瞞は彼の教会教理に対する蒙昧ぶりにも現れている。彼はこうも言っている。

> 教会の教理というものは、理論的で、腹黒く、有害な嘘であると確信しています。実際、それは最も野蛮な迷信や魔法の数々を集めてできたもので、キリスト教の教えの意味をそっくり覆い隠してしまっているのです。[62]

だがここで、改めてトルストイに宣告された「破門」の意味をさぐってみよう。まずは「破門（отлучение, ἀνάφημα）」という言葉の概念についてである。教会法によれば、この言葉は、キリスト教徒が教会の牧群の共同体や教会の諸機密〔聖体機密などの機密〕から離脱することを意味している。こうしたことは、例えば、異端や分派への宗旨替えなど正教への背信罪に対する最も重い罰として適用されるものである。破門は必ず信徒等の集まった公祈禱の場で宣告されなければならない。より軽度の罪に対する罰として教会共同体から一時的に隔離される「警告（ἀφορίζεσθω）」は、通常破門とは区別されている。この両者の主要な相違点は、「破門（ἀνάφημα）」とは文字通り、悔い改めない罪人に対して宣告されるもので、これは教会全体に通知される。そのうえ、この破門を解除するためには、該当者が教会全体に対して悔い改めを表明し、教会全体が一致してこの悔い改めを受け入れることが条件になっていた。因みに、「破門」の使用が定着したのは、四五一年のカルケドン公会議の頃からであったと言われる。[63] 破門か否かの判定基準となっていたのは、当該教説が教会にとってどの程度危険であるか、流布された教説の宣伝者がどの程度自説に頑なであるかといった点にかかっていた。それは「若し教会にも聴かずば、爾の為には異邦人と税吏との如くなるべし」（マトフェイ福音十八章一七）というハリストス自身の言葉に倣うためであった。ロシア正教会に限って言えば、「破門」は慎重かつ十分な調査に基づく教育的措置のひとつと考えられており、その適用に際しては、当該人物を説得し、悔い改めに導こうとする周到な試みを通過した後に宣告されるのが常であった。こうした手続きは、ピョートル大帝以降、宗務院の法的基盤となってきた「宗務規定（Духовный регламент）」（一八二一）にも高らかに謳われている、「蓋し、罪によってそのまま破門すべきではない。だが、薄弱な修道士等を誘惑して、神の裁きや教会の権力をあからさまに見下すような罪に対してこれは適用さるべきである」と。[64]

こうした経過を経て、一九〇一年二月、宗務院は上述の決議書を採択した。トルストイの言動のうち正教会の規範に違犯する項目が列記された後、末尾近くに、以下のような結論が述べられている、「教会はこの人物が悔い改め、教会との交わりを回復するまで、その構成員と見なすことはできない」。[65] これを見てわかるように、上掲の宗務院決議書の文面は非常に抑制された、穏やかな表現の叙述であったことである。そこには「破門」という表現は一度も使われておらず、そこではトルストイ自らが教会との交わりを断絶したことが強調されているにすぎない。そればかりか、こうした事態がいずれ改善されることへの希望が表明されていることは特筆すべきことである。「仁慈なる主よ、爾罪人の死を欲せず、彼の言葉を聴き入れ、憐れみを垂れ、爾の聖なる教会へ向かはしめんことを我等は祈る。アミン」。[66] と決議書は結んでいる。

いかなる極悪人であれ、人間は悔い改めの可能性を秘めている以上、宗務院のこのような布告を権威も実効性も持たない無定見と見なすことはできない。むしろ、トルストイ自身はもちろん、ソフィア夫人や彼の取り巻きの人々すべてがこの決議書を「破門」宣告と受け取ったことは注目すべきである。[67] それには、教会全体にとってトルストイの教理と活動が有害であること、この活動に参与した者は個人的責任を免れることができないといった脅し文句が決議書に盛り込まれていたこともあろうが、「我々は正しく立つ者を固め、迷える者を説得するため、とりわけレフ・トルストイ伯爵を新たに説得するために、目下、以上の点に関して教会全体に対して証言する」[68] と宣言した教会側の真意を汲み取ることはできなかったと見える。正教会側が「破門」という直接的な言葉を敢えて用いなかったのもまさにそうした理由による。すなわち、正教会はトルストイの罪を重く見ていたが、それでもこの偉大な作家が帰正する〔正教へ復帰する〕可能性を断ち切ったわけではなかった。トルストイとその弟子たちが独自路線を選択したのがあくまでも自覚的な判断によるものである以上、「悔い改める」までは彼らを教会の一員と見なすことはできないと表明しただけである。

しかし、宗務院のこの決定はトルストイ自身に何の影響も与えなかったばかりか、妻のソフィア・アンドレーエヴナの言葉によれば、「人々の間に憤慨とレフ・ニコラエヴィチに対する愛と同情の念すら呼び起こした」という。[69] 翌一九〇二年十一月一日付でトルストイは正教会の全聖職者に宛てた「聖職者たちへ」という公開書簡を書いたが、その舌鋒はとどまるところを知らぬ勢いであった。そこで彼はアダムとエヴァの楽園追放に始まる旧約聖書の事跡から説き起こしつつ、エウレイ〔ユダヤ〕人の聖史の意味を総括してこう言う、「この歴史はそのすべてがエウレイ民族とその先導者たち、そして神自身によって行われた奇跡的な出来事や恐ろしい悪意に満ちあふれています」。[70] そもそも「見えざる」世界を信じず、ハリストスを「理性的人間」としか見ることができないトルストイにとって、正教会が展開してきた聖書教育の意義を理解できないとしても不思議はなかった。彼は聖職者にこう言っている。

あなた方は……旧約聖書史以外に、子どもたちや無学な人々に新約聖書史までも教えており、しかもその主要な意味は、道徳的教えや山上の垂訓にではなく、福音書と旧約聖書史との一致、例えば、星の運行、天からの歌、悪魔との対話、水から葡萄酒への変化、水上歩行、病の癒し、人々の蘇生、ハリストス自身の復活とその昇天といった奇跡が旧約の預言の成就であるなどとおっしゃる。[71]

トルストイにとって、こうしたことは「おとぎ話」の域を出ないものであり、そもそも判断力のない一般大衆に、世界とその法則に関する唯一信ずるに足る情報としてこうした「おとぎ話」が教えられていること自体が問題であると感じられたのである。

またわたしの書いたもの〔『懺悔』以降の一連の宗教書のこと〕が有害な書物であるとも言われています。しかし、キリスト教の世界で旧約と新約の「聖史」と呼ばれるこの書物以上に害をなしてきた書物が他にありましょうか。ところが、キリスト教世界のすべての人々は幼少期にこの聖史を学ばされているのです。……しかし、教会の教理がその無分別と非道徳性によって有害というだけではありません。それがとりわけ有害なのは、この教えを奉ずる人々が、それが教えている節制や道徳的要求とはまったく無縁な暮らしを送っていながら、自分たちこそ本当のキリスト教的生活を送っていると信じて疑わないことなのです。[72]

「破門」宣告に対するトルストイの一連の反論は、当然のことながら、ロシア正教会に大きな動揺と更なる反論の嵐を呼び起こした。宗務院の決議書はもちろん、トルストイ自身の反駁、そして妻ソフィアの嘆願書に対しても、主導者として筆をとったサンクト・ペテルブルグとラドガの府主教アントーニイ（ヴァドコフスキー）を筆頭に、当時ヤムブルグの主教とサンクト・ペテルブルグ神学大学長を兼務していたセルギイ・ストラゴロツキー、モスクワの生神女庇護大聖堂（ワシリイ・ブラジェンニー教会）の首司祭で、中国の宣教師としても知られる長司祭イオアン・ヴォストルゴフなど多くの聖職者がこれに反応した。

ここではとりわけ、トルストイの「聖職者たちへ」に直接反論を加えたクロンシュタットの長司祭イオアン（セルゲーエフ）の言葉に注意を払っておきたい。

トルストイの著作「聖職者たちへ」は、すべてが嘘と歯に衣着せぬ恥知らずな中傷で、すでに述べた通り、偽りの根本命題から彼が唱える偽りの結論が導き出されている。つまり、トルストイの著作においては、真理は歪められ、反駁の余地のない救済に関わる気高い教義すら嘲笑的で皮肉な調子に置き換えられている。トルストイは神自身によって開かれた、あらゆる人間が救われるために必要な真理を信じておらず、人間の理性と、人間が神の恩寵によらず、自力で完成されると信じているのである。[73]

なぜならトルストイは、「真実は自分、つまりトルストイにのみあり、彼のもとにのみ真の理性があるため、真理は彼に学ばなければならない」[74]という自らの権威を後ろ盾にした徹底した個人崇拝を拠り所にしていたからである。義なる神父そして奇蹟成就者として一九九〇年にロシア正教会に列聖されることになるこの聖人の晩年（一九〇八年に死去）は、もっぱらトルストイを含むこれら異端との闘いに費やされたと言っても過言ではない。

トルストイの個人主義（エゴイズム）は西欧風の自由主義的な形式を取らなかった。そもそもトルストイ家は古くからの名門貴族でもあり、自らが手がけていた領地経営や文筆活動に関して何一つ不自由を覚えたことはなかったこともあろう。しかし当時、すでに社会主義を志向する思想的傾向が急速に影響力を持ち始めていた事情を考慮に入れるならば、個人主義がいずれ国家的基盤を揺るがす因子ともなりうることは誰の目にも明らかだった。トルストイが一八八九年に完成させた中編小説『クロイツェル・ソナタ』は、まさしくこうした不穏な時代に一石を投じた作品と言える。これこそ彼が国家に叩きつけた、国家的基盤となるべき個の確立と家族の崩壊をテーマとする挑戦状であった。その『クロイツェル・ソナタ』において、まるで悪魔の唆しのように、結婚とは非道徳的生活、つまり放蕩への誘いであると公言していることは注目に値する。つまり作家のシニシズムは極限に達していたのである。この小説は当初、匿名の石版刷りで出回り、有料で貸し出されていたことも、社会的影響を考慮してのことであった。同書がその後の伝統的性モラルの破壊を宣言する一連の文学的傾向の先鞭をつけたことは疑いない。

ヘルソンの大主教ニカノルは『キリスト教の夫婦関係について――レフ・トルストイ伯爵に反論する』(一八九〇)と題する『クロイツェル・ソナタ』論を発表している。大主教は皮肉を込めてこう言う。

恐れ多くも全世界の教師を名乗るあなたという人間〔トルストイ〕は一体何者でしょうか。……あなたの『懺悔』からうかがい知るかぎり、あなたの書かれたあの汚らわしい主人公はあなたご自身の前半生からの生き写しのようです。それにしても、あなたがご自身に福音伝道者の免状をお出しになっていることには呆れるほかありません。[75]

トルストイ主義に同調するか否かはともかく、全ロシアの読書界がこの大作家の教えに耳を傾けていた。彼は一般大衆にとって「福音伝道者」に値する権威を保っていたし、その輝かしい文学的才能のおかげで、偉大な人物としてロシア社会に君臨してきた。その彼も二十数年前にキリスト教に代わる新たな信仰を模索し始めた頃、あらゆる「偽りの権威」が恐ろしい害悪を撒き散らしていることを告知することから始めていたことを忘れてはならない。

息子のレフ・リヴォーヴィチも父親がロシアにもたらした害悪について赤裸々に書き残しており、貴重な証言となっている。

フランスでは、トルストイがロシア革命の最初にして最大の原因であったとしばしば言われるが、多くの点で正しかった。トルストイほど一国において破壊的活動を成し遂げた人物は他にいない……この偉大な作家の批判を受けて、おのれの非を感じない者は我が国民の中には一人もいなかった。こうした影響の結果、生じたことに対しては、何よりもまず遺憾の念を禁じ得ないし、なによりも、それ自体が失敗に終わっていた。[76]

総じてトルストイの思想的影響は外国よりも、ロシア国内により好ましい土壌を見い出したと言いうる。とは言え、国内においてもトルストイ主義者が著しく増大したという事実はないし、共同体を創設しようというトルストイ主義者たちの計画も頓挫した。首謀者であるトルストイ自身が社会主義運動という新たな負担に持ちこたえられなくなったのである。だが、すでに述べたように、彼のアナーキーで破壊的な思想は自由主義的な気分に魅力を感じていた大衆に愛国心を植えつけることで、彼らの間で権威を保つことができた。こうしてトルストイには絶対不可侵の冠が被せられることになる。老獪な評論家スヴォーリンがトルストイを評して日記に次のように書いたことはよく知られている。

ロシアには二人のツァーリがいる。ニコライ二世とレフ・トルストイである。どちらが強いか。ニコライ二世はトルストイになすすべがないが、トルストイの方はニコライ二世の王座を絶えず揺るがし続けている（一九〇一年五月二十九日付）。[77]

しかし、「破門」から数年を経たトルストイに、敵対的気分からひとたび「反権力、反教会」の剣を鞘に収め、一転して態度を軟化させる時期が訪れた。一九〇四年には、自ら死の床にあった兄セルゲイのもとに正教の司祭を呼び寄せ、その二年後にもやはり司祭を遣わして病気の妻を見舞わせたのである〔妻は手術を受けて、さらに十五年間生きのびた〕。こうした一連の態度の変化について、彼は一九〇六年の日記に以下のように弁解している。

わたしは同意しただけではありません。それどころか、喜んで協力しました。抽象的なものや生命の原理に対する純粋に霊的な関係というものが理解できない人々がいますが、これらの人々には大雑把なものであれ形式が必要です。こうした形式の裏にはやはり霊的なものがあるからです。たとえそれが大雑把なものであっても、それがあるだけでいいのです。[78]

しかしながら、隣人の病や死に直面して体験したこれら断片的な思索を以て、トルストイがキリスト教の伝統と和解しようとしたと見なすことはできない。むしろ、既存の体制に対するトルストイの悪意や憎しみといった感情は終生消えることがなかったと言うべきである。最晩年の作品（未完）となった『殺人者はだれか』（一九〇八）の序文において、再び激烈な反権力へのマニフェストが表明されているからである。

黙っていられない、いられない、いられない……だがわたしは、もう残り少なくなった人生の最後の瞬間まで絶えず同じ一つのことについて摘発し、叫び、懇願することをやめないだろう。……またわたしはこの混乱した悩ましい感情……それらの感情をわたしは正しいものと認めずにはいられない。というのは、それはわたしのうちに、最高の精神力によって呼び覚まされたものであること……を知っているからだ。……わたしは恐ろしい状態に置かれている。わたしにとって至極簡単で当然のことと思われるのは、自らを為政者と名乗っている悪人どもに対して、彼らの犯罪性、陋劣さ、さらにはいまや彼らがすべての善人のうちに喚起している嫌悪感を……白日のもとにさらけ出すことである。……わたしはこの目的を達成するために、自分にできるだけのことはすべて行った。――彼らの皇帝を最も嫌悪すべき存在、良心なき殺人者と名づけ、彼らの宗教的、国家的掟のすべてを唾棄すべき欺瞞と呼び、彼らの大臣、将軍等のすべてを憐れむべき奴隷、雇われ殺人者呼ばわりした。ところが、これらのことがすべて事もなげに過ぎ去ったいま、わたしは依然として、最も卑しい犯罪の上に立脚する現代社会の渦中にあり、我が身を心ならずも彼らの連帯責任者と感じながら、のうのうと生きているのだ。わたしをこの状態にしているのは、ひとつにはわたしの年齢のせいもあろうが、主要なものは、わたしがかつて自らが楽しみ、人々も楽しませた愚劣にして空疎な物語によってかちえた、あの俗悪な名声そのものである。まさしくこの一事にこそ、わたしの状態の悲劇性がある。彼らはわたしを捕らえもしなければ、罰しもしない。ところが、彼らがわたしを罰しないにしても、わたしは自身の中にある彼らの悪事に関与しているこの状態によって、いかなる刑罰よりもずっと強く悩まなければならないのだ。[79]

すでに述べたように、トルストイの「破門」は文字通り「破門宣告」による所謂命令ではなく、「教会の共同体の構成員とは見なさない」といった穏当な表現で書かれていた。したがって、トルストイが残りの人生の中で「悔い改め」を表明して、再び教会の懐に復帰したい旨の意思表明をすれば、赦されてキリスト教徒として死を迎える可能性は十分に残されていた。事実、正教会の側からも、一度ならずトルストイ家に司祭を派遣して復帰のための説得を試みていた。トゥーラの司祭ドミートリイ・トロイツキーなどは、まだトルストイに対する宗務院の処遇が決定される以前〔一八九七年〕から都合三度にわたってヤースナヤ・ポリャーナを訪れ、直接本人に対して説得を試みている。しかし、彼を帰正〔正教徒に戻す〕させるどころか、トルストイ本人はこの神父のことを官憲のまわし者ではないかと勘ぐっていたという。

こうしたねばり強い説得は「破門」後も続けられた。娘アレクサンドラの回想は、一九〇九年の一月二十日にトゥーラの主教パルフェーニイが二人の司祭と官憲数名をしたがえてトルストイを訪問した時の模様を伝えている。

父が大広間に入ると、主教様は父が祝福を求めて近寄ってくるよりも早く、自分から進んで父に手を差し出しました。父は主教様と愛想よくすごそうと決意したようでした。[80]

トルストイはそれから主教を書斎に招き入れ、彼にこんなことを言っている。

わたしは教会関係者から数多くの手紙や訪問を受けています。そしていつもながら、彼らが発する温かいねぎらいのお言葉には、今回の主教様の訪問同様、感銘を受けるのですが、いつも残念でならないのは、彼らの希望を叶えること――それは空中に舞い上がるようなものですが――それはわたしには不可能だということです。それからわたしは彼にこう言いました。わたしにとってひとつ不愉快なことは、彼らはわたしが人々の信仰を破壊していると言って非難することです。そこには大きな誤解があります。なぜなら、これに関するわたしの活動は、ひとえに、まったく信仰と呼べるようなものがない不自然で、破滅的な状況から人々を救い出すために向けられているからです。[81]

アレクサンドラの回想によれば、トルストイは自分が考える「信仰」の意味を裏付ける金言を古今の思想家の言葉から集めた『文読む月日（Круга чтения）』のその日（一月二十日）の項目の中から読み聞かせたという。主教は辛抱強く聞いていたが、やはり「あなたの活動は人々の信仰を破壊している」という非難の言葉なしには済まされなかった。そこでトルストイは「見栄えはよくないものの、わたしの内面的意味からはきわめて重要な、かつての事例」について物語った。

ある冬の日の夜遅く、散歩に出かけました。すべての灯が消えた村の間を通りながら、ふと、そこだけまだ灯のともっている一軒の家の前を通りすぎようとしました。わたしが窓から覗いてみると、跪いて祈っている老婆マトリョーナの姿をみとめました。わたしは彼女がまだほんの娘だった頃から知っていましたが、村では最も身持ちの悪い、放蕩女の類でした。彼女が祈っている時のその外見はわたしを驚かせました。わたしは少し眺めてから、また歩き出したのですが、またそこへ戻って、再び窓を覗き込んでみると、マトリョーナは相変わらず同じ体勢のままでした。彼女は跪いて頭を地面にこすりつけて祈っているのですが、そこから顔を聖像の方へ挙げようとしていたのです。これこそほんものの祈りでした。われわれもみなこうして祈ること、つまり自分が神に依存していることを自覚できるようになりますように。ですから、このような祈りを誘発する信仰を破壊するようなことがあれば、わたしはそれを計り知れぬ重罪と見なしていたことでしょう。……だからそんなことはできっこありません。どんな賢人たちもそんなことはできないでしょう。しかし、わが国の教養ある人々はこうはいきません。彼らにはまったく信仰というものがないか、ともすれば、ある程度の気品を添える役割を果たしてくれる信仰を持ったふりをしているだけなのです。それゆえに、わたしは信仰を持たないすべての人々に次のように言うことを義務と心得ていましたし、いまでもそう思っています。つまり人間は信仰なしに生きることはできない、見せかけだけの偽りの信仰を持つ人々を、真の信仰の必要性を彼らから隠しているものから解放しなければならないと。[82]

これに対して、主教は何も反論しなかったものの、やはり「信仰を破壊するのは好ましくない」と繰り返したという。この出来事については、トルストイ自身も日記に書きつけていた。

わたしは彼〔パルフェーニイ主教〕と膝を交えて話し合いましたが、やや慎重にすぎたのでしょうか、彼の仕事がいかに罪なものであるか、その全貌を口に出していうことはしませんでした。やはりそうすべきだったのでしょう。彼の物語るソーニャ〔妻のソフィア・アンドレーエヴナ〕についての話、それに彼とソーニャの話はわたしの気分を害しました。明らかに彼はわたしの考えを変えさせようとしていました。もしそうでないとしても、彼らの言い方にしたがえば、わたしの教会に対する信仰に向けられた害悪に満ちた影響力を、明らかに無にするか、低下させることを望んでいるようでした。……まるでわたしが死を目前にして「悔い改めた」ことを人々に信じさせるための手段を他に見出すことはできなかったかのようです。[83]

トルストイは信仰をすでにキリスト教の枠内で考えることに意味を見いだせないようになっていた。全人類に共通する信仰を模索するなかで、彼はもはやドゥホボールを始めとする分離派やセクトの人々と徒党を組むことに何の抵抗も感じなくなっていた。バガイ派というセクトのヴァイコフという人物がヤースナヤ・ポリャーナを訪れて、トルストイに「全人類に共通する唯一の宗教」を創る必要性を説いたとき、トルストイが歓喜して、その意見に即座に同意したエピソードなどはそうした側面を物語っている。[84] この目的を達成するための弊害となっていたのが、他ならぬ主イイスス・ハリストスの神性と復活に関する信仰であった。ところが、こうした伝統的な信仰規範の侵犯こそが、パルフェーニイ主教に破壊的信仰と呼んで批判される最大の原因となっていた。その後、パルフェーニイ主教はソフィア・アンドレーエヴナとの面談に際して、もし作家が悔い改めることなく死んだとしても、教会の儀式に則って葬ることはできないと宣告している。

一九〇八年には、一九〇一年の宗務院決議書で告げられたトルストイに対する処遇の内容が、この年に挙行されることになっていたトルストイ生誕八十周年記念祭に関する宗務院発行の「説明書（разъяснения）」の中で再確認されている。それによると、このトルストイの思想に共感を示す者は、その活動の賛同者と見なされ、神に対する相応の責任が当人にふりかかることになるというものであった。この文書の意味については、当時フィンランドの大主教となっていたセルギイ（スタロゴローツキイ）の論文において明確に示されている。すなわち、それは正教徒に「われわれの教会の露わな敵、密かな敵とともに」トルストイの祝賀会には参加せず、「この最後の十一時に彼を悔い改めの道へと向かわしめ、教会と和解したうえで、その祈りと祝福の庇護のもとで死ぬことができるよう祈るように」[85]呼びかける内容であった。しかし、呼びかけに応じない者は大勢いたという。こうした点にも、当時のロシア・インテリゲンツィアの間に進んでいた脱教会化の傾向が顕著に見て取れる。

トルストイは心を涙で潤しながらも、頑なにそれを開くことも、軟化させることもできなかった。一九〇一年の「破門」への弁明の中で彼が強気に言い放った言葉を取り下げることは、その奢れる心にとって屈辱以外の何物でもなかったのだろう。彼は言っている。

わたしは事実上教会とは縁を切り、その儀式の一切を執り行うことをやめ、隣人への遺言状の中に、自分が死んだら、わたしに教会の奉事者を近づけてはならないし、わたしの遺体は、それにいかなるまじないも祈りも捧げることなく、生ける者の邪魔になるあらゆる厄介物や不要物を一刻も早く取り除いてくれるようにと遺言した。[86]

三、トルストイとオプチナ修道院

トルストイ家における正教会への関心は、様々な理由によって一定の制約を受けていたことは疑いない。しかし、霊的な生活への志向が、このロシアの名門貴族一家においても、代々受け継がれてきたよき伝統のひとつであることに変わりはなかった。とりわけ、リューリック王朝からの直系である母方ヴォルコンスキー公爵家の系譜を辿っていけば、[87]そこには多くの聖人が現れてくる。キエフの亜使徒聖ウラジーミル大公とオリガを始め、聖致命者チェルニーゴフのミハイル・フセヴォロドヴィチ公[88]とその娘スーズダリの克肖女エヴフロシーニヤ（フェオドゥーリヤ）[89]、またその孫にあたる忠信なるブリャンスクのオレーグ・ロマーノヴィチ公[90]など枚挙に暇がない。

また、トルストイ家がオプチナ修道院と浅からぬ関係をもっていたことも確かである。彼らがそこに関心を抱いたのは、もちろん長老制の魅力もあろうが、オプチナのある町コゼーリスクの近くを流れるヴォルコナ川に由来する先祖代々の所有地(ヴォルコンスコエ村)があったことにも関係していた。コゼーリスクの言い伝えによると、モンゴル・タタール軍が侵入してきた苦難の時代に、住人たちはこの町を守るために英雄的な戦を繰り広げたが、そこで住民を鼓舞し、勇敢さの手本を示したのが、チェルニーゴフの聖ミハイルの叔父にあたるコゼーリスクのムスチスラフ・スヴャトスラーヴィチ公であった。彼は一二二三年のカルカ川流域でのチンギス・ハンの大軍との戦闘で命を落としたと伝えられる。[91]また、チェルニーゴフの聖ミハイル公の末裔の一人にやはりコゼーリスク公の称号を持つイオアン・チートヴィチという人物がいたが、こちらは晩年オプチナで修道士になっている。

ところで、レフ・ニコラエヴィチが初めてオプチナ修道院のことを知ったのはいつのことか、という点について定説はない。しかし、様々な状況から判断して、少年時代の一八三〇年代のことであろうと推測できる。当時、両親を相次いで失った（母親は一八三〇年、父親は一八三七年に死去）トルストイの兄弟たちを養うことになった法律上の後見人の叔母のアレクサンドラ・イリイニチナ・オステン－サーケンはレオニード（スヒマ名レフ）長老とマカーリイ長老の霊の子であり、彼ら二人と文通していた。[92] トルストイはこの叔母について次のように回想している。

叔母は真の宗教的感覚をもった女性だった。彼女が好きなことと言えば、聖者伝を読むこと、巡礼、佯狂者（Христа ради юродивые）、修道士、修道女等と霊的な対話をすることだった。実際、彼らのうちには我が家に住み込んでいる者もいたし、通りがかりに叔母のもとを訪問するだけの者もあった。……叔母のアレクサンドラ・イリイニチナは、ただ儀式を守るという意味で宗教的人間ではなかった。オプチナ修道院のレオニード神父のように斎したり、たくさん祈ったり、聖なる暮らしをする人々と話し合ったりするだけではなく、自ら進んで真のキリスト教的な生活を送っていた。贅沢や召使いの手を不要なものとして遠ざけようとしたばかりか、可能なかぎり他人のために奉仕しようとするのだった。彼女は乞われれば、いくらでも分け与えていたため、お金というものを持ったためしがなかった。[93]

アレクサンドラ・イリイニチナは生前修道院の物資調達のために様々な貢献を果たしたが、それ以外に、貧しき隣人のためにも施しをするなど、文字通り、聖なる暮らしを送っていた。彼女は自らの死が近いことを悟ると、一八四一年六月にオプチナを訪れ、早くも八月三十日に修道院の宿坊で四十四年間の地上の人生を終えたのだった。修道院の記録によれば、「（彼女の）葬儀にはかなりの親族が参列した。年若いトルストイ家の甥っ子たち、つまり将来の伯爵たちもいれば、エルゴリスキー将軍やその他の人々もいた」[94]と記されている。当時十三歳になっていたレフ少年がオプチナでの叔母の葬儀に参列したかどうかは定かでないが、叔母の死が彼に少なからぬ影響を与えたことは疑いない。彼は叔母の墓碑銘に献詞を書いて、将来の大作家を予感させる文才の片鱗を現しているからである。

爾は地上の暮らしから眠りにつき
知られざる道へとその居を移し給へり
天上の暮らしの僧院における
爾の安らぎは人もうらやむ甘さよ
甘き逢瀬を望み
あの世での暮らしを信じて
甥たちはこの徴を記念に立てたり
亡き人の亡骸を敬わんとて[95]

アレクサンドラ・イリイニチナはオプチナ修道院の生神女進堂祭（ヴヴェジェンスキー）大聖堂の至聖所裏手にある墓地に埋葬されるという至福の恩恵を受けた。それから数か月を経た十月十一日には、彼女の敬愛する霊の父レオニード（レフ）長老が永眠し、同墓地のアレクサンドラのすぐ右手に最後の安息の地を見出すことになったこともこの二人の絆の深さを表すエピソードである。その後、マカーリイ、アムヴローシイ、アナトーリイ（兄）、イオシフ、ヴァルソノーフィイ、アナトーリイ（弟）ら歴代の長老も、レオニード長老の右側に連なるこの場所を自らの埋葬地として遺言するようになった。[96]

ところが、このアレクサンドラ・イリイニチナの墓碑銘は、それがレフ・ニコラエヴィチによって書かれたということから、一九二九年に彼女の墓石から剥がされて、ヤースナヤ・ポリャーナにほど近いコチャーキに運ばれ、そこのニコラ教会の至聖所の裏手にあるトルストイ家の墓に一九四五年まで置かれていたが、その後、作家の叔父にあたるニコライ・セルゲーヴィチ・ヴォルコンスキー（アレクサンドラ・イリイニチナの夫）の墓碑に隣接する場所へと移され[97]、近年（一九九八年）、オプチナの彼女の棺のあった場所に七十年ぶりに戻されたのだった。[98]

トルストイの親族の中、叔父のピョートル・イワーノヴィチ・トルストイの寡婦でチェルニ郡の女地主であったエリザヴェータ・アレクサンドロヴナ・トルスタヤもまたオプチナ修道院に出入りしていた。彼女は一八三七年に孤児となったトルストイ兄弟を養育した遠い親戚タチアナ・エルゴーリスカヤの実の姉にあたっている。またこの姉妹の兄ドミートリイ・アレクサンドロヴィチ・エルゴーリスキイはコゼーリスク（オプチナから最も近い町）の地主であった。病気になったアレクサンドラ・イリイニチナが死に場所に選んだオプチナ修道院に、本人を伴って行ったのは他ならぬこの女性（エリザヴェータ・アレクサンドロヴナ）だったのである。[99]

このエリザヴェータ・アレクサンドロヴナはオプチナの修道司祭ポルフィーリイ（グリゴーロフ）と文通していた。彼女は敬虔な正教徒であったばかりか、気前のよい篤志家としても修道院ではよく知られた存在であった。スキト（修道院の近くにある少人数の隠修所）の日誌記録者であった修道司祭エフフィーミイ（トルノフ）は一度ならず、修道院日誌に彼女が来訪し、聖機密に与った日を書きとめている。彼女が永眠したのは一八五一年九月十四日、その場所はコゼーリスクの兄ドミートリイ・アレクサンドロヴィチの邸であった。彼女は埋葬式にあたってオプチナ修道院に運ばれ、アレクサンドラ・イリイニチナの墓石の隣に葬られた。[100]彼女の墓碑銘には、「忘れがたき母、友にして慈善家へ」と刻まれている。

トルストイ家のもうひとりの叔母ペラゲヤ・イリイニチナ・ユシコーワもやはりオプチナ修道院に縁のある人であった。修道司祭エフフィーミイはその日誌の一八四七年三月四日の項目に「チェルニ郡のニコリスコエ村からトルストイ伯とその叔母ペラゲヤ・イリイニチナ・ユシコーワ、それにその他の彼女の親族等がオプチナに来訪した[101]」と書きとめている。このトルストイ伯とはレフ・トルストイの長兄でニコリスコエ村の所有者ニコライ・ニコラエヴィチのことであった。レフ・ニコラエヴィチは叔母ペラゲヤ・イリイニチナに関して、「一八六九年に夫（ウラジーミル・イワーノヴィチ）が亡くなった後は、世を捨ててオプチナ修道院に向かった。その後、トゥーラの女子修道院に暮らしたこともあった[102]」と回想している。彼女自身は一八七五年にヤースナヤ・ポリャーナで没している。

レフ・トルストイにオプチナを訪問したいという思いが最初に起こったのは一八六五年の夏、ちょうど『戦争と平和』の執筆が佳境に入った頃のことであった。「八月には妹を連れてみんなでオプチナ修道院に斎《ものいみ》しに行くつもりです[103]」と彼はイワン・ペトローヴィチ・ボリーソフ〔詩人フェートの親戚でオリョールの地主〕に書き送っている（実現はしなかったが）。

また一八七〇年の秋にも、セルゲイ・セミョーノヴィチ・ウルーソフ公爵〔セヴァストーポリ戦役時からの友人でチェス選手〕とともにオプチナへ行く準備をしていた[104]。ところが今度はギリシャ語学習に夢中になっていて機を逃した。トルストイは本当にこの名高い修道院に滞在し、長老たちと対話し、トルストイ家の先祖の墓参りをしたい気持ちを抱いていたのであろうか。ウルーソフ公爵に宛てて「オプチナ詣が絶えずわたしを呼んでいます[105]」とまで書いているが。

しかし、この頃までにトルストイはハリストスへの信仰を完全に失っていた。幼少時より聖書や聖者伝を読みふけり、しばしばヤースナヤ・ポリャーナを訪れる叔母たちや巡礼たち、佯狂者〔聖なる痴愚者〕たちの影響のもとで幼い心に生じつつあった純粋な信仰は、いつしか彼の才気あふれる理性的分析の刃に刺し貫かれていった。常識の観点から説明することができないことがら（例えば、ハリストスの「籍神〔神が人の形をとること〕」といった概念）はこの若き理論家の疑念の対象となり、その後、激しい批判に曝されることになることは前章で略述したとおりである。

七〇年代になると、信仰に惹かれる魂の欲求と、自分には並はずれた天賦の才があるという意識に抑圧された知性の欲求との間に初めて矛盾の萌芽が生じ始めた。トルストイはこの神の賜である才能を、所謂何らかの神学的解釈というものからは懸け離れた聖書の独自解釈を行うために使うようになった。だが、この試みは結局、全地公会によって定められた教義に反したために異端とされた経緯も既に述べた。

一八七六年四月、トルストイは友と慕う親戚のアレクサンドラ・アンドレーエヴナ・トルスタヤ〔トルストイの叔母。帝室宮殿の侍女として皇族の教育係を務めたが、トルストイとは半世紀近くにわたって往復書簡を残している〕に宛てて次のように書いていることを想起しておこう。

あなたはわたしが何を信じているかわからないとおっしゃいます。こんなことを口に出して言うのは奇妙で恐ろしいことですが、わたしは宗教が教えているところのものは何ひとつ信じていません。それでいて、わたしは無神論というものを憎んだり軽蔑するどころか、宗教なくして生きることなどできない、ましてや死ぬことは不可能であるとさえ思っているのです。[106]

一八七七年二月、トルストイは再び彼女に宛ててこう書いている。

わたしにはストラーホフという友人の学者がいますが、彼はわたしが知っている最良の人々のうちの一人です。我々が互いに似ているのは以下のような宗教的見解によります。つまり、ともに哲学は何も与えてくれない、宗教なしには生きられないことを確信していながら、信ずることができないのです。今年の夏には彼と一緒にオプチナ修道院に行こうと思いますが、わたしはそこで自分が信じることのできない原因を洗いざらい修道士たちに話し聞かせるつもりです。[107]

一八七七年七月二十五日、レフ・トルストイとニコライ・ストラーホフはオプチナ巡礼の旅に出た。彼らはカルーガまで汽車で行き、そこからは馬に乗って、七月二十六日未明にオプチナに到着した。オプチナの日誌によれば、「トルストイはロシア中から修道院に押し寄せてくる雑多な階級の人々や巡礼たちでごった返している所謂巡礼用の宿坊に投宿した。ところが、そのとき宿坊の係りをしていたのは、たまたま昔トルストイ家に農奴として仕えていた男だったことから、かつての召使いと旦那との再会は、この二人に大きな慰みをもたらした。トルストイは巡礼たちと話し合ったり、修道院の経営に関わる諸施設を見てまわったりした[108]」とある。翌日には、修道院に著名な作家が参詣していることが修道士たちの知るところとなったため、「特権階級専用」の宿坊に移されたという次第である。オプチナ修道院に「雑多な階級の人々や巡礼たち」が押し寄せてきたのは、当時そこには克肖者アムヴローシイが長老として君臨していたからである。オプチナの長老制は、他ならぬこのアムヴローシイ長老のもとで絶頂期を迎えていた。炯眼にして奇蹟者、体と魂の病の治療者であった長老は、文字通り朝から晩まで人々の訪問を受け入れていたのである。

レフ・トルストイがアムヴローシイ長老のもとを訪れたのは七月二十六日のことであった。二人は信仰や福音書について話し合ったという。しかしトルストイ夫人ソフィア・アンドレーエヴナの回想によれば、「これらの会話の詳細についてはどこにも記されていないし、誰一人それを耳にしたものもいなかった。ただレフ・ニコラエヴィチは長老たちの賢さとアムヴローシイ長老の霊的な力を知るに及んで、この度の会談にすこぶる満足したようだった[109]」とある。トルストイ自身が二六日付で妻に宛てて書いた手紙によれば、アムヴローシイ長老の後に、掌院ユヴェナリイ（ポロフツェフ）と修道司祭ピーメンをも訪ね、それから夕方には進堂祭（ヴヴェジェンスキー）大聖堂で執り行われた徹夜禱にも参加したという。この日の徹夜禱では、翌七月二十七日（新暦の八月九日）に記憶される聖大致命者にして廉施者パンテレイモンへの祈りが献げられていた。[110] さらに翌日、トルストイはオプチナを去るにあたって、再度アムヴローシイ長老のもとを訪ねたのだった。[111]

この修道院の近くには、トルストイのカザン時代からの知り合いであったドミートリイ・アレクセーヴィチ・オボレンスキー公爵が修道院からほど近い自らの領地に逗留していた。公爵はトルストイがオプチナに来ると聞くと早速オプチナに滞在中の作家を訪ね、自分の邸へ彼を招待したのだった。トルストイは公爵の求めに応じて、帰途にオボレンスキーのもとを訪ねている。トルストイはそこでオボレンスキー公爵に、すでに終局にさしかかっていた長編小説『アンナ・カレーニナ』の第八章からいくつかの断片を朗読したという。[112] この章には自伝的要素が強いと言われるが、それはトルストイがコンスタンチン・リョーヴィンの口を通して、自身の苦悩に満ちた霊的な探求を語っているとも見なすことができるからである。

トルストイのオプチナ初訪問に際しての評判はと言えば、これが何と上々であった。ストラーホフはトルストイに宛てて以下のようなことを書いている。

つい先だって、パーヴェル・アレクサンドロヴィチ・マトヴェーエフ〔ストラーホフの友人で文学研究者〕がうちに来ました。彼はわれわれのすぐ後にオプチナ修道院を訪れたのですが、あそこであなたに関して語られたことがらを山ほどわたしに伝えてくれました。そのなかには、わたしについての評判すらありました。神父たちはとりわけあなたのことを称賛し、あなたのなかに素晴らしい心をみとめておられるということです。彼らはあなたをゴーゴリと比較して、彼の知恵にはひどく奢りがあったけれども、あなたにはこの奢りがないと言っていたそうです。……アムヴローシイ長老はわたしのことを無口な男と呼びましたが、概して、わたしは無信仰のなかに凝り固まっていると見なされています。つまり、あなたはわたしよりも信仰に近いということです……[113]

トルストイはこれを聞いて、よほど気をよくしたのであろうか。このオプチナ巡礼後に彼に現れた生活上の変化は周囲も驚くほどのものであった。妻ソフィア・アンドレーエヴナは八月二十五日に以下のように回想している。

彼の中にますます宗教的な精神が高まってきています。幼少期の頃のように、彼は毎日祈りに立ち、祭日には聖餐式に出かけていくのですから……[114]

そればかりか、そうすることがトルストイにとって長年彼を苦しめてきた問題を解決するものでさえあったのである。さらに妻はこう書きとめている。

不信仰と信仰への希望との長い葛藤の後で、彼は突然、この秋から落ち着きを取り戻した。斎を遵守し、教会に通って神に祈るようになった。なぜ信仰を実行するためにこれらの儀式を選択したのかと問われると、彼は教会の掟をすべて会得するために努力するだろうし、そうすることを望んでいる、取りあえず、できることから実行しているだけだと答えた。[115]

オプチナの修道士たちによるトルストイの精神状態に関する評価も、意外と高かった。だが、それにも拘わらず、当のトルストイは「人類の発展に合致した新しい宗教、ハリストスの宗教とは言うものの、信仰や機密のない宗教、未来の幸福を約するのではなく、地上における福《さいはひ》を与えてくれる実践的な宗教[116]」の基礎づけに夢中になっていった。一八五五年（二十六歳）頃にはすでに浮かんでいたこの向こう見ずな計画を、彼は八〇～九〇年代にかけて実現させるために死力を尽くした。その成果と言えるものが、神学的著作の数々（『懺悔』、『教義神学論』、『四福音書の合同と解釈』、『我が信仰は何処にありや』、『神の王国は我等の内にあり』その他の作品）である。

それから二年後の一八七九年にトルストイは広く知られた二つの大修道院を巡礼で訪れた。だが六月に最初に訪れたキエフ洞窟修道院では「教訓的なものは殆ど見あたらなかった」[117]。それから同年十月に訪れたセルギイ大修道院では、主管者であった掌院レオニード（カヴェーリン）に会っている[118]。これは当世ロシア正教会の最も教養ある指導者の一人であったが、実は彼もその修道生活をオプチナ修道院で開始していた。一八五四年に彼がそこで修道士への剪髪を受けたとき、自らの霊の父であったレオニード（スヒマ名レフ）長老に因んでレオニードの名を名乗ることになったのである。しかし、上述の理由から、トルストイがこれらの神父から霊的な安らぎを得ることはなかった。

一八八一年といえば、トルストイの正教批判が舌鋒鋭くなっていく矢先のことでもあり、夏のある日、彼が再びオプチナを詣でたことは、周囲の大方の予想に反する出来事であった。それどころか、今回は本格的な巡礼の旅として、万事が周到に準備されていた。つまり、トルストイ伯爵は樹皮の草鞋を履き、百姓のシャツを着て、徒歩で出かけたのだった。彼はヤースナヤ・ポリャーナの学校教師ドミートリイ・フョードロヴィチ・ヴィノグラードフと三十五年間トルストイ家に仕えた事務方秘書のセルゲイ・ペトローヴィチ・アルブーゾフを連れて、六月十日に自宅を出発した。トルストイは道すがらノートにメモを残しているが、それは簡潔ながら、幅広く、色彩に富んだものとなっている。それによると、彼は途中短い休憩を取った折に聖書を読んだとある。六月十四日に二人の巡礼はオプチナ修道院に到着した。トルストイの記録によれば、彼らは修道院の来賓用の宿房に行ったものの、宿房係のエフィム神父は「怒りっぽい人」で、中に入れてはくれなかった。そのため、二人は巡礼用の共同宿房に行くはめになった。トルストイはその場所の印象を「南京虫の部屋」と書きとめている[119]。

だが、この修道院の建物内にレフ・トルストイ伯爵がいることを修道士たちはどこからか聞きつけたのであろう、掌院とアムヴローシイ長老の使いの修道士が二人やって来て、伯爵の荷物を持ちながら、部屋全体がビロードで覆われた特別応接室へ来ていただきたいと依頼しはじめた。伯爵は長いことそちらへ移ること固辞したが、結局は移ることにした。[120]

六月十五日、トルストイ一行は朝十時に起床し、お茶をたらふく飲んだ後、アルブーゾフは遅い聖体礼儀に、トルストイはカフタンに草鞋という出で立ちで修道院内の書肆に向かったのだった。修道院の記録はこの時の出来事をこう記している。

ある老婆が五コペイカ銅貨で福音書を買おうとしている様子がふと彼〔トルストイ〕の耳に入ってきた。だが修道士は「福音書の廉価版は売り切れました。残っているのは高価なものだけです」と言って、老婆の要求をはねつけた。トルストイは老婆が息子のために福音書を求めていることを知ると、売台から福音書を取って代金の一ルーブリ半を銀貨で支払い、老婆に手渡して言った、「さあ、お取りなさい。ご自分で読み、息子さんに教えてあげなさい。福音書はわたしたちの生活の慰めなのですから」。この出来事は衆人の彼に対する関心を呼び起こした。彼はそうなることを望んでいなかったが、彼の身分は知られるところとなり、修道院の掌院のもとへ直々に招かれる次第となったのである。[121]

こうして彼は掌院ユヴェナリイ（ポロフツェフ）のもとを訪れるはめになった。そこで二人は教会の聖性、聖使徒パウェルや聖師父らの役割、裁判と戦争などについて熱い議論を交わしたという。それから彼はスキトのアムヴローシイ長老の居室をも訪れた。トルストイは長老との談話について以下のように書き記している。

> アムヴローシイのもとへ。大勢の人々が面会の番を待っていたし、今もなお待ち続けている。……アムヴローシイのもとに二時間いた。貧困、これこそ完成である。完成を求めよ。だが教会から離れてはならない。福音、聖使徒の書簡、公書、それに聖師父には神の啓示がある。ある星は他の星とは異なる。将軍、大佐、陸軍中尉などがあるように、そこ〔星の世界〕にもあるだろう（長老は位階とは、それに譬えられる何か自然なものと感じている）……天上にいた者は金口イオアン〔イオアンネス・クリュソストモス〕に会うことはなかった。彼は聖三者〔トロイツァ〕とともにいたのだ。すべての人々は平等に見えるかもしれないが、慰みはひとつではない。聖不朽体は芳香を発する。教会についても、アムヴローシイは「若し爾の兄弟爾に罪を得ば〔犯せば〕」（マトフェイ福音十八章一五）と言われていることを知らなかった。彼はただ罪は得る〔犯す〕であろうと言うが。アムヴローシイは自らかち得た位階〔役職〕に忙殺されており、その信仰は病的である。哀れな人だ。[122]

トルストイは長老の庵室の前に大勢の人々が面会を待ちわびていることに驚いた。巡礼たちの中には、教えを受けたり、自分の罪を炯眼なこの長老に痛悔するために、スキトの長老のあばら家に面した茂みの中の広場に何日も立ち尽くす者もいたという。事実、彼らの期待は何倍もの報いを得るのが常であった。トルストイは、長老と面会することで、あらゆる悲しみに対する慰みを受け取る人々がこれほどいることをこの時初めて知ったのである。

トルストイとアムヴローシイ長老は貧困における如何なる完成について話し合ったのであろうか。同じ頃、トルストイは自分の所有地を農民に分与し、自分は簡素なあばら家で暮らすにはどうすればよいか真剣に考えていた。トルストイは長老にこのような外面的な貧困について質問を投げかけたかもしれない。しかし長老は外面的な貧困以上に、この問題を福音書的な観点に照らそうとした：心の貧しき者は福《さいはひ》なり、天国は彼等のものなればなり（マトフェイ福音五章三）。教会師父の一致した見解にしたがえば、霊的な貧しさとは謙遜である。

自らの霊的な貧しさを自覚することは自己改善、完成への第一歩である。これはこの目的の途上にある最初のとば口であるうえ、かなり高度なものである。それを乗り越えるのは容易なことではないが、その後の人生において避けては通れないという意味において、必要不可欠である。[123]

アムヴローシイ長老はトルストイの性格の中に自己完成と自分の欠点を摘発する志向性があることに明らかに気づいていた。彼の日記や書簡、とりわけ彼の論文『懺悔』は、自己卑下や自分の魂の最も否定的な側面を暴き出す記述に溢れている。しかし彼のこのような自分の罪に対する嘆きや泣き言も全知全能の主神に対する悔い改めではなかったため、それらが痛悔と領聖という教会の機密によってのみもたらされる神の限りない仁愛によって癒されることはなかった。長老はトルストイの霊がそのような状態に陥っていることを看破したゆえに「教会から離れてはならない」と忠告したのであろう。

真の信仰を持つ人間の頭に、聖書はもちろん、全地公会や聖伝、聖師父の著作などを含む聖伝承に神の霊感が存することを疑おうという衝動が生ずることはない。神は言葉を通して人間に自らの姿を現される。神は聖神（聖霊）によって預言者、使徒、聖師父らに自らの真理を明かし、彼らは神の言葉を書きとめ、人間が自分だけの力では明かすことのできない様々な真理を明かしてくれたのである。ところが残念ながら、トルストイは神の霊感あふれる黙示といったこの霊の豊かさを感知することができず、長老の庵室で自らが抱いていた疑念を表明するに至る。他方、長老はこれは心で受け入れるべき真実であって、疑念や偏見を抱いてそれを究明すべきではないことを忍耐強く説得しにかかったのである。

とはいえ、二時間にも及ぶアムヴローシイ長老との話し合いは、トルストイにある程度の好ましい作用をもたらした。長老の庵室を後にしながら、トルストイはアルブーゾフに次のように言っている。

　このアムヴローシイ神父というのはまったく聖なるお方だ。彼と話をしたら、わたしの心はなんだか軽やかな、喜ばしい気分になった。やはりこのような人と話をすると、神に近づいたような気分になるものだ。[124]

七月十日、トルストイはカルーガより汽車でヤースナヤ・ポリャーナに帰還した。トルストイはすぐさまストラーホフに宛てて書き送っている。

　わたしはつい先頃、オプチナ修道院とカルーガまで旅してきましたが、それはとても楽しいものでした。今はまた自宅で少しずつではありますが、以前どおり仕事をしています。[125]

その当時トルストイは『四福音書の統合と翻訳』を執筆中であった。

「見よ、種を播く者出でて、種を播きたり。播く時、路の傍らに遺ちし者あり、鳥来たりて、此を啄めり……凡そ天国の言を聞きて悟らざる者には、凶悪者来たりて、其の心に播かれたる者を奪う、此れ路の傍らに播かれたる者なり」（マトフェイ福音十三章三～四、一九）。トルストイにはこれと同じことが起こった。アムヴローシイ長老は天国について語ったが、トルストイの「福音書」から出たのは毒麦ばかりだった。

一八九〇年の冬、トルストイは中編小説『セルギイ神父』の執筆に取りかかった。そのためには、必要な資料を集め、創作にふさわしいものを選び出したり、修道院の生活に関する従来の認識に新たな要素を加えたりする必要に迫られた。折しも当時、ベリョーフの十字架挙栄修道院にはトルストイの妹のマリア・ニコラエヴナ・トルスタヤ[126]が住んでいた。そのすぐ隣には、主の変容祭を祀った男子修道院もあった。トルストイは妹との面会を果たし、隣接する男子修道院に滞在する目的でベリョーフに出かける決心をした。一八九〇年二月二十六日、娘のターニャ、マーシャ、姪のヴェーラ・クズミンスカヤをともなって目的地に到着した。ところが、あてにしていた妹マリア・ニコラエヴナはオプチナ修道院に出かけていて不在だった。オプチナ修道院の長老たちの霊的な庇護のもとにあったベリョーフの修道士、修道女たちはしばしば自分たちの指導者の長老のもとを訪れる習慣になっていたのである。ベリョーフとオプチナとの距離はわずか六十キロほどだったので、トルストイ一行はマリアを追ってすぐさま出立した。こうして二月二十七日の早朝、一行はオプチナ修道院に到着した。

オプチナでマーシェンカが語ったことといえば、ただアムヴローシイのことだけだった。彼女が言うことは何もかも恐ろしいことばかりだった……わたしがキエフで見たことがこれで確かめられた。若い見習修道士たちこそ聖なる者であり、神は彼らとともにある。だが長老たちは違う。彼らは悪魔とともにある。[127]

マリア・ニコラエヴナがアムヴローシイについて兄に語ったことはいずれもこの長老に対するこのうえない敬意と愛にあふれていた。それゆえ、彼女がその返答として兄から得た不当な断罪の言葉、それも不浄な力をもってそれを聞かされたときの気持ちは如何なるものだったろうか。

トルストイの妹マリアはすでにこの頃までに自らの生きる道を最終的に決定していた。彼女の娘エリザヴェータ・ヴァレリアーノヴナ・オボーレンスカヤ（一八五二〜一九三五）は回想している。

一八八九年、母はアムヴローシイ長老を自分で見聞するためにオプチナに赴いた。実際、この会見は彼女の運命を決定づけた。彼女は迷うことなく自分の意思を長老に委ねた。長老はその日から母の霊的な指導者となった。彼女はその日を境にもう二度と俗世に戻ることはなかった。[128]

アムヴローシイ神父は大きな支えです。彼は我が身の処し方を、つまり我々が如何なる段階をへて、救主の言葉「我が軛は易く、我が任は軽し」（マトフェイ福音十一章三〇）を完全に我がものにすることができるかを教えてくれるのです。[129]

マリア・ニコラエヴナは自分の長老に対する関係を以上のように評していた。この世のよろずのことがらは万人の救いを願う神の意にしたがって行われている。アムヴローシイ長老の導きによってマリア・ニコラエヴナの人生に起こった急激な変化も、すべてが神意に深く根ざしたものとなったのである。長老は修道女マリアを、ますます救主を冒瀆することに夢中になっていった兄レフ・ニコラエヴィチのための祈り手、救済者とすべく準備していったのではなかろうか。それが誰であれ、人の祈りは常に奇跡を起こし得るものである。それが天使の姿を取る――修道士となる――ことを許された者の心から湧き出ずる祈りであるならば、その力は常人の何十倍もの力を持ちうるはずだからである。

二月二十七日、トルストイ一行がオプチナ修道院の宿坊に投宿すると、トルストイ本人はまず家族をアムヴローシイ長老のもとに送り出し、彼はスキトで自発的に見習い修道士〔послушник〕をしていた親戚〔名前は不明〕のもとを訪ねたのだった。この見習いに家族一同からの挨拶を伝えると、トルストイはスキトの規則などについていろいろと訊ね、斎とスキトに女性が入れないことには賛意を表したという。さらに人生の目的について触れると、奉神礼の中でこうした問題に関する説教を耳にしていたその見習い修道士は、「創造者の意志にしたがい、われわれは天の堕天使の数を補わねばならない」と言ったという。別れ際に、トルストイは彼に自分の家族に会いに来るよう誘い、「わたしもアムヴローシイ神父に会いに行くべきだろうか」と訊ねたところ、見習いは「お好きなように」と応えたという。宿坊に戻ると、そこでアムヴローシイ長老に面会して大いに満足して戻ってきていた家族と出くわした。それを見て、トルストイはやはり長老を訪ねる決心をしたのだった。[130]

いろいろな信仰について語った。わたしが言ったのは、われわれが神の中、つまり真理の中にいれば、みなが一緒だが、悪魔、つまり虚偽の中にいれば、そこではみながばらばらではないかと。……アムヴローシイは……かわいそうな人だ。罪への誘惑に負けた実にかわいそうな人だ。[131]

これを見ると、この頃、トルストイはアムヴローシイ長老に対して「聖なる人」というそれまでの印象に代わって、執拗なまでの偏見を抱くようになっていたことがわかる。尤もこうした偏見は、総じて、教会の首脳部に対して彼が根強く抱いていたものでもあった。トルストイはすでに地上の生を終えんとしていた長老が疲労のため寝床から離れられない状態にありながら、果てしなくやって来る訪問者との面会によって極度の肉体的衰弱に陥っていたことをどの程度認識していたのであろうか。だが、長老のいまにも燃え尽きんとする蝋燭は、創造主への祈りにひときわ強く燃え上がっていたのである。当時、「長老のもとを訪れる多くの人々は、祈りを捧げる長老の目が天の住居を見据え、その姿がこの世のものならぬ光によって輝いているのを目にした。……そのようなとき、長老の庵室の天井は見えなくなり、この地上の天使たる天の人に得も言われぬ光が降りそそいでいた[132]」という。

二月二十八日、トルストイは有名な社会評論家、哲学者、作家でもあるコンスタンチン・レオンチェフを訪ねた。当時、レオンチェフはオプチナのアムヴローシイ長老の霊的な庇護のもと修道院の近くで暮らしていた。この二人がいかなる会話を交わしたか、トルストイはわずかに次のように書き残しているだけである。

レオンチェフのところに行った。愉快に語り合った。彼はわたしには見込みがないと言い、わたしはあなたには見込みがあると言った。これは互いの信仰に対する態度をよく表している。[133]

他方、レオンチェフはトルストイとの談話について、モスクワの司祭フーデリに宛てて次のように書き送っている。

今しがたトルストイ伯がわたしのもとを去っていきました。すごくご機嫌で、二時間論争しました。彼はもはや矯正不能です。（一八八九年二月二十八日付）[134]

またオプチナ修道院の史料編纂を行った修道司祭エラスト（ヴィトロプスキー）は修道院の記録に基づいて、二人の邂逅に関して以下のように詳細に記述している。

お茶の時、会話はアムヴローシイ長老のことに及んだ。「素晴らしい人だ。彼のもとを訪ねたが明日も立ち寄ろうと思う。長老は福音書を説いているが、あまり明瞭ではない。実はここにわたしの福音があるが……」と言って、トルストイは自分のポケットから小冊子を取りだしてレオンチェフに与えた。この時、レオンチェフはエレオンスキー〔ニコライ・アレクサンドロヴィチ（一八四三～一九一〇）、モスクワ神学大学教授〕の手になる小冊子を所有していたが、そこには福音書の唯一絶対性が立証されており、トルストイの敵対的見解が否定されていた。[135] レオンチェフもお返しにその冊子をトルストイに与えたが、トルストイは「この小冊子はたいしたものだ。わたしの福音書まで宣伝してくれているのだから」と言った。そこでレオンチェフは自分を抑えきれなくなり、かっとなってこう言った、「ここオプチナ修道院にまで来ていながら、自分の福音書を吹聴するとはいったいどういうことですか。せめてトムスクあたりの人里離れた僻地ならばいざ知らず」。この発言はトルストイの自意識を刺激したようだった。彼はきっぱりとこう言い切った。「君に知り合いが大勢いるというのなら、ペテルブルグにでも奏上したらどうかね。そうすればわたしをトムスクに流刑にすることができるかもしれんよ」。それからトルストイは自分の宿房に戻り、再びアムヴローシイ長老を訪ねることなく、ヤースナヤ・ポリャーナへと帰って行った。翌日、レオンチェフは修道司祭エラストにトルストイと長老との間にいかなる話し合いが行われたのか、その詳細を長老の口から直に聞き出して欲しいと頼んだ。だがアムヴローシイ長老はレオンチェフにはトルストイが自分のもとに一時間くらいいたとだけ伝えるよう命じたのだった。「トルストイがわたしの庵室に入るとき、わたしは彼を祝福した。彼もわたしの手に接吻した。ところが、別れを告げはじめたとき、彼はわたしの祝福を避けるかのように、わたしの頬に接吻した」。これを語りながら、長老は息を切らさんばかりだった。伯爵との会談はそれほどまで長老を憔悴させたのだった。長老が最後に「非常に傲慢な男だ」と付け加えたことは特徴的である。長老はトルストイに自分の迷妄について、神に悔い改めるよう提案さえしていた。トルストイはレオンチェフなどが待つ一般の面会待合室に出て行くと、自分と長老との面会について、「いや実に感動した。感動した」と漏らした後、明日もまた長老に面会に来るつもりだ」と言ったという。[136]

トルストイはヤースナヤ・ポリャーナに帰ると、中編小説『セルギイ神父』の執筆に専念する。主人公のカサーツスキイ公爵が入った修道院の典院は「有名なアムヴローシイ長老の教え子で、そのアムヴローシイ長老はマカーリイの教え子、マカーリイはレオニード長老の教え子、レオニード長老はパイーシイ・ヴェリチコフスキーの教え子だった」[137]とある。トルストイの同時代人はこの箇所だけでも読めば、すぐにこれがオプチナ修道院とその名高い長老たちのことであると会得された。しかしトルストイが構築した小説の年代と実際のオプチナとの間には齟齬があることもやはり目につく。つまりカサーツスキイ公爵が修道院に赴くのは四〇年代のこととされるが、アムヴローシイ長老がオプチナの門を初めてくぐったのが一八三九年、長老に任じられるのは一八六〇年のことであるため、いかにこれが小説上のフィクションとはいえ、主人公が入った修道院の典院が実在するアムヴローシイ長老の教え子であったと考えるにはやはり無理がある。したがって、こうした事実の歪曲が、実際にはうまくいかなかった修道士セルギイの人生を例に取り上げて、修道生活全般、さらにはその最高度の功であるオプチナの長老制そのものの信頼を失墜させることを目的として書かれたものであることは明らかである。

一八九五年二月、トルストイ家の人々は彼らの七歳の息子ワーネチカ（九男イワンのこと）の死に直面して愕然とする。ここ数年の間に五人もの幼い子どもたちを葬っていたからである。悲しみに打ちひしがれた作家の妻ソフィア・アンドレーエヴナは祈りや教会での祈禱、そして音楽に慰めを見出していた[138]。翌一八九六年の夏のこと、レフ・ニコラエヴィチは、鬱屈した思いを少しでも紛らわすためにと、彼女にシャモルジノの女子修道院に行くことを提案した。この修道院はアムヴローシイ長老がその死の直前（一八九一年）にオプチナ修道院から十五キロほどの場所に開基したものだった。

ソフィア・アンドレーエヴナはこう回想している。

この夏の就寝祭の斎に、夫はわたしに彼の妹マリア・ニコラエヴナが滞在するシャモルジノの近くの修道院に一緒に行こうと提案した。わたしはこの提案に歓喜した。まるで若い頃のように、二人してこの旅に出ることがわたしにはとても喜ばしく、ロマンティックなものに感じられたのだった。[139]

トルストイの妹のマリア修道女は個室の庵室に住んでいたが、この建物の設計はアムヴローシイ長老によって描かれたものだった。彼女は我々来客に修道院の自給自足の生活や、孤児院、養老院、建設中の大聖堂、それに一八九一年にアムヴローシイ神父が亡くなった庵室などを仔細に案内してくれた。

シャモルジノでトルストイは『ハジ・ムラート』の執筆にかかりきりだった。『牛蒡（Репей）』と命名された物語の最初の素描が完成したのが、至聖なる生神女の就寝祭の前日のことで、そこには「シャモルジノ、一八九六年八月十四日[140]」と署名されている。

トルストイ一行はこのシャモルジノを起点としてオプチナ修道院を詣でたのである。妻のソフィアはこのときのことを以下のように回想している。

宿房に泊まり、そこからゲラシム長老のもとへ出かけました。わたしは彼のもとで痛悔したかった。ゲラシム神父の庵室がある森をぬけて行くと、そこの見習い修道士がわたしたちを出迎えてくれた。レフ・ニコラエヴィチは外にとどまり、建物の中には入って来ませんでした。[141]

ここでソフィア・アンドレーエヴナはイオシフ（リトフキン）神父のことを誤ってゲラシム神父と呼んでいるが、彼〔イオシフ神父〕こそがアムヴローシイ長老の永眠後、修道士たちの話し合いで長老に選出された、言わば、アムヴローシイの後継者（教え子）であった。実はトルストイもイオシフ長老のもとを訪れていた。作家の息子であるイリヤ・リヴォーヴィチは自分の回想の中で、これについて語った叔母のマリア・ニコラエヴナの話に触れている。

リョーヴォチカ〔トルストイ〕はイオシフ神父に面会した……わたし〔マリア・ニコラエヴナ〕がとりなしたのだ。二人は長時間話し合ったが、イオシフ神父は兄〔レフ・ニコラエヴィチ〕についてあまりにも傲慢な知性の持ち主であること、自分の知性への信頼をやめないかぎり、彼は教会へは戻ってこないだろうと語った。そのせいか、その時から兄は以前よりもずっと態度を軟化させた。[142]

この面会については、世俗でも広く知られていた。新聞『新時代』の編集長を務めたスヴォーリンも一八九六年一一月十日付の日記の中でこう書き記している。

スタホーヴィチ〔オリョール県自治会法制審議会委員、地主〕が来た。……レフ・トルストイのことを話していた。……この夏、彼は音楽家のタネーエフと親密な関係にあった妻に激しい嫉妬を抱いていた。……事は修羅場、つまりスキャンダルにまでなったという。……この後、彼は伯爵夫人〔ソフィア・アンドレーエヴナ〕をともなってオプチナ修道院に行き、そこで彼女は斎《ものいみ》し、悔い改めた。夫は斎しなかったが、礼拝に出て、イオシフ長老のもとを訪れた。もしかしたら、彼も長老に痛悔をしたのかもしれない。[143]

一九〇一年二月、教会はレフ・トルストイの反キリスト的活動に対する独自の決断を表明した。つまり、彼は「破門」されたのである。それでもこの措置は、作家が悔い改めさえすれば、いつでも教会は福音的な愛に満ちた父親の例に倣って(ルカ福音十五章一一～三二)、彼を再び救いの懐に迎え入れる用意があることを表明したにすぎなかった。

つまりトルストイの教会に対する関係は、カルファゲンのキプリアヌスの含蓄のある言葉を借りるならば、「その人にとって教会が母でなければ、神は父でない」と言い表すことができる。

一九〇九年の三月、トルストイは日記にこう書きとめている。

書きたいことは山ほどある……「長老」もそのひとつだ。この短篇小説の執筆は今年の年頭に始まっていた。

この未完の作品の断片は『修道司祭イリオドール』という名のもとで書かれている。[144] 主人公のイリオドール神父は三年間修道院に暮らした後、トルストイと同じく、領聖機密に与る〔聖体を拝領する〕ことに疑念を抱き始めるのである。

一九〇九年三月三日、トルストイはシャモルジノの妹マリアに宛ててこう書いていた。

わたしは外出することなどほとんどないが、どこかに出かけるとなれば、まずは何をおいてもおまえのいる修道院くらいだろうか。もっとも、おまえの修道女たちがわたしを追い出さなければの話だが。[145]

それに対して、マリア・ニコラエヴナはこう返信をしたためている。

兄さんが正教徒でないなんて何と悲しいことでしょう。あなたが心からハリストスと一体になり、その最後の感動的な別れの晩餐において主が弟子たちに教えたことを行いたいと望まないなんて何と悲しいことでしょう。なにはともあれ、このことを受け入れていただきたいのです（マトフェイ福音二十六章二六）。これは永遠の追憶なのですから。もし兄さんが思いの中で神と一体になりたいと願いさえすれば、あなたは心にどれほど明晰さと平穏さを感じることができたことでしょう。今兄さんが理解できないことがらの多くがどれほど日を見るかのように明瞭に理解できるようになったことでしょう。……シャモルジノに来たいという兄さんの願いはすべての修道女たちを驚喜させました。わたしについては言うまでもありません。この考えが滞りなく実行されますように。[146]

だが、結局トルストイのシャモルジノ行きは実行されなかった。マリア・ニコラエヴナは、兄とその追随者たちが「キリスト教的」と称している教説のせいで、兄が教会から完全に遠ざけられることになったことをひどく悲しんでいた。簡単に言えば、彼は教会のないキリスト教を作り上げた。そうすることで、ハリストスの教説中に存する道徳的公理をハリストス自身から切り離してしまったのである。神の子が籍身し〔人の肉体をとって〕、この地上に降臨したのは、トルストイが言うように、人々に新しい真理を伝えるためだけではなかった。彼が降臨し、十字架上の死を受け入れ、復活し、教会を作ったのは、人類を罪と死の闇から救うためであった。教会、つまりハリストスの体のないハリストス教などあり得ない。

トルストイを立ち直らせようとしたのはマリア・ニコラエヴナだけではなかった。一九〇九年四月十九日、トルストイは日記に次のように書き記している。

こんな夢を見た。誰かがオプチナの長老（名前は忘れたが）、つまり教師でもある長老の手紙、もしくは祈りをわたしに手渡した。わたしはそれを読んで、その書き方に感銘を受けた。素晴らしく、穏やかで、いかにも長老らしい賢明な、思いやりのある出来事がたくさん書いてあった。だが、それが何であったかは、わたしをおおいに感動させたあることがらを除いて、全部忘れてしまった。そのあることがらとは、次のようなことであった。つまり、長老が誰にも教えることができないのは、第一に、自分が誰よりも高邁で、頭がよいなどとは考えていないからであり、第二に、人間が知っておかなければならないことはすべて黙示録にも（長老はこう言ったのだ）、一人一人の心の中にも書かれているからであった……[147]

オプチナの長老は自ら謙遜して教えることを拒むことで、あたかもトルストイにも同様に振る舞うべきことを悟らせたかったのではないだろうか。それはあたかも虚心坦懐に神の啓示を受け入れ、そのようなものとは論争しないことをトルストイに諭そうとしたかのようである。事実、トルストイは自分の宗教的教説から魂の喜びを感じることもなければ、教会に対する自分の立場が正しいと確信したこともなかった。トルストイの夢の中で長老が言ったとおり、彼自身の魂が彼を暴き出し、まがい物でない本物の糧を要求し、手遅れにならないうちに自分から救いを求めるよう彼に呼びかけたのだと思われる。

一九一〇年十月二十八日未明、彼は逃げるようにヤースナヤ・ポリャーナを去った（所謂トルストイの「家出」である）。朝の六時に鉄道のヤーセンカという駅（現在はシチェーキノ市）から自宅の娘アレクサンドラに宛てて、「われわれはたぶんオプチナへ行く」と電報を打っている。[148] トルストイと医師のドゥシャン・マコヴィツキーは、電報の言葉通り、同日の夜にはもうオプチナに到着していた。[149]

『一九〇〇～一九一六年のオプチナ修道院スキトの記録』はトルストイの人生最後の同修道院滞在についての客観的情景を提供してくれている。

十月二十八日、オプチナ修道院に有名な作家レフ・ニコラエヴィチ伯爵が到着した。修道院の宿坊に投宿した彼は、そこを管理する黒衣の見習い修道士ミハイルにこう訊ねた、「わたしが修道院に来たことは、あなた方にとって、不愉快なことかもしれませんね。わたしはレフ・トルストイで、教会から破門された者ですが、おたくの長老たちと話をするために来ました。明日にはシャモルジノに出かけることにしています。夕方にも宿坊に立ち寄り、主管は誰か、スキトの管長は誰か、修道士は何人いるか、長老は誰か、イオシフ神父は健在で、わたしを迎え入れてくれるだろうかなどいろいろ訊ねました」。

翌日彼は二度散歩に出かけ、スキトの近くで目撃されたが、スキトへは入って行かなかった。結局長老たちのもとへは行かずに、午後三時にシャモルジノへ向かって出発した。トルストイのオプチナ滞在に関しては、主管によってカルーガの主教に報告された。伯爵のシャモルジノ滞在に関しては、以下のような証言がある。トルストイとその妹、シャモルジノの修道女との会見は非常に感動的なものであった。伯爵は涙ながらに彼女を抱きしめ、それから長時間二人きりで話し合った。その中で、伯爵は自分がオプチナに行ってそこが気に入ったこと、そこでは、最も卑しい力仕事をしながら、喜んでポドリャスニク〔修道士の裾長の黒衣〕を着て生活することもできるだろうが、ただ祈りの義務だけは課さないでもらいたい。わたしにはできないのだからと語った。彼には何も説教したり、教えたりしないことも滞在条件とされるだろうという妹の注意に対しては、何を教えることがあろうか、自分こそ教わらねばならないのにと伯爵は応えた。そして翌日の夜遅く、長老に会うためにオプチナに出かけると言った。シャモルジノに関しては好感を抱いたようで、ここならば自分の僧庵にこもって死ぬ準備をしてもよいくらいだと語った。翌日、昼間再び妹のもとに立ち寄った……[150]

この兄妹の会見のひとつに立ち会ったマリア・ニコラエヴナの身の回りの世話をする修練女は二人の会見にまつわる次のようなエピソードを回想している。

「ところで、兄さんはわたしたちの長老様にお会いになったの」とマリア・ニコラエヴナが訊ねると、伯爵は「いや」と答えた。マリアは、この言葉は兄トルストイが人生における自らの過ちを認識していた明らかな証拠であると考えていた。「どうして」と妹は訊ねた。伯爵はこう答えた、「彼らが本当にわたしに面会してくれると思うのかね。本当の正教徒は十字を描いてわたしから遠ざかって行くことを忘れないでおくれ。おまえはわたしが破門された者で、わたしは（一語不明）することもできるあのトルストイだということを忘れたのかね。ああ、何たることだ」。伯爵はひとたび口をつぐんだ。「わたしはそれでも悔やんではいないよ。明日は、おまえの言葉にしたがって、スキトの長老たちのところへ行ってみよう。彼らがわたしを受け入れてくれればいいが……[151]

当時のオプチナ修道院の典院の位にあったヴァルソノーフィイ長老はトルストイの最後のオプチナ訪問に関して次のように回想している。

正直に言って、彼がオプチナを訪問したことにわれわれは大変驚いた。宿坊係がわたしのところへ来て、レフ・トルストイが来訪し、長老たちとの面会を求めていますと告げた。「誰がおまえにそう言ったのか」と問うと、「ご自分からそうおっしゃいました」と言う。もしそうだとすれば、敬意をもって歓迎するしかあるまい。そうするしかない。トルストイは破門されているものの、こうしてスキトまで来た以上、そうするしかあるまい……わたしが理解する限り、トルストイは出口を模索しているものの、目前に大きな壁が立ちふさがっていると感じているようだった……[152]

シャモルジノに突然トルストイの娘アレクサンドラがやって来て、夜中に彼を連れて行った。彼らはコゼーリスク市の駅に着くと、ロストフ（ナ・ドヌー）までの切符を買った。列車の中でトルストイは高熱を出して、体調を崩した。[153] 娘は後日こう回想している。

わたしたちが体験した恐しい状況を言葉で書き表すことはできません……煙草の煙がもうもうと立ちこめる二等車両の息苦しい座席、周囲の見知らぬ好奇心旺盛な人々、ゴトゴトと規則正しい音を立てながら、われわれを先へ先へと見知らぬ場所へと運びゆく冷たくよそよそしい列車、傍らでは服を着込んだまま枕に頭を埋め、小声でうめき続ける衰弱した病気の老人。服を脱がせて、ちゃんと寝かせ、熱い飲み物を飲ませてやらねば……だが列車は先へ先へと突き進んでいく……どこへ行くの、隠れ家はどこ、私たちが住む家はどこなの。……ドゥシャン〔マコヴィツキー〕と相談した結果、これ以上旅をすることは不可能という結論を下した。夜の八時近くになって、列車は大きくて明るい駅に入っていった。アスターポヴォだった。ここで降りることにした。[154]

駅長のオゾーリンは旅人を自分の家に迎え入れたばかりか、自分の四部屋からなる家の三部屋をトルストイ一家のために提供した。現存していないものの、トルストイはそこからオプチナ修道院に電報を打ったようである。修道院の記録係は当時の模様をこう記している。

伯爵がシャモルジノを出発後しばらくして、アスターポヴォ駅からオプチナに宛てて、発病したトルストイ伯爵のもとにイオシフ長老を至急派遣していただきたいという内容の電報が届けられた。電報を受け取ると、掌院クセノフォント、スキトの管長であると同時に長老でもあり、修道院の全修道士の痛悔神父をつとめる典院ヴァルソノーフィイ等修道院の管轄者たちによる会議が招集された。この会議では、当時肉体の衰弱から庵室から出ることもかなわなかったイオシフ長老に代わって、ヴァルソノーフィイ長老を修道輔祭パンテレイモン〔アルジャヌィフ〕とともにトルストイのもとへ派遣する決定が下された。[155]

迫り来る死を覚悟したトルストイがこうしてアスターポヴォ駅にオプチナから長老を呼びつけたのが、単に宗教的談話をするだけの目的だったとは思えない。彼にはしかるべき形で永遠へと旅立つ準備が必要だったのである。それは悔い改め、教会に和合することに他ならない。なぜなら、死後の生活においては、もはやそうした可能性はないからである。

十一月四日にイオシフ長老はアスターポヴォのオゾーリン宛に次のような電報を送っている。

小生はレフ・トルストイ翁があなたの駅で病臥されているとの報告を受けております。五日の夜、小生が彼に面会可能かどうか、もしそちらを発たれるとしたら、どちらへ行かれるのか、折り返し電報でお知らせいただきたいのですが。[156]

他方、カルーガの主教ヴェニアミンは宗務院に対し、この事態にいかに対処すべきか、誰を派遣すればよいかといった問題について助言を求めた。宗務院からは、オプチナの首脳部が下した判断は正しかったとの回答が送られてきた。すなわち、イオシフ長老の健康を危険にさらす必要はない、典院ヴァルソノーフィイを派遣すべしというものであった。十一月五日、ヴァルソノーフィイ神父は夜の列車でアスターポヴォに到着した。ところが、そこで彼を待ちうけていたのは、臨終の間際にあった病人〔トルストイ〕のもとに行かせて欲しいという自らの申し出に対する親族側からの断固たる拒絶の言葉だったのである。トルストイが自らの思想の限界から脱し、人間本来の素朴な信仰に復帰するために敢行した闘いに対して、追随者たちは、悪意に満ちた冒瀆をもって応えた。つまり、彼らは死を目前にした恩師トルストイの最後の願いを叶えようとはしなかった。ヴァルソノーフィイ長老はトルストイを目前にして、トルストイの娘アレクサンドラ・リヴォーヴナに宛ててこうかけ合っている、「あなたは伯爵が自らの霊《たましひ》の安寧を得るために、本心からわれわれに会い、われわれと話をしたがっていることをおわかりでしょうか……」[157]ところが、アレクサンドラ・リヴォーヴナも親族の決定にもとづき、長老がトルストイに接見することを許さなかった。

もっとも、作家の息子の一人であるアンドレイ・リヴォーヴィチはこの顚末を全く異なる観点から評価していた。彼は個人的にアスターポヴォの駅で徒に待ちぼうけを食らっていたヴァルソノーフィイ長老との会見を果たしていたのである。彼は父親と長老との面会が実現するように最善を尽くすことを長老に約束したという。しかし結果的に、息子のアンドレイはおろか、妻のソフィア・アンドレーエヴナでさえトルストイに面会することは許されなかった。トルストイが何の設備もない片田舎の駅で生死の境をさまよっていた頃、ヴァルソノーフィイ長老に続いて、トゥーラとベリョーフの主教パルフェーニイもアスターポヴォに駆けつけていた。彼にアンドレイ・リヴォーヴィチは言っている。

もし府主教アントーニイ（フラポヴィツキイ）の電報が父親に渡され、病人と腹を割って話し合おうとした聖職者たちが面会を許されていたならば、彼は正教会の懐に復帰していたことでしょう。かねてから聖職者に対して敵意を抱いていたチェルトコフと何人かの医師たちがそれを許さなかったことはきわめて残念なことです。[158]

ここでアンドレイ・リヴォーヴィチが触れている電報とは、聖宗務院会員の府主教アントーニイが十一月四日にアスターポヴォに送ったものである。その中で府主教はこう書いている。

あなたが教会と最初に袂を分かった時分より、わたしは主があなたを教会に返してくれることを絶えず祈ってきましたし、今なお祈り続けております。主はまもなくあなたを裁きの場に呼び出すことになるかもしれません。ですからわたしも今や病んでおられるあなたに心よりお願い申し上げます。教会とロシアの正教の民と和解しなさい。主が爾に福を下し、護り給はんことを。[159]

ここでアンドレイ・リヴォーヴィチが果たした役割は確かに大きかった。トルストイ家の中でも数少ない正教徒であった彼はパルフェーニイ主教とも会見していたからである。それによると、主教は彼の口からトルストイ自身が教会との交わりを希望する旨の言葉が発せられることはなかったか、家族のうちの誰かがそうした言葉を口にするのを聞いていなかったかなど、執拗に尋ねているからである。それを見ても、彼が宗務院にとって最大の関心事であったトルストイの破門の解除、正教式による葬儀の根拠となる本人の口から発せられるべき「改悛」の兆候の有無を報告する任務を負っていたことを匂わせている。トルストイの死を聞いて、自殺を考え始めた妻ソフィア・アンドレーエヴナに対し、絶望は罪であること、魂を落ち着かせ、生きる喜びを取り戻すためにシャモルジノ修道院に訪れてはどうかと誘ったヴァルソノーフィイ長老がアスターポヴォ駅に停車していた列車の中で、「わたしの使命は終わった」と語ったのも、アンドレイの前でのことであった。[160]これらの状況から判断して、結局死を目前にしたトルストイ自身の口から改悛を表す言葉は発せられなかった、あるいは少なくとも、それが親族によって隠されたことは疑いのないところである。

一九一〇年の十一月七日、トルストイは没した。彼は結局教会と和解することがなかったため、教会の儀式は一切ないままヤースナヤ・ポリャーナに葬られた。[161]

トルストイは人生最後のオプチナ詣でに際して、聖書を持参していた。そこには彼自身の手によって悔い改めの句、第五〇聖詠の「神よ、爾の大なる憐みに因りて我を憐み、爾の恵の多きに因りて我の不法を消し給へ……」に下線が引かれてあったという。[162] トルストイは永遠の旅に出るにあたって、この句に期待を込めてつぶやいたかもしれない。死の間際に悔い改めていれば、救世主にその罪を赦された盗賊のように（ルカ福音二十三章四二～四三）、その悔悟への志向も主に聞き入れられ、それが彼の死後の運命を幾分なりとも和らげた可能性もあったのかもしれない。

イオシフ長老とヴァルソノーフィイ長老は、その後、トルストイの妹マリア・ニコラエヴナに庵室にて兄の霊《たましひ》のために祈ることを許した。[163] こうして、彼女は神の宝座の前で苦しむ兄の霊《たましひ》を生神女に取りなしてもらうために、天上の住処においても祈り続けることになった。十三歳にして永遠と不死を詩の中で歌ったレフ少年が、齢八十二にして永久にとどまりたいと願ったその場所においてである。

注

1 П.И. Бирюков. Л.Н. Толстой. Биография. Берлин. 1921. Т.1. С.61.（邦訳：ビリューコフ著『トルストーイ傳』、第一巻、原久一郎訳、中央公論社刊、昭和十六年、七六頁）

2 Там же. С. 148.（邦訳、同上、一八八頁）

3 Л.Н. Толстой. Дневник от 11 июня 1851 г. В кн.: Полное Собрание Сочинений (далее ПСС.), Т. 46. С. 61-62.

4 П. Буайэ (Paul Boyer). «Le Temps». 28 Aout 1901. В кн.: П.И. Бирюков. Указ. соч. Т. 1. С. 287-288.（邦訳、上掲書、三四六頁）

5 Dr. E.J.Dillon. Count Leo Tolstoi. A New Portrait. London. 1934. P. 177-178.　ここでディロンはトルストイ本人から直接聞いた話として次のようなエピソードを披露している。短編小説「二人の老人」を読んで作者〔トルストイ〕に会いに来た近隣の二人の農夫は、偶然から念願の作者に出会うが、主人〔トルストイ〕が邸で夕食をとって行くように彼らにすすめると、二人は小説に書かれているような清貧な暮らしをしているわけではない旦那〔トルストイ〕に、わたしたちが聞きたい話ができるはずはないと言って辞去したのだという（邦訳：E・J・ディロン著『トルストイ　新しい肖像』、成田富夫訳、成文社刊、二〇一七年、一九四～一九七頁）。

6 Там же. С. 13.

7 Л.Н. Толстой. Дневник от 29 марта 1852 г. ПСС. Т. 46. С. 102.

8 Л.Н. Толстой. Дневник от 4 марта 1855 г. ПСС. Т. 47. С. 37.

9 Прот. В.В. Зеньковский. История русской философии. Т.1. Ч.2. Л., 1991. С. 205.

10 Илья Львович Толстой. Мои воспоминания. М., 1933. С. 129.

11 А.Я. Панаева (Головачева). Воспоминания. М., 1986. С. 252.

12 Там же.

13 伯爵夫人はトルストイとしばしば宗教的テーマに関する対話を行ったが、彼がそれを受け入れようとしなかった理由を、自分の才能に対する過信であることを看破していた。См.: А.А. Толстая. Воспоминания. В кн.: Л.Н. Толстой в воспоминаниях современников. М., 1978. С. 94-95.

14 Л.Н. Толстой и А.А. Толстая. Переписка (1857-1903). М., 2011. С. 148.

15 Там же. С. 155.

16 Там же. С. 158.

17 И.М. Концевич. Истоки душевной катастрофы Л.Н. Толстого. В кн.: За что Лев Толстой был отлучен от Церкви? М., 2006. С. 398-399.

18 Илья Львович Толстой. Мои воспоминания. М., 1933. С. 114.

19 Там же.

20 Л.Н. Толстой. Письмо А.А. Фету от 30 августа 1869 г. ПСС. Т. 61. С. 219.

21 Л.Н. Толстой. Война и мир. ПСС. Т. 12. С. 59.

22 Л.Н. Толстой. Там же. С. 61.

23 Л.Н. Толстой. Исповедь. ПСС. Т. 23. С. 23.

24 Там же. С. 26.

25 Там же.

26 Л.Н. Толстой. О жизни. ПСС. Т. 26. С. 388-389.

27 Там же. С. 378-379.

28 Там же. С. 327.

29 イリナ・ゴライノフ著『サーロフの聖セラフィーム』、あかし書房、一九八五年、一八二頁。

30 Л.Н.Толстой Исповедь.гл.3. ПСС, Т. 23, С. 11.

31 Л.Н.Толстой Письмо С.А. Толстой. ПСС, Т. 83, С. 167.

32 Л.Н. Толстой. Записки сумасшедшего. ПСС. Т. 26. С. 469-470.

33 Там же, С.472.

34 Лев Львович Толстой. Путь жизни.: (Последняя большая работа Л.Н. Толстого как опыт всей его жизни и последнее завещание людям). Из статьи: Четвертая годовщина дня кончины Льва Николаевича: Биржевые ведомости. 1914. No.14478. С. 2.

35 Владимир Константинович Истомин (1847-1914) 正確には、妻のソフィア・アンドレーエヴナの兄弟の友人で、『子どもの休息 (Детский отдых)』誌などのジャーナリストとして活動した。その後、トルストイはカトコフを介して彼を新聞『モスクワ報知 (Московские ведомости)』の秘書に推薦するなど、終生友情を育んでいる。

36 Иоанн Лествичник, игумен синайской горы. Лествица возводящая на небо. М., 1999, Степень 25, С. 314.

37 Л.Н. Толстой и А.А. Толстая. Переписка (1857-1903). М., 2011. С. 334-335.

38 Л.Н. Толстой. Дневник от 5 мая 1881 г. ПСС. М., 1952. Т. 49. С. 32.

39 Прот. В.В. Зеньковский. История русской философии. Т. 1. Ч. 2. Л., 1991. С. 207.

40 例えば、トルストイは「人生の目的は幸福になることである」、「その幸福は他人を愛するために、自己犠牲的な暮らしをすることである」、「そのために人間は神の教えにしたがって生きなければならない」といった類の公式を好んで用いている。

41 Л.Н. Толстой. В чем моя вера? Глава 8. ПСС. Т. 23. М., 1957. С. 388-389.

42 Там же. С. 394. ギリシャ語の新約聖書に「復活」という言葉と概念が存在しなかったのではなく、そこではそのような抽象的な言い回しを避け、福音書が具体的、視覚的な表現を用いるという意図をもって書かれたことをトルストイは誤解している可能性がある。言葉と概念の一致を論証の前提条件とするこうした論拠は危ういものである。

43 Там же. С. 390. 通常正教会においてこの譬えは「工師が棄てた石は屋隅の親石となれり」（マトフェイ福音二十一章四二）、つまり一見無益なもの（悪者に重要な任務を与える）であっても、神の意志によって重要な意味を担わされているものがある（いずれ主人が戻ってきて悪者を罰する）ことを意味するものであった。

44 Там же. С. 395.

45 Л.Н. Толстой. Христианское учение. §37,38 и 39. ПСС. Т. 39. С. 147.

46 Л.Н. Толстой. Исповедь. Глава 12. ПСС. Т. 23. С. 46.

47 Л.Н. Толстой. Исследование догматического богословия. ПСС. Т. 23. С. 296.

48 Там же. С. 294.

49 Л.Н. Толстой. В чем моя вера? Гл. 11. ПСС. Т. 23. С. 437.

50 А.М. Горький. Лев Толстой. Заметки. В кн.: Л.Н. Толстой в воспоминаниях современников. М., 1978. Т. 2. С. 486-487.

51 См.: Dr. E.J. Dillon. Count Leo Tolstoy. – A New Portrait. Chapter IX. How Tolstoy and I forced W.T. Stead's hand. London. 1934. P. 117-128.; Александра Толстая. Отец. Жизнь льва Толстого. М., 1989. С. 279-280.

52 «Возлюбим друг друга, да единомыслием исповемы.» これは聖体礼儀の聖体機密のカノン〔聖変化〕に際して、司祭が衆人に対して発する呼びかけである。

53 К.Н. Леонтьев. Записки отшельника. В кн.: Восток, Россия и Славянство. М., 1996. С. 455.

54 И.А. Бунин. Освобождение Толстого. В кн.: Собрание сочинений в девяти томах. Т. 9. М., 1967. С. 84.

55 Митрополит Антоний (Храповицкий). Богоугодники и человекоугодники. Белград. 1933. Цит. из кн.: За что Лев Толстой отлучен от Церкви? М., 2006. С. 424.

56 См.: Г.П. Данилевский. Поездка в Ясную Поляну. В кн.: Л.Н. Толстой в воспоминаниях современников. М., 1978. Т. 1. С. 347.

57　Л.Н. Толстой и А.А. Толстая. Переписка (1857-1903). М., 2011. С. 436.
58　Там же. С. 290.
59　Определение Священного Синода от 20-22 февраля 1901 года. № 557 с посланием верным чадам православной греко-российской церкви о графе Льве Толстом. В кн.: За что Лев Толстой был отлучен от Церкви. М., 2006. С.10.
60　Ответ Л.Н. Толстого на Постановление Синода от 20-22 февраля 1901 года и на полученные по этому случаю письма. В кн.: Зачем Лев Толстой был отлучен от Церкви? М., 2006. С. 19.
61　Там же.
62　Там же. С. 17.
63　См.: Правила святых вселенских соборов с толкованиями. М., 2000. «Правила Святого Вселенского Четвертого Собора, Халкидонского.» 2-е и 7-е правила. С. 153-154, 174-175. 第四回全地公会議は小アジアのビティニアの都市カルケドンで東ローマ皇帝マルキニアヌスによって召集された。ハリストスの単性論が否定された他、ハリストスの人性と神性とは独立したまま結合し、一位格がこれら両性の中で存立することが決議された会議として有名である。
64　Духовный регламент. В кн.: Виктор Смирнов. Феофан Прокопович. М., 1994. С. 154. «Ибо не просто за грех подлежит анафеме, но за явное гордое презрение суда Божия и власти Церковныя с великим соблазном немощных братий...»
65　Определение Священного Синода от 20-22 февраля 1901 года. № 557 с посланием верным чадам православной греко-российской церкви о графе Льве Толстом. В кн.: За что Лев Толстой был отлучен от Церкви. М., 2006. С. 12.
66　Там же.
67　С.А. Толстая. Дневники в двух томах. М., 1978. Т. 2. С. 15.
68　Определение Священного Синода от 20-22 февраля 1901 года. Указ. соч. С. 12.
69　С.А. Толстая. Дневники в двух томах. М., 1978. Т. 2. С. 15.
70　Л.Н. Толстой. К духовенству. ПСС. Т. 34. М., 1952. С. 303.; Протоиерей Иоанн Кронштадтский. Христианская философия. М.-СПб., 2004. С. 651.

71 Там же.

72 Там же. ПСС. Т. 34. С. 303, 308.; См.: Протоиерей Иоанн Кронштадтский. Христианская философия. С. 651-652, 658.

73 Прот. Иоанн Кронштадтский. О еретичестве графа Льва Толстого (Из дневника о. Иоанна Кронштадтского — в обличение душепагубного еретичества Льва Толстого). В кн.: Протоиерей Иоанн Кронштадтский. Христианская философия. С. 389.

74 Там же. С. 396.

75 Никанор (Бровкович А.И.), архиеп. Беседа о христианском супружестве, против граф. Льва Толстого. Жур.: Странник. 1890. Т. 3. Сентябрь. С. 27-28.

76 Lev Lvovich Tolstoy. The Truth about my father. London. 1934. P. 101.

77 А.А. Суворин. Дневник. М., 2003. С. 76.

78 Л.Н. Толстой. Дневник от 2 сентября 1906 года. ПСС. Т. 55. М., 1937. С. 243.

79 Л.Н. Толстой. Предисловие к рассказу «Убийцы». ПСС. Т. 37. М., 1956. С. 291-292.

80 Александра Львовна Толстая. Отец. Жизнь Льва Толстого. М., 1989. С. 431.

81 Там же.

82 Там же. С. 431-432.

83 Л.Н. Толстой. Дневник от 22 января 1909 года. ПСС. Т. 57. М., 1952. С. 16.

84 См.: Александра Львовна Толстая. Отец. Жизнь Льва Толстого. М., 1989. С. 432.

85 Архиеп. Сергий (Страгородский). Как православный христианин должен отнестись к предстоящему чествованию графа Толстого? Прибавление к «Церковным Ведомостям». 1908. No. 34. 23 августа. С. 1621.

86 Л.Н. Толстой. Ответ Л.Н. Толстого на Постановление Синода от 20-22 февраля 1901 года и на полученные по этому случаю письма. В кн.: Зачем Лев Толстой был отлучен от Церкви? М., 2006. С. 18.

87 ニコライ・セルゲーヴィチ・ヴォルコンスキー公爵の一人娘マリア（一七九〇〜一八三〇）が作家の父親ニコライ・イリイチに嫁ぎ、領地ヤースナヤ・ポリャーナをもたらしたことで、零落したトルストイ家の財政が再建されたことは広く知られた事実である。См.: История родов русского дворянства. Сост. П.Н. Петров. Кн. 1. СПб., 1886. С. 296.

88　Там же. С. 292.

89　Архиепископ Филарет (Гумилевский). Русские святые. СПб., 2008. С. 533-534.

90　Там же. С. 526.

91　Рюриковичи. Биографический словарь. М., 2002. С. 101-102.

92　作家の父親ニコライ・イリイチの妹にあたる。彼女に関する情報は以下の研究を参照。См.: В.В. Каширина. Литературное наследие Оптиной пустыни. М., 2006. С. 482-490.　またオステン・サーケンがオプチナのレフ、マカーリイ長老らに宛てた書簡は、НИОР РГБ (Научно-Исследовательский Отдел Рукописей Российской Государственной Библиотеки. Ф. 213. К. 75. Ед. хр. 39. に所蔵されている。

93　Л.Н. Толстой. Воспоминания. ПСС. М., 1952. Т. 34. С. 363.

94　Памятная записка о скончавшихся и погребенных в Козельской Введенской Оптиной Пустыни и в ските св. Иоанна Предтечи, находящемся при оном: с 1768 до 1890 г. НИОР РГБ. Ф. 214. No. 350. Л. 62.

95　Л.Н. Толстой. ПСС. М., 1958. Т. 90. С. 104. (Комментарий 385 и 388). トルストイがアレクサンドラ・イリイニチナの死を悼む詩を書いたのはほんの幼い頃のことであったが、この出来事を通して、作家の心に自らが将来何度も訪れることになるオプチナ修道院の漠然とした面影と叔母が敬愛していた長老たちの印象が何らかの痕跡を残した可能性はある。

96　二十世紀にはオプチナの長老の十四人全員が聖人の列に加えられたため、現在の墓地から遺体が取り出され、修道院内の三聖堂に聖不朽体を納めた聖櫃が安置されている。

97　В.В. Каширина. Литературное наследие Оптиной пустыни. М., 2006. С. 490.

98　Елена Белоусова. Поездка в Оптину все манит меня. Жур.: Слово. No. 5. 1998. С. 101.

99　一八四一年九月十二日付でトルストイの兄ニコライ・ニコラエヴィチがウラジーミル・イワーノヴィチ・ユシコフに宛てた手紙にアレクサンドラ・イリイニチナの死に立ち会ったことが書かれているが、この手紙に、おそらくタチアナ・エルゴーリスカヤの筆になるものとおぼしき死の間際の状況を詳しく伝える加筆が見られる。その中に、アレクサンドラの死の旅に同伴したのが、自分の姉であることが明記されている。См.: Перевод писем, найденных в портфеле Пелагей Ильиничны Юшковой, урожд. гр. Толстой. ОР РГМТ (Отдел Рукописи Российского Государственного Музея Толстого). Ф. 54. No. 39567.

100 Памятная записка о скончавшихся и погребенных в Козельской Введенской Оптиной пустыни и в ските св. Иоанна Предтечи, находящемся при оном: с 1768 до 1890 г. НИОР РГБ. Ф. 214. No. 350. Л. 62 об.- 63.

101 Там же. Л. 43.

102 Л.Н. Толстой. Примечание к записи дневника от 20 мая 1851 г. Дневники. ПСС. Т. 46. С. 351.

103 Л.Н. Толстой. Письма. ПСС. Т. 61. С. 92.

104 Там же. Т. 61. С. 241-242.

105 Там же. Т. 61. С. 245.

106 Л.Н. Толстой и А.А. Толстая. Переписка (1857-1903). М., 2011. С. 334.

107 Там же. С.343.

108 Монастырская летопись Оптиной Пустыни. НИОР РГБ. Ф. 214. No. 369. Л. 43. トルストイとストラーホフのオプチナ訪問の日付に関しては異説がある。例えば、オプチナに残されていたクリメント・ゼーデルゴリム神父の手になる一八七七年七月二十二日付の手紙草稿に「レフ・トルストイとニコライ・ストラーホフの突然の訪問によって、手紙は中断された」と書かれているからである。ここではトルストイ夫人による日記の日付を採用した。

109 С.А. Толстая. Четыре посещения Л. Н. Толстым монастыря Оптина Пустынь. Толстовский ежегодник 1913 года. Отд. III. СПб., 1914. С. 3.

110 Л.Н. Толстой. Письма к С.А. Толстой. ПСС. Т. 83. С. 238-239.

111 Монастырская летопись Оптиной Пустыни. НИОР РГБ. Ф.214. No. 369. Л. 43.

112 Толстовский ежегодник 1913 года. Отд. III. СПб., 1914. С. 3.

113 П.А. Матвеев. Л.Н. Толстой и Н.Н. Страхов в Оптиной Пустыни. Жур.: Исторический Вестник. 1907. Т. 108. Апрель. С. 151-157. マトヴェーエフに紹介されたこの人物評は明らかにトルストイとゴーゴリの性格を取り違えている。これがアムヴローシイ長老の思

い違いなのか、傲り高ぶったトルストイ良心の痛みに訴えるための長老特有の「治療」だったのかは不明である。

114 С.А. Толстая. Дневники в двух томах. Т.1. М., 1978. С. 503.

115 Там же. Т.1. С. 505.

116 Л.Н. Толстой. Дневники от 4 марта 1855 г. ПСС. Т. 47. С. 37.

117 Л.Н. Толстой. Письмо к С.А. Толстой от 14 июня 1879 г. ПСС. Т. 83. С. 271.; См.: П.И. Бирюков Л.Н. Толстой. Биография. Берлин. 1921. Т. 2. С. 350.（邦訳：ビリューコフ著『トルストーイ傳』、第二巻、原久一郎訳、中央公論社刊、昭和十六年、四〇四頁）トルストイは修道スヒマ僧のアントーニイと会談したものの、教えられるところは少ないと感じたとある。

118 Л.Н. Толстой. Дневники. Т. 48. С. 252.; См.: П.И. Бирюков. Биография. Т. 2. С. 353-354.（邦訳、上掲書、四〇八頁）この時、トルストイがトロイツァ修道院に赴いた目的は、健康に不安を感じた彼が、長老レオニードから斎の戒食の赦免を受けるためであった。当時トルストイが斎に意味を見いだせなくなっていたことは様々なエピソードが物語るが、それでも彼は戒食を解くにあたっても、教会の許しを得た上でこれを行おうと決心したところに、正教会の習慣の片鱗が彼の中に残っていたことを証している。

119 Л.Н. Толстой. Дневники. ПСС. Т. 49. С. 141.

120 С.А. Арбузов. Воспоминания о Л.Н. Толстом. 1904. М., С. 90.（この著書の初出は新聞『主日（Неделя）』の一九〇〇年の諸号に連載された）。トルストイの下僕アルブーゾフの書いたこの回想に拠ると、トルストイ一行はその草鞋のせいで、宿坊も食堂も一般巡礼用とはいえ、最下等の宿坊に通されたという。その部屋を来賓用に変えてもらったのは、自分が賄賂（一ルーブリ）を払ったため、そして、僧院にレフ・トルストイがいるという噂がどこからともなく広まったためであるとアルブーゾフは分析している。

121 Иеромонах Ераст (Вытропский). Историческое описание Козельской Оптиной Пустыни и Предтечева скита. Издание Свято-Введенской Оптиной Пустыни. 2000. С. 173.

122 Л.Н. Толстой. Дневники. ПСС. Т. 49. С. 143-144.

123 Житие и наставления преподобнаго Амвросия, старца оптинскаго. «Прометей» МГПИ им. Ленина. 1989. С. 46.

124 С.А. Арбузов. Воспоминания о Л.Н. Толстом. 1904. М., С. 92.; Иеромонах Ераст (Вытропский). Историческое описание Козельской Оптиной Пустыни и Предтечева скита. Издание Свято-Введенской Оптиной Пустыни. 2000. С. 174. 因みに、トルストイの評伝を書

いたビリューコフは、アルブーゾフの回想をもとに、トルストイの二度目のオプチナ訪問を否定的に解釈しようとしている。曰く、「アムヴローシイ長老との会談は彼に満足を与えなかった。長老はトルストイの教会を否定する持論を聞くと、痛悔するよう説き伏せ、「人罪を犯すとき、乃ち教会を否定する也」と聖書に書かれていると言い、自説を裏付けようとした。「若し爾の兄弟爾に罪を得ば……」云々の言葉はあるが、今言われたような言葉はないとトルストイは反論した。長老は自説を固持して譲らない。そこでトルストイはポケットから聖書を取り出して、長老の思い違いを指摘して見せた。長老は少しも慌てず、悠然として談話を他の方面にそらした」(П.И. Бирюков Л.Н. Толстой. Биография. Берлин. 1921. Т. 2. С. 407-408.; 邦訳：ビリューコフ著『トルストーイ傳』、原久一郎訳、第二巻、四七三頁)。

125 Л.Н. Толстой. Письмо Н.Н. Страхову от 11-12 июля 1881 г. ПСС. Т. 63. С. 72.

126 マリア・ニコラエヴナ・トルスタヤ（一八三〇～一九一二）はトルストイの実の妹。同族のヴァレリアン・トルストイ伯爵と結婚するも、別居後、一八六五年に夫が死去すると、彼女は同修道院で修道女として剪髪することになる。

127 Л.Н. Толстой. Дневники. ПСС. Т. 51. С. 23.

128 Елизавета Валерьяновна Оболенская. Моя мать и Лев Николаевич. Ред. Н.Н. Гусев. Летописи Государственного Литературного Музея. Т. 2. М., 1938. С. 295-296.

129 Там же. С. 296.

130 Иеромонах Ераст (Вытропский). Историческое описание Козельской Оптиной Пустыни и Предтечева скита. Издание Свято-Введенской Оптиной Пустыни. 2000. С. 174.

131 Л.Н. Толстой. Дневники. ПСС. Т. 51. С. 23.

132 Житие и Наставления Преподобного Амвросия Старца Оптинского. 1989. М., «Прометей» МГПИ им. Ленина. С. 25. ここでは、アムヴローシイ長老のある霊の子であった修道女の回想として引用されている。

133 Л.Н. Толстой. Дневники. ПСС. Т. 51. С. 23-24.

134 Константин Леонтьев. Избранные письма. 1854-1891. СПб., 1993. С. 488.

135 Н.А. Елеонский. О новом Евангелии гр. Толстого. В кн.: Чтения в Обществе любителей духовного просвещения. 1887. Кн. 1. ч. 1.

отд. 1. С. 26-70. レオンチェフが所有していたのは、以下の独立した冊子の方であったと思われる。Отд. изд. М., 1887. С. 45.

136 Иеромонах Ераст (Вытропский). Историческое описание Козельской Оптиной Пустыни и Предтечева скита. Издание Свято-Введенской Оптиной Пустыни. 2000. С. 175-176.

137 Л.Н. Толстой. Отец Сергий. ПСС. Т. 31. С. 11.

138 С.А. Толстая. Смерть Ванечки. Кн.: Дневники в двух томах. Т. 1. М., 1978. С. 517-518.; Александра Толстая. Отец. Жизнь Льва Толстого. 1989. М., С. 343.

139 С.А. Толстая. Моя жизнь. В кн.: Государственный музей Л.Н. Толстого. Кн. 7. Ясная Поляна. 1993. С. 64.

140 Л.Н. Толстой. Варианты к «Хаджи-Мурату». «Репей». ПСС. Т. 35. С. 307.

141 С.А. Толстая. Моя жизнь. В кн.: Государственный музей Л.Н. Толстого. Кн. 7. С. 66.

142 Илья Львович Толстой. Мои воспоминания. М., 1931. С. 221.

143 А.С. Суворин. Дневник. М., 1999. С. 267.

144 Л.Н. Толстой. Дневник от 16 марта 1909 г. ПСС. Т. 57. С. 38.

145 Л.Н. Толстой. Письма. ПСС. Т. 79. С. 100.

146 Елизавета Валерьяновна Оболенская. Моя мать и Лев Николаевич. Ред. Н.Н. Гусев. Летописи Государственного Литературного Музея. Т. 2. М., 1938. С. 321.

147 Л.Н. Толстой. Дневники. ПСС. Т. 57. С. 50.

148 Л.Н. Толстой. Дневники. ПСС. Т. 82. С. 214.

149 См.: Д.П. Маковицкий. Уход Льва Николаевича. Кн.: Летописи Государственного Литературного музея. кн.2. М., 1938 г. С. 456-460.

150 Летопись скита во имя святого Иоанна Предтечи и Крестителя Господня, находящегося при Козельской Введенской Оптиной пустыни. М., 2008. Т. 2. С. 403.

151 Рукописное отделение Государственного музея Л.Н. Толстого. Ясная Поляна.

152 А.И. Ксюнин. Уход Толстого. СПб., 1911. С. 56. オプチナ修道院側の資料に拠れば、トルストイはこのとき二度までもオプチナのスキトに住む長老（ヴァルソノーフィイとイオシフ）の庵室の前まで足を運んでいた。だがついに入る決心がつかず、二人は庵室の壁を挟んで、ほんの数メートルのところに対峙していた。これは一方ではトルストイが改悛まであと一歩のところまで来ていたことを意味しており、他方ではヴァルソノーフィイ長老が断じたように、この傲慢さこそが彼の破滅の原因でもあった。См.: Преподобный Варсонофий Оптинский. Духовное наследие. 1999. Свято-Троицкая Сергиева Лавра. С. 272.; Житие схиархимандрита Варсонофия. 1995. Изд. Введенской Оптиной Пустыни. С. 341.

153　これは定説であるが、発病の時期や購入した切符の行き先については文献によって多少の異同が見られる。トルストイが発病したのは、列車の中ではなく、シャモルジノ修道院でのことで、娘のアレクサンドラとその友人フェオクリートワがそこに駆けつけて父親を列車に運び込んだとするもの（См.: Житие схиархимандрита Варсонофия. Сост. Виктор Афанасьев. 1995. Изд. Введенской Оптиной Пустыни. С. 341.）、コゼーリスクの駅で買ったのは、ドヴォリコフ（ヴォロータ近郊）までで、ヴォロータでバタイスク（ロストフ近郊）までの切符を買ったなどである（См.: С.Л. Толстой. Очерк былого. Изд. 3-е. Тула. 1966. С. 270.）。

154　Александра Львовна Толстая. Отец. Жизнь Льва Толстого. М., 1989. С. 473.

155　НИОР РГБ. Ф. 214. No.367. Л. 191.; Летопись скита во имя святого Иоанна Предтечи и Крестителя Господня, находящегося при Козельской Введенской Оптиной пустыни. М., 2008. Т. 2. С. 403.

156　Там же. Летопись скита во имя... С. 404.; Житие схиархимандрита Варсонофия. Изд. Введенской Оптиной пустыни. 1995. С. 344.

157　Монастырская летопись Оптиной Пустыни. НИОР РГБ. Ф. 214. No. 367. Л. 195.; ヴァルソノーフィイ長老の証言としては、以下の書を参照。Житие схиархимандрита Варсонофия. Сост. В. Афанасьев. Изд. Введенской Оптиной Пустыни, 1995. С. 345.

158　А.Л. Толстой. О моем отце. В кн.: Яснополянский сборник. Тула, 1965, С. 143.　病床のトルストイ翁に対する監視と、多くの取材陣や正教会の司祭たちの面会要求を取り仕切っていたのは、作家の晩年、トルストイ主義の理念的主導者となっていたチェルトコフとその影響下にあった娘のアレクサンドラ・リヴォーヴナであった。またイワン・ブーニンもその自著『トルストイの解脱』の中で、このときトルストイが聖職者たちに面会していたら、正教の懐に帰依したかもしれないという見解を表明している。

159　Телеграф архиепископа Антония (Храповицкого) к Л.Н. Толстому от 4 ноября 1910 года. Журн.: Волынские епархиальные ведомости. 1910 г. No. 24. С. 448.

160 Б. Мейлах. Новые материалы о Л. Толстом. Журн.: Русская Литература. 1961. No. 1. С. 196-197.

161 Житие схиархимандрита Варсонофия. Сост. В. Афанасьев. 1995. Изд. Введенской Оптиной пустыни. С. 345.　ヴァルソノーフィイ長老がカルーガの主教に送った電報によると、「伯爵自身の意志にしたがい、遺体は明日ヤースナヤ・ポリャーナに移送され、そこで教会儀式なしに庭に葬られることになるであろう」とある。

162 А.Л. Толстой. О моем отце. В кн.: Яснополянский сборник. Тула, 1965. С. 144.

163 Л.Н. Толстой. ПСС. Примечание к Дневнику 1910 г. Т. 58. С. 274.; Елизавета Валерьяновна Оболенская. Моя мать и Лев Николаевич. Ред. Н.Н. Гусев. Летописи Государственного Литературного Музея. Т. 2. М., 1938. С. 344.

第八章　ドストエフスキーとオプチナ修道院

一、オプチナ修道院の成立と『カラマーゾフ』に霊感を与えた長老制

ドストエフスキーのオプチナ修道院に対する外的な関係に目をやると、それはさほど複雑なものとは思われない。長老に三度面会したとはいえ、生涯にたった一度だけ、それも足かけ三日間の滞在であるから、ドストエフスキー研究の広大な裾野から見たこの事実の意義といえば、やはり限定的なものであり、それに費やされるべき言葉はすでに多くの証言者によってなされているというべきであろう。しかし、これまで後期のいくつかの作品解読を通して著者が試みた予備的考察からも明らかになったように[1]、この巡礼体験は偶然のものでも、創作活動の小休止でもなく、むしろ、それまで温めてきたハリスティアニンとしての人格形成の確固たる裏付けとなるべき心的体験であり、作家としての完成へと繋がる内的な変容の契機であったことは疑いない事実である。本稿では、まずこの巡礼の経緯とそこで残された様々な証言について、正教会の立場から再検証し、それが作家の七〇年代以降の創作活動、そしてさらには彼自身の霊的営みにとっていかなる意義を残したのかという点について考察してみたいと思う。

オプチナ修道院はカルーガ県の南東部のコゼーリスクの町外れに位置している（モスクワの南約二百五十キロ）。

この町を訪れる十九世紀の巡礼たちは、エカテリーナ時代に作られたスヒニチからカルーガへ至る広い街道を避けて、ペレムイシュリから白樺と柳の鬱蒼とした森にそって踏み固められた小道を杖を片手に辿っていくのが常であったという。[2]　歴史あるこのコゼーリスクの町には数多くの古い教会が立ち並んでいるが、十三世紀には、勇敢な住民たちが神にもすがる思いでタタール人と戦い、撃退したという土塁の跡も残されている。コゼーリスクから冷たく水量豊富なジズドラ川を渡ると、古い松林が始まるが、これが数百キロにも及ぶブリャンスクの森の北の出発点である。この松林を少し入ったあたりの森と所々に散在する牧草地の合間にこの修道院がある。

しかし、修道院の歴史そのものはそれほど古いものではない。最初期の記述は十六世紀の文書や年代記に見いだせるが、その後は多くの修道院の例にもれず、オプチナも栄枯盛衰の運命に曝されることになった。十八世紀の末にはすでにさびれ始め、そこにはわずか三人の修道士がとどまるだけになるが、十九世紀初頭にモスクワの府主教プラトン（レフシン）が主教区を巡回したおり、辺境の美しい、穏やかな立地条件に魅せられて、この修道院を再建する決定を下したのだった。[3]

そのための人材を探した結果、府主教はペシノシスコイ修道院の園丁であった恭順なアヴラアミイを管轄者に任じた。彼は想像を絶する貧困との闘いの末、ついに困難を克服し、修道院を苦境から救い出すことに成功した。その成功の裏には、きわめて特殊な修道制の形式が寄与していた。つまり、当時ロシアに存在していた修道院にはほとんど例を見なかった「長老制」が敷かれていたのである。ロシアの長老制の草分けと言えば、十八世紀にモルダヴィアやアトスで修行を行ったパイーシイ・ヴェリチコフスキーとされているが、その後も、長老制を中心とする修道形式は様々なルートでロシアに浸透していき、十九世紀に最大の成果を挙げたのが他ならぬオプチナ修道院であった。[4]

長老制は愛と共苦の精神に礎を置く教育的修道学校といった側面を持っていた。修道院もしくはそれに付属するスキト（修道院から独立した小規模な僧庵の集合体）に住む長老とは、聖性、炯眼さ、無慾、教養、霊の子たちに対する指導力といった点で優れた素質を発揮する人々である。ジズドラ川河畔に群生する樹齢何世紀にも及ぶ松林の木陰にひっそりと佇むこのスキトが場所を移すことはなかったが、そこを訪ねてくるのは、専ら「俗世」の人々である。『カラマーゾフの兄弟』の長老と農婦の、「遠くからか」、「ここから三百露里離れたところから来ました」[5]というやり取りからもわかるように、長老はロシア中から徒歩でやって来る俗人たちを自らの庵室に招き入れていたのである。

これらの訪問者たちは、そのほとんどが苦悩する人々であり、ハリストスの意思を代弁してくれる長老の慰めを期待する人々であった。様々な問題の解決に迷う者もあれば、何かを失って悲嘆にくれる者、さらには単に生き方の助言を求めてやって来る者もいた。長老はもはや自分の意思には属していない。彼は天上の世界に生き、至高の力に依拠している。この長老を介して、光と善の力が、そして尽きることのない神の愛がわれわれに伝授されるのである。この点に長老の本質があり、これこそが人々の関心を惹きつける所以でもあった。俗世の暮らしは苦しく、しかも闇の中にある。その意味で、兄弟や友人らが数多くいたところでどうなるというのか。あのジズドラ川の畔には、少なくとも聖なる人々が住んでいる。その方はすべてをわかってくれ、すべてを愛と慰めの光で包み込んでくれる。共に苦しみ、慰め、そして励ましてくれる。人間の心とは、どれほどこの慰めを必要としていることであろうか。

このことはロシアの多くの文化人たちがこの修道院と関わりを持っていたことによっても窺われる。総じて、オプチナ修道院は、地主貴族や将校といった人々は言うまでもなく、農民、商人、町民といった人々をも「涵養」したのみならず、高度なロシアの精神文化を誘引する原動力を植えつけたのである。しかし、そこで所謂ベネディクト派的な修道会則を奉じていたわけではもちろんなかった。ロシアの評論家も、当初は「長老制」という概念を正確に把握していなかったのである。例えば、ヴォリンスキーはオプチナの長老についての明言は避けながらも、明らかにゾシマという人物とロシアの実生活を結びつけて、こう語っている。「民衆の宗教に対する生まれながらの創造的感覚との繋がりを失ってしまった国家宗教の硬直した地層に対して、長老たちは創造的な態度を示した」[6]。ドストエフスキーがロシアの修道制の二つのタイプ、すなわち、厳格でドミニコ会派的な学究肌のパイーシイ神父と、より穏健なフランシスコ派思想の体現者であるゾシマという人物像を対置したとのヴォリンスキーの指摘は正しい。しかし、ゾシマの信仰にディオニソス的解釈を施そうとする評者の試みはやはり的外れと言わざるをえない。

オプチナと関係の深い文化人ということでは、やはり正教の役割を中心と見なすスラヴ派（キレエフスキー夫妻、アクサーコフ父子、ホミャコーフ、シェヴィリョーフ教授等）の存在は大きいが、それ以外にも、ジュコフスキー、ゴーゴリ、ドストエフスキー、ソロヴィヨーフ、レオンチェフ、レフ・トルストイなどが含まれていたことは注目すべき事実である。

ゴーゴリは憂鬱に襲われて、オプチナの修道士たちに自分のために祈ってくれるように頼んだ。[7] レオンチェフは晩年オプチナ修道院に移り住み、波乱に満ちた熱狂的人生と別れを告げ、アムヴローシイ長老の庇護下に入った。そして、死の年には長老の手によって密かに修道士への剪髪を受けた。[8] レフ・トルストイもオプチナとは縁があった。それどころか、実妹ヴェーラがアムヴローシイ長老が創設した近隣のシャモルジノ女子修道院で修行する修道女だったこともあり、生涯を通じて五回はオプチナを訪問している。彼は傲慢な知性によって生きたが、人格の分裂に苦悩した老人でもあった。トルストイは死の直前に長老の庵室の前まで行ったが、そのときすでに正教会から破門されていたため、中に入れてもらえないと思ったのか、扉を叩くことなく黙ってその場を立ち去った。彼は作家として、異端的宗教家として人々に崇拝されたが、オプチナとの関係からは何も生まれなかった。[9]

ところが、ドストエフスキーからは生まれたのである。ドストエフスキーが幾多の試練を乗り越え、苦悩に満ちた人生を終えたとき、そうした体験をすべて神の視点から解決する世界を書き上げることができた。言うまでもなく、畢生の大作『カラマーゾフの兄弟』においてである。始まりは一八七七年のことであった。この作家の小説作法は、イデアを心に温めてから、実際の人物像の中にそれを写し出すまでに幾度となく変更が加えられることが常であったが、この時、筆は折しもアリョーシャと子どもたちの場面の執筆にかかったところだった。アリョーシャはあたかもムイシュキン公爵の生まれ変わりであるかのように、草稿では「白痴」と呼ばれていた。[10] しかし、全体の方向性はほぼ固まってきており、小説では悪霊たちと闘う不屈の青年が描かれることになっていた。

その悪霊たちは、ドストエフスキー自身の心に棲息し、振り子のように揺れ動いては、心を掻きむしり、神との飽くなき闘いを繰り広げていた。その結果、彼の魂は光も闇も深く自覚していた。それでいて、疑念は何ものにも増して大きかった。大いなる堕落の影にはつねに自身の罪の意識が寄り添っていた。それでも生き続け、年を重ねていった。そこで生み出された『カラマーゾフの兄弟』は、悪魔にとっての最後の希望なき闘いであり、その決定的な敗北でもあった。悪魔は引き裂かれ、アリョーシャは旧約聖書の牧童ダヴィドさながらに、大男ゴリアフに立ち向かい、それに勝利する（『サムエル記一』十七章参照）。[11] ゾシマ長老の指導のもと強靭な精神を我がものとしていたアリョーシャには、ドストエフスキーが自らの分身として、その輝ける魂の一部を吹き込んだと解釈できるだろう。修道士アリョーシャが自らの意思の力でゴリアフ（ここでは明らかに悪魔の代名詞として用いられている）を打ち負かしたとすれば、その精神的拠り所がゾシマ長老を擁する浮き世離れた静かな修道院であり、それを内側から支えていたのが長老制だったことになる。

二、ドストエフスキーのオプチナ訪問の隠された目的とその意味

様々な状況から判断するに、ドストエフスキーとオプチナ修道院の出会いはかなり早い時期（遅くとも六〇年代に準備されていた。しかし、それが明確に感じられるのは、完成を見ることのなかった「大いなる罪人の生涯」（六八年）の草稿くらいであり、それが何からの具体的な形をとって日の目を見ることはなかった。その頃は、将来の『カラマーゾフの兄弟』の構想を練るにあたって、作家は一緒にいて心地よいと思える、ある確固たる存在を求めていた。

それは聖なる天使のような人間でもあれば、しばしば癲癇の発作に襲われる作家にとって唯一心の支えとなり得るような神秘的な存在でもあった。こうして心の中に芽生えた「ロシアの修道僧」のイメージはいつしか具体的な形象をとって成長していくことになるのである。[12] それはドストエフスキーのロシア人としてのアイデンティティが発揮された結果、生まれた場所と言っても過言ではなかった。七〇年代初頭から、彼はこの壮大な仕事を完成に導くためには、これらの存在から離れてしまわないためにも、どうしてもロシアにいること、それも修道院の近くにいることが必要であると周囲に訴えていることからもそれは窺われる（結局、外国生活は七一年まで続いたが）。[13]

そもそもドストエフスキーはインテリゲンツィアとナロードの融和の中にロシアの未来の可能性を見ようとする基本的な立場を取っていた。こうした感覚を抱いて七八年に『カラマーゾフの兄弟』の執筆に取りかかった矢先のこと、ふとしたきっかけで彼は四月に「モスクワ大学の学生に宛てた手紙」をしたためる必要を感じたのだった。ちょうどその頃、大学生がナロードニキ運動の指揮を執ろうとデモ行進をしているところに商人等の一団が襲いかかるという事件が起こったのである。この事件は、論壇を中心に、インテリとナロードとの関係に関わる大論争に発展した。ドストエフスキーはこの事件に関する意見を求めてきた学生たちに、書簡という形で、当時、革命家を意味していた「学生」がナロードから分離してしまうことの悲劇性を説いているのである。[14]

ところが、五月になると、長編小説の執筆が完全に中断してしまった。ドストエフスキーのもうじき三歳になる息子のアリョーシャ（アレクセイの愛称）が病気になったのである。名前が示すとおり、このアリョーシャこそ、彼が「ロシアの修道僧」のようにそばにいて欲しいと願った最愛の息子だった。妻アンナ・グリゴーリエヴナはこう書き記している、「息子は引きつけを起こした。朝、息子が目覚めた頃は持ち直したようで、自分のおもちゃをベッドに持ってきてくれるように頼んだ。しばらく遊んだかと思うと、またもや突然引きつけを起こして倒れてしまった」。[15]

この癲癇の発作こそ、父親譲りのものだった。「フョードル・ミハイロヴィチは医者を呼ぶために出て行った。戻って来たとき、彼は恐ろしく青ざめていた。ソファの前に跪くと、そこに息子を寝かせた。わたしも夫の傍らに跪いた。……突然息子の吐息が途切れ、死が訪れたときのわたしの絶望たるやどれほどのものだったことでしょう（医者は父親に、臨終のときが来たことを告げた）。フョードル・ミハイロヴィチは幼子に接吻し、三度彼に十字を描いて、しゃくりあげるように泣きだした。わたしも泣いた」。[16]

この惨劇がドストエフスキーの作品世界にどれほどの心理的影響を及ぼしたかは想像に難くない。愛する息子の死因が自分の遺伝性の病気（癲癇）に起因していたのだから。彼には愛する者を自らの手で滅ぼしてしまったかのように感じられた。何故にこの子は人並みの人生を味わうことができなかったのか。何故にわたしにはかかる大きな十字架が与えられたのか。ヨブ〔旧約聖書の同名の書物の主人公で、神に大きな試練を与えられる〕の時代から、すべてが同じで、まったく何ひとつ変わっていないのではないか。[17] つまり、神は自ら愛する者を苦しめるという真理を解き明かすことなど不可能であるとさえ思われたのである。

同じ年の六月、夫の心境を知り尽くしていたアンナ・グリゴーリエヴナは、ドストエフスキー家を訪ねて来る哲学者のウラジーミル・ソロヴィヨーフが近々オプチナ修道院に巡礼に出かけることを聞きつけて、夫を同行者に加えてもらえないか頼んでみてはという気を起こしたのだった。この提案はソロヴィヨーフによって快く受け入れられた。六月二十日、ドストエフスキーはモスクワへ出発し、そこでソロヴィヨーフと合流すると、二十三日に二人は連れ立ってオプチナへと旅立っていった。[18]

この頃、オプチナ修道院は未曾有の繁栄を誇っていた。というのも、この修道院の名声を全ロシアに知らしめていた有名なスヒマ修道司祭アムヴローシイが当地に君臨していたからである。この長老は、明らかに並の人ではなかった。ところが、彼が特別な存在であるその理由は、彼自身が一方でごくありふれた人間であったからかもしれない。若い頃、彼はリペツクの中等神学校の教師をしていたが、性格的には陽気でありながら、考え深いところもある、根っからの教師だった。総じて、すべてが人並みであったと言える。この「ありふれた」青年がある時、リペツク近郊の森を散策しながら小川の近くに近づいた時、ちょろちょろと流れる水音の間に、突然はっきりと響き渡る言葉を耳にしたのである、「神を讃えよ、神を守るのだ」と。[19]

修道生活に進むことに関して、彼はすぐに決心することができなかったが、オプチナに着いてみると、すぐさまそこに進むべき道を見いだした。彼は三十歳の時、原因不明の重い病を患った。それ以来、彼は一生病弱であることに苦しみ続けた。しかし、彼の心は周囲が驚くほど喜びに満ちあふれており、澄み渡った彼の心は死ぬまで謙遜さを保っていた。「神の力は病弱の中で完成されるのです[20]」とは彼自身の言葉である。彼は病弱さの中に測り知れぬほどの力を蓄えていた。この力こそが愛であり、光であった。それらを意図的に隠すことはできなかった。それは自ずと現れてきて、来訪者たちの心を甘く包み込んでしまうからであった。

そのせいか、彼のスキトの庵室の前はいつも面会を求める人々であふれていた。居間の壁にはイコンや主教たちの肖像画が所狭しと懸けられており、窓の外には小さな花壇がしつらえてあった。彼は多いときは一日に六十通もの手紙を受け取り、時には朝の四時から自ら返信をしたためたり、またある種の手紙には返信の書き方を周囲に指南したりもしていたという。夜が明けると、自ら外に出て行っては人々に祝福を与えたり、対話をしたり、助言を与えたりした。あらゆること、あらゆる人々を受け入れるのだった。そしてとりわけ罪人に対しては深い同情を示したという。なぜなら、そうした人々が誰よりも不幸で、苦悩を背負った人々であることを知っていたからである。人々に哀しみを乗り越える方法を指南することにかけて、長老の右に出る者はいなかったが、それは時として常人の判断を超えることもあった。例えば、女主人が所有する七面鳥を飼育するために雇われていながら、大切な七面鳥を死なせてしまい、解雇の不安を抱いて相談に来た女に対して「七面鳥の飼い方」を指南することさえできた。修道士たちはそんな時彼の耳元でこう囁くのだった、「神父様、こんな女にかかずりあって時間を無駄にするのはおやめなさい」。その時、神父はこう諭すのだった、「だが、この女の生命はこれらの七面鳥の中にこそあるのだから」。[21] 長老にとって、無視すればよい瑣末事など存在しないのであった。

もちろん、長老の透徹する目が見ていたのは、そうした卑近なことばかりではない。彼は人の心の仕組みを知り尽くしていたため、多くのことを予言することができた。修道士たちの証言によれば、彼は時として、封を切ることなく手紙の内容を言い当てることがあったという。そうして、彼は早速返信を書き取らせるのだった。彼の炯眼の才がいかばかりであったか、その聖伝はそうした驚くべきエピソードで満ちあふれている。

すでに述べたように、ドストエフスキーとソロヴィヨーフがオプチナ修道院を訪れたのは七八年の六月下旬のことであった。六月二十三日に二人はモスクワ・クルスク鉄道でトゥーラの先のセルギエヴォまで行き、そこから馬車でコゼーリスクに行く計画を立てていた。しかし、この距離には誤りがあることがわかった。コゼーリスクまでは当初考えていた三十キロではなく、百二十キロもあったのである。しかも、その路線は郵便馬車の走る所謂幹線道路ではなく、個人で三頭立て馬車を雇ったうえ、各駅では馬に休息と餌を与えなければならないという厄介なものだった。[22] 二十四日の土曜に到着の予定が丸一昼夜遅れたのはそうした理由による。オプチナに備えつけてある宿帳によれば、ドストエフスキーの滞在は確かに六月二十五、二十六、二十七日となっている。[23] 時間にすれば、わずか二昼夜であった。そして、二十七日にはオプチナを出発し、往路と同じ順路でやはり二日かけてモスクワにたどり着いている。つまり、このオプチナ巡礼の旅は移動時間も含めて、ちょうど七日間を要したことになる。この旅の印象についてドストエフスキーが唯一書き残したものは、モスクワに帰着した二十九日に妻へ宛てて書いた手紙だけである。しかも、そこにドストエフスキーは修道院滞在中に起こった出来事について、ほんのわずかしか書き残していない。「オプチナ修道院には二昼夜滞在した。それから、やはり同じ馬車で出発した……帰ったらすべて話す」。[24] つまり、作家と長老の出会いとその談話についての内容は、秘密のベールに覆われていたと言ってもよい。

しかし、この手紙を注意深く読むと、そこには作家が抱いていた様々な感情や訪問の意図が隠されていることに気づく。その最大のモチーフは旅程を読み違えたことに対する憤懣の情であった。予定外に村に一泊させられ、劣悪な馬車に二日間揺られたことも確かに不快ではあったであろうが、それ以上に重要なのは、ドストエフスキーには敢えて二十四日に修道院に到着しなければならない正当な理由があったことである。その日、つまり六月二十四日（ユリウス暦）は正教カレンダーでは、前駆受洗イオアンの誕生祭にあたっていた。これは民間ではイワン・クパーラ祭とも呼ばれており、アムヴローシイ長老の庵室のあるスキトの教会の堂祭〔スキトの教会の主祭壇は前駆受洗者イオアンの誕生祭に献げられていた〕でもあった。ということは、その日の礼拝には外来の男性はもちろん、普段はスキトへの入場が禁じられている女性たちにも参禱が許されるという数少ない日にあたっていたのである。そうなれば、スキトでの祭日礼拝で祈った後、当然長老の姿を拝むこともできようし、個人的な相談や依頼事を携えて庵室を訪ねることも可能になると思われたのである。

実は、そこにはもうひとつの秘められた目的があった。つまり、この日は五月十六日に亡くなった愛息アリョーシャの四十日目の供養（сороковины）にあたっていたのである。四十日供養とは埋葬式後に行う永眠者の最も重要な奉事であり、親族はその日の教会での礼拝と供養（パニヒダ）に参加することが義務づけられていた。教区教会とは異なり、修道院にはその儀式を非常に重んじる習慣が残されている。そこを訪れる巡礼たちは、その日限りの供養のみならず、永眠者のリストを提出することで、その聖名を、「一年間」、「三年間」さらには「永遠」に亘って記憶してもらうことが可能となるのである。ドストエフスキーが遠路はるばるオプチナまで巡礼を遂行した真の目的は、この日、亡き子アレクセイの四十日供養を注文し、さらに作家本人が帰った後も、息子の名を一定の期間記憶してもらうべく手配することにあったはずである。

「おまえさんの子どもの冥福を祈って供養をしてあげよう。何という名前だったのかね」

「アレクセイでございます。長老さま」

「立派な名前だ、神の人アレクセイにあやかったのかね」

「はい、神の人ですよ、長老さま、神の人アレクセイのお名前でございます、神の人の」[25]

ここで意識すべきは、ドストエフスキーの亡き息子アレクセイとこの農婦の子どもの名前の一致だけでなく、農婦の子を供養するのに必要だった聖人が、作家の息子の守護聖人でもある「神の人アレクセイ（Алексей человек Божий）」であったことの意味合いである。[26]つまり、農婦を悲しませた息子アレクセイの死が、ゾシマ長老の供養の祈りを介して、ロシアを救うアレクセイ・カラマーゾフに籍身されたことは、農婦が長老に依頼した息子の救いを願う祈りに、自らの息子の霊をオプチナの長老に託したドストエフスキー夫妻の祈りが重なり合ったことを意味していた。このアレクセイ復活への希望こそが、小説に隠された聖伝（Житие）的構造を解き明かす鍵となっているのである。

確かに『白痴』執筆の頃より、この作家にはこの世のものならぬ光が漂っていた。ムイシュキン公爵は美しい人間の希望の光にも似た、明るいが碧味を帯びた神秘的な光を放っていた。だが、それは同時に狂気にも結びついていた。すでに指摘したとおり、『カラマーゾフの兄弟』の草稿の初期段階においてアリョーシャが「白痴」と呼ばれていることは、これこそが「聖なる人間」に不可欠な特性であることを作家自らが自覚していたことの何よりの証拠ではあるまいか。『白痴』執筆中より、作家が外国から書き送った幾つかの手紙の中に、ロシアの修道院に滞在したいという希望が表明されていたが、これはつまり、ドストエフスキーがロシアの修道院にこの「神の人アレクセイ」が実在することを我が目で確認したかったからとも受け取れる。こうして現代の俗世における修道院と聖人の存在の秘密こそが作家の関心の中心を占めるようになり、カラマーゾフ家やその周囲の人々の運命をプロとコントラ、つまり神と悪魔の関係に対応させるに及んで、そこに世界の光源とも言うべき苦行者（подвижник）の存在が不可欠となっていった。だが、そうした理念を具象化するには、誰をモデルにすればよいのかという問題が残った。息子のアレクセイが死ななかったら、それによって父親ドストエフスキーが悲しみに打ちひしがれなかったら、そして彼がソロヴィヨーフをともなってカルーガに赴き、ジズドラ川を渡って、アムヴローシイ長老の庵室を訪ねることがなかったならば、この聖なる「白痴」アリョーシャが生きた人間のイメージを纏うことはなかったであろう。それが生まれたということは、まさに運命の導きによると言うしかない。

実の息子のアレクセイの姿は農婦の息子アレクセイへと姿を変え、それからさらに進んでアレクセイ・カラマーゾフへと姿を変えたのである。こちらのアレクセイはもはや草稿の時のような「白痴」ではなく、優しいが思慮深さをもった、愛すべき健全なロシア人青年になっていた。他方、兄のイワンは悪魔と密通することで、「白痴」のように狂気にかられて破滅する。悪魔との闘いに勝利するのは、アレクセイとドミートリイである。前者は愛に抱かれ、後者は無実の苦悩に抱かれてであった。ゾシマ長老は、あたかも不滅の太陽のように、すべての上に君臨していた。それはすなわち、愛、謙遜、同情（共苦）の光である。

ドストエフスキーのオプチナ修道院における滞在に関して、信頼に足る資料を提供しているのは、妻アンナ・グリゴーリエヴナの『回想』の記述である。これは上述したドストエフスキーの手紙（二十九日付）に依拠しているものの、帰宅後の作家の生の声を反映しているという意味では、手紙以上の内容を含んでいると言える。ただし、『回想』を書くまでには、すでに多くの時が経っていたため、重要な記憶が失われてしまっていた。そのためか、読者にとって最大の関心事でもある、アムヴローシイ長老に関して夫が抱いた全体的な印象についての記述に限定したものと思われる。

ドストエフスキーとアムヴローシイ長老の出会いについてアンナ・グリゴーリエヴナは以下のように回想している。

オプチナ修道院から帰還したフョードル・ミハイロヴィチの表情は、まるで穏やかで、すっかり落ち着いた様子でした。そして彼が二昼夜滞在することになった修道院の様々な習慣についていろいろと話してくれました。フョードル・ミハイロヴィチは、当時有名だった「長老」アムヴローシイ神父と三度面会しています。一度は群衆の中で大勢の人々に囲まれて、あとの二回は二人きりでした。長老の談話からは深い、心に沁み入るような印象を得たようです。フョードル・ミハイロヴィチがわたしたちを捉えた不幸について、嵐のように見舞ったわたしの悲しみについて長老に物語ったところ、長老はわたしが信仰を持っているかと訊ねられ、フョードル・ミハイロヴィチがそうだと応えると、長老は夫にわたしへの祝福を託され、そして後に長編小説の中で、ゾシマ長老が悲しむ母に語ることになる同じ言葉を語ったのでした……フョードル・ミハイロヴィチの物語から、この万人に敬われる「長老」がいかに人間の心に深く通じた人であり、炯眼の士であったかがわかりました。[27]

オプチナにおけるドストエフスキーとアムヴローシイ長老との対話を裏づける直接的資料はもうひとつ存在する。それは一九〇六年に出版されたドストエフスキー作品集の余白にアンナ・グリゴーリエヴナ自身が書き込んだコメントである。このコメントが上に引いたアンナの『回想』と内容的に重なり合い、しかも印刷されたものではない私的な内容であるために、測らずもそうした事実を確証する役割を果たしたのである。彼女は「信心深い農婦たち」の章の余白に書き込んでいるが、これこそ、小説における信心深い農婦とゾシマ長老との対話がドストエフスキーとアムヴローシイ長老との間の現実の対話に基づいていることを証明しているのである。彼女はこう書いている。

これらの言葉をわたしに伝えてくれたのは、一八七八年にオプチナ修道院から帰って来たフョードル・ミハイロヴィチだった。そこで夫はアムヴローシイ長老と話し合い、長老にわれわれが最近亡くなった息子を思ってどれだけ悲しみ、泣いたかを物語った。アムヴローシイ長老は「祈りの中でアリョーシャの名を唱えること」、それに「わたしの悲しみ」を（記憶することを）フョードル・ミハイロヴィチに約束し、さらに「われわれと子どもたちの健康を祈ることも」約束してくれた。フョードル・ミハイロヴィチは長老との対話と、われわれのために祈ってくれるという長老の約束に深い感銘を受けていた。[28]

三、ゾシマ長老のモデルはアムヴローシイ長老か――論争の真実

オプチナ修道院との関係について、ドストエフスキー伝に加えられた事実は、以上の三つの情報源に集約される。その意味で、作家と長老の出会いの事実そのものは創作上の謎に迫る重要な意味を持っているにも拘らず、その情報源はすでに汲み尽くされており、その解釈も限定的なものとならざるを得ない。しかし、ドストエフスキーにとって、「大いなる罪人」の更正を実現に導き、現実世界における愛息の死を乗り越え、救いの希望を抱いてロシアに生き続けるための場所は、やはりオプチナでなければならなかった。[29] つまり、作家の創作的世界観との繋がりを感じさせる様々なモチーフには、外国にありながらも常にその傍らに暮らしたいと願わずにはいられなかったロシアの修道院の文化的コンテクストが影響していたのである。

実際、ドストエフスキーのオプチナ訪問が修道院関係者たちに等閑視されることはなかった。それどころか、作家の訪問についての言及は、修道院の「来訪者用の宿帳」の記述の領域にとどまるものではなかった。事実、ドストエフスキーと修道院の関係に関しては、オプチナの長老たちによる個別の見解、修道士たちの間接的評価、根拠のない批判や中傷、伝承、物語など様々なレベルのコメントが存在する。それらには相互の脈絡もなければ、書かれた時期も様々であるため、それらが資料として統一的に扱われた形跡はない。したがって、本稿ではまずドストエフスキーに関して数多く存在する第三者による風評を含む間接的評価によらず、作家に関するオプチナの生の声を再現し、その真意を探る方法を採ることにしたい。[30]

ドストエフスキーとその長編小説に関するオプチナの修道士たちの見解を最初に修道院の外に持ち出したのは、生涯に亘る彼の仇敵とも言えるコンスタンチン・レオンチェフだった。レオンチェフがその晩年、オプチナの住人となり、アムヴローシイ長老の霊的な指導のもとで、クリメントという修道士の剪髪を受けたことはすでに述べた。だが、周知のごとく、レオンチェフはドストエフスキーのキリスト教的思想全般を「不十分なキリスト教」もしくは「バラ色のキリスト教」と呼んで、鋭く批判していた。しかも、彼は長編小説『カラマーゾフの兄弟』に関する自説を諾う目的で、二度までもオプチナ修道院の権威に依拠し、オプチナの修道士たちの言葉を引用していた。

すでに有名になっているレオンチェフの書簡の一節を、改めてここに引用しておこう。ひとつは盟友イオシフ・フーデリ神父に宛てた以下の一節である。

だが、ドストエフスキーが『カラマーゾフの兄弟』の中でキリスト教が地上で勝利することへの希望を表明したとき、オプチナの修道司祭たちは笑いながら、互いにこう訊ね合っていた、「某神父よ、あなたでしたかな、そのような考えを抱いておられたのは」と。[31]

もうひとつはやはり数少ないレオンチェフの理解者であったワシーリイ・ローザノフに宛てた書簡からの引用である。

オプチナで『カラマーゾフの兄弟』は正しい正教の著作とは見なされていません。それにゾシマ長老は、その教えにしても、性格にしても、アムヴローシイ長老に似ていないのです。ドストエフスキーが描写したのは、彼の外貌だけで、彼が全然言っていないことを喋らせています。その語り口も、アムヴローシイのものとは全然違います。[32]

レオンチェフの性格から判断しても、彼が耳にした修道士の言葉は、事実だとしても、かなり偏りのある風評であると言わざるをえない。つまり、これはドストエフスキーに対する修道院の一般的評価ではないように感じられる。その一例として、レオンチェフによって匿名で伝えられた見解とは異なり、実名で明かされたドストエフスキーに関する正反対の見解を紹介しておきたい。

ドストエフスキーに関して、最も妥当で公正な判断を下したのは、偉大なる修道司祭アムヴローシイ長老であった。これが長老の言葉であることを認めて、初めて世に知らしめたのは宗教作家ポセリャーニン（ポゴージェフ）であるが、彼もレオンチェフ同様、アムヴローシイ長老の霊の子であった。彼はしばしばオプチナにやって来ては、殊更にアムヴローシイ長老に関する資料を収集していた。一八九一年十月にアムヴローシイ長老が永眠すると、ポセリャーニンは「魂に有益な読み物（Душеполезное чтение）」という雑誌に「アムヴローシイ神父、その助言と予言」と題する追悼文を発表した。その中で、作者は庵室で長老がドストエフスキーと対話した後に、作家について長老が批評した言葉を引いているのである。尤も、これは批評というよりは、二つの単語にすぎなかったが。「アムヴローシイ神父は作家の遂った霊の本質を掴んだのだろう。彼を評してこう言った。これは悔い改めた人だ（Это кающийся）」。[33]

ドストエフスキーに関するアムヴローシイ長老のこの言葉はオプチナの修道士の間で広く知られていた。というのも、ポセリャーニン以外にも、オプチナで隠遁生活を送り、最も充実したアムヴローシイ長老の伝記を執筆した掌院アガピート（ベロヴィードフ）神父もこの言葉を伝えているからである。

長老はまた敬虔な俗人や、とりわけ教養ある人々と語り合うことを好んだ。彼の周りはそうした人々に事欠かなかったのである。例えば、ドストエフスキーやウラジーミル・ソロヴィヨーフといった世俗の作家たちも長老を訪ねてきた。前者に関しては、長老特有の洞察力をもってこう評したことがあった、「これは悔い改めた人だ（Это кающийся）」。[34]

アムヴローシイ長老の生の声を伝えてくれるこの二人の伝記的事実に共通することは、両者とも長老のこの評価を肯定するのみならず、長老のこの作家に対する炯眼さと鑑識眼を高く評価していることである。その最たるものは、ドストエフスキーの性格として指摘されている「遜った霊《たましひ》」、すなわち「悔い改めた」人間というものであった。言うまでもなく、悔改《かいかい》〔悔い改め〕は、キリスト教における霊的営みの第一歩であり、基盤でもある。この悔改とは、神の善意を期待しつつ、聖神の恩寵をもって悔い改める者を溶かし、その人を神の子にする行為である。それによって見せかけの看板ではない、心の書券《かきつけ》〔神に委ねられた心の特性〕を纏うことができるのである。また、悔改は信仰の実践的行為でもある。なぜなら、神という対象がなければそれは不可能だからである。その意味で、「悔い改めた人」という評価は、本質的に深く信仰する人という意味であり、正しく信仰する人、つまり正教徒〔プラヴォスラーヴィエという言葉は神を正しく讃えるという原義をもっている〕のことである。悔改の深さは、その人がどの程度神の恩寵を受けているかを表すバロメータともなっている。[35] 教会法的な意味で、苦行者の聖性が本人の悔改度によって決まると言われるのはそのためである。

こうした点を踏まえると、ドストエフスキーについてアムヴローシイ長老が言った言葉は、存在論的評価であり（「遜った霊《たましひ》の本質」）、この作家についてかつて言われたどのような言葉にもまして、高度かつ霊的な「賞賛」の辞であったと、何ら誇張なく言うことができよう。余談ながら、アムヴローシイ長老がドストエフスキーと並ぶ大作家レフ・トルストイに最後に遭った時（一八九〇年）に彼に下した評価と比較してみれば、その違いはいっそう明らかになる。自らの『要約福音書』の意義を主張して譲らぬトルストイと長老の対話は終始噛み合ず、重苦しいものとなったようである。トルストイが長老の祝福を避けるように頬に接吻して庵室を出て行った後、長老は憔悴しきったかのように、この作家を評してこう言った、「彼はきわめて傲慢だ」。[36] 悔改と傲慢、これは正反対の概念である。傲慢さは悔改を受け入れず、悔改は傲慢を克服した後に生まれる。アムヴローシイ長老は、二年の時を隔てて、最も正教的な作家と、最も非正教的な作家の性格を、比類なき簡潔さをもって表現したのだった。

ならば他方、晩年の数年間をアムヴローシイ長老の庇護のもとですごし、長老の特性を知り尽くしていながら、レオンチェフがドストエフスキーを理解できなかった理由は何だったのか。キリスト教による民族の団結を説いたドストエフスキーの描いたキリスト教を「バラ色」と評して厳しく批判したレオンチェフ自身がかなり厳格な原理主義者であったことは間違いない。言うなれば、彼に必要なことは、すべてを乾かした後、再び「凍らせる」ことであった。彼がかつて正教と出会ったアトスで自分を虜にしたのは、そこでの権威ある人々、つまり鉄の杖をもって彼を指導したイエロニムス、マカリオスといった苦行者たちであった。レオンチェフはロシア発展の歴史的経緯の独自性を擁護しつつ、同時代人に対して「ロシアを腐らせないようにするには、いくらかでもそれを凍らせる必要がある」[37]と訴えたのだった（「一八八〇年ワルシャワ日記のいくつかの先進的記事」より）。

彼はこれによって、一九一七年より半世紀も前に、すべてを平準化させ、人間を中庸化し、その個性を失わしめる社会主義型発展の弊害を執拗に暴き出し、予言的な能力をもってそれを回避させようと警笛を発したのである。つまるところ、彼が信奉する正教も、鉄の杖をかざしたそれだったと言ってよい。だがそうなると、アムヴローシイ長老はあまりにも優しすぎたのではあるまいか。確かに、実際のアムヴローシイ長老は、ゾシマ長老のように、優しさと愛において際だっていたわけではなかった。しかし、レオンチェフがアムヴローシイをも「凍らせる」必要があると考えたと見なす証拠はない。実際、彼の体調が持ちこたえられなくなったとき、斎を緩和するように助言したり、「キリスト教徒は徒に残酷な死を求めるべきではありません。治療も謙遜なのですから」[38]と言って、彼をモスクワの医師団のもとに送り出そうとしたりしたのは、長老の愛の現れではなかったか。そして、彼自身が最終的に長老の助言にしたがって出発したのも、やはり長老に対して愛をもって応えたことの証であったと見るべきである。

そして、言うまでもなく、アムヴローシイはドストエフスキーをも虜にした。とはいえ、レオンチェフ他の評論家たちが指摘しているように、作家がゾシマ長老を書き上げるにあたって、アムヴローシイ以外の神父の特徴をも多数持ち込んだことは否定しがたい事実なのである。[39]そうした観点からアムヴローシイとゾシマの関係を見ると、確かに、ドストエフスキーが蒙ったそしりは、さほど見当違いではなかったとさえ言いうる。ロシアの修道僧はそんな生易しいものではない。もっと強くて勇敢なのだと。しかも、そう感じたのはレオンチェフ一人ではなかっただろう。ドストエフスキーが創造したゾシマ長老は、それほどまで優しく、愛に満ちたキリスト教的な人間であった。だが、ドストエフスキーがアムヴローシイ長老の性格を歪曲したと見るよりも、正教的な愛と人間洞察の極みに達した人間を描ききるためには、長老の人知れぬ厳格さや禁欲的側面を犠牲にしても、俗人に愛される存在にすることが必要だったのである。アムヴローシイ長老は、ドストエフスキーが実現しようと試みた正教的な愛の共同体の長たる人物のイメージにそれほど適っていたのである。ゾシマとのディテールの差異を超えて、そうした霊感を与えてくれたアムヴローシイ長老は、ドストエフスキーにとって、ゾシマ長老の理想的モデルであった。

一八九一年のアムヴローシイ長老の没後、後継の長老となったのはアムヴローシイの庵室係を務めていた修道司祭イオシフ（リトフキン）神父であった。彼は亡き長老に関する様々な物語を収集していたが、有名作家たちのオプチナ修道院滞在記についての情報を記述した書簡を一八九八年に「魂に有益な読み物」誌に送っていた。編集部はこの書簡を「オプチナ修道院の〝長老たち〟を訪れたゴーゴリ、キレエフスキー、ドストエフスキー、レオンチェフ」と題する論文にして掲載したのである。この論文の主要部分はゴーゴリとキレエフスキーについての記述であり、ドストエフスキーにはわずか一段落が割かれているにすぎない。しかし、この記述が価値を持つとすれば、それは当時アムヴローシイ長老の庵室係であったイオシフ神父がドストエフスキーの訪問の目撃者である可能性もあるからである。イオシフ神父は書いている。

この修道院の古くからの住人の間には、一八七七年〔これは明らかに七八年の誤り—筆者〕にもうひとり我が国の有名な作家ドストエフスキーがここを訪問したことを覚えている人がいる。そこでは霊的な生活と霊《たましひ》の救いに関する危急の問題の数々について、アムヴローシイ神父との間で長時間話し合われた。その後、まもなく『カラマーゾフの兄弟』が出版されたが、その一部は作家のオプチナ修道院訪問とアムヴローシイ神父との談話の印象に基づいて書かれた作品である。[40]

この単純な書き付けの中で重要なのは、ドストエフスキーとアムヴローシイ長老の間で交わされた会話のテーマについて、イオシフ長老が「霊的な生活と霊《たましひ》の救いに関する危急の問題の数々」と証言している点である。これはおそらく、一般化した言い方ではなく、文字通り、作家が長年抱いてきた具体的かつ困難な問題そのものであったと思われる。それが神の人アレクセイの名を持つ息子の死からの復活の方法を模索する父の思いにも繋がっているからである。

同様に、イオシフ長老が『カラマーゾフの兄弟』が「作家のオプチナ訪問とアムヴローシイ神父との談話の印象に基づいて書かれた」ことを承認していることも重要な意味を持っている。なぜなら、この証言によって、レオンチェフが仄めかした、ドストエフスキーに同意しない「某神父」というのがイオシフ長老ではないかという疑義は、少なくとも本人によって払拭されたことになるからである。つまり、ドストエフスキーの見解に異論を述べたのはイオシフではなかった。むしろ、イオシフの書簡が公表されたことで、「人里離れた修道院」と呼ばれているのが、オプチナ修道院のことであるばかりか、ゾシマ長老にはアムヴローシイ長老の人格が反映していることを読者に気づかせることに一役買うこととなったと見なし得るであろう。

そうなると、意外なことに、アムヴローシイ長老に範を取って創造されたゾシマ長老の人物像が、修道院における実際の営みに対して影響力を持つようになっていく。つまり、オプチナ修道院やその長老たちが、長編小説『カラマーゾフの兄弟』とゾシマ長老のプリズムを通して感知されるようになったのである。こうした「逆行現象」は、まず何をおいても、修道スヒマ司祭アナトーリイ（ポタ―ポフ）神父の双肩にのしかかった。彼はアムヴローシイ長老の庵室係だったのみならず、その霊的後継者の一人に数えられていたからである。それ故に、二十世紀に入ると、彼はオプチナ公認の長老に選出され、数多くのインテリ大衆（その中にはパーヴェル・フロレンスキーもいた）を指導するアムヴローシイ長老の霊的後継者に任じられたのだった。そうしたさなか、一九一二年にアナトーリイ長老のもとを訪れたサンクト・ペテルブルグ神学大学の学生スモーリチェフは次のような印象を書き残している。

修道司祭アナトーリイ神父の庵室は小さな聖堂のうちのひとつに付随しているが、その廊下には、アナトーリイ神父の祝福を受けようと巡礼たちが待機している。質素な庵室の敷居をまたぐと、眼前に背の低い、やや背の曲がった年老いた修道司祭が目に入った。年の頃は六十ほどだが、見たところ快活で、異常なほど動きが俊敏で、生き生きしていた。明るい、そして愛想のよい笑みを浮かべ、いくぶん早口で、彼は我々に挨拶をした。アナトーリイ神父の、神の権化のような、子どものように明るい顔を見ると、理想的で、神々しいまでに明るい原理を体現したゾシマ長老の輝かしい相貌がわたしたちの頭の中に思わず浮かんでくるのだった。[41]

もちろんこれだけをもって、アナトーリイ長老が自らの素質とは無関係に、ドストエフスキーの文学的影響（人気）によって逆指名された長老であると言うつもりはない。しかし、長編小説『カラマーゾフの兄弟』は、ロシアの信仰を持つ読書大衆をオプチナ修道院に惹きつける手引書（ガイドブック）になるほど、社会に対して絶大な影響を与えたことは否定しえぬ事実である。その結果、ゾシマのモデルはアムヴローシイか否かといった創作上のディテールはもはや読者にとって重要なテーマではなく、それ故、長老制に対してドストエフスキーが抱いていた甘美な陶酔感に対して敢えて異を唱える意味も自ずと失われてしまう。アムヴローシイ長老の後継者となる人にも、他の長老と共通して見いだせる特徴、それは年老いた人間に見られる外形的特徴よりも、むしろ人々に等しく愛と慰めをもたらしてくれる、オプチナ人特有の特徴をそなえていさえすればそれでよかったのである。これこそ文学が現実世界に与え得るご利益なのかもしれない。

四、「来世観」をめぐる論争と「救い」への道

現存する基本文献を概観して言えることは、アムヴローシイ長老を訪問したドストエフスキーが、庵室の中で長老と話し合った具体的な内容について、明確な情報は得られなかったということである。それでも、いくらかの付帯状況を伝える伝記作家たち（ポセリャーニンとアガーピイ神父）、それに後継者イオシフ長老らの証言によって、畢生の大作『カラマーゾフの兄弟』の主人公アレクセイの出生をめぐる秘密がいくつか解明された他、概してドストエフスキーが信奉するキリスト教思想の本質が、オプチナ修道院訪問と長老との対話によって、部分的ではあれ、透かし見えるようになってきた感がある。

しかし、ドストエフスキーのオプチナ訪問に関して明らかにされた事実とはこれだけではなかった。事実の信憑性という点で上述のものには劣るものの、この作家の正教的気質を考える上で重要な暗示を与えてくれる、さらにいく

つかの看過できない事実が存在するのである。そこには、作家やアムヴローシイ長老の存命中には表沙汰にならなかったものも含まれていた。

一九九五年に、オプチナ修道院の監修で出版された『オプチナ修道院』と題する文集（альманах）の中に、「長司祭セルギイ・シードロフ神父の手記（Записки протоиерея Сергия Сидорова）」と題する文章が掲載されている（原稿はソヴィエト時代に日の目を見ることがなく、聖ダニーロフ修道院の教会史博物館の書庫に保管されていた）。セルギイ・シードロフ神父は二十世紀初頭には聖師父文献学（教父学）の権威として、神学大学等で教鞭を取っていた碩学であるが、帝政時代はアナトーリイ（ポターポフ）長老の霊の子として、閉鎖前のオプチナ修道院にしばしば足を運んでいたという。一九一六年に彼がオプチナを訪れたとき、たまたま迎え入れられたのが、アムヴローシイ長老の庵室であった。まさにありし日の長老がドストエフスキーらを迎え入れたあの庵室である。当時、この庵室に逗留していたのは掌院F神父であった(この人物の名前は不明)。シードロフはこの庵室の中に、他の様々な品物にまざって、ドストエフスキーの直筆になる署名〔来訪者用の宿帳か？　その後、紛失したものと見られる〕があったことを以下のように証言している。

〔アナトーリイ〕長老は愛想よく、われわれにアムヴローシイ長老が使用した日用品の数々を見せてくれた。……掌院〔アナトーリイ長老のこと〕はわれわれに興味深い自分の思い出話の数々を披露してくれた。彼はドストエフスキーとウラジーミル・ソロヴィヨーフが一八七九年〔ママ〕に長老を訪ねたとき、ドストエフスキーとアムヴローシイ長老の間に起こった永遠の苦しみに関する有名な論争の場に居合わせたのである。[42]

長老に「悔い改めた」と評されるドストエフスキーが、当の長老と「論争（спор）」したという言い方には幾分誇張が感じられるが、その場には居合わせはしなかったものの、ドストエフスキーの行動に強い関心を抱いていたドミートリイ・スタヘーエフという作家の「回想」をここに加えるならば、真偽とは別に、状況は多少なりとも具体性を帯びてくる。スタヘーエフはドストエフスキーのオプチナ滞在の状況を、同行したウラジーミル・ソロヴィヨーフから直接聞いた言葉として、以下のように伝えている。

フョードル・ミハイロヴィチ・ドストエフスキーは、例えば、然るべき控えめな態度をもって、従順にスヒマ長老の教訓的講話に耳を傾けるべきところを、長老よりもたくさん喋るし、取り乱し、相手の言葉に熱烈に反論したり、自分の発した言葉の意味を発展させ、説明しようとしていた。自分では気づいていないようだったが、教訓的講話を聴きたいと願う人から、いつの間にか自ら教えを垂れる教師へとなり変わってしまっていた。

ウラジーミル・ソロヴィヨーフの話したところでは(彼はドストエフスキーとオプチナ修道院に同行していた)、彼はスヒマ修道僧に対してのみならず、年老いた者や若い者を問わず、僧院のすべての住人に対してこのような態度を取っていた。そして、これもソロヴィヨーフが伝えるところであるが、彼はその時、癲癇の発作の前兆とされている明らかな躁状態にあった。[43]

この回想は、有名作家であるドストエフスキーがオプチナ修道院に巡礼に来たことによって、スタヘーエフ自身も属していたロシアのリベラル陣営に与えた印象を代表していると言える。とりわけ一八七六年以降、『作家の日記』などの発言によって、民衆との一体化を説く作家の信仰告白が文壇に対して賛否を巻き起こしていたことを想起すれば、ドストエフスキーに対して敵愾心を抱く者が、その言動の中に不条理な点を見い出し、皮肉のこもった口調で大作家の振る舞いを誇張して、回想の形で書き残したとしても何ら不思議はないであろう。この一文を雑誌に投稿したのが、ドストエフスキーのオプチナ訪問からすでに三十年を経た時期であること、この情報源がすべてソロヴィヨフからの又聞きであることを再三断っていることを考慮すれば、尚更のことである。

だが本筋に戻るならば、ここで忘れてはならないのは、作家が息子を自分と同じ病で死なせたことに良心の痛みを感じていたという点である。彼は息子の霊《たましひ》の供養のために何ができるか長老のもとに助言を求めにやって来たのではなかったか。これは想像の域を出ないが、「永遠の苦しみ」から免れたいと願っていたのは、ドストエフスキー自身であり、長老は『カラマーゾフの兄弟』の農婦に対してゾシマ長老が言った、「息子はすでに天国にいる」という言葉に作家自身が説明を求めていたのではないかという疑問である。

いずれにせよ、アムヴローシイ長老の庵室で、長老とドストエフスキー、ソロヴィヨーフの間に何らかの熱い議論が交わされたことは間違いない。ならば、それは何についての議論だったのか。イオシフ長老は、自らの書簡の中で、「霊的な生活と霊《たましひ》の救いに関する危急の問題の数々」と書いていた。それに対して、ポセリャーニンは、三人の中でも、長老の庵室で話し合うべき根本的なテーマや話題を提起できる立場にあった哲学者ソロヴィヨーフに関する長老の評価を引用している。

神父はウラジーミル・ソロヴィヨーフにも会って、彼のことをこう評していた、「この男は死後の生活を信じていない」と。[44]

もう一人アムヴローシイ伝を書いた掌院アガピート神父も、「アムヴローシイは後者〔ソロヴィョーフ〕に関して否定的な評価を下した[45]」と書いて、ポセリャーニンの判断を間接的ながら肯定している。この評価を信ずるならば、まずはアムヴローシイ長老とソロヴィヨーフ（もしくはドストエフスキー）との間に、永遠の生命に関する何らかの深刻な論争が行われたとの推測が成り立つであろう。
シードロフ神父が証言した、永遠の苦しみに関して、ドストエフスキーと長老との間に巻き起こった「論争」について、その真意を探るという意味から、今一度考えてみたい。その後、『コゼーリスクのオプチナ修道院と前駆者のスキトの歴史的記述』（一九〇二）を編纂することになる修道司祭エラストは、この議論、それもとりわけウラジーミル・ソロヴィヨーフについて、重要な訂正を加えているからである。まずはこの部分を引用しておこう。

ウラジーミル・ソロヴィヨーフに関するアムヴローシイ長老の評価について、この場を借りて真実を復権させることは、われわれの義務であると心得ている。『アムヴローシイ神父の人生に関する概論』（第一部、九四頁）の著者（掌院アガピート）は、ウラジーミル・ソロヴィヨーフに関して長老は「否定的な評価」を下したと書き、しかも一八九二年の「魂に有益な読み物」誌の一月号（四六頁）のために送りつけていた。しかも、そこでは「ソロヴィヨーフは未来の生活を信じていない」と語られている。こんな長老の言葉を、もしさる御婦人が長老自身から聞いたとしたら、何のことだか皆目見当がつかなかったに違いない。アムヴローシイ神父はわれわれに面と向かってこんなことを言ったことがあった（それはダニレフスキーの著作に関するレオンチェフとソロヴィヨーフの論争についてであったが）、「ソロヴィヨーフにぜひ尋ねてみなさい、彼が永遠の苦しみについてどう考えているかを」。この言葉ひとつ取っても、神父が未来の生活に関するソロヴィヨーフの信仰にいかなる疑いをも抱いていないことは一目瞭然であろう。このことは、彼の、つまりソロヴィヨーフの晩年の優れた著作の数々、例えば、『善の証明』や『菩提樹の木の下での三つの会話』を見ればうなずけることである。[46]

アムヴローシイ長老の庵室での論争に関するすべての情報を総合して纏めるならば、所謂一般的、世俗的な意味で

「論争」と呼べるようなものはなかったというべきである。長老の庵室の特殊性から判断して、この種の会話は、むしろ、「霊の救い《たましひ》」、「来世の生活」、「永遠の苦しみ」などに関する「神秘的もしくは神学的なテーマについての議論」と言うべきではないか。神学的にも様々に説明され、学者や修道士の間にもしばしば見解の相違が起こりうる「来世の生活」といった抽象的テーマに関して、互いに譲らぬ自己主張を展開したあげく、それが険悪な雰囲気を生み出すことなど、長老の庵室という「聖なる場所」では通常ありえないというのが常識的な判断であろう。修道司祭エラストも補足しているように、話題はそこに居合わせた誰にも関係のない、例えば、ダニレフスキーの著作（その主著『ロシアとヨーロッパ』）に関する評価の違いに起因する一般的な見解の応酬だった可能性が高い。また単純に、ドストエフスキーとソロヴィヨーフの来世観を比較しても、前者は純粋に正教的な世界観に依拠しているが、後者にはカトリックや仏教的要素とのエキュメニズム的傾向が強い（とりわけ、ソロヴィヨーフは最後の審判について独自の見解を持っていた）のも、すでに広く認知された事実である。[47]

こうしてみると、アムヴローシイ長老の庵室でドストエフスキーを交えて、共通の話題になりうるテーマということで、「ゾシマ長老の談話と教え」の思想、そして賛否を呼び起こすことも多い「地獄と地獄の業火」についての談話が検討された可能性も十分にある。ドストエフスキーが霊の不死に惹きつけられ、罪人の悔改の問題を芸術化するテーマに取り組んできたことを考慮すれば、西欧で夢見たロシアの修道院訪問を実現し、長老と真摯に話し合った存在の永遠性についての議論が、ソロヴィヨーフをして作家の心的状態を「躁状態」と言わしめるほどの興奮状態に彼を陥れたとしても不思議はないからである。

このドストエフスキーの「躁状態」は、まったく記録のない庵室での会話以外に、オプチナの巡礼たちの関心を惹きつける「物質的」伝説となって、ロシア革命後、それもソヴィエト時代の初頭に至るまで記憶されることになった。この情報源はすでに紹介した長司祭セルギイ・シードロフの「手記」である。彼はアムヴローシイ長老の庵室の様子を描きつつ、こんなことを書いている。

ここにゴーゴリがすわった肘掛け椅子と、ドストエフスキーがアムヴローシイ長老と論争したときに壊した椅子があった。[48]

言うまでもなく、「壊れた椅子の伝説」は修道院、もしくはその傍らにしばしば創造される寓話的ジャンルの類と考えて差し支えない。事実、それは修道院を訪れる巡礼たちが、かつて滞在したドストエフスキーの面影を求めようとする願望に応えるべく編み出された「物的証拠」の役を果たしていた。もちろん、そうした記憶を呼び起こす椅子が実在したことは疑いない。それについて証言しているのは、二十世紀の初頭にスキトの長となり、アムヴローシイ長老亡き後もその庵室で来訪者を受け入れていたヴァルソノーフィイ（プレハンコフ）長老である。あるとき、霊の子たちと庵室で談話を行っていた際、彼は「ドストエフスキーはここにやって来ると、決まってこの肘掛け椅子に腰掛けていました」[49]と語ったという。かくして、ドストエフスキーのオプチナ訪問の記憶は、「記念碑的な」肘掛け椅子の存在によって、新たな物質的表現媒体を持つに至った。これは作家の修道院滞在というテーマを博物館化する最初の試みでもあった。

修道院に限らず、大作家の訪問といった出来事には、時として本来の目的以外に、思いもよらぬディテールが隠れていることがある。一九二〇年代初頭に一時期修道院の中に存在したオプチナ博物館で働いていたナターリア・パヴローヴィチ（オプチナのネクターリイ・チーホノフ長老の霊の子であり、後に宗教作家となる）は、ドストエフスキーがジズドラ川を（巡礼が通常用いる大型渡し舟ではなく）ボートで渡って、対岸の領地に暮らすペトラシェフスキー・サークル時代の知り合いカーシキンを訪ねたという出来事を書き留めている。[50]これは彼女が閉鎖後のオプチナを去った後、近隣の村々で生き延びていた修道士たちから伝え聞いたエピソードであるという。しかし、三日間という限られた滞在時間の中でこの冒険がほんとうに敢行されたのか、知り合いに会うことができたのか、など具体的な事実は何ひとつ明らかにされていない。

だが、何よりもわれわれの興味を惹くことがらは、やはりドストエフスキーとアムヴローシイ長老が庵室で何を話したのかという点に尽きる。この問題にも長老とその後継者が語った一次資料の他に、若干伝説化されたディテールがあった。その鍵を握るのが、アムヴローシイ長老の霊の子アナトーリイ（ゼルツァーロフ）長老のさらなる霊の子ヴァルソノーフィイ（プレハンコフ）長老である。彼が書き残した言葉にしたがえば、そこでのテーマは、「地獄の業火」ばかりか、「楽園」についてでもあったことが窺える。スヒマ掌院ヴァルソノーフィイ神父は、確かに、アナトーリイ長老からドストエフスキーがオプチナを訪問したときのエピソードを又聞きしていた。彼自身が霊の子たちにかなり詳しい話をしていることが、何よりの証拠となっているが、それは自らの霊の子たちに話した講話の中に明確に記されている。

ドストエフスキーは……マカーリイ長老〔ママ――明らかにアムヴローシイの間違い〕に、以前自分は何ものをも信じていなかったと話していました。

――何があなたを信仰へと向かわせたのですか。――マカーリイ神父〔ママ〕は彼にこう訊ねました。

――そう、わたしは楽園を見たのです。ああ、あそこはすばらしい場所だった。何と晴れやかで、喜ばしい場所だったでしょう。しかも、そこの住人がまたすばらしく、愛に満ちあふれているのですよ。彼らはわたしを異常なほど愛想よく迎えてくれました。あそこで体験したことをわたしは忘れることはできません。それ以来のことです、わたしが神に向かうようになったのは。

こうして彼はほんとうに突然向かうようになったのです。だから我々は信じています、ドストエフスキーは救われたのだと。[51]

これを読むと、われわれは作家の後期の短編『おかしな男の夢』を正しく理解するための雛形が含まれていることに気づかされる。だが、それ以上に驚かされるのは、われわれはこれによってドストエフスキーの霊の死後の運命に触れているという実感が得られることである。まことに不可思議なことであるが、ヴァルソノーフィイ長老は、他の何人にも許されざる領域であった、ドストエフスキーの「死後の伝記」に一筆を書き加えたのである。ヴァルソノーフィイ長老の才能とは、人並みはずれた炯眼さと予知能力であり、しばしば人々の痛悔〔罪の告悔〕が気に入らず、その人の罪をすべて詳細にわたるまで言い当てると、自分の言葉をそっくり繰り返すよう罪人に命ずることで、痛悔の方法を教えたと言われるほどであった。オプチナ修道院はドストエフスキーを受け入れたことで、彼自身の存在の秘密も長老たちに開かれたものとなった。オプチナの長老たちはみなそれを知っていたのか、「われわれはドストエフスキーが救われたと信じている」と言っているように思われてならない。ヴァルソノーフィイ長老は、実際にはドストエフスキーに会うことはできなかったが、この作家について、「悔い改めた人である」と、アムヴローシイ長老とまったく同じことを言っているからである。改めて言うまでもないことであるが、「悔改」は「救い」へと向かう第一歩である。

五、創作的理念としての修道制の起源について

ドストエフスキーがロシアの修道院を描くために、ロシアにいる必要があると述べたことはすでに触れたが、その時彼が「大いなる罪人」の「悔改」のドラマを完成に導くために、俗世と修道院の間の垣根を取り除く必要があると

考えていたことは注目すべきであろう。少なくとも、ロシアでは聖山アトスなどと異なり、修道制を剪髪した修道士だけに入門を許された、救いへと向かう閉ざされた道と捉える傾向はなく、俗人であれ、罪人であれ、万人に「悔改」の方法を示してくれる、開かれた祈りと悔改の場として民衆に理解されていたからである。少なくとも、ロシアの民衆にはこうした自己浄化の能力が先天的に備わっていることをドストエフスキーは確信していた。『カラマーゾフの兄弟』の中で、奇しくもパイーシイ神父が言った、「国家がいずれはひとつの教会になる必要がある」[52]という理念を正確に理解した人々は少なかったが、実はこれこそドストエフスキーが修道制に関して抱いていた基本的な考えではないかと思われるのだ。その原点とでも言うべき思想をアリョーシャに次のように代弁させているのを見てもわかる。「〝すべて〟の代わりに二ルーブリを与えてお茶を濁したり、〝われ〔ハリストス〕に従う〟代わりに聖餐式に通うだけにするなんて僕にはできないよ」[53]。つまり、民衆は救いを得るためには、理屈抜きに、文字どおりすべてを投げ出すことができた。真の意味において、神の僕になる方法はこれ以外にないことをドストエフスキーは自覚していたのである。実際、アムヴローシイ長老はファリセイ〔ユダヤの偽善的な教会指導者たち〕のような形式だけの痛悔を忌み嫌い、ハリストスの敵対者からその最大の布教者へと転身した聖使徒パウェルの例を挙げながら、こう諭している。

彼〔パウェル〕はそれでも自分を罪人の仲間に数え入れて、〝我罪人のうち第一なり〟（ティモフェイに宛てた前書、第一章一五）と言っていたではないか。この場合、知っておくべきは、罪は痛悔によってのみ赦されるのではなく、償いが求められているということなのだ。……さらには、〝我矜恤《あはれみ》を欲して、祭祀《まつり》を欲せず〟（マトフェイ福音九章一三）という神自身の言葉も覚えておきなさい。つまり、神の意に適った生き方をするためには、何よりもまず、他人を裁かず、隣人に対して寛容な気持ちを抱くように心を配らなければならないということである。[54]

その意味で、十九世紀ロシアのオプチナ修道院には、修道生活の内的営みが長老の豊かな個性に富む実践的指導法を得て、正教文化の伝統的文脈の中で息づいていた。このことによって、オプチナはアトスや東方教会の聖地から歴史的、地理的には隔絶されていながら、その正統な継承者であるとドストエフスキーには思われたのである。

この問題は、ドストエフスキーがロシアの修道制をいかなる聖師父の源泉から見ていたかという難問に答えることに繋がる大きなテーマである。ソヴィエト時代の作品集の編集委員の間にも、この問題には少なからぬ関心が示されていた。例えば、レオニード・グロスマンは自身が五〇年代に執筆した『カラマーゾフの兄弟』への注釈の中で、ドストエフスキーが関心を抱いていた正教会の師父の著作を列挙しているが、そこには、ザドンスクの主教聖チーホン、ラドネシの克肖者聖セルギイ、ソラの克肖者ニール、キエフ洞窟修道院の開祖克肖者フェオドーシイ、修練士パルフェーニイ、ダマスクスの聖イオアンネス、シリアの聖イサアクといった名が挙げられている。[55] つまり、ドストエフスキーはこれらの聖師父の著作に通暁していただけでなく、『カラマーゾフの兄弟』を始めとする諸作品、さらには社会評論の分野における宗教哲学的思想の構築にも寄与したと言いうるほどの役割を果たしたということである。ドストエフスキーは、これらの師父たちに発する強力な霊的な影響がオプチナにおいてひとつに合流し、それがロシアの禁欲主義の発展に測り知れぬ実りをもたらしたと考えているのである。

ザドンスクの主教聖チーホン、克肖者セルギイ、キエフの洞窟修道院の克肖者フェオドーシイはいずれも、「強く聖なる」民衆の理想の担い手であるということをドストエフスキーは一度ならず自らの評論の中で表明している。[56] そしてこうした理念は、『悪霊』[57]、『カラマーゾフの兄弟』などの作品において体現されていた。とりわけ、後者においては、「最も偉大な苦行者」であるパイーシイ・ヴェリチコフスキーの名とともに長老制の歴史が略述され、ロシアにおけるその復活の意義について触れられていた。[58]『カラマーゾフの兄弟』には、聖者伝（Житие）のジャンルを模したと思われるオプチナの長老をモデルとする「ゾシマの聖伝」と題する章が設けられている。そこでは、例えば、森の中の聖人と熊にまつわるエピソードが取り上げられている。

森の中の小さな庵で修行していた偉大な聖人のところへあるとき熊がやってきた……偉大な聖人は熊を憐れみ、恐れることなく出て行って、パンを一片与え、「さあ、ハリストスとともに行くのだ」と言うと、獰猛な熊は危害も加えずに、素直に立ち去ったという。[59]

このエピソードの源泉は、作家の知悉する十四世紀の聖人『ラドネシのセルギイ伝』にまで遡ることが、創作ノートの記述に依拠しつつ、注釈において明らかにされている。[60] 言うまでもなく、ここに鳴り響いている聖人と被造物（動物）の愛の交わりのテーマは、キリスト教的世界感覚にとってきわめて重要であり、もちろん、克肖者セルギイひとりに結びついていたわけではない。それは正教の伝統によって受け継がれ、十九世紀にいたるまで、数多く存在する同類の物語を貫く一系譜をなしており、すでに広く知られる民間伝承や聖伝のジャンルの中では、確立された性格を獲得していた。因みに、十九世紀の初頭まで存命していたサロフの克肖者セラフィムにも同様の現象が起こったという伝説がオプチナでも語り伝えられていたことは広く知られている。[61]

ドストエフスキーの芸術的形象によって脚光を浴びたオプチナに特有の風土と言えば、それは宗教生活と正教文化の制度として十九世紀のオプチナの禁欲生活の中で復興した長老制であったことには疑念の余地がない。しかし、ゾシマ長老の原型はひとりオプチナのアムヴローシイ長老に帰せられるほど単純な影響関係ではなかった。ドストエフスキーが会得した「長老制」の概念とは、アトスからロシアまで巡礼して、様々な聖地での見聞を記録した修練士パルフェーニイの『ロシア、モルダヴィア、トルコ、及び聖地巡礼の旅物語（Сказание о странствии и путешествии по России, Молдавии, Турции и Святой земле.）』を介して、または、パイーシイ・ヴェリチコフスキーが編纂した『フィロカリア（Добротолюбие）』を体得したレオニード長老を介してオプチナに持ち込まれた東方神秘主義の実践的な修行体系であった。それは、これら僅かな人々だけでなく、ロシア正教会を全地公会へと結びつけた輝かしい多くの聖人たちがもれなく通過した道だった。『サロフのセラフィム長老伝』は一八四五年に初版が、一八七七年には第三版が出版された。また、ザドンスクの聖ゲオルギイはウクライナの元軽騎兵だったが、ザドンスクの聖チーホンの修道院でスヒマ僧となって優れた書簡集を残した（第四版が一八四〇年に出版された）。これらの印刷物はいずれも、ロシアにオプチナの精神が存在することを明かしたのみならず、人間と神の交流を初期キリスト教の純粋さに導き入れ、教会がいかなる所であるかを示したのである。一八五〇年代にロシアには、表面的なもの、物質的なものに対置されるものという意味で、「オプチナのキリスト教」という用語が存在し、使徒や聖人たちによって伝承された、生きた喜ばしい信仰を意味していた。ドストエフスキーが創作ノートに書き込んだ「オプチナの長老制」[62]という言葉も、ビザンツからロシアに流れ込んだ伝統がオプチナにおいてひとつに交わったという感覚の表れであった。

全集版の注も指摘している通り、当時ドストエフスキーが長老制に関する基礎的な知識を得たのは、その蔵書にも含まれていた、レフ・カヴェーリン[63]著の『コゼーリスクの進堂祭オプチナ修道院の歴史的記述（Историческое описание Козельской Введенской Оптиной Пустыни.）』（一八七六）からであると見なすのが定説である。[64]しかし、小説や草稿の中で作家が長老制の歴史やその目的、修練士が歩むべき道とその運命、禁欲主義的兄弟愛による奉仕、謙遜などについて詳しく語っていることから判断して、聖典〔聖書〕に次ぐ聖典とも呼ばれる『フィロカリア』を始めとする聖師父文献はもちろん、やはり作家の蔵書中に含まれていたオプチナのレオニード長老やマカーリイ長老の伝記の影響を排除することはできない。オプチナ訪問の実体験と長老との会見が彼にもたらした具体的なイメージが、印刷物とは異なる生きた意味をそこに持ち込んだとしてもである。言わば、小説中の長老の形象は、実際の長老の印象の枠をも、書物から得た知識の枠をも超えた、作者自身の想像力による接合の所産とも言いうるものなのである。

すでに触れたように、小説中でゾシマは三番目の長老継承者とされていたが、[65] これはレオニード、マカーリイの後を継いだアムヴローシイと同様である。またゾシマの六十五歳という年齢も、[66] ドストエフスキーが一八七八年六月に面会したときのアムヴローシイ長老と同じだった。しかも、ゾシマの背が曲がっていたという描写も当時のアムヴローシイ長老の姿を想起させる（スキトの前に立つ長老の写真は有名である）。だが、ゾシマがアムヴローシイ長老を想起させるのは、その外面的特徴だけではない。ゾシマの外面的特徴として挙げられる、澄み渡るような喜ばしい彼の表情は、長老としての内面的、思想的完成度を表していると見るべきである。これはオプチナの歴代長老に共通する特徴でもあり、それはゾシマの聖性の証でもある炯眼さとして発揮されていた。

「今は亡きスヒマ僧ゾシマ長老の生涯より」の章では、長老（ジノーヴィイ青年）の生い立ちと修道院に入るまでの生活が描かれているが、[67] この部分はアムヴローシイよりもむしろ貴族出身のマカーリイ長老、さらには彼と同時代の元騎兵大尉のスヒマ僧アファナーシイ、それに、やはりオプチナの住人で元砲兵士官グリゴーロフといった人々の人生のエピソードに満ちあふれている。またゾシマ長老の庵室のまわりには美しい花がたくさん植えられているが、この花に対する特別な愛情も、マカーリイ長老にそなわった特性であった。[68] オプチナが導入した少人数制のスキト〔大人数の修道院とは別の修道制度〕は楽園の原型〔花壇にあふれたエデンの園〕とも言われるが、概して、自然界への愛についてのゾシマ長老の教えはその多くがマカーリイ長老から来ているとも考えられる。

ゾシマ長老の像にはいつも神の創造に対する深い感動の契機がともなわれているが、[69] これもまた正教的世界感覚には特有のものであり、ドストエフスキーにとってはきわめて重要なものである。全集版の注によれば、これはオプチナの修道士パラヂイの物語との関係があるとされる。[70] またゾシマに先立つ長老として君臨し、「佯狂者と見なされていた偉大な修道司祭であるヴァルソノーフィイ長老」に、やはり佯狂者の一面を担っていたオプチナの長老レオニードの性格が分与されている可能性が大きいと言うべきだろう。[71] オプチナに長老制を導入したこのレオニード長老の人格がこの小説にいかに大きな影響を与えたかは、全集版の注にも指摘されているように[72]、長老の人格や長老制の詳細を描き出すうえで重要な源泉となっていることを見ればうなずけることである。同時に、これはゾシマ長老や長老制そのものに反対する異端児、「偉大な斎戒者にして沈黙行者」フェラポント神父の源泉にもなっていた。現実のオプチナにも、長老制に反対し、レオニードや典院モイセイ神父に敵対していたヴァシアンという修行者が存在したことが知られているとなれば、尚更である。

オプチナ修道院はドストエフスキーが信奉し、『作家の日記』の中で主張してきた愛すべき思想の「原型」を十全な形で準備してくれていた。それは、ロシアの生活において修道院が果たすべき役割は、過去同様、今日においても甚大であるということである。ゾシマ長老もそうした確信を表明している。

われわれの間からは、昔から民衆の活動家たちが輩出していた。今でもそうした人々がいないはずがあろうか。斎と沈黙の行に励むように謙虚で柔和な修道僧たちが、やがて立ち上がり、偉大な仕事に赴くことになるのだ。[73]

その偉大な仕事こそ、作家の秘められた創作の目的である「人間を奴隷状態から自由へ、道徳的完成へと精神的に生まれ変わらせる」[74]こと、すなわちロシアの再生と精神的自立の事業に他ならない。そのためには、世の中が堕落や頽廃の波に曝されながらも、そこでは未来の新しい生命の種子を芽生えさせ、世間に悔改と啓蒙の光を届ける「ロシアの修道僧」を発し続けなければならない。つまり、これこそが「万物の中心」である「町外れの修道院」の役割であり、その主人公が「工師が捨てた屋隅の首石」(ルカ福音二十章一七)たるアリョーシャ・カラマーゾフの存在意義なのである。興味深いのは、見習い僧のアリョーシャまでも、多分に夢想的ではありながら、こうした思想を理解していることである。

長老は聖人で、御心の中には万人にとっての更正の秘密と、最後にこの地上に真実を確立する力とが隠されているのだ。やがてみんなが聖人になって、互いに愛し合うようになり、金持ちも貧乏人も、偉い人も虐げられている人々もいなくなって、あらゆる人が神の子となり、本当のハリストスの王国が訪れることになるのだ。[75]

ここで問題にしたいのは、ゾシマ長老の像にモデルを与えた資料的源泉であるレオニード長老の伝記の内容である。本書は十九世紀ロシアの宗教生活、わけても、長老制の導入による修道的営みの実態を知る上で欠かすことのできない貴重な証言を多く含んでいる。レオニード長老の庵室における人々の往来や、ゾシマ長老の遺体が予想よりも早く腐臭を発したといった騒ぎは、いずれもこの長老を実際に訪問したアトスの修練士パルフェーニイによる『遍歴』が下敷きになっている意味でも興味深い。だが同時に、このレオニードの伝記と彼の説教集は、彼に敵対する者についてのディテールを与えることにも寄与していた。

まずレオニードは、ワラーム修道院に実在したエフドキーモフという修道士を念頭に置きながら、この原理主義的タイプの修道士について以下のように述べている。

彼は外見上の功績だけで霊的な成功を収めることをあてこんで、……自分の中の穏和さや、愛、涙、恭順さの程度には気がまわらなかった。反対に、冷淡で残酷な精神、万人に対する非難、そして隠されていたものの、その他もろもろの慾が彼を消耗させた。修道の義務は残さず遂行したものの、おのれの内に安らぎを見いだすことができなかった……こうして神意によって彼の心は自殺へと導かれていったのである。[76]

レオニード神父は、オプチナに実在した同様のタイプの修道士ヴァシアンに関しても書簡に以下のように記述していた。

> 修道生活のことを誰もが良識的に判断できるわけではない。V–n〔ヴァシアン〕のことは、誰もが好きなように思わせ、彼の高尚な暮らしぶりを確信させればよいのであろうが、われわれは彼を信用していないし、実を結ばない彼のような高尚さを誰かが追随することを願うこともない。「人間はその成果によってその価値がわかる」と言われるが、その霊的な成果とは、愛、喜び、平安、長い忍耐、信仰、温柔、抑制といったものだからである。彼のことを憐れみ、彼が真理の認識に到達できるよう望んでいる。[77]

レオニード長老のこうした態度は、修道僧には必ずしも肉体的に過重な、高い功績を求めず、謙遜を身につけることを教えようとしたことによって説明されるだろう。だが、厳格な禁欲生活や戒律を好む傾向は修道士の間に強くあり、こうした人々を「天恵を受けた人」として崇める人々も大勢いたことは事実なのである。ドストエフスキーはフェラポントを通してこうした心理を巧みに描き出している。オブドールスクの修道士がフェラポント神父に、「聖神と絶えず交わりを結んでおられるという噂は本当ですか」と訊ねたとき、フェラポントはこう応えていた。

> 「飛んでくるのだ。時々あることだ」
> 「飛んでくると申しますと、どんな姿で」
> 「鳥さ」
> 「聖神が鳩の姿をしてですか」

「聖神のこともあるが、精霊のときもある。精霊はまた別で、ほかの鳥の姿で降りてこられることもある。燕になったり、カワラヒワであったり、四十雀だったりな」

「その四十雀がどうして精霊だとおわかりになるので」

「口をきくからだ」

「口をきくと申しますと、どんな言葉で」

「人間の言葉だ」……（第二部一章二）[78]

レオンチェフは「隠遁者で厳しい斎を守るフェラポントがなぜか好意的でなく、嘲笑的に描かれている」[79]と書いて、作家に対する不満を表明しているが、正教をまず形式的な功として捉えていた彼には、オプチナのアムヴローシイ長老のもとにいながら、長老制の本質を所謂オプチナ的には理解していなかったことになる。しかし、レオニードの伝記には、ドストエフスキーの判断が依拠していると思われるソフローニイ修道院で実際に起こったエピソードが収められている。

当時、そこの隠修所にフェオドーシイと名のる修道士が住んでいた。多くの崇拝者は彼のことを霊的かつ炯眼の人として慕っていた。彼は十二年戦争を始め、その他のいくつかの事件を予言したので、レオニード神父は彼の精神構造に疑問を抱き始めた。神父はこの修道士にどうやって未来を予言するのか訊ねた。隠遁者は聖神が彼に未来を知らせるのだと答えた。ではどうやって知らせるのかと長老が問うと、聖神が鳩の姿で現れて、人間の声で彼と話すのだと説明した。レオニード神父は、これは明らかに悪魔に魅せられているのだと悟り、隠遁者に注意を促すと、こちらは侮辱を感じた。……レオニード神父は修道院を辞去するにあたり、修道士たちに執拗に言った。「あなた方の聖なる隠遁者を大切にしなさい。彼に何ごとも起こらないように」。だがレオニード神父はオリョール県まで行き着く前に、フェオドーシイが首を吊って自殺したことを聞かされたのだった。[80]

ドストエフスキーがこのフェラポント神父を批判的に描く根拠を与えたのはオプチナのレオニード長老でもあれば、アトスの修道士パルフェーニイでもあった。厳しい功という高徳の裏に隠された慾、それは名誉欲であり、他人を蔑む傲慢さでもあり、あらゆる周囲の者に対する憎しみでもあった。彼らに共通して欠けているもの、それは愛と謙遜である。ゾシマ長老がアムヴローシイ長老、レオニード長老から取られたとするならば、彼らにはこれがあったことを意味する。

レオニードとて修道士の鑑たる長老として、フェラポントに劣らず、祈りと斎の禁欲生活の中で自己を律していた。しかし、それでも彼がフェラポントと決定的に対峙するのは何故であろうか。レオニードについては、「寛大な苦行者で、キリスト教的な愛の精神に奮い立ち……苦しむ病弱な同胞への愛にかられて沈黙を破る」[81]ような人間、つまり「苦悩する人々への奉仕者」として性格づけられているからである。ところが、彼は厳格な禁欲生活を送りながら、「いつもながらの陽気な気質で知られていた」[82]とも書かれている。彼はスヒマ僧としての十字架を背負いながら、フェラポントのように偉功をひけらかすこともなければ、陰鬱な表情を見せることもなかった。「彼は自身の賢明さを素朴な言葉と態度によって包み隠し、しばしば自分の教えをおどけた態度を取ることで和らげていた」[83]と伝記は表現している。ゾシマ長老の言葉、「友よ、神に快活さを求めなさい」（第三部三章三）はこうしたレオニードの佯狂者としての生き方に発している。そうした態度は彼の食事にも現れていた。レオニードの伝記にはこんな記述もある、「神が贈ってくれた食物を彼は一日に二度食べた。そして時には葡萄酒かビールを一杯飲んだ。……普段、賑やかな会話が交わされ、程度をわきまえた悪気のない冗談が許されていた」[84]。これは奇しくも、ゾシマ長老の腐臭の原因を斎を守らなかったためと断罪したフェラポントの言葉を思い出させる、「自分のスヒマ僧としての位階に見合った斎を守らなかった……菓子に目がくらんで、地主の奥さんにこっそり届けさせた」云々。[85] こうした断罪はもちろん真実ではなく、中傷の域を出ないが、たとえそれに類する事例がときたまあったとしても、これは救いを求めて遠路遥々やって来る巡礼や相談者を辱めない程度のものだったことを思えば、やはり愛と謙遜の証と見なしうるのではなかろうか。

六、内的な教会、内的な信仰が意味するもの

われわれにとって重要な命題を今一度思い出しておこう。ゾシマが死の目前にアリョーシャに明かすことになる、長老として終生抱きつづけてきた秘密、そして作家自身の創作理念でもあった、俗世間と修道院との境界を取り除き、両者を融合させ、俗世間の中に見えざる修道院、つまり楽園を作り出すという隠されたイデアであった。このことは作家のよき理解者であったセルゲイ・フーデリもその著書の中で繰り返し強調していたことである。[86] その意味で、長老がアリョーシャを修道院から俗世間に遣わしたのは、脆弱さを理由にそこから追い出したわけでも、彼を世俗化するためでもなく、俗世間にあって彼に功を立てさせるためであった。ゾシマは以下のような餞の言葉をアリョーシャに贈っている。

　わたしは幾度となく心の中で、おまえの顔を思い浮かべて祝福してきたものだ……わたしはおまえのことをこんなふうに考えているのだよ。おまえはこの壁の中から出て行っても、俗世間でも修道士でありつづけることだろうよ。[87]

死を目前にしたゾシマ長老のこうした考えは、まるでドストエフスキー自身の祈りとなって、物語の主旋律になっ

ていくかのようだ。このイデアは明らかに、レオニード長老の伝記に出会う以前から、彼が心に温めていたひとつの到達点であったのかもしれない。それを裏づけるかのように、人が修道僧になるのは、剪髪や僧服によってではなく、神への秘められた祈りとそれを実現させるための暮らしであることを説いたシリアのイサアクを始めとする師父たちの言葉を創作ノートに書き留めていた。[88] したがって、ゾシマ長老の死に一時は絶望しながらも、「一粒の種」として自らの足で大地に立ち上がったアリョーシャは、内面的素質の成熟に向かって歩み始めることになる。つまり壁の中での修練は終わったと見なした長老は、彼を俗世に遣わされた使徒と見なすようになるのである。東方教会には長老の判断で行われる秘密の剪髪（тайный постриг）という慣例があるが、[89] ペテルブルグ時代の青年ドストエフスキーには、修道士と全く同様に教会生活に馴化しながら、修道院を出て、俗世に暮らすことを余儀なくされたシドロフスキーという友人がいたことも、アリョーシャの創造にひとつの影を投げかけた可能性がある。

ここにも外的関心が内的関係へと変容する契機があった。アリョーシャという俗世の「修錬士（инок）」が町外れの修道院からロシアの現実社会へと出て行く意味も、その点に求められるべきであろう。彼はゾシマ長老に愛され、祝福されて見習い修道士となったが、その目的は修道院の中に益をもたらすためではなく、愛と善を以て世を照らすためであった。ドストエフスキーにとっては、このような人物こそがロシアを救うのであり、俗世において必要とされていると思われたのである。このような運命にある聖人についても、レオニード長老の伝記において、長老と弟子の問答の中で採りあげられている。

> もしおまえが自らハリストスにおける内的な修錬士の姿を取るなら、外面に関しては、それほど気にすることはない。それを欲しても罪にはならんが。いつもわれわれのことを何よりも計らってくれている中心人物は、爾の信仰と神に喜ばれる事業の程度に応じて、爾のことを慮ってくださるのだ。……多くの者たちが世界の統治者

たる神の運命によって、死すべき者たちから剪髪を受けることはできなかったものの、ひとえに神意によって修道士になっているではないか。克肖女ペラギヤは悔改という気高い果実を献げたいと願うや否や、啓蒙されて、真の信仰を悟った。彼女は人の手によってマント（Мантия）こそ纏わされていなかったが、えも言われぬ功による巌を積みあげたことで、克肖女となったのだ。マントとは窮屈さと、自らの意志による貧困、潔浄、奉仕、修道生活の謙遜を約束することを意味している。だが、内面的な僧衣としてのマントは、天上における永久の報いとして至高なる者より予め約束されたもの、天上から献上された聖神の衣である。[90]

「内面的な僧衣としてのマント」を約束された人、これこそがシドロフスキーであり、ゾシマの霊の子アリョーシャでもあった。彼らに課された奉仕とは、自らの啓蒙と修練によって、限られた修道世界の中の長老（死すべき者たち）になることではなく、俗世間で信仰を失い、放恣の暮らしに明け暮れている人々（カラマーゾフ家やその周囲の人々）を啓蒙し、神へと導く使徒になることにあるのである。長老がさらにアリョーシャに向けて放った言葉もそうした文脈で捉えれば理解できる。

　人生はおまえに数多くの不幸をもたらすだろうが、おまえはその不幸によって幸福になり、人生を祝福し、他の人々にも祝福を与えるようになるのだ。これが何よりも大切なことだ。おまえはそういう人間なのだから。[91]

このことは、小説の冒頭で、カラマーゾフ家が修道院の庵室に集まって展開される国家と教会の関係性の問題にも反映している。確かに奇妙なことではあるが、ドストエフスキー自身も共有していたと見なさざるをえないこの両者の関係性に関して、最も作者に近い見解を他ならぬ叙事詩「大審問官伝説」を書くことで、反キリスト教会論を説くことになるイワンに語らせている点である。これもアリョーシャが法悦の中で感覚した「地上の静けさと空の静けさが融け合い、地上の神秘が星の神秘と触れ合う」[92]、つまり、神の調和の世界の兆候なのかもしれない。

　教会が「あらゆる社会団体」や「宗教的目的のための人々の結合体」として国家の中に一定の地位を求めたりすべきではなく、むしろ反対に、あらゆる地上の国家がゆくゆくは全面的に教会に変わるべきであり、それも教会と相容れぬ目的をことごとく排除したあと、教会になるしかないのです。[93]

国家が教会になるという理想を実現させるには、まずは教会のよき種を世界にあまねく蒔き広めなければならない。そこでは種であり、使徒でもあるアリョーシャのような人が大勢必要になる。全地公会の理念にしたがえば、世界はハリストスの教会を中心に統一されなければならず、驚くべきことは、それがロシアの片田舎の修道院にまで波及し、少なくとも民衆にとっては疑いの余地のない、揺るがぬ信念として、すべてが無条件に受け入れられていたことである。ドストエフスキーは一八八〇年の『作家の日記』において、こう高らかに民衆の教養を讃えている。

　わたしは、わが国の民衆がハリストスとその教義を自分の核心の中に取り入れているために、すでにかなり以前から啓蒙されていると確信をもって言うことができる。民衆はハリストスの教義など知らないし、説教など聞かされたこともない、とわたしに言うものもあろう。しかし、これは空疎な反論である。彼らはすでに知っているのだ。教理問答の試験には合格しないかもしれないが、知らなければならないことはすべて知っている。教会で彼らは習い覚えたのであって、この教会で説教にもまさる祈禱や聖歌を何世紀も聞いてきたのである。……なぜならその当時、彼らにはハリストスを除けば何も残っていなかったのであり、この中に、この聖歌ひとつの中にハリストスの真理のすべてがあったのである。[94]

民族間の不和を解消し、主人と奴隷の関係を主人と下僕の関係〔福音書にみられるような、信頼関係に基づく主従関係〕に変え、国民が見解の相違を超えて「兄弟」の名のもとに結びつけられるためには、この「偉大な思想が滅びない」[95]ようにしなければならない。そして、民衆の中でキリスト教の理想が死なず、それとともに、大いなる希望もまた死に絶えないために、本物のハリスティアニン〔キリスト教徒〕が必要だったのである。長老の遺訓を身を以て実践するために世の中に出て行ったアリョーシャはもちろん、法的には教会と国家が妥協することなどありえないことを理性的に結論し、国家は教会に変容すべきであると確信していたイワンでさえ、良心の中では民衆と和解し、無実の兄を助けることで、本物のハリスティアニンになる可能性を持っていた。

長老と教え子の関係においては、世界の分裂も、閉鎖性も、「われ」の孤立も克服され、両者の霊的な共同性が確立される。この文脈の中で、ドストエフスキーが主張してきた「民族の団結」への方途を考えれば、やはりこの道しかなかったのではないかとさえ思われる。その意味で、長老制は共同性へのとば口であった。ドストエフスキーはオプチナ修道院を一度訪問したにすぎなかったが、和解と調和を実現するための最良の手本を、一貫して「オプチナ的」と形容される、レオニード、マカーリイ、アムヴローシイから末代に至るすべての長老の顔とその教えの中から汲み取ることができたのである。

ゾシマ長老はアリョーシャの中に、他ならぬ自分の運命にとって「神による指示であり、定め」でもあった兄マルケルの生き写しを見ていた。それゆえ、アリョーシャの顔を見るたびに、「何度も、青年であった兄がわたしの人生の終りにあたって、一種の回想と洞察のためにひそかに訪ねてくれたのだと思い込んでいた」[96]とまで語っている。この血縁に始まり、それを超えたところに無限に波及していくゾシマとアリョーシャの神秘的な類縁性は、ハリストスの名のもとでの人々の兄弟的な団結の原型という意味をこの関係に付与しているとの指摘は正鵠を射ている。[97] それは長老の死後、アリョーシャが地上でも、永遠の世界でも決して引き裂かれることのない融合の感覚と、他人との兄弟的親近感を抱いて俗世に去って行くのを見てもわかる。アリョーシャのこの内的な体験は、事実、現世において実践的な営みへと変容させられる。つまり、彼は兄たちや子どもたちのために共同の霊的王国の建設に取りかかり、グルーシェニカをも同じ道に導き出すために、彼女に「一本の葱」を与えているからである。

ドストエフスキーがすべての「外面的人間」の中に「内面的人間」が存し、「我等の外なる人は壊《やぶ》るとも、内なる人は日日に新たなり」（コリンフ後書第五章一六）ということを知っていたことは疑いがない。人間を司るものは霊《たましひ》であるが故に、ドストエフスキーはこの小説全体を通じて、全体的救済ということを可能ならしめようと試みたのである。晩年のドストエフスキーは、とりわけ小説家として、救われる可能性を持たない者などなく、内面的人間の覚醒によっていかなる人間にも復生が与えられるという信念を持っていた。如何なる方法によってか。修道士のマントを敢えて纏わずに、「内的な」教会人になることによってである。愛と信仰、これがなければ、如何なる功を立てることもできない。厳しい斎《ものいみ》や礼拝規則を遵守しても、愛と信仰がなければ、何の意味もないとは多くの苦行者が教えるところである。「信仰の礎は、霊的な貧しさと神への愛である。愛は信仰の頂点にありながら、その基盤をなしている」[98] とは砂漠の隠修者大マカリオスの言葉である。

真実なるものと虚偽なるもの、あるいは教会に外面的にとどまっていることとの相違を明らかにする論理は、教会内部における善と悪、真理と虚偽の堪え難い癒着を一刀両断にし、似非教会の煽動に終止符を打った。ドストエフスキーの考えるその似非教会とは、「外面的な姿をとった」教会の儀式の数々、例えば、修道僧の称号やマント、枢機卿のきらびやかな僧衣、外面的功と人々の賞賛、「神秘的」な奇跡や埋葬式のときに詠われる荘厳な聖歌、すなわちフェラポント的なものすべてであった。これらが意味を持つとすれば、ハリストスの本質をなす「内的な信仰」があってのことである。こうした観点からすれば、フェラポントは聖人でもなければ、教会の内部にまったく存在しないということである。修道院と俗世の垣根を取り外したときに、そこに何らかの聖なるものが残るとすれば、それは形式的な美ではなく、信仰とその基盤にあるべき愛のみである。ゾシマ長老の創造に至った作家がそのことに気づいたとき、彼が取った手段は、まず彼をフェラポントから、真の教会をその似非教会から隔離することであった。アリョーシャがゾシマ亡き後、修道院から出て行くように命ぜられたのはそのためである。

こうした確信を抱かせるにあたり、ドストエフスキーを理念的に助けたもうひとりの聖人ザドンスクの主教チーホンはこう書いている。

> 聖なる教会の内部は聖なるものである。その息子たちも聖なるものでなければならない……悔い改めによって改心せず、浄められないハリスティアニンが神の教会の内部にいることはできないのだ。[99]

七、ドストエフスキーが理解した「長老制」——その起源と発展

すでに触れたとおり、ドストエフスキーがオプチナ修道院の歴史やロシアにおける長老制の現状を長編に反映させるために参照した基本文献は、主教レフ・カヴェーリン（掌院レオニード）が著した『コゼーリスクの進堂祭オプチナ修道院の歴史的記述』であった。[100] 同書は彼がオプチナにおいて長老制の薫陶を受けて司祭となった後、正教会の歴史や修道制の研究に身を捧げ、ロシア内外の多くの修道院を綿密に調査して書き上げた学術的にも信頼のおける書物である。他方、ドストエフスキーは、一八七八年にオプチナを訪問した際、同書を入手したものと思われるが、作家の関心を惹きつけたのは、この書物の内容ばかりではなかった。ドストエフスキーは、少年時代にモスクワ幼年学校を優秀な成績で卒業し、近衛軽騎兵の少尉補としてヴォルィニ連隊に十二年間勤務し、近衛将校に昇進したものの、

その直後に退役し（一八五二年）、オプチナのマカーリイ長老の指導のもとで見習い修道士となり、五年後には敬愛するレオニード長老にちなんで自らレオニードの名で修道士への剪髪を受けることになったこのレオニード神父の運命にひとかたならぬ関心を抱くことになったのである。因みに、後世トルストイの悔改の問題に関与することになったオプチナの長老ヴァルソノーフィイ（プレハンコフ）も、レオニード神父同様、近衛兵あがりの将校から修道士に転身した経歴を持っていた。

しかし、レフ・カヴェーリンが望んだように、長老制の花開いたオプチナ修道院に永住するという希望は神の意によって叶わぬものとなった。一八五七年十一月に彼がオプチナで修道司祭に叙せられると、まもなく当時ロシアで組織されたばかりのエルサレムのロシア宣教団の一員に任じられ、そこで二年間をすごすことを余儀なくされる。一旦は病を得てその任を解かれたものの、一八六四年に掌院に昇叙されると、一年後にはその宣教団長として再びエルサレムに派遣され（一八六九年まで）、帰国後は新エルサレム（モスクワ郊外のズヴェニゴロド郡）の復活修道院の主管、さらに一八七七年にはトロイツァ・セルギイ大修道院の主管に任じられ、一八九一年十月二十二日に永眠するまで勤め上げたのだった（大修道院の聖神教会の至聖所裏に葬られている）。

彼の浩瀚な知識と幅広い教養については、彼が書き残した、当時は十分に研究されていなかった多くの学問領域にまたがる広汎な研究業績が如実に物語っている。その関心領域は、教会史、修道院と修道制の歴史から、禁欲主義思想、聖者伝、一般史、考古学、古生物学、古文書注釈、当時は研究が遅れていた古代ロシアと南スラヴの古文献の研究と出版活動、聖師父著作の翻訳史に至るまで多岐に亘っていた。掌院レオニードに面会してその文献学的研究に関する概観を著したミハイル・セメフスキー（雑誌『ロシアの古代（Русская Старина）』の編集長で歴史・文献学者）の原資料に基づいて、司祭アナトーリイ（プロスヴィルニン）はカヴェーリンの三百点にも及ぶ著作・翻訳文献を列挙している。[101] 一介の修道司祭（掌院）がロシア歴史古代遺跡協会（Общество истории и древностей российских）と古代文学愛好家協会（Общество любителей древней письменностей）の会員を兼務するなどということは、当時のロシア正教会の聖職者としては異例の出来事であった。

いずれにせよ、ドストエフスキーが最後の大作『カラマーゾフの兄弟』において、ゾシマ長老を中心に再現された長老制に関する知見を、この掌院レオニードの著作を通じて確かなものとしたことは事実である。ドストエフスキー自身が書いているように、こうした人物像を創造するにあたって、「純粋で理想的なハリスティアニン〔キリスト教徒〕になることは、抽象的なことがらではなく、生きて実在することであり、想起して、自分の眼で見ることのできるものでなければならず、キリスト教とはロシアの大地があらゆる悪徳から守られる唯一の避難所である[102]」ことを自らが示す必要性を痛感していた。再度確認しておくが、『カラマーゾフの兄弟』の舞台となったのは、スコトプリゴーリエフスク（スターラヤ・ルッサの郊外）という田舎町であったが、そこに存在する「町外れの修道院」の描写の下敷きとなったのは、作家自身によるオプチナの印象であったことを忘れてはならない。その印象とは、すでに述べたように、息子アレクセイの死に直面して、癒されぬ苦悩を抱いてソロヴィヨーフと連れ立って訪問したオプチナで面会したアムヴローシイ長老との談話から直接得られた印象であった。そして短期間の滞在から吸収しえなかった様々な事実を、ドストエフスキーは印刷された文献を研究することで補ったが、レオニードの労作はそうしたもののうち基調をなす文献と言いうるものであった。

実は掌院レオニード・カヴェーリンの著したオプチナに関する二冊の書物『コゼーリスクの進堂祭オプチナ修道院の歴史的記述』（モスクワ、一八四七）および『オプチナの長老スヒマ修道司祭レオニード（スヒマ名レフ）の生涯』（モスクワ、一八七六）はともにドストエフスキーの蔵書中に含まれていた。事実、『カラマーゾフの兄弟』の作者がこれらの著書を参照したであろうことは、両テクストの平行関係によってある程度証明されている。[103] それらはいずれも、作家にとっての長老制の意味とその発生史、モルダヴィアで讃えられる長老パイーシイ・ヴェリチコフスキーと弟子のフェオードルとレオニードによるロシアでの長老制の復興、見習い修道士[104]や俗人の霊的涵養における長老の役割、長老とその霊の子等が果たすべき相互の義務、そして修道生活全般に関する最も価値ある情報源となっていた。その基本的情報である長老制の発生とそのロシアにおける再生についての記述を見ておこう。

長老による涵養の歩みは、キリスト教の全期間を通じて、ハリストスの教会で知られてきたすべてのものの中で、最も信頼のおける有効な手段であるとして、すべての偉大な隠遁者、教会の師父、教師等によって認められてきた。長老制は古代エジプトやパレスチナの僧院において開花し、その後アトスに定着し、東方からロシアへと入ってきた。しかし、ここ何世紀かの間に、信仰や禁欲生活が停滞期を迎えると、それは次第に忘れ去られていった。その結果、多くの人々はそうしたものを排斥しようとし始めた。早くも、ソラの克肖者ニールの時代〔十五世紀〕には、長老制そのものが多くの者たちに忌み嫌われるようになり、前世紀末には、ほとんど完全に忘れ去られてしまった。ロシアにおいて、聖師父の教えに基礎をおく修道生活のこの形態を復興させようと尽力したのは、よく知られる偉大なる長老で、モルダヴィアの修道院の掌院でもあったパイーシイ・ヴェリチコフスキーその人であった。彼はアトスにおいて、修道生活全般について、そしてなかんずく長老との関係について書かれた禁欲主義者たちの文献を苦労して集め、それをギリシャ語からスラヴ語に翻訳した。それと同時に、ニャメツや彼の所轄するモルダヴィアのその他の修道院において、それを実践したのである。（…）掌院パイーシイの弟子の一人であったのが、モルダヴィアに二十年近く住んでいたスヒマ修道士のフェオードルであった。見習い修道士の修行に関するこの秩序は修道司祭レオニードに伝えられ、彼と彼の弟子で長老にしてスヒマ僧のマカーリイによって、三〇年代にはオプチナに定着させられたのだった。[105]

これとほぼ同じ内容の記述が同じカヴェーリンの後者の著書『オプチナの長老スヒマ修道司祭レオニード（スヒマ名レフ）の生涯』にも見出される。[106] この部分をドストエフスキーがどのように生かしたか、両者の関係を対比的に理解するために『カラマーゾフの兄弟』の「長老たち」の章に示された長老制についての歴史的紹介を引用しておこう。

専門家や権威ある人たちは、我らがロシアの修道院に長老や長老制が出現したのは、それほど昔のことではなく、たかだか百年にも満たないほどであると主張しているが、実際には、シナイやアトスを始めとする東方のすべての正教国において、それは千年をはるかに超えて存在していたのである。我らがルーシにおいても太古の昔には長老制が存在した、もしくは、きっと存在したに違いないが、ロシアを襲った数々の災厄、タタールの支配や動乱時代、コンスタンチノープルの陥落後、東方とのそれまでの関係が断絶した結果、この制度はロシアで忘却され、長老たちも断絶してしまったと断言する向きもあろう。それは前世期末以来、ロシアで所謂偉大な禁欲主義者の一人であったパイーシイ・ヴェリチコフスキーと彼の弟子たちによって復興させられたが、百年近くを経た今でさえ、それが存在するのはわずかな修道院に限られており、ときには、ロシアでは前代未聞の珍事でもあるかのように、迫害を受けてさえいるというのである。とりわけ我らがルーシでそれが開花したのは、コゼーリスクのオプチナと呼ばれる、名高い僧院でのことであった。[107]

このドストエフスキーの紹介文は、上に引用した掌院レオニードの補説を自らの創作目的に合わせて編集したものと言える。そこでは長老制の由来と定義については省略されているものの、ロシアで長老制を復興させたパイーシイ長老とその弟子たちの活動については触れられている。ゾシマ長老が、オプチナのアムヴローシイ長老と並んで「アムヴローシイはレフ、マカーリイに次ぐ三代目の長老」、長老制の第三代継承者とされている点も特徴的である。ドストエフスキーは語り手の名で、長老制に関する十分な知識を持ち合わせないことを告白し、専門家や権威ある人々の声を引き合いに出すことで、この点について参照した最も権威ある研究が他ならぬ掌院レオニードの上掲の研究であったことを仄かしているのである。というのも、同書においては、長老制の基本的特徴が定義され、見習い修道士と長老との関係が明確に規定されているからである。因みに、掌院レオニードは長老制の本質を「霊の子にとっての霊の父、もしくは長老に対する誠実な霊的態度」[108]と端的に規定している。それに続いて、掌院レオニードは、『フィロカリア』に収められた論説において、この誠実な霊的態度の五つの特質について触れた克肖者カリストスとイグナティオスの所説を引用していることも注目に値しよう。

一．見習い修道士の指導者や主管〔修道院の管轄者〕に対する完全な信仰（信頼）
二．見習い修道士の長老に対する言葉と行いにおける「嘘偽りのない態度」の義務
三．自分の意思の完全なる切断、つまり「何事も自分の希望や判断にしたがって行うことなく、すべてに関して長老に伺いをたて、指導者や主管の助言にしたがって行動すること。
四．長老の悪口を言わないこと、長老と口論しないこと。
五．見習い修道士は長老に対して、「潔い心を以て、罪と心の秘密についてもれなく痛悔すること。[109]

これらの項目はすべてドストエフスキーによって熟考され、作品中で芸術的改変を施されたうえで、使用されることになる。『カラマーゾフの兄弟』では、以下のように表現されている。

ならば、長老とはいかなる人間なのか。長老、それはあなたがたの心を、あなたがたの意志を自分の心、自分

の意志に引き取ってくださるお方なのだ。長老を選んだら、諸君らは我意を切断し、長老への完全なる服従と自己滅却の証として、それを長老の指導下に差し出すのだ。自己の運命を決する者は、この修練を、この恐るべき人生の学校を、全生命を長老に捧げることによって、そうした試練の後に、すでに完成された自由を、つまり自分自身からの自由を獲得し、一生を生きながら、自己の中に自己を見出すことのできなかった人間の運命を免れることができるようになるまで、自己に打ち勝ち、自己を支配したいという希望を抱いて、自由意志によって受け入れるのである。[110]

それから、ドストエフスキーは同書から修道士と長老との分ち難い繫がりを物語る格好の例を取り上げて作品の中で紹介している。それは太古の昔に起こったことであるが、ある修道士が長老によって課された奉仕を遂行せずに、自分の意志で修道院を出て行ってしまった。その後、その修道士は正教の信仰の範に順って致命者〔殉教者〕としての最期を受け入れたのであるが、その亡骸を納めた棺は何らかの見えざる力によって、運び込まれた聖堂から外へと放り出されてしまうというのであった。ところが、そこで呼び出された長老が修道士に生前課していた奉仕の任務を解いてやると、修道士の体は従順になり、おとなしく地中に埋葬されたというのである。[111] これは中世ロシア教訓集として知られる『プローログ（Пролог）』〔読物付の教会暦〕から借用されたものというが、この物語の幾分脚色された版が掌院レオニードの『歴史的記述』に見出されるのみならず、[112] 同じ著者によって二十九年後に出版された『スヒマ修道司祭レオニードの生涯』にも再録されたことから、長老の霊の子に対する権限の大きさを示す好例として正教徒に注目されたものと考えられる。[113]

作家がこのテーマに大きな関心を寄せていたことは、彼自身の愛読書でもあった『聖山アトスで剪髪を受けた修練士パルフェーニイのロシア、モルダヴィア、トルコおよび聖地巡礼の旅物語[114]』という書物から、修練士と長老との関係の深さを示す別の例を挙げていることからも明らかである。同書の第三章には、修練士パルフェーニイ（俗名ピョートル・アゲーエフ、一八〇七～一八七八）が自分をアトスに置いて欲しいと願い出たにも拘らず（これにはアトスの神父たちの支持を取りつけていた）、長老は彼をロシア、それもシベリアに送り出してしまう。失意に暮れたパルフェーニイはコンスタンチノーポリの全地教会の総主教のもとに赴くものの、彼とて一度長老によって課された修練士の務めを解除してやることはできなかったという。[115]ドストエフスキーは見習い修道士の長老に対して果たすべき根本的義務について、掌院レオニードの労作に依拠しつつ、意想の告白（откровение помыслов）と命名しているが、ここでは敢えてこの修道的な術語を用いずに、「見習い修道士が長老になすべき自らの心の絶え間なき痛悔」という表現によってその服従性を強調したのだった。[116]ところが、長老制に異議を唱える人々は、意想の痛悔の中に危険な兆候を見とがめて、それを司祭による痛悔機密の侵害と見なして、非難するようになる。『スヒマ修道司祭レオニード（スヒマ名レフ）の生涯』においては、一八三五～一八三六年にオプチナに復活した長老制に対する迫害、さらには一八三九～一八四〇年の長老レオニードの死（一八四一年）にいたる数年間に彼が蒙った迫害について語られている。当地を管轄する何人かの主教まで加わったこの迫害が終息するのは、長老とその教え子であった大主教イグナチイ（ブリャンチャニノーフ）を擁護すべしとの運動が始まった後のことであった。

掌院レオニード・カヴェーリンは、長老への意想の痛悔と領聖前に神父に行う痛悔（исповедь）との相違を以下のように定式化している。「霊的な関係とは、指導下におかれた者たちに領聖前に行う通常の痛悔のほかに、必要に応じて、行為や振る舞いのみならず、すべての慾を喚起する思い、心の動きや秘密についても長老や霊父に対してしばしば痛悔することを要求する。このことについては、大ワシリイ（『大規則』の第二十六の問い）、新神学者シュメオーン（『フィロカリア』第一部、百二十二章）、その他の聖師父が語っている通りである」。[117]つまり、聖体礼儀で領聖する〔主の聖体を受ける〕ための準備としての痛悔機密と、思いや感覚の絶え間なき告白という霊的な涵養のシステムとは別物であるということである。前者を執り行うのは司祭に限られるが、後者については、「伝統的な修道規則として今日に伝えられる方法で、それは経験が豊かで、行動による修道の営みにおいて完成の域に達した長老や修道尼〔女子修道院の場合〕にのみ許される方法なのである」。[118]

ここでもやはり興味深いのは、ドストエフスキーによって、この掌院レオニードの著作から長老制の賛同者のみならず、その敵対者たちの見解をも採用されている点である。例えば、長老制に反対する人々が唱えた「痛悔機密の侵害」といった非難も、以下のように反駁されるのである。

我が国の修道院の長老たちのもとへ集まってくるのは、一般の庶民から最も著名な人々まで様々であった。しかもその理由というのが、長老の前に跪き、おのれの疑念や罪、苦悩の数々を告白し、助言や教訓を求めるためだったのである。長老の敵たちはこれを見て、その他の弾劾すべきことがらとともに、ここでは痛悔機密が軽薄で身勝手なやり方で軽んじられていると大声をあげたのだった。とはいえ、見習い修道士や俗人たちが長老におのれの心を絶えず告白することは、機密とはまったく異なることだったのである。[119]

ここで作家の語り口は長老制の賛同派の主張の正当性を、反対派に対して明らかに際だたせ、その論理に沿って筋を組み立てようとしていることが見て取れる。事実、十九世紀後半のロシアの修道院においては、オプチナのみならず、長老制は定着の度合いを高め、その精神的効能に対する信頼度も高まっていった。しかし、すでに修道士フェラポントの例でも見たように、長老制に対する頑迷な反対者は帝政期の末期になっても僅かながら存在していた。作家はこうした事情を踏まえて、物語の状況を設定していたのではなかろうか。作家による以下の状況説明などは、そうした相対性を念頭に置いているように思われてならない。

かつては、主教の耳に届くほどの、悪意ある中傷まであった。……あたかも、典院の位さえ愚弄するほど主教が人々の尊敬を集めすぎているとか、またこれもたまたま小耳に挟んだことではあるが、長老が痛悔機密を悪用している等々といったものまである。こうした馬鹿げた誹謗は、然るべく自分自身に降りかかるのが常であったし、我が国においては、いたる所でそうなのだ。[120]

実際、小説中のフョードル・カラマーゾフの耳にまでこうした中傷は届いていた。彼はゾシマ長老の庵室の中で突然こんな嘲笑的な長広舌を繰り広げる。

聖なる神父さま方よ、わたしはあなた方に憤慨させられているのですよ。痛悔というのは大いなる機密ですから、それに先立ち、わたしも敬虔な気持ちでふるまい、身を低くする覚悟でございますが、こちらではいきなり庵室の中で、誰もが跪いて、声を出して痛悔しているではありませんか。果たして、声を出して痛悔するなんてありえましょうか。聖なる神父たちによって、痛悔は耳元で行うよう定められているのですよ。そうやってはじめてあなた方の痛悔は機密になるわけで、これは太古の昔からそうなっているんです。[121]

それに加えて、修道院には「いくらかの軽薄で、長老制に対して同意しない修道士たちの密かな不平があった」[122]という指摘も小説中に見られる。こうした非難はとりわけゾシマ長老の死後に、その体に発した「腐臭」が原因で強まったことも特徴的であった。因みに、修道士フェラポントはここで起こったことを「主の大いなる知らせ[123]」と見なしていた。

長老制を新機軸だとしてそれに敵対する人たちは、傲然とのさばり始めた。……〝高慢ちきな顔をして腰掛け、……自分のことを聖人だと見なし、自分の前に跪く人々を、そうしなければならないものであるかように受け入れる〟。長老制の最も激烈な反対者たちは、悪意に満ちた囁き声で〝長老は痛悔機密を濫用している〟などと付け加えるのだった。しかも、こんなことを言うのが、最年長者の一人だったり、自らの祈禱において厳格で、真の斎戒者だったり、沈黙者だったりするのである。しかも永眠者の存命中には沈黙を守っていた者が、今になって突然自らの口を開くのである。[124]

ドストエフスキーが積極的に参照したこの掌院レオニードの『スヒマ修道司祭レオニードの生涯』に研究者が注目するようになったのは、比較的近年のことである。このことは『カラマーゾフの兄弟』の創作過程に果たしたオプチナ修道院と長老制の役割の重要性に読者の関心が集まったことの現れでもあった。作家にしてみれば、六〇年代末に発せられた「ロシアの修道院の傍らに住む」という希望の実現がこのレオニードの書物との出会いによって現実のものとなり、創作上の理念やイメージの形成に、一定の成果を得ることになったと見なす根拠を与えてくれている。なぜなら、オプチナにおける長老制の復活は、この主人公レオニード（ナゴルキン）とその弟子のマカーリイ（イワノフ）の働きによるところが大きかったからである。その伝統を忠実に受け継ぎ、開花させたのが、ドストエフスキーが実際に面会し、その印象をもとに生きた長老のモデルを描いたと言われる、オプチナ三代目の長老アムヴローシイであった。その意味で、アムヴローシイに結実した長老のイメージは、オプチナのレオニード（掌院レオニード・カヴェーリンの著作を通じて得た）とアムヴローシイ（実際に面会した印象から得た）の最良の修道士の特性から合成されたものと言ってよい。

しかしフーデリはゾシマの人物像には実在する人間が使われたことを立証する必要があると考え、その証拠を当時出版されたアムヴローシイ長老の書簡集に付けられた序文の言葉に依拠していた。フーデリが依拠した証言とは、『オプチナの長老アムヴローシイが修道生活を営む者たちに宛てた書簡』（一九〇八年）に付された長司祭セルゲイ・チェトヴェリコーフの書いた一文であった[125]。この序文にはドストエフスキーに関係する数行が存在するのみならず、小説からの引用まで含まれているのである。

アムヴローシイ長老の書簡は俗人が修道生活に対する正しい、明瞭な視点を抱くことを助け、彼らの記憶にオプチナ修道院の明快なイメージを甦らせ、ドストエフスキーの名高い長編小説『カラマーゾフの兄弟』を想起させてくれる。それによって、作家が抱いていた修道生活についての高邁な見解の真性さを示すことになるのだ。控えめで、孤独の祈りを渇望している修道士たちから、ひょっとするとふたたびロシアの地の救済が起こるかもしれない。というのも、「毎日、毎時、毎月、毎年」は、真に静寂の中で用意されてきたのだから。ハリストスの像は、最古の師父、使徒、致命者等の時代より、それ自体が孤独に、厳かに、歪曲されることなく、神の真理の純潔さの中に守られてきたが、必要とあらば、揺らぎ始めた世界の真実の前にその姿を出現させることもできる。この思想は大いなるものである。この星は東方から輝き始めることになろう。（傍点は筆者[126]）

この短い序文の中に、ドストエフスキーの理解するロシア正教の使命と宿命とがチェトヴェリコーフ神父によっていかに的確に表現されていることであろうか。つまり、ドストエフスキーが西欧のキリスト教に抱いた危機感を背景に、ロシアにおけるその純正な維持への確信が逆説的に証明されていると見ることができる。ここで追認されるのは、ロシア民族の歴史とともにあった正教の神、ハリストスの像がいかなる政治的、宗教的企みによっても歪められることなく守られてきたという事実であり、その聖なる務めの担い手となったのが、神との生きた交わり、つまり孤独の祈りを求める控えめな修道士たちであり、それを悠久の昔から支えてきたロシアの修道院とその霊的指導者、つまり長老たちであったことである。そのためには、前々章で概観した愛のない苦行をすべてに優先させ、聖神との交わりを異端的、オカルト的に解釈するフェラポントとの関係においても、ゾシマは東方正教会の伝統にのっとった正統な長老となる必要があったのである。いみじくもアムヴローシイ長老の書簡集の序文において、チェトヴェリコーフ神父が、ドストエフスキーの描く修道制の歴史的意義を再確認したのみならず、ゾシマ長老の存在意義について大胆に言及したことは、ドストエフスキーの信仰を知る上で、大きな手がかりを与えていると言えるだろう。

ここで重要なことは、ドストエフスキーの関心を長老制に惹きつけたのが、長老たちに霊感を与える、「行動による愛」、「隣人、すなわち凡そ《労苦する者、重《おもき》を任《にな》ふ者》（マトフェイ福音十一章二八）たちに対する奉仕」を教える福音書の理念でもあったことである。シベリア流刑時代より福音書に通じていた作家が、現代の長老制の功がこの民衆への愛に他ならないという真理に到達したとき、民衆と絶えず交流し合う関係にある長老を始め、修道生活を営む者たちの陥る危険性と誘惑を察知することは困難ではなかったはずである。事実、修道士の間でも、こうして修道士が俗世との関係に身を置くことに無理解や誤解を抱く者が数多くいたことは事実であったし、それが逆に、長老たるもの、民衆との虚しい会話よりも無言の祈りに専心すべしと訴える長老制の批判者たちに論拠を与えていたこともドストエフスキーは熟知していた。そのため、隣人への奉仕という務めを正当化するためには、それを新約聖書や聖師父文献からの引用によって基礎づける必要があった。それというのも、一面では、隣人への奉仕と霊的完成にとって、物質への依存を悪魔の誘惑と考える傾向があったからである。

オプチナのレオニード長老にまつわる様々なエピソードは、まさにそうした事例に満ちている。レオニード長老を訪ねてくる修道士の中には、肉体を痛めつけるために手足に鉄の鎖や枷を付けて暮らしている者もいた。しかし、彼らとて、自分が未だ霊的世界を習得していないことを嘆くのだという。つまり「こうした人々は自分流に考えた厳格な重荷を自らに課しているだけで、神に付与された悲しみにも、人々に発せられた叱責の言葉にも謙遜を抱いて忍従することができないのである。肉体を傷つけることで、心の中では自分を辱めた人々に対する憎しみが増殖し、自己流の見解に満足を覚えるようになり、ときにはそれが蠱惑的なレベルにまで達してしまうこともあるのだ」[127]。これもレオニード長老が大衆との交わりから得た教訓であった。教会の外面的規則だけを遵守し、ときには過度な肉体的制御や節制によって慾を抑えこむことによってのみ救いを得ることができるといった幻想が、修道士の根本的営みを根底から破戒する危険を孕んでいることを長老は絶えず警告し、そうした極端な斎戒から身を守ることを愛によって教えるのである。

レオニード長老の聖伝からも一例を挙げておこう。以下のエピソードはかつてフェオードル長老とレオニード長老とともにワラーム修道院のスキトで暮らした経験を持つ、〝沈黙の行〟を何よりも愛しかつ実践していた修道司祭ワルラームが発した問いと長老による答えである。

　ワルラームは言った、「尊貴なる神父よ、わたしはあなたの行いに疑念をいだいています。つまり、あなたは何日も続けて外来の客人たちと言葉を交わされ、談話をなさっておられるようですが、それが如何なる効用をもたらすのか、説明していただきたいのです」。すると長老は以下のように答えたのだった、「兄弟よ、あなたはまた風変わりなお方だ。たしかに、わたしは隣人への愛ゆえに、彼らの霊的な利益を願って、この二日間ぶっ通しで彼らと話をしておりますが、それによって、わたしの心はいささかも乱されてはおりません」。その功と恩寵の才によってすでに有名になっていた長老の答えによって、ワルラーム神父は「監督された」道と自由で開かれた道との違いを理解したのだ。[128]

この部分には欄外に著者の掌院レオニード・カヴェーリン自身による注釈がつけられており、この思想の拠り所として、階梯者イオアンネスの以下の言葉が引用されている、「沈黙の中で心穏やかに勇気をもって祈禱を行うことは、まことに偉大なことである。しかし、外的な言葉による交流を恐れずに、そうした喧噪の中でも畏れも迷いもない心を保つこと、外面的には人間と交流しながら、内面的には神とともにあることは、それとは比較にならないほど偉大なことなのである（司牧者への言葉、第九章より）」。とはいえ、この段階に達することのできる者はわずかであり、容易ではない。「それを手に入れるのは多くの修行を積んだ者に限られるし、何よりもまずは謙遜による報いとして獲得されるものなのである。そのとき初めて、神慮による隣人への奉仕の功に目覚め、他人と交流しながらも、それによっていささかも害を蒙ることなく、霊的な利益をもたらすことができるようになるのだ」[129]。レオニード・カヴェーリンによれば、この時代にこの水準にあった長老は、パイーシイ・ヴェリチコフスキーの弟子であったフェオードル長老、それにオプチナのレオニード（レフ）長老とその後継者マカーリイ長老くらいであったという。

こうした長老の奉仕に疑いをいだいた人々は、レオニード長老が、労苦し、重荷を担う兄弟たちへの愛に動かされて、本来保つべき沈黙をも放棄するにいたった意味を理解できなかった。これこそ主の言葉、「人其友の為に生命を捨つるは愛此より大なるはなし」（イオアン福音十五章一三）の実践であった。しかし、こうした長老の奉仕は、一時期、主教による迫害に曝される原因にもなっていた（一八三五～三六年）。ある主教はレオニード長老を咎めて、こう言ったという。「長老よ、爾はこれからもずっと民衆と関わりになるつもりか。もうそろそろ落ち着くべき時ではないのか」と。これに対して、長老は「聖詠の句を引いて、〝我存命の中吾が神に歌はん〟（第一四五聖詠）と答えたという。この答えは主教を大いに喜ばせたため、以後長老が自分の奉仕に従事するのを妨害するのをやめた」[130]のだった。

長老の奉仕とは、民衆との対話の中で、単に痛悔〔罪の告悔〕を行っていただけでも、世間話をしていただけでももちろんなかった。この問題に光をあてているのが、やはりレオニード長老の伝記の中で、ベリョーフ教区の主管であった長司祭イオアン・グラゴーレフが長老を訪ねたときのエピソードである。長司祭イオアンが農民たちに囲まれていた長老を目にしたとき、「神父よ、あなたは農婦たちと関わり合うことがお好きなのですね」と持ち前のユーモアと素朴さをもって訊ねたのだった。すると、長老はそれに答えて、あなたがたはどのように農婦たちに痛悔しているのかと訊ねてきた。「二言三言問い尋ねれば、それで痛悔は終りですよ」と長司祭は答えた。「彼らが置かれている状況を仔細に知り、彼らの魂の状態を探りあてることができたなら、彼らに有益な助言を与えることができるでしょうし、彼らが陥っている悲しみを慰めてやることもできたでしょう。……もちろん、あなたがたは長時間彼らと関わり合っている時間はないとおっしゃる。ならば、われわれが面倒を見てやらなければ、彼らは自分の悲しみをどこに持っていけばよいというのです」[131]。面目を失った長司祭は自分の発した言葉の軽率さを認めないわけにはいかなかった。レオニード長老は地方の農民たちにとって、まさに「実の父親以上の存在」だったのである。『カラマーゾフの兄弟』の「信心深い農婦たち」の章に描かれた、農婦たち一人一人の心配事を慰めるゾシマ長老の行為の原型がここにあることは言うまでもないだろう。

　レオニード長老が農婦たちから受け取った悲しみと嘆きは、それ自体が自らの悲しみと嘆きとなって、燈明を灯した生神女マリアのイコンへと向けられることで、彼の熱切なる祈りへと変容したのだった。長老は自らの祈りとともに人々の悲しみと嘆きを生神女の祈りに託することで、嘆きは消え、悲しみの涙はいつしか歓喜の涙へと変じ、癒しとなるのである。長老がしばしばイコンの前の燈明（ランパーダ）の油を痛悔する者に塗布しながら、彼らの病や苦悩を癒す姿は一度ならず目撃されていた。レオニード長老の聖伝は伝えている。

病弱な人々を治癒させる技術、長老としての叡智……はレオニード神父を修道院の外でも有名にした。三十年

> に及ぶ霊的修行の試練の中で、精錬され浄められた黄金のように、長老は神意によってついに人類への奉仕という偉大なる功のために召喚されたのだった。霊的な答えを求めて、町や村から同僚の神父たちも、性別に関係なく貴族、商人、町人、庶民ら様々な人々も長老の門口にやって来た。誰もが憐れみ深い、父親のような愛着をもって長老に迎えられ、やって来た者のうち、心に慰めを得ることなく庵室を去って行く者はなかった。（傍点は原文でイタリック）[132]

レオニード長老の伝記の著者、掌院レオニード・カヴェーリンはここで敢えて「人類への奉仕」という言葉を用いているが、同様の奉仕によって、ドストエフスキーが亡き息子への傷心から癒されることになるのが、「群衆の中で、そして……二人きりで[133]」相見えることになったアムヴローシイ長老その人であった。彼もまた初期キリスト教時代に淵源を持つ、オプチナの長老制の伝統の正統な継承者であったことはすでに指摘したとおりである。これら長老に共通する特性に、大いなる愛と偉大なる共苦に満ちた「慈しむ心[134]」という聖師父シリアのイサアクが好んで用いた概念を適用することも可能かもしれない。

八、ザドンスクのチーホン主教からの霊感——スタヴローギンの悔改とゾシマ長老の聖化へ

キリスト教的愛の実現をロシアの民衆は何を通して実感し、学ぶことができたかといえば、そのひとつの答えが修道院にあり、その代表が長老の教えにあったことは、ドストエフスキーも六〇年代から知悉していた。だが、ドストエフスキーが四世紀に活躍した数多くの聖師父の教えに初めから通暁していたわけではなく、何人かのロシアの宗教著述家たちの著作を通じて具体的な理解を深めていったにすぎなかった。その中で、オプチナの長老に至る前段階における啓蒙的役割を果たした著述家の一人がザドンスクのチーホン主教であったことも、六〇～七〇年代の創作的イ

デアの展開を占ううえで大きな鍵を握っていた。

そもそもドストエフスキーが『白痴』の創造的主題に掲げていた「肯定的人物」の実現には、それを実践し、受肉化している現実の人間を必要としていた。しかも、この種の人物を動かすイデアとは、民族的な色合いを持つだけでなく、純粋なロシアのものでありつつも、普遍的な意義と価値を持つものでなければならなかった。この試みを最初に実践したのが『白痴』であったが、ドストエフスキーはこの「肯定的人物」を明らかに宗教的基盤の上に創造しようとしたように思われる。なぜなら、ハリストスの顔、四福音書、全的な愛、宗教倫理的イデアは作家に『白痴』第二版の輪郭を与えているからである。[135]しかし、ムイシキン公爵が当初セルバンテスやプーシキンといった所謂騎士のイメージを被せられたことから、鬱積した慾の嵐と闘う運命を負わされることになり、人物像を支える根本的イデアと大きく対立し始めるのである。これこそが公爵のみならず、小説自体が破綻をきたす原因となった。

その後、作家は宗教的小説（それは『無神論（Атеизм）』と命名されていた）についての不動のイデアに立ち戻ることになる。ところが、まもなく小説『悪霊』のイデアに囚われることになるドストエフスキーは、それと並行して『偉大なる罪人の生涯』についての主題にも取り組むようになり、そこにも『無神論』のイデアが流れ込むようになった。ここで新たに明らかになったことは、「堂々とした、肯定的で、聖なる人物」を登場させることが不可欠であること、それに伝統や主人公の教育なくしてそれは不可能であることであった。[136]こうして偉大なる罪人は、信仰と安らぎを求めるが、手に入れることができないスタヴローギンの像と交わることになる。そうした要求にかなう人物としてドストエフスキーが着目したのが、ロシアの様々な悪魔的人間の中でも、理想とするイデアを実現することのできる「肯定的人物」、つまり、ザドンスクの主教チーホン的な人物像であった。

ドストエフスキーがザドンスクのチーホン主教を理想的な人間のタイプとして認めるようになる背景には、まず彼の伝記的事実が作家の関心を惹きつけたことが挙げられる。まずは一八六一年にボロネジにおいてザドンスクのチーホン主教の聖不朽体が発見されたという事実である。このニュースを知ったとき、ドストエフスキーはすでに首都ペテルブルグに帰還していたが、爾来、彼の関心がこの聖人の著作や聖伝に向けられたことは疑いの余地がない。

チーホン主教の伝記によれば、主教は貧しい家庭に生まれ育ち、自分で日々の糧を得るために働き、学業に費やす出費をまかなうために菜園耕作の仕事に出ることもあったという。[137] こうした所謂庶民的環境の中で育ったチーホンは、とりわけハリストスを信ずる貧しい兄弟たちに心惹かれる性分であった。彼の隣人への犠牲的奉仕と完全な非所有はその生活の聖性を際立たせていた。その後、彼が主教座を離れ、修道院に安息を求めたことにも、求める心性の共通性が現れている。チーホンは敬虔な求道者とともに、近隣の町や村の人々の間に平安をもたらす者(миротворец)となった。彼は時に夕暮れ時に密かに、ソスナ川の向いに馬車を置いて徒歩で出発し、エレツク監獄や養老院を訪問しては、施しをしたり、神の言葉を教えては、人々の辛い境遇を慰めていた。彼は人々に和平をもたらすことは、慈善そのものよりも貴い行いと見なしていたのである。しかし、彼のこうした善行はエレツクの修道士たちによる反感を買うことになったばかりか、彼の生きた十八世紀という時代を風靡したヴォルテールなどの無神論的啓蒙主義の流行のあおりを受けて、主教は絶えず世間の不信仰や嘲笑、無関心といった風潮と闘う宿命に曝されることになる。これはいみじくも、ドストエフスキーがピーサレフやドブロリューボフなどの革命的民主主義や唯物論などの思潮と闘った一八六〇～七〇年代を彷彿とさせるものであった。

ザドンスクのチーホン主教は人々が驚くほどの聖なる暮らしを営み、尋常ならざる精神的光を放つ人間であったが、それと同時に、人並みはずれて神経質な側面をも持ち合わせており、自分自身とのあくなき闘いに明け暮れていた。至高の調和を獲得するためのこの苦悩と闘いこそがドストエフスキーを引きつけたことは想像に難くない。その偽りなき主教の暮らしぶりを一瞥すると、彼は文字どおり、「どんな人間でも抱擁し、接吻したい」と感じる瞬間もあれば、「すべての人々から目を背けたい」と感じることもあったと告白している。[138] こうした特性はチーホン主教の聖伝を詳細に研究したドストエフスキー自身の「スタヴローギンの痛悔」（『悪霊』の中の一章）におけるチーホン主教の形象に色濃く反映している。神経病を患っていたチーホン主教のもとで行われた「痛悔（исповедь）」で触れられている失神、痙攣といった主教の病状も、[139] 作家自身の体験のみならず、チーホン主教の聖伝から直接取られていることは明らかである。概して、チーホン主教の人間像、その際立った謙遜な暮らしぶり、瞑想性、そして時折見せる、苦悩の不可欠性を説く修行理念そのものも、ザドンスクのチーホン主教の聖伝と著作から取られた、あるいはそれによって霊感を受けたと見なして間違いないだろう。

とりわけ注目すべきは、「痛悔」の章ですでに長老制について触れられていることである。チーホン主教はスタヴローギンにどこか長老のところへ奉仕に行くよう助言しているのである（「その長老のもとに行き、彼の指導のもとで修行なさるがよい、五年でも、七年でも」[140]）。ドミートリイの未来の苦悩に対して跪いたゾシマ長老同様に、チーホン主教も未来を予見する、「〝わたしには見えるのです……現《うつつ》のように見える〟チーホンは魂を刺し貫くような声で叫んだ。その顔にはこのうえもなく激しい悲しみの表情が浮かんでいた。〝いまだかつてあなたは、哀れな、破滅した若者よ、新しい、これ以上に強烈な犯罪に、いまこの瞬間ほど近く立っておられたことはありませんよ〟」[141]。

因みに、『偉大なる罪人の生涯』の草稿には、以下のような記述が見られる、「チーホン。謙遜について（謙遜はいかに強力か）。謙遜と自由意志に関するすべて」[142]。ここにはチーホン主教のみならず、「赦し難い罪人の赦しについて」に関するシリアの聖イサアクの思想が反映していることも記憶すべき点であろう。また「主要な思想」と題された一節においても、ドストエフスキーは「修道院とチーホンの後で、偉大なる罪人が再び世に出るのは、人々の中でも最も偉大な人間になるためである」（傍点は原文でイタリック）[143] と書き記している。チーホン主教はその「覚書」において、「地上においては、幸福にならねばならない」と語り、スタヴローギン自身もこれを是認している。そのためには何をすればよいのか。この問題を取り上げたプレトニョーフは喩えを用いてこう説明する。「修道院はすでに波止場、そして始まりと終わりとして描かれており、教師もしくは養育者として、人間の心に霊的な種を播く霊的神父の存在が導き出されていた。しかし、チーホンその人は、『悪霊』の中では当初の計画どおり肯定的人物として創造され、小説のクライマックスをなす「スタヴローギンの痛悔」の章においては主要な役割を演じてはいるものの、小説全体として見れば、脇役の域を出ないという印象は免れない。その原因は、チーホン自身の長老像の未熟さもさることながら、彼が結局スタヴローギンの救世主にも、霊的養育者にもなりえなかったことにある」[144]だが、彼の人物像と教えは、作家のその後の主題の展開を鑑みれば、後期作品のすべてにおいて、消しがたい痕跡を残したことに何ら疑念の余地はないのである。

ザドンスクのチーホン主教の教理とその言葉はドストエフスキーの記憶に刻印されたのみならず、創作上に欠くべからざる啓示を与えたと言っても過言ではなかった。なぜなら、作家の創作理念上、最も深い影響を与えたのは、「罪とそれとの闘いについての教理、〝二重の永遠性〟についての思想、ハリストスを志向することで照らし出される感動的な世界受容」でもあったからである。実はこれこそが、ザドンスクのチーホン主教にとって、修道生活の主要課題のすべてを包括していたのである。

われわれが人間から逃げるのは、人間のためではなく、罪から逃げるべきだからである。われわれは罪を憎むべきで、人間を憎むべきではない。人間は愛すべきものであり、憎むべきものではない。むしろ、人間のために祈るべきなのだ。……隣人も愛さなければならない。なぜなら、隣人はわれわれの兄弟であり、神の僕、神の似姿、ハリストスの血によって贖われた子であり、教会の一員であるからだ……[145]

我々の傲慢さに慣らされた「理性は自慢するが、愛は創造する」と、教え諭すような調子でザドンスクのチーホン主教は言う、「種が絶えず成長し、天の王国にふさわしい実を結ぶ」[146]ために努力するべきなのだと。チーホン主教によれば、我々は自分の心を照らし、方向づけるべきだという思想が幾度となく繰り返される。なぜなら、人の心にあるものは、愛か敵意でしかないからだ。心は神もしくは悪魔の住まいになるとなれば、それが空虚であるはずはない。ならば、人間にとって、神の住まいにもなりうる心は何ものにもまして深くて尊い。人となったハリストス以外にこの奥義を知ることのできるものはいないとなれば、チーホン主教の心から悪意を追い出すよう諭す言葉も理解されるであろう。なぜなら、信仰の拠り所ともなる心について、我々はハリストスという、「この上なく美しい」像を知っているからだ。ハリストスの言葉を敷衍してザドンスクのチーホン主教はこう言っている。

爾は隣人に敵意と悪意をいだいている。それは悪魔のなせる業であるため、愛してはならぬ。むしろ、隣人その人を神の創造したもの、神の僕として愛するのだ……なぜなら、その隣人が爾に敵意をいだくとき、その実隣人は自分に対して敵意をいだいているにすぎないからだ。他人を侮辱するとき、それ以上に自分自身を侮辱しているのだ。[147]

しかし、チーホン主教が罪の道と救いの道の二つの運命に人間を分かつ分岐点を、傲慢な知性と謙遜な信仰に認めていたことは、彼が正教思想の先人としてしばしば依拠しているイオアンネス・クリュソストモス〔金口イオアン〕、階梯者イオアンネスらと何ら変わりがない。チーホン主教はその著作『真のキリスト教について』においてこう書いている。「傲慢さの端緒は、自らの造物主を離れ、輝ける天使から闇の王となった悪魔である。……傲慢にも増して危険で、かつ隠された困難はない」。チーホン主教の見解によれば、酩酊、淫蕩、盗みなどの悪徳は人の目に映るので、恥じ入ることもできるが、傲慢は見えない悪であると言う。「傲慢さの徴は、蔑みや侮辱といったものに耐えることができないことにある」。しかも、それには教訓や摘発、助言を受け入れず、怒りっぽく、妬み深く、他人と和合できず、憎悪しやすいといった兆候がある。つまり、「傲慢はあらゆる罪の端緒であり、根でもある」[148]。

傲慢はここで「闇」に、反対に謙遜は「光」として格付けされている。「最も穢らわしい罪は傲慢である」とチーホン主教は断ったうえで、傲慢さを表す兆候として以下のような特徴を挙げている。「力不相応の行動を始めたところで、それをうまくやり遂げることはできない。……ああ、人間よ、いったい何ゆえに、担うことのできない重荷を背負おうとするのか」[149]。

『悪霊』の主人公スタヴローギンも、宗教的ではない世界の文脈の中で、英雄的な苦行を求める心性を持っていたことを想起しておこう。革命的事情の根幹を担う彼の中で生じていた内的な葛藤の本質は読者には隠されているが、存在していたことは疑いない。スタヴローギンが執拗に追求したものの、担う能力がなかった重荷についての主題は、様々な宗教教育を目的とする文献において取り上げられていた[150]。

また、シャートフから頬打ちを受けながら決闘を申し込まなかったばかりか、ホフラコーワとの結婚の釈明もなければ、辱めを被ったガガーノフを決闘で撃ち殺すこともしなかったスタヴローギンの変節ぶりにもそうした側面は現れていた。彼の苦行者的信念を宗教的な文脈以外の意味で認めていたキリーロフとの間に交わされた以下の奇妙なやり取りも心に留めておくべきであろう。スタヴローギンはそうした態度を取りながらも、なぜみんなが自分から他のだれにも期待できないようなことを期待しているのか理解していなかったことがわかる。シャートフとスタヴローギンのやり取りである。

「僕は君が自分から重荷を求めているのだと思っていましたよ」
「僕が重荷を求めている」

「ええ」

「君は……それを目にしたのですか」

「ええ」

……

一分ほど沈黙が続いた。スタヴローギンの顔はひどく気がかりで、ほとんどショックを受けたように見えた。[151]

その直後、キリーロフはまるで最終宣告でも下すかのように、スタヴローギンの本質を言い当てる。「僕にとって重荷が軽く思えるのが生まれつきだとしたら、君にとって、重荷がつらく思えるのも、やはり生まれつきかもしれませんね。そうそう恥ずかしがることはありませんよ……背伸びはおやめなさい、あなたは強者じゃない」。[152]

人間、それに外部世界の事物や現象といったものは、すべてが有機的統一体をなすことで、神と同様に人間への深い愛も説明される。そうした前提に立って、道徳的に美しい「神の姿をした」人間（ハリストス）との有縁性について夢想に耽ったザドンスクのチーホン主教の詩的観照と哲学的思考の対象が他ならぬ人間であったことは当然の帰結であった。そこでは人間も自然も、すべての事物が神の意思と結びつき、調和をなしていることが、彼の世界観の基盤をなしており、それは様々な事象について語るその言葉の端々から感得されるからである。一七七七～一七七九年にチーホン主教が行った思考と観照の成果は、『俗世から集められた霊的宝物』と題された書物にまとめられており、その初版（一八三六年）の出版以降、パイーシイ・ヴェリチコフスキーによる『フィロカリア』などアトス系列の出版物と並んで、まさに長老制の始まろうとするオプチナを始め、各地の修道院で霊的指南書として影響力を持つこととなった。

すでに指摘したように、ザドンスクのチーホン主教は、人間生活の捉え方に関して、階梯者イオアンネスに近い要素が感じられる。チーホン主教にとって人生とは「死ぬまで続く絶え間なき闘い」であり、換言すれば、「悪魔とその悪霊たちとの」[153]闘いを貫き通す霊的な功であり、つまり、善を獲得するための悪との闘いに勝利することなのである。

「悪魔たちは慾と四肢の武器をもってわれわれに襲いかかってくる。われわれの肉体の慾の数だけ、彼らは武器を持っている」[154]。チーホン主教は人間の心の内なる闘いを聖師父の伝統に倣って、外敵との戦争に譬えることがあった。

> 戦場において戦士たちは目を覚まして、自分たちを包囲する敵たちに備えて用心深く振る舞うが、ハリスティアニンらは自分の戦いにおいて、いつも目を覚まし、用心深く振る舞わねばならない。なぜなら、彼らの敵はつねに彼らを周りで見張っているからである。彼らに対して、以下のように言われるのはそのためである、「謹慎警醒せよ、蓋爾等の敵なる悪魔は吼ゆる獅子の如く、巡り行きて、呑むべき者を尋ぬ。爾等信を堅くして之を禦《ふせ》げ」（ペトル前公書五章八～九）[155]。

「そこでは悪魔と神が闘い、その戦場がつまり人間の心なのさ」[156]とはドミートリイ・カラマーゾフの有名な台詞であるが、ドミートリイの場合もソドムの美の誘惑を克服することは容易なことではなかった。しかし、救いを求める以上、闘いはやはり避けては通れないであろうし、スタヴローギンが「重荷」を求め、「痛悔」へと踏み切ったのも、やはり魂の功を欲したからに他ならない。チーホン主教は、まさにこの闘いに臨む弱き人間のためにこそ希望があることを、自身の闘いの経験と重ね合せながら解説している。

> 闘いの功に入った者たちは、かかる残忍な闘いを見ても、倦怠感を覚えたり、絶望してはならない。むしろ、

身じろぎせずに立つのだ。「勇めよ、我は世に勝てり」（イオアン福音十六章三三）とハリストスがわれらを励ましてくださるからである。……倒れた者や横たわる者も、戦地に倒れた兵士たち同様、立ち上がるのだ。彼らは倒れても立ち上がり、傷ついても傷つける。爾ハリスティアニンも、そのようにするのだ。[157]

例えば、チーホン主教の以下の悪魔（正教会はこの бес という語に「魔鬼」という訳語をあてている）に関する寓意表現などは、奇しくもドストエフスキーの『悪霊（Бесы）』の宗教・道徳的世界を象徴的に言い表したものとさえ思われる。

我等の魂が魔鬼に憑らるること甚し。大いにして残忍なる魔鬼とは罪であり、残忍なる魔鬼とは傲慢であり、残忍なる魔鬼とは怒りと悪念であり、残忍なる魔鬼とは利を貪ること、残忍なる魔鬼とは妬みであり、残忍なる魔鬼とは不浄であり、残忍なる魔鬼とは残酷と無慈悲であり、残忍なる魔鬼とは恨みである云々。これらの魔鬼は肉体ではなく、我等の魂を苦しめるものなのだ。[158]

言うまでもなく「魔鬼」に擬人化されているのは、人間が地上の生活の中で呑み込まれてしまっている悪徳と罪の数々である。その意味で、この「魔鬼」とは罪の象徴でもある。であるならば、この悪魔との闘いを芸術的に形象化する試みの中で、作家の関心を惹いたものが、チーホン主教の著作の強固な個性を成している、堕ちた人間の霊的な「立ち上がり＝甦り」、つまり更生の可能性に対する確固たる信仰、貧しい人々、および社会的にもどん底の暮らしを強いられている人々に対する共感、そして上層階級の富や空疎な楽しみ、様々な悪徳に対する摘発の基礎をなす人道主義であると見なす根拠は少なくないと言えよう。チーホンの世界観の根幹をなす、社会的両極性（善と悪）の感覚、富の傍らに存在する貧困は、両者に共通して現れてくるモチーフである。[159]

とりわけ、「腹（Чрево）」と題された章には、すべてを食い尽くす大食漢の贅沢な暮らしの傍らで、その日の糧に苦しむ極貧の人々の暮らしぶりが赤裸々に描き出される（「奪う者たちもいれば、奪われる者たちもいる。腹一杯満たされる者たちもいれば、飢え渇く者たちもいる」）。[160] では、『悪霊』の主人公スタヴローギンの場合はどうであったか。チーホン主教はスタヴローギンの罪の源を、何をおいてもまずは富と自尊心、虚しさ、不信、民衆道徳からの乖離の中に見ていた。それは「チーホンのもとで」のチーホンの言葉に表れている（妻アンナ・グリゴーリエヴナによる筆写版では、摘発の調子は一層強められている。「土壌から引き離されておる、信じておられない」）。[161]

この「土壌から引き離された」罪人に関する記述には、ラスコーリニコフやスタヴローギンのような無神論者、すなわち「大いなる罪人」の性格づけに対する作家の永年の探究心をうかがわせるものがあり、興味深い。アンナの筆写版によれば、チーホン主教はスタヴローギンに以下のような持論を披瀝するのである。

どうやら、理由もなく外国人にはなれないものと見えますな。この世には、祖国の大地から離れた人につきまとって離れないひとつの刑罰がある――退屈と、仕事の希望を持ちながらも無為に堕していける能力がそれです。だが、キリスト教はどのような環境においても責任というものを認めている。神はあなたにも知恵を十分に授けられた。ご自分で考えるがよろしい。もしあなたが心の中で、自分の行為に対して責任を持っているのか否かという質問を発せられるようにさえなれば、すでにあなたは責任を負うておられるわけです。[162]

ここでスタヴローギンに賦与された無神論（希望のない状態）――無為――堕罪の系列は、同時に、祖国―教会（希望）―仕事―責任―良心（悔改）への道を準備している。ここには「大いなる罪人の生涯」のプランによって企図された人間更生のプロセスの一つが与えられていると見なすことができる。スタヴローギンの「赦罪の試み」とその失敗の物語はその前者にあたる。スタヴローギンが犯した「小子の一人」を罪に誘う罪は、福音書によれば（マトフェイ福音十八章六）、最も重い罪に数えられている。このことはチーホン主教のみならず、スタヴローギンも知っていた。それにも拘らず、スタヴローギンの霊的更生への道は閉ざされていない。なぜなら、悔改が心からのものならば、赦されざる罪はないからである。事実、チーホン主教はスタヴローギンが訴える、自分の「痛悔」を公表するという企てを「偉大であり」、「キリスト教的である」と言っている。

……この考えは偉大な考えであり、これ以上にキリスト教的思想を表現するものはありますまい。痛悔に出向いたにしても、あなたが考えたような驚くべき功を超えることはできないでしょうね。……もしこれが真の痛悔であり、真のキリスト教思想であればの話ですが。[163]

ここには二極分裂が起こっている。チーホン主教は本能的にそれを察知して、何が信仰のないスタヴローギンを自分の庵室に向かわせたのだろうかと自問する。しかも、彼に自分の痛悔を「公開する」動機を与えたものは何だったのか。重い値を払ってでも自らの罪を贖うという彼の希望、その悔改は衷心からのものなのか。それとも道徳的掟を踏み越える権利を自認する「罪人の司法に対する傲慢な挑戦」にすぎなかったのか。ここにラスコーリニコフ以来の「犯」罪の問題が再び顔をのぞかせる。注目すべきは、チーホン主教がスタヴローギンとの心理的決闘を通して、彼には霊的な功を行う準備ができていないことを確信したのみならず、「痛悔」の公開を回避させれば、さらに恐ろしい、新たな犯罪に手を染めることになることを予告した点である。スタヴローギンがチーホン主教の庵室を去るときに発する捨て台詞「呪わしい心理学者め[164]」も、この青年に与えたチーホン主教の心理的影響の大きさを物語っている。

ともあれ、この痛悔を「公開する」英雄主義的な行為への憧れと、それをやめさせれば、さらに深い罪悪へとのめり込んでしまうだろうというチーホン主教が看取した人格の二極分解は、イワン・カラマーゾフの場合同様、明らかに理性の分裂と感覚の鈍化に由来していた。信仰があったならば、悔改自体は、ハリスティアニンが罪を自覚することで神に向かう重要な契機となるはずであり、霊的な功でもあるのだが、ハリスティアニンから形式のみを借りてきたスタヴローギンには決定的に欠けるものがあった。それはザドンスクのチーホン主教が信仰の礎として指摘している、謙遜（смирение）である。

謙遜がなければ真の悔改はありえず、あるのは口先だけで、心にはその欠片もない、見せかけだけの、嘘の悔改である。それはちょうど、癒しを求める病人が、まずは何をおいても自らの病を認め、医師に説明する必要があるように、霊の病んだ罪人は何をおいても自らの罪、窮状、罪深さを認め、己が聖なる神の掟に背いた人間であること、神の裁きによる罪を負っており、即時的かつ永遠的な神の罰を受けるに當る者であることを告白し、かかる痛悔をもって、心身の癒し手である神に信仰とともに走りつくべきなのだ。……こうしたことは謙遜なしては不可能である。なぜならば、窮状と罪深さを心から認めることこそが謙遜の徴だからである。[165]

しかし、スタヴローギンが行ったことは、税吏の心からの痛悔（「我罪人を憐めよ」ルカ福音十八章一三）ではなく、「痛悔」の名を借りたファリセイの如き自己満足の表出（「神よ、我爾に感謝す、我他人の残酷、不義、姦淫なる如く、或は此の税吏の如くならざるを以てなり」ルカ福音十八章一一）であり、自己の「英雄物語」の披歴であった。[166]個人的痛悔も、衆人環視のもとで行われる公開痛悔も、道徳的浄化と霊的更生を促す痛悔方法としては、初期キリスト教以来の古い伝統に遡るものであった。だがドストエフスキーが『悪霊』の創作に着手した七〇年頃には、聖師父の著作に依拠することで、『罪と罰』のラスコーリニコフの「大地への接吻」とは異なる悔改を実現する動機がそろっていた。そこで作家が注目したのは、聖師父の中でもザドンスクのチーホン主教とならんで、とりわけ作家の関心を惹きつけた七世紀にシナイ山で活動した階梯者イオアンネスであった。

ドストエフスキーが一八七〇年に書き残した『悪霊』のための創作ノートには、階梯者イオアンネスの『階梯(Лествица)』からと推定される箇所が存在する。この『階梯』とは、文字どおり、ハリスティアニンが克服していかなければならない悪徳や欲を、段階を追って表したものであり、主として霊的な完成を目指す修道士たちによって、「悪魔と闘う」ための指南書として珍重されていた。因みに、ドストエフスキーは出典を明らかにせずにこう書いている、「天使は決して堕ちることがない、悪魔はいつも横たわっているほど堕ちたままであり、人間は堕ちるものの、立ち上がる」[167]。

これに対して、階梯者イオアンネスはその著書に次のように書いている、

　天使は堕ちないのが常である。むしろ天使が堕ちるのは不可能だとさえ言う者がいる。他方、人間は堕ちても、すぐさまその堕落から立ち上がるのが常である。たとえ、それが何度起こったとしてもである。悪魔の性分について言うならば、彼らは堕ちたまま、二度と立ち上がることはない[168]。

『悪霊』のチーホン主教の創作目的と、主題の方向性から判断すれば、ここで作家に必要だったのは、自身の道徳的影響力によって罪人を「立ち上がらせる」、つまり更生させる能力のある人物だったはずである。その意味で、階梯者イオアンネスの「堕罪からの復活」の思想と、大きな道徳的堕落からでさえ人間は甦る能力を持つという揺るぎのない信念が作家にインスピレーションを与えたと見なす十分な根拠がある。チーホン主教はスタヴローギンの中の

「無為になずんだ大いなる力が、求めて醜悪に埋没していった」[169] ことを見抜いていた。そのため、チーホン主教はスタヴローギンが新たな生活に「復活」するために尽力することになるのである。

だがそれにしても、読者からすれば、神の掟を大胆不敵に踏みにじり、自身の「醜悪」な行為の数々を公表するといったスタヴローギンの暴挙がチーホン主教によって、なぜ「驚くべき」最高度の功という評価を得たのか、理解に苦しむところではある。しかし、チーホンは、傲慢きわまりないスタヴローギンのような人物にとっては、裁きに身を委ねるために痛悔を突きつけた社会の嘲笑に耐え抜くことこそ（「あなたが悪口や侮蔑を心から受け入れるなら」）、霊的な功となりうると考えたのである。彼がそもそもそのような社会を心底から軽蔑していたとなればなおさらであった。なぜなら、そうして自ら進んで社会に嘲笑される道を選ぶことで、謙遜を手に入れることになるからであった。しかし、チーホン主教は、彼が自らの痛悔に対する社会の嘲笑に耐えられるとは考えていなかった。そうすること自体が滑稽で（смешное）、醜悪さが際立ち（убьет некрасивость）、みじめ（мизерность）であるとする評価はそれを表している。

そこでチーホン主教は驚くべき別の方法を彼に提起する。それはどこかの修道院で、やはり傲慢さに勝利し、真の霊的自由を獲得する目的で修行している苦行者のもとで見習い修道士となり、五年か七年くらい時間をかけて独自の霊的教育を行うというものであった。改めて強調するまでもなく、階梯者イオアンネスの書物における修行のプロセスは、もとよりこうしたシステムに則って書かれたものである。ひとつ例を挙げておこう。

奉仕(послушание)とは肉体の活動によって示される自身の霊《たましひ》からの完全な断絶である。もしくは、その反対で、奉仕とは霊《たましひ》の生きた活動による四肢の活動停止なのである。奉仕とは試練のない活動、好奇心とは無縁の営みであり、自由意志による死である。災難にあっても悲しみはなく、神に対する申し開きもない。死の恐怖はなく、危険のない航海、眠れる者たちの旅である。奉仕とは自分自身の意志の棺であり、謙遜の復活である。……師父たちは聖詠を武具と呼び、祈りを壁、無垢の涙を盥《たらい》、福《さいはひ》なる奉仕をそれなくしては何人も慾に呑み込まれて主を見ることができない罪の痛悔と呼んでいる。[170]

痛悔の公開という方法も大いなる功でありながら、信仰のないスタヴローギンには性急すぎると判断したチーホンが取った処方箋は、まさに苦行者のもとで時間をかけて行われる奉仕を通じて謙遜を養うという方法であった。人間が真の信仰を獲得することは容易なことではないが、それが重罪を犯した罪人であればなおさらである。階梯者イオアンネスの同書にはこうした犯罪者が悔改と奉仕を通じて謙遜にたどり着く様々な事例が取り上げられている。この階梯者イオアンネスやイオアンネス・クリュソストモス〔金口イオアン〕、シリアのイサアク等の事例は、オプチナの長老に通じる前のドストエフスキーに、専らザドンスクのチーホン主教を介して流れ込んできたものと推測される。チーホン主教もそうだったように、これらの師父たちはみな長老制の効能に通じ、それを実践してきた人々であった。

罪と悔改の神秘について理解を深めるようになるドストエフスキーの思想の根底に横たわっていたのは、悔い改めなかった罪人を来世で待ち受けているものが、容易に死ぬことさえできない堪え難い魂の苦悩であるとするチーホン主教特有の来世観だったのではないか。ザドンスクのチーホン主教は論文「永遠の苦悩と永遠の生命について」においてこう語っている。

此の世では人々は死を免れようとするが、あちらではそれを望んでも、死の方が彼らから逃げていく。無の境地に目を向けようとしても、それができない。そんなわけで、いつも死のうとするのに、それが達成できないのだ……苦悩する者たちは、怠惰によって失った善を取り戻す希望を持たないため、その苦悩はますます大きなものとなる……地獄には自分で自分を蔑む人々がいる。そして挙げ句の果てには、良心の方から彼らを苛むようになる。だが、そうしたところで、慰みは見いだせない。[171]

ゾシマ長老はまるで、チーホン主教の思想を代弁するかのように、この地獄の業火に苦しむ罪人に関するイメージを発展させて言う。

ちょうど曠野で飢えた者が自分の身体から生き血をすすり始めるように、彼ら〔罪人たち〕は自らの憎悪に満ちた傲慢さを糧にしているのである。それでいて永遠に飽くことを知らず、赦しを拒否する、彼に呼びかける神を呪う……そしておのれの憤怒の炎で永遠に身を焼き、死と虚無とを渇望しつづけるだけだろう。しかし、死は得られないのだ。[172]

ここで作家が念頭に置いている死の概念とは、単なる肉体の死ではなく、行動による愛を発揮できない状態、つまり生きながら精神の死を体験することである。つまり生きていても、神とも人々とも愛による交わりに与ることができない、楽園の喪失である。

そしてあるとき、たった一度だけ、実行的な、生ける愛の瞬間が彼に与えられた。地上の生活はそのために与えられたのであり、それとともに時間と期限も与えられた。それなのに、どうだろうか。この幸福な存在は限りなく貴いその贈り物をしりぞけ、高く評価もせず、好きになろうともせず、嘲笑的に眺めやり、無関心にとどまった。……しかし、愛したことのない自分が主のもとへ昇り、愛を蔑んだ自分が愛を知る人々と接触するという、まさにそのことによって彼は苦しむのである。なぜなら、このときには開眼して、もはや自分自身にこう言えるからである、「今こそわかった。たとえ愛そうと思っても、もはやわたしの愛には功はないし、犠牲もない。地上の生活は終わったからだ。地上にいたときには、軽蔑していた精神的な愛を渇望する炎が、今この胸に燃えさかっているというのに、たとえ一滴の生ある水によっても（つまりかつての実行的な地上生活の贈り物によっても）、それを消しとめるためにアブラハムは来てくれない。……他人のために自分の生命を喜んで捧げたいところなのだが、もはやそれはできないのだ。なぜなら、愛のために犠牲にすることのできたあの生活は、すでに過ぎ去ってしまい、今やあの生活とこの暮らしの間には深淵が横たわっているからだ」。[173]

ここには神の愛の力と意味に関するシリアのイサアク特有の思想的性格も現れてきている。概してチーホンの著作には、イサアクが示した苦悩から脱却するための道筋として、魂の安和の獲得を通じての神との和解による人間救済の可能性についての言及がしばしば見られる。それはつまり畏れを抱く奢れる魂が、悔改を経て謙遜にたどり着くプロセスでもある。そもそもキリスト教の倫理の根底には、ハリストスの僕の遜った霊《たましひ》の美しさ、そして愛、すなわち無底の輝きによって照らされた世界の美しさという観念があることを忘れてはならない。この美しさこそが神の光栄の証であり、全世界が神の存在を肯定する根拠ともなるのである。これを認識した人は、「心が燃え上がる」感覚、つまり透徹した喜びを獲得する。しかし、神の援けなくして、これを手に入れることはできない。なぜなら、「神なくして神を認識することはできない」からである。だが、もし神へ繋がる道が愛であることを悟ったなら、「此の時代に始まり、来るべき時代に完成する」福《さいはひ》なる生活[174]のとば口にすでに身を置いているものと見なされよう。つまり、われわれが互いに愛し合っていれば、福《さいはひ》なる生活は開始されているはずなのだ。

ああ、これこそが愛、愛であり、完全と結びついた愛なのだ。もしわれわれが多くの福《さいはひ》を失ったなら、爾をもたず、爾とともにある善と福《さいはひ》をもたなかったなら、爾のいないすべては台無しになり、不首尾に終わることになる。[175]

この歓喜の叫びは疑いなくゾシマ長老が手記に書き残した次のような世界観の形成に寄与している。

神のあらゆる創造物を、全体たるとその一粒一粒たるを問わず、愛するがよい。木の葉の一枚一枚、神の光の一条一条を愛することだ。動物を愛し、植物を愛し、あらゆる物を愛するがよい。あらゆる物を愛すれば、それらの物にひそむ神の秘密を理解できるだろう。ひとたび理解すれば、あとはもはや倦むことなく、日を追うごとに毎日いよいよ深くそれを認識できるようになる。そしてついには、もはや完璧な全世界的な愛情で全世界を愛するにいたるだろう。[176]

愛によってのみ人間が完全なる神と結びつき、それが「神の秘密」を知ることに繋がるとするゾシマ長老のこうした主張は、人間の課題とは、人間が自分にではなく、神に依存していることを受け入れることであるとするチーホンの主張と完全に重なり合う。[177] チーホン主教は、人間が罪に陥ることの意味について繰り返し説いているが、彼が目指す霊的完成が謙遜の確立である以上、罪のない人間も、良心のない人間も、そして福《さいはひ》に心を惹かれない人間もいないという定理の持つ意味は大きい。つまり、いかなる罪人も良心によって苦しんでおり、苦しまない人は「時の中に眠っている」にすぎないのだと。そこでチーホンはすべての人々に「愛する」よう呼びかける。なぜなら、われわれはみなハリストスのものであり、天の父において兄弟なのだからという。

ハリストスの羊の群れから迷い出てしまった無教養で頑固な分離派教徒の集団のみならず、トルコ人たちも、我らの救世主ハリストス神の子をどうしても信じようとしない人たちも、神の名を穢す人たちでさえ、わたしは、すべての人々が永遠の福《さいはひ》に包まれ、救われんことを願うのである。[178]

ハリストスの群れから迷い出た人々という点では、分離派教徒以上かもしれない、自殺者について語ったゾシマの愛もやはり特筆すべきである。

彼らのことを神に祈るのは罪悪であると人は言うし、教会も表向きは彼らを退けているかのようであるが、わたしは心ひそかに、彼らのために祈ることも可能であると思っている。愛に対してハリストスもまさか怒りはしないだろう。このような人々のことを、わたしは一生を通じて心ひそかに祈ってきた。神父諸師よ、わたしはそのことを痛悔する、だが今でも毎日祈っているのだ。[179]

チーホン主教の罪人への愛の意識は、庵室係の修道士によって、彼特有の「涙を流す神の賜[180]」と呼ばれるに至る。チーホン主教は聖師父の伝統にしたがって「神の如き高き知恵を働かすことで（горня мудрствовати）」生きていた。この言葉がプロとコントラの間で振り子のように揺れ動くイワン・カラマーゾフに対して、発せられているのも偶然ではない。

肯定的な方に解決されないならば、否定的な方にも決して解決されません。あなたの心のこうした特質についてはご自分でも承知しておられるはずです。そして、そこにこそあなたの心の苦しみのすべてがあるのです。ですが、こういう悩みを苦しむことのできる崇高な心を授けたもうた造物主に感謝なさい。「高きを思い、高きを求めるのだ（горняя мудрствовати и горних искати）、我々の住まいは天にあればこそなのだから」[181]。

こうした経緯を見るにつけ、ドストエフスキーがゾシマ長老の聖伝（Житие）の創作にあたって苦慮していた長老の内面の素朴さを表す特徴を修練士パルフェーニイの『巡礼の旅物語』から借用した反面、赦罪と愛の思想的・神学的意義に関しては、チーホン主教の著作から引用したと見なした研究者プレトネルの推察にも一理あるのではあるまいか[182]。しかし、天の国ひとつを取り上げても、「高きを思う」のはチーホン主教だけではなかったし、その原典とも言われる階梯者イオアンネスや金口イオアンネス、シリアの主教イサアクらはドストエフスキーが通暁する聖師父である他、実際のオプチナの長老レオニードやアムヴローシイ、さらにはゾシマと同じ名を持つソロフキ島の克肖者ゾシマ、スヒマ修道士ゾシマ・ヴェルホフスキーにも関心を持っていた作家の霊感を刺激した師父の言葉からの引用を限定的に解釈することは危険であることに違いはない。

しかし、重層的な引用構造をもつ数々の原典の中で、チーホン主教に最も特徴的なものは、教会スラヴ語のもつ厳粛さの中に、人の心を感動させ、なおかつ真理を教え諭す目的に適った物語体とでも呼ぶべき文体である。例えば、ゾシマ長老が遺言として、アリョーシャに自分の兄のことを語るときの言葉、「わたしの心は深く感動し、今この瞬間、わたしはさながらあらためて人生を辿り直しているかのように、これまでの一生を見つめているのですよ……」[183]この過去の回想には、疑いなく未来の天上の光が穏やかに差し込み、この世と来世とが交わる空間が創り出される。この感覚は『未成年』のマカール・ドルゴルーキイが長老の壮麗な死について語り、その死後も長老の愛には終わりがないことを教えるときにも現れていた（三章三）。すべての事件の中に、チーホン主教の奏でる神の世界讃栄のトーンを通して、憂いの涙と喜びとが混ざり合って響き渡ることになる主題を読み取ることができるのである。

かつてわたしは幼子だったが、過ぎ去った。わたしは少年だったが、それも昔の話。わたしは青年になったが、それもわたしから離れて行った。それから、一人前の強い男となったが、その時期も過ぎていった。今や、わたしの髪は真っ白になり、老いゆえに、力衰えていく。だが、いずれはそれも過ぎ去って、最期の時が近づいてくる。そして、この全大地へと旅立って行くのだ。わたしが生まれたのは死ぬためであり、死ぬのは、生きるためでもある……過ぎ去ったありし日々が、まるで夢の中のように見えてくる。それらの日々には、幸福なことも不幸なこともあった。このように、最期の時には、残りの日々のことも夢の中のように見えることだろう。そのとき、これこれがあったことを覚えていて、また夢見ることになるのだ。[184]

これは一種の伝道の書であり、正教的世界観の表出でもある。死は不可避でありながら、そこに悲哀はなく、むしろ記憶の中にとどめられた時の意識が永遠の時を迎えることへの期待感と感動すら感じられる不可思議な感覚がチーホン主教によって表明されている。併せて、比喩や反復法の多用によって増大される比較の効果（青年期と老年期、生と死、幸福と不幸など）も主教特有の修辞法である。

こうした特徴は、以下に掲げるゾシマ長老の伝記の長老自身の語り口にも移されたばかりか、その意味を独自に解説しているようにさえ思われる。

古い悲しみは人の世の偉大な神秘によって、次第に静かな感動の喜びに変わってゆく。沸き立つ若い血潮に代わって、柔和な澄みきった老年が訪れる。わたしは今も毎日の日の出を祝福しているし、わたしの心は以前と同じように朝日に歌いかけているが、それでも今ではもう、むしろ夕日を、夕日の長い斜光を愛し、その斜光とともに、長い祝福された人生の中の、静かで穏やかな感動的な思い出を、なつかしい人々の面影を愛している。それらすべての上に、感動させ、和解させ、すべてを赦す、神の真実があるのだ。わたしの人生は終わりかけている。そのことは自分でも知っているし、その気配も聞こえているのだが、残された一日ごとに、地上の自分の生活がもはや新しい、限りない、未知の、だが間近に迫り来る生活と触れ合おうとしているのを感じ、その予感のために魂は歓喜にふるえ、知性は輝き、心は喜びに泣いているのだ……[185]

死の始まりが新たな生の始まりという感覚は、生きながらにして死への旅を歩み始めることであり、それが悔改によるパスハ（復活祭）であることは正教の基本概念である。これは同時に、義人〔ハリストスの意に適った生活をするという意味において〕が「永遠に歓喜をもたらす大いなる晩餐でもある……羔《こひつじ》の婚礼（брак Агничий）[186]」において、来るべき主イイスス・ハリストスに相見えることでもある。この「晩餐」のモチーフをチーホン主教自身は好んでハリストスの神性と使徒等に代表される我々人間の交わりの場として用いているが、この概念そのものがハリストスが使徒等に羔《こひつじ》の神秘を明かした「最後の晩餐」に発していることは言うまでもない。

われわれ不当の者がこの大いなる晩餐に人を愛する神によって呼び招かれたのだ。だから、天の王がわれわれに賜われた慈愛を感謝して受け取り、喜んでこの聖なる甘きこの晩餐に馳せ参じようではないか。その時、われらは天の王を面を合わせて見ん。……われら神の顔を見て、喜びて叫ばん。われらの贖罪主イイスス・ハリストスをその神の光栄の中で見るのだ。われらは聖人たちや天使らと同じ食卓につくことになる。[187]

これらの行は言葉こそ違うものの、長老の棺の前で見るアリョーシャの夢の場面（「ガリラヤのカナ」の章）で繰り返されることになる。

「そう、やはり招かれたのだ。呼ばれたのだよ、招かれたのだ」耳もとで静かな声が響く。「なぜ姿を見られぬよう、こんなところに隠れておる……お前もあそこへ出て行こうではないか」……「こわがることはない。われわれに比べれば、あのお方はその偉大さゆえに恐ろしく、その高さゆえに不気味に思われるかもしれないが、しかし、限りなく慈悲深いお方なのだ。愛ゆえにわれわれと同じ姿になられ、われわれとともに楽しんでおられる。客人たちの喜びを打ち切らせぬよう、水を葡萄酒に変え、新しい客を待っておられるのだ。絶えず新しい客を呼び招かれ、それはもはや永遠に続くのだ。[188]

これらの平行関係は、チーホン主教の著作とその聖伝の影響を無視しては考えられないものである。ここには、聖伝のもつ思想的反映のみならず、文体的類似性が顕著に見て取れるからである。それは聖伝の主人公であるチーホン主教自身の教えの内容だけでなく、弟子たちのために書き下ろした著作を、長老が聞き手（一般読者）に語り聞かせる教訓的文体を通しても実感できるように創作されているのである。

九、もうひとつの霊感――聖者伝の人物に倣った「聖化（Теозис）」の手段として

近年のドストエフスキー研究には、『カラマーゾフの兄弟』を始めとする、晩年の長編小説の構造と内容に中世の聖者列伝（Патерик）の影響を指摘する傾向がある。『カラマーゾフ』の章区分にザドンスクの主教チーホンの『真のキリスト教について』の直接的影響を指摘したコマローヴィチやプレトニョーフの研究（一九三〇年代）を皮切りに、

近代文学と中世文学の隠された影響関係を模索する研究はソヴィエト時代を通じて綿々と行われ、近年では正教会の聖職者（アントーニイ・フラポヴィツキイ等）や、そこからインスピレーションを受けた新世代の研究者（ヴェトロフスカヤ、ブダノワ、ザハーロフ、ステパニャン等）の発言がそれを裏付けている。

『カラマーゾフの兄弟』における隠された主題のひとつに、神とその似姿を持つ隣人（人間）への愛の問題がある。そうした感情が人々の罪や不信によって歪められ、希薄になるとき、様々な不幸が起こることで、逆にそれは強調される。作家は人間と人間を対峙させながら、明らかに人間を神に向かわせようとするのである。カラマーゾフの兄弟間の軋轢は、スーロシュの府主教アントーニイの言葉を借りるならば、「罪と聖性の間の対審」[189]と特徴づけることができよう。この言葉を裏付けるかのように、ここにはこの両者の出会いの主題、それも相互の認識と変容の融合の主題が含まれている。『カラマーゾフの兄弟』において何よりも明瞭に開示される「最高度の意味における」リアリズムとは以下のように特徴づけられている。

人々が住む世界の中心は神であるが、そこには（象徴的にではなく）現実に、社会的生活を営むものとして、ハリストスと生神女、使徒等と諸聖人、それに様々なレベルの霊的な力が存在している。ここで今、様々な事件が起こるが、それらは永遠の中で生起する福音の歴史を背景に、来るべき神の国の前ぶれとして起こっているのである。[190]

聖人とは下界と天上界を結ぶ鎖である。ドストエフスキーにとって聖人とは架空の主人公ではなく、同時代を生きる人々であった。「聖人はもちろん存在する。それはどんな人たちなのか。彼ら自身が輝いているだけでなく、われわれの誰もが歩む道をも照らす人々なのだ」[191]。ドストエフスキーの聖人に対する関心と愛は、彼自身が抱いていたハリストスを中心とする世界観の帰結である。つまり、われわれが様々な聖人の行実に触れることで、その中に存し、その恩寵を以て君臨するハリストス自身に触れることになると考えるからである。ドストエフスキーの時代には、聖人伝は文学史上の出来事ではなく、「中世文学の伝統は大文学と並んで、古儀式派の人々や教会人、そして庶民の生活の中に存在しつづけていた」[192]とは中世文学の泰斗リハチョーフの言葉であるが、それら聖人伝の中で、ドストエフスキーの関心をとりわけ刺激したのは、「肯定的に美しい人間」の芸術的体現としての聖人への関心、もうひとつはそのような体現が成立していた聖人伝のジャンル的特質への関心であった。その意味で、風俗生活誌的ジャンルのひとつとしての聖人伝は、作家の長編小説と深い血縁関係にあった。この関係性は、例えば、ギリシャの小説が聖人伝のジャンル形成に寄与し、聖人伝が後世の騎士文学や浪漫主義文学の原型となっているという事実を見ても、原初的、発生論的起源を共にしていると言える。

同時に、聖人伝のジャンルに対する世俗文学の内容的影響も無視できない。そこで影響力を発揮するのは様々なレベルの散文的エピソードである。主人公の功と並んで、その家族や隣人、下僕などの傍系的人物をめぐる事件や回想といった副テクストが介入してくるため、聖人と神との関係は教訓性を失い、語りそのものが様々な愉悦的要素によって希釈化されてしまうことになる。聖人伝におけるこうしたジャンル的可塑性も中世文学の大きな特性のひとつであった。ソヴィエト時代の研究者であるクスコフはブスラーエフの言葉を引きながら、こうした特性を認めてこう述べていた。「聖人伝の形式によって、……聖人の偉功はもちろん、大きな歴史的諸事件、家庭の記念日や回想、様々な興味深い巡礼の旅にいたるありとあらゆる多彩な内容が語られていた。これは単に教訓的な読み物であったのみならず、趣味のよい娯楽や慰みといった役割も担っていたのである」[193]。

こうした形式の利点として、生きた人間の形象の中に、様々な古の知恵や教訓を盛り込むことが可能となっていたことを見逃すことはできない。こうした手法によって、聖伝中の散文的エピソードの数々を、悪を摘発する裁きの言葉、さらには教訓的説話へと変容させることができるのである。聖人伝のこのようなジャンル的特性はドストエフスキーのジャンルに関する思考に合致していた。後期作品群に顕著な傾向は、異なるジャンルの要素が結びつけられ、同一テクストの構成要素の中に取り込まれていくことであった。作家特有の「教訓的イデア」は、他に例を見ないほど、多面的素材の融合を通じて付与されていく。この頃、ドストエフスキーは府主教マカーリイの『大聖者伝集成（Великие Минеи-Четьи）』（一八六八年に再版）に興味を抱いたようで、一八七二〜七五年の創作ノートにおいて、同書を「必読書」の一覧に加えていることも注目される。[194] ドストエフスキーの創作を聖人伝に近づけているものが、聖性によって高められた存在論的原理であるならば、作家にとって「最高度の意味における」リアリズムとは、主人公を経験的な枠組みの外へ引き出し、神の原理と人間の原理の関係性の中で人間の運命が決定されていく聖人伝の原理に持ち込むことだったのではないかとさえ思われる。聖人伝という伝統的な形式に取り込まれた超越的、可塑的な現実感覚こそがドストエフスキーの意図する創作原理（поэтика）の中で主導的役割を担うものとなっているのである。[195]

様々な先行研究の中で、ドストエフスキーのジャンル的特性という問題に関連して、しばしば取り上げられてきた聖人伝といえば、キエフ洞窟修道院の克肖者フェオドーシイ、それにローマの聖人神の人アレクシイ〔俗名はアレクセイ〕であったことは広く知られている。[196] しかしここではドストエフスキーの晩年の長編小説のみならず、ロシアやロシア人をめぐる様々な思考のプロセスの中にフェオドーシイ伝が影を落としており、それが霊《たましひ》の不死と罪からの甦りに関する思想形成にひとつの契機を与えていることを指摘するにとどめたい。

ドストエフスキーは幼少期よりカラムジンのロシア史などを通じてキエフの洞窟修道院やその聖人の事蹟について知っていたと思われるが、克肖者フェオドーシイについて頻繁に取り上げるようになるのが、一八七二年論文「我が国の修道院」（雑誌『談話』掲載）、そして七三年に始まる『作家の日記』のコラム「文学者の日記のために」以降のことである。また七六年の『作家の日記』に掲載された「民衆への愛について。民衆との不可欠な契約」での言及についても一度ならず指摘されている。[197]つまり、『カラマーゾフの兄弟』の執筆に取りかかる七八年七月に至る数年間に、この聖人と修道院の存在意義を完全に視野に収めていたことが推察されるのである。[198]

例えば、ゾシマ長老の伝記中に見られるいくつかのエピソード、分けてもこの人物像に込められた理念的特徴は、克肖者フェオドーシイの伝記的事実を想起させずにはおかない。ドストエフスキーはゾシマの伝記中、まず長老の青年期の描写に紙数を割いている。まさに理想を体現すべく創造された人物の伝記的前史は、ロシアの聖伝作家（ネストル）によって築かれた聖人伝特有の文体的特徴を参照しつつ創作された可能性がある。[199]というのも、ネストル版のフェオドーシイ伝の際立った特徴が、聖人の母親の描写に始まる、幼年期と青年期における洞察力に満ちた描写に発揮されているからである。

ゾシマ長老の伝記には、ネストルによって書かれた克肖者フェオドーシイの特徴との符合が数多く見られる。二人ともが名門貴族の出身で、父親を亡くして、母と二人して残される。また二人ともその敵対者の仕打ちに悩まされる。ネストルによれば、克肖者フェオドーシイも「自分の弟子たちから多くの非難や、嫌がらせを受けた」[200]と書かれている。寡婦が聖人に助けを求めに来るという件も、これら両聖伝に共通している。これが起こるのが聖人の死の間際である点も両者に共通しているが、フェオドーシイのもとに駆け込むのは、裁判官（判事）に辱めを蒙った女であり、ゾシマ長老に助けを求めるのは、病気の娘を連れて来るホフラコーワ婦人である。死の直前、克肖者フェオドーシイは「病のため極度に衰弱していた」[201]と伝えられるが、ドストエフスキーも、ゾシマの病気による衰弱を繰り返し強調している。そして何よりも印象的なのが、ゾシマ長老が死を迎えるにあたり、修道士たちを集めて「兄弟愛」の大切さを説く最後の場面である。これもやはり克肖者フェオドーシイの聖伝中に原型を見いだすことができる。

こうして彼の人生に畢《おわ》りの時がやってきた。彼は自分が神のもとへ旅立ち、安息の時が訪れる日を予め察知した。なぜなら、義人にとって死とは安息に他ならないからである。

そこで彼は修道士全員を、所用で村に出かけている者たちも含めて、呼び集めるよう命じた。一人残らず招集すると、執事や管理者、それに召使いたちひとりひとりに、託された仕事を熱心に、そして神への畏れと、忍耐と愛をもって遂行するように教え始めた。またすべての者に向かって涙ながらに、魂の救済について、神の意にかなった生活について、斎について、いかに教会のことに心を砕き、畏れを抱いてそこに立つべきかについて、そして、年長者のみならず、同世代の仲間たちをも愛し、彼らに従順になるために、兄弟愛と従順さについても教えた。[202]

だが、ゾシマ長老を克肖者フェオドーシイに近づける有力な根拠を与えてくれるのは、形式や外面的類似性よりも、むしろ意味内容に関わる思想的一致である。フェオドーシイ伝に以下のような記述がある。

彼が典院《イグメン》の位にあったとき、見えざる敵、すなわち闇の公が三人のロシアの公の間に諍いを引き起こした。すなわち、血の繋がった二人の公、チェルニーゴフの公スヴャトスラフ、ペレヤスラーヴリの公フセヴォロドが、ハリストスを愛するキエフの公である長兄イジャスラフに対して謀反を起こしたのである。その結果、イジャスラフは首都から追い出された。首謀者たちは首都に到着すると、福たる我等が神父フェオドーシイに使者を遣わして、自分たちの午餐に来て、その不正の協定に加わるように要請した。しかし、聖神に満たされた克肖者フェオドーシイは、ハリストスを愛する者が不当に追放されたのを目の当たりにすると、使者を介して、悪魔の食卓には連なるつもりも、惨殺された者の血によって養われた食事に触れるつもりもないと回答した。さらに使者を帰らせるにあたり、長々と彼らの悪事を非難して、彼を遣わした者に「わたしの言葉を伝えよ」と命じた。[203]

克肖者フェオドーシイは兄弟間の諍いに介入し、敢然と長兄イジャスラフの肩を持つ。聖人伝において、主人公の偉功をなす記念碑的事件として映し出されたこの家庭争議が、長編小説の主要な衝突の原典のひとつになった可能性も否定できない。カラマーゾフ親子の葛藤とそれに第三者の仲裁者として関与するゾシマ長老といった小説の基軸をなす筋立てにおいてである。ゾシマ長老が期せずして長兄ミーチャの前に跪き、その来るべき偉大なる苦悩に敬意を表した出来事を想起すれば足りよう。

しかし、小説に反映した作家の世界観を理解するためには、克肖者フェオドーシイの修道生活の功の特殊性がきわめて大きな意味を持つことになる。ドストエフスキーも書いているように、フェオドーシイはラドネジの克肖者セルギイ、ザドンスクの主教チーホンと並ぶロシア民族の歴史的理想の一人なのである。[204] 彼は洞窟修道院の開祖であり、修道生活の師でもあったアントーニイのように、世俗から完全に離れることで、隠遁的修行を志向しなかった。それどころか、むしろ修道院と世俗社会との垣根を取り除き、世俗と密接な関係を取り結ぶ方法を取った。彼が数多くの俗人の霊的神父になったことにもそれは表れている。フェオドーシイは修道士と俗人とを問わず、全国民の愛と尊敬を一身に受けて、全キエフの霊父としての名声を縦《ほしいまま》にする。これを見ても、オプチナのレオニード長老の人格に繋がる契機を認めうるとともに、ロシアの修道院は歴史的につねに民衆に開かれた機関であったことがうなずけるのである。「ゾシマ長老の談話と教説より」の中の、これに関する長老の言葉も興味深い。

われわれの間からは昔から民衆の指導者が輩出してきた。今日もそうした人物がありえないはずはない。斎《ものいみ》と無言の行にはげむ同じその謙虚で柔和な修道僧たちが、やがて立ち上がり、偉大な仕事に赴くことになるのだ。

ロシアの救いは民衆にかかっている。ロシアの修道院は昔から民衆とともにあった。[205]

とはいえ、世界のキリスト教化と愛の伝道が可能となったのは、フェオドーシイによって指導された共住型修道院が、理想的な人間関係を実現させる舞台となったためであった。因みにイオアンネス・クリュソストモス〔金口イオアン〕は、「修道院は理想的な都市であり、地上の都市とは対立する」[206]と語っている。人間の相互関係の理想（その発端は修道制にあるという）、地上的な分割の原理に対立する霊的な兄弟愛は、ゾシマ長老の教説の主旋律をなしている。となると、小説構成上の根本理念のかなりの部分を「屋隅の首石〔すべての礎でありながら隅に除けられるもの〕」（エフェス書二章二〇）たるフェオドーシイ伝に負っているという仮説も信憑性を帯びてくる。まず作家自身がそのことをすでに『作家の日記』（一八七三年）で確信をもって述べているのである。

だが、罪や卑劣さが聖フェオドーシイの在世中に、つまり初期キリスト教の時代にあったとしても、そこには聖フェオドーシイ自身も、ハリストスのための致命者たちも、キリスト教の創設者も、同時代のキリスト教社会のすべての基礎を築いた人々もいたのである。それで十分ではなかろうか。……現代ロシアの修道院に心の清らかな人々、魂の感涙を渇望する人々、心に重荷を負っている人々が数多くいることを知る者があろうか。われわれの時代がどれだけ自由主義的なものになろうとも、修道院は彼らにとってはけ口であり、尽きることなき心の渇望なのである。[207]

この関係性を作家の創作上の問題に敷衍してみると、理想の都市（修道院）の主人たるゾシマ長老と修道士たちの関係は、そのまま地上の都市原理に立脚する家族の物語に置き換えられることになる。そこで新たな主人（長老）たるべく準備された未来の聖伝の主人公アリョーシャ・カラマーゾフの役割も自ずと明らかになってくる。ドストエフスキーの表現からも明らかなように、「心の清らかな人」「魂の感涙を渇望する人」云々は、「肯定的に美しい人」の理想の実現であるゾシマ長老の人間像に他ならず、それが愛弟子であるアリョーシャにも受け継がれるべきものだからである。この「美しい人」が聖人に範を取ったものである以上、その聖性は伝播し、それが伝統となる。ドストエフスキーが注目したフェオドーシイ、セルギイ、チーホンといったロシアの聖人たちは、修道院が世俗との関わりを深めることで、世俗も聖にせられ、次世代の聖人を準備することに繋がる。以下に掲げるアリョーシャのゾシマ長老についての考え（夢想）は、そうした聖性の波及がすでに彼自身の中で身を結びつつあることを如実に物語るものではあるまいか。

長老は聖人で、その心の中には万人にとっての更生の秘密と、最後にこの地上に真実を確立する力とが隠されているのだ。やがてみんなが聖人になって、互いに愛し合うようになり、金持ちも貧乏人も、偉い人も虐げられる人もいなくなって、あらゆる人が神の子となり、ほんとうのハリストスの王国が訪れることだろう。[208]

『カラマーゾフの兄弟』における最重要人物であるアリョーシャ・カラマーゾフという人物が、神の人アレクシイとの関連性の中で考案されたことは、すでに多くの研究者によって指摘されている。[209] 序文にあたる「作者の言葉」では、「伝記は一つだが、小説は二つある」と注釈するその「第一の小説は十三年前[210]」の『死の家の記録』であり、そこに登場する父親殺しの無実の罪を帰せられて服役するドミートリイ・イリインスキーは、同じ境遇に陥るドミートリイ・カラマーゾフを軸とする続編として発展させられることになっていた。[211] ここにはドミートリイ（ミーチャ）が聖人になる契機の一端が示されたことになる。しかし、第二の小説こそ冒頭に「わが主人公、アレクセイ・フョードロヴィチ・カラマーゾフの伝記（жизнеописание）を書き起こすにあたり……」と始まる『カラマーゾフ』そのものであった。つまり、作家にとってこの小説は伝記（聖伝）と同義的であることが宣言されることで、アリョーシャはこれから長老のもとで、神の人アレクシイに倣った聖なる暮らしを送ることになる運命が予感されることになる。

アリョーシャの聖伝は、その伝統的規範を踏襲する形で、両親、とりわけ母親についての思い出を含む出生のエピソードについて語っている。

部屋の一隅の聖像、その前に灯っている燈明、そして聖像の前に跪いた母が、ヒステリーを起こしたように金切り声や叫び声をあげながら泣きわめき、彼を両手にかかえて、痛いほどぎゅっと抱きしめ、彼のために生神女マリアに祈っては、さながら生神女の庇護を求めるかのように、両手に抱きしめた彼を聖像の方にさしのべている……彼が覚えているのはこんな光景だった。[212]

居候暮らしをしていた父親も、当初この息子を肚に一物ある男と疑っていたが、「ものの二週間もたたぬうちに、やたらと息子を抱きしめて接吻するようになった。……彼のような人間がこれほど人を愛したことは、もちろん、これまでに一度もないことだった[213]」となる。学校でも「よく考えごとにふけって、同級生たちから離れていることがあった。……それなのに、級友たちはすっかり彼を好きになり、在学期間を通じてずっと全校の人気者と呼んでいいほどであった」[214]。だが、彼にはみながからかいたくなるほどの「常規を逸したほどの激しい羞恥心と純真さ[215]」があった。さらには、アリョーシャは父親に「おとなしい少年」などと呼ばれていたうえ、彼には以下のような風変わりな行状が観察されていた。

アリョーシャはきっと佯狂者〔神がかり行者のこと〕に類した青年なのだろう、たとえ突然誰かに一財産もらったとしても、頼まれさえすれば譲ってしまうか、慈善事業にでも寄付するか、でなければおそらく、相手が単なる老獪な詐欺師であっても、頼まれたら与えてしまうにちがいない……[216]

こうした人間の性格づけは、言うまでもなく、彼が「この世に属する」人間ではないことを意味している。つまり、生まれながら、神に選ばれた特別の運命を担わされているのである。まだ若きアリョーシャが修道院に入って、修道生活の苦行を行うための許しを父親に求め、父親がそれを祝福した背景にも、ゾシマ長老への尊敬の念が大きく働いていたことは言うまでもない。つまり、周囲の世界はすべて、聖なる功がこの若者に受け継がれ、彼を聖人にするための環境を整えていく。ヴェトロフスカヤも強調するように、神の人アレクシイの人物像は、アリョーシャ〔アレクセイ〕との名前の一致に留まらず、その聖なる暮らしぶりによって、ロシア民衆の間で絶大な人気を博したばかりか、様々な物語や宗教詩に霊感を与えたのだった。[217]

裕福で敬虔な家庭に生まれた聖アレクシイは、結婚式の日にこっそり家を出て、生神女の教会の表階段で施しを受けて暮らし始める。十七年後に生神女マリアの命にしたがって教会から両親の家に戻るも、誰にも気づかれずに、さらに十七年間下僕としてみなに蔑まれつつ生活を送ったのである。聖アレクシイの死後、彼自身の手によって書かれた羊皮紙が発見されたことによって、この下僕がアレクシイ本人であった事実が、初めて両親と許嫁に明かされることとなった。宗教詩の作者は、主人公アレクシイが身内と他人とを分け隔てなく愛したことによって、神の人と讃えているのである。

神の人アレクシイとアレクセイ・カラマーゾフを始め、宗教詩と小説の内容的一致に関してはすでにヴェトロフスカヤ等によって解明されているため、詳細についてはここで繰り返さないが、アリョーシャの記憶の中の母親が自分を生神女の聖像の前にさしのべ、神の人が結婚〔世俗の暮らしの象徴〕から逃げるように生神女の教会で暮らし始めたことがアリョーシャの修道生活の予兆となっているとすれば、その生神女の指示によって神の人が実家に帰還したことが、ゾシマ長老の教えと死によってアリョーシャが世俗へ戻ることの伏線となっているとする仮説を疑う根拠はない。

その結果、誰にでも分け隔てのない愛を示すアリョーシャ自らが、誰からも愛される性格を賦与されたとしても不思議はなかった。恩人であり、養育者でもあったポレノフ〔エフィム・ペトローヴィチ〕に引き取られたときも、彼は家族全員の心を虜にし、「実の子同然と見なされた[218]」とある。この「実の子（родное дитя）」といった古い民衆語を敢えてここで用いているのも、福音書の一節「此の幼児（дитя）の如く自ら謙らん者は、是れ天国に於て大なる者なり」（マトフェイ福音十八章四）の影響とともに、神の人アレクシイの宗教詩の影響と見なすべきである。因みに、神の人アレクシイの養育者の名前もエフフィミアン〔エフィムはその短形〕と呼ばれていた[219]。

両者の類似性を示す外的な符合はこれらに留まらない。しかし、ここで確認されることは、『カラマーゾフの兄弟』のゾシマ長老からアリョーシャへと受け継がれる愛と謙遜の聖性の主要モチーフそのものに、聖人伝の規範がそっくり取り込まれていることである。つまり、まず最初に『キエフ洞窟修道院聖者列伝』の、それから他の聖伝的要素の影響のもとに、小説の理念的方向性と形式が一致して「聖者列伝」的性格を取っていることを指摘しておきたい。ジャンルの問題に触れるならば、中世文学に特有の「単一的」ジャンルと、それらを合わせ持つ「複合的」ジャンルというものが存在するが[220]、『カラマーゾフの兄弟』は明らかに後者に属すると言える。そこには、アリョーシャの聖人化を中心的主題として、個々の聖伝的要素が彼以外の登場人物にも適用されていくからである（リーザ・ホフラコーワやグルーシェンカにも）。こうした装置が現実味を持つためには、修道院の模様や、キリスト教的禁欲生活の様々な習慣、長老制や斎をめぐる修道士たちの論争といったディテールが必要であった。

こうした試みをザハーロフは「キリスト教的リアリズム」と命名し、これまでドストエフスキーをバルザックやフローベール流の心理分析の開拓者と同列に位置づける見解から引き離そうとした。彼は言う、「キリスト教的リアリズムとは、そこに生きた神がおられ、ハリストスの存在が見渡せ、ロゴスの啓示が顕現させられるようなリアリズムなのである」。[221] しかし、ドストエフスキーの創作理念としての「最高度の意味における」キリスト教的リアリズムの起源がプーシキンを師とするロシア・リアリズムの系譜に帰するだけならば、霊的共同体の概念を「キリスト教的社会主義」と総称したかつての規定とさして変わらない。ここでは宗教詩に見られる民衆的解釈を基盤とする「聖人伝」のリアリズムは検討対象から外れるのである。

ドストエフスキーは創作ノートにこう書き記している、「わたしが進む方向は、民衆的キリスト教精神の内奥に発している」。[222] 彼が文学者として西欧文学の伝統とロシアでの受容のプロセス（プーシキンなど）に根ざしていることは明らかであるだけに、彼が発したこの言葉の意味は重いと言わねばならない。というのも、作家はキリスト教の民衆の魂の拠り所としての役割をきわめて重視していたからに他ならない。『作家の日記』（一八七三年二月）に彼は書いている。「われわれは民衆に跪き、彼らからすべて、思想も、イメージも受け取ることを期待すべきである。民衆の真実に跪き、それを真実と認めるべきである。それがいくらかは聖人伝集成から取られているという恐ろしい場合であってもである」。[223] そして、彼は一八七八年にオプチナ修道院で、これまで文献から知識として有していた修道制や長老制度を直に体験することになる。それによって、民衆とともにある長老の霊的教師としての役割を真のキリスト教的真実として理解することができたのである。

注

1 本書には収められなかったが、本書九六一頁に掲げた三点については、リポジトリ（PDF）として公表されており、閲覧が可能である。

2 Борис Зайцев. Достоевский и Оптина Пустынь. В кн.: Оптина пустынь (Оптинский альманах). 1995. С. 137.

3 См. Оптина Пустынь. Альманах. Свято-Введенская оптина пустынь. 1997. С. 3.

4 Леонид Кавелин. Историческое описание Козельской Введенской Оптиной Пустыни. Свято-Введенская Оптина Пустынь. 1875. С. 67-68. 118.

5 Достоевский Ф.М. Братья Карамазовы. ПСС. Т.14. Ленинград. 1976. С. 45.

6 Волынский А. Л. Достоевский. Критические статьи. СПб., 1909. С. 213.

7 本書の第二部第五章「ゴーゴリの宗教的世界観――聖地巡礼からオプチナ修道院へ」を参照。

8 本書の第二部第六章「レオンチェフの思想遍歴とオプチナ修道院」を参照。

9 本書の第二部第七章「レフ・トルストイとロシア正教会」を参照。

10 Достоевский Ф.М. ПСС. Т.15. С. 202, 204, 205 и др.

11 Борис Зайцев. Достоевский и Оптина Пустынь. В кн.: Оптинский альманах. 2. Оптина пустынь. 2008. С.138.

12 Достоевский Ф.М. ПСС. Т.15, С. 210.『カラマーゾフの兄弟』の草稿のこの箇所には、「青白い修道僧。庵室。庵室の主管とマカーリイ、それに学識のある修道僧。神学生。跪く地主」といったイメージが提起されている。このうち、「青白い修道僧」はアリョーシャと名づけられ、マカーリイは将来ゾシマ長老へと変更されることになる。

13 例えば、一八七〇年三月二十四日付ニコライ・ストラーホフ宛書簡（ПСС. Т. 29-1, С. 112.）、もしくは一八七〇年三月二十五日付アポロン・マイコフ宛書簡（ПСС. Т. 29-1, С. 118.）を参照せよ。

14 Достоевский Ф.М. Письма. ПСС. Т. 30-1, С. 23-24.

15 Достоевская А.Г. Воспоминания. М., 1971. С.321.

16 Там же.

17 当時の創作ノートには、「ヨブその人……親戚たち、その親戚の一人はカール・モール」といった暗示的な書き付けが見られる。カール・モールはドストエフスキーが愛読したシラーの『群盗』の登場人物で、イワン・カラマーゾフに模せられることになるが、ここにはすでに敬虔な信仰者と無神論者の組み合わせが想定されていた可能性がある。См.: Достоевский Ф.М. ПСС. Т.15, С. 210.

18 Достоевская А.Г. Воспоминания. С.322-323.

19 Преподобные Старцы Оптинские. Жития и наставления. Свято-Введенская Оптина Пустынь. 2001. С. 219.

20 Там же. С. 227.

21 Там же. С. 234.

22 Достоевский Ф.М. Письма. ПСС. Л. Т. 30-1, 1988. С. 35-36. ; Соловьев В.С. Три речи в памяти Достоевского. 1881-1883. В кн.: Собрание сочинений В.С. Соловьева. Т. 3. С. 197. СПб., 1912. [Репринт в Брюсселе в 1966 г.]

23 Книги записей приезжающих посетителей (Оптиной пустыни). 25, 26 и 27 Июня 1978 г. РО РГБ. Ф. 214. No. 369.

24 Достоевский Ф.М. Письма. ПСС. Т.30-1. С. 36.

25 Достоевский Ф.М. Братья Карамазовы. ПСС. Т. 14, С. 46-47.

26 神の人アレクシイ〔俗名アレクセイ〕は四世紀ローマに生まれた聖人（克肖者）であるが、若い頃から神を求めて親元を去り、私有物を一切持たずに、すべてを貧しい人々に分け与えるといった聖なる暮らしをしていたことから、生神女マリアが直々にこの青年のことを「神の人」と名指したという伝説がある。ドストエフスキーは専らこの聖人について、ロシアでも流行した「巡礼歌（Духовные стихи）」を通して知っていたし、妻も証言しているように、神の人アレクセイを心底敬っていた（Достоевская А.Г. Воспоминания. С. 283.）。См.: ПСС. Т.15, С. 474-476.

27 Достоевская А. Г. Воспоминания. М., 1971. С.323.

28 Гроссман Л.П. Семинарий по Достоевскому. Пг., 1922. С. 67.

29 息子の死に先立って、ドストエフスキーがオプチナについての予備知識を持っていた可能性については、蔵書に『コゼーリスクの進堂祭オプチナ修道院の歴史的記述』、『レオニード長老の伝記』他の本があったことや、前年の七七年に友人のニコライ・ストラーホフがレフ・トルストイとともにやはりオプチナ修道院を訪れていることから、十分にありうることであった。これによって、六九年の「大いなる罪人の生涯」のプランの直後から、この修道院についてひそかに関心を抱き始めていたという推測も成り立つことになる。

30 先行研究には以下のものがあるが、そこでは資料紹介に主眼が置かれており、作家の創作理念との関係についての分析はほとんどない。См.: Священник Геннадий (Беловолов) Оптинские предания о Достоевском. В кн.: Достоевский. Материалы и исследования. М., 1996. Т. 14. С. 301-312.

31 Письмо к И.И. Фуделю от 19-31 января 1891 г. В кн.: Леонтьев К.Н. Избранные письма. 1854-1891. СПб., 1993. С. 554.

32 Письмо к В.В. Розанову от 8 мая 1891 г. В кн.: Там же. С. 568.

33 Поселянин Е.Н. Отец Амвросий: Его советы и предсказания. Журн.: Душеполезное чтение. 1892. No.1. С. 46. ; Е. Поселянин Старец Амвросий. М., 2009. С.79.

34 Архимандрит Агапит (Беловидов). Жизнеописание в Бозе почившего старца иеросхимонаха Амвросия. М., 1900. Ч.1. С.94.

35 アムヴローシイ長老はかつてレオンチェフの手紙に答えて、この関係をこう譬えたことがあった、「万人が念頭に置くべきことは、主の意に適った生き方をすることである。だがいかにしてか。まずは悔改と謙遜とによってである。だがお前にはこれでは足りん。主を債権者にして欲しいと言い、こう書いている、「主はわたしに何でもしてくれるが、わたしは主のために何一つしていない。これでいいのか」と。他人に借りがある人は、その借りを返さないうちは、贈り物など考えることさえできない。われわれも同じで、まずは死ぬまで継続される謙遜な気持ちからの悔改によって、罪という借金を返済することに意を用いなければならない」。長老はまた同じことを他の場所で、以下のように簡潔に表現している、「慈愛の主は我々に、心からの悔改以外に何一つ要求しない。つまりそれによって、悔い改める者たちを自らの天の永遠の国に導き入れるのだ。それは福音経にこう記されている通りである、「悔改せよ、蓋天国は近づけり」（マトフェイ福音三章二）」。См.: Душеполезные поучения преподобного Амвросия Оптинского. Свято-Введенская Оптинская Пустынь. 2009. С. 274-275.

36 Иеромонах Ераст (Вытропский). Историческое описание Козельской Оптиной Пустыни и Предтечева скита. Свято-Введенская Оптина Пустынь. 2000. С.175.

37 Леонтьев К.Н. Передовые статьи Варшавского дневника. В кн.: Восток, Россия и Славянство. М., 1996. С. 246.

38 Переписки К.Н. Леонтьева. Русский Вестник. 1903. Кн. 6, С. 425.

39 例えば、セルゲイ・フーデリは、ドストエフスキーの蔵書中に『オプチナのレオニード長老伝（Жизнеописание отца Леонида. М., 1875)』があったことから、そのモデルはアムヴローシイよりも、レオニードに近いことを立証しようとしている。См.: Фудель С.И. Наследие Достоевского. М., 1998. С. 171.

40 Иосиф, иеросхимонах. Н.В. Гоголь, И.В. Киреевский, Ф.М. Достоевский и К.Н. Леонтьев перед «старцами» Оптиной Пустыни. Журн.: Душеполезное чтение. 1898. Ч. 1. С. 162. ; Собрание писем оптинского старца Иосифа. Свято-Введенская Оптина Пустынь. 2005. С.726-727.

41 Смоличев И. По святым обителям. В Оптиной Пустыни: (Из воспоминаний студента Дух. Акад.) В журн.: Русский инок. 1914. No. 4. С. 245-246. Цит. по: Священник Геннадий (Беловолов) Указ. соч. С. 307.

42 Записки протоиерея Сергия Сидорова. В кн.: Оптина Пустынь (Православный альманах). СПб., 1996. Вып. 1. С. 123.

43 Стахеев Д.И. Группы и портреты. Листочки воспоминаний.: О некоторых писателях и о старце-схимнике. В журн.: Исторический вестник. 1907. No.1. С. 84-85. Цит. по : Священник Геннадий (Беловолов) Указ. соч. С. 308.

44 Поселянин Е.Н. Отец Амвросий: Его советы и предсказания. С. 46.

45 Архимандрит Агапит (Беловидов), Жизнеописание в Бозе почившего оптинского старца иеромонаха Амвросия. Ч.1-2. М., 1900. С. 94.

46 Иеромонах Ераст (Вытропский). Историческое описание Козельской Оптиной Пустыни и Предтечева скита. Изд. Оптиной Пустыни, 1902. С. 125.

47 См.: Федоров И.Г. Владимир Соловьев и православие. М., 2000. С.66.

48 Записки протоиерея Сергия Сидорова. В кн.: Оптина Пустынь (Православный альманах). СПб., 1996. Вып.1. С. 123.

49 Преподобный Варсонофий Оптинский. Беседы с духовными чадами. В кн.: Духовое наследие. Свято-Троицкая Сергиева Лавра. 1999. С. 184.

50 Павлович Н.А. Оптина Пустынь. Почему туда ездили великие? В кн.: Прометей: Историко-биографический альманах серии «Жизнь

замечательных людей». М., 1989. Т. 12. С. 84-91.

51 Преподобный Варсонофий Оптинский. Указ. соч. С. 185.

52 Достоевский Ф.М. ПСС. Т. 14. С. 58.

53 Там же. Т. 14. С. 25.

54 Душеполезные поучения преподобного Амвросия оптинского. Свято-Введенская Оптина Пустынь. 2009. С. 275-276.

55 Комментарий к "Братьям Карамазовым" Л.П. Гроссмана. В кн.: Достоевский Ф.М. Собрание сочинений в 10 тт. Т. 10. М., 1958. С. 485. 最後の二人、イオアンネスとイサアク以外はロシア人である。またパルフェーニイ以外は全員が聖人に列せられている。

56 Достоевский Ф.М. Дневник писателя за 1876 г. В кн.: ПСС. Т. 22. С. 43.

57 「チーホンのもとで」の章でチーホン主教が果たした役割が、秘密結社員（テロリスト）スタヴローギンの悔改の実現であったことは、ソヴィエト時代には半ば封印された事実であった。

58 Достоевский Ф.М. ПСС. Т. 14. С. 26.

59 Там же. Т. 14. С. 268.

60 Там же. Т. 15. С. 566.

61 『サロフのセラフィム長老伝（Житие преподобного Серафима Саровского）』（1845）の中でも白眉をなす、聖人がパンで熊を手なずけた奇跡については、聖人の甥の息子イワン・ミハイロフが伝える物語がオプチナに手稿として存在していた。筆者はコテーリニコフの以下の著作から引用した。Котельников В.А. Православные подвижники. М., 2002. С. 278.

62 Достоевский Ф.М. ПСС. Т.15, С. 202.

63 レフ・カヴェーリン（一八二一〜一八九一）は聖職者、宗教作家、歴史家など多彩な経歴をもつ。宗教者としてのキャリアは、三十歳の時、オプチナ修道院のマカーリイ長老のもとで見習い修道士となったことに端を発している。その後、オプチナで修道司祭となると（三十五歳）、ロシア伝道協会会長として五年間聖地エルサレムに務め、ロシア帰国後は新エルサレム復活修道院院長、そして一八七七年にトロイツァ・セルギイ大修道院院長に抜擢された。彼は『聖地エルサレム巡礼記』の他、上記の『歴史的記述』、それに『オプチナのマカーリイ伝』などを著すなど、終生オプチナ修道院との関係を絶やすことがなかった。

64 Там же. Т. 15. С. 527.

65 Там же. Т.14. С. 26.

66 Там же. Т.14. С. 37.

67 Там же. Т.14. С. 28.

68 Житие оптинского старца Макария. Составитель насельник оной же пустыни Архимандрит Леонид (Кавелин). Свято-Введенская Оптина Пустынь. 1995. С. 67-68. (Репринт)

69 Достоевский Ф.М. ПСС. Т.14. С. 267.

70 Там же. Т.15. С. 566.　この修道輔祭パラヂイは、上記「マカーリイ伝」にも登場する人物で、マカーリイは師レオニードと並んで絶対の信頼を置いていた。パラヂイは修道輔祭でありながら、やはり長老と呼ばれるほど、その知的素養と知恵の祈りにおいて優れ、マカーリイ長老がキエフに巡礼したおりに唯一同行した人物である。この長老の指導によって、若きマカーリイは「知恵の祈り」に取り組むことを時期尚早と考えたこともあった。См.: Житие оптинского старца Макария. Составитель Архимандрит Леонид (Кавелин). С.43.

71 Там же. Т. 14. С. 298-299.

72 Там же. Т. 15. С. 531, 533, 548.

73 Там же. Т. 14. С. 285.

74 Там же. Т. 14. С. 27.

75 Там же. Т. 14. С. 29.

76 Жизнеописание оптинского старца иеромонаха Леонида. Свято-Введенская Оптина Пустынь. Репринтное издание М., 1875. С. 78.

77 Там же. С. 55.

78 Достоевский Ф.М. ПСС. Т. 14. С. 152-153.

79 Леонтьев К.Н. О всемирной любви. В кн.: Восток, Россия и Славянство. М., 1996. С. 321.

80 Жизнеописание оптинского старца иеромонаха Леонида. С. 56-57.

81 Там же. С. 65, 60.

82 Там же. С. 77.

83 Там же. С. 59.

84 Там же. С. 80.

85 Достоевский Ф.М. ПСС. Т. 14. С. 303.

86 Фудель С.И. Наследие Достоевского. М., 1998. С. 178.

87 Достоевский Ф.М. ПСС. Т. 14. С. 259.

88 Там же. Т. 15. С. 566.

89 ドストエフスキーの仇敵であったレオンチェフがアムヴローシイ長老の祝福のもと密かにクリメントの名で剪髪を受けたことを想起しておきたい（長老自身はシャモルジノにいたため、剪髪式を執り行ったのは長老の命を受けたヴァルソノーフィイ神父であったと推測される）。オプチナの歴史の中にはこうした事例がときおり起こっていた。剪髪後、数か月後にレオンチェフの病状が悪化すると、まるで予言したかのように、「治療も謙遜なのです」という言葉とともに彼をモスクワに送り出したのも長老の祝福によるものであった。剪髪は修道士にとって、死や悪に対する鎧のようなものである。他方、アリョーシャの場合は、ゾシマ長老による剪髪はなく、俗世における「修道生活」を課されたと見るべきである。長老の言葉にもあるように、剪髪をともなわずに、修道生活の「祝福」を得る者もありうるということである。これも修道院と俗世を隔てる壁を取り除くためのひとつの試みであった。

90 Жизнеописание оптинского старца иеромонаха Леонида. С. 168-169.

91 Достоевский Ф.М. ПСС. Т. 14. С. 259.

92 Там же. Т. 14. С. 328.

93 Там же. Т. 14. С. 58.

94 Достоевский Ф. М. Дневник писателя на 1880 г. ПСС. Т. 26. С. 150-151.

95 Там же. ПСС. Т. 26. С.164.

96 Достоевский Ф.М. ПСС. Т.14. С. 259.

97　Котельников В.А. Православные подвижники. М., 2002. С. 286.

98　Макарий Великий. Беседы. СПб., 1904. С. 56. Цит. по: Фудель С.И. Наследие Достоевского. С. 277.「霊的な貧しさ」とは「心の貧しき者（Блаженны нищие духом…）は福なり、天国は彼等の者なればなり」（マトフェイ福音五章三）を想起させる。

99　Тихон Задонский. Сокровище духовное, от мира собираемое. В кн.: Творения иже во святых отца нашего Тихона Задонского. М., 1889. Т. 4. С. 88.

100　注63を参照。

101　Свящ. Анатолий Просвирнин. Труды архимандрита Леонида (Кавелина) (1822-1892). В кн.: Богословские труды. IX. М., 1972. С. 226-240.

102　Ф.М. Достоевский. Письмо Н.А. Любимову от 11 июня 1879 г. ПСС. Т. 30-1. С. 68.

103　例えば、研究者ブダノワの以下の書は、この点について従来の研究には見られない一歩踏み込んだテクストの比較分析を試みている。См.: Н.Ф. Буданова. И свет во тьме светит... СПб., 2012.

104　ここで取り上げる「見習い修道士」とは послушник を訳したもので、マントなしの修練士（инок）、マント付きの修道士（монах）へいたる前段階にあたる入門者のことを指している。彼らは通常、修道院で様々な奉仕や労務（послушание）を課され、長老（指導者）のもとで修道士として生きていくための準備を行うことが義務づけられている。

105　Архимандрит Леонид (Кавелин). Историческое описание Козельской Введенской Оптиной Пустыни. М., 1991. С. 118. [Репринт] Жизнеописание оптинского старца иеромонаха Леонида (в схиме Льва). Оптина Пустынь. 1991. С. 35-36. [Репринт изд. 1876 г.]

106　Ф.М. Достоевский. Братья Карамазовы. ПСС. Т. 14. С. 26.

107　Архимандрит Леонид (Кавелин). Историческое описание Козельской Введенской Оптиной Пустыни. С. 112.

108　Архимандрит Леонид (Кавелин). Историческое описание Козельской Введенской Оптиной Пустыни. С. 112-113; Того же автора, Жизнеописание оптинского старца иеромонаха Леонида (в схиме Льва) С. 29.

109　Ф.М. Достоевский. Братья Карамазовы. ПСС. Т. 14. С. 26.

110　Там же. С. 27.

112 Архимандрит Леонид (Кавелин). Историческое описание... С. 116-117.

113 Его же, Жизнеописание оптинского старца иеромонаха Леонида…С. 32-33.

114 同書がドストエフスキーの個人蔵書の中に含まれていたことも、その創作活動に消し難い痕跡を残したことを裏づける有力な裏付けとなっている。См.: Библиотека Ф.М. Достоевского. Опыт реконструкции. Научное описание. Отв.ред. Н.Ф. Будановой. 2005, СПб., С. 126.

115 Сказание о странствии и путешествии по России, Молдавии, Турции и Святой Земле постриженника Святыя горы Афонския инока Парфения. М., 1856. Ч. III. С. 85-132.

116 Ф.М. Достоевский. ПСС. Т. 14. С. 27.

117 Историческое описание Козельской Введенской Оптиной Пустыни. С. 114-115; Жизнеописание оптинского старца иеромонаха Леонида (в схиме Льва). С. 31.

118 Жизнеописание оптинского старца иеромонаха Леонида. С. 142. 事実、十九世紀初頭の多くの修道院では、神父の数が少なかったため、修道士か、ときには俗人でさえあったこれら長老の役割は重要であった。同書中にも、その例として、ボロフスクの克肖者パフヌーチイの修道院には七百名もの修道士が共住していながら、神父が一人もおらず、修道士の霊的な涵養は専ら長老たちによってまかなわれていたと記されている。См.: Там же. С. 154.

119 Ф.М. Достоевский. ПСС. Т.14. С. 27.

120 Там же, С. 82.

121 Там же.

122 Там же. С. 155.

123 Там же. С. 303.

124 Там же. С. 301.

125 この点に触れているのはブダノワの上掲書である。Н.Ф. Буданова Указ. соч. С. 116. セルゲイ・チェトヴェリコーフの序文が付されたアムヴローシイ長老の書簡とは以下の書物である。См.: Письма оптинского старца иеромонаха Амвросия к монашествующим.

M., 1908.

126 この序文の一節には、『カラマーゾフの兄弟』の「ゾシマ長老の談話と教説」からの一節（「控えめで……東方から輝き始めることになろう」T.14, C. 284）が引用されている。傍点は原文でイタリック。

127 Архимандрит Леонид (Кавелин). Жизнеописание оптинского старца иеромонаха Леонида. М., С. 74-75.

128 Там же. С. 14.

129 Там же.

130 Там же. С. 160.

131 Там же. С. 66-67.

132 Там же. С. 39.

133 アンナ・グリゴーリエヴナ・ドストエフスカヤの『回想』の中に見られる、オプチナについての夫と長老との会見を表す言葉より。注27を参照。

134 См.: Творения иже во святых отца нашего Аввы Исаака Сирианина. Слова подвижническия. Изд. 3-е. Сергиев Посад. 1911. Слово 56. С. 399.

135 『白痴』の創作ノートの第二版には「ハリストス公爵」という記述が現れるほか、謙遜なる典院ゾシマ、大ワシレオス、神学者グレゴリウス、イオアンネス・クリュソストモス（金口）、神学者イオアンの福音といった書き込みが随所に見出されるようになる。その後の展開においても、レフ・ムイシキン公爵は、絶えず布教を行い、教皇のこと、カトリシズムのこと、子どもたちへの愛について、赦しについて、パフヌーチイ〔十四世紀のアブラアム・チュフロム修道院の開基者〕について、ガーズ〔プロシア出身の医師〕についてなど口にするのである。

136 Достоевский Ф.М. Письмо А.Н. Майкову от 25 марта 1870 г. ПСС. Т. 29-1. С. 118.

137 Сочинения Св. Тихона, епископа Воронежского и Елецкого. М., 1836. Т. I. С. 3.

138 Творения иже во святых отца нашего Тихона Задонского. I. СПб., Записки о святителе Тихоне его келейников В.И. Чеботарева и Ивана Ефимова. С. 15. [Репринт]

139 Достоевский Ф.М. Бесы. гл. «У Тихона». ПСС. Л., 1974. Т. 11. С.30.

140 Там же. С. 29.

141 Там же. С. 30.

142 Достоевский Ф.М. Житие великого грешника. ПСС. Т. 9. С. 138.

143 Там же.

144 Плетнев Р.В. Сердцем мудрые (О «старцах» у Достоевского). В кн.: Вокруг Достоевского в 2-х тт. М., 2007. Т. 1. С. 254.

145 Сочинения Св. Тихона, епископа Воронежского и Елецкого. Т. I. 1836. С. 51.; Т. II. 1836. С. 73.

146 Творения иже во святых отца нашего Тихона Задонского. Размышление. XVII. Изд. 5-е. М., 1889. Т. I. С. 201-202. [Репринт]　人間の傲慢な理性中心の世界観に対して、天国を「芥子種」に喩えた主の教えを想起しておきたい。例えば、マトフェイ福音十三章三一を参照。

147 Там же. Слова, говоренные к воронежской пастве. Слово XII. Т. I. С. 90.

148 Творения иже во святых отца нашего Тихона Задонского. О Гордости. Изд. 5-е. М., 1889. Т. II. С. 157-158.

149 Там же. Краткие нравоучительные слова. Слово 22. Т. V. С. 209.

150 Преподобного отца нашего Иоанна, игумена Синайской горы Лествица. М., 1862.; Преподобный отец авва Иоанн, игумен Синайской горы. Лествица. 5-е изд. Козельская Введенская Оптина пустынь, 1898 [1-е изд. 1851 г.]. これらはいずれもドストエフスキーが参照した可能性のある版であるが、ブダノワは『悪霊』の創作ノート（Т. 11. С. 184.）に見出されるシャートフとスタヴローギン（公爵）との対話を天使と悪魔の論争に譬え、その根拠を階梯者イオアンネスの著作の以下の言葉に認めようとする、「悪魔は我々に最も簡単で有益なことを行うことを禁じ、むしろ最も困難なことに着手させようとする」（Слово 26. 164）（См.: Буданова Н.Ф. И свет в тьме светит... СПб., С. 76.）。

151 Достоевский Ф.М. Бесы. ПСС. Л., 1974. Т.10. С. 227.

152 Там же. С. 228.

153 Творения иже во святых отца нашего Тихона Задонского. Сокровище духовное. Брань. Изд. 5-е. М., 1889. Т. IV, С. 40.

154 Там же.

155 Там же.

156 Достоевский Ф.М. Братья Карамазовы. ПСС. Т.14. С.100.

157 Творения иже во святых отца нашего Тихона Задонского. Сокровище духовное. Брань. Изд. 5-е. М., Т. IV. С. 42.

158 Там же. Сокровище духовное. Он сделал дело свое, и отошел. С. 230.

159 Там же. Сокровище духовное. Чрево. С. 369-371.; Междоусобная брань. С. 356-357.; См.: Буданова Н.Ф. И свет в тьме светит... СПб., 2012. С. 77-78.

160 Там же. С. 370-371.

161 Достоевский Ф.М. Бесы. ПСС. Т. 11, С. 27.; Т. 12. С. 132.

162 Там же. Т. 12. С. 116.

163 Там же. Т. 12. С. 24.

164 Там же. Т. 12. С. 30.

165 Творения иже во святых отца нашего Тихона Задонского. О истинном Христианстве. Изд. 5-е. М., Т. II. С. 242-243.

166 ルカ福音十八章一〇～一四参照。ファリセイは週二回の斎を守り、収入の十分の一を教会に収めるような敬虔な信徒であったが、心の中では自分が税吏のような卑しい人間でないことに満足していた。つまり、自分が救われる運命にあることを確信する傲慢さの罪を負っていた。他方、税吏は自分の生業の罪深さを深く恥じ入り、天を仰ぎ見ることもできず、自らの胸を打って神に赦しを乞うたのである。神が義となしたのは、この税吏に他ならなかった。なぜなら、これこそが謙遜の人だったのである。

167 Достоевский Ф.М. Бесы. ПСС. Т. 11. Подготовительные материалы. С. 184.

168 Преподобный отец авва Иоанн, игумен Синайской горы. Лествица, на русском переводе. Слово 4-е. Изд. 5-е. Козельская Введенская Оптина пустынь. Репринт: Свято-Троицкая Сергиева Лавра. 1898. С. 34.

169 Достоевский Ф.М. Бесы. ПСС. Т. 11. С. 25.

170 Преподобный отец авва Иоанн, игумен Синайской горы. Лествица, на русском переводе. Изд. 5-е. Козельская Введенская Оптина

пустынь. Репринт: Свято-Троица Сергиева Лавра. 1898. С. 20-21, 22.

171 Сочинения Св. Тихона, епископа Воронежского и Елецкого. Т. VI. 1836. С. 68.

172 Достоевский Ф.М. Братья Карамазовы. ПСС. Л., 1976. Т. 14. С. 293.　ドストエフスキー全集版によれば、ここには「自分の血をする」イメージをシリアのイサアクの思想に求める注が付されているが、筆者はザドンスクのチーホンを介して聖師父の思想と出会った可能性が高いと考えている。

173 Там же. С. 292.

174 マトフェイ福音五章三～一一において、イイスス自らが教える理想の生活は、福《さいはひ》＝блажены という概念で表現されている。「神《しん》の貧しきものは福《さいはひ》なり、……泣く者は福《さいはひ》なり、……温柔なる者は福《さいはひ》なり、……」（真福九端という）。

175 Сочинения Св. Тихона, епископа Воронежского и Елецкого. Т. II. С. 74-75.

176 Достоевский Ф.М. Братья Карамазовы. ПСС. Т. 14. С. 289.

177 Творения иже во святых отца нашего Тихона Задонского. Изд-во 5-е. М., 1889. Т. III. Статья седьмая. гл. 7. О должности господъ и рабовъ ихъ. С. 366-367.

178 Сочинения Св. Тихона, епископа Воронежского и Елецкого. Т. II. 1836, С. 27.

179 Достоевский Ф.М. Братья Карамазовы. ПСС. Т. 14. С. 293.

180 Творения иже во святых отца нашего Тихона Задонского. Т. II. Записки о святителе Тихоне его келейников В.И. Чеботарева и Ивана Ефимова. С. 32.

181 Достоевский Ф.М. Братья Карамазовы. ПСС. Т. 14. С. 65-66.

182 Плетнер Р.В. Сердцем мудрые. (О старцах Достоевского.) В кн. : О Достоевском. Сборник статей под редакцией А.Л. Бема. Прага 1929/1933/1936. М., 2007. С. 256.

183 Достоевский Ф.М. Братья Карамазовы. ПСС. Т. 14. С. 259.

184 Творения иже во святых отца нашего Тихона Задонского. Изд. 5-е. 1889. М., Т. IV. С. 179-180.

185 Достоевский Ф.М. Братья Карамазовы. ПСС. Т. 14. С. 265.

186 Творения иже во святых отца нашего Тихона Задонского. Изд. 5-е. 1889. М., Т. II. С. 232.

187 Там же. Т. IV. С. 50, 53.

188 Достоевский Ф.М. Братья Карамазовы. ПСС. Т. 14. С. 327.

189 Митрополит Сурожский, Антоний (Блум). Духовное путешествие: Размышление перед Великим Постом. М., 1997. С. 60.

190 Степанян К.А. Человек в свете «реализма в высшем смысле»: Теодицея и антропология Достоевского. В кн.: Ф.М. Достоевский и Православие. М., 2003. С. 207.

191 Достоевский Ф.М. Дневник писателя за 1876 г. Февраль. ПСС. Т. 22. С. 43.

192 Лихачев Д.С. Поэтика древнерусской литературы. 3-е изд. М., 1979. С. 19.

193 Кусков В.В. Характер средневекового миросозерцания и система жанров древнерусской литературы XI – первой половины XIII в. Вестник Московского университета. Сер. 9. Филология. 1981. No.1, С. 8.

194 Достоевский Ф.М. Записки личного и издательского характера из записных книжек и рабочих тетрадей 1860-1881 гг. ПСС. Т. 27. С. 106.

195 Алексей Ланцов. Будут все как дети Божий... СПб., 2012. С. 25.

196 最近の研究の代表例は、ブダノワの以下の書物である。Буданова Н.Ф. Ф. М. Достоевский и святые Древней Руси (Феодосий Печерский, Сергий Радонежский и Нил Сорский). В кн.: Сергиева Лавра в истории, культуре и духовной жизни России. Сергиев Посад. 2002.

197 注56を参照。

198 その前年の七七年には、作家の勧めで、妻アンナが子どもたちを連れて、キエフに巡礼に出かけたことも記憶すべき事実である。アンナはその洞窟修道院の印象について、回想と夫への手紙で書き記している。См.: Достоевская А.Г. Воспоминания. М., 1981. С. 319 и др.

199 ドストエフスキーは『作家の日記』において、ネストルの名に直接触れていることから、作家が読んだのが洞窟修道院聖伝のネストルの版である可能性は高い。См.: Достоевский Ф.М. Дневник писателя. Книжность и грамотность. статья 2-я. ПСС. Т. 19. С. 43.

200 Житие Феодосия Печерского (Нестором-летописцем). В кн.: Библиотека литературы Древней Руси XI-XII века. СПб., 1997. Т. 1. С. 426.
201 Там же. С. 428.
202 Там же. С. 426-428.
203 Там же. С. 418-420.
204 Достоевский Ф.М. Дневник писателя за 1876 г. Февраль. ПСС. Т. 22. С. 43.
205 Достоевский Ф.М. Братья Карамазовы. ПСС. Т. 14. С. 285.
206 По цитату сайта: М.В. Зюбина Русский этический идеал и его отражение в русской литературе. http://literatura1.narod.ru/filologia.html（二〇一四年五月二十日閲覧）
207 Достоевский Ф.М. Наши монастыри. В кн.: журнал «Беседа» 1872 г. ПСС. Т. 21. С. 139.
208 Достоевский Ф.М. Братья Карамазовы. ПСС. Т. 14. С. 29.
209 そのうち最も周到な研究といえるものは、ヴェトロフスカヤの以下のものである。См.: Ветловская В.Е. Поэтика романа «Братья Карамазовы». Л., 1977.　また日本では江川卓が『謎解きカラマーゾフの兄弟』において、神の人アレクセイにまつわる宗教詩を取り上げて、土着化した理想像となったことを証明した。第Ⅳ章「巡礼歌の旋律」参照。
210 Достоевский Ф.М. Братья Карамазовы. ПСС. Т. 14. С. 5.
211 Достоевский Ф.М. Черновые наброски к «Братьям Карамазовым». ПСС. Т.15. С. 203. このイリインスキーはドストエフスキーがオムスクの監獄で知り合った実在の人物である。
212 Достоевский Ф.М. Братья Карамазовы. ПСС. Т. 14. С. 18.
213 Там же.
214 Там же. С. 19.
215 Там же.
216 Там же. С. 20.

217 См.: Ветловская В.Е. Литературные и фольклорные источники «Братьев Карамазовых». Достоевский и русские писатели. М., 1971. С. 337.

218 Достоевский Ф.М. Братья Карамазовы. ПСС. Т.14. С. 19.

219 Алексей Ланцов. Будут все как дети Божий... СПб., 2012. С. 32.

220 Лихачев Д.С. Развитие русской литературы X-XVII вв. Л., 1973. С. 53.

221 Захаров В.Н. Христианский реализм в русской литературе – Постановка проблемы. Евангельский текст в русской литературе XVIII-XX веков. Петрозаводск. 2001. С. 16.

222 Достоевский Ф.М. Записки личного и издательского характера из записных книжек и рабочих тетрадей 1860-1881 гг. ПСС. Т. 27. С. 65.

223 Достоевский Ф.М. Дневник писателя за 1873 г. Февраль. ПСС. Т. 22. С. 45.

第三部

第九章　オプチナ修道院における聖師父文献の出版事業（一）

――パイーシイ・ヴェリチコフスキーからキレエフスキーにいたる聖師父文献の翻訳史をめぐって――

序

正教会の神認識というものは、霊的な体験の発見が奉神礼（Богослужение）を通じて実現されるものとして、伝統的に認知されてきた。教会生活の意義もその点に認められ、それが実生活の礎になっていると言っても過言ではない。十九世紀のロシアにおいても、こうした理解は久しく忘れられていた中世以来の霊的伝統への回帰を促し、世俗の知識人を修道院へ、さらにはそこで開花した長老制へと惹きつけていくことになった。とはいえ、一般の正教徒にとって、神秘主義的な正教神学が学問的知識同様に簡単に理解・習得されるわけではなく、教会生活の核心部分でもある聖体礼儀（Божественная литургия）を介して初めて体験されうるものであったことは言うまでもない。「正教は聖体礼儀の実践があるところに維持されてきたし、今も維持されている」[1]という長司祭メイエンドルフの言葉を待つまでもなく、キリスト教、なかんずく正教の知識の源泉は、つねに神秘主義的な教会体験に基づくものであり、それが神の国へ旅することをも意味していた。それならば、奉神礼が依拠するキリスト教（典礼）神学とは、祈りによる体験的蓄積の神学であり、それが十九世紀のロシアのインテリゲンツィアにとっては、キリスト教教義に関する知識を生活の中で吸収する唯一の方法であり、源泉でもあったと見なす根拠もこの点にあると言うことができるだろう。

現在、東方キリスト教が世界でも有数の神学的伝統を担っていたという事実そのものが忘れ去られようとしている。例えば、大ワシレオス、イオアンネス・クリュソストモス、証聖者マクシモス、グレゴリウス・パラマスといった神学者の著作の内容に関する問いに対して、現在どれほどの知識人に答える準備と能力が備わっていようか。さらに、ロシアの教会生活の実践者として多くの偉業を残したラドネシの克肖者セルギイ、ソラの克肖者ニール、パイーシイ・ヴェリチコフスキー、そしてオプチナの長老等の活動の神学的基盤にそれらがどれほどの影響を与えたかといった問いになればなおさらである。

グラディシェワ氏も指摘しているように、ローマを中心とする世界史的規模の科学的思考の発展にカトリシズムが果たした役割はいくら強調してもしすぎることはないが、西欧の神学や諸学問に見られるキリスト教精神のこうした理解は、奉神礼を唯一の教科書とするロシアにおいて驚くほど欠落していた。[2] だが、歴史を介して思想が受け継がれるという展望を認識していたことは確かであり、中世のキリスト教神学は、疑いなく、古代から現代にいたるまで綿々と受け継がれてきた伝統の発展経路に位置づけられていた。その意味では、ロシアの思想・哲学の淵源をビザンツ神学に求めようとする志向性はより明確に打ち出されるべきであった。古代からキリスト教への移行や聖師父学の時代は、聖アウグスティヌスのみならず、上述の東方師父たちによって綿密に考証されており、その大半はキリスト教教理の基礎を築いた人物であるにもかかわらず、それらはほとんど知られていないのが現状である。

十九世紀のロシア作家としていち早くこの問題に着目したゴーゴリは、『友人との往復書抜粋』において、「ロシア文化にとっての黄金時代」にあたるこの時代のロシア国家について先見の明を示した。ここではモンゴル・タタール人の侵入によってロシアの精神的伝統が断絶を余儀なくさせられた後、失われたものを回復させようと試みたものの、却って甚大な損害を蒙ったこと、[3] しかも、二十世紀の無神論的革命に先立ち、長司祭シルベストルの家庭訓からディドロ、ダランベールといった百科全書派に代表される十八世紀ヨーロッパ啓蒙主義への急進的傾倒が一世紀以上にわたって続くことが、ゴーゴリによって予見されていることを指摘するにとどめよう。[4]

その結果、ロシアでは、とりわけ西欧風の教養を身につけた上流貴族階級において正教的教会生活の経験は失われていった。つまり、彼等がハリストスの教えに源泉をもたない合理主義神学と結びつくことで、東方神学は外面的な儀式に取って替えられたのである。こうした意識は、十九世紀の後半にイグナーチイ・ブリャンチャニノーフ主教が以下の言葉で表現したことに近かった。

われわれは何と困難な時代に生きていることか。「地上から克肖者は乏しくなり、人の子等の真理も減少してしまった」。こうして神の言葉に飢える時代が到来した。分別の鍵を持っているのが聖書学者やファリセイ人たちというありさまだ!……キリスト教や修道制もまさに臨終の時を迎えている。敬虔さの形態は、かつてないほど偽善的ではあるが、なんとか支えられている。だが、人々は敬虔の力を……否認してしまった。ならば、泣いて、黙り込む以外にない。[5]

だが、もうひとつの真実も重要である。つまり、上記の事情にもかかわらず、正教的人生設計の試みは完全に消えてしまうことがなく、維持され、伝えられてきたことである。その再生はつねに聖師父の伝統とそこに基礎を置くビザンツ神学に着目することによってなされた。つまり、ルーシがビザンツより受け継いだ経験と思想の合一は一度ならず復興させられてきたという事実である。イワン・キレエフスキーは古代ロシアを論じつつ、ホミャコフに宛ててこう書いている、「知識の組織的原理と……キリスト教哲学は絶えず集められ、生きながらえてきました。……ギリシャの聖師父たちはいずれも……未だ形をなしていない大学の聖なる起源でもあるロシアの修道院の静寂の中で翻訳され、読まれ、筆写され、研究されているのです。……これら聖なる修道院はロシアの精神的な心臓部をなしています」。[6]

しかし、改めて強調するまでもなく、ピョートル以降の近代化の潮流は、正教信仰者の精神的経験と神学との間にかつて交わされた関係を忘却の彼方へと追いやってしまった。キレエフスキーはこの時期についてこう書き残している。「実際に十六世紀になると、われわれは多くの点で形式への敬意が、精神の敬意を凌駕していることに気づく。もしかすると、こうした不均衡の始まりをもっと早く調査すべきだったのかもしれないが、十六世紀にはそれはもう明らかになっていた」。[7]

この時期には、修道士の禁欲的理想が世俗の活動家や為政者の理想にとって替えられたことで、修道院の数が減少し、修道生活そのものの全体的な停滞期に入ったばかりでなく、修道院は啓蒙活動の源、学問的な知識の保護者にして宣伝者としての地位を徐々に失っていった。つまりキレエフスキーの言葉どおり、修道院が「大学として体をなすことはなかった」のである。その代わり、ピョートル時代には、十七世紀には始まっていた「ロシアの神学が西欧の虜となる」現象、さらには、教育全般の世俗化が急速に発展していくことになった。もっとも、修道院以外の場所に教育施設が創設されたことを以て、プロテスタント的意味における神学の合理主義化、ましてや世俗化への転換が起こったと見なすことは早計である。この問題については、パーヴェル・フロレンスキーがセルギイ大修道院とその教育施設の意義について以下のように論じているのを見てもわかる。つまり、彼はスラヴ・ギリシャ・ラテン・アカデミーを「大修道院（лавра）の養子」と位置づけ、ロシア固有の教会伝統における最初にして最高の教育機関として認めたのみならず、アカデミーが「その四百年に及ぶ活動の後に、ようやく生まれ故郷の住処に安息の地を見出した」ことに、それにもまさる歴史的意義を認めようとしているのである。[8]

国家の近代化の流れのなかで、修道院においても、俗世においても、神秘的・禁欲的経験を根底に有するかつての生活様式の意義は次第に低下していったが、この傾向は十八〜十九世紀になっても止むことはなかった。だが、すでに述べた通り、正教的営みを基盤とする古き伝統が消失することはなかった。それは世俗化の度合いを強めていく社会と共存する道を探りつつ、自らは水面下に身を隠したと言うべきかもしれない。いずれにせよ、修道生活の経験と聖師父神学との関係が断絶することはなかったのである。

この点できわめて重要かつ特徴的な役割を演じたのが、パイーシイ・ヴェリチコフスキーであった。実にこの人物をもって、十八世紀ロシアの修道生活の復興が開始されたと言うことができる。だが、皮肉なことに、パイーシイの修道士としての船出は、後の成功を裏うちするような優れた指導者との出会いがなかったことに最大の特徴があった。この間の経緯については、すでに触れているので繰り返さないが、[9] ここで想起しておきたい重要な点は、彼はこうした不運にも不満を抱くことなく、ロシア内外の修道院をめぐり歩き、聖師父文献を渉猟した結果、アトス山におけるセルビア、ブルガリア正教の修道院の中で、ギリシャ語の優れた写本を発見したことである。彼はロシア（モルダヴィア）へ帰還した後も、修道生活全般にまたがる経験の伝播のために尽力し、自ら率先して原文の翻訳、出版にいたる一連の文献編纂の中心的役割を果すことになったのである。

だが、文学史が雄弁に物語るように、十九世紀前半の、西欧流に啓蒙化されたロシア社会は、俗化した修道院の掲げる理想に何の関心も示さなかった。それはあたかも、パイーシイ・ヴェリチコフスキーが素地をつくった修道制の伝統とは無縁の営みを行なっているかのようであった。例えば、プーシキンは同時代の第一級の聖人であるサロフの聖セラフィムのことを知らなかったし、自作の詩に宛てたフィラレート府主教の返歌を直々に受け取るまで、モスクワにかかる博識な神学者が存在することも知らなかったことは、両世界の関係の希薄さを象徴する出来事である。

西欧的な生活様式が当時のロシア貴族の生活や教育に深く浸透していたことは疑いのない事実であるが、それを享受する人々にとって、それは現実の世界観の表現というより、むしろこの時代を生きるために必要不可欠な身だしなみのようなものとなっていた。西欧文化を自国の文化に接木することは、いかにその内容が歪曲されて病んだものであれ、他方では、目標とされた国内からの知識の発信を可能にするためには、必要不可欠な条件とされていた。だが、それを正教の霊的体験の中に定着させる点については、西欧主義者にとっても、必ずしも明瞭ではない理念をそのまま受容する必要性を感じなかった。むしろ、「受容のプロセスは自他の間の《差異》を実感させて、客観的評価や、それに対する批判的態度を取る可能性をも生み出した」[10]と言える。西欧文化がロシアの民族精神を養ったという常識が、長らく国家の公式見解とされてきたことも、逆説的な意味で、問題の深さを表しているのである。

だが、教養階級が西欧文化を受容することの真の意味を発見し、それに自らが関与していることを大々的に宣言したのは、プーシキンよりも若い同時代人のスラヴ派の人々であった。彼らは教会に対して冷淡であるか、形式的とはいっても信仰を保っていた四〇～五〇年代の教養階級出身の友好的かつ人道的な知識人であったが、それでも全員が知恵と心の働きのすべてを教会に委ねていたという点では共通しており、その意味では、神意によって生まれた集団と言っても過言ではなかった。とりわけ、ホミャコーフ、キレエフスキー兄弟、アクサーコフ兄弟、サマーリン、コーシェレフは霊的生活の実践と神学の諸問題の解決には不可欠な人材であった。西欧的教養と教会生活の和解と結合こそ、初期スラヴ派の思想家たちが提起した問題の本質であったが、具体的に行なったのは、俗人にとっては未知の分野であった聖師父の遺産の発掘であった。この分野で指導的役割を演じたのはイワン・ワシーリエヴィチ・キレエフスキーである。

雑誌『ヨーロッパ人』を編集したことから〝モスクワのヨーロッパ人〟と呼ばれ、ドイツ留学時代からヘーゲルやシェリングと文通していた当代一流の西欧主義者のキレエフスキーは、まずはノヴォスパスク修道院の長老フィラレート（プリャーシキン）、その後オプチナ修道院の長老マカーリイ（イワノーフ）の指導下に入ったことで、期せずして、パイーシイ長老を端緒とする十九世紀の修道生活の再興がロシアにもたらした「経験的神認識」の伝統にコミットすることになった。それまで西欧の啓蒙主義の本質をカトリシズムに認めていたキレエフスキーが、ロシアに生き残っていた霊的経験に長老を通じて直に触れることで、西欧から東方、ビザンツ、そしてアトスに伝わる伝統へと視点を移したとしても何ら不思議はなかった。二十世紀初頭にキレエフスキーを研究した長司祭セルギイ・フーデリが彼の「すべての書物にもまして聖なる正教の長老を見出すことを重要とみなした」[11]ことを高く評価したこともうなずける。それ以上に、キレエフスキーをロシアで聖師父学（教父学）に起源をもつ神学思想を復権させる理念を実行した人と見なしたことは大きな意味をもっていた。彼は妻ナターリア・ペトローヴナとともに、聖師父文献の翻訳、校正、出版の事業を担当し、主宰者の一人として活躍したが、そこで扱った文献は、階梯者イオアンネス、シリアのイサアク、ストゥディオスのテオードロス、新神学者シュメオーン、ソラのニール、それにこれらの文献を最初に収集したパイーシイ・ヴェリチコフスキーの伝記と翻訳も含んでいたが、それらを合わせると二十六冊もの書物と小冊子を数えた。書籍の出版はすべてオプチナ修道院で行なわれたほか、翻訳から校正までのすべての作業が修道士から神学大学教授、俗人の学者にいたる知識人の総力を結集させて行われたことを考え合わせれば、その組織能力の高さは特筆すべきものであった。

思想家としてのキレエフスキーの方向性について言えば、論考「ヨーロッパの啓蒙の性格とそのロシアの啓蒙に対する関係について」（一八五二年）、それに「哲学における新たな諸原理の必要性と可能性について」（一八五六年）において、東西の教育啓蒙活動の相互関係の問題点を整理しているが、「我が国の知的活動の方向性、個人生活の意味、共存関係のあり方のすべてがその解決にかかっている」[12]と言明するほど、それはロシアにとって決定的な意味をもつものであった。簡潔に言えば、キレエフスキーは西欧の思考様式をロシアの教養階級にとって唯一絶対的なものではなく、世界史において独特で、西欧とは異なる起源をもつ祖国に関する一種の原理的異論と見なしていた。のみならず、彼は西欧の教養が導入される以前の、ロシアは「野蛮人の集まりにすぎない」[13]といった偏見を、同国人たちが克服する可能性についても言明していた。以下の一節は、現代のロシア的思考様式の覚醒について語る彼の予言的見解である。

ロシアの学者が、偏見のない、探るような視線を己と祖国の内側に向けたのは、過去一五〇年のなかで初めてのことかもしれない。彼らはそこに新しい知的生活の要素があることを学び、以下のような奇妙な現象に驚かされたのである。つまり、ほとんどすべての領域において、ロシアとその歴史、その信仰、啓蒙の根本的基盤、それに古くからのロシアの生活や民族の性格と知性に基づく啓蒙の明るく、未だ温かい痕跡を辿ることのできるほとんどすべての領域について、彼らは騙されていたことに気づいて唖然としたのである。それは、誰かが故意に彼らを騙そうとしたからではなく、西欧的教養に対する絶対的な愛着、ロシアの野蛮性に対する無意識的な偏見といったものが、これらの問題に対するロシアの分別を曇らせてしまったのである。[14]

理性と信仰の関係から言えば、この比重によって西欧とロシアは明確に区別されるというが、十七世紀のアレクセイ・ミハイロヴィチ帝の時代に、文化、学問から社会、日常生活にいたるまで完全に西欧化したロシアの中で感じられた西欧文化の危機という停滞現象は本場の西欧以上であったというキレエフスキーの評価自体が多分にアイロニカルであることは否めない。だが、その理由は、「西欧人は固有の抽象的理性を過度に発展させることで、抽象的理性に発していないものも含め、いかなる信念に対する信仰をも失ってしまうが、こうした理性偏重の結果、ついには全能性に対する自身の信仰の最後の一滴まで失ってしまった」[15]ためであった。社会との関わりの中で、学問的成功や新事実の発見といった知的発展が優勢になると、人類の知識の集積から導きだされる最終的結論は人間の内面的意識にとっては否定的な価値しかもたなくなってしまう。本質的意味の欠如した人間生活が陥る危機的な状態でもある、所謂霊的アパシーの病こそ、現代における宗教のもつ意味を考えるうえできわめて重要な概念であることにキレエフスキーは気づいていたのである。

ここで確認しておきたいのは、キレエフスキーは西欧文化との断絶を主張しているわけではないということである。むしろ、彼は西欧との関係なくしてロシアの運命はないと考えていた。それを前提として、彼が訴える西欧文化や西欧哲学の受容方法の見直しとは、ロシア思想の解決として、その役割と関係性を見直すことであり、ロシアの神学思想は西欧の形而上学や聖師父学の路線の上で発展しているという固定観念からの転換を求めることでもあった。つまり、キレエフスキーは「ロシアの自意識は、独自の霊的土壌の上で独自の哲学を構築することが〝可能でもあり、不可欠でもある〟」という結論に至るのである。[16] キレエフスキーが予言したロシア神学思想の発展やロシア社会の霊的基盤の形成は、革命によって頓挫してしまうが、その後、白系ロシアの亡命者たち、とりわけ、ウラジーミル・ロスキー、ゲオルギイ・フロロフスキー、イオアン・メイエンドルフらがロシア神学思想（宗教哲学）の問題を受け継いで、それを実現に導いた。彼らは四世紀の聖師父に始まり、証聖者マクシモスやグレゴリウス・パラマスらを介して、ロシアとビザンツ神学思想の伝統を復活させようと努めたのである。

本論では、オプチナ修道院のマカーリイ長老の霊の子となったキレエフスキーが、パイーシイ・ヴェリチコフスキーによって開始され、修道士や俗人が共同で受け継いだ聖師父文献出版事業を通して、自らの思想的信条をいかに変化させ、その結果、ロシアの発展経路とは異なるビザンツの神学思想に馴化させていったのかという問題に絞って考察していきたいと思う。

一、十九世紀前半のロシア・宗教思想の顕在化とキレエフスキーをめぐる環境の変化

キレエフスキーの生きた時代は、ロシア思想がかつてないほど精力的に人格の哲学（философия личности）の正教

的な根源を志向し、歴史の意味を掘り下げるために過去に向き合った時代である。その結果、ロシア思想はホミャコーフのように存在の意味を考察し、「見える理性」を志向するか、キレエフスキーのように「知恵と心の全一性」、つまり「信仰する理性」を志向するかという選択に行きつくことになるが、これは奇しくも、ロモノーソフが学問の最終目的として掲げた、永遠の書物のなかで、いかにして「万人に不死を与えるか」という問題にも繋がっていた。十九世紀の創造的インテリゲンツィアが求めたものが新しい秩序や真理ではなく、ピョートル帝政の諸条件の中で、世代を超えて受け継がれてきた生きた伝承性を再建することであった点は注目に値する。こうした歴史の法則を文学の領域で最初に表現したのはプーシキンであるが、その具体的内容を練りあげたのは、ロモノーソフらに代表される超越的志向性をもつ学者や思想家たちであった。マグニツキイ、カラムジン、ウヴァーロフ、シェヴィリョーフ、ナデージジン、チャアダーエフといった人々は各々依拠する立場こそ異なるものの、一様に同様の志向性を有していた。

その後、十九世紀初頭の国民的歴史文化教育の理念に賛同するホミャコーフやキレエフスキーを中心とする「モスクワ派」が発足したことは周知の通りである。とはいえ、このグループの賛同者が全員思想的一致を見ていたわけではなく、彼らが自覚的に徒党を組んだわけでもないように、その才能や目指す方向は千差万別であった。当時はまだ〝スラヴ派〟という名称もなかったのである。だが、彼らが描いた理想とは、帝政ロシアを聖なるルーシへと導いた父祖の信仰の「闇を照らす一条の光」に刺し貫かれていたと言ってもよいだろう。

その最初にして最大の契機となったのが、ロシアにおける長老制（старчество）の復活である。十九世紀という時間軸から見れば、サロフの聖セラフィムは、その存在自体が長老制の復活を体現していたと言いうる。なぜなら、彼こそ「聖神（Святой Дух）の獲得」という何世紀にもわたって実践されてきた技術の完成者でもあったからである。こうした人々のおかげで、ロシア的理念は聖師父の信仰規則にも、そのロシア的モデルであるラドネジの聖セルギイとその弟子たちの事業にも関わりをもつことになった。

その結果、「人里離れた僧庵の静寂の中で、いかなる世俗の目的ももたない謙遜な修道士が、希望と恐怖の波にも、生活の喜びと苦悩にも気を紛らわすことなく、思弁と祈りを、思想と信仰を、自己完成の業と自己認識の業を結び合わせ、こうして抽象的概念によるばかりではなく、自己の存在の充満（вся полнота своего бытия）をもって、聖なる書物と聖師父の神学的な思考の中で彼に開示された最高の叡智の獲得へと向かう」[17]ことになる。この禁欲主義的な運動は社会的な広がりを見せるようになり、こうして獲得された「思弁」は世界におけるあらゆる思惟の頂点をなすとともに、その基盤とも見なされるようになったのである。

後期のキレエフスキーに特徴的なこうした思想は、かつては不可知とされていた「自己充足したインテリゲンツィアの終わりなき宗教の迷宮からの扉を開く鍵、すなわち、信仰する理性の鍵（ключ верующего разума）」[18]として説明されるようになった。「自己の存在の充満をもって最高の叡智の獲得へ向かう」という志向性が、キレエフスキーの場合は、モスクワのノヴォスパスク修道院の修道司祭フィラレート（スヒマ名フェオードル）とオプチナ修道院の長老マカーリイ（イワーノフ）との霊的交流が始まったことで、予め運命づけられることになったと言っても過言ではなかった。

> 知恵が主の法《おきて》の中を泳ぎまわるように自らを鍛えあげる必要があります。その法《おきて》を指針として、自分の生活を作り上げるべきなのです。[19]

これはサロフの克肖者セラフィムの教え（наставление）である。このセラフィム長老のもとに、祝福をもらうためにモスクワから二度ばかり、病弱な少女が連れてこられていた。この少女こそ、後にイワン・キレエフスキーに嫁ぐことになる、ナターリア・ペトローヴナ・アルベーネワであった。さっそく、〝みすぼらしいセラフィム長老〟は彼女の重い病をたちどころに癒してしまう。この体験は、彼女の霊《たましひ》の世俗離れした一隅を温め、生来の宗教的本性を輝かすものとなる、一生忘れえぬ思い出となった。加えて、神を畏れる敬虔さが、少女時代から彼女に備わっていたとなれば、なおさらである。彼女はわずか六歳にして、ノヴォスパスク修道院のフィラレート（プリャーシキン）神父の霊の子となったのである。このフィラレートがパイーシイ・ヴェリチコフスキーに発するアトスの伝統の正統な継承者であったことを思うと、彼女が霊父に聖師父の伝統の真髄を教わり、『フィロカリア（Добротолюбие）』の教会スラヴ語訳テクストを読まされていたことは想像に難くない。

フェオードル・プリャーシキン（上述のフィラレート神父）は若い頃、サロフの荒野の厳格な修道学校に通っていたが、その頃、たまたまプローホル・モーシニン（後のサロフのセラフィム長老）も当地で修行していた。その後、セラフィム長老は、修練士チモフェイ・プチーロフに出会い、「知恵のいとなみ（умное делание）」[20]の手ほどきを行なっている（一八〇五～〇八年）。ところが、強靭な体力と熱烈な信仰の持ち主であった商家出身の青年チモフェイは、この「知恵のいとなみ」を完成の域に導くために、あえて修道院を離れて、森のスキト（少人数の修行者のみによる厳格な修道生活の場）に移ると、パイーシイ・ヴェリチコフスキーの経験豊かな継承者たちの指導下に入ることを希望したのだった。将来掌院モイセイの修道名を取ってオプチナへ移った後、そこの主管として（一八四二～五八年）ロシアの長老制の復活に尽力することになるのは他ならぬこの人物であった。また彼の実兄イサイヤ（イオナ・プチーロフ）が克肖者セラフィム神父の永眠から九年後にサロフの僧院の管轄者に任命されたことも、サロフとオプチナがともにパイーシイ・ヴェリチコフスキーの伝統の継承地となっていることの縁を感じさせる。さらなる淵源をたどれば、ラドネシの典院セルギイのもとでルーシの精神的統一の必要性と第三のローマの理念の構築を学んだモスクワ帝室と修道士たちの連帯性もこれによって説明されるし、一度時代を下れば、ペテルブルグの帝国崩壊に先立つ、帝政ロシア最後の司牧者、オプチナのアムヴローシイとクロンシュタットのイオアン神父への道もその延長線上にあったという事実に驚かされる。奇しくもロマノフ王朝最後のツァーリ、ニコライ二世が克肖者セラフィムの列聖に直接参与したことは、そこに潜む隠された意味の深さを雄弁に物語るエピソードではあるまいか。

しかし、サロフのセラフィムが知名度と影響力から見て、「聖神の獲得」を求める「知恵のいとなみ」の成功例としていかに優れた存在であったとはいえ、中世よりロシアに流入してきたビザンツの「霊性」の生き証人としては、一個人の成功例にすぎなかった。正教の禁欲主義的伝統の復活と、その発達の担保となりうるものとは、十八世紀末からパイーシイ・ヴェリチコフスキーがギリシャ語から翻訳した聖師父文献のロシアにおける普及をおいて他になかった。すでに他の箇所でも触れたが、この所謂「フィロカリア」の学校こそが、「知恵のいとなみ」の実践者であったオプチナのマカーリイ・イワーノフ長老をノヴォスパスクのフィラレート長老に結びつけた。つまり、フィラレートの助言にしたがって、マカーリイ長老はプロシャンスク修道院（ブリャンスク県）から、セラフィム神父直伝の「知恵のいとなみ」に理解を示したモイセイ・プチーロフ神父の住むオプチナに移籍することになったのである。彼はこのオプチナで、聖師父の古典的著作の出版に先鞭をつけることになる。これもやはりオプチナがパイーシイ・ヴェリチコフスキーの名と数多くの糸で結ばれていたことの証である。

この事業に関して、マカーリイ長老の代えがたい助手を務めることになったのは、ナターリア・ペトローヴナとイワン・ワシーリエヴィチのキレエフスキー夫妻であった。この二人はフィラレート長老亡き後、長老の遺言にしたがってマカーリイ神父の霊の子となるが、フィラレート長老は、あたかも出版事業の来たるべき開花を予感したかのように、この二人に数多くの貴重な手稿を手渡したと伝えられる。あるとき、友人で社会評論家のアレクサンドル・コーシェレフがキレエフスキーに向けて発した「何から読んだらいいのか」という問いに対して、書簡で以下のように答えていることも特徴的である。

君にとってあらゆる書物、あらゆる思考にまして重要なことは、君の指導者となり、君も自分の考えを余すことなく開陳し、それについて、多少なりとも賢明な彼自身のではなく、聖なる師父の判断を聞くことができるような、聖なる正教の長老を見出すことです。ありがたいことに、そのような長老はロシアにまだいます。君が真摯にそれを探せば、見つかるでしょう。それはモスクワにもいますが、言うまでもなく、在俗の司祭ではありません。（一八五一年七月十日付[21]）

こうした信念がキレエフスキーに確立されたのは、疑いなく、フィラレート長老やマカーリイ長老との交流によるところが大きい。概して、インテリゲンツィアが信仰にたどり着く道のりは果てしなく遠く険しいものである。イワン・キレエフスキーにおいても例外ではなかったし、それどころか、初期のキレエフスキーの思索が目指していた教会外的方向性は、神への疑念の表明というかたちを取ることもあったことから、しばしば妻を悲しませたといわれる。そんなイワン・キレエフスキーにも転機が訪れた。彼はフィラレート長老の霊の子である妻に、長老自らが自分に十字架を贈ってくれるなら、その十字架を胸にかけてもよいと約束したのである。妻の願いに対して、長老はその場で自分のかけている十字架を外して、「彼が救われんために」と言って渡してくれたエピソードについては、第一章で触れてあるのでここでは繰り返さない。

だが、この十字架の一件は、外面的な関係を暗示するにとどまらなかった。つまり、フィラレート長老がモスクワのノヴォスパスク修道院でひとり「知恵のいとなみ」に従事していたのは、サロフで同時に同じ修行を行なった聖セラフィム長老との繋がりがあったからではなかろうか。譲り受けた十字架の象徴性は「知恵のいとなみ」を介して、キレエフスキー夫妻をモスクワ、サロフ、オプチナにまで結びつける力となったのである。因みに、モスクワのスラヴ派の中には、キレエフスキーほど修道院や修道士との親密な関係をもつ思想家はいなかった。彼の転機の内容が「知恵のいとなみ」、すなわち、「絶え間なきイイススの祈り」の実践を前提としているとなればなおさらであろう。キレエフスキーはマカーリイ長老に宛てて、この祈りの合理的妥当性について説いている克肖者イオアンネスと同バルサヌフィオスの書物を参考にしつつ、根源的な問いをいくつか投げかけている。

四二八の問の答：祈りによって、言葉を発することなく、心の深みに入っていくことが心地よいのは、完成された人、夢想に迷い込むことなく、自分の知恵を統御することのできる人だけである。このような技術を学び始めた初心者は、深い海を泳げない人（не умеющие плавать）のように、深さを感じたら陸に上がらなければならない。そして少し休んでから、この泳法を完全に体得し、習熟した人々の仲間に入れるようになるまで、再び深みへと潜っていくことになる。（一八五五年三月二十二日付[22]）

ここで奇しくも、サロフのセラフィム長老の譬に「泳ぐ（плавание）」という語が使われていることにも注目しておきたい。「知恵は祈りを介して深い海を泳ぐことを学ぶ」というキレエフスキーの理念的雛形は、セラフィム長老のこの教訓に出会ったことで、自らがフィラレート長老の十字架をかけるまでの二十年間に亘って響き合うことになったのである。キレエフスキーはこうして、祈りというこの世のものならぬ果てしなき世界への浸透こそが、隠された人間の本質を徐々に変容させることになるという思想をすでに獲得していたのである。これこそ、セラフィム長老が幾度となく説いている「聖神の獲得」へと向かう新たな生活の第一歩であった。その意味で、キレエフスキーは霊的な素質をもつ貴族であり、その信仰のもつ繊細かつ大胆な色彩は、如何とも形容しがたい秘められた神秘のようなものであった。ナターリア・ペトローヴナの言葉通り、イワン・ワシーリエヴィチの「改宗」は外面的には写真のように一点一画疑いないものであるが、その内容はといえば、彼の教会生活の最も近しい目撃者でさえ杳として掴めないというのである。

二、キレエフスキーが見たビザンツ神学の光芒とロシアの正教的啓蒙の意味

研究者パンフィーロフの言葉を借りれば、キレエフスキーの信仰する「理性の鍵」は、まず「ロシアにおける啓蒙活動の歴史的起源ともいいうる有機的体系、つまり修道院を開いた」[23]ということに尽きる。キレエフスキー自身もこう言う、「ロシア全土に群をなして散在している我が国の修道院は、しばしば国内のあらゆる階層の出身者から成っており、ロシア全土の知的啓蒙について言うならば、それはちょうど西欧の諸大学が西欧人に施すそれのようなものだった。つまり修道院が中心となって、国民思想の性格は決定づけられてきたのだ」[24]。もっとも、ルーシは受洗後、急速に西洋並みの文化的繁栄を遂げたわけではなかったが、それでも変容の道を歩みだしたことは特記すべきことである。「そこ〔ルーシ〕では知識の組織的原理が集められ、それ自体が学問に正しい基礎を与えうるキリスト教哲学によって生きていた。ギリシャ人の聖師父たちの著作は、最も深遠な著述家たちも含めて、我が国に成立しなかったこれら大学の聖なる萌芽となった修道院の静寂の中ですべてが翻訳され、読まれ、筆写され、研究されていた」からである。因みに、哲学的で思慮深いシリアのイサアクはすでにロシアの十二〜十三世紀の文献（写本）目録に含まれている。キレエフスキーはこう感慨を漏らしている、「しかもこれら修道院は民衆と不断に接触できる関係にあった。この一事をもってしても、我が国の下賤な階級に対して、われわれがなし得ない啓蒙などあろうはずがなかったのだ」[25]。

中世ロシアに聖師父文献がどの程度普及していたか、われわれには知る由もないが、そうしたエピソードをひとえに古代の理想化と断じてしまうことはやはりできない。『ソ連邦に保管されているスラヴ・ロシア語の写本総カタログ』の十一〜十三世紀の項には、断片も含めれば、シリアのエフレム、神学者グレゴリウス、ダマスコスのイオアンネス、

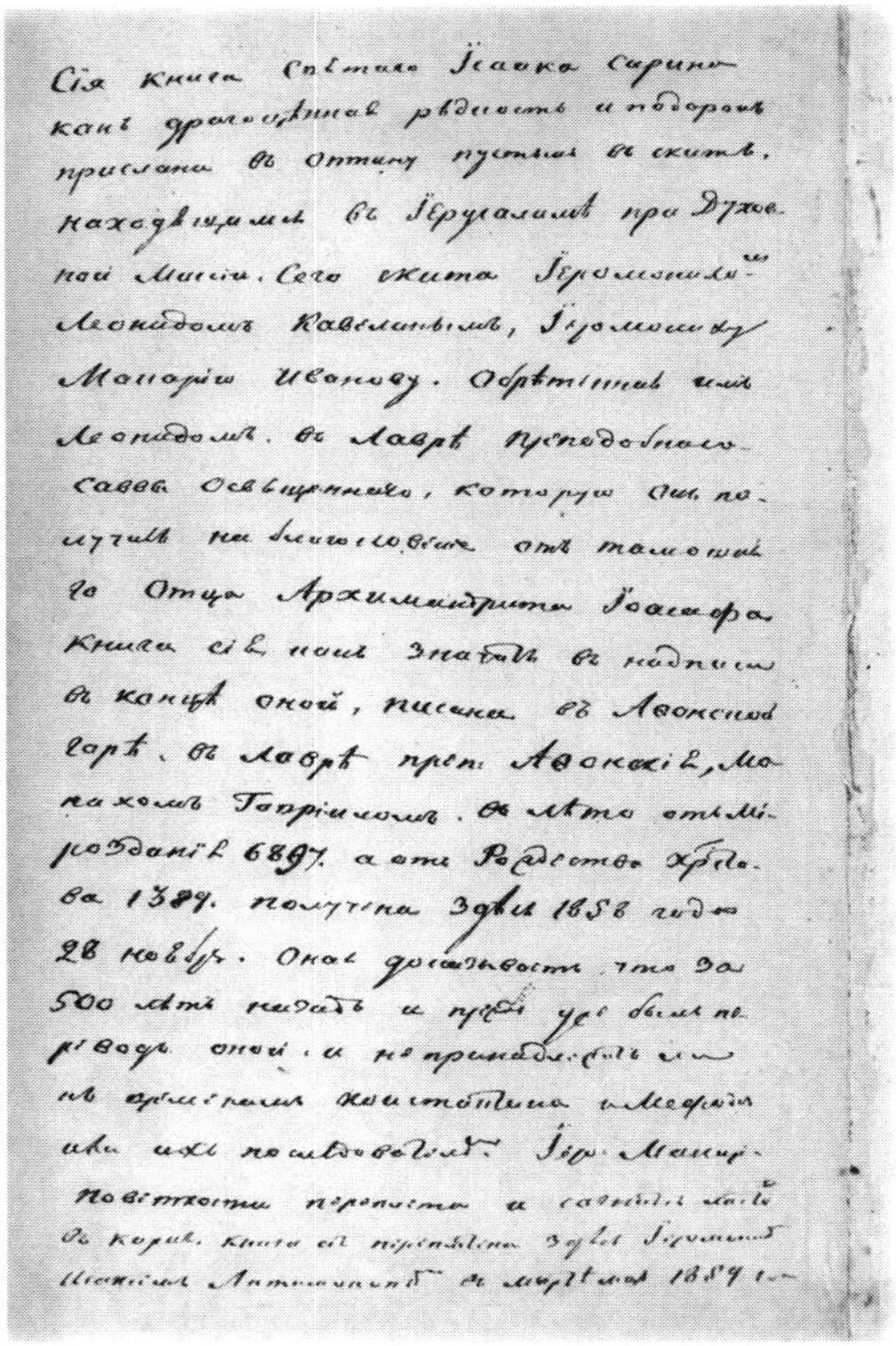
Сія книга Святаго Ісаака Сирина
какъ драгоцѣнная рѣдкость и подарокъ
прислана въ Оптину пустынь въ скитъ,
находящимися въ Іерусалимѣ при Духов-
ной Миссіи. Сего скита Іеромонахомъ
Леонидомъ Кавелинымъ, Іеромонаху
Макарію Иванову. Обрѣтенная имъ
Леонидомъ въ Лаврѣ преподобнаго
Саввы Освященнаго, которую онъ по-
лучилъ на благословеніе отъ тамошня-
го Отца Архимандрита Іоасафа.
Книга сія, какъ знать въ надписи
въ концѣ оной, писана въ Афонской
горѣ, въ Лаврѣ преп. Афанасія, мо-
нахомъ Гавріиломъ. Въ лѣто отъ Мі-
росозданія 6897. а отъ Рождества Хри-
ста 1389. получена здѣсь 1858 году
28 ноября.

オプチナの克肖者マカーリイの自筆写本「シリアのイサアクの斎に関する講話」アトス、1389年。（ロシア国立図書館　手稿部所蔵、Ф. 214. Опт. 462. Л.1а об.）

階梯者イオアンネス、ストゥディオスのテオードロス、証聖者マクシモス等の文献が挙げられている。[26] 十九世紀までの認識によれば、当時まで古写本に関して最も広範な収集を誇っていたのは、トロイツァ・セルギイ大修道院のコレクションであった。ところが現在では、シリアのイサアクに関して知られる唯一完全な写本は、一九〇〇年にブルガリアの学者からキエフ大学の図書館にもたらされた十三世紀の写本というのが定説となっている。ともあれ、トロイツァ・セルギイ大修道院所蔵の文献には、複数のシリアのイサアクの古写本が含まれており、最古のものには一三八一年の年号が付されている。[27] キレエフスキーが念頭に置いていたのは、おそらくこのことであり、一八三九年に『ホミャコーフへの回答』を書いたとき、彼はこの事実を知らなかったとグヴォズジェフは推察している。だとすれば、フィラレート長老からは聖師父文献の優れた翻訳者であるパイーシイ・ヴェリチコフスキーがイサアクの新訳に取りかかるにあたり、古いスラヴ語の写本を用いたとだけ聞かされていた可能性が高い。その実、アトスに存在した貴重な一三八九年版の写本は一八五九年に修道司祭レオニード・カヴェーリン（当時のロシア正教会エルサレム・ポドヴォリエ管長）によってパレスチナにもたらされ、それがオプチナのマカーリイ長老に贈られていた。マカーリイ長老の死後、それはオプチナのスキトの文書館に保管されていたが、ソヴィエト政権により修道院が閉鎖された後は、モスクワのレーニン図書館の手稿部に移管され、現在に至っている。

シリアの克肖者イサアクはキレエフスキーが最も敬愛した正教著述家であった。サロフのセラフィム長老も自らの指導に際して依拠したといわれるこの「沈黙の教師（Учитель молчания）」[28]にイワン・ワシーリエヴィチが出会ったのは一八三六年のことである。爾来、数奇な運命によって、この著作をオプチナ修道院で出版するために翻訳の校正と注釈の作成を行うことが彼の晩年の主たる仕事となった。キレエフスキーによれば、修道院文化の根幹を支える霊的書物の制作出版に携わる人々とは、伝統的に「俗世を離れ、華美な暮らしを避けて森へ入り、人気のない峡谷でビザンツ的キリスト教の最も深淵な叡智についての書物を研究し、それを理解する人々に教えるためにそこから出て行った[29]」人々のことであり、つまりこれこそがロシアの聖なる隠遁者たちであった。

このことは聖師父の教理がキリスト教の伝来とともにロシアに導入されていたことを彼が認識していたことを意味している。つまり、キリスト教的教養というロシア古来の知がロシアの生活習慣として定着したのは、彼らの霊的指導の影響なくしてはありえなかったからである。キレエフスキーは東方キリスト教・中世ロシア的な知性を西欧的な知性から区分させるための分水嶺を敷くことから開始するが、その前提となる理解は、西欧の書誌文化に特徴的な体系の論理的全一性、内的過程のカタログ化に対して、中世ロシアの書誌文化には西欧にない生きた組織体の有機的全一性というものがあった。ところが、時代が下るにつれて、「ロシア的知性」の発展は次第に変容し、西欧の影響下に入っていく。中世ロシア文化においてキリスト教の教理は「十全かつ純然に」表現されていたが、そこには同時に、根本的な長所のみならず、その後の発展にとって大きな危険も潜んでいると見なしたのである。

ロシアがよって立っていた伝承（предание）への尊敬は、自覚症状もなく、それを甦らせる精神から、その表面的形式への尊敬へと移り変わってしまった。イワン雷帝がその熾烈な結果でもあり、その一世紀後には分裂の原因ともなり、さらには自らの限界によって、知識人のある一派において、自身と相容れないもう一つの面、すなわち他者の形式と他者の精神への志向を生み出すことになったロシア的教養の一面性が生じたのはそのためなのである。[30]

この現象をロシアの聖性史の中で跡付けるためには、キエフ国家からモスクワ国家への移行期を経た十四世紀まで遡る必要がある。十四世紀に入ると、ビザンツやアトスにおける修道制のめざましい発展にともない、キリスト教の真の伝統は神秘的かつ禁欲的傾向を強め、世俗を離れて自己完成を目指すといった苦行的厳格さの中に認められるようになっていく。こうした伝統がモスクワ・ルーシに浸透してきたのもこの時代のことであり、その代表者はラドネシのセルギイであった。キレエフスキーはこうした伝統のロシアへの伝播について、以下のように説明している。「聖職者は国民すべての階級、社会の最下層から最上層までの階層から分け隔てなく構成されていたが、彼らはすべての階級と身分にその最高の教養を、ツァーリグラド、シリア、アトス等この時代の啓蒙の中心という最高の源泉から直に汲み取って広めていたのだ」。[31]

これと関連して、主著『ロシア神学の道』の中で、十四世紀をロシアの隠遁の最盛期であるとともに、危機と分裂の前夜とも見なしていた長司祭ゲオルギイ・フロロフスキーの指摘も注目に値しよう。その見解によれば、「第三のローマ」の理念は結果的に正教的視野を狭め、西欧に向かわせることになったというのである。その意味では、それに続くヴォロコラムスクのイオシフの所有派とソラのニールの非所有派の有名な論争も、そうした東西両伝統の対照性を背景にしていると見なしうる。

非所有派は他ならぬ世俗に発する道でありながら、世俗で何も所有すべきでないという。……他ならぬこの逃避を旨とする外ヴォルガの長老たち[32]の運動の真理は、観照の真理であり、知恵のいとなみの真理なのである。……外ヴォルガの長老たちが世俗に戻るのは、そこで組織をなすためではなく、教会生活そのものをさえ世俗化する運動と闘い、修道制に帰すべきことを想起させ、主張するためなのだ。[33]

フロロフスキーが外ヴォルガの長老たちを、教会の世俗化から荒野へと逃避した最初期のビザンツ修道士たちの事業の直接の継承者としている点は、上で指摘したキレエフスキーの見解と根本的に共通している。イオシフ派とニール派との間には明確な矛盾と対立点があったとはいえ、これらの伝統は同一の教会の二律背反的特質である以上、体と霊《たましひ》の関係さながらに、両者とも相手から目を離すわけにはいかない、相互依存関係にあったのである。

その結果、修道院の機能的タイプは、社会奉仕の理念を重視するものと（イオシフ派）、知恵のいとなみを重視するもの（ニール派）との二つの伝統へと分化していく。そのうち保守的・教理的伝統に基づく修道タイプは共住型（κοινό-βιος）を取り、そこでは修道院の土地所有以外にいかなる私物をも認めない、軍隊式とも言いうる厳格な規則が敷かれていた。こちらの特徴である生産活動と教育、慈善事業はこのような修道制をベネディクト修道会の規則に依拠した西欧的修道制へと否応なく近づけていた。他方、神秘主義・禁欲主義的修道制は、一定の自由が与えられた特別形態（ιδιόρυθμον）とも呼ばれるもので、独立した僧庵（ケリア）に二、三人ずつが居住し、手作業を行うために不可欠な道具を所有し、独立採算による修道生活を行なっていた。こうした場合、多くの修道士たちは自らの意思を全面的に委ねた長老の指導のもとに暮らしていたのだった。こちらの伝統においては、孤立し、沈黙が厳守される隠遁生活が定着し、社会との繋がりは完全に絶たれていた。このタイプの修道制は十四世紀のロシアの北方に数多く建設されたことが知られている。後者のタイプをさらに極限まで押し進めたものが、単独による孤立した修道形態であり、己の肉体に対するあらゆる配慮はすべて神のみに委ねられるというものであった。因みに、ロシアに長老制を導入したパイーシイ・ヴェリチコフスキーは後者の伝統（特別形態）を修道生活の理想にとってより相応しいと見なしていた。これについては後述する。

キレエフスキーが古代ロシアを賞賛するのは、修道院が教育の中心となり、国家に対する教会の役割は、体に対する霊《たましひ》の役割となり、宗教的信念が一致している点で、それが全一的（цельность）であるからに他ならない。

教会は修道騎士団、異端審問裁判、その他西欧の世俗的・宗教的決議を行なう世俗機関にまで教会性を付与することはなかったが、人々におよその知的・道徳的信念を浸透させつつも、国家の自然発展を妨げることは決してなく、目に見えぬ形で国家を至上のキリスト教的諸原理の実現へと導いていくのである。[34]

ところが十六世紀になると、法的規範が伝承に優越するものとして制定されるようになり、キレエフスキーはそこに教会や社会生活の整備のためにビザンツの政治体制から借用された論理的分別がロシアに定着する最初の兆候を見出すのである。

十六世紀には、実際に、形式に対する敬意が多くの点で精神に対する敬意に優越し始めていることに気づく。こうした不均衡の始まりは、もっと以前に探すべきだったかもしれないが、十六世紀にはそれはすでに顕著なものとなってくる。……同時に、ビザンツの個別法的決議が研究されるようになったばかりでなく、全教会的決議とほとんど相並び立つものとして尊敬されるようになっていった。そうなると、もはやそれらは全体的義務を負うかのように、ロシアにも適用すべしといった要求が表明されるようになる。[35]

改めて強調するまでもなく、ロシア正教の聖性の源泉は伝承によって維持された東方教会の知恵であり、その内容は聖神の獲得を通じた変容であり、形式を重視する合理的理性による法秩序の確立とは無縁のものであった。この点を象徴的に表しているのが、ロシアの聖像画の進歩であろう。エヴゲーニイ・トゥルベツコイは書いている。

十四〜十五世紀にかけてのロシア民族の霊的な成長を表す正確な指標はやはり聖像画（икона）である。我々はここで、偉大な民族的成功[36]の時代は、同時に禁欲主義が深まった時代でもあるという逆説的な事実に出くわすのである。すでに指摘したように、ルーシの聖セルギイの時代から修道院の数は急速に増加し始めた。これに関しては、ワシーリイ・クリュチェフスキーも認めているように、この時代に「俗世を棄てようとする志向が高まったのは、俗世に様々な災厄が増えたためではなく、俗世に道徳的な力が高まった」ことによるものであった。こうした霊的な力の増大自体は聖像画においても、ハリストスの受難についての強烈な感受性の中にも顕著に現れてきているのである。[37]

このようにロシアの伝承のもつ精神的内容よりも、形式の重視への移行を東方教会の中心的理念からの逸脱とする見方が、キレエフスキーに限ったことではないことは明らかであるが、そのキレエフスキーでさえ、成熟した哲学者としての経験と知見を以って、正教会に関する論評に対する批判を易々と批判すべきではないといった謙遜を保っていたことは驚くべき事実である。事実、彼は自らの思想を無分別に文壇に曝け出そうとせず、むしろ内面的思考の統制下に長らく温めるタイプの思想家であったが、それでも必要を感じれば、自分以外の外部の検閲に訴えることがあった。それは彼が論文「ヨーロッパの啓蒙の性格と、ロシアの啓蒙に対するその関係について」を執筆したとき、それを印刷に回すより早くマカーリイ長老のお目通しを願うために、オプチナ修道院に送付した点にも現れていた。

慈悲深い神父様、あなたにお願いがあります。仮にたまたま、私のために私の論文をお読みくださるご好意に与ることができるのでありますれば、修正を要する箇所に手を加えるという労をとっていただくことはできませんでしょうか。……私が東方教会の聖師父と古き時代のロシアについて語ることに関して、あなたの注釈をいただけましたら、それは私にとってきわめて重要な意見となるでしょう。私は真実を語っているつもりですが、同時に、それがあなたのようなお方だったら、これについてどのように判断することができるのだろうかと感じている次第なのです。（一八五二年の受難週に[38]）

しかし、キレエフスキーはマカーリイ神父との関係が始まった一八三九年頃、すでにロシアの神秘的・禁欲主義の伝統が国家にもたらした否定的な影響についての考察をまとめ上げていた。

我が国の歴史の一つの事実がこのような不幸な一大改革[39]の原因について我々に説明してくれています。その事実とは、百章会議（Стоглавый Собор）です。教会内に異端が現れた途端、精神の分裂は生活の中にも反映せざるを得ませんでした。程度の差こそあれ、真理から外れた党派が次々と現れてきます。新機軸を導入しようとする党派が古い党派を打ち負かしてしまうのは、古きものは、様々な異論に曝されることによって崩壊するからに他なりません。……このため、誤謬や無知による文献の歪曲が起こり、個人の判断や自分勝手な批評眼から修正が施されることになるのです。そのため、ピョートル大帝以前に、政府は分離派という名のもとに排除されることになる大多数の国民と見解の相違に曝されていきます。ピョートルが国家の一党派の長として、社会の中に別の社会を作ってしまい、すべてを従わせることになるのはそういうわけなのです。[40]

ここで問題にされている「古い党派」とは、言うまでもなく、百章会議で敗北したソラの克肖者ニールを中心とする「非所有派」、古い神秘的・禁欲主義的伝統を固守してきた人々のことである。その結果、十四世紀のラドネシのセルギイ以降、ビザンツから流入してきた静寂主義の伝統は、事実上、ピョートル時代に途絶えてしまうことになる。正確には、ピョートルの改革によって、正教の伝統は、教理的伝統も、神秘的・禁欲主義的伝統もともに実体をもたないものとされてしまったと言うべきであろう。それは総主教座の廃止にとどまらず、教会自体を、神秘的力を削ぎ落とした国家の一機関とすることで、プロテスタント的国家の実現を志向する共同体を生み出すことになったのである。それればかりか、ピョートル以降の政権はこぞって修道院文化に対して無理解であり続け、それを世の役に立たない穀潰しの社会現象と断罪したため、とりわけその本質でもある神秘的・禁欲主義的伝統を根絶させ、その影響力を最小限に抑えようと努めた。なかでも、修道士の数を減らす方策が修道制という制度自体の衰退を促したほか、僧庵に書くためのインクを置くことを禁止したことは、修道院の啓蒙的働きをも著しく低下させることになった。こうした動きも、正教会が庶民に正しい教えを啓蒙することを妨害し、国民が西欧発祥の異端的セクトの理念を熱心に取り込むことを助長したと言ってよいだろう。

歴史的に見れば、中世ルネサンス期に定着した書物の知識の価値基準には、その路線にしたがって進歩する人間の自我を神化させる傾向があったため、それを通過していないロシア的教養のイデオロギーにとっては受け入れがたいものであった。キレエフスキーは「ロシア的知性」は生まれながらにして正教的であり、そこからの逸脱は、西欧の書物の影響というよりは、彼らが通暁した教理、習慣の歪曲、教会への親近感の欠如に起因するものと見なしていたのである。他方、ヨーロッパ的な「教養人」のタイプは、良識と分別の宗教に属していると考えた。彼は書物の文化に根ざした合理主義的原理の自己充足への信仰の起源を、改革に対する熱狂的反応を予定したスコラ的文献の教義的圧力に晒された要求的神秘主義、もしくは不可知論の変種と見なしていたのである。

西欧の信仰者が信仰を救うためには、その盲目性を保ち、それを分別との接触から死守する以外に方法はないように思われる。……信仰における内的な統一と自由の欠如は、抽象的思考の中に統一を求めることを余儀なくさせる。人間の分別が神の啓示と等しい権利を得るならば、初めのうちこそ宗教の基盤として働くものの、それ以後は、自らが宗教にとって代わるようになる。[41]

キレエフスキーは地上的、個人的、社会的快適さを促進することができる西欧の法の潜在能力を予測することはできても、文化の書物的な崇拝を完全に受け入れることはできなかった。西欧人は自己意識の内奥において、「現実とのあらゆる関係から切り離されると、自身の肉体としての人格が苦悩したり、不安をいだく理由がないことを条件に、万物に同情し、万物を等しく愛し、万物を志向することのできる観劇者さながら、地上における抽象的存在になる」[42]と分析する。キレエフスキーによれば、西欧人に特有の書物文化の一面性は、プロテスタント的聖書学の発展に際して大いなる効力を発揮したものの、その内実は、解釈者たちが東方教会の聖師父の遺産を排除し、聖書の文字を「いかなる個々の人格にも」受容可能な平均的水準の理解に適合させることに成功したにすぎなかったのである。

プロテスタンティズムによって覚醒させられた哲学は、それが内面的にいかに高尚で規律正しいものであれ、各人に備わった論理的理性の領域に限定せざるをえなかった。その意味で、キレエフスキーは、すべての認識能力をひとつの力に統合することや、真理全体を認識するために必要不可欠な知恵の内的全一性は万人の財産とはなりえないと結論せざるをえなかった。それに加えて、彼は皮肉をこめてこうも言う、プロテスタントにとっては「相対的理性、否定的・論理的理性のみが共通の権威と見なされ、それだけが自分の結論を特定の個々の人格に対して無条件に是認することを要求することができるのだ」[43]と。神学的・哲学的ヨーロッパ気質に関する彼らの手の込んだ総括は、独自の民族文化の空間においてさえ、きわめて限られた読者のグループによってしか受け入れられることがなかったという指摘がそうした実態を如実に物語っている（ヘーゲルの哲学についても）。

ロシア的教養のイデオローグたちは、分裂したロシア・インテリゲンツィアに教養人（книгородный человек）へと奇跡的に変容して欲しいと期待したわけではまったくなかった。彼らはそもそも芸術・美学的、学問的、神学的教養に万能薬の役割を付与しようとしたわけではなかったからである。彼らの考えでは、書物を介した交流が時宜を得た好ましいものになるのは、人格的な交流と共鳴を妨害する動きに個人として対抗しようという衝動が生まれるときに限られていたのである。キレエフスキーはその根拠を以下のように説明する。

神学研究は万人に可能なものでもなければ、万人に必要なものでもない。愛智（哲学）の課業も万人になしうるものではない。知恵を浄め、それを至高の統一体へと集約する内的な注意を養うために、間断なく特別な訓練を行うことは万人に可能なことではない。しかし、自分の生活が進むべき道を自分の根本的な信仰の確信に結びつけ、いかなる行動も共通の志向の表現となり、個々の思想が共通の根拠を探し、一歩一歩が共通の目的へと導くために、主要な課業と個々の特殊な事業とをそれに一致させることは、万人にとって可能かつ不可欠なことである。それがなければ、人間の生活は何の意味ももたなくなってしまう。そうした人間の知恵は計算機となり、心はたまたま吹いた風が唸るだけの霊のない弦の集まりとなるため、もはやいかなる行動も道徳的な性格をもたなくなり、人間自体の存在がなくなってしまう。なぜなら、人間自体がその信仰でもあるのだから。[44]

霊的文学の知覚心理に並外れた洞察力を生かして、ロシアにおける聖師父文献の出版活動のために多大な貢献を果たしたキレエフスキーは、ロシア人が人格的基盤を形成する、つまり「人生の道」を「信仰への確信」に結びつけるためには、所属する社会階層に関わりなく、幼少時からの教会スラヴ語の習得が必要不可欠であると見なしていたことも併せて指摘しておきたい。初等学校における「非教会的印刷物」の優勢は、キレエフスキーによれば、その後、未成年が「多くのことを知っていても、学んだことをすぐに忘れてしまう」原因となっているという。つまり、「読書をするにも……最も重要なことがらである神の法《おきて》に関する認識は、聖書を読んだり、奉神礼を会得する習慣によって培われていなければ、たちまち記憶から消えてしまう」[45]というのである。

その意味で、キレエフスキーは、聖師父文献は教会スラヴ語の翻訳（現代ロシア語の注釈付き）で読む場合のみ有益であると見なした。その理由は、「西欧語では、西から東を志向する人が辿る揺るぎなき途上において確信を得るための最も重要な箇所で、それらは歪められている」[46]からであるという。このような場合、読者がいずれを選ぶかは、当人の霊的な経験の有無に関わらず、その精神的姿勢にかかっていると言うしかない。なぜなら、「すでに建てられている建物の亀裂を塞ぐことは、新たに建て直すよりも困難であるからである」[47]。

キリスト教の教理概念が千年にもわたって西欧語によって歪められてきた結果、「われわれは古代の聖師父の文献を読みながら、それらに自分流の理解を付け足してしまうことで、西の教理に合致しないものにも気づかなくなってしまう」といった現象が生じてしまう。こうした状況をふまえて、ロシア人読者には、基本的な教理のみならず、それらが導く結論にいたるまで、「正教の教理とローマ・カトリックの教理との相違について詳しく説明してくれる神学入門書が必要である」[48]と訴える。それがあれば、ロシア人読者は聖師父文献を、それが真実であることを完全に自覚して読むことができるからである。キレエフスキーの時代に、聖師父への入門書という役割を担う書物と言えば、ロストフの聖ドミートリイの著作に基づいて編まれた『霊《たましひ》についての入門書』と『府主教フィラレートの説教』くらいしかなかったとなれば、なおさらである。

一八五六年に『ロシアの談話』誌に掲載されたキレエフスキー最後の論文「哲学にとっての新しい原理の必然性と可能性について」は、正教国家ロシアの由来と来るべき運命、そしてこれから歩むべき道を解き明かそうとする内容をもった、哲学者にとっての総決算とも言うべき論文となった。彼は言う、「体系を学校的に構築することへの関心は冷めてしまったが、教養ある人々は誰しもが、社会生活のすべての迷路を通して、また学問の新発見のあらゆる奇跡と、そこから想定されるあらゆる無限の可能性を通して、自己の抽象的思考の指導的触手を伸ばすためのさらなる努力をしている。新しい哲学体系の発生は終わったが、合理的哲学の支配は続いている」[49]と。

キレエフスキーはもちろんここで学問や社会活動の成果を否定したわけではない。彼にとって、「ロシアの民族書誌文化の中に占めてきた正教の古典教養の優位性」は争う余地のない真実であった。だが、パンフィーロフの言葉を借りるならば、「教会に属する読者にとっても、霊的な言葉の放つ光はときに眩しすぎて理解できないことがある。そのため、えも言われぬ永遠性と響きあう、今日の人々とは比較にならない霊的心構えを有する人々によってその昔に創られた、力相応にテクスト理解を助けてくれる注釈、つまり、誰にも理解可能な〝世俗的な〟言い換えが必要である」[50]とキレエフスキーには思われたのだった。

ならば、キレエフスキーにとっての「哲学にとっての新しい原理」とは何か。パンフィーロフは「社会的意識の〝生きた〟有機的形式」であったと定義づけている。キレエフスキーの本意によれば、それは聖書と聖なる教会伝承への知的橋渡しをする哲学的原理を著した書物ということになろうか。ここにも、やはり十九世紀ロシアのインテリゲンツィアが、総じて初期キリスト教会の教養から乖離したことを憂う哲学者の意思が働いていることを読み取るべきである。キレエフスキーが思い描く理想郷とは、ロシアの民衆もインテリゲンツィアも、生来の認識力を結集して一致した国民的自己意識を獲得するために、民衆は生活面における歴史・文化的伝統への忠誠を維持し、インテリゲンツィアはそうした伝統の存在を見出して、書物による啓蒙的使命を果たしていくしかなかったのである。

民衆のために書物を著すことは、それ自体が善行であるのみならず、同情の心をもつ人間が想像し得るかぎりの最大の益をもたらす行為に含まれる。我が国の民衆は健全で知的な食べ物を必要としているのだ。[51]

三、パイーシイ・ヴェリチコフスキーから受け継がれたオプチナ修道院の聖師父文献の出版活動

オプチナ修道院の聖師父文献の翻訳と出版活動は、十九世紀ロシアの宗教的文学史の中でも頂点に位置する最大の啓蒙事業の一つと言っても過言ではない。ここに活躍する翻訳者や出版者たちは、いずれも前世紀のパイーシイ・ヴェリチコフスキーの弟子たちに発する教養ある伝統継承者であった。パイーシイ自身は、霊的生活と自己完成の根幹をなすものとして、長老制による霊的涵養を復活させたことで知られる。このパイーシイの代表的な研究者であるセルギイ・チェトヴェリコフ神父は、以下のような短い言葉の中に、彼の長老制の指導者としての素質を見事に表現している。

この人物の中には、個人の聖なる暮らしぶり、教育への愛、共同で修道生活を営む兄弟（修道士）たちに対する卓越した指導力、数多くの優秀な弟子たちの関心を自分に惹きつけて、霊的に教育し、周囲に正教的精神修養の大修行所を組織する能力、そして、聖師父の禁欲主義文学の古い翻訳の改訂と新規翻訳という重要かつ必要不可欠な事業を行なうに足る偉大な文学的才能が驚くべき形で結びついていた。[52]

パイーシイの弟子たちは十九世紀全般にわたって、ロシア中に散在する修道院で一旦は消滅した修行の伝統を復活させることに成功した。そのため、将来のオプチナの長老たちが、初めパイーシイの直弟子の弟子、もしくは見習い修道士の身分でオプチナにやって来ると、修行の実践と翻訳活動を通じて、長老制というものを理解し、体験したうえで復活・繁栄させることができたのである。事実、文献出版の分野におけるパイーシイ長老とその弟子たちの活動の成果はめざましいものであった。禁欲主義的著作集『フィロカリア』に収められた二十四点の聖師父著作が翻訳されたほか、[53]バルサヌフィオスとイオアンネス、アヴァ・ドロフェイ〔ドーロテオス〕、シリアのイサアク、階梯者イオアンネス、証聖者マクシモス、新神学者シュメオーン、アヴァ・タラシオスとテオードロス・ストゥディオスなどの作品も続いて翻訳出版された。

パイーシイの伝記はこうした活動を以下のように性格づけている。

パイーシイ・ヴェリチコフスキーは同時代の世界樹にギリシャ的修道制の祈りと禁欲主義の伝統を〝接ぎ木〟した人間となった。彼は何よりも禁欲的修行の実践を念頭に置いてそれを実行した。すなわち、長老制を復活させ、コリンフの成聖者マカリオス（一七三一～一八〇五）や聖山の克肖者ニコデモス（一七四九～一八〇九）に倣って、ビザンツの聖師父の神秘的伝統に基づく修道制の復活を予感させる、新たなスラヴ語による〝集大成〟『フィロカリア』を編纂したのである。そして、絶え間なき〝イイススの祈り〟についての古来の教理を復活させ、様々な攻撃からそれを擁護し、その類稀なる人格を中心として成立した文献学者、翻訳者、筆耕たちからなる多国籍学校の主催者として君臨した。[54]

同書には、パイーシイ長老が弟子たちに指導した翻訳の鉄則についても、いくつかの指摘があるが、その本質は「逐語訳の原則」を貫くことであった。こうした立場を主張する背景には、聖書やその他の教会文献のギリシャ語からスラヴ語への翻訳の原則が総じてこれに順ずるものだったことが挙げられる。[55] このパイーシイ学校の翻訳規則は、長老マカーリイ等によってオプチナ修道院にも導入された。その方法とは、パイーシイの翻訳から取られた多数の写本をギリシャ語の原文と照合した後、必要最小限の注釈と解釈をつけて出版するというものであった。これについて、長老マカーリイ自身がキレエフスキーに宛てて、「こうした労力が忘れられ、わずかな作品にのみ適用される方法とならないように[56]」と書いたように、出版活動に欠くべからざる理念として、徹底させようとしたことがうかがえる。

幼少期から聖師父の著作に親しんでいたとはいえ、プラトン（パイーシイの若き時代の修道名[57]）の修道生活の船出が決して順風満帆とはいかなかったことについてはすでに述べた。彼が生まれ育ったウクライナはユニエイト（合同）教会の影響が強く、十三歳で入学を許されたキエフ・モギラ・アカデミーにしても、学問的には東方の聖師父学よりも西方のスコラ哲学への傾倒が顕著であった。だが、こうした外的な要因の他に、彼はキエフでも、修道士になった後でも、ウクライナに聖師父の禁欲的伝統を受け継いだ霊的な師父（霊父）を見いだすことができなかったことが、逆説的ではあれ、その後の進路を決定づける要因となったのである。そうした状況を打破するために彼が考案した方法こそ、聖師父文献の写本を翻訳して出版することであった。これは、彼にとって、霊的な指導者を探し出すことに匹敵する意味をもっていた。パイーシイはウクライナを出て、アトス山の規則を保っていたモルダヴィアのキルクルのスキト（小規模の僧院）に到着すると、早速その契機が訪れた。彼はそこで、シリアのイサアクの古い写本を見出したのである。プラトンは「自分の庵室にすわって、歓喜の涙を流しながら、イサアクの言う、悔改と祈りの母たる、真の沈黙を学んだのだ[58]」と書き残している。

間もなく彼はスキトで自身の天命を予感させてくれる師父たちに出会うことになる。プラトンは彼らから「知恵のいとなみ」（祈りの一種）について以下のようなことを学んでいた。

真の謙遜（смирение）が生まれるもとには真の奉仕（послушание）がある。それによって、我意と判断、そして現世に発するすべてのものを抑制することができる。これこそが真の修道のいとなみの始まりであり、究極の目的なのである。これは見る（видение）こと、知恵による真の沈黙、分別の働きのみならず、心の中で常に働き続けるその聖なる力の一部によっても、その働きを注視し、心の中で実行されている知恵の祈りへ注意を払うことでもあるのだ。[59]

ここで言う〝見る〔知る〕〟こととは、禁欲的伝承によれば、理性の働きを重んじる論証的思考によって得られるものではなく、聖神の恩寵を求める祈りを通した知恵と心との協働関係（синергия）によって得られるものなのである。この場合、謙遜は法悦的認識を可能ならしめる最重要の条件となる。後期キレエフスキーが全身全霊を賭けて獲得しようとした、〝全一性〟に関する認識論的原理とは他ならぬこうした祈りによって可能となる有機的な人格でもあったのである。

修道士プラトンは知恵の祈りを習得することによって、禁欲主義の伝統の中枢に分け入ることを躊躇しなかった。モルダヴィアから近いアトス山には、その生きた手本があったからである。しかし、彼は一七四七年にアトス山に入ったものの、ここでも理想的な師父を見出すことはできなかった。彼はこうした逆境に曝されながらも、謙遜から、そこに神意の現れを認めずにはおれなかった。つまり、彼はここでパイーシイの名を取って（二十八歳）、所蔵されていた多くの聖師父文献の写本を渉猟することを許されたのである。彼自身が予感した通り、師父に代わる聖師父文献が自らにもたらしてくれる恩寵の意味を神が祝福したかのようであった。

心と思いを同じくする一人の兄弟〔修道士〕とともに、わが人生の王道を行くが如く歩むことにした。神父の代わりに神をわが指導者とし、聖師父の教えを胸に懐いてである。互いが従属しあい、奉仕しあい、一つの霊と一つの心をもち、自分の暮らしに必要なものはすべて共有財産とし、修道生活の道に備えるべく、聖書の言葉に基づき、聖師父等が証言した方法に遵うことによってである。[60]

パイーシイのこうした経験は、長老や師父がいなくても、書物を介して神秘的伝統に与ることができたことを示している。それから翻訳活動が彼の修道生活に占める中心的奉仕となるのは時間の問題であった。一七五七年頃から、パイーシイの周辺にモルダヴィア語とスラヴ語に通じた兄弟たちが集まるようになった。パイーシイは彼らに推されて司祭となり、パントクラートル修道院付属の預言者イリヤ名称のスキト長に就任した。すると、スキトの礼拝規則の誤謬は正され、万事が聖なる修道規則に則って厳格に営まれるようになった。スキトは文字通り、聖師父文献の翻訳とその実践を旨とする修道学校となり、その結果、パイーシイ自身がアトスで霊的な生活の基盤に据えるべきものとして教え込まれた、神への畏れに発する我意の切断と長老への服従が、そこで修行するすべての修道士たちに聖なる掟として課されることになった。パイーシイは昼間兄弟たちと手仕事に従事したが、夜は文献翻訳に従事した。彼がギリシャ語や古代ギリシャ語の学習を本格的に始めたのはこの頃のことである。

パイーシイは文献収集の経緯をモルダヴィアのフェオドーシイ長老に宛てて書き送っている。それによると、彼の関心を惹いた聖人はアトスではあまり知られていなかったため、彼らの著作の写本を探し出すことは困難をきわめた。それでも大ワシレオスのスキトでは、ダマスコのペトルス、大アントニウス、シナイのグレゴリウス、フィロテオス、イシキオス、タラシオス、新神学者シュメオーンなどの著作の写本を見出した。これらはすべてギリシャ語で書かれたものだったが、ギリシャ人の修道士でさえそれらを正確に読みこなすことができなかったため、スキトの修道士たちは特別な方法でそれを脳裏に焼きつけて、他の修道院に保管されている写本を探し回るという手段を取らざるを得なかったという。こうした探索のさなか、パイーシイのスキトに住み着いた修道士の数は増え続け、僧庵は手狭になったため、パイーシイはワラキア（一七六八〜一七七四年に露土戦争の結果、ロシア領に組み込まれた）のドラゴミルナ修道院に戻る決断をしたのだった。パイーシイは帰還後、スヒマを纏い、[61] 共住型の修道規則もアトスで用いられているものを導入した。彼が弟子たちに知恵の祈り（умная молитва）、意想の痛悔、我意の切断といった禁欲主義的技能を積極的に教えるようになったのはこの頃からである。さらに、食庵（トラペズナヤ）で修道士が食事している間、彼らのために、大ワシリイ、ストゥディオスのテオードロス、新神学者シュメオーン、階梯者イオアンネス、シナイのグレゴリウスなどの著作を自らが作成したスラヴ語訳で誦読した。彼はその当時、「いかなる体と霊《たましひ》のいとなみであっても、心の働きがなければ、それを実行する者にいかなる成果ももたらさない」[62] という確信を持つにいたっていた。シリアのイサアクの著作『霊的功についての言葉（Слова духовно- подвижнические）』について、キレエフスキーは「最も敬愛する正教著述家」と言ったが、この作品こそパイーシイが正教文献の最高峰と評価し、翻訳した版が弟子のレオニード・カヴェーリンを介してロシアのオプチナに贈られ、マカーリイ長老の指導下にあった修行者がもれなく正真正銘のバイブルと崇めていた著作である。パイーシイが若くしてこの書物に注目し、キエフの修道院にいた頃からすでに、覚書を作っていたことにもそれは表れている。彼の目には、同書は「正教の神秘的・禁欲的伝統の人間学と認識論が見事に表現された[63]」理想的な書物と思われたのである。

パイーシイの伝記においても強調されているように、当時この種の書物を翻訳することは、当然のことながら、多くの困難をともなった。パイーシイが使用したイサアクのテクストには、彼自身にも理解できない箇所が多くあったからである。だが、彼が写本を比較照合する必要に迫られると、まずはアトスの修道院でブルガリア語訳の写本が発見され、ドラゴミルナ修道院に戻った後も、修道司祭ニキーフォロス・フェオトキスという人物から一七七〇年にライプツィヒで出版されたギリシャ語版を贈られるといった幸運に恵まれた。しかし、同書を読むための語彙集は存在しなかったため、論旨を理解するためには、弟子たちが作成したモルダヴィア語の逐語訳を用いるしかなかった。そうした最中にパイーシイが書き残した以下の注釈は興味深い。「スラヴ語訳の本はギリシャ語のそれよりも表現が豊かになる。思うに、それはシリアのイサアクの表現よりも真実を言いあてているかのようだ。そのため、何らかのニュアンスを含むスラヴ語訳は、例外なくそのまま利用することにする」。[64]

伝記によると、一七八六年には、パイーシイはすでに完成した語彙集と十分なギリシャ語の知識を駆使して、シリアのイサアクの新訳に取りかかっていた。その頃、パイーシイはアトスから注文に応じて運ばれてきたギリシャ語の写本を所有していた。彼は印刷されたギリシャ語版を底本として用い、ギリシャ語の手書写本は副本として用いたという。しかし、彼はこの古写本の価値をも高く評価しており、上に引いた言葉どおり、スラヴ語訳にはこちらから直接借用したと証言している。総じて、彼は自分の翻訳に意味的な明解さを追求しながらも、忠実さには背くことのないように、ギリシャ語で明確に表現されている概念がスラヴ語においてうまく翻訳されていない場合、該当する単語と単語の間に相互関係を表す何種類かの印を書き込んでいた。翻訳行為に完成はなく、終わりなき理想に近づくための不断の変更可能性を残そうとしたのか、あるいは、後進の翻訳者たちに改善課題を残そうと意図したのかもしれない。

こうした態度は、シリアのイサアク以外の著作に関しても、一貫して適用された。それ以後、オプチナ修道院で出版されたパイーシイの個人訳としては、証聖者マクシモス、ストゥディオスのテオードロス、パラマスのグレゴリウス、シナイのグレゴリウス伝などがあり、それ以外に、彼の指導のもとで弟子が訳した大マルコス、階梯者イオアンネス、大バルサヌフィオス、タラシオス、新神学者シュメオーンなどもあった。いずれにせよ、翻訳に際して、羊皮紙や写本の単語が判読できない場合や、数行にも亘って脱落しているような場合、パイーシイが翻訳者に遵守するよう求めた原則は、（一）恣意的な単語やフレーズを付け加えない、（二）複数の写本を照合することで失われた原テクストを再構成する、(三) 単語の霊的な意味をその形式的な意味に優先させることであった。[65]

シリアのイサアクのパイーシイによる翻訳が出版されたのはニャメツ修道院（モルダヴィア領）においてであったが、当時外国からロシアへの宗教文献の持ち込みはフリーメイソンのロシアへの影響を恐れる当局によって固く禁じられていたため、ロシア国内で流行することはなかった。このことは、禁欲主義的修行をロシアに広め、古き正教の祈りの伝統を復活させようという運動にとって大きな支障となっていた。しかし他方、パイーシイが活躍したモルドワラキア地方はロシアと国境を接する隣国であったため、ロシア国内における修道院の迫害期（とりわけ、エカテリーナ二世期）に、こうした伝統の再興を準備する格好の温床となっていたことも事実であった。

そもそもパイーシイ自身は、禁欲主義文献の翻訳が俗世に広まることを望んでいなかった。その理由は、「師父の書物、それも真の奉仕とは何かについて、知恵の冷静さと沈黙のもたらす意味について、集中と知恵、すなわち心の中で知恵が働きかける祈りについて書かれた書物が役立つのは、専ら修道士にとってであり、一般の正教徒にとってではない[66]」と考えたからであった。

このような厳格な修道精神をもって、聖師父文献の翻訳に命を献げてきたパイーシイ自身が晩年になった一七九三年、弟子たちとともに二十年近く取り組んできた『フィロカリア（Добротолюбие）』のスラヴ語訳が遂に日の目を見ることとなった。同書はペテルブルグの府主教ガヴリイルの祝福を得て出版された、ロシア文学史上最大級の規模を誇る禁欲主義文学の金字塔であるが、これこそピョートル以前のロシアに存在していた修道制の復興を促す契機となった文献である。[67]

こうした動きに呼応するかのように、十九世紀に入り、自らフリーメイソンの会員であるのみならず、概して宗教活動に寛容であったアレクサンドル一世の時代になると、教会や修道院をめぐる事情は一変する。つまり、パイーシイとともに研鑽を重ねた修道士たちが、国境を越えてロシアの修道院に流入し始め、知恵の祈りを広めるための布教活動を展開するようになったのである。こうした禁欲主義的伝統を復活させる潮流が、長老制の復活を準備したオプチナ修道院に集結したことは、僥倖と言うべきであろう。こうしてパイーシイの翻訳事業は、ロシア全土の修道院に散在していた弟子たちによって継続される礎が築かれたのである。

オプチナから比較的近い場所では、スモレンスク県のロスラーヴリの森に僧庵をなして修行を実践したドシフェイ、ワルナワ、ニキータ、イアコフ、ワシリスク、ゾシマ、アドリアン、アファナーシイといった長老たちが、パイーシイ流の禁欲的修行を実践したことで知られていた[68]。また、アトス山やドラゴミルナ修道院でパイーシイと共に暮らした修道司祭クレオパとスヒマ僧フョードルは、ワラーム修道院に移り住んだことで、北方ロシアにこの伝統が発展する基盤をつくった。この二人の弟子であったのが、オプチナで一八三〇年代に長老制を復活させることになる長老レフ（レオニード）・ナゴルキンである。

パイーシイの翻訳をロシアに広めるという意味で顕著な貢献を果たしたのは、師パイーシイとモルダヴィアで七年以上生活を共にしたスヒマ僧のアファナーシイ（ザハーロフ）である。彼は一七七七年にパイーシイによってロシアに送り込まれた。彼はモスクワのノヴォスパスク修道院の修道士アレクサンドルとフィラレートと縁を結んだが、彼らはパイーシイとは面識こそなかったものの、文通した時期があったからである。このうちのフィラレート(プリャーシキン）こそ、キレエフスキー夫妻の霊の父であり、死の直前に夫妻にパイーシイ由来の写本を一部移譲していたのである。

マカーリイ長老の伝記を著した掌院レオニード（カヴェーリン）は、マカーリイ神父がパイーシイ派の正統な継承者であったことをこう断言している。

マカーリイ神父は自らの長老アファナーシイ神父のもとで、福たるパイーシイ神父の聖師父文献の全翻訳から取られた正確な写しを見出した。新たに作成し直したものもあれば、パイーシイの版を改訂したものもあった。長い間、テクスト照合の作業は、成長著しいこの修練士〔マカーリイ〕の庵室でのお気に入りの仕事となっていた。その後、彼がプロシャンスクの修道院からオプチナのスキトへ移ると、やはりパイーシイの親しい弟子であったフョードル神父の弟子、長老レフ（レオニード）神父の指導下で修行することになった。マカーリイ神父は聖師父文献に関しては彼以上に精通していた。[69]

長老マカーリイ（イワーノフ）は、パイーシイ・ヴェリチコフスキーの翻訳を読み、自己完成を目指す「知恵の祈り」を実践した禁欲主義の正統な後継者であったが、この先人の功績の意味を「至高のキリスト教的愛智（высшее Христианское любомудрие）を獲得した苦行者たちの著作を収集し、翻訳した」点に見ていたことは疑いない。つまり、マカーリイ長老も、「心の中の知恵の働きによって絶え間なく行われている、内的ではありながら、活動的で観照的でもある祈りの作用によって、ハリストスを愛する霊《たましひ》が浄められ、啓蒙され、神との合一に向けて高められる」[70]というメカニズムを理解したのみならず、自らもそれを志向していくことを決心したのである。そしてこの精神の全一性に基づく「至高のキリスト教的愛智」こそ、キレエフスキーがロシア独自の教育の根本的原理として復興させようとしたものであった。キレエフスキーにとって、パイーシイ長老の労作は、スラヴ派の世界観を謳う哲学・神学的意義のみならず、ロシアの未来の運命を占う歴史哲学的意義をも有するものであった。つまり、古代ロシアの霊的、社会的生活全体を貫く神秘的・禁欲的伝統の断たれた糸を再発見し、紡ぎ続けることこそが国家に突きつけられた啓蒙・教育の課題であると確信したのである。これこそがキレエフスキーに論文『ヨーロッパの啓蒙の性格とそのロシアの啓蒙との関係について』を書かせることになった原動力である。

十世紀以降に書かれた東方教会の師父たちの宗教哲学は、紛れもなくキリスト教的で、深遠で生命力があり、分別を理性的メカニズムから至高の、道徳的に自由な思弁へと高めてくれる哲学、つまり驚くべき豊饒さ、深さ、心理描写の繊細さによって、信仰のない思想家にとってさえ教訓的でありうるような哲学である。もっとも、それ自体には多くの利点があるものの（神学的意義はさておき、ここでは専ら思弁的利点のみを問題にする）、この哲学は西欧の理性的な方向性とは縁が薄かったため、西欧の思想家たちによって一度も評価されたことがないばかりか、さらに驚くべきことに、今日に至るまで殆ど知られていないと言ってもよいくらいなのである。[71]

十九世紀の中葉にはマカーリイ長老の指導のもと、聖師父文献の出版に向けての綿密な準備作業が開始された。マカーリイ長老を間近で支えたのは、アムヴローシイ神父（後のオプチナの長老）、修道司祭レオニード・カヴェーリン（後のトロイツァ・セルギイ大修道院の掌院、主管）、修道司祭ユヴェナーリイ・ポロフツェフ（後のヴィルナとリトワの大主教）、修道司祭クリメント・ゼーデルゴリム（かつてモスクワ大学古典文学講座の博士）であった。俗人からこの事業に積極的に参加したのは、イワン・キレエフスキーのほか、ステパン・シェヴィリョーフ、ミハイル・ポゴージン、ミハイル・マクシーモヴィチ、ヴィクトル・アスコチェンスキー等であった。[72]

一八三六年にオプチナのマカーリイ長老と知り合い、その後長年にわたって、妻とともに長老の追随者にして霊の子であり続けたイワン・キレエフスキーは、一八四五年に雑誌『モスクワ人』の編集主幹となると、早速マカーリイ神父の編纂した『パイーシイ・ヴェリチコフスキー伝』を掲載した。それからキレエフスキーがオプチナの出版事業に本格的に参入した後も、キリスト教思想の真髄とも言える聖師父文献のシリーズがロシア語（スラヴ語）で順次出版されていくことになった。

キレエフスキーはマカーリイ長老の祝福により、大部分の出版に翻訳者補助として翻訳の校訂に関わり、妻のナターリア・ペトローヴナはそれに付随する様々な事務手続きに関与して夫を助けた。一八五六年に永眠したキレエフスキーの手になる出版物の中からとりわけ重要度の高いものを列挙するならば、以下のようになろう。『ソラの克肖者ニールがスキトの暮らしについて弟子たちに宛てた伝言』（モスクワ、一八四九年）、『霊の糧として摘み取られた穂』（モスクワ、一八四九年）、『我等が克肖なる神父大バルサヌフィオスとイオアンネスによる弟子たちとの問答を通じた霊的生活に関する指導の書』（モスクワ、一八五二年）、『聖ママントの僧院出身の典院にして司祭たる、我等の克肖なる神父新神学者シュメオーン　三つの言葉』（モスクワ、一八五二年）、『パイーシイ・ヴェリチコフスキー長老によってギリシャ語から翻訳された、ストゥディオス僧院の典院にして我等の克肖抱神なる神父・証聖者テオードロスの啓蒙教理書』（モスクワ、一八五三年）、『我等が克肖神父なる証聖者マクシモスの天主経解釈と斎に関する問答形式の説教』（モスクワ、一八五三年）、『パイーシイ・ヴェリチコフスキー長老の翻訳によるニネヴィヤの主教たりし我等の聖神父シリアのイサアクの霊的な功についての言葉』（モスクワ、一八五四年）、『パイーシイ・ヴェリチコフスキー長老によってギリシャ語からスラヴ語に翻訳されたものにロシア語訳を付して進堂祭（ヴヴェジェンスキー）オプチナ修道院から出版された、我等の克肖なる神父、アヴァ・タラシオスの愛、節制、霊的生活に関する数章』（モスクワ、一八五五年）である。[73]

キレエフスキーと霊父マカーリイ長老との間に構築された真摯さと信頼に基づく人間関係については、両者の間で百通にもわたって交わされた往復書簡が何よりも雄弁に物語っている。キレエフスキーは激務に曝された長老の健康を気遣って、以下のような書簡を書き送っている。

　われわれ一同の心の健康はあなたの身体の健康にかかっております。お身体のことを、隣人同様にご自愛ください。神がわれわれ一同をその温かい翼で覆い隠してくださるには、そもそもわれわれのことを願って、神父様が一声発してくだされば十分なのですから。慈悲深い神父様、われわれ一同が健やかでいられますように、この真の信仰に身を委ねてゆっくりお休みください。神父様のみならず、われわれのやすらぎの敵でもある気苦労に充ちたお考えを頭からすっかり追い出してください。そうしてクッションに横になって、われわれについての気苦労を、眠ることのない主に委ねてください。……わたしに文章を書き、それを終えることができますように、それが他人やわたし自身にとっても益あるものとなりますように神父様の祝福をお願いします。わたしはわれわれの宗教的理解と学問や生活面についてのそれ以外の理解全般とを繋いでいる、忘れがちな糸について書きとめたいと思っているのです……（一八五四年七月六日付）[74]

キレエフスキーの知性を長老はいかに評価していたのかという点についても、マカーリイ長老以外の長老の言葉に注目しておきたい。レフ、マカーリイ、アムヴローシイと続く長老制の伝統の正統な継承者として認められているイオシフ神父（リトフキン）はロシア文学者たちとオプチナの修道士たちとの文化的接触に関する興味深い覚書を残しているが、キレエフスキーについてはこう記している。

これは力強い、多面的教養のある、彼と同時代の西欧哲学の思想の高みに立つ知性だった。……しかし、彼は自分の知識に満足していなかった。つまり彼の霊《たましひ》は最高度の真理を探し求めていたのである。マカーリイ神父との対話は彼の知的視野を明敏化し、拡張すると同時に、彼の哲学的知識を、心からの信仰の覆いで包み込むこととなった。天上の叡智の塩が溶け込んだ父祖の言葉、聖神の膏《あぶら》の徴《しるし》を宿し、義と真理に飢え渇く、衆人の霊に平安と静謐をもたらしてくれる深遠でありながら同時に素朴な言葉、こうした言葉は知識欲に富む彼の知恵を完全に満足させたのである。爾来、彼は自分の学者仲間たちの関心をドイツ思想の宝刀ヘーゲル、シェリング、カント等の哲学的知性から引き離し、彼らの関心をある者には忘れられ、ある者には知られてさえいなかった〝生命の水〟の源泉（神の言葉と聖師父の著作）に向けさせることに全力を注ぐようになった。[75]

結論から言えば、キレエフスキーのこうした試みが一定の成果を挙げたことは疑いの余地がない。一八五〇年六月中旬には、ゴーゴリとマクシーモヴィチが連れ立って小ロシアへ向かう途中、キレエフスキー夫妻の領地ドルビノ（トゥーラ県）を訪ねている。周知の通り、ゴーゴリは晩年、聖師父文献を読んで数多くの覚書を作成しているし、マクシーモヴィチもこれ以降、オプチナの聖師父出版事業を積極的に支援するようになった。

さらに雑誌『モスクワ人』でキレエフスキーの同人でもあったステパン・シェヴィリョーフも一八五二年にオプチナを訪れて以来、この出版事業に大きく関わるようになった。また、ドイツ人の牧師の息子であったカール・ゼーデルゴリムはキレエフスキーの紹介でオプチナ修道院の長老たちと知り合い、その後、正教に改宗した。モスクワ大学で西洋古典学の学位を取得したゼーデルゴリムは、オプチナで剪髪を受けて修道士（クリメント）となると、その該博な知識を生かして、当地の聖師父文献のテクスト校閲の分野で絶大な貢献を果たした。さらに、一八五五年には、アレクサンドル・コーシェレフとチェルチイ・フィリッポフが同時にオプチナを訪れたが、その目的は、彼らが計画していた正教系の雑誌『ロシアの談話（«Русская Беседа»）』発行のための祝福を得るためであった。[76]このコーシェレフこそホミャコーフやキレエフスキーに聖師父文献を読むことの意義を説き伏せられた一人であった。彼は薦められた書物を読んだ感想をイワン・アクサーコフに宛てて書き送っている。

自分のことを話せば、……大ワシレオスの著作に熱中しています。神学者グレゴリウスはもう通読し、今や大ワシレオスを読み終えようとしています。クリュソストモス〔金口イオアン〕の作品もかなり読んだのですが、この三人の成聖者の誰に軍配をあげるべきかはわかりません。三人とも神と人類への愛に燃えています。彼らはいずれも完全なキリスト教的な自由の中で行動して書いています。三人とも恭順でありながら厳格、謙遜でありながら不屈で、しかも温厚でありながら勇敢なのです。成聖者グレゴリウスはその明解さと気高さによって知恵を満足させてくれます。成聖者大ワシレオスは直接霊《たましひ》に訴えて、それを溢れんばかりの愛の感情で満たしてくれます。クリュソストモスは特別な力をもって意志に働きかけてきます。それを読むと、より優れた人間になって行動したい、つまりキリスト教を生活の中に取り込みたいと願うようになるのです。クリュソストモスはきっとあなたのお気に入りの聖父になるに違いありません。あなたは彼を隅から隅まで読む必要があります。大ワシレオスはとりわけキレエフスキーに、神学者グレゴリウスはホミャコーフに好まれるに違いありません。……この間わたしはいろいろなことを考えましたが、そろそろ異教的世界、つまりわれわれの社会や社会生活習慣と縁を切って、ハリストスの教えとそれに適った生活様式により愛着をいだくべき時に来たように思われてなりません。われわれは皆ハリスティアニンを自称していますが、その実、生活も、考え方も、感覚も異教徒たちと変わるところはほとんどありません。われわれにとって宗教とはいったい何なのでしょうか。この点をどこかの隅に押しやったまま、その前では灯明を灯し、それでいて一日中、まるで救世主などまだこの地上に現れていないかのような生活をしているのです。ハリスティアニンがヨーロッパを見る目はきわめて教訓的です。そこに本物の信仰はほとんどなく、すべては現世に都合の良いように作られています。それでいて、彼らはキリスト教の利益のために働いていることに疑いをすらいだいていないのです。学問にしろ、芸術にしろ、生活にしろ、現状は救世主の神性が登場する前の時代によく似ています。哲学は啓示の必要性を意識するところまで来ています。芸術はすべてを語り尽くして、早くも凋落の淵にあります。生活は鈍感な感性へと移行し、生気を与えてくれる霊的な発露のかけらもありません。……十八世紀から十九世紀前半にかけての教会は見るからに落ちぶれてしまっています。今はそれを復活させなければなりません。わが国の教会は、言うまでもなく、他のどこよりも営みを維持しており、そこでハリストスの教えはなによりも生気を帯びて、浄らかなのですから。（一八五二年十一月八日付）[77]

この時期、オプチナの長老たちやキレエフスキーと交流することで、その後の人生に大きな転換を体験した学者や作家の数は枚挙に暇がないが、共通して言えることは、彼らにとって聖師父文献を読むことはある意味で新たな価値観を予感させるための啓示となり、その汲めども尽きぬ霊的な泉となっていたことである。その意味でも、オプチナ修道院の出版活動は、多くのロシア人に聖師父文献の存在を知らしむる役割を果たしたが、ここで今一度注目すべきは、その大部分の禁欲的著作の翻訳はマカーリイ長老の存命中（～一八六〇）に行われたことである。オプチナに翻訳者のグループが組織され、ロシア語の禁欲主義的語彙の体系が編纂され、翻訳活動の原則が成立したのは、まさに彼がオプチナの長老として君臨していた時代のことであった。修道院はさながら翻訳学校となり、そこで若き修道士たちの教養と祈りの実践が育まれるといった様相を呈していた。

キレエフスキーはその論文『ヨーロッパの啓蒙の性格とそのロシアの啓蒙に対する関係について』（一八五二年）の中で、名前こそ挙げてはいないものの、ロシアの啓蒙・教育に果たしたパイーシイ長老とその後継者たちの功績について言及していることにも注意を払っておきたい。

……こうした教養もロシアにおいては急速に成長した。その水準を窺い知るためには、今日まで現存する十五世紀のいくつかの著作に、ヨーロッパで知られていなかったばかりか、ギリシャ本国でさえその崩壊後に失われてしまったギリシャの著作のロシア語訳が含まれていることを一瞥すれば十分であろう。のみならず、それらがつい最近、アトスの未だ十分に研究されていない宝蔵の中から苦労して発見されたといったケースもあれば、修道院の庵室の孤独な静けさや、しばしば人気のない森の中で研究され、筆写された師父たちの著作が今もって古文書館に残されていることもある。ところが、これらの師父たちの最高度の神学的・哲学的思弁や深遠な思想に満ちた著作が、いずれのドイツの哲学教授の力をもってしても及ばないほどの水準にあるのである。[78]

ビザンツからロシアへと継承された書物文化が民族的自意識の形成に寄与したことを正教会における聖師父文献の受容の中に確認することができるという確信は、キレエフスキーを新たな思想の方向へと誘っていたのである。

四、オプチナ修道院による聖師父文献翻訳のプロセスと方法

イワン・キレエフスキーがオプチナの出版活動に積極的に参加していた時期（一八三六〜一八五六）には、文字通り聖師父文献の精華ともいえる著作集が次々と準備されていった。これらは、疑いなくその後のロシア正教思想の核心をなすものである。出版に備えた写本の綿密な準備については、キレエフスキー自身の日記とマカーリイ長老との往復書簡が雄弁に物語るところである。それによると、キレエフスキーが翻訳を様々な写本と比較検討しつつ、その正否はもちろん、不明な箇所に関する様々な疑問や提言をマカーリイ長老に上申したり、ときには俗人の立場から理解困難な様々な疑問点に哲学的な観点から解説を加えたりすることもあったが、その一方で、妻のナターリアは夫に全面的に協力して、出版に関わる様々な技術的、事務的な問題を解決するために奔走していたことがうかがえる。キレエフスキー夫妻とマカーリイ長老との間に結ばれた強固な信頼関係は、言うまでもなく、この共同作業が神の意に適い、神の祝福によってなされた聖なる事業であることを証するのみならず、キレエフスキーはとりわけ宗教的世界観とそれ以外の学問や生活に関する世界観とを繋ぐ糸となるこれらの著作がロシアを照らすことになることに大きな

期待を寄せていたのである。[79] 彼がそれまでの哲学的名声を棄てて、残りの人生をその実現に献げるための祝福と庇護をマカーリイ長老に求めるようになるのも、他ならぬ長老の霊的な後ろ盾があったからである。

マカーリイ長老はオプチナから四〇キロほど離れたところにあったキレエフスキーの領地ドルビノをしばしば訪れていた。一八四五年には、キレエフスキー自らが主幹を務める雑誌『モスクワ人』のために霊的な内容の論文を書いて欲しいと長老に申し込んでさえいる。それはすでに述べたように、長老が手稿のまま保管していた『パイーシイ・ヴェリチコフスキー伝』（編者はパイーシイの周囲にいた複数の修道士たちであった）を自ら筆写して、同雑誌に掲載していたからである。[80] 聖伝は四五年の第四号に一部が掲載され、読者の間にひとかたならぬ反響を呼び起こしていた。それ以外にも、マカーリイ長老の庵室にはパイーシイ長老の翻訳になる聖師父の手稿が多数存在したが、それらが長老に感化された多くの信仰者にとってかけがえのない大きな財産となっていたことは、修道士たちが語り継いでいるところである。

オプチナ修道院による出版活動の意義は、まず何よりも、それまで知られていなかった聖師父の作品を同国人に母国語によって知らしめたことにあるが、なかんずく、禁欲主義文献翻訳の大部分がマカーリイ長老の時代にロシアの修道院内で行われていたという事実は、他の修道院はおろか、オプチナ修道院の文化的貢献という意味で前例のない意義をもたらしたと言える。だが、ここで言われる、パイーシイによるギリシャ語からの翻訳をもとに、マカーリイ長老が「翻訳」するとは何を意味していたのか。これについては若干の説明を要する。この場合、「スラヴ語訳（славянский перевод）」とは教会スラヴ語への翻訳を意味し、「半スラヴ語訳（полуславянский перевод）」とは、いくらかロシア語化した形態を含む翻訳を意味していた（教会ロシア語と呼ぶこともある）。[81] またそれらが混在する場合も少なからずあった。両者を区分する厳密な規則はないものの、大まかに整理すれば、パイーシイ長老の翻訳は前者を、その後のオプチナでの翻訳活動は、読者の便宜を考慮した上でなされた後者の翻訳を意味していた。

マカーリイ長老の周囲に、彼の薫陶を受けた翻訳者たちの集団が組織され、ロシアの禁欲主義的術語に関する体系がロシア語（スラヴ語）で初めて編まれ、翻訳のための規範（雛形）が作られたのは、他ならぬそうした活動の成果であった。言うなれば、マカーリイ長老は禁欲主義文献を専門的に扱う修道院付属の翻訳学校を設立したのである。こうして教会スラヴ語の原文を現代ロシア語の字体で記述した『パイーシイ・ヴェリチコフスキー伝』は、修道生活の三つの位階について説明するドミートリイ神父に宛てた二通の手紙を付して出版された。だがこれは活動全体からすれば、ほんの序章にすぎなかった。この後、まもなくパイーシイのそれ以外の翻訳を出版しようとする動きが起こったことは、マカーリイ長老の伝記の作者レオニード・カヴェーリン神父も認めるところである。

翌一八四六年に、彼らの領地のあるドルビノ村にあるキレエフスキー夫妻宅にお客に呼ばれて行ったとき、長老はこのもてなし好きな夫妻との和やかで心のこもった談話の中で、様々な霊《たましひ》のことがらについて話しながら、活動的なキリスト教的生活へと導く霊的な書物が不足していることに触れた。そしてこの談話の最後に、彼はパイーシイ長老の翻訳した、修行に取り組んだ聖師父たちの霊的な分別と益に満ちた作品の手稿を相当量所有していることに触れたのである。さらには、かつてノヴォスパスク修道院のフィラレート長老の霊の子であったナターリア・ペトローヴナ〔イワン・キレエフスキーの妻〕のもとにも、件の福たる長老から託された同類の写本が複数保管されていることがわかったのである……[82]

この事実はキレエフスキーとマカーリイ長老の往復書簡によっても確かめられている。通常二人の間では、細かな翻訳や出版上の問題について意見交換がなされるのであるが、この場を借りて、キレエフスキーは、フィラレート（プリャーシキン）長老から証聖者マクシモスの『天主経講釈（Толкование на Отче наш）』、哲学者ユスティノスの『聖三者論（О Святой Троице)』、タラシオスの『四百節集（Четыре сотницы)』、シュメオーン・エオハーン〔出生不明〕の『沈黙について（Слово о безмолвии)』の写本を受け取っていたことをマカーリイ長老に打ち明けているのである。[83]さらにキレエフスキーはマカーリイ長老に以下のように書いている、「これら四書が間違いなくパイーシイ長老によって翻訳されたことは、今は亡きフィラレート神父からいただいたこれら書物の版が証言してくれています。つまり、その両側の余白には、ギリシャ語の〝フィロカリア〟の頁が書き込まれているほか、パイーシイ長老の表記法が踏襲されており、単語の上にはシリアのイサアクの写本にあるのと同じ点が打たれているのです」。[84]

だが、結論から言えば、マカーリイ長老はこれらを公刊する意志のない旨回答してきたため、キレエフスキーは検閲や出版に関わる一切の手続きを自らが引き受けることを条件に、これらを出版するための祝福を何とか取りつけたのだった。とはいえ、キレエフスキーが引き受けたこれらの業務は、当局が当時正教会とフリーメイソンの思想的対立に警戒感を露わにしていたことを考慮するならば、容易に履行されなかったことは想像に難くない。これら書物の著者である東方正教会の正統派の思想家、苦行者たちは、等しく神秘主義的傾向をもった異端派、もしくは自由石工連合（フリーメイソンの共済連合）の会員と見なされ、神学校などでも彼らの著作は偽神秘主義者、夢想者の書物と同一視され、禁書扱いを受けていたのである。[85]ピョートルの改革によって新たに規定された通り、宗務院の管轄する印刷局は、事実上、東方教会の宗教書を禁書にする目的を隠し持っていたと言っても過言ではなかった。その検閲を通過して出版に漕ぎつけた書物といえば、当時ではやはりパイーシイ・ヴェリチコフスキーの翻訳・編集になる『フィロカリア』（一七九三）以外はほとんどなかった。それに加えて、当時は外国からロシアへの霊的書物の持ち込みは固く禁じられていたため、一八一二年にモルダヴィアのニャメツ修道院で出版されたパイーシイによるシリアのイサアクの翻訳書も非合法書物とされていた。マカーリイ長老がキレエフスキー夫妻の奨めを敢えて断ったのも、そうした影響によるものかもしれない。

しかし、十九世紀になると、事態は劇的に変化した。一八二一年にモスクワの主教座に大主教として就いたのは、古代語に通じ、自らが聖書の翻訳者でもあり、修道制の復活に大いに期待を寄せていたフィラレート・ドロズドフであった。彼は聖書翻訳のみならず、オプチナの聖師父文献の出版事業についても庇護者としてその活動を促進させたからである。[86] オプチナの出版事業に何らかの障害が起こった場合、最終決定はフィラレートに委ねられることになった。さらには同じ頃検閲官に任じられたモスクワ神学大学教授のフョードル・ゴルビンスキー（哲学担当）は編集方針に対して発言力をもち、キエレフスキーの盟友で後にモスクワ大学教授になるステパン・シェヴィリョーフ（『モスクワ人』編集長）も校訂者として大きな影響力を発揮した。これらの人々から形成された聖師父文献に関わる所謂「モスクワ出版団」こそ、マカーリイの意を受けたパイーシイ文献出版事業の事実上の担い手であった。

他方、マカーリイ長老自身の周囲にも、主にオプチナの修道士からなる翻訳の専門家集団が形成された。アムヴローシイ・グレンコフ神父（マカーリイ長老の後継者で後の長老）、レオニード・カヴェーリン（『長老マカーリイ伝』の著者）、クリメント・ゼーデルゴリム神父（モスクワ大学の古代哲学教師、後にオプチナ修道院の修道司祭）、ユヴェナリイ・ポロフツェフ神父（後のヴィルナ、リトワの大主教）がその中心人物であったことはすでに述べた。この間の経緯についても、レオニード・カヴェーリンの筆になるマカーリイ伝は長老の参与のあり方について信頼に足る以下のような情報を提供している。

この事業のために上記の人々は毎日長老〔マカーリイ〕の庵室に集まっていた。長老は修道士たちや参禱者との日常的な修行を中断することはなかったし、いつも決まった時間には宿坊を訪ねたりもしていた。にもかかわらず、この事業には最も積極的に関与していた。ただひとつの表現も、ひとつの単語も、長老の個人的判断を仰ぐことなく、検閲に送られる写本に書き込むことはなかったと自信をもって言うことができる。[87]

ではキレエフスキーは具体的に何をしたのか。長老との往復書簡から推察する限り、彼は出版社から部分的に送られてくる校正刷りをギリシャ語の原文と照合し、各行に見受けられる不明瞭な箇所に語注を施していった。語法にも正確さを期すために、しばしば専門家との仲介役を果たしていた。彼自身、より徹底的にギリシャ語を学習する必要を口にしていたのはそのためであった。それと並行して、出版資金を捻出するために、様々な方面に奔走していた。とりわけ、妻ナターリアは資金不足に陥っていた大学印刷所に物質的援助を申し出て、出版までの段取りを精力的にとりなしていた。[88]

ともあれ、パイーシイ長老は自らの翻訳体験から、聖師父文献が一般的に理解困難と見なされている原因が、翻訳そのものの欠陥と筆耕者の転記ミスにあることを知っていたものと思われる。そのため、オプチナ修道院の出版局では、マカーリイ長老によって、原則的にパイーシイの作成した翻訳にむやみに修正を加えない方針が打ち出されていた。そのうえで、複数存在する翻訳の写本をもとに、最も信頼に足る翻訳を作成することが共通の課題に掲げられた。したがって、仮に検閲官が読者の便宜を考慮して、よりわかりやすく改訂しようと提案しても、それらがよく知られた写本に残されていなければ、編集者シェヴィリョーフの見解といえども、マカーリイ長老の同意なくして採用されることはなかった。[89]それでも理解困難な個所が生じた場合は、脚注にその旨を指摘することとされた。つまり、テクストに異動が生じた場合は、すべて語注としてその事実を明記し、両テクストを併記するという原則が出来上がったのである。

以上の事実関係を整理して、写本を保有するオプチナ修道院のマカーリイ長老の指示を受けたモスクワのキレエフスキーを中心とする出版局がいかにして検閲と印刷所を仲介し、出版に漕ぎつけたのかをグヴォズジェフの記述によって確認しておく。まずはオプチナの修道士たちがキレエフスキー夫妻に写本（手稿）を送る。送付された写本は、最終的に雑誌『モスクワ人』編集長のステパン・シェヴィリョーフによって出版の手続きが行われ、検閲を通過した後、モスクワ大学の印刷所に植字のために運ばれる。数日後、印刷された校正用のゲラがオプチナのマカーリイ長老のチェックを受けるために送付される。この間の検閲とのやりとりは最も緊張を強いられるものとなる。キレエフスキーはマカーリイ長老にこう書いている、「検閲官によってなされた変更は、そのまま残さなければなりません。その後あなたが手稿に加えた変更は、改めて検閲に提出しなければならないのです」[90]。モスクワの出版者たちは回答を受け取ると、指摘された誤りを正し、全編を印刷に持ち込む。印刷が終わると、検閲から発行される特別の番号札によって、印刷所から書物を受け取ることになる。

シェヴィリョーフがマカーリイ長老から手稿を受け取ったのは一八四六年の三月のことであった。彼は最初の全紙七枚〔一枚が本の十六頁分となる〕を同年六月三十日にドルビノのキレエフスキーに送っている。ナターリア・キレエフスカヤは最後の十二枚目の全紙を一八四六年十二月末にマカーリイ神父に発送している。十二月の最後の日にフョードル・ゴルビンスキーが個人的にモスクワにいたキレエフスキー夫妻を訪ねている。彼は誤植に関するマカーリイ長老の指摘をすべて是認し、翌週にも本を受領するための番号札を発行する用意があることを伝えたのだった。その言葉通り、キレエフスキーは一八四七年の一月五日に検閲から札を受け取っている。ナターリア・ペトローヴナは早速、そのことをマカーリイ長老に手紙で報告した。そこで、彼女はすでに十人から問い合わせを受けたこと、書籍代は銀一ルーブルと決まったが、それが印刷所の植字工の多大な労力を考えれば、非常に安価であり、多くの正教徒に入手可能な価格であることを嬉しそうに物語ったと伝えられている[91]。

これからは、キレエフスキーが直接関与したパイーシイの伝記に始まり、マカーリイが翻訳を指揮した数々の聖師父文献がいかにして出版を実現させていったか、さらには、キレエフスキー、マカーリイ長老亡き後、こうした伝統がいかにオプチナ修道院に受け継がれていったかという経緯を、出版された書物を年代順に追って概観していくことにする。

五、オプチナ修道院の聖師父文献出版一覧とその特徴

（一）『モルダヴィアの長老パイーシイ・ヴェリチコフスキーの伝記と著作』（一八四七）[92]

初出はキレエフスキーを編集主幹とする雑誌『モスクワ人』の一八四五年一二号（第二部、四号、一～七六頁）。単行本も同年に、また一八四七年に掲載された翻訳に各々序文を付けた増補版が出版された。所謂オプチナ版の原典となったのは、パイーシイの弟子だった修道司祭プラトンが編纂したスラヴ語のパイーシイ長老伝（一八三六）の現代ロシア語訳であった。このプラトン神父は、三十年間長老の修練士を務めたミトロファン神父による版と、イサアク神父がモルダヴィア語で書いたより詳細な初期の版を利用したと言われる。[93] もっとも、初版の単行本は雑誌と同じ四五年の出版となっていることから見れば、雑誌『モスクワ人』の抜き刷り版であった可能性が高い。四五年にオプチナ修道院から同書が出版されたことを証するオプチナのスキトの記録は以下のようにこの事実を書き記している。

イワン・ワシーリエヴィチ・キレエフスキー氏より、モルダヴィアのニャメツ修道院の掌院、福たるパイーシイ長老の伝記を百部、その冊子の付録として典院に宛てられた肖像画も百部寄贈された。手稿はまずモスクワのキレエフスキー氏に送付されたが、氏は雑誌『モスクワ人』の発行者として、それを自身の雑誌に掲載したうえで、自腹を切って個別に印刷したのである。〔プラトン〕神父は別途印刷代として金を送ったが、キレエフスキー氏の妻であるナターリア・ペトローヴナはハリスティアニンとしての熱意に促されて印刷させていただいたと説明して、金を返還してきた。七月末の数日間、キレエフスキー氏は一家をあげてのモスクワからの帰途に際して、修道院とスキトを訪問した〔オプチナからキレエフスキーの領地ドルビノまで四〇キロ余り〕。[94]

キレエフスキー一家によるこのオプチナ訪問の目的は、言うまでもなく、本の納入であり、事実、修道士の霊《たましひ》に資する同書が気前よく配布されたと伝えられている。またそれから約一年半後の一八四七年一月には、パイーシイ長老の弟子たちの修道生活と功に関する短い物語に、長老の著作のリストと序文が付された増補版が新たに出版されている。これについても、スキトの記録一八二〇～一八五一年の一八四七年一月の項目には出版にいたる経緯が詳しく記されている。

このうえなく慈悲深き主の祝福と諸聖神父の祈禱によって、一月に『モルダヴィアの長老パイーシイ・ヴェリチコフスキーの聖伝および著作』と題された書物の印刷が完了した。……修道生活を営む者にとってきわめて有益なこの手稿はオプチナ修道院の典院モイセイ神父、スキトの長たる修道司祭マカーリイ神父のもとに保管されていたものであるが、いくつかはサンクト・ペテルブルグのセルギイ第一類修道院の院長を務める掌院イグナーチイ・ブリャンチャニノーフ、それにボルホフ修道院院長の掌院マカーリイから送られたものであった。典院モイセイ神父とスキトの長たる修道司祭マカーリイは主に助けを求めると、手稿の写しを取って、昨年の一八四六年にモスクワ大学教授のステパン・ペトローヴィチ・シェヴィリョーフ、ベリョーフの地主イワン・ワシーリエヴィチ・キレエフスキーとその妻でやはり有益な手稿を何点か保管していたナターリア・ペトローヴナの仲介を得て、それをモスクワの宗教検閲委員会に送った。これら信仰深き面々はモスクワで、検閲からの受け取りをめぐって、最大限の努力と監督を行ったばかりか、印刷に際しては、校正者の役割をも演じた。それに加えて、同書の写本一枚が刷りあがるや否や、校正を終えたゲラ刷りを早速スキトのマカーリイ神父宛てに郵送していた。マカーリイ神父の方はそれに目を通し、手稿原本と照合して、そこに発見した誤植を残らず彼らに報告するのだった。[95]

こうした事情から判断する限り、ドルビノ村でのキレエフスキー夫妻から受けた霊的な著作の執筆依頼が長老によって果たされた形跡はない。しかし、パイーシイ伝の第二版（一八四七）、およびその直後に出版された第二増補改訂版には、同書全体を俯瞰する書物全体の序文がこのマカーリイ長老によって書かれている。と言うことは、長老はドルビノでキレエフスキー夫妻との間に出版活動に取りかかる話がもち上がったときか、もしくはその前後にドルビノを何度か訪問した際に、序文の執筆に着手した可能性はある。

そうなれば、キレエフスキーの領地ドルビノで想を得たパイーシイの書物の出版がマカーリイという舵取りを得て、オプチナの長老制の発展の礎となり、さらには同修道院の聖師父文献の写本出版を促す原動力になったのではないかという推測も真実味を帯びてくる。それは古来、禁欲主義的な祈りの形態として知られてきた「イイススの祈り」（知恵のいとなみとも称される）を現代の修道生活に再興させようとする試みにも現れていた。事実、マカーリイ長老は「イイススの祈り」と修道生活の原則の再興に貢献したパイーシイの役割を高く評価しており、その成果として結実した『フィロカリア』のロシア最初の出版の意義を認めていたことはすでに述べた通りである。因みに、『パイーシイの伝記と著作』の序文にはマカーリイ長老による以下の説明的挿入がなされていた。

> ついに〔パイーシイ〕長老の弟子アファナーシイ〔オフロプコフ、スヒマ僧でパイーシイとアトスで共に修行した〕が府主教座下〔『フィロカリア』出版に祝福を与えたペテルブルグの府主教ガヴリイル〕にギリシャ語の原本と長老らによるその翻訳を送り届けた。……その後、その原本はセルギイ大修道院のギリシャ語教師であるヤコフ・ドミートリエヴィチ・ニコリスキーに改訂と校正の労を担わせる目的で送られた。……その結果、理解困難な箇所にはわかりやすさを優先して手が加えられることになった。[96]

ところが、当のキレエフスキーはこの説明にきわめて懐疑的で、マカーリイ長老に宛てて書簡でこう打ち明けていた、「わたし自身は序文でゴルビンスキーが提案したように、アファナーシイに対しては壁を設けていました。しかし、色々考え合わせると、ゴルビンスキーが言うように、ニコリスキーが『フィロカリア』の改訂を行ったことで、この事業に有益な貢献をしたとは思われないのです。おそらく、府主教ガヴリイルの言うように、彼は出版を手伝ったというよりは、むしろ邪魔をした教養ある校訂者の一人と見なすのが妥当ではないかと思われるのです」。[97]

このような経験をもとに、キレエフスキーは史料的価値の保護というより、むしろ真理の把握は、霊的全一性を獲得し、完成の一定の水準に到達した人間にのみ可能であるという観点から、いつしかパイーシイの翻訳には手を加えないという原則を主張するようになっていた。したがって、完成の域に達していない人間の改訂行為は、それがいかなる水準のものであれ、真理の源泉を曇らせることになりかねないとキレエフスキーは考えるようになる。翻訳や脚注を並行して行うことが必要であるという考えもそこから生まれた。彼は書いている、「パイーシイが書いたテクスト自体に手を加えずに、それを聖なるものとして保護するためにそうすることが必要であるとわたしには思われたのです」。[98]

序文の後半部分には、「パイーシイ長老の業績や教義を受け継いだロシアの修道士たち」[99]に関する簡潔なプロフィールが付けられている。ワシーリイ長老の弟子のソフローニイ修道院の掌院フェオドーシイ〔パイーシイ長老は彼から剪髪を受けていた〕、アトスやモルダヴィアのドラゴミルナの修道院で長い間パイーシイと修行を共にしたクレオパ長老、修道司祭クレオパ〔ウクライナ出身〕、スヒマ僧のフェオードル〔カラチェワの市民出身〕、元騎兵大隊の大尉だったスヒマ僧アファナーシイ・ザハーロフ、元元老院書記官から修道士となって剪髪を受け、アトスやモルダヴィアを転々として、パイーシイのニャメツ修道院で院長を務めたスヒマ僧アファナーシイ、パイーシイの指導下でモルダヴィアの修道院で修行した修道士パウェル、パイーシイとワシーリイの両長老から剪髪を受けた修道士ゲラシム、パイーシイの元弟子で、ロシアではオプチナ修道院に住んだことのある修道士フェオファンなどである。[100] 奇しくも、この序文がマカーリイ長老の言葉を借りることで、パイーシイ伝のテクストはこの時代のロシア修道制の系譜を明らかにするという実りを得ることになるのである。これは十八〜十九世紀ロシアの修道思想が一人パイーシイ長老によってのみ花開いたのではなく、上に掲げた無名の修道士たちの祈りの実践によって、パイーシイとオプチナを繋ぐ鎖が確固たるものとなったことを示している。

同書（『パイーシイの伝記と著作』）が雑誌の初出と異なるのは、主としてイイススの祈りに関わるパイーシイの小著作がここにすべて集められている点である（『「主憐めよ」論』、『知恵の祈りについての書』、パイーシイ神父がフェオドーシイ神父、ドミートリイ神父、スヒマ僧アファナーシイに宛てた書簡）。さらに同書に収められたシナイ人グレゴリウス、シナイのフィロテオス、福たるイシキオスの各著作に付けられたパイーシイの同労者たるワシーリイ長老による序文集が、これら著作に見られる聖師父特有の人間学的諸相を抽出してくれているのも大きな特徴である。パイーシイ伝の出版の意義をいち早く察知し、この修道院のみならず、ロシアの正教的祈りの発展に決定的な道筋をつくることになったこの傾向を指摘したのは、オプチナの長老と早くから交流をもっていたイグナーチイ・ブリャンチャニノーフ主教であった。彼がオプチナの修道士たちに宛てた公開書簡から印象的な箇所を引いておく。

わたしははるか以前より手稿によって知っていたのだが、この度、再び日の目を見ることになった同書には、きわめて時宜にかなったイイススの祈りについての教理が際立った明瞭さをもって叙述されている。もっとも、この祈りについては、大多数の人々にとってきわめて不明瞭で、支離滅裂な理解しか得られなかったのだが。……わたしが今こうして上梓する「本」には、イイススの祈りの単純な訓練方法が示されている。そこでは注意を凝らしたうえで、「悔改」の感覚を抱き、口もしくは知恵で静かに唱えることが重要とされている。悪魔は悔改という悪臭に耐えられない。自らこの悪臭を発する霊から、悪魔は自らの美麗をもって逃げ去るのだ。このようにして実行可能なイイススの祈りは、あらゆる慾に対する秀れた武器となり、手作業や旅、その他書物を読むなどといった、聖詠を唱えることができないような場合に行う秀れた知恵の修練にもなるのである。かかるイイススの祈りの訓練は、修道院に居住するすべてのハリスティアニンのみならず、俗世に居住する人々にとっても理にかなったものとなっているのだ。[101]

この第二版（マカーリイの序文が付いた初版）が出版されると、上述したように、同じ年にまもなく増補版が企画された。当初第二版には、聖師父文献の翻訳をいくつか付加することが計画されていたが、「あなたの『パイーシイ伝』に、パイーシイ長老によって改訂されたり、新たに翻訳し直された書物を加えて第二版を印刷するのが好ましいのではないでしょうか」とキレエフスキーはマカーリイ長老に宛てて提案している。「しかし、新神学者シュメオーン、証聖者マクシモス（問答書）、ストゥディオスのテオードロス、『シナイ人グレゴリウス伝』等を加えて八点、否五点でも苦行者マルコスの言葉を印刷すれば、最初の本〔初版〕よりも大部なものになってしまいます」。[102]そこで出版者は最終的に、ワシーリイ長老、ソフローニイ、アファナーシイ、アルザマスのアレクサンドルらが聖職者に宛てた手紙に限って出版することにしたのだった。というのも、これらの書簡はいずれも、修道生活やパイーシイの翻訳の問題といった焦眉のテーマに触れているからであった。

スラヴ語版のパイーシイの伝記は全部で四版を重ねた。[103]さらに一九〇六年には、長老の見習い修道士であったスヒマ僧ミトロファンによって編纂された長老の伝記の現代ロシア語訳が出た。その出版を準備したのはオプチナの修道士の掌院アガピート（ベラヴィードフ）であった。[104]これら一連のパイーシイ伝の中で、二十世紀以降に再版されたものは、二〇〇一年にオプチナ修道院から出た一八四七年版（増補改訂版）のリプリント版のみであり、現代に生きる我々が書物の形で参照することのできる唯一のオプチナ文献と言っても過言ではない。

（二）『天使の像《すがた》を纏った日に修道女に送られた四つの啓蒙的言葉』（一八四八）[105]

編纂と発話は、修道司祭ニケフォロス・テオトキス（一七三一〜一八〇〇）。初版は一七六六年に出版された。因みに、「天使の像《すがた》を纏う」とはマント付の修道女への剪髪式を受けて、正式に修道女になることである。

この書物の作者ニケフォロス・テオトキス（иеромонах Никифор Феотоки）はギリシャ生まれの神学者で、一七七六年にロシアに来て、複数の主教区を管轄した後、一七九二年にモスクワのダニーロフ修道院の管轄者となる。その後、アストラハンとスタヴローポリの大主教も務めたが、そもそも彼は神学者のほか、数学者、教師、説教者などといった多彩な顔をもっていた。とりわけ、『主日の使徒経講釈（Толкование воскресных апостолов）』（モスクワ、一八〇〇年にギリシャ語、一八一九年にロシア語版）、『天蓋、もしくは«師父たちの鎖»（Свод или «Цепь отцов»）』（聖書の冒頭の八書及びサムエル記、列王記に関する解釈者たちのアンソロジー、ライプツィヒ、一七五六年、ギリシャ語版）、『シリアのイサアクの隠遁修道規則（Пустынножительные правила Исаака Сирина）』（ライプツィヒ、一七六九年、ギリシャ語版）など、数多くの論争的著作を残した。本書『四つの啓蒙的言葉』は短いながら、修道生活の営みに関する大主教の該博な著述をまとめたものである。言葉は説教に用いられたものであるため、原文は口語的文体であるが、記述された作品としても十分に理解可能である。その内容の明晰さと文体の平易さから見て、同書が版を重ねているのも故なきことではないと思われる。[106]

（三）『ソラの克肖者ニールが自らの弟子たちに宛てたスキトの生活に関する伝承』（一八四九）[107]

同書は十五世紀の教会イデオローグにしてロシア人としては初の「イイススの祈り」の実践者でもあったソラ（川）の克肖者ニール（ニール・ソルスキー）の代表的著作として広く知られるとともに、正教会の修道規則の本質を後世に伝えた修道士の生の証言でもある。この作品の初出は、一八一三年の主教アムヴローシイ（オルナツキー）の書においてであったが、[108] 数多の写本を通じて、正教会の修道士の間では早くから知られていたという。彼は長年アトスで修行をした経験があるため、後年パイーシイによって翻訳されることになる諸作品を含め、当地で多くの禁欲主義的文献に触れ、そこから多くの写本（書付け）を作って、ロシアに持ち帰っていた可能性もあると見られる。

オプチナに存在した手稿輯（рукописное собрание）の中に、ニールの名を冠した文献はいくつか存在していた。が、カシーリナの研究によれば、最良のものは四〇年以上ロスラーヴリの森に居住したドシフェイ長老の手稿輯に収められていた一七九六年の写本であったという。[109] 一八二七年十月にドシフェイ長老はモイセイとアントーニイ（プチーロフ）兄弟を連れ立ってオプチナ修道院を訪れ、そのままスキトに住み着いた。ドシフェイが自らの書付けにしたがって作成した手稿をオプチナに持ち込んだのは、おそらくその時だったのだろう。もっとも、その後、オプチナ版を準備するにあたっては、参照可能なすべての写本を利用したものと推測される。

オプチナ版の導入部には、ソラのニールの生涯に関する簡単な情報と、『福たるソラの神父ニールの書への序文と梗概（Надсловие на книгу блаженного отца Нила Сорского и пристежение）』と題する文章が入っているが、これは『パイーシイ神父の生涯と著作』（一八四七）から採られたものである。『スキトの暮らしに関する伝承（Предание）』の本編は、いかなる経緯で伝承を編纂する考えが浮かんだのかという問いに答えるニール自身による序文に始まり、その後、内的な心の浄化の修行、つまり知恵のいとなみと心の防御が不可欠であるといった問題について語られる。さらに、十一の講話が続き、八つの主要な慾との闘いに関する父祖の禁欲的教理が叙述されている。第一の講話においては、発意（прилог）、内的対話（сочетание）、真摯なる受容（сложение）、隷属化（пленение）、熱情的傾向

（страсть）といった禁欲主義の重要な概念を表す用語が聖師父の教えに倣って説明されている。

この序文で語られた情報をもとに、ソラの克肖者ニールが使用したこれらの概念がどこに由来するのかという問題を考えるならば、そこにはアトスで彼が出会った聖師父たちの浩瀚な文献が浮かび上がってくる。彼が読み耽った隠遁者たちは、「内的な浄化と、心の中で知恵が行う絶え間なき祈りの方法によって、明るく輝く聖神の煌きを獲得したのである。例えば、大アントニウス、大ワシレオス、シリアのエフレム、エジプトの大マカリオス、シリアのイサアク、バルサヌフィオス、階梯者イオアンネス、聖師ドーロテウス〔アヴァ・ドロフェイ〕、証聖者マクシモス、イシキオス、新神学者シュメオーン、ダマスコのペトルス、シナイのグレゴリウス、ニルス、フィロテオスなどであった」[110]。つまり、彼の本はこれらの人々の言葉で溢れていたのである。また、パイーシイ・ヴェリチコフスキーも一度ならずソラの克肖者ニールを引用していた。とりわけ、霊的な指導者が自分の周りにいない時は聖書を試しに用いるべしとするニールの教訓は、パイーシイ自身の経験を通じて、後世の修道者に伝えられたと見なすべきであろう。

ここで注目すべきは、『パイーシイ伝』の中で公刊されたワシーリイ長老による序文（Надсловие）がニールの『伝承』において再度用いられたという事実である。こうしたやりくりにも、編集者としての苦労がうかがえるが、克肖者ニールが自著の中で「知恵の祈り（умной молитвой）に際しては、まずは何をおいても心から邪念を追い出すことが不可欠である」[111]と書いたことを、パイーシイは知恵のいとなみの本質を理解する前提条件と見なしていたからである。

キレエフスキー夫妻にとって三冊目となる本書の出版活動がいかなる気苦労と重圧のもとになされたのかという点に関して証言してくれるのは、ナターリア・ペトローヴナ（キレエフスキーの妻）がマカーリイ長老に宛てた書簡である。彼女はまるで長老に痛悔するかのような調子で書いている。

ソラのニールの著作集に付された序文について、わたしから申し上げられるのは、それが福たるパイーシイ伝

> の初版から切り取られたものであるということだけです。今まさに、検閲のために、それに手紙を添えてフョードル・ゴルビンスキー氏に宛てて送付するところです。彼には急ぐようお願いし、主教座下にはそれをニールの本のどこに載せるべきか、冒頭にか、末尾にか、お伺いするつもりです。これはニール自身の著作への序文なので、然るべき方法で実行されるでしょう。わたしにとって悔やまれるのは、七枚目の全紙にかなり大きな欠落があったことです。分けても視力が弱く、すべてを読み通すことのできないイワン・ラヴロフ氏の手に初校が委ねられようものなら、それがために遺漏が起こることにもなりかねません。そうなれば、結局わたしが見るはめになります。ところがわたしはと申し上げれば、ラヴロフ氏の検閲を信頼して、初校に準拠して再校、再々校を行うしかないため、つい誤りを見逃してしまうのです。どうかそうしたことを神に免じてお赦しください。ですが、神父様、わたしの一日というものが、そして人生のすべての日々がどれほど細かく、多様に、重苦しいほど分断されてしまったかご存知でいてくださったら。ですから、わたしにはまだ自分に何がなし遂げられるのか皆目わからないのです。ただ、出来上がったものを送り届けているだけ、それも神父様の聖なる祝福をいただいて初めてなしえたことです。それに、ほとんどがわたしに依存しないものでありながら、しばしば時間など諸々のものを奪っていく、思いもよらない不快な妨害に出会すこともあります……そんなわけで、わたしの欠点に対して寛容であり続けていただけるよう切にお願いいたします。そして、神父様の熱心な奉仕者であるわたしに、思いどおりの指示をお与えてくださることをおやめにならないでください。神父様の指示はわたしに真の慰めをもたらしてくれるのですから……（一八四九年五月十三日付[112]）

ここで改めて強調しておきたいのは、この書物の出版に対して特別の関心を抱いたのが、モスクワの府主教フィラレート（ドロズドフ）であったことである。府主教との面会の様子をはじめ、ナターリアが目の当たりにしたフィラレート座下の誠意に満ちた庇護者ぶりは、多くの気苦労からしばしば疲労困憊しつつあった彼女を励まし続けたことを伺わせる。ナターリア・ペトローヴナはマカーリイ長老にこう報じていた。

書物についての話が始まりました。それというのも、金曜日の午後、座下はソラの聖ニールの本を受領するための番号札をゴルビンスキーから受け取ってわたしに送ってくださったからです。ですが、七頁の「神は完全なるものである以上、人間も完全である（бога совершенна и человека совершенна）」が欠落したことについては、その頁を印刷しなおすようにとの指令がありました。そのためにはさらに数日間の時間が必要になります。わたしは座下にこのことを説明し、献呈用の本で欠落のある頁をお見せしました。座下は「これは重大な欠落だ」とおっしゃいました。[113]

幾多の問題を乗り越え、一八四九年の夏になってようやく本書は出版された。一刷だけで千二百部を印刷し、本の価格は銀五十コペイカと決められた。だが、その直後に、晴天の霹靂とも言える出来事が起こったのである。ミハイル・ポゴージンが出版された本には含まれていないソラの克肖者ニールの書簡数点の写本を所有していることが判明したのである。シェヴィリョーフはさっそくその写本をナターリア・ペトローヴナに渡して、オプチナから追加で出版したらどうかと提案する。そこでナターリアはこの写本をまずモスクワ府主教のフィラレートに見せることにしたのである。彼女はその時のことをマカーリイ長老に以下のように報告している。

まずは、府主教座下より祝福をいただきましたことを神父様にお知らせいたします。昨日二時間ほど、座下と面会することができ、ソラの克肖者ニールの書簡の出版について話をすることができました。その際、シェヴィリョーフ氏がわれわれに出版するために託してくれた〔ポゴージン所有の〕写本が存在することもお伝えしました。つまり、それをソラの聖ニールの書物の付録として小冊子の形で出版するのが望ましいのではないかと提案したのです。……座下はこうおっしゃられました、「それがあなたの希望なのか。急ぐに値するほどその書簡の内容が注目に値するのなら、精査してみる必要がある」。そこでわたしはすぐにこう答えました、「ぜひ、お願いします。主教様、さっそくすべてお持ちしますから」。すると主教様はおっしゃいました、「あなたはわたしに検討してほしいと言うが、わたしにはそのための時間が全くないのだ。だが持ってくるがよい。その書簡を書きとらせましょう（つまりシェヴィリョーフの例の手稿を）。そうすれば読みましょう」。わたしは心から主教座下に感謝の意を表し、多くのことで主教様を煩わしたことをお詫びしました。そして写しを取ったら、それを持参すると申し述べました。[114]

この小さな、ほとんど隠されていた事実一つを取っても、オプチナの出版事業はもはや「イイススの祈り」を実践する少数の修道士たちの霊《たましひ》の涵養のために修道院内で密かに行われた活動ではなく、キレエフスキー夫妻の仲介によって、モスクワ府主教フィラレートにも介入せざるを得ないと認識させるほど、言わば、ロシア修道制の発展に不可欠な内容と意義を有していたことが確かめられるのである。

(四)『霊の糧のために摘み取られた穂』(一八四九)[115]

本書にはパイーシイ・ヴェリチコフスキーによる聖師父著作の翻訳数点が収められている。具体的には、イオアンネス・クリュソストモス（金口イオアン）の祈りに関する六つの言葉、パラマスの聖グレゴリウス、証聖者マルコス、ガリツィアの証聖者メリティオスによる数章、苦行者マルコス、アレクサンドリアのアンモーニオスの霊的修行の言葉、克肖者ゾーシマスの霊《たましひ》に益する談話、聖テオグノーストスの行いと視線についての数章、隠修者修練士イオアンネスに宛てたエウカイタの府主教克肖者シュメオーンの親書である。慣例によって、この出版物には詳細な脚注が施されているが、これはすべてマカーリイ長老によるものである。これらテクストはかなり詳細に検討されたようで、なかでも、苦行者マルコスの数章の翻訳に不明瞭な箇所が散見されたことから、一八五二年にオプチナでマカーリイの指示によって新たなロシア語訳が作られたことにもそれは現れている。同書が改訳や脚注を施してこれほど丹念に出版されたのには、大きな理由があった。それはパイーシイ長老の前著〔（一）の伝記と著作〕の補遺という役割を担っていたからである。つまりパイーシイ長老は「知恵のいとなみ」の理論的枠組み作りに従事していたため、『フィロカリア』には収められなかったものの、この問題を扱った聖師父の禁欲主義的著作のかなりの部分をここに集めることにしたのである。加えて、長老への服従や謙遜といった彼の根本的な教理を説明するための典拠の多くがここに含められているという意味でも、この書の価値は大きいと言わざるを得ない。[116] パイーシイがこれらの聖師父文献に強い関心を抱いたのは、そこに彼自身の関心の中心を占めていたイイススの祈りの理論的裏付けを数多く見出していたからである。

同書の初版はオプチナ修道院の出版局（モスクワ大学の印刷所）から千二百部発行された。ただ、この本の出版にキレエフスキー自身がどの程度関与したかを表す資料はない。むしろ、出版の手続きと印刷所への行き来に関しては、妻のナターリアがすべて引き受けていた感さえある。例えば、マカーリイ長老に宛てて書いた以下の報告である。

> 主のおかげで、この出版を何とか滞りなく終えることができました。検閲用のゲラのために奔走し、なんとか交渉して、それらを印刷所から奪い取ることができました。それは火曜日の九時すぎのことでしたが、十時にはもうニコライ〔アレクセーヴィチ・エラーギン、イワン・キレエフスキーの異父兄弟〕がわたしのゴルビンスキー宛ての手

紙を持ってトロイツァ通りにいたのですから。そしてもう受領用の番号札を持って帰ってきました。わたしはその札を今しがた印刷所に発送したところです。神に光栄あれ、慈悲深き主に光栄あれです。[117]

因みに、スラヴ語版の『霊の糧のために摘み取られた穂』の各著作は一八八七年に作品別に再版され、さらに、一九〇五年にはアガピート（ベロヴィードフ）神父によって現代ロシア語に翻訳された。

(五)『シナイ山の典院克肖なる我らが神父イオアンネスの階梯と司牧者への言葉』（一八五二）[118]

六世紀に古スラヴ語でも出版された『階梯（Лествица）』はそれに倣って自己完成を目指す修道士たちにとって修道生活の鑑とされたことから、著者もこの書名から「階梯者（Лествичник）」と呼ばれるようになった。

階梯のイメージはイアコフが夢の中で見た、天と地を繋ぐ階梯（創世記二十八章一〇～一六）に由来する。それは天使たちが行き来するためのものであるが、天上には主がおられることが想定されていた。著者はここで、霊的な自己完成の階梯を、不断の努力によって罪を克服しながら、天上へと上昇していく修行者の修行プロセスを辿ることで具体的に説明しようと試みたのである。この階梯の段は社会奉仕へと入っていく時のハリストスの年齢に因んで、三十から成っていた。内容的に『階梯』は二つの部分に分けられる。前半ではキリスト教的生活に反する悪徳（一～二十三章）について語られ、後半では道徳的、神学的な美徳の概念が解明されている（二十四～六十章）。

この形式的な明解さも手伝ってか、本書は中世に絶大な人気を誇ったようで、早くも十～十一世紀にはロシア語にも翻訳されていたと言われる。一六四七年にはモスクワでスラヴ語による初版が出版されたが、そこにはソラの克肖者ニール、グレクのマクシム等による注釈が施されていた。注目すべきは、この初版本が二部オプチナ修道院の蔵書館に保管されていたことである。[119] すでに指摘したように、パイーシイ・ヴェリチコフスキーによる翻訳の手稿（もしくはその写本）は十九世紀に入ると、その弟子たちによってロシアに持ち込まれていた。オプチナの長老であるモイセイとマカーリイは各々の師からパイーシイの訳した聖師父著作集の手稿を受け取ると、それをオプチナに持ち込んでいたのである。そのひとつは、掌院モイセイ自身によってブリャンスクのスヴェンスク修道院で書き取られた一八一〇年版『階梯』の手稿であり、もうひとつは、克肖なるマカーリイ神父がプロシャンスク修道院でスヒマ僧アファナーシイ長老から譲り受けたパイーシイの翻訳から取られた写本であった。[120]

一八五一年に行われたオプチナ修道院での出版準備に際して最も積極的に参加したのは、言うまでもなく、マカーリイ長老自身であった。それに彼の弟子たちも数人加わった。この間の経緯を最も正確に物語ってくれるのは、マカーリイ長老の伝記を書いたレオニード・カヴェーリンである。

また長老はもう一人、シナイ山で修行した修道生活の偉大な教師、階梯者聖イオアンネスの著作出版に関しても少なからず尽力した。シナイ山はかつて神に選ばれた民が神に会ったモイセイを介して遺訓を受け取った場所である。そのようなわけで、神秘的世界に通じていたイオアンネスの手を介して、習慣によって生きる人々である修道士たちの霊的な掟が生まれたのである。長老は階梯者聖イオアンネスのこの作品を、聖師父たる苦行者たちの著作と並ぶものとして高く評価し、この不滅の作品の印刷された有名な版と、手書きの翻訳とをすべて相互に照合しながら今日まで研究してきた。それから、霊的な分別に満たされ、書物の教養のみでは捉えがたい聖師父の霊的助言を経験的に通過したパイーシイ長老の翻訳を底本とし、加えて自らも偉大な長老の修道上の美徳を受け継ぐに足る後継者となるために、〔マカーリイ長老は〕パイーシイ自身の翻訳、後世に書かれた手書きの翻訳、さらには印刷された諸版をギリシャ語の原文と照合しつつ、不明箇所を明らかにしようと尽力したのだった。その目的は、それを読むに耐えるものにするだけでなく、その本に込められた霊的な教訓を実践的な指導に耐えうるものとするためであった。そのため、『階梯』の翻訳はスラヴ語的言い回しを抑えて書かれた。この作業に熱意をもって従事したのは〔マカーリイ〕長老自身であり、それを傍で支えたのは、彼に近い教え子である修道司祭アムヴローシイであった。翻訳を終えると、長老は翻訳の付録として、自ら階梯者聖イオアンネスの作品の事項に対応するアルファベット索引を作成し、体力の衰えや休息が必要であることをも忘れ、束の間の息抜きすら犠牲にして、自らの手でその写しまで取ったのである。[121]

マカーリイ長老のオプチナでの役割は、聖師父文献の出版活動にとどまるものではなく、修道院における修道士たちの霊的な教育に対しても並々ならぬ熱意をもっていたことは、その伝記からも伺い知れるところであるが、その一例として、彼が大斎《おおものいみ》の礼拝中にこの『階梯』の誦読を取り入れたことに触れないわけにはいかないだろう。

大斎《おおものいみ》の礼拝、分けても第一週と受難週で、通常スキトの修道士全員が領聖の準備をするとき、長老は礼拝の中で、つまり第六時課のとき、階梯者聖イオアンネスの誦読を行うことを提起した。それは、大斎《おおものいみ》中に『階梯』を修道士たちに通読せしむることを意図したためであった。そのため、長老は自ら本を分割し、何時どの部分を読むべきかを定めた。[122]

だが、オプチナの修道士たちが礼拝を通してこの文献に深く関わることで、翻訳されたテクストの意味に対して、これまで以上に真摯に向き合うことになったことは、言わば当然の成り行きであった。マカーリイ長老の伝記の記述によると、一八五一年の十月にマカーリイ長老はゾシマ女子修道院でトロイツァ・セルギイ大修道院の院長を務めるアントーニイ（メドヴェージェフ）神父に会った際、最近出版された『階梯』のアカデミー版の翻訳にいくつか誤りが見られることを指摘したのである。[123] この話はいつしか府主教フィラレートの知るところとなり、座下はこの翻訳の不備を自ら確かめたいと言い出したのである。そこでマカーリイ長老はアムヴローシイ神父とイオアン（ポロフツェフ）神父と連名で、手に入る翻訳を照らし合わせ、一八五二年の一月にナターリア・ペトローヴナを介して、以下の手紙とともに自らの意見書を府主教に提出したのである。

慈悲深き主教様、小生の不首尾な文章のために主教様に厄介事を背負わせることになってしまったことを何卒お赦しください。ナターリア・キレエフスカヤを通して小生に賜られた主教座下の祝福により、主教様の後ろ盾と祈りを願いつつ、ロシア語訳によって再版されました階梯者聖イオアンネスの本を、我が修道院の修道士たち数人とともに通読し、モルダヴィアの掌院パイーシイ長老の翻訳と照合した結果、われわれの考えでは、不的確な箇所、もしくはロシア語では霊的な分別を表わさないいくつかの単語が見つかったという主旨の意見書を作成いたしました。小生はそれらのリストを作成し、府主教座下のご判断を仰ぐために意を鼓してここに提出申し上げる次第です。これにつきましても、座下の足下に平伏し、かかる暴挙に対するお赦しをお願い申し上げる次第です。わたしどもは決して自らの見解の正しさを主張するつもりはありませんし、すべては主教様の判断と決定に委ねる所存であります。それ故、もしこうした考えが正しくないというご判断をおもちでしたら、主教様の愛と寛容さをもってすべてを包み込んでくださいますように平にお願い申し上げます。[124]

この手紙を受け取ってから数か月後に、府主教フィラレートは個人的に話し合う機会を求めて、マカーリイ長老をモスクワに招待している。府主教はマカーリイ長老らの「意見書を翻訳者に渡したのですが、あなたの意見書を介して、あなた方と本について話し合うためにわたしが所望し、要求している回答はまだ先方から得られていないのです」[125]と返書をしたためているように、その意見書に対する翻訳者自身の見解を直接求めていたことがわかる。こうしてマカーリイ長老のモスクワ行きは一八五二年の五～六月に実現することとなった。そこで長老はモスクワ府主教フィラレートのほか、トロイツァ・セルギイ大修道院の院長で掌院のアントーニイ（メドヴェージェフ）、大修道院の学監掌院セルギイ（リャピジェフスキー）、教授で長司祭フョードル・ゴルビンスキーその他と面会したのであった。

所謂、このときの会談の記録と言えるものは存在しないが、マカーリイ長老がオプチナへ帰還後に写本の紙に書きつけたメモは、オプチナに保管されていた写本が再検討され、系統づけられた結果、いずれの写本が最も信頼できるものであるかという問題に対する最終判断としての性格をもつものであると言えよう。オプチナ修道院には『階梯』のスラヴ語訳が手稿のまま保管されているが（現在はロシア国立図書館手稿部：Ф.214. Оп. 511, 512, 513）、そのうち、一八五三年に写し取られた写本 Оп. 511 の三百十七枚目にはマカーリイ長老の直筆による書付けが残されており、そこにはオプチナ修道院の『階梯』の翻訳史が詳細に記述されている。[126] マカーリイ長老は書いている。

階梯者聖イオアンネスの同書はオプチナ修道院において、修道士アスチオンによって、オプチナ修道院に存在する同書の様々な翻訳をもとに改訂された版から行書体で書き取られた。最初の翻訳は主要なものであり、最も信頼のおける正確なものとしてわれわれが主に依拠してきたモルダヴィアの長老パイーシイの手稿であり、スラヴ語で書かれている。第二の翻訳は古いもので、紙に印刷されている。そこには地の文に加えて解釈も含まれている（*）。第三の翻訳も印刷されたもので、一七九四年の翻訳。その文体は本書にも生かされている。第四の翻訳はボルホフの掌院マカーリイによるもので、文語体のロシア語である（**）。そして第五の翻訳は、非教会文字のロシア語版で、一八五一年にモスクワ神学大学で出版された。これらの写本はすべてスキトの修道士たちによって周到に検討され、照合された。そしてわれわれの控えめな（？）一致した見解に沿って、オプチナのスキトの修道司祭アムヴローシイの尽力によって改訂された。同書は一八五二年、聖三者において崇め讃められる我らが神の光栄のために、そしてこの神の霊感に充ちた書物を読み、聴く人々の霊に資するものとして完成した。もし、この中に誤植があったならば、われわれの無知と浅学ゆえの過ちとしてお赦しいただけるよう、この任にあたったわれわれ一同切にお願い申し上げる次第である。

（*）七一五四（一六五六）年にモスクワで印刷された。この版をもとに七二九三（一八七五）年にワルシャワで印刷された。

（**）掌院マカーリイはアルタイ使節団の宣教師であったが、その後ボルホフのチフヴィン修道院の院長を務め、一八四七年に亡くなった。彼はギリシャ語から同書の翻訳を行なっていたが、出版する意図はもっていなかった。上述の手稿は〈その後中断された〉[127]

このように、『階梯』の本格的なロシア語訳は、一八五二年に本格的に着手されるまで、完成されたものは存在しなかった。これこそマカーリイ長老とフィラレート府主教の邂逅の直接的成果と呼べるものだったのかもしれない。この翻訳は言うまでもなく、一八五二年のマカーリイ長老の祝福を得て、長老の愛弟子でありギリシャ語に通じたイオアン（ポロフツェフ）神父と修道司祭クリメント（ゼーデルゴリム）神父によって開始された。さらに、オプチナ修道院の年代記によれば、一八五四年三月二十日にマカーリイ神父が索引の作成に取りかかったと記されている。[128] こうしてオプチナ版の『階梯』のロシア語訳が世に出たのは、マカーリイ長老の永眠後、つまり一八六二年のことであった。

『階梯』のロシア語訳の出版をオプチナ修道院で行うことに祝福を与えたのは、先述した通り、モスクワ府主教のフィラレートであった。しかし、こうした動きに抵抗する勢力が皆無であったわけではない。というのも、同書のロシア語訳はこれより一足早くモスクワ神学大学の出版所から出版されていたからである。これに関しても、府主教は興味深い言葉を残している、「神学大学は自分の訳を出版すればよいではないか。オプチナも自分の訳を出版するのだから」。[129] 事実、オプチナ版のロシア語訳は非常な人気を博したため、大方の予想に反して、大修道院版（モスクワ神学大学版をそう呼び習わしていた）（一八五一、一八五四、一八六九、一八九四年）に比べて、より多くの版を重ねた（一八六二、一八七三、一八八八、一八九二、一八九八、一九〇一、一九〇八年）のだった。

一八五一年のスラヴ語訳と一八六二年のオプチナ版ロシア語訳を比較して見ると、前者のスラヴ語特有の言い回しや語順が現代風に改められてはいるものの、語句の形成の重厚さは維持されているように感じられる。繰り返しになるが、この書物は修道士の自己完成の指標となっていたものであり、大斎の礼拝でも誦経に用いられるなど、実用的な役割をも果たしていたのである。その場合、原典重視といえども、スラヴ的表現が徒らに修道士の理解を妨げる事態はやはり好ましいものとは言えない。まずはスラヴ語へ、そこからロシア語への翻訳というこの『階梯』が辿ったテクスト形成のプロセスこそが、その後のオプチナ修道院の翻訳のあり方を方向づけることとなっていくのである。だが、レオニード・カヴェーリン神父も指摘しているように、「同書は両翻訳ともスキト同様、修道院の修道士たちの間でも必携書として広く知れ渡っているが、大斎の間の奉神礼においては、半スラヴ語翻訳を読むことがスキトでも、修道院でも推奨されていた」[130] のである。翻訳改訂の必要性は、重厚で荘厳な響きが求められる奉神礼への適用によって明らかに高まったと見てよい。

奇しくも同書第二版の出版のための準備とは、ロシア語への翻訳作業を含む大がかりなものとなった。このプロセスで残された写本の数々がそれを物語っている。そのうち、まず重要な一歩を踏み出したのは、イグナチイ・ブリャンチャニノーフの翻訳した一八四五年の『階梯』の手稿であった（Ф. 214. Оп. 516）[131]。その重要性は、その後この写本に施された訂正の多さを見れば頷ける。またテクスト校訂の過程で、部分的な類似性を裏付ける別の写本も後日発見されたという（Ф. 214. Оп. 518 は Оп. 517 の原版、Оп. 519 は Оп. 516 の原版となっている）。また写本の中には、マカーリイ長老による自筆の訂正が書き込まれたものもあった（Оп. 511, 516, 521）。この書込みは、翻訳の際の語の選択に関する考察が主たる内容で、以下の四つの枠に分けられている。すなわち、一、場所、二、新翻訳の訳語、三、それに対する新提案の訳語、四、なぜそのように思われるか（根拠）であった。

例えば、一、第二十五講話二四八項において、掌院マカーリイのロシア語訳によれば、二、「なぜ我々の知恵は、粗末な袋に入れたままで……（Почему ум наш, заключась в мешце скромности...）」となっている箇所を三、「なぜ我々の知恵は、謙遜を砦として……（Почему ум наш, заключась в твердыне смирения...）」とすべきではないかと提案している。四、粗末（скромность）と謙遜（смирение）とでは、修徳的意味の違いは大きいと彼には思われたからである。そんな折、共同編集者たちからギリシャ語の原典では「平安（мирность）」にあたる語が使われていることを知らされたのだった。この問題に関して、マカーリイ長老はこう書いている。

> 平安とは霊の実であり、シナイの克肖者ニルスは、聖詠作家の言葉に基づいて、霊《たましひ》の平安は神の全宇宙であり、自分の場所を平安の中に置くことと理解していた。というのも、平安とは謙遜に発するものであり、主が福音（マトフェイ十一章二九）で言うような霊の安息のことではないのではないか。いずれにせよ、これは粗末ではなく、それより遥かに高度なものなのだ。とはいえ、この単語の意味は万人に知られているわけではない。我々が掌院マカーリイの訳を「謙遜の砦として」に変えることを検討するように申し述べたのはそうした理由による。ソラの克肖者ニールの翻訳にしても、平安という言葉は二度にわたって謙遜に置き換えられているではないか。[132]

こうした長老のメモからも、マカーリイ長老はオプチナの共同翻訳者イオアン神父、クリメント神父、アムヴローシイ神父たちと訳語の細部にわたるニュアンスの違いについて話し合いながら、問題点を議論している様子がうかがえる。言うまでもなく、書付けそのものは非公式なものであり、修道士間の議論の備忘録といった性格のものであるが、ここから垣間見えてくる翻訳に関する思索の深みは、図らずも霊的な概念の理解をめぐる本質的問題と重なり合っており興味深い。その意味でも、この写本の存在意義は大きいと言わざるを得ない。

これに関連して、もう一つの例を取り上げておこう。同書の第二十六講話のタイトルにある「慾の発意と徳の識別について（О различении помыслов страстей, и добродетелей.）」であるが、やはり翻訳語をめぐる議論が起こっていた。ここで使われている識別（различение）という言葉には、判断、考察（рассуждение）という言葉に込められているような霊的な意味はない。つまり、ここで理解すべきは、生まれもった才能によって可能な、事物を単に識別する（различать）ことではなく、謙遜で、汚れのない心と体と口にのみ賦与される特別な聖なる才能であるとマカーリイ長老は考えていた。それは階梯者イオアンネスが、労働からは謙遜が、謙遜からは判断が生ずる（от послушания – смирение, от смирения – рассуждение）と書き（第四講話一〇六項）、別の場所には、泉の母は深淵であるように、判断の母は謙遜である（матерь рассуждения – смирение）（第二十六講話一項）と書いていることからも明らかであろう。そこから、そうした判断（рассуждение）は心と体と口が汚れのない人にのみ存するものなのだという結論が下される。

だが同時に、同書が修徳書であることを鑑みれば、修道士たちがこの聖師父の書を読んで、識別という言葉を汚れなき判断といった霊的な修行の意味に解することを疑っていなかったことも明らかである。その結果、マカーリイ長老は、「掌院マカーリイが自分のロシア語訳においてしたように、『階梯』の改訂版にもこの言葉をそのまま残し、この「識別（различение）」という言葉だけ、「判断（рассуждение）」の意味であることを説明する欄外注を設ける方がよいのではないか[133]」という判断を下すことになる。この「判断」の事例は、奇しくも修道士にとって最も重要な霊的修行こそが行動の概念に対して正確な訳語を与えることになることを経験的に教えていた。善と悪を「識別」する鑑識眼が神を認識する行動を「判断」する基準を与えていたからである。

オプチナ修道院の古文書庫には、鉛筆による編集の修正が加えられたロシア語版『階梯』のオプチナ版初版（一八六二）が保管されている（Ф. 213. К.45, Ед. Хр. 2）。この事実からも、当初のロシア語版テクストが綿密な検討を経て改訂され、それを修道士たちの理解できる形に改善していったことがわかる。こうした翻訳手法の伝統はマカーリイ亡き後も受け継がれた。同書の写本系列をなすそれ以外の出典として注目すべきは、ユヴェナリイ（ポロフツェフ）による『階梯』のロシア語訳に施された克肖者アムヴローシイ（グレンコフ、後の長老）の注釈である。[134] 彼は頁を二つの段組に分け、左側の欄に自分（アムヴローシイ）の翻案を、右側の欄にはユヴェナリイ神父の訳語を対置しているのである。これも、マカーリイ師から直弟子のアムヴローシイ神父へと受け継がれた手法であった。このプロセスにイワン・キレエフスキーは直接関与していないものの、聖師父の著作を介して、霊的な知恵の習得を実践するために、その教義を一言半句まで正確に受容しようと努めたオプチナの修道士たちの学問的態度がロシア修道制の発展にもたらした影響は計り知れない。

(六)『大バルサヌフィオスとイオアンネスによる霊的生活への指南書』（一八五二）[135]

この本の最大の特徴は、対話形式、より正確に言えば、問答形式で書かれている点である。これはキリスト教教理の体系的な記述を目指すものではなかったが、長老による日々の霊的涵養の記録でもあれば、修徳的指導に従事する長老のために特別に編まれた教科書でもあり、それだけに修行に関わる実践的意義は大きかった。それだけに、府主教フィラレート（ドロズドフ）が出版を急かして、そのためになしうる限りの援助を申し出たというのもうなずける。しかし、内容的に多岐にわたるこの大著にかかる翻訳作業は予想外に困難を極めたと見え、一八四九年九月に開始された写本の照合が、最終的に検閲を通過したのは二年後の一八五一年の八月二十三日のことであった。

パイーシイ・ヴェリチコフスキーが大バルサヌフィオスとイオアンネスの問答書の存在を知ったのは、ニコン・チェルノゴーレツの著書に含まれていた簡潔な要約を通してであったと言われる。ところが、長老はその本の全文を入手したいと強く願ったものの、長い間それを見出すことができなかった。その後、彼の弟子の一人であるスヒマ僧グリゴーリイがアトスを訪れた際、折しもヴァトペド修道院に休息のため滞在していたコリンフの大主教で愛書家でもあったマカリオスに、パイーシイがこの書物を所望していることを打ち明けたところ、大主教は同修道院の古文書庫の中から同書の羊皮紙の写本二点を取り出してきたというのである。グリゴーリイが大急ぎでそこから写しを取り、パイーシイに献呈したことは言うまでもない。だがパイーシイ自身はすでに老境にさしかかっていたため、一七九二年十一月十五日に弟子の修道司祭ドロフェイに翻訳を委ね、彼自身は半分ほど目を通して手を加えるにとどまった。そんな折に、思わぬ問題がもち上がった。古文書庫で発見された写本には、多くの脱落箇所があったのである。その後、ヴェネツィアで一八一六年にギリシャ語版の『指南書』が出版されるまで、パイーシイは原典と照合して、欠落箇所を補うことができなかったため、やむなくそのまま残すことにしたのである。一七九五年十一月二十四日にドロフェイが翻訳を完成させたとき、時はすでに亡きパイーシイの後継者であったソフローニイ長老の時代となっていた。[136]

ここでもこの不明箇所の解決に乗り出したのは、モスクワ府主教フィラレートであった。この問題についても府主教と話し合ったナターリア・ペトローヴナ〔キレエフスキーの妻〕は、府主教の言葉を忠実にマカーリイ長老に伝えている。

聖なるバルサヌフィオスの本のことに、わたしは大修道院の中でかかりっきりになっていました。ギリシャ語の原典を見出し、古いスラヴ語版も探し出すことができたのです。ところが、不思議なことに、スラヴ語の方がギリシャ語よりも遥かに真実を穿っており、正しいのです。そこで以下のようにするのはどうでしょう。つまり、パイーシイ長老の翻訳はそのままの形で印刷するのです。ですが、そこに欠落した言葉や場所がいくつか見つかった場合、古いスラヴ語写本にあるものはすべて、それに類するものも部分的にギリシャ語と照合して、聖ニールの本の時のように、下欄に脚注の形で示すのです。[137]

実にこのような遠大なプロセスを経て、オプチナの長老たちは修道院の蔵書に同書のパイーシイによる翻訳とその修正を経て完成された正確な写しを所有することになったのである。この写本は、元を正せば、一八二七年にまだプロシチャンスキー修道院にいたマカーリイ長老がバルサヌフィオス師の書を行書体で筆写したものであった。「同書は一八二七年にプロシチャンスキー修道院のマカーリイ神父によって写し始められた書であり、その後はオプチナ修道院のアリーピイ・メドヴェージェフ神父によって引き継がれた[138]」と書かれている。

因みに、オプチナ修道院には一八一五〜一八一六年にかけて筆写されたバルサヌフィオスの『指南書』のもう一つの写本が存在していた。これは修道士マルキアンによって自らが修行する生神女修道院の修道士たちの霊の救いのためになされたものであるが、こちらも翻訳の質については高い評価を得ていた。[139]さらにオプチナには一八一八年にソロヴェツキー修道院の修道士シモンによって写し取られた古い写本も、流れ着いていたことがわかっている（Ф. 214, Оп. 532）。長老制の復活には聖師父文献に基づく正統な指導が不可欠であるが、その背後では、正確な写本を作成した上で文献を広めようとする修道士たちの熱き思いが息づいており、それが聖なる活動を支えていた。その奔流がマカーリイ長老のもとに集まって、オプチナの出版活動の実態が生まれてきたのである。

その意味で、マカーリイ長老が訳語の決定に指導的役割を果たしたことは事実とはいえ、出版活動全般、とりわけ写本の作成や修正に関する作業には、多くの修道士が同時並行して関わっていたと言うべきであろう。例えば、修道院長を務めていた克肖者モイセイ長老もこのバルサヌフィオスの『指南書』から一八五七年七月四日に筆写したとされる写本を所有していた（Ф. 214, Оп. 529. 250 л.）。また、写本の所有者の変遷についての記録（Ф. 214, Оп. 531）によれば、克肖者モイセイと共に修道院に暮らしていた修練士のイオアン・ナゴルキンが手稿を転写し、それが後にポルフィーリイ（グリゴーロフ）神父の手を経て、修道司祭エフフィーミイ（トルーノフ）神父に渡ったという例もある。そのエフフィーミイ神父が「同書を永眠した長老たちの霊的な営みと愛徳、そしてその技術を併せて記憶するために、同書をオプチナ修道院の蔵書に受け入れるよう依頼した」のも故なきことではなかった。

同写本は、最終的にオプチナ修道院によって『克肖者大バルサヌフィオスとイオアンネスによる問答形式の霊的生活の指南書』として一八五二年にスラヴ語のロシア語表記によって出版された。[140] オプチナ版の初版には、ニコジム・スヴャトゴーレッツによる克肖者バルサヌフィオス長老とイオアンネス長老の生涯に関する序文のほか、マカーリイ長老とアムヴローシイ長老が共同で作成した教訓的内容に関わる詳細なアルファベット索引が収められた。

本が出版されると、ナターリア・ペトローヴナはマカーリイ長老の名前でそれを府主教フィラレートへ届けたのだった。その時の様子を彼女はマカーリイ長老に報告している。

主教様はわたしたちを父親のような優しさをもって迎えてくださいました。主教様には献呈本を一部神父様からの託けとして手渡し、神父様からの挨拶を伝えました。彼は大いに満足して本を受取り、こう言われました、「長老たちのもとではすべてがうまくいく、驚くべきことだ。彼らにはとても感謝している」。わたしからは本の刷り具合とアルファベットの索引に注目してもらうようにお願いいたしました。主教もすべてをとてもとても褒めてくださいました。終始上機嫌でいらっしゃいました。[141]

同書を出版する意義について、オリョールとセフスクの大主教スマラグド（クルィジャノフスキー）は「同書を数ある修道院から借り受けて、意味を曇らせてしまいかねない誤記を含む写本から転写することは容易なことではなかった」ことを認めつつ、それでも注釈や解説を付けて、この書が印刷されて世に出たことはオプチナの修道士たちの努力の賜物であるとして、その功績を讃えているのである。

同書は上で指摘した書誌情報からもわかるように、ロシア語の表記を踏襲してはいるものの、パイーシイによるスラヴ語の特性を残した翻訳であった。そのため、同書の出版の意義が認識されるにつれて、完全なロシア語への翻訳の気運が高まった。オプチナでは一八五二年にすでにロシア語翻訳への試みが始まっている。マカーリイ長老はこのことをキレエフスキー夫妻に告げてこう言っている。[142]

聖バルサヌフィオスの著書の翻訳を開始しました。所々難解な箇所があるのですが、そこでお尋ねしたいのは、わたしがロシア語の記述法に疎いがために合点のいかないことが起こっているためなのです。我が国の学者諸氏たちは是認していますが、わたしには奇妙に思われるのです。「問いと答え」においては、すべて以下のように書かれています。「同一者から同一者への質問（вопрос тогожде к томужде）」、もしくは「同一の偉大な長老へ（К томужде великому старцу）」、もしくは「イオアンネスに（К Иоанну）」の後に、「同一の長老へ（К томужде старцу）」。全く同様に、回答の方も「同一者から同一者へ（Тогожде к томужде）」などと書かれています。こうした回答はかなりの数見受けられ、二十回、時には五十回ほど繰り返されるものもあります。またドーロテオスに至っては八十回以上見られます。ギリシャ語版においても状況は同じです。[143]

「我が国の学者諸氏たち（наши господа ученые）」というのは、マカーリイ長老の側近の教え子たちのことで、修道司祭アムヴローシイ（グレンコフ）、修練士レフ・カヴェーリン、イオアン・ポロフツェフなどの共同翻訳者を指していた。彼らはスラヴ語のテクストをギリシャ語の原文と比較し、それをもとにロシア語訳を作成したのである。

イワン・キレエフスキーは彼ら全員を聖師父文献の権威ある翻訳者として認めて、長老にこう答えている。

もしアムヴローシイ神父、アヴァ・イオアン〔イオアン・ポロフツェフ〕、レフ・アレクサンドロヴィチ〔カヴェーリン〕がこうした意見をおもちであるならば、もちろん何らかの根拠があってのことでしょう。とはいえ、長老さまを訪問したステパン・シェヴィリョーフなら、おそらく、教授の権威で、あなたの疑問を解決してくれたことでしょう。[144]

翻訳と校正の過程にはこうした言い回しや表現をめぐる見解の相違も起こっていたことがわかるが、あくまで同じ目的のもとに生きる修道士の間の信頼関係の上に成り立つ議論であり、その解決のためには、時としてイワン・キレエフスキーや、モスクワ大学の教授シェヴィリョーフが仲裁者として介入してくることもあった。しかし、こうした書物が資する対象が俗人ではなく、もっぱら修道生活に関心をもつ者であったことは、修道士たちが完成した訳語を読み合わせていたことによってうかがい知ることができる。レオニード・カヴェーリンは一八五三年一月二十一日付でスキトの年代記に、「この日から（マカーリイ）神父とともに翻訳を終えた聖バルサヌフィオスの本の読み直しを始めた」[145]と報告し、一月後の二月二十四日には、「夕刻に神父と聖バルサヌフィオスのロシア語訳を読み終えた。それは主よ、我が手の工作《わざ》を助け給へという然るべき祈りと、人間の弱さによって、翻訳に際して相互に犯した過ちを赦しあうよう求め合うことで終了した」[146]と書きつけている。その後、三月二十一日、訳稿は修道院で補足された聖伝や索引以外にも、府主教フィラレート座下にお目通しをいただくために、モスクワのキレエフスカヤのもとへ発送された。[147]こうして一八五三年の末に、ロシア語訳はゴルビンスキーによる検閲を受け、印刷するための承認を得たため、残すは印刷のために府主教から許可を得るだけとなった。因みに、ゴルビンスキーは、この翻訳本について「最も難解な箇所でさえ、重要な意味は完全に保たれている」[148]と高い評価を与えている。

一八五五年二月七日にバルサヌフィオスのロシア語訳の写本はその一部がモスクワ神学大学の学監掌院セルギイ（リャピデツキイ）によって、印刷業務に携わるナターリア・ペトローヴナに渡された。掌院セルギイは、残りの写本を斎の第一週に手渡すことを約束した。[149]こうして三年近くかけて周到に準備されたロシア語版『指南書』はついに出版された。[150]

オプチナ出版によるこのロシア語訳のバルサヌフィオスは、一八八三年（第二版）、一八九二年（第三版）、一九〇五年（第四版）と版を重ねた。ただ第二版以降は初版に付けられていた、パイーシイ長老の翻訳活動について物語る序文は外された。だが、この書物がロシア語で翻訳されたことの意義は、それが一般の庶民を対象とした所謂啓蒙書ではなく、むしろ、それがオプチナで実際に修行に従事する修道士たちによって深く誦読され、祈りの手引きとして使用された後に、再び熟慮され、時間をかけて練り上げられた翻訳であったことにある。その革新的役割をオプチナ修道院が果たしたことの意義をイグナーチイ・ブリャンチャニノーフ神父は以下のように評価している。

ロシアの修道制のすべては、父祖の思想をこれほどまで正確に翻訳したパイーシイ長老による膨大な聖師父文献の翻訳を出版したオプチナ修道院に特別の恩恵を受けている。修道制や父祖に関する著作のロシア語訳にしても、あなた方修道士たちの方が、修道生活についての知識があることで、それとは無縁の暮らしをしている人々よりも、遥かに首尾よくなされています。掌院モイセイ神父は隣人の弱さをその繊細かつ忍耐強い配慮で肩代わりする能力を発揮したことで、ロシアのどこにも見られない、選ばれた修道者たちの集まりを修道院の核心へと導き入れることができたのです。[151]

（七）『聖ママント修道院の典院、克肖なる我らが神父、新神学者シュメオーンの十二の講話』（一八五二）[152]『聖ママント修道院の典院にして司祭、新神学者シュメオーンの三つの講話』（一八五二）[153]

これら二冊の本はいずれも、マカーリイ長老がプロシャンスク修道院[154]に滞在していた頃、パイーシイ長老の翻訳手稿から手ずから書き取った写本に基づいて出版されたものである。写本の存在は複数確認されており、当時のオプチナ修道院のスキトの蔵書中にはアトスから持ち込まれた版や典院モイセイが筆写した版なども存在していた。ギリシャ語の原文では三十五話から成立していたが、パイーシイが編集翻訳した版では十二話となっている。[155]つまり、同版を底本としてオプチナで翻訳出版されたのは、完全版（十二講話）と簡略版（三講話）の二種類である。

事の発端は、パイーシイ長老が克肖者新神学者シュメオーンの『十二講話』を改訳したことに始まる。これこそが一八六九年にアナトーリイ（ゼルツァーロフ）神父とクリメント（ゼーデルゴリム）神父によって始められるロシア語訳の底本となった。[156]各頁に付けられた版に関する脚注にはギリシャ語やラテン語の本文とともに、数多くのヴァリアントが対照されている。このことは、翻訳の草稿を始め、新神学者シュメオーンの著作から転写された写本が多数残されていたことを表している。[157]

新神学者シュメオーンの存在は、パイーシイが翻訳した『フィロカリア』に作品が百五十二章にわたって収められたため、ロシアの修道士の間ではよく知られていたが、スラヴ語で出版されたそれ以外の著作は少なく、痛悔規程の第七祈禱を除けば、パイーシイ長老の翻訳で出版されたスラヴ語版『十二講話』（一八五二）くらいである。では、ギリシャ語の原文では三十五話でありながら、何故に十二話になったのであろうか。この点に関する長老自身の証言は存在しないものの、ギリシャ語の写本（現在では、モスクワの宗務院図書館に保管されている）と綿密に照合した結果、ロシアの修道士たちに最も高い需要が見込まれる十二講話に厳選（もしくは要約）されたものと推測される。この版では、各々の概念に注釈をつけた上、若干の補足を加えていることから、そうした点にもパイーシイの出版意図が隠されていたものと思われる。

シュメオーンの著作の特徴は、神学的見識と認識の高さを背景に、知恵のいとなみの奥義を理論的に極めようとした点にある。正教会が彼を評して「新神学者」と名付けているのも、神学者イオアンネス（新約の福音作者）やニュッサの神学者グレゴリウスに匹敵するその功績と現代的意義を認めているからに他ならない。例えば、一八五〇年代のキレエフスキーは人間と神の交流を人間や事物の存在間の関係とは別次元のものと考えるようになるが、それは洗礼機密によって人間と神との自覚的関係性が構築されれば、もはやそれを人間の体験的意識によって分断することはできないと考えたからであった。この創られし者（人間）と創られざりし者（神）の関係に対する自覚の要求は、とりわけ新神学者シュメオーンを始めとする多くの聖師父が、信仰者たるべき人間に行ったことであった。[158]

本書の際だった特徴を一言で表現すれば、その内容のすべてが、概して罪人の、とりわけ修道士の救いの手段としての「悔改」に関する正教的教理を簡潔に記述していることである。さらに、各講話にはそこで語られる主な事項に関する詳細な小見出しが付けられていることも、その手引きとしての役割を裏付けている。それにしたがって、「シュメオーンは悔改の不可欠性をとりわけ詳細かつ教訓的に解明し、真の悔改の特性について、悔改と信仰、信仰と善行との不可分性について、さらには、精神的に善良な気分に包まれた時の善行の価値について的確な指示を与える」[159]のである。教訓的な目的をもって書かれた本書がとりわけ修道士にとって有益であることはいうまでもない。本書を出版しようというオプチナの長老たちの決断が善良なものであるならば、若き修練士たちにとって、それが実践的かつ教訓的なお手本となることは疑いないからである。ロシアの修道士たちが、ビザンツの修道的伝統を受け継ぐためには、その究極的目的だけでなく、正しい方法による主体的修行の習得が求められていた所以である。

例えば、第一講話には早朝から夜遅くまでの、一日の修道生活の規範について細部に至るまで叙述されている。つまりそうすることで、これらすべての細部や細かい部分に光が当てられ、修行に関わる主要な美徳と緊密に関係づけられる。つまりそこには、修道生活の規律の必要性と価値が指摘され、これら細かい日常の修道規則を実行に移すための最良の方法が示されるのである。また第六講話では、霊的な修行を始めたばかりの修練士にしばしば起こるような違反、誤謬、堕罪といった悪の概念が具体的に示されている。しかも、本人は良かれと思って行動し、自分は完全であるとしばしば誤解している場合も多いことが指摘されている。そのような場合、やはり修道士にとっての学校としての役割を担うのが長老制である。これについては霊の子（第七講話）、修道院管長（第八講話）、長老（第九講話）らが取るべき態度や理想の性格に至るまで詳しく述べられているのも特徴的である。

オプチナの修道院長のモイセイの実兄であるイサイヤ神父が同書について、「聖シュメオーンの著作を読み給へ。そこには救いへ至る直接的かつ迷いのない道が示されている。正直に言うが、すべての記述（聖師父の著作）が我が霊《たましひ》にとっては甘美なのだ。本書は何よりも有益で、心地よいものと感じられる[160]」といった感慨を漏らしているのも故なきことではない。

（八）『ストゥディオス僧院の典院にして我等の克肖抱神なる神父・証聖者テオードロスの啓蒙教理書』（一八五三）[161]

同書を出版する機運が高まったのは、スキトのマカーリイ長老の庵室の蔵書中にパイーシイ・ヴェリチコフスキーによるスラヴ語訳の手稿が入っていたことによる。また、修道院の手稿輯にもストゥディオスの聖テオードロスの教理を筆写した古い写本が何点か含まれていた。なかでも、一六九七年の記録のあるものは、同修道院に所蔵された最古の写本のひとつとして注目されている。[162]パイーシイ版の手稿はクリメント（ゼーデルゴリム）神父によって、複数存在するスラヴ語訳や、時にはラテン語訳とも照合された。出版のための準備作業にはアナトーリイ（ゼルツァーロフ）神父やユヴェナリイ（ポロフツェフ）神父も参加した。

当時のオプチナの古文書館には、十九世紀中葉に多くの修正が施された形跡のあるストゥディオスの聖テオードロスの著作のロシア語版写本が保管されていた（Ф. 214. Оп. 484）。とりわけ『ストゥディオスの聖テオードロスの啓蒙教理書』と題されたロシア語訳の二百三十四枚目の裏には、鉛筆による修正がびっしりとなされているが、それによると、内容は以下の四部に分類される。（一）一八六〇年の掌院ゲンナージイ神父宛ての書簡の写し（主題は死者の霊《たましひ》は地上の住居や聖堂を訪れることができるのかなど）。（二）テオードロスの簡潔な聖伝、著作一覧、翻訳に際して使用された文献の注釈を含む序文、（三）九十五編の説教（翻訳に際し、現代ギリシャ語訳が参照された）、四編の説教（古代ギリシャ語の原典から翻訳）など。（四）ストゥディオスの聖テオードロスの遺訓（古代ギリシャ語からの翻訳）である[163]。

同書はタイトルに『啓蒙教理書』と謳っているように、修道生活の規則とその解説に重点が置かれている。章の構成は九十五の啓蒙講話とギリシャのストゥディオス修道院の規則の遺訓がその内容を構成している。これを見ても、上の（三）に記載された写本がほぼすべて最終稿として生かされていることがうかがえる。同書がイワン・キレエフスキーの歴史哲学の認識にとって重要な位置を占めていたのは、ロシアの修道院の大部分は十二〜十四世紀のこの修道規則にしたがってその「知恵のいとなみ」という祈りの方法を実践していたからではなかろうか。周知の通り、十四世紀になると、ストゥディオス修道院の規則はエレサレムの規則に取って代えられることになる。このことは、規則の重点が祈り中心の修道生活の内的な営みから、礼拝中心の外的な規則へと移り変わったことを意味していた。それにも拘らず、オプチナ修道院が十九世紀を通じて「知恵のいとなみ」を放棄しなかったことは、ストゥディオスの厳格な修徳的祈りの血脈を受け継いでいると言うことができる。

パイーシイのスラヴ語訳に基づくスラヴ語版は一八五三年の初頭に出版された。しかし、この出版事業にイワン・キレエフスキーは直接参加していない。というのは、この年、彼は自らの論文『ヨーロッパの啓蒙の性格とそのロシアの啓蒙への関係について』（一八五二）の執筆に忙殺されていたからである。しかし、彼がこの論文で、ロシア的啓蒙の根本的役割を神秘的な祈りの実践者、その伝統の継承者たちに託していたことを考慮するならば、その意味において、彼はオプチナの修道士たちと全く同じ立場を共有していたと言うことができるだろう。新しいロシア語訳が一八七二年にモスクワで出版されると、一八九六年にはオプチナ修道院から近いカルーガ市でもその重版が出版された。[164]

（九）『我等が克肖神父なる証聖者マクシモスの「天主経」講釈、並びに同著者による斎についての問答書』（一八五三）[165]

証聖者マクシモス（七世紀）の出版には数年を要したが、マカーリイ長老はそれが開始された一八四七年二月に、すでにキレエフスキーにこの著作の翻訳にはいくつかの困難がある旨書き送っている。長老は書いている、「聖マクシモスの「天主経」講釈を出版するというあなたの目論見はすばらしいものですが、パイーシイ長老のテクストに触れずに、欄外注でラテン語のテクストを使って説明するならば、その箇所の意味は一層不明瞭なものとなってしまうでしょう」。[166]

実際、同書出版に際して、マカーリイ長老とキレエフスキーの間には、スラヴ語訳とカトリック教会のラテン語テクストを照合した際に提起された様々な訂正をめぐる編集上の問題について、数度にわたる手紙のやり取りが行われていた。ある書簡の中で、キレエフスキーは長老に以下のように書いている。

証聖者マクシモスの印刷された三枚の台紙には、写本にはない数多くの変更がなされていることにお気づきでしょうか。そのうち、「天主経」講釈になされたものはパイーシイ長老の翻訳の意図に適っており、書かれた内容の不明点をかなりよく説明してくれていると思われます。それにいくつかの注釈、例えば、一六や二五頁の注釈なども、わたしには非常に有意義な内容と思われます。写本の中のいくつかの単語は府主教座下〔フィラレート・

ドロズドフ〕自身の手によって訂正されています。彼がこれに従事したことは明らかです。その後、写本が府主教の手を経た後、ゴルビンスキー〔検閲官〕がいくつか補足をしているのですが、こちらは無用なものと思われます。例えば、彼は一六頁の本文に「爾の聖神は来たらん、そして我々は浄められん」といった言葉を付加しています。注釈そのものは有意義な説明となっていたのに、本文に作者が言っていない言葉を聖なる作者の言葉として付加することで、書物全体が台無しになっています。ところが、これなどまだましなほうです。ですが、もう一つの加筆に関しては、思い切って削除しました。というのは、それが誤った理解をもたらす可能性があると思われたからです。ゴルビンスキーはベルナール僧団の修道士たちによって出版されたラテン語の写本からその部分を採用したのです。そもそも何のためにパイーシイの翻訳にない言い回しをラテン教会の出版物から抽出して、パイーシイの表現に付け加える必要がありましょうか。[167]

キレエフスキーが言う写本とは、十八世紀にパイーシイ・ヴェリチコフスキーがギリシャ語の写本からスラヴ語に翻訳してロシアに持ち込んだテクストのことで、そこにはパイーシイ自身によって頁番号が打ち込まれていた。ここでキレエフスキーが問題にしている箇所は、二九頁にある以下の表現であった。パイーシイの写本にはこう書かれている、「あるものを別のもので代用することがないように、つまり三位一体とは統一体から作られたものではなく、すでに存在するものであり、自ずと現れてきたものである」。[168] それをゴルビンスキーは以下のように加筆修正しているのである。「以下の例によって、あるものが別のもので代用されている実態を会得できよう。等価的で絶対的なものが何らかの相関関係によって、まるでそれ自体が罪と見なされるような何かが作品に代用されることはない。あるものが別のものによって置き換えられるかのように、三位一体が統一体から作られるのでも、それが有する属性が借用されるのでもない。つまり本体がおのずと姿を現したのである」。[169]

ゴルビンスキーが付け加えた文章（傍点で強調してある）はパイーシイの写本には見られないもので、上述のラテン教会の写本をもとに加筆されたものである。それでもキレエフスキーは正教思想家としての義憤にかられ、マカーリイ長老の祝福を得るまえに、独自の判断で削除したのだった。この点に関して彼は長老にこう説明している。

我々はパイーシイが書いていないことを、彼が書いたと見なすことも、マクシモスのどこかの本文にあると考えること自体が疑わしいものを、彼のものにしてしまう権利はないと考えました。なぜなら、ラテン教会の修道士たちはこのような場合、良心というものを知らず、聖三位一体の統一的位階に関する教義への反証を固めるために何らかの言い回しを思いつくことなどわけもないからです。わたしはこうした感情を拠り所として、ゴルビンスキーが加筆した言葉を削除しました。[170]

キレエフスキーが検閲者のゴルビンスキーに反感を抱いたのは、単にパイーシイ長老のテクストには触れないという原則に背いたという理由ではなく、挿入された引用句の中にフィリオケ（Filioque）[171]への仄めかしを嗅ぎつけたからに他ならなかった。キレエフスキーの歴史認識によれば、これは西方の伝承に対する形式主義的理性の勝利の結果なのであった。彼自身の理論によれば、人民教育の性格はつまるところ、聖三位一体の概念の受容如何にかかっていた。彼は原理的性格がさほど強くない細部においては妥協を余儀なくされることがあったにも拘らず、パイーシイのテクストだけは頑なに堅持しようとしたのはそのためであった。

キレエフスキーは、それ自体形式的なぎこちなさはあったものの、正しい精神のあり方を促す概念を帯びた言葉の総体をパイーシイ的体系と呼んでいたが、それが東方教会の聖師父の創作においては決定的な役割を担っていると見なしていた。彼はその『ヨーロッパの啓蒙の性格とそのロシアの啓蒙への関係について』（一八五二）において、「思弁の真実を志向するにあたり、東方の思想家たちは、何よりもまず思考する精神の内的状態の正しさに配慮するのに対し、西方の思想家たちは諸概念の外的関係性により気を配っている」[172]と書いている。そうした観点からも、キレエフスキーはゴルビンスキーが行ったように、例えば、写本中の「監視（смотрение）」という単語を「目的（цель）」や「意図（намерение）」に置き換えるならば、原作の意味は不明瞭なものになってしまうことを危惧して、不平をこぼしているのである。

克肖者マクシモスは同書の中で正教会の最も重要な祈り「天主経[173]」に関して、内容の豊かな、と同時に寓意的な解釈を繰り広げている。パイーシイ長老のスラヴ語訳と並んで、チェルチイ・フィリッポフのロシア語訳が掲載されているが、後者はギリシャ語の原本に忠実であろうとするあまり、文体的にはやや柔軟さに欠け、生硬に過ぎる感があると指摘されている。[174]いずれにせよ、この翻訳は一八五三年十一月二十三日にオプチナ修道院に届けられた。[175]この書物が修道士たちの間にいかなる反応を引き起こしたかについては知る由もないが、キレエフスキーとマカーリイ長老の往復書簡を読む限り、二人の間には、同書の翻訳の特殊性について繰り返し議論が起こっていたようである。以下のキレエフスキーがマカーリイ長老に送った言葉は、このマクシモスの文献の性格をよく捉えているのではなかろうか。

これらの表現が理解困難である主たる原因は、霊的な高邁さというよりは、むしろ当時の哲学体系、とりわけ新プラトン主義において採用されていた独特の言語形態にあるように思われるのです。[176]わたしが神父様に、理解できない箇所に古典学派の思想を表現する哲学的用語や言い回しを提案するなど、翻訳について敢えて自分から助力を申し上げたのはそういうわけだったのです。しかし、神父様、実のところ、わたしが考えていたのは、文字通りの意味であって、霊的な意味においてではありませんでした。もし、問題が後者の点にあることがわかっていたら、敢えて自らそこに関与しようなどと申し出たりはしなかったでしょう。わたしは後者の問題について言えば、思想が不明瞭に表現されているところだけでなく、それが例えば、福音書の（中略）ように、子供にも理解できるようにわかりやすく書かれているところでさえ、何も見えていないことを、自分でも十分に承知していますし、痛感してもおります。あなたが書いておられ、行動によって開示される最高度の思弁に関して言えば、それを主があなたでなければそれを、他の誰に委託されることがありましょう。

それは主の前で、灯火さながらに燃えさかる、生命力のある、生きた思弁なのです。それは周囲のものをあまねく照らし出し、あなたを取り巻くすべての潔き灯明に火をつけてくださいます。これはあなたと同時代に生きる人々に益を与え、知恵を与え、慰めるために送られた神の賜物として、われわれがあなたからは遠く離れたところで、敬虔さと愛をもって眺めている光なのです。そんなわけで、神父様、聖なるマクシモスが霊的な意味で、あなたに益あることがらを言い得ているかなどとわたしが考えたとすれば、お赦しください。文字通りの、外面だけの哲学的意味とはいえ、彼が言った多くのことがらは、万人にとって永劫に説明し尽くされずに残される可能性があるのですから。[177]

（一〇）『パイーシイ・ヴェリチコフスキーのギリシャ語からの翻訳による、かつてのニネヴィアの主教にして我らのシリアの聖神父イサアクの霊的功についての言葉』（一八五四）[178]

シリアのイサアクの著作が初めて世に出たのは、一八一二年、ニャメツ修道院〔モルダヴィア〕でのことであった。その初版には「シリアのイサアクの書物のギリシャ語からスラヴ語への翻訳に関わる簡潔な説明」と題する序文が付けられている。パイーシイ・ヴェリチコフスキーはアトスの亜使徒聖コンスタンティヌスとエレーナのスキトにいた頃、そこにあったイサアクの書物を読んでいた。同書の一部は彼が若い頃、キエフの洞窟修道院に滞在していたときに写し取っていたが、残りの部分は熱心な修道士に頼んでアトスにいるうちに写してもらったという。しかし、この本には文法的に不明瞭な箇所が多く見られ、その部分の意味を正確に理解できなかったため、よりよい翻訳が現れた後に改訂に着手しようと考え、余白にいくつかの書付けを残しておいた。

その後、ある修道司祭のもとで新たな写本が見つかった。その持ち主は、その写本は四百年前から存在するブルガリアの〝原本〟とあらゆる点で類似していると断言した。したがって、このブルガリア版からギリシャ語の原典に遡ることができると考えたパイーシイは、この写本を修道司祭より六週間借り受け、夜を徹して両テクストを比較する作業を行った。しかし、予め写本に書き留めておいた不明箇所の改訂は実現しなかった。というのも、比較した両テクストが類似する写本であることがわかったからである。このことから、パイーシイは結局この翻訳の原テクストにあたるギリシャ語原典にあたる必要性を痛感する。こうしてパイーシイは書物の改訂作業を行う目的で、祖国で出版されたイサアクの手書きによる原典、それが不可能ならば、せめて印刷されたギリシャ語原典を入手しようと努めたのだった。しかし、アトス滞在中にこの希望は叶わず、アトスを出て、モルドワラキアのドラゴミルナ聖神降臨修道院に移り住んで二十年間を過ごすこととなった。

パイーシイが写本の入手を諦めかけた頃、神の意志は、エルサレムの総主教エフライム二世（在位期一七六六～一七七〇）に人間の内的完成のための沈黙行を敢行する修道士たちに資する同書を出版しようという考えを抱かせることになる。総主教がこのために必要な事務的な任務を委任したのは、教養ある学僧ニケフォロス・フェオトキス（当時はツァーリグラドにいたが、その後、アストラハンの大主教になる）であった。折しもその頃、パイーシイと同じドラゴミルナの修道院に在籍する修道士がツァーリグラドにいたため、当地での出版の噂を聞きつけたパイーシイは、この二人に本が出版された暁には、ドラゴミルナ修道院にも一部送ってもらう約束を取りつけることができたのだった[179]。

これは一七六八年のことであったが、その二年後にギリシャ語版の本がライプツィヒで出版された。しかし、この翻訳はイサアクの作品の一部に過ぎなかった。パイーシイが待望していたイサアクの著作の印刷された版を手に入れたのは一七七〇年の降誕祭の斎時であった。彼はおよそ一年間かけて、ギリシャ語とスラヴ語のテクストを比較し、スラヴ語訳に多くの訂正を加えたにも拘らず、これを新訳と称することはできなかった。しかしその後、イサアクのスラヴ語の新訳作成にさらなる拍車がかかる出来事が起こった。アトスで新たにギリシャ語の写本が発見されたのである。この翻訳の仕事に賭けるパイーシイの意欲を知るアトスから、待望の翻訳のためという名目で、この写本が送られてきたのは、一七八六年のことであったとパイーシイは書き残している。[180] すでに老境にさしかかっていたパイーシイにとって、この何年も要する大事業に取りかかるべきか否かは、悩ましい問題であった。それでも、彼はいま神の計らいでこの写本に出会った運命を無駄にすることはできなかったし、アトスからドラゴミルナまで運ばれてきたこの本を目の当たりにすると、これまでの写本研究で養われたギリシャ語の実力を発揮して、イサアクを自らの手で翻訳したいとの積年の思いが再燃したのだった。修道士の仲間たちからこれに取りかかって欲しいという熱い要望が寄せられたことも、彼の決断を後押ししたと、パイーシイ自身は回想している。[181]

それではパイーシイの翻訳はいかなる手順で行われたのか。当時、彼の弟子であった掌院ニコジム（コノノフ）は以下のように回想している。

両テクストを詳細に検討した後、ギリシャ語版テクストを翻訳の底本とし、手稿を翻訳補助として用いることにした。事実、翻訳に際して、それはおおいに役に立った。もし手稿がなく、印刷されたテクストだけだったならば、わたし〔掌院ニコジム〕の翻訳は、いかに努力したところで、間違いなく躓いていただろう。スラヴ語のみならず、ギリシャ語の手稿テクストの多くの箇所に、印刷された本には見られない表現が散見されたからである。こうしたことから、古いスラヴ語の翻訳にもギリシャ語の手稿が用いられた可能性は高いと言えるだろう。パイーシイはこの聖なる書物の翻訳にあたって、底本にギリシャ語の印刷本を用いたが、一語一句まで逃さずギリシャ語の手稿と、かつてドラゴミルナで改訂されたスラヴ語訳を比較していった。また力の及ぶかぎり、ギリシャ語とスラヴ語の両言語の性質に目を配りつつ、名詞と動詞を語彙集で注意深く確認していった。わたしは自分の霊《たましひ》が心待ちにしていたこの仕事を、自分の罪深い体の内的・外的な病を一顧だにせず実行していった。こうして……知恵と祈りと沈黙を介して心に働きかける真の教師にして、我らが克肖なるシリアの神父イサアクの力強い祈禱によって、わたしのこの翻訳は一七八七年に完成したのだった。[182]

この翻訳はサンクト・ペテルブルグとノヴゴロドの府主教ガヴリイル（ペトロフ）に送られた。そして府主教の尽力によって、一七九三年に有名なパイーシイによる翻訳集『フィロカリア』（Добротолюбие）の一部として出版されたのである。

しかし、一八〇一年の府主教の死を始めとする、様々な複雑な事情によって、この書物の出版（再版）は大きく正道から外れていくことになる。この初版から取られた写本は複数にのぼるが、それがいかなる運命によってロシアに、そしてオプチナ修道院にもたらされたのかについては、すでに長老レオニード（カヴェーリン）や長老マカーリイの活動について述べた際に触れたので、[183]ここでは省略し、キレエフスキー夫妻とマカーリイ長老が関わることになる写本の出版活動にしぼって論を進めていきたい。[184]

パイーシイ長老の長年の労に報いるかのように、シリアのイサアクの著作のスラヴ語訳（「九十一の言葉」）の出版が一八一二年にモルドワラキアのニャメツ修道院で実現したことが、その後のロシアにおけるこの文献流布の引き金になったことは否定できない。十九世紀初頭には内容に関わりなく、霊的書物をロシアに持ち込むことが勅令によって禁止されたにも拘らずである。とりわけ修道士たちの関心を惹きつけたシリアのイサアクの著作写本は、霊的書物の愛好家の手を介して、密かにロシア国内に持ち込まれるか、もしくは写本が作成され、修道院や個人の蔵書中に保管されるようになったのである。例えば、オプチナ修道院の保管庫に置かれていた写本の多くは、大部の、所有権を示す署名つきのものであり、それによって、どの長老がそれらをオプチナにもたらしたかが推測できるようになっていた（レフ、マカーリイ、モイセイ、アントーニイ等）。

しかし、錯綜した写本の歴史を整理し、正しい写本の出版に尽力したという意味で、他に例を見ないのは、やはりマカーリイ（イワーノフ）長老である。彼の伝記の中で、推理小説なみに複雑な経緯をたどるイサアクの写本作成の歴史が順序正しく解き明かされている点は注目に値する。

この手稿の運命はとりわけ注目に値する。それは白い艶だしされた全紙に行書体で書かれていた。半分以上はパイーシイ長老に近い弟子のスヒマ修道士フェオードルによって書かれたが、書き終えたのは彼の友人で、モルダヴィアのロシア修道院で生活を共にしたスヒマ修道士のニコライ神父であった。その後、この手稿はパイーシイ長老によってペテルブルグの府主教ガヴリイルに送られたが、その序文には（献辞に次いで）「此の翻訳の労を執りしは、モルダヴィアの修道院の一たる、ニャメツの聖昇天とセクラの前駆者修道院の掌院パイーシイ・ヴェリチコフスキー（ポルタワ出身）なり」という自筆の署名が付けられていた。一八〇一年に府主教ガヴリイルが永眠すると、いかなる経路かは不明ながら、手稿はある貴族の手に渡り、その人物によって販売目的で、ワラーム修道院に持ち込まれたのだった。というのも、そこには霊的生活を行う長老たちが住んでおり、彼らなら高値で買い取ってくれるという噂を耳にしたからである。こうして巡り巡って同書はそれをものした人物、つまり当時ワラーム島に住んでいたスヒマ僧フェオードル神父の手に戻ったのである。（中略）一八二一年にフェオードル長老が永眠すると、この書は、彼がモルダヴィアを出た後、悲哀の暮らしを共にすることになった彼の愛弟子で、道連れでもあった修道司祭レオニード（修道名レフ）に委ねられた。このレオニード神父はまだ存命中にその弟子のスヒマ僧アンチオフに贈り、こちらが永眠すると、レオニード長老のもう一人の弟子で、当時アレクサンドル・ネフスキー修道院に暮らしていた修道士イオアニーキイ（スヒマ名レオニード）の手に渡った。このイオアニーキイは同書を、自らも長らく滞在したことのあるカルーガ県のチーホン修道院の庇護者で、レオニード長老の霊の子であった老女エヴドキア・テレンチエヴナ・レスニコワに寄贈したが、彼女はそれを一八四九年にやはりかつてレオニード長老の弟子であった同修道院の修道司祭エフレム神父に委譲したのである。その後、エフレム神父は自分の霊の子である修道士アヴラーミイに譲渡した。こちらは一八五八年にアトスに移り住むにあたり、この手稿をオプチナの長老スヒマ修道司祭マカーリイ神父に手土産に持ってきたのだった。マカーリイ長老は自ら死の病を得ると、その本とシリアのイサアクのイコンでスキトの修道司祭（後に掌院）レオニード（カヴェーリン）神父を祝福した後、最終的に彼によってオプチナ修道院のスキトの蔵書の中に収められたという次第である。[185]

このようなわけで、シリアのイサアクの著作の手稿は一時期、レフ長老の庵室の蔵書の中に存在していた。十九世紀の初頭になると、モイセイ長老とアントーニイ長老（この二人は兄弟）の個人蔵書に詳細な所有者の署名入りの手稿がいくつか流れ込んできたのである。[186] モイセイ長老について言えば、彼は一八〇八年にブリャンスクのスヴェンスク修道院に入り、翌年の八月に正式に見習い修道士となっているので、彼が後にオプチナにこの修道院で取られた写本をもたらした可能性は高い。[187] このように写本の整理を含む空白の期間はあったものの、ようやくオプチナ修道院でシリアのイサアクの著作の出版活動が始まったのは一八五二年頃のことであり、それが日の目を見るまでにさらに約二年を要した。

オプチナ修道院におけるイサアクの著作の出版には、利用可能なすべての出版された書物と写本とが用いられた。つまり、一七七〇年のギリシャ語版、一八一二年のスラヴ語版、新たに翻訳されて一八二一～二九年まで雑誌「キリスト教読本（Христианское чтение）」に掲載された三十の説教の翻訳、および一八四〇年代末から一八五〇年代初頭にかけて行われた帝室モスクワ神学大学教授の長司祭デリーツィン（П.С. Делицын）によるいくつかの翻訳などである。しかし、長老マカーリイはメモの中で同書の出版の見通しを次のように書き記している。

シリアの克肖者イサアクの著書の印刷に関しては、敢えて何かの資金供与を画策することはしなかった（おそらく、同じ聖人の神学大学によるロシア語訳がすでに印刷されていたからである。聖伝著者による注釈）。しかし、神は自らの運命によって突然その意思を現され、我々が二千四百部の出版物を目の当たりにするという、大いなる霊的な慰めを賜われた。以下にその顛末を記すことにする。わたしが一八五二年にモスクワを訪れて、キレエフスキー夫妻と同書の（神学大学版）ロシア語訳について話し合った折、同書のパイーシイ長老によるスラヴ語訳を出版したら、どんなに素晴らしく有益であろうという話になった。そして夫妻には、機会を捉えて府主教フィラレート座下に上申することも提案した。ちょうどその頃、わたしはトロイツァ大修道院にいたため、この件について院長の掌院アントーニイ（メドヴェージェフ）神父に提案した。わたしが去った後、彼は話し合いの可能な様々な機会を捉えて、この件について府主教座下に報告を行ったのだった。[188]

こうして同書の出版を許可する府主教座下の祝福が、院長である掌院アントーニイ（プチーロフ）を介して下された。府主教フィラレート座下がパイーシイ長老の出版以来、スラヴ語への翻訳の意義を何人よりも認めていたことはすでに指摘したが、この大修道院の掌院アントーニイもこの見解に共感していたことは、総じて、当時の教会首脳部たちの関心の高さが、オプチナの長老たちによるスラヴ語への翻訳・出版活動を促進する原動力となっていたことの何よりの証左であろう。掌院アントーニイがオプチナの長老マカーリイに宛てた書簡の中で、この翻訳言語の問題について以下のように書いているのを見てもそれはわかる。

……それに加え、いくつかの箇所については、ちょうど大バルサヌフィオスの著作においてもそうだったように、原作から取られた注釈が施されているが、これは役にたつだろう。だがたとえこれが困難な作業であっても、やはり印刷することが望ましい。注釈がついたスラヴ語のテクストはわたしに言わせれば、ロシア語以上のものである。なぜならば、言語の特質から見て、この翻訳は原作により近いものとなるからである。わたしは新訳をさほど信用していないのだ。[189]

このことはオプチナにおける聖師父文献の翻訳の庇護者として常に父親のような役割を果たしてきた、モスクワ府主教フィラレート（ドロズドフ）の存在がいかに大きかったかを表している。かかる資質を持つ主教はその後も久しく現れてこなかった。府主教のお墨付きをもらったオプチナの長老たちは、一八五二年七月十八日にシリアの克肖者イサアクの四十講話の説教を訳し終え、それに対する注釈をも書き終えたことが修道院の年代記に記されている。[190]この新訳に対する準備の周到さと綿密さについて何よりも証言してくれるのが、長老マカーリイとイワン・キレエフスキーとの浩瀚な往復書簡、それに数はさほど多くはないが、重要度の高い府主教フィラレートとの往復書簡である。後者はマカーリイ長老同様、あらゆる方面からオプチナの出版活動を激励したばかりか、最も難解な箇所の翻訳と解釈に自ら進んで参加していたのである。

一八五二年八月、キレエフスキーは長老マカーリイに宛てて、受け取ったシリアのイサアクの説教の翻訳の一部に関してこう書き送っている。

あなたが大修道院の翻訳のうち満足されないすべての箇所に関して、わたしには今にいたるまで、あなたが完全に正しく、あなたの解釈の方が的を射ているように思われます。ですが、それにも拘らず、パイーシイの翻訳はやはりどれよりも秀逸であると感じます。たしかに、一見して、そこに見られる解釈は必ずしも明瞭ではないこともあるのですが、この不明瞭さこそが、さらなる集中した探索へと駆り立ててくれるのです。そればかりか、スラヴ語に翻訳されたものの中には、たんに言葉の表現のみならず、ニュアンスそのものによってより完全な解釈となっている箇所もあるのです。例えば、あなたの翻訳の中に、以下のように書かれている箇所があります。「心は、聖なる楽しみのほかに、様々な感覚に奉仕することに熱中してしまう（Сердце, вместо божественного услаждения, увлечется в служение чувствам.）」。その箇所がスラヴ語訳では以下のようになっています。「心は神の甘さから感覚への奉仕へと撒き散らされる（Рассыпается бо сердце от сладости Божия, в служение чувств.）」。この「甘さから撒き散らされる（рассыпаться от сладости）という言葉は、外面的な論理からは正しくないかもしれませんが、真の理解を知恵の中に注ぎ込んでくれます。ちなみに、これは神の甘さを手に入れることができるのは、心の全一性のみであり、この全一性が維持されなければ、心は外的な感覚にのみ奉仕することになるということを教えてくれているのです。また「それは自らの心の真理によって自らの知恵の目を浄化する（Иже истиною сердца своего уцеломудряет видение ума своего）」という表現がありますが、これは心の働きによる矯正についての理解を与えてくれるだけでなく、不浄な願望は心がつく嘘であり、それによって人間自身が実際には願わないことを願っていると考えることで自らを欺くのです。[191]

この書簡に対して、早くも数日後、マカーリイ長老からキレエフスキーに以下のような返書が届いている。

パイーシイ長老の翻訳がすべての点においてロシア語訳よりも優れているというあなたの説には全く同感です。そもそも、わたしの理解にとってこれ以外のものは必要ありません。もちろん時折、わたしの乏しい知恵にはわかりかねることもあるにはあるのですが、概して一般の読者や、とりわけスラヴ語の言い回しに通じていない読者にとって多くのことを理解することは困難でしょうし、だからと言って、そこで取り上げられているテーマの意味を注意深く考察することを彼らに強いることもそれ以上に困難でしょうから。スラヴ語の言い回しはしばしば自らの中に偉大で、高邁かつ神秘的な何かを含むことがありますが、ロシア語でそれらを十全に表現することは到底できないのです。[192]

マカーリイ長老とキレエフスキーのやりとりの主な内容は個々の言葉や概念の翻訳をめぐる問題であったが、それは意味を的確に伝える適当な訳語を見出すために専らキレエフスキーの側から発せられる質問や意見という形で表明されたものだった。キレエフスキーの注釈は翻訳がかかえる最もデリケートな部分にまで入り込み、ときには長老に対して独自の翻案を示すことさえあったのである。

あなたの翻訳の二つの単語、созерцание（観照）と доброе（善きもの）に関するわたしの意見を言わせていただきます。あなたが созерцание を видение（視る）もしくは зрение（観ずる）という単語に優先させる理由は何でしょう。西欧の思想家たちに好まれる、新しい созерцание という語は видение よりも рассматривание（見渡す、熟考する）の意味を持っています。それゆえ、例えば、祈りの状態から知恵が *рассматривание*（熟考）のレベルに上がるとは言えないのと同様に、*созерцание*（観照）のレベルに上がることもできません。ひと度ギリシャ語の θεωρία という単語を видение と訳す必要があるのなら、つねに一つの単語に一つの意味を持たせる（視る＝神観）ことで問題はないと思われます。われわれによってスラヴとギリシャの霊的な著述家たちの霊的な言語に合致する正しい哲学的言語が確立されることになるのですから。二つ目の語 доброе はスラヴ語では、ロシア語の прекрасное（素晴らしいもの）と同じ意味を表すように思われますが、あなたはいつもロシア語でも доброе の単語を使って訳しておられます。これでは、場所によっては、不十分な意味にしかならないようにわたしには思われるのです。例えば、第二十七講話の終わりにかけて、シリアのイサアクは〔性質の〕*доброе*（善良さ）と *изящное*（優美さ）の完成を разум（理性）の下位区分に加えようとしているようです。スラヴ語において、前者は *благое*（福たるもの）、後者は *доброе*（善なるもの）と命名されています。したがって、造形美術（изящное искусство）の働きはすべてこのレベルの理性の領域に含めることができるのです。ですが、изящное もしくは прекрасное という語を доброе という語に置き換えてしまえば、こうした意味はすっかり失われてしまうことになります。[193]

この手紙から三か月後の一八五二年十一月二十七日、シリアのイサアクの説教の翻訳は無事終了し、原稿はモスクワの府主教フィラレートのもとへ送られた。府主教座下は翻訳原稿に目を通し、何箇所かに加筆を行った。翌一八五三年の三月にはマカーリイ長老に宛てて、このことについて以下のような書簡をしたためている。

怒涛のごときとめどない人々と事件との波と闘うわれわれが、それを汚してしまうことなく、いくらかでも静謐と自由の岸辺に触れることができるようお祈りしてください。この拘束状態から解放されるまでに数か月が過ぎ去り、ようやく、あなたによって印刷の準備がなされたシリアの聖イサアクの手稿を読むという喜ばしい事業に専念するための時間を見出すことができました。ところが、またもやそれを仕上げることなく、わたしを取り巻いている避けがたい勤務上の問題に戻らざるをえません。教師の言葉とあなたの解釈に注意を払いながら、一気に半分近く読みました。さらにいくつかの場所については何度も見直したのですが、それを続けることができない以上、また長い間それを手放すことを危惧して、明日手稿を検閲官に送ることにいたしました。わたしがどうしてそのようにしたのかをあらかじめあなたに説明する機会ももたずに、向こう見ずな手であなたが施した注釈に手を加えることになったことをどうかお赦しください。本のいくつかの箇所はギリシャ語が不明瞭ですが、それはスラヴ語訳についても言えます。ついでに言えば、おそらくその原因はシリアから来たギリシャ人翻訳者にあるのでしょう。これらの箇所に付けられたいくつかの注釈は、ただの憶測にすぎませんし、ギリシャ語のテクストには十分呼応していませんでした。このような場合、わたしにはシリアの聖イサアクの代わりに、われわれの考えを読者におしつける危険を冒すくらいなら、その箇所を不明瞭なまま残した方がよいように思われたのです。またいくつかの事例においては、解釈が教義の精神に合っていないように感じました。第四十四講話の以下の箇所がそれにあたります。本文：「真実の只中で、ただ沈黙を守ることは好しからぬことである（*безмолвие простое посреде правды укорно есть*）」。これには「ただ（простое）」という語に対して「恩寵の働きを感覚することなく（*без чувства благодатных действий*）」という注釈が施されています。果たしてほんとうにいつも、恩寵の働きが感じられないときに、沈黙を行うことは好しからぬ、つまり非難に値することなのでしょうか。それに優れた修行者はすぐに恩寵の働きを感覚することができるのでしょうか。感覚しえた者であっても、未熟さや用心深さのせいで、時にその感覚が薄れてしまうことはないのでしょうか。それゆえ、わたしはこの解釈を「それ以外の功や徳をもたずに（без других подвигов и добродетелей）」と変更しました。ギリシャ語の本でも、このような意味で注釈がなされています。ただひとつの注釈だけは、わたし自身の判断だけでは変更する決心がつきませんでした。これについては、これに補足する書きつけを付けています。もし、わたしが提案する変更に同意なさるならば、手稿に加筆するために検閲官に渡しますから、わたしが提起した解釈を返送してください。わたしが自分の判断で行ったそれほど重要ではない変更箇所については、言うまでもないでしょう。数も多く、手間もかかりますから。[194]

このフィラレートの書簡を見てわかることは、この教養ある府主教がオプチナの長老に対する並々ならぬ謙遜と敬意に貫かれ、同修道院の聖師父文献出版の庇護者としての責任感において際立っていることである。その責任感は、オプチナの翻訳の権威づけというよりは、パイーシイの翻訳に対する絶対的な信頼と、「我々の考えを読者におしつける危険を冒すくらいなら、その箇所を不明瞭なまま残した方がよい」という原文重視の立場にも十分発揮されている。マカーリイ長老の返書には、そうした府主教の思いへの感謝の気持ちが溢れている。

功と広大な我が祖国の偉大なる牧者たちへの配慮に貫かれた座下は、多くの困難と問題を抱えておられるにも拘らず、そのご意志と祝福により、それを一瞥されたあと、スラヴ語テクストのいくつかの不明瞭箇所に対する解釈と解説を付けて、印刷にまわすためにわれわれが準備したシリアの聖イサアクの手稿通読に時間を割かれ、われわれの脆弱な仕事に対して座下の主教としての関心をふり向けてくださいました。これはひとえに座下の高邁な人格と、聖師父による霊的な書物を広めることによって、われわれに正教会の子らを涵養せしめんとする愛のなせる業なのです。この手稿を主教座下に献呈するにあたり、われわれは自分の解説を正しいと見なしたことは一度たりともありません。しかし、主教座下が慈愛に満ちた関心を向けてくださるのではないかという期待に慰められ、実際そう思うことで幸福な気持ちになりました。まことに座下によってなされた変更は公平で、聖なるものであると考えております。……いくつか散見されました不明瞭な箇所につきましては、我々もそのまま放置することを望まず、敢えて説明をつけようと試みたのですが、もし座下が憶測に基づく考えに拘泥するよりも、不明瞭な箇所はそのまま残した方がよいとお考えならば、主が座下にそう告げ知らせたものと信じます。きっとそうすることがよりふさわしい、有益なことなのでしょう。

府主教座下がコメントと変更を加えられた二つの箇所に関しましては、もちろん、自分の考えが正しいとは見なしておりませんが、われわれがどのように理解していたかを意を鼓して座下に申し上げようと思います。第四十四講話の、「真実の只中でただ沈黙を守ることはよろしからぬことである」に対してわれわれは「恩寵の働きを感じることなく」という説明を施しました。府主教座下は苦行者といえどもこのレベルに達していない者や、その他の理由からこれを感じないこともありうると公正にも指摘されましたが、われわれはここで書かれた文言以上に、沈黙を成就させる計算された働きを念頭において、「真実の只中でただ沈黙を守ることはよろしからぬこと」という言葉を、高度な修行を行なっている人々に絞って検討しようとしたのであり、そもそも、ただ沈黙を守りさえすればよいと考える、非難すべき人々のことを念頭においていたわけではありませんでした。もっとも、その中にも各自の霊的な経験年数によってレベルの高低があることは言うまでもありませんが。われわれはこのように理解しておりましたが、その考えを完全なかたちで表現することはできませんでした。座下による訂正「それ以外の功や徳を持たずに」は大衆の理解により近いですし、正鵠を射ています。なぜならば、功の完成によって恩寵の実感が成就するのですから。

また第二十一講話の本文「浄らかさとは天性を貫いて存在しながらも、俗世において天性に賦与された人々の分別を忘却することである（*чистота есть забвение разума сущих чрез естество, обретенных в мире от естества*）」に対するわれわれの注釈は、本物の分別も正確さも表現していませんが、座下の注釈はきわめて明確で正しいものですので、座下のお許しをいただけるのなら、何卒われわれの誤った解釈と入れ替えてくださるようお願い申し上げます。[195]

一八五四年三月に『シリアの聖神父イサアクの霊的功に関する言葉』は二千四百部印刷された。この出版物には二ルーブルの値が付けられたほか、府主教フィラレートはこの出版にかかった費用を弁済し、今後のオプチナ修道院の出版活動のための資金として百ルーブルを寄付した。[196] この出版活動の理念として、不明箇所には各行ごとに注をつけることを条件に、パイーシイの翻訳は完全に維持されることとなった。これによって、出版者はいささかも原文を歪曲することなく、詳細な注釈付きで、読者にパイーシイの翻訳の原典を伝えることができるようになったのである。同時に、本文にはマカーリイ長老自身によるアルファベット順の事項索引が付けられた。マカーリイ長老の伝記を最初に書いた掌院レオニード（カヴェーリン）は、同書の出版を「オプチナ修道院のすべての出版物の中でも最も貴重なひとつ[197]」と称している。

キレエフスキー自身もシリアのイサアクを東方正教会の霊的著作家の中で、最も深遠な思索家の一人と見なしていた。世界の宗教的環境自体が人間に及ぼす影響について関心を抱いていたキレエフスキーにとって、正教の神秘的かつ禁欲的伝統によって育まれた人間学、認識論を体系的に叙述したこの聖人の著作は自らの問題意識に対するひとつの答えを与えたと言えるのではないだろうか。この問題については後述するが、ここでは彼の世界観の形成に革新的な意義を投げかけた「全一的精神（цельный дух）」という概念の形成に言及するにとどめたい。いずれにせよ、彼はこの概念の根源を究明する過程において、東方教会聖師父の文献が大きな鍵を握ることを目の当たりにしたことで、その出版活動に向かうようになったとさえ思われるのである。

マカーリイ長老とその弟子たちによる様々な写本の整理とロシア語への翻訳は、すでに述べてきたように、長期間にわたる周到な作業を要するものとなった。それは一八五二年に完成を見ることになるが、ここで忘れてはならないのは、同年にトロイツァ・セルギイ大修道院版のロシア語訳も世に出たことである。キレエフスキーはこの大修道院版に不満を覚えていたようである。

キレエフスキーがシリアのイサアクの出版準備に関わっていた頃、実に不可思議な出来事が起こった。イサアクの編集出版に関していくつかの点を問い合わせる目的で、マカーリイ長老がキレエフスキーに、手稿の中のある不明瞭な箇所に関する自分の見解を分かち合ってくれるように依頼する書簡を書いたことがあった。それに対してキレエフスキーは次のように答えている。

というのも、十六年ほど前、わたしが初めてシリアのイサアクを読んだとき、いかなる運命の巡り合わせか、たまたまこの箇所について今は亡きノヴォスパスク修道院のフィラレート神父に説明を求めたことがありました。神父はわたしにこう言いました。この箇所はこう解釈すべきだろう、つまり「すべての被造物の頭にして礎」という言葉は、大天使ミハイルのことと考えればよいのだと。どうやら、これをあなたに伝えるべきだったのは、フィラレート神父ご自身だったのかもしれません。しかし、あなたは当時あの方の周りにおられなかったように、神は他ならぬそのことを彼に尋ねるという考えをわたしに抱かせたのでしょう。[198]

キレエフスキーが府主教フィラレート（ドロズドフ）を訪問した際、彼はこの点について府主教に尋ねている。それに対して、府主教は、自分も初めてこれを読んだとき、その箇所に疑問符をつけたが、それは今までも残っていると告白したのだった。キレエフスキーはマカーリイ長老への書簡の中で書いている、「わたしが彼に、かつて亡きフィラレート神父がこの箇所について、大天使ミハイルのことであると自分に説明したことを告げると、わたしもそれが言いたかったのだと座下はわたしの言葉を遮りました。そこでわたしは彼にこう言いました。フィラレート神父と府主教座下の意見が一致した以上、もはやわたしにはこの箇所の意義について些かの疑念もありません」。[199]

この本は主としてモルダヴィアから持ち込まれた写本にしたがって出版の準備が進められた。この過程について克明に記されたマカーリイ長老の覚書が残されている。長老は書いている、「一八五二年、わたしがモスクワにいたとき、同書のロシア語訳についてキレエフスキー夫妻と話した際、パイーシイ長老のスラヴ語訳を印刷することができたらどんなに素晴らしいことだろうという話になり、夫妻に折を見て、府主教フィラレートにそれを提案してはどうかと持ちかけたのだ」。[200] その後府主教は出版に同意し、マカーリイ長老に大修道院の図書館に所蔵してあったギリシャ語版のシリアのイサアクの本を使用して、いくつかの不明箇所に説明を加えるよう指示したのだった。オプチナの修道士たちは写し取った説明付き写本をフィラレートに送ると、府主教はそれに目を通し加筆して、出来上がったものを検閲にかけるために神学大学の学監の掌院セルギイに手渡した。

一八五三年七月にキレエフスキー夫妻は写本を受け取ると、それを印刷にかけるために、校正作業を開始した。マカーリイ長老はこの間の経緯について覚書にこう書き記している。

主は我々が同書に付けるアルファベット索引を作成することを助けてくださった。こちらも検閲によって印刷を許可されたのである。こうしてこの神の霊感溢れる書物が、神の助けと府主教の祝福を得て印刷に付された。そして最初の三部が十三日の我らの光明週間に、つまり輝かしいこの祭日に最も相応しい贈り物として修道院に送付された。[201]

同じ出来事について、レオニード（カヴェーリン）神父もオプチナ修道院の年代記にもこう書き記している。

一八五四年四月十三日、この日ナターリア・ペトローヴナ・キレエフスカヤ氏には新たに印刷された書『シリアのイサアクの霊的功についての言葉』を三部送付いただき、〔マカーリイ〕神父や我々一同は大いに喜び慰められた。神父も認めておられるように、同書を世に出すにあたっては、パイーシイ長老の翻訳をギリシャ語の原典と照合させるなど尽力された府主教フィラレート座下の特別な配慮に負うところが大きかった。座下はそのために神学大学の図書館から〔原典の〕一部を送付されたばかりか、宗教検閲を通過させるための責任を一身に負われたのである。また出版に関わる労は、全面的に長老に心服し、飽くことを知らぬナターリア・キレエフスカヤ氏が執られた。それは千五百銀ルーブルかかり、自分用の一部に一ルーブル五十コペイカかかっている。ところで、出版のための総費用は紙幣ですでに一万五千ルーブルかかっているのである。どこから資金が集められたのかは、それを送ってくださった方のみ、つまり「神の名によりて顕しし愛の労を忘れざらん」（エウレイ書六章一〇）方のみがご存知なのである。

一八五三年五月二十三日、今日ナターリア・キレエフスカヤ氏が荷馬車でシリアのイサアクの本を三百十五部送ってきた。そのうち、マカーリイ神父は百五十四部を手元に残して、残りは掌院に渡すなどし、すべてを各方面に無料で頒布した。書物の出版のために、すでに一万五千ルーブルを消費していたにもかかわらず、出版関係者たちはこの資金をどこから調達したのかという周囲の問いには良心にしたがって答えようとはしない。ただ一言、「神が送ってくださった」とだけである。[202]

同書は他の多くの書物同様に、教会スラヴ語の非教会（俗用）アルファベットで印刷された。その序文においては、ギリシャ語、スラヴ語、モルダヴィア語といった複数の原典を用いてなされた翻訳の特殊事情について説明されている。また同様に、シリアのイサアクの様々な言語の写本を入手したこと、それをどのように扱ったかということなど、パイーシイ長老自身の話が引用されていた。パイーシイ長老は、スラヴ語がその深い知性、音の美しさ、豊かさから見て、古代ギリシャ語に最も近い言語であるとつねに指摘していた。しかしながら、同時に、逐語訳を行ううえで目につく両言語の文法的不一致についても指摘していた。スラヴ語にはギリシャ語の上書き記号が存在しないため、文の中での語のつながりにおいて混乱を引き起こすことがあった。パイーシイ長老は、語の上に点を振ることでこの問題を解決したのである。ちなみに、オプチナの出版物においては点が行ごとの脚注に置き換えられている。

既に上で述べたように、シリアのイサアクの三十の言葉は、はじめ雑誌「キリスト教読本（Христианское чтение）」に掲載された。一八五四年にはギリシャ語からなされたモスクワ神学大学版の完全訳が世に出ている。モスクワ神学大学教授セルゲイ・ソボレフスキーも言っているように、「キリスト教読本」の三十の言葉の翻訳はかなりよくできており、文学的でもあるが、時折自由すぎるきらいがある。モスクワ神学大学の翻訳はより直訳的だが、不明瞭な箇所も多い」[203]。この神学者ソボレフスキー教授の意見は、それぞれの翻訳の特徴を端的に言い当てている。しかも彼はこれらの欠点を補う目的で、パイーシイの翻訳を下敷きにシリアのイサアクのロシア語訳を準備したのである。しかし、その序文では、やはり避けがたいテクストの不一致を解決するために、その他のいくつかのギリシャ語原文とも照合させざるを得なかったと説明している。

意味上の齟齬が生じたり、そもそもロシア語訳が何らかの疑念を呼び起こす多くの場合は、ニケフォロス・フェオトキスが出版したギリシャ語版（一七七〇）や場合によっては、モスクワの宗務院図書館所蔵の数点のギリシャ語写本と照合させた。しかし、ギリシャ語の本文も、古いとはいえ、イサアクが書いたシリア語からの翻訳であるため、我々は時には西欧の文献一覧に含まれるより新しいシリア語からなされた翻訳を参照することも有益であると考えた。……それでも聖イサアクの高邁な思想を理解するのに困難をともなう多くの箇所には、翻訳のテクストに説明的な注釈を施すことが不可欠となった。そのうちの一部は（ほんの僅かながら）われわれ自身が施したものであるが、大部分は一八五四年に印刷されたパイーシイ版の翻訳に対する注から、それにニケフォロス・フェオトキスのギリシャ語版から我々が引用したものである。[204]

こうして概観してみると、一八五四年のシリアのイサアクの言葉の出版が、その後のイサアク文献改訳の運動の権威的源泉となっていることが明らかであろう。この修道士たちの修行書の翻訳出版に一世俗思想家の夫妻が果たした役割は資金調達面以外にも、決して小さくはなかったのである。

（十二）『克肖なる我等が神父、ファラシオス師の愛、節制、霊的生活に関する数章』（一八五五）[205]

パイーシイ・ヴェリチコフスキーによってギリシャ語からスラヴ語に翻訳された版にもとづく本書は、進堂祭記念聖堂オプチナ修道院（Введенская Оптина Пустынь）の出版所よりロシア語訳を付けて出版された。四百章節集（Четыре сотницы）[206]からなる本書はそもそもギリシャ語版フィロカリアに収められていたが、その版からパイーシイ自身によってロシア語に翻訳された。したがって、オプチナの修道士たちはそこに敢えて注釈を付けずに、そのままスラヴ語訳との対訳としてロシア語訳を並置して出版したのである。

ここでも本書出版の準備に、府主教フィラレート（ドロズドフ）が積極的に参加した。一八五四年十一月にキレエフスキーはマカーリイ長老に宛ててこう報じている。

ナターリア・ペトローヴナ〔妻〕はあなたに、十日ほど前に府主教が検閲官に提出した何点かの写本、つまりファラシオス師の四百章節集（原義は百を単位とする束 сотницы という意味）とカリストス・アンチリクーダ（Каллист Антиликуда ママ）[207]の数章に目を通すためにわたしのところから持って行ったと書きました。昨日わたしは府主教座下の祝福を求めるゼーデルゴリムと一緒に座下のところに行って参りましたが、座下は話のついでに、ファラシオス師の四百章節集を読んでくださったばかりか、「それを単行本として出版すべきである。そこには有益な言葉が数多く含まれているからだ。しかし、読者は霊的な書物を読むことに消極的で、大部の書物を見ると恐れをなしてしまうので、小さなものにして読ませるようにすればよいだろう」とおっしゃられたのです。それに、翻訳にはかなり不明瞭な箇所もありますので、シリアのイサアクの本の時のように、あなたにも加わっていただきたいと思ったのです。つまり、〔座下は〕まず明瞭な字体で写しを取るよう指示を出され、原典と照合しながら、頁の下に短い注釈を付けるようにと言われました。その際、スラヴ語の写本から筆耕もしくは翻訳者によると思われる明らかな誤りが見つかれば、本文中に直接修正を加えるようにしてくれないかとおっしゃられました。[208]

これを受けて、一八五五年の二月七日には翻訳されたファラシオス師の四百章節集のうち、最初の第一の百章節集がオプチナから府主教フィラレートに発送された。[209] その四か月後の一八五五年六月にナターリア・キレエフスカヤはマカーリイ長老に宛てて、府主教との面会と翻訳の訂正過程について次のような報告をしている。

わたしはファラシオス師の第三の百章節集を府主教に手渡しました。府主教座下は「これは何かね」と訊ねられましたので、「ファラシオスの残りの一章節集です。〔マカーリイ〕神父は第四の百章節集の最後の数章節を翻訳しなかったのです。というのも、神学の最高峰のいくつかの項目を叙述するにあたって間違いを犯すことを恐れたからなのです。そこで、それを府主教座下のご判断に委ねることにしました。ですから、主が座下、あなたに真実を明かされますように」と申しました。すると、「不要なことだ。彼ら〔オプチナの修道士たち〕が訳せばよかったのだ。それによってわたしを助けることになるのだから。ちょっと、待っていてくれ」と言い残して、隣の部屋に出て行きました。座下は両手に聖ファラシオスの第一の百章節集を抱えて戻って来ました。「これが第一百章節集だ。わたしはこれを読んで、少し訂正を加えた。ある箇所については、我が意を得たりと思って書き直したのだが、それからここ大修道院でギリシャ語の原典を見つけると、それが間違っていることに気づいたのだ。そこで、さらなる訂正を加えてみた。だが別の箇所では、状況が異なっていた。というのは、おそらく、原典に一語遺漏があったのだ。そこで、わたしからと言って、長老たちに手渡してくれないだろうか。そしてわたしの訂正がうまくいったかどうか訊ねてみてくれないか。わたしもあれこれ考えてみたのだが、どうやってこの百章節集を彼らに渡したものか思いあぐねていたのだ。だからこうして、あなたに渡すことができて嬉しく思っている」。わたしは府主教座下に感謝の気持ちを伝え、「神父様、あなた〔マカーリイ長老〕なら深甚なる感謝の気持ちとともに主教の慈愛を受け取ってくださるでしょう、あなたの訂正は善行にも等しいものですから」と申し上げました。座下は「ならば長老たちの判断に委ねよう」とおっしゃられました。そこでわたしは訊ねました、「長老様たちが書き直されたら再びわたしがここにお持ちすればよろしいのですか」。「それでもよいし、直接検閲に持ち込んでもよい。あなたの都合のよいようにしなさい」。[210]

一八五五年六月、ファラシオス師の第一の百章節集がオプチナに戻ってくると、府主教フィラレートはマカーリイ長老に宛ててこう書き送っている。

ファラシオス師の翻訳をお返しします。そこにはわたしが書き込んだ跡がありますが、おそらく字体に対するばかりか、知性にも不快感を呼び起こすかもしれませんね。これからはあなたの判断に委ねます。わたしが何をいかなる理由で行ったのかについて、お話しするのも無駄にはならないだろうと思います。第一の百章節集はパイーシイの翻訳だけと照合しました。それ以外の三つの百章節集については、何かに突き動かされたかのように、ほとんど常にギリシャ語の原典と首っぴきに、そしてときには、ギリシャ語の原典と同時期に印刷されたラテン語の翻訳とも照合しました。しかし、両者はつねに類似しているわけではありませんでした。つまり、いくつかの章にはギリシャ語の、そして時としてラテン語の原典の助けが不可欠であることがわかったのです。もっとも、ある数章においては、我々の翻訳の方が明らかに正しく、印刷されたギリシャ語の方が不明瞭で、明らかに意味が通らないものもありましたが。

第三百章節集の五十九章では、我々の翻訳に手を触れずにそのまま残してありますが、ギリシャ語からの翻訳には注が付けられています。それは正確な読みという点でいくらか疑念があるのでしょうが、わたしの考えでは、真実に近い読みはむしろギリシャ語の方であるように思われます。なぜなら、「労を愛する友に爾は己の目の覆ひを見出さん（в трудолюбивом друге ты найдешь покров очам твоим.）」という言葉を重視するのは思いつきで、無理があるとしか思われないからです。しかし、「労を愛する友に爾は己の過ちに対する覆ひを見出さん（в трудолюбивом друге ты найдешь покров твоим погрешностям.）」という言葉は明瞭な意味を持っています。しかも、その言葉の出典を使徒の言葉、「罪人を其の迷へる道より反《かへ》らしめし者は多くの罪を掩《おほ》はん（（обративый грешника от заблуждения покроет множество грехов)」[211]に認めることができるからです。[212]

この府主教の丁寧な書簡に対する返書として、マカーリイ長老は以下のようにしたためている。

主教職という苦労多く、有益なる役職に就いておられながら、この度は我々がナターリア・ペトローヴナを介して座下にお送りしたファラシオス師の第一百章節集の写本から作成したスラヴ語訳とともにロシア語訳にもお目通しされる時間を作っていただく栄に浴することができました。我々は返送された写本を喜んで拝受し、多くの箇所に主教自らの手にてなされた翻訳の修正を拝見することができました。それは我々にスラヴ語テクストの正しさと我々の浅知恵とを明確に示しております。のみならず、残りの三つの百章節集にも主教様のお目通しをいただくという大いなる慈愛の気持ちを表していただきました。この上なく慈悲深き主教様、これによって主教座下にさらなるご負担をおかけすることになった我々の厚顔さをどうかお赦しくださいますよう切にお願い申し上げます。[213]

これによってオプチナ修道院の古文書館には、府主教フィラレートの鉛筆による修正を含むファラシオス師の著作の類稀なる写本が保存されることになった（その部分は後にインクで囲まれることになった）。マカーリイ長老はこの写本の冒頭にこう書き込んでいる。

この写本はコゼーリスクのオプチナ修道院に、一八五五年当時所蔵されていたモルダヴィアの長老パイーシイ・ヴェリチコフスキーによるスラヴ語の翻訳数種から編まれ、モスクワとコロムナの府主教フィラレート座下の監修を経たものである。ロシア語訳を行なったのは、同修道院の修道士ユヴェナーリイ・ポロフツェフと同レフ・カヴェーリンである。府主教座下はこの翻訳を精査し、ギリシャ語とラテン語のテクストと照合し、最初の〈章節集の〉百章には手ずから鉛筆で修正を加え、それ以外の三つの百章節集にはインクで修正を施した。それから、扱われている事項が高尚であるため、翻訳せずに残されていた十七章も、府主教自らが翻訳し、自筆の書簡を付けてオプチナ修道院の修道司祭マカーリイのもとに六月二十二日付けで返送された。最初の百章節集は浄書され、再びナターリア・ペトローヴナ・キレエフスカヤを介して府主教のもとに届けられた。その後、府主教は検閲官であったモスクワ神学大学の学監掌院セルギイ（リャピデフスキー）に渡した。残りのものは浄書が終わると、ナターリア・ペトローヴナ・キレエフスカヤを介して一八五五年の七月二十五日に検閲官に渡された[214]。

この僅か百二十頁ほどの小冊子の翻訳とその修正に、オプチナの複数の修道士とマカーリイ長老、それに府主教フィラレートがこれほど積極的に関与したことは極めて稀な事例というべきである。この冊子の主題でもある愛と節制、霊的生活の内容が示すとおり、これらが正教会の教理の本質的要諦をなしていたからである。こうした小冊子を普及させようとした府主教の判断で、難解な部分の翻訳を回避したことにもそれは表れている。文献学的に見ても重要な、省略部分と本書の翻訳事業の過程を表す府主教とマカーリイ長老との往復書簡が補遺という形ですべて刊行されたのは、一八九四年の第三版においてであった。この版を監修したエラスト（ヴィトロプスキー）神父の功績は、後に単行本『コゼーリスクのオプチナ修道院の歴史的記述（Историческое описание Козельской Оптиной Пустыни.）』として二〇〇〇年に日の目を見たのだった。

本書刊行までの足取りを辿ってみると、キレエフスキーの果たした役割は妻ナターリアの仲介者としての役割以外、さほど大きいものとは見えないかもしれない。だが、そもそも同書の出版にしても、ナターリア・ペトローヴナを介して府主教に渡されたファラシオス師の写本が、ノヴォスパスク修道院の霊父フィラレートから受け継いだものであることを思えば、その役割は決して小さくなかった。夫イワンが主となってこの写本の注の作成が行われたとなればなおさらである。

（十二）『克肖なる我等が神父ドーロテオス師（アヴァ・ドロフェイ）の霊に益ある教理と彼の問い、及び聖なる長老大バルサヌフィオスと預言者イオアンネスによるそれへの回答付き親書』（一八五六）[215]

同書のギリシャ語原典からロシア語への翻訳は、マカーリイ長老の祝福を受けて、将来オプチナの修道司祭となるクリメント・ゼーデルゴリムによって行われた。詳細な事項索引は修道司祭アムヴローシイ（グレンコフ）によって作成された。本書出版の準備に際しては、ギリシャ語版（一七七〇年、ヴェネツィア）と修道スヒマ司祭パンヴァ・ベルィンダ[216]によるスラヴ語訳（一六二八年、キエフ）が使用された。

ドーロテオス師の質問と長老大バルサヌフィオスとイオアンネスの回答のスラヴ語のテクストは、『克肖なる神父大バルサヌフィオスとイオアンネスの弟子たちの質問への回答形式による霊的生活への指南書（Преподобных отцев Варсануфия Великого и Иоанна руководство к духовной жизни в ответах на вопрошения учеников.）』の中ですでに印刷されている。同書はまず一八五二年にオプチナ修道院で出版された後、一八五五年に修道司祭アムヴローシイ（グレンコフ）と修練士レフ・カヴェーリン、修道士イオアン・ポロフツェフ等によって新たに翻訳され、翌年出版されたものである。

マカーリイ長老と彼に近い弟子たちはドーロテオス師の翻訳を集中して行なう目的で、しばらくの間キレエフスキー夫妻が所有する静かな領地に出かけた。これに関しては修道院の年代記に記述が残されている。「一八五五年八月十七日、水曜日朝五時、マカーリイ神父はマント付修道士ユヴェナーリイと見習い修道士レフを伴い、四〇露里ほど離れたキレエフスキー夫妻のもとへ赴き、同月二十六日まで滞在した。そこでドーロテオス師の教理の翻訳の見直しを行うためであった。彼らはこの時、森の中で神父を憩わせるためにキレエフスキー家の母屋から一露里半ほど離れた場所に造られた離れ家ですごした。生活に欠かせない住居の配慮や設備については、滞在者たちが霊的な仕事を行うために必要な沈黙が完全に保たれるよう、すべてが万全に備わっていた。一八五五年の九月二日、ドーロテオス師の本の翻訳の見直しが終わり、検閲に発送するために、それをナターリア・キレエフスカヤに送った」。[217] 同書は一八五六年の一月に印刷のための許可がおり、最終確認のために修道院に送られた。

　こうして出版のための原本となる手稿は修道院に残されたが、出版されるとき、そこには詳細な以下のような但し書が付けられた。「本手稿はコゼーリスクのオプチナ修道院において編まれた。克肖者ドーロテオス師の本は一八五五年にモスクワ大学の学生コンスタンチン・カルロヴィチ・ゼーデルゴリムによってモスクワでギリシャ語の民衆語（народный язык ママ）からロシア語へと翻訳された。さらに同年オプチナ修道院にてこの翻訳はスラヴ語の古い翻訳と照合された（その際、修道士ユヴェナーリイ・ポロフツェフとレフ・カヴェーリンによって日常語の言い回しに修正された。他方、修道司祭マカーリイと同アムヴローシイによって目録が作成された）。それを含む聖ドーロテオス師の本がモスクワで印刷されたのは一八五六年のことだったが、こちら〔オプチナ修道院〕にそれが初めて運ばれてきたのは同年の七月二十二日のことである。印刷に先立ち、手稿はモスクワ府主教座下であるフィラレートに託され、座下の祝福を得て検閲所に持ち込まれたのである。そこでモスクワ神学大学の学監を務める検閲官、掌院セルギイによって印刷するための認可が下されたのが一八五五年十二月三十一日のことであった」。[218]

　ドーロテオス師のオプチナ版翻訳を贈られたオプチナと縁のある神学者イグナーチイ（ブリャンチャニノーフ）はマカーリイ長老に宛てた書簡の中で、本書の文献学的な一貫性を高く評価していた。

わたしの考えでは、この翻訳はきわめて上首尾に作られています。頁の下に設けられた注も意味をきわめて明瞭に説明してくれています。新進の修道士であった頃の聖ドーロテオスの質問に対する偉大なる長老たちの回答が完全に収められていることもきわめて重要なことです。というのも、後に著しい霊的な発展を遂げることになる人物が体験した葛藤や無理解を余すところなく提示してくれているからです。ロシアの修道界全体があなたや尊敬すべき修道士たち、それにあなたの協力者たちに、聖ドーロテオスを読むことでもたらされる豊かで秀逸なる食卓を準備してくれたことに対して感謝すべきでしょう。[219]

またそれと並んで、オプチナ修道院の出版物に付された他の著作集と同じ原則のもとで作成された『克肖者ドーロテオス師の著作集に含まれる説教のアルファベット索引』の充実ぶりについても指摘しておかなければならない。この索引は同著作において一〇五の大きなテーマを含んでいるが、さらに意味による下位区分を有している。例えば、「怠惰（Леность）、無気力（нерадение）」という事項には、以下のような説明が加えられている。「たとえ僅かな怠惰からも身を守る必要がある。なぜならそれが我々を大きな危機に陥れることになるからである」（第十一講）、「無気力と安逸は霊を弱体化させる」（第十三講）。

これらの索引はマカーリイ長老の信任を受けた修道司祭アムヴローシイが担当した。しかし、ここではすでに『長老バルサヌフィオスとイオアンネスの指南書』（一八五二）の刊行時より、索引そのものの提案者兼執筆者としてイワン・キレエフスキーが関与したことが記憶されるべきであるし、その成果がこの書の索引においても生かされていることは、疑いの余地がない。しかし、誠に遺憾ながら、印刷された同書がオプチナに持ち込まれたのが七月二十二日となっているということは、モスクワを馬車で出発したのが少なくとも二、三日前としても、六月十一日に命を落としたイワン・キレエフスキーがそれを目にすることはなかったのである。しかし、存命中の彼が関わった最後のオプチナ文献がこのドーロテオス師の書であったことは間違いない。

この書物が衆目を集めるだけの価値を持っていたことは、後世やはりオプチナの長老となるヴァルソノーフィイ神父が、やはり将来最後のオプチナ長老となるニコライ・ベリャーエフ（後の長老ニコン）に対して言った言葉に表れている。「〝ドーロテオス師〟というのは修道生活のいろはである。この本は三年に一度は通読すべき書である」。ヴァルソノーフィイ長老はそして幾度となく〝ドーロテオス師〟と〝階梯の書（Лествица）〟を読み返しては、その都度、これらの書物に何か新しいものを見出して、それによって霊的な成長を遂げた長老マカーリイをその好例として取り上げるのであった。「もし注意深く読むならば、読み返すなかで次から次へと新しいことが現れてくるのだ。各人にとって、これらの書物は自分の霊的な成長を表すバロメータのようなものなのだ」。[220] この言葉にも、修道生活とは縁のない一般読者の便宜を図る索引の作成を提案し、自ら多くの提案や要請を行なったキレエフスキーの意思の反映を見ることができる。その実、これが彼自身の救いにとっても必要不可欠な書物となっていたことを見れば足りよう。同書はオプチナ修道院が閉鎖されるまで、都合十版を重ねているが、これなども、同書が修道生活に関心を持つ一般の読者にいかに広く真理の道を開いてきたかを裏付ける事実となっている（一八五六年の初版以後再版された年は一八六二、一八六六、一八七四、一八八五、一八八八、一八九五、一九〇〇、一九〇四、一九一三年であった）。

（十三）『我等が克肖神父新神学者シュメオーン伝』（一八五六）[221]

キレエフスキーの死の年には、『我等が克肖神父新神学者シュメオーン伝』（一八五六）も出版された。これは参照するための引用句も少なく、出版者による補足もない、教会スラヴ語による六十四頁ばかりの本文だけの小冊子である。これに関しては、同書を数部府主教フィラレートに手渡したチェルチイ・フィリッポフの以下の証言が残されている。彼がオプチナの長老マカーリイに宛てた書簡の一部である。

昨日わたしは府主教座下のところへ行き、彼に製本済の本を一部と、薄紙に包んだ二十五部を手渡しました。これがあなたの本の包みであるとわかると、座下はこうおっしゃいました。「ああそうか、だがどうしてこんなにあるのか」。それから座下は、どういうわけでわたしに託されたのかと尋ねられるので、ナターリア・ペトローヴナの出立にともない、あなたの慈悲深きご配慮により、出版事業に関わる彼女の従前の役割がわたしに受け継がれたのですと申し上げました。すると座下はナターリア・ペトローヴナと、彼女の状況についてわたしと話し合いました。座下はイワン・ワシーリエヴィチ〔キレエフスキー〕の死の知らせを新聞で見て先刻ご存知でした。そこでわたしは座下に彼がレオニード〔長老レフ〕神父の隣に葬られた旨を申し上げました。それを聞いた座下は、「おお、神は相応しい場所に彼を寝かせたものだ」と言われました。最後に、座下はあなたに感謝するように命じて、こう言われました。「長老たちに感謝しなさい。そして彼らにあなた方は寛容な方たちだと伝えなさい」。[222]

このシュメオーン伝を出版した最大の目的は、同書の主題でもある、長老制の霊的教育システムが端的に纏められていた点にあると思われる。同書に関して、掌院ニコジム（コノノフ）はこう記している。

その内容的にもきわめて興味深いこの伝記は、修道士にとって教訓的であるとともに、長老制がいかに有益であるか、若い修道士であっても経験ある長老の指導を得ることでどれほどの高みに達することが可能であるかを示す証拠となっている。新神学者聖シュメオーンの生涯は東方教会の長老制の営みの一例である。つまり、克肖者シュメオーンは敬虔なる長老シュメオーン（старец Симеон Благоговейный）の弟子だった。伝記には、事実この長老の指導方法が数多く描かれている。このように、オプチナ修道院は、新神学者長老シュメオーンの著作をかつて出版したことで、克肖者シュメオーンの伝記そのものをも出版する必然が生じていたのである。と言うのも、それは長老の指導に関する話が展開する彼の十二の説教に対する自然な序文ともなっていたからである。[223]

イワン・ワシーリエヴィチ・キレエフスキーの没後も、マカーリイ長老の手によって以下の文献が出版されたことは記憶されるべきである。『克肖者にして我等が抱神なる神父、苦行者マルコスの有徳的苦行に関する言葉（Преподобного и богоносного отца нашего Марка Подвижника нравственно-подвижническия слова）』（一八五八）、『克肖なる我等がタヴェンニシの神父オルシオス師の修道生活を確立させるための教え（Преподобного отца нашего Орсисия аввы Тавенисиотского учение об устроении монашеского жительства）』（一八五九）、『克肖なる我等が神父エギペトの隠遁者イサイヤ師の霊的徳義に関する言葉（Преподобного отца нашего аввы Исаии отшельника египетского духовно-нравственныя слова）』（一八六〇）である。これらの三点の書物はすべてロシア語に翻訳されている。こうしてマカーリイ長老は一八六〇年の自らの永眠に先立ち、手元に残されていたパイーシイ・ヴェリチコフスキーが関与したすべての聖師父文献の出版に漕ぎ着けることができたのだった。

思想家イワン・キレエフスキーの思想の発展経緯から言えば、このような稀有な出版計画への参加は、彼の創造活動に占める歴史哲学的視点の形成に少なからぬ影響を与えたと見なすべきである。なぜなら、彼自身が自らロシア独自の啓蒙の基盤と見なしていたキリスト教的伝統に直に触れることができたからである。つまり（イイススの）知恵の祈りを礎石として禁欲主義的伝統を再興しようとしたパイーシイ・ヴェリチコフスキーの継承者である長老の指導を受けることで、東方教会の概念による修道制についての創造的集団の一員となったのである。これに関連して、キレエフスキーの思想の到達点をなす仕事となった『ヨーロッパの啓蒙の性格とそのロシアの啓蒙への関係について』（一八五二）、『哲学にとっての新しい原理の必然性と可能性について』（一八五六）、それに彼の全一的精神の原理となる人間学的認識論の定理が問い直される『断章（未完）』（一八五七）が執筆されたのは、まさにこれら一連の仕事と同時期であったことを想起しておきたい。

注

1 Прот. Иоанн Мейендорф. Византийское наследие в Православной Церкви. Киев. 2007. С. 168.

2 Гладышева С.Г. И.В. Киреевский о судьбе святоотеческого наследия в России. В кн.: Христианская культура и славянский мир. М., 2010. С. 32.

3 第四回以降の十字軍（一二〇二〜）はコンスタンチノープルを征服するなど、東方正教会をも攻撃対象とし始め、徐々にビザンツから近隣の正教会の伝統は破壊や略奪行為に晒されることになる。

4 Маслин М.А. «Велико незнанье России...» В кн.: Русская идея. М., 1992. С. 4.

5 Игнатий Брянчанинов, еп. Соч.: В 7 т. СПб., 1886. С. 153. Цитата по кн.: Фудель С.И. Собрание сочинений в 3 тт. М., 2005. Т. 3, Славянофильство и церковь. С. 189.

6 Киреевский И.В. В ответ А.С. Хомякову. ПСС в 2-х тт. М., 1911. Т.1. С.119.

7 Киреевский И.В. О характере просвещения Европы и его отношении к просвещению России. ПСС в 2-х тт. М., 1911. Т.1, С. 219.

8 Флоренский П. Троице-Сергиева лавра и Россия. В кн.: Сергий Радонежский. Сборник. М., 1991. С. 382.

9 本書第一部第一章「ロシア正教と禁欲主義の伝統——ロシアにおけるフィロカリア受容について」を参照。

10 Гладышева С.Г. Указ. соч. С. 38.

11 Фудель С.И. Славянофильство и церковь. В кн.: Собрание сочинений в 3 тт. М., 2005. Т. 3. С. 197. フーデリはここでキレエフスキーがコーシェレフに宛てた書簡について語っているのである。

12 Киреевский И.В. О характере просвещения в Европе и о его отношении к просвещению в России. ПСС в 2-х тт. М., 1911. Т.1. С. 174.

13 Там же.

14 Там же. С. 204-205.

15 Там же. С. 203.

16 Там же. С. 201.

17 Киреевский И.В. «Лука да Мария» Народная повесть, сочинение Ф. Глинки. В кн.: Избранные статьи. М., 1984. С.190.

18 Панфилов М.М. Ключ разума (Духовный кодекс Ивана Киреевского). В кн.: Иван Киреевский. Духовный путь в русской мысли XIX-XXI веков. М., 2007. С. 205.

19 Сокровенный старец Серафим Саровский. Житие. Поучения. Беседа о стяжании Благодати. Духовные наставления. 11. Чем должно снабдевать душу? М., 2007. С. 110.

20 「知恵のいとなみ」とは、アトスから導入されたイイススの名を呼ぶ祈りの形式で、心の中に知恵の働きをもち込むことで「聖神の獲得」を可能にする。「心のいとなみ（сердечное делание）」と呼ぶこともある。

21 Киреевский И. В. Письмо к А.И. Кошелеву. В кн.: Разум на пути к истине. М., 2002. С. 93-94.

22 Киреевский И.В. Переписка И.В. Киреевского и преподобного Макария (Иванова), старца Оптиной Пустыни. 1846-1856 годы. 81-е письмо. В кн.: Разум на пути к истине. М., 2002. С. 396-397.

23 Панфилов М.М. Ключ разума (Духовный кодекс Ивана Киреевского). В кн.: Иван Киреевский. Духовный путь в русской мысли XIX-XXI веков. М., 2007. С. 211.

24 Киреевский И.В. «Лука да Мария» Народная повесть, сочинение Ф. Глинки. В кн.: Избранные статьи. М., 1984. С. 190.

25 Киреевский И.В. В ответ А.С. Хомякову. В кн.: ПСС в 2-х тт. М., 1911. Т.1. С. 119.

26 Сводный каталог славяно-русских рукописных книг, хранящихся в СССР. XI-XIII века. М., 1984. С. 368.

27 Описание славянских рукописей библиотеки Свято-Троицкой Сергиевой Лавры: В 3 ч. М., 1878. Ч.1. С. 152. Цитата по статье А.В. Гвоздева: Мистико-аскетическая традиция в историософской концепции И.В. Киреевского. В кн.: Иван Киреевский. Духовный путь… С. 372.

28 サロフのセラフィムは、シリアのイサアクの「祈りと瞑想」の哲学をロシアで実践した苦行者の一人であった。セラフィムは千日間の無言の業を通じて、「心の祈り」を確立させたのみならず、ロシアにおける静寂主義（ヘシュカスムス）の最初期の実行者であった。

29 Киреевский И.В. В ответ А.С. Хомякову. В кн.: ПСС в 2-х тт. М., 1911. Т.1. С. 119.

30 Киреевский И.В. О характере о просвещении Европы и о его отношении к просвещению России. В кн.: ПСС в 2-х тт. М., 1911, Т.1. С. 220.

31 Там же. С. 202.

32 十五～十六世紀の正教会を二分するこの論争は、イオシフ派に対抗するソラのニールを中心として展開するが、実際にはニールの教師であった典院ポルフィーリイ、パイーシイ・ヤロスラーヴォフ、ヴァシアン・パトリケーエフ、長老ゲルマン等、ベロゼルスクやヴォログダの修道院の神父たちが主導していた。彼らは総じて外ヴォルガの長老たち（заволжские старцы）と呼ばれている。

33 Флоровский Г.В. Пути русского богословия. 1988. Париж. С.20-21.

34 Киреевский И.В. О характере просвещении Европы… В кн.: ПСС в 2-х тт. М., 1911. Т.1. С. 205.

35 Там же. С. 219.

36 ロシアはモンゴル・タタールの軛から解放されると、イワン三世は、滅亡したビザンツ帝国の衣鉢を継いだのみならず、東方教会（正教）の盟主として、宗教的にも、政治・軍事的にも前代未聞の発展を遂げることになった。

37 Трубецкой Е.Н. Россия в ее иконе. В кн.: Три очерка о русской иконе. М., 1991, С.77.

38 Киреевский И.В. Переписка И.В. Киреевского и преподобного Макария (Иванова), старца Оптиной Пустыни. 1846-1856 годы. 22 –е письмо. В кн.: И.В. Киреевский. Разум на пути к истине. М., 2002. С. 317.

39 ピョートル一世による改革を指している。

40 Киреевский И.В. В ответ А.С. Хомякову. В кн.: ПСС в 2-х тт. М., 1911. Т.1. С. 119-120.

41 Киреевский И.В. О необходимости и возможности новых начал для философии. В кн.: ПСС в 2-х тт. М., 1911. Т.1. С. 225.

42 Там же. С. 245-246.

43 Там же. С. 230.

44 Киреевский И.В. Отрывки. (Перв. публ.: журн. «Русская беседа», 1857 г. 1, Кн. 5.) В кн.: ПСС в 2-х тт. М., 1911. Т.1. С. 276.

45 Киреевский И.В. О нужде преподавания церковнославянского языка в уездных училищах. В кн.: Разум на пути к истине. М., 2002. С. 145.

46 Киреевский И.В. Письмо к А.И. Кошелеву (от 10 июля 1851 г.) В кн.: Разум на пути к истине. М., 2002. С. 93.

47 Там же.

48 Там же. С. 95-96.

49 Киреевский И.В. О необходимости и возможности новых начал для философии. К кн.: ПСС в 2-х тт. М., 1911. Т. 1. С. 224.

50 Панфилов М.М. Указ. соч. С. 219.

51 Киреевский И.В . «Лука да Мария». Соч. Ф. Глинки. В кн.: Избранные статьи. М., 1984. С. 188.

52 Протоиерей Сергий Четвериков. Молдавский старец Паисий Величковский: его жизнь, учение и влияние на православное монашество. В кн.: Правда христианства. М., 1998. С.5.

53 この選集には、大アントニウス、シナイのグレゴリウス、ディアドコス、イリヤ・エクディコス、隠修者イサイヤ、イエルサリムのイシキウス、カルパトスのイオアンネス、ダマスコのペトルス、カリストスとイグナティオス、カシアノス、苦行者マルコス、カプソカリヴィトスのマクシモス、ニキタトス・ステタトス、修道士ニキタトス、斎者ニルス、新神学者シュメオーン、シナイのフィロフェオス、フィリモーノス、テオリープトス、エデッサのテオードロスとフェオファノスの著作が収められている。

54 Преподобный Паисий Величковский: Автобиография, жизнеописание и избранные творения по рукописным источникам XVIII-XIX вв. М., 2004. [Репринт]. С. 17.

55 Там же. С. 18.

56 Киреевский И.В. Переписка И.В. Киреевского и преподобного Макария (Иванова) старца оптиной пустыни. 1846-1856 годы. 5-е письмо. В кн.: Разум на пути к истине. М., 2002. С. 301.

57 一七四一年に彼は正式の修道士ではなく、その前段階にあたる修練士〔見習い修道士〕として剪髪を受けるが、これによって彼は長衣（рясофор）を付与されたに過ぎなかった。しかも、同時に二人の修練士が剪髪されたことで、彼はもう一人と取り違えられてプラトンと名付けられたが、正しい彼の修道名はパルフェーニイであった。アトスに到着して数年後に彼の恩師スヒマ僧ワシリイがアトスを訪れた際に、彼はプラトンを正式にマント付きの修道士に剪髪し、パイーシイの名を与えたという。

58　Житие и писания Молдавского старца Паисия Величковского. 2-изд. с приб. М., 1847. С.17.

59　Там же. С. 20.

60　Там же. С.250-251.

61　スヒマ（схима）とは、修道位階の諸段階を経て、さらに厳格なる規則の遵守への誓いを立てて、すべての思いと思考を神との合一のために献げることを意味する。スヒマには小スヒマ、大スヒマの二つの段階に分かれるが、大スヒマになると、修道士が通常行う労働の義務を解除され、洞窟や独庵などで死ぬまで祈り（知恵のいとなみ）を実践しなければならないとされる。

62　Житие и писания Молдавского старца Паисия Величковского. С. 41.

63　Гвоздев А.В. Мистико-аскетическая традиция в историософской концепции И.В. Киреевского. В кн.: Иван Киреевский. Духовный путь в русской мысли XIX-XXI веков. М., 2007. С. 380.

64　Святого отца нашего Исаака Сирина, епископа бывшого Ниневийского, Слова духовно- подвижническия. М., 1854. [Репринт]. С. IX.

65　См. Гвоздев А.В. Указ. соч. С. 382-383.　グヴォズジェフは、パイーシイ伝に指摘されているイサアクの著作と翻訳とを比較調査しており、その結果を活用させていただいた。

66　Житие и писания Молдавского старца Паисия Величковского. С. 232.

67　ギリシャ語からなされた邦語訳がある。『フィロカリア』全九巻（新世社）二〇〇六〜二〇一三。

68　Иеромонах Ераст (Выгропский). Историческое описание Оптиной Пустыни и Предтечева скита (Калужской губернии). Изд. Свято-Введенской Оптиной Пустыни. 2000. С. 66-67.

69　Житие Оптинского старца Макария. Сост. Архимандрит Леонид (Кавелин). Оптина пустынь. 1995. С. 153-154.

70　Там же. С.154.

71　Киреевский И.В. О характере о просвещения Европы и о его отношении к просвещению России. В кн.: ПСС в 2-х тт. М., 1911. Т.1. С. 199.

72　ステパン・ペトローヴィチ・シェヴィリョーフ（一八〇六～六四）、文芸評論家、文学史家、スラヴ派陣営の論客。雑誌『モスクワ観察者』の主筆（一八三五～三七）、『モスクワ人』の編集者（一八四一～五六）などを歴任した後、モスクワ大学のロシア文学講座の教授を務めた。

　ミハイル・ペトローヴィチ・ポゴージン（一八〇〇～七五）、スラヴ派に近いスラヴ主義史観をもった歴史家である。雑誌『モスクワ人』の同人として、出版活動にも従事した（一八四一～五六）。

　ミハイル・アレクサンドロヴィチ・マクシーモヴィチ（一八〇四～七三）、ウクライナ生まれの歴史学者、民俗学者、植物学者。ゴーゴリやポゴージンとの知己により、一八五七年より雑誌『ロシアの談話』の主筆となり、翌年から再興された「ロシア文学愛好家協会」の主幹となる。

　ヴィクトル・イパーチエヴィチ・アスコチェンスキー（一八一三～七九）、ヴォロネジの神学校を卒業した作家、雑誌記者。一八五八年に『家庭の談話』を創刊し、独自の立場から正教的文明とロシア文化、文学に関する評論を発表する。

73　Каширина В.В. Литературное наследие Оптиной Пустыни. М., 2006. С. 60.

74　Киреевский И.В. Переписка И.В. Киреевского и преподобного Макария (Иванова). 1846-1856 годы. 68-е письмо. В кн.: Разум на пути к истине. С. 379.

75　Иосиф (Литовкин), скитоначальник. Н.В. Гоголь, И.В. Киреевский, Ф.М. Достоевский и К. Леонтьев пред старцами Оптиной Пустыни. В журн.: Душеполезное чтение. 1898. No.1. С. 157-162.

76　アレクサンドル・イワーノヴィチ・コーシェレフ（一八〇六～八三）、社会評論家、スラヴ派の陣営に身を置き、地主として帝政を財政面でも支援するなど、様々な領域で社会活動を行う。彼の支援で『モスクワ文集』（一八五二年）、スラヴ派の雑誌『ロシアの談話』（一八五六～六〇年）などの雑誌の他、一八六一年にはキレエフスキーの二巻選集を出版した。

　チェルチイ・イワーノヴィチ・フィリッポフ（一八二五～九九）元老院会員、二等文官、宗務院総裁を歴任。一八四六年からスラヴ派陣営に近づき、雑誌『モスクワ人』ではキレエフスキーの同人としても活躍する。ギリシャ語の知識を活用して、正教神学研究を深めたほか、ロシア民謡の収集家としても知られる。

77　Колюпанов Н.П. Биография Александра Ивановича Кошелева. В 2-х тт. М., 1892. Т. 2. прил. С. 41-42. Цит. по указ. кн. В.В.

Кашириной. С. 63-65.

78 Киреевский И.В. О характере о просвещения Европы и о его отношении к просвещению России. В кн.: ПСС в 2-х тт. М., 1911. Т.1. С. 202-203.

79 注72を参照。Киреевский И.В. Переписка И.В. Киреевского и преподобного Макария (Иванова). 1846-1856 годы. 68-е письмо. В кн.: Разум на пути к истине. С. 379.

80 このことは、現存する版の表紙に書きつけられた次の言葉によっても裏付けられている、「この伝記は一八三九年十月二十五日に罪深い修練士マカーリイによってオプチナ修道院の庵室にて書かれた」。РО РГБ. Ф. 214. Ед. Хр. 220. Л. 122 об. // Цит. по соч.: Гвоздев А.В. Мистико-аскетическая традиция в историософской концепции И.В. Киреевского. В кн.: Иван Киреевский. Духовный путь… С. 372.

81 Каширина В.В Литературное наследие Оптиной Пустыни. М., 2006, С. 65.

82 Житие Оптинского старца Макария. Сост. Архимандрит Леонид (Кавелин). Оптина пустынь. 1995. С. 159.

83 Переписка И.В. Киреевского и преподобного Макария (Иванова). 1846-1856 годы. 4-е письмо. В кн.: Разум на пути к истине. С. 299.

84 Там же.

85 Прот. Георгий Флоровский. Пути русского богословия. Париж, 1934. [Репринт]. С. 126.

86 Александр Иванович Яковлев. Святитель Филарет в церковной и общественной жизни России XIX века. В кн.: Святитель Филарет (Дроздов). Избранные труды, письма и воспоминания. М., 2003. С. 29.

87 Житие оптинского старца Макария. С. 164.

88 См.: Гвоздев А.В. Указ. соч. С.390.

89 Переписка И.В. Киреевского и преподобного Макария (Иванова), старца Оптинской пустыни. 1846-1856 годы. 1-е письмо. В кн.: Разум на пути к истине. С. 294.

90 Там же. С. 293-294.

91 См.: Гвоздев А.В. Мистико-аскетическая традиция в историософской концепции И.В. Киреевского. В кн.: Иван Киреевский.

Духовный путь… С. 392-393. またナターリア・ペトローヴナ・キレエフスカヤの手紙は以下を参照した。Письма Наталии Петровны Киреевской к оптинскому старцу иеросхимонаху о. Макарию. В кн.: Прот. С. Четвериков. Оптина Пустынь. Париж, 1988, С. 208.

92 Житие и писания молдавского старца Паисия Величковского. С присовокуплением предисловий на книги Св. Григория Синаита, Филофея Синайского, Исихия Пресвитера и Нила Сорского, сочиненных другом его и спостником, Старцем Василием Поляномерульским, о умном трезвении и молитве. Изд. Козельской Введенской Оптиной Пустыни. М.: В Унив. Тип. 1847.

93 См.: Каширина В.В. Литературное наследие Оптиной пустыни. М., 2006. С. 66.

94 Летопись скита во имя святого Иоанна Предтечи и крестителя Господня, находящегося при Козельской Введенской Оптиной пустыни. Т. 1. М., 2008, С. 105. 同書は以下の古文書を出典とする出版物である。РО РГБ. Ф. 214. Оп. 360. Л. 59.

95 Там же. С. 123-126.

96 Житие и писания молдавского старца Паисия Величковского. М., 1847, [Репринт]. С. II.

97 Переписка И.В. Киреевского и преподобного Макария (Иванова), старца Оптинской пустыни. 1846-1856 годы. 4-е письмо. В кн.: Разум на пути к истине. С. 300.

98 Там же. С. 299.

99 Житие и писания молдавского старца Паисия Величковского. М., 1847, [Репринт]. С. III.

100 Там же. С. III-XVI.

101 Святитель Игнатий Брянчанинов. Письмо. О вновь вышедшей книге: «Житие и Писания Молдавского Старца Паисия Величковского». О Иисусовой молитве. В кн.: Сергей Александрович Нилус. Полное собрание сочинений в шести томах. Т. 3. М., 2000. С. 623-625. この書簡はセルゲイ・ニルスがオプチナで発見したものである。

102 Переписка И.В. Киреевского и преподобного Макария (Иванова), старца Оптинской пустыни. 1846-1856 годы. 4-е письмо. В кн.: Разум на пути к истине. С. 298.

103 初版：Житие молдавского старца Паисия Величковского. М.: Унив. тип., 1845. 76, [2] с. 内容は伝記のみで、雑誌「モスクワ

人」に掲載されたものの抜き刷りであった可能性が高い。第二版：Житие и Писания молдавского старца Паисия Величковского, с присовокуплением предисловий на книги Св. Григория Синаита, Филофея синайского, Исихия пресвитера и Нила Сорского, сочиненных другом его и спостником, Старцем Василием Поляномерульским, о умном трезвении и молитве. Изд. Подгот. И.В. Киреевский, [иером. Леонид (Кавелин)] М.: Изд. Козельской Введенской Оптиной Пустыни, 1847. Унив. тип., XIX, 318, IV, 1 с., 1 л. портр., 1л. факсим. 600 экз. これがキレエフスキー夫妻にオプチナの掌院マカーリイが共同編集者として加わった版で、特徴としては、翻訳（シナイ人聖グレゴリウス、シナイのフィロテオス、司祭イシキウス、ソラの克肖者ニールの著作）にパイーシイの友人で同労者であったポリャノメルルリ修道院の長老ワシーリイが付けた序文、及び彼の論文「冷静さの修行と祈りについての言葉」が収められている。第二増補版：Житие и Писания молдавского старца Паисия Величковского, с прибавл. М., Изд. Козельской Введенской Оптиной Пустыни. 1847 (Унив. тип.) [1], XVI, 2, 302, VI, 1 л. портр., 1 л. факсим. 600 экз. 付録として一）修道士の禁食物節制について：а）序文、б）ポリャノメルルリ修道院の長老ワシーリイの研究。二）元アルザマスの掌院アレクサンドル神父の生涯と彼の霊的な往復書簡が付されている。この版がリプリントとして二〇〇一年に再版された。第三版：М.: Козельская Введенская Оптина Пустынь. 1892, (Тип. Т-ва И.Н. Кушнерев и К°). 276, IV с., 1л. портр. 2400 экз.

104　Житие молдавского старца Паисия Величковского, переложено с славянского на русский язык архим. А<гапитом (Беловидовым)>. Изд. Козельской Оптиной Пустыни, 1906 г. (собственная тип. Свято-Троицкой Сергиевой Лавры). Репринтно переиздано: М.: Паломник, б/г.

105　Четыре слова огласительные к монахине на день, в который она облеклась в ангельский образ, сочиненные и говоренные 1766 года иеромонахом Никифором Феотокием, бывшим после архиепископом Архангельским и Ставропольским. М.: Изд. Козельской Введенской Оптиной Пустыни, 1848 (Унив. тип.) 40 с. 1200 экз.

106　2-е изд.: М.: [Изд. Оптиной Пустыни], 1849. 2400 экз.; 3-е изд.: М.: [Изд. Оптиной Пустыни]. 1885 (Тип. И. Ефремова). 40 с. 2400 экз.; 4-е изд., 1896.

107　Преподобного отца нашего Нила Сорского предание ученикам своим о жительстве скитском. М.: [Изд. Оптиной пустыни], 1849 (Унив. тип.). 1200 экз.

108 Епископ Амвросий (Орнатский). История российской иерархии: В 6 ч. М., 1813, Ч. 5. С. 215-336.

109 См.: Каширина В.В. Литературное наследие Оптиной пустыни. М., 2006. С. 75. その写本とは以下のものである：Предание учеником своим Нила Сорского («Преподобного отца нашего аввы Нила, начальника скитского, еже есть во области Бела озера Сорския пустыни его и всем прикладно имети сие»). Рук. 1796 г., полуустав. 148 л. 22×17.5. На л. 129 приписка писца: «Списася 1796-го года» // РО РГБ. Ф. 214. Оп. 121.

110 Преподобного отца нашего Нила Сорского предание учеником своим о жительстве скитском. М., 1849. С. I-II.

111 Там же. С. V.

112 Никодим (Кононов), архим. Старцы. Отец Паисий Величковский и отец Макарий Оптинский и их литературно-аскетическая деятельность. В кн: Отечественные подвижники благочестия XVIII-XIX вв. Изд. Введенской Оптиной Пустыни, 1996. С. 517-518.

113 Там же. С. 520.

114 Там же. С. 520-521.　その結果、オプチナ版の付録となるはずの小冊子は出版されなかったが、一八五二年サンクト・ペテルブルグの宗務院印刷所から、その書簡を含む教会スラヴ語版の『伝承』が出版された。Преподобного отца нашего Нила Сорского предание учеником своим о жительстве скитском. СПб., Изд. Св. Синода, 1852.

115 Восторгнутые класы на пищу души: [Пер. из творений святых отцов старца Паисия Величковского] / [Подстороч. примеч. иером. Макария (Иванова)]. М.: [Изд. Оптиной Пустыни], 1849. [208 с]. 1200 экз. 80 коп. (二〇〇〇年にモスクワ総主教座からこの版のリプリントが出版された); 2-е изд.: М., 1906.

116 См.: Архимандрит Никодим (Кононов). Указ. соч. С. 496-497.

117 Там же. С. 524.

118 Преподобного отца нашего Иоанна, игумена Синайской горы, Лествица и Слово к Пастырю: [Полуславянский перевод] / [За основу взят перевод старца о. Паисия; Ред. Перевод иером. Макария (Иванова), иером. Амвросия (Гренкова); Сост. предм. указ. иером. Макария (Иванова)]. М.: [Изд. Оптиной Пустыни], 1851 (Тип. В. Готье). XXXIII, [3], 405, [1], II с.

119 См.: Каталог замечательных рукописей, старопечатных и других редких книг Оптиной Пустыни. В кн.: Историческое описание

Козельской Введенской Оптиной Пустыни. Сост. Леонид (Кавелин). Изд. Свято-Введенской Оптиной Пустыни, Приложение. С. 157.

120 これらの写本はともに、その所有者を表す上書きがしたためられており、前者は掌院モイセイ、後者は修道司祭マカーリイのものであったことが確認されている。現在は、ともにロシア国立図書館の手稿部（РО РГБ Ф. 214. Оп. 509～モイセイ所有、Ф. 214. Оп. 510～マカーリイ所有）に保管されている。См.: Каширина В.В. Указ. соч. С. 84.

121 Житие оптинского старца Макария. Сост. Архимандрит Леонид (Кавелин). Изд. Введенской Оптиной Пустыни, 1995. С. 171-172.

122 Жизнеописание оптинского старца иеромонаха Макария. Сост. Архимандрит Агапит (Беловидов). Свято-Введенская Оптина Пустынь; Свято-Троицкая Сергиева Лавра, М.: Отчий дом, 1997. С. 75-76.

123 Там же. С. 133.

124 Там же. С. 133-134.

125 Там же. С. 135.

126 ロシア国立図書館手稿部でこの調査を行なったヴェーラ・カシーリナの研究からかいつまんで紹介する。См.: Каширина В.В. Литературное наследие Оптиной Пустыни. М., 2006. С. 88-99.

127 РО РГБ, Ф. 214, оп. 511. Цит. по кн.: Каширина В.В. Литературное наследие Оптиной пустыни. М., 2006. С. 88-90.

128 Летопись скита во имя святого Иоанна Предтечи и крестителя Господня, находящегося при Козельской Введенской Оптиной пустыни. Т. 1. М., 2008. С. 318.

129 Жизнеописание оптинского старца иеромонаха Макария. Сост. Архимандрит Агапит (Беловидов). Свято-Введенская Оптина Пустынь; Свято-Троицкая Сергиева Лавра. М.: Отчий дом, 1997. С. 123.

130 Житие оптинского старца Макария. Сост. Архимандрит Леонид (Кавелин). Изд. Введенской Оптиной Пустыни. 1995. С. 171-172.

131 オプチナ版『階梯』の写本はすべてロシア国立図書館の手稿部（РО РГБ）に保管されている。それらの写本を取り上げる際は、本文中に(Ф. 214. Оп. …)と略記する。手稿のタイトルはいずれもЛествица Иоанна Лествичника на русском языке. Рук. сер. XIX в. である。

132 Примечания к переводам Лествицы. Рукопись первой половины XIX в., скоропись, 24 л. 35.3×22.2. РО РГБ. Ф. 214. Оп. 527. Л. 24.;

Цит. по кн.: Каширина В.В. Указ. соч. С. 97.

133 Там же, РО РГБ. Ф. 214. Оп. 527. 16 л. Цит. по кн.: Каширина В.В. Указ. соч. С. 98.

134 Преп. Амвросий (Гренков). Замечания на русский перевод «Лествицы» Иоанна Лествичника Ювеналия (Половцева). 1860-е гг. 14 л. РО РГБ. Ф. 213. К. 44. Ед. хр. 1.

135 Преподобного отцев Варсонуфия Великого и Иоанна Руководство к духовной жизни, в ответах на вопрошения учеников. Изд. Козельской Введенского Оптиной Пустыни. М., В унив. тип. 1852. [2], XXVIII, 592, [4] с.1200 экз. 2 руб. [С. IX-XXVII: Монаха Никодима святогорца сказание о преподобных Варсануфии и Иоанне зде сокращенне предложенное].

136 Там же. С. XI-XX. Предисловие монаха Никодима Святогорца. この序文には『指南書』の翻訳史がまとめられているが、この基本情報はオプチナに保管されている写本（Ф. 214. Оп. 531）から採られていると推測される。См.: Каширина В.В. Указ. соч. С.103-105.

137 Архимандрит Никодим (Кононов). Старцы. Отец Паисий Величковский и отец Макарий Оптинский и их литературно-аскетическая деятельность. М., 1909. С. 79.

138 Книга аввы Варсонофия. Рук. 1827 г., полустав. 228 л. 32×20. РО РГБ. Ф. 214. Оп. 528. Л. 229. об. この写本こそパイーシイ長老がヴァトペド大修道院から受け取ったギリシャ語の古い写本をもとにドロフェイ神父が翻訳したものである。

139 Книга аввы Варсонофия. Ответы на вопросы учеников. Рук. 1815-1816 гг., писанная полууставом, переходящим в скоропись. 253 л. РО РГБ. Ф. 214. Оп. 530.

140 注130を参照。

141 Жизнеописание оптинского старца иеросхимонаха Макария. Сост. Агапит (Беловидов), архим. Свято-Введенская Оптина Пустынь; Свято-Троицкая Сергиева Лавра, М.: Отчий дом. 1997. С. 145.

142 РО РГБ. Ф. 214. Оп. 361. 71 л. об. Цит. по кн.: Каширина В.В. Указ. соч. С.108.

143 Переписка И.В. Киреевского и преподобного Макария (Иванова), старца Оптинской пустыни. 1846-1856 годы. 23-е письмо Старца Макария. В кн.: Разум на пути к истине. С. 318. ここでいうドーロテオス（Авва Дрофей）とは、『霊に益ある教理と親書(Душеполезные поучения и послания)』の著者として知られる七世紀の修徳的著者である。この大バルサヌフィオスの問答におい

ても、彼の質問が第二四九問以降に含まれている。

144 Переписка И.В. Киреевского и преподобного Макария (Иванова), старца Оптинской пустыни. 1846-1856 годы. 24-е письмо И.Киреевского. В кн.: Разум на пути к истине. С. 320.

145 Летопись скита во имя святого Иоанна Предтечи и крестителя Господня, находящегося при Козельской Введенской Оптиной пустыни. Т. 1. М., 2008, С. 256.

146 Там же. С. 259.

147 Там же. С. 268.

148 Там же. С. 312.

149 Там же. С. 343.

150 Преподобных отцев Варсануфия Великого и Иоанна руководство к духовной жизни в ответах на вопрошения учеников: Перевод с греч. [Перевод со слав. на рус., сравнение с греч. текстом иером. Амвросия (Гренкова), Л. Кавелина, о. Ювеналия (Половцева)]. М., [Изд. Оптиной Пустыни]. 1855 (Унив. тип.). [2], XXX, 656, 102, 2 с. 1200 экз. С. 1-102 [Втор. пагинация] Алфавитный указатель наставлений, истолкований Св. Писаний и сказаний, содержащихся в книге ответов преподобных Отцев наших Варсануфия и Иоанна.

151 Письмо о. Игнатия (Брянчанинова) о. Макарию от 20 июля 1855 г. В кн.: Свят. Игнатий (Брянчанинов). Странствие ко вратам вечности: переписка с оптинскими старцами и П.П. Яковлевым, делопроизводителем свт. Игнатия. М., 2001. С. 81-82.

152 Преподобного отца нашего Симеона Нового Богослова, игумена обители св. Маманта, двенадцать слов.: В рус. пер. с еллино-греческого. [Пер. иеромонаха Анатолия (Зерцалова), монаха Климента (Зедергольма).] М.: Изд. Козельской Введенской Оптиной Пустыни, 1869 (Тип. В. Готье). II, IV, 188 с. 1200 экз. 50 коп.; 2-е изд.: Троице-Сергиева Лавра, 1912.

153 Три слова преподобного отца нашего Симеона Нового Богослова, игумена и пресвитера, бывшего от ограды св. Маманта: [Пер. о. Паисия (Величковского)]. М.: [Изд. Оптиной Пустыни], 1852. 1200 экз. 15 коп.

154 正式にはカザンの生神女記念プロシャンスク修道院（Площанская Богородицкая Казанская пустынь）と呼ばれる。ブリャンスク郡に古くからある修道院でロマノフ王朝の成立と同時に再興させられた。パイーシイ・ヴェリチコフスキーの弟子アファナーシイ

（ザハロフ）が十九世紀初頭に当地で修行したことで、聖師父文献の写本が多数持ち込まれるようになった。後に、オプチナの修道院長となるモイセイ・プチーロフやマカーリイ・イワーノフも若い頃ここで修行したことが知られている。

155 Гвоздев А.В. Мистико-аскетическая традиция в историософской концепции И.В. Киреевского. В кн.: Иван Киреевский. Духовный путь... С.398.

156 注150を参照。

157 Творения Симеона Нового Богослова. Черновик перевода 12 слов на русский язык с примечаниями. Рук. 1862 г. 190 л. РО РГБ. Ф. 214. Оп. 505.

158 См.: К.М. Антонов. Философия И.В. Киреевского. Антропологический аспект. М., 2006. С. 197.

159 Архимандрит Никодим (Кононов). Старцы: отец Паисий Величковский и отец Макарий Оптинский и их литературно-аскетическая деятельность. В кн.: Отчественные подвижники благочестия XVIII- XIX вв. Изд. Введенской Оптиной Пустыни. 1996. С. 510.

160 РО РГБ. Ф. 214. Оп. 361. Л. 91. Цит. по кн.: Каширина В.В. Указ. соч. С. 113.

161 Огласительные поучения преподобного и богоносного отца нашего Феодора Исповедника, игумена обители Студийския, переведенные с греческого старцем Паисием Величковским: [на слав. наречии]. М.: Изд. Козельской Введенской Оптиной Пустыни. 1853. [2], 286, VI, [2] с. 600 экз.

162 Творения Феодора Студита и его житие. Рук. 1697 г., скоропись на 376 л. РО РГБ. Ф. 214. Оп. 480.

163 Поучения (Оглашения) Феодора Студита. Перевод на рус. яз. Рук. 1860-1872 гг, скоропись, на 234 л. РО РГБ. Ф. 214. Оп. 484. Цит. по кн.: Каширина В.В. Указ. соч. С.119.

164 Преподобного и Богоносного отца нашего Феодора игумена Студийской обители и исповедника Огласительные поучения и завещание; В рус. пер. с греч. [Пер. с греч. иеросхим. Анатолия (Зерцалова), монаха Климента (Зедергольма)]. М.: Изд. Козельской Введенской Оптиной Пустыни, 1872 (Тип. В. Готье). X, 11-342, [2], VI с., 1 л. Порт. 1200 экз.; 2-е изд.: Калуга: [Изд.] Козельской Введенской Оптиной Пустыни, 1896 (Тип. А.М. Михайлова). X, 11-342, VI с. 1 л. Литогр. 2500 экз. 1 руб.

165 Преподобного отца нашего Максима Исповедника толкование на молитву «Отче наш» и его же слово постническое по вопросу и

ответу. Перевод на славянский о. Паисия (Величковского); Перевод на русский Т.И. Филиппова с участием иером. Амвросия. М.: [Изд. Оптиной Пустыни], 1853. 108 с. 1200 экз. 40 коп.

166 Переписка И.В. Киреевского и преподобного Макария. 5-е письмо от 8 февраля 1847 г. Из кн.: Киреевский И.В. Разум на пути к истине. М., 2002, С. 302.

167 Переписка И.В. Киреевского и иеромонаха Макария (Иванова). 53-е письмо от 8 октября 1853 г. В кн.: Киреевский И.В. Разум на пути к истине. М., 2002. С. 359-360.

168 Там же. С. 360. その原文は以下の通り：Ниже яко иною ину; не бо производству от Единицы Троица небытна. Суща и самоизъявна.

169 Там же. 原文は以下の通り：Ниже ведеши яко ину чрез ину: не бо посредствуется коим-либо соотношением тождественное и безотносительное, аки бы произведение, к вине своей относящееся: ниже яко от инья ину: не бо по производству от Единицы Троица, не заимствовано бытие имущи и самоизъявлена Сущи.

170 Там же. С. 361.

171 信経（Символ веры）において、カトリック教会が聖神の発出に関して父なる神と同時に「子からも」という一句を付け加えたことに発する、東西教会の間に一大論争を巻き起こした争点。

172 Киреевский И.В. Полное собрание сочинений. В 2-х т. М., 1911. Т. 1. С. 201.

173 「天主経」はキリスト教会においては、教派を問わず、天の主・神を讃える代表的な祈禱文である。「天に在す我等の父よ、願くは爾の名は聖とせられ、爾の国は来たり、爾の旨は天に行はるるが如く地にも行はれん。我が日用の糧を今日我等に与へ給へ。我等に負ひ目ある者を我等赦すが如く、我等の負ひ目を赦し給へ。我等を誘ひに導かず、尚我等を凶悪より救ひ給へ」（ハリスト正教会訳）。

174 Каширина В.В. Литературное наследие Оптиной Пустыни. М., 2006. С. 123.

175 РО РГБ. Ф. 214. Оп. 361. Л. 164.

176 ハリストスや聖神の存在を霊的なエネルギーの発露として見る、プロティノスに始まる古代から中世キリスト教観の影響を受けた用語法をここでは指している。

177 Переписка И.В. Киреевского и иеромонаха Макария (Иванова). 75-е письмо от 13 ноября 1854 г. В кн.: Киреевский И.В. Разум на пути к истине. М., 2002. С. 387-388.

178 Святого отца нашего Исаака Сирина, епископа бывшего Ниневийского слова духовно-подвижнические, переведенные с греческого старцем Паисием Величковским: [На славянские наречии гражданскими буквами. Испр. пер. о. Макария (Иванова), И.В. Киреевского; Под сторч. примеч., предм. указ. иером. Макария, иером. Амвросия]. М., Изд. Козельской Введенской Оптиной Пустыни, 1854 (Унив. тип.) [2], XXVII, 480, 68, Пс. 2400 экз. 2 руб.

179 См.: Архимандрит Никодим (Кононов). Старцы: Паисий Величковский и отец Макарий Оптинский и их литературно-аскетическая деятельность. В кн.: Отечественные подвижники благочестия XVIII-XIX вв. Изд. Введенской Оптиной Пустыни, 1996. С. 465.

180 Там же. С. 467.

181 Там же. С. 467-468.

182 Там же. С. 469.

183 本稿の第三章「近代ロシアの修道制と長老制の発展について——オプチナ修道院前史より」を参照せよ。

184 ここでは、出版を意図してあらかじめ取られた写本の存在にのみ触れておきたい。これが将来、キレエフスキーが再版する際に、着目されることになるからである。1) Рукопись «Творения Исаака Сирина» из фонда Леонида (Кавелина) (Ф. 557. Оп. 85), 2) Список с паисиевского перевода «Словеса постнические преп. Исаака Сирина» из фонда Оптиной Пустыни (Ф. 214. Оп. 464). 後者の写本は一七九一年版をもとに、一八〇五年に取られたものである。

185 Жизнеописание оптинского старца иеросхимонаха Макария [Сост. Архимандрит Агапит (Беловидов)]. Свято-Введенская Оптина Пустынь; Свято-Троицкая Сергиева Лавра; М., 1997. С. 116-117.

186 それらのうち、現在確認されている代表的なものは、以下の二点である。1) Словеса постнические Исаака Сирина. Рук. нач. XIX в. (1806-1811), полуустав. 272 л. РО РГБ. Ф. 214. Оп. 465; 2) Словеса постнические Исаака Сирина. Рук. 1811, полуустав. 259 л. Вероятно список с Оп. 465. РО РГБ. Ф. 214. Оп. 466.

187 注187のレフの蔵書に入った1)の文献の表紙に以下のような書付があることも、そのように推測される根拠となっている。「同書を以てスヴェンスク修道院の修道司祭セラピオン、主における我が愛する兄弟を祝福する。一八二一年十二月三日に彼への愛の徴として。スヴェンスクの典院アムヴローシイ」。

188　Жизнеописание оптинского старца иеросхимонаха Макария. Сост. Архимандрит Агапит (Беловидов). Свято-Введенская Оптина Пустынь. Свято-Троицкая Сергиева Лавра. М., 1997. С. 148.

189　Письмо архимандрита Антония к о. Макарию от 18-21 сентября 1852 г. В кн.: Иеромонах Ераст (Выгропский). Историческое описание Козельской Оптиной Пустыни и предтечева скита (Калужской губернии). Изд. Свято-Введенской Оптиной Пустыни. 2000. С. 246.

190　Летопись скита во имя святого Иоанна Предтечи и Крестителя Господня, находящегося при Козельской Введенской Оптиной пустыни. М., 2008. Т. 1. С. 232. (РО РГБ. Ф. 214. Оп. 361. Л. 37.)

191　Переписка И.В. Киреевского и преподобного Макария (Иванова). 28-е письмо от 12 августа 1852 г. В кн.: Киреевский И.В. Разум на пути к истине. Сост. Н. Лазарева. М., 2002. С. 325-326.

192　Там же. 18-е письмо от 18 августа 1852 г. С. 328.

193　Переписка И.В. Киреевского и преподобного Макария (Иванова). 30-е письмо от 21 августа 1852 г. В кн.: Киреевский И.В. Разум на пути к истине. М., 2002. С. 331.

194　Письма митрополита Филарета к о. Макарию от 9 марта 1853 г. В кн.: Иеромонах Ераст (Выгропский). Историческое описание Козельской Оптиной Пустыни и Предтечева скита (Калужской губернии). Изд. Свято-Введенской Оптиной Пустыни. 2000. С. 256-258.

195　Письма о. Макария к митрополиту Филарету от 17 марта 1853 г. В кн.: Иеромонах Ераст (Выгропский). Историческое описание Козельской Оптиной Пустыни и Предтечева скита (Калужской губернии). Изд. Свято-Введенской Оптиной Пустыни, 2000. С. 258-260.

196　Жизнеописание оптинского старца иеросхимонаха Макария [(Сост. Архимандрит Агапит (Беловидов))]. Свято-Введенская Оптина Пустынь; Свято-Троицкая Сергиева Лавра. М., Отчий дом. 1997. С. 158.

197　Жизнь оптинского старца Макария. Сост. Архимандрит Леонид (Кавелин). Изд. Введенской Оптиной Пустыни. 1995. С. 168.

198　Переписка И.В. Киреевского и преподобного Макария (Иванова). 28-е письмо от 12 августа 1852 г. В кн.: Киреевский И.В. Разум на пути к истине. М., 2002. С. 327.

199 Переписка И.В. Киреевского и преподобного Макария (Иванова). 31-е письмо от 26 августа 1852 г. Там же. С. 334.

200 Иеромонах Ераст (Вытропский). Неизвестная Оптина. СПб., 1998. С. 287.

201 Там же. С. 288.

202 Летопись скита во имя…М., 2008. Т. 1. С. 319. (РО РГБ. Ф. 214. Оп. 361. Л. 197. об. 201.) この文献の主たる出資者がフィラレート府主教であることは上に述べたが、キレエフスキー家も一部負担したと言われる。

203 Сергей Соболевский, профессор Московской духовной академии. Сведения о преподобном Исааке Сирине и его писаниях. В кн.: Иже во святых отца нашего аввы Исаака Сириянина. Слова подвижнические. М., 1993 (Реипринт с изд. Сергиев Посад. 1911). С. X.

204 Там же. С. XI-XII.

205 Преподобного отца нашего аввы Фалассия главы о любви, воздержании и духовной жизни переведены с греческого на славянский старцем Паисием Величковским и изданы от Введенской Оптиной Пустыни с переложением на русский: [4 сотницы]/ [Испр. и доп. пер. с двумя текстами славянским и русским окончательно ред. Филаретом, митрополитом Московским]. М.: Изд. Введнской Оптиной Пустыни. 1855 (Унив. тип.). 122 с. 1200 экз.; [2-е] изд. М., 1885. В рус. пер./ Под ред. Филарета, митр. Московского; [3-е] изд. М., 1894. 1200 экз. 30 коп.

206 ここでいう百章節集（сотница）とは、中世の修道制の修行理念を表す複数の文献からの百の書き抜きからなる束という原義をもつ。本書は四つのそうした束（章節集）から成り立っている。

207 カリストス・アンゲリクード（Калист Ангеликуд）の誤記と思われる。静寂主義者パラマスのグリゴリオスの後継者と言われ、一三五一年の教会会議で静寂主義の正統性を承認させたことでも知られる。См.: Путь к священному безмолвию. Малоизвестные творения святых отцов-иситхастов. Сост. Дунаев А.Г. М., 1999. С. 10.

208 Из пиcькма И.В. Киреевского и преподобного старцу Макарияю (Иванова). 73-е письмо от 5 ноября 1854 г. В кн.: Киреевский И.В. Разум на пути к истине. М., 2002. С. 384-385.

209 Летопись скита во имя… М., 2008. Т. 1. С. 343. (РО РГБ. Ф. 214. Оп. 361. Л. 245.)

210 Из письма Н.П. Киреевской к старцу Макарию от 14 июня 1855 г. В кн.: Иеромонах Ераст (Вытропский). Историческое описание Козельской Оптиной Пустыни и Предтечева скита (Калужской губернии). Изд. Свято-Введенской Оптиной Пустыни. 2000. С. 279.

211 イアコフ公書五章二〇を参照、「知るべし、罪人を其迷へる道より反《かへ》らしめし者は、霊を死より救ひ、多くの罪を掩《おほ》はん（Пусть тот знает, что обративший грешника от ложного пути его спасет душу от смерти и покроет множество грехов.: Иак. 5, 20)」。

212 Из письма старца митрополита Филарета (Дроздова) к старцу Макарию от 22 июня 1855 г. В кн.: Иеромонах Ераст (Вытропский). Историческое описание Козельской Оптиной Пустыни и Предтечева скита (Калужской губернии). Изд. Свято-Введенской Оптиной Пустыни, 2000. С. 281-282.

213 Из письма старца Макария митрополиту Филарету от 25 июня 1855 г. Там же. С. 283.

214 Главы о любви, воздержании и духовной жизни аввы Фалласия (Ливийского и Африканского). Рукопись 1855 г., скоропись, исправленная и дополненная рукою митрополита Филарета. РО РГБ. Ф. 214. Оп. 547. Цит. из кн.: В.В. Каширина Литературное наследие Оптиной Пустыни. М., 2006. С.161.

215 Преподобного отца нашего аввы Дорофея душеполезные поучения и послания с присовокуплением вопросов его и ответов, данных на оные святыми старцами Варсануфием Великим и Иоанном Пророком: [Пер. на рус. яз./ Пер. с греч. К.К. Зедергольма; Сост. предм. указ. Иером. Амвросия (Гренкова)]. М., [Изд. Оптиной Пустыни], 1856. XIV, [1], 283 & [1], 43 с. 1200 экз.

216 Памва Берында, иеросхимонах. イエルサリム教会の総主教座から最長老（πρωτοσύγκελος）、キエフ教会からは主任印刷員（архитипограф）の称号を与えられ、十七世紀初頭からキエフにて修道関係の出版活動を行なったことで知られる。См.: Евгений (Болховитинов). Словарь исторический о бывших в России писателях духовного чина греко-российской церкви. 1827. Т. II, С. 150-151. [Репринт].

217 Летопись скита во имя... М., 2008. Т. 1. С. 365. (РО РГБ. Ф. 214. Оп. 361. Л. 287-288.)

218 Книга аввы Дорофея – русский перевод. Рукопись второй половины XIX в., скоропись, 169 л., текст правлен чернилами. 34×22.3 // РО РГБ. Ф. 214. Оп. 555. Л. 1. Цит. из кн.: В.В. Каширина Литературное наследие Оптиной Пустыни. М., 2006. С. 167.

219 Из Письмоа о. Игнатия (Брянчанинова) о. Макарию от 1 сентября 1856 г. В кн.: Святитель Игнатий (Брянчанинов). Странствие ко

вратам вечности: переписка с оптинскими старцами и П.П. Яковлевым, делопроизводителем свт. Игнатия. М., 2001. С. 102.

220 Житие оптинского старца Никона. Изд. Введенской Оптиной Пустыни, 1996. С. 96.

221 Житие преподобного отца нашего Симеона Нового Богослова, списанное преподобнейшим Никитою Стифатом учеником его, и преложенное на общий язык кратчае: [На слав.яз.] / Пер. о. Паисием (Величковским). М., Изд. Козельской Введенской Оптиной Пустыни, 1856 (Унив. тип.). 64 с. 1200 экз.

222 Иеромонах Ераст (Вытропский). Неизвестная Оптина. СПб., 1998. С. 301.

223 Архимандрит Никодим (Кононов). Старцы: отец Паисий Величковский и отец Макарий Оптинский и их литературно-аскетическая деятельность. В кн.: Отечественные подвижники благочестия XVIII-XIX вв. Изд. Введенской Оптиной Пустыни, 1996. Сентябрь. С. 511.

第十章　オプチナ修道院における聖師父文献の出版事業（二）

――ロシア修道制の発展における祈りの定義とキレエフスキーの思想形成への影響をめぐって――

一、キレエフスキーの禁欲主義的人間学への指標転換と「知恵の祈り」について

キレエフスキーの「精神の全一性（цельность духа）」に関する概念は、西欧において個の霊的な力を全体的な教会意識に統合させるためにトマス・アクィナスなどのスコラ哲学者が唱えた信仰（感情）の理性（分別）に対する優越性といった考え方に依拠していたわけではなかった。キレエフスキーも主張しているように、こうした枠組ではキリスト教教義の奥義をあますところなく開示することはできないからである。それを可能にするための新たな指標として彼が着目したのが聖師父の神秘的・禁欲的著作であった。[1]

ここで断っておかなければならないのは、キレエフスキーがこの教理に向かうようになったのは、妻ナターリア・ペトローヴナを介してノヴォスパスク修道院のフィラレート神父と親しく交流し、神父亡き後はオプチナのマカーリイ長老に指導が受け継がれ、彼と共同で霊的文献の出版活動に従事するようになる一八四〇年代に入ってからのことである。この頃から彼の思想に色濃く影を落とすようになったキリスト教的人間学の知見は文字通り聖師父的な直観

に貫かれたものであった。ロシアの哲学の発展にとって決定的な意義を持ったのがイイススの「知恵の祈り（умная молитва）」に関する根本的な理念を核とする神秘的・禁欲主義的伝統であるという主張は、概してスラヴ派において護教論的世界観は既定路線だったとは言え、キレエフスキーに特有の観点である。

これまでは専らオプチナ修道院の聖師父出版の観点からキレエフスキーとの関わりを実証する論拠を列挙してきたが、思想家としてのキレエフスキー自身の成長と、とりわけ霊的な変容の中に不可避であった聖師父の思想との接点を探ることによって彼の思想的展開の核心部分を概観することも必要であると思われる。すでに述べたとおり、最初の契機はキレエフスキーが主宰していた雑誌『モスクワ人』の一八四五年にモルダヴィアの長老パイーシイ・ヴェリチコフスキーに関するマカーリイ長老の論文が掲載されたことにあったと言える。この論文はキレエフスキー自身が直接長老に執筆を依頼したものであった。それに続いて、翌四六年には、ドルビノのキレエフスキー家にマカーリイ長老を招いた際になされた会話の中で、キレエフスキー夫妻が国民の大多数が知らない聖師父の文献を出版することを長老に提案したことにあった。この夫妻は、修道院と印刷所の仲介者を務めたにとどまらず、テクスト自体の翻訳にも直接関与するなど、出版活動全般に全面的に関わることになったことは前章で概観したとおりである。スキトでつけられていた記録によれば、マカーリイ長老はパイーシイによる翻訳の手稿をキレエフスキーに手渡したことになっているが、キレエフスキーは雑誌『モスクワ人』への掲載が終わると、手稿をすぐに返還せず、自腹を切って単行本の印刷まで行い、その本を百部、それに修道院版の付録として出版するパイーシイ長老の肖像画も百部修道院に送付したとされている。[2]

ここで注目しておきたいことは、マカーリイ長老がパイーシイの手稿をキレエフスキーに渡したことについて触れた某氏に宛てた書簡の内容である。これはまだ長老の論文が印刷される少し前のことであった。

出版者はわたしのよく知る人で、キレエフスキーといいます。残念なことに、彼は病を得て雑誌を他人の管轄に委ねようとしていますが、宗教的で、道徳的でもある〔この雑誌の〕方向性を今後も継続し、それらを学問と結びつけることを不可欠なこととして望んでいたのです。ところが、学術的な世界において学問はどうしても宗教とは折り合いがつかなくなってしまいます。こうしたことを経験から知っている彼は……信念によってこのことを証明しようとしたのです。彼とその妻は、主が福たるパイーシイ長老を讃える道具のようなものとして自分を選ばれたことを喜んでいるのです。（傍点は原文でイタリック）[3]

これは長老のキレエフスキー評として最も的を射ているのではなかろうか。キレエフスキーが西欧哲学を分析しつつ、そのカトリック的な啓蒙理念の誤謬を明らかにする主要論文『ヨーロッパの啓蒙の性格とそのロシアの啓蒙への関係について』（一八五二）が書かれる七年も前に、彼の学問的手法を予言するかのような長老の評価には驚かざるを得ない。実際、キレエフスキーの進む道は、西欧の学問の影響下にあったロシア思想の独自性を正教的信仰の習慣の中に認め、そこに自己同定することから始まっていた。哲学者フーデリが「〔キレエフスキーの〕主要テーマは学問的思考の教会化であり、学問・哲学的存在論とキリスト教の理性の光によって感化された潔く全一的な営みの創生である」[4]と規定していることを見ても肯ける。

マカーリイ長老の霊の子となって、パイーシイに関する論文を自らの雑誌に掲載した齢四十になりなんとするキレエフスキーが、哲学者としてのみならず、正教徒としてもすでに成熟の域に近づいていたことは疑いがない。否、少なくともマカーリイ長老は彼の霊的成長に大きな期待を抱いていた。このことを示す、長老のもうひとつの書簡が残されている。それは一八四六年にキエフの神学大学学監の掌院ダニイルに宛ててキレエフスキーを紹介する内容の書簡である。

キレエフスキー氏はもうだいぶ前からあなたと知り合いになりたがっておりました。……彼らは善良な人々で、よきハリスティアニンでもありますが、わたしが育てた実りではまったくありません。〔妻の〕ナターリア・ペトローヴナの方は、ノヴォスパスク修道院に住んでいた長老のフィラレート神父によって揺籃期より純粋にキリスト教の教えの乳によって養育されたと言えます。イワン・ワシーリエヴィチ〔キレエフスキー〕も妻を介して、やはり長老からキリスト教的真理に関する薫陶を受けてきました。わたしが見たところ、彼の教養は、彼がそれを統合するにあたって邪魔にならないばかりか、宗教に従属させているようにさえ思われるのです。（傍点は原文でイタリック、一八四六年十月十日付）[5]

キレエフスキーの伝記からひとつ注目すべき事実を挙げるならば、彼は一八三六年（三十歳）にすでにシリアの聖イサアクの書を読んでいたことである。一八五三年に証聖者マクシモスの出版に関してマカーリイ長老に宛てた書簡の中で、奇しくも検閲官であった哲学教授フョードル・ゴルビンスキーがパイーシイの翻訳に原文にはないラテン教父の著作を援用しつつ、補足を付け加えたことに抗議の声を上げたことにはすでに触れたが、キレエフスキーが不明箇所も含めてパイーシイの翻訳に我々の現世的観点から解釈を加えてはならないとの強い信念を抱くようになった背景には、パイーシイのスラヴ語訳のニュアンスやそこに散見される不明瞭さにも原文のもつ原典的意味が隠されており、それをも真実としてそのまま受け入れる必要があるといった意識が働いていたことを表していた。キレエフスキーという哲学者が、とりわけ禁欲主義の術語と哲学的禁欲主義の解明に特別の注意を払う特性を持っていたことはこうした態度に由来していた。哲学者という性分から、彼は用語の定義にはつねに厳密にありたいと願ったのは当然であるが、それのみならず、大バルサヌフィオスの書へのアルファベット索引に「絶え間ないイイススの祈り」への言及がないことについての不満をマカーリイ長老に吐露する書簡を書き送るなど、[6] 祈りそのものの実践方法に対して執拗なまでの関心を抱くようになっていたことが伺える。事実、その後も彼は長老への書簡の中で、索引で触れるべき多くの箇所を原文から列挙して、修道士のみならず俗人の霊にも資するために、解説を加えるよう委託さえしているのである。長老はその労に報いるかの如く、一八五四年に出版されたシリアの聖イサアクの書、さらにはキレエフスキーの死後、一八六〇年に出版されたシナイ山の階梯者イオアンネスの書にも索引を付すことで、その願いを叶えたのだった。[7]

こうした点に現れた彼の神学用語に関する正確な釈義の重要性への関心は、聖師父に始まる純粋な正教的伝統を維持することで、ようやく独り立ちを始めた黎明期のロシア正教思想の展開と、そうした伝統が歪曲されてキリスト教自体が人間中心の合理的理性の形式主義に陥ってしまった西欧カトリシズムとの関係の克服に繋がる契機になっていたものと察せられる。この点について刮目すべき見解を述べているのが、一八五一年にコーシェレフに宛てて書かれた書簡においてであった。

だが本当のことを言うと、我が国には満足のいく神学などないのです。それへの最良の入門になりうるものは、ロストフの聖ドミートリイの著作集にその名前で印刷された霊的なアルファベット索引と府主教フィラレートの説教くらいです。そこにはシオンの要塞の礎となるべきダイヤの原石がたくさん散りばめてあります。しかしながら、わたしには目下のところ、キリスト教の概念は、千年近くも真実の教義に根を下ろし、我々の知恵のみならず、心まで眩ませてしまったカトリックの歪曲によって非常に混乱させられているように思われてなりません。そのため我々は古代の聖師父を読んでも、そこに自分たちの概念をこっそり付け加えてしまうため、カトリック教義に合致しない箇所があっても気づかない始末なのです。つまり今日、言うなれば、基本的な教義のみならず、それらのすべての結論について、正教の教理とローマのそれとの違いを余すところなく説明してくれる神学入門書を編むこと以上に目的にかなったことはないのではないでしょうか。この違いがわかって初めて、聖師父の著作を、その正しさを完全に意識しながら読むことができるのです。[8]

キレエフスキーが自らの経験をも踏まえて苦言を呈しているように、ビザンツ時代の聖師父文献を読んでも、無意識のうちに正教的思惟による解釈に導かれてしまうことで、正教とカトリックとの相違が見えにくくなってしまっているという現実を正すためには、冷徹に正教そのものの教えに目を向ける必要があることを痛感していたということである。キレエフスキーがオプチナの出版事業に関与するようになって以来、初穂の果となったパイーシイ長老伝の編纂（一八四六）から死の年（一八五六）にいたる人生最後の十年間に、前章に列挙した十三点にのぼる聖師父文献が出版された。[9] これらを一瞥して感じるのは、これだけでもすでに当時としては禁欲主義文学の一大図書館をなしており、これらの中で上に掲げたキレエフスキーの問い（正教とカトリックの原理的相違）に答えを含まないものは皆無であると断言することができる。キレエフスキーの関与の有無に関わらず、この十年間に総計二十三点の文献が出版されたという事実を見ても、これがオプチナの出版活動にとって最も精力的な時期であったことは間違いない。その後一八九八年までにこれを含むオプチナの出版物の総数が四十三点であったことを見れば肯けよう

一八五六年の六月のスキトの記録には、キレエフスキーに関する二つの記述があるが、二十日の記録には、十二日にペテルブルグで突然コレラに罹って命を落としたキレエフスキーを偲ぶ死者のための弔いの聖体礼儀が行われたことと併記して次のような文言が記されている、「最後の時期における彼の学問的仕事が主として志向していたことは、ドイツ哲学の原点と、学問としての哲学と正教的宗教が和解する可能性を示すという課題であった」。[10] つまり、彼が生前志向していたドイツ認識論哲学が禁欲的な人間観を有する正教の霊的な理性と出会うことによって、それに同化

していく根拠を聖師父の「知恵の祈り」の構造の中に認めることができると読める。以下に述べることは、まさにキレエフスキーがマカーリイ長老の教えを受けながら、志向した祈りの実践とその理論化の試みについての考察である。それは測らずも、カトリック等とは明らかに異なる正教の特性を示してくれるものとなった。

まずここで想起しておきたいのは、パイーシイ長老には二つの知恵の祈りの形態、つまり「行動としての祈り（молитва-деяние）」と「神観としての祈り（молитва-видение）」があったことである。言うまでもなく前者は初心者向けの、後者は上級者向けの祈りを指している。前者は霊的な完成を獲得するためのもので、その後人間は認識の陶酔（экстаз）へと移行する。この二つの祈りの概念がキレエフスキーの認識にいかに反映し、その世界観に何をもたらしたのかについては後述するが、ここではその発端として彼の内的な変容の契機について確認しておきたい。

キレエフスキーが知恵の祈りに関心を抱くようになったのは、まずはマカーリイ長老が実践していたこの祈りに関する具体的な知識をシリアの克肖者イサアクの著作を通して知ったことに発していたと研究者のグヴォズジェフは主張する。イサアクは人間存在を霊《たましひ》（душа）と体（тело）に分け、その際、知恵（ум）と心（сердце）を人間学の最重要概念と見なしていた。彼によれば、知恵は言わば霊《たましひ》の目として、霊《たましひ》の感覚の一つを司っており、心（臓）は霊《たましひ》のすべての感覚とそれらの中心部分を内包する器官であった。この霊《たましひ》を揺り動かしているのは慾（страсти）であり、それは思いや意想（помыслы）に発しているため、それを発達の初期段階で切断することが禁欲的修業の目的でもあり意義にもなっていた。しかもこの慾は心のみならず知恵にも存していて、それらは様々な形態をとって組み合わされていることもあるという。したがって、知恵が容易に意想・思いを見いだし、容易にそれから浄められる状態にあるならば心を誘惑に誘うことは困難であるが、もし罪深い意想・思いが心に入り込んでしまえば、心をそれから浄めることはさらに困難になってしまうのだと。

つまり聖師父の人間学における知恵とは「浮遊（витание）する傾向がある可動性の高い認識器官なのである。世俗の意想によって知恵が散漫になることは禁欲的修業において〝浮遊（витание）〟もしくは〝飛翔（парение）〟とも呼ばれる」。逆に、知恵が安定的な重力を獲得するのは「神への畏れ」の度合いが強まることによるが、その「神への畏れ」は「知恵が世俗の気苦労から離れるとき、信仰によって獲得される」ものであるとイサアクは説明している。[11] 聖師父の伝統における心は霊《たましひ》の下部組織をなす保守的な要素である。心は霊《たましひ》ほど可動性を持たないが、知恵を浮遊から守っているため、霊《たましひ》の健全さは心の健康にかかっていると言える。その意味で、祈りは健全さへの最良の処方箋となる。イサアクはこう教える、「自分に絶えず神に祈ることを強いるならば、意想を抱える心は浄められ、感動に満たされることになる。そうすれば、神が爾に備えた道が誹られることがないように、爾の霊《たましひ》を不浄で邪悪な意想から守ってくださるのだ」。[12]

しかし心の惰性はしばしば意想からそれを浄めるのを妨げている。というのも、神への畏れがなければ心はその清らかさを失い、霊《たましひ》の中核をなすことができずに淫欲な意想に満たされるにとどまらず、それらを守るようになってしまうからだ。この点についてもイサアクは詳細に教えている、「人間の真の生活の始まりは神への畏れである。だがこれは何らかの飛翔〔もしくは散漫（рассеянность）〕によってもはや霊に留まり続けようと思わなくなる。心が感情に奉仕するために神の甘さ〔叡智〕から離れてしまうのである。その結果、内的な思いが自らの感情によってそれに奉仕する感覚（感覚の諸器官、外面的な感覚）に縛りつけられてしまうのである」。[13] ところが、神への畏れは、心と知恵を潔浄（целомудрие）と呼ばれる有機的統一に持ち込むことで心を浄め、知恵を鎮めるのである。イサアクはこのような人間は「自らの心の真実によって自らの知恵の目を覚まさせる。それが放蕩な思いに恥知らずにも目を向けさせないためである」[14] と書いている。

キレエフスキーにおける神秘主義的人間論の萌芽を聖師父文献の出版活動の体験に関係づけたグヴォズジェフは、発生論的に見れば、霊の全一性についてのキレエフスキーの教理はこの理念に遡るという仮説を立てている。[15] その所説に拠れば、心は霊の中核であり、すべての人間の才能はそこに統一を見いだすはずである。そのためキレエフスキーは他ならぬ心と知恵の合一の可能性に注意を向けるようになる。その結果、キレエフスキーは西欧人におけるこの統一の欠如を指摘した上で、「ロシア人はすべての重要なことと重要でないことを、知恵に関する最高の理解と心の深奥なる核心とに直接結びつけてきた」[16]と主張することになる。

そもそも大バルサヌフィオスは心と知恵の分かち難い関係について、「知恵を冷静にし、争いを生む思いから浄めるために心を潔く守ること」[17]が必要と説いている。これとの関連で、キレエフスキーは心に「統一と合一」を求めるが、知恵が注意を怠るならば、忽ち意想による誘惑に陥る危険性があると見なした。つまり悪魔の誘惑から知恵を守るためには、東方の苦行者たちが行ったように知恵を心に合一させる必要があることを悟ったのである。だが如何にしてか。シリアの聖イサアクの書はこれに対する答えとして、「神への畏れ」の働きが重要であることを想起させるのである。それは心からも、知恵からも、日常生活の些末事を追い出す、換言すれば、神への畏れは唯一の中核たる心の周囲にある様々な感情を拾い集めてくれるからである。「集められた潔浄なる感覚は霊《たましひ》の中に安らぎを生み出し、そこに事物を受け取る誘惑を残さない（換言すれば、霊《たましひ》には事物の体験に熱中させない）」[18]ようにするのだ。

心の側からの働きかけで知恵に影響を与えうる力とは祈りである。祈りは知恵を飛翔や浮遊から救い、それを覚醒させる。もとより知恵が散漫になっている時に霊的な書物を読むことの効用は多くの聖師父が認めるところであるが、祈りはさらに高度な霊的な作用を呼び起こす。シリアのイサアクは言う、「爾の知恵が浪費される時、それ以上に祈りを唱えるべきである。もし可能ならば立ってそれを行うとよりよい。そもそも潔き祈りというものも、もともとはそのようなものだったからである。決して嫌々それをやってはならない。飛翔から自らを覚醒させるのだ」。[19]

知恵の飛翔、すなわち散漫によって祈りが成就しないならば、知恵は心と一体になることはできない。これは日常的に人間が晒されている数々の罪からの救いとは異なる次元の闘いがここでは想定されている。大バルサヌフィオスはこの散漫について以下のように分析している。「人間が苦悩するのは、知恵が飛翔することによる。そうなった人は自ら次のように呼ばわるべきであろう、〝主よ、爾の聖なる名によって我が無意識に捕らわれしことを赦し給へ。飛翔と敵の網より我を護り給へ。蓋し、爾の光栄は世々にあればなり。アミン〟。爾が何ものかに夢中になると次のようになる。つまり自分が何かについて語っていても知恵は飛翔した状態に陥る。例えばあることについて話していても、その人の知恵は別のことに夢中になってしまう。これが熱狂（восхищение）というものである」[20]。

これをスラヴ語に翻訳したパイーシイ・ヴェリチコフスキーはオプチナの修道士たちに先駆けて、この「意想を集める〔刈り取る〕」ことで飛翔した知恵を再び心に結びつけようとした。つまり知恵の祈りの技術をロシアで初めて記述したのである。祈りによる全一性〔統一〕の状態は心の中で知恵を「低くする〔遜る〕」ことによって達成される。「ここで必要なのは、祈りの時知恵が感覚から逃げて、心まで深く沈下し、あらゆる思いから盲聾《めしひみみしひ》の如く離れて立つことである[21]」とシナイ人グレゴリウスの書物の序文に書いたのは、スヒマ僧ワシリイであった。

言うまでもなく、このワシリイ長老の知恵と心の定義はまだ一元的で、肉体的な解釈と言わざるを得ない。彼は別の箇所でこう書いている、「知恵が心の上に立っているとき、それはその中間にて祈りを実践する。だがちょうど王が宝座に座るように、下方で企てられる邪悪な思いを気楽に眺めるや否や、それはハリストスの名によってそれらを石で打ち砕いてしまうことになる。……そうなると腰から遠く離れることによってのみ、アダムの罪を超えて我々の本質に巣食っている肉欲の嵐から辛うじて逃れることができるのである」[22]。

ここで言われていることは、人間の肉体構造における空間的範疇が知恵の祈りを実践する上で重要な意義を持ちうることを表している。つまり上方への動きは霊性への関与を、下方への動きは俗世の慾への関与を表しているからである。聖師父が教える祈りの理論に拠れば、知恵が心の下方部分に触れることはできないが、それでも心の下方領域を垣間見ようとする者は肉欲に囚われてしまうのだという。

祈りによる遜りの方法に関して、パイーシイ・ヴェリチコフスキーはその著作の中で、新神学者シュメオーンの方法（『祈りの三つの像《かたち》について』）に範を求めていることも注目すべきであろう。

無言で庵室の部屋の片隅に腰掛けると、以下に指示する通りに実践しなさい。まず扉を閉めなさい。それから爾の知恵をあらゆる煩わしさから取り上げ、感覚の目を知恵とともに働かせて、顎髭を胸の上に固定させなさい。勢いよく呼気を吐き出すことのないように、鼻から息をすることを抑制しなさい。そしてすべての霊《たましひ》の力が好んで留まろうとする心の位置を胎内に見いだそうと倦むことなく努めなさい。……爾がこの状態に留まり、昼も夜もこれを続けるならば、何という奇跡であろう、終わりなき愉悦を手に入れることができるのである。同時に知恵も心の場所を見いだすならば、たちまちかつて見たこともないものを見るであろう。つまり心の領域に広い空間を見ることで、自分にとってもそれが何よりも明るく思考に満たされていることに気づくのだ。そうすることで、思いは自らの企てを実行し、偶像を拝むより先にそこから逃げていき、イイスス・ハリストスの名を唱えることでそれを追い出し利用することができるのだ。それによって知恵は悪魔たちを疎んじ、その本性にしたがって我々に怒りを燃え立たせ、攻撃することで思いの中にある敵たちを引きずり降ろすのだ。さらに人々に対しても神とともに知恵を悪魔から守り、心にイイススを留める術を教えるのである。[23]

この祈りの手法をまとめれば以下のようになる。知恵は吸い込まれた息とともに心に入る。だがその際、空気が心（臓）の上部より下に下がらないようにタイミングを見計らって息を止める必要がある。知恵は始めのうち狭苦しさから憂鬱に囚われるかもしれないが、慣れてしまうと外部の感情に依存している状態から解放されていく。[24]

新神学者シュメオーン、シナイ人グレゴリウスらの所謂十四世紀ビザンツの静寂主義者（исихасты）たちの呼吸法と関連した祈りの方法に関する見解は概ね一致していたと言われる。無黜性《むてんせい》〔無罪性〕というものが霊《たましひ》（душа）の生まれもった性質である以上、知恵の祈りは人間を欲に濁らされていない原点に回帰させてくれる。こうした観点からパイーシイ長老は祈りというものを神に対する知恵の献げものと見なしていた。

神の創造によって清浄にして無黜《むてん》のものである人間の霊は神の像であるとともに似姿でもある。それは肉体における目と同様に、霊の感覚の最上のものたる知恵が無黜《むてん》であるのと同じである。しかし知恵が祈りによって神秘の献祭《けんさい》を奉るように、心も自らを生贄として捧げることはできないのであろうか。決してそのようなことはない。人間の体はすべて同様に神の創造物である以上それは完全に善なるものである。仮にイイススを呼ばわることが救いをもたらし人間の知恵や心も神の手の業であるならば、どうして人間が心底から聖なる甘きイイススに祈りを献じ彼に慈悲を冀うことを悪と言いうるであろうか。[25]

知恵の祈りとは知恵と心の一体化（それゆえ、心の全一性という概念が生まれる）した働きを前提にしていながら、その段階において知恵の低次の現れとしての心を神に献ずることの重要性を認めるパイーシイの祈りの理論はロシアの数多くのインテリゲンツィアや正教徒たちに影響を与えた。パイーシイ長老の書を校正したキレエフスキーがこれからどれほどの感化を受けたかは、一八五二年八月十二日のマカーリイ長老に宛てた手紙の中で「神の甘みから感覚への奉仕へと心が〝撒き散らされる（рассыпается）〟という言葉の解釈に寄せて、普遍的な「神の甘みを手に入れることができるのは心の全一性だけです」と表明していることからも十分に伺えることである。[26] キレエフスキーの内的な変容の契機はこの時期に起こったと推定することは困難ではあるまい。

しかしながら、正教信仰に目覚めたばかりの初心者はもとより、修道士でもない俗人が一足飛びにこの「知恵の祈り」の苦行を実行することに関して、マカーリイ長老は厳しくこれを禁じ、その危険性について機会あるごとに説明していたことは注目に値する。

知恵の祈りはいかなる営みより高度なものであると同時に、自己流でそれを行おうとする者には罰にもなりうるものです。……これについてはあなたに書いたとおり、祈りをやめさせようとしたのではなく、時期尚早にしかも自分の器を超えた自己流のやり方でその賜を期待することは危険であると申し上げたかったのです。聖マカリオスはこう言っています。「大きな賜を熱望する人は同じくらいの力によって悪魔に堕落させられるでしょう。愛の実りや謙遜の知恵などに配慮すべきなのはそうした理由によるのです」（第三講話、二章）。……あなたの確信を促すために、それを目指しその賜を求める者に宛てたシリアの聖イサアクの教えをもう一度掲げておきます。「聖なる人よ、あなたの営みが雑念へと成長しないことを祈ります。むしろそれに陥るくらいなら今あるものに忍耐することを学びなさい。大いなる謙遜と心の悲しみをもって我々の行いと我々の思いにおける罪の赦しと霊《たましひ》の遜りを主に頼むのです。[27]

マカーリイ長老の霊の子となったイワン・キレエフスキーが聖師父文献に触れたことで彼自身の中に大きな変容が生じたことはすでに述べたが、その一因となったのがこの知恵の祈りであったことは疑いの余地がない。しかし彼は長老に上記の理由からこの祈りに入ることは固く禁じられていた。しかしそれでも彼が自らの悪癖や家庭内の諍いや罪から免れることができたのは、彼が常に長老の祈りに守られていたことの証ではなかったか。[28]彼がその祈りの力について、何ら疑いを挟むことがなかったことは何よりもそのことを物語っている。

二、正教会の禁欲主義における祈りの位置づけ――「行動（деяние）」としての祈り

前章までに、正教会に特徴的な「知恵の祈り」というものがその他の外的な祈りと異なり、霊的理性を高めて神の観照を志向するという意味で、霊的に完成の域に達した人々にしか会得されず、その極意も理解されないことを述べてきた。正教会の定理のみならず、実践的分野においても広く参照された問答書を著した大バルサヌフィオスによれば、「心に病を負ひて、〔祈りを〕獲得せんと励むべし。さらば、神は常に其らを爾に賜ひ、言《ことば》には温もりと祈りを賜はん（Потрудися в болезни сердца стяжати, и Бог даст я выну, теплоту глаголю и молитву…）」[29]。つまり、凡その賜物は心の病とともに与えられるということであり、冷徹さをもつ恩寵は邪念が入るのを許さないが、だが仮にそれが入ったとしても、害をもたらすことのないように機能するというのである。神はそのために修行者に〔心が〕醒め起き、敵の来襲に備えることを求める。これこそ霊的な暮らしに入ろうとする者が等しく通過しなければならない最初の関門であった。

知恵の祈りがその最初の段階において「行動」もしくは「働き」と呼ばれるのは、それが知恵の冷徹さによって心を温める働きをするからである。「自らを律してなされる営みから、心に浮かんだばかりの温かい思念によって心の中に燃え上がる計り知れない温もりが生まれる」[30]。シリアの聖イサアクもかく言うように、祈りに際して知恵が十分に固められていれば、心は柔らかくなり、涙で浄められるのである。このような状態は一般に「慈愛（умиление）」と呼ばれており、聖バルサヌフィオスはこう説明している。「爾に慈愛が訪れるのを妨げているのは我意（воля）である。人間は自らの我意を切断しなければ、心が病む〔苦悩する〕ことはない（не болезнует сердце）」[31]。こうした祈りのエネルギーの発出と神からの慈愛の受容という人と神の交信関係の成立こそが、我々が我意を切断する決意をしても手に入れたいと願うこの世の救いの始まりであり、こうした心の状態こそが悪魔や罪によらない「病」であり、心の温もりを生み出す慈愛を求める「病」なのである。この状態に入って初めて、我々は神に対する祈りの態勢に入ったと言

うことができる。

「人々の中にあって、自らの我意を切断し、他人の罪に無関心でいるならば、この人は哀涙を獲得する。これによって自分の邪念が集められ、こうして集められるものによって心に〝神の為にする憂（コリンフ後書七章一〇）〟が生み落とされる、憂とは涙である」[32]。この「哀涙（слезы）」は絶望の嘆きでも、愛する人を失った悲しみでもない。つまり罪に穢れた人間であっても、祈ることで神と触れ合うことで流す内なる歓喜の涙なのである。しかしこれが得られるのは、我意を切断しつつも他人の罪に介入しない、つまり悪に対して無関心でいることのできる、所謂心の扉を神にのみ開くことのできる人である。ここで想起されるのが「謙遜（смирение）」の概念との相関関係である。

謙遜と我意の切断とは、何かの理由で自らを敬わず、すべてに従属し、争うことなくすべてを耐え忍ぶことでもある。ここで言う我意の切断とはすべての慾の根を絶つということであるが、これは如何なる自由意志をも持たないということではなく、長老の意思を介して伝えられる神の意思を全面的に受け入れることを意味している。パイーシイ・ヴェリチコフスキーの後継者でもあったノヴォスパスク修道院の掌院アレクサンドルは、我意の切断なき修道士たちを虜とする誘惑について、次のような喩えを用いて説明している。

> 蛇は感性（чувственность）、エヴァは我々の意思（воля）、アダムが理性（разум）である。感性は不道徳な動機を用いて日々我々の意思を誘惑しようとする。一方、欺かれた意思は我々の理性を忘却へと誘うが、それらは相互に取引をした結果、いずれかが決定され実行される。[33]

これは言うまでもなく、堕罪についての聖書物語に基づく解釈の一例である。我々が生まれ持った意思はそもそも無力であるがゆえに、常に慾に打ち負かされるという現実を思い知らされた結果、意思は理性との交渉に入り、それが慾の誘惑に打ち勝つか、打ち負かされるか、二者択一の結果が出るという定めなのである。

因みに、この掌院アレクサンドルの書簡はパイーシイの伝記とともにアトスの古文書から発見されたものであった。彼はパイーシイの直弟子であり、晩年をモスクワのノヴォスパスク修道院で過ごしたことから、やはり同修道院に勤めていたキレエフスキー夫妻の最初の霊父となる長老フィラレート（プリャーシキン）と霊的な兄弟関係にあった。このことが、イワン・キレエフスキーが長老フィラレートの永眠後に受け継いだ古文書に同書簡が含まれていた可能性を示す一つの証拠となっている。

人間の生活や活動において避けることのできない意想の誘惑を避けるために信仰が求めるものは謙遜だけではない。心の温もりを生み出すような「慈愛の病」を得るために我々は何をなすべきなのか。患難にあって、神を呼ばわる、つまり祈るしかない。聖詠作家の預言者ダヴィドは以下のように歌っている。「神は我の避所《かくれが》なり、能力《ちから》なり、患難の時には速なる祐助《たすけ》なり」（第四五聖詠一）、「憂の日に我を呼べ、我爾を援けん、爾乃我を讃栄せん」（第四九聖詠一五）。ここから我々は患難に際して、慈愛の神の名を呼ぶべきことを学ぶのである。神の名を呼ばわることで、我々はおのれの意想に自惚れることなく、敵（悪魔）からの援けを求めるという謙遜を実践するからである。聖バルサヌフィオスはこれについてこう教えている。

> それにも増して、我々は神の名を絶えず呼ばわることが癒しとなることを知るべきである。それが慾だけでなく、その作用そのものを殺してしまうからである。医師が苦しむ者の傷に対する治癒もしくは聖詠を探し求めるように、神の名が呼ばれることで、我々はそれがいかにそうなるかも知らないままに、すべての慾は殺されてしまうのである。[34]

こうした祈りはもはや字面のみの形式的な祈りでは到達できない別次元の祈りである。祈る者の心は常に謙遜〔自らの罪を悲しむ心〕を保ったまま、それでも神への愛と熱意〔病むほどの熱〕によって燃え立つような志向性を有するものでなければならないからである。ところが、我々にとって最も理解困難な「人間は自らの我意を切断しなければ、心が病むことはない」[35]の意味を、オプチナ修道院のマカーリイ長老は霊の子に宛てた書簡の中で以下のように具体的に説明しているのである。

あなたは今、祈りによって慈愛を獲得したいと書いておられる。だがこれは全く別次元の問題なのです。私は以前もそれについてあなたに書きましたが、つまり主の名を呼ぶ必要があるのです。パラマスの聖グレゴリウスのある論文に祈りについて書かれた箇所があります。「そのため、病むほどに（при болезненне）おのれの霊の救いを求める人は、誰もがそれを改めることが可能となる」。このことは、病むほどに、つまり心の病の元凶たる主の追放に関する哀憐と悔改をもって、我等の短い祈り「主イイスス・ハリストス神の子よ、我罪人を憐め」を、取税人と放蕩息子の気持ちのままに主に献ずることを常に心に留めておかなければならないのです。[36]

このように、聖師父の祈りの教理の実践という観点から見ても、オプチナの長老によって実践された、書簡を介しての祈りの伝播はロシアにおいて計り知れぬほどの意味を持つものとなった。それは祈り手が祈りの技法を習得する過程で陥りがちな傲慢さ（гордость）や蠱惑（прелесть）といった感覚的な罪から霊を守る防御の盾として機能する長老制のシステムがオプチナには確立されていたからである。それには「祈りにおいて幾度となく唱えられる〝神の名〔イイスス・ハリストス神の子よ、我ら（罪人）を憐め〕〟に宿る、地上の造物の属性ではない神の膨大なエネルギーについての神学的意義が長老によって強調されていたことにも由来していた。聖バルサヌフィオスは言っている、「爾がその類〔種々の誘惑〕に襲われたとき、その原因を詮索しようと骨折らずに、〝イイススよ、我を援け給へ〟と言えば、主は聞き入れてくださるのだ」。[37] ここで重要なことは、祈り手は神の名を繰り返し唱えることで、エネルギーのレベルにおいて神との交流に導き入れられるということである。

同時に、祈りの文言自体が神のエネルギーを孕んでいると見なすことも可能なのである。聖バルサヌフィオスはこれに関しても次のように応えている。「試しに聖詠の文言を唱えてみるがよい。敵はこの力を知っているので、それに抵抗することはできない。かくして、爾の聖詠は神に対する爾の祈りの場となり、敵を打ち負かすことができるのだ」[38]と。教会法が規定する公私の祈禱方法にしたがえば、いかなる祈りも最後の審判を想定して、立ったまま神に向けられるべきものとされている。しかし、聖師父等によって中世以来議論されてきた「祈り―行動」の理念によれば、祈りとは肉体の作法としてではなく、神とのエネルギーの授受の場として存在論的に捉えられていた。つまり祈りが神に聞き入れられるためには、まず何よりも「心」が慾から浄められ、意想から解放され、知恵が覚醒した状態で『聖詠（Псалмы）』を誦読しなければならない。その場合、「体」は立っていようが、座っていようが、横たわっていようが、さほど問題にはならないという。[39] したがって、この「心の祈り」は究極的には神のエネルギー（恩寵）を獲得するための行為であり、神への愛の具体的かつ功利的な発現を促す行為でもあったのである。

神秘的・禁欲主義的な修行の伝統は、まさに正教的な祈りの技術にその活路を見出し、とりわけ祈りの中で神の名を呼ぶことの意義を認めていた。なぜなら、神の名には被造物のものならぬ神のエネルギーが存すると信じられていたからである。それゆえ、祈りの中で主の名を繰り返し唱えることは、エネルギーのレベルで祈り手を、人間を神との交わりへと招き入れるものと考えられているのである。上に引いた聖バルサヌフィオスの言葉からも伺えることは、「誘惑が訪れたら……〝イイススよ、我を援け給へ〟と呼ぶ」[40] ことで、人（祈り手）が神と同じエネルギーの磁場に入ることを意味していた。

この祈りは「イイススの祈り（Иисусова молитва）」と呼ばれるが、それは言葉を介して直接イイスス本人に向けられるからである。それはその祈りの組成からも明らかなように、言葉（行動）による祈りであるが、実はそれは言葉のみならず、知恵と心によって献げられる祈りでもあるため「知恵の祈り（умная молитва）」とも呼ばれている。祈りの文言が表す内容を自覚し、同時に心でも感覚することによって神に献げられる祈りというのがその意味である。隠修者フェオファンは「その祈りを注意深く長期に亘って使用することで、それは霊《たましひ》の動きと交わって、ともに内属するものとなり、あたかも言葉そのものは存在しないように感じられる」。[41] この階梯を昇る小祈禱の典型がこの「イイススの祈り」であり、これが霊を主イイススと結びつけているのである。そのため主イイススは神と交わる唯一の扉となり、祈りは絶えずそれを探し求めることになるのである。このことは主自らの言葉、「人若し我に由らずば、父に來るなし」（イオアン福音十四章六）からも確かめられる。この祈りを獲得した者は、籍身した主という建物の十全なる神の力を身につけることができるのであり、我々の救いのとば口もこの点にあることが認識される。

このことをフェオファンは具体的なイメージをともなって以下のように描き出している。

一般に、イイススの祈りを外的に習熟することは、それが無意識のうちに口を衝いて出ることを意味するが、内的に習熟することは、知恵の注意力が心の中に集約され、それがレベルの差こそあれ、心の温もりと意想からの離脱をともなって主の面前に立つことを意味する。その時、悲しみと謙遜を抱いて主なる救世主にすべてを委ねる気持ちが生ずる……この祈りを定着させるために頻繁にこれを繰り返すならば、それを合一させ、主の面前に献ずるために知恵を集めるようになる。この種の祈りを内部に確立するために付随するのが心の温もりであり、慾のみならず、ごく単純な意想をも放逐する働きである。心の中に主に寄り添う焔が絶え間なく燃え始めるならば、それにともない悲しみと謙遜をそなえた、想いによって主を恃む気持ちをもった心の穏やかな状態が内部に根づくようになる。……それにも増して、祈りの行為を実践することができるならば、唯一無二の恩寵の賜が得られる。聖師父たちによってこの問題が取り上げられるのは、ひとえにこうして示された限界に到達した者は、それ以上のものを何一つ求めようとしない。それは、祈りもしくは霊の完成の頂にまさるものを願う必要などないからである。[42]

だが祈りの原点が聖典であることを鑑みるならば、聖書のテクストそのものも一定の霊的な力を備えていることを忘れてはなるまい。これに関しては、祈りの代わりに聖詠を献ずるだけでも、敵〔悪魔〕を打ち負かすことができるという聖バルサヌフィオスの所説についてすでに触れたとおりである。[43] 実は、キレエフスキーもこの〔聖典の〕言葉の霊的な力に関する独自の思想を、モスクワの教育機関の庇護者であったセルゲイ・ストローガノフ伯爵に宛てた勤務日誌の余白に以下のように書き加えていた。

そのようなわけで、我が国の民衆が教会に通い、礼拝を理解していたとなれば、彼らに教理問答を教える必要などありましょうか。それどころか、彼らは教理問答から知りうるものより比較にならないほど多くのことを知っているかもしれません。おまけに、理性も心も一緒に啓蒙することで、信仰についての各々の真理を記憶することによってではなく、祈ることで知っていたに違いないのです。だがそのためには我が国の民衆に欠けているものがひとつだけあります。それはスラヴ語の知識です。（傍点は原文でイタリック）[44]

こうした見解は、土壌主義の名で呼ばれる常識の水準を超えて、民衆〔ナロード〕のあらゆる問題に関する理解力の高さと信仰の深さを強調した六〇年代のドストエフスキーの思想にもきわめて近いことに気づかされる。だがキレエフスキーの場合、すでに述べたように、オプチナの長老との交流を通して養われたある特殊な思想傾向を持っていたことを認めないわけにはいかない。それはパイーシイ・ヴェリチコフスキーを介してロシアに伝えられた中世ビザンツの修道制の理論的礎でもあった静寂主義（исихазм）の伝統の影響である。静寂主義の祈りに関する理論を纏めるならば概ね以下のようになるだろう。

言葉（Логос）は神のエネルギーの充満である。それによって、人間存在の中心をなす心（臓）はこのエネルギーの根本的な受け口もしくは担い手となる。このことはキレエフスキーが主張した全一的な霊《たましひ》の概念とも呼応していた。こうした概念をパイーシイ・ヴェリチコフスキーは祈りの神秘的意義と称しているが、それ自体は階梯者イオアンネスの言葉、「祈りとは、その性質から言うならば、人間と神との共生、合一である」[45]に依拠していたことは明らかである。また階梯者はこの祈りに入ろうとする初心者のために、あえて以下のような注意書きを施していた。「知恵の祈りの目的は、それ自体が霊である神との結合である。それゆえ、神との結合は霊的な方法によって実現されなければならない」[46]。その説にしたがえば、祈りによる神との結合に直接関わりをもたない肉体の祈りとその方法に関しては、二義的なものとならざるをえなかった。それにも拘らず、キレエフスキーを含むこの祈りの初心者（ここには知恵の祈りという概念そのものに関心を示さなかった多くの修行者をも含む）にとって重要なのは、いかに祈るかというその外的な方法であった。「師父たちも言うように、完成されていない人間の霊《たましひ》は肉体と結びつくものである。そのため、肉体の沈黙が霊《たましひ》の沈黙に先立つのは当然のことであった」[47]というパイーシイの説明を待つまでもなく、祈りに不可欠な知恵を集約するためには、肉体の住処でもあれば、その環境でもあった外的ないくつかの条件を理想的に整えることが必要とされていたのである[48]。

その結果、全体的な傾向としては、誘惑を離れ、俗世を逃れてまでこの祈りを究明しようとする修行者は減少していくことになる。こうした事態を憂い、聖神の働きによって目醒めた一部の敬虔な人々は、この祈りによる効能を絶やすまいと、この初歩的な祈りの方法を記述し始めた。つまりここから、かつてビザンツやアトスにおいて隆盛をきわめた「知恵の祈り」が現代に甦る契機が生まれてくる。それは「知恵が心の領域に入り、そこで〔世の誘惑に〕惑わされることなく、そこで知恵による祈りが行われる[49]」プロセスを具体的に記録することでもあった。その明瞭な一例を、階梯者イオアンネスの理論を解釈した隠修者フェオファンの言葉から掲げておこう。

彼〔階梯者〕は人間が辿る神への上昇の道を四つの段からなる階梯という形で描き出している。彼は言う、ある者たちは慾を減少させようとする。また別の者たちは詠う、つまり自らの口で祈るのである。また第三の者たちは知恵の祈りの訓練を行う。第四の者たちはついに神観（видение）へと昇りつめるのである。この四段の階梯を昇ろうとする者は、上から始めることはできず、下から始めなければならない。こうして最初の段に足を踏み入れた者は、そこから二つ目の段に昇り、さらには三つ目の段に昇る。これらの段階を経て初めて四つ目の段に至るのである。この道を辿ることで、誰もが天に昇ることができる。始めのうちは、慾をなくすか、せめて減らすために闘わなければならないが、それから聖詠を唱える、つまり口で祈る訓練を行い、さらに知恵で祈る訓練を行う。こうして最後に神観へ入る可能性を獲得するのである。最初は初心者、次は成長期にある者、三番目はこれらを最後までやり遂げることができたもののなすべき業、四番目は完成域ということになる[50]。

だがこの祈りの意義に関して確たる位置づけを行うためには、やはり神秘的意義という観点から検討せざるをえないだろう。その意味で、祈りは心を神の住処にしているということを前提としなければならない。換言すれば、人間は他ならぬそのことによって、被造物のものならぬ神のエネルギー、すなわち恩寵（благодать）を獲得するのである。これに関して、パイーシイの弟子で修行をともにしていた掌院アレクサンドルは、神を探し求めるのはアトスではなく、爾の心の中であると教えている、「主が爾の心に神を見出すことを許されるならば、人々がごった返している広場でさえ爾にとってはエルサレムやアトスになるのだ」[51]。

この意味で、キレエフスキーが「知恵の祈り」を絶え間なく唱えるべきであると教えている聖大バルサヌフィオスの以下の回答に対する特別の注意をマカーリイ長老に喚起したとしても不思議はなかった。それは以下の箇所である。

聖詠に際して、爾一人もしくは人々とともに立ち上がって神の名を呼ぼうとするとき、口で名を唱えなければ、神の名を呼ぶことはできないなどと考えてはならない。むしろ、こう考えなさい。つまり神は人の心をご存知であり、〔祈りに際して〕爾の心に耳を傾けておられるのだと。したがって、爾は心の中で神に呼ばわるがよい。そうすることで、言われたことが言葉同様となるのだ。「爾禱る時、爾の室に入り、戸を閉ぢて、隠《ひそか》なる處に在す爾の父に禱れ」（マトフェイ福音六章六）。このように口を閉じて、心で神に祈ろうではないか。そう、口を閉ざして神の名を唱える、もしくは自らの心の中で神に祈り、神によって語られた戒めを実行するのだ。もし、心でそれを唱えることができないならば、ただそれを思い浮かべるだけでもよい。そうすれば、それは口で発せられたものよりも早く〔神に届けられ〕、爾にとって余りあるほどの助けが得られるのだ[52]。

こうなるとキレエフスキーの疑問は祈りの主体と考えられてきた知恵（理性）にではなく、心の働きにこそ向けられていたのではないかという推測も成り立つであろう。なぜなら、少なくとも初期キレエフスキーにとって「心は神の住処」であることを認識する術が理性になかったとすれば、その心の機能的実態を説明する方法は感覚以外になかったからである。彼はこれを理解するために、心にも知恵にまさるとも劣らぬ言葉を操る能力があることを知る必要があった。こうして修道制の発展にともない、祈りそのものも肉体的・外的行為に留まるものではなく、内なるいとなみとして神秘的に理解されるようになっていく。新神学者シュメオーンがこの神と人間の共生、合一を「神化(обожение)」と呼び、祈りの究極的目的に掲げ、祈りにおける心の役割を重視する者たちがこの祈りを「知恵」ならぬ「心の祈り(сердечная молитва)」と呼んだのもそのためである。

オプチナの長老たちにこの「心の祈り」の意義を伝えた功労者の一人、イグナチイ・ブリャンチャニノーフはこの祈りの構造について以下のような詳細な記述を残している。

祈りによって知恵を獲得する心の場所について書かれた師父たちの著作を読むことで、創造主によって心(臓)の上部に埋め込まれた心の言葉の力があること、また人間の心を、それと並んで意思や願望の力、熱意もしくは怒りの力を持つ家畜の心から区別する力があることを理解する必要がある。言葉の力(сила словества)は、理性が介入することなく、神への畏れ、神と隣人への愛、悔改、謙遜、恭順の思い、霊《たましひ》の悲哀や罪に対する深い悲しみといった感覚、および動物にはないその他の霊的な感覚に満たされた良心、もしくは我々の霊《たましひ》の意識において発揮される。霊《たましひ》の力は霊的ではあるものの知恵であり、自分の居場所として頭脳というものを有する。言葉の力、もしくは人間の力も同様に霊的でありながら、自分の居場所として左の乳頭の下(乳頭のあたり、もしくは少し上)にある心(臓)の上部を有している。知恵が心(臓)と一体化することとは、知恵の霊的な意想が心(臓)の霊的な感覚と一体化することでもある。[53]

知恵も心も各々が霊的資質を頭脳と心に有しており、それらが一体化する祈りの構造自体が神秘的構造を成している。だが、そのためのエネルギーの磁場を言葉が形成していくためには、信仰と機密に基づく神の恩寵の働きを取り込むための準備をしなければならない。通常、ハリスティアニンは洗礼と傅香《ふこう》機密の後、恩寵の霊《たましひ》が体に住みつくことになるが、さらに痛悔と聖体機密を重ねることによって豊かな恩寵の流れを取り込む機会を恒常的に創ることができるのである。すでにこの恩寵を手に入れた者は、異口同音に恩寵の「神《しん》[54]を熄《け》す毋《なか》れ」（フェサロニカ前書五章一九）と言うであろう。聖神こそがハリスティアニンの信仰のレベルを表す指標であり、目的でもあるからである。だがハリスティアニンの中に生きている神《しん》が独自に救いを生み出しているのではなく、この世におけるハリスティアニン自身の自由な活動の成果が相俟って成果を生み出しているのである。したがって、神《しん》を悲しませたり、それを消してしまう原因もそこにあるのであり、神《しん》こそが悲哀の感覚に訴えるかたちで人間への神の顕現を促している。こうした露わに、そして密かに現れてくる神の意志を、自らの運命に対する命令として受け入れることができる者は、すでに神の神観（видение）[55]に入るとば口に立っていると見なされる。この点にこそ、外的な祈りが内的な心の祈りに及ぼす契機がある。肉体的な陶酔は酒によってもたらされるが（「酒に酔ふ勿れ、此に由りて放蕩あり」（エフェス書五章一八）、聖使徒パウェルは敢えてそうした外的な酔《ゑひ》ではなく、内的な酔《ゑひ》を求めよと言って「神《しん》に満てられ」（同）ること、すなわち自己を律し、心を涵養する手段として神《しん》つまり聖神を守るように求めるのである。

隠修者フェオファンによれば、これは以下のような認識となる。「……神の恩寵に真にふさわしい営みをなし、その恩恵を絶えず受けつづけた、神に魅せられた人々の書く書物には、そうなるために人間に求められる二つのことが認知される。すなわちそれは心を慾から浄めることと、神に祈りを献げることである」[56]。これらを段階的に成し遂げることで、「聖神に満たされる」ことが可能になる。だがこれに関しては、むしろ正教会の奉神礼を確立させた聖イオアンネス・クリュソストモス（金口イオアン）がこの二つの方法を取り上げて解釈したことで広く知られるようになった。すなわち、彼は「聖詠の歌い手は聖神に満たされる」[57]と言って、祈りは聖神に対して、歌い手の心に働きかける神の自由を開示することになると解釈したのである。さらに心が慾から浄められるならば、その後は「我々〔人間〕の力でも〔満たされる〕」。我々が心を嘘や冷酷さ、淫蕩、不浄、邪恋などから浄め、善行と同情、自らへの配慮を怠らず、心に冒瀆的なものを許さず、それにふさわしい心の状態を保つならば、聖神が我々に近づき、飛び込むことを禁ずるものはなくなる。しかも、近づくばかりか、我々の心を満たすことさえありうるのだ」[58]。

キレエフスキーが霊父マカーリイ長老に宛てた手紙を一瞥する限り、彼がこうした祈りの性質を、オプチナの出版物の中でもとりわけ「知恵の祈り」について詳しく論じた聖大バルサヌフィオスの著作を通じて知悉していたことは疑いの余地がない。キレエフスキーは書いている。

一二六の答え（聖書もしくは「主イイスス・ハリストス神の子や、我を憐め」というイイススの祈りに学ぶべきなのか）。四二一の答え（禍にあるとき神の名を絶え間なく呼ぶことは、慾のみならず、行動をも治療すること、薬が如何なる形かはわからぬものの病人に作用するように、神の名を呼ばわることは、我々の知りえぬ形で慾を殺してしまうこと）。四二二の答え（イイススの名は禍にあるときばかりでなく、明らかに意想が黙し、心が平穏であるときにも呼ばわるべきであり、絶え間なく神の名を唱えることはそれ自体が祈りであること）。四二四の答え（神の名を唱えることで、聖詠もしくは祈りや読みに際して生ずる悪念を追い払う。［それ故に、イイススの祈りは他の祈りを唱えるときであっても、止めるべきではない］）。四二七の答え（単に口で神の名を唱えるだけでなく、心にそれを思い浮かべることも祈りである。なぜなら、神は心を知り尽くした者であり、心の動きに注意を向けているからである。口を閉じて心に神を保つ者は、以下のように言われた戒めを実行することになる、「爾禱る時、爾の室に入り、戸を閉ぢて、隱《ひそか》なる處に在す爾の父に禱れ……」（マトフェイ福音六章六））。四二八の答え（言葉を発することなく、祈りによって心の奥に沈下することは、夢想に陥ることなく、己の知恵を支配することのできる完成された人々にとってのみ心地よいことである。この技術を習得しようとする初心者は、深い海を泳ぎきることのできない人同様、深みを感じたら岸に上がって、一休みした後で、再度深みに入って行かなければならない。そうこうしているうちに、達人の助けを得て、この泳法を完全にマスターし、それを極めることができるのである）。（一八五五年三月二十二日付[59]）

キレエフスキー自身の説明からもわかるように、これは彼自身が関わっていた聖大バルサヌフィオスの『霊的生活への指南書』に付すべき索引（用語解説）の内容に合致していた。キレエフスキーはマカーリイ長老の指導のもとに、ハリスティアニンとしての祈りの技術を学んでいたのである。同書における一二六、四二一、四二二、四二四、四二七、四二八の答えは、彼自身が習得しようとした祈りのレベルを順を追って記述したものでもあった。聖大バルサヌフィオスの言葉によれば、四二七と四二八を除く祈りはすべて、口による「行動（деяние）」としての祈りに発するものであり、祈りが言葉を用いなくなることで、祈りの性質は、内的な「神観（видение）」としての祈りの領域に入っていくことになる。これが聖堂での礼拝（奉神礼）における祈りとは異なる、神化（обожение）を前提とする最も高度な「心の祈り（сердечная молитва）」を志向していることは言うまでもない。

新神学者シュメオーンの「神化」の考えにしたがえば、心を介して言葉を発する人々の書物〔知恵の祈りの指南書の類〕は、とりわけ修道生活の初心者にとっては教義の合理的解釈書などより価値あるものとされる。言わば、ビザンツからロシアに受け継がれた長老制の発達の意味するところは、長老にそうした能力が備わっていたことにある。キレエフスキーが参照した聖大バルサヌフィオスの『指南書』の教えには、「それ〔教義書〕に専心することは好ましからず。なぜなら、それは知恵を上昇させるからである。だが長老の言葉には、知恵を下降させる〔遜らせる〕ものがある。わたしはそれらの書物を貶めるために言っているのではなく、食べ物には幾つもの種類があることを助言しようとしたためである[60]」とある。

教義書どころか、聖書の理解にしても、我々俗人には隠されていると言っても過言ではない。たとえそれを部分的に自分の理念的主題に合わせて合理的に理解することができたとしても、それは誤った理性であり、神の神意に適うものとはならないことが通例である。ところがキレエフスキーはこの真理が長老には開かれていることを、とりわけマカーリイ長老を通して直観していた。聖大バルサヌフィオスはこう書いている、「真に我が神父よ、あなたは見えざる者の導き手であり、ハリストスについて暗《くら》まされた者たちの光なのであり、あなたを介して真理は我々に開かれているのだ」。[61] この点にこそ「人々が害されることのないように、神は聖書の霊的な理性（духовный разум）を万人に明かしてくれない理由があるのであり、異なる時代の諸聖人に必要なことがらを説明する仕事が委ねられる」[62] ことを証してくれている。聖使徒パウェルの書簡にも、これについて明確に書かれている。「神が教会に立てし所の者、第一は使徒、第二は預言者、第三は教師、後は異能、次は醫《い》を施す恩賜、佐《たす》くる者、治むる者、方言を言ふ者なり」（コリンフ前書一二、二八）。

この俗人に明かされることのない「霊的な理性」の本質に関して、キレエフスキーがどれほどの意識を以って取り組んだかを確認するためには、彼の晩年の論考を紐解いてみるとよい。キレエフスキーは正教会における理性と信仰との関係が他派キリスト教とは全く異なっていることを主張していた。つまり、彼は「正教会では神の啓示と人間の思惟を混同していない」[63] と主張するのである。つまり神的なものと人間的なものとの境界は、科学によっても、教会の教義によっても踏み越えられるものではなく、たとえ信仰的思惟という中間的概念を想定して、理性と信仰の融合を目指したところで、それによって得られた啓示の教義を理性による結論と見なすことはできないし、理性の結論に啓示的教義の権威を与えることもできないと考える。すなわち、逆の言い方をすれば、教会の教義がひとたび教会の伝統の領域から出てしまえば、理性の判断に従属する存在となってしまうことをキレエフスキーは見抜いていたのである。だからこそ、正教の祈りの純粋性は神的啓示の不可侵性によって自然的理性の誤謬から守られていると見なした。キレエフスキーは自信を持ってこう言う、「現在と過去を含むあらゆる時代のキリスト教徒の総和を作り出しているのは、祈りの交わりと同様、同一の意識によって結びつけられた敬虔な人々の分かち難い永遠の生命の集いなのである」。[64]

しかし、キレエフスキーはここで「祈りの交わり」の神学的意味の追求に立ち入ることはなかった。それはこうした問題の解決をすべてマカーリイ長老の聖なる意志に委ねていたからである。しかし、彼は自分なりの正教的哲学観を再度定義しつつ、自らの主張を長老の影響のもとに説明しようと試みたのである。その目的とは、神的啓示の境界が明瞭に示され、それが強固に打ち立てられることを条件に、理性の理解するところと信仰の教えるところを一致させること、つまりは信仰を理性に合致させることであった。彼はこれを信仰的理性という正教会のみが到達できる新たな境地と見なしていた。これを聖大バルサヌフィオスの上昇と下降の運動の概念に沿って言い表すならば、「理性そのものを通常の水準よりも上へ高めること……知力の源泉そのもの、思惟の方法そのものを、信仰との共感的一致にまで高めることを志向する」[65]ことである。キレエフスキーはこうした営みを神学者ならぬ、正教徒の無意識の心的機能として評価しているのである。

知性の通常の状態を高めるにあたり、信仰は知性をしてその原初的全一性から脱却せしめるような形で、これを理性化し、これによって最高の活動段階への復帰を促進する。なぜなら、正教徒は完全な真理には理性の全一性（цельность разума）が必要であり、この全一性の探求が彼の思惟の不断の課題であることを知っているからである。……知恵に達しうる低次の体系からの正教徒の根本的思想のこうした独立性は、神学者だけの独占的属性ではなく、言わば、正教の息吹そのものの中にあるのだ。なぜなら、信仰者の悟性的観念の発達の度合いがいかに低くても、正教徒は誰もが心の底で、神の真理は通常の理性の推論によっては補うことができず、これが要求するのはより高い心眼であり、この眼は表面的な学識によってではなく、存在の内的全一性によって得られるのだということを知っているからである。[66]

内的全一性という彼独自の概念を用いてはいるが、この心眼を以て神の真理を掴む運動とは、観念的な行為であり、換言すれば、祈りによって知性を理性化する信仰の力に委ねることを意味していた。逆に知恵の祈りの観点からキレエフスキーの概念を俯瞰するならば、彼の志向するところは、それによって人間存在の楽園的、原初的不可分性が獲得される知恵と心の同一化であると推論することはさほど困難ではない。

生ける神の人格と人間の人格の関係についての意識は信仰の基盤となっている。否、より正確に言うならば、信仰とは多少なりとも明瞭で直接的な意識そのものである。それは純粋に人間的な知識を形成しないし、知恵もしくは心の中の特別な概念を形成することもない。それは人間のある何らかの認識能力に介入することもなければ、神と何らかの論理的理性、もしくは心の感情、もしくは良心の痛みに関わりを持つこともない。むしろそれは人間の全一性をひっくるめて包み込み、この全一性が保たれる時に限って、その充満度に応じて現れてくるのである。信仰する思考の主要な性格が霊《たましひ》を構成する個々の部分をすべて一つの力に結集させ、理性も、意志も、感情も、良心も、美しいものも、真実も、妙なるものも、望まれたものも、公平なものも、慈愛に満ちたものも、ある存在の内的な中心点を探し出すことにあるのはそうした理由による。そうなれば、知恵の容積はすべてがひとつの生きた統一体に交わり、そうして人間の本質的な個性が原初的な非分裂性の中に甦ることになるのだ。[67]

この死の直前に書き残された『断章』においてキレエフスキーが主張していることは、彼の思想的核心に触れるものであり、それは、人間に賦与された神的な全一性のエネルギーが神観において発揮される可能性についての仮説となりうるものであった。信仰の発露としての祈りは、こうしてキレエフスキーにとっては人間のみに許された、神との同一化を志向することであり、すなわち知恵と心とを合一する営みであることの確認でもあった。言うまでもなく、こうした理解はキレエフスキーにおいて初めて表明されたわけではない。しかし、キレエフスキーの問題意識の変遷をたどっていけば、彼が教会師父たちの教義に依拠しつつも、オプチナの長老によって教えられた「内的な祈り」という行為を自らの「全一的霊《たましひ》」の概念と結びつけることで、「存在の内的中心＝心眼」こそが「神の器」にあたるものと確信し、これを知恵のいとなみを機能的に担うために人間に賦与された能力として理解していたと見なしうるのである。

三、内なる祈りに関する神秘的認識論――「神観（**видение**）」へ向かう祈り

知恵の祈りのより高い第二段階は神観へと向かう祈りである。というのも、それは神との交流媒体であると同時に、認識による営みでもあるからである。この祈りが獲得されるのは、行動の祈りにおいてかなりの程度完成の域に達した者に限られる。そうした人は、霊が謙遜を獲得し、知恵と心は神の真理を会得するために欲から浄められて、ひとつの生ける統一体へと融合するのである。まずこうした祈りの階梯について触れたのは、十八世紀後半にロシア（モルダヴィアを通して）に聖師父による禁欲主義の祈りの伝統を伝えたパイーシイ・ヴェリチコフスキーであったことを想起しておきたい。というのも、彼は知恵の祈りがどこから生じたのかということと、聖師父たちは聖書のどの箇所をもってその拠り所としているかという問いを自らに発しているからである。

この聖なる祈りの端緒をどこに認めるべきかを指摘するには、ある程度その内容を知るべきであると提言する。我らの抱神なる諸聖神父の記述によれば、知恵の祈りには二つあり、ひとつは行為として行うべき初心者のため

の祈りであり、もうひとつは完成された人々のための神観へと向かう祈りである。前者を始まりとすれば、後者はその完結となる。すなわち、行為としての祈りは神観へと高まるものだからである。シナイ人の聖グレゴリウスによれば、原初の神観には以下の八つがあるとされた。第一はまさに神について。見えざる、永遠の、創られしものではない、万人の罪を贖う三位にして一体なるもの、最高に、本質的な神性たるもの。第二には知的な力の位階とその構成、第三にあらゆる存在の形成〔天地の創造―筆者〕、第四にロゴスのすべてに目配りする寛容さ、第五に全世界の復活、第六にハリストスの恐るべき再臨、第七に永劫の苦しみ、第八に終わりなき天の王国となる。[68]

それからパイーシイはこれらの祈りの対象のうち、どれが行動による祈りの対象となり、どれが神観の祈りに適合するかについて考察を展開するのである。パイーシイは謙遜の気持ちから、自分同様に凡庸な信仰者も、以下のことは知っておくべきであると述べている。

修道生活の功とは総じて以下のようなものであることを知悉すべきである。つまり、神に奉仕する者は、それによって次のことを究めるのである。隣人愛と神への愛、恭順さ、謙遜、忍耐、神と聖神父らのそれ以外の教え、さらに体と霊によってなされる神への従属、斎、徹夜の祈禱、涙、伏拝、その他の肉体を困憊させる苦行、教会や庵室での規則を熱切に実行し、知恵をもって秘密裏になされる祈禱遵守、哀泣と死についての思いといったことである。だとすれば、知恵が人間の我意や専横によって害されているかぎり、それはまだ神観（видение）と称すべきものではまったくなく、行為（деяние）〔による祈り〕であることは自明である。たとえ諸聖神父の著作においてこうした功が視線（зрение）〔による祈り〕と称されているとしても、それは単に言葉だけにすぎない。

なぜならば、知恵とは霊《たましひ》の目に例えられるため、視線と呼ばれているにすぎないからである。[69]

しかし、パイーシイによれば、これはまだ修道士が求める最終目的ではなく、その上に聳え立つ、祈りが祈りたる由縁のものを志向すべきであると主張する。パイーシイは次のように書いている。

だが、神の援けと前に述べた功によって、そして誰よりも深い謙遜によって、己の霊と心を、心と体のあらゆる汚れた慾から浄めることができるならば、万人にとっての共通の母たる神の恩寵が、それによって浄められた知恵をまるで赤子を手にとるが如く手に入れ、予言されている霊《たましひ》の神観にまで階段を昇るが如く昇りつめ、その浄化のレベルに応じて、言語を絶する知恵によっても測り得ない神の神秘が彼に開かれるのである。これこそが、真の意味における霊《たましひ》の神観と呼ばれるものに他ならない。シリアのイサアクによれば、これこそ恐怖や神観の原因となる眼差しによる清澄な祈りなのである。[70]

だとすれば、神聖なる知恵の祈りの原点は何処に求められるのか。その一例を挙げておこう。神の知恵を身につけたシナイの苦行者にして克肖神父ニルスの証言によれば、原初の人アダムがまだ楽園にいた時分に、完全なる人々にふさわしい聖なる知恵の祈りが神自身の手によって付与されていたという。苦行者としての人生を送った聖ニルスは、その労苦が無駄にならないように、祈りの果実を勇敢に守ることを主張してこう言う、「然るべく祈ったら、それ以上のものを待ち望むのだ。恐れずに、爾の実りを守るのだ。こうしたことは有史以来なされてきたことである。すなわち、行いそして守るのだ。それができないうちは、行ったことを守ることなく、投げ出してしまうことになる。それができないうちは、祈ったところで、その益にあずかることはできない」。（傍点は原文でイタリック）[71]

パイーシイはニルスのこの教説がその後、ロシアでもソラの克肖者ニールによって受け継がれたと見なしていた(「聖なるこの祈りは旧約時代より行われてきている」[72])。神が旧約の創世に際してアダムにこの知恵の祈りを付与したということは、つまり、我々俗人にも付与されていることを意味する。なぜなら、祈りは文言こそ口から発出するものの、その意思は心〔知恵〕に依拠するものであり、堕罪と楽園放逐を前提として、そこからの脱出を願う思いとなって等しく神に向けられるものだからである。パイーシイによれば、シナイのニルスはこの「守る」ことを「祈りによって悪意ある数々の意想から自らの楽園を守ること」[73]と説明しているという。この楽園こそ、人間を自らの似姿によって創造し、住まわせることを決意した甘美なる園であり、換言すれば、聖にして完全なる神の思想の実現の場でもあった。人間の側からすれば、そこに生きるということは、「神の意にしたがって、霊《たましひ》と心が浄らかであるときに観ずることのできる、恩寵によって知恵のみが聖務として執り行うことのできる祈りの中にあること、すなわち神のこの上なく甘美な神観の中に身を置くこと」[74]に他ならない。そうなれば、人間はもはや霊《たましひ》と心からこの神観を失うことのないように「守る」ことが課題となる。

だが、いかなる聖人にもまして祈りの神観の中に生きた人間といえば、生神女マリアをおいて他にいない。マリアはシュメオーン神父によって神殿に迎え入れられた後、至聖所(Святая Святых)に暮らしつつ、この知恵の祈りによって最高度の神観の高みに登りつめ、いかなる存在も介在できない、位階的には彼女と共に存し、彼女から人間の救いのために種なくして生まれた神のロゴスの広大な住居に入ることが許された唯一の女性であったからである。彼女がこの祈りに出会った契機は、神のもとで暮らすうちに、人々が神から離れ、自らの分別のみをたよりに生きるようになったことから陥ってしまった罪の生活に対する悲しみにあった。生神女がこうした人間への不憫さに満たされ、罪の状態におかれた人類への憐みと救いを叶えるために自ら主に頼みこんだのがこの祈り、つまり知恵の祈りの原型であった。このことは例えば、正教の揺るぎない柱、聖なる我らの神父、フェサロニカの大主教パラマスの聖グレゴリウスが生神女永貞童女マリアの進堂祭に際してなされた以下の説教の証言からもうかがえる。

この神の処女は見聞きしたことから、人類への同情心を抱き、この苦悩に見合うだけの癒しと治癒を得ることができないかと思案したのです。すると、まもなく彼女は、知恵のすべてを神に向けようと考え、我々を慮るための祈りを会得したのです。それは誰にも強いられることのない方〔主イイスス・ハリストス〕に無理をお願いして、その方を我々に惹きつけ、そして、その方が自らこの境遇から呪いを撲滅し、霊《たましひ》が憩う場所を台無しにする火を抑えこみ、弱き者を癒した後、その人を自らに縛りつけてもらうための祈りでした。このようにして、この恩寵あふれる処女は、万事につけ自分にふさわしい生来の素質が備わっていると見てとると、誉高い、奇跡なす、いかなる言葉にも劣ることのない知恵の祈りを献げたのです。彼女はなんとかして巧妙かつ自分らしい方法で神と話をすることはできないかと思案した挙句、主のもとへやって来たのです。これこそ、自らがその権利を得るために名乗りをあげた人、よりふさわしい言い方をすれば、〝神に選ばれた祈り手〟としての英断だったのでしょう。……ここにいる人間にとっては、自分以上の者は何も目に入らず、丹念に力強く祈りに手をのばします。次々とさらなる、より完全なものを生み出し、発見し、働きかけ、これに続く者には、さらに高く神観（видение）へと上昇するこの行為を教えていったのです。真実が夢想にまさる分だけ、この神観は上にのべた者〔神〕に対して大きなものとなります。しかし、体内に全力を集中させて、知恵を浄め、機密の偉大さに注意を凝らしてください。わたしはここで、ハリストスの名を冠してはいますが、そのなかでも最も世を離れた人々について語ろうと思います。隔世したことで、すでに未来の福《さひはひ》をいくらかでも味わった者は、神使らとともにあり、天の住処を獲得することになります。このような人は己の力に応じて、幼少期より平安を得るために世を離れた最初にして唯一の女性、永貞童女たる神の嫁の生き方を模倣していただきたいのです。

この聖なる処女は祈るよりも早く、祈る者たちに最も必要なものは何かと模索した結果、聖なる沈黙を見出します。これはつまり、知恵を沈黙させ、浮世を離れ、現世の事がらも天上の分別の秘密をも忘却し、さらなるものを提起することでした。つまり、真に現存する存在を観照する、もしくはより公平な言い方をすれば、神を観ずる（Боговидение）ための上昇としてのこの行為は、あたかも霊《たましひ》のために、それを真に体得した者を端的に顕在化させるものでした。それ以外の善とは、霊的な病や、倦怠を通して根を張ってしまった邪なる慾の程度に応じてなされる治療のようなものであり、神を観ずることとは、神の所業の究極的完成の形態と同じく、健全な霊《たましひ》の賜物なのです。人間が神によって再生されるのは、言葉によるのでも、可視的なものに関する思慮深い穏当さによるのでもなく、――これらはすべて地上的で低次元で人間的なものです、――沈黙に身を置くことによってなされるのはそのためなのです。なぜならば、そうすることで、我々は隔世でき、地上的なものから離れて、神へと高まることができるからなのです。我々は日夜沈黙の生活の樓《たかどの》で祈りと祈願に励むことで、なんとかこの前人未到の、福たる性質に近づき、そこへ足を踏み入れることができるのです。このような生活に耐えて、聖なる沈黙によって心を浄め、それによって、感覚や知恵をこえて聖なる者に対して形容し難く開かれた者たちは、己のなかに、まるで鏡で映し見るが如く、神を見るのです。つまり、沈黙とは速やかにして簡便なる指南書なのです。しかも、とりわけ身体中にそれを十全に保有する者にとって、それは最も成功率の高い、神と結びつくための指南書であると言えます。……彼女は一体何者なのでしょう。彼女は年端も行かぬ少女の頃より、人の性質を超えて沈黙の業を行うことが許され、あらゆる人々のうち、夫なき身でありながら、神の子たる言葉を生むことのできた唯一の女性だったのです。そんなわけで、至聖なる生神女も所謂生活の雑事やおしゃべりから離れ、罪の暮らしを逃れて、人々の間から移り住み、誰の目にも見えない、交流のない生活を選び、誰とも行き来のない暮らしをすることができたのです。今ここで、彼女はあらゆる物質的なしがらみから解き放たれ、あらゆるものに対する関係や愛をもかなぐり捨て、肉体に対する慈愛そのものをも乗り越えて神と結合しつつ生き、注意を払い、絶え間なき神聖なる祈りの中で生きるために知恵のかぎりを尽くしているのです。祈りによって彼女は己の中にとどまり、様々な反乱や意想、つまりあらゆる外見や物質を超えて自らを落ち着かせ、言わば、思いにおける沈黙といった、天に続く何とも形容し難い新たな道を辿ろうとしたのです。そして知恵を凝らしてこのことに熱意と注意を払いつつ、すべての造物と生物に超えて、モイセイよりも遥かによく神の光栄を見ながら、決して感覚の力に屈することなく、神の恩寵を受けとめようとするのです。これは浄らかな霊《たましひ》と知恵の歓喜あふれる神聖なる観照であり、生神女はそれに与ることによって、神の聖なる歌い手たちによれば、真に生ける水の澄みわたる雲、思いにおける陽の曙、燃え盛る言葉の階梯となるのです。[75]

概して、生神女マリアの地上の生活について聖書（Священное писание）に書かれていることは多くない。[76] のみならず、彼女の「祈る人」としての人生の意味について、これほど詳しく論考したものは、パイーシイが取り上げたパラマスのグレゴリウスの記述以外にほとんど存在しない。ならば、シナイの聖ニルスやパラマスの聖グレゴリウスに見えていたもの、彼らの証言の信憑性はいずこに由来するのか。彼らが取り上げた生神女マリアの地上の暮らしに関する記述は、聖使徒の時代より書き継がれ、語り継がれてきたキリスト教の伝承や聖像（イコン）を通して顕現した奇跡に基づく観照に依拠していたと言わねばならない。[77] それが「恩寵によって知恵のみが聖務として執り行うことのできる祈り」、つまり「神を観照する（つまり神観の）」技術なのである。その後、輩出した聖師父たちがこの祈りを理論化しようと試みたということは、この生神女マリアの祈りを追体験しようとして様々な試行錯誤を繰り返したことを示している。例えば、ギリシャ正教会の大主教ニケフォロス・テオトキス（Никифор Феотоки）が、一七六六年に執行された剪髪式に際して、天使の姿（スヒマ）をとった修道女に祈ることの意味を教えた言葉が残されている。

それによると、知恵の祈りにおいては、概念的な思考タイプを克服しようとする作用が働くことで、認識がさらなる段階へと上昇し始めるとの指摘がなされている。そこで大主教は、この祈りによって、主観と客観との間の関係がより直接的性格を帯びることで、関与性（причастность）とも言われる両者の不可分かつ融合的統一といった特別な精神的・神秘的段階に入ることを示唆したのである。大主教は言っている、「もし爾が爾の知恵を主に献げるなら、主はまもなくやって来て、爾の霊《たましひ》と結びつくだろう」。[78] こうした高度な祈りによる熱狂、もしくは法悦状態に関して、ロシアではソラの克肖者ニール（十六世紀）が弟子たちに以下のように指南していた。「知恵は祈りによって祈るのではなく、それ自体が祈り以上のものとなる。もちろん、よりよきものを得るために祈りは残されるが、それが熱狂に陥ることもあるのだ……」[79]

　だがニールがこの熱狂と法悦には神のエネルギーを得て神を観照し、それと一体化する知恵の祈りの真の効能とともに、悪魔の誘惑によって自分の能力の限界を過信する罪に繋がる道も同時に隠されているという危険性を感じていたことは注目すべきであろう。法悦には祈りによる高揚と、自己過信に陥ることによる熱狂的錯覚（蠱惑＝прелесть は悪魔によって唆される）の二種類があり、経験の浅い人間はそれらを区別することができないことはしばしば指摘されていたからである。因みに、ニールは祈りと霊性に関する最高度の書物を残したシリアの聖イサアクの書を研究することで、こうした知識を得ていた可能性は高いと思われる。しかし、ここで確実に言えることは、こうした熱狂に入った人間を捉えているものは、祈り手の身体中に広がる知恵の歓喜、喜び、そして甘美な感覚であることである。ニケフォロス大主教の言葉にもあるように、祈るのは知恵自体であり、主との合一を受け入れる場所が心であることから、それが神観の喜びなのか、感覚的な陶酔にすぎないのかを判定することが人間には困難であることは間違いない。神は修道士の前に光となって顕現するが、パラマスの聖グレゴリウスを始め多くの聖師父の解釈によれば、これこそタボル山における主の変容に際して、使徒たちの目を幻惑させた光と同等のものであるとされている。それは不朽の神のエネルギーに由来するためであるが、静寂主義者（исихасты）の理論によれば、知恵の目によってのみ神観されうる神の煌めき（божественное озарение）と呼ばれるものがそれに当たると考えるべきだろう。この定義自体の源流は新神学者シュメオーンの理論に遡るが、それがアトスで修行を経験したソラの聖ニールに接木されたことは確かなのである。ニールはロシアの修道士に宛てた公開書簡のなかで、こう言っている。「〔知恵をもって祈る者は〕その光を見るが、僧庵の寝台に腰かけているかぎり、それ自体による平安はない。自分の中に世界の創造主を見て、語り、愛し、食しあうべきなのだ。それによって、完全に神の観照に浸り、それと合体し、天界を超越することになる。これはよく知られたことであり、真実でもあるのだ」。[80]

静寂主義（исихазм）についての概念が登場したところで、この観点からも、知恵の祈りの意義について整理しておく必要があるだろう。これは伝統的に以下の四つの根本的意味と段階に分けて用いられていた。第一は隠遁生活、つまり沈黙の営みと相互関係を持つものであった。静寂主義という用語は何をおいてもまず観照による祈りを旨とし、後世の共住生活とは異なり、キリスト教初期の数世紀の間に生まれ、三〜四世紀にエジプト、パレスチナ、小アジアなどで広まった孤独の隠修を営む生活様式のことであった。

第二の特徴は、静寂主義の主要な実践方法と言える知恵のいとなみ、もしくはイイススの祈りと関連した聖なる沈黙の営み（священнобезмолвие）であった。四世紀にはすでに、この禁欲的修行に触れた文献が登場しており、これを実践する一派も存在していた。その結果、静寂主義者の修行は無慾と個人的神化（обожение）の達成に向けられた内なる営みと定義されるようになり、最終的にはこれが周囲の人々や世界の変容に繋がると理解されていた。

では何故に、彼らは沈黙が聖なるものであり、それが無慾と神化に向けられると考えたのか。ここに第三の意味がある。つまり、知恵のいとなみが目的とする静寂（исихия = ἡσυχία）の獲得である。これは修行の技術的用語として、神との交流の場を生成するために必要な精神的安寧の状態を意味している。これは心理的な意味における単なる心の平静さとは異なり、恩寵の獲得や慾の働きを克服することを通じて得られる静謐なる知的沈黙の状態を表していた。この静寂こそが、絶えざる祈りという賜の獲得へと人を駆り立て、神観（観照）と法悦の状態、つまり恩寵に満たされた祈りの最高度の安定的状態への移行を可能ならしめていたのである。

最後に第四の特性として注目すべきことは、十世紀から禁欲主義に関する著作に記述され始め、十三世紀にはビザンツやロシアで修道生活を営む人々の間で、イイススの祈りを唱える最古の方法自体が静寂主義と呼ばれるようになる現象である。この静寂主義の方法によって、知恵と心の祈り(умно-сердечная молитва)が実践され、知恵のエネルギーが理性から霊《たましひ》との合一が回復される場所である心（臓）へと転移することになるのである。つまり、知恵は反自然的状態から正常な状態へと引き戻され、霊《たましひ》には神との交渉を実現する神観能力が回復させられるのである。ロシアにおけるその最初の成功例が、十四世紀後半のラドネシの聖セルギイとその弟子たち、それとほぼ並行して北方ロシアに修道制（と祈り）を伝えた数多くの修道士たちであったことを想起すれば足りよう。

知恵と心の営み（умно-сердечное делание）、つまり祈りと冷静さによって、心を慾から浄めることが可能となる。その結果、霊《たましひ》の三つの根本的な力（思考、感覚、意志）の正しい相互作用が回復され、存在の最高の目的である無慾と神化の状態が獲得される。つまり、人間本性にそなわる最高の能力がすべて完全に発揮されることになるのである。[81]

オプチナ修道院の長老制の発展にとって知恵のいとなみがいかに重要な役割を果たしたかは、長老たちがこの伝統的祈りの手法を、何の変更も加えることなくそのまま受け入れたことにも現れている。彼らがその実践的な教師とした聖師父の文献の翻訳に取りかかるにあたり、ロシア（モルダヴィア）の長老パイーシイ・ヴェリチコフスキーをもって劈頭を飾ることを決議したのは、至当の判断であったと言わざるを得ない。すでに述べた通り、オプチナがこの祈りを長老制とともに聖なる修行として受け入れた背景には、初期の長老たちが等しくパイーシイの弟子たちに薫陶を受けていたからである。実際に、パイーシイがその修行の目的に課した神観の方法の探索は、当然の帰結として彼を聖なる沈黙の行へと駆り立て、ハリストスの光を受けて、知恵の輝きが祈りとなって外に現れてきたことは文献的にも立証されている。彼の伝記の「長老の賜（才能）」に表現されている以下の記述を確認しておきたい。

一、彼〔パイーシイ長老〕の叡智は、永遠なるその父及び至聖神と位階を同じくし、あたかも至潔なる僧院に住んでいるかのように、そこから彼の口を介して、霊《たましひ》を楽しませ、邪なる慾を枯渇させる神の教えが蜜も滴る泉となって流れ出しているかのようであった。

二、彼には神的な理性がある。我らが正教の信仰の教義はそれにしたがっており、それは正しく思考し、心を尽くして強固に擁護し、害をもたらすことなく、眸《ひとみ》の如く守ってくださることによって、聖なる信経の要目に、また福音の伝承、教訓、罰則、約束ともなっている。さらには、聖使徒、全地公会議の全聖人、偉大なる教会師父たち、成聖者たちの規則と彼らの解釈の拠り所にもなっている。さらには、克肖者、我らの抱神なる諸神父の教えと戒めにもなっている。[82]

このことは見方を変えれば、ロシア長老制の発展を支えたパイーシイ長老の祈りの技法が聖師父の理論を束ねて、知恵のいとなみを愛好するすべての修行者に向けて発信されていたことの証でもある。静寂主義が沈黙の祈りを生み出し、それが人間の神化を促すにいたる経緯がパイーシイからオプチナへ流入し、それが修道士のための修行といった狭い枠を突き破って、俗人のもとに流れ出していたことはその何よりの証ではあるまいか。つまり、神（とそのエネルギー）が人間の心に神の知恵を持ち込んだ結果、人間と神との間には特別なエネルギーの授受の関係が築かれ、恩寵や輝きを通じて、人間は感覚的事物を霊的に理解する技術を獲得していった。換言すれば、祈りは祈る者に、見えざる事物を見えるものとして観照する技術を習得させ、神と一体化することで、世界を神の意思に倣って会得することを可能ならしめているのである。

ここで再び、ロシア正教的思惟と西欧哲学の理性との差異に関するキレエフスキーの観察に立ち戻るならば、彼の考える正教的思惟とは、「理性そのものをその通常の水準より上に高めること」であり、彼は「知力の源泉そのもの、思惟の方法そのものを信仰との共感的一致にまで高めること」と同義的に理解していた[83]。ならば、こうした理解の背景に、彼が理性に対して特別な価値を認めていた事実を看過することはできないだろう。すなわち、彼によれば、理性というものは、「抽象的・論理的能力を、真理を会得する唯一の機関」と見なすこともできなければ、「熱狂的感情の声を正す真理の誤りなき指針」と見なすことも、また、「個別的な美学的意義の暗示を、他の諸概念と無関係に、宇宙の至高の構造を理解するための手がかり」と見なすこともできなかった。それのみならず、理性とは、「個々の力を知性の生きた全き観点に統合するために、知力の内的根拠として心の内奥に絶えず求めるもの[84]」とする結論も、構造的にはパイーシイの知恵の祈りと同類のものであることに気づくのである。

四、キレエフスキーの「全一的理性論」もしくは「合理的理性論」の展開にみるシリアの聖イサアクの影響――オプチナ修道院の翻訳出版活動の直接的成果として

こうしたキレエフスキーの理性論はきわめてオリジナルな展開を見せている。ここで言う、「生きた観点へと統合するための内的根拠」とは何か、何故にそれを「心の内奥」に求めるのかと疑問に思うのは当然である。端的に言えば、絶対的な「知恵の内在性」というのは、宗教の場合、常に「心」に求められていくものだからである。キレエフスキーはこう言っている、「心の奥底には理性のすべての個別的諸力にとっての生きた共通の中心点があり、それは人間精神の通常の状態からはうかがい知れないが、これを求める者は得ることができ、また最高の真理を補足することのできる唯一のものでもある」[85]。求道者が得ようと努める理性に共通の中心点とは、神へと上昇することのできる

高度な知恵、すなわちこれは神を観照する「心眼」でもあるのだが、それは人間の理性をもって知覚することができないため、客観的に補足できるもの、つまり理性の全一性（人間のもつ知的諸力の総合）が必要となる。これについては、すでに引用したのでここでは繰り返さない[86]。

その意味で、キレエフスキーは理性の自然（本能）的諸法則の発展を有害なものとして否定せず、そうした低次の理性を悉く信仰に従属させることが必要であると見なすようになる。つまり、信仰は理性を合理的に発展させるための磁場であり、秤でもあると考えるのである。これは、キレエフスキーが、思惟の体系においては、信仰が理性を原初的全一性から脱却させることでより高度に理性化し、それが思惟の活動を上昇させる原動力となると考えていたことの証である。キレエフスキーは正教徒に特有の思惟の活動をこのように特徴づけて、「自らの知力の発展に尽力しながら、同時に自ら信仰に共感しうるような水準にまで理性を高める」、つまり信仰に結びつけられた合理的理性というものを形成することの不可欠性を強調するのである。これこそ、キレエフスキーが正教徒の思惟の最大の特性と見なした、理性と信仰の協働《シネルギア》可能性を表している。この問題設定の発端において、キレエフスキーは「神的啓示の境界が明瞭に示され強固に打ち立てられると、それにしたがって、理性の理解するところと信仰の教えるところを一致させたいという信仰的思惟の欲求もそれだけ一層強くなってくる。何故ならば、真理はひとつであって、これとの一体感への志向は理性の活動の不変の法則であり、根本的な動機だからである」[87]との心情を吐露していたことを思い起こしておきたい。

だが古今の宗教的不一致を解決しようとするときに、「聖師父の哲学を、彼らの時代のままの形で復活させることはできない」ため、「この哲学は現代文化に対する信仰の関係から発することを前提としつつ、各々の時代の問題にも、……適応させていかなければならない」と考えた。そもそもキレエフスキーという哲学者が「これら古の貴重な、活力に満ちた真理を哲学の現状に対置させることで、論理的真理、理性の多方面の活動においてなされた千年にもおよぶその試みのすべての成果をこれらとの関係において考察する」[88]ことを現代の哲学の課題として掲げていたことを鑑みれば、こうした志向が当然の帰結である点も肯けるであろう。

キレエフスキーがパイーシイ・ヴェリチコフスキーの聖師父文献の「認識（γνῶσις）」という単語のロシア語訳に疑問を抱いたのは、まさに西欧哲学とは異なるロシアの哲学的原理に関する新たな論文の構想を練り始めた頃のことであった。それは先行して翻訳されていたセルギイ大修道院版[89]ロシア語訳において、これが〝познание（認識）〟と訳されていたことに喚起された問題意識であった。これと関連して、彼の霊父であったマカーリイ長老はこの言葉を〝разум（理性）〟という現代語に訳すべきであると考えていた。キレエフスキーにとってこの訳語が重要な鍵を握るようになったのは、彼がマカーリイ長老の聖師父文献翻訳を校正者として助ける立場であったのみならず、自身の課題でもあった西欧哲学における人類の神認識の歴史を辿るうえで不可欠の概念であることを認識しており、哲学における理性と宗教意識の融合概念に自分なりの回答を与えるためにはどうしても解決しておかなければならない問題のひとつであったからである。

事の発端は、パイーシイのスラヴ語版シリアの聖イサアクの書（『霊的功についての言葉』、一八五四年）をマカーリイ長老がロシア語に翻訳した原稿にキレエフスキーが目を通し、そこで生じた疑問点に関しては、マカーリイの祝福を得てセルギイ大修道院に滞留していた府主教フィラレート・ドロズドフ[90]に意見を伺った一八五二年の夏に遡る。そのとき、キレエフスキーが手にしていたのは、マカーリイ長老の翻訳になる聖イサアクの同書の第四十一講話であった。これに関して、マカーリイ長老はキレエフスキーに宛てて以下のような手紙をしたためている。

〝理性〟に関する我々の苦心が府主教にはどう映るかわかりませんが、我々は多くの場所で、この〝理性（разум）〟という言葉をスラヴ語のテクスト同様そのまま生かすべきであると考えているのです。もっとも、場合によっては、〝知識（знание）〟、〝理解（разумение）〟、〝知（ведение）〟と訳してもよいかもしれませんが。それにしても、アカデミー版のロシア語訳では、いたるところ理性（γνῶσις）は〝理性〟とではなく、〝知〟や〝知識〟と訳されています。ロシア語のその他の翻訳も照合したのですが、誰もが理性を〝知〟もしくは〝知識〟と呼んでいます。学者諸氏はこの語をそのように覚えこんでしまったかのようです。……〔アカデミーの〕彼らは字句通りに訳していますが、意味が不明瞭であれば、それでは不十分ということではないでしょうか。もし我々に運命が待ち受けているのなら、彼らが訳したすべての書物とギリシャ語の原文を手に取って、神の援けを得て、かくも重要な事業にあえて取りかかる決心を固めたことでしょう。（一八五二年八月六日付）[91]

ところがマカーリイ長老は、キレエフスキーがこの手紙を受け取るよりはやく、モスクワ大学教授のステパン・シェヴィリョーフの来訪を受けて、この問題について意見を交わしていた。彼はその時の模様もキレエフスキーに以下のように報告している。

〝知〟とか〝知識〟と訳される〝理性〟についても話し合いました。彼は我々の見解に同意してくれましたが、いずれにせよ、こう訳すことも可能といったものでした。聖イサアクの第二十五講話にこうあります。〝五千年もの間（一語不明）種々の知識が世界を支配していました（Пять тысящь лет (нрзб.) управляху миром образи *разума*)〟。それがロシア語訳ではこうなるのです、〝Разные виды знания управляют миром〟。ここには〝理性〟の影すらありません。しかし、思うに、この理性〝разум〟という言葉は知識や知を統括する概念ではないでしょうか。ただこの場合、いかにしてこれらの言葉と折り合えばよいのかはわかりませんが（一八五二年八月八日付）。（傍点は原文でイタリック）[92]

この書簡を受け取ったキレエフスキーは、すぐさまマカーリイ長老の聖イサアクの翻訳、それに大修道院の翻訳を各々ギリシャ語の原本と照合したが、第一章に目を通したところで、マカーリイ長老に宛てて、取り急ぎこう報告している。

これまでのところ、あなたがラウラ〔大修道院〕の翻訳とは異なる訳文をつけたすべての箇所について、あなたは完全に正しく、意味もより正確であるように思われます。しかし、いずれにせよ、パイーシイの翻訳は一読して意味が分かりにくいところはあるものの、それにもまして秀逸であると思われます。[93]

パイーシイの翻訳は表現の巧みさもさることながら、言葉のニュアンスを伝える術に長けているというのがその理由であった。だが他方、キレエフスキーは西欧哲学の概念的発展の弊害をも知悉していたがゆえに、〝純粋な〟翻訳に何らかの偏向的ニュアンスが付加されることを恐れていた。同じ書簡の中で、彼はパイーシイの翻訳の巧みさを評価しながらも、「わたしはこれらの表現の中に余計なものがあるように思われるのです。ここで肝要なのは、直接的な意味伝達であり、ニュアンスは副次的なものなのです[94]」と言明しているのを見てもわかる。

しかし、様々な事情が重なって、キレエフスキーがマカーリイの翻訳と注釈を府主教フィラレートの一読に委ねた後、それについての意見を聞くことができたのはその翌日、すなわち八月二十二日のことであった。しかし、驚くべきことに、フィラレートはマカーリイの翻訳を一瞥するや否や、手元に置いてあった大修道院版の翻訳にこれほど多くの誤りを残したまま、印刷所に持っていくのは残念に思われたのである。キレエフスキーはこの面談の印象をこう書き残している。

〝理性（разум）〟という言葉については、彼〔府主教〕もギリシャ語の原本と照合するまでは何も言えないと言われました。そこでわたしがこれはおそらくギリシャ語の〝γνῶσις（認識）〟のことでしょうと申し上げたところ、彼はそれに対して、それならば〝ведение（知）〟としか訳せないのではないかと答えられました。[95]

だが、〝理性〟に関するキレエフスキーの抱く疑問はそもそも理に適っていたと言える。というのも、どのギリシャ語・ロシア語辞典も〝γνῶσις〟には〝познание（認識）〟という訳語を与えているからである。だがそれにもまして、教会スラヴ語の語法伝統は〝познание〟の意味で〝разум〟を用いることをも許容していたことを忘れてはならない。実際に、福音書の用例をたどれば、この〝разум〟の意味は多岐に亘っており、〝認識〟（第二ペトル書一章三、二章二〇）から〝意思〟、〝良心〟、〝忠告〟にまで及んでいる。その意味で、パイーシイのスラヴ語訳が中庸的な〝познание（認識）〟を選択したことは、キレエフスキーにとっても、この語の多義的意味を損なうことなく保持するために最も適した方法と感じられたのである。彼は世界を霊的に理解する出発点ともなる概念を自らの思想の中で自由に展開するために、その原点となるイデアをパイーシイのこの翻訳の中に見い出していたのである。

また、研究者グヴォズジェフによれば、キレエフスキーがマカーリイ長老も提案していた〝ведение（知）〟という訳語を受け入れるのに慎重であったのは、パイーシイがこの言葉によって認識の恍惚的レベルを表現しようとした可能性があることをも念頭に置いておく必要があるだろう。その根拠としては、シリアの聖イサアクのロシア語訳では、この単語がすでに〝созерцание（観照）〟と訳されていたからである。だが、そもそも東方正教会、とりわけシリアの聖イサアクの〝познание（認識）〟という術語のもつ神秘的禁欲的伝統への広がりは、信仰と理性の相関関係に基づく西欧的認識論と相入れないものであった。キレエフスキーはこの感覚に人一倍敏感であったが故に、「西欧の伝統において、啓示に基づく認識と論理的思考に基づく認識とが発端より明確に色分けされていた」ことで、「あたかも二つのベクトルが形成され、それらが時とともにますます乖離していく」[96]ように思われたのだった。そのため、これを〝観照（созерцание）〟で定着させることによって、啓示的論拠をそのまま認識の恍惚的レベルに結びつけてしまう西欧的思惟の傾向性を危惧したのである。そうした傾向が彼の目指していた「全一的知性」に合致しなかったことは言うまでもない。結局は、啓示によって認識される、証明を必要としない信仰の真理というものと、論理的な証明を必要とする理性の真理とが交わることなく、並行して扱われるようになると、二重の真理に関する教理は最終的に理性を放逐してしまい、信仰との間に超え難い境界線を引くことになることをキレエフスキーは看破していた。そのからくりをキレエフスキーは自らの論文の中で以下のように説明している。

スコラ哲学というものは、学問の形をした神学志向の思想に他ならない。というのも、当時神学はあらゆる知識の最高度の目的であり、源泉でもあったからである。スコラ哲学の課題は神学的諸概念を理性の体系に結びつけるのみならず、その背後に悟性的で形而上学的な根拠をひそませることにあった。そのための主要な道具は神聖なアウグスティヌスの作品であり、アリストテレスの論理的著作であった。最も高度な大学の成長は、信仰の様々な対象に関する弁証法的な論争の中にあった。最も有名な神学者たちはその論拠を自らの論理的結論から導き出そうとした。スコットランド人のエリュシオンに始まり、十六世紀にいたるまで、神の存在についての自らの信念を人工的に削り上げられた三段論法の刃にかけようとしなかった人は彼らの中におそらく一人もいないだろう。彼らの巨大な労作は、むきだしの悟性的理解から論理的に編み出された抽象的な概念に溢れていた……内面的で霊的な生活の生きた総体的な理解や、外的な本質の生きた、予見できない観照（созерцание）は、西欧的思考に包囲されたサークルから等しく放逐された。前者はスコラ的な悟性主義にとって疎ましい性質〔ここには西欧的体系に一致しない正教会の教義的側面がそれにあたる―筆者〕が故に〝神秘的〟という理由で、後者はただ単に〝無神論的〟〔神学者たちの現代的概念に矛盾する学問上の様々な発見がそれにあたる―筆者〕という理由で迫害されたのだった。というのも、スコラ哲学は自らの信仰を、学問についての自らの狭い了見ともども、ひとつの不可分の運命の中に封じ込めてしまったからである。[97]

キレエフスキーの思想的発展の中で見逃すことができないのは、信仰を合理化することによる損失を憂慮していた点である。ここで言う合理化とは、信仰の目的に合致する事実のみを二分法的に取り上げ、それに合致しないものは排除するという悟性的判断に委ねる態度を意味しており、キレエフスキーによれば、中世ヨーロッパのキリスト教に見られる根源的誤りもこの点にあった。「理性を信仰に合致させるにあたり、正教的思考を行う者にとっては、理性の諸概念を信仰の命題に合わせて構成し、これに見合うものだけを選び出し、見合わないものは排除しようとする、こうして信仰に矛盾するものすべてから理性を浄化するだけでは不十分なのである」。[98]

キレエフスキーの考えでは、正教的思惟とは、そうした否定や排除に基づく自己正当化の構造とは無縁のものであり、むしろ理性そのものを「信仰との共感的一致（сочувственное согласие с верой）」のレベルにまで高めることにその本質を認めるものだからである。だが、こうした概念はキレエフスキー自身が発想したというよりは、彼がオプチナの出版活動に関与し、とりわけこのニネヴィアの主教シリアの聖イサアクの著作の翻訳を校閲する経験を積んだことで、「理性（разум）もしくは知（ведение）」を正教的な文脈で考えるための霊感をそこから受け取ったと見なすべきである。彼の所謂神秘的・禁欲主義的伝統の認識論（グヴォズジェフの用語）は、理性の三つの階層に関するシリアの聖イサアクの教説に依拠していることは疑いの余地がない。そこでは認識（познание）が三段階の過程に分類されているが、それはすなわち、体（からだ＝тело）、霊（たましひ＝душа）、神（しん＝дух）である。

シリアの聖イサアクは肉体の死について以下のように書いている。

追い詰められて死んでしまうことがないように、数々の誘惑を恐れる体は罪と友誼を結ぶことになるのだ、とかつて或聖人が言った。聖神が体を死に至らしめるのはそれが故である。なぜなら、体は死ななければ、罪に打ち勝てないことを聖神は知っているからである。主が己に宿ることを願う者は、己の肉体を主に奉仕させ、使徒の書に書かれた神《しん》の法《おきて》に遵って働かせる。こうして使徒書に書かれた（ガラティヤ書五章一九～二一）肉の働きから自分の霊《たましひ》を守るのである。罪に染まってしまった体は肉体的な労働を課されることで鎮まるが、神霊は肉の実りを得ることによって憩うことはない。なぜなら、体が斎《ものいみ》と謙遜によって消耗するとき、霊《たましひ》は祈りによって霊的に強められるからである。[99]

肉体は知恵なきものではない。それは日常的な様々な感覚に支配されているため、誘惑に常に晒されており、信仰と相反する方向を志向するものの、この世を生き抜くために必要な知恵なのである。イサアクはこれを「第一段階の理性（разум первого чина—オプチナ版ロシア語訳）」と称している。これと対極にあるのが、絶対的な神の神霊としての聖神である。こちらはイサアクの言葉にあるように、直接肉体を労働で痛めつけても、神の意に従わせることはおろか、罰を以てしても克服することのできない至高のものである。その意味で、我々は信仰（心）とは正反対の方向性を有する低次の理性の存在を認め、その意味を正確に把握しておく必要がある。これに関しても、イサアクは以下のように言っている。

理性は信仰に対立するものである。信仰は理性に関わるすべての働きにおいて、その法則を解き明かすものだからである。霊的な理性については言うまでもない。つまり研究も実験もせずに、何らかのものを創り出す権利などないことは、理性の規定（法則）するところであるが、実際には考えたり、欲したりしたことが正しかったのかどうかを絶えず研究しているのである。では信仰とは一体何なのか。正しい方法を以て信仰に近づけない者は、信仰もその人に留まり続けることができない。[100]

この理性と信仰の対立関係は、敵対的というよりは、むしろ互いの潜在能力を顕在化させるためのエネルギーとなって作用していると見なすべきだろう。理性も信仰も単独では、何も生み出さないからである。この一見すると、西欧哲学的常識からは理解できない理性と信仰の関係が東方正教会の聖イサアクによって追求されたことの意義はきわめて大きい。彼は信ずるだけでなく、考察したり、夢想したり、欲したりといった、信仰が陥る独断（的見解）の危険性にしばしば警鐘を鳴らしているからである。信仰が己のことを認識の力で考察することができると言うのは、神意は信仰の霊的な目によってうかがい知ることができるものだからである。聖イサアクの第二十五講話には、この関係性について深遠な論考が展開されているが、その要目は以下のとおりである。認識は客観的真理と関係を持つが、そこには常に恐怖と疑念が付随しているという前提から始まり、信仰の役割という点に話が及ぶと、それが絶対的真理を受け入れることで、単純でありながら統一的であり、そこには何の疑念も入り込む余地はないという結論に至るのである。

理性というものは研究や生活様式（образов жития）がなければ、認識されえない。この点に理性が真理に疑念をいだく原因がある。だが信仰は、あらゆる邪なものや、行動様式の模索から離れた、唯一にして、純粋かつ明晰な思考形態を求めている。

この両者はどれほど相互に対立していることか。信仰のある家は幼子の思い、素朴な心のようなものである。「歓喜《よろこび》と朴直《すなほ》なる心とを以て食を食《くら》ひ、神を讃美し……」（聖使徒行実二章四六～四七）と言われているとおりである。またマトフェイ福音においても、「爾等若し轉じて、幼兒の如くならずば、天國に入るを得ず」（マトフェイ福音十八章三）とある。理性は心や思いの素朴さに網をかけるようなもので、それ故、心に対立するものなのだ。[101]

理性的判断には経験や思考が必要だが、信仰は自由で純粋なものであるため、キレエフスキーが「理性そのものを通常の水準よりも上へ高め、……知力の源泉そのもの、思惟の方法そのものを、信仰との共感的一致にまで高める」[102]ことを目指すと宣言したのは、神の真理を認知するために、理性（知恵）と信仰（心）の相互補完性による知的全一性を確立することが必要であることをこのイサアクの思想から得ていたからではないだろうか。その意味で、世界中に拡散する知力を集めて不可分の全一性を獲得するためには、西欧には欠けていた正教信仰者が持つ心の役割の大きさに光を当てる必要を痛感した。つまり、これを正教的思惟に基礎を置く哲学的体系にまで発展させるためには、神的な原理の総合的理解が不可欠であり、そのために求められるのが、志向する者の存在の内的全一性であることをキレエフスキーが模索していたことはすでに繰り返し述べてきた。

因みに、シリアの聖イサアクはこの同じ二十五講話で、理性は認識の第一段階である、つまり本質の幼子（детище）でありながら、その護り手でもある、ところが、信仰は本質を凌駕し、至高の心理のために、自己防衛の感覚を忘れて、本質に害を与える行動を取ることもありうると書いている。イサアクに拠れば、低次の概念における理性とは内在的性格を持ち、信仰は逆に超越的であるとされる。

理性は自然がどの道を進もうとも、擁護する側の自然には限界がある。他方、信仰は自然を乗り越えて自ら行動に出る。理性は自然を破壊するいかなるものをも自らに残すことを許容することはなく、そこから遠ざかる。だが信仰は造作なくそれを敢行してこう言う、「爾は蝮《まむし》と毒蛇とを践《ふ》み、獅子と大蛇とを践《ふ》まん」（第九〇聖詠一三）。理性には恐怖がともなうが、信仰には希望がある。[103]

知恵の祈り（いとなみ）が、同時に心の祈り（いとなみ）をも意味するというパイーシイの用語法は確かに難解ではあるものの、以上に概観してきた「祈り」の技法とその究極の目的に関する聖師父たちの思考は、彼の研究によって整理・確立され、祈りを通して救いの本質でもある神観（観照）へといたる理性と信仰の協働化のプロセスを定めたものとしてきわめて重要な意義を有するものである。しかし、聖師父の思考とは、彼らの自由思想や哲学的発想の集成を意味するのではなく、あくまで聖書の中に隠されてきた神の人間への救いの意図を汲み取らんとする試みの集成であることを忘れてはならないだろう。オプチナが出版したパイーシイ長老伝にも付されている彼自身の論文やその序文集を一読すれば自ずと了解されるように、その真意は「知恵のいとなみ」に反対する人々（教会師父も多い）の断罪に対する弁明の書として、主イイスス自らが祈りについて教えた言葉をめぐる解釈に回帰することは一目瞭然だからである。

そこで最も重要な出発点は、繰り返しになるが、知恵のいとなみは、以下のマトフェイ福音の主の教えを揺るぎない礎として発展させられてきたことを今一度確認しておきたい。

爾禱る時、爾の室に入り、戸を閉ぢて、隠《ひそか》なる處に在す爾の父に禱れ、然らば隠《ひそか》なるを鑒《かんが》みる父は爾に顕《あらは》に報いん。（マトフェイ福音六章六）

パイーシイ長老に拠れば、浩瀚な奉神礼論をまとめたイオアンネス・クリュソストモス（金口イオアン）は、声をともなわず、心の奥底から、密かに神に向けて発せられる祈りに関して、聖書の中から、神に会ったモイセイ、預言者サムイルの母アンナ、義なるアヴェリと地から呼ばわった彼の血を同類の例として挙げながら、これらの言葉は祈りの中で声を発することなく献げられたにも拘らず、神に聞き入れられたことを想起させているとする。[104] パイーシイはこの祈りが、「祈りの三つの方法」[105]において階梯者イオアンネスが表明した祈りの教理（六世紀）に基づいて、後にその正しさを立証したフェサロニカの大主教シュメオーン（十～十一世紀）の言葉（『フィロカリア』第五巻所収）[106]に由来すること、さらに東方教会全体がそれをきわめて高く評価し、「真理の柱と確立」と見なしたことなどを証言している。[107]

また同じパイーシイの序文の中で取り上げられているカッパドキアとケサリアの大主教大ワシレオスの指摘にも注目しておきたい。大ワシレオスは第三三聖詠の言葉、「我何《いづれ》の時にも主を讃《ほ》め揚げん、彼を讃《ほ》むるは恒《つ子》に我が口に在り」を証拠として取り上げつつ、神の知恵に満たされたこの言葉の後半「彼を讃《ほ》むるは恒《つ子》に我が口に在り」における知恵の口、知恵の働きについて解釈している。つまり、ここでダヴィドは理不尽なことを言っているかのようである。つまり、人間の口が神の讃美を絶やさずに唱え続けることは不可能であるからだ。眠ったり、沈黙したり、食飲したりするときに、いかにして神を讃えるのかと。そうした問いかけに、ワシレオスの言葉を借りてパイーシイはこう答えている。

内的な人間の思いの口（мысленные уста）は人間を養う〝天より降《くだ》りし神の餅《ぱん》〟（イオアン福音六章三三）である生命の言葉を領食するのである。この口に関しては、預言者〔ダヴィド〕もこう言っている。〝我口を啓《ひら》きて喘《あへ》ぐ〟（第一一八聖詠一一三）。このため、主は我々が口を真理の食べ物で満たすに十分な広さを保つように、我々に覚醒を促すのである（「爾の口を開け、我之を満てん」（第八〇聖詠一一））。……聖使徒の言葉によっても、周到なる者はすべてを神の讃美のために行動する。それ故、知恵による凡その業、凡その言葉、凡その行為はいずれも讃揚〔ほめあげ〕（*хвала*）の意義を有することになる。「故に爾等或は食《くら》ひ、或は飲み、或は何事を行ふに論なく、皆神の光栄の為に行へ」（コリンフ前書十章三一）。このような人や、眠る者においても、心はいつも起きているのである。（傍点は原文でイタリック）[108]

以上のワシレオスの思想を要約したパイーシイの言葉から言えることは、肉体の口の他に、もうひとつ知恵の口、それによってなされる知恵の行いというものがあり、内的な人間においては、つねに思念によってなされる讃揚の行為（思いの中で常に神を讃美すること）があるということに他ならない。

さらにパイーシイの言葉によれば、エジプトの克肖者大マカーリイも、同様のことがらをより簡潔に福音に基づいて以下のように語っている。

ハリスティアニンはつねに神についての記憶を持たなければならない。なぜなら、〝爾心を尽《つく》し、霊を尽《じん》し、意を尽《つく》して、主爾の神を愛せよ〟（マトフェイ福音二十二章三七）と書いてあるからである。ハリスティアニンが神を愛さなければならないのは、祈禱所に入る時だけでなく、話したり、食べたり、飲んだりする時も、神についての記憶、それに愛と好意を持つべきである。なぜなら、〝爾等の財の在る所には、爾等の心も在らん〟（マトフェイ福音六章二一）からである。[109]

しかし、知恵の祈りを自ら実践したのみならず、それを理論化した最初の修行者ということになれば、すでに触れたフェサロニカの大主教シュメオーンをおいて他にないと言われる。彼は当時の主教区において聖神の恩寵を一身に受けた類稀なる能力を発揮し、知恵の祈りにおいても誰よりも異彩を放ったことから、全治公会から「新神学者」と命名されたのである（神学者は通例、福音者イオアンを指す）。パイーシイはシュメオーンが祈りの三つの形態について論じた説教の中から、知恵の祈りと、そこに向けられた注意力について論じた以下の箇所を引用している。

我らが聖神父等は以下のように言う主の言葉を聞く、〝蓋心より出づる者は、悪念、凶殺、姦淫、邪淫、盗竊《とうせつ》、妄證、褻瀆《せつどく》なり、此等は人を汚す〟（マトフェイ福音十五章一九〜二〇）。さらにこう言う主の言葉をも聞く、〝先ず杯と皿との内を潔めよ、其外も潔くならん為なり〟（マトフェイ福音二十三章二六）。そして彼らはそれ以外の仕事をすべて棄てて、ただ心の内を潔く守ることのみに専念した。おそらくは、こうすることで、それ以外の徳を立てることも可能になることを知っていたのだ。この行いなくしては、ただのひとつの徳を手にいれることも不可能なのだ。[110]

ここから明らかなことは、聖シュメオーンはこれら主の言葉を自らに課し、実践を通じて自らの祈りによる心の潔めの規範にしていたという事実である。パイーシイは文献を通して、聖シュメオーンのこの修行法を知り、その有効性は言うに及ばず、その原典がマトフェイ福音に認められることに気づいていた。[111] キレエフスキーの死の年（一八五六）に、オプチナのマカーリイ長老の監修のもと、『我等が克肖神父新神学者シュメオーン伝』のロシア語訳が出版されたことにも、[112] そのロシアへの影響力を窺い知ることができる。しかし、ここでは、知恵の祈りの原型がすでにハリスティアニンにとって最も身近な福音の多くの箇所で暗示されていたということを指摘するにとどめておこう。

五、聖イサアクの理性の認識の三段階とキレエフスキーの合理的理性論の関係についての仮説

ここで、前章で取り上げた「心の祈り」の構造を今一度想起しておきたい。心はあくまでも我意から切断された自由を持っており、自らに謙遜（自らの罪に対する哀涙）を保ったまま、神と一体化するために、病むほどの熱情を抱いて上へと向かう、つまり神を志向し、その名を唱えなければならないと教えていた。[113] この我意とは、正常な知的能力を備えた人間が誰しも有している意思であり、判断力であることを思えば、この我意こそが肉（物質）の原理に従って働く広義の理性と類似性を持つものと見なしうる。それを断つということは、その縛りから解放されて自由になった心がいっそう神を志向するようになり、こうして神との一体化を目指すことが、同時に知的全一性をも獲得することにつながることを意味していた。こうした特殊性に着目したキレエフスキーが聖師父の祈りの原理を学びつつ、この理性と心（信仰の母体）の協働《シネルギア》に基づく東方正教会由来の知的営みの文化的意義を重視したとしても不思議はないであろう。少なくとも、こうした土台の上に構築された思想が教会と社会（国家）を結びつける原理に適用されたのは、キレエフスキーによれば、ロシアとスラヴ以外の土壌には見当たらないからである。

シリアの聖イサアクによると、第一段階の理性の際立った特徴は、それが肉体（物質）を、つまり功利主義的価値を志向することとされている。以下の引用はそれについて説明した箇所である。

> 理性が肉欲に従えば、財産、虚栄心、装飾、肉体の憩い、そしてこの世を統治する能力を高め、新たな発明をもたらしてくれる文筆、芸術、学問その他の事がらへの熱中が形成されてくるが、最終的にはこの見える世界における肉体を讃美することによって終わる。こうして、……むき出しの理性と呼ばれるものは信仰に反するものとなる。むき出しというのは、神的なものに関する十分な配慮を有しているからである。だが、無力さは無知な

るものを知恵の中に持ち込むことになるのであり、これこそ肉体が優位になる原因を作っているのだ。それによって、この世における肉体への十全なる配慮が完成する。[114]

これはキレエフスキーの言う、自然理性（разум естества）に近いものであり、悟性的判断によって低次の知的全一性を形成するものである。これは言うまでもなく、信仰の力と調和すべく上昇するための動機を持たない。しかし、キレエフスキーも言うように、これは理性が高次の全一性を獲得するために、信仰と協働作業を行う妨げとはならず、むしろ警戒心を高めるための指標となる。キレエフスキーが最終的に悟性の抽象的活動を、功利主義や肉体的な存在としての人間の日常的生存活動と結びつけようとしたのも偶然ではなかった。彼がそのように考えたのは、まず西欧がその思想の発展を停止させ、分裂と行き詰まりに陥らせた原因を新旧の原理的対立に見ていたからでもあった。十九世紀という新たな時代の価値観の中で西欧は拠って立つべき新たな原理を模索してみたものの、人工的になされた思弁的理念の再構築の試みは、旧世界観との対立を生み出すのみで、人間の霊《たましひ》の生きた働きや内在的な思惟を顕在化させようとする思想の葛藤さえも多様な言葉や信仰の言説によって分裂させられることとなった。所謂「新しい人間は心の目的の欠如した生活に持ちこたえられなくなる。こうして、彼の支配的感情は絶望となったのである」[115]。これによって、キレエフスキーによれば、西欧人の伝統的な霊《たましひ》の働きは人間による虚しい思弁的新原則によって翻弄され、西欧的な自己認識は二つの対立項へと分岐してしまうことになる。

一方で、霊《たましひ》の最高度の目的という支柱を持たない思想は、感覚的な利害と打算的な外観に奉仕することに堕してしまい、それによって知恵による生産的方向は単に外的な社会生活のみならず、学問の抽象的分野に、文学の内容や形式に、さらには家庭生活の内奥や家族の繋がりの聖域、そして初々しい若者の夢想の魔法にかかったような幻想的な場所にまで浸透していくことになった。また他方では、根本的原理の欠如は多くの者にそれらは不可欠であるという意識を覚醒させ、そうした信条の欠如自体が信仰の需要を生み出していった。だが信仰を模索していた知識人たちは、必ずしも信仰のカトリック的形態をヨーロッパの学問の現状に適合させることに成功したわけではない。そのため一部の人々は後者を受け入れるのを断固として拒み、信仰と理性の間に横たわる超えがたい敵意を宣言するに至ったのだ。[116]

これはキレエフスキーがオプチナの翻訳活動に積極的に関わるようになる以前の一八四五年の論文からの引用であるが、キレエフスキーがその後主張することになる、民族の知的上昇は信仰なくしては困難であるという確信がすでにこの段階で生まれていたことを示す証しとなっている。しかし、彼の「信仰する理性」の実現は決してロシア固有の幻想などではなかった。彼の考えるロシアの理性的活動とは、西欧哲学の幹に生じた一本の枝に過ぎないとしても、西欧では信仰を学問的形態に適合させようと骨折ったことで、「哲学的思惟の最終的表現の有限性と欠陥[117]」と彼に言わしめるものが明確化し、それが理性と信仰の間に超えがたい溝を生じさせてしまった。つまり、キレエフスキーは自らの思想的な素地を西欧キリスト教伝統の上に接ぎ木された西欧合理主義的思惟に基礎を置くものであると自覚しながらも、[118]理想を実現させる手がかりを、たとえば、ロシアのナロードの信仰に見られる、知的水準は低次でありながら、理性によって信仰する者は「神に対する人間の根本的態度[119]」によって真理を把握する可能性を秘めていると確信していたのである。

このことを示唆しているのが、聖イサアクの言う、理性の第二段階、すなわち霊《たましひ》(душа)の働きである。簡潔に言えば、理性の霊的な位階は、斎《ものいみ》、祈り、慈愛、神の書物、慾との闘いといったキリスト教的道徳（добродетель）に関与し、奉仕するものでなければならなかった。

あらゆる善行や、霊《たましひ》において観ぜられる様々な麗しき状態、ハリストスの庭で働く妙なる様式といったものは、聖神が理性の第二の段階において、その力を生かすことで成し遂げているのである。これ〔理性〕こそが我々を信仰へと導く心の道を正し、それによって来たるべき真実の時代に向けた餞となるのだ。[120]

理性のこの第二段階の発展はこの高潔さや徳といったキリスト教的道徳の概念がなければ成立し得ない。改めて強調するまでもなく、ここではキリスト教的倫理観の価値観が前提となっており、キレエフスキーが「理性を信仰に合致させること」によって説明しようとした信仰的思惟の確立へのプロセスもその延長線上になければならない。

さらに理性の第三段階が続くが、これは禁欲主義の理想郷でもある完成の段階である。これはすなわち、現世からの完全な離脱であると同時に、信仰が理性を呑み込み、新たに理性を生み落す霊的な世界に関する慮りへの移行と言ってもよいものであった。聖イサアクはこう書いている。

理性が地上的なことや、それを実行するという慮りから離れて上昇すると、内的な目には隠されている自らの意想を試みようとし始める。それによって慾が騒ぎ始める原因となることがらを意に介さないようになる。それから理性は自ずと上昇を始め、来たるべき日々のことを慮り、深奥に秘められた神秘を体験し、我々に約束されていた様々な願望によって、さらなる信仰を追求せしむるのである。そうすることで、信仰はついに理性を呑みこんで変容し、それ自体が完全に霊《たましひ》となってしまった理性を新たに生み落すのである。[121]

もはやこの段階における理性の働きは、キレエフスキーの理解していた西欧哲学の自然理性の領域とはまったく異なり、霊《たましひ》の目によって神を直接感知するというこの上ない法悦を得ることで、霊《たましひ》と化した理性そのものを変容させる営みとなってしまう。このことを聖イサアクは比喩を用いて「理性は翼によって肉体なき領域へと飛翔し、思考と感性の存在本性における神秘的で奇妙な統治行動を知恵の中で描きながら、感知し得ない海の深淵に触れる[122]」行為と表現している。しかもこの働きを感知できるのは高度な理性ではなく、子どものような「素朴で繊細な知恵[123]」であることから、不死や不朽といった神的な営みに手を染めるのが素朴な原初的感覚であることの意義が暗示されることになる。

こうして聖イサアクが体、霊《たましひ》、神《しん》を纏った人間の全プロセス（人生）を以下のような理性の三段階のいずれかに関連させようとしたことが明らかになる。それは教会師父たちが図式化して、自然理性（естественный разум）、霊的理性（духовный разум）、超自然的理性（сверх-естественный разум）と呼んだところのものであった。これに関連して聖イサアクは書いている。

人間が善悪の区別を始めて以来、人間自体はこの世を去らずとも、霊《たましひ》の理性はこれら三つの段階のいずれかに属してきた。不正や不信の充満も、真実の充満も、神《しん》に潜む神秘の深奥に触れることも、——これらを生み出しているのはここに掲げた三つの段階のいずれにも属するひとつの理性の働きによるものである。つまり、それが善か悪、もしくは善悪の中間を上昇するにしても、下降するにしても、知恵のすべての働きはこの中に存するのだ[124]。

さらに聖イサアクは各々の段階における理性と霊《たましひ》の関係について次のように特徴づけている。「理性の第一段階は神に倣って歩む行為によって霊《たましひ》を冷ますが、第二段階は急速に信仰の段階を志向することで霊《たましひ》を温める。第三段階は、未来の神秘に耽溺する知恵が、唯一の訓練行動を終えたばかりの安息状態にあたる」。[125] そもそも我々人間の通常の状態は自然理性に依拠しているため、その本質が死の状態や肉体の重力を克服して、自然理性から逃れようとする霊的理性の中で本来の目的である完成を見ることはないし、完成された存在に奉仕することも、死の状態に穏やかに憩うことも、もちろん肉の本性を完全に棄て去ることもできないことは明らかである。キレエフスキーの論考に散見される一方的な「賢明さ（разумность）」や「自然理性（естественный разум）」という概念は聖イサアクのいう理性の第一段階、すなわち「自然理性」に他ならない。しかし、キレエフスキーがここで意図していた認識のレベルとしての「霊《たましひ》の全一性」の概念は、ときに「知恵の全一性」と表現されることもあるが、意味するところは同じである。つまり、人間の認識能力を信仰に照らして完全なる変容へと導くために、知恵と心を様々な誘惑から守る禁欲的な修練法でもあった。というのも、「自然」とは肉体性を意味し、朽つべき世界に関する意想、もしくは配慮であったため、理性が信仰と結びついて、包括的に同化するためには、それら「自然」の猛威から心を守る必要があったのである。その意味で、共通する方向性を持つ東方キリスト教の神秘主義者たちの禁欲主義的修練法と出会ったことはむしろ当然の成り行きだったのかもしれない。つまり、キレエフスキーが晩年のいくつかの著作の中で理性的・悟性的認識を「自然理性」と名付け、概ね理性の定義やカテゴリーを聖イサアクの分類にしたがって展開させようとしたことには、有力な動機付けがあったと見なすべきなのである。それを意味する用語法がパイーシイの霊的体系の文脈とも響きあうことを確認したことで、パイーシイの翻訳を介したそれらの概念がキレエフスキーの思想形成に影響を与えたことについては、もはや疑いの余地がないものと思われる。

　それを表す一例を挙げておこう。彼は西欧哲学の体系における理性の概念を聖師父の理性の概念と比較しながら、哲学体系の合理主義的結論の誤謬の意味を解明しようと試みていた。

最新の哲学で総括され、シェリングやヘーゲルの体系をその表われとする理性についての概念は、もしそれが最高度の認識能力であると自ら詐称することさえなかったら、また最高の認識力であることを主張することで、真理そのものをこの思惟の抽象的・合理的方法にとって受け入れ可能な形而下の側面に限定することさえなければ、われわれが聖師父たちの思弁的創作の中に認める理性についての概念に決して矛盾することはなかったであろう。

合理的思惟の偽りの結論のすべては、それが真理についての至高にして十全たる認識であることを主張する点にかかっている。もし合理的思惟がおのれの限界を自覚し、おのれが真理を認識する唯一の認識手段なのではなく、手段のひとつに過ぎないと見なしていたならば、その結論は、その限定された視点にのみ関わっている条件的な結論として想定することができたであろうし、他の最高度の、真理以外の何者でもない結論を期待することもできたであろう[126]。

こうしたキレエフスキーの見解を見るにつけ、彼が自然理性というものを、その発端から信仰する理性に敵対するものとは見なしていなかったことがうかがえる。なぜなら、繰り返しになるが、自然理性は霊の上昇とその働きの第一段階のレベルを構成しているに過ぎないからである。ここで彼が主張するのは、そうした体系にさえ、絶対性はなく、真理の一端を穿っているに過ぎないということである。つまり、聖師父の思弁的著作の中に息を潜めて存在し、独自の役割を果たしていくもうひとつの器官、心（霊）を見逃すことは、真実を総体的に見る目を持たないことを意味していたのだ。聖イサアクの書は、この点についてもきわめて興味深い考察を繰り広げている。

信仰に先立つ理性というものが存在する一方で、信仰によって生み落とされる理性も存在する。信仰に先立って存在する理性は自然理性であり、信仰によって生み落とされる理性は霊的理性である。自然理性は善悪をも区別するため、それは自然分別と呼ばれることもある。われわれはそれによって、教わることなく善悪を見分けることができるのである。神はこれ〔自然分別〕を理性の本質に埋め込んだため、それは学問の助けを得て成長し広がっていく。これを持たない人間は一人もいない。これは理性的な霊《たましひ》に込められた自然理性の力である。これは霊の中で絶えず実行されている善悪の区分である。この力を失った人々は理性の本質より下位の存在となるが、これを有する者たちには霊《たましひ》の本質が本来の然るべき状態で存在している。……これ〔分別〕によってわれわれは神に向かう道を獲得することができる。これは自然理性である。それは信仰に先立つものでありながら神へ向かう道なのである。それによってわれわれは善悪を区分し、信仰を受け入れることを学ぶのである。〔霊《たましひ》の〕本質が持つ力も、人間がこれらすべてを創造した神を信仰し、その戒めの言葉を信仰し、それらを実行すべきであることを証言している。信仰からは神への畏れが生まれてくる。それが行動に付随するようになり、徐々に〔霊《たましひ》の〕営みへと上昇していくならば、それは霊的な理性を生み出すのである。信仰から生み落とされる理性もあるとわれわれが言ったのはこのことである。[127]（傍点は原文でイタリック）

合理的思惟が真理を認識する唯一の手段なのではなく、「最高度の真理をめぐる思惟の方法に由来する、最高度の真理をめぐる結論」と称される客観的思惟としての段階的認識方法こそが、信仰に先立つ理性と、信仰によって生み落とされる理性との相関関係を明確化していることは、キレエフスキーが西欧哲学の合理的理性の欠陥として指摘したことはすでに述べたとおりであるが、ここでも理性が信仰を志向する結果、信仰に呑み込まれてしまい、そこから別のもう一段高度な、つまり霊的な理性が生まれてくると考えた聖イサアクの所説に彼が感化された可能性は否定できない。加えて、感覚的知覚に反する人間の最高度の認識能力のことを聖イサアクは「霊《れい》、もしくは神《しん》」と称して区別したことも、キレエフスキーに少なからず霊感を与えたようなのである（「見える世界において活動するか、もしくは感覚によって変化の秩序を捉えようとする理性は自然理性と呼ばれるが、思考する者たちの力に潜んで、自己に内在する非肉体的本質にとどまろうとする理性は霊的理性と呼ばれる」[128]）。換言すれば、これは肉体性が完全に欠如し、知恵が極度に研ぎ澄まされた状態を意味しており、最終的には知恵が内在性の限界を超えて外部に発出する可能性があることを示唆するものである。

だが、すでに述べたように、合理主義的思惟に囚われていた西欧哲学がその認識の限界を悟ったとき、同時に知性に対してもおのが限界を認識する可能性を与えたことをキレエフスキーは見逃さなかった。端的に言えば、理性の哲学を作り上げるにあたり、それを助けるために弁証法的過程が用いられることになるが、結果的に、「この弁証法的過程そのものが分析的推論の対象となり、理性的認識の前に知識の否定的側面として現れるにいたった」[129]というのである。否定的側面とは、弁証法的過程が包摂しているのは、蓋然的な真理のみであり、現実的真理は置き去りにされたことであった。つまり、弁証法そのものは論理的自己展開よりも高みに立つ思惟を求めていたわけである。キレエフスキーによれば、最新のドイツ哲学における歴史哲学の体系を築いたシェリングでさえ、合理主義的理性の有限性に関して指摘することで、知性に真の影響を与えることはできなかった。なぜなら、彼の体系の相対立する側面の一方は真実でありながら、他方は上述したような、合理的理性の破綻を示す否定的側面であったからである。しかしながら、両者は独立して生き続けることで、その否定的影響は負の遺産として受け継がれることになると考えた。

自立的思惟の有限性と伝統の中に保持されている神的啓示の必要性、それに至高の合理性にして認識の本質的動因たる生きた信仰の必要性を確信したシェリングはキリスト教に意識的に帰っていったのではなく、自らの合理的自己意識を深く正確に発展させた結果、自然とこれに移行していったのである。なぜならば、人間理性の根源的な深み、その本性そのものの中にこそ、神に対する人間の根本的態度の認識の可能性があるからである。[130]（傍点は原文でイタリック）

しかし、キレエフスキーがシェリングに神の真理に飢える求道者の姿を認めつつも、彼の哲学と両立しうるような純粋な宗教を見出すことは困難であることに同情をさえ抱いていることは注目すべきであろう。そして彼に残された道は、「混乱したキリスト教の伝承の中から、キリスト教の真理に関する自己の内的概念に見合うものを自力で探し出して獲得すること」[131]しかないと断ずる。事実、シェリングは聖書の他に、「全人類の現実的な神の意識」[132]を思想の支柱として求めた。彼は古代の諸民族の神話の中に、歪められたとは言え、まだ完全に消え去ってはいない啓示の痕跡を見出そうとしたのである。それによって、シェリングは初期の人類が結んでいた神との本質的関係の発展の経緯を通じて、独自の制約された形式をとって現れてくる類型を分類することによって、民族の独自性そのものを規定しようとしたのである。これは彼にとって神の啓示の純粋な真実を示す証でもあったからである。

それでもキレエフスキーはシェリングが「信仰に貫かれた思惟に立脚した本質的真理を求めながらも、信仰的思惟に不可欠な属性である理性の内的活動が呈していた独自の形態に関心を向けることはなかった」[133]と指摘する。なぜならば、シェリングは理性的活動の形態を、理性が向上する程度に連動して変化するものと見なしていたからである。この指摘から明らかなことは、概して理性の内的本性の活動の力というものを西欧の思想家たちは見落としていたという事実である。抽象的・論理的思惟からは、生きた現実の知識の対象の中に思惟の運動を認めようとする知性の内的な力、絶えずこの運動の中で形態を変えつつ、外的な規定では捉えられない意義や外面的形式と無関係な結論を思想に転換させようとする内的な力を測り知ることはできないのである。それゆえ、聖師父たちの著作から、シェリングが汲み取ったのは聖書を実践した苦行者たちの神学的教えでしかなく、そこにあるはずの理性と最高の認識の諸法則に関する彼らの洞察力に満ちた観念表出ではなかった。それゆえ、シェリングの人間と神との認識論的関連性に関する体系の肯定的な側面は、その核心部分をなすべき信仰的思惟の働きに関する内的性格を欠いたことで、ロシアはもとより、本国のドイツでも十分に受け入れられることはなかったのである。

ところが、それとは別に、聖師父たちの神認識にとって特徴的な知恵のいとなみ（умное делание）は、霊的な理性の段階において、祈りと斎を介してきわめて繊細かつ深遠なる影響力を持ちうることをロシアの聖人たち、とりわけラドネシの聖セルギイやサロフの聖セラフィム等は知っていた。これに関しても、聖イサアクは以下のように証言している。

我が愛する者たちよ、知恵が見えるものについて思い悩まず、未来の希望について心を砕き、体へのいたわりから自らを上昇させ、未来の希望に心を砕けば砕くほど、知恵は研ぎ澄まされていき、祈りにおいても透き通っていく。体が物質の枷から解放される程度に応じて、知恵もそうなるのだ。さらに知恵がいたわりの枷から解放されればされるほど、それは輝き、研ぎ澄まされ、無粋な姿をしたこの世の意想から上昇していく。そのとき知恵は、我流ではなく、神の意に適った方法で神を観ずることを把握するのである。（第三十九講話[134]）

より正確な言い方をすれば、ロシアでは、こうした信仰の上昇に喩えられる霊的な理性の世俗的要素からの解放のプロセスを弁証法的な哲学の範疇で理解することを好まなかったし、その必要もなかった。聖セルギイも聖セラフィムも、祈りの最中に体が浮き上がり、体からはタボル山で主が変容したときに発した光を発する経験をしていた。こうした現象をロシア人は自らの信仰体験を通して「聖性」の光として会得することができればそれで十分だったのである。しかし、その反面、信仰的思惟の欠如ゆえに「合理的破綻を理解するシェリングの体系の否定的側面は、抽象的・論理的思惟に慣れたドイツでは、おそらくロシアにおけるほど公平に評価されることはなかったであろう」[135]とキレエフスキーは推論する。彼が使命感をもって取り組もうとしていたこととは、ロシアの日常的な教会生活を通してふんだんに認めることのできる貴重な、「活力に満ちた真理を哲学の現状に対置させること、可能な限りこれらの意義を貫徹させること、現代文化のすべての問題、科学によって得られたすべての論理的真理、理性の多方面に及ぶ活動においてなされた千年にもわたるその試みのすべての成果をこれらとの関係において考察すること、こうしたすべての考察から文明に直面する諸々の要求に見合う一般的な結論を導き出すこと」[136]であった。この点にこそキレエフスキーが「哲学の新しい原理の必然性」と名指した今日的な課題があった。なぜなら、この課題の解決によってこそ、伝統的な正教的信仰の信念と西欧からの借りものの文化との不一致に苦しむ国民が文明の進むべき方向性を抉り出す可能性が見えるからである。かくして外来の哲学を吸収した後、歴史的独自性との整合性を取り戻すため、自由に本質的合理性へと立ち帰ろうとする柔軟さの中に、ロシア人特有の民族的体質の片鱗を見ることができるのではないか。

同時にキレエフスキーが西欧哲学に嗅ぎ取っていた偽の霊性についての警鐘も忘れることはできない。彼は同じ論文の中でこう言っている、「科学と文化の発展はあるが、信仰がないか、あるいは信仰が消失してしまったところ、――そうしたところでは哲学的信念が信仰の信念に代わり、偏見という形をとって、国民の思惟と生活に方向を与える」。[137]こうした危機感は、奇しくも七世紀の聖イサアクが正教の教えに入ろうとする人々に向けて発した以下のような効能に満ちた助言（第八十五講話）にも現れていた。

俗世を離れた心が神《しん》の知恵に近づけば、それは神からそれに見合った喜びを受け取り、自分の霊《たましひ》において神《しん》の知恵と世俗の知恵の違いを感じることになる。なぜなら、神《しん》の知恵においては沈黙が霊《たましひ》を占有しているが、世俗

の知恵においては思想の飛翔の源泉がそれにとって代わるからである。（傍点は原文でイタリック）[138]

ここで聖イサアクが言う、「心が神《しん》の知恵に近づく」とはいかなる状態を意味するのか。これはすでに信仰を持ち、それを神に向けて実践すること、つまり祈りによって、自らの霊《たましひ》を神《しん》（つまり神の三位一体の三格）に向かわせることを意味している。これによって神を観照する、つまり心の眼で見ることができれば、神の知恵（恩寵とも言いうる）を感知することが可能となる。しかし、神《しん》の知恵が地上の知恵にすり替わってしまえば、自らの霊《たましひ》は邪念に満ちたものとなり、神をめぐる思想は上昇ではなく、地上的な価値観の間を遊泳浮遊するのみとなる。キレエフスキーに拠れば、正教徒の信仰は、祈りがこうした状態に陥ることを罪と感じ、自ずと合理的理性をもって信仰の理性に立ち戻る術を心得ているのである。

以上のことから、人間の認識行動の最終目的、もしくは必然的宿命として意識されている神の知恵との交わりは、キレエフスキーの言う合理的理性への回帰を前提としてのみ可能となるのであり、その場合、理性の働きを総体的な神《しん》の知恵との関係の中で捉え、考察することが不可欠になるという主張が明らかになる。その意味において、聖イサアクの規定した認識の最後の第三段階における知恵と心との領域に何が起こったのかという問題についても、認識力の観点から考察することが必要となる。理性の受け皿としての心が神的な熱情に満たされるならば、知恵は神を観照（видение）するための直接的な器官となるからである。[139]

知恵が新たにされると、心も浄められる。そうなれば彼〔慾を克服した人〕の中に生じてくるすべての観念が、己が関与する世界の本質に随って覚醒させられる。まずはそこで神聖なものへの愛が目覚め、それから天使らとの交流を、そして霊的な理性の秘密を開示することを熱望する。彼の知恵は被造物の霊的理性を感覚し、彼の中で聖三者《トロイツァ》の神秘と同時に、我々にとって崇拝するに足る家屋建築〔神の創る世界のこと〕の神秘に対する観照が光を発することになる。それによって、未来への希望の理性との合一に完全に入っていくことになる。[140]

聖イサアクのこの第五十五講話は表題からもうかがえるように、奇跡なす克肖者某シュメオーン〔十一世紀の新神学者シュメオーンとは別人、詳細不明〕に宛てて書かれた五十頁にも及ぶ長尺の書簡から成るが、そこでは彼のキリスト教神秘思想が凝縮されていて、この一話が全編の要約的性格を帯びているとさえ言いうる。なかでも、認識の第三段階における知恵の聖化の過程は詳細に比喩を交えて描写されており、文体も論旨もきわめて明晰である。その要諦は、知恵が世俗の意想を離れて、本来備わっていた健全さを回復することができれば、霊《たましひ》の神秘に分け入り、ハリストスの光栄を観照するにいたるというものである。なかでも、ハリストスの光栄に交わるために学問や教養などは一切必要なく、ただひたすら神の新しい世界の神秘を心ゆくまで味わう喜びを渇望すればよいという。では人間はいかなる知恵の働きを経て至福の状態にいたるのか、聖イサアクは以下のように説明している。

最終的にわれわれは独りで、内面的には虚心坦懐に、意想の痕跡も、何か困難なことがらに目を奪われることもない場所でその時を待たなければならない。なぜなら、知恵というものは、事物に目を奪われると、それによって様々な像を自ら受け入れてしまうからである。世界に目をやると、それが映し出される像の変化にともない、それと同じ数だけそこから種々の像や、多い場合はそれ自体の変化を類型に分けて、類似したものを自らに取り込んでいき、自らの内に様々な意想を呼び覚ましてしまう。そのような様々な意想が呼び覚まされると、それらは知恵に痕跡を残す。もし知恵が眼差しをもって……内部の人間に潜り込んでいけば、知恵は、それなくしては霊《たましひ》の喉に香気を香らせることもない素朴な観照を受け入れ、霊《たましひ》が祈禱のときに不遜な気持ちを起こさせないようにする。というのも、これこそ霊《たましひ》の本質にとっての食べ物だからである。こうして知恵が真理の認識の領域に足を踏み入れると、もはや質問する必要などない。なぜなら、肉体の目はそもそも問いただすことなく、まもなく太陽を見るようになるように、霊の目がもとより追跡に加わらないのは、いずれ霊的な理性を観照することができるからである。こうしてあなた〔シュメオーン〕が熱望しておられる神秘的観照は、霊《たましひ》の健全さを獲得することで、知恵に対して開かれるのだ。追跡や研究を行った結果、このような神秘を究めようと願うことは霊《たましひ》にとって馬鹿げたことである。なぜなら、福たる〔聖使徒〕パウェルが見聞きした神秘は、学問もしくは何らかの物質的方法に基づいてではなく、それが「道《い》ひ難き言《ことば》、人の語る能はざる者」（コリンフ後書十二章四）であったことによる。むしろ霊的な領域に対峙し、賛嘆することに夢中になっていたそのとき、神秘の啓示を見たのである。[141]

神秘の啓示を見るための方法とは、この言葉から推し量るに、信仰と理性をひとつの分かち難い全一的な知恵に結びつけることに他ならなかった。聖イサアクはこのことを諾うべき教理を以下のように説明している。

理性が信仰と結びつき、それとひとつになると、それを身に纏って焔の思考となって現れてくる。それは霊《たましひ》によって燃え上がり、無慾の翼を獲得すると、地上への奉仕から、別の像を纏った己の創造者の分野へと舞い上がるのだろうか。

いずれにせよ、われわれは時が来るまでに、信仰とその段階、それを昇りゆくことは、理性以上のものであることを知れば十分なのだ。

理性それ自体は信仰によって完全なものになると、上へと昇り、あらゆる感覚を超えたものを会得し、被造物の知恵と理性を以てしても捉えられないその感覚の輝きを見るための力を獲得するのである。理性とは人間が信仰の高みに昇りつめるための階段であり、その高みに到達するが早いか、もはやそれ〔理性〕は不要となる。なぜなら、こう言われているではないか、「蓋我等は知ること全からず、預言すること全からず、全き者の来たる時、全からざる者は息《や》まん」（コリンフ前書十三章九～一〇）。このようなわけで、今や信仰はあたかもわれわれの眼前における全きことの実現の如きものであり、それは理性の力を以てしても解明できないものなのである。[142]

キリスト教では旧約の律法を信仰への序章として認め、その意義を廃することなく受け継いできたが、こうした倫理観は信仰の高みへと昇りつめるまでの限定的なものであると東方正教会は見なしてきたと言ってもいいだろう。例えば、信仰を獲得するまでに人間が行うべき善行を聖イサアクは、以下のように規定している。すなわち、「斎、慈悲、祈禱、聖物保持、その他諸々の体の援けを得て実行される良き行い、隣人愛、節度ある心の知恵、過失の赦し、善についての思い、聖なる書に隠されている真の神秘の探究、完全なる行いと霊《たましひ》の慾の限度を護ることを通してなされる知恵の鍛錬、その他霊《たましひ》において実行される有徳なことがらである」[143]。これらすべての行為は、理性がそれを護り、そこに秩序をもたらしている以上、それを必要としていることは疑いがない。だが、上の引用に見られるように、それは霊《たましひ》が信仰の高みに到達するための階段に過ぎず、所謂高潔さと呼ばれているものである。しかし、知恵のいとなみとも称される祈りの中で、最も重視されるのは信仰生活であり、それはいかなる徳や善行よりも上位に位置づけられるものである。信仰とは、もはや肉体の苦行や行いとは別次元の「心の営み」であり、完成の域に達した静謐な心の状態、慰め、そして心から湧き出る言葉でもある。この営みは霊《たましひ》の理解が及ぶ範囲内で実行されるが、具体的に言うならば、「霊《たましひ》の営みとは、霊《たましひ》の生活の奇跡を生むすべての手段のことであり、霊的な生活の感覚、快楽、霊《たましひ》の安らぎ、熱情、神における喜びといったものを指している。それらはいずれも営みの中で、来世の恩寵を享けるにふさわしい霊《たましひ》に、自らの賜物を豊かに備えている神によって賦与される」[144]ものとされる。

聖イサアクのこれら証言から、理性の認識の三段階とは、理性が信仰へと昇る三つの位階を意味しており、最終的に至福の状態に達することとは、理性が信仰に呑み込まれた結果、新たな霊的な理性として蘇ることで、霊《たましひ》の安らぎを得ること、これが神の中にあること、すなわち心（霊）が恩寵を享けることによる喜びを生み出していることが確認された。これはキレエフスキーに対しても、理性の上昇という哲学的思惟から精神の全一性の概念にいたる構造的な契機を与えていると見なすことができるだろう。少なくとも、キレエフスキーは聖イサアクのこの著作の翻訳に取り組む過程において、自らの思想の核心をなす、理性と心の類似的構造の概念を多少なりともここから汲み取っていたように思われる。

信仰とは彼〔正教徒〕にとって、自然理性によって発展させられたものではないため、ただ信仰の状態にあるような盲目的な観念であっても、理性がそれを構成部分に分解し、そこには神の啓示がなければ自然理性の意識には見出しえない特別なものなど何ひとつないことを示すことによって、知識レベルまで高めなければならないような盲目的観念ではないのだ。同時にまた理性がその前で盲目にならなければならないひとつの外的な権威でもない。それは外的であると同時に内的な権威でもあり、知恵に生命力を与える最高の合理性でもあるのだ。信仰にとって自然理性の発達とは階梯としてしか役に立たないのであり、それが知恵の通常の状態を高めるにあたり、信仰はかかる知性に原初的全一性から離れるように教え諭し、この教えによって最高の活動段階に戻るように覚醒させるのである。なぜならば、正教徒は全き真理には理性の全一性が必要であり、この全一性の探求こそが自らの思惟の不断の課題であることを知っているからである。[145]

キレエフスキーの合理的理性と信仰の関係に着目し、先駆的研究を残したグヴォズジェフが、キレエフスキーの論文の理性の上昇の問題に全一的神《しん》の概念を結びつけた点にもやはり触れておくべきだろう。その背景には、神の啓示と人間の思惟との境界は不可侵であるという考えが前提としてあった。キレエフスキーはそれに先立って、「正教会では神の啓示と人間の思惟とを混同していない」[146]と断言しており、啓示を理性の単純な結論と見なすことはできないし、科学によっても、教会の教えによっても、その境界を踏み越えることはできないと見なしている。教会が時代を超えて、キリスト教徒の総和をなしてきたのは、祈りの交わりと同様、分たれることなき永遠の生を共有する生命体の意識で繋がっていたからである。このことを前提条件として、グヴォズジェフはキレエフスキーの論文の以下の部分を取り上げている。

> 神的啓示のかかる不可侵性は、正教会における信仰の純粋さと強固さを保証することによって、一方では、この教えを自然理性の誤った再解釈から守ると同時に、他方では、理性を教会の権威の誤った介入から守っている。[147]

こうしたキレエフスキーの世界観は、グヴォズジェフも指摘するように、信仰と理性とを異なるベクトルとして対立的に理解する西欧的な世界観とは明らかに矛盾しており、これもまた彼の聖師父の思索の影響によって説明することができる。言うまでもなく、グヴォズジェフは西欧のスコラ主義者たちが信仰と理性を交わらせようとして抽象的な神学を捻出した事実にも通じているが、それとは正反対に、「正教会の神学は自然理性を認識の第一段階と捉えていたため、それを圧迫することを求めたりはせず、信仰の信念によって、霊的な理性へと上昇しなければならない認識する主体の霊的な立場を変えることに努めた」[148]と説明している。

さらにグヴォズジェフは理性の高揚のイデアが正教の神秘主義的哲学とプラトンの認識論の類縁性を強調しているとさえ主張するのである。一言で要約すれば、霊《たましひ》は徳の力がそれを引き上げる高所から、イデアの世界を観照する。おそらくキレエフスキーは東方教会の聖師父の哲学談義の伝統をプラトニズムに結びつけようとしたのだろうと推論している。

しかしながら、ギリシャの思想家たちにはアリストテレスへの特別な愛着のみならず、むしろ彼らのほとんどの人々に、プラトンへの明らかな傾倒を認めることができる。それは言うまでもなく、キリスト教の思想家たちが何らかの異教的な概念を習得しようとしたことによるのではなく、おそらくは、プラトンの思考方法自体が知的活動においてより多くの全一性とともに、理性の思弁的活動においてより多くの温もりと調和を提起したためであろう。それゆえ、われわれがこの二人の古代哲学者の間に認めるような関係が、スコラ哲学の中でも成立していたラテン世界の哲学と、東方教会の文筆家たちの中にわれわれが認め、ローマの崩壊後も生き残った聖師父たちによってとりわけ明瞭に表現された霊的な哲学の間にも存在したのである。[149]

だがこうしたキレエフスキーの比較哲学の観点は、それ自体が西欧哲学の全体的な流れを漏れなく汲み取る目的で、真理追求の一思惟タイプを形成したプラトンの手法と共通点を持ったことの証というよりは、プラトンの思考の定義的な裾野の広さと深さこそが、その後の神の不可知論に始まり、東方神秘主義的神認識へと発展を遂げることになる霊的理性の隠された働きの領域をすべて掘り起こす契機を与えたと言うべきであろう。キレエフスキーが基礎を置いた全一性の概念も、「フィロカリア（Добротолюбие）」に結実しながら、その実践はアトスの修道士たちに専ら秘匿され、内的発展の経路を辿ったことで、パイーシイ・ヴェリチコフスキーの手を介して、オプチナに持ち込まれたことから、キレエフスキーといった俗人の哲学者の生き方にまで影響を与え、ロシアの宗教哲学の分野で再び脚光を浴びることになったのである。キレエフスキーも指摘しているように、神秘主義的理性のイデアは、霊《たましひ》による最高度の認識レベルの獲得が前提となっており、最終目的とは、人間の神化された霊《たましひ》が直接神を観ずることであった。

実はこれこそ、古代より聖師父らによって実践を伴って確立された知恵の祈り（営み）のメカニズムに他ならなかった。つまり、自然呼吸法を通して、知恵を心へと持ち込む技術論が中心をなしているのである。キレエフスキーは敢えてこの思考を聖師父の側からではなく、カトリシズムの影響下にあった西欧哲学の人間学的概念からアプローチし、然るべく、西方教会では衰退したものの、東方教会で生き残っていた神秘的な祈りの理解に達していた。十九世紀ロシアで修道制の発展に寄与したやはりオプチナ出身のイグナーチイ・ブリャンチャニノーフ主教は哲学を介することなく、同じ問題を以下のように明解に記述していて興味深い。

事の本質は、祈りに際して知恵が心と一体化することにあった。だが、これは神が定めた時間に神の恩寵によって行われるものである。〔知恵の祈りの〕メカニズムはゆっくりとした祈りの読みと各々の祈りの後に挟まれる短い休息、静かでゆっくりとした呼吸、そして知恵を祈りの言葉に封じ込めることに完全に取って代えられるのである。これら一連の補助的作法によって、われわれは一定水準の集中力を獲得することができるのである。祈りに際して、知恵の集中力に対して共感し始めるのが心である。知恵に対する心の共感は、徐々に知恵と心の合一へと移行し始め、聖師父たちによって提唱されたメカニズムが自ずと顕在化してくる。肉体的要素を有するこのメカニズムの手段が聖師父らによって提唱されたのは、祈りに際して集中力を最も簡便かつ迅速に獲得する方法を明示するだけの目的であり、そこに本質的なことを示すためではなかった。祈りに不可欠であった本質的な属性は集中力である。集中力のない祈りはない。真の恩寵に満ちた集中力は世俗に対する心を麻痺させることによって得られる。……知恵を呼吸法とともに心に導入することを説く聖師父たちは、知恵が心と結びつくことに習熟したら、より正確には、恩寵の賜物とその働きによって結合することができたならば、もはやこの結合のためのメカニズムの援けは必要なくなってしまい、ただ自ずと自らの働きによって心と結びついてしまうのだと言っている。これは確かにそうに違いない。知恵と心が分離して、それらが互いに敵対しあうようになったのは、我々が罪に堕ちたことによる。となれば、当然、神の恩寵は、堕罪によって悲嘆に暮れ、砕け散った人間を治療するために手を差し伸べることで、それらの分解された部分を再結合させ、そして知恵を心や霊《たましひ》のみならず、体とも再結合させ、それらに神を正しく志向するひとつの方法を与えなければならなくなるだろう。知恵が心に結びつくことで、修行者はあらゆる慾を掻き立てる意想や慾の感覚に敵対する力を手に入れることになる。こうしたことが何らかのメカニズムの効用と言えるだろうか。否。これは恩寵の結果であり、肉体や霊《たましひ》によって生きる人間には捉えられないハリストスの修行者を見えざる功で覆いつくす聖神の実りなのである。[150]

ここにはキレエフスキーの言う「理性」も、「霊的な理性」もないが、知恵と心（霊）が祈りによって結合することで、神の賜物を得るにいたる段階がまったく同じように繰り返されている。しかも、祈りはあくまで神を想起し、志向するための手段であり、そのための呼吸法も肉体的な修練のひとつに過ぎず、それ自体が目的ではないことが強調されている点も酷似している。

厳密に言えば、このイグナーチイ主教の研究も、もとを正せば、パイーシイ・ヴェリチコフスキーのスラヴ語の翻訳で出版された『フィロカリア（Добротолюбие）』第二巻の聖クサントプルスによる「沈黙について、祈りについて」に依拠していた。パイーシイ自らが「知恵の祈りの目的は神《しん》でもある神との結合であり、それゆえ、神との結合は霊的にのみ可能なのである。一部の苦行者たちがこの祈りの訓練に際して用いている外的な手法に関しては、間違いなく、それらは副次的な意味しか持たない[151]」と言っていることからも、その思想的淵源はやはりこのパイーシイによる『フィロカリア』の翻訳とその理解にあると言うべきであろう。

六、キレエフスキーの描く正教的思惟の到着点——未完の論文『断章』を手がかりに

ここで今一度キレエフスキーの立場に戻って、彼の晩年の思想がめざしたものについて考えてみたい。彼は独自の哲学的図式を用いてロシア人特有の文化的教養の素地について考究する目的をもって二本の主要論文[152]を書いたあと（一八五六年）、さらに人間思惟の全一的な動機づけと民族固有の歴史的運命という観点から、聖師父の文献（あるいはその思想）がスラヴ人にもたらした意義づけを行おうと試みている。この企ては未完に終わった。だが、キレエフスキーがこの論考に関する草案を具体的に温めていたことは、論文の前半は完成させたものの、後半については断片的な覚書の形で要諦を書き残している（全集版で十頁分）ことからもわかる。その主題となったのが、先行論文の続編を目指したと思われる、ロシア人の教養の起源と発展をめぐる諸問題であった。

キレエフスキーの問題意識は概ね以下のような認識に由来していた。「ロシアの社会と個人の生活様式に基礎を置き、思惟の内的全一性を志向するロシア的知性の特殊構造に秩序を与えていた古代ロシアの正教・キリスト教的教養は、それが具体的に何らかの成果をもたらすか、もしくは己の繁栄を理性に定着させる以前に、自国の発展過程の中で停止させられていた[153]」と述べている。キレエフスキーによれば、その原因は、ロシア生活の表層を支配していた外国由来の諸原理がロシアに悪や欠陥を生み出す源となっていたからである。この点について彼は以下のように推測している。

ロシアの発展は、西欧的教養の意識の中に本質を認めながらも、つまるところ、支配的であった正教・キリスト教的な愛智（любомудрие）の精神にそれを従属させることで、両者を和解させることにかかっていた。それがロシアの新しい知的活動の原理であるならば、西欧においても公平な立場から真理を追求することに共感する誠実な思想家たちが現れてきてもいいのではなかろうか。[154]

そこでキレエフスキーは、古代ロシアの教養が発展し、西欧の教養を支配するようにならなかった原因は何かという問いを発する。彼は自らその問いに答えてはいないが、彼の考える原因が啓蒙の性質に関する内的な契機にあることは疑いない。というのも、彼は「内的な、霊的全一性を志向する啓蒙の性格」を「霊的な啓蒙」と呼んで、論理的、抽象的、感覚的・経験的啓蒙とは異なるものであるとし、それを「生きた知識」と同義的に見なしていたからである。霊的な啓蒙の成果が、至高のもの、全一性といった道徳的な高みへの内的志向性の程度によって大きく変わるならば、強力な外部要因がロシア独自の教養の発展を阻害したことは事実であるとしても、それが瓦解した原因にロシア人の内的な罪が関与しなかったとは考えにくい。キレエフスキー自身、「ロシアの分離派の中にわれわれが見出している外的な形式主義への志向性は、ロシアの教養が持っていた原初的な方向性の中に、ピョートル改革の遥か以前からすでにある程度の弱体化が起こっていたと見なす根拠を与えている」[155]と書いている。

この弱体化の原因のひとつは、東ローマ帝国の崩壊に始まるロシアのビザンツ化の現象であった。当時のロシアの教養階級は明らかにキリスト教的な要素をビザンツ的要素と混同し、その枠によって、当時まだ自国の安定を模索していたロシアの来るべき社会生活のあり方を規定しようとしていた。ロシアの知性のこうした動向に、キレエフスキーはロシアの伝統的な教養の崩壊を看破し、何よりも生粋のロシアの教養階級の運命が決定されていたと考えるのである。つまり、「当時の社会的発展を異国の形態に従属させることによって、古来の聖なる真理を純粋な、歪められていない形で維持したものの、生命力溢れる、あるべき独自の啓蒙の可能性は失われてしまった」[156]と言うのである。とはいえ、外来の啓蒙を占有していたロシアの教養階級と、道徳や生活習慣において何ら発展性のない、旧態依然たる庶民の精神構造とが対極にあることは否めず、両者が折り合う方策はおろか、その矛盾が相互に有害な影響を与える根本的原因を回避する方法を見出すのは容易なことではなかったのだが。

「ロシア人は父祖の生活習慣や道徳観の中に何らかの神聖なるものを見ていたが、外来の取ってつけた教養の中には欺瞞的なものか、利益をもたらすものしか見ていなかった」となれば、無理からぬことであったし、「ロシア人が通常良心に逆らって悪に従属させられるのは、それに対抗するだけの力を見出せなかった」[157]からでもあった。その意味で、彼らが教養人になるためには、多少なりとも自らの内的な信念を棄てざるを得なかったと考えられる。しかしながら、キレエフスキーはロシア人に独自性を失わしめることで、彼らの運命を断罪し、それに代わる絶望的な世界観を提示しようとしたわけではなかった。そこには希望もあったのである。それは「ロシアの民衆が純粋な信仰も、その信仰から生まれる価値ある性質の多くを失っていない」[158]点であった。ただ、彼らがこの信仰を発揮するためのもうひとつの素質であり、社会道徳にとって不可欠な基礎のひとつでもあった「正義の宝（святыня правды）に対する敬意」を失ってしまったことは認めざるを得なかった。なぜなら、彼は「ロシアの悪、ロシアの社会に関する混乱、ロシア人の苦悩の原因は総じてこの〝正義の宝〟への不敬にある」[159]と見なしていたからである。その証として、ロシア人が嘘をつくことを厭わない性格を持つこと、誓いや約束の言葉も、言わば、外交交渉の利用手段であり、言葉は人格を表すというより、自らが自由に管理する権利を持つ「物」という意識を持っていたことを挙げている。

こうしてキレエフスキーは、ロシアがビザンツの衣鉢を継いだ十六世紀以来辿ってきた道をふり返りつつ、人間が言葉の誠実さを失ってしまった今、己の社会問題に対して真実の答えを見出すという悲願がかなう日が来るのかという疑問を呈することになる。彼が念頭に置いていた解決の鍵は、「言葉の真実に対する無条件の敬意」を取り戻すことであった。これなくして、いかに社会に対する外的な監視を強めたところで、言葉の濫用から社会を守ることはできない。なぜならば、使われた言葉の真実に気づき、評価し、矯正できるのは、やはり社会自体でしかないことを理解していたからである。

しかし、キレエフスキーはここで、言葉を「物」として扱うロシア人の外的な性格とは正反対の、もうひとつの性質の側面に着目する。それはすなわち、「正義の宝や言葉への忠実さが未だ神聖であり続けた生活の領域」[160]であった。害毒の感染を免れた心のこの部分にこそ、未来の再興の可能性が確立されることになるという希望が残されていた。そこにいたる数多くの道が思想に対して開かれたが、ロシア的精神の力が失われない限り、そのいずれの道を進んでも、その目的を達成させるだけの豊かな可能性を孕んでいた。しかし、キレエフスキーはその力を全面的に宗教に依存させたわけではなかった。彼は書いている、「ここで唯一確かで、疑いのないことは、異国の教養階級がロシア民族の知的・道徳的発展に際して及ぼす害悪は、強制的に彼らをこの階級、もしくはその源泉である西欧の学問から遠ざけたからといって、完全にそこから排除されるものではあり得ない」[161]。その理由は、まずそれを遠ざけることは不可能であるし、たとえ外来の学問の進入を阻止したとしても、ロシアにかつて西欧から流入した多くの学問が今もって勇躍しており、つまるところ、新たな学問は古い学問の害悪を弱体化させるだけで、それらは古い学問を抽象的な原理にまで瓦解させた挙げ句、それとともに没落するか、その場に踏みとどまるかのいずれかであるからである。一時的に西欧の影響をロシアから駆逐することができたとしても、そこから始まる無教養な時代は、反動として新たな文物の招来を以前にも増して促進することになるため、これはロシア独自の文化的発展にとって有害であると考えたためである。

ここにいたって、キレエフスキーは問題の解決を以下のように提言する、「キリスト教的な啓蒙の精神に反する異国の教養のもたらす害悪を撲滅する最も直接的な方策のひとつは、言うまでもなく、独自の思惟の法則を発展させて、西欧の教養の意味そのものを正教・キリスト教的な信念の支配下に従属させることである。なぜなら、正教会によるキリスト教愛智の理解がローマ教会もしくはプロテスタント教会と異なることは、われわれが見てきた通りだからである」。[162] 彼の考える正教的思惟の発展とは、聖師父の著作と西欧の教養のいずれにも通じる信仰を持ち、かつ思考するすべての人々の共同事業でなければならなかった。その論拠となり得るのは、「ひとつは、己の発展の力によっては成り立ち得ないことを自覚するために、まだ見ぬ新たな原理としての西欧的思惟を要求する力であり、もうひとつは、この思惟が最高度の哲学的原理の萌芽であることを認めていた聖師父たちの深く、生きた、純粋な愛智[163]」であった。つまりこれらを両立させることができるような思惟の発展こそが、内的な信念と外的な生活の間の病んだ矛盾を解決することを可能ならしめる正教的思惟であると考えるのである。

このように改めてこの『断章』の完成した部分を整理してみると、これがキレエフスキーの意図するロシア哲学論の結論部分となるべく準備されていたことはもはや疑いの余地がなく、本編(『断片』)がすでに直前に公表されている『哲学の新しい原理の必然性と可能性』(一八五六)の続編となるべく予定されていたことも会得されるのである。[164] それればかりか、前作の『西欧の啓蒙の性格とそのロシアの啓蒙との関係について』(一八五二)においても、「西欧人は外的な手段の発展によって内的な欠陥の苦悩を軽減させようとするが、ロシア人は外的な欲求に対する内的なそれを高めることで外的な欠陥の苦悩を紛らわせようとする」[165]と書いているように、その内的な欲求をキリスト教的伝統に帰依させようとする思想的方向性の萌芽を認めることができるのである。これこそキレエフスキーがその後半生をかけて記述しようと目指した思想的核心であったことは明らかである。さらに、以前の論考では具体的な言及がなかったロシア哲学の未来の運命に関する以下の一節は、最終稿として結実することはなかったものの、きわめて霊感に満ちた予言的なものとなっている。長くなるが、敢えて引用しておきたい。

だが聖師父の愛智（любомудрие）は、現代のロシア教養階級が総力を上げて要求している、来るべき哲学の……萌芽にすぎない。なぜなら、哲学は基本的な信念というよりは、むしろこの基本的信念と現代の教養との間に存在する関係の思惟的発展だからである。聖師父の愛智が、その最初の根拠であると同時に最後の結論でもあることによって、その他のすべての学問に己の方向性を指示する力を獲得するのは、そうした己の発展からでしかない。……むしろ、われわれの哲学は……一人の人間によってではなく、全体的合意の行為的な協力によって、目に見える形で成長させなければならないのだ。

福《さひはひ》なる神慮がロシア民族に無知蒙昧を経て外来の教養を統治する方に移行することを許されたのはおそらくそのためだったのだろう。というのも、正教的な啓蒙が異国の本源力との闘いにおいて、人類のあらゆる過去の知的生活から運命として与えられた現代世界のあらゆる知的発展を最終的に習得し、キリスト教の真理がそれによってより完全に、そして堂々と人間理性の相対的真理に対して優位に立つことができるようにするためであった。なぜならば、外来の教養が目に見えて優勢であるにも拘らず、……民族の道徳的性格にもたらした害が甚大であるにも拘らず、つまり、己が原因で引き起こされたすべての悪にも拘らず、ロシアにはかつての正教的全一性に復帰するという疑いの余地なき保証が残されていたし、今も残されているからである。この保証というのは、民族の聖なる正教会への生きた信仰であり、彼らが有するかつての歴史の記憶であり、彼らの存在の精神的全一性の、今なお損なわれることのない痕跡なのである。それらは日常的でありのままの彼らの気質の中に——この徹頭徹尾正教会の教えに貫かれた同族の社会組織の内部で養育された彼らの生活の未だ静まることのない残響の中に保たれているのだ。こうして、西欧哲学のロシアの啓蒙への関係を注意深く、冷静に俯瞰するならば、自己妄想に耽ることなく、ロシア的思惟の完全かつ全体的変動が起こる時期はもはや遠くはないと言うことができるだろう。なぜならば、西欧の愛智の欠損部分が西欧の啓蒙の中には未だ十分に見出すことのできない新しい原理を要求し、知識のこの至高の原理が正教会の内部に保持されており、この至高の原理に見合う思想の発展が知性と学問にとって生気を与えるものとなり得、現代の外的知識の豊穣さ自体がこの発展を駆り立てて人間理性の支柱となり得たこと、人間理性が自然に獲得したものが真理であるすべてのものにとってその発展が窮屈でない、つまり、それが生命を要求するすべてのものにとって生気を与えるものであること、そしてそれは解決を要求しながら、自らそれを見出せない知恵と心のすべての問題に十分に答えることができたであろうこと、これらすべてをわれわれが会得するとき、それがまもなく解明されるのかということに疑問を抱くのではなく、どうして我が国の知的、道徳的教養の総体によって要求されていた知恵の新たな自己意識がこれまでこの国で発展しなかったのかということにわれわれは驚きを覚えるだろう。このような知識が生ずる可能性は教養と信仰を持ち合わせたあらゆる人々の知性の届くところにあるため、信仰と理性を調和せしめ、新しい生気を与える思惟への消えることのない志向性の炎に火をつけ、統一を要求するこの二つの世界を分離する空虚を埋め、人間の知性の中に霊的な真理を自然の真理に対する目に見える支配力として定着させ、自然の真理を霊的な真理に対する正しい関係によって引き上げ、最終的に二つの真理をひとつの生きた思想に結びつけるために、何らかの思想を生み出す偶然の閃きが生じてさえくれればそれでいいのだ。なぜなら、唯一の神を志向するために創造された人間の知恵同様、真理はひとつだからである。[166]

ここでキレエフスキーは直言している。西欧哲学とロシア哲学を結びつける基礎となりうるのは、聖師父の愛智(現代的に言えば哲学)を発展させたものでしかないと。つまり、信仰と理性を結びつけるためには、自然の真理を霊的な真理によって支配させ、抽象的な言葉や概念にとどまっていた西欧哲学の成果に生命を吹き込むこと、つまり生気を与え、人間の創造力を解放することに他ならない。父祖の時代から養われた強固な信仰の基盤を持つロシア民族には、知恵に対する新たな自己意識としてこれを体系化する素質が備わっているとキレエフスキーは宣言するのである。

　このことを同時代の哲学者アレクセイ・ホミャコフは看破し、共感と理解を示していた。彼はキレエフスキーの遺稿の整理に携わった体験に基づいてこう書き残している。


　個々の覚書や論考という形で構想された種々の思想を、相互に関連させて結びつけなければならない哲学的な道筋を追跡することは困難である。だがここで言われていることは総じてただひとつ、つまり、正しい分別は霊的な全一性を要求すべきであり、異国のではなく低次の要素、換言すれば、己の存在の充満を信仰にのみ見出すための指標となる、理性と信仰との関係性をこそ認めるべきであるということである。この特性を持つ教義にしたがえば、それを厳格に貫くことが可能なのは教会においてのみであり、その雄弁な代表者がキレエフスキーであったということである。[167]

　キレエフスキーの言うとおり、聖師父の言葉自体はまだ哲学ではないものの、伝統的にロシア民族の精神に刻まれた聖なるものへの畏れと敬意は、知識の教養によって裏づけられるものではなく、具体的な教会生活を介して生活の一部となった独特の世界観によって直感されるものであった。このことを感じさせる以下のようなエピソードがオプチナの霊の父たるマカーリイ長老との書簡のやりとりの中にも見出される。

　折しも、オプチナ修道院では証聖者マクシモスの著作の翻訳の可否について議論が沸き起こっていた。[168]この作者の文章にはキレエフスキーの理解を超えた箇所がかなりあったようで、そのことで彼は長老に赦しを乞うているが、他方、フィラレート府主教はキレエフスキーを介して長老に、翻訳出版すべきものは「多少なりとも有益さが明らかなものだけに限定するように」[169]と助言していた。この助言を受けて、マカーリイもキレエフスキーにあまりにも難解な箇所の多いマクシモスの『百章』は取り上げない方針を告げていたのである。これに対して、キレエフスキーは以下のように応えている。

彼〔マクシモス〕の著作を理解するのが困難である主な理由は、霊的な高邁さにあると言うより、むしろ当時〔七世紀〕の哲学的な体系、とりわけ新プラトン主義者の心を占めていた言語形式にあるように思えるのです。わたしが不遜にも、意を鼓して、理解困難な箇所に哲学用語と古典学派の思想的言い回しを用いた説明を求めるよう提案することで、翻訳事業に関する助力を申し上げたのはそのような理由によるのです。神父様、しかしながら、本当のところ、わたしがそう考えるのは、文字通りの意味においてであり、霊的な意味においてではありませんので、ここで問題になっていることが後者の点であるとわかっていたならば、わたしがこの問題に関わりを持つことは敢えてしなかったでしょう。わたしは自分がこの後者の点について、しかも思想が不明瞭に表現されている箇所のみならず、それが例えば、福音書のように、子どもにもわかるような、簡単な言葉で語られている箇所についてさえも疎いことはよくわかっていますし、深く実感してもいます。つまり、自分には深い洞察を阻む不明箇所が絶えず見つかるのです。こうした場合は、絶えず神父様に説明を冀う以外に、この不明箇所を解決する方法はないのです。もっとも、同時に、神父様の説明を受けたところで、見るべき方向は示されるものの、見る目までは与えてくださらないと感じているくらいですから……神父様がお書きになったり、行動をもって解明してくださいました高邁な思弁的内容に関しましては、もし神父様でなければ、主はどなたに教えてくださるというのでしょうか。[170]

ここでキレエフスキーとマカーリイ長老の間にあるのは聖師父、証聖者マクシモスであるが、キレエフスキーがこの文献を理解するようになったのは、長老の解釈を介してであった。言うまでもなく、こうした言い方はキレエフスキーの信仰者としての深い謙遜に裏打ちされたものではあったが、哲学者として専門的知識を持つ彼と、むしろそうした知識が欠けていても、霊的な問題を聖書の概念を応用することで理解できる長老の関係は、補完的である以上に、ロシア知識人の理想的なタイプとなるべき、知的全一性の実現の可能性の一タイプと見なしうるものであった。少なくとも、キレエフスキーにはそう思われたはずである。

それから二か月ほどたった翌一八五五年の年頭に、マカーリイ長老はキレエフスキーに宛てて、自らの正教的世界観に基づく今後のロシア展望を吐露している。時はロシアがクリミア戦争敗北による大きな痛手を受けていた最中のことであった。

われわれ共通の願いと神への祈りによって、神が正教世界全体に災いと苦悩からの解放を賜られ、我らの祖国と全キリスト教国に平安と安寧とを降されんことを。神の手にかかればすべては可能とはいうものの、そのあらゆる慈愛と仁愛を以てしても、神の裁きはこの不従順で無慈悲な子ら〔ロシア人のこと〕に鉄拳制裁をくだす決定をなされたのです。なんとなれば、罰それ自体には、ここで仮の苦悩を与えることで、永遠の罰を免れしめんといった父親のような神の愛が働いているからです。もちろん、なかには真の分別に到達する者もあるでしょうが、真理の道から離れて不信と自由思想の（一語不明）奈落を彷徨うことによって、感覚や神の戒めや聖なる正教会を建立することへの蔑視へと逸れてしまう人もいるのです。ですが、人間の悔改や祈りは（二語不明）主から慈悲をねだり取るものです。旧約と新約聖書はこうした事例を数多く示してくれています。それに現代においても、神はわれわれを罰しながら、同時に憐れんでおられるのですよ。一八一二年の戦役にしても、われわれの軍事力によって撃破したのでしょうか？　神が厳寒を送られただけで、強者揃いの義勇軍でさえ持ち堪えられなかったではありませんか。そして今も、厳寒とは正反対に、暑くて湿気の多い天気が敵軍を弱らせ、セヴァストーポリは今にいたるまで奪われていません。それは人間の力ではなく、神の力によって覆い守られているからなのです。あらゆる武術も、術策も功を奏しませんでした。古老たちでさえ思い出せないほどの嵐を黒海に送りつけたのは誰だったのでしょうか？……これらすべてに力を貸したのは神の軍勢だったのです。その軍勢と勢力の規模を計算（一語不明）できる者がいるでしょうか！　その後も主は敵を撃破し、勝利を与え、敵の力が虚しく、無に等しいものであることを示す力を保っているのです。せめてわれわれだけは、悔改と己の改まり、それに祈りをもって神にすべてを委ねることをやめないようにしなければ。主は預言者を介してこう言われました、「我を見よ、されば我も爾を見ん」（マラキ書三章七）われわれ正教会の子がその教えの光と浄らかさを揺らぐことなく、不断に護り、神の戒めを実行するならば、西欧の偽りの教理の闇は、真の教理に対抗することができず、翳りを帯びた月は地平線から真っ逆さまに堕ちてしまうでしょう。……われわれも神の慈悲を俟《ま》ち望むことにしましょう。[171]

これら長老の言葉から明らかなのは、彼の祖国の安寧を願う愛国的理性は、完全に祈りと悔改によって神の意志に委ねることですべての問題を解決しようとする霊的な理性の広さに呑み込まれていることである。同様に、キレエフスキーの思想もオプチナの翻訳事業を通して霊父となったマカーリイ長老の影響のもと、ビザンツからロシアに導入される聖師父文献の内容に類似したもの、所謂正教会の護教論的な色彩を帯びるようになっていく。しかし、改めて強調しておくべきことは、彼はマカーリイのような長老になろうとしたのではなく、あくまでも哲学者としての己の能力を完成に導き、正教会の真理として理解していた理性の内的な上昇による神観の理想を、哲学用語を用いて表現することに終生力を尽くしたということである。この『断章』の末尾には、その資料として準備された、文字通り、この思想家の本質的イデアの断章が散りばめられている。それは、彼が志向する思惟の理想的概念の集積でもあったのである。

信仰する愛智（верующее любомудрие）は、聖師父の指摘するところを己の分別のための第一の証言と見なすようになる。これらの指摘が抽象的思惟によっては解明されえないとなれば尚更である。なぜならば、彼らによって表現される真理は、彼らによって内的経験と直接的経験から獲得されたものであるとともに、われわれの理性が下しうるような論理的結論としてではなく、目撃者が滞在した国についての情報としてわれわれに伝えられているからである。

もし信仰する愛智が知性の発するすべての問いに対して周到な回答を聖師父文献の中に見出すことができない場合は、彼らによって表現された真理と己の最高の信念に基づいて、これら二つの指摘（聖師父の内的な経験と直接的体験に基づく情報）を総動員して、知識以外の対象を理解するための直接的方法を探すことになる。いずれにせよ、信仰する理性の思惟の方法は信念を探索するか、もしくは抽象的な信念に依拠する理性とは区別されることになろう。根源的真理とは別に、この特殊性を形成することになるのは、理性が至高の眼力によって照らされた聖なる思想家たちから受け取ることになる素材であり、知恵が死せし真理を生けるものとして受け入れることを許容しない内的な全一性への志向性、そして真の信仰が永遠の神の真理を人間の意見もしくは民衆、もしくは時代の意見によって獲得されうるものから区別するための極端な廉恥心なのである。[172]

こうした思索の境地に達していたキレエフスキーにとって、未来のロシアが西欧人の陥っていた知恵の限界を打破する方法として、神の言葉によって現実を理解し、その様々な問題を解決するために、ビザンツや東方正教会における全一的知性の効能をロシアに導入することを可能ならしめるとすれば、それは聖師父文献の研究に他ならなかった。

烱眼さにおいて際立つ生きた長老が少なくなった近現代において、その役割を果たす聖師父文献の重要性を認めたパイーシイ長老の実感も、十八世紀においては、復興した修道院こそが西欧の名だたる大学にも匹敵する知識を有していたことを指摘したキレエフスキーの言葉も意味するところは同じだったのである。[173] こうした修道院に最も近い存在であったのが生きた信仰を持っていた民衆であった。だとすれば、素朴な民衆の信仰は無知の所産ではなかったばかりか、キレエフスキー自身が信仰する理性の代弁者でもあった広義のロシア民衆を自認していたように、彼の言う全一的知性の代弁者とは、教会を一種の学校と見なし、そこから多くの知識や叡智を汲み取って生きていた民衆ではなかっただろうか。

『断章』においても、彼は社会を構成する民衆とインテリゲンツィアを、信仰によって変容させる構想を少なからず抱いていたことを匂わせる箇所がある。「課題——社会の自己認識を構築すること。真の信念が益をもたらし、力を持つのは、それをひとつに合わせ持つときだけである。善の力は単独では成長しない」。[174] キレエフスキーによれば、神の人格と人間の人格との関係を自覚することが信仰の基盤である以上、その社会に固有の信仰のあり方は、信仰を自覚することによる個人の自己認識として社会の構成員には等しく共有されなければならない。つまるところ、信仰は限定的な意味における知識、概念、感覚、能力などを代表するものではなく、人間の全一性のすべてを包含することでしかない。それゆえ、「信仰する思惟の主な性質とは、霊《たましひ》の個々の部分をひとつの力に集約し、理性、意思、感覚、良心、美しきもの、驚くべきもの、望まれしもの、公平なるもの、慈愛に満ちたもの、そして知性の実態のすべてがひとつの生きた統一体に交わる存在の内的中心を探し出そうと志向する点にある。そうすることで、人間の本質的な個性は、原生的不可分状態において再生される」[175] という結論に達するのである。

キレエフスキーは中世における西欧哲学とキリスト教の関係を検証するなかで、この人間の本質的個性の再生を可能にするのが、知性の前提となる個々の思想の形式ではなく、思想の真の理解をもたらす意味であり、それが知的全一性に発するものであることを主張してきた。その意味の志向に力を費やしてきたのが他ならぬ正教会の歴史であり、それがその後の東西の哲学の歩みに修復しがたいほどの分裂を生み出したと考えていた。この点に関してもキレエフスキーはいみじくも『断章』の最後にこう書き残している。「最高度の真理を理解するために不可欠な条件としての知的全一性への志向は、つねにキリスト教的愛智（哲学）に固有の属性であった。それは聖使徒の時代から今日にいたるまで、愛智の持つ際立った特性であり続けている。しかし、西方教会の崩壊以降、それは専ら正教会の中にとどまっている。他のキリスト教宗派はその合法性を否定こそしないものの、それが神の真理を理解するために不可欠な条件とは見なしていないのだ」。[176]

キレエフスキーが人生とその存在の意味もこの部分に結びつけて、我々は誰もが「己の人生の方向性を信仰の根幹となる信念に結びつけ、それを主要な課業や、個々の特別の仕事に合致させる」べきであるし、それは不可欠なことであると考えたのはそのためであった。「あらゆる行為がひとつの志向の表現となり、個々の思想がひとつの礎を探し求め、一歩一歩の歩みがひとつの目的に導いていく」ためにもそれは必要なことであった。キレエフスキーの人生と思想の発展を結びつけて概観するならば、こうした探究の方向性はその前提条件にもなっていたのである。このことは、キレエフスキー自身が、「それなくして、人間の人生はいかなる意味も持たない」[177]と言っていることからも伺えることである。

そこからキレエフスキーは、信仰を人格化した存在でもあれば、人間の霊的活動の集合体としての役割を持つ教会の役割を個々のキリスト教徒と教会すべての充満《プレーローマ》〔原語はπλήρωμα、神の力の総体で、これは全宇宙として教会に体現されていると説明される〕との霊的な交流と呼んで、この世の社会とは次元の異なる独自の評価を与えようとしていることにも注目すべきであろう。

> キリスト教徒は全世界で自分の精神の自己意識の中で起こっている葛藤、光と影の間の葛藤、高度な調和や存在の全一性を志向することと、自然の不一致と分裂状態にとどまることの間の葛藤、……つまり贖罪と自由の行為と、原初的事柄の損なわれた秩序と暴力的な権力との間の葛藤が起こっていることを知っている。
> この意識の発達がいかに些細なものであれ、彼は己の霊《たましひ》の内的な構造の中で、自分一人が行動しているのでも、自分一人のために行動しているわけでもないことを知っている。つまり、彼は教会全体の、人類すべての共同事業を行なっていることを知っているのである。なぜなら、彼らのために贖罪はなされたのであるし、彼もその人類の一員だからである。彼は教会全体とともにあり、教会との生きた交流の中にあって初めて救われることができるのである。[178]

教会の充満《プレーローマ》に与ることによって、一人の信仰と贖罪の功が、神の意図する人類の共同事業に参画することになるという思想は、キレエフスキーの人類学的思想のさらなる展開を予想させるきわめて興味深いイデアの表出であるが、彼の死によって展開されずに終わったことは残念でならない。

結論

西欧哲学の枠組みの中に占める理性に関する考察に端を発し、ロシア民族の信仰する理性の思惟形態が救いをもたらす教会における共同事業に帰着することを示すことで、キレエフスキーの探求にも結論が見えてきたように思われる。このように人間救済に最終目的を置く霊的全一性の哲学の発展は、プラトンに始まる東西の哲学の協働的主題となることによって、聖師父文献において多層的に表現されるキリスト教的認識論として結実し、東方世界の中に広く認知されるようになったことが確認されるであろう。キレエフスキーが論じることになるこの主題の出典は、もちろん彼自身が青年期にドイツ観念論哲学の研究によって得られた知識を基盤としながらも、その後、オプチナでの翻訳活動に携わることで、数知れぬ未曾有の素材を吸収した結果得られたものであることはもはや疑いのないところである。正教会が信仰の完成形として提起する神の観照（神観）の概念を、キレエフスキーのように霊的理性の獲得といった哲学的概念の用語にとどめるか、研究者グヴォズジェフのように神秘主義的観照という宗教的術語で表現するかは自由であろうが、要はこれこそ信仰が理性を呑み込んだ挙句に得られる、人間の生来の感覚では形容しがたい境地であり、地上の理性によって説明される可視的な神＝人間（神人）の存在とは相容れぬ次元の法悦的環境なのである。

もちろん、哲学者であったキレエフスキーが、信仰者としてこの段階に達したとは考えられないが、彼が用いた、例えば、分別・判断（рассудочность）、理性的賢明さ（разумность）、（生来的という意味での）自然理性（естественный разум）といった用語が示している振幅性には、こうした彼の思考のプロセスがうかがわれる。これらはすべて神を認識するような高度な理性ではなく、認識の原初的段階（時にそれは悟性と考えることもできる）を意味していることは明らかである。同様に、「霊《たましひ》の全一性（цельность духа）」と表現されるものも、時には「心霊の全一性（цельность души）」もしくは「知恵の全一性（цельность ума）」と同義的に響くのである。だがいずれの場合も、グヴォズジェフに拠れば、これが意味するところは、「信仰の光に照らして、人間の認識能力を完全なる変容へと導くために知恵と心を保つ禁欲的修行」のことである。[179] 蛇足ながら、ここで注意を促したいことは、オプチナの長老を霊父とする信仰者たちやキレエフスキー夫妻に関しては言うまでもなく、当時スラヴ派の陣営に属していた思想家たちや聖師父文献の愛好家たちも、俗人でありながら、その多くがこうした修行に実際に手を染めていたということである。つまり、修道生活はもはや修道士の専売特許ではなく、一般のインテリゲンツィアや、ときには庶民や農夫ですらこれについての知識を持っていたという事実を認めるべきなのである。キレエフスキーが『断章』で書き残している以下の言葉は、他ならぬこのことを暗示しているように思われる。

ひとつのキリスト教の心霊の神秘における個々の道徳的勝利は、もはやキリスト教世界全体にとっての霊的勝利である。一人の人間の内部で創造された個々の霊的な力は、道徳的世界の諸力を目に見えぬ形で己に引きつけ、揺り動かすのである。なぜなら、肉体の世界において天上の灯火はいかなる物質的な仲介をも伴うことなく相互に引き寄せられるように、霊的な世界においても個々の霊的個性は、目に見える形で働きかけることなく、自らが道徳的高みに存在するだけで、人間の心霊に存する類似物すべてを取り出し、引き寄せるからである。しかし、物質世界において個々の存在は生きてはいても、他の存在を破壊することによってのみ支えられている。他方、霊的な世界においては、各々の個性の創造は万人を創造し、個々の個性は万人の生命を呼吸して生きているのだ。[180]

キレエフスキーというひとつの人格が、オプチナの長老たちによって出版された禁欲主義的修行者たちの経験と伝統を受け入れ、その中から東方正教会の中で紡ぎ出された糸のような祈りの手法を引き出した。この具体的かつ実践的に神と交わる方法が見出されなかったならば、彼の思惟の試みも、抽象的な概念に終わっていたであろうし、その意味では、祈りの場として歴史から消滅したことのない教会の力と役割についても、いくら強調してもしすぎることはないだろう。なぜなら、「この動的な生命を賜う力は理性を前提とする思想から生まれたものではなく、理性の最も内なる状態から発して思想へと発展したもの[181]」だからである。

聖書を抽象的概念として解釈・理解するのみならず、その実践と生活への適応を通じて「祈りと教会」の意味を格段に高めることに正教会の真の意味を見出したキレエフスキーの思想は、一方では中世起源の反スコラ主義的な主張としてビザンツの聖師父の瞑想的修行（静寂主義に遡る）と関連づけられることが多いが、自らオプチナの長老の指導のもとで祈りの手法にまで介入し、自らの「信仰する理性」の最終的目的を「神観」に繋げた彼の、正教会の祈りの場としての教会の役割に寄せる期待の大きさは、その後のスラヴ派はもちろん、十九世紀ロシアのインテリゲンツィアにおける静寂主義の復活への機運を生み出す契機になったと言っても過言ではないだろう。それはグヴォズジェフの言う、「〝聖師父の教義〟〝キリスト教的愛智〟〝霊的な全一性に基礎を置く啓蒙〟について語るとき、この哲学者〔キレエフスキー〕が念頭に置いていたのはこの伝統であったし、その内容は知恵の祈り、その目的は神化と霊的な観照〔神観〕であった」[182]とほぼ同義である。

もちろんこれ自体が的確な指摘であることに間違いはないが、この神秘主義的伝統をより確固たるものとして認識させるためには、やはりロシアの修道制にも決定的な影響を与えた静寂主義の役割と意義を評価すべきであろう。歴史的にみて、ロシアに神秘主義的な世界観を最初にもたらしたのは、西欧の文芸復興前の十四世紀に正教会の修道院で始まった神化運動であったことはすでに述べた。それはトマス・ア・ケンピスの人間の神への反逆といったカトリシズムの思想がロシアに導入される前のことであったが[183]、当時のロシア教会には人間精神に対する関心の高まりに呼応するかのように、内的生活の価値、さらに個人的体験やその超越の可能性に対する関心が起こっていた。なかでも、最も複雑な問題を投げかけたのが静寂主義であった。この静寂主義は、直接的には内面的な集中と沈黙の行を指すが、これはビザンツ時代にパラマスの聖グレゴリウス等によって発展させられた一種の祈りの手法を意味しており、その後ロシアの修道制にも浸透し、とりわけ翻訳文献として様々な記述が残されていることはよく知られている。いうまでもなく、その一大中心地となったのがセルギイ大修道院であった。こうして静寂主義は人間の霊的な生活と、人間の霊の働きに対する関心を深め、その理解の内容を格段に豊かにしたのである。そのおかげで、人間の情動的と同時に道徳的領域は親密さの度合いを高め、それが人間と神とのより密接な交流関係を夢想することを可能ならしめたのである。

だが、すでに見てきたように、キレエフスキーはオプチナの聖師父文献の翻訳出版活動に従事した頃から、明らかに、静寂主義よりもパイーシイ・ヴェリチコフスキーの翻訳技術により傾倒していた。彼はその翻訳に所謂「パイーシイ的体系」と言うべき独特の様式を嗅ぎ取っていた。すなわち、それは聖師父の翻訳において、彼の使用する言葉が、時に形式上のぎこちなさを露呈することはあったものの、静寂主義の中心的概念でもあるイイススの祈りの意義に関しては、粉飾を排した直言的で、その根本的意義を「霊的な功における心と知恵の一体化」と定義づけたことに起因していたと考えられるからである。そもそも用語法に関しても、キレエフスキーが理解した聖師父の用いる「理性」の概念が、パイーシイの用語法の影響を受けていたことは疑いないものと思われる。同様に、「分別」の意味で「理性（разум）」を用いるのも、パイーシイ自身が上位と下位の範疇に分かれる「認識」の概念を「理性」と称していたことの影響と言えるかもしれない。

概して、キレエフスキーの「全一性」の概念は、西欧哲学のような抽象的に演繹されて生まれた具象性のない概念ではなく、キリスト教徒の心と知恵の合一を前提とする有機体としての人間活動の総称でもあったのである。その意味で、彼の思惟は血の通わぬ抽象的概念ではなく、人間学的な適用範囲の広さを有していたように思われる。それは正教徒としての歴史的自己同一性の意識から、民族全体の運命の啓示にいたるまで、その成否はこの一個人の人格の救済に依拠されるものでなければ、ロシアの教会活動そのものも正当化されえないものと感じていたことに通じ合っている。キレエフスキーのこうした特性も、オプチナの霊父マカーリイ長老の人間観を受け継いだとしか考えられない。なぜなら、長老は心の働きこそが、人間のすべての能力の中心であるという独自の信念によって支えられていたからである。『断章』から引用したキレエフスキーの特徴的な言葉「なぜなら、人間それはすなわちその信仰である」[184]を最後に今一度想起しておきたい。信仰は心の働きに由来しているが、それは同時に神を受け入れる器としての役割を担っていることが前提となって初めて意味をなすものなのである。

注

1　これは神学的概念を表すロシア語の用語に関しても、パイーシイ・ヴェリチコフスキー長老のスラヴ語の翻訳を使用すべきとの主張に現れている。キレエフスキーがマカーリイ長老に行なった提言もこの点に力点が置かれていた。「このようにして我々にはスラヴとギリシャの霊的な著述家たちの霊的な言語に合致する正しい哲学的言語が確立されることになるのです」という言葉は、聖師父文献の翻訳に際してキレエフスキーが一貫して堅持した信念である。См.: Переписка И.В. Киреевского и преподобного Макария, старца Оптиной пустыни. 30-е письмо от 21 августа 1852 г. В кн.: Киреевский И.В. Разум на пути к истине. М., 2002. С. 331.

2　第九章の注91を参照。См.: Летопись скита во имя святого Иоанна Предтечи и крестителя Господня, находящегося при Козельской Введенской Оптиной пустыни. Август 1845 г. Т. 1. М., 2008, С. 105. (РО РГБ. Ф. 214. Оп. 360. Л. 59)

3　Иеросхимонах Макарий. Собрание писем. М., 1862. Т. 6. Письма к мирским особам. Письмо No. 306. С. 567.

4　Фудель С. И. Оптинское издание аскетической литературы и семейство Киреевских. В кн.: ПСС 3-х тт. М., 2005. Т.3. С. 258.

5　РО РГБ. Ф. 214. No. 384. Л. 65. Цитата по кн. С.И. Фуделя. Там же.

6　См.: Переписка И.В. Киреевского и преподобного Макария (Иванова), старца оптиной пустыни. 81-е письмо от 22 марта 1855 г. В кн.: Разум на пути к истине. М., 2002. С. 395-396.

7　Иеромонах Ераст (Выгропский). Историческое описание Козельской Оптиной Пустыни и Предтечева скита (Калужской губернии). Изд. Свято-Введенской Оптиной Пустыни. 2000. С. 123-124.

8　Письмо И.В. Киреевского к А.И. Кошелеву от 10 июля 1851 г. В кн.: ПСС в 2-х тт. М., 1911. Т.2. С. 257.

9　因みに、セルゲイ・フーデリのリストは十五点を数えている。オプチナの古文書にキレエフスキーが関与した形跡のない『ザドンスクのゲオルギイの書簡』（原典がロシア語）は拙稿では数に加えず、ニケフォロス・テオトキスの『四つの啓蒙的言葉』に関しては、ノヴォスパスク修道院のナターリア・ペトローヴナの霊父フィラレートから渡された手稿の中に含まれていたことから拙稿では数に加えるといった数の取り扱いに若干の相違が生じたためである。しかしその他の相違については、キレエフスキーの事業への関与の程度や、スラヴ語版からロシア語版に翻訳再版されたものを数えるか否かによって生じた誤差であり、基本的には拙稿で掲げた書名が基本的なものであると見なして差し支えないと思う。

10 Летопись скита во имя святого Иоанна Предтечи и крестителя Господня, находящегося при Козельской Введенской Оптиной пустыни. 20 Июня 1856 г. Т. 1. М., 2008, С. 378. (РО РГБ. Ф. 214. Оп. 361. Л. 318-318 об.)

11 См.: Гвоздев А.В. Святоотеческие корни Антропологии и гносеологии И.В. Киреевского. В журн.: «Вестник ПСТГУ. I. Богословие. Философия». 2006. Вып. 15. С. 144. この「浮遊」「飛翔」といった概念はイサアク特有の言い回しをパイーシイが訳したもので、哲学用語としての定訳はないため、暫定的にこのように訳しておいた。

12 Святого отца нашего Исаака Сирина, епископа бывшого Ниневийского, слова духовно подвижнические. М., 1854. С. 12.

13 Там же. С. 3.

14 Там же. С. 6.

15 Гвоздев А.В. Святоотеческие корни.... В журн.: «Вестник ПСТГУ. I. Богословие. Философия». 2006. Вып. 15. С. 144.

16 Киреевский И.В. О характере просвещения Европы и о его отношении к просвещению России. В кн.: Киреевский И.В. Полное собрание сочинений. Т.1, М., 1911. С. 303.

17 Проподобных отцев Варсануфия Великого и Иоанна руководство к духовной жизни, в ответах на вопрошения учеников. М., 1852. Отв. 91. С.73. [Репринт]

18 Святого отца нашего Исаака Сирина, … М., 1854. С. 26.

19 Там же. С. 190.

20 Проподобных отцев Варсануфия Великого и Иоанна…. М., 1852. Отв. 669. С. 456.

21 Житие и писания молдавского старца Паисия Величковского. М., 1847. С. 75.

22 Там же. С. 93.

23 Там же. С. 206.

24 Гвоздев А.В. Святоотеческие корни....С. 147.

25 Житие и писания молдавского старца Паисия Величковского. М., 1847. С. 198-199.

26 第九章の注の192を参照せよ。

27　Душеполезные поучения преподобного Макария оптинского. Сост. Архимандрит Иоанн (Захарченко). М., Изд. Введенской Оптиной пустыни. 1997. С. 313-314.

28　キレエフスキー自身が若い頃は、長老制や祈りの効用について懐疑的だったことは、伝記的事実として知られているし、何よりも、喫煙とチェスといった罪から癒されたほか、家庭内で頭痛の種となっていた息子の学校での非行と不勉強に関しても、マカーリイ長老の指導と祈りによって、徐々に改善へと向かったことは一家の生活に大きな救いをもたらした。

29　Преподобных отцев Варсануфия Великого и Иоанна. Руководство к духовной жизни в ответах на вопрошения учеников. 1852. М., Издание Козельской Введенской Оптиной Пустыни. Отв. 266. С.220./ Изд. 4-е. Отв. 264. С. 200. СПб., 1905 [Репринт. М., 1993]. ここからは版と問答番号の齟齬による混乱を回避するために、オプチナ版（前者）と第4版アカデミー版（後者）を対比して提起する。オプチナ版は再版されていないが、アカデミー版は二〇一三年の最新版まで版を重ねていることを注記しておく。

30　Святого отца нашего Исаака Сирина, епископа бывшего ниневийского, Слова духовно-подвижническия, переведенныя с греческого Старцем Паисием Величковским. М., 1854. Изд. Козельской Введенской Оптиной Пустыни. С. 357.

31　Преподобных отцев Варсануфия Великого и Иоанна Руководство… Отв. 234. С. 192-193. / Изд. 4-е. Отв. 234. С. 176. СПб., 1905.

32　Там же, Отв. 284. С. 228. / Изд. 4-е. Отв. 283. С. 209. СПб., 1905.

33　Житие и писания молдавского старца Паисия Величковского. Наставление о. Александра к отцу Моисею от 18 января 1824 г. М., 1847. С. 292. [Репринт]

34　Преподобных отцев Варсануфия Великого и Иоанна Руководство… Отв. 421. С. 305. / Изд. 4-е. Отв. 421. С. 282. СПб., 1905.

35　注31を参照せよ。

36　Собрание писем блаженныя памяти оптинского старца Макария в 6 томах, насельником Троице-Сергиевой лавры архимандритом Иоанном (Захарченко). М., 1862. Т. 1. С. 343. [Репринт]

37　Преподобных отцев Варсануфия и Иоанна Руководство… Отв. 39. С. 31. / Изд. 4-е. Отв. 39. С. 28. СПб., 1905.

38　Там же. Отв. 428. С. 308. / Изд. 4-е. Отв. 426. С. 284. СПб., 1905.

39　См.: Там же. Отв.510, С. 355. / Изд. 4-е. Отв. 508. С. 329. СПб., 1905.

40　注37を参照。

41　Преподобный Никодим Святогорец. Невидимая брань. (Перевод на рус. яз. епископа Феофана Затворника). М., 1892 [Репринт]. С. 207.

42　Там же. С. 208-209.

43　注38を参照せよ。

44　Киреевский И.В. Записка о направлении и методах первоначального образования и тем обстоятельствам, в которых находится обучаемый класс. В кн.: Критика и эстетика. М., 1998. С. 422.

45　Житие и писания молдавского старца Паисия Величковского. М., 1847. С.229.

46　Протоиерей Сергий (Четвериков). Учение старца Паисия об Иисусовой молитве, умом в сердце совершаемой. В кн.: Умное делание. О молитве Иисусовой. Изд. Свято-Троицкой Сергиевой Лавры. 1992. С. 239.

47　Там же. ここには編著者セルゲイ・チェトヴェリコフによって、パイーシイがその祈りの手本とした階梯者イオアンネスの『階梯』から引用したものであるとの注釈が施されている。

48　ロシア語の『フィロカリア（Добротолюбие）』には、この方法に関する叙述が完全に欠落しているが、このことは外的な祈りの技術が当時すでに祈りの本質とは見なされていなかったことを物語っている。

49　Протоиерей Сергий (Четвериков). Учение старца Паисия об Иисусовой молитве, умом в сердце совершаемой. В кн.: Умное делание…. С. 240.

50　Епископ Феофан затворник. Письма о духовной жизни. М., 1897. [Репринт] С. 179-180.

51　Житие и писания молдавского старца Паисия Величковского. М., 1847. С. 298.

52　Преподобных отцев Варсануфия Великого и Иоанна Руководство… Отв. 429. С. 308. / Изд. 4-е. Отв. 427. С. 285. СПб., 1905.

53　Епископ Игнатий (Брянчанинов). Советы относительно душевного иноческого делания. В кн.: Стятетель Игнатий Брянчанинов. Приношение современному монашеству. Т. 5. Изд. 30-е. М., 1993 г. С. 115-116.

54　この神《しん》＝дух とは、聖三者の第三位格である聖神《せいしん》＝ Святый Дух の意味もあるが、同時に、聖人ではない信仰者が祈りや機密を通して神より受ける神《しん》（霊）のことを、あえて神《かみ》と区別するために、亜使徒聖ニコライが新約聖書を翻訳する際に考案したものである。

55　ここでは霊的な意味における「知識」（物質的な意味における знание とは異なる）から発した概念であり、ハリスティアニンにとって知恵と心の協働《シネルギア》によって神を知ること、さらには神と一体化することを意味している。西欧哲学にそれに相当する概念を求めるならば、この「観照（созерцание）」に近いとされる。パイーシイ・ヴェリチコフスキーが具体的に何をもってこれを定義したかに関しては後述する。

56　Епископ Феофан затворник. Толкование послания св. Апостола к Ефесянам. М., 1893 [Репринт]. С. 407.

57　Там же. С. 406.

58　Там же. С. 407.

59　Переписка И.В. Киреевского и преподобного Макария (Иванова), старца Оптиной пустыни. Письмо 81-е от 22 марта 1855 г. В кн.: Разум на пути к истине. М., 2002. С. 396-397.

60　Преподобных отцев Варсануфия Великого и Иоанна Руководство… Отв. 546. С. 374. / Изд. 4-е. Отв. 544. С. 346. СПб., 1905.

61　Там же. Вопр. 613. С. 420. / Изд. 4-е. Вопр. 611. С. 388. СПб., 1905.

62　Там же. Отв. 613. С. 421. / Изд. 4-е. Отв. 611. С. 390. СПб., 1905.

63　Киреевский И.В. О необходимости и возможности новых начал для философии. В кн.: ПСС в двух томах. М., 1911. Т. 1. С. 247.

64　Там же. С. 248.

65　Там же. С. 249. 大バルサヌフィオスの言葉に対するキレエフスキーの解釈（注59）をも参照。

66　Там же. С. 250-251.

67　Киреевский И.В. Отрывки. В кн.: ПСС в двух томах. М., 1911. Т. 1. С. 274-275.

68　Паисий Величковский. Блаженныя памяти отца нашего старца Паисия. Главы о умной молитве. Глава 2. В кн.: Житие и писание молдавского старца Паисия Величковского. М., 1847. С. 181-182.

69　Там же. С. 182.

70 Там же.

71 Там же. С. 183.

72 Там же.

73 Там же.

74 Там же, С. 184.

75 Там же. С. 185-187.

76 См.: Сказания о земной жизни пресвятой Богородицы Марии. М., 1904. 生神女マリアについて、この進堂祭以外に福音書に記載された情報と言えば、自身の懐胎と（C.68-85.）、懐胎したエリザヴェータを見舞ったエピソード（C.85-94.）、幼子イイススを連れてエジプトに避難した時期（C. 130-144.）、それに青年イイススが両親から離れてエルサレムの神殿に入り、学士らと議論したエピソード(C. 140-150.)くらいしか具体的なイメージをともなったものはない。それ以外の情報は、ほとんどが生神女マリア伝承(外典など)に起源をもつものとされる。

77 См.: Благодатния Богоматери роду христианскому чрез святые иконы. СПб., 1905.

78 Иеромонах Никифор Феотоки. Четыре слова огласительные к монахие на день, в который она облеклась в ангельский образ, сочиненные и говоренные 1766 года иеромонахом Никифором Феотокием. М., 1848. С. 6.

79 Предание о жительстве скитском преподобного отца нашего Нила Сорского. М., 1997 [Репринт церковно-славянского изд. 1852 г.] С. 92-93.

80 Там же. С. 95.

81 См.: Новиков Н.М. Путь умного делания. Молитва Иисусова. Опыт двух тысячелетий. Т. 3. М., 2008. С. 680-681. この静寂主義の記述に際しては、ニコライ・ノヴィコフ編著の『知恵のいとなみの歩み』第三巻の該当頁を参照し、内容を要約した。ノヴィコフによれば、中世正教思想の核心に触れるこの神秘的・禁欲主義的祈りの教理は概ね以下の宗教家たちによって受け継がれたとされる。新神学者シュメオーン、修道士ニケフォロス、シナイ人グレゴリウス、パラマスの聖グレゴリウス、イグナーチイ・ブリャンチャニノーフ、ニケフォロス・カリストス・クサントプルス、ニコラオス・カバシラス、ソラのニール、ポリャノメルリのワシーリイ等々である。

82 Житие и подвиги отца нашего старца Паисия, Архимандрита Молдавских святых монастырей Нямецкого и Секула, В кн.: Житие и писания молдавского старца Паисия Величковского. М., 1847. С. 64.

83 注59を参照。

84 Киреевский И.В. О необходимости и возможности новых начал для философии. В кн.: ПСС. М., 1911. Т. 1. С. 249.

85 Там же. С. 250.

86 Там же. С. 249. 注66を参照。

87 Там же. С. 252.

88 Там же. С. 254.

89 セルギイ大修道院に置かれていたアカデミア（神学大学）の名にちなんで、アカデミー版と呼ばれることもある。

90 Филарет (Дроздов), митрополит Московский. (1782-1867). 一八二六～一八六七年にモスクワの府主教として、ロシア正教会の指導的立場を担った。なかでもロシア聖書協会の事実上の総裁として、ギリシャ語から教会スラヴ語訳、さらに一般信徒の便宜に供する目的で現代ロシア語訳を進めるべく指導した。この経験に基づいて書かれた『教理問答書（Катехизис）』は代表作の一つであり、現在まで正教教育機関にて使用されている。オプチナ修道院の聖師父翻訳の企図についても、率先して行うべく祝福を与え、オプチナの歴代長老による訳業をきわめて高く評価したほか、多くの訳文に目を通して、コメントを与えたことで知られている。

91 Переписка И.В. Киреевского и преподобного Макария (Иванова), старца Оптиной пустыни. Письмо 25-е от 6 августа 1852 г. В кн.: Разум на пути к истине. М., 2002. С. 322.

92 Там же. Письмо 27-е от 8 августа 1852 г. С. 324.

93 Там же. Письмо 28-е от 12 августа 1852 г. С. 325-326.

94 Там же. С. 326.

95 Там же. Письмо 31- е от 26 августа 1852 г. С. 333.

96 Гвоздев А. В. Святоотеческие корни антропологии и гносеологии И.В. Киреевского. В журн.: Вестник ПСТГУ I. М., 2006. С. 155.

97 Киреевский И.В. О характере просвещения Европы и его отношении к просвещению России. В кн.: ПСС в двух томах. М., 1911. Т.1, С. 194-195.

98 Киреевский И.В. О необходимости и возможности новых начал для философии. В кн.: ПСС в двух томах. М., 1911. Т. 1. С. 249.

99 Святого отца нашего Исаака Сирина, епископа бывшого Ниневийского, слова духовно подвижнические. М. (Оптина пустынь), 1854. С. 124. / Творения иже во святых отца нашего Аввы Исаака Сириянина, подвижника и отшельника. Сергиев Посад. 1911. С. 161. （シリアの聖イサアクの引用を行う際には、比較の便宜を鑑み、オプチナ版（前者）とセルギイ大修道院の所謂アカデミー版（後者）とを併記することを断っておく）

100 Святого отца нашего Исаака Сирина, епископа бывшого Ниневийского, слова духовно подвижнические. М. (Оптина пустынь), 1854. 25-е Слово. С. 134. / Творения иже во святых отца нашего Аввы Исаака Сириянина, подвижника и отшельника. Сергиев Посад. 1911. С. 173-174.

101 Там же. / Творения иже во святых отца нашего Аввы Исаака Сириянина, подвижника и отшельника. Сергиев Посад. 1911. С. 174.

102 注65を参照。

103 Святого отца нашего Исаака Сирина, епископа бывшого Ниневийского, слова духовно подвижнические. М. (Оптина пустынь), С. 134-135. / Творения иже во святых отца нашего Аввы Исаака Сириянина, подвижника и отшельника. Сергиев Посад. 1911. С. 174.

104 Творения святого отца нашего Иоанна Златоуста, архиепископа Константинопольского в русском переводе. Т. 2, кн. 2. Второе слово о молитве. СПб., 1896. С. 842-843.

105 注50で階梯者イオアンネスの言葉をまとめた隠修士フェオファンの文献から引用してあるが、原著『階梯（Лествица）』においてイオアンネスは、祈りの方法を以下のように記述している、「ある者は深い沈黙の中に過ごすことで（в глубине безмолвия）、欲を減らすようにした。またある者は聖詠を歌い、またある者は忍耐を以て（知恵の）祈りを実践し、またある者は観照（видение）に着手するのである」（二十七章三三）Преподобный Иоанн, игумен Синайской горы Лествица. М., 2002. С. 271.

106 См.: Симеон Новый Богослов. Слово о трех образах молитвы. В кн.: Добротолюбие. Т. 5. Дополнение. С. 500-508. シュメオーンも祈りの三つの方法を、一）天を見上げて、手を掲げ、知恵を天に向かわせようと努め、神の知恵（νοῦς）を集中させて霊が神を欲す

るように仕向けるも、こうした外的な祈りは悪魔に囚われてしまう。二）知恵をすべての感覚から離して、監視を強め、意想を抑えるが、徳を行使する機会を見出せずに、結局闇に覆われてしまう。三）心配事をすべて霊的神父に素直に委ねる。そして一）と二）が躓きの始まりであり、三）以外は救いに繋がらないと結論づけている。つまり、以下の三つのことを守らなければならない。それは一）あらゆる物事に関する心配事をなくすこと（これは意想の死とも言われる）。二）あらゆることにおける良心を潔きに守ること。三）この世の世事に囚われることのないように、いかなる慾をも抱かないこと。

107 См. Блаженныя памяти отца нашего Старца Паисия Главы о умней молитве. Гл. 2. В кн.: Житие и Писания молдавского старца Паисия Величковского. М., 1847. С. 187-188.

108 Там же. С. 189.

109 Там же.

110 Там же. С. 190.

111 Преподобный Симеон новый Богослов. Творения. Т. 2. Слово шестьдесят восьмое. М., 1890. С. 179-186.

112 第九章の注154と155を参照せよ。

113 注29と34を参照せよ。

114 Святого отца нашего Исаака Сирина, епископа бывшего Ниневийского, слова духовно подвижнические. М. (Оптина пустынь), С. 141. / Творения иже во святых отца нашего Аввы Исаака Сириянина, подвижника и отшельника. Сергиев Посад. 1911. С. 182-183. シリアの聖イサアクの著作の引用についても、用語法の違いを比較できるように、オプチナ修道院の出版（前者）とセルギイ大修道院（アカデミー）版（後者）を対置してある。

115 Киреевский И.В. Обозрение современной литературы (1845). В кн.: ПСС. 1911, М., С. 126.

116 Там же.

117 Киреевский И.В. О необходимости и возможности новых начал для философии. В кн.: ПСС в двух томах. М., 1911. Т. 1. С. 259.

118 Там же. これは明らかにキレエフスキーがシェリングを念頭に置いて書いたものである。キレエフスキーに拠れば、シェリングは自立的思惟の有限性と伝統の中に保持されている神的啓示の必要性とともに、至高の合理性にして認識の本質的動因たる生きた信仰を手に入れる必要性を痛感したことで、最終的にキリスト教に回帰したとするが、それは同時に、おのが合理的自己意識を深く正確に発展させようと努めた結果でもあると見なしていたからである。換言すれば、これは人間理性の認識可能性の限界をいずこに設けるかは、人間の神への関係性に依存していると読みなおすことができるであろう。

119 注91を参照。こうした観点は、マトフェイ福音の「此の類〔癲癇をもたらす悪鬼を追い出すこと〕に至りては、祈禱と斎に由らざれば出でざるなり」（十七章一四～二一）を彷彿とさせる。

120 Святого отца нашего Исаака Сирина, епископа бывшего Ниневийского, слова духовно подвижнические. С. 144. / Творения иже во святых отца нашего Аввы Исаака Сириянина, подвижника и отшельника. Сергиев Посад. 1911. С. 186.

121 Там же. М. (Оптина пустынь), С. 145. / Там же. Сергиев Посад. С. 187-188.

122 Там же. М. (Оптина пустынь), С. 146. / Там же. Сергиева Посад. С. 188.

123 Там же. / Там же.

124 Там же. М. (Оптина пустынь), С. 146. / Там же. Сергиев Посад. С. 188-189.

125 Там же. М. (Оптина пустынь), С. 147. / Там же. Сергиев Посад. С. 189.

126 Киреевский И.В. О необходимости и возможности новых начал для философии. В кн.: ПСС в двух томах. М., 1911. Т. 1. С. 257.

127 Святого отца нашего Исаака Сирина, епископа бывшего Ниневийского, слова духовно подвижнические. С. 443. / Творения иже во святых отца нашего Аввы Исаака Сириянина, подвижника и отшельника. Сергиев Посад. 1911. С. 571-572.

128 Там же. М. (Оптина пустынь), С. 149. / Там же. Сергиев Посад. С. 193.

129 Киреевский И.В. О необходимости и возможности новых начал для философии. В кн.: ПСС в двух томах. М., 1911. Т. 1. С. 259.

130 Там же. С. 261.

131 Там же. С. 262.

132 Там же.

133 Там же. С. 263.

134 Святого отца нашего Исаака Сирина, епископа бывшего Ниневийского, слова духовно подвижнические. С. 186. / Творения иже во

святых отца нашего Аввы Исаака Сириянина, подвижника и отшельника. Сергиев Посад. 1911. С.240-241.

135 Киреевский И.В. О необходимости и возможности новых начал для философии. В кн.: ПСС в двух томах. М., 1911. Т. 1. С. 264.

136 Там же. С. 254.

137 Там же.

138 Святого отца нашего Исаака Сирина, епископа бывшего Ниневийского, слова духовно подвижнические. С. 453. / Творения иже во святых отца нашего Аввы Исаака Сириянина, подвижника и отшельника. Сергиев Посад. 1911. С. 584.

139 注80に示したグレゴリウス・パラマスの所説の引用を参照。

140 Святого отца нашего Исаака Сирина, епископа бывшего Ниневийского, слова духовно подвижнические. С. 293. / Творения иже во святых отца нашего Аввы Исаака Сириянина, подвижника и отшельника. Сергиев Посад. 1911. С. 375-376.

141 Там же. М. (Оптина пустынь), С. 294-295. / Там же. Сергиев Посад. 1911. С. 377-378.

142 Там же. М. (Оптина пустынь), С. 139. / Там же. Сергиев Посад. 1911. С. 179-180.

143 Там же. / Там же. С. 180.

144 Там же. М. (Оптина пустынь). С. 140. / Там же. Сергиев Посад. С. 180-181.

145 Киреевский И.В. О необходимости и возможности новых начал для философии. В кн.: ПСС в двух томах. М., 1911. Т. 1. С. 250-251.

146 Там же. С. 247.

147 Там же. С. 248.

148 Гвоздев А.В. Святоотеческие корни антропологии и гносеологии И.В. Киреевского. В журн.: Вестник ПСТГУ I. М., 2006. С. 164.

149 Киреевский И.В. О характере просвещения Европы и его отношении к просвещению России. В кн.: ПСС в двух томах. М., 1911. Т. 1. С. 199.

150 Святитель Игнатий Брянчанинов. Приношение современному монашеству. В кн.: Собрание сочинений. Т. 5. М., 1993 [Репринт]. С. 114-115.

151 Протоиерей Сергий Четвериков. Учение Старца Паисия об Иисусовой молитве, умом в сердце совершаемой. В кн.: Умное делание о

молитве Иисусовой. Сборник поучений Святых Отцов и опытных ея делателей. Изд. Свято-Троицкой Сергиевой Лавры. 1992. С. 239.

152 1) О характере просвещения Европы и о его отношении к просвещению России. (1852) ; 2) О необходимости и возможности новых начал для философии. (1856)

153 Киреевский И.В. Отрывки. В кн.: ПСС в двух томах. М., 1911. Т. 1. С. 265.

154 Там же.

155 Там же. С. 266.

156 Там же. С. 267.

157 Там же.

158 Там же. С. 268.

159 Там же.

160 Там же. С. 269.

161 Там же.

162 Там же. С. 270.

163 Там же.

164 注の65にも引用された、「思惟と信仰との共感的一致」を志向する目的の実現がここに掲げられていると見なしうる。『哲学の新しい原理……』においても、正教徒の思惟に見られる二重の働きが、「知力の発展を高めながら、理性を信仰に共感しうるような水準にまで高める」ことと述べられているが、この理性の働きがここでは「愛智」という言葉に置き換えられている他はまったく同一の思想が述べられている。См.: Киреевский И.В. ПСС. Т. 1, С. 252.

165 Киреевский И.В. О характере просвещения Европы и о его отношении к просвещению России. В кн.: ПСС в двух томах. М., 1911, Т.1, С. 214.

166 Киреевский И.В. Отрывки. В кн.: ПСС в двух томах. М., 1911. Т. 1, С. 270-272.

167 Хомяков А.С. По поводу отрывков, найденных в бумагах И.В. Киреевского. В кн.: ПСС. М., 1861. Т. 1. С. 263.

168　本書七八四頁のマクシモス著『天主経講釈……』を参照せよ。結局、この難解な『百章』は今回のオプチナの翻訳文献から外されることになった。

169　Письмо иеромонаха Макария к И.В. Киревсакому от 9 ноября 1854 г.. В кн.: Иван Васильевич Киреевский. Разум на пути к истине. М., 2002. С. 386.

170　Письмо И.В. Киреевского к иеромонаху Макарию от 13 ноября 1854 г. В кн.: там же. С. 387-389.

171　Письмо иеромонаха Макария к И.В. Киреевскому от 4 ге(я)нваря 1855 г.. В кн.: Там же. С. 392-393.

172　Киреевский И.В. Отрывки. В кн.: ПСС в двух томах. М., 1911. Т. 1. С. 272-273.

173　第九章の注25を参照。

174　Киреевский И.В. Отрывки. В кн.: ПСС в двух томах. М., 1911. Т. 1, С. 273.

175　Там же. С. 275.

176　Там же.

177　Там же. С. 276. 第九章の注45を参照せよ。

178　Там же. С. 277.

179　Гвоздев А.В. Святоотеческие корни антропологии и гносеологии И.В. Киреевского. В журн.: Вестник ПСТГУ I. М., 2006. С. 165.

180　Киреевский И.В. Отрывки. В кн.: ПСС в двух томах. М., 1911. Т. 1, С. 277-278.

181　Киреевский И.В. О необходимости и возможности новых начал для философии. В кн.: ПСС в двух томах. М., 1911. Т. 1. С. 263.

182　Гвоздев А.В. Святоотеческие корни антропологии и гносеологии И.В. Киреевского. В журн.: Вестник ПСТГУ I. М., 2006. С. 165-166.

183　См.: там же. С. 227. キレエフスキーに拠れば、トマスのような思想が生まれた原因は、理性のヒエラルヒーが神的啓示を踏み越えた結果であったと理解されてきたことを想起しておきたい。つまり、教会の伝統と完全性とは無縁なヒエラルヒーに神的真理の至高の判定権を委ねたため、使徒とその後の公会議による純粋な教義が踏みにじられたと正教会は解釈しているのである。

184　注の45と150を参照。

おわりに

改めて強調するまでもないが、キリスト教の最大の喜びは、死者の復活（パスハ）である。この死者の中には、肉体のみならず、罪によって死を通過した霊の更生という意味も含まれる。つまり、復活（パスハ）には常に肉体の死のみならず、霊の死もが前提として含意されていることを忘れてはならない。我々はこの地上に増幅しつつある死の苦しみを舐めながら、与えられた生を最後まで生きぬこうとしているのだ。したがって、ハリストスを信仰し、その教えに従うことによって、我々が得られるのは、日々罪に陥ることで穢されている霊を絶えず浄め守ること、つまり霊の復活を体験することに他ならない。この世でいかなる苦渋を味わえども、世の終わりまで倦むことなく信仰を持ち続け、神との交わりを継続させることこそが、主の再臨に際して、肉体をも伴った霊の救い、すなわち天国の聘質を得ることに繋がるからである。

こうしたことはハリスティアニンであれば誰もが日々意識していることであるが、オプチナの長老たちが書簡を通して教えていることも、究極的には、日常生活の中で多くの謙遜と比喩をもって語られるこの真理に他ならない。もっとも、彼らは必ずしもこれを教える教師である必要はなかったが、絶えず祈りを通して、霊の子たちに霊の復活を獲得する喜びを伝えていた。彼らは所謂教壇から教え諭すのではなく、教区の垣根を越えて、斎《ものいみ》し、痛悔し、修道士たちと祈るために遠路はるばる巡礼に訪れた信徒たちを分け隔てなく迎え入れ、ともに語り、祈ることで、ひたすら励まし、慰め、苦痛を癒していたのだった。例えば、オプチナではパスハ（復活祭）の前日にアムヴローシイ長老によって全信徒に宛てて書かれた親書が周囲の人々の手によって写し取られ、ロシアの津々浦々の教会に発送されていたという驚くべき事実がこのことを雄弁に物語っている。このような手続きがロシアにおいてなされた背景には、いかなる事情が働いていたのであろうか。

例えば、ドストエフスキーもペテルブルグからわざわざ面会するために訪れたオプチナのアムヴローシイ長老は、見習い修道士として当修道院に入ったばかりの頃、奉仕として課されていたのが、自分の霊的指導者であったマカーリイ長老の身の回りの世話兼書簡代筆係という仕事だった。この代筆係という仕事は、霊の子たちから毎日送られてくる膨大な書簡の中に書かれた依頼や相談事に対して、長老の口述する内容を代筆したり、時には長老に代わって返事をしたためたりする係りである。この書簡を通して多くの罪や悩みに向かい合う修行が、将来長老となるべき人間の霊的涵養に資する意義は計り知れぬものであったと言わねばならない。そもそも、書簡に書かれた見えない書き手の心の重荷を正しく推し量ることは、通常、実際に本人を目の前にして痛悔を受ける以上に大きな困難をともなうものである。オプチナが世の修道院や神学校に先駆けて「霊《たましひ》の学校」と呼ばれたのは、若い修道士たちが長老の助手をしながら、自らも長老に倣って霊の治療を施すための修行を行なっていたからである。後世、アムヴローシイ長老の世話係になった見習い修道士は、長老の炯眼さについて、多忙時には自分宛に届いた手紙を開封することなく、返書をしたためていたと証言しているほどであるが、こうしたことはここではそもそも驚くに値しないことなのである。

ここで忘れてはならないことは、長老の炯眼かつ神の意を汲んだ助言の恩恵を蒙っていたのは、一つ屋根の下に住む修道士たちだけでも、人生をすべて信仰と神への奉仕に捧げていた神がかり的な狂信者や信仰篤き老婆だけでもなかったということである。ロシアのインテリゲンツィアや作家、思想家といった人々もその例に洩れなかった。身分や社会層を超えて、どれほどの人々が長老の魅力に惹きつけられて、面会にやって来たり、文通したりしたことであろうか。正教を冒瀆したことで破門の危機に立たされていた大作家トルストイでさえ、少なくとも五回は秘密裏にオプチナに足を運んでいたし、「家出」と言われる死の旅に出る直前にもアムヴローシイ長老のいるオプチナと、その長老が創設したシャモルジノ女子修道院で修道女となった妹を訪ねていたことは今では広く知られた事実である。それどころか、その時、彼とて異端へと身を投じた自らの人生を悔い改めて、救いを得るための一縷の希望を抱いていたのかも知れないとさえ推測できるのである。だが、彼はわざわざ長老の庵室の前に来ていながら、扉をノックする勇気はなく、しばらく考えあぐねた後、立ち去ってしまった。彼が『トルストイ福音書』を書いたことではなく、長老を前にして悔改の機を逸したことこそが、彼の霊を最終的な滅びに導くことになることに、おそらく自覚的ではなかったのであろう。

オプチナに数多く残されている長老たちや霊的な神父の書いた書簡集を読み進めていけば、伝記だけでは知り得なかった高い霊性を窺い知ることができるように、彼らの助言を受けて同じ道を歩み始めた作家や学者たちも、長老の祝福のもとで、自らの人生と創作を救いに近づけようと変容させていく様が看て取れる。だとすれば、オプチナの長老制がロシア社会にもたらした最大の功績は、特定の修道士たちだけでなく、それまで教会生活とは無縁な暮らしをしていたインテリゲンツィアを含む一般民衆にあまねく霊的な生活の道を開示した点にあると言えまいか。これらを跡づける長老たちの書簡は古文書として残されているだけでマカーリイとアムヴローシイ長老については各々千通以上、その他の長老にも各々数百通は残されている。それらが私信でありながら、古文書としてこれほどの保存率を保ってきたこと自体、想像を絶することであるが、事実、十九世紀のこのほの暗い修道院の庵室と、全ロシアに存在していた長老の信奉者（霊の子）たちの間を書簡がこれほど活発に行き来していたことは、ロシア本国はもとより、世界の修道制の歴史を振り返っても、他に類例がない。

こうした長老の書簡に特徴的なのは、書簡を通して教義的内容を議論するものは少なく、むしろ日常生活に関わる様々な領域に関する知恵の助言を与える内容のものが圧倒的多数を占めている点である。例えば、子沢山の母親が抱えていた子息の教育や躾の問題から、女子修道院に暮らす多くの修道女たちが抱えていた家族との関係や修道女同士の諍い、さらには官吏や地主といった貴族階級が囚われていた迷信や異教的習慣から離れて真の信仰を取り戻すためにはどうすればいいのか、飲酒や煙草といった悪癖から離れるにはどうすればいいのかなどあらゆる日常的な問題について、しばしば福音書の譬えや聖書の教訓を駆使して丁寧に答えているのである。これらは一見些細な問題にも見えるかもしれないが、十九世紀末から二十世紀にかけて社会全体が教会から離れつつあった、言わば、無神論が流行した時代であるからこそ信仰の本質を窺い知るうえで意味を持ちえた。言わば、長老が持っていた知恵とは、難解な聖書解釈の教義論ばかりではなく、正教徒が神の意思（福音）にしたがって生きるために何をなすべきかといった、言わば生活に密着した実践的助言にこそ価値を見出すことができるのである。こうした一歩こそが、彼らにとっては死滅せる賢者たちの知識よりも遥かに多くの慰めと希望を与えてくれる宝物であった。因みに、長司祭セルギイ・チェトヴェリコフ神父は何度もオプチナを訪れ、亡命後はアムヴローシイ長老の書簡集やオプチナの歴史書の出版にも従事したが、この長老について、「洞窟修道院のアントーニイやフェオドーシイ、ラドネシのセルギイ、ソロフキのゾシマとサヴァーチイ……新たな時代ではサロフの克肖者セラフィムらと同じ霊《たましひ》が生きて活動している」と書くことで、彼がこれらの歴史的聖人たちの列に共通する正教の教育方法をそのまま受け継ぎ、オプチナ独自の長老制を確立した中心的存在と位置づけているのである。

冒頭に、パスハに合わせてアムヴローシイ長老が霊の子に宛てて発送した親書の例を挙げたが、この書簡が信徒たちをいかに勇気づけ、生きる希望を与えたかは、この親書で表現される愛の言葉こそが、大祭（パスハ）の持つ生の死に対する勝利に合致したものだからである。この親書の価値は、比較的近年になって再版された克肖者アムヴローシイ長老の最初の伝記を書いたことで知られる掌院グリゴーリイ（ボリスグレーブスキイ）神父の言葉、「それらが万人にとって重要なのは、万人のために書かれたものだからである」にも如実に表れている。実際、パスハや降誕祭に向けて準備された親書は、通例、それはまず長老自身が書くか、口述されて原本が作成されることになるが、それが近隣にある女子修道院に持ち込まれるや、長老を敬愛する修道女たちによって先を争って写しが取られることになるのだった。当時は個人で書物などを手にいれることが困難であった時代、この奉仕は彼女たち自身にとってもこれらの大祭に寄与することのできる、喜ばしい恩寵に満ちた仕事だったのである。こうして写し取られた原稿は再び、オプチナに集められ、これらに長老自らが手ずから署名して、地方の修道院や霊の子たちに発送される慣わしになっていた。

神のロゴスの発信者でもあった長老にとって、この親書がいかに大切な行事であったかは、その尋常ならざる教訓的内容を見れば自ずと頷ける。つまりそこには俗人に宛てたものながら、深遠な禁欲主義的叡智が盛り込まれていた。これこそが長老自身の霊の子に対する熱い愛の表れであった。これを長老が民に宛てて書いた未来への記念碑と見なさない訳にはいかない。その後編まれることになる長老の書簡集のすべてにこのパスハの公開書簡が含められているのを見てもわかる。それらすべてにこの人類に宛てて神が贈られた霊的生活の意味、すなわち、死よりの復活の意味についての喜びが確信をもって書かれていた。なかでも、特徴的なタイトルは、「遜る罪人たちがハリストスの復活の日に喜ぶべきことについて」（一八七八年）、「ハリストスとともに讃められ、彼とともに苦しむために」（一八七九年）、またハリストスの復活を讃える聖歌の意味を明らかにするものも多かった。神の掟に従うことは、神とともに生き、苦しむことに他ならないことを伝えようとしたのである。これがなかったら、息子を三歳で失ったドストエフスキーの失意を癒し、『カラマーゾフの兄弟』の執筆に向かわせることはできなかったであろう。これは、幼子は死んだがもう救われて天に憩っている、むしろこの十字架（甦りの力）があるからこそ、父親である作家に霊感を与えうるのだと言う長老の言葉を信じた証でもあった。また同時に、ドストエフスキーとは反対に、ビザンツの厳格な修道制を堅持することで堕落した西欧的要素を徹底して排除しながらも、最終的には批判の矛を鞘に収めて謙遜を獲得したレオンチェフを愛で包み込んだアムヴローシイ長老の懐の大きさにも感嘆させられる。これらはゴーゴリの才能を評価しつつ、『死せる魂』の成功を励まし続け、キレエフスキーを悪癖と傲慢さの罪から立ち直らせたマカーリイ長老の「霊の学校《たましひ》」と同じ治療効果を持っていたことの何よりの証拠であろう。この成否はいずれも、罪と死による闇の生活から光の生活への復帰の如何にかかっていた。この霊のパスハこそが長老の愛の証であり、人間を破滅と絶望から甦らせ、神へと近づけてくれる正教の思想の根源的力なのであった。

最後に些細なことではあるが、自分とオプチナとの関わりについても触れねばなるまい。私が初めてオプチナ修道院に行ったのは一九九九年のことであったが、その時はまだ、この修道院が十九世紀には多くの文化人やインテリを惹きつけていた長老制によって未曾有の繁栄を誇っていたことを知らなかった。当初は長老制の意味もよくわからなかったが、一九八八年にソヴィエト政権から修道院領の返還を受け、コゼーリスク（カルーガ県）に十九世紀以来長老制の伝統を保ってきた修道院が復活したことが報じられた。こうしたことから、それまでアトスのパンテレイモン修道院で修行していたイリイ（ノズドリン）神父が修道制の内的整備の目的でオプチナに呼び戻され、修道士たちの総意によって長老に選出されたのである（当時五十七歳）。ここの修道士たちは概して物腰が柔らかく控えめで物静かな雰囲気を漂わせているが、これは疑いなくこの長老が醸し出す柔らかなエネルギーに由来していたと思う。長老制の規則によると、そこで勤める修道士たちは（スキトの人々も）全員が霊父でもあるこのイリイ長老の祝福を受けて生活していたため、個人的な希望や判断に基づく行動を慎まなければならなかったのだが、筆者が二〇〇二年に修道院を訪れた折、筆者の痛悔神父になってくれていたスキト長チーホン（ボリーソフ、現典院）神父は私の要望を察すると、すぐ長老の世話係を呼んで、庵室に案内するように命じたのである。それが晩禱後の遅い時間であったばかりか、そこに十人ほどの見習い修道士たちが列を作って自分の番を待っていたにも拘らずである。小柄で背の曲がった外貌はアムヴローシイ長老の風貌を彷彿とさせるものがあったが、私はそれまでにも、長老が修道院の敷地内のどこかに姿を現すや否や、巡礼たちが祝福をもらおうと大挙して押し寄せてくる状況を幾度となく目にしていた。そのようなわけで、私には彼と言葉を交わすのはおろか、祝福を受けることさえ不可能であることを悟っていたのだった。それだけに、今イリイ神父の庵室で、拙い言葉で自分のことを訥々と話している現実を受け入れることは我ながらなかなかできなかった。子どものような無邪気な眼差しでゆっくり話される長老から、自身の研究を祝福する言葉をいただいたことは、私にとって「事件」のようなものであった。

確かにオプチナの修行法は独特なシステムを有している。私がいつそこを訪れても、修道士たちは愛想よく寄ってきては、話のついでに何かしら贈り物を置いていくのである（修道士たちはその習性から、信徒たちからいただいた贈り物をすぐに第三者に譲ってしまうことが多い）。オプチナで復刻された長老の書簡集や歴史書の類はもちろん、修道士たちが編んだ詩集まであった。それに十字架や数珠、最近地元の画家が持ち込んできたというイコンや香炉など枚挙に暇がないほどであった。さらには飲食の節制の厳しいことで知られるスキトのアムヴローシイ長老の庵室でもチョコレートやキャンディにコーヒー、そして自家製のすぐりのジャムなどが次々と惜しげもなく供された。初めのうちは甘やかされた俗人への気遣いなのかと思い、遠慮なくいただいていたのだが、そのうち、流石にこれは変だと思うようになった。外国人といえども、一介の巡礼にすぎない青年にここまで丁重に振る舞うものなのか。もしやこれこそ長老流の戒めなのではあるまいか。確かに、罪人に罪への自覚を呼び起こさせるための心理療法の一つとして、多くの贈り物をしたり、本人が忘れてしまったり、習慣化した罪を思い出させるために、あえて長老自身が自分の罪であるかの如く、ユーモアを交えて話しだすといった行動に出ることがあることを師父伝（Патерик）や長老の回想で読んだことがあった。これこそ、対面者の罪の在処を知ることのできる烱眼な長老にのみ可能な良薬、つまり「良心の痛み」に訴える方法なのであった。修道士の多くは病気に罹ると、医者に行く前に、痛悔させられる。実際にそれだけで、半数の病人は癒えてしまうのである。つまり、この良心の痛みこそが、心の病を治す最良の薬だからである。私は翌日の晩禱の後、チーホン神父に会った折に、明日の朝にでも痛悔したいと切り出した。すると、なんと、今すぐ来なさいと言う。時計を見ると、夜の十時過ぎだった。スキトでは中世からの規則にしたがって、毎朝二時から感謝祈禱、夜半課、早課、時課が七時ごろまで連続して行われるため、この時間は誰もが休んでいなければならない時間だったが、神父は人が痛悔を思い立ったら、それを先延ばししてはならないと常々口にしていた（突然死んでしまったら、痛悔せざる罪として永劫に赦されずに残ってしまうからである）。これはたとえ夜中であれ、昼間であれ、百人近い修道士の霊父を勤めるイリイ神父が今日修道院で実践しているやり方でもある。夜遅くにスキトにある前駆受洗イオアン教会の鍵を開けてもらい、一本の細い獣脂蝋燭にちらちらと照らされた薄暗い聖堂脇の小部屋の中で神父と向かいあい、痛悔と赦しのみならず、長らく心に蟠っていた様々な想念や悔改の念をも可能な限り伝え、霊が新たな生を得たかのように晴々とした気分になったことは、生涯忘れることのできない「奇跡」であった。誇張を恐れずに言えば、ゴーゴリがマカーリイ神父にオプチナで修道士になりたい旨を申し出たのも、レオンチェフやドストエフスキーがアムヴローシイ長老の庵室で長い間信仰について語り合ったのも、彼らにとって「もはや時はなかりけり」だったからではないか。つまり永遠のものと感じられる時とは黙示録的に無の時でもあることを彼らは自らの修行体験から知っていたのだ。全国津々浦々から訪れて来る熱心なハリスティアニンや非信徒、興味本位でやって来たインテリや傍観者、それに心に悪意を抱く人々にいたるまで、すべてを愛によって受け入れ、彼らの霊を矯正していこうとする長老の知恵の源泉が、十九世紀に輩出した十四名にも及ぶ聖なるオプチナの長老を介して伝えられた古代キリスト教伝来の信仰の実践にあることを思えば、これは聖書やフィロカリアといったロゴスに並び立つ正教のもう一つの真実と見なすべきなのである。

私は本書をもって、オプチナとそれに関わりを持ったロシア文学者たちの生き方を曲がりなりにも描こうと努めたが、これがすべてでないばかりか、その主だった事実すら正確に書き綴ることは不可能であることを、遅ればせながら思い知らされた。ここで取り上げることのできたのは、広く世に知られた有名人ばかりだが、実はロシア革命前後に修道院が閉鎖される前後の時期こそが、長老制が無名の芸術家や作家たちを取り込んで、所謂建物のない「教会」としての長老制の真髄が最大限に発揮された時期であった。そこでは詩人や作家たちも、一般の信徒たちも等しく自らが逮捕、銃殺されるという危険を顧みずに、ラーゲリに収監された長老との接触を図り、銃殺後どこに埋葬されたのかすら不明であったイサアキイ二世（ボブリコフ）長老の聖不朽体を求めて探索したことも知られている（現在まで発見されていない）。また詩人ブロークやその弟子たちにしても（ナターリア・パヴローヴィチのように、オプチナのネクターリイ長老の霊の子となり、長老の祝福を得て日本の亜使徒聖ニコライの伝記を書いた者もいた）を始め、彼らが記録したものが、二十世紀のオプチナとロシア文学との関係に何らかの痕跡を残したことは疑いのない事実なのである。何とか知り得た事実もあるにはあるが、その殆どについては、全く手がつけられなかった。書きつけたものの中にも、浅学ゆえに、誤りや思い違いや邪推の類も少なからずあったと思われる。しかし、日本の正教徒が拙い語学力と浅薄な知識をも顧みず、巨大な文学空間に飛び込んで一幅の絵を描こうとしたとなれば、一笑に付されるだけかもしれないが、後続の研究者が現れてきて、それら見えざる環をつなぎ合わせて行くならば、思わぬ形で隠された事実を発見することもありうると密かに期待するところもある。そうした意味でも、本書の持つ様々な欠点については、読者諸氏の忍耐と寛容さを冀うばかりである。

末筆ながら、私は一九九九年に個人として初めてオプチナを訪れて以来、コロナ感染が始まる直前の二〇一九年に至るまで都合九度当地を訪れてきた。素性の知れぬ私のような外国人を修道院のスキトの中に快く迎え入れてくださったばかりか、アムヴローシイ長老の庵室に隣接する静かな居室で、毎回二、三週間にも及ぶ滞在を許してくださったオプチナの修道士たちに特別に謝意を表したい。彼らはこちらの我儘な要望を聞き入れてくださったばかりか、スキトでの修道士たちの徹夜の祈りに毎日のように加わることを快く許してくださった。ここに全員の名前をあげることはできないが、とりわけ自身の庵室に置いてあった様々な論文や図書、時にはスキトの図書室蔵書印が押してある希少図書の印を消してまで私に気前よく分けてくださったスキト長で典院（игумен）のチーホン神父には特別に敬意と感謝の念を捧げたい。神父はロシアにおける筆者の霊の父のような存在であった。

また私が勤務する大学においては、本書所収の論文を二十五年以上に亘って主として「神戸市外大論叢」に掲載してきたが、査読に加えて、様々な問題についての助言やご教示をいただいた外大の同僚の先生方はもちろん、外部審査員としていつも、真摯かつ有益なコメントをいただいた長縄光男横浜国大名誉教授、そしてシリーズ『異郷に生きる』以来、二十年以上に亘り温かく見守ってくださった成文社の南里功氏にも改めて謝意を表したいと思う。

以下に本書を構成する各章の基盤となった論文の初出を列挙する。冒頭に、「序章　概括的展望」と称する章を加えたが、これは読者の便宜を図り、本文全体の要旨としての性格を付与したものであるため、本文の内容と重複する箇所もあることをお赦しいただきたい。

序章　概括的展望　オプチナ修道院とロシア知識人

「オプチナ修道院とロシア知識人——人物往来と長老との霊的交流をめぐる断章」「ロシア思想史研究」第一号、一三一〜一四五頁、二〇〇四年三月

第一章　ロシア正教と禁欲主義の伝統――ロシアにおけるフィロカリアの受容について
「ロシア正教と禁欲主義の伝統――ロシアにおけるフィロカリアの受容について――」「神戸外大論叢」第五十巻第三号、六五～九六頁、一九九九年九月

第二章　イイススの祈りと「知恵のいとなみ」――ビザンツとロシアの祈りのコスモロジー
「イイススの祈りと「知恵のいとなみ」――ビザンツとロシアの祈りのコスモロジー――」「神戸外大論叢」第五十一巻第四号、一二一～一六七頁、二〇〇〇年九月

第三章　近代ロシアの修道制と長老制の発展について――オプチナ修道院前史より
「近代ロシアの修道制と長老制の発展について――オプチナ修道院前史より――」「神戸外大論叢」第五十三巻第六号、四三～一〇四、二〇〇二年十一月

第四章　キレエフスキーの正教思想とオプチナ修道院――妻ナターリアやマカーリイ長老との魂の交流の記録から
「キレエフスキーの正教思想とオプチナ修道院――妻ナターリアやマカーリイ長老との魂の交流の記録から――（前編）」「神戸外大論叢」第五十二巻第四号、五七～八九頁、二〇〇一年九月
「同（後編）」「神戸外大論叢」第五十二巻第五号、一〇三～一四二頁、二〇〇一年十月

第五章　ゴーゴリの宗教的世界観――聖地巡礼からオプチナ修道院へ

「ゴーゴリの宗教的世界観――聖地巡礼からオプチナ修道院へ――」「神戸外大論叢」第五十四巻第七号、三七～一〇一頁、二〇〇三年十二月

第六章　レオンチェフの思想遍歴とオプチナ修道院

「レオンチェフの思想遍歴とオプチナ修道院（前編）」「神戸外大論叢」第五十五巻第六号、二一～四七頁、二〇〇四年十一月

「同（中編）」「神戸外大論叢」第五十六巻第五号、一七～四四頁、二〇〇五年十月

「同（後編）」「神戸外大論叢」第五十六巻第七号、八五～一一三頁、二〇〇五年十二月

第七章　レフ・トルストイとロシア正教会

「レフ・トルストイとロシア正教会――探求と離反の運命をめぐる予備的考察（前篇）」「神戸外大論叢」第五十八巻第三号、一五～三五頁、二〇〇七年九月

「同（中篇）」「神戸外大論叢」第五十九巻第四号、九五～一二一頁、二〇〇八年九月

「レフ・トルストイとロシア正教会――トルストイとオプチナ修道院――（後編）」「神戸外大論叢」第六十巻第一号、三三～六四、二〇〇九年九月

第八章　ドストエフスキーとオプチナ修道院

「ドストエフスキーとオプチナ修道院――その外的関心から内的関係への変遷をめぐって」「神戸外大論叢」第六十四巻第四号、一二七～一六六頁、二〇一四年三月

「ドストエフスキーとオプチナ修道院――文献解題的補遺――」「神戸外大論叢」第六十五巻第二号、五一～九一頁、二〇一五年三月

第九章　オプチナ修道院における聖師父文献の出版事業（一）――パイーシイ・ヴェリチコフスキーからキレエフスキーにいたる聖師父文献の翻訳史をめぐって

「オプチナ修道院における聖師父文献の出版事業（一）――パイーシイからキレエフスキーにいたる聖師父文献の翻訳史を中心に――」「神戸外大論叢」第六十八巻第一号、六五～一〇三頁、二〇一八年四月

「同（二）」「神戸市外大論叢」第六十九巻第一号、八五～一二一頁、二〇一八年十一月

「同（三）――ロシアの修道制の発展における聖師父文献の翻訳史を中心に――」「神戸市外大論叢」第七十一巻第二号、五一～八八頁、二〇一九年十一月

第十章　オプチナ修道院における聖師父文献の出版事業（二）――ロシア修道制の発展における祈りの定義とキレエフスキーの思想形成への影響をめぐって

「オプチナ修道院における聖師父文献の出版事業（四）――ロシアの修道制の発展における祈りの定義とキレエフスキーの思想への影響をめぐって――」「神戸市外大論叢」第七十三巻第二号、五三～九一頁、二〇二一年四月

「同（五）」「神戸市外大論叢」第七十四巻第二号、一三七～一七二頁、二〇二一年十一月

尚、本書出版のための編集と改稿の過程において、このテーマで執筆したものの、紙数の関係で掲載を断念せざるを得なかった論文も以下に記しておく。これらはすべて神戸市外国語大学「外大論叢」リポジトリ（PDF版）を通

して閲覧可能である。

「ジュコフスキーのキリスト教的世界観――信仰と神意の頂点としてのオプチナ体験から創作の理想へ――」「神戸市外大論叢」第七十五巻第一号、四九～八八頁、二〇二一年十一月

「同――オプチナの霊の子たちとの交流から見える霊的変容の地平――」「神戸市外大論叢」第七十六巻、四九～八四頁、二〇二三年十一月

「ドストエフスキーとオプチナ修道院――予備的考察　作家の創作理念における正教的観点について（一）」「神戸外大論叢」第六十一巻第七号、一三七～一六七頁、二〇一〇年十一月

「同（二）」「神戸外大論叢」第六十二巻第三号、七五～一一二頁、二〇一一年十一月

「同（三）」「神戸外大論叢」第六十三巻第四号、八九～一二八頁、二〇一三年三月

「宗教作家セルゲイ・ニルスとオプチナ修道院」「神戸外大論叢」第六十六巻三号、一三七～一七六、二〇一六年十二月

最後にこの研究を開始するに際し、以下の文部省（現文科省）科学研究補助金を受けたことを記しておく。基盤研究（C）、2000~2003年度、「オプチナ修道院とロシア精神文化の研究」（課題番号11610547）代表 清水俊行

また筆者が本務校とする神戸市外国語大学研究会から本書出版のための助成金を受けたことにも謝意を表したい。

Резюме:
Оптина Пустынь и Русская Литература – Судьбы писателей и их преображения с православной точки зрения.

Часть 1.

Введение: Оптина Пустынь и русская интеллигенция (Общий тезис).

Прежде всего, для общего обзора настоящей ситуации в Оптиной пустыни, рассматривается ее история, черты монашеской жизни, лица монахов и их посетителей. Здесь мы ссылаемся на воспоминания об Оптиной пустыни и записи посетителей-интеллигентов, священнослужителей, писателей и т. д. На их основе обсуждается определение старчества Св. Апостолов и Св. Отцов (например, Петра Дамаскина, Иоана Лествичника, Феофана Затворника и т. д.) и отмечается факт, что сущность старчества как «разделения Духов» (т.е. разделения добра и зла) постепенно устанавливалась в качестве необходимого процесса воспитания монахов в институте старчества. А после того, как объяснились вопросы о выборе старца, отношении старца с учениками-монахами и особой системе исповеди, утверждается то, что именно духовное окормление старца помогает тем, кто борется с греховными страстями, чувствует уныние и сомнение в жизни, и хранит тех, кто просит спасения от нападения врагов, как будто божественное покрывало. Таким образом, уточнен тот факт, что Оптина пустынь была редчайшим монастырем, который отстраняет стену между монастырем и миром, и открывает смысл монашеской жизни именно мирянам, т. е. простому народу. К тому же во второй половине этого Введения цитируется множество примеров общения монахов с мирянами, которые имели крепкие отношения с монастырем, с целью подробно ознакомить читателей с общей картиной взаимодействия персонажей.

Глава 1. Русская православная церковь и традиция аскетизма. – Принятие «Добротолюбия (φιλοκαλία)» в России.

После того, как Византийский стиль монашества пришел в Россию, основой к дальнейшему развитию его служил славянский перевод «Добротолюбия» и других аскетических рукописей, с которыми познакомился молдавский монах Паисий Величковский в монастырях на Афоне. Вот почему русское монашество потом

занималось особенно исполнением исихазма (ησυχάσουμε), т. е. овладением «умным деланием» и Иисусовой молитвой. В данной главе главным образом на основе Жития Паисия Величковского мы прослеживаем непростую историю открытия литературы Св. Отцов, которая давала новую возможность русскому монашеству, именно в замкнутой ситуации православной церкви при императрице Екатерине II, а также процесс ее перевода и издания. Затем мы показываем, как духовная литература св. Отцов были приняты в России по Божьему промыслу и распространялись не только среди монахов и богословов Оптиной пустыни (и вообще подвизавшихся монахов в разных монастырях), но и даже среди интеллигенции и простого народа во всей России.

Глава 2. Иисусова молитва и «умное делание» – Космология молитвы в Византии и России.

Аскетический подвиг, как самая характерная черта «Добротолюбия» — монашеская практика сделать Христа внутренней церковью в самом себе, а чтобы реализовать ее, нужно под руководством старца освоить «умное (внутреннее) делание», т. е. Иисусову молитву. В данной главе, в связи с этим процессом и его духовной пользой объясняется необходимость окончательно победить в борьбе со страстями и получить полное «бесстрастие», согласно учению монахов и подвижников из Византии (св. Исаака Сирина, Иоанна Лествичника, преподобного Макария египетского и др.). Говоря о подвиге Паисия Величковского, чаще всего внимание привлекает только его перевод «Добротолюбия». Но его истинный подвиг заключается в том, что он, как духовный руководитель монахов, установил нормы монашеской жизни в России и собственным отсечением своеволия и страстей подавал пример выполнения самых важных нравственно-поучительных задач – стяжания Святого Духа для спасения не только самого себя, но и последующих за собой монахов. Здесь хотелось подчеркнуть, что мы могли следить за этим в первой книге, изданной в Оптиной пустыни «Житие и Писания Паисия Величковского» (1847).

Глава 3. Развитие монашества и старчества в начале XIX века России.

В данной главе излагается, каким путем «старчество», введенное Паисием Величковским и его учениками в России, дошло до Оптиной пустыни. Начало этого института восходит к апостольским временам, а в русской православной жизни вообще не было возможности глубоко познать Бога без посредничества старца между народом и Священными Писаниями. Для этого большинство монахов должно было вести аскетическую жизнь под руководством опытного духовника, чтобы стяжать

Святой Дух. Самая главная мысль при этом исчерпывается словами в письмах Паисия, адресованных к монахам Поляномерльской обители (например, «Стяжание терпения на основе смирения и создание доверительных отношений со старцем и т. д.»). В этом смысле ученики Паисия Величковского сыграли крайне важную роль не только в продвижении аскетизма в России, но и в распространении переведенных на славянский (частично на русский) язык текстов Св. Отцов. В итоге братья Моисей и Антоний (Путиловы), ученики Паисия, принесли их в Оптину пустынь, и началось процветание их духовного наследия именно в России в начале 19 века.

Часть 2.

Глава 4. Православная мысль И.В. Киреевского и Оптина Пустынь. – Из материалов духовного общения его с женой Наталией Петровной и со старцем Макарием (Ивановым).

Простой человек, даже не священнослужитель, а идеалистический философ, однажды вдруг стал ревнителем Православия, представляющим славянофильство в Москве. Он также чудесным образом оказался духовным чадом старца Оптиной пустыни, отца Макария, под влиянием жены, бывшей духовной дочери иеромонаха Филарета Новоспасского монастыря, который через жену подарил ему крестик прямо со своей шеи. Этим человеком был тот самый И.В. Киреевский. И его жена Наталья Петровна была настоящей православной христианкой, которая резко отличалась от представителей тогдашней русской интеллигенции и умела познавать Бога в повседневной церковной жизни. После смерти ее духовника, отца Филарета, ее окормление наследовало его духовное чадо, старец Макарий Оптинский. В результате этого и ее муж тоже увлекся Оптиной и ее старчеством, и в конце концов дошел до того, что ни за какое дело не смел приняться, пока не получил благословения старца на это. С этого времени он начал участвовать в издательской деятельности духовных книг в Оптиной пустыни в качестве корректора и переводчика и постепенно помогал старцу Макарию, благословившись у московского митрополита Филарета (Дроздова). Вскоре это стало его главным интересом. В данной главе показывается перемена его жизни и преображение его философской мысли на основе оптинских архивов и опубликованных там материалов.

Глава 5. Религиозное мировоззрение Н.В. Гоголя. – Путь от его паломничества по святым местам к Оптиной Пустыни.

Благодаря многочисленным исследованиям стало известно, что Н.В. Гоголь,

обладая славой одного из самых популярных писателей Петербурга в 1830-е годы, как художник, постоянно страдал от колеблющихся приемов своего творчества особенно в последнее десятилетие своей жизни. Это означало, что он с юных лет был искренне верующим человеком. Такие новые исследования творчества Гоголя, «Гоголь. Жизнь и творчество» В.Аа («Гоголь - Художник и мыслитель. Христианские основы миросозерцания» И.а(«Православные подвижники и русская литература» А.а(другие, требующие всесторонней переоценки его сочинений,– были посвящены поиску православных основ его мысли. Мы тоже, используя их достижения, старались выяснить причину недооцененности и тайный смысл «неудачи» таких произведений, как «Выбранные места из переписки с друзьями» и «Мертвые души», указали, что при этом на его духовную перемену влияли посещение Оптиной пустыни и духовные беседы со старцем Макарием. В итоге мы пришли к выводу, что оценка его «неудачи» была просто безосновательна, спровоцирована непринятием читающей публикой идеализации монашеской жизни в миру, которая была крепко водворена в глубине души Н. Гоголя, а значение этих произведений оправдано его «святым» обращением.

Глава 6. Развитие мысли К.Н. Леонтьева и Оптина Пустынь.

Малоизвестно, что К.Н. Леонтьев, который работал дипломатом, доктором, писателем, мыслителем, публицистом и т. д., в конце жизни поселился в Оптиной пустыни, чтобы поступить под руководство старца Амвросия, и был тайно пострижен им в монахи. И до сих пор не проводилось исследований, посвященных его религиозным мыслям, и прежде всего, правде его внутреннего преображения. В самом деле, трудно привести пример другой личности, обладавшей столь масштабным и своеобразным мировоззрением, которое не подходит под определение славянофильства, западничества и другого термина, давно уже существовавшего среди русских мыслителей. На Афоне Леонтьев однажды внезапно заболел серьезной болезнью, холерой, но молитвами тамошних старцев был чудесно исцелен. Позже Афонские старцы послали его к старцу Амвросию в Оптину пустынь, так как тот уже тогда был славен чудесным исцелением болезней своими молитвами. После того он стал духовным чадом старца Амвросия, который прозревал его душу и давал праведные советы, что бы ни происходило в его жизни. В конце концов К.Н. Леонтьев поселился в Оптине под его полным руководством, избежав разных семейных попечений и, конечно, своих философских врагов в столице. Леонтьев сам говорил, что он, изможденный болезнями и конфликтами с людьми, нуждался в душевном покое и нашел его именно у старца Амвросия. В данной главе излагается конкретный процесс внутреннего преображения личности и судьбы К. Леонтьева, который сначала

признал правду православного аскетизма именно в византийском монашестве, а потом нашел идеальный образец того же монашества именно в Оптиной пустыни в России, и перед смертью получил тайный постриг от старца Амвросия.

Глава 7. Лев Толстой и Оптина Пустынь.

Юный Толстой мог почувствовать лишь благородный аромат религии, а молитва в православной церкви ему показалась лишь выражением «желания», и он не нашел никакого значения в причащении святых «Таинств» Церкви. В этом смысле он остался нравственным утилитаристом. Результатом его отношения к церкви было «Толстовское Евангелие». Здесь вычеркнуто все, что связано с принятием Святого Духа и духовным преображением, т. е. самое существенные понятия вероучения христианства. Широко известно, что это стало косвенной причиной его опалы в Русской Православной Церкви. Но, с другой стороны, он тоже не совсем согласился с тем разрушительным направлением «Толстовства», которым руководили его поклонники, потому что они в своем экстремизме предлагали даже разрушить традицию Православной церкви. В самом деле он посещал старца Амвросия Оптиной пустыни (и вообще он побывал там не меньше 5 раз), чтобы разрешить свои серьезные философские и религиозные вопросы. И в то время он даже заинтересовался православной церковью, пробужденный реакционным настроением к своему «Толстовству». Но характерно, что после встречи Толстого со старцем Амвросием, в записке старца осталось только такое простое впечатление: «Он горд». В данной главе мы попытались доказать гипотезу, что Толстой окончательно ушел из дома только для того, чтобы найти свой душевный покой именно на лоне православной церкви.

Глава 8. Достоевский и Оптина Пустынь. – Отрывок главы о переходе от внешних интересов к внутреннему единению с церковью.

Данная глава является одной из самых ключевых частей этой книги, потому что нет больше такого писателя, которого бы настолько вдохновила Оптина пустынь и ее старец. Здесь мы, в качестве подготовительных размышлений, прежде всего рассматриваем проблему искупления в романе «Преступление и наказание», как первого романа второй половины творческой жизни Достоевского. А потом мы попытались разгадать структуру православного понимания писателя и рассмотреть, как оно развивалось в дальнейших произведениях Достоевского. Например, здесь имеются в виду такие вопросы: почему в романе «Бесы» исповедь Ставрогина не только не состоялась как Таинство Христианства, но и попала в безобразный и искаженный формализм; как писатель справился с отчаянием после смерти своего

трехлетнего сына Алексея путем его воскрешения в образе Алеши в романе «Братья Карамазовы» и т. д. Во втором примере источником вдохновения стала беседа со старцем Амвросием Оптиной пустыни. Хотя неизвестно, о чем они конкретно разговаривали, но этот опыт очевидно повлиял на главный сюжет романа «Братья Карамазовы». Кроме того, мы старались разгадать мозаику творческих замыслов писателя и смысл деталей произведений на основе воспоминаний и записок людей, связанных с Оптиной.

Часть 3.

Глава 9. Издательская деятельность свято-отеческой литературы в Оптиной Пустыни (1). – О истории перевода Свято-отеческой литературы от Паисия Величковского до И.В. Киреевского.

Одна из главных черт веры русской православной церкви девятнадцатого века заключается в том, что она пересмотрела и приняла духовную традицию от Св. Отцов Византии и привила Восточную традицию в свою веру, слитую с западной философией в Киево-могилянской академии с семнадцатого века. В этой процедуре главную роль играл И.В. Киреевский, который сам был философом, и, развивая своеобразную идею «Целостность духа = всеединства» (форму мысли в союзе веры и разума), попал под руководство старцев Оптиной пустыни. Он считал, что западная форма мышления не единственная и абсолютная для России, а с точки зрения русской самобытности, была одной из своеобразных принципиальных вариантов. Он утверждал, что русские должны понять всемирное значение Православия, чтобы воскресить свою идентичность и создать цельное миросозерцание всего мира в том числе и Запада. В данной главе мы попытались излагать по порядку, как Киреевский впитывал версии старца Макария (Иванова) и других богословов, чтобы систематизировать новую философию, приобретенную через свое обращение. Вторая половина главы посвящена тому, как Киреевский со своей женой Натальей Петровной, духовные чада старца Макария, принимали прямое участие в издательской деятельности Оптиной пустыни. Там же перечисляются названия и краткое содержание книг, которые с помощью Киреевского были изданы в Оптиной пустыни, и представляются библиографические комментарии о вопросах перевода названий двенадцати из них. Из этого понятно, что последнее десятилетие его жизни было посвящено переводу и толкованию этих духовных книг, что в конце концов внесло огромный вклад в формирование его собственного православного мировоззрения.

Глава 10. Издательская деятельность свято-отеческой литературы в Оптиной Пустыни (2). – Об определении молитвы в развитии монашества в России и образование идеи «целостности» И.В. Киреевского.

Чтобы подвести итоги, мы еще раз обратились к проблеме возникновения главной идеи И.В. Киреевского «Целостность духа». По нашему мнению, ключом к её пониманию было искусство и польза «умного (сердечного) делания», т. е. Иисусовой молитвы, которое он старался освоить, начав с нуля под руководством старца Макария. Именно это было существенной частью духовной жизни, которой учит православная церковь. Наверное, еще одним доказательством этого служат записки о подвиге И. Киреевского, которые оказались в скиту Оптиной пустыни, где сказано: «Он показал возможность примирения философии, как науки, с православной религией». Эти слова подтверждают правдивость определения новой философии Киреевского, выведенной из его идеи «целостности духа» на основе культурной почвы России, как «верующего разума».

参考文献一覧

本書の執筆にあたって参照した文献を、露文、欧文、和文別に著者（編者）の姓（聖職者や聖人の場合は聖職名と名、ただし本人が俗名で発表している場合は通例の表記に従った）のアルファベット（五十音）順に示してある。著者（編者）の記載がないか、不明の場合は、タイトル（題名）、もしくは表題に現れている人物の姓によって示した。ただし、これはこの主題に関わるロシア文学や正教に関わる基本文献を網羅するものではないことを断っておく。

露文

Схиархимандрит **Агапит**, (Беловидов). Жизнеописание в Бозе почившего оптинского старца иеросхимонаха Амвросия. Ч. 1-2. М., 1900. [Репринт]

Жизнеописание оптинского старца иеромонаха Макария. Сост. архим. Агапит, (Беловидов), Свято-Введенская Оптина Пустынь (потом Свято-Троицкая Сергиева Лавра), М., 1997. [Репринт]

Аксаков И.С. Воспоминания. В кн.: И.С. Аксаков. Полное Собрание Сочинений в 7 томах. М., 1886-1887. Т. 6.

Аксаков С.Т. История моего знакомства с Гоголем. В кн.: Гоголь в воспоминаниях современников. М., 1952.

Александров А.А. Кончина Константина Леонтьева. В кн.: Избранные письма. СПб., 1993.

Александров А.А. Памяти К.Н. Леонтьева. В кн.: К.Н. Леонтьев. Pro et contra. Кн. 1. СПб., 1995.

Собрание писем Блаженныя памяти оптинского старца иеросхимонаха **Амвросия** к мирянам. Сергиев Посад (Москва). 1908. Часть 1-2. [Переизд. с дополнением в Оптиной пустыни в трех частях в 2015 г.]

Житие и наставления преподобного Амвросия, старца оптинскаго. «Прометей» МГПИ им. Ленина. 1989.

Душеполезные поучения преподобного Амвросия Оптинского. Свято-Введенская Оптинская Пустынь. 2009.

Епископ **Амвросий** (**Орнатский**). История российской иерархии. В 6-и частях. М., 1813.

Священник **Анатолий** (Просвирнин). Труды архимандрита Леонида (Кавелина)

(1822-1892). В кн.: Богословские труды. IX. М., 1972.

Игумен **Андроник** (Трубачев). Преподобный Амвросий Оптинский. Изд. Спасо Преображенского Валаамского монастыря. 1993.

Анненков П.В. Н.В. Гоголь в Риме летом 1841 года. В кн.: Литературные воспоминания. М., 1989.

Жизнеописание настоятеля Малоярославецкаго Николаевскаго монастыря Игумена **Антония**. М., 1870. [Репринт]

Житие схиигумена Антония. М.: Изд. Введенской Оптиной Пустыни. 1992.

Митрополит Сурожский, **Антоний (Блум)**. Духовное путешествие: Размышление перед Великим Постом. М., 1997.

Телеграф архиепископа **Антония** (**Храповицкого**) к Л.Н. Толстому от 4 ноября 1910 года. В журн.: Волынские епархиальные ведомости. 1910 г. No. 24.

Преосвященный Антоний (Храповицкий). Словарь к творениям Достоевского. София. 1921.

Митрополит Антоний (Храповицкий). Богоугодники и человекоугодники. Белград. 1933.

Митрополит Антоний (Храповицкий) Пастырское изучение людей и жизни по сочинениям Достоевского. В кн.: Избранные труды, письма и материалы. М., 2007.

Антонов К.М. Философия И.В. Киреевского. Антропологический аспект. М., 2006.

Арбузов С.А. Воспоминания о Л.Н. Толстом. М., 1904.

Арнольди Л.И. Мое знакомство с Гоголем. В кн.: Гоголь в воспоминаниях современников. СПб., 1952. (В журн.: Русский Вестник. 1862. No. 1.)

Афанасьев В.В. Православный философ (о И. Киреевском). В кн.: Церковь и образование. Пермь. 2000.

Белоусова Елена. Поездка в Оптину все манит меня. В журн.: Слово. No. 5. 1998.

Бердяев Н.А. Константин Леонтьев. В кн.: Собрание сочинений. Т. 5. YMCA. Paris. 1997.

Бирюков П.И. Л.Н. Толстой. Биография. Берлин. 1921. Т.1-2.

Благодатия Богоматери роду христианскому чрез святые иконы. СПб., 1905.

Богословский Вестник. Февраль, Март и Апрель. Сергиев посад. 1905.

Болховитинов Евгений. Словарь исторический о бывших в России писателях духовного чина греко-российской церкви. М., 1827.

Буданова Н.Ф. Ф. М. Достоевский и святые Древней Руси (Феодосий Печерский, Сергий Радонежский и Нил Сорский). В кн.: Сергиева Лавра в истории, культуре и духовной жизни России. Сергиев Посад. 2002.

Библиотека Ф.М. Достоевского. Опыт реконструкции. Научное описание. Отв. ред.

Н.Ф. Будановой. 2005. СПб..

Буданова Н.Ф. И свет во тьме светит... СПб., 2012.

Речь прот. С.Н. **Булгакова**, прочитанная на вечере в память Ф.М. Достоевского в Киеве, 25 февраля, 1906 г. В журн.: Свобода и культура, No.1

Булгаков С.Н. Тихие думы. М., 1918.

Бунин И.А. Освобождение Толстого. В кн.: Собрание сочинений в девяти томах. Т. 9. М., 1967.

Преподобного отцев **Варсонуфия Великого** и Иоанна Руководство к духовной жизни, в ответах на вопрошения учеников. Изд. Козельской Введенского Оптиной Пустыни. М., 1855. [Переизд. из изд. 1852 г.]

Преподобные Варсануфий Великий и Иоанн. Руководство к духовной жизни, в ответ на вопрошание учеников по славянски. М- Оптина пустынь. 2001. [Репринт 1856]

Преподобный **Варсонофий Оптинский**. Духовное наследие. Свято-Троицкая Сергиева Лавра. 1999.

Житие схиархимандрита Варсонофия оптинского. Сост. Виктор Афанасьев. М., Изд. Введенской Оптиной Пустыни. 1995.

Свт. **Василий Великий**, архиеп. Кесарии Каппадокийской. Полное собрание творений святых отцов Церкви и церковных писателей в русском переводе. Т. 2: Аскетические творения ; Письма. М., 2009.

Свящ. **Василий** (**Шустин**). Из личного Воспоминания. Белая Церковь. 1929.

Ветловская В.Е. Литературные и фольклорные источники «Братьев Карамазовых». В кн.: Достоевский и русские писатели. М., 1971.

Ветловская В.Е. Поэтика романа «Братья Карамазовы». Л., 1977.

Ветловская В.Е. Роман Ф.М. Достоевского «Братья Карамазовы». СПб., 2007.

Виноградов И.А. Гоголь. Художник и мыслитель. Христианские основы миросозерцания. М., 2000.

Гоголь в воспоминаниях, дневниках, переписке современников. Полный систематический свод документальных свидетельств. Научно-критическое издание в 3 томах. Т. 3. Издание подготовил И.А. Виноградов. М., ИМЛИ РАН, 2011- 2013.

Протоиерей **Владислав** (Свешников). Очерки христианской этики. М., 2010.

Волынский А. Л. Достоевский. Критические статьи. СПб., 1909.

Воропаев В.А. Духом схимник сокрушенных… Жизнь и творчество Н.В. Гоголя в свете Православия. М., 1994.

Воропаев В.А. Н.В. Гоголь. Жизнь и творчество. М., 1999.

Воропаев В.А. Отец Матфей и Гоголь. В кн.: Церковь и образование. Пермь. 2000.

Воропаев В.А. По зову Божьему. В журн.: Православная беседа. 2002. No. 5.

Воропаев В.А. Николай Гоголь. Опыт духовной биографии. М., 2008.

Воропаев В.А. «Благодать видимо присутствует»: Оптина пустынь в судьбе Н.В. Гоголя. В журн.: Вестник славянских культур. 2016 г. Т. 41. No. 3.

Вышеславцев Б.П. Сердце в христианской и индийской мистике. Париж. 1929. (См.: о нем в журн. «Вопросы философии», 1990. No. 4)

Галицкая Т. Воспоминания о батюшке о. Нектарии. Из архива Оптиной пустыни. (Машинопись). Год не указан.

Гвоздев А.В. Мистико-аскетическая традиция в историософской концепции И.В. Киреевского. В кн.: Иван Киреевский. Духовный путь к истине. М., 2002.

Гвоздев А.В. Святоотеческие корни антропологии и гносеологии И.В. Киреевского. В журн.: Вестник ПСТГУ. Вып. 15. 2006.

Священник **Геннадий** (Беловолов). Оптинские предания о Достоевском. В кн.: Достоевский. Материалы и исследования. М., 1996. Т. 14. С. 301-312.

Протоиерей **Георгий** Фроловский. См. Фроловский

Гиллельсон М.И. Проблема “Россия и Запад” в отзывах писателей пушкинского круга. В журн.: Русская литература. 1974. No.2.

Гладышева С.Г. И.В. Киреевский о судьбе святоотеческого наследия в России. В кн.: Христианская культура и славянский мир. М., 2010.

Гоголь Н.В. Полное собрание сочинений в 14 томах. М., 1952.

Гоголь Н.В. Переписка с друзьями. Т.1- 2. М., 1984.

Гоголь Н.В. Духовная проза М., 1992. (Предисловие В.А. Воропаева.)

Гоголь Н.В. Собрание сочинений в 9 томах. М., 1994.

Гоголь- Головня О.В. Из семейной хроники Гоголей. Киев. 1909.

Горбунов Андрей, (Священник). За всех и за вся. М., 2006.

Горностаев А.К. Рай на земле. – Ф.М. Достоевский и Н.Ф. Федоров. К идеологии творчества Ф.М. Достоевского. М., 1929.

Горький А.М. Лев Толстой. Заметки. В кн.: Л.Н. Толстой в воспоминаниях современников. М., 1978. Т. 2.

Святитель **Григорий Богослов** (Назианзин). Творения. Т. 2. Сибирская Благозвонница. 2011.

Полный церковно-славянский словарь. Составил **Григорий Дьяченко**. [Репринт]. М., 1993.

Св. **Григорий Палама**. Умное делание о молитве Иисусовой. См.: Добротолюбие. Т. 5.

Преподобный Григорий Синаит. Творения. М., 1999.

Весьма полезные главы, иже во святых отца нашего **Григория Синаита**, расположенные акростихами. М., 1999. [Репринт]

Гроссман Л.П. Семинарий по Достоевскому. Пг., 1922.[Репринт]

Гроссман Л.П. Комментарий к «Братьям Карамазовым». В кн.: Достоевский Ф.М. Собрание сочинений в 10 тт. Т. 10. М., 1958.

Губастов К.А. Памяти Константина Николаевича Леонтьева. СПб., 1911.

Данилевский Г.П. Знакомство с Гоголем. (Из литературных воспоминаний). В кн.: Гоголь в воспоминаниях современников. М., 1952.

Данилевский Г.П. Поездка в Ясную Поляну. В кн.: Л.Н. Толстой в воспоминаниях современников. М., 1978. Т. 1.

Деяния вселенских соборов. Том III. СПб., 1996.

Св. **Дионисий** Ареопагит. О небесной иерархии. М., 1898. [Репринт] （邦訳：ディオニシオス･アレオパギテス著「天上位階論」、『中世思想原典集成』3. 後期ギリシャ教父・ビザンティン思想　平凡社 1994 年）

Жития святых, на русском языке, изложенном по руководству Четьих-Миней св. **Дмитрия** Ростовского. В 12 тт. М., 1903. [Репринт]

Владимир **Добров** Константин Леонтьев в Оптиной Пустыни и у Стен Троице-Сергиевой Лавры. В журн.: Литературная учеба. 1996. Кн. 3.

Добротолюбие в русском переводе. Изд. 3-е. М., 1895; [Репринт] Изд. Свято-Троицкой Сергиевой Лавры. 1992.

Там же. Добротолюбие в 5 томах. М., Изд. Артос Медиа. 2010. (офсет)

Долгов К.М. Восхождение на Афон. Жизнь и миросозерцание Константина Леонтьева. М., 1997.

Священник Димитрий (**Долгушин**). В.А. Жуковский и И.В. Киреевский. Из истории религиозных исканий русского романтизма. М., 2009.

Дорн Н.И. Киреевский. Опыт и характеристики учения и личности. Париж. 1938.

Преп. Авва **Дорофей**. Душеполезные поучения. М., 2018 (2006). [Репринт: Преподобного Аввы Дорофея Душеполезные поучения и послания. М.,- Свято-Троицкая Сергиева Лавра. 1900.; Изд. Свято-Введенской Оптиной Пустыни. 1856.]

Достоевская А.Г. Воспоминания. М., 1971.

Достоевский Ф.М. Полное Собрание Сочинений в тридцати томах. Л., 1972-1990.

Древний Патерик, изложенный по главам. М., 1899. [Репринт]

Сост. **Дунаев А.Г.** Путь к священному безмолвию. Малоизвестные творения святых отцов-исихастов. М., 1999.

Дунаев М.М. Православие и русская литература. Часть 1-6. М., 1996-2000.

Авва **Евагрий**. Слово о молитве. М., 1994. [Репринт]

Евгин Александр. К вечному миру. Калуга. 2001.

Архиепископ **Евлогий** (Смирнов). Старчество в России. В кн.: Троицкий Листок.

Свято-Троицкая Сергиева Лавра. 1896. No. 3.

Елагин Н.А. Материалы для биографии И.В. Киреевского. В кн.: Полное собрание сочинений И. В. Киреевского в двух томах. Под ред. М. Гершензона. М., 1911. Т. 1.

Елеонский Н.А. О новом Евангелии гр. Толстого. В кн.: Чтения в Обществе любителей духовного просвещения. 1887. Кн. 1. ч. 1. отд. 1.

Иеромонах **Ераст** (Вытропский). Неизвестная Оптина. СПб., 1998.

Иеромонах Ераст (Вытропский). Историческое описание Козельской Оптиной Пустыни и Предтечева скита. Изд. Свято-Введенской Оптиной Пустыни. 2000.

Жуковский В.А. Собрание сочинений В.А. Жуковского в двух томах. М., 1984. Т. 2.

Жуковский В.А. Проза. М., 2002.

Зайцев Борис. Достоевский и Оптина Пустынь. В кн.: Оптина пустынь (Оптинский альманах). 1995.[Переизд.]

Зарин С.М. Аскетизм. СПб., 1907. Кн.1-2. [Репринт]

Захаров В.Н. Христианский реализм в русской литературе – Постановка проблемы. В кн.: Евангельский текст в русской литературе XVIII-XX веков. Петрозаводск. 2001.

Зеньковский В.В. (Прот.) История русской философии. Т.1-2. Л., 1991.

Зеньковский В.В. (Прот.) Н.В. Гоголь. В кн.: В. Гиппиус. Н. Гоголь. СПб., 1994.

Зыбино М.В. Русский этический идеал и его отражение в русской литературе. (http://literatura1.narod.ru/filologia.html)

Иваск Ю.П. Константин Леонтьев (1831-1891). Жизнь и творчество. Из кн.: К.Н. Леонтьев. Pro et Contra. Кн. 2. СПб., 1995.

Отечник. Избранные изречения святых иноков и повести из жизни их, собранные Епископом **Игнатием** (Брянчаниновым). СПб., 1891.

Святитель Игнатий Брянчанинов. Приношение современному монашеству. В кн.: Собрание сочинений. Т. 5. М., 1993 [Репринт.].

Святитель Игнатий (Брянчанинов), епископ Кавказский и Черноморский. Собрание сочинений в 7 томах. М., 2001. [Репринт изд. СПб. в 1886 г.]

Свят. Игнатий (Брянчанинов). Странствие ко врагам вечности: переписка с оптинскими старцами и П.П. Яковлевым, делопроизводителем свт. Игнатия. М., 2001. [Репринт]

Монахиня **Игнатия**. Старчество на Руси. М., 1999.

Ильин И.А. О русской культуре. В кн.: Собрание сочинений в десяти томах. М., 1996, Т. 6.

Сост. Архимандрит **Иоанн** (**Захарченко**). Душеполезные поучения преподобного Макария оптинского. М., Изд. Введенской Оптиной пустыни. 1997.

Творения святого отца нашего **Иоанна Златоуста**, архиепископа Константинополь-

ского в русском переводе. Т. 2, кн. 2. Второе слово о молитве. СПб., 1896.

Преподобного отца нашего **Иоанна, игумена Синайской горы**, Лествица и Слово к Пастырю: [Полуславянский перевод] / [За основу взят перевод старца о. Паисия; Ред. Перевод иером. Макария (Иванова), иером. Амвросия (Гренкова); Сост. предметный указатель иеромонаха Макария (Иванова)]. М., [Изд. Оптиной Пустыни], 1851.

Преподобный Иоанн Лествичник, игумен синайской горы. Лествица в русском переводе. 7-е изд. Сергиев Посад. 1908. [Репринт изд. Козельской Введенской Оптиной пустыни.]

Свят. Иоанн Лествичник. Лествица, возводящая на небо преподобного отца нашего Иоанна игумена синайской горы. М., 1999. [Репринт]

Свят. Иоанн Лествичник. Лествица. М.-Троица-Сергиева Лавра. 2002. [Репринт]

Прот. **Иоанн** (**Мейендорф**). Византийское наследие в Православной Церкви. Киев. 2007.

Прав. **Иоанн Кронштадтский** (Сергеев). Моя жизнь во Христе или минуты духовного отрезвления и созерцания, благоговейного чувства, душевного исправления и покоя в Боге. Т. 1-2. СПб., 1893. [Репринт].

Священник Иоанн (Ильич Сергеев). (Святой Иоанн Кронштадтский). Собрание сочинений в 7 томах. СПб., 1993-94. [Репринт изд. 1893-1897 гг.]

Протоиерей Иоанн (Сергеев) Кронштадтский. Христианская философия. М.- СПб., 2004.

Архиепископ **Иоанн** (**Шаховской**). Памяти Достоевского. В газ.: Новое русское слово. 1971. 14 ноября. No.270.

О. **Иосиф** (Литовкин), скитоначальник. Н.В. Гоголь, И.В. Киреевский, Ф.М. Достоевский и К.Н. Леонтьев перед старцами Оптиной пустыни. М., 1898. (Оттиск журнала «Душеполезное чтение». 1897. Ч. 1.)

Собрание писем оптинского старца Иосифа. Свято-Введенская Оптина Пустынь. 2005.

Святого отца нашего **Исаака** Сирина, епископа бывшего Ниневийского, слова духовно-подвижнические, переведенные старцем Паисием Величковским. М., Изд. Козельской Введенской Оптиной Пустыни, 1-е изд. 1851. (и 1854.) [Репринт]

Творения иже во святых отца нашего Аввы Исаака Сириянина. Слова подвижнические. Сергиев посад. 2-е изд. 1893.; 3-е изд. 1911. [Репринт 1993 г.]

Пресвитер **Исихий** Иерусалимский. См.: Зарин С.М. Аскетизм.

Св. **Иустин** (Попович), Архимандрит. Преподобный и богоносный о. наш Нил, подвижник Сорский и устав его о скитской жизни, изложенный Ректором Костромской Духовной Семинарии Архимандритом (ныне Епископом) Иустином. Свято-Троицкая

Сергиева Лавра. 1991.

Преподобный Иустин (Попович). Достоевский как пророк и апостол православного реализма. Минск., 2001.

Преподобный Иустин (Попович). Философия и религия Ф.М. Достоевского. Минск. 2008.

Казанский П.С. Очерк жизни арх. Антония, наместника Свято-Троицкой Сергиевой Лавры. М., 1878. [Репринт]

Казанский П.С. История православного монашества на Востоке. М., 1854. [Репринт]

Калуга в шести веках. Материалы 1-ой городской краеведческой конференции. Калуга. 1997.

Преп. **Кассиан** Римлянин. Собеседование египетских отцов преподобного Кассиана римлянина. М., 2016.

Каширина В.В. Литературное наследие Оптиной пустыни. М., 2006.

Архимандрит **Киприан** (Керн). Антропология св. Григория Паламы. М., 1996.

Киреевский И.В. Полное Собрание сочинений И.В. Киреевского в двух томах. М., 1911. Т. 1-2.

Киреевский И.В. Избранные статьи. М., 1984.

Киреевский И.В. Записка о направлении и методах первоначального образования и тем обстоятельствам, в которых находится обучаемый класс. В кн.: Критика и эстетика. М., 1998.

Киреевский И.В. Разум на пути к истине. Ред. Нины Лазаревой. М., 2002.

Киреевский И.В. Духовный путь в русской мысли XIX-XXI веков. Сборник статей. М., 2007.

Извещение о смерти Натальи Петровны **Киреевской**. В журн.: Московский Вестник. 1900. No. 4.

Сост. Иеромонах **Климент** Зедергольм. Жизнеописание оптинского старца Иеромонаха Леонида (в схиме Льва). Изд. Оптиной Пустыни. 1992. [Репринт].

Козельская Оптина пустынь и ее значение в истории русского монашества. Неизвестный автор. В журн.: Чтение в Обществе любителей духовного просвещения. 1893. Кн. 9.

Колюпанов Н.П. Биография Александра Ивановича Кошелева. В 2-х тт. М., 1892.

Кононов Никодим, архиепископ. См.: Архиепископ Никодим (Кононов).

Коноплянцев А.М. Жизнь К.Н. Леонтьева, в связи с развитием его миросозерцания. В кн.: Памяти Константина Николаевича Леонтьева. М., 1911. [Репринт. 1991]

Концевич И.М. Стяжание Духа святого в путях Древней Руси. М., 1993.

Концевич И.М. Оптина Пустынь и ее время. Свято-Троицкая Сергиева Лавра.

1995. (Там же. Holy Trinity Monastery, Jordanville, N.Y., 1970.); [Репринт изд. 1995 г. Введенский ставропигиальный мужской монастырь Оптиной пустынь. 2008.]

Концевич И.М. Истоки душевной катастрофы Л.Н. Толстого. В кн.: За что Лев Толстой был отлучен от Церкви? М., 2006.

Котельников В.А. Литератор-философ. В кн.: И.В. Киреевский. Избранные статьи. М., 1984.

Котельников В.А. Православная аскетика и русская литература (На пути к Оптине). СПб., 1994.

Котельников В.А. Православные подвижники и русская литература. На пути к Оптиной. М., 2002.

Котельников В.А. «Что есть истина?» (Литературные версии критического идеализма.) СПб., 2010.

Кошелев А.И. Материалы для биографии И.В. Киреевского. В кн.: И.В. Киреевский Полное собрание сочинений в двух томах. М., 1911. Т.1.

Кошелев В.А. Алексей Степанович Хомяков. Жизнеописание по документах, в рассуждениях и разысканиях. М., 2000.

Ксюнин А.И. Уход Толстого. СПб., 1911.

Кулешов В.И. Славянофилы и русская литература. М., 1976.

Кулиш П.А. (Николай М.) Записки о жизни Н.В. Гоголя. СПб., 1856. Т. 2.

Кусков В.В. Характер средневекового миросозерцания и система жанров древнерусской литературы XI – первой половины XIII в. В журн.: Вестник Московского университета. Сер. 9. Филология. 1981. No.1.

Ланцов Алексей. Будут все как дети Божий... СПб., 2012.

Житие оптинских старцев. Преподобный **Лев (Леонид).** Свято-Введенская Оптина Пустынь. 2006.

Архимандрит **Леонид (Кавелин**). Сказание о жизни и подвигах старца Оптиной пустыни иеромонаха Макария. М., 1861.

Архимандрит Леонид (Кавелин). Жизнеописание оптинского старца иеромонаха Леонида (в схиме Льва). Свято-Введенская Оптина Пустынь. М., 1875. [Репринт в 1991 г.]

Архиепископ Леонид (Кавелин). Историческое описание Козельской Введенской Оптиной Пустыни. Свято- Введенская Оптина Пустынь. 1992 (1995). [Репринт 1875 г.]

Сост. архимандрит Леонид (Кавелин). Житие оптинского старца Макария. Оптина пустынь. 1995. [Репринт]

Леонтьев К.Н. Анализ, стиль и веяния — критический этюд о романах гр. Л.Н. Толстого. Журн.: Русский Вестник. 1890. No. 6-8.

Письмо К.Н. Леонтьева о старчестве. В журн.: Русское обозрение. 1894. кн.10.

Леонтьев К.Н. Переписки К.Н. Леонтьева. В журн.: Русский Вестник. 1903. Кн. 6.

Леонтьев К.Н. Избранные письма. 1854-1891. СПб., 1993.

Леонтьев К.Н. Восток, Россия и Славянство. М., 1996.

Леонтьев К.Н. Отец Климент Зедергольм, иеромонах Оптиной пустыни. М., 1997. [Репринт].

Леонтьев К.Н. Полное собрание сочинений и писем в двенадцати томах СПб., 2000-2020 гг.

Летопись скита во имя Святого Иоанна Предтечи и Крестителя Господня, находящегося при Козельской Введенской Оптиной пустыни. Т. 1-2. М., 2008

Лисовой Н.Н. Две эпохи – Два Добротолюбия. (Преподобный Паисий Величковский и святитель Феофан Затворник). В кн.: Церковь в истории России. Сборник 2. М., 1998.

Лихачев Д.С. Развитие русской литературы X-XVII вв. Л., 1973.

Лихачев Д.С. Поэтика древнерусской литературы. 3-е изд. М., 1979.

Лосев А.Ф. Страсть к диалектике. В кн.: Русская философия. М., 1990.

Лясковский В.Н. Братья Киреевские. Жизнь и труды их. СПб., 1899.

Митрополит Московский и Коломенский, **Макарий** (**Булгаков**). История Русской Церкви в девяти томах. М., 1994-1997.

Преподобный **Макарий Египетский**. Духовные беседы. Св. Троице-Сергиева Лавра. 1904. [Репринт, 2014]

Письма старца **Макария** к Н.В. Гоголю от 25 сентября 1851 г. В журн.: Вестник Европы. 1905. No. 12.

Иеросхимонах Макарий (Иванов). Предостережение читающим духовные отеческие книги и желающим проходить умную Иисусову молитву. Оптина пустынь. 1861. [Репринт]

Собрание писем блаженной памяти оптинского старца иеросхимонаха Макария. Письма к монашествующим. Часть 1-4. М., 1862. [Репринт]

Собрание писем блаженныя памяти оптинского старца иеросхимонаха Макария. Письма к мирским особам. Часть 5-6. М., (Издание Козельской введенской оптиной пустыни.) 1862. [Репринт]

Маковицкий Д.П. Уход Льва Николаевича. М., 1938 г.

Преподобного отца нашего **Максима** Исповедника толкование на молитву: “Отче наш” и его же “слово постническое по вопросу и ответу”. Изд. Свято-Введенской Оптиной Пустыни. 1853.

Максимович М.А. По записи Кулиша. Записки о жизни Гоголя. М., 1883. Т. 2.

Манн Ю.В. Иван Киреевский. В журн.: Вопросы литературы. 1965. No. 11.

Мансуров С.П. Очерки из истории Церкви. М., 1993.

Марк Евгеник, митрополит Эфесский. См. Житие и писания Молдавского старца Паисия Величковского.

Маслин М.А. Велико незнанье России... В кн.: Русская идея. М., 1992.

Матвеев П.А. О «Выбранных местах из переписки с друзьями» Н.В. Гоголя. М., 1903.

Матвеев П.А. Л.Н. Толстой и Н.Н. Страхов в Оптиной Пустыни. В журн.: Исторический Вестник. 1907. Т. 108. Апрель.

Диакон **Матфей** (Кудрявцев). История православного монашества в северо-восточной России со времен преподобного Сергия Радонежского. М., 1999.

Мейлах Б. Новые материалы о Л. Толстом. В журн.: Русская Литература. 1961. No. 1.

Жизнеописание настоятеля Козельской Введенской Оптиной Пустыни Архимандрита **Моисея**. М., 1992. [Репринт 1882 г.]

Монастыри. Энциклопедический справочник. М., 2000.

Муравьев А.Н. Святая гора и Оптинская пустынь. М., 1852.

Житие оптинского старца **Нектария**. Изд. Введенской Оптиной пустыни. 1996.

Архиепископ **Никанор** (Бровкович А.И.). Беседа о христианском супружестве, против граф. Льва Толстого. В журн.: Странник. 1890. Т. 3. Сентябрь.

Четыре слова огласительные к монахине на день, в который она облеклась в ангельский образ, сочиненные и говоренные 1766 года иеромонахом **Никифором** Феотокием, бывшим после архиепископом Архангельским и Ставропольским. М.: Изд. Козельской Введенской Оптиной Пустыни, 1848.

Архиепископ **Никодим** (**Кононов**). Жизнеописание отечественных подвижников благочестия XVIII и XIX вв. М., 1908-1909.

Архимандрит Никодим (Кононов). Старцы. Отец Паисий Величковский и отец Макарий Оптинский и их литературно-аскетическая деятельность. В кн: Отечественные подвижники благочестия XVIII-XIX вв. Изд. Введенской Оптиной Пустыни, 1996. [Репринт изд. 1909 г.]

Преподобный **Никодим Святогорец**. Невидимая брань. (Перевод на рус. яз. епископа Феофана Затворника). М., 1892. [Репринт]

Николай Кавасила, архиепископ Фессалоникитский. Семь слов о жизни во Христе. Перевод с греческого. М., 1874. [Репринт]

Никольский Б.В. К характеристике К.Н. Леонтьева. В кн.: Памяти Константина Николаевича Леонтьева. †1891. Литературный сборник. СПб., 1911.

Житие оптинского старца **Никона**. Изд. Введенской Оптиной Пустыни, 1996.

Нил Синайский. Поучения. М., 2000.

Преподобного отца нашего **Нила** Сорского предание учеником своим о жительстве

скитском. М.: [Изд. Оптиной пустыни], 1849

Преподобный Нил Сорский. Первооснователь скитского жития в России и устав его о жительстве скитском. СПб., 1852 (1864). [Репринт]

Преподобный и богоносный о. наш Нил, подвижник Сорский и устав его о скитской жизни, изложенный Ректором Костромской Духовной Семинарии Архимандритом (ныне Епископом) Иустином. Свято-Троицкая Сергиева Лавра. 1991.

Предание о жительстве скитском преподобного отца нашего Нила Сорского. М., 1997 [Репринт церковно-славянского изд. 1852 г.]

Нилус Сергей Александрович . Полное собрание сочинений в шести томах. М., 2000.

Новиков Н.М. Путь умного делания. Молитва Иисусова. Опыт двух тысячелетий. Т. 3. М., 2008.

Оболенская Елизавета Валерьяновна. Моя мать и Лев Николаевич. Ред. Н.Н. Гусев. Летописи Государственного Литературного Музея. Т. 2. М., 1938.

Описание славянских рукописей библиотеки Свято-Троицкой Сергиевой Лавры: В 3 ч. М., 1878. Ч.1.

Оптина Пустынь. Альманах. Свято-Введенская Оптина пустынь. 1996-.

Откровенные рассказы странника духовному своему отцу. Изд. Свято-Троицкой Сергиевой Лавры. 1991.

Священник **Павел** Флоренский. См. Флоренский Павел (священник).

Павлович Н.А. Оптина Пустынь. Почему туда ездили великие? В кн.: Прометей: Историко-биографический альманах серии «Жизнь замечательных людей». М., 1989. Т. 12.

Павлович Н.А. Оптинский старец Нектарий. В журн.: Журнал Московской Патриархии. 1994. No.6.

Житие и писания Молдавского старца **Паисия** Величковского. М.,- Свято-Введенская Оптина Пустынь. Изд. 1-е и 2-е. 1847.; Изд. 3-е. 1892. [Репринт].

Восторгнутые класы на пишу души. [Перевод из творений святых отцов старца Паисия Величковского] / [Подстороч. примеч. иером. Макария (Иванова)Оптина пустынь. М., 1-е изд. 1849. 2-е изд. 1906. [Репринт]

Преподобный Паисий Величковский. Об умной или внутренней молитве. Сочинение Блаженнаго старца схимонаха и архимандрита Паисия Величковского. М., 1902. [Репринт]

Житие молдавского старца Паисия Величковского, составленное схимонахом Митрофаном. М., 1995. [Репринт]

Преподобный Паисий Величковский: Автобиография, жизнеописание и избранные творения по рукописным источникам XVIII-XIX вв. М., 2004.

Преподобный Паисий Величковский. Житие и избранные творения. Серпухов. 2014.

Преподобный **Палладий** Еленопольский. Лавсаик, или повествование о жизни святых и блаженных отцов. В журн.: Богословский Вестник. Апрель. Русский перевод. 188. 1905.

Панаева (Головачева) А.Я. Воспоминания. М., 1986.

Панфилов М.М. Ключ разума (Духовный кодекс Ивана Киреевского). В кн.: Иван Киреевский. Духовный путь в русской мысли XIX-XXI веков. М., 2007.

Сказание о странствии и путешествии по России, Молдавии, Турции и Святой Земле постриженника Святыя горы Афонския инока **Парфения**. М., 1856.

Пастырство монастырское, или старчество. Журн.: Альфа и Омега. 1999. No. 2(20).

Преподобный **Петр Дамаскин**. Творения. М., 2001.

Священник **Петр (Соловьев)**. Встреча с Гоголем. В журн.: Русская старина. 1883. No.9.

Петров Н.Н. Новые материалы для изучения религиозно-нравственных воззрений Н.В. Гоголя. В журн.: Труды Киевской Духовной Академии. 1902. Т. 2. Кн. 6.

Сост. **Петров П.Н.** История родов русского дворянства. Кн. 1. СПб., 1886.

Пимен (Мясников), Архимандрит. Воспоминания. М., 1877.

Плетнев П.А. Сочинения и переписка в 4 томах. СПб., 1885. Т. 3-4. Переписка.

Плетнев Р.В. Сердцем мудрые. (О «старцах» у Достоевского). Из кн.: О Достоевском. II. Сборник статей под ред. А.Л. Бема. Прага, 1933.

Побединский Н.Г. (Священник). Религиозно-нравственные идеи и типы в произведениях Ф.М. Достоевского. М., 1899.

Погодин М.П. Историко-политические письма и записки. М., 1874.

Погодин М.П. Дневник. М., 1984.

Полное собрание исторических сведений о всех бывших в древности и ныне существующих монастырях и примечательных церквах в России. М., 2000.

Поселянин Е.Н. Отец Амвросий: Его советы и предсказания. В журн.: Душеполезное чтение. 1892. No.1.

Поселянин Е.Н. Леонтьев. Воспоминания. В кн.: Константин Леонтьев. Pro et contra. Т. 1. СПб., 1995.

Поселянин Е.Н. Старец Амвросий. М., 2009.

Правила святых вселенских соборов с толкованиями. М., 2000.

Преподобные Старцы Оптинские. Жития и наставления. Свято-Введенская Оптина Пустынь. 2001.

Княжна **Репнина** В.Н. Из воспоминаний о прошлом. В журн.: Русский Архив. 1870. No. 7-9.

Розанов В.В. О понимании. М., 1996.

Розанов В.В. Легенда о Великом инквизиторе Ф.М. Достоевского. Собрание сочинений. Т. 7, М., 1996.

Розанов В.В. Литературные изгнанники. Н.Н. Страхров. К.Н. Леонтьев. М., 2001.

Роянова Г.И. Оптинский пустынник о. Порфирий. В кн.: Монастыри в жизни в России. Калуга – Боровск. 1997.

Рюриковичи. Биографический словарь. М., 2002.

Сабинина, Марфа Степановна. Воспоминание о Н.В. Гоголе. В журн.: Русский Архив. 1900. No. 4.

Сборник поучений Святых Отцов и опытных ея делателей. Изд. Свято-Троицкой Сергиевой Лавры. 1992.

Сводный каталог славяно-русских рукописных книг, хранящихся в СССР. XI-XIII века. М., 1984.

Святогорец (псевдоним иеромонаха Сергия, а потом Серафима в малом схиме). Биография Святогорца, письма его к друзьям своим о Святой Горе Афонской, доныне изданные, и келейные записки. М., 1883.

Сокровенный старец **Серафим** Саровский. Житие. Поучения. Беседа о стяжании Благодати. Духовные наставления. 11. Чем должно снабдевать душу? М., 2007.

Архимандрит **Сергий** (**Василевский**). Святитель Филарет (Амфитеатров) и его время. М., Изд. Сретенского монастыря. 2000. Т. 1-2.

Архиепископ **Сергий** (**Страгородский**). Как православный христианин должен отнестись к предстоящему чествованию графа Толстого? Прибавление к «Церковным Ведомостям». 1908. No. 34. 23 августа.

Протоиерей **Сергий** (**Четвериков**). Оптина пустынь. 2-е изд. доп. Париж. 1988.（邦訳：セルゲイ・チェトヴェリコフ著『オープチナ修道院』、安村仁志訳、1996年、新世社 Или в кн.: Того же автора. Правда христианства. М., 1998）

Протоиерей Сергий (Четвериков). Учение старца Паисия об Иисусовой молитве, умом в сердце совершаемой. В кн.: Умное делание. О молитве Иисусовой. Изд. Свято-Троицкой Сергиевой Лавры. 1992.

Протоиерей Сергий (Четвериков). Бог в русской душе. М., 1998.

Протоиерей Сергий (Четвериков). Молдавский старец Паисий Величковский. Его жизнь, учение и влияние на православное монашество. В кн.: Правда христианства. М., 1998.

Записки протоиерея **Сергия** (**Сидорова**). В кн.: Оптина Пустынь (Православный альманах). СПб., 1996. Вып. 1.

Сидоров А.И. Евагрий Понтийский. Жизнь, литературная деятельность и место в

истории христианского богословия. В кн.: Творения Аввы Евагрия. М., 1994.

Три слова преподобного отца нашего **Симеона Новаго Богослова**, игумена и пресвитера, бывшего от ограды св. Маманта: [Пер. о. Паисия (Величковского)]. М., [Изд. Оптиной Пустыни], 1852.

Житие преподобнаго отца нашего Симеона Новаго Богослова, списанное преподобнейшим Никитою Стифатом учеником его, и преложенное на общий язык кратчае: [На слав. яз.] / Пер. о. Паисием (Величковским). М., Изд. Козельской Введенской Оптиной Пустыни, 1856 (Унив. тип.).

Преподобного отца нашего Симеона Новаго Богослова, игумена обители св. Маманта, двенадцать слов.: В рус. пер. с эллино-греческого. [Пер. иеромонаха Анатолия (Зерцалова), монаха Климента (Зедергольма).] М.: Изд. Козельской Введенской Оптиной Пустыни, 1869. [Репринт в Троице-Сергиевой Лавре в 1912 г.]

Преподобный Симеон новый Богослов. Творения в 3 тт., Т. 2. Слово шестьдесят восьмое. М., 1890.

Преподобный Симеон Новый Богослов. Деятельные и богословския главы. В кн.: «Добротолюбие». Т. 5. Свято-Троицкая Сергиева Лавра. 1992. [Репринт изд. М., 1900 г.]

Архимандрит о. **Симеон** (**Холмогоров**). Схиархимандрит о. Гавриил. Старец Спасо-Елизаровской пустыни. СПб., 1996.

Сказания о земной жизни пресвятой Богородицы Марии. М., 1904.

Смирнов Виктор. Феофан Прокопович. Духовный регламент. М., 1994.

Смирнов С.И. Исповедь и покаяние в древних монастырях Востока. В журн.: Богословский Вестнк. 1905. Февраль, март и апрель.

Смирнов С.И. Древнее духовничество и его происхождение. В журн.: Богословский Вестник. Февраль (Т. 2). Сергиев посад. 1906.

Смирнова-Россет А.О. Дневник. Воспоминания. М., 1989.

Записки А.О. Смирновой, урожденной Россет в 1825 по 1845 гг. М., 1999.

Смолич И.К. Русское монашество. М., 1999.

Смоличев И. По святым обителям. В Оптиной Пустыни. (Из воспоминаний студента Дух. Акад.) В журн.: Русский инок. 1914. No. 4.

Соколов Д.Д. Оптинское старчество и его влияние на монашествующих и мирян. Оптина Пустынь. 2007

Соколов Л. Епископ Игнатий Брянчанинов. Его жизнь, личность и морально-аскетические воззрения. В 2-х частях. Киев. 1915.

Соловьев В.С. Три речи в памяти Достоевского. В кн.: Собрание сочинений В.С. Селовьева в 10 тт. СПб., 1912. Т. 3. [Репринт—Брюссель. 1966 г.]

Иеромонах **Софроний** (Сахаров). Старец Силуан. Жизнь и поучения. М., 1991.

Старославянский словарь (по рукописям X-XI веков) под ред. Р.М. Цейтлина и др. М., 1994.

Стахеев Д.И. Группы и портреты. Листочки воспоминаний.: О некоторых писателях и о старце-схимнике. В журн.: Исторический вестник. 1907. No.1.

Степанян К.А. Человек в свете «реализма в высшем смысле»: Теодицея и антропология Достоевского. В кн.: Ф.М. Достоевский и Православие. М., 2003.

Субботин Н.И. Архимандрит Феофан, настоятель Кириллова Новоезерского монастыря. СПб., 1862.

Суворин А.А. Дневник. М., 1999 [Переиздан в 2003 г.].

Тарасенков А.Т. Последние дни жизни Н.В. Гоголя. В кн.: Гоголь в воспоминаниях современников. М., 1952.

Тарасов Ф.Б. Евангельский текст в художественной концепции «Братьев Карамазовых». В кн.: Роман Ф.М. Достоевского «Братья Карамазовы». Современное состояние изучения. М., 2007.

Сочинения Св. **Тихона**, епископа Воронежского и Елецкого (после свят. Тихона Задонского). М., 1836. Т. I-IV. [Репринт]

Святитель Тихон Задонский. Сокровище духовное, от мира собираемое. В кн.: Творения иже во святых отца нашего Тихона Задонского. М., 1889. Т. 1-5. [Репринт]

Толстая А.А. Воспоминания. В кн.: Л.Н. Толстой в воспоминаниях современников. М., 1978.

Толстая Александра. Отец. Жизнь Льва Толстого. М., 1989.

Толстая С.А. Дневники в двух томах. М., 1978.

Толстая С.А. Моя жизнь. В кн.: Государственный музей Л.Н. Толстого. Кн. 7. Ясная Поляна. 1993.

Толстовский ежегодник 1913 года. Отд. III. СПб.

Толстой А.Л. О моем отце. В кн.: Яснополянский сборник. Тула, 1965.

Толстой Илья Львович. Мои воспоминания. М., 1931. [Переизданы в1933 г.].

Толстой Лев Львович. Путь жизни.: (Последняя большая работа Л.Н. Толстого как опыт всей его жизни и последнее завещание людям). Из статьи: Четвертая годовщина дня кончины Льва Николаевича: Биржевые ведомости. 1914. No.14478.

Толстой Л.Н. Полное собрание сочинений в 90 тт. М., 1935-1964.

Толстой Л.Н. Переписка Л.Н. Толстого с гр. А.А. Толстой. СПб., 1911.

Определение Священного Синода от 20-22 февраля 1901 года. No. 557 с посланием верным чадам православной греко-российской церкви о графе Льве Толстом. В кн.: За что Лев Толстой был отлучен от Церкви. М., 2006.

Ответ Л.Н. Толстого на Постановление Синода от 20-22 февраля 1901 года и на

полученные по этому случаю письма. В кн.: Зачем Лев Толстой был отлучен от Церкви? М., 2006.

Толстой С.Л. Очерк былого. Изд. 3-е. Тула. 1966.

Митрополит **Трифон** (Трукестанов). Древнехристианские и оптинские старцы. М., 1996.

Троицкий С.В. Об именах Божиих и имябожниках. СПб., 1914.

Трубецкой Е.Н. Россия в ее иконе. В кн.: Три очерка о русской иконе. М., 1991.

Тургенев И.С. Письма. Т. 2. В кн.: Полное собрание сочинений и писем в 30 тт.. М., 1987.

Тысячелетие Крещения Руси. Поместный собор Русской Православной Церкви. Троице- Сергиева Лавра. 6-9 июня 1988 г. М., 1990.

Уделов Ф.И. Достоевский и Оптина пустынь. В журн.: Вестник русского студенческого христианского движения. Париж-Нью-Йорк. No. 99. 1971.

Преподобнаго отца нашего аввы **Фалассия** главы о любви, воздержании и духовной жизни переведены с греческаго на славянский старцем Паисием Величковским и изданы от Введенской Оптиной Пустыни с преложением на русский: [4 сотницы] / [Испр. и доп. пер. с двумя текстами славянским и русским окончательно ред. Филаретом, митрополитом Московским]. М.: Изд. Введенской Оптиной Пустыни. 1855.

Жизнь и подвиги схимонаха **Феодора** (**оптинского**). Изд. Козельской Введенской Оптиной Пустыни. 1910. [Репринт]

Игумен **Феодор, исповедник**. Огласительные поучения преподобного и богоносного отца нашего Феодора Исповедника, игумена обители Студийския, переведенные с греческого старцем Паисием Величковским: [на слав. наречии]. М.: Изд. Козельской Введенской Оптиной Пустыни. 1853.

Преподобный **Феодор, игумен**. Преподобного и Богоносного отца нашего Феодора игумена Студийской обители и исповедника Огласительные поучения и завещание. В рус. пер. с греч. [Пер. с греч. иеросхим. Анатолия (Зерцалова), монаха Климента (Зедергольма)]. М.: Изд. Козельской Введенской Оптиной Пустыни, 1872.; 2-е изд.: Калуга: [Изд.] Козельской Введенской Оптиной Пустыни, 1896.

Преп. Феодор Студит. Великое оглашение. Слова. Часть 1-3. М., 2002. [Репринт]

Феодор (**А.М. Бухарев**), архимандрит. Три письма к Н.В. Гоголю, писанные в 1848 году. В кн.: Русские духовные писатели. М., 1991.

Федоров И.Г. Владимир Соловьев и православие. М., 2000.

Федоров М. (Антонов М.) Гоголь и Оптина пустынь. В журн.: Журнал Московской Патриархии. 1988. No. 11.

Епископ **Феофан** затворник. Толкование послания св. Апостола к Ефесянам. М., 1893

[Репринт].

Епископ Феофан затворник. Письма о духовной жизни. М., 1897. [Репринт]

Святитель Феофан Затворник. Душеполезные поучения. Изд. Введенской Оптиной Пустыни. 1998. [Репринт].

Архиепископ **Филарет (Гумилевский)**. Русские святые. СПб., 2008.

Иеромонах **Филарет (Дегтярев)**. Оптина Пустынь. Машинопись (Скитская библиотека Оптиной пустыни). 1996.

Павел **Флоренский**, священник. Троице-Сергиева лавра и Россия. В кн.: Сергий Радонежский. Сборник. М., 1991.

Павел Флоренский, священник. Сочинения в 4-х томах. М., 1996. Т. 1-4.

Флоровский Г.В, протоиерей. Пути русского богословия. 1988. Париж.

Хомяков А.С. По поводу отрывков, найденных в бумагах И.В. Киреевского. В кн.: ПСС. М., 1861. Т. 1.

Хомяков А.С. Письма Хомякова А.С. В кн.: Полное собрание сочинений А.С. Хомякова. Т. 8. М., 1900.

Фудель С.И. Наследство Достоевского. М., 1998.

Фудель С.И. Собрание сочинений в 3 тт. М., 2005.

Цимбаев Н.И. Мюллер Э. Русский интеллект в европейском кризисе. И.В. Киреевский. В журн.: Вопросы истории. 1971. No.4.

Келейники Тихона Задонского, В.И. **Чеботарев** и Иван Ефимов. В кн.: Творения иже во святых отца нашего Тихона Задонского. Приложение к Т. 5. М., 1889. Записки о святителе Тихоне. [Репринт]

Чижевский Д.И. Гегель в России. Париж. 1939.

Шарипов А.М. Иван Васильевич Киреевский. М., 1997.

Письма С.П. **Шевырева** к М.Н. Синельниковой. В журн.: Русская старина. 1902. Май.

Шенрок В.И. Материалы для биографии Гоголя. В 4 томах. М., 1892-1897.

Экземплярский В.И. Старчество. В кн.: Дар ученичества. Сборник. М., 1993.

Яковлев Александр Иванович. Святитель Филарет в церковной и общественной жизни России XIX века. В кн.: Святитель Филарет (Дроздов). Избранные труды, письма и воспоминания. М., 2003.

Яцимирский А.И. Славянские и русские рукописи румынских библиотек. В кн.: Сборник ОРЯС. Т. 79. СПб., 1905.

Архив (古文書):

О И.В. Киреевском и его друзьях:

РГАЛИ. Ф. 236. Оп. 1. Дело 14. (スヒマ僧フョードル伝の草稿); Дело 17. (論文「所謂天国は内的人間の像であることについて」草稿); Дело 19. (日記、マカーリイ長老の指導下にあった時の手記); Дело 22. (日記と手記); Дело 25. Л. 1-2. (キレエフスキーの葬儀でのフョードル・シドンスキー司祭の説教); Дело 25. Л. 3-4. (キレエフスキーの葬儀を執り行ったアレクサンドル・エレオンスキー神父の説教); Дело 28. 90. (未公刊書簡); Дело 57.(ドイツ留学中の手記);

РГАЛИ. Ф.286. Оп. 2. Дело 28. Л.153. (妻ナターリアの手紙)

РО РГБ. Ф. 20. Дело 6-15. (エラーギン家関係)

РО РГБ. Ф.99. Оп. 1. Картон 7. Ед. хр. 28-59; Ед. хр. 49.(キレエフスキーが留学前後に親族や友人に宛てた書簡); Оп.1. Картон 4. (キレエフスキーの死後、妻のナターリアが修道士たちと交わした書簡類)

О скиту Оптиной пустыни:

РО РГБ. Ф. 213. Картон. 50.（ゴーゴリやキレエフスキーに関する周辺の人々の証言）

РО РГБ. Ф. 213. Картон. 75. Ед. хр. 39.（オプチナの長老マカーリイに宛てた有名人の書簡）

РО РГБ. Ф. 214. Оп.121.（オプチナで出版されたソラの克肖者ニールの伝承と活動の記録）

РО РГБ. Ф. 214. Оп. 218. (オプチナのマカーリイ長老の手紙)

РО РГБ. Ф. 214. Ед. Хр. 220.（マカーリイが修練士の頃、オプチナ修道院の庵室で数人の修道士と共に書いたとされるパイーシイ長老の伝記）

РО РГБ. Ф. 214. Оп. 350.（オプチナ修道院とスキトに滞在し、永眠した人々に関する回想）

РО РГБ. Ф. 214. Оп. 360.（オプチナ修道院のスキトを訪問した有名人に関する記録）

РО РГБ. Ф. 214. Оп. 361.（ナターリア・ペトローヴナがマカーリイの名で『指南書』をフィラレート府主教に届けた際に書き留めた印象、モイセイ長老の兄イサイヤ神父の新神学者シュメオーンの著作の印象など）

РО РГБ. Ф. 214. Оп. 369.（オプチナ修道院年代記、訪問者の記録）

РО РГБ. Ф. 214. Оп. 464.（シリアのイサアクの『修道の言葉』のオプチナにおけるロシア語訳）

РО РГБ. Ф. 214. Оп. 465.（オプチナの長老モイセイ（プチーロフ）が保管していたシリアの克肖者イサアクの『修道の言葉』のロシア語訳草稿）

РО РГБ. Ф. 214. Оп. 466.（オプチナの長老アントーニイ（プチーロフ）が保管していたシリアの克肖者イサアクの『修道の言葉』のロシア語訳草稿）

РО РГБ. Ф. 214. Оп. 480.（ストゥディオス僧院の証聖者テオードロスの著作と伝記のロシア語訳）

РО РГБ. Ф. 214. Оп. 484.（ストゥディオスのテオードロスの著作『啓蒙教理書』のロシア語訳（1862–1870 年版））

РО РГБ. Ф. 214. Оп. 505.（新神学者シュメオーンの『十二の言葉』のロシア語訳草稿とその注釈）

РО РГБ. Ф. 214. Оп. 509.（モイセイ長老が所有していたパイーシイ・ヴェリチコフスキー翻訳のビザンツ時代の聖師父文献集）

РО РГБ. Ф. 214. Оп. 510.（マカーリイ長老が所有していたパイーシイ・ヴェリチコフスキー翻訳のビザンツ時代の聖師父文献集）

РО РГБ. Ф. 214. Оп. 511.（オプチナ修道院におけるイオアンネス著『階梯』の翻訳過程についてまとめた文書）

РО РГБ. Ф.214. Оп. 516（イグナーチイ・ブリャンチャニノーフの翻訳による『階梯』の注釈）.

РО РГБ. Ф.214. Оп. 527.（マカーリイ長老のソラの克肖者ニールの著作の用語注釈）

РО РГБ. Ф.214. Оп. 528.（パイーシイ長老がアトスのヴァドペト修道院から受け取ったヴァルサヌフィオスの『指南書』のギリシャ語の写本）

РО РГБ. Ф. 214. Оп. 530.（オプチナに保管されているバルサヌフィオス『指南』の行書体写本）

РО РГБ. Ф. 214. Оп. 531.（ヴァルサヌフィオス長老がミロサヴァ修道院のイオアンネスに宛てた質問への回答書）

РО РГБ. Ф. 213. Кар. 44. Ед. хр. 1.（アムヴローシイ長老によるマカーリイ長老訳の『階梯』への注釈他）

РО РГБ. Ф. 214. Оп. 547.（オプチナのマカーリイ長老によるファラシオス師の翻訳とフィラレート府主教の鉛筆による訂正と注釈入り）

РО РГБ. Ф. 557. Оп. 85.（大主教レオニード（カヴェーリン）のオプチナの修道士時代のフォンド。彼の著作や翻訳の手稿を含む）

О Л. Толстом:

ОР РГМТ (Отдел Рукописи Российского Государственного Музея Толстого). Ф. 54. No. 39567.（トルストイ家に生まれたペラゲア・イリイニシナ・ユシコーワが保管していた書簡類）

欧文（ロシア語以外の文献）

Dr. Dillon E.J. Count Leo Tolstoi. A New Portrait. London. 1934.

Goerdt Wilhelm Vergöttlighung und Gesellschaft Studien zur Philosophie von Ivan V. Kireevsij. Otto Harrassowitz- Wiesbaden. 1968.

Müller E. Russishcher Intellekt in europåischer Krise. I.V. Kireevskij (1806-1856). Koln-

Graz. 1966.

Müller E. Jahrbücher für Geschichte Osteuropas. Neue folge. Bd.14, Jahrgang 1966. Heft2 / Juni 1966.

Stanton Leonard J. The Optina Pustyn Monastery in the Russian Literary Imagination. New York. 1995.

Tachiaos A.-A.N. De la Philokalia au Dobrotoljubie. La creation d'un 'sbornik'// Cyrillomethodianum 5. (1981)

Tolstoy Lev Lvovich. The Truth about my father. London. 1934.

Vinet, Alexandre Rudolfe. Essai sur la manifestation des convictions religieuses et sur la séparation de l'Eglise et de l'Etat. Lausanne, 1842.

Φιλοκαλία των ιερών νηπτικών (Филокалия священных трезвеннивов). Венеция. 1782. (本文ギリシャ語、訳註ロシア語)

和文（和訳書）

勝田吉太郎著『近代ロシア政治思想史――西欧主義とスラヴ主義――』、創文社、1961 年

イヴァン・キレエフスキー「イヴァン・キレエフスキー――小さな資料の紹介――」藤家壮一訳、ゐうゐ創刊号、白馬書房、昭和 50 年

イヴァン・キレエフスキー資料 II『ホミャコーフに答う』藤家壮一訳、ゐうゐ 2、白馬書房、昭和 50 年

イヴァン・キレーエフスキイの西欧哲学批判――「哲学の新しい原理の必然性と可能性」上――、長縄光男・解題・訳・註、横浜国立大学人文紀要　第一類　哲学・社会科学　第二十九輯　別冊、N0. 29、1983 年 10 月号

同上、下――、横浜国立大学人文紀要　同号所収

クレマン・オリヴィエ、セール・ジャック著　宮本久雄、大森正樹訳『イエスの祈り』、東方キリスト教叢書、新世社、平成 7 年（2002 年）

佐々木俊次著「イワン・ヴァシレェヴィッチ・キイレエフスキー研究」（スラヴ主義思想史　第 1 部）、神戸市外国語大学外国学研究所　外国学資料　第 2 号、1958 年

佐々木俊次著『ロシア思想史――スラヴ思想の展開――』、地人書房、1960 年

チェトヴェーリコフ・セールギィ著『オープチナ修道院』、東方キリスト教叢書 2、安村仁志訳、新世社、1996 年

ディオニシオス・アレオパギテス著「天上位階論」、『中世思想原典集成』3. 後期ギリシャ教父・ビザンティン思想　平凡社、1994 年

鳥山成人著『ロシアとヨーロッパ――スラヴ主義と汎スラヴ主義――』、白日書院、昭和 24 年

鳥山成人著「イー・ヴェー・キレーエフスキイの保守主義――スラヴ主義の民衆的性格の問題――」、『歴史学研究』、159号、1952年9月

長縄光男著「前期キレーエフスキイの思想――「改宗」の内的契機をめぐるひとつの仮説――」、『ロシアの思想と文学　その伝統と改革の道』（金子幸彦編）所収、恒文社、1977年

昇曙夢著『ゴーゴリ』、春陽堂、明治37年

『フィロカリア』（全9巻）新世社、2006-2013年

著者紹介

清水俊行（しみず・としゆき）

東京外国語大学ロシア語学科卒業後、同大学修士課程を経て、一橋大学大学院社会学研究科博士課程を満期退学。89 年から文部省国費留学生（第一期）として、モスクワ大学文学部に留学（ソ連崩壊の 1991 年まで）。その後、防衛大学校に 4 年間勤めた後、神戸市外国語大学ロシア学科で助教授を経て、教授（2024 年度まで）。専門は 19 世紀ロシア文学、ロシア正教と文学の関係史。著訳書に『異郷に生きる—来日ロシア人の足跡Ⅰ - Ⅵ』（共著、成文社)、『宣教師ニコライの全日記全 9 巻』（共訳、教文館、2007 年)、また現在ロシアで 2018 年より刊行中の «Собрание трудов Равноапостольного Николая японского в 10 томах. Николо-Угрешская духовная семинария. Москва»（「亜使徒聖ニコライ著作集全 10 巻」共同編集・注と翻訳）などがある。

オプチナ修道院とロシア文学
——ロシア作家の創作の源泉としてのオプチナ文献をめぐって

2025 年 2 月 26 日　初版第 1 刷発行

著　者　清水俊行
装幀者　山田英春
発行者　南里　功

発行所　成文社
〒 258-0026 神奈川県開成町延沢 580-1-101
電話 0465 (87) 5571
振替 00110-5-363630
http://www.seibunsha.net/

落丁・乱丁はお取替えします

組版　編集工房 dos.
印刷・製本　シナノ

Printed in Japan
ISBN978-4-86520-074-4 C0098

歴史

長縄光男、沢田和彦編

異郷に生きる

来日ロシア人の足跡

A5判上製
274頁
2800円
978-4-915730-29-0

日本にやって来たロシア人たち――その消息の多くは知られていない。かれらは、文学、思想、芸術の分野だけでなく、日常生活の次元において、いかなる痕跡をとどめているのか。数奇な運命を辿った人びとの足跡を追うとともに、かれらが見た日本を浮かび上がらせる。 2001

歴史

中村喜和、長縄光男、長與進編

異郷に生きるII

来日ロシア人の足跡

A5判上製
274頁
2800円
978-4-915730-38-2

数奇な運命を辿ったロシアの人びとの足跡。それは、時代に翻弄されながらも、人としてしたたかに、そして豊かに生きた記録でもある。日本とロシアの草の根における人と人との交流の跡を辿ることで、異郷としての日本をも浮かび上がらせる。好評の第二弾―― 2003

歴史

中村喜和、安井亮平、長縄光男、長與進編

遥かなり、わが故郷

異郷に生きるIII

A5判上製
294頁
3000円
978-4-915730-48-1

鎖国時代の日本にやってきたロシアの人や文化。開国後に赴任したペテルブルクで榎本武揚が見たもの。大陸や半島、島嶼で出会うことになる日露の人々と文化の交流。日本とロシアのあいだで交わされた跡を辿ることで、日露交流を多面的に描き出す、好評の第三弾―― 2005

歴史

中村喜和、長縄光男、ポダルコ・ピョートル編

異郷に生きるIV

来日ロシア人の足跡

A5判上製
250頁
2600円
978-4-915730-69-6

ポーランド、東シベリア、ウラジヴォストーク、北朝鮮、南米、北米。ロシア、函館、東京、ソ連、そしてキューバ。時代に翻弄され、数奇な運命を辿ることになったロシアの人びと。さまざまな地域、時代における日露交流の記録を掘り起こして好評のシリーズ第四弾―― 2008

歴史

中村喜和、長縄光男、ポダルコ・ピョートル編

異郷に生きるV

来日ロシア人の足跡

A5判上製
368頁
3600円
978-4-915730-80-1

幕末の開港とともにやって来て発展したロシア正教会。日露戦争、日露協商、ロシア革命、大陸での日ソの対峙、そして戦後。その間にも多様な形で続けられてきた交流の歴史。さまざまな地域、時期における日露交流の記録を掘り起こして好評のシリーズ第五弾―― 2010

歴史

中村喜和、長縄光男、沢田和彦、ポダルコ・ピョートル編

異郷に生きるVI

来日ロシア人の足跡

A5判上製
368頁
3600円
978-4-86520-022-5

近代の歴史の中で、ともすれば反目しがちであった日本とロシア。時代の激浪に流され苦難の道を辿ることになったロシアの人々を暖かく迎え入れた日本の人々。さまざまな地域、さまざまな時期における日露交流の記憶を掘り起こす好評のシリーズ、最新の論集―― 2016

価格は全て本体価格です。